2018年中国中篇小说精选

贰零壹捌

中国作协创研部 / 选编

长江出版传媒 长江文艺出版社

图书在版编目（ＣＩＰ）数据

2018 年中国中篇小说精选 / 中国作协创研部选编
. -- 武汉 ：长江文艺出版社， 2019.1
（2018 中国年选系列）
ISBN 978-7-5702-0608-7

Ⅰ. ①2… Ⅱ. ①中… Ⅲ. ①中篇小说－小说集－中
国－当代 Ⅳ. ①I247.5

中国版本图书馆 CIP 数据核字(2018)第 268067 号

责任编辑：杜东辉　　梁碧莹　　　　　责任校对：陈　琪
装帧设计：壹　诺　　　　　　　　　　责任印制：邱　莉　　胡丽平

出版：长江出版传媒　长江文艺出版社

地址：武汉市雄楚大街 268 号　　　　邮编：430070
发行：长江文艺出版社
电话：027—87679360
http://www.cjlap.com
印刷：湖北恒泰印务有限公司

开本：700 毫米×1000 毫米　　1/16　　印张：36.25　　插页：2 页
版次：2019 年 1 月第 1 版　　　　2019 年 1 月第 1 次印刷
字数：695 千字

定价：56.00 元

编选说明

　　每个年度，文坛上都有数以千万计的各类体裁的新作涌现，云蒸霞蔚，气象万千。它们之中不乏熠熠生辉的精品，然而，时间的波涛不息，倘若不能及时筛选，并通过书籍的形式将其固定下来，这些作品是很容易被新的创作所覆盖和湮没的。观诸现今的出版界，除了长篇小说热之外，专题性的、流派性的选本倒也不少，但这种年度性的关于某一文体的庄重的选本，则甚为罕见。也许这与它的市场效益不太丰厚有关。长江文艺出版社出于繁荣和发展文学事业的目的，不计经济上一时之得失，与我部合作，由我部负责编选主要选本，由他们负责出版，向社会、向广大读者隆重推出这一套选本，此举实属难能可贵。

　　这套丛书中的中篇小说卷、短篇小说卷、报告文学卷、散文卷、诗歌卷和随笔卷六种由我们编选。

　　我们的编选方针是，力求选出该年度最有代表性的作品，力求选出精品和力作，力求能够反映该年度某个文体领域最主要的创作流派、题材热点、艺术形式上的微妙变化。同时，我们坚持风格、手法、形式、语言的充分多样化，注重作品的创新价值，注重满足广大读者的阅读期待，多选雅俗共赏的佳作。

　　我们认为，优良的文学选本对创作的示范、引导、推动作用是非常重要的，对读者的潜移默化作用也是十分突出的。除了示范、引导价值，它还具有文学史价值、资料文献价值、培育新人的价值等等。我们不会忘记许多著名选本对文学发展所起到的巨大作用，我们也希望这套选本能够发挥它应有的作用。

　　由中国作家协会创作研究部编选的这六种选本，雷达同志总负责，具体的分工是：

中篇小说卷由牛玉秋同志负责；

短篇小说卷由胡平同志负责；

报告文学卷由李朝全同志负责；

散文卷由韩小蕙同志负责；

诗歌卷由霍俊明同志负责；

随笔卷由纳杨同志负责。

中国作协创研部

目 录

大 河

邵 丽

一

我坐在客厅里，一边看着窗外，一边看着婆婆剥毛豆。婆婆一家人都爱喝粥，每天早晚两顿，一年四季如此。所以她在我们家，有一半时间都是耗费在煮粥吃粥上。

从窗口望出去，南边可以看见河堤，我家离它大约有百十米的距离。东边是一条大路，宽得足以并排走五六辆大卡车。因为是行政及家属区，很少有车辆经过。我家窗子下的一棵悬铃木上，坐着一个鸟窝，一种我喊不出名字的鸟在那里安家。有一次林鸽来串门，我指给她看。她也不认识这种鸟，只是说，记得好像在哪里看过，悬铃木上不能搭鸟窝。我问，你是没见过悬铃木上搭鸟窝，还是悬铃木上根本就不能搭鸟窝？她说，不争论，资料上就是这么说的！我说，按资料的说法，这窗口下面，要么不是鸟，要么不是悬铃木！

"咋不是鸟儿？那是睪筋儿，"婆婆在卧室门口大声说，把我们俩吓了一跳，没想到她会在门口听我们谈话，"咱老家到处都是！"她一口浓郁的豫东方言，到底说的是"睪筋儿"还是"叫筋儿"，我们也听不明白。记得有一次我正在睡觉，她穿过我的卧室，走到阳台上，突然大叫了一声："哈！一抹白！"我正在梦里，不知道她喊叫什么，吓得赶紧坐了起来。趴窗户上一看，原来是下大雪了，整个河堤上雪片纷飞，银装素裹，可不是一抹白？

我说，娘，我正在睡觉，你进来能不能先敲一下门？

她骇然道："自己一家人也得敲门？"

我懊丧极了，知道这话说也是白说，她认定的事儿，谁也别想改变。我和老公结婚的时候，她要求我们必须在老家办喜事，说这大半辈子都是给人家孩子添箱，自己的孩子不在家办事，这亏就吃大了。当时我头都大了，我从来没在农村生活过，况且老家还没有通电，我简直无法想象如何在昏黄的油灯下度过我的新婚之夜。我让老公跟她商量一下，把他们接过来在市里办，既省钱又省事，更省心。老公说："要商量你去商量！我长这么大也没见过谁能说动她！"我想想，不值得为这事儿较劲，就没再多说什么。在老家度蜜月那几天，她从来不管我们小两口在屋里干什么，掀开帘子就进来。有时候我们亲热一会儿都得提心吊胆，弄得跟偷情似的。

公公退休后，她招呼就不打一个，处理了家中的家什，毫不客气地进住我和她的大儿子家中。那时小叔子大学还未毕业，三个婆姐也先后聚拢到我们这座城市里，可她很少去她们那里。打从他们跟着我们，我的生活和生活态度有了彻底的改变。跟着她当媳妇，我整天得小心翼翼，恐怕有哪一点做不好人家笑话。我是个文化人，作家，大小还是个领导。她一个大字不识的农村老太，真弄出点不愉快来，且不说我情何以堪，就是我老公怕也饶不了我。

婆婆剥了半盆豆子。看她忙完了，我顺手接了过来。她拍了拍身上的碎屑，又把豆子从我手里要了回去。她不会让我洗，只要她在我们家，厨房里的东西我一样都不能动，那是她的领地。其实我做的饭比她好吃，也好看。但她总能找出我的毛病来，不是咸了，就是放多了味精，要么是油不够大，反正我不应该进我的厨房。她在哪一家出现，哪个家就是她的。她有自己的生活方式，淘米水洗菜，洗菜水浇花，而且水管开得跟断流似的，说是害怕浪费。冰箱碗柜里到处是剩饭剩菜，赶我们去上班，她就自己慢慢吃掉。她是从苦日子里一步一步挪过来的，知道心疼东西。有一次，我在厨房里看见一根软塑料管从水管上接到下面的一个桶里，便问她这是干嘛用的。她瞪了我一眼，小声地对着我的耳朵说，是隔壁刘家刚刚告诉她的一个秘密，这样流下来水表不走，用水就不用花钱买了。我哭笑不得，把这事说给老公，希望老公劝她把那东西弄掉。老公说："我要是有本事劝她拿掉，就不用你提醒我了！"他曾经跟我说起过，母亲即使一生都在错，但是也一定要把错事办对。她从来不向任何东西屈服，既不向错误屈服，也不向正确屈服。

一会儿，公公把孩子从学校接了回来。学校就在我们楼下不远处，从北面的窗子就能看到，可他总是要接到学校门口。如果饭做得早，婆婆也陪他去。两人早早就来到学校门口，像两个哨兵似的，一人把住一边。公公是个退休的老中医，就知道守规矩，把接孩子的事儿弄得跟坐诊似的，雷打不动。

孩子看见我在家很不高兴。如果我不在家，她疯得不着边际。她噘着小嘴，站在爷爷身边，也不搭理我。等爷爷掂着垃圾袋出去了，她才坐在小桌边，把作业本一本一本地拍在桌子上，像大人似的长叹了一口气，埋头写起作业来。

我在客厅里站了一会儿。婆婆在厨房里关着门忙活着，锅铲摩擦锅底的嗞啦声，溢出的豆米粥的香味儿，让我突然之间伤感起来。这伤感也不是没有来由，只是暂时还不想去认真打量它。外面已经起了一层薄雾，因为在河边居住，只要没有大风，每天到这个时候都会起雾。这也是我喜欢这栋房子的原因之一。

我走到阳台上向远处张望，雾中的风景更具有流动性。如果静下心来，能听到河水的响声。在那种响动里，我在害怕某种东西，那是什么又说不上来。是因为我很快就要独自离开这里吗？好像是，也好像不是。这问题穿过薄雾，具体而又清晰，好像可以随便折叠和伸展，但是，我把它叠了起来。我打开屋子里所有的灯，放眼望去，政府家属区几乎所有能看得到的房间都亮着灯。我看见公公在楼下快速地走着，花白的头发随着他的步伐在风中飘动，像一个年轻人。老公跟我说过，从来没见过父母年轻过，从他记事的时候起，父亲就像个老头，母亲就像个老太婆。可是，我从来不觉得婆婆有多老，而公公今天看起来也是如此年轻。那时候，我怎么也不会想到，仅仅一年后，他就化身为一抔尘土，沉沉坠入另一个世界。更不会想到，所有的幸福都那么易碎，轻轻一碰就伤痕累累。

二

我在车上等着婆婆。马上该换季了，再加之他们很快就要到海南去过冬，婆婆要求我给他们买几身换季的衣服。结婚已经十年多了，说实话，我一直都在摸着石头过河，真没找到当媳妇的感觉——谈恋爱那时候，还是一场志忐得无边无际的大事。有人劝我说，你可要准备好当媳妇。可是怎么准备呢？结婚之前，再怎么准备也是闺女，结婚之后，即使什么都不准备也是个媳妇，就这么简单。周围的很多人可能觉得我和我的婆婆从未闹过矛盾。纵观后来的二十几年，大面上我们可能是不错的婆媳，一派祥和，婆慈媳贤的样子。其实，内里的疙疙瘩瘩如同被窝里进了毛刺一样，常常会在某个深夜将我闹醒。年轻时，我觉得婆婆太过于强势，强势到霸道，她的儿子又惯于听信母亲，甚至我把夫妻失和也归咎于他娘时时处处掺和在我们的生活里。

每年冬季，两个老人都要到海南小儿子那里过冬，等冬尽了再飞回来，像两只候鸟一样。这样的日子对我公公来说不算什么，他这人表面看起来随遇而安，跟着哪个孩子生活都行，只要有酒作伴，什么都不挑剔。而且你几乎无法从性格上揣测他的过去，因为他没有性格。他的生活拆成一节一节的，跟时间绑在一块，好像他只从属于时间——几点吃饭喝酒，几点散步，几点接孩子。稍微错一点他就无所适从，似乎被跌出了时间之外。在我们家，他的生活一成不变，尤其是每天散步回来，他总是圈进客厅角落的那把扶手椅里，不知道有没有看过电视，我们的所有谈话好像也与他无关。他的两只手交替撑着自己的下巴，如果孩子睡了，他会点一支烟虚握在自己手掌里，只露出一截过滤嘴，抽的时候就低下头去，一副很愧疚的样子。

而我婆婆看起来则是一个很有主张的人。听老公说，自从我公公退休后，她就成了这个家庭的中心——她以自己的顽强、忍耐和固执等来了这一天。她规矩甚多，不管哪个孩子请她去，都得费不少周章。她从来不在任何一个闺女家过夜，如果这一条不答应，她宁愿不去。她的理由是，闺女的家不是她的家，儿子的家才是。即使这一条满足她，那也要看哪个闺女请她。孩子们在她眼里一定是有三六九等的，首先是男孩女孩不一个阶级，家里有什么好东西，都是男孩的，女孩想都别想。其次，女孩里面也不平等，她喜欢大手大脚的孩子，对从小就俭省节约的嗤之以鼻。她说大手大脚花钱的人，才能大手大脚挣钱，没见过谁家的财产是筷子头上省出来的。话虽这么说，可是在生活中，我从来没见过她大手大脚，甚至比一般人都俭省。

不过，或许叫她说着了，三个姐姐就二姐大手大脚，现在的日子也数她最宽绰。大姐省吃俭用，一辈子都在为钱打急慌，住的房子都是弟弟妹妹们添钱买的，从来没买过新衣服穿。

小叔子在海南当律师。弟媳则与人合伙开了一家会计师事务所。两个人事业有成，小日子过得红红火火。婆婆在人面前说起两个儿子来，常常喜笑颜开。唯一美中不足的是，他跟我们一样，只生了一个女儿。按农村人的说法，这一家算是绝户了，兄弟两个一个男孩都没有，再过几十年，他们的姓氏也没人继承了。公公对这事儿甚是看不开，私下里跟她讲过几次，说是无后，死了也无法面对祖宗。婆婆说："就咱们那几个祖宗，活着你面对过几次？再者说了，哪个人死了都无后，一把土埋了，有后无后，咱想管也管不着！"公公再也不提这档子事儿了。有一次小叔子两口回来探亲，我劝他们再要一个，说如果不想养就放我们家。婆婆当即打断我的话，说养个孩子太难，有一个闺女也就够了。"如果只让生一个孩子，一定得是个女孩。闺女才是贴心人。你没想想，"她掰着指头跟我说，丝毫也没顾及有些话不该当着媳妇的面说，"如果生一个闺女，还会赚人家个儿子。如果生个儿子，到时候还不得是给人家养的？"

我想跟她开个玩笑，问她自己的儿子是不是赔给别人了。看她一脸正经的样子，又忍住了。

婆婆穿着红衣黑裤下来了，打扮得跟快餐店的领班似的，小皮鞋擦得锃亮。只是她个子矮，又胖，看起来像个大头娃娃。我把她扶到车上，刚走出不到十米远，她又要下去，说自己的包忘拿了。我说你拿包干嘛，又用不着你花钱。她也不答话，不待车子停稳，拉开车门下去，径直回到我们楼上，半天才拿着包下来。

我想起来了，她的手机在包里。

过七十岁生日那天，孩子们高高兴兴回来给她祝寿。小叔子两口专门从海口赶了回来。她把大家给她买的东西翻来覆去地捯饬一遍，一脸的不高兴。她的情绪总是写在脸上，一点都不会掩饰。我捅了捅老公，让问她怎么了。她对儿子说："我怎么了你看不出来？连你们的小孩子都会用手机了，你妈连个手机都没有！还反过来问我怎么了？"儿子说："我刚好多个手机没用，给你吧！"她指着我新买的手机问："跟这个一样吗？"小叔子赶紧站起来，跑出去买了一个新款的三星手机，才算作罢。

我带着婆婆进了全市最大的吉利购物中心，先给他们一人买了一双老年人穿的沙滩鞋，接着就去服装区买衣服。穿过家电区的时候，她被一个小姑娘的解说迷住了。那姑娘正在给一个顾客解释一款自动电饭煲的功用。

"……您看，头天晚上把米放进锅里，定好时间，第二天早上起来，饭就做好了，热腾腾的。"

"除了米饭，这款机器还能做什么？"顾客把电饭煲端起来问道。

"哎呀，那说起来可多了去了！除了不能自动煮饺子，没有它不能做的。米饭、煮粥、煲汤，还能做蛋糕呢！你看看说明书。"

婆婆一手提鞋，一手指着那款电饭煲问道："它真能自动煮稀饭吗？不用管它，它自己就能煮好？"

"那当然！"售货员笑着看着她说，然后拿起一本画册哗啦哗啦翻到一页煮粥的照片递给她看，"您看这稀饭煮的！"

"嗯，是好！"她把鞋搁地上，包从胳膊肘上拉下来，准备掏钱。我赶紧上前阻拦她，说："娘，咱家快成电饭锅仓库了，不能再买了，放的地方都没有！"

"你说得容易，"她一边挣脱我的手，一边继续掏钱，"我走了，毛妮他爸怎么喝稀饭？谁给他起来做？"她把粥、面糊、米汤，统称为稀饭。

"我做嘛！"

"你做？你马上就走了，他喝西北风啊？"

老天爷！这事她是怎么知道的？我赶紧按住她的手，说："他在家吃过几顿饭？而且，就是我走了，咱们的保姆也快来了，您就放心吧，饿不着您儿子！"

"放心？你想想，在外面吃得再好，要是不喝个稀饭，那胃里是个啥味儿？"她挣脱我，从包里拿出一卷钱，那架势分明是要把人家的货架扫空，"多少钱？"

我赶紧让姑娘开票，去把款付了，回来的时候她已经把电饭煲提在手上了。

我把电饭煲接过来，领着她在服装区转了半天，也没看中一样衣服。我想给他们买加棉的厚外套，冬天的海口早晚还有点凉。她想买毛衣外套，说人老了，身体不想受拘束。可是看了半天，没有一件她相中的。不是颜色太暗，就是款型太瘦。好不容易看中了一件，她穿在身上试，我看着挺合适的。谁知她在穿衣镜前扭了半天，脱下来扔在一边，说："这种毛线穿不了几天就往下坠，套身上跟渔网一样，滴滴溜溜的烦死人！"

"不行就买小一号的，反正穿几个月就扔了。"我劝她道。

"唉——！"她转圈看着，眉头皱得跟牙痛似的，"去年在海南，你弟媳她嫂子给她妈织的毛衣，又好看又好穿。这机器织的东西啊，到底是不附身。"

我哭笑不得地看着她，难不成这是逼着我给她织一件毛衣吗？说实话，这活儿过去我还算拿手，可是现在谁还干这个？哪还有工夫干这个？不过从楼上下来的时候，她好像忘了买衣服这件事，一直到车上，还跟我絮絮叨叨地说起她们在海南吃的某顿饭。那顿饭她没吃好，所以一直记到现在。"小羊羔太小了，看着比一块红薯大不了多少，还都是褪毛的羊，黑黢黢的，那哪是人吃的东西？"她抚着搁在腿上的电饭煲，心里肯定想着一锅热腾腾的稀饭，"他们要是敢再让我去吃那东西，试试看！"

三

从我住的地方到单位走大路要半个小时路程，沿着河堤步行，差不多二十分钟就够了。天气好的日子，我几乎都是从河堤上走过去。这是一座新兴的城市，夹带着从农村脱胎而来的痕迹，处处都能感受到它那新鲜而向上的力量，这生生不息常常让我喜不自禁。河堤外是从国外进口的草皮，绿茸茸的像铺了一张毡子。河堤以里则是农民种的庄稼。一条小路斜穿下去，有一个小小的渡口，常常会看到那个摆渡的人坐在自己的窝棚前打盹。一只狗，几只鸡子围着他，一派田野趣味。逢周末，公公婆婆常常带着孩子坐船到对岸，然后再坐回来。有时候我和老公也跟着过去。有一次我打河堤上经过，看见几只牛站在那里，像一群等公交车的旅客。我朝它们扬了扬手，它们只是摇了摇头，也不躲开。

我为此写了一篇散文，喜气洋洋地絮叨了大半天。对于一个作家来说，这是个宜居城市，不灰暗，也不拥挤——如果你觉得生活刚刚好的话。

也许，只是如果。

我刚在办公室坐下，林鸽过来了。今天她打扮得焕然一新，白色短袖衫外面套一件荷色小外套，宝蓝色长裙，脚上是一双软皮便鞋。她在我们单位是财务科长，上大学前我们俩就很要好，想不到现在又混到一起了。有意思的是，她是学中文的，做财务工作。我是学财会的，却当了职业作家。

我打量着她的穿着，笑着问她今天的麻将大会铺排好了没有。

"那当然！"她两只手卡在屁股上，像一只翩翩欲飞的鸟，"这是我的本职工作！"

晚上的麻将大会是每周末的盛事。林鸽吸烟，喝酒，摸麻，整天跟一群作家艺术家泡在一起，可是从来没人说过她的闲话。她是那种常在河边走，就是不湿鞋的高人。她老公更高，没单位，没工作，没固定收入，可手里从来没断过银子。一会儿去上海朵云轩春拍一个陶罐，一会儿又在北京荣宝斋淘了一幅康有为的字。更为奇特的是，他会用《易经》算命，几乎没怎么失过手。今年过了春节，我们几个去伏羲陵祭祖，正准备出发，他把我们叫住了，说，准备点路上吃的东西吧，中午之前到不了。大家哈哈大笑，总共不到一百公里的路程，就是骑自行车也能赶到。

林鸽二话没说，跑楼上拎了一大包吃的喝的下来。

谁知去谒祖的人太多，道路被塞得水泄不通。我们被堵在半路上动弹不得，只得吃干粮充饥，到地方已经是下午三点多了。

还有一次，他两口子来我们家串门，我们坐在客厅里喝茶。坐下不到十分钟，他看着我老公说："你明年会有一场大事。"老公向来不跟他说那么多，道不同，话也不投机。不过闻听此言，老公便笑着问道："多大的事儿？"他始终盯着我老公的脸，郑重地说："恐怕，你得穿大孝！"老公的笑容僵住了，穿大孝的意思就是会失去父母。老公问："依你看，是我的父亲还是母亲？"他说："父亲。他明年七十三，刚好也是个坎儿。"老公问："哪方面的问题？"他说："肠胃方面，不是个小问题。"老公一下轻松下来，笑了笑，什么都没再说。我也暗自好笑，公公肠胃奇好，每天小酒小肉没断过，睡前还得再加一餐，按他自己的话说，吃铁都嫌太软。

林鸽在我对面坐下来，把我桌上的书收拾收拾，叠放在一起，扭头看了看，又放下来摆平。她就是个这样的人，常常毫无理由地把东西挪个地方，再挪回去，好像她不知道该怎么安置周围的东西才合适。可是，在对人事关系的处置上，她总是那么得体，见什么人说什么话，在任何地方既不显得突兀也不显得多余。更重要的是，她有胆，不管什么事情既能拿得起又能放得下。有一次，我们两个下班，她在离单位不远的烟酒店里买了一箱红牛饮料，不知道听信了谁的，她两口子都爱喝这个。谁知到家打开来看，里面装的是金牛，而不是什么红牛。我到家已经吃过晚饭在看电视，她在楼下喊我，非要拉着我找人家算账。我说算了，明天上班带过去跟人家调换也不迟。她说："那怎么行？让我受这一夜气我可不认！"我只好跟着她去那家店。人家已经打烊了，她擂着商店的门说："再不开门我一把火给你们点了！"人家吓得赶紧开门，她把两箱饮料掼过去，砸得稀里哗啦乱响。不待人家说话，她拿起货架上的几条烟就走。我坐在车上没下来，羞得跟小偷似的躲在后面，害怕人家看见我。走路上她跟我说，对这种黑心店你就不能客气，然后又说："像你这么软蛋，这个社会上坏人会越来越多！"我说："犯不着，人家也是小本生意，何必这样收拾人家？"她"切"了一声，没再搭理我。

我冲泡了两杯毛尖，递给她一杯。只有在我泡茶的时候她不插手，可能这也是我唯一比她强的地方。在其他方面，她都是我的导师，而且她也好为人师，经常毫不客气地指点我这，指点我那，好像我从来没把事情做合适的能力。不过说实话，我之所以离不开林鸽，完全是因为习惯而不是因为需要。再者，我们自小就相互了解，省却了很多麻烦。寻找她之外的朋友，我也没那个心力。我喜欢孤独。

她接过茶，举起杯子看了看，也没说什么。我们埋头喝了一会儿，她好像忘记了刚才的话题，突然问我："你怎么还不走？"

"你撵我走是不是急着抢我这个位置？"我玩笑道。

"那当然！看谁敢跟老娘争，我废了他！"她边嬉皮笑脸地说着，边把杯子握在自己手里。我知道她这是想聊下去了，便从抽屉里摸出一包烟扔在她面前。她看了看，没动。

"还是走了好，这是一个机会。"省里空缺一个职位，想让我调过去。我也一直在犹豫，如果过去，肯定对我的写作有好处，毕竟越往上走信息量越大，平台也更大。可是，我走了怎么办？老公天天忙得不着家，孩子才上小学，公公婆婆马上要去海南过冬。"你没想想，现在我怎么走得了？"

"走了，走了，一走了之！什么叫走得了？你没想想你不走怎么办？"

我惊骇地望着她。

"别这样看着我，我不习惯人家这样看我！"她半真半假地嗔怪道。

我眼睛一眨不眨地盯着她。

"唉！你啊，揣着明白装糊涂。跟公公婆婆在一起生活，时间长了哪能会不出问题？"她脸上满是担忧的神情，"尤其是你婆婆，可不是个软茬儿！"

我倒吸了一口凉气，我害怕的某种东西好像浮了出来，有了眉目和形状，"能出什么问题？而且我觉得婆婆心直口快，这样反而不用处处设防。"

"能出什么问题？能出'问题'的问题！"她笑着站起来往外走，"要是平常，心直口快倒不一定是坏事。如果在家里，事事处处都心直口快，那就是问题了！"

出了门口，她又转回来拿烟。她用烟盒敲着桌子说："在我们家，我的江山就是打下来的。刚开始我也像你一样，谁说话都想骑在我头上。切！岂有此理！"

我坐在那里愣怔了半天。

林鸽原来也是跟公公婆婆住在一起。公公原来是南下的老干部，也曾经是这个市的市委书记。婆婆是当地人，这个媳妇是她钦点的。公公婆婆住的是两进院，他们住前面一进，婆婆住后面。开始倒也相安无事，"第一次世界大战"爆发是她刚刚生了孩子那阵子，大姑姐来看她。按她自己的说法，起风了，她给那姑姐翻找毛衣，随手把衣柜锁起来了。其实，钥匙就搁在柜顶上。姑姐走的时候，婆婆或许想给她带点东西，毕竟是市委书记家里添丁，送来的东西肯定不会少了。结果婆婆发现柜子门打不开。这姑姐挑事，姑姐跟婆婆说，往后还让我怎么来？也没跟她告别，一声不吭地走了。婆婆本就不是受气的人，指着她质问道："莫非你姐是贼吗？她过来，你恨不得把能锁的都锁起来！"林鸽赔笑道："妈，我只是随手锁了，钥匙就在上面？你告诉我一声，就是把东西全部给她，能值几个钱。""说得比唱得还好听！"婆婆更起劲了，唾沫星子乱飞，"我活着你就这样，我要是死了，你几个姐连这个门也进不来！"

林鸽让保姆把孩子抱出去，回头把门关上，跟婆婆有板有眼地讲起道理来："要真论起来，我嫁给你儿子，这个家就是我的家，只要我在这里住一天，所有的东西我都有处置权。这算不算过分？如果你儿子跟我离婚，我保证一个纸片都不会带走，包括您这个小孙子我都给您留这儿。我说这是不是个理儿？"看见一向不吭声的媳妇忽然翻脸，婆婆惊得不知所措。林鸽继续道："不过，虽然道理是这样，可您是老，我是小，如果您真把我当成自己的孩子看待，指使我把柜子打开就得了，怎么能说那么生分的话呢？再一个，要想公道打个颠倒，要是这房子是我姐的，东西她锁得再严实，您会这样说她吗？或者说远点儿，如果我姐在她婆家，连锁个柜子的权利都没有，您心里会是什么味儿？"

婆婆也不搭理她，摔上门就走了，一直到孙子满月都没再露面。

第二次生气是因为林鸽的老公。她老公是个除了正事不干，什么邪门歪道都会干的人。养鸟遛狗，打兔子钓鱼，样样精通。上学时，文化课三分之一不及格，可是《红楼梦》里的人物都跟他干亲似的熟络。从来没交过作业，初中时就办过个人书画展，现在兜里揣着国家级书法家和美术家协会金灿灿的会员证书。手无缚鸡之力，拿过全省羽毛球单打冠军。嘴里没一句正经话，单口相声上过中央电视台。拿《易经》算命，一掐一个准儿。总之一句话，是个歪才。

那天婆婆到他们家看孙子，一进门，就看见儿子坐在小板凳上，正给斜躺在贵妃椅上的林鸽修脚。他把趾甲油小心地抹在老婆脚趾甲上，边抹还边拿嘴吹着。婆婆见状，气不打一处来，大吼一声，把儿子吓得一屁股跌坐在地上。她过去点着儿子的脑袋说："你真是狗屎扶不上墙啊！从小到大，我没舍得让你给我拿过一次针头线脑，筷子掉地下我都不让你捡，怕累着你！现在你倒好，三十多岁了，还是一兜软泥。你这个畜生真是比阿斗还阿斗啊！"林鸽慢悠悠地站了起来，说："妈，您老坐这慢慢数叨他。您想想，除了您说说他，平日里谁敢说他一句？我敢吭一声，他不把我吃了才怪！"她把老公拉起来，拍了拍他身上的土，"你啊，也不是妈吵你。你真不像个顶天立地的爷们，孩子在外面跟人打架，得我去帮他出气；家里便池坏了，我一个女人家抱着几十斤重的东西往楼上搬。就这，你还觉得娶我吃了多大亏，不知道的还想着我捡了多大个便宜！你知道我心里有多苦吗？今天妈来了，咱让她好好评评理！"

她婆婆气得病了一场，给儿子买了一套房子，让他们搬离了这个院子。

晚上下班，心里七上八下的，有点烦。走到我们家楼下的时候，我犹豫了一下，没有上楼，重新拐回到河堤上。我看到渡船正忙忙碌碌地运送着两岸的行人，雾霭层层叠叠地升了起来，河对岸的城市在我眼前慢慢地消逝。我铺了一张报纸坐下来。河堤上生长着茂密的茅草，我一根一根撕扯着它们。我喜欢听它们折断时的声音，很脆，很甜，也很伤感。

四

周五下午，闲坐无聊，想着孩子今天会提前放学，我早早地就回了家。刚打开家门，我就听见婆婆在厨房里和谁嘟嘟嚷嚷说话："……孩子就是这样，要打，你就得打改他。要是打不改就别下手。给他吃，给他穿，不就对得起他了，还要咋样？你看看我……"

肯定是谁来串门，她又在痛说革命家史。自小到大，孩子们没有一个不怕她的。孩子小的时候，她从不在家里偷偷摸摸打他们，而是拉到大街上，当着众人的面打，一定要让打孩子产生巨大的社会效果才会罢手，她因此得过恶名。后来五个子女陆续考上大学，她打孩子的古怪行为又传为美谈。不过，奇怪的是，孩子犯了小错她打，真正犯了大错她反而不管了。下河洗澡，逃课，撒谎，这都是开打的理由。但是不小心把水桶掉井里，热水瓶弄打了（这在那个时代都是大事），她只是一笑了之，从不责怪。有一次我老公把一只祖传的花瓶摔碎了，她拿把笤帚把碎片扫了出去，一句责怪话都没说，好像什么事都没发生一样。后来老公上了大学，问她这些事。她说，犯了小错不打你们，长大了就会犯大错。你们犯了大错，自己都吓坏了，我再打你你怎么活？

婆婆一连生了七个孩子，只活下来五个。在她家，实行的是一家三制：五个孩子中，有喊她娘的，有喊她婶子的，也有喊妈的。大姐、三姐和我老公喊娘，二姐喊婶子，小叔子喊妈。二姐之所以喊她婶子，是因为生活困难时期，她得了重病，眼看着奄奄一息，母亲就把她扔在外面的一张席子上，听天由命了。隔壁没闺女的大娘知道这事后，把二姐抱回屋里了，二姐在大娘家捡了条命，管大娘喊娘。大娘去世后，二姐又回到了家里，从此就喊母亲婶子了。

有小叔子的时候，公公已经调到了县城工作。可能婆婆觉得喊妈比较洋气，能配得上城里的生活，所以就让老儿子喊妈。仅从这一点上就可以看出来婆婆是一个害怕掉队的人。尤其是来到城市里，她像站在悬崖边上一样害怕掉下去，拼命模仿城里人的一切，除了语言——也曾经有一段时间她想改变自己的土话。儿子责怪她说，她土话里什么都带"子"，什么面条子，菜叶子，茶杯子，听了让人笑话。有一次她跟我说，要我帮她弄一张表子。我骇然道："什么表子？"她说想办一个老年证，需要填一张表子。抽油烟机坏了，她给儿子打电话，"咱家那个机子坏了，你快让人修修。"儿子委婉地提醒她之后，她什么都不带"子"了，变成凳、裤、袜，每每还听见她带着孙女，"走，买个包（包子）吃。"听了更是让人哭笑不得。

为了弄清楚路牌、广告等各种用文字标示的东西，她开始学识字，那时她已经快七十岁了。一年下来，竟写了十几本，字也学会了不少。儿子为了鼓励她，让她把家族的历史写下来，说我写小说用得着。她废寝忘食地写了半年，拿给我看。三个笔记本，写得满满当当的，就是没人看得懂。我让她念了一段，听着还真是那么回事儿。估计女书就是这么发明的。

若是厨房热闹，一定是孩子的三姑来了，在厨房陪婆婆做饭。新来的保姆也在里面。看见我回来，三姐忙拍了拍手走出来。她最近老到我们家来，怕新来的保姆不适应，什么事她都手把手教。我说过她多少次，这家是我的家，不是她的家，不要什么事都管，让保姆无所适从。莫非你自己的家宁愿不管，也得把我们家管了？不说她还好，说说她好像把这事给挑明了，反而正大光明地管起事来。要不是碍着老太太，我真的会把她轰走。

"刚才我们在那儿说大姐的孩子哩！"她接过我的包，拿在自己手里，好像我是客人，她才是这里的主人，"这孩子也太不像话，他爸通过部队一个老首长，好不容易把他安排到北京一家国企上班，一年也不回来一趟，平时电话都很少打。谁知道自己不吭气找个湖南的女孩结婚了，等咱大姐知道，他又把婚离了……"她话匣子一打开，至少是一部中篇小说。"离就离了呗，谁知道还留下个孩子，让大姐管都没法管。"

我应付了几句，赶紧躲到卫生间去了。卫生间里乱哄哄的。房子小，多一个人就更乱，这老三又不检点。我这几个婆姐，唯老三像母亲，热心肠，就是嘴太碎。我在里面收拾了一下，洗了洗脸，想着这么半天时间，她肯定又回厨房了。谁知道我出来，她还在卫生间门口等着我。

"我头疼，还晕，我想躺一会儿。"说着我就往卧室走。最近心里烦得很，没一点说话的兴头。我还没躺下，她的手已经搭在我的额头上。她和大姐都是医生。

我闭上眼睛，竟真的天旋地转地眩晕起来。

"这个保姆啊，得换，我听咱娘说了，发现她翻口袋，手脚不干净。"她的手从我头上转移到了手脖上，一本正经地给我号起脉来。

这话是怎么说的！我气得恨不得坐起来踹她两脚，可这时刚好公公把孩子接回来了，她一阵风似的旋了出去。

真是又好气又好笑。

记得我刚有小孩那阵子，她休假在娘家。有一次，婆婆把孩子抱在怀里亲她。估计是老年人口气重，再加上她爱吃葱姜蒜之类的东西，孩子拼命躲着她，边哭边把头往两边扭。她越是这样，婆婆越是追着亲她。我说："娘，你的脸别离孩子那么近。"

"咦！咋啦？"婆婆突然站起来，把孩子像一块砖头似的扔在床上，"就不兴我跟孙女亲亲啊？"

孩子不知道发生了什么，拼命踢腾着，小嘴像鱼一样吐着泡泡。我既心疼又羞愧，满面通红，一时不知所措。我看着坐在一边的三姐，她是医生，知道卫生常识，原指望她帮我说几句。谁知三姐没事人一样抱起孩子，说："孩子嘛，越泼皮就越健康，让她饿着点儿，冻着点儿，哪怕鼻涕稀里哈拉的，不碍事！你要是让她吃饱穿暖，天天捧在手心里，非生病不可！"

我不喜欢她，大约是从那时开始的。

月子里，婆婆说三姐有风湿，不能沾水，她没为我做过一顿饭。我老公回来陪我，给孩子洗尿布。我婆婆悄悄跟我说，可别让他再干这个了，男人干这不吉利。大月子里，我自己起来给孩子洗涮，后来提起都没人相信。

我婆婆却偏偏最喜欢这个女儿。二姐是那种走到哪都手脚不闲，干净利索的人，因为嘴笨，婆婆一辈子都不待见她。

三姐把孩子安置好写作业，又来到我床前。我已经坐起来了，那阵眩晕劲儿过去，感觉好像是虚脱一般。她跟我唠叨起孩子在学校的表现来，这也是我的烦心事。这孩子小小年纪就有逆反心理，我越强调什么，她越不做什么，说多了她还跟你急。

"我去见了几次她老师。人家很不高兴，说这孩子最近老是心不在焉，上课不注意听讲，作业粗枝大叶，跟同学也不是太合群……"

"管她呢，她爸交代她说，只要语文英语两门功课学好了，其他不用管。我看这两门课还行。"我皱着眉头打断她的话。这孩子虽然毛病不少，但也不是一无是处。

"老师说，她有时候还撒谎。"

"小孩子都这样，只要有是非观念就行。"

"她的穿着也太出格，有时候学校集体活动她也不穿校服。"

"孩子一点个性没有，也成问题。"

她还想说什么，孩子突然出现在门口，哭丧着脸朝她嘟囔道："三姑，你能不能不在我爸我妈面前说我的坏话啊？"

"你这孩子，一点礼貌都不懂！"三姐拍着腿说。

五

我往省城搬家那天，我们都起了个大早，把该收拾的东西打开，又重新收拾一遍。本来也没这个必要，谁知婆婆五点多就起来开始翻腾。我告诉她，昨天东西已经收拾好了，别再折腾一遍了。她不放心，一件一件地打开看，边看还边问我。我也只好起来了，帮助她翻检。过了一会儿，三姐也到了。全部东西翻了一遍后，果然发现遗漏了一件重要的东西——她特意安排我买的自动豆浆机。"这个你一定得用，"她亲自把它放进包袱里，"你这早上不喝稀饭的毛病可不能再犯了。"

"好。"

"还有这个，"她又准备解包袱，被我制止了。我知道她在说她亲手给我缝制的一个小枕头，里面装的黑豆，据说可以治疗颈椎病。"这个您不说我也得天天枕，现在好多了。"我说。

我边说边剥着一个大石榴，把剥好的石榴籽放在一个透明的食品盒里。这是给老公准备的，他胃不好，我坚持让他每天晚上回来吃点石榴籽，据说很养胃。

"你看，"婆婆扭头看着三姐，用指头点着我，"她可比小媳妇知道疼人多了。"

这个老太太，怎么说呢，即使像林鸽说的那样很强势，可她的专制放在这个家庭里，特别有喜剧味道：她想让儿子对媳妇好，但是又怕太好，把她排斥在外。她想儿媳有出息，但是又不能出息太大，让她不好敲打。所以有时候她故意在儿媳面前"做"出来的那种态度，让人哭笑不得。听弟媳说，有一次他们去吃文昌鸡，婆婆先把两只鸡腿撕下来放在儿子盘子里。儿子拿起一只给弟媳，婆婆又把它拿回来给儿子，说，她不爱吃这个，你吃吧！

前年婆婆在海口，正赶上弟媳考注册会计师，天天忙得既顾不了孩子也顾不了家。有一天，她终于忍无可忍，把小儿媳从书房里喊出来，当着亲家的面，把她数落了一顿，质问她还有什么事儿比老公孩子还重要，"要是这么下去，这个家早晚得零散！"

晚上弟媳跟我通电话，哭得稀里哗啦的。我劝她说，婆婆刀子嘴豆腐心，说了就了了，不能跟她一般见识，而且她也是为了你们家庭好。后来婆婆回来，我趁她情绪好问她是不是说过这样的话。"说过，"她说，"咋了？"

我说："娘，这话太伤人了，不能这么说。"

婆婆正色道："她这是傻啊，啥事比丈夫孩子还重要？现在不散，不等于一直不散。"我知道她对弟媳的气还没有彻底释放出来，"反正我说了，随她便。他们散不散也不在于我说不说这话！"

我差点晕过去。

"不过话说过来，她还真没顶撞过我一次，"她看我尴尬的样子，只管按照自己的想法说下去，"我就是不喜欢她那样，不管我说什么，不管她同不同意，只会笑，好像我有多不讲理似的！"

我的眼泪都快笑出来了，说，谁要说您老人家不讲理，那她真是个不讲理的人！

那天去省城送我，是老公开车，婆婆非得跟着去。我们也没劝阻她，害怕哪句话说不妥当又惹她不高兴。在路上我一直嫌老公开车太快，让他慢点。婆婆故意闭着眼睛，故作轻松状，对我说，你管他干嘛？他自己心里有数。坐什么车我都害怕，就坐他的车我能睡着！我看看她，什么都不再说了。结果到地方后，我在卫生间洗脸，听她在客厅数叨儿子："我再也不坐你开的车了，撞不死也给吓死了！没有一辆车你不超，没有一辆车超咱的车！"

六

四月的礼拜天，我和老公都在家休息，每人抱一本书，半天都没说一句话，卧室就像阅览室一样安静。我俩都喜欢这样的氛围，看电影也是这样，各看各的，极个别时候才会交流一下各自的观感。

最近他一直在发胖，而且那种官僚主义的微笑替代了过去毫无顾忌的大笑。过去他的生活是快节奏的，现在好像开始减速。我不知道这是好事还是坏事，对我们家的意义在于，他在家陪孩子的时间比过去多了。

孩子一直睡到十点多才醒，这是她每周一次的礼拜天"大餐"——肆无忌惮地睡一个好觉。过完年她才九岁，每天起来都心事重重的，一点小事不称心就发脾气。有一次我推门进她房间，她拿手随便往外面一指，不耐烦地说："去！把我的红鞋给我拿来！"

"咦！你还成精了，跟谁这么说话呢？"

"去拿吧！"她更不耐烦了，�‍着嘴拿眼睛斜我。

我气得恨不得抽她，不过想想一个礼拜没见她了，就忍住了。我在背后默默地观察她，看她对别人的态度。慢慢就看出问题来了，她对保姆也是这样。

我非常生气，这不是孩子的责任，是大人的问题。我很认真地跟老公谈了一次。他嬉皮笑脸地说："我也是在慢慢学习当爹嘛！我不能让她既没娘又没爹吧？"

我无话可说。自从我离开家搬到省城，不知道哪里出了问题，生活好像是走到了一条岔道上，或者是，某个地方开始漏气。我开始怀疑我该不该走，或者为什么走。记得当时跟他说我要往省城去，他还很高兴，说，你也应该有自己独立的生活了。

十点多，我们带着孩子到小码头去乘船。开始她百般不同意，左一个没意思右一个没意思。我不由分说，拉着她的手就走。到了河堤上，她站住了，看着落在后面的爸爸哭了起来。我蹲下来看着她。她拱进我的怀里说："妈妈，你不是不要我了吗？"

"谁说的？"

"还要谁说啊？"她的哭声突然放大了。

我的泪水一下就出来了。从这里调到省城工作，我跟孩子一句都没有解释过。我根本没想过，在她童稚的世界里，这不是一个微不足道的小事。

我想告诉她，没有任何东西比你更重要，妈妈爱你，永远爱你。但我什么都没说，即便是在小说里，我也不是个懂得温情的母亲。我对待女儿，永远只差这一句话。

我女儿的生命里，父亲是个最好的父亲，她的愿望，他全部都帮他实现，并且百分之百满足她所有的物质要求。婆婆在家时，时时处处盯着自己的孙女，但她从不批评她，理由是怕得罪孙女，所有的矛盾都等着星期天我回来处理。我一直没想明白她为什么要这样，似乎也不像是她的风格。

坐船到对岸后，我们刚进入城区，老公的电话响了。刚开始还走着接着，一会儿就站下了。"……结果确定吗？要不行就直接去北京301医院，再确诊一下……"

他的脸色越来越凝重。

放下电话，我问他怎么回事。他长叹一口气，说："林鸽老公给父母算那一卦你还记得吗？"

我点了点头。

"刚才弟弟打电话说，父母离开海口之前，他给他们查了一下身体，父亲查出是直肠癌。"我想起林鸽老公说的穿大孝一事，心里也咯噔一下。估计老公看出我的紧张，说："好在发现得早，还可以手术。"

孩子仰着脸看着我们，不知道发生了什么。她小心翼翼地问道："爸爸，我们不吃披萨了吗？"

"走！"老公揽过孩子，"咱们吃披萨去！"

公公婆婆又过了一个礼拜才回来。去接他们的路上，我一直跟老公说让他放轻松一点，不能影响老人的情绪。老公看着我点了点头，没说什么，但是脸色凝重得很。我说："你这个样子肯定会让他们看出来不对劲，不行你就别去了，我自己去接算了。"他说："没事，到时候我就放开了。"果然，见到父母，他装得没事人一样。坐在回去的车上，公公婆婆都不怎么说话。我故意找点不咸不淡的问题问他们，天气啦，饮食啦。婆婆忽然拍一下我的肩膀问道："您爹的病都知道了吧？"

我一下愣了。老公赶忙接过话头，轻松地说："知道，不就是一个瘤子嘛，还是良性的！"

公公叹了一口气，插话道："良性的也好恶性的也罢，反正病是长在我身上，我又是医生，到哪一步都要让我知道！"

老公说："那当然。"

婆婆说："不管啥良性恶性，咱不能不治。您姥娘活到一百零三岁，吃药吃到一百零三岁。咋啦？她就是脾气不好，爱吵人，还贪吃……"

我们都笑了起来，车里的气氛一下轻松了。我装出特别吃惊的样子，说："娘，这个故事你从来没给我讲过。说来听听。"

"她厉害起人来，能把人吵得找地缝往里钻。吵完人，她能吃一大碗红烧肉，油越大肉越肥越好。"婆婆用手比画着说，"那一次，为了点鸡毛蒜皮的小事，她吵了你大舅吵你二舅，吵完后她人不见了。这可把我们急坏了，你大舅二舅，都是六十多岁的人了，大街小巷村里村外哭着找娘，闹腾得鸡犬不宁。"

"那她去哪儿了？"我问。

"哎呀，你听我说啊！"她不耐烦地拿手在眼前挥了挥，好像我的问题是一股烟雾，"到我一个又聋又瞎的老姨那里去了。把她找回来，可给你两个舅舅高兴坏了，俩人站在门口放了一挂鞭炮。那挂鞭炮啊……"

公公咳嗽了一声打断她的话，说"我早看透了，人活得再排场，不过是份儿土馒头馅子。跟你姐商量商量，如果我这病确实还有治，你们就张罗张罗，如果没治了，千万千万别作孽，你们花钱让我受罪。你们面子上落个孝顺，让我死得也不痛快，这边断气儿那边还欠你们一身债，人财两空！"

我觉得这是忍耐了一辈子的公公，说得最荡气回肠的几句话。

七

我到省城工作之后，林鸽两口子来看过我一次。我感到非常意外，最近一个时期，一直有人沸沸扬扬地传说他们两个在闹离婚。中间我打电话问过林鸽真的假的。林鸽说："你猜？"我说："我希望是假的，不过你们这对儿神仙眷侣，谁能拿捏得那么准？""那就对了，"林鸽依旧用惯常的赖皮口气跟我说，"你多琢磨点人间的事儿，这神仙的事儿，就交给上面管吧！"

吃饭的时候，林鸽的老公一直若有所思地发呆。想起他们闹离婚的事儿，我故意问他："你又梦游到哪个桃花岛上了？"

他点了点头："我在想，你的生活可能要发生重大变化。"

"可别说！"我赶紧打断他，我真不想再让他的乌鸦嘴胡扯八道，"我还蛮希望自己的生活不断有惊喜，现在还不需要你指点迷津。"

"当然，惊喜惊喜，有惊也有喜。有些东西早点知道未免不好。"

"实话告诉你，我生命中最重要的东西我已经知道了，第一，如果不是老公坚决不要我了，我不会跟他离婚。第二，如果不是上帝特别选中我，我绝对不会长生不老！"

他意味深长地看了看我，没再说什么。

林鸽也没有那么多话了。

上水果的时候，我问他们："我公公的事情你们都知道了吧？"

"当然，"林鸽的老公说，"在劫难逃，这话一直在那放着，无论是谁。"

"不过是个良性的瘤子，而且还是早期，应该没问题。"我轻描淡写地说。

"这事儿，好说，也不好说。要么你是对的，要么我是对的。"他抓起椅背上的风衣，看了看林鸽，然后对我们说，"我还要去见个人，一会儿再联系！"

林鸽把他送到门口。看着他走远。我问林鸽："快交代，到底怎么回事？"

"没事，"她仰头往后捋一下头发，逆光里看见她眼角生了不少皱纹，"没事你就不要找事！"她用手点着我嗔怪道。

"在劫难逃？"我不无讥讽地看着她。

四月份，给公公做了肿瘤切除手术。从北京请的专家，在大姐所在的医院做的。我的意见是放在北京做，毕竟大医院各方面条件都好，有点意外也好处理，我父亲曾经在那里做过大手术。大姐说，这个手术不大，在她们医院做，大家都不用往北京跑，也有利于术后恢复。

术前我们请专家吃了一顿饭。饭后，专家说，这个病虽然不是很要命，但病人毕竟年龄大了，肠子切断后再接起来很难愈合，风险也大。为了安全起见，不如从腰部穿出去，接一个粪袋。他说做过几百个手术，从效果上看还是这样比较保险。

"那不行！"大姐的脸涨得通红，好像这个建议冒犯了她似的，"无论如何不能接一个粪袋，父亲一辈子爱干净，死也不会答应的！"

二姐和三姐对视一眼，都没说什么。老公不赞同大姐的意见，说还是尊重医生的意见，安全第一。

"坚决不行！"大姐斩钉截铁地说。

手术进行得挺顺利，这个主刀医生是国内有名气的肛肠科大夫，麻醉师也是省内一流的名家，做这样的手术简直是小菜一碟。哪知越怕鬼越是鬼打门，手术过程中犯了一个极为低级的错误——手术器械消毒不过关，基层医院毕竟各种设施水平有限。公公术后一直高烧不退，伤口不愈合。原来以为只是伤口感染，集中精力把外部伤口解决了，温度不但不退反而升到怕人的高度。这才拉开肚皮看，发现里面的肠子已经穿孔了。

那一段时间婆婆真是吃尽了苦头，她就据守在公公的病房里，只要有一点动静，立马就奔到病床前，小心翼翼地察看着。她亲自伺候公公大小便，为他擦洗身子，坚决不让孩子们插手。尤其是我去了，更是不让我动手，最多让我看看病人，站在公公病床前问候几句。有一次，我看她腰里鼓鼓囊囊地裹着个什么东西，问她这是什么。她朝我使了个眼色，把我拉出去说，公公裹腰部用的腹带，每天都会有脓血粘上去，所以必须随时清洗。但是又来不及晾干，她就只好裹在腰里暖干。

我说："娘，这些腹带如果医院不够，你吩咐我们买几条也不是什么大事。如果再把你的腰冰坏了，就是不说你受罪，孩子们不得照顾你吗？"

"你们要真想花钱，就给你公公多请点好医生，多买点好药吃，让他快点好吧！"她比画着腰里的腹带，"这算什么呢？"说着说着，一大滴眼泪滚落下来。我能感到她心里的那种绝望和苦楚，"比起我年轻时候受过的罪，连屁都不是！六几年那时候，你公公饿得眼睛发绿，说看见生产队喂牲口的豆饼，真想吞一口。我一听这话，连口水都没喝，去给人家推了一天石磨，换回一小把牲口料……"

但是，尽管医院精心治疗，病情仍不见好转。刚好那几天我去北京参加一个研讨会，等我回来，公公已被转移到了重症监护室。我想进去看看。三姐说，今天无论如何不能进去了，刚刚才抢救了一次，虽然暂时脱离了生命危险，意识还没有恢复，即使进去他也认不得人。我站在窗户外面看着身上插满管子的公公，不禁百感交集。如果当时听我的，把他拉到北京去治，怎么会有这种结局？可是，毕竟我是媳妇，话也只能点到为止。再来一次，我仍是不能替他的儿女做主。

第二天一早我们就来到了医院。公公的神智清醒了许多，看见我们进来，他浮肿而苍白的脸动了一下，眼睛闭上了。老公拉起父亲骨节毕露的手贴在自己脸上。我也禁不住热了眼睛。过了一会儿，公公睁开眼，扭着头看着儿子说：儿啊，我不想死！你们一定要把我治好，用最好的药，找最好的医生。我还没活够啊！

这时医生护士过来看了看父亲的血压体温都还正常，劝我们暂时出去，不要打扰病人休息。婆婆让我们一定到门口先去喝点稀饭。老公一直拉着父亲的手，站着没动。婆婆过来扯我的胳膊说："他不去咱们去！"

我们刚刚在医院门口一家快餐店坐下，三姐的电话就打了过来，说父亲断气了。婆婆站了一下没能起来，又一屁股墩下去，眼睛眨了眨，好像没听懂似的。

八

按照公公生前的遗愿，把他的遗体拉回了老家。回去那天走得很早，因为老公是长子，所以我们两个必须护灵，二姐三姐陪着我们坐灵车，大姐陪着婆婆坐在后面的车上。小叔子一家还在从海南回来的路上。临开车前，婆婆安排三姐带条毯子。三姐问，这么大热的天，带那东西干什么？她指了指我，说别冻着我的腿。我这才想起来自己开会穿着裙子回来，忙得一直都没换，现在再回去也来不及了。我愧悔地看了婆婆一眼，也感激她真给我面子，没当着这么多人的面数落我穿这一身不合适。

车子开出城区不久，果真感觉车厢里冷得厉害。为了防止尸体腐坏，他们用冰块在车厢里砌了一个冰床。公公的身体裹在一条白布单子里，固定在冰块上，瘦小得像一小捆行李。事实上，折磨了这么多天，他也仅仅剩下一副骨头架子了。车子走着，两个姐姐念叨着，爸，咱们回家，咱们回家啊爸！说完就哭一阵子，哭完了接着说，一桩桩述说着公公过去的很多旧事，不知道是说给我们听还是说给往生者。我第一次亲身经历亲人的死亡，所以不知道该如何安置自己的情绪，心里一直有一种想哭的感觉，可就是哭不出来。这是一次奇怪的旅程，坐在车子里就好像乘坐着时光机，有足够多的时间和空间，让你从头到尾打量死亡。也就是从这一次开始，我又经历了几次亲人的离世，镇静多了，再也没有体会过这种既拥挤又空落的心情。

老公默默地流着泪，他的手一直拉着我，手心里湿漉漉的都是凉汗。

婆婆先于我们到家，看来家里的出丧事务已经安排停当了。婆婆坐在堂屋里，指挥着一群妇女剪裁孝布。这是很有规矩的，什么样的人戴什么样的孝布，一点都不能错。像我们这些晚辈，不但要戴孝，还要披麻（不过是在腰里扎一根麻绳）。看见我们回来，站在婆婆身边的一个人对她说，让他们几个赶紧披挂上，到门口去跪着，马上吊孝的人都要过来了。婆婆瞪他一眼说："跪啥跪？跪跪你哥还能活过来吗？"那人搓着手红着脸说："这是规矩，怕人家说闲话。"

"说闲话叫他找你哥说去吧！我是不信这个！"她朝里边屋子里一指："你们几个去里屋坐着，我不喊谁也不能出来！老三，"她用手指点着那个人，"你安排打墓穴的抓点紧，中午一过就把人埋了！"

"哎呀嫂子，"那人甩着两只手，看来真是急了，"咱不说挺尸三天了，最起码要挺一天吧？有些亲戚根本赶不过来。"

"赶过来了有人，赶不过来有坟，有啥区别吗？"

公公的葬礼就是按照婆婆的安排，在午饭后进行。当地的风俗，中午饭我们是不能吃的，要一直跪在灵前，等帮忙的人吃完饭再出殡。可是婆婆不管这些，强迫我们必须吃完饭再说。她指着我说："你像她这一风吹的身体，不吃饭不是要命吗？"我说："娘，不用管我，我能坚持。"她把一个馒头硬塞给我，逼着我把它吃下去。

公公葬在村西临河靠坡的一块土地上。那条河叫泥河，是淮河的一个支流。老公告诉我，公公一辈子喜水，经常自己到这里坐上半天，所以这个归宿也是他自己选定的。本来我们想着仪式结束后，停下来到河边坐一会儿。公公平时跟儿子说话不多，跟我说话更少，但我们对他的敬意是一样深。可是后来发生的事情，把这一切都破坏了。

公公下葬之后，还要给他烧纸，扎一些车马、金童玉女，还有生活用品什么的烧掉。那天大姐扎了一大堆东西，连电视机冰箱什么的都有，祭品店拉了一大车过来。婆婆看见了，问道："谁让扎的这些东西？"

大姐哭着说："我让扎的。"

"这得多少钱？你哪来的钱？"

"娘，这时候还能讲钱吗？"

"啥时候不讲钱？除了你爹，他不讲钱了。活人哪个能不讲钱？"婆婆气得浑身哆嗦，"你白花冤枉钱扎这些东西，你爹用着了吗？"

"一点也不冤枉。用着用不着这是我的心意！"大姐顶撞道。

"不能用！拣一两样烧了，其他的都拉回去！"婆婆怒喝道。

"一样都不能拉走！"大姐说着就开始往下卸东西。

"我叫你扎！我叫你扎！"婆婆忽然拿起卸下来的东西往地上摔，边摔边用脚狠狠地踩着，"就你爹那个笨样子，你给他拿这么多东西，他能守住了啊？"

我们回去的时候已经傍晚了。大姐坐我们的车走，进入城里之后，她说自己不舒服，不陪我们一起吃饭。我们把她送回家，直接去了饭店。吃饭的时候包了两桌，男人一桌，女人一桌。婆婆发现大姐没在，问我："你大姐哪里去了？"

我说她回家了，不想吃。

"咦！她忙了一天，不吃饭会行？你们去接她！"

我说："我劝她半天，她坚决不来。我估计她心里不舒服。"

"她心里有啥不舒服？"

她好像已经忘了，中午和她吵架的事。

我带点埋怨地说，"中午扎东西的事。她也几十岁的人了，给爹扎几样东西是她的心意，您不该那样。"

"天，我哪样了？我不是怕她花钱吗，她最没钱，凭啥扎东西该她出钱？"她咄咄逼人地质问我。

我一时也有点激动，脱口而出："爹治病和办丧事，花多少钱都是我们的，肯定不会让她们出。"

老公怕我惹她，出来打圆场说："这次手术，是大姐坚持非要这样做，结果却出事了。估计她思想上一时转不过弯来，心里难受。"

"那，你的意思是，你大姐把你爹害死了？你、你们当初不是都同意了吗？"她突然站起来，用手点着我老公，却朝我走来。二姐三姐赶紧拦她，可是她挣脱掉还是往我面前冲。我浑身紧张得汗毛都立起来了，想不出她会冲过来对我干什么。

"你们说的这是人话吗？"快走到我跟前时，她突然停住了，两只手朝自己脸上一左一右地打起来："老天爷，我都做了什么孽啊！"

整个大厅吃饭的人都停住了，全部目光盯着我们这一桌。那一刻我的脸色肯定惨白得没一点血色。可是，没人管我，老公和两个姐姐都去安抚他们的母亲了，饭桌上就剩下我自己呆呆地坐在那里。在周围赤裸裸的目光下，我觉得自己简直是被出卖了。我想冲她喊叫，这话是你儿子说出来的，为什么要冲着我来？不止一次了，所有的好，都是她的儿女孝敬；所有的不好，都是媳妇的错。一股巨大的悲愤包围着我，我真想站起来把桌子掀翻，实在忍无可忍了！但我动都没动一下，心里却在哭泣，可是眼里没有一滴泪水。在这个时刻，在众目睽睽之下，不管怎么样我也不会为自己的委屈声张——在死亡面前，一切事情都小得可以忽略不计。

九

那天晚上，婆婆还是回了我们家。几个姐姐请她去住几天，她都不为所动，怎么劝都不行。第二天早上起来，她已经煮好了粥。对于昨天发生的事好像忘记了，一句都没再提。接连几天都是如此，每天早晚两次熬粥，雷打不动。

但我觉得很多东西都变了，也很少跟她单独待在一起。过去我们之间的某种默契被打破了，也可能那种默契是我想象出来，或者是被我制造出来的。

晚上，我跟老公躺在床上，对他说起这件事情。他正趴在枕头上按摩自己的脖颈，听见我说这个，立马停住了，翻过身来吃惊地看着我，好像我还记得这件事让他非常难受似的。我不管不顾地发着牢骚，打定主意要把心里的苦闷一股脑地倒出来。他叹了口气，有时候也嘟囔几句，像是安慰，更像是反驳。后来我看他眼皮涩得睁不开，实在听不进去，便不想说了。谁知他突然问我："她都到这把年龄了，你还想让她改变什么呢？"

我在他的口气里明显听出不满，不过我已经不想多说了："我只是希望她更好，也更开心！"

"我觉得她刚刚好，她就适合那样的自己。"

这话说的！好像我是个多自私的人，这一切都是为了我自己。我想起过去我曾经在他面前抱怨过婆婆，说我不管怎么维护她、帮助她不断改变以适应城里的生活，她好像一点都不领情。谁知他半开玩笑半认真地跟我说："你这样做不是为了她，只不过是为了你自己。其实你大可不必，该怎么样就怎么样就行了，不然大家都累，而且还容易出问题。"

我翻身朝床边挪去，心里一阵发冷，觉得自己热心过度了。但自始至终我们都没有吵，而且也都明白，那比吵一架所涉及的东西要深得多，也疏离得多。在某些方面，我觉得他外表越来越像我公公，从说话的口气到口音。有一次他们两个坐在客厅里说话，我远远地看着，不禁恍惚起来，一时间真分不清楚谁是谁。而他的内心，则越来越像我的婆婆——几乎在每一件事情上，都有不能触碰的底线，都不能解释和辩白——不过我还是安慰自己，老公是个有责任感，也是个有担当的人，这也是我最欣赏他的地方。

婆婆还要按时去接孩子。我说她都这么大了，你不用去接了。可是到点儿她就往学校走，即使我去接，她也得在后面跟着。有一次我拦住她不让她去，说我们都不要去了，孩子也该学会自己回家了。她说："就是不接她，我也想去瞧瞧热闹！"

有时我也想，毕竟失去丈夫的是她。我总以为她内心有着巨大的创痛，所以我更要逼迫自己忘记那些不快，时时处处都陪着小心顺着她，害怕再触怒她。有天夜里两点多我起来解手，从门缝里看见她屋子里还亮着灯。我轻轻推开门一看，她披着一条单子跪在床上，双手合十在念叨着什么。我从来没见过她的裸体，不知道一个人怎么可以老成那样，简直像是一座废墟。看见我站在门口，她头都没抬，好像我是另一个世界的人。我看见窗户大开着，外面正下着小雨，浓雾遮天，河水的声音非常响亮。我悄悄走过去把窗户关了。她动都没动一下。我无声地拉上门走了出来。

第二天早上起来，她还是依然忙碌着。我告诉她明天我就要走了，我的假期已经到了。她没吭气，晚上吃饭的时候，安排儿子把几个姐姐都喊过来。儿子问她，现在吗？

"现在！马上！"她把筷子拍在桌子上。

姐姐们挤坐在客厅的一只沙发上，瞪着母亲，不知道她又要出什么难题，她们已经习惯听她发号施令了。按照婆婆的安排，我把女儿关在小屋子里写作业。

"趁着大媳妇在家，我得说一件小事，"婆婆坐在孩子的小凳子上，围裙也没解掉，"我死后就埋在这里，坚决不回老家跟你爹埋在一起！"

我们都震惊了，互相探询地看着，没一个人说话。我老公看着她，脸涨得通红，但他什么也没说。

"你们要是不答应，"她解开围裙摔在地上，"今后每年的今天都是我的忌日！

你们说吧，答应不答应？"

"答应！"三个姐姐异口同声地回答道。

"你们俩哪？"她指着我和老公。

我看看老公，又看看婆婆。老公说，你说咋办就咋办吧！

婆婆听完这话，就下去散步去了，她每天晚饭后要走一万步，据说是跟国家领导学的。大姐二姐住得比较远，我让老公开车送她们。客厅里只剩下我和三姐两个人。"你一定得理解母亲，"她又扎开跟我聊天的架势，可这次我没再截断她，"母亲心里很苦，可是她对谁都不说，也没法说。她对父亲的感情很复杂，一方面，她要恪尽一个妻子的职守，一丝一毫都不会马虎。另外一方面，她心里也非常明白，父亲没有一天看得起过她。"

眼前的一切开始模糊，我想起公公那淡然的脸色和一言不发的姿态，好像悟到了什么。

"父亲原来是大家族出身，可是他性格狷介，爷爷很不喜欢他，还没成家就把他分出去了，只给了三间破房子。几个姑姑给他凑了些钱，他拿着跟人学做生意，结果又被人在外地骗走了，差一点自杀身亡。走投无路，才去投靠母亲家。这门亲事是爷爷定下的，父亲本来不同意，后来只好将就着过了。母亲大字不识一个，长得也不好看。父亲原来是风流倜傥的公子哥，两人很不般配。可是，姥爷姥姥把父亲当儿子养着，供他读私塾，学医术。父亲跟母亲过一家，还债的成分多，感情因素少。"

我起身，给三姐泡了一杯茶摆她面前。

"解放后父亲之所以能在城里工作，完全得益于他过去所学。可是，家里不管多困难，他从来没问过。要说起来，父亲是一个好人，一辈子没跟谁红过脸。可是他从小被人伺候惯了，不懂得体谅别人。母亲一个人带着我们姐弟几个，困难可想而知，可不管多难，一句都没跟父亲说起过。在生产队里，白天她跟男劳力一样干粗活重活，想多挣点工分，晚上还得收拾几个孩子的衣服鞋子。有时候母亲去挖河工地干活，累得半年都不来月经，父亲也不知道问一声。就这，父亲每次回来，母亲都把最好吃的给他留着。最让母亲伤心的是……"三姐忽然哽咽得说不出话来。我坐近她，递给她一沓湿巾。

"姥爷去世的时候，正赶上下雨，没法骑自行车，只好走着过去。也只是十来多里的路程，可是父亲受不了这个罪。回来的时候，父亲说，要知道这么累我就不来了！你想想，这话母亲听了心里是啥滋味？过去父亲在姥爷家读书的时候，全家人吃饭都等着他。他不回来，筷子都没人敢动一下。但是，那天母亲一句都没责怪父亲，自己偷偷地哭了好几天……"

河堤上有人在练唱京戏，咿咿呀呀的腔调听起来分外凄凉。我走到阳台上，向雾霭弥漫的河堤上张望着。

三姐没跟出来，她还在客厅等着我，估计还有话说。果然，我走回去她又开始说起来。她说，她心里一直过不去，那天母亲对我太过分了，后来她们几个都数叨过她。但母亲就是那个脾气，谁也没办法。

其实这事儿我自己已经化解得差不多了，跟婆婆在一起生活这么多年，我自然了解她的脾气。但是我始终不明白，婆婆那天为什么会发那么大脾气，所以就着这个话题跟三姐聊了几句。

"你不知道大姐的情况，"三姐长长地叹一口气，"说起来话就长了。大姐夫参加过中苏珍宝岛战役，在冰天雪地里卧守了好几天，落下肠胃病的病根，经常肠痉挛。战争结束后，他被送到部队野战医院住院。医院误诊，当成直肠癌给切了，吊了一个粪袋。"

我想起每次全家人聚会，很少见到大姐夫，禁不住打了一个寒噤。跟他见过几次面，印象不是很深。他少言寡语，从部队复员后，安排到地方手扶拖拉机厂工作，刚回来的时候还能领到工资。后来企业倒闭了，他也只好赋闲在家，靠养老保险生活。

"大姐的生活一直过这么清苦，大家都不知道她心里的苦痛，她的苦处无处诉说。而且咱们家人都回避这个，谁都没说过，"三姐说着说着哽咽起来，"有些事情咱们想不出来，一个人吊个粪袋，说起来没什么，无非是一个医疗手段，可那是没跟他们在一起生活。大姐夫自己住一间房子，冬天还好说，一到夏天，他屋子里再怎么处理都有一股臭味，孩子们进去都捏着鼻子。所以大姐拼命攒钱，想着无论如何把大姐夫的肠子改道，把粪袋去掉。这样的日子她过了几十年，怎么会再让父亲过下去？所以她坚持不让父亲用粪袋，是有刻骨之痛的。"

十

公公周年时，我跟着老公一起回去烧纸。只一年时间，公公的坟已经是芳草萋萋，还长出了一棵阔叶桑树。雨水把坟头冲得沟沟壑壑的，一只青蛙鼓着眼睛看着我们，丝毫没有躲避的意思。等我们点燃纸香，鞭炮开始炸响的时候，它一跃而起，从我们跪着的地方逃了出去。

想想一年前，黄土下面的人还跟我们生活在同一个屋檐下，禁不住有点黯然。老公跪在我旁边，默默地流着泪。等仪式结束了，我拉起他的手，感觉冰凉冰凉的。我没松开。他站了起来，我们一起朝泥河边走去。

今年老公以这条泥河为名，写了一篇纪念父亲的文章，获得了一个国际征文大赛的金奖。几十年前，公公沿着这条河溯流而上，在河边第一次见到了婆婆，从此他们成为一家人，像一对陌生人一样的一家人，共同生活了一辈子。

今天婆婆也来了，她为自己的男人带来了烟、酒和从小商品市场上买的冥币。冥币数额都不大，她知道自己的男人很笨，给他烧的钱多了他也看不住。她絮絮叨叨地小声说着什么，松弛的肌肉像披挂在身上一样。她为他生了七个儿女，我始终不相信这七条生命也没把他们连接在一起。

"我们走了啊！走了，走了。"婆婆说着站了起来，一直站在那里。等我们从河边回来，她还在那里站着。

我过去搀住她。她头也不回地向车子走去。三个姐姐还在忙着收拾坟前摆的供品。烧过的纸灰在风中打着旋儿。记得小时候姥姥说过，纸灰旋转的圈儿越大，说明那边的人就越高兴。

坐在车上，我才觉得忙活了一天腰都快累断了。我躺在老公腿上，眯上眼睛，想睡一会儿。似睡非睡之间，我感觉到老公口袋里的手机震动了一下。我没动，他也没动。随后，又震动了好几次。我再也睡不着了，坐起来问他："你手机有信息，怎么不看啊？"

"不管他！指不定谁又找什么麻烦，烦死了！"他看着车窗外说。

"那也得看看，"说着我就去掏他的口袋，"别是什么急事。"

他慌忙去捂自己的口袋，脸一下红到耳根。他是个不会撒谎的人。我心里一下起疑了，坚持让他拿出来看看。因为前面有司机，他也不敢再争执，把手机拿在手里，扭着头不让我看见。我侧了一下头，只看到"我想你……"几个字。他慌忙把手机关掉了。

我夺过手机，想重新打开，可是发现设定了密码。我用胳膊肘捣捣他，示意他打开。可是他不为所动。没办法，我只好把手机装到自己包里。我的头靠在车窗上，没有缘由地，胃开始剧烈地疼痛，一直疼到身体的最深处，可能是刚才紧张所致。这样的疼痛我第一次遇到，说不清楚是哪一种。

我开始默默地流泪。甚至有一刻我想把时间摧毁，让自己变成一个像公公那样躺在地底下的人。

快到家的时候，他把手插进我的后颈，把我揽进他的怀里。我只是犟了一下，就顺从了。

"相信你自己，就足够了。"他附在我耳边，轻轻地说。

刚好这时候车子已经到了楼下，我先跳下车，把手机还给他。我说："要让我相信你，才会够！"

那一刻，我突然觉得自己很强势，这许多年的时间里，因为太在乎，我内心一直怕着他。

"你哭什么呢？"婆婆忽然推开门，正好看见我坐在梳妆台前流泪。我躲闪不及，本来有点不好意思，听见她这样问，泪水反而流得更汹涌了。毕竟，就这件事情而言，我无处诉说，更无法向唯一的闺蜜林鸽说。过去我说相信爱情，她总是嘲笑我说，连爱情都相信的人，除了当作家，什么事都干不成！

"不相信爱情你跟他结婚干嘛？"我抢白道。

"切！"林鸽皮笑肉不笑地看着我，"不相信爱情我才嫁给他，如果相信爱情，我们俩早蹬了！"

婆婆把阳台上的被单收回来，她把被单一头递给我，一头用力地拽着，半天才问了一句，刚才哭啥？

"哭啥？"突然我哽咽起来，委屈得不行，"你儿子有外遇了。"

她听了，脸子沉了下来："谁抓住他了？"

我把车上的事儿学给她听。她把被单叠好，拍整齐，半天才说："男人嘛，哪能在意他们这些小事儿！"

"小事儿？这是小事儿？"我气得脸通红，耳朵发烫。

"你说这是多大的事儿？男人是外面人，咱们是屋里人，各自管好各自的事儿，这家就太平了。有些东西你要不问也不听，什么事儿都没有。你非要打听明白，什么肮七八脏的事儿都出来了！何必自找苦头吃！"

我无话可说，别着头望着河堤。看见那几只牛又站在那里，好像一直在看着我。我的愤怒变成了一腔悲凉。

"娘，你真想得开啊！"见她半天也不说话，我不无讥讽地说。

"不是我看得开，你没想想，从来都是人找事儿，哪有事儿找人的？"她停下手里的活儿，用手抚着床上的被子，"操持好一个家庭，跟缝好一条被子是一个道理。被面子弄不服帖，人家看见了笑话。被瓢子弄不平展，自己盖着受罪。所以遇到不顺展的地方，要想办法拍平它，还能故意挑起来吗？男人年轻时候糊涂点儿，也不是什么大毛病，老了就规矩了。你也别怕他们在外面瞎胡折腾，要是找个男人连折腾都不会，那才怕人哩！"

我哭笑不得，最后还是忍不住笑起来。问她："你是遇到我公公这样的老实人了，才说这样的话吧？"

"唉——！"她长叹一声，坐了下来，"有些事儿，我从来没跟人说过。不是今天你说到这里，骨头沤烂我都不会说。你公公不是个坏人，平心而论，一辈子找到他，我也该知足了。不过，你知道吗？自从他进城之后，有了你小弟，我们就分床了，一辈子谁也没再碰过谁。你想想，他比我小，那时他正是壮年，身边怎么可能没有女人？有一次我去他那里，他床上没有打扫干净，我看见……算了，他已经躺地下了，我不该说这些。有些事不能装傻，有些事就得装傻，这才是明白人！"

十一

我给林鸽打了电话，她自己在办公室，非要让我上去。我说，你下来吧，我们找地方喝茶去。她迟疑了一下，说，你回这个单位谁会吃了你吗，怕什么呢？我知道她的意思，一直都是她指挥我，这次我指挥她，让她不习惯。

"不是怕什么，有些事我不想在单位说。我在楼下等你！"说完我就挂断了电话。

过了十多分钟她才下来。她今天穿得跟幼儿园阿姨似的，大红大绿的，配了个黑高跟鞋，看着十分扎眼。我开着车，一直向开发区驶去。那里有一个新开的酒店，下面的咖啡馆非常幽静，是个说话的好地方。我们找了一个包间，窗外是一大片绿地。靠右边是一个小小的喷泉，长着大片大片的阔叶植物，当地人把它叫做仙荷叶。坐在这里，感觉好像是到了南国。

我点了两杯毛尖和几个茶点心。茶上来的时候，林鸽把杯子动了动说："天天就喝这一口儿，还不腻歪？"

我苦笑一声，饮着杯子里的茶。苦苦的，有点涩，一直找不到回甘。我知道这不是茶叶的问题，跟我的心情有关。

"最近我可能遇到了情感方面的问题，"我尽量避免使用一些分量很重的词，突然觉得自己的生活糟糕透了。我、我的家庭和我的婚姻，好像忽然被揭开了盖子，暴露在众目睽睽之下，没什么隐私可言。可能正如林鸽所言，我在经营家庭婚姻方面是个弱者。"但也不一定，我苦恼透了。"

"什么叫不一定？你别傻了，除了你自己不知道，还有谁不知道？"

"什么啊？"我吃惊地看着她，"你什么意思？"

"哎呀，什么意思，我的爱情原教旨主义者。你老公跟文化局那女博士的事儿，还有谁不知道啊？"

我简直如五雷轰顶，半天也没反应过来。难道我的老公，这么一个温文尔雅而且有担当的男人，真会干出那种事来？我不相信。

"你呀，"她直视着我，眼睛里满是怜悯，"不管做什么事儿，只知道一个劲地退让、退让。委屈不能求全，你看在你们家，能看到你的影子吗？婆婆不拿你当菜，小姑子不拿你当事儿，老公更不把你放在眼里。"

我的眼泪几乎要涌出来，突然觉得自己是那么孤单无助。在这个家庭，不管我如何努力，好像从来都是轻飘飘的。内心的恐惧让我的神经一直都绷紧着，表情生硬，纹路坠落，我无论多么急于表白我的爱情，爱情真的让我幸福过吗？

"这男人啊，就像一匹野马，开始就要给他戴上笼头，制服他，让他一辈子都去不掉。不然的话，"她把茶杯在桌上顿了一下，茶水四溅，"不是东风压倒西风，就是西风压倒东风！知道吧？"

我跟老公分居了。很多事情我不想追问，他也从来不解释。现在我也不是每周必回了，多少有个理由我就待在省城。我不想面对。

即使周末回去，我也是跟孩子睡一个房间。婆婆又去海南了，家里格外安静，有时候我自己在家，感觉到静得可怕。这真是一个奇怪的感觉，在省城也是我一个人，可从来没有这么安静过。有时候，我觉得自己的生活变成了一堆碎片，但是这些碎片又不能彻底清扫出去。我要跟一堆碎片生活在一起，而且每天都会遇到，不是这一块，就是那一块。

有一天，我在镜子里看到了自己的脸，苍白，晦暗，好像增添了不少皱纹。扭头的时候，我还发现左边的鬓角生出了几根白发，关键是，它们看起来再也不是那么柔顺光滑了，好像刚被一场雨水淋过，蔫搭搭地贴在头皮上。我放了一浴缸热水，把头发散开。在水中我看它们漂浮着，好像不是从我的头上长出来的，像一蓬水草。我忽然哭了出来，我需要什么呢？需要找回我自己吗？需要自己坚强吗？当我真的拥有自己，真的坚强起来的时候，怎么感觉失去了那么多？不，这不是我要的生活。

我忽然认识到这么一个问题：林鸽的生活只属于她自己，那不是我的生活，明天我会在电话里这样告诉她。我记得她给我打过几次电话，张口就问我事情怎么样了。我哑口无言，不知道她这话什么意思。还有一次她来省城出差，到我办公室来。我还没站起来，她摆着手不让我站，好像我在她面前会倒下似的。她就站在我面前，有一种我从来没感觉到的压迫感。我看着她矗立在我身边的身体，感觉我们之间的关系忽然倾斜了，不在一个平面上。它在塌陷。我不需要过滥而又廉价的怜悯。

那天晚上我仍然跟孩子睡在一起，她瘦弱的身体紧紧地贴着我。也许她看出来了什么，最近一个时期特别听话，干什么事情都是看着我的脸，一副赔着小心的神情。还有一次她在睡前跟我说，最可怜的不是没爸没妈的孩子，而是只有爸爸或者妈妈的孩子。这话让我半夜没睡着。是啊，爸爸和妈妈，就像孩子的腿。只有一条腿，这个孩子怎么走路呢？要不要这个老公，也许我可以选择，而对于孩子来说，要不要这个爹妈，他一点选择的机会都没有。我可以对自己说，我三十几岁了，已经长大了。可是孩子没长大，她只有十二岁。

孩子睡着了，她的脸像一株饱满的花朵。我亲了亲她，到客厅泡了一杯红茶，拿了两个杯子，走向老公的房间。他还没睡，倚在床头看书。看见我过来，他朝里挪了挪，给我腾出了位置。我把杯子递给他，然后和他碰了杯子。我说："干杯！"他笑了起来，"干杯！"他说，然后一饮而尽。

十二

公公去世不久，我父亲也去了。接着，我的姥姥，姥爷，小舅舅，先后去世。我已经接受了这样一个事实：死亡也是我生命的一部分，我已经能够冷静面对这些问题了。

林鸽离婚了，这不稀奇，稀奇的是很快又复婚了。这一对儿活宝，怎么说他们呢？也许正是比别人高明，他们竟然可以拿自己的生活开涮吗？那天，我正在屋里洗澡，听到有人按门铃。我赶紧穿上睡衣，趴猫眼上一看，原来是他们两个在门外站着，打扮得跟新婚夫妇似的。我应了一声，让他们稍等，便回到洗手间里，不慌不忙地收拾自己。我把热水开得很大，水蒸气弥漫得满屋子都是，借着从窗口射进来的阳光，看起来云蒸霞蔚。我又在面盆里放满热水，把整个脸都埋进去。我出了一声透汗，镜子里面的脸出其不意地年轻饱满。前不久偶然看到一篇文章，写当年的某明星，一脸的凄苦，还巴巴地坚持满世界宣誓她和男友的爱情，最后被全世界看笑话。现在，过了五十岁的她，有了自己的底气，比十几年前好看多了。她再也不谈婚姻，更不谈爱情，但她把自己过好了。

每个人，都应该找到更适合自己的那个自己。

第一次，我在林鸽面前这么自信，这么自由，这么自我。等她又按了一次门铃，我才过去把门打开。他们提着大包小包的东西，像难民一样挤进来，东西都随手扔在门口的地毯上。我一一捡起来，靠着墙边给他们摆好。

他们坐在茶几边，自己洗茶，沏茶，讨论着刚才还没说完的话题，林鸽不时大笑几声。我过去坐在林鸽旁边。她一手拿茶杯，一手拢着自己的头发，侧着头问我："亲爱的，最近生活得怎么样？"

"生活"这个词从她嘴里说出来，好像在某个地方放得太久了，有一股馊味儿，像一块变质食品。

"哪方面怎么样？"我的眼睛在茶海里游移着，"哪方面？"

"都说说，所有方面。"

"如果你连前世今生都问，那得找你老公。他无所不知。"

"哈哈哈哈！"她突然笑起来，嘴里的茶水喷我一脸，但她不是为我这句话而笑。"刚才老公给我讲了一个故事，快笑死我了。"

"哦。"我起身续水，顺便擦了把脸。镜子里，我的脸像刚蒸出来的新鲜馒头。

"哎呀，真笑死我了！"她依然花枝乱颤，"他有一个牌友，是郊区的村长。每次回家晚一点，老婆就絮叨他。有一次他烦了，说，你要是再嘟囔我就跳河去！老婆说，去啊，河又没有盖子，顺着咱家一直往东走，过了歪脖柳树可不就是河嘛！他站起来真的往门外走去，三个孩子……"她又笑起来。

他老公看着她微笑着。我没笑，还没到我的笑点。

"他的三个孩子在他身后喊，快来看啊，俺爹跳河哩！俺爹跳河哩！结果村里跟来了一群孩子，在后面追着他喊，跳河哩！跳河哩！他左看右看，没一个人出来劝他，只好噗通一声跳进了河里。后来我老公问他，你怎么那么傻×呢，非要往河里跳？他说，人家都喊着跳河哩跳河哩，我如果不跳，这个村长还有啥面子？"

我也跟着哈哈笑起来。笑完，林鸽拿眼瞪着我。这次我没嗔怪她不习惯人家这样看我。我把眼睛移开了。

我说："有意思！"

"是啊，"林鸽突然收住了笑，表情认真起来，"难道我们不也一样，做什么事好像总是有人在后面逼着，身不由己。"

林鸽能说出这样的话，我觉得有点意外。我看了看她，又看了一下表，动作有点夸张。我承认自己不是个厚道之人。

果然，林鸽的笑容一下僵住了。她也识趣地看了一下表，说："我们该走了。"

"你们中午真不在这吃饭了？"我问。

"真的。不在。"

周末我开车回去，先去了孩子的学校。在校门口的人群里，我看见了婆婆。她站在最靠近大门的地方，穿着我给她织的一件灰色毛衣。现在才是初秋天气，还有年轻人穿着短袖衫。想起来我给她毛衣那天，她穿在身上，前前后后挑了多少毛病，随手扔在一边说，现在机器织得比这个还瓷实，就不再提了。

我不禁笑了。

现在，孙女比她高一头，也不怎么喜欢她。但她还是准时准点地来到这里。一个上了中学的孩子，奶奶站在学校是她最不能忍受的事情，她不会给她好脸色。每次她都被孙女甩在身后，慢慢地挪回家。她比我公公大好几岁，刚刚过了七十九岁生日。与自己的孙女比起来，她没有多少资本了，说不定哪一天她也会跟公公一样，脱在床头的鞋子就再也不穿了。

但也不一定，她这一辈子就是喜欢跟别人较劲，也跟自己较劲。林鸽的老公说，她只能活到七十八岁。给她过七十九岁生日那天，我们都松了口气。

我把车停在路边，没过去喊她。我真害怕当着那么多人的面，她指不定又会说出什么话来。其实从内心来讲，我感谢公公葬礼那次她对我的爆发。我知道我们已经互相深深地嵌入对方的生活之中，这比客套更让我放松。我从来没指望过婆婆能反省，倒是我越来越多地反省自己。婆婆可没有我这般心机，她就是个透明人物。当然，这可不是玻璃样地透明，玻璃是脆弱的，不堪一击。婆婆充其量是河里的冰凌，九九八十一难的破碎，她依然成冰，也决然地透明。反倒是我，千万条地计较，纠缠不过就貌似忍让的漠然，视而不见。

等孩子出来，我才喊住她们上车。到了我们家楼下，婆婆说，过去你们买那什么饼，明天是星期天，咱们去买点吧？孩子撇撇嘴说，披萨，我都告诉你一百次了。不过坐船去真没劲，我不想走路！

我说，不，坐船，我也想坐船了！

我们家楼下这条河叫沙河，流过二百公里后，跟公公婆婆老家门前那条泥河合流。这两条河中间，还有石河、草河。这些朴素的河流，有着本色的名字，就像生活在河边的人民一样。我快八十岁的婆婆，曾经怀念过那条河流吗？六十多年前，像一棵水葱般清凌凌的她，蹲在那条河边洗衣服。那是一条蜿蜒数百里的大河，宽展、温和、清澈。河水在她的拨弄下一圈一圈地向外延展。当她扭头擦汗的当口，她看到有人领着一个身材颀长、面皮白净的年轻人正从远处向她的村庄走来。

从此她顺流而下。

（原载《北京文学》2017 年第 12 期）

橙子熟了

肖克凡

清早睁眼醒来，一门心思盼着中午到来。中午央视有《今日说法》，昨天播出上集，今天播出案件结果。他期待人民法院判处那个恶霸村长死刑，假使子弹太贵可以发动群众捐款，绝不能让人渣活在世上。

其实不应该生气，今天是他生日，五十九岁了，足斤足两"五〇后"，绝不掺水。本埠风俗男人五十九岁生日，等于六十。只有女人才过六十周岁生日。男女有别。

如今乱套了，男女无别。大街上遇见小伙子打扮的，可能是个女汉子；看见留披肩头发的，兴许是个小伙子。就连老头子老婆子也乱了，表面是跳广场舞，里边埋伏婚外恋，明明绝了经却号称夕阳红，而且红得不可收拾。

今天过生日，他反而不愿动弹，赖在被窝里回顾历史，清点自己的人生脚印。

当年工人很傻，光知道抓革命促生产，中午职工食堂吃饭，下班职工浴池洗澡，尽管男女同工同酬，毕竟两性界限分明，好比中间架着无形高压线，碰不得。

记得那天多云间阴，有风。他下夜班憋了尿，迷迷糊糊进了车间女厕所。还没抬头里边炸了锅，他被尖叫形成的声浪推了出来，当场被评为"臭流氓"，被几个奇丑无比的女工扭送工厂保卫科。

我真的什么都没看见！我有对象看你们干吗？我进女厕所还嫌臊气呢！他一路辩解着，反而招来更多咒骂。

他被押解到工厂保卫科的路上，彻底领教了女子能顶半边天的力量，她们真的特别能战斗，对得起三八妇女节的称号。

工厂保卫科办公室有门无窗，设计得好像堡垒。保卫科长刘忠翰五短身材酷似武大郎，坐着站着一般高。他经过简单推理认定"三车间青年锻工刘橙同志强闯车间女厕所，人证物证俱在"，因此建议给予行政警告处分。

一张大黄纸将"行政警告处分"贴到职工食堂大门前，连续几天引发职工围观，青春期里他全厂出了名。

他独自找到保卫科满脸诚恳地说："既然人证物证俱在，请你告诉我物证是什么？让我心服口服。"

保卫科长刘忠翰拍案大怒，说从来没人敢跑到保卫科翻案，这叫知错不改负隅顽抗。

那时他脾气不太暴躁，一味要求刘忠翰拿出物证。一蹦老高的刘忠翰抄起电话打给北郊公安分局，说有人冲击工厂保卫科，请立即派员办案。

身背"行政警告处分"的三车间青年锻工刘橙，很顺利地被带进北郊公安分局，行政拘留七天。拘留所也是大熔炉，他在熔炉里给刀锋淬了火，出炉后就天不怕地不怕了。

那时他跟七车间青年女工刘金兰处对象，"行政警告处分"外加"七天行政拘留"，就把这段关系弄黄了。几年后面孔微黑的刘金兰表示后悔，他已经跟皮肤白皙的杨云霞结了婚。

如今他老婆仍然是杨云霞，他认为婚姻是马拉松不是打篮球，中途不换人的。所以多年来杨云霞以皮肤白皙自居，为此刘金兰耿耿于怀。不过杨云霞自身的缺憾是不生养，这令公众有了说辞。后来职工下岗各自回家，前几年大街上他遇到叫卖袜子的刘金兰。这个把脸蛋涂得雪白的下岗女工眨着圆形大眼睛说，女人不生养叫啥女人？跟不下蛋的母鸡似的，杨云霞硬是让你们老刘家绝了后。

他只得搪塞说，不生孩子也好，反正将来政府养老。

刘金兰撇了撇嘴，送出一个极其"文明"的词语：放屁！

他发现风韵犹存的刘金兰腰宽臀大，这确实是生孩子的好手。可惜当年独生子女政策坚如铁板，让生育天才没有用武之地。

是啊，就生育能力而言，杨云霞确实是输家，而且输得只剩下白皙的皮肤。赢家刘金兰也没赢得什么，丈夫出工伤摔成植物人，常年躺着不动。

想到躺着不动的植物人，他下意识地翻身坐起，抬胳膊伸腿摇晃脑袋，验证自己体征正常，便穿衣服起床了。

杨云霞发现丈夫动了窝，便以对待活人的口吻询问，中午长寿面是打荤卤还是打素卤。

素卤！他冲口答道，人活着就是要素净，清洁磊落问心无愧。

打荤卤就问心有愧啦？杨云霞不以为然，说过生日吃顿长寿面用不着上纲上线，家里也不是市委党校。

工人家庭，工人夫妻，彼此说话直来直去，谁也不尿谁。况且夫妻都是退休在家的闲人，这就更不尿了。

他认为这种谁也不尿谁的家庭氛围很好，一是解放区的天是明朗的天；二是与人奋斗其乐无穷；三是充分暴露家庭分歧，不会积累大量矛盾酿成肢体事件。

尽管如此唯物辩证法，还是没有被居委会评为五好家庭。他并不气馁甚至略感孤傲，认为有时真理只掌握在少数人手里，耐心等待大众觉醒。

不去洗漱，他坐在厅里打开收音机听新闻，特别喜欢听见义勇为之类的事迹。果然，电台播音员字正腔圆报道昨日傍晚五旬老汉勇救落水儿童，当场受到广大群众称赞。

五旬老汉？他寻思着，五十岁就被称为老汉，我虚岁六十岂不成了棺材瓤子？气得伸手啪地关掉收音机。

妻子是丈夫的表情专家，随即抓住他的思想疙瘩劝解道，今儿过生日洗个澡吧，乐乐呵呵的不生气。

生气？国家形势大好，我高兴还来不及呢。他匆匆拿起馒头抹着腐乳吃了，然后打开柜门找出"游泳包"，哼唱着"我爱祖母的蓝天"。

杨云霞趁机嘲笑说，你爱蓝天跑水里干嘛去？不着调。

一步三摇走出家门。他年轻时浓眉大眼，人挺标致的。如今眉毛开始稀疏，不浓了，而且眼角有些耷拉，朝着"三角眼"形象转化，凝神时透出几分不服气的劲头儿，容易被误认为寻衅滋事。

他下楼蹁腿骑上自行车。这辆"飞鸽"三十岁了，而立之年被主公精心养护青春犹在，论辈分肯定是大街上共享单车们的曾祖父。他骑着"曾祖父"来到社区游泳馆，不觉间精神饱满起来。根据阴阳五行学说，他属水命。水是生门，生财也生运。杨云霞小他两岁是金命，金生水，所以至今没离婚。

年轻时，他身高一米七九是个意气风发的小伙子。如今一米七七，年龄老化使他缩水两厘米。

缩水就缩水吧。工厂同事还有没等到缩水就死了的呢。他刷卡走进游泳馆更衣室，穿泳裤戴泳帽泳镜，下了泳池。

泳池里不见年轻人，除了六旬的就是七旬的。前几天有个八旬老汉被劝退了，游泳馆害怕承担意外责任，俗话说就是死不起。

他撩了撩水故意大声说，我们搞活经济要遵循科学发展观，国内生产总值很关键，可是房价不能太高，环保也很重要，严查地沟油。

池水里没人应声。他瞧不起那几个只会"狗刨儿"泳姿的老头子。凡游"狗刨儿"的多是农村长大，没有受过正规体育课教育。他不紧不慢游了两趟自由泳，靠边歇口气。

一个略显外埠口音的老头子说，你的自由泳游得真好看。

猛地冒出这个说话对象，他大声问道，老同志您知道为什么叫自由泳吗？对方摇摇头说你给讲讲吧。

他摘下泳镜做出漫不经心的样子，讲解起来。

您见过电视里四百米混合泳比赛吧？仰泳、蝶泳、蛙泳三种泳姿是规定动作，第四种泳姿可以自由选择，就有了自由泳。其实自由泳本名叫爬泳，双脚反复打水双肩轮番划水，就像在水里爬呢。既然允许自由选择，那么谁都选择速度快的爬泳，久而久之它就叫自由泳了。

外埠口音的老头子连连点头，夸赞他体育知识渊博。他抑制不住自豪感说，我小学时体育老师是打成右派的游泳运动健将。

搞运动搞成了健将？外埠口音的老头子流露出疑惑表情，好像误解"运动健将"的含义。

他很堵心，后悔把对方当作知音，索性攀过水线爬出泳池，气哼哼去了淋浴间。

透过落地玻璃门，看到桑拿房里几个老头子横躺竖卧，没放五香料就集体清蒸呢。他从来不进桑拿房，打开更衣柜取出洗浴液和毛巾，径直走到淋浴喷头下。

一股浪漫心情升起，他从淋浴喷头联想到向日葵，从向日葵联想到青春期写的那首诗。

我是一株向日葵，终生追随着阳光，直到大太阳把我晒干水分，散落成一堆瓜子，我依然身心饱满。

他从来没有把这首诗拿给别人看，包括从前的刘金兰和如今的杨云霞。有了这首诗他颇为自得，尽管身为三车间普通锻工，他内心仍然瞧不起被称为"工业诗人"的工厂宣传科长郗长林。

此时他忘了今天是自己的生日，尽情地冲洗着热水澡，任思绪跟随水珠飞扬。

是啊，那年头学历有含金量，还在强调"四化人才"，我果断去读了业余大学。四年业大毕业，学历又不值钱了。这就像中国股市行情，今天红了明天绿了，而且我的K线是绿多红少，总是踏空。人的命，天注定……

猛然睁开眼睛意识到身在淋浴间，他首先听到哗哗的水声，抬头看到对面的淋浴喷头下空空无人，任凭水花四溅。

他妈的，这是谁浪费水啊。向日葵的诗意被落地水流击碎，他赤条条走过去狠狠关掉这只该死的节门。

外埠口音的老头子走进淋浴间，手拿丝瓜瓢子，表情疑惑望着静止的淋浴喷头。

您就忍心让国家的水哗哗浪费？他坚决维护正义说。

外埠口音的老头子说，咦——我去更衣柜拿东西，马上就回来了。

不关节门哗哗流水去更衣柜拿东西？您好大的身价！

我就是好大身价，你怎么不知道哇？外埠口音的老头子突然笑了。

您就是国家主席也不能浪费水！他本能地逼上前去，今天要不是看您年纪大了，我肯定要好好教育您的，包括从肉体到灵魂。

他义愤填膺说着，却坚持用"您"称呼对方，以此昭示自己是受过教育的大城市人。

狗拿耗子，我就见不得你这种多管闲事的人！外埠口音的老头子毫不示弱，挥动手里的丝瓜瓢子。

他伸手指着对方的鼻子说，您不要倚老卖老耍混账！作死是不是？

游泳馆的管理员及时出现，张开双臂隔开双方，说和谐社会安定团结。

我不洗啦！不洗啦！对方狠狠摔掉手里的丝瓜瓢子，气急败坏地走出淋浴间，去更衣室穿衣服了。

他大声冲着更衣室喊道，我叫刘橙，刘玄德的刘，褚时健上山种橙子的橙。节约用水，人人有责！你不服气就到居阳里13号楼1门202室找我！

他恢复了当年街头宣战的气概，喊叫声很是流畅。一时没有听到更衣室里应声，获胜之感油然而生。他矗立铁制向日葵下，继续哗哗冲洗着自己。

我跟褚时健毫无关系，怎么把他的橙字引用上啦？他给头发打满香波，暗暗询问自己。可能是佩服褚时健走出监狱晚年创业吧，硬是干出了个样子来。

这时依稀听到游泳馆的管理员小声评论，如今老人家比年轻人火气还大，动不动就叫阵，有本事抢回钓鱼岛多好，自己横渡海峡去解放台湾也行。

听到自己成了老人家，他无声地笑了，神差鬼使想起多年不见的臧建国臧哥，真是恍如隔世。

他想念臧建国臧哥，坚决认为如今没有那样充满人格魅力的人物了。

穿戴整齐，信步走出游泳馆。一个身披黑呢大衣的男子迎上前来，摆手挡住道路。他抬头打量着这张面孔，认出是外埠口音的老头子。

刘橙子，把你家住址再给我说一遍。外埠口音的老头子语气平缓，手里拿着碳素笔。

他毫无思想准备，怔住了。不由想起青春期"约架"的场景，此情此景再现峥嵘岁月，只是当年满嘴黑话的"愣头青"换成外埠口音的老头子。

所谓约架就是约定时间约定地点，届时双方人马聚齐现场开打，绝无食言。也有食言的，那叫"尿了"，永远被人瞧不起。

穿越了——他情不自禁进入"约架"状态说，您听清楚了，我叫刘橙不叫刘橙子，你把子字给我去掉。说着下意识握紧拳头，一股荒疏已久的蛮力砰然充满全身，毫不示弱再次报出自家住址。

外埠口音的老头子右手握住碳素笔，一笔一画把他家住址写进左手掌心，然后满意地点点头，笑着说这样就好办了。

他没有询问对方什么，这同样出自历史遗留习惯，当年街头约架只询问哪所学校，你是育红学校的，我是八一中学的，绝不打听家庭住址，学生斗殴跟家庭毫无关系。

他习惯说出当年约架的术语"我等你定时间地点呢"。对方没再说什么。他扭身去找"飞鸽"。

还是忍不住回头瞥了瞥，愈发觉得老家伙身披黑呢大衣颇有几分风度，看着比泳池里体面多了。他觉得这人既难以概括又难以抽象，几乎溢出自己人生经验框架之外，看不出是何来路。

依然精神抖擞跨上自行车，蹬出两个路口再次寻思起来。这老家伙真是要约架吗？这令他的思绪重返中学时代，再次想起已经沉进记忆深处的场景——挥起铸铁扳手给警备区副司令的儿子脑袋开了瓢。那时他是臧建国臧哥的追随者。

身后有人喊叫"橙子！橙子！"他以为是路边水果摊贩在叫卖，没有回头。这时那喊声响彻大街，他只得刹住车子停下。

一辆煎饼车推过来，推车的女人呼呼喘气说，你聋啦叫你八百声都听不见！你老年痴呆了吧橙子？

从前工友们确实叫他"橙子"。听这声音应当是大屁股刘金兰。

咱们国家放开二胎，你怎么不再生一个？他迎头开起玩笑，抢占话语先机。

你说得万分正确，可惜我子宫下岗，就让我儿媳妇生吧。刘金兰说话双手叉腰，可惜她的腰围超过胯骨双手很难叉住，不停地下滑呈现垂手状，适得其反地从强势化作谦逊。

他仔细端详刘金兰。俗话说女人四十豆腐渣，何况她五十拐弯儿，却残存着明媚的目光和红润的嘴唇，当然还有满脸汗珠，把她装饰得亮晶晶的。

你爷们儿还在家躺着呢？他关心植物人胜过关心前女友，推着自行车问道。

他去年冬天走的。刘金兰并无悲伤地说，他走就走吧，常年躺着也是受罪。你家杨子挺好吧？

工厂里叫杨云霞"杨子"，听起来令人怀旧。他下意识压低声调说杨子挺好的。刘金兰笑了问道，你跟我说话怎么鬼鬼祟祟的？心里有乱搞男女关系的想法吧！

他被说得满脸尴尬，连忙解释六旬老汉还能有什么想法。

你显年轻呐！看面相顶多五十出头儿。刘金兰乘胜追击说，人家七旬老汉花十块钱买塑料婚戒，明目张胆在公园里搞婚外恋呢。

他为摆脱被动局面，只得四敞大开说，我老汉是个好老汉，就是我枪里没子弹。

这两句顺口溜果然奏效，面对枪和子弹的敏感词语，刘金兰收敛起来，主动转移话题说起工厂出卖地皮的真相，混蛋厂长郗长林被抓了。

他想起郗长林曾是宣传科长，后来停止写诗改行钻研企业管理爬上高位，终于戴上纯钢手镯。

刘金兰告诉他，白天推车卖煎饼果子，晚晌去唱样板戏，自己争取跟随全国人民共同奔向小康。

听到煎饼果子，他猛地想起长寿面，立即告辞骑车去市场买面条。刘金兰冲着背影念叨说，这人五迷三道的，这话没说完就逃窜了。

市场里面食店门前排队，一个小伙子挤到前边掏钱就买。他凑过去拍了拍加塞者后背，小声说你年纪轻轻怎么不懂得遵守规矩。

小伙子回头说，我有急事我要先买。他迅疾出手抓住小伙子领口说，你爸爸死了你买东西也要排队！

老东西！你不要动手嘛……小伙子挣扎着，准备还手了。

他毕竟锻工出身，一只大手好像铁钳紧紧锁住对方领口，另一只手抓住对方裤带，猛然发力向上提起。

小伙子被拎得竖起脚尖，好像练功的芭蕾舞学员。这时他感觉对方身子渐渐松软，便残忍地笑了。

宝贝儿，你妈妈身体还好吧？他松开锻工打铁的大手，使劲往外推搡说，今儿你爸爸不在家，我是替他教育你呢！

小伙子脸色煞白，并不敢抬头对视，扭身跑了。

旁边的老奶奶小声忠告说，这位大兄弟，如今不要多管闲事，你要是遇到个厉害的主儿，能把你气成脑溢血。

好哇，我这等着厉害的主儿呢！他大义凛然说着，环视四周好像寻找着对手。可惜没人应声。他不认为自己被孤立，而是感觉特别孤独，再次想起青春期榜样臧建国臧哥。

面食店摊主大声招呼他买面条，问他是不是当过特种兵。

他冷淡地笑着说，国有资产流失工厂没了，我给私企老板当过雇佣兵，后来资本家卸磨杀驴了。

摊主得知他是退休工人，出于同情多给了几根面条说，去年我们自发成立进城务工者协会，果然没人敢欺负外乡人了。你们工薪阶层一盘散沙，永远成不了混凝土。

什么一盘散沙？我一颗沙子就能硌掉他们满口牙！

情绪败坏走出市场，大太阳当头照耀。他手里托着面条好似托着炸药包的民间版勇士，大步走回家去。

过生日反而坏了情绪，甚至差点动手打架，这可不是吉兆。好在他不信"气场"啊"时辰"啊这类说法，本身属于唯物主义者，也就无碍大局了。

放松表情走进家门把面条放到厨房里。杨云霞问他游泳包呢，他这才想起游泳包放在车筐里，自行车忘在市场里。

你过生日丢东西，不怕丢了好运啊。妻子很有封建迷信色彩地说，我可不愿意跟着你犯晦气不吉利。

我去把自行车骑回来就是了。他认为妻子小题大做，凡事都上纲到不该上纲的高度，那高度别人想上吊都够不着。

匆匆走出家门，在小区里遇到物业公司经理董超。这个小区百分之八十的家庭属于"还迁户"，董超那种富人瞧不起穷人的心理特别明显，走路见人高扬脸不搭腔。

唯独遇见他是例外，几次当面夸赞"刘师傅浑身正能量，永葆工人阶级本色"。

董超主动打招呼问刘师傅去做什么。他说自行车丢了。物业经理说他的雪铁龙尾灯昨天给人砸了。

工人阶级有力量，没人敢偷您，自行车保管丢不了。

他记得《水浒传》押送林冲刺配沧州的衙役一个叫薛霸，另一个就叫董超。无论大宋王朝的黑心衙役、还是中华人民共和国的物业经理，他统统没有好感，便不再搭话快步走了。

董超原地不动大声说，您走路姿态完全不像六十岁的社保老人。

他知道当今社会瞧不起工人，听到甜言蜜语必须保持头脑清醒，而且凡事要往坏处想。我不像六十岁的？这家伙是说我虚报年龄骗取社保退休金吧。

走进市场找到自行车，车筐里的游泳包没了。他初步核算财物损失：泳镜三十元，泳帽二十元，泳裤四十五元，耳塞五元，浴巾十元……丢就丢吧，旧的不去，新的不来。

他推起老飞鸽自行车，一段荒疏已久的句子从记忆深处冒了出来：我们不但善于破坏一个旧世界，我们还将善于建设一个新世界。

这句话是谁说的？……马克思还是恩格斯？列宁还是斯大林？听这语气应当是伟大领袖。只有他老人家指点江山挥斥方遒，气魄宏大无人匹敌。

他走进家门径直来到厨房。黑心开发商给"回迁楼"设计的房型极不人道，厨房狭小容不下两个胖子，好在夫妻俩均为瘦肉型动物，足以避免身体发生摩擦，彼此秋毫无犯。

长寿面，素卤，菜码是豆芽菜和黄瓜丝……饭菜香气大大咧咧散开来，给两口之家平添几分温馨。

杨云霞忙碌着，她并未明显发福的腰肢系着蓝布围裙，依然勒出肉质沟壑。煮面的热气侵来，她轻轻咳了咳。

他凝视着妻子厚实的背影，突然间喉头发紧眼眶泛酸。

老夫老妻将近四十年，从蜗居九平方米小屋，到如今两室一厅楼房；从工资三十五元五角，到如今社保养老金每人三千零八元；从工厂"放羊"双双下岗，到如今温饱无虞有病吃药；从当年领导阶级到如今草根阶层……不知什么缘故，他突然品尝到多年不曾伤感的滋味，有些小激动。

扭脸看到冰箱门上新贴了"小字报"，他的感伤情绪随即云消雾散，一步跌进"论战状态"。

这个奇葩家庭极具特色，夫妻产生矛盾绝不吵嘴，双方以小字报形式展开辩论。厨房狭窄墙壁占满，没地方写大字，小字报应运而生贴在冰箱门上。新生活的冰箱与老年代的小字报，形成混搭。

他凑近冰箱眯起眼睛阅读刚刚出笼的小字报，看清标题"丢自行车是现象，不负责任才是本质"。

他笑了，杨云霞这"两笔抹儿"写得比过去好看多了，莫非她偷偷去老年书法班描过红模子？

他使劲咳了两声，冲她背影说自行车没丢骑回来了。她侧身伸手哗地揭下小字报，随即捏成纸团投进厨房垃圾篓里，表示取消了这场论战。

杨云霞转了身来，说了声祝你生日快乐。她两侧太阳穴位置贴着黄瓜片，这是中国最省钱的美容方法。

他不合时宜地补充敌情说，只是车筐里的游泳包丢了。

一会儿《今日说法》开始了。她提醒着丈夫，初步露出争做贤妻的端倪。

他退回厅里落座，手持遥控器打开电视机，调到中央电视台综合频道，迎面播出高档白酒广告，再次激活记忆程序。

十几年前几个兄弟请臧建国臧哥吃饭，喝的就是这种广告酒，那时还没有这么贵，挺大众化的。光阴似箭，不是酒贵了是喝酒的人贬值了。只有臧建国臧哥永远形象高大。

长寿面的素卤居然是茄子做的，这真是新生事物。杨云霞不以为然说，茄子切丁，下油翻炒，烹制佐料，温水放汤，大火勾芡，得活。

你上老年大学啦？他觉得妻子变化很大，字写得好看了，菜也有款式了，于是仔细打量着糟糠。

她端来浇了素卤加了菜码的长寿面，并不看他。不知为什么他有些心动——已经好多年分房睡了。

她仍然不看他，递过筷子扭身回了厨房。他望着她的背影，认为她年轻时比刘金兰白净苗条，老了仍占优势不落下风。这样想着，他端起大碗吃了起来。

《今日说法》中午12点37分播出，这时他吃光大碗面，大声冲厨房说："老伴儿味道不错！"

厨房里随即传来更正之声说，是茄子素卤面味道不错。

他揣测她上了老年大学，说话讲究语法逻辑修辞了。

总算盼得《今日说法》来了，他乌龟瞪蛋般盯着电视屏幕，小声念叨说，人民法院判这恶霸村长死刑，就算你们送我个生日礼物。

还是昨天的男主持人，他简明扼要回顾昨天播出的案情，这时字幕打出恶霸村长刘丛（化名）。他知道这是法治节目的惯例，保护隐私不用真名。

他还是不高兴了，大声冲厨房里说，他妈的，怎么天底下坏蛋总姓刘呢？

厨房里传出不同观点说，你们姓刘的也有好人，宁死不屈的刘胡兰，跟地主分子斗争的刘文学，勇拦惊马的解放军战士刘英俊，还有《三国演义》的刘备，打败项羽的刘邦，能掐会算的刘伯温，清朝宰相刘罗锅，当然也有冤死的好人……

他坚决认为妻子进了老年大学，以前她没有这么多知识，张口说话也没有这么流利。

这时主持人请法学教授分析犯罪动机。教授声音配着电视镜头对准法院案件卷宗封面，一扫而过。

他呼地起身放声喊叫，我看清档案袋啦！这恶霸村长真名叫刘忠翰……

杨云霞跑出厨房，望着五官挪位的丈夫，刘橙啊你别激动好吗？这个刘忠翰肯定不是原先咱厂保卫科长。

我瓮他妈的，怪不得名字这样熟悉呢！敢情跟那保卫科长同名同姓。他搓手跺脚深呼吸。弄得杨云霞不知丈夫是吃了长寿面还是吃了耗子药。

这时《今日说法》尾声了，依照惯例插播了广告。他气得伸手指着电视机说，为什么没提判不判他死刑？《今日说法》这算怎么档子事呢！

他连续拍击大腿说，我得给中央电视台打电话，他们这样办节目不行！必须给我们广大群众说清楚……

今天是你六十大寿，咱别给自己添堵好不好？我给你盛碗面汤喝吧，原汤化原食。

今儿我过生日，这中央电视台给我添堵！他狠狠坐进沙发椅。稀里哗啦沙发椅垮了架，毫不客气地把他放倒了。

老态龙钟的沙发椅颇有几分来历。当年父亲是炼钢厂老工人，组织上清理库存"查抄物资"，父亲抓阄儿得到这把沙发椅，花八分钱买回家，成为全家最贵重的家具。父亲每每坐在沙发椅里，工人阶级的荣耀感就油然而生。

父亲去世，他继承遗物，升任这把沙发椅的主人。有行家认出这把沙发椅原产意大利，肯定出自名门。他每每坐在沙发椅里，想象它曾经属于大资本家的小客厅，浑身充满当家作主的自豪感。随着沙发面料老化，他拆掉深绿色平绒，更换为紫红色灯芯绒，形象全新。他愈发充满主人公精神。

后来落实政策退赔查抄物资，却没人索回这把沙发椅。他推测故主已然远去，心情有些小复杂。

今天六十大寿，他坐垮了父亲的遗产，心情有些复杂，索性躺地不起，目光直勾勾望着屋顶，满脑子的问号。

杨云霞从厨房里跑来，猫腰伸手拉起他，说你不是公务员医保不封顶，退休工人摔断胯骨轴咱家治不起。

他妈的，敢情天底下坏人都叫刘忠翰……他故意岔开跟沙发椅有关的话题，痛骂当年工厂保卫科长以转移妻子视线。

他呼地翻身坐起，这身手确实不像六旬老汉的年纪。

《今日说法》里的恶霸村长刘忠翰被送进监狱，当年工厂保卫科长刘忠翰从历史废墟里唤出来，活灵活现站立面前。

他恍惚产生幻觉，气咻咻望着对方说，你不拿出判我警告处分的物证，我他妈的就废了你！别以为我像当年那样软弱可欺……

杨云霞瞪大眼睛轻声试探道，你没吃错药吧？

与人奋斗，其乐无穷。他认为这句话很接地气，便坦然对妻子说，不知道刘忠翰那混账是不是还活着。

妻子不明底里答道，前些天我看见他在超市买东西呢。

他突然爆发了，你为什么不告诉我？这事儿值得保密吗？你究竟站在谁的立场上？

你看这生日过的，就跟吃了枪药似的。她说着转身退回厨房，好像躲进防空洞。

杨云霞知道丈夫患有记忆性歇斯底里症，一触即发惹不得。这几年她有了成套战术打法，丈夫狂躁时她避其锋芒，出门下楼去买彩票或去超市抢购打折商品。丈夫平稳时她就贴出小字报，开展大辩论。

果然，丈夫情绪平稳了，哼唱起歌曲："红太阳照亮了井冈山，武装起工农千百万，伟大的领袖毛主席，历史的关头指航向……"

刘橙同志这是要上山打游击啦。杨云霞在厨房里嘟哝着。

丈夫分明找到了人生奋斗方向，他走进厨房兴致高涨地说，真没想到会是这样！感谢中央电视台让我生活充实起来。

之后他站在她身后问道，当时你跟刘忠翰搭话没有？

你让我跟他搭话？她扭身打量着丈夫说，人家可阔气呢，装满了超市小推车，排队结账还抱怨中国超市比美国差远了。我手里只拿着两袋打折的牛奶，哪儿好意思近前啊？

不过，他还是尖嘴猴腮五短身材的样子……她做出补充说，他身边那女人显得年轻，不知是妻子还是女儿。

这肯定是他的小三！他情绪再次爆发说，这就好办啦！我先抓住他婚外恋的物证，让他永世不得翻身！然后再让他给我平反昭雪。

杨云霞笑了，咱们工厂都没了，你找谁平反昭雪去？哎晚饭还接着吃面条吧？我做西红柿鸡蛋卤……

他不睬西红柿鸡蛋卤，上前拉住她手说，你要是再遇见那家伙，一定不要打草惊蛇，躲到暗处打电话给我。假使你没带手机就悄悄跟踪他，只要掌握了住处就齐了。

好多年没给他拉过手，她有些不适应，使劲抽回手臂说，人家安徽小岗村都恢复农业合作社了，你就不要再算那笔旧账了。

旧账？我正想穿越回去呢。他说着甩掉塑料拖鞋蹬上山寨版耐克鞋，找来麻绳捆好散架的沙发椅残骸，扛着走出家门下楼去。

她追到楼梯口叮嘱说，你一把老骨头了，不要动不动就跟别人叫板，让人家说坏人变老了……

下楼可巧遇到蹬三轮车收废品的，他问收这堆东西给多少钱。收废品的讥笑说你要给我钱的，说罢蹬车走了。

他妈的，父亲的遗产就连收废品的都不要，这真是换了人间。他索性把沙发椅的尸体扔在垃圾桶旁边，鼻子泛酸。

他定定站着，凭吊着父亲的遗产，心头五味俱全。这些年搬了几次家都没舍得扔掉这把沙发椅。它原本属于剥削阶级财产被革命群众查抄而来，然后以福利待遇的名义贱卖给炼钢工人，今天就算是无疾而终吧。

想起远在天堂的父亲，他说了声请您不要怪罪我，突然发现破旧沙发弹簧系着小块白绸，微风里闪动着好像活物。

他蹲身从弹簧里解下这小块白绸，发现写有墨迹。

"尽管被剥去漫天阳光，我仍然属于夜晚星辰。"

这蝇头小楷写下的诗句，年代久远墨色褪去，依旧持续诉说着无名者的心曲。他竭力想象留下墨迹者的形象，是男是女，是老是少？完全想象不出。他知道留下墨迹者属于另外陌生的世界，跟自己永不搭界。

他有些难以自洽，下意识握紧拳头，无意间攥碎了几乎风化的小块白绸。他居然感觉解脱了，甩动双手走了。

他理清思路设置寻找刘忠翰的线索，再度鼓起奋斗目标，心情随之好转。

一步三摇走上大街，雄赳赳气昂昂的派头。年轻时浓眉大眼，如今眉毛略有稀疏，眼角稍显耷拉，浑身劲头儿绝对不像六旬老汉，看背影是个小伙子。

他迅速确立寻人思路。可以去婚介所查询，如果刘忠翰单身相亲，就会在婚介所登记，这是线索一。线索二则是房地产中介店，假若这家伙买房或者卖房，定然留下联系方式。线索三呢？可以去派出所打听，就说寻找失散多年的老战友，做梦都想重逢叙旧……

心中拥有这三条线索，他得意地笑出声，吓得大街旁等公交车的人们纷纷闪躲，唯恐撞上大麻烦。

我怎么成了瘟神呢？他有些生气，突然放声喊道，车来了不许抢乘！也不许拿老年卡冒充！你们都给我排好队等车！

公交站旁边卖报纸的妇女说，我在这儿好几年，总算来了个主持正义的人物。

他受到老年版表扬并不自满，恢复正常语调说，维护社会秩序，人人有责。

卖报纸的妇女指着摊车里的报纸说，这上面报道有专门忽悠老年人理财的团伙，说是吸纳资金振兴东北老工业基地，还有报道东郊区老爷子见义勇为追盗贼，一刀就被坏人扎死了……

老爷子死得光荣！一定判那坏人死刑，不枪毙，砍头！

您要退回大清国啊，祖上旗人吧？卖报纸的妇女很吃惊。

911路公交车来了，人们蜂拥而上挤成一锅肉粥。看到自己毫无威慑力，他转而对卖报纸的妇女说，这就叫自由化，必须采取有力措施！

她连连点头，表示赞同。他喜逢知音，便问她每月退休金情况。她突然不高兴了，说咱们中国人就认钱，人家美国人从来不打听别人收入多少。

您跟这儿卖报纸还知道美国的事情，胸怀全球放眼世界呢。

嘿嘿，算你有眼光！我儿子留在哈佛大学实验室给教授当助理，十年没回来了。

他显然受到冲击，暗自寻思着。她儿子在美国当助教，她在中国卖报纸，这宝贝儿子真不孝顺，一定是跟美国人学坏了……

她好像看透他的心思，略显得意地说，我现在不炒股了，三天两头做逆回购，还买理财产品赚收益。上半年有个"以房养老"保险，我听了吴总的演讲，太让我放心了，抵押房产投了保，以后每月还给投保人发薪水，这下子我养老有了保障……

他听不懂这些门道，信步走进路边"连万家"房地产中介店，迎面墙壁贴着"严防金融电信诈骗"的标语。他笑了，不知这是提醒买房的还是卖房的。

他响声说找经理。几个小伙子同时站起说我们都是部门经理。他觉得踩上连环地雷，连忙改口说找总经理。一个部门经理抢先回答说总经理常驻深圳。

他不高兴了，说了句"他怎么不常驻中南海呢"，转身返回大街上。他脾气不稳定，大海潮起潮落尚有规律，人却没准头。

一个部门经理追出门来，问他想卖房还是买房。他想趁机评估房价，说出住家小区和楼层面积。

这部门经理褪尽笑容，说您这是回迁房没有多少行情，干脆安居这辈子别动了。

他意识到遇见势利眼准备反击，对方退回店里了。

他妈的，这群小崽子不知锅是铁打的，迟早会吃大亏。

一街之隔，银行门前白发老者手舞足蹈，不知控诉谁呢。人老了容易上当受骗，难怪连电视台都提示严防金融诈骗，已然全民皆兵。

他正要去婚介所寻找刘忠翰的线索，手机响了。他从来不接陌生号码电话，看到来电显示"家里的"，放心接了。

电话里杨云霞说有人来家找他，一个个西装革履的样子。他估计这是报社记者采访，果断挂掉电话往家里走。

他经常给《老年周报》热线打电话，反映各式各样的社会问题：要求电报大楼大钟恢复整点报时，给半身不遂的老年患者免费发放电子手杖，全面杜绝使用"屌丝""逼格"之类脏词脏话，社情民意不能报喜不报忧……已经引起有关方面关注。

山寨版耐克鞋有些夹脚，他仍然加快步伐行走，不愿让人家记者久等。看见有辆黑色越野车停在楼下，两个身穿藏蓝色西装的小伙子，看着好像双胞胎。

你是刘橙先生吧？两个小伙子迎上前来，当面核对身份。

他仔细端详对方说，敢情真是双胞胎，你俩好像不是报社的？

我们不是记者，公司派车接您去喝茶，快请上车吧。

物业公司经理董超赶过来，满脸奉承表情说，这开着大奔来接您，人家还派了俩保镖，刘师傅您真有身份啊。

他被董超捧得高高，反而不便询问对方来自何方，只能拉开架子上车了。

他当然知道贵宾不能坐副驾驶位置，便大摇大摆坐进后排，随即被两个保镖夹在中间，两边挤得很紧。

想起港台黑帮电影，他猛然意识到自己可能被劫持了，用力扩展双肘询问对方身份说，明人不做暗事，你们到底哪儿来的？

一瞬间双臂便被挤得更紧，动弹不得。

我没得罪黑社会，看来这是摊上事儿了。不由想起当年两派街头武斗，目睹臧建国臧哥只身冲进"红代会"阵地的壮举。尽管那时自己属于小字辈，还是跟着投了石块。如今老了，也不能服软认怂，一股英雄气概腾地燃起，他哈哈大笑。

一人难敌四拳。你们马上给我停车，一对一过招，老子谁都不怕。

谁跟您过招啊！您以为我们是美国海豹突击队？我们公司请您喝茶，正宗福建大红袍呢。

他的人生格言是：没事不惹事，遇事不怕事。既然如此，他闭目养神，不言语了。

司机竟然放了个响屁。他猛地扯开嗓门吼道，你放毒气弹呢，给我打开车窗！

他突发的歇斯底里震慑了全车，身旁的保镖请求司机放下前窗玻璃，低声说这老家伙不好惹。

这改革开放年代，还有在车里放屁熏人的？你什么玩意儿，还喝大红袍呢，你们公司什么素质！

放过响屁的司机不卑不亢答道，我做过废品回收公司，没素质，有莘质。

我看你就是个废品，还是先把自己回收了吧。既然震慑了全车，他身心通泰，说话愈发随便。

司机好像被他骂舒服了，呵呵笑着不再说话。他暗暗寻思着，中央电视台《今日说法》里杀人案不少，我要是死在他们手里，临死肯定要拉个垫背的陪着。

想到这里心情悲壮起来，我刘橙没儿没女没牵挂，改革开放让我掉落民间，再活着也没多大意思。即使死了也要学臧建国臧哥的榜样，临危不惧威武不屈。

汽车驶到郊区，拐进小路开向一座大院子。他看到这座大院门楼铁艺横匾上写四个鎏金大字：年代之家。

汽车驶进大院里，四处栽满松柏，使人想起烈士陵园。他觉得此地不显山不露水，要么是装阔，要么是真穷，要么是装穷，要么是真阔。

左右两个保镖下车，抢着去给司机拉车门。眼看仆人成了主子，他觉得好生奇怪，伸腿下了车。俩保镖闪到旁边，司机迎上前来。

这一路听您老人家慷慨激昂，就证明我爹没看错人，请吧，客厅里喝茶。司机的确反仆为主，讲着一口普通话，引他走向大院深处。

这座大院套着小院，小院好像大院的私生子，就跟没户口似的，隐藏着不被察觉。

小院庭前身穿华服的老汉笑脸迎候，挥手打着招呼。他定睛细看，正是游泳池里外埠口音的老头子。

您老人家请我来，是立马动手呢还是养喂肥再宰？

外埠口音的老头子笑了，说先养着不宰做研究标本。

好啊，您把我泡福尔马林药水里，做成标本千年不腐。

小客厅里落座。他环视四周陈设，判断这是土豪之家。如今土豪这词儿流行，反而不提劣绅了。

貌似司机的男子介绍说，我是全天候循环再生公司董事长，外号废品大帝。这老爷子是我爹。你们喝茶聊天，我还要接待区委项书记。

平和氛围笼罩客厅。看来是要喝茶，他心理发生骤变，想起路上临危不惧的表现，对自己感到满意。

外埠口音的老头子开门见山地说，我叫柳宗汉，柳宗元的柳，柳宗元的宗，汉武帝的汉。

您要是不用普通话说这仨字儿，我以为您也叫刘忠翰呢。

"刘忠翰是什么人？"对方好奇问道。

坏人呗。我不知这家伙死了还是活着。他迅速转换话题谈到两人游泳馆的冲突。

老柳啊，不要以为我来到你的主场，就不敢坚持真理，你洗澡浪费水还不认错，这叫倚老卖老！要不是看你上了年纪，我当时会动手的……

柳宗汉不急不躁地说，你年纪也不小了，怎么还这么爱打架呢？

他不愿磨叨，说与人奋斗其乐无穷，这奋斗自然包括文斗和武斗，肯定没有红豆绿豆和黄豆。

柳宗汉哈哈大笑说，那天在游泳馆我真没看错，你果然是个典型人物。我是

1950 年的，肯定比你大几岁吧？我多年准备写《中国五〇后》这本书，那就先拿你采样研究喽。

中国五〇后有什么值得研究的？如今不就是按月领取退休金嘛。这群人再过二十年基本死绝了。

嘿嘿，我只是退而不休做些事情，主要研究中国"五〇后"现象，给咱们后代留下具有历史文化价值的遗产。

外埠口音的土老帽儿，猛然间变成社会学者，而且改用普通话，他不知如何应对，哑了口。

一个身穿旗袍的女士款款走进客厅，端坐案前操持工夫茶了。

柳宗汉主动介绍说，这位女士也是五〇后，当年大串联去过井冈山、韶山、西柏坡，后来上山下乡去延安插队了。

他惊诧地望着旗袍女士说，看外表您四十多岁嘛。

我 1953 年属蛇。她仪态端庄递过茶盏说，我们克服消极情绪，永葆革命青春。

眼看女士身穿改革开放的旗袍，嘴里却讲着革命年代的话语，他感觉被扔进了时间隧道，瞬间抵达这个似是而非的地方，令人时空错乱。尽管错乱了，他还是喜欢这位 1953 年属蛇的女士，论年龄她肯定是姐姐。

请问您贵姓？张口想起北京话"套瓷"，他随即后悔，暗暗谴责自己，我这是学年轻人搭伴儿呢。

当年中学时代大街上搭讪女生，俗称"拍婆子"。没想到青春期病毒此时发作，这是典型的为老不尊。

然而旗袍女士并不介意，轻声轻语地说：向阳。

向阳？从前有首歌曲叫《社员都是向阳花》。这火红年代的名字再次使他激情燃烧，于是正襟危坐对柳宗汉说，您为什么选我做研究标本呢？

柳宗汉胸有成竹地说，我要寻找典型环境中的典型人物，可巧游泳馆里遇到你，一个非常典型的五〇后男士。

不知不觉间，柳宗汉说话在外埠口音与普通话之间转换着，往返自如。他揣测对方在家乡口音与普通话之间，窜来窜去。

咱们五〇后深受"斗争哲学"影响，可以说是喝狼奶长大的，或多或少有股子街头暴力气息，如今老掉牙了，仍然属于凶猛动物，成为当今社会的珍稀物种。

身穿旗袍的向阳女士接过柳宗汉的话题说，柳老是有识之士，他决心抢在咱们老去之前，抓紧研究五〇后文化现象，通过大量问卷调查与个案实例分析，潜心写出学术专著，争取早日自费出版。

柳宗汉被夸奖得有些自得，竟然颇有几分孩子气地说，当年我去过缅甸，还在泰北见过马共总书记陈明呢……

名叫刘橙的五〇后暗暗服气，这位柳老要么高干子弟要么书香门第，绝非土豪劣绅之流。

柳老想让你写个自传，就是谈自己的经历，粗线条两万字即可，作为五〇后个案研究。我们做事只争朝夕，所以希望越快交稿越好……向阳女士说话干练，业务素质很高。

他判断向阳是柳宗汉的女秘书，就冲她点头应允。柳宗汉颔首示意，向阳从红木匣里拿出牛皮纸信封，趋身递过来说这是预付稿费。

他慌忙起身摆手拒绝，说拿自己履历卖钱不合适的。

那就先留下吃晚饭，咱们看谁酒量大就听谁的。柳宗汉派向阳安排晚餐，转而向他解释说，我那天故意浪费洗澡水，果然激起你的血性，当然也叫社会责任感。

他完全松弛下来说，从小佩戴红领巾接受节约用水的教育，这思想根深蒂固了。

你说根深蒂固这四个字，我认为特别重要。此时柳宗汉完全改讲普通话，一派老年学者风度。

你儿子开车接我来这里，他不会只做废品生意吧？

他是我的义子吴明隆。我亲儿子在美国当律师呢。柳宗汉引领他走出客厅指着偌大院落说，这地方很像人民公社机关大院，令人想起上山下乡的知青岁月。

我插队落户不到半年四人帮就倒了，两年后选调回城进厂上班，四十岁下岗，四十五岁买断工龄，五十五岁退休。今天以为遭到黑道劫持，没承想来到你们和谐社会。

好得很！你的自传从中学时代写起，一直写到今天就行。柳宗汉展望事业前景说，我们建立"年代博物馆"，第一展厅取名"与共和国同龄"，专项展出与1949 年有关的内容，比如当年出生的人，还有当年发生的事。

向阳女士补充说，我们已经团结了近千名共和国同龄人，按中国生肖都属牛呢。

柳宗汉有些激动地说，牛象征着勤恳与奉献，我们要激发共和国同龄人的拓荒精神，老骥伏枥为改革开放再做贡献。

向阳女士陪他走进"年代博物馆"的"与共和国同龄"展厅，他一下被震撼了。迎面展板密密麻麻的签名，这是多少 1949 年出生的"牛"在这里集结，共同高歌"我是共和国同龄人"。

他由衷地赞叹道，你们功德无量，你们确实功德无量。

向阳女士很像晚会节目主持人说，我们筹建的第二展厅取名"光荣五〇后"，这也是柳宗汉先生重点研究的社会课题。

"与共和国同龄"展厅，设有"拓荒牛事迹"专栏，介绍十八位属牛的知识青年，有的当年成了革命烈士。他被感动了，向"拓荒牛"群像鞠躬，说他们代表着青春无悔的年代，不应当被后人忘记。

之后，他跟随向阳女士来到小餐厅。窗明几净，一张圆桌四把椅子，小环境清静安稳，毫无浮躁之气。

小餐厅四白落地的墙壁，一幅"牧羊图"水墨画，青草茵茵，蓝天白云。从顽强不屈的拓荒牛到温和顺从的羊群，他心情还没转过弯来。柳宗汉跟他握了握手，好像要重新认识似的。

向阳女士仪态万方地说，晚餐先上忆苦饭吧，这是我们年代之家的特色。

忆苦饭？这是个尘封多年的词语，他颇有恍若隔世之感，扭脸望着柳宗汉。

忆往昔峥嵘岁月稠，看今朝感慨时光短。咱们共同做些有益社会的事情，今日以此共勉吧。柳宗汉说着，让义子吴明隆抱来一坛老酒。吴明隆笑着说八项规定区委项书记不敢喝酒，我只好抱回来了。

向阳女士介绍说，这是江西的冬酒，当年国家领导人从庐山下来，江西省领导，就是请他喝的这种冬酒。

呵呵，区委项书记年纪轻轻哪里懂得这些革命典故。柳宗汉指挥大家落座，叫上来"忆苦饭"。

豆腐渣、麦麸、玉米面做成的菜团子端上桌来。一人一只捧在手里。他知道这东西放凉难以下咽，趁热就吃。

野菜馅里调了麻油，原汁原味大减。他笑着说这忆苦饭成了绿色健康食品。

柳宗汉抓住要点说，刘橙你说得好，所以我要抓紧时间搜集五〇后原始资料，一掺佐料就变了味道。

向阳女士打开老酒坛子，一人一碗。人是三个五〇后外加义子吴明隆，四位。碗是一穷二白时代的粗瓷大碗。

柳氏义子得意地说，这大碗是我专程到北京潘家园市场淘来的，这类东西被称为新古董，如今也很有行情呢。

向阳女士取出裹着两枚毛泽东像章的素白手帕说，改革开放社会巨变，革命年代的物件成了古董。这是我在沈阳道市场花了两百块钱买的。

他忍不住更正道，您应当说捐了两百块钱请的。

您说得对，捐了两百块钱请的。向阳女士红了脸，显得更年轻了。

柳宗汉高声表示肯定说，人无怀旧之心，谈何创新之胆！这酒是防老剂，诸位开怀畅饮吧。

很久没见这种粗瓷大碗，他受到感染端起老酒，先敬柳宗汉先生，之后再敬向阳女士。没等他端起第三碗，吴明隆端碗敬酒说，我祝三位五〇后身体康健，永葆青春，痴心不改！

他发现吴明隆只是嘴唇碰了碰碗沿儿，并未饮酒，顿时心里警惕起来。柳氏义子似乎通晓读心术，满脸微笑解释说开车不能喝酒。这让他感到对方有些素质，不单单是个收废品的。

柳宗汉一饮而尽说，放心喝吧，这酒没毒。向阳女士随即喝了。他哈哈笑了说，这就像李自成跟张献忠喝酒似的。

几碗老酒轻松下肚，勾起内心往事。当年欢送臧建国臧哥去西双版纳插队落户，火车站前小广场开怀痛饮醉得东倒西歪，大家簇拥着臧建国臧哥进站。无论工宣队还是铁路警察，没人敢管这群充满青春暴力的小伙子。毕竟臧建国臧哥具有学生领袖气质，依然不忘嘱留城的弟兄们不要跟官方作对，江山万年牢。

他牢牢记住臧建国臧哥说的话。一筐苹果还能没有几个烂的？尽管保卫科长刘忠翰、宣传科长郗长林都是浑蛋王八蛋，但这些败类毕竟属于少数分子。

记不清喝了几坛子老酒，他从"年代之家"大醉而归，被柳氏义子吴明隆开车送回，然后向阳女士扶他下车，之后大脑记忆就"断片"，没了镜头影像……

第二天下午醒来，他睁眼就说胃疼。杨云霞递来温水说，你胃疼？我逼疼！你进家就跟强奸犯似的，一把给我摁倒在床上，硬是往里顶！还口口声声说咱俩都是五〇后。你多年抗税不交公粮，昨晚从哪儿来的本钱？

他一声不吭听着，对她控诉的案情毫无印象。这真是酒后办实事，夫妻多年停止性生活，昨晚竟然扛枪上阵了。

他悄然思索这突然爆发的房事，可能跟遇见向阳女士有关吧，自己内心毕竟受到新鲜异性刺激，色心复活了。

妻子要求他对昨晚突发性欲做出解释。他慢条斯理说，五〇后要克服船到码头车到站的消极思想，继续努力嘛。

夫妻干事儿跟五〇后有什么关系？你老不正经的！她稍显温柔地给他买药去了。

安静地回忆那几坛老酒，人物影影绰绰，场景恍恍惚惚，他甚至怀疑这是大梦方醒。可是想起昨晚车里醉得歪倒向阳女士怀里，便觉得真实了。

认识向阳不到二十四小时，他对外部世界的泛敌情绪便有所减退，内心生出几丝暖意。中断性生活多年，昨晚进家就跟老婆做爱，这叫酒精唤醒当年心吗？明明柳宗汉是酒局主角，反而对向阳女士印象深刻，这是五〇后男人的贼心吧。

他自问不能自答，胃疼加剧。他苦笑了，这是对五〇后男人贼心的惩罚。

妻子买药回来，说药店不能刷医保卡，三盒药自费一百二十多块钱。

云霞啊，从明天起你帮我回忆往事吧，反正咱俩都是五〇后，生在新中国，长在红旗下，有着共同记忆。他说着服了药，渐渐感觉胃疼有所缓解。

你昨晚跑哪儿喝酒去啦？张嘴闭嘴五〇后，当心撞进邪教组织给你洗脑！

你听说过柳宗汉这人吗？柳宗元的柳，柳宗元的宗，汉武帝的汉。

《焦点访谈》还是《东方时空》？杨云霞努力寻思着。

他还上不了那么高台面。不过这老汉肯定与众不同。他说着又想起向阳，女人六十多了看着不到五十岁，她肯定也与众不同。

傍晚时分董超来了，手里拎着几斤苹果。这生疏场景令他再度怀疑这是梦境。是啊，如今没人给无财无势的退休工人送礼呢，偏偏物业公司经理来了。他心里说太阳从东边落山了。

杨云霞受到礼品苹果激励，兴奋地告诉董超说丈夫胃疼。董超煞有介事要送他去医院详细检查。

他笑了说，沪市深市正闹股灾，我这个股反倒逆市上扬飘红了。

董超毫不掩饰说，您知道昨天来接您的那辆汽车值多少钱吗？两百多万呢！那家公司绝对财大气粗有背景。

礼下于人，必有所求。董经理有话明说吧。他胃疼不改性格，单刀直入。

人往高处走嘛，我只想找机会跳槽去大公司谋职……董超说着，不好意思地笑了。

你看昨天派车接我的那家算得上大公司吗？

当然！就冲那辆两百多万的大奔，人家就是大公司。董超提高声调，好像要呼喊口号。

这我心里就有数了，你把心放肚子里，只要有我说话的机会。他气宇轩昂表了态。

董超小角度鞠躬告辞，兴高采烈走了。

你有本事把他推荐给柳宗汉的公司？杨云霞上了心。

他不屑地望着苹果说，这事儿以后再说。我还是先写自传吧。中学时代你不要管，我的工厂经历你是见证人，帮我搜罗些往事。可是，咱还提我误闯女厕所的事儿吗？

你要是不提那段往事，就没有刘忠翰制造冤假错案。哎，你写回忆录姓柳的给你多少钱？

这是社会公益事业，柳宗汉给钱我没要。禽！你怎么变得见钱眼开呢？咱五〇后受中华传统教育长大，绝对不能认钱不认人。

杨云霞做出自我批评的姿态说，一文钱难倒英雄汉，以后我认人不认钱好吗？

半夜里醒了，胃还是不舒服。他按亮台灯爬起来，拉开抽屉翻找纸笔。

这要感谢多年养成夫妻论战张贴小字报的习惯，家里纸笔充足。纸是原先企业办公用笺，抬头印着"第三机床制造厂"的红色字体。这座消亡多年的国营工厂，卖光地皮只留下这些纸张，他有些伤感。一时间，这伤感情绪激发写作热情。

好啊！我要在自传里写出厂长涂子林，这个满嘴社会责任感，满肚子私心贪欲的浑蛋，让人们知道国有资产怎样流失的。

他提笔写下自传提纲：刘橙，1956 年 6 月 30 日出生，汉族，政治面貌群众，在职大专学历。1973 年 11 月升入初中，1976 年高中毕业，随即上山下乡成为知识青年，1978 年返城成为待业青年，1979 年顶替父亲进工厂成为学徒工，三年后转正，工资三十五元五角六分……

胃疼难忍，他推开纸笔，轻声召唤睡在隔壁房间的妻子，说有坏人给胃里埋了定时炸弹。

杨云霞趿拉鞋赶过来，两只陈旧的乳房摆动着，好像内衣里藏着偷来的东西。大半夜哪儿来什么坏人？四小时啦你又该吃药了。

贪官不是坏人？开赌场的不是坏人？贩卖毒品的不是坏人？骗孩子们吃黄金大米的不是坏人？黑导游黑医托黑婚介黑家教黑养老院……气死我了不说啦。

明儿赶紧去医院查胃，柳宗汉不是要重用你吗？你让他公司派车送你，你让他公司托门路给你找大夫……

你放屁！我刘橙万事不求人，再者说柳宗汉既不是组织也不是人民政府，我凭什么向他张嘴求援？

好啊，你就先找组织再找人民政府吧。她说着扭身去了厨房。

他颇为不满地说，这大半夜争论你又要写小字报？不发扬救死扶伤的革命人道主义精神！

什么贴小字报？暖瓶里没水了，我烧水让你吃药！

他思路跳跃问道，我挨警告处分是1982年还是1983年，你记得吗？

1982年4月1日贴出告示。那年头有了愚人节，所以刘金兰以为有人拿你找乐儿，那时你俩正热乎呢。

怎么我的丑恶历史你记得这么清楚，咱俩哪年哪天结婚你还记得吗？

我记得！1984年10月1日我就回到万恶旧社会了。她端来温水让丈夫吃药说，谁让昨晚你非要过性生活，人老纵欲肯定添毛病，结果胃疼了吧？

服了药，他忍痛佯寐，一点性欲都没了。这他妈的就叫透支。以前光知道暴刷银行卡透支，敢情身体同样禁不住放纵。我毕竟六十岁了，今后要广积粮不能深挖洞了。

清早起床吃早点，他呼噜呼噜喝粥说胃不疼了，然后披挂整齐说去图书馆查资料，走出家门悄悄去了人民医院。他估计自己患的不是好病，以前胃疼没有这种不依不饶的感觉，就跟荡妇缠人似的。

人民医院大楼破旧，显出将被城市抛弃的可怜模样，看着令人沮丧。他挂了消化科急诊号，径直走进第八诊室，当头告诉应诊医生胃疼难忍，在家吃药不管用。

急诊大夫开了一沓单子，他收起这沓单子说，我有病你治病，该查哪项查哪项，你不要乱开单子让我花冤枉钱。

急诊大夫终于抬头看了看他，说二楼交费逐项检查吧。他这才看出是个满脸男相的女大夫。俗话说好男不跟女斗，他只得不吭声离开。

如今已然看不出大夫是男是女，禽！这怪不得天怪不得地，只怪我老汉没性欲。他这样想着总算暗暗羞辱了冷漠待人的急诊大夫，去二楼排队交费了。

二楼大厅电子屏幕滚动播出该院专家门诊日程表，他看到"刘忠翰"，副主任医师，变态反应科，周三下午应诊。

他妈的，天底下尽叫这操蛋名字的，也真够变态的。

走出人民医院大门左拐，他感觉胃里空荡荡难受，走近一街之隔的煎饼车说加两个鸡蛋的。摊主摘掉口罩说，刘橙你微服私访呢？装得还挺像回事儿的，你没离婚不许这样偷偷追求我。

我还真把你给忘了。他忍着胃疼问道，你打听到刘忠翰的线索了吗？这医院里有个大夫跟他同名同姓。

刘金兰戴上口罩说，这刚刚两天哪有什么线索！依我说刘忠翰就是堆臭狗屎，你顶天立地男子汉跟这种人纠缠不清，就不怕掉价失身份？

毕竟早年处过对象，刘金兰说话掏心，刘橙啊，你穿新鞋别踩臭狗屎，就等着刘忠翰自己撞进粪筐里吧。

他听了感觉胃里舒服些了，就问她听说过柳宗汉没有。刘金兰皱眉寻思着说，好像听说过是个大人物吧。

我明儿一大早空腹检查胃镜，今天要吃得瓷瓷实实。他手捧两个鸡蛋的煎饼果子，大口嚼着。

明儿你查完胃镜还来我这儿吃煎饼果子，对你永远免费。

他冲她挤了挤眼，问别的事儿免费吗。刘金兰斥责说你有色心没色胆赶快滚蛋吧。他就心满意足去公交站等车了。

小桌摆在公交车站广告牌前，聚集着几个人，不断交谈着。小桌上摞着花花绿绿的宣传单，他伸手去拿却被拦住，要求他填写个人信息。

我还不知怎么回事儿呢，你们就要我身份证号码，这年头讲究信息公开是不是？

为首者是个花白头发的男子，腰板挺直郑重介绍说，我们本周六下午召开共和国同龄人研讨会，所以要查验出生年龄，你若不是1949年的就没有资格参加。

他听懂了，摇摇头说我五〇后没有资格参加，扭身要走。

对方拉住他夸赞说，您很诚实！研讨会结束有自助餐，防止混进吃白食的，主办方要我们查验身份证年龄。

他受到表扬猛然想起柳宗汉，询问研讨会是不是年代之家主办的。花白头发的男子表示自己只是志愿者，不参与"年代基金"的认购。

年代基金？敢情这里还有金融方面的事儿，看来他们跟柳宗汉完全两码事，不挨着。

175路公交车来了，他登车而去，投币两元跟驾驶员说，同是中华人民共和国，人家广州六十岁免费乘车，咱们这倒霉城市要六十五岁！

公交车驾驶员笑了，说，这是鼓励你们长寿的激将法！好多本该六十岁死的，他们也要拼命活到六十五岁享受免费乘车待遇。

他终于被逗乐了，问驾驶员"几〇后"。对方听不懂他的问话，专心开车了。

我看你顶多七〇后，距离进入"年代博物馆"远着呢。公交车驾驶员听了，以为他是给博物馆值夜看门的人员。

他下了公交车，溜溜达达过马路，特别希望突然遇到刘忠翰，看看这家伙究竟变成什么鸡巴样子了。

轻松走进家门，厅里有个陌生女子摘下塑料鞋套准备离去。杨云霞掏出百元钞票递过去说，八十元吧。

这陌生女子接过钞票找回二十元，说声再见就走了。

他看不出这是笔什么交易，就问妻子谁讨债来了。杨云霞听罢嘤嘤哭了。

你参加赌博团伙啦？他想去追问那陌生女子，讨回钞票扭送派出所。

你别掺和我的事儿！一大早儿心里别扭，越寻思越委屈，这辈子没披过婚纱没度过蜜月，没住过星级宾馆没吃过豪华大餐，没跳过舞没进过KTV，没出国旅游过就连孩子也没生过……我抄起电话叫来个钟点工，当了两小时主人让心里痛快痛快!

他跨步上前抱住妻子,气喘吁吁说不出话来,就这样紧紧抱着。杨云霞扭动着并不肥胖的身躯说,我痛快了两小时浪费了八十块钱,这几天我要把它节省回来……

你不用节省!花八十块钱换个痛快,不贵!他松开她继续说,我要是写完自传,柳宗汉还坚持给稿费,我就收钱给你。

一旦有了挣钱的责任感,他忘了胃疼走进房间,找出纸笔继续写自传。俗话说,有骨头不愁肉。他列出流水账式提纲,形成"刘橙年谱"的规模,然后沿着年代写起来。

写到那年连夜加班父亲突然去世,他潸然泪下,父亲连续多年保持先进生产者称号,一声没吭就倒在车间里;写到中年下岗到私营企业打工受尽压榨,工厂主比周扒皮还坏,比黄世仁更狠……

这时候他意识到这部自传的价值,它流传下去让后人们看到货真价实的历史,就不轻易相信谎言了。

转天清早,他对妻子说去老城区吃传统早点,喜欢杏仁茶和白糖桂花馅蒸饼,就这样空腹走出家门。清晨大街阳光格外明亮。他乘公交车赶往人民医院。

递上预约单,镜检窗口护士要求患者家属签字。他说独来独往没有家属。窗口里说没有家属签字不行。他说你现在给我介绍老伴儿也来不及了,登记结婚至少两天时间。

护士只得给他安排序号并且提示说,你去第三内镜室等候。

他得意地笑了,大声说还是国家好,鳏寡孤独患者受到俘房般优待。他的高声大嗓居然没有惊动周围的患者,看来进了医院便变得麻木不仁了。

喉咙含过麻醉药,躺倒等候医生下胃镜。不知为什么,一阵孤独感袭来。我来到医院好比进了威虎山,只能学习杨子荣孤军奋战了。这样想着情绪愈发悲壮,如果我死了就等不到百鸡宴战友们到来了。

是啊,我怎么活成了孤家寡人呢?基本没有什么朋友,光剩下几个仇敌记在心里,刘忠翰、王虎祥、任玉甲、赵民义……他胡思乱想着走进第三内镜室,胡思乱想着被医生下过胃镜,催促他起床离开。

我胃没事儿吧?他起身问医生。人家不予回答。他讨了个没趣心里窝火,瞪起眼睛说下胃镜遇到个哑巴大夫。

对方仍然不言语,他又获胜了。不过这不属于深仇大恨,可以忽略不计。

走出人民医院大门,一街之隔是刘金兰的煎饼车。他抖擞精神走过去说,下胃镜让家属签字,我说孤寡五保户,那护士拿我没辙,让我三天后取报告。

你有家有业非说是光棍五保户,作践自己想让全世界可怜你是吧?刘金兰不乏疼惜地递过煎饼果子,催他趁热吃了。

他心头腾地热了,谁说我没有同伙?眼前刘金兰就是。

果然眼前同伙关心地说,橙子你最好第四天来取报告,肯定不会白跑一趟。

吃过同伙馈赠的煎饼果子,他拉了拉刘金兰的手,就去乘公交车了。上了车手机响了。这是个陌生号码而且显示"北京"，他破天荒地接听了。

接听对了。这是向阳女士打来电话，首先问候醉酒恢复没有，语气亲切柔和，令他备感温暖，不知为什么电话断了。

他提前两站下车，匆匆拨通对方电话恢复交谈。不经意间话题转向五〇后，向阳说尽管我们年纪大了，仍然是保障社会健康发展的中坚力量，所以要把广大五〇后团结起来，为国家再立新功。

你说得太好啦向阳女士！他感觉遇到志同道合的战友，积累多年的孤独感一扫而光，他承诺联系更多的五〇后伙伴，把他们的联系方式尽快转交向阳女士。

电话里向阳咯咯笑了，夸赞他是个光荣的五〇后，叮嘱经常保持联系。他挂断电话情不自禁说，她才是优秀的五〇后呢，电话里笑声清脆得像个少妇。

吃了刘金兰的煎饼果子，他感觉有了同伙。接了向阳打来的电话，他感觉找到了组织。就这样满怀喜悦走进家门，告诉妻子动手搜集身边五〇后名单，只争朝夕。

你这是要组织暴动？妻子打量着斗志旺盛的丈夫说，刘忠翰也是五〇后，你先逮着那王八蛋再说吧。

是啊，看来五〇后里也隐藏着不少坏人。他跷起大拇指夸奖妻子说，谢谢你的及时提醒，咱们搜集名单要有所甄别，蹲过监狱、有过前科、受过处分，一概不统计……

你就受过处分啊，还行政拘留七天呢。她打断丈夫说话，表情极其认真。

他恼羞成怒说，那是冤假错案！所以我要找到刘忠翰给我平反昭雪落实政策。

中午时分，厨房里贴出小字报，标题是"奉劝刘橙同志"，文章郑重指出，当今嫖娼被抓只是罚款而已，误闯女厕所根本算不上历史问题，请不要纠缠不休。你与刘忠翰属于人民内部矛盾，理应按照鲁迅先生所说"相逢一笑泯恩仇"，求大同，存小异，为社会贡献爱心发挥余热。

退休女工杨云霞竟然引用鲁迅先生的诗句，令他刮目相看。看来经常张贴小字报使她写作水平大有提高。

他找来碳素笔在小字报空白处写道："不争论，集中精力搜集五〇后名单，安定团结，再立新功。"

杨云霞小有不满地说，不争论？你是首长批示呢。

一连几天，夫妻忙于联络五〇后伙伴们，打电话发短信，几乎处于亢奋状态，当然不是性亢奋。

傍晚时分，他把第三批五〇后名单发给向阳女士，呼出一口气说，老年手机发短信免费，真好。

她凝神望着丈夫说，这么多年了咱俩总算共同做了件事情，真是难得啊。

他意识到妻子动了感情，匆匆下楼去便利店买了两瓶"冰糖雪梨"，一盒"德芙"。便利店老板说，好几天没见你出门晃荡，这次是高消费喽。

我忙于革命工作争分夺秒呢。他抱着食品走进家门，全部递给妻子。

吃吧，雪梨润肺，巧克力提神，过两天还给你买。以后你想吃什么就告诉我。

杨云霞低头不说话，忍住不落眼泪，刘橙，咱们还没来得及年轻，一下子就老了……

云霞，咱们争取活到九十九！那时兴许工人又值钱了。

这是普通的家庭夜晚。暖色灯光照耀着老夫老妻，温馨气息弥散开来，难以察觉地滋润着小户型家庭。

这五〇后名单我把刘金兰给忘了。他想起那辆煎饼果子车便想起胃镜检查报告，这几天忙得忘了这码事情。

隔天上午不用空腹，他吃过早点走出家门，下楼遇见物业公司董超。这小伙子跑过来报告说，那确实是家大金融公司呢，我跳槽的事儿您别扭脖子后边忘了。

他嗯嗯着，顺嘴问董超的爸爸是不是五〇后。董超连连点头说是 1959 年的。他高兴说让你爸爸跟我联系，加入光荣的五〇后名单。

一路来到人民医院大厅取胃镜报告，护士说家属取走了。

家属？我是五保户！他强势地查看胃镜登记簿，果然家属栏签着"刘金兰"三个字。

得啦！这娘儿们替我领取胃镜报告，这就叫阶级感情似海深。大步走出人民医院大门。一街之隔，刘金兰脱了白罩衣收了摊，分明等候大驾光临。

近来胃疼不同以往，没有食欲，吞咽费劲，浑身发软。他对自己的病情有所预感，只是受到当年"活着干，死了算"口号的影响，硬扛着而已。

兰子！你跟我实话实说，我这病还能活几年？

你先别冒充烈士视死如归。我去问了外科住院部，你这胃癌应该开刀。咱们请徐臻做手术，他是普外专家，人称"徐一刀"。

徐一刀？咱们通过金庸先生托关系吧，他的雪山飞狐跑人民医院来了。

你怎么还耍贫嘴呢？干脆学岳不群先把自己骗了吧。

他主动重归郑重话题说，我忙着五〇后的事情，等我把名单搜集齐了……

等你搜集齐了就晚啦！外科住院部小齐总吃我煎饼果子，人熟好办事，我请她托关系安排病床，争取这两天住进去。

他顿时成了被"煎饼果子大仙"降伏的妖魔，怔怔说不出话来。

刘金兰扑哧笑了说，你被病魔吓傻了吧？我给你打保票，只要开刀切掉瘤子就好了。总理当年动过七八次手术，人家是总理，你破退休工人怕什么？

手机响了，还是向阳女士打来的。他不会向她提起自己身患胃癌的事情。

您这么短时间就提供了百人名单，这为筹办"年代博物馆"的"光荣五〇后"展厅打下坚实基础，柳老希望您再接再厉，决定发放八百元车马费，您毕竟东奔西跑的。

电话里他没有执意拒绝这笔钱，毕竟住院治病花销大，他需要人民币。

挂掉电话他告诉刘金兰，柳宗汉要专门给五〇后筹办纪念馆，功德无量。

是啊，功德无量才给八百块钱车马费。刘金兰常年卖煎饼果子见多识广，已经很难被感动，一味催促他准备住院，早治疗早踏实。

住院没什么准备的，只有手里有人民币，就什么都不怕。

怕就怕你，手里没有人民币。刘金兰把装有胃镜报告的牛皮纸袋递给他，推着煎饼车走了。

他把装着一颗肿瘤的牛皮纸袋揣进怀里，回家了。

走进家门换过塑料拖鞋，妻子说"路路通"送来了快件。他接过撕开硬纸套封，从里面抻出八百块钱。

哎哟，你拜了财神爷，快递员踩着风火轮送钱给你。

向阳女士通过快递公司发放车马费，令他意外。转而告诉妻子过几天去做手术，刘金兰给联系外科住院部。

杨云霞说，这年头连停车场收费员都有点权力，刘金兰卖煎饼果子也能跟白大褂拉拢关系，人民群众当家作主了。

你说这话，要么是弱智，要么是聪明绝顶。我认为你是聪明绝顶。

接近金婚年限才受到丈夫超级夸赞，她聪明绝顶地笑了，突然想起询问丈夫，你做手术切哪儿？

我胃里长个瘤子，个头儿不大。

肿瘤啊！她身子发软歪在床边。

你别害怕也别着急，刘金兰说开刀切掉瘤子就没事儿了。

杨云霞处于懵懂状态说，刘金兰说没事儿就没事儿？你又不是她老公……

你千万不要多心，当初我俩搞对象连嘴都没亲过，后来也没瓜葛。现在我病了她伸手支援，这是工人阶级感情。当今工人阶级没了，可工人感情还在啊。

杨云霞不说话，起身打开柜子寻找银行定期存折说，那就听你前女友的，先开刀切掉胃里的瘤子再说。

脸盆、暖瓶、饭盒、拖鞋、毛巾、香皂、牙膏……她不声不响归置起来说，咱家存款总共两万八，这够用吗？

他宽慰妻子说，不是有医保嘛，住院报销百分之八十。

好多自费项目，有时输血还要买指标。钱有缺口我找娘家兄弟借，他们不要利息。

我想明白了，当年一不怕苦二不怕死的革命口号，还是很有道理的。为什么说不怕苦呢？因为人人都有苦尽甘来的盼头。为什么说不怕死呢？因为人人早晚都会死，所以怕也没用，就不怕了呗。

杨云霞无奈地望着丈夫说，你当年上业大没白念书，那点哲学如今都用上了。

他嘿嘿笑了，说那都是斗争哲学，如今社会不是那样了，但是人与人的争斗仍然存在。

刘金兰几经斡旋，总算能够住院了，先交押金人民币两万。他想起计划经济年代，工人生病住院从厂里拿张"三联单"交给医院就成，屁事儿没有。

杨云霞看透丈夫心思说，钱的事儿你不用走心，我妹妹借给我五万，我娘家侄子给一万。这次亲戚们都会伸手援助。你平时脾气不好得罪人，他们就不来医院看望了，这叫出钱不出面。

好啊，他们不露面都愿做幕后英雄呢。他只得这样自嘲。

于是，交了两万元押金，患者刘橙终于住进人民医院11层外科病区9病室，屋里总共四张病床，他编号38。这令他想起四野王牌部队，感觉吉祥如意。

护士小齐送来病号服，耐心讲解患者住院须知。刘金兰趁着热乎劲说，人家小齐还没对象呢，全心全意扑在工作上。

小齐护士红着脸说，我自身条件差没人愿意娶。

他躺在病床上体验着新身份。刘金兰一边拾掇东西一边低声说，这个小齐护士是知青遗孤，生父生母是从北京到陕西插队落户的知青，属于非婚生啊！她光知亲妈姓齐就随了齐姓，这么多年也没找到父母的下落，出来打工考上护士岗位，准确说叫护理员算不上护士……

刘橙听着顿生亲近感说，小齐的亲爸亲妈肯定都是五〇后，很可能是北京老三届初中生。

这时小齐护士来测体温。他突然豪迈地说，好闺女！你在这座城市举目无亲，遇到困难就张嘴，咱们没有办不成的事儿！

小齐护士连连致谢，快步走开。这是个大龄剩女，时髦词语叫"单身狗"。

他平复着心情，随即想起向阳女士，拿起手机拨通电话说，我这些天家务繁忙不便联系，过几天搜集名单。

电话里向阳关切询问需不需要组织帮助，他连声致谢说没事儿，便嗯嗯地挂断电话。

她问我需不需要组织帮助？合着我退休工人成了有组织的人，这真有点儿意思。

刘金兰近旁说，你以前万事不求人，如今既然有了组织为嘛不要求帮助呢？

他只得为自己开脱说，我是个不需要组织照顾的人。

硬扛活受罪，耿直万人嫌！杨云霞张口数落丈夫，却是满脸欣赏的表情。

邻床患者是个瘦脸老头，低声问他病情。他说开刀来了。

你要想请徐臻主任主刀，起码送这个数儿。瘦脸老头伸出食指。

一百万？他装傻充愣问道，表情特别真诚。

瘦脸老头变成特务接头语调说，一万。他听罢连连点头说，一万美元不多！人家姓徐的是专家嘛。

美元？我看你不像有钱人，有钱人都住高级病房了。瘦脸老头嘟哝着，不再吱声。

一连几天做了十几项检查，外号"徐一刀"的徐臻露面了。这是个白白胖胖的中年男子，表情淡然打量着38床癌症患者，说了声周三上午手术，迈着稳健步伐走了。

杨云霞追出病房对徐主任表示感谢，然后去打病号饭了。

邻床瘦脸老头羡慕地说，我住院比你早五天，你周三上午就手术，而且是徐主任亲自主刀，你肯定翻倍送了吧？

之后瘦脸老头叹口气说，我要是不被那家私募基金坑，也不会去买以房养老的保险，那样能给自己留条后路……

死木机金？他听不懂这洋玩意儿，笑了。

护士小齐走进病房微笑说，请38床患者家属到徐主任办公室谈话，您下床慢慢走。

他同情小齐是个苦命姑娘，穿鞋下地说谢谢。邻床瘦脸老头叮嘱说，你别忘了麻醉师也要给红包的。

我就盼着跟姓徐的谈话呢。他颇有浑身是胆雄赳赳的感觉，大步走进主任医师办公室。

徐臻主任连连摇头说，我找38床家属术前谈话，你怎么自己跑来啦？马上回病房去！

既来之，则安之。咱俩好好谈谈吧。他嘻嘻哈哈落座说，您知道我是退休工人，属于当今的弱势群体，所以没钱给您送礼，假如家属瞒着我给您送红包，撑死两千块钱而已。对您来说两千块钱等于没送，是个零。那我跟您从零说起吧。

徐臻主任起身打断他说话，要求他马上回到病房休息。

您先耐心听我说，您做手术不是习惯收红包吗？这次我一分钱也不会给您的。但您给我做手术必须精益求精，一丁点瑕疵都不能有，超过您对待那些高官和富豪。您要敢拿我们工人不当人对待，除非让我死手术台上，否则您就敬候佳音吧。

徐臻主任微笑聆听，信手点燃香烟，显得颇有气度。

"我今生是个工人，前世也是个工人，来世还是个工人。您是大知识分子，别看外表人五人六的，其实内里特别怂，遇事就尿裤子。您现在拿烟卷儿的手就颤抖了，还硬扛着呢。您以为工人阶级没了，可是工人还在。《红旗谱》里朱老忠说过，出水才见两腿泥。别忘了您还在水里呢。

您还知道《红旗谱》？徐臻主任掐灭烟蒂问道。

这烟卷您吓得一口没抽就掐了，别在我面前充将军啦。

对方只得问道，您当过兵？

他点点头说，我当过兵，红小兵。

年届不惑的徐臻不知这是什么兵种，忍不住问道，红小兵是……

你七〇后吧？今儿回家问问你爸爸！他嘎嘎坏笑说，红小兵是红卫兵的弟弟，你懂了吧？

博士毕业的徐臻愣住了，一时不知怎么办。

你知道臧建国臧哥吗？他斩钉截铁补充说，我认为你不知道，你要是知道早就认怂了。

臧建国是什么人？似乎把钱存进即将倒闭的银行，徐臻不安地追问。

臧建国是什么人？我说出来你立马尿裤子！他抬手指着对方说，我这是威胁你呢，你不要敬酒不吃吃罚酒！

徐臻苦笑，摇了摇头不说话。

你记住！我是个五○后，大风大浪里长大的野人。他说罢大摇大摆走了出去，啪地狠狠摔上门，得胜还朝似的返回病房。

妻子打饭回来，病房里不见丈夫踪影，就跟邻床瘦脸老头聊天。

听说有人替我们出头了，他就像单雄信独闯唐营似的，几次找到私募基金讨还公道，但愿能给我们追回损失……

好啊！这人是孤胆英雄。我家刘橙要是通金融懂地产，他也敢替你们出头说话，这年头就怕不要命的。

杨云霞说着，扭脸看见丈夫面含戾气走进病房，起身问他跑哪儿去了。他笑了笑说给别人做思想工作去了。

我看你笑里藏刀。她打开饭盒伺候丈夫吃饭。

邻床瘦脸老头伸长脖子凑近说，38床我问你，路见不平，你真敢拔刀相助替我们讨还公道吗？

他端起饭盒盯着鱼香肉丝说，我敢啊，这年头骗子就怕不要命的。

瘦脸老头撇嘴表示怀疑说，人嘴两扇皮，谁都说得起。

好！我就喜欢你这种怀疑主义者。说服一个怀疑主义者，比统领一百个崇拜主义者要有价值。

瘦脸老头被定为怀疑主义者，不知如何搭话。

杨云霞起身劝阻丈夫，什么怀疑主义者？你不要动不动就给人家定性。

他甩开胳膊说，我又不是宣传"邪教"，你阻拦我干吗？说着放下饭盒拉开说评书的架势，起身向邻床瘦脸老头拱手行礼，开讲了。

我叫刘橙，1956年生。我为什么强调自己是五○后呢？因为这是个重要文化概念。

我们五○后从小见多识广，论起腥风血雨的场面，巴黎公社街头堡垒算什么？小儿科。咱就说街头武斗吧，两拨人马大打出手，打得腿折胳膊断，六○九厂还出过人命。可是打死人不但没有犯罪感，反而感觉特别光荣！那时武斗合理合法，还会受到女孩子崇拜，英雄价值观嘛……

他喝水润嗓继续说，青春期烙印，终生褪不掉，长大成人出现纠纷，首先冒出武力解决的念头，这就是五○后的斗争哲学……

你说的这些斗殴场面，当年在县城里也见过，不过五○后已经老啦。邻床瘦脸老头颇为感慨道。

你不懂青春期啊！青春期形成三观嘛。如今强调和谐社会，可是五○后的暴力病毒经常发作，人老脾气不改呀。

邻床瘦脸老头思忖道，那位出头替我们讨还公道的人，不知是不是五○后，听说特别仗义……

刘金兰拎着保温罐走进病房。杨云霞努力笑了笑说，刘橙演讲呢，就跟电影《青春之歌》里革命者似的，谁也拦不住。

刘金兰通情达理，笑着说过两天开刀，你就让他过过嘴瘾吧，避免在手术室里憋炸了。

病房门口站着几个看热闹的保洁员，有的吐舌头，有的做鬼脸儿。刘金兰满脸微笑问道，你们听课买票了吗？没买票赶紧去挂号处补票。

刘金兰不改女工说话的风格，又损又硬，还让人挑不出毛病。这群看热闹的保洁员窃窃私语，撤了。

邻床瘦脸老头打量着刘金兰，小声评价说您有《沙家浜》阿庆嫂风范。

刘金兰扭摆着走到病床前说，西红柿手擀面，新四军伤病员趁热吃吧。

杨云霞插话说，我在医院食堂买的包子。说着扭脸问丈夫想吃哪样。

猪肉包子和西红柿手擀面，这两样儿我都想吃。这两天吃瓷实了，上手术台有劲头。

两个女人面面相觑，谁也不说话，好像无声电影。

趁男主角吃饭的工夫，两个女配角走出病房，站在楼道里说话。

病人开刀哪有不递红包的？我昨儿中午悄悄给徐臻送了五千元。杨云霞说着吸了口凉气，毕竟心疼人民币。

刘金兰调低嗓音说，噢！我昨儿下午给徐臻塞了五千元呢……

杨云霞颇不理解地望着刘金兰。咦，你没病没灾给他送钱干吗？

刘金兰笑了，我是没病没灾，这不是刘橙要做手术嘛。

杨云霞腾地红了脸，低头咬紧嘴唇不说话。渐渐脸色转为灰白，她抬头注视刘金兰。

金兰好姐儿们，你的人情我记住，友情后补……说着她转身走向病房。

刘金兰拉住她胳膊说，云霞啊，你千万别让刘橙知道咱俩分头送钱的事儿，那样他就疯啦！

几个保洁员躲到远处，继续亢奋地议论着：一个破退休工人弄了两个老婆，而且共创安定大好局面。

两个女人同时回到病房，目睹38床患者的午餐业绩：六个包子和大碗西红柿手擀面，已经完全彻底装到胃里去了。

邻床瘦脸老头压制不住好奇心，鼓起勇气问道，请问二位谁是38床患者家属？

刘金兰看着杨云霞。刘橙不等妻子开口抢先答道，她俩都是我家属。

杨云霞解释说，她是工厂的姐们儿，三十多年了。

瘦脸老头嘿嘿笑了，三十多年？不容易，确实不容易！

过午的阳光爬进窗台，一声不吭伏在地上。病房里四张病床躺着四个症状不同的患者。三个萎靡不振，只有刘橙气足神足，一派从主任医师办公室打完胜仗毫发无伤的劲头。

刘金兰向杨云霞寻找共识说，一旦做过手术不能离人，白天我陪伴，晚上你护理，这样不用花钱请护工。

杨云霞想了想，轻声说那就多谢你了。刘金兰笑了笑，建议她抽空去剪剪头发，那样人显得精神。

我老婆子了还往十八里打扮干吗。杨云霞表情复杂说，白天你受累，我晚晌来接班。然后拎起手提包回家去了。

病房里安静下来。刘金兰端来水杯说，吃了药睡午觉，你别睁眼假装张飞。

他有些尴尬，说这辈子没想到让你伺候，那煎饼果子怎么办

煎饼果子不急，我先把你侍候好了吧，赶快闭眼睡觉！刘金兰完全进入杨云霞的状态，弄得邻床瘦脸老汉失去基本判断能力，弄不清哪位是他妻子。

没等刘橙闭眼睡觉，一阵小风把董超吹进病房，他西装革履手里举着一束康乃馨说，祝刘师傅早日康复！就不用您介绍我去年代集团了，听说那里明争暗斗特别复杂，我怕适应不了。

年代集团……他满脸茫然问道，你是说柳老的公司？那里有什么复杂的，即使搞阶级斗争也不怕嘛。

我还是在物业公司干吧。好像董超专门跑来发布这个声明，说罢告辞走了。

邻床瘦脸老头闭眼佯寐说，这小伙子做得对，他在和谐社会里长大，那种勾心斗角的地方肯定活不下去……

刘金兰凑近38床患者耳畔说，喂，合着你旁边住着个老特务，随时窃听呢。

她说话的气息扑面而来，令他心跳加快。身为六旬老汉，这辈子除去妻子还没有女人跟他如此近距离接触。五〇后男人的情色只挂在嘴上，大多属于语言运动专家，动手能力不强。

噢，柳宗汉的公司叫年代集团，这名称旗帜鲜明很有气魄！他下意识侧脸躲避刘金兰的气息，假装午睡了。

刘金兰打了个毫无节制的哈欠，双臂抱胸趴在床头，陪伴患者睡了。

邻床瘦脸老头悄悄下床溜出病房，去厕所了。

楼道里几个保洁员议论着，越聊越起劲，好像吃了兴奋剂似的。

你们看38床那男的挺穷的，一个退休工人哪里养得起俩老婆。

人家大款有俩老婆，一般是妻大妾小，这俩女的年龄相当，我看不像共侍一夫。

38床自我感觉太好，从徐主任屋里出来还摔门呢，一身大爷派头。

邻床瘦脸老头走出厕所。几个保洁员涌过来刺探军情。

你们说38床俩老婆？可是咱们国家实行一夫一妻制……瘦脸老头寻思着说，不论是不是俩老婆，反正我觉得38床不是简单人物。

他就是个退休工人嘛，穷得毫无思想负担，所以见谁都敢叫板，这是叫花子打狗——穷横。几个保洁员讥笑着，拿起拖把擦地去了。

楼道里有个患者家属举着手机喊叫，说自焚啦自焚啦。瘦脸老头跑到窗口朝楼下张望，一派太平无事景象。他气得迎过去说，这是住院部不是造谣的地方，你吓出人命谁负责？

这患者家属举过手机点开微信朋友圈说，您看您看，这是现场视频，这男的把汽油浇身上点燃啦！

瘦脸老头凑近观看微信视频，画面里声音嘈杂，那团火光里传出男人的吼叫：一千二百多人的养老钱，你天良丧尽要被千刀万剐的……

熊熊火光满地翻滚着，很快视频画面没了声音，随即黑屏。

他把自己烧死了，这究竟怎么回事儿？瘦脸老头惊悚地问道。

这患者家属收起手机说，一定是以死威胁对方，这下连火化场都不用去了。

你这人怎么没有同情心呢？瘦脸老头起急说，这横竖是条人命，你们还录像看乐子！

这是朋友圈转发的！你跟我急得着吗？这患者家属不买账地走了。

瘦脸老头余怒难消回到病房，连声抱怨世态炎凉，有人自焚没人扑灭，看热闹还嫌火苗太小。

刘橙居然睡着了。刘金兰防止吵醒他，低声劝说瘦脸老头不要生气。可是对方仍然生气说，有些人就是这样，看热闹不怕事大总嫌事小。

谁点火自焚啦？刘橙睁眼问道，他是上访的吧。

这人好像不是上访，说是几次讨债不成，就带着汽油和打火机讨公道来了。瘦脸老头解释着，连声叹气。

刘金兰说，全面维护社会稳定，遇事不要走极端嘛。

你这是说好死不如赖活着呗。刘橙翻身下床走出病房，站在楼道窗前，打量着外面世界。

一把火把自己烧成炭灰，这不叫好死啊。刘金兰紧陪身旁，好像怕他跳楼自尽。

他扭头打量着刘金兰，笑了，你对我这么好，怪不得他们议论我有俩老婆呢。

呸！刘金兰手指戳着他脑门说，你真是没羞没臊，还五〇后呢……

俩人乘坐电梯下楼。他感觉电梯颤抖，便抱怨医院不及时维护保养，弄得电梯得了帕金森综合征。逗得刘金兰捂嘴大笑，就跟年轻人似的。

出了电梯漫步走进医院小花园。长廊里人不少，一个个低头看手机，还有放出音频的，活像一群会喘气的雕像。

他问刘金兰有没有微信。她说前些天儿子给下载的，使用起来很方便，还节省电话费。

让你儿子给我也弄个微信，凑凑热闹。他似乎感到寂寞，萌生投身当下生活的意愿。

你没孩子不用犯愁，我儿子就是你儿子。当然儿媳妇做不到，她是外姓人……刘金兰说着突然凝视前方。

你这是看见狗头金还是运钞车？他沿着她的视线望去，长廊尽里有个身穿病号服的男人，正要起身离去。

那人是刘忠翰吧……刘金兰不敢肯定地说着，不由自主跑上前去。

听到刘忠翰的名字，他脑海出现空白，原地不动好似木头人。刘金兰大幅度朝他招手，分明表示情况属实。

一下脑海不空白了，从木头人变成机器人。他开步走向前去，望着这个身穿病号服的男人。

你好啊老朋友，多年不见还认识我吗？好比大猫苦寻老鼠多年，他有些冲动。

然而耗子淡淡地摇摇头，表情沉静，闭口不语。

你以前是第二机床厂保卫科的吧，而且还是保卫科长？

身穿病号服的男人听罢点头说，我后来从保卫科调到工具车间当书记了。

你肯定是刘忠翰啦！当年有个青年锻工误闯女厕所的案子，你还记得吗？你给了他警告处分，又让他蹲了七天拘留所。

刘忠翰眉头紧皱回忆着说，青年锻工误闯女厕所？这情节我记不清了，那些年案子太多，有班车里揉摸女工奶子的，有职工浴池外偷窃女工内裤的，有办公室里搂抱亲嘴的，还有郗长林跟党办小郑婚外恋，其实工人阶级也没那么纯洁，哪里都有左中右嘛……

我叫刘橙，第二机床厂三车间锻工，你真不记得我啦？

身穿病号服的刘忠翰依然尖嘴猴腮五短身材，只是目光迟缓神情僵硬，隐约显现早期木乃伊迹象。

他彻底失望了，那件令他愤恨多年的冤假错案，居然被刘忠翰忘得毫无踪影，等于不曾发生。时光就像小学生的橡皮，将历史事件的真相擦得一干二净，光剩下毫无意义的白纸。

这时他明白了，一个工人的命运实在微不足道，你认为自己是这架机器里不可替代的螺丝钉，一旦损坏更换颗新的就是了，何况有那么多螺丝钉等待上场呢。

刘忠翰，你是五〇后吗？他放松心态，比较温和地问道。

我1948年，属鼠。去年有人打电话要把我统计成共和国同龄人，我说我是1948年的，比共和国年龄大，人家批评我说话不懂礼貌呢。

我看你不是不懂礼貌，而是非常不懂礼貌，你怎能比共和国大呢？即使你年龄大，也永远是共和国的儿子。

刘金兰挺身而出说，刘忠翰啊不是我说你，你制造冤假错案害人不浅，你要么是真给忘了，你要么假装糊涂。你要是真忘了，那就报应屁眼儿生痔疮；你要是假装糊涂，那就报应嗓子眼儿长瘤子。这两样报应你自己挑选吧。

他拉起刘金兰的手，转身就走。刘忠翰呜呜哭起来说，这两样报应都不要，我要……

刘金兰折返回来双手鼓掌说，好啊！你真要这样活着我们就放心勿念啦。

走进电梯刘金兰劝解说，你咬牙切齿恨刘忠翰这么多年了，生气伤脾，仇恨伤胃。可是人家刘忠翰根本不记得这码事儿，没有任何思想负担！最终吃亏的还是你吧？咱们今天画个句号好吗？这件事就算过去了。

傍晚时分患者家属们送饭来了，病房里热闹起来。38床再次成为众人瞩目的中心。刘橙毫不在意，径自打开半导体听新闻。自从住院看不见中央电视台

《今日说法》，他转向中央人民广播电台"法治节目"。

邻床瘦脸老头借助依法治国话题说，据说昨天自焚的男人，去那家公司讨过几次债了，对方耍赖报警，叫来公安把他抓了……

结果行政拘留七天？他想起当年的遭遇，脱口问道。

拘留十五天呢。听说他是替别人讨债的，从拘留所出来就决定舍命唤醒社会公道，结果真把自己给烧了……

这人是五〇后吧？他急迫地问道。如果自焚者是五〇后，他想请求柳宗汉的公司给死者家属发放抚恤金，毕竟是讨债不成走投无路，社会公益事业理应救助。

杨云霞拎着保温瓶带来晚饭，接班了。刘金兰小声把白天发生的事情详细说给她听。

杨云霞听罢"呸"了一声说，哪个保洁员说刘橙俩老婆？我现在就拿胶带封她嘴。

38床患者侧卧病床得意地说，云霞啊，群众的嘴是封不住的。

你真是个老不正经的东西！杨云霞打开保温瓶说，金兰我熬的羊肉咸饭特别多，你吃了再走吧。

刘金兰摇摇头扭脸问道，明儿我带早饭来医院，老爷您想吃哪口儿？

他不好意思地笑了说，你给自己定位是丫鬟，杨云霞就安心了。

杨云霞吐了吐舌头说，你现在是残次品，没人稀罕。你赶快张嘴吃饭，一会儿让狗叼了去！

晚间病房留有灯光，他找出笔纸写遗嘱。六十岁不用戴花镜，这等于老年人走路不用拐杖，保住人生本钱。

杨云霞上厕所回来以为丈夫在写小字报，压低音调骂他神经病，说病房里不许随意张贴，你有屁就放。

他郑重其事说，《红岩》里革命烈士都这样，我上手术台前也要继承这种革命传统。妻子无奈地笑了，说你该去幼儿园了。

他握紧笔杆屏住呼吸用力书写遗嘱，这劲头好似刻图章。

我是刘橙，我订立以下三条遗嘱：

第一条：如果我死在手术台上，家属可以怀疑主刀医生徐臻报复，因为我没依照潜规则给他送红包，他治死了我。

第二条：我死后有人问起，你们就说橙子熟了，瓜熟蒂落自然现象。谁叫我取名刘橙呢，我死了等于果园丰收。

第三条：无论刘忠翰是真健忘还是装糊涂，我在阴间都不会追究他了，告诉他好好活着别害怕。

杨云霞意识到这不是开玩笑，就把这份遗嘱叠好收起。

你就把心搁肚子里吧，这手术肯定圆满成功，人家徐主任还会存心弄死病人？再者呢，你在阳间也别追究刘忠翰，这叫大人不计小人过。另外，我听说你想请姓柳的公司给自焚者家属抚恤金，大好人！谁都知道这事儿跟你半毛钱关系没有，说明你很有社会责任感，我真的佩服你……

好啊，你赶快写张大标语张贴在医院大厅里，号召全院病人向我学习。他故意跟妻子开玩笑，暗暗忍受着胃疼。

天晚了，你也睡会儿吧。他流露出百年不遇的暖意。杨云霞假装没有受到感动，催促他朝床里挪挪身子，他嗯嗯应着。以前妻子说话他很少应声。

就这样，丈夫头朝北，妻子头冲南，俩人"腿对腿"躺在床上。这对多年分床而居的夫妻，紧紧挤着睡了，同时也让两个梦境也重叠了。

小齐护士给病房调暗灯光。黑暗里邻床瘦脸老头暗暗猜测道，嗯，这腿对腿睡觉的肯定是原配……

一大早刘金兰来了，她比阳光进屋还早，带来三份早餐，还说给刘橙的手机下载微信。

杨云霞立即说，你下载微信？那他可就加入低头族了。

我想让他获得大量社会信息，就不至于跟自己较劲了。刘金兰替他辩护着，顺手把烧饼油条递给杨云霞说，你一宿没睡吃完回家歇着吧。

没事儿，两口子挤着睡了一宿……邻床瘦脸老头突然插嘴说。

杨云霞满意地笑了，大口吃着烧饼油条。

一个小护士举着针管来给患者抽血。杨云霞清理着嘴里的战场问道，哎，小齐护士呢？

齐素云被电动车撞了，住进七楼外科病房了。

什么！他放下茶叶蛋发布命令说，云霞马上给小齐送两百块钱去，看看她伤成什么样子了！

杨云霞有些犹豫。他急赤白脸说，小齐是知青遗孤没人管，她是咱五〇后的孩子！

病房里寂静无声，所有患者家属同时投来复杂的目光，唰地照耀着 38 床胃癌病人。其中 35 床患者家属还耸肩缩脖表示讥讽。

他无意间以两百元将自己塑造成为众人瞩目的异类分子。杨云霞不愿丈夫被大家目光围观，拎起小皮包匆匆去看望小齐护士了。

这时轮到刘金兰力挽狂澜，她大声对 38 床患者说，只要动物园来了观光团，一群动物不眨眼紧盯着，伸头探脑盼望游客喂食，显得特没出息……

话音落地，全体患者家属随即低头，各忙各的事情，显然不愿被骂成动物园盼望喂食的动物。

你说话嘴太损，比我还伤众呢。他笑着劝说她。

刘金兰提高音量说，你这颗橙子，皮硬心软，这群人拿你当傻×看待，我就让他们闭上瞎窟窿！老娘卖煎饼果子什么没见过？一个个跑病房跟我冒充国家二级保护动物……

病房里竖躺侧卧的患者意识到遇见五〇后母老虎，纷纷进入闭目养神状态。

杨云霞扭摆着回到病房，说小齐肌肉挫伤没有骨折，明天就出院。

你给了二百？刘金兰小声问询。杨云霞提高音量答道，五百！他说是咱五〇后的孩子嘛。

刘橙看出妻子有些情绪，不吭声了。杨云霞则凑近他耳畔说，我说老爷啊，咱这辈子没儿没女，你要是愿意认小齐当干闺女，我真没意见。

他闭目养神说，找你这么个母老虎做干妈，兴许人家还不愿意呢。

去你个腿儿的……杨云霞亲昵地骂道。这"腿儿"是情色隐语，她不能让刘金兰听见。

今儿晚饭你空腹，明儿上午开刀。刘金兰其实听见了情色隐语，于是故意变更话题。

值班医生查房来了。他催促妻子回家补觉。杨云霞不情不愿地走了。

刘金兰立即进入陪护角色说，云霞办事挺大气，你说二百她给了五百。

人穷不能志短，这叫工人本色。他说着眼角闪动泪光，竟然动了感情。

咱们做人不是给别人看，咱们是做给自己看。刘金兰说着打开手机，教他学会使用微信。

给你看看这两个视频，有哭的有笑的，多热闹啊。那个贪官跳楼自杀，才四层楼就摔死了，活该！这举牌子的姑娘，她在公众号里寻人，说一夜情怀了孩子……

天下大乱达到天下大治。到时候把她们收编成红色娘子军就是了……说着，他侧身睡着了。

邻床瘦脸老头趁机对刘金兰说，我从未见过你这样爽快的女人，你给我的印象特别美好……

您这是要表彰我？好好保养吧老爷子，哪天开刀动手术，您需要献血言语一声。

人称"徐一刀"的徐臻走进病房，稳步来到 38 号病床前通知患者明天上午首台手术。

刘金兰起身说请徐主任多关照，我们真心拜托了。

胃癌患者刘橙睁开眼睛望着徐臻，不言声。徐臻朝他点了点头，走了。

他再次得胜般笑了，扭脸望着刘金兰说，咱们是最不值钱的破工人，他是众人追捧的大名医，完全是两条战壕里的人。

你现在是等待开刀的病人，咱不用战斗语言好不好？刘金兰打开手机继续说，我念念这条微信，你给我竖起耳朵听着——没有一个人是我的亲人，我唯一的亲人是我内在的觉性；没有一个人是我的敌人，我唯一的敌人是我内在的无名烦恼。

噢……这几句话是哪位高僧说的……他仔细品咂着，似乎有所领悟。

一大早儿，杨云霞就来了。刘金兰告诉她情况正常。这时护士们来到病房，护士长问他姓名床号，好像法场给犯人验明正身。杨云霞怕他抵触，抢答了。刘金兰帮腔说，人家这是手术前例行公事。

他不知道自己已经成了外科病区的名人，一群患者家属聚集在病房门外，七嘴八舌发表议论，自从住院没见有人探视，只有两个女人伺候着，这种情况很不正常。

　　护士们忙碌起来，有插尿管的，有下鼻饲的，他感觉自己成了个物件，身边围着几个白衣修理工。透过大口罩他认出护士小齐，便问她伤势怎样。小齐眨眨眼睛轻轻说，您是我遇到的最好的患者。

　　他被夸得不好意思，说我只是个普通的退休工人，退休就是报废的意思。

　　他不忘嘱咐妻子保管好遗嘱，转脸朝刘金兰咧了咧嘴，就被推进手术室了。

　　护士做了静脉滴注。他平躺在手术台上，等待挨宰。

　　昨天跟刘金兰学会鼓捣微信，新建朋友圈里只有她和杨云霞，之后加了邻床瘦脸老头。这老家伙信息量不小，给他转发大科学家爱因斯坦的理论，人的死亡只是一场幻觉，仍然存活在广远宇宙里。他读懂这篇文章的大意，好像对死亡有了新说法。

　　男的麻醉医生来了。他说我没给你红包。对方不理会，给静脉注射器里加了药水。

　　他突然念起那首三十年前写的诗，声音越念越小。

　　我是一株向日葵，终生追随着阳光，直到大太阳把我晒干水分，散落成一堆瓜子，我依然身心饱满……

　　他是隔天凌晨四点钟苏醒的，只感觉周身被缚，脑袋仿佛高悬树顶的椰子，木木的僵硬。恍惚间徐臻凑到近前，注视着他说了声醒过来了，便转身走了。

　　他病床左侧站着杨云霞，右侧是刘金兰，手里端着水碗。杨云霞伸出棉签在水碗里蘸湿，涂抹着他干裂的嘴唇。他居然说了声谢谢。

　　妻子扭脸对他前女友说，你听见了吧？他挨过刀变成文明人了。前女友点头赞同说，有的人用了麻醉药露出本性，这说明他原本文明，后来学野了。

　　他的刀口很长，从下腹到腋下，甚至颇有转弯驶向肩胛的趋势。麻醉药力消失，他开始咏叹调式的呻吟，这令两位女士深感意外。

　　咱们工人有力量，你把力量都变成叫唤啦？杨云霞担心吵醒别人，提示丈夫噤声。

　　他也不愿吵醒别人，下意识侧脸瞥了瞥37床。咦？邻床空空荡荡，那个瘦脸老头哪里去了……

　　说话费劲，他伸出目光询问妻子。杨云霞面露难色，转脸看着刘金兰。刘金兰叹了口气，凑近右侧耳畔告诉他37床昨天下午死了。

　　杨云霞贴近左侧耳畔补充说，他买的年代私募基金打了水漂，买了以房养老的保险也被坑了，一百多平米房子抵押了，还欠人家三百五十万贷款，他老无所依，就喝药寻了短见。

　　他当即愤怒了，竭力说出"诈骗罪报案啊"这句话，刀口疼得呻吟起来。

　　刘金兰比杨云霞见多识广，继续详细讲解给他听。有八百多个受害的老年人报案，可是公安局说以房养老保险合同订得太专业了，滴水不漏，绝对免责，根本谈不到诈骗，公安局没法子立案。

　　杨云霞好像吃醋了，不甘落后地抢着说，那个大骗子起先是个收废品的，后来有了高官靠山，改玩以房养老的保险行当了。

他瞪大眼睛说，敢情不光山里有狼啊！你俩别忘了给 37 床送个花篮……

送殡仪花篮有三档价格呢。杨云霞算计着说。

当然送最贵的，送挽联写咱仁的名字……他说罢继续呻吟起来。

刘金兰怕杨云霞愈发吃醋，当即表示自己单独送花篮。

得啦！你不要多花那份钱了。杨云霞同意了三人联名。

他猛地停止呻吟，想起街头卖报纸的妇女，她同样买了以房养老的保险，这次也遭遇邻床瘦脸老头的厄运了吧？抵押的房产被金融诈骗机构收走，她只能睡大街去了……

他就这样平躺着，期待早日下地行走。腹部插管排出的血水越来越少，开始鼻饲少量流食，气力有所恢复。

徐臻主任查房来了，告诉他只剩下三分之一的胃，食道也比手术前截短了，但是人的胃能够渐渐撑大，应当坚持定期复查，马虎不得。

他亮嗓高音说了声谢谢，吓了徐臻一跳，不由侧身躲避扑面的戾气。

刘金兰只得打趣说，徐主任您别怕，他现在不咬人呢。

徐臻笑了笑，说他以前也不咬人，便趁机撤离了。

一个保洁员打扫病房临近病床前，他抓住机会大声说，告诉那几个嚼舌头根子的老娘儿们，我们仁是崇高的工人阶级友谊！我哪儿来的俩老婆？这是中国不是沙特阿拉伯，有谁再敢胡说我缝了他嘴……

毕竟气力不足，他主动停止叫嚣，要求喝水。

傍晚时分，几个工厂老同事出现了，大步走进病房当头就抱怨，说开刀不言声，太外道了。

他连连道歉，说出院后摆酒赔礼。几个老同事把凑的份子钱塞到病床枕头底下，七嘴八舌说早日康复，你推我操地走了。杨云霞急忙追出去送客。

我不想念他们，他们反而想念我，还是工人阶级好啊。他目光直勾勾盯着屋顶，轻轻念叨着。

刘金兰问道，你想念谁就告诉我，我打电话通知他来看望你。

杨云霞送客归来说，金兰说得对！你最想见谁我们马上把他请来。

我想见见柳宗汉……他眼含泪水说，我认识他时间不长，但是这辈子我肯定跟他掰不开了。

杨云霞多年不见丈夫落泪，顿时感受到这份情谊的分量说，你放心吧，过几天你刀口拆线能走路了，我就办这件事儿。

一天天过去了，病床里换了一茬病人，就跟割韭菜似的。刘金兰说这几天微信里再度热传起那自焚事件，弄得案情愈来愈清晰，还有现场视频上传。

刘金兰绘声绘色讲着，他闭目养神听着，仿佛还原了现场实况。

其实这个人没买私募基金，但是他主动出头替受害群体讨还公道，赶巧这家公司正在隆重举行"光荣五〇后私募基金"首发仪式，一下把认购现场给搅散了。

这个人要求会见金融诈骗的幕后人物，索性脱掉上衣，一手拿着打火机，一手举着汽油瓶子。现场记者看见他左肩膀有块大红痣，那形状好像贴着大膏药似的。

私募基金公司几个打手冲上来。他高喊"以死唤起社会正义，严惩贪官勾结奸商"，啪地就把自己点燃了……

他呼地坐起，牵动刀口疼得丝丝吸着凉气说，他就这样白白死了？那金融诈骗的幕后人物仍然逍遥法外！

你怎么知道金融诈骗的幕后人物仍然逍遥法外？刘金兰有些意外。

我也会看微信啊，你以为我什么都不知道？你以为我真成傻子啦？我心里明白极了……

杨云霞及时插话说，你傻？你要浑身长毛比猴儿还灵呢。

刀口拆线，他加大进食量，身体渐渐硬朗起来。两位女士陪他下楼到医院花园散步，已然没人再敢议论一夫二妻。

他极有心得地说，我要是不反击那几张臭嘴，医院里肯定传说判我重婚罪了。这就是丛林法则，你该撕就得撕，该咬就得咬，我是老虎我怕谁？

你的手术很成功，咱厂九车间老安切除肿瘤二十多年，活得欢实极了，去年还嫖娼被公安抓了呢。杨云霞鼓励丈夫树立生活信心。

他笑了，说老安嫖娼给癌症患者们树立了提高生活质量的榜样。

回到病房。午睡醒了。护士小齐来到病床前，她改嘴不叫 38 床，轻声说徐主任请刘叔去办公室谈话。

他听到小齐叫"刘叔"便开心地笑了，说好闺女你告诉徐主任，我喝了药就去。

郑重其事走进徐臻办公室，对方请他落座，关切询问身体状况。他笑着说很好，今生今世特别愿意活着。

徐臻给他沏了杯红茶说，我上网搜到臧建国了。当年红八中的头头儿，老三届上山下乡去了西双版纳，1980 年返城好几百人到火车站迎接他……

他没料到徐臻竟然主动谈起臧建国臧哥，立即难抑兴奋回忆当年场景说，那天我也去火车站迎接臧哥，那叫人山人海，公安局以为城市青年暴动，开来十几辆警车呢。

徐臻感慨地说，我父亲是 1950 年出生的"五〇后"，也是上山下乡的返城知青。前几天父亲说起往事，当年见过臧建国扛大旗冲向反对派阵地……

他继续陷入回忆说，那时我是小孩子，跟随臧哥后边跟对方阵地投石块呢。

我很难想象那样的年代那样的人物。徐臻说着转换话题，告诉他做过手术就把红包退还给了两位家属，让她们放心。

他没想到杨云霞和刘金兰分别送了红包，顿时觉得自身威慑力大打折扣，面对徐臻难以掩饰尴尬表情。

徐臻神色坦然地说，富豪们的红包我收，还是特大红包。但是我不敢收穷人的钱，我害怕现世报应。我们医院骨科江韬主任是收红包大户，去年给汽车撞死了……

　　你害怕现世报应，说明还有良心。等我病好出院，约请你父亲见面聊聊，我们都是五〇后嘛。

　　他回到病房见到杨云霞，只字不提红包的事情。毕竟徐臻做手术退还红包，这个医生人品难得。

　　刘金兰回家收拾煎饼果子车，准备恢复营业。杨云霞终于赢得超越刘金兰的机会，以新闻速递的语气告诉丈夫，朋友圈最新消息，西城寝园为那个自焚的人建了墓立了碑，名字前面刻着"平民英雄"四个金字，还栽了苍松翠柏，大多是金融诈骗案受害者集资筹的款。

　　他点点头不说话，好像此事与己无关，社会新闻而已。杨云霞去医院食堂打饭，气喘吁吁跑了回来。

　　他以为妻子犯了哮喘病，让她先喝口水。杨云霞急不可待说，几个老病号在食堂里议论，敢情昨天刘忠翰死啦！

　　倘若以往他肯定会说大快人心。似乎意识到人世间尚有远比刘忠翰可恶百倍的坏人，他已然不那么仇视当年的保卫科长了。

　　杨云霞认为丈夫肯定兴高采烈，同样兴高采烈地说，敢情刘忠翰也买了年代公司代理的以房养老保险，跟37床瘦脸老头同样被坑。钱物两空，急火攻心，刘忠翰嘎巴一声脑溢血死了。

　　谁说脑溢血发作能听见嘎巴一声？人死为大，咱们不能幸灾乐祸……他轻轻说着，好像若有所思。

　　你能这样太好啦！我还担心你跟别人较劲，咬住谁就不松嘴呢。杨云霞由衷高兴，给丈夫冲了杯蜂蜜水。

　　他拿出手机给刘金兰打电话，吩咐她抽空去趟西城寝园，给那座刻着"平民英雄"金字的墓碑送两只大花篮，挽联落款写"三个五〇后"就行。

　　刘金兰嗯嗯应着，问他想不想吃不带鸡蛋的煎饼果子。他说当然要吃纯绿豆面的，不能让鸡蛋搅了味道。

　　电话里刘金兰哈哈大笑。想起当年她的咯咯笑声，他默默承认这代人确实老了，而且即将老得没牙。但是绝对不可为老不尊，被当今年轻人耻笑。

　　夜晚降临，病床前妻子陪他说话。他苦笑了，云霞，你说我是个什么人呢？

　　你呀？你是个被社会淘汰的人，可是又不肯退出。

　　他寻思着说，我这种被淘汰了又不肯退出的人，你说活着还有用吗？

　　当然有用！你活着就是告诉别人，男子汉宁死眼前，不死身后。

　　他听了，突然热泪盈眶。

　　我想见见柳宗汉，明天给向阳女士打电话，约请他老人家来病房跟我说说心里话……他悄悄抹去眼泪。

　　人家柳老德高望重，他肯来医院看望你？杨云霞身处社会底层，关键时刻往往自卑。

　　他颇为自信地说，这个柳宗汉爱惜自己谦逊和善的名声，他不会对我这个退休工人端架子的。

杨云霞依然没有信心，小声抱怨丈夫自以为是。

他终于忍不住说，我自以为是？这次动手术就没有依靠红包嘛。

妻子听罢不言声了。他侧脸望着空空如也的 37 床，瘦脸老头的声音响在耳边：我要是不被那家年代私募基金坑了，也不会去买以房养老的保险，还能给自己留条后路……

不知多少老年人被坑害了，但愿马路边卖报纸的妇女心胸开阔不寻短见，她毕竟儿子在哈佛大学，将来去美国找他也有好日子过的。

隔天吃过早餐，他拨通向阳女士的手机，先说了几句客套话，随即谈起写作自传的几个问题，然后表示想念柳宗汉先生，特别是被推进手术室的时刻。

向阳女士似乎受到感动，哽咽着说了声请稍候，便请示柳老去了。很快她约定具体探视时间，道了再见挂断电话。

杨云霞有些吃惊说，人家真给你面子，一约就答应了。

其实柳宗汉是愿意来看望我的。他有几分得意地说，他本来就把我列为五〇后典型人物，我还搜集了那么多同龄人的名单……

星期五清早，徐臻主任查房，祝贺他恢复得很好，这两天便可出院。他特意跟主刀医生握手，说替我问候你父亲，感谢他把你培养成好大夫。

徐臻主任说，我父亲特意嘱咐我记下您的手机号码，他要主动跟您联系，大家争取早日为小齐护士找到亲生父母。

这太好啦！他颇为动情地说，你父亲是个有修养有品格的五〇后，我跟他相比就是个野蛮人……

徐臻主任中肯地说，您是个非常特殊的人，这次认识您让我长了见识。

临近上午十点钟，他特意穿好那套为出院回家准备的行头，蓝色夹克米色西裤，还特意擦亮皮鞋。

杨云霞笑着说，看你这隆重劲儿，就跟会见外宾似的。

是啊，我穷工人百年不遇接待重要人物，首先要对得起自己。说着他让妻子打开窗子，要用新鲜空气欢迎贵宾的到来。

上午十点整，迎接贵宾的时刻到了。柳氏义子吴明隆首先走进病房，手里拎着两箱营养品，主动列位旁侧。之后身穿猩红色职业套装的向阳女士怀里抱着大束鲜花，款款而来。

他打量着曾经诱发自己青春期遐想的女士，此时感觉向阳全然没了吸引力。

柳宗汉身披深绿色大衣稳步走向病房，他起身迎上前去。

向阳女士放下鲜花举起照相机，连续拍下柳宗汉与刘橙握手的场面。

他毫无收敛地望着她说，这张照片你上传到你们网站，就说柳老亲临医院探望五〇后癌症患者，很有说服力嘛。

你真的患了癌症吗？为什么不早告诉我？柳宗汉抬头看了看泛黄的屋顶，抬手指着油漆剥落露出锈迹的铁质窗户说，你怎么能住这种病房，小吴马上找人调换高级病房！

吴明隆听了，起身要走。刘橙叫住柳氏义子说，吴总啊，住院处在后楼呢。

然后他将妻子介绍给来宾，用当年读业大中文专业学来的古代词语说，这是拙荆，名叫杨云霞。

云霞很好嘛，糟糠不下堂。柳宗汉作长者状，随声称道。

他特意吩咐妻子下楼给向阳女士买几听百事可乐。杨云霞立即跑去了。

你怎么知道向阳只喝百事可乐？有人竟然如此了解自己的贴身秘书，柳宗汉忍不住发问。

他故作高深地说，我只是猜测嘛，我还猜测向阳女士不是五〇后，顶多1966年前后出生。

向阳女士被他说得有些不自在，勉强笑着。他抓住时机盯视她说，我给你报了那么多五〇后的名单，唉！真是不知来龙去脉啊……

这时手机响了，来电显示刘金兰。他踱到窗前调低音量，仔细接听。

我在西城寝园找到刻着"平民英雄"金字的墓碑啦，敢情自焚的人就是你经常提起的臧建国！现场好多金融诈骗受害者祭奠他呢。

其实他早已料到自焚者是臧建国，因为只有臧哥左肩膀有块大膏药似的红痣，这是别人没有的身体特征。他把手机贴耳低声说，只有臧哥疾恶如仇挺身而出，舍命为受害者讨还公道，可惜我再也见不到他了。

电话里刘金兰气愤地说，微信朋友圈里有人说自焚者是傻×，甘心替别人出头，搭进自己性命。

你记住说傻×这话的人，我没时间办这件事儿了，你花钱雇人打残那浑蛋两条腿，让他后半辈子坐轮椅吧。

他满嘴杀气轻声说着，表情平静如水，然后摁断电话，转向柳宗汉说，我的自传很快写完，不过我目光短浅，有些事物总是看不清楚，难免上当受骗……

非也非也，你判断向阳年龄就很准确，她确实1967年的。我说她五〇后是为工作便利而已。柳宗汉此时说话全然没有外埠口音，普通话里甚至夹杂着北京土音。

向阳的年龄还是要保密的。之后柳宗汉刻意叮嘱说，因为向阳正在做五〇后深度体验的文案策划，时机很重要的。

五〇后深度体验？这又是年代之家的大项目啊。他操着报刊社论的语调说，您特别关注共和国同龄人，也格外重视新中国五〇后，这两茬人自幼接受革命斗争教育，长大成人受到"四人帮"文艺思想熏陶，等于喝了多年掺了兴奋剂的米汤，人的性格就形成两面，一面情感沸腾容易暴力冲动，另一面思想固化容易信服说教，这两方面综合起来呢，既容易被好人好事感动，也容易被坏人坏事激怒，人格特别矛盾。如今这群人老了，你应当善待他们才是啊……

柳宗汉连连点头说，你说得太对啦！所以我将全部精力定位这个群体，竭尽全力，不敢怠慢，明年还要做大养老工程，给他们幸福安稳的晚年。

这个颇有身份的老者诗意大发说，夕阳无限好，我们爱黄昏，古稀披晚霞，心灵似青春，全力办慈善，做事有公心……

"您怎么还在骗啊！"不等诗兴正浓的老者诵罢，刘橙突然爆发，紧紧抱住柳宗汉，一声大吼疯狂地撞向敞开的窗子。

年久失修的窗扇嘭地被撞得脱落，两人上半身冲出窗外探到空中。向阳女士尖叫着扑上来，趋身抱住柳宗汉的小腿，拼命朝怀里拽拉着。

刘橙你疯啦！柳老是来慰问你的……向阳女士想不到自己穿着塑身衣的躯体，此时恰恰成为充满反弹力的肉墙。疯狂的刘橙双脚狠狠发力蹬踹她小腹，抱紧柳宗汉冲出窗外。

柳宗汉！你就是坑害百姓的幕后主谋……他高声痛斥这个 1950 年出生的老者，双双从十一楼跌落了。

自由落体，重力加速度。没容他说出"我要为臧哥报仇"，便轰然落地，险些砸中坐在轮椅上的老太婆和另外两个姑娘。

人们惊叫着，四处奔逃。这两具从天而降的躯体，已然被摔出两堆红白相间的颜色，极其鲜活地陈列在阳光下，流淌成耀眼的死亡图案。

吴明隆回到十一楼病房里，看到被强力蹬击脾脏疼得满地翻滚的向阳女士，猫腰抱起她跑向抢救室。

杨云霞买了四听百事可乐，满脸笑容走进空空荡荡的病房，以为丈夫送客人走了。一个保洁员壮起胆量告诉说，俩人同归于尽了。

她呆呆听着保洁员讲述，说了句"他真是不肯退出啊"，便摇摇晃晃昏过去了。

人民医院广场前。三辆警车驶到现场，拉起警戒隔离带。闪光灯不断地拍照，公安法医成为主角，在红白调色板间忙碌着。

警戒隔离带外站着个身穿白大褂的医生，旁边有人叫他徐主任。

他自言自语道，刘橙身有侠气也有江湖气，还有自身的人格理想，这就形成复杂的气质，今后不会有这样的人物了。

收容车随即赶到，匆匆把这两个案件主角装进尸袋，不知是去冰冻还是去火化，反正是冰火两重天。

第三天上午，阳光仍然明亮。两个女人来到医院前小广场，衣着朴素盘腿而坐，随手把鲜花瓣儿撒满案发现场。她俩表情平静极了，平静得就跟没有表情似的。

"咱们的橙子终于熟了。"杨云霞还是说了话。

刘金兰表情赞同说，瓜熟蒂落，谁也拦不住的。

满地鲜花瓣儿，在微风里闪动着，不愿飞舞而去。

有几个大闲人凑过来，有的叼着烟卷儿，有的嚼着口香糖，七嘴八舌，议论纷纷。

听说是两个坏人同归于尽了，生生从十一楼跳下来，这属于狗咬狗吧？

好像一个是好人，一个是坏人，俩人紧紧搂抱跳了楼，落地摔死也不撒手。

刘金兰说，没说是两个好人同归于尽吧？那刘橙就死得不冤。

两个好人怎么会同归于尽呢？那肯定是患了绝症，两人都不愿意活了。一个大闲人这样认为。

你说得不错，两个人确实患了绝症，一个是胃坏了，一个是心坏了。杨云霞不急不躁地说，这儿没有什么新闻，就是有个橙子熟了从树上掉地下了。

刘金兰挥挥手说，你们都给我记住，不论谁患了绝症也不要跳楼，人民医院有好大夫给你治，住院医保报销百分之八十呢。

这几个大闲人被骂得不再张嘴，争先恐后走开了。

这时，小齐护士跑出医院大楼，几乎是冲刺过来的。

杨姨啊刘姨，我找到生身父亲啦！不是不是，我生身父亲主动找我来啦……

大龄女护士齐素云小声哭了，我要永远感谢刘叔！要是没有刘叔这个五〇后，我亲生父亲也不会出面找我……

杨云霞搂住小齐护士说，你刘叔没有那么好，他一身坏习气没来得及改正，就急急忙忙走了，好在他没有死得重如泰山，也没死得轻如鸿毛，一百多斤就是了。

要说五〇后里坏人不少，就是以柳宗汉为代表的，所以年轻人说坏人变老了。刘金兰不改直言快语的脾气。

护士小齐感慨不已说，杨姨刘姨你俩真像亲姊妹。

杨云霞看着刘金兰，刘金兰看着杨云霞，同时苦笑了。

小齐护士兴奋地啊了一声。杨云霞和刘金兰扭头朝着医院大楼望去。

强烈阳光下，身穿医生白大褂的徐臻陪着一个身穿黑色风衣的男子走出医院大楼，朝这边稳步走来。

这身穿黑色风衣的男子抬手摘下帽子，露出说明真实年龄的满头白发。

望着愈走愈近的这两个男子，杨云霞略显欣慰地说，这身材相貌真像父子俩……

刘金兰点头说，是啊，这里没咱姐俩什么事儿了，撒吧。

（原载《作品》2018 年第 6 期）

借命而生

石一枫

1

俩犯人被押送到看守所时，警察杜湘东正为调动的事儿憋闷着。

他是 1985 年警校毕业以后，直接分配到所里的，至今工作已满三年。当初上面找他谈话，说有个郊县刚成立了第二看守所，眼下很缺人，尤其缺大学生，你过去算了。杜湘东有点儿抵触，他说，我是刑侦专业的，不让我到街上抓人，倒让我在号子里看人，这不是本末倒置吗。他本想说大材小用，后来一想，这么说太狂妄了，所以话到嘴边就换了词儿。有情绪自然要做工作，上面就用螺丝钉、时传祥等套话来磨他。一来二去，杜湘东的耳根子就被磨软了，脑子也被磨乱了。正在这时，上面又抛出一个条件：你是异地生，按理该回湖南原籍，如果答应去看守所，那就留京了。考虑考虑吧。

考虑考虑，杜湘东就答应了。但再考虑考虑，他又觉得组织上不太地道。所谓异地生留京一说，不少同学都是这个情况，但为什么有人能留在机关里，偏他要去看守所？比如跟他同宿舍的徐胖子，体能考核永远不达标，案例分析只要有女受害者都答成"情杀"，结果怎么样，人尽其才地分配到治安科管扫黄去了。还不是因为人家有关系，他舅舅是学校的政治部主任。再说那时的北京，出了永定门就是一片仓库，再往南走恨不得全是玉米地，杜湘东所在的看守所更是建在了玉米地边缘的山底下——这种地方算"北京"吗？如果算，干嘛周围的老乡管进城不叫进城，而是要说"上北京"？

但他这人又别人不同。别人是有了情绪就工作懈怠，他是越有情绪越玩儿命工作。都受情绪影响，影响的方向是反着的。在所里待了半年，他值了几十个通宵夜班，连过年也把探亲的机会让给科里的缺牙老吴了。监舍里有人自杀，吞进了七个鸡蛋大的象棋子，是被他掐着脖子愣从嘴里抠出来的，犯人临了还狠狠咬了他一口。所里给他开表彰会，他的脸上冷冷的。让他发言，只有一句话："都是职责之内。"倒把所长晾了个大红脸。

后来所长也找他谈话，开门见山："在咱们这儿不痛快？除了关心犯人的思想，还得关心你的思想，我也够累的。"

杜湘东便也直说："我觉得我不该干这活儿。"进而又说，他当年考警校想的是立功，是破案，是风霜雪雨搏激流和少年壮志不言愁，从没想过要在阴森森的走廊里巡视犯人的吃喝拉撒。他还说，他知道光想着干大事儿是一种不切实际的浪漫，但要是这么稀里糊涂地被诓来，再稀里糊涂地把心里那点儿浪漫给打消了，他就觉得窝囊了。之所以有话直说，是因为杜湘东认为所长能够理解他的情绪，或者说得虚点儿，就叫情怀吧。所长是从部队转下来的，在越南前线指挥过一个连，身体里至今留着两枚手榴弹弹片。记得刚来报到时，所长还仔细看过了杜湘东的简历：各项考核成绩全队前三名，擒拿格斗在省级比赛里拿过名次……看完以后嘟囔了一声："哟，屈才了。"

如今面对他的抱怨，曾经的战斗英雄会做何感想？所长点了颗烟，三口抽完，开始转肩膀：右手小心而用力地按住左肩，左胳膊举高，牵引着那条膀子缓缓转动，正反各十下。一边转着，额头上就冒出汗来。这是例行功课，每天若干次，说是能防止弹片更加深入地嵌入骨头。这时屋里没声儿，所长专心地转，杜湘东专心地看。片刻，所长吁了口气，重新开口："可要刚来就走，别的单位怎么看你？会不会觉得你这人不踏实？"

又说："干满三年再说。"

说完挥手让杜湘东出去，不谈了。三年之约，这有可能是随口而出的托词，更有可能是想耗着杜湘东。不过从个人立场上，所长分明又是同情他的，甚至可以说是承认他受到了不公正待遇。人家有了这个态度，杜湘东便感到了欣慰，进而又不好意思起来。说到底，警察就是份职业，风光的刑警如此，乏味的管教也是如此，一个像样儿的人既然拿了工资，就该对这份职业尽心。心没尽到还说怪话，那就有点儿不像样儿了。

此后两年多，杜湘东没再提调动的事儿。慢慢的，他对看守所的生活也习惯了。单位小有单位小的好，起码人际关系简单，不必时刻哈着谁拍着谁，这就很对杜湘东的胃口。郊县也有郊县的好，食堂的菜肉都很新鲜。就连寂寞也有寂寞的好，看守所的阅览室订了几本文学杂志，上面的作家都爱声称自己是个"享受寂寞的人"。期间还真有个作家来所里体验生活，却怎么也看不出耐得住寂寞，一来就叫嚷着要到女队蹲点儿，去记录女犯人"灵与欲的碰撞"。在假寂寞面前，真寂寞倒成了一件有成就感的事儿。唯一让杜湘东仍感不痛快的，是有时回警校去参加同学聚会。那些分在重要岗位的同学都热衷于吹嘘最近又破了什么大案要案，光荣负伤的更会撩起衣服展示伤疤，还不忘对杜湘东告诫一句：

"哥们儿好不容易把人抓进来，你们可得看好了啊。"

心里一不痛快，聚会也懒得参加了。有时一想，留京以后别说没交上什么新朋友，就连老朋友都慢慢淡了，这实在有点儿悲哀。但再一想，什么日子不是过，如果总能这样，人简单着，嘴新鲜着，心寂寞着，那其实也挺好。

至于重新想起那个三年之约，是因为杜湘东要结婚了。这说来有点儿不可思议：一个生活在荒郊野外的单身汉，想结婚简直比动物园里的大熊猫配种都难。其实还是拜所长所赐。那两年什么地方都在搞创收，看守所的经费本来就紧张，于是也创。项目之一，就是替轻工业局下属的食品公司搞加工。所里组织犯人生产冰棍里面的那根棍儿，每个礼拜打包运到玉米地另一端的冷库去。刚开始都是所长亲自带人去送，去了两趟，就指名让杜湘东代劳了，并且指名让他找一个叫刘芬芳的冷库管理员交接。所长还替俩人算了账：刘芬芳二十一，杜湘东二十五；刘芬芳一米六，杜湘东一米七五；刘芬芳虽然家在北京，工作也在城里，但她就是个高中毕业，编制是工人，杜湘东虽然是外地人，常年驻守郊县，但却是大专毕业，编制是干部……以己之长攻彼之短，以彼之长补己之短，怎么算怎么"登对"。

杜湘东去了两趟，果然喜欢上了这个从侧面看比从正面看更有风情的冷库管理员。刘芬芳呢，想必也是喜欢他的。虽然她见到杜湘东的时候冷冷的，不爱说话，但要是有一个礼拜她从城里赶到冷库，而杜湘东恰好有事儿没去，再下个礼拜见面的时候，那种冷淡就会变得更冷，冷得像在赌气了。这些表现杜湘东刚开始不懂，还是所长和老吴帮他分析出来的。所长认为"这很说明问题"，老吴则进一步对问题给予了通俗易懂的说明：

"这妞儿动了春心呗。"

俩人就谈上了。而相处日久，杜湘东发现刘芬芳还是一个忧愁的人，或者说，是一个愿意让自己显得忧愁的人。她说话之前习惯先轻叹一口气，她懂得尽量用有点儿像吉永小百合的侧脸而不用如同红苹果的正脸面对杜湘东。作为一名冷库管理员，她的业余爱好不是通过喝热豆腐脑来温暖内脏，而是通过读席慕蓉的诗和三毛的散文来温暖心灵。每当很"八十年代"地聊起人生与理想，她的第一反应常是抱怨，末了还会感叹一句"这就是生活的全部吗"，以使自己的抱怨抽象化、文学化。记得有年"五一"，杜湘东也黲出去了，进城去找刘芬芳，带她看了场内部放映的美国爱情电影，又到"老莫"吃了顿西餐。当这物质精神双丰收的一天接近尾声时，刘芬芳终于让他亲了亲自己洋溢着小豆冰棍味儿的侧脸，但刚亲完，又是一句抽象的抱怨："可惜明天又要和昨天一样。"

这一度给杜湘东带来了苦恼，然而苦恼之余，他却离不开刘芬芳了。他尝试着自己分析：刘芬芳是让他感到累，但这种累是有劲的累，不累反而没劲了。他所喜欢的，也许恰恰是刘芬芳对于生活的不满意。满意了不就俗了吗，傻了吗，没追求了吗。他觉得刘芬芳的情绪呼应着他的情绪，这是一种贴心的感觉。

俩贴心人就商量着结婚。那个年代结婚很简单，只要组织批准，父母点头，有张双人床就能睡到一块儿去。杜湘东还有三年的积蓄，他买得起一辆"永久"自行车、一台"熊猫"半导体和一床大红缎子面儿铺盖。另有一点非常关键，建所的时候征收了农民的几亩地，盖了两栋筒子楼，给每个管教都分了一间宿舍。综合一下条件，杜湘东觉得自己大概是很够资格结婚的。可是商量着商量着，就商量出分歧来了。刘芬芳家住宣武区的大杂院儿，工作以前八口人挤在一个里外间，她睡厨房，脑袋顶着米缸；工作以后食品公司有宿舍，倒是不用顶米缸了，但是一间屋子住了八个女工，人口密度仍未降低。试想能从厨房和集体宿舍搬进筒子楼里的单间，婚后的生活质量可以说是大为提高的，但刘芬芳不这么想。她指出，郊县一间房，不如城里一张床。那时还没有房价的概念，刘芬芳所说的是精神生活：城外有什么呀？有王府井外文书店吗？有"北影"内部放映厅吗？有大学交谊舞会吗？她罗列完这些，这才想起自己既看不懂外文，也混不进内部电影院，更不是大学生，于是又补充：

"就是哪儿也不去，站在长安街上看看电报大楼的灯，心里也是舒服的。"

结论是：她不能从城里搬到郊县。杜湘东就提出了一个权宜之计："或者我们平常分头住，等到周末或者你下乡盘库的时候再过来？"但这个提议也遭到了否决。刘芬芳说："丈夫丈夫，一丈之内才是夫。"进而又援举了几个刚和中国建交的资本主义国家外交官的事例：甭管多忙多重大的场合，大使和大使夫人寸步不离，走哪儿都"拐"着。

杜湘东就做了难："那你让我怎么办？"

刘芬芳却不说话了，让他去想。其实也很好想：他是男人，理应他去就合老婆；而他又是大学生，理应人往高处走。所长当初撮合他和刘芬芳，为的是让他安下心来干工作，结果倒是刘芬芳激发了他要走的心思。又从刘芬芳想到自己，杜湘东回忆着在警校取得的成绩，以及为了取得那些成绩而付出的努力，一股力量就在体内蓬勃了起来。这是年轻人特有的力量感，如果任由它随着时光稀薄下去，直至消逝，那是多么可惜啊。杜湘东甚至还想到了如今的时代。人人都说时代正在变换，因而人人都在迫不及待地变换自己。就像歌曲里已经唱着"跟着感觉走"并问出"你何时跟我走"了，这时杜湘东的走，就不是一个人的走了，而是某种宏大的、名正言顺的价值体现。

第二天，他正式向所长递交了调动报告。他表示愿意到艰苦的岗位去，到危险的岗位去，最好是刑警。他还提醒所长，当初不是说好了"干满三年再说"吗，现在期限已到。

所长没看他，径自抽烟，转肩膀，然后在报告抬头上写了"待办"俩字。

一个礼拜后，所长把杜湘东叫到办公室，甩回给他俩字："没批。"

"总得有个说法吧。"

"部里提倡新精神，每个基层单位都要有高学历人才，可咱们这儿除了你没一个中专以上的。你要走了，所里不就不达标了吗。"

提倡重视人才，结果怎么却成了浪费人才？杜湘东心里反问。但他也只敢在心里反问，因为驳回申请的是上面，不是所长；而战斗英雄脾气暴，要是再纠缠下去，真会跟他锵锵起来。为了无法改变的事情跟对自己好的人翻脸，那太没意义了。

于是他没说话，转身就走。还没出门，所长又甩过来一句："要不再干三年吧。三年之后，有了新大学生你就走，或者空出正科的岗位你先上。"

人一憋闷就爱多想，在路上，杜湘东又开始揣摩所长的话。话分两截，上半截的意思是，三年之约过后还有一个三年之约，这次的约定能否兑现，取决于是否有个像杜湘东一样傻的大学生过来顶缺。而后半截的意思简直让他感到侮辱：难道他的调动申请被所长解读成要职称、要待遇了吗？这么想着，他的脸就铁青了，他的脖子却涨得通红。走出办公区前往监舍时，连有人叫他都没听见。

不巧又在办公室遇见了缺牙老吴。老吴是跟杜湘东搭伴的，原则上是一老带一新，实际却成了新的兜着老的。活儿都是杜湘东干，老吴不是平谷的妈就是延庆的丈母娘有事儿，病假事假轮着休，好不容易在所里待几天，还有多一半的时间在喝酒。用所长的话说，郊区农民的几大缺点，奸懒馋滑，这人算占全了。更让人受不了的是他那张嘴，爱说风凉话还没眼力价儿，逮谁踹谁窝心脚。当他看见杜湘东的脸色时，反而嘶嘶漏风地笑了："没调成？也怪你找错了人。你要是跟局长的闺女结婚，早他妈回北京了，非找一冷库妞儿，原地冻上了吧——不过局长有闺女也看不上你呀，现在知道自个儿是谁了吧。"

那一刻，杜湘东险些抄起桌上的工作记录本，朝老吴摔过去。至于后果，他不管了，打一架就打一架吧，记个处分也无所谓。假如生活欺骗了你，那么当个摔得带响的破罐子也比窝窝囊囊地憋闷着强。然而还没动手，天花板上的喇叭却响了："十七十八监接人。"

这才想起，他负责的监舍昨天刚空出两个铺位，今天又要送进来两个新的。走的是一个抢劫犯和一个投机倒把分子，来的据说是俩盗窃犯。刚才在办公区有人叫他，估计就是要说这事儿。杜湘东狠狠瞪了老吴一眼，终于还是正了正大檐帽，出门。一边快步走着，心里的火儿还在腾腾乱窜。知道自个儿是谁了吧，知道自个儿配干什么了吧。他也就配接犯人、看犯人、押着犯人车像棋子磨冰棍棍儿，而且还干得这么令行禁止，比警犬都听话。

犯人和押送犯人的人已经等在登记处了。来的不仅有民警，还有南郊一家工厂的负责人。经过简单介绍，杜湘东得知这俩案犯是在实施盗窃时被厂保卫科当场抓获的，不仅"性质特别恶劣，金额特别巨大"，而且"死不悔改，负隅顽抗"。说这话时，保卫科的副主任，一个满脸横肉的胖子指着头上的纱布控诉，他的脑袋都被开瓢了。他代表厂方要求看守所对案犯严加管教，进而又说有关领导会亲自过问这事儿。

杜湘东顶了一句："你是说我们平时管得不严了？"

"那倒没有，我的意思是，你们得格外……"

"进来都一样，人我领走了。"

接着喝令俩犯人从墙根站起来，跟他去照相、剃头、换衣服、前往监舍正式收监。直到这时，他都没有认真看过这俩人。他今天心情恶劣，不想看任何人。但他得到了个笼统的印象，那就是这俩犯人都很年轻，甚至比他还年轻。监舍走廊阴暗幽深，犯人的手铐哗啦作响，四处充满了回声，这让杜湘东心里更加糟乱。偏在这时又出了状况。当他来到监舍门前，正要伸手摸钥匙，身后突然响起了撕心裂肺的哀鸣："我不该在这儿呀。"

回头一看，俩犯人中比较矮的那个蹲在了地上，双手捂住脸，其中一只手还包着厚厚的纱布。他呜呜哭着，另一个壮得多也高得多的犯人却把头扭向一边，一张脸像西方雕塑似的棱角分明。俩人在灯下投出一长一短的影子。

杜湘东就是在这时情绪失控的。你不该在这儿，我就该在这儿吗？他跨过去，揪起正在痛哭的犯人的后脖领子，抬手就是一个耳光："认命吧你。"

这是杜湘东从警以来第一次打犯人。

2

從这天起，杜湘东就对这俩犯人格外留心。倒也不是因为打了人家，让他感觉硌得慌的，是一个耳光之后俩犯人的反应。挨打的那个自然被抽愣了，瞪眼呆看着杜湘东。在四十瓦灯泡底下，杜湘东也第一次看清了那犯人的面貌。他长了一张娃娃脸，两颊各有婴儿似的一嘟噜肉。眼睛又大又圆，长睫毛上沾着泪水，让人想起某种鹿类。

"妈——"娃娃脸犯人又拖着长音叫起来，把杜湘东稍稍冷静的大脑再次刺激得烦躁不堪。他就没见过这么尿的犯人。都到这个份儿上了，叫妈能帮上你？知道叫妈早干嘛去了？他甩出去的巴掌又折了回来，这次变成了拳头。

但这只拳头转瞬被人拽住了。侧眼一看，是一旁那个高而壮的犯人。他双手揽住杜湘东的胳膊，手铐锁链缠住了杜湘东的腕子。手劲儿特大，一挣竟挣不脱。协同押送的两位管教吃了一惊，几乎同时掏出电棍来："你要干嘛？"而杜湘东回了下神，反手扣住那犯人的肩膀，脚下使个绊子，转眼就让犯人重重躺在了地上。接着，他用膝盖顶着对方胸口，逼视着那张棱角分明的脸："管教是你动的？"

犯人从他胳膊上松开双手，瓮声瓮气说："政府，要揍你揍我得了。他有伤。"

这话说得，好像看出他气儿不顺，有打人的需要似的。杜湘东没再动手，但继续瞪着胯下的犯人，直到对方迟疑着把眼睛挪开，这才慢慢起身，掸了掸警服。后面的俩管教也跟了上来，其中一个问："给他上镣？"

对于特别不服管教，尤其是显示出暴力倾向的犯人，所里专门备有脚镣。那玩意儿由几十斤重的铁环和铁球组成，人挂上以后就像一头拖着破犁的牛，走到哪儿都咣当响。多挂两天，就连道儿都忘了怎么走了，有些人脚踝还会肿得像俩馒头。杜湘东扫了一眼地上的犯人，摇了摇头，默不作声地打开了十七、十八监的两道铁门。这俩人是同案犯，按照规定，必须分开关押，防止串供、密谋或闹出别的什么乱子。一股又臭又馊的气息扑鼻而出，那是二十多个犯罪分子共同散发的味道。杜湘东又拿出手铐钥匙，示意俩犯人过来开锁，摘了铐子就可以去他们该去的地方了。不出意外，他们今天晚上都得挨着尿桶睡，而原先在监舍里地位最低的人，则会荣升到靠外一些的位置上。这道门里，另有一套规矩。

当晚在食堂吃饭时，杜湘东只觉得脸上发烧。他感到人人都在看他，还猜测人人都在议论他想走而又没走成的事儿。老吴那张臭嘴肯定闲不住，也许在同事们中间，他已经被说成了一个心比天高但却志大才疏的家伙——不光如此，还拿犯人撒气。这么一想，刚才的那记耳光仿佛抽在了自己脸上。一顿饭没吃完，他就回了办公室，咕咚咕咚灌了半搪瓷缸子凉水，这才想起还有工作没做。对于新进来的犯人，管教有义务了解其基本信息以及犯罪事实。看守所也不光是个关人的地方，理论上还负担着协助侦查机关取证的任务。他耗费两个多小时，翻阅了派出所转过来的审讯笔录，以及厂保卫科提供的相关资料。

娃娃脸犯人名叫姚斌彬，棱角分明的犯人名叫许文革。姚斌彬比许文革小两岁，俩人一个二十一，一个二十三，都是一家机械厂的青工。俩人的住址也在厂家属区，是顶班招收进去的工厂子弟。工作以前，姚斌彬上的是全日制高中，许文革则是工业局下属技校毕业。工作以后，姚斌彬分在了模锻车间，许文革分在了维修班。按照保卫科的说法，此二名案犯深受资产阶级个人主义思想毒害，自从入职伊始就不安于工作，频繁利用公家的器械和原材料在外面干私活儿，被厂里发现后还挨过处分。这次他们企图盗窃的物品尤其重大，是一辆日本进口"皇冠"轿车的发动机。被发现时，案犯自带简易工具，已将机器从车内拆卸出来，遭到抓捕时又嚣张拒捕，许文革用扳手将保卫科副科长开了瓢。

人赃俱获，事实清楚，证据确凿。那年头，青工沦为阶下囚的并不少见，杜湘东曾经遇见过倒卖铜线的电工，还有自制火枪把仇家崩成大麻子的车工。而要说这俩犯人和他们的前辈相比有何不同，恐怕还在各自表现出来的性格特点。一个特别软，出了事儿光知道叫妈，一个又特别硬，跟管教都敢动手。无论特别软还是特别硬，在杜湘东看来都是潜在的危险。他本想再到监舍去看看，对俩犯人进行一番未雨绸缪的教育，然而刚合上材料，天花板上的喇叭又响了："杜湘东，你未婚妻找你。"

那时的看守所共有三部电话，一部在所长办公室，一部在监舍区，还有一部才是职工的公共电话。地处郊县，谁家都会有人找，但找人的过程又像移交犯人一样复杂而且公开：看电话的老大爷先通知管理科，管理科再用大喇叭把要找的人叫来。当杜湘东听见喇叭响，就说明刘芬芳已经在胡同口等了十来分钟。今天又是个冷天，她又是个有点儿风吹草动就得犯忧愁的人，杜湘东只好急匆匆地奔了出去。

来到管理科，只见听筒在电话机旁撂着，好像一个人睡着，就从床上滚了下来。看电话的老头儿把半导体音量开得挺大，请电话那头的刘芬芳听了半集《新闻和报纸摘要》。杜湘东拿起听筒"喂"了一声，刘芬芳也"喂"，然后分别汇报了近日的生活情况，诸如吃得怎么样、排没排夜班、上个月的工资还剩下多少，等等。都是例行内容。这些说完，刘芬芳才进入正题："你那报告交上去有几天了？"

杜湘东说："嗯。"

"有信儿没有？"

杜湘东说："没批。"

刘芬芳没问为什么没批，仿佛早就料到批不了似的。她只问："那咱们怎么办？"

把"咱们"说得很重，这就让杜湘东嗫嚅起来，心里闷闷一紧。过了几秒钟，他才说："我哪儿知道怎么办。"刘芬芳也"嗯"了一声，便把电话挂了。这可是俩人交往史上未曾有之大变局。以前也拌嘴，但越拌嘴，刘芬芳就会把话筒抓得越牢，打电话的时间也就越长。而这一次的态度，就说明她动了真格的。杜湘东可以想象刘芬芳嘴唇抿在一处，眉头微微蹙起的模样——这副表情从侧面看，的确是有点儿像吉永小百合的。现在吉永小百合决绝地离开胡同口的小卖部，途经提供"啤酒炒芽"的小饭铺，捂着鼻子冲过公共厕所的辐射区域，正准备扑到宿舍的单人床上去抹眼泪、咬枕巾。

他又把电话打过去，一个老太太告诉他"人早走啦"。

杜湘东只好怏怏回到办公室。俩人生活比一人麻烦，这是早有预料的，但没想到一个人的憋闷平摊到俩人头上，也会被放大无数倍。都知道被看管的犯人失去了自由，其实看管犯人的人何尝不是如此。这么一感慨，他无端又想起了今天送来的俩犯人。按照那些身经百战的老警察的说法，犯了罪的人身上都是有"味儿"的，这虽然有点夸张，但也符合犯罪心理学：人违背了社会道德，内心都会挣扎自责，从而也会在神态举止上表现出来。然而姚斌彬和许文革虽然一个痛哭流涕，一个桀骜不驯，但他们的眼神都是干净的、纯良的，因此直到剃了头编了号又穿上了囚服，却还是怎么看也不像犯人。难道保卫科和派出所弄错了？

越琢磨，杜湘东就越心烦。也说不清烦的是结婚的事儿，还是在工作中遇到了一个说不上谜题的谜题。或者都不是，他烦的是网罗一切的生活本身。一边想，他便抬头看见了老吴摆在窗台上的半瓶"红星"二锅头。杜湘东时常觉得老吴活在廉价的醉生梦死之中，可现在，他也情不自禁地抄起淡绿色的酒瓶，吱溜一口，吱溜又一口。在今天，杜湘东破了工作以来的两个戒，一个是打人，一个是喝酒。今天真是鬼使神差的一天。

饶是百米跑进十二秒的身板，在酒量上却不顶用，五六口下去，他就晕头转向地"高"了。等再睁眼，窗外的鸟已经叫得如火如荼，而他还在办公室里坐着，腰杆挺直得像条绷紧的"板儿带"。不愧是个敬业的警察，连醉酒都醉得这么仪表堂堂。杜湘东使劲甩甩头，打开窗户散了散酒味儿，赶紧往监舍里去。每早查监也是他雷打不动的习惯，现在都晚了。

刚进走廊，就听见出了事儿。

声音是从盥洗室传出来的。每早犯人起床，先得点名、整理内务，然后再由管教带去刷牙洗脸。本所各监区的盥洗室都只有十个龙头，仅能容纳一个监舍的犯人同时洗漱，所以通常当一名管教带着一拨儿犯人进去时，搭班的另一名管教就得带着另一拨儿犯人在外面等候。而当杜湘东三步并作两步跑过去时，却见盥洗室的铁门上了锁，窗户栅栏里人头攒动，挤得满满当当。这肯定又是老吴的杰作——每当杜湘东临时有事，他常常会把所辖两个监舍的犯人统统往盥洗室里一塞，自己就到宿舍睡回笼觉去了。至于共处狭小空间的犯人们会不会大打出手，他才不管。他还颇有趣味地把这种事儿叫作"斗蛐蛐儿"。

好在今天的"蛐蛐儿"不是群斗，而是大多数观摩少数几个斗，所以场面还没大到必须拉警报的地步。杜湘东气急败坏地打开铁门，就见水泥地上伸着两条腿，两条腿底下又压着两条腿。这四条腿的上方还运动着七八条腿，机械而有力地往那两人身上踹着、踩着，砰砰有声，如同打鼓。他喝了一声，腿们仍不停，忍着头疼又喊："列队！"人腿组成的森林这才四散，围成圈儿的也缓缓挪开，沿着水池一字排开。

地上的俩人正是姚斌彬和许文革。姚斌彬侧身蜷成一团，浑身哆嗦，缠着厚纱布的那只手拢在胸前。往下一看，裤子湿了一片，他尿了。而许文革压在姚斌彬身上，两肘撑地，肌肉绷紧，也在周期性地哆嗦。杜湘东过去拽了拽这人肩膀，竟拽不动，只觉得手抓了块滚烫的铁。再喝令两个犯人强行把许文革抬起来，就呈现出一张惨不忍睹的正脸：几乎没一块好肉，一只眼被"封"了，血从鼻子以及嘴里流出来，凝结在脖子上。

许文革用他尚能视物的那只眼睛和杜湘东对视片刻，眼神不冷不热。

"说说原因。"杜湘东回头问。话是对郑三闯、那个从"文革"后期起就威震四城的老顽主说的。之所以没问"谁指使的"，是因为他知道，没有郑三闯的命令，这俩监舍里别说打架了，连大声说话也没人敢。铁门里有铁门里的规矩，规矩都是牢头执行的。由于看守所的警力不够，管教也不得不默许那些规矩的存在，这类似于牧羊人总得养着几条狗。但今天，却是牢头郑三闯先坏了规矩——再大的仇也不能打脸，不能见血，更不能让管教看见，只要看不见那就一切心照不宣。如果牧羊犬咬了羊，又是当着管教咬的，他们就不是羊、狗和人的关系了，必须得按照白纸黑字的监规来解决问题了。

郑三闯立了个正，嘴里还叼着烟："报告政府，他们打架我没拦住。"

"我问为什么打？"

"没听见。"

"没长耳朵？"

"还没醒透呢。"

杜湘东便不看郑三闯，转向了和他同牢房的一个"杆儿犯"。这人是因为猥亵妇女进来的，此前在监舍里挨揍最多的是他，睡在尿桶边儿的也是他。

"那你说说。"

"杆儿犯"害了眼疾似的挤了几下眼，偷空瞥瞥郑三闯。杜湘东便又让他跟着自己到走廊里去。而据"杆儿犯"交代，斗殴的起因也很简单。新进来的人第一顿饭往往是吃不上的，姚斌彬分在十七监，恰好和郑三闯同屋，所以昨晚的窝头刚发下来，他那份儿只好上供。到了今天早晨，郑三闯又盯上了姚斌彬手上的纱布——他前几天刚上完镣，脚跟子磨破了，还化了脓，正缺一块裹脚布。但这次的要求却碰了壁。姚斌彬还没说什么，隔壁十八监的许文革先不干了，吵吵着说不能欺人太甚。

郑三闯就乐了，道，不服？不服你"翻板儿"呀。

监舍里的大通铺就是一块木板，故而犯人们的黑话都与"板儿"有关。每天面壁反省叫"坐板儿"，新人进来挨一顿杀威棒叫"走板儿"，有更蛮横的人物把老牢头取而代之就叫"翻板儿"。许文革八成是没听懂，又见水池上架着一张摆放牙缸的木板，居然真把它抠起来往上一掀，溅了郑三闯一身牙膏沫子，还吼道，翻就翻，翻了你就别烦我们。

此言一出，问题就严重了。不管是在外面还是里面，统治权的更迭总是伴随着铁与血的斗争。郑三闯就让动手。而许文革还真有两下子，上来就把一个络腮胡子的东北人按在地上了。随后便有更多人扑上去，除了打许文革，还打姚斌彬。为了护着姚斌彬，许文革就落了下风，一边挨揍一边说，打我得了，别打他。郑三闯又乐了：仗义是吧？碰上仗义的人，得先验验是真仗义还是假仗义；那就先打你，什么时候你扛不住了，再让他替换你。

杜湘东明白，郑三闯的本意并非是要打出个你死我活，无非是想把许文革收服罢了。只要说声"服了"，顶多再按北京街面儿上的规矩叫声"爷"，也许还能混上一把交椅。没想到许文革愣是没服，用身体罩着姚斌彬，咬牙挺了许久。就有人嘀咕，看来这孙子是真仗义。这反而让郑三闯下不来台了，他也不能停，一停就是他"服了"，于是让手下发狠再打。又有人劝，说再打就出事儿了，郑三闯却被激出了横劲儿，说有事儿我担着，大不了一年劳教变十年大牢。就这样，打与被打的拉锯战持续到了杜湘东到来。

"杆儿犯"还说："从来没见过这么硬的人，连吭也没吭一声。"

这时老吴总算歇够了，慢悠悠地踱了回来。杜湘东斜了一眼没说什么，让他先带犯人回监舍，自己则去通知狱医。料理了伤员，这才腾出手来处理后续事宜。他到十七监宣布，郑三闯从今天开始重新上镣，参与打人的帮凶劳动量加倍。然后他指指郑三闯位于靠门处的那个专享铺位，又指指姚斌彬："你这儿给他睡，你睡尿桶边儿上去。"

郑三闯眼里凶光一闪。被剥夺了最宽敞的"头板儿"，这相当于失去了牢头地位的象征物。杜湘东特地又"照"了他几秒钟，表示此意已决，没有讨价还价的余地，接着转向姚斌彬，训斥道："你那同犯是为你挨的揍，你就是不能给他帮忙，也别给他丢脸。"

许文革挨了一顿揍，无意中却"翻了板儿"，这在犯人里几乎算个奇迹。而俩犯人再次让杜湘东另眼相看，是在劳动的过程中。

劳动就是制作象棋子和冰棍棍儿。在此过程中，犯人也要分个三六九等，具体地说是分成体力工作者、技术工作者和半个艺术工作者：大多数人发张砂纸，打磨上游加工出来的半成品；有一定技术能力的犯人则被派以操作车床和冲切机的重任；还有一些会刻图章的，那几乎是所里的宝贝，冲压上字的象棋子都得靠他们进一步修饰加工，"车马炮"才能成为整齐的篆文。姚斌彬和许文革是工厂出来的，自然被指定在了车床旁边，但因为是同案犯，俩人不能搭班，而且还被远远地隔开。许文革果然底子好，不出两天，车出来的象棋子的合格率就已经遥遥领先了，而姚斌彬的纱布虽然摘了，右手仍不灵便，操纵不动机床，所以干了两天又被扒拉回了打磨组，用胳膊肘夹着棋子干活儿。

这天正在赶一批订货，就听见铿啷一响，一枚残缺不全的象棋子飞了过来，恰好落到杜湘东倒放在窗台上的大檐帽里。他蓦地一惊，还以为又有人打架了，但抬头一看，闷热的车间秩序如常，只有最靠把角的一台车床停了下来。负责操作它的那个交通肇事犯愣乎乎地站在一旁，显然也被吓了一跳。杜湘东吹了声哨子，提醒把守在车间门口的同事注意警戒，又捅了捅歪在椅子上睡觉的老吴，招呼他一起过去看看。来到车床旁问怎么回事儿，交通肇事犯也不知道，表情像当初看着自行车道上的尸体时一样茫然。杜湘东又转了转车床上的摇杆，一动不动，不知是哪儿卡住了。正在这时，他的脚边却多了一人，姚斌彬不知何时从工位上闪了过来，蹲在地上，伸着脖子打量着这台车床的底部。

他抬头对杜湘东说："主轴上的三爪卡盘掉了。"

杜湘东还没说话，老吴先踹了姚斌彬一脚："谁让你离岗的。"

姚斌彬这才想起自己是个犯人而非工人，连滚带爬地回去了。而杜湘东绕着车床这儿拍拍那儿看看，一时头就大了。他不懂机械，但却知道这台机器坏了的话，后果有多惨重。如今别说是管教们的加班补助了，就连维持所里那两台"北京212"吉普车运转的费用，都出在象棋子和冰棍棍儿上。但为了节约成本，所里购进的设备都是外面淘汰的，制作象棋子的车床以前也"趴窝"过两台，请来维修师傅，人家说这种五十年代的仿苏产品连配件都找不着——于是只好报废，进而势必耽误生产进度，进而要受到那些商家恶狠狠的催逼。想到这个，杜湘东的头就是替所长大起来的了。

老吴却又说起了风凉话："坏得好，资本主义的尾巴翘不起来了吧。"

杜湘东倒想提醒老吴，每个月发补助的时候，他可没少为了块儿八毛的数目去跟管理科扯皮。但再一想，当着犯人说这些也不太合适，于是没接茬儿，让老吴先去找上面汇报。他自己却没走，又把姚斌彬叫了过来："你怎么知道哪儿坏了？"

姚斌彬说："咱们的车床都没按时保养，机油一亏，主轴就会磨损卡盘。"

他说话时，眼睛又亮了起来，但那就不是泪光了，而是某种兴奋的光泽。这眼神让杜湘东心里也是一动："你能修？"

"以前没用过这种机床，但它结构不复杂，而且机器的道理都是通着的……不过我手使不上劲儿。"姚斌彬说着，朝许文革的方向望了一眼。

杜湘东明白他的意思，便向许文革招了招手，然后又告诉姚斌彬，角落里还堆着两台报废车床，如果需要零件，或许可以从那上面找到替换的。俩犯人便开始修理，杜湘东站在一旁监工，防止他们发生不该有的交流。鼓捣一阵，居然鼓捣好了。许文革用修复的车床车出一个象棋子，由姚斌彬递到杜湘东手上：

"政府，能用。"

这小半天里，杜湘东还在观察俩犯人的表现。他们配合极其默契，姚斌彬负责拿主意，指到哪儿许文革就拆哪儿，再指到哪儿许文革就装哪儿。甚而在特殊工序上都不用语言交流，姚斌彬做个手势，许文革就知道要上油，再做个手势，许文革就知道要电焊。许多在同一条流水线上干久了的老工人都练就了这种本领，如此一来便能在噪声震耳欲聋的车间里保证效率。但考虑到姚斌彬和许文革在厂里时，一个是模锻车间的，一个是维修班的，俩人的工作并不搭界，他们的默契很可能就是盗窃的需要了。

而当沉甸甸的梨木象棋子掂在手里时，杜湘东也被传染了一种豁然开朗的喜悦。他把那颗棋子往高处一抛，啪的一声凌空抓住，接着才意识到这个举动和管教的身份不符，于是脸上发臊似的热了一热，让俩犯人各自归位，自己背手走开。

许文革却追上来，隔着杜湘东两步远立了个正："政府，我们也会保养机器。"

杜湘东不禁再次打量许文革。一直以来，这人给他的印象就是硬、傲，好像跟身边的一切都较着劲。挨揍事件之后，他明知姚斌彬受了杜湘东的照顾，但看人的眼神还是极其冷漠的，那意思很清楚，他压根儿不想领别人的情。杜湘东怀疑他就是每天都挨一顿暴揍，也是能默默承受的。而现在，许文革却在"争取表现"了。

"怎么着，想吃大米饭了？"他故意讥讽道。

许文革的脸仍是僵硬的："上一遍油，就没那么容易坏了。"

正在这时，所长领着老吴过来了，见车床已经恢复运转，知道虚惊一场，大舒一口长气。杜湘东便顺势把姚斌彬和许文革能修机器的事儿汇报了，又说他们主动提出要给设备做养护。所长也对这两个犯人中的能工巧匠多看两眼，点头道："那就加个班儿吧。"

加班除了犯人要加，管教自然也不能闲着。当天杜湘东没让姚斌彬和许文革回监舍，继续看着他们把那几台车床和冲锻机一一拆开，在重要部位上了趟油，又对已经出现小故障的地方进行了简单维修。活儿多人少，等全干完，已经快入夜了。俩犯人一头一脸的机油，拿手一抹，在暗处看和黑人差不多。杜湘东便先领着他们到盥洗室，发了半块肥皂让他们洗脸，洗完之后再带到自己办公室吃饭。饭果然是大米饭，配有肉片炒西葫芦和烩鸡块两个菜，是他委托老吴到管教食堂打出来，又放在锅炉房里保温的。所里的惯例，对于有立功表现的犯人，都给吃顿好的。况且他下午还半开玩笑地提到了大米饭，说了就不能食言。

根据杜湘东的经验，犯人假如见着油水，往往比见了妈还亲。那种不管不顾的饥饿感，只有吃上两个月的窝头才能体会。然而这俩犯人却吃得很慢：姚斌彬是右手捏不住筷子，只能换左手，于是颤颤巍巍，每往嘴里送一口都有漏到地上的危险；而许文革则像心里有事，有时猛扒拉两口，嚼着嚼着就慢下来了，凝视着眼前的饭盒发呆。

杜湘东讥讽："嫌不好吃？"

许文革没说话，喉结一跳，自我强迫似的咽下一口。

"有什么想法就提。"杜湘东又说，"谁让你们有功呢。"

他知道，许文革和姚斌彬今天主动请缨，为的可不是这顿大米饭。那么他们有什么目的？是听人说起过减刑的门道，还是想要争取一次家属探视的机会？但如果是那样，杜湘东就只好爱莫能助了。他们的案子还在审理之中，既然刑没正式判，因而也就不存在减的可能；又根据规定，尚未结案的犯罪人员都是禁止探视的，所以再想念亲人也只有忍着。说到底，杜湘东作为一个管教，能提供给俩犯人的其实就是一顿大米饭。但他为什么又要让俩犯人"提想法"呢？他有那么在乎他们的希望、失望和绝望吗？这就说不清了。

许文革果然说了："政府，您能不能给他找个医生？"

"看什么病？"

"看手。"

"绷带不都拆了吗。"杜湘东朝姚斌彬横伏在桌面上的右手扫了一眼。那手表皮发红，略微还有点儿肿胀，看上去大致无碍。

许文革却有点儿抢白的意味了："可他还疼，给我递工具的时候直冒虚汗。"

管教最受不了的就是犯人回嘴，杜湘东立刻反噎："照你的说法，我还得给他配俩护士，白天晚上伺候着他？"

许文革便低下头去。而这时，一旁的姚斌彬又哭了起来。哭也不敢正经哭，一张脸绷得紧紧的，撑着眼眶忍眼泪。忍了一会儿没忍住，抬手抹了把眼睛，声响破腔而出："管教，我也不是怕疼。我是怕出去以后干不了活儿了。"

这时面对姚斌彬的哭，杜湘东却没有那么厌恶了，甚至心里一软。仨人都不再说话，办公室里充满了不尴不尬的气氛。过了会儿，杜湘东站起来，把饭菜分别往俩犯人跟前推了推："有的吃就赶紧吃，想了也白想的事儿就别想。"

姚斌彬和许文革低头扒拉饭。直到这时，杜湘东只是感到这俩犯人有些"各色"，但却没想到他们能干出一件大事。那就是逃跑。

3

逃跑事件后来成了杜湘东心里的雷，随时会炸，炸得他寝食难安。但在当初，杜湘东却认为自己善待那俩犯人是理所应当的。比如给姚斌彬看手，就既符合管教的职责，又符合人道主义。他先问过看守所的狱医，狱医表示犯人确无重伤表征，非说手疼，或者是逃避劳动的幌子也未可知。但这就与姚斌彬的表现不相称了。于是杜湘东又给城里打电话，约了一位法医专业的同学。常人印象里，法医都是研究死人的，其实活人也能看，而且因为接触的外伤居多，反而比普通医生有经验。那天法医其实也有任务，大兴发生了一起中毒案，他下乡去验尸了，等再折到看守所，已经又是晚饭的点儿。来了先感叹，在这种地方待久了不会得抑郁症吧，今天那个喝农药的妇女就是抑郁症；又说长此以往，个人问题得不到解决，没准儿还会憋出别的毛病。杜湘东只能讪笑，自掏腰包请食堂师傅做了几个小炒，招待同学吃好喝好，然后把姚斌彬从监舍提出来。

这次就没让许文革跟着，不过经过隔壁十八监舍时，他留意到许文革正往窗外望着，那神情竟是信任和感激的。人骨子里都有三分贱，如果一个既冷又硬的人对自己示好，所激起的暖意往往超过亲昵的人的嘘寒问暖。杜湘东旋即又为这种暖意感到恼怒，喝道：

"靠墙坐好，轮流背监规。"

领着姚斌彬来到办公室，便由同学问诊。法医见过的死人太多，对活人也懒得废话，直接让把手交出来，像玩儿"九连环"一样又捏又扭。姚斌彬明显疼得厉害，但却忍着不叫，娃娃脸上淌满了汗珠。忙活一阵，法医脸色一变，把杜湘东叫到屋外。

杜湘东问："什么毛病？"

同学却问："这孩子跟你什么关系？"

杜湘东又问："什么意思？"

"麻烦了。"同学说，"如果是亲戚，有亲戚的处理办法，或者他们家属跟你'意思'过了，那么总也要给人家一个交代，否则情面上说不过去，对不对？"

"要是没关系，就是普通犯人呢？"

"那我劝你别给自己添乱。直说吧，他右手拇指的掌骨和基节受到钝物重击，造成了粉碎性骨折。这种伤势从外部往往看不出来，但你也有手，我也有手，都知道大拇指的作用，没了这根轴，其他指头差不多就相当于白长了。所以在评定伤残的时候，食指中指都折了，顶多也就是个八级，拇指尤其是右手拇指丧失功能，直接就是五级。出了这种情况，你要是装没看见，其实也能遮过去，反正案子一结，犯人就交给监狱了，到时候再怎么处理自有监狱的规矩；但要是从你这儿捅上去，那就相当于案子之外另起了一桩案子——这么重的伤是怎么造成的？如果是在收监期间弄的，你这个管教有没有责任？"

法医分析得头头是道，杜湘东听得恍然大悟。不愧是一毕业就在城里待着的人，虽然见的净是死人，但却比他更懂人情世故。杜湘东不禁再问一句："这伤还有得治吗？"

"骨折，粉碎性的，又耽误了这么久。明白了吗？"

法医撂下这么一句，看到杜湘东面色有异，就没让他送，急匆匆先告辞了。杜湘东静立片刻，耳中似有什么东西嗡嗡鸣叫，使劲晃了晃脑袋才把那声音驱逐出去。他往走廊门外走了一段，这才想起屋里还关着个人，便又折回办公室，叫姚斌彬回监舍。在路上，姚斌彬走在杜湘东半步之前，表情有点儿呆滞，一双眼睛却格外的亮。难得是个有月亮的夜晚，月光从窗外透进来，照得他的脸也是一团透亮的白。这孩子以后就是个残废了。直到看到监舍门了，杜湘东才开口："你没大事儿，也就是软组织挫伤，养养就好了。"

姚斌彬没说话。杜湘东又道："心别太重，好好改造。"

姚斌彬好像点了点头，突然说："您是个好人。"

杜湘东本可以说，假如世上的人真有好坏之分，那么按照通常的标准，警察自然是好人，被警察看管的就是坏人了。但他说出的却是另一句话："你还有什么要求？"

姚斌彬说："能不能托您给我妈带个信儿？"

"带什么信儿？"

"说我知错了，说我一切都好……说等我出去再伺候她。"

杜湘东看着姚斌彬那张温良的、不管何时何地总带着三分羞怯的脸："那得看我有没有时间，还得看工作上有没有必要。"

姚斌彬便向杜湘东鞠了一躬："谢谢政府。"

这天晚上杜湘东没睡好，躺在床上只是翻来覆去地翻腾，面朝墙感觉堵得慌，面朝桌子腿又感觉空得慌。他想到了老吴的那半瓶白酒，涌起了灌两口的冲动，但又想到一个警察是不适合当酒鬼的，冲动就没付诸行动。好容易挨到上班，他还是决定找一趟所长。一进门，就见所长正扯着脖子对着电话吵吵，听了两句才明白，所里的一台吉普车打不着火了，汽修厂的人来看过，说没法修，只能报废，而所长向上面申请换车时又遇到了刁难。人家说，别的单位还缺车呢，你们一个看守所，反正也没什么出勤任务，没车就凑合吧。说得也不是没道理，可言语中流露出了轻视看守所的意思，所长就受不了了，反锵道："看守所怎么了，看守所就是家里蹲吗？说句不好听的，假如犯人跑了，你让我们拿脚去追？"

但锵也白锵。没车，这是客观事实，更是全国上下各个系统的普遍事实。杜湘东等所长在电话里泄完愤，这才硬着头皮把姚斌彬的伤情汇报了。才刚废了一辆车，又听说废了个人的事儿，所长的脸就绷得更紧了。他不说话，先点烟，三口抽完，又转肩膀，转完才说："你说的属实？"

杜湘东道："找了个法医先看了。"

所长说："那你什么意见？"

杜湘东道："要真是这种伤，所里肯定没法治。狱医老张您又不是不知道，青霉素包治百病，红药水抹哪儿哪儿灵。要不我带着犯人到城里的大医院，找个专家再看看？"

所长却问："上哪儿看？协和还是积水潭？你要有门路，弄得到这些医院的专家号，那能不能先给我挂一个？我这膀子一疼，半边身子都动弹不了。"

吃了一瘪，杜湘东只好闭嘴。半晌才问："那您的意见是——"

"这俩犯人在咱们这儿待了多久？小一个月了吧？现在要求大案要案从速从严，他们的判决也快下来了，到时候就要正式移交给法院和监狱系统。这样吧，办移交的时候你写份补充材料，说明犯人有伤，到时候是该保外就医还是减轻劳动，就由其他机关酌情处理。"所长说着又点了颗烟，"我理解你的想法，人在你手里，你得对他负责，但责任分个轻重缓急，更分个力所能及和力所不能及。上面拨下来的经费就那么点儿，大伙儿的加班费和改善伙食还得靠自己创收呢，真要做手术，拿什么给他做去？"

杜湘东便说："明白了。"说完转身就走。

所长在后面又跟了一句："还他妈不如打仗呢，起码弹药管够。105榴弹炮，一枚炮弹就得上千，看见哪个山头有动静，先轰丫十万块钱的。"

以前也听所长讲打仗，说的都是大动脉里的血一喷一丈多高，或者步兵脑袋让弹片削掉了一半还往前冲锋，从没想过战争也能从钱的角度理解。看来往事的面貌是多变的，取决于你眼下正在琢磨什么事儿。而杜湘东出了办公室，才又想起今天是该和刘芬芳打电话的日子。俩人有个约定，再忙也得每个礼拜通一次电话，可自从上次刘芬芳挂电话，这习惯就中断了。不仅如此，再去冷库交接冰棍棍，也见不着刘芬芳了。换她来的是个四十多岁的胖大姐，见着杜湘东就翻白眼儿："你又怎么欺负我们芬芳了？"一拖再拖，就把杜湘东拖毛了，他想，不管怎么样，今天得先和她说上话。

于是他没回办公室，拐到了管理科，估摸着刘芬芳已经上班，就打库房电话。果然不通，不通再打，座机转盘把手指头都磨疼了，这才插进一个空去。接电话的又是一大姐，悠着荡秋千似的腔调问他找谁。杜湘东说找刘芬芳，对方说今儿活儿紧，忙着呢。杜湘东便赔着小心求人家，说有急事儿。大姐说再急能有五百条猪腿的事儿急？再不入库下个礼拜保证全臭了。杜湘东便唬了对方一句，说我可是警察。这位大姐大约并没想到警察也可以是刘芬芳的未婚夫，倒抽一口凉气"哎哟"一声，说那您等着，我叫去。过了好半天才转回来，说刘芬芳今天没上班，是不是从冷库偷鱼偷肉的事儿让你们盯上了，是不是畏罪潜逃了？要不要把公司保卫科的人叫来，要不要把厂长也叫来？

一惊一乍，倒把杜湘东吓了一跳。他只好又说："其实我不是警察。"

"孙子你有病吧？你这叫冒充执法人员，明儿就让真警察到你们家抄你去……"

杜湘东忍笑挂了电话，再给刘芬芳的宿舍打时，好像也没那么为难了。又说两句好话，看电话的人便穿过胡同叫来了刘芬芳。杜湘东问："你怎么没上班？"

刘芬芳说："歇病假了。"

杜湘东又问："你哪儿不舒服？"

刘芬芳说："也没哪儿不舒服。"

那么就是忧愁了。既然忧愁就得解忧愁，于是杜湘东先把刚才和大姐的对话复述了一遍，又道："回头还得跟你们头儿解释解释，别再把你怀疑成一个藏在群众里的坏分子。"

刘芬芳却不笑，冷不丁说："杜湘东，没想到你是这么个人。"

杜湘东说："我是怎么个人？"

刘芬芳说："你是个满不在乎的人。"

杜湘东说："我怎么不在乎了？不在乎能给你打电话吗？"

刘芬芳说："现在才打，早干嘛去了？"

这诚然是杜湘东理亏。他说："所里事儿多。"

刘芬芳说："你事儿多，就没工夫考虑咱们的事儿了？"

杜湘东只好面对那个不想面对的问题："咱们的事儿，你怎么看？"

刘芬芳说："现在不是我怎么看了，是我们家人怎么看。"

杜湘东说："他们不是觉得我还行吗？"

刘芬芳默然半晌，再说话时，便去除了感情色彩："你知道，我们家八口人。我妈生我的时候难产，此后不能干活儿。我大姐插队，落户在了黑龙江。我二姐心野，考大学去了上海，念完大学又去了深圳。大哥尿，结了婚嫂子都不让回家。家里相当于没了操持的人，我爸我妈还有俩弟弟，吃饭穿衣，洗涮缝补，靠的都是我。原先说想在城里结婚，那是我的个人趣味，其实除了个人趣味，还有现实困难。前些天看我犹豫，我们家人就又把咱们的事儿商量了一遍，都说你不错，就是人在郊县这一条是个问题。我要是跟你走了，我爸我妈就连口热饭也吃不上了，俩弟弟没准儿得变成野孩子。谁没有爸妈呀，谁没有家人呀。"

陈述到这儿，刘芬芳就不说了，改为一声啜泣。杜湘东便明白了她的意思："那就没别的办法了？"

刘芬芳拖着哭腔说："早说过了，办法在你。"

杜湘东说："我没办法，我没用。我也不能不要工作呀。"

刘芬芳又默然半晌。这时看电话的老头儿打开了话匣子，还是《新闻和报纸摘要》。本期节目的主要内容有：苏联外长爱德华·谢瓦尔德纳泽访华，中苏关系有望实现正常化；各地物价小幅波动，政府号召群众不传谣，不信谣，不进行恐慌性囤积购买；全国从重从速处理一批影响恶劣的刑事案件，社会治安得到显著好转。

然后刘芬芳道："那就这么着吧。赶明儿我去趟郊县，咱们把东西换回来。"

所谓要换的东西，是俩人以往互赠的礼物，或者说是信物也行。共计：杜湘东给刘芬芳的一块"东方"手表，一件呢子列宁装，一个三克重的金戒指，刘芬芳给杜湘东手打的一条围脖，一件毛衣。刘芬芳执意这么做，就有两层意味：一是北京姑娘特有的磊落，她不占他的便宜；二是刘芬芳特有的仪式感，相当于林黛玉和贾宝玉闹掰了，就要把原先乱送的汗巾、手帕、珠儿串儿或铰或烧，或物归原主。

杜湘东竟没话好说。情况都摆在这儿了，拖泥带水也没意思。无非是他个人恋爱史上的第一次失败，以及看守所年轻职工恋爱史上的又一次失败。只不过心里仍是恍惚的，还有些战战兢兢。伤感被覆盖在了心里的一层薄膜底下，看似还平静着，但如果那层膜破了，让埋藏的东西泛滥出来，他一定会悲痛欲绝。因此他最好不要再想刘芬芳，刘芬芳已成往事。杜湘东便脱了警服，来到犯人们放风的空地上，甩着胳膊跑起圈儿来，仿佛想要摆脱什么东西。直跑得呼哧带喘，浑身透汗，这才突然止步，面无表情地走向车间。犯人们已经被从监舍带出来，又开始了一天的劳动。这儿才是他该在的地方，这儿才有他该干的事儿。

刚一进门，老吴便晃了过来："那犯人说要找你。"

杜湘东往许文革的方向看去，他就站在车床旁，翘首朝这边望着。再朝另一个方向望望姚斌彬，他却在望着许文革。两张年轻的脸，眼神闪烁，饱含热忱。

杜湘东做了个手势，让许文革出列。

"报告政府。"

"有事儿说。"

许文革便道："我观察了其他人干活儿，大家操作车床的方法都不规范。机器爱坏，和这也有关系。如果能让我们——也就是我和姚斌彬——讲讲，再做做示范，不光故障率会降低，象棋的产量也能提高。"

杜湘东瞪了一眼："大米饭吃上瘾了？"

许文革站得更直了："您知道，我们图的不是一口吃的。"

"那你们还图什么？让我把你们放出去不成？"杜湘东烦躁地呵斥，又一甩下巴，"该干嘛干嘛去，甭在这儿假积极。"

许文革脸一白，低头小跑回到车床。老吴却凑近了说："都是养不熟的狗，就不该给他们丫好脸色。"说完掏出烟来，分给杜湘东一根，又拍拍他的肩膀："吹了？"

敢情才这么会儿工夫，消息就传开了。杜湘东鼓着腮帮子没接茬儿。

老吴便叹口气："没事儿，正常。当年我也是熬到三十多，才娶了现在这娘们儿。你要不痛快，就出去散散心，班儿上我给你盯着。放心，今儿我不喝了。"

这番话竟说得杜湘东心里一热，觉得老吴都不是老吴了。而当他重新戴好大檐帽，道了声谢打算离开时，老吴却又一挤眼，对杜湘东乐了："对了，你跟那妞儿弄过没有？"

原来老吴还是老吴。杜湘东只好说："没有。"

"那亏了。你记着，结婚之前弄的都是赚的，结婚之后再怎么弄也是亏。"

杜湘东居然也乐了："下次吸取教训。"

这一天，杜湘东破了参加工作以来的第三个戒，就是擅自离岗。他从职工专用的侧门溜出看守所，沿着土路走到一条河边，茫然地发起了呆。出来散散心，这是个明智的提议，相当适合失恋的人。然而到哪儿散呢？他索性跳上了最先开来的一辆公共汽车，也不问站，径直坐到后排的空座上。车一晃悠，竟晃悠得他睡着了。睡时也没梦见刘芬芳，再醒过来，却是被一群鹅吵的。只听得四下里嘎嘎叫，还以为车掉进水里了呢，凝了凝神，才知道有一农民带了一筐鹅上车，半路筐漏了，鹅满车厢乱跑。好容易都抓回来，失主却坚称少了一只，并一口咬定是被此前下车的旅客掳走的。他要求司机把车往回开，拉着他去找鹅。司机哪里肯依，双方便吵，鹅的嘎嘎叫里又混进了人的嘎嘎叫。最后闹到杜湘东这里来。

"警察师傅，您给评评理。"农民对他说。

杜湘东遗憾地摇了摇头，表示这不归他管。

农民的气性越发高涨："那你穿这身'皮'有个屁用。"

解释也解释不通，恰好又到一站，杜湘东便从后座上拔起来，逃也似的下车。临出车门问这是什么地方，售票员告诉他："六机厂。"

杜湘东这才反应过来，所谓六机厂，就是第六机械厂，也就是俩犯人姚斌彬和许文革原先工作的厂子。当年国家要搞工业化，北京首当其冲，光负责机械制造的厂子就建了许多。排到六机厂，城里的地皮已经不够用了，因此选址在了郊区。而农田之间生生拔起一座工厂，对于原住民的生活影响可想而知。杜湘东老家所在的县城附近，也有一家上万人的锅炉厂，如果不是托了关系到工厂附属学校上学，他或许不会萌生出通过考学成为一个"公家人"的愿望，更不会知道北京有所警校正在面向全国招生。他从姚斌彬和许文革想到自己，忽然感到此时下车如同一种冥冥的注定，既偶然又必然。

于是他往工厂方向走去。厂房和围墙肃然耸立，越往近处，越是一派繁忙的景象。也多亏了这身'皮'，杜湘东刚一出示证件，说想要"了解一些情况"，传达室的人立刻便给保卫科打电话，叫来那位膀大腰圆的副科长。过了将近一个月，胖子的脸已经养得直冒油光，头上的纱布却不摘，仿佛光荣负伤的瘾还没过够。这人也认得杜湘东，诧异道："那案子刑警不是调查过了吗，你一狱警又来干嘛？"

杜湘东面无表情地告诉对方，第一，他不是狱警，而是一名看守所管教；第二，甭管是刑警还是管教，只要警方有调查的需要，保卫科都有配合的义务。副科长嘟囔起来，说把犯人送去那天，该交待的情况不都交待了嘛。杜湘东立刻又纠正：目前案子还没经过法院判决，人也还没正式移交监狱，因此对姚斌彬和许文革的称谓就不应该是"犯人"而是"犯罪嫌疑人"。这就有点存心较真儿了。在那个年代，上述法律常识还不普及，也根本没人会深究，就连看守所的管教都一口一个"犯人"地叫，仿佛进来的一定会判，不是罪大恶极也不会进来。而杜湘东非要找碴儿，是因为他预估了胖子是哪种人——你要不当回事，他就煞有介事，你要煞有介事，他就特当回事。

胖子果然肃穆起来，引着杜湘东走进厂区，来到主楼一层的保卫科办公室。他给杜湘东沏上了茶，又专门让手下科员拿个本子来做记录，这才说："您想了解什么？"

杜湘东直截了当问："姚斌彬手上的伤是怎么回事？"

胖子像受了刺激，跳脚道："你们不会都觉得是我弄的吧？刑警这么问，厂里的人也这么议论我。虽说我当年打过姚斌彬他妈的主意，人家没看上我，可事儿都过去这么多年了，我就是肚量再小也不至于跟一个女人记仇吧？那孩子的伤真是自己造成的，当时他们把机器从车壳子里吊出来，悬在一米多高的铁架子上，本来就没挂牢实，我们进去一冲一乱，那铁砣子就落了下来，正好砸在姚斌彬按着前保险杠的手上——不信你问他，我有人证。"

记录员便抬起头来："这是事实。刑事责任，我们也不敢撒谎。"

副科长又说："我还专门找人问过，这种情况算误伤，误伤就不赖我对吧？"

杜湘东点点头："你别激动，我又没说赖你。那么许文革把你打了，是在姚斌彬受伤之前还是之后？"

副科长叹口气："在这之后。他本来也没反抗，还偷偷央求我们说要'私了'呢，不想混乱中姚斌彬伤了，他就跟疯了似的朝我来了。"

杜湘东接着问："许文革干嘛那么护着姚斌彬？"

"俩人从小就跟哥儿俩似的。姚斌彬尿，长得像个女孩儿，在外面没少挨欺负，为了他，许文革把十里八乡的混混儿都打遍了。这孩子性子狠，跟谁有仇当面不吭声，但日后一定得找回来；而惹了他还是小事儿，要是惹了姚斌彬，他非跟你玩儿命不可。"

记录员像个尽职的捧哏，又补充道："以前还有风言风语，说他俩是……那个什么……"

杜湘东眨了眨眼，也问："到底是不是——那个什么？"

副科长却哈哈一笑，挥手道："这他妈不是扯淡嘛。厂里的老人儿都知道，许文革跟姚斌彬好，是因为他从小没爹没妈，相当于是姚斌彬他妈带大的。而且他还谈过一个女朋友呢，跟姚斌彬他妈当年一样，也是厂花。"

"许文革的女朋友在哪个车间？"

"早不在厂里了。现在的女的多精啊，知道臭工人没前途，后来认识了个工业局的干部子弟，没两天就跟人家结婚了，又没两天就调到机关坐办公室去了。"

说的是许文革的感情生活，却让杜湘东仿佛被谁窝心踹了一脚。他又问："那么和姚斌彬与许文革关系密切的还有什么人？"

"也就姚斌彬他妈了。过去是个质检员，现在退休了。"

"把她家地址给我。"

杜湘东走出主楼时，从一扇窗户里听到了女工的合唱："我却没法分辨，我终日不安，他俩勇敢和可爱呀，全都一个样……"是苏联歌曲《山楂树》，"五一"劳动节快到了。再穿过一道铁栅栏门，就是职工宿舍。一个弯腰驼背的老太太正在翻拣着垃圾堆，风把灰土纸屑吹起来，直钻到她花白的头发里去。杜湘东按照保卫科提供的门牌号钻进一幢格外破旧的筒子楼，只觉得走廊里暗无天日，饭味儿、霉味儿和隐约的屎尿味儿闷在一处，近乎发酵。他爬上四楼，先在楼梯拐角看见了个蜂窝煤炉子，炉子上烧了一壶热水。再往纵深里蹚几步，总算发现了一道开着的门，门口挂着一道油脂麻花的布帘子。这就是姚斌彬的家了。

杜湘东在那门口站定，却不撩帘子，也不叫人。他此时还不确定这次"家访"是否得当。屋门对着一扇窗，光线贯穿而出，照得空气里缓缓飘浮的尘埃清晰可辨。不知从哪儿又卷过来一阵风，吹得布帘子扑拉一晃，杜湘东便看见了屋里那人的侧影。初时也没在意，觉得那就是个再寻常不过的女人：不高，很瘦，脸色蜡黄，留着齐耳短发，全然看不出当年漂亮过，但却很符合一个与儿子相依为命的母亲的模样。警察眼"毒"，杜湘东随即察觉到，这女人的站姿有些不对劲。她把握不好平衡，上身往不该倾斜的方向倾斜着。他疑惑了一下，终于伸手把布帘子扯开半寸，这才看清了女人的真实状态。她一手扶着窗台，半步半步地往床头的方向挪着，那里有个刷着白漆的铁架子，上端有把手，下端装着四个轮子。这玩意儿的学名叫站立器，是给脑中风和轻度偏瘫患者准备的。也就在这时，女人终于抓住了站立器的把手，几乎压上了全身重量，喘了两口气，这才扶着它往房间一侧的书桌挪了过去。左脚拽着右脚，右脚几乎无法抬离地面。书桌上摆着两瓶药，大概就是女人此番跋涉的目标了。

在那一刻，杜湘东很想走进屋去，帮那女人倒水、吃药。但在小小的助人为乐之后，他又该如何面对人家？假如她问姚斌彬怎么样了，他就告诉她，你儿子正在等候判决，同时成了个残废？一恍惚，他僵在了那里。屋里的女人却没看见他，她正在专心致志地把手伸向药瓶。而再一恍惚，背后突然有尖厉的哨声鸣叫起来。煤炉子上的水开了。

没等女人扭头，杜湘东就转身奔了过去。估摸着女人从屋里挪到炉子旁还有段时间，他又拎起地上的暖壶，依次把两只都灌满，然后才像逃跑似的冲下了楼。

自打从工厂回去，杜湘东就不得不从另一个角度理解姚斌彬叫"妈"的意味了：那不是指望妈能救他，而是在心疼妈、牵挂妈呢。经由姚斌彬的妈，杜湘东又想起了自己的家人。他爸在县文化馆卖电影票，他妈在菜市场卖菜。卖票清闲又体面，卖菜则是粗活儿，因此俩人结婚算是他妈占了便宜。但结婚以后，为家里做贡献最大的是他妈，最辛苦的也是他妈。每天早上五点之前，他妈就得从乡下把菜进上来，直站到天黑才能喊一声"包圆儿啦"，就这么日复一日，零敲碎打地攒出了两间瓦房、突突响的带棚"三蹦子"和杜湘东的学费。回家时乍看一眼，住上大瓦房、开上"三蹦子"、把儿子送到北京去的妈已经衰老得像个七十岁的人了。都说感谢好政策，好像随便开个口子人民就能富起来，其实如果你是个小老百姓，点滴的丰足也是十倍百倍的汗水换来的。

而姚斌彬的妈所要承受的何止艰难，还有与儿子被捕相伴而来的耻辱。这时再想到姚斌彬叫的那声"妈"，又有了忏悔的意思——但杜湘东却为这事儿打了姚斌彬。远远看去，那孩子还是那么文静，劳动时总是偷偷望着许文革，像走丢的小羊在寻找着头羊。他们的案子也该判下来了吧，上面的精神不是从重从速么。按照以往的经验，等待他们的不是青海就是新疆的大牢，起码十年往上，二十年也没准儿。十年或者二十年过后，俩人回来，谁还认识他们呢？十年或者二十年过后，姚斌彬的妈不知是否还活着。

恰好过了两天，管教食堂吃猪肉大葱馅儿包子，杜湘东心里一动，央求大师傅多给他留了十个。晚上前往监舍，却不叫姚斌彬，单把许文革拎了出来。杜湘东将他带到走廊拐角，从身后抄出饭盒："吃。"

许文革不吃，站得笔直，两眼发直。

杜湘东说："不是全给你的，还有一半给姚斌彬拿过去……隔着窗户扔给他，不准交头接耳，也不准挤眉弄眼，我在后面盯着你呢。再告诉郑三闯一声，这包子谁要敢抢一口，我让他连去年的饭都吐出来。"

许文革便接了饭盒，却不打开。那意思是全给姚斌彬。

杜湘东叹口气："等案子判下来，你们就不必隔离看押了，到时如果还在所里多耽搁两天，我把你们调到同一个监舍里去，你们也聊聊……当然主要是互相反省。姚斌彬要是想给他妈写信，我也可以代交。"

许文革的鼻翼翕动两下，看向杜湘东："管教，您是个好人。"

这话姚斌彬对他说过，如今许文革也这么说。作为犯人，妄想评价一个警察是"好"还是"不好"，这实在有些荒唐。而同样的话由柔弱的人说出来还能理解，出自一个冷心冷面的人之口，似乎就有点别样的内涵了。杜湘东竟一怔，搪塞道："甭说没用的。"

说完指示许文革回监舍。犯人背影挺拔，虽然吃了个把月的牢饭，浑身仍有一团英武之气。在不明不暗的光线里，他的侧脸像西方雕塑　般见棱见角。杜湘东忽然又想，不知道这俩犯人"下了狱"之后是否能分在一起服刑，也不知道在新环境里，许文革是否保护得了姚斌彬。但这些都是瞎想了，也与他无关了。而在几天以后，杜湘东才会懊悔：他其实是早该看出端倪的。他怎么连一点儿端倪都没看出来呢？

4

俩犯人的逃跑，起先被视为一起突发的偶然事件，后来才证实是早有预谋。

过程并不复杂，但一切也都巧了。那天又到了该向食品公司交付冰棍棍儿的日子，所长又让杜湘东和老吴这一组负责。这次程序却与往日不同：所里的一辆吉普车刚报废了，另一辆后勤科要开出去买菜，因而先与冷库商量好，所里组织犯人把货物搬到方便的地方，再由食品公司调来一辆卡车拉走。挑选人手时，姚斌彬和许文革就有意无意地站在了队列前侧。杜湘东还没说话，老吴先对他们开了口："你，还有你——搬最后一截吧。"

按照计划，被挑选出来的犯人们要分成若干小组，前一组先把货物搬到某个中间地点，替换的另一组再过去接力。一拨儿人干活儿时，其他人就在监舍里候着。如此几趟，等把货物从劳动车间运送到高墙的墙根附近，就该最后一组登场了：他们只需要让货物跨过警戒线，码放在看守所正门内侧的那块空地上即可。而毕竟是要靠近门口，兹事体大，因此对这一组的人员选择是有讲究的。首先，人数不能太多，绝不能超过三个；此外，他们还得一贯表现良好，能让管教们"放心"；再另外，不管多么老实的犯人，干多么繁重的工作，只要过了警戒线就必须戴上手铐，这也是不容商量的铁规矩。当一切就绪，管教立刻清场，然后才敢开门，把食品公司的车放进来，让冷库职工自己装货。

如此一来，让姚斌彬和许文革负责最后一段，也是顺理成章的了。姚斌彬虽然手上没劲儿，可许文革干活儿一个顶俩，这就不会耽误约好的交接时间。再说这俩犯人还曾经立过功呢，功臣总是格外值得信赖的。后来上面调查逃跑事件的时候，杜湘东如实交代，如果由他挑人，挑的也会是姚斌彬和许文革。

交待完毕，开始干活。犯人们或扛或拽，把车间里堆放的麻袋往外运去，远看好像蚂蚁搬家。这些麻袋散放在屋里还不算什么，聚拢在阳光下，就变成了一座相当巍峨的小山了。再想想小山全由寸把长的扁平小木棍组成，就可以联想到北京城里有多少怕热的胖子和馋嘴的小孩儿，到了夏天要消耗多少山楂、小豆和牛奶冰棍。这还不算最壮观的呢，杜湘东听刘芬芳描述过她们冷库储藏猪腿的场面：几百条猪腿在一字排开的铁钩上齐齐挂着，膝盖微弯，蹄尖笔直，毛发早已褪尽，皮肉覆着白霜，简直像是全北京的芭蕾舞团正在集体汇演。真不知她怎么会从猪腿联想到芭蕾舞，而猪腿和芭蕾舞都是让她忧愁的。想到刘芬芳，杜湘东的心里便痛了一下。这时看到老"杆儿犯"又在偷懒，他烦躁地训斥了几声。

就这样，麻袋组成的小山分散再集中，集中再分散，终于移动到了墙根的阴凉处。杜湘东和老吴这才从十七、十八监分别叫出了姚斌彬和许文革。走到劳动地点，杜湘东四下望望，确定附近并无闲杂人等，又低头检查了一下俩人的手铐，这才点头，表示他们可以开始干活。许文革弯下身子，两手抓住一个麻袋，硬生生往肩上一甩，直起腰来就走；姚斌彬则左手攥着麻袋角，右手爱莫能助地搭在一旁，屁股朝前撅着小碎步，仿佛一松手就会摔个四脚朝天。俩犯人先后到达了终点，又规规矩矩地折回来，开始第二趟搬运。杜湘东依次看了看他们的脸，都是沉静的、心无旁骛的，仿佛他们并未意识到那道自由与监禁的分水岭近在眼前。随后是第三趟、第四趟、第五趟……就在这时，杜湘东想起了一件事。他迟疑了一下，朝几米开外的老吴做了个手势，意思是要离开一会儿，就一会儿。

老吴叼着烟，大大咧咧地挥手：没问题，走你的。

杜湘东便小跑着穿过看守所，从侧门绕回宿舍，到屋里取了一包东西出来。那是刘芬芳给他织的围脖与毛衣。前两天刘芬芳又打了个电话，交待说，她会在收冰棍棍儿的日子再下乡一趟。这就是督促着他要换东西了。换就换吧，在完成冰棍棍交接的同时，也完成他们这段恋爱的最后交接，真是一举两得。以后刘芬芳就不会来了吧，她会在城里过着她的日子，那些日子与他再无交集。杜湘东提醒自己，一会儿见到刘芬芳，他得尽量表现得不卑不亢。太卑太亢了都会招人看不起，作为一名警察，他需要在这种时候保持尊严。

于是，杜湘东回去时故意挺直腰杆儿，把大檐帽又正了正。那副样子简直不像是去分手，而是像去立功受奖。然后，他就听见了电喇叭的警报声，紧接着是56式半自动步枪的枪声。声音是从正门方向传过来的，惊得杜湘东浑身一抖。

他撒腿往枪响的方向跑去。

隔着好远，便看见看守所的正门开了个洞。那是镶嵌在大铁门里的一道小铁门，也就一人多宽，平时锁着，只有接收或者释放犯人的时候才会打开。小山一样的麻袋稳稳当当地放在门里，而老吴已经屁股朝天趴在了空地上。姚斌彬和许文革却不见了。就这么一会儿工夫，就这么一会儿。杜湘东的脑子嗡了一声，那一瞬间眼睛再看什么都是花的。好在心思还算镇定，他的第一反应是扑到老吴身旁，看看同事是死了还是活着。

老吴身上并无伤痕血迹，不过迎头挨了一记重击，被打成了乌眼青。杜湘东摇着他的肩膀，一道口水从缺牙缝里流了出来。老吴这才叫唤起来："哎哟我操。"

"人呢?"杜湘东吼道。

老吴还蒙着，叉腿坐在地上，扬手指指敞开的小门。他身上那串钥匙就挂在门上的锁孔里。门外是条土路，通往南边的农田和柏油公路，但土路侧面却有一条河沟，蜿蜒着往东分出岔去，最终会与一条人工挖掘的引水渠合流。

杜湘东又吼："到底往哪儿跑了，路上还是河里?"

老吴说："没在一块儿，一边儿一个。"

这下杜湘东也蒙了。他既没想到这俩犯人居然敢行凶，敢越狱，更没想到他们在行凶和越狱时居然还那么冷静，懂得要往两个方向逃——这样一来，同时落网的概率就要小得多。而接下来，最让他没想到的情况出现了。当杜湘东冲到门口，站直了往外眺望，心里盘算着该朝哪个方向追时，身后的老吴却结结巴巴说："枪，枪……"

看守所的管教平时本不佩枪，需要执行重大任务时才佩。重大与否，取决于犯人有无失去控制的可能。既然今天是相对自由的室外劳动，因此杜湘东与老吴就都配了枪。枪内共有满匣子弹八发，没拉保险栓。杜湘东往老吴腰间看去，空荡荡的皮套晃悠着，枪没了。

"拿枪的往哪儿跑了？"这次杜湘东连吼都吼不动了。好像自己是个橡皮人，刚挨了一枪，漏气了。

老吴总算还没糊涂到家，他再次抬手，指指土路下面的河沟："这边。"

"你确定？"

"他们把我打了以后，就到我身上来抢钥匙，一个还让另一个先跑。先跑的那个顺手从我身上抄走了枪，我看见他蹦到河底下去了……后跑的那个又补了我两拳，我就晕了……"

没等老吴叨叨完，杜湘东已经纵身跃下了河沟。就算酿成了大祸，但他确定，此刻他的选择是正确的。仅仅几年前，东北的"二王"还让半个中国的人闻风丧胆，而要是在北京的地界上丢失一把枪，那种后果是连想都不敢想的。两公里以外，就是最近的一个自然村；五公里以外，就是郊县的县城；二十公里以外，就是西单、王府井和天安门。哪怕挨上一枪、两枪，直至八枪，他也不能让那把枪流落出去。他杜湘东的从警生涯已经够憋闷的了，绝不能让这种憋闷变本加厉，成为压得他一辈子抬不起头来的耻辱。

好在不是汛期，河道里只淌着浅浅一条溪水，又好在前两天刚下了一场小雨，河床里裸露在外的泥地半干不稀的，印着几个凌乱而新鲜的脚印。看来老天爷总算没让他把背字儿走到底，杜湘东顺着足迹追了下去。犯人对地形不熟，手上又带着铐，跑也应该跑不远，而凭借着百米跑进十二秒的体魄，他有信心追上对方。风从头顶的河岸浩大地掠过，吹得整片天空像块破布似的抖了起来，河道里却静谧得连空气都凝固了，只剩下脚踢着鹅卵石和胸膛里呼哧呼哧喘气的声音。也就过了五分钟，或许更短一些，杜湘东便在前方的河道里望见了一个隐约的人影。那人因为无法张开双臂掌握平衡而踉踉跄跄的，远看几乎不是在跑，而是摇摇欲坠地飘在了半空。

"站住——"杜湘东喊了一声。

犯人一晃，继续跑。然而速度上的差距是无法弥补的，杜湘东咬了咬牙，让两腿倒腾得更快了。前面的是姚斌彬还是许文革？而无论是谁，他的手里都是有枪的。想到这一点，杜湘东把身体伏低了一些，同时跑起了蛇形路线。他的右手也摸向腰间，握住了事先打开保险栓的佩枪。两百米，一百米，前方的背影从模糊变为清晰，杜湘东认出了那是姚斌彬。五十米，二十米，他已经能看清那孩子毫无血色的脸，以及像棒槌似的握在手里的枪了。

如果他敢举枪，那么自己只能先开枪。作为警察，杜湘东出枪的速度和准头都要远远强于一个没受过训练的毛孩子，这一点毋庸置疑。听见姚斌彬伴随着咳嗽，拉风箱一般大喘粗气，他仿佛看见了 7.62 毫米子弹贯穿对方胸膛时的血光。杜湘东希望姚斌彬别犯傻。他甚至对姚斌彬喊了出来："别犯傻。"

而这时，姚斌彬再次做出了一个让杜湘东意外的举动。就在两人之间的距离只剩不到十米的时候，他戛然站住，转过身来，对杜湘东似笑非笑。

再一松手，枪落在了地上。姚斌彬束手就擒。

至于逃跑的具体细节，直到日后审讯姚斌彬时才得以还原。据他交代，主意其实早已拿定。在俩人刚到看守所的第二天，一块儿被按在盥洗室的水泥地上挨揍时，姚斌彬就对许文革说，不能在这儿待下去了。许文革一边承受着连绵不绝的拳脚，一边对姚斌彬咬牙切齿地说，那就想个辙。所谓想辙，无非是指制订逃跑计划。俩犯人利用放风的空暇，摸清了管教们换班的规律、高墙岗楼上的武器配备，最关键的是还观察到每个当班管教腰间都挂着沉甸甸的一串钥匙——那里面不仅有监舍门的，还有所里其他门的。而这些信息又是在劳动的间歇得以交流的。虽然杜湘东就在旁边监工，但俩犯人利用修理机器的噪音作为掩护，更利用心有灵犀的默契，每次只蹦几个字儿，甚至只用几个手势就把想说的都说清楚了。到了事发当天，杜湘东突然离开，他们认为机不可失，决定放手一搏。也没商量，一个眼神就够了：姚斌彬假装摔了一跤，吸引了老吴的注意，许文革用手铐锁链绊倒了老吴，顺势把他打昏在地。对付这个酗酒成性的老家伙，一个许文革绰绰有余。然后两人摸走了钥匙，很幸运地试到第二把就打开了嵌在大铁门里的小铁门，随即按计划分散，姚斌彬跳进了河道，许文革沿着土路奔向农田。岗楼上的武警没在第一时间开枪，这是因为怕伤了和姚斌彬、许文革滚在一起的老吴。而当犯人分头跑远，子弹又没打准。

针对案件的重点，上级派来的调查组还专门询问了抢枪的事儿。姚斌彬回答，开始也没这个打算，只不过当许文革按倒老吴的时候，佩枪恰好从枪套里滑了出来，他顺手就捡了。调查组自然不信，再深入挖掘动机，姚斌彬就交代，他本来胆儿小，再加上跑出去之后又要离开一直保护自己的许文革，于是便想随身带上一支枪。也没准备打谁，壮胆儿而已。这个说法得到了老吴的证实。当时老吴还有神智，听见许文革呵斥姚斌彬："你拿这玩意儿干嘛。"似乎还想把枪夺下来扔掉。而姚斌彬则回答："赶紧跑，赶紧跑。"说完就先跑了。也就是说，逃跑虽有预谋，抢枪却属于即兴行为。

看守所也在第一时间派人去追许文革，可惜没追上。那犯人的脚力比姚斌彬强，很快就钻进了正在抽穗的玉米地，又从田里潜入了山里。再组织干警搜山，已经耽误了两天时间，早没影了。姚斌彬被捕，许文革在逃。这是看守所迄今为止最为严重的一次工作失误，上到单位下到个人都要付出代价。所里被取消了先进集体称号，所长公开做检查；再调查下去，上面得知俩犯人作为同案犯，却获得了碰面和共同行动的机会，尽管杜湘东与老吴也尽到了在旁监督的责任，并不算是明显违规，但还是一人追加了一个处分。

然而在杜湘东的记忆里，案发当天的情形却远没那么狼狈。姚斌彬是由后来追上来的所长亲自带队押回去的。见到杜湘东，所长没说话，先揽住他的肩膀，前前后后摸索了一圈儿，这才长吁一口气："没受伤就好。"那神态全不像个在战场上见惯了血肉横飞的老兵。

杜湘东说他没事儿，犯人也没开枪。

所长瞪了他一眼："没开枪不等于没可能开枪。你哪儿能一个人往前追呢？"

杜湘东说就是因为犯人有枪，他才不能再等。

所长默然不语。一行人回到看守所，就见正门已经站满了人，不光有荷枪实弹的管教和武警，连厨子、清洁工和看电话的老头儿都出来了。不知是谁叫了一声："杜湘东活着哪。"人群立刻爆发出一阵欢呼，迎在前面的老吴更是脸上淌着眼泪、鼻涕以及口水。孤身一人追击持枪的逃犯，这说起来是多么凶险啊，追回来是英雄，追不回来没准儿就是烈士了。杜湘东的脸却僵着，进而红了。这时又从人堆儿里挤出一个人来，正脸像个红苹果，侧脸有点儿像吉永小百合。她的脸上挂着忧愁，咬着下嘴唇走到杜湘东面前，朝他胸口捣了一拳，然后说："你怎么不去死呀。"

然后又说："你死了我可怎么活呀。"

然后，她就哇的一声扎进了杜湘东怀里。杜湘东的手尴尬地放在刘芬芳肩上，抱她也不是，不抱她也不是。他看见刘芬芳手里还提着个小网兜，网兜里装着一件衣服和两个牛皮纸信封。那是他送给她的列宁装、手表和金戒指。而此时，刘芬芳却把他越搂越紧，勒得他都透不过气来了。刘芬芳忽地扬起头来，对着杜湘东的脸，又像对所有人宣誓道："结婚，结婚，咱们明儿就到民政局领证去。"

若干年后，当杜湘东若干次回忆起那一幕时，总会不由自主地提醒自己：它发生在二十世纪八十年代的最后一个春天。与刘芬芳的爱情，算是他在八十年代的意外收获。

5

逃跑事件让杜湘东旷日持久地憋闷着。

虽然追回了一把枪，但玩忽职守是要记入档案的。听所长说，上面还算留了情面呢，如果不是看在事后补救的英雄行为上，定个渎职也不为过。经历了替他担心和为他欢呼之后，同事们又开始明里暗里抱怨他导致了大家停发奖金、加班整顿。在调查组进驻的那些天，杜湘东走到哪儿都觉得后脊梁骨被人戳得隐隐作痛。而更使他感到挫败的事实是：俩犯人从策划逃跑到实施逃跑，都是在他眼皮子底下进行的。他不是老觉得自己当了个管教是被"耽误"了吗？现在，反而是他结结实实地被犯人"摆"了一道。

连刘芬芳都察觉出了他的异样，一天突然对他说："你怎么好像矮了一截？"

当时杜湘东正跟她在城里采买结婚用品。床单被褥，痰盂暖壶，还得到居委会领一本《新婚健康一百问》。他愣了愣，回答道："一直这么高啊。"

刘芬芳嘟囔："有一米七五么？不会以前穿内增高了吧。"

这个怀疑并非没有依据。过去杜湘东甭管是站是坐，都"绷"得肩平背直，现在换装了更挺括更合身的"89式"警服，人却总佝偻着，好像缺了两根骨头。此外，以前他话就不多，那是性格使然，现在又添了个毛病，就是会一阵一阵地发呆、出神。这些变化来自于一个心结：许文革一天没被找着，那么事儿就还不算完。但纠结也是白纠结。姚斌彬早被带离了看守所，改由市局刑警队直接羁押。出了这种恶性案件，上面自然格外重视，听说还有位大领导震怒，对局长拍了桌子。

也找所长打听过案情进展，所长又抽烟，转肩膀，而后说："既然列入大案要案，那就不是所里的事儿了。或者说，承担责任归咱们，破案结案归人家。"说完递来一份结婚礼物，那是所长老婆缝的一床被罩，粉底子上游着两条大红鲤鱼。杜湘东明白所长的意思：日子还得过，他又刚结婚，别为了把握不了的事儿，把眼前的事儿给耽误了。但即便陪着刘芬芳为了结婚而忙活，他心里却还是定不下来，并且进城仿佛也不光是为了结婚。拎着大包小包坐车到了宣武门内，杜湘东就站在胡同口不动了。

他吭叽了会儿，对刘芬芳说："我还得出去一趟。"

刘芬芳把脸拉下来了："今儿可是你结婚之前最后一次上门，我们家人都在。"

杜湘东看看表："我办完事儿就回来……吃饭甭等我了。"

说完不管不顾，撇下刘芬芳就走。又倒了两趟公共汽车，来到了市局刑警大队。这是重地，饶他穿着身警服也不敢硬闯，只好按规矩填表，拜访的理由则是"看同学"。他的确有个同学在这儿，不过上学时称不上朋友，毕业后也不联系。这是因为俩人都是外地来的，学习训练都很玩儿命，成绩也差不多优秀，于是互相把对方看成了对手，暗地里一较劲就较了三年。后来还听说，当初看守所去学校要人，组织上也动员了他的那位同学，不过同学咬紧牙关没答应，还威胁说如果去郊县，那就宁可脱警服。杜湘东突然想，要是那时自己能硬到底，而同学却先嘴软的话，那么今天门里门外，等人与被等的会不会打个颠倒呢？跟同学较劲他没输，一起跟组织较劲，他却输了。真是性格决定命运，唯有一声叹息。

正在叹，同学就出来了，还骑着一辆摩托车。同学的表情也和原来一样：脸绷得很严肃，斜眼打量杜湘东，似有三分轻蔑。

"哟，稀客。"

杜湘东努力赔个笑："不耽误你时间，我说两句就走。"

同学却朝后座一努嘴："反正也到饭点儿了，边吃边聊吧。"

说完轰了脚油门。警察之间最看不上的就是磨叽，杜湘东只好跨上了车。只觉得风兜满了耳朵，不多时停在一家菜单生猛价格也生猛的粤菜馆门口。杜湘东一犹豫，同学又给他壮胆："这儿出过一起命案，要不是我们给破了，现在还贴着封条呢。"

进门也不坐大堂，径直来到一个包厢。领班端了两扎啤酒，又给安排了几样"刚下飞机"的活物儿。杜湘东不得要领地动了两下筷子，讷讷发起了呆。

刑警同学却举举杯："杜湘东，我知道你为什么来。"

杜湘东一怔，又笑："打搅你了。"

同学说："你还真是打搅我了。你那事儿转到刑警队，恰好分在我们科。那俩犯人要不是从你手里跑了，我们也不会连轴转地加班。"

杜湘东说："不是俩犯人，是一个犯人。"

同学说："对，你抓回来一个，还追回了一支枪。如果不是前面的低级失误，你没准儿就是个英雄典型了。话再说回来，我今天跟你聊，严格说已经违反了纪律。大案要案得保密，不是办案人员不能插手，这个规矩你应该懂。要是别人来找我，我根本懒得搭理他，但你不一样。咱俩以前不对付，那是因为我看重你，你也看重我。能互相高看一眼，这就比一般人更有交情。你有什么想问的就问吧。"

说得杜湘东心里一热，本想敬同学一杯酒，但又觉得没必要。于是就问。同学果然爽快，除了极其具体的工作安排，其他知无不言。主要内容是对姚斌彬的审讯情况以及对许文革的抓捕计划——倒也按部就班，一边是轮番心理战榨取信息，另一边是全国发文通缉，广撒网多布控。但这个案子又有它格外的难点：许文革已无亲人，无牵无挂，想要通过家庭关系对他施加压力，或者通过信件和电话侦查他的行踪，那几乎是不可能的。

杜湘东又问："姚斌彬现在什么状态？"

同学撇嘴骂了句脏话："看着文文静静的，其实还是个'硬茬儿'。一转到我们手里就开始绝食，撬他嘴也喂不进饭，只能捆起来打葡萄糖。他不是还有个妈么，我们本想感化他，给他申请一次特别探视，结果他连妈也不见，说没那个必要。整个儿一没人性。"

这种描述让杜湘东一悚，愣了两秒又问："你们是想通过他找到许文革？"

"那当然，他几乎是唯一的线索。"同学说，"警察有警察的办法，该上手段也只能上手段。前两天有了突破，姚斌彬招了，说他和许文革约好，先分头躲一阵子，下月一号到第六机械厂附近的高压电塔下碰面，不见就散，见了再一起跑。我们已经安排了布控，也许再过些天，你心里的疙瘩就解开了。"

同学说完，踌躇满志地一笑，看来他将是抓捕许文革行动的骨干。杜湘东可以想象那种景象：一群便衣都带着枪，神色轻松，目光如炬，或埋伏在隐蔽处，或装作不经意地在附近徘徊；只要发现可疑的形迹，他们就会像豹子似的一拥而上，将嫌犯按倒在地。这也是杜湘东过去想象中的警察形象，可惜只限于想象了。然而他琢磨了一下同学透露的信息，却又垂了垂眼睛，闷声问："你们就那么相信姚斌彬的话？"

"我们不是相信他的话，而是相信人的理智。"同学说，"姚斌彬犯下的事儿该怎么判，你大概也有个估量。重大盗窃、袭警越狱、抢夺枪械，二十年是起码的，而咱们国家的有期徒刑通常到顶儿也就二十年，再往上只有两种，一个无期，一个死刑。现在摆在他面前的只有两条道儿，第一，顽抗到底，这辈子就算交代了；第二，跟我们合作，戴罪立功，没准儿还能捡条命。再怎么彻头彻尾的混蛋也都怕死，这是人之常情吧？如果犯罪分子都跟董存瑞黄继光似的，咱们当警察的也没法儿干了。所以我们认为，既然姚斌彬开了口，那就是在心里算计过了；既然知道活着比死了强，他就不敢跟我们打哈哈。"

刑警同学分析着，解释着，既有理论依据，也是经验之谈。而人家本没必要说这么多的，之所以不厌其烦，还是想让杜湘东放下心来。这个惺惺相惜的对手释放出来的善意，令杜湘东更加惭愧。然而他又摇了摇头，几乎是自言自语道："好像没那么简单。"

这就有点儿没眼力见儿了。同学正端起杯子喝啤酒，让杜湘东的话呛了一下，再把头抬起来，就成了一副好心被人当成驴肝肺的脸色："杜湘东，你阴阳怪气的什么意思？刑警和预审专家都是傻子，就你聪明？那你说这案子该怎么办？犯人招出来的都是假话，我们就不要布控了，坐在办公室里守株待兔？"

"当然不是那个意思。"杜湘东赶紧摆手，"我只是想提醒你们，别把希望都寄托在这次抓捕上，要做两手准备，弄不好还得是多手准备……我和这俩犯人有过一些接触，我还去过姚斌彬他们家，根据我的了解……"

"你要真了解犯人，也不会让他们跑了。"同学冷冷打断杜湘东，把啤酒杯往桌上一顿，"而且你还得弄明白，我们这是在给你擦屁股呢，轮不着你来教导我们。"

眼看对方不想谈下去，杜湘东也就没了话。事实上，他来找人家，不过是想探听一下案子的进展，聊以解解憋闷，如同在火车站丢了钱包的人总要去趟失物招领处。而要真让他出谋划策，他也说不出个所以然来。俩警察对着一桌子虾兵蟹将闷坐片刻，同学就说得走了，晚上还要加班呢。杜湘东也站起来，跟在人家屁股后面出了门。分手时，同学突然扶住摩托车，对他说："杜湘东，你跟以前可真是不一样了。"

杜湘东无以作答，挤上公共汽车，回到刘芬芳家所在的宣武门内。天色已黑，胡同里的路灯有一多半儿都是憋的，使得杜湘东投在柏油路上的影子断断续续，还一阵一阵地发虚，好像一摊正被缓缓吸到地缝里的水。他又意识到自己虽然穿着警服，但却没戴警帽没系腰带，再摸摸下巴，好几天都没刮脸了，拉拉杂杂地呲着毛儿。这要是碰上局里的纠察队，不把他通报单位才怪。刘芬芳和同学的感觉都没错，他可真是跟过去不一样了，变成了一个颓唐的、落拓的家伙。家有三两银，不当臭脚巡，这是老警察们对这份儿职业的自嘲，可他还不如个臭脚巡呢，连在城里看看西洋景的资格都没有，只配窝在郊县，懊恼着一个小疏忽酿成的大错。现在，他还得将错就错地前往未来的丈母娘家，去卖好儿，去提亲。

他甚而觉得自己把刘芬芳给骗了。

6

回到看守所，生活照旧：查监、扫除、点人头儿、写检查。检查不光要给自己写，还得替老吴和所长代笔。如今只要上面有人过问那起越狱案件，几位当事人就得奋笔疾书一番，而俩老同志被折腾烦了，干脆把这种差事都推给了杜湘东。他们的理由很简单：你是大学生嘛，写得比我们深入、全面、触及灵魂。乃至于连管辖之内的犯人也敢看不起他了。有一次训了郑三闯两句，老炮儿把眼一斜："别把我逼急了，逼急了我也跑。"

所以再接到刑警同学的电话时，杜湘东真感觉对方递来了一根救命稻草。那天离上次进城已经过去了一个多月，他正在办公室里发愣，就听见天花板上的喇叭响了，有他的电话。杜湘东本以为是刘芬芳找他。刘芬芳和他虽然领了证，但却没办婚礼，这是因为杜湘东没脸请领导和同事去喝喜酒。他觉得那简直像是给越狱的犯人摆庆功会。刘芬芳自然不乐意，狠狠地犯了会子忧愁，进而没住几天就从郊县的婚房搬回了城里，于是俩人联系还得靠电话。然而杜湘东赶到管理科，从电话里听到的却是男人的声音：

"你这张乌鸦嘴，还真说中了。"

同学告诉他，从姚斌彬嘴里挖出消息后，刑警大队提前几天就调派人员前去蹲守，局里的领导向更大的领导保证，一定要把许文革就地抓获，清除首都治安的一大隐患。然而苦等了一个星期，连个人影也没见着。办案人员这才不得不反思情报是否可靠，而重新再审姚斌彬，他只答了一句："不是成心想逗你们玩儿，是不编出点儿什么你们就不让我睡觉。"然后又死不开口，并且开始了新一轮的绝食。同学也才又想起了杜湘东的风凉话。

他问："你猜到了姚斌彬不会供出许文革？"

杜湘东含糊道："我那时也不确定……就是感觉这俩犯人跟别人不一样。"

"咱们当警察的，办案子可不能凭感觉，得靠证据。"同学仍不忘踩杜湘东一脚，但又问，"那你到底有什么感觉？"

杜湘东便把俩犯人在看守所里的情况大致讲了。结论是许文革护着姚斌彬，姚斌彬也会护着许文革，俩犯人之间的情义远比旁人想象得深。讲完又说："姚斌彬他妈和许文革的感情也不一般。要抓许文革，不妨把她当成突破口。"

同学"咳"了一声："你以为我们想不到？光我就找过那女人好几次。姚斌彬犟，多半儿是继承的他妈，他妈比他还犟——到现在都不相信儿子会犯罪，一口咬定这案子是冤假错案。后来了解到，这女人一直对厂子有成见，甚至对社会、对政府都憋着一口气，再加上前些年中了一次风，性情变得更加古怪，简直没法跟人打交道。"

杜湘东问："对了，姚斌彬他爸呢？死了还是离了？"

同学说："这事儿说来可就长了。姚斌彬一家其实都是厂里的人，他姥爷是五十年代的劳模，先给提拔了上去，后来又挨了整，病死在牛棚里。留下一个女儿，年轻的时候挺漂亮，不少男的都对她有意思，闹得沸沸扬扬的。组织觉得老这么着也不是个事儿，就出面解决她的个人问题，动员她跟一个刚死了老婆的副书记结婚。这也是保护她的意思，毕竟她爸有政治污点嘛，找个依靠，也不至于抬不起头来。不过咱们的组织你也知道，做动员跟下命令差不多，反而把她给逼急了，一气之下嫁了个附近村里的农民。至于以后的生活，那就别提了。她看不上丈夫，嫌人家脏，嫌人家没文化，可人家还嫌她臭讲究，嫌她不会干活儿呢。等到生下个姚斌彬，从小又是个药罐子，把她那点儿工资都贴补进去了，夫家在钱上也落不下好处，更觉得这婚结亏了。工农联合变成了三天两头打老婆，揪着头发从村头踹到村尾，旁边两只狗叼着鞋，打完了再从狗嘴里接过鞋，回厂医务室抹红药水。打了几年，终于离了，夫家索性连姚斌彬这个孩子都不认，因此姚斌彬有爹也相当于没爹。我们也去过村里，连他爸的人都找不着，说早到南方做生意去了。"

敢情刑警的调查工作要比杜湘东细致得多。闷了一会儿，杜湘东这才叹气似的"啊"了一声，刑警同学也把话题拉回到案子上："其实找你，是想让你替我们接触一下姚斌彬他妈，看能不能挖出什么信息。"

杜湘东说："有你们在，哪儿还需要我去。"

同学说："现在姚斌彬他妈的情绪已经很抵触了，前两次过去，她干脆连门都不让我们进。那是个爱走极端的人，我们很怕她像当年一样被逼急了，反而甘心当起了许文革的共犯。再盘点一下这案子的相关人，跟那女人打过交道的只有你，我们这边能信任的也只有你，所以这事儿非你莫属，你就别推托了。"

杜湘东沉默片刻，又问："你让我做这事儿，是私人帮忙，还是上级任务？"

同学笑了："完成了算你对得起上级，完不成也算你对得起我了，行了吧？"

说完没管杜湘东答应不答应，径自挂了电话。而杜湘东琢磨一番，心里不免打鼓：同学以为他和姚斌彬他妈说得上话，所以才来求助于他，可其实他仅仅去过人家家里一次，严格地说还是过门而不入。如果他再去，姚斌彬他妈会是什么态度还不好说呢。但既然打鼓，就说明杜湘东已经开始考虑这个任务了，并且还是认真地、不可遏止地考虑。这么一想，他对自己有些无可奈何，又隐隐生出一些期待来。

过了三两天，杜湘东便独自动了身。之所以耽搁了些时日，是因为想到姚斌彬他妈刚受到了警方的反复盘问，需要给她一点缓和情绪的空间。向所里请假时，他也只说要去帮刘芬芳家干力气活儿，而且特地没穿警服，换上了一身松松垮垮的便装。坐车来到六机厂，他没走正门，而是绕远路兜到家属院的那一侧。这里没人阻拦，进了锈迹斑斑的小铁门，便看见楼还是那几栋楼，垃圾还是那几堆垃圾，就连翻拣垃圾的也还是那个老太太，动作缓慢，目光阴鸷。找到了姚斌彬家，却见门紧闭着，油脂麻花的布帘子垂在门外。

他掀开帘子敲了敲门，半晌无声。又敲了敲，门里才有个女人问："谁？"

"是姚斌彬家吗？"

"干嘛？"

"……我认识您儿子。"

屋里传来细碎的响动，当门锁咔嚓一声拧开时，已经是将近五分钟以后了。姚斌彬他妈从半开的门缝里露出脸来，居然还用蘸水的梳子拢过了头发。从刑警同学那儿，杜湘东知道这女人名叫崔丽珍。他叫了一声："崔阿姨。"

女人盯着杜湘东凝视片刻，突然说："你不是来过的那个警察嘛。"

"我……"

"你还帮我把暖壶灌上了。"

看来上次虽然走得匆忙，但姚斌彬他妈还是在走廊里看见了杜湘东。他惊异于这女人的记性——只一瞥，便认得了他的相貌。原先杜湘东还打算随机应变，冒充姚斌彬在社会上的朋友呢，如今只好窘了一窘，直说道："我是看守所的，负责过姚斌彬的工作。"

"那么你是杜管教？"

这话更让杜湘东发窘。女人解释，保卫科的胖子及其手下协助警方来"做工作"时，曾经提起过他。在那些人的描述中，杜湘东虽然一脸严肃，实际却是个心挺软的年轻人。女人面无表情地把他让进了屋，房间概貌尽收眼底：不到二十平方米的面积被一套带转角的三合板柜子分成两个部分，隔断外侧还算宽敞，摆着一床一桌，是姚斌彬他妈的起居室；隔断里侧就要局促得多，紧贴着柜体和墙角塞了一张比寻常单人床更窄的床，床上盖着报纸，估计是姚斌彬以前睡觉的地方。母子俩就住在这样的环境里。

既然无须自报家门，杜湘东便继续申明来意。他表示，虽然姚斌彬"犯了很严重的错误"，但他作为管教，仍是有责任关心犯人的。尤其是听说姚斌彬他妈卧病在床之后，他更感到"有必要来看看您"。上述说辞已经在杜湘东的心里排演了若干次，因此表述得并不虚套。而当姚斌彬他妈问起姚斌彬在"里面"的情况时，他的答复是"过得还行"，没怎么被人欺负，睡在宽敞的铺位，还吃到了大米饭和肉包子。当然，杜湘东隐瞒了姚斌彬的手受了伤，更隐瞒了姚斌彬哭着叫出的那一声"妈"。自始至终，他也没提一句许文革。

当他说完，便看见女人的脸上多了两行眼泪。对面的母亲却仍僵坐不动，连鼻翼也未曾翕动一下，整张脸像一幅旧照片。过了许久，她才点了点头："杜管教，谢谢您。"

"不能这么说，都是职责之内。"

"您想问什么就说吧。"

"许文革目前还在逃……"

"我没他的音信。这话我对刑警队的人说过，对你也只能这么说。俩孩子就算犯了盗窃罪和越狱罪，也不证明我会犯包庇罪吧。你要是不相信我，可以把我铐起来审问。"

虽然泪痕未干，但女人的声调已经淡漠了下来，还把撑在站立器上的手往前一伸。杜湘东心知碰了钉子，讪讪地把眼睛挪向一边，便看见有扇纱窗的合页松脱了，已经松松垮垮地歪斜了下来。眼看天气就要变热，如果任由它这么坏着，屋里或者不能通风，或者就要飞满蚊蝇。仿佛是为了缓解尴尬，杜湘东转过身去，从书桌上的笔筒里拣了一只改锥，走到窗前修理起来。这不需要复杂的技术，但干起来也挺吃力，他必须踮着脚尖，高悬手腕，缓缓转动改锥，让螺丝更深入地咬进年久腐蚀的窗棱里去。这种活儿以前都是姚斌彬和许文革干的吧。总算让纱窗大致恢复了原样，当杜湘东甩甩发酸的手肘，就听见姚斌彬他妈再次开了口，语气里多了几分歉意："杜管教，真不好意思，帮不上你的忙。"

"本来也不该难为您。"杜湘东说，"不过我还想了解点儿别的。"

"您说。"

"我想知道……姚斌彬和许文革到底是什么样的人。"

姚斌彬他妈似是一愣，弯腰拉开抽屉，取出一把钥匙交到杜湘东手上。

7

从那个初夏开始，杜湘东的生活里多了一项内容，就是不定时地去探访姚斌彬他妈。去时所做的事儿，首先是照料女人的生活起居，洗衣晒被，买菜做饭。要是涉及不太方便的事情，比如洗澡和上厕所，那就只能请邻居的女同志来帮忙了——有空的多是一些老太太，颤颤巍巍地扶着颤颤巍巍的姚斌彬他妈前往公共卫生间。一旦人家表露出嫌麻烦的意思，这活儿就不能白干，杜湘东得偷偷塞给老太太几个钱。家属区的其他住户也认识了杜湘东。他们听说他是个管教，刚开始还会感叹两句"人民警察爱人民"乃至"人民罪犯人民爱"，也不知是在赞美还是揶揄。后来就成了见怪不怪，碰面时打个招呼"吃了吗""又来啦"，好像杜湘东是姚斌彬家的一个成员似的。

杜湘东这时会想，许文革来这个家时，会是怎样的状态呢？

而他固然不会把自己想象成许文革。他是来刺探许文革的。这个任务在姚斌彬他妈那儿得到了一定程度的实现。许文革的住处是单身宿舍里六个床位中的一个，床头贴了张通缉令，好像在提醒室友，这个逃犯会随时跑回来睡觉。姚斌彬他妈交给杜湘东的那把钥匙却对应着别处，是厂区外侧一排平房中的一间。那是厂子草创初期，第一批建设者们的临时住所，到了杜湘东前去调查时，房屋都敞着门，废弃着，唯那间小屋门上挂了把锁。开门进去，别有洞天：里面并无家具，靠窗的亮处摆了一台小车床和一个工具箱，车床的电源是从墙外引过来的，工具箱里除了扳手改锥，还有游标卡尺、焊枪以及形形色色杜湘东所不认识的家伙什儿。对面靠墙的那一侧，则堆放着更加琳琅满目的工业产品：缝纫机的机头、老式自鸣钟、只有后轮没有前轮的自行车、农田里灌溉用的小水泵……光笨重的话匣子就有三台。杜湘东抄起一台打开，居然能响，可以收听《新闻和报纸摘要》。

几乎是个小型维修车间。姚斌彬他妈告诉杜湘东，这俩孩子从小就爱摆弄机械。为了这个爱好，当妈的没少跟儿子置气，她认为姚斌彬应该考大学，出人头地。但也管不住，尤其是姚斌彬差几分高考落榜，顶班进了厂子之后，干脆和许文革把操练的场所搬到了这间平房，还凑钱买了一台老式车床，下了班就关起门来鼓捣，周末更是不分昼夜。他们的废寝忘食终于有了收益，不多久，竟能出去给人家干维修了，不仅收费不高，而且交活儿还快，绝不会像国营修理厂那样摆谱儿、拖工期。渐渐地闯出了名气，十里八乡有人慕名而来，这时厂子里却又有人看不过眼了。那些人的说法也有道理：姚斌彬和许文革的身份是国营工厂工人，工资是国家发的，技术也是国家教的，怎么能再去接私活儿挣外快呢？况且谁知道俩人给外面干活儿的时候，有没有偷偷用过国家的机油齿轮？如果那样，性质就变了，就成了损公肥私。于是领导出面，谈话批评，勒令制止。俩孩子还

104

不服，偷偷摸摸接着干，被发现后挨了处分，并且强调如果再犯就要开除。

讲这些事儿时，杜湘东正坐在姚斌彬他妈面前，再一次打量屋里的摆设。对于一个都有工资并且还能赚到外快的家庭而言，这个房间无疑是过于简陋了。他也被允许翻看过姚斌彬留下的私人物品，别说没有手表和蛤蟆镜这些时髦玩意儿，连衣服都有好多打着补丁。那么钱花在哪儿了？是吃了喝了，还是让许文革拿去讨好他的那个厂花女朋友了？可在姚斌彬他妈嘴里，"那俩孩子"又都是特别顾家的人，就连厂里发的夜班饭票都攒下来，每逢单月份的月底到服务社去换一桶豆油外加两条肥皂。

况且还有一台进口汽车发动机的案子呢，那玩意儿要能卖出去，可是一笔巨款。一切盗窃犯的动机当然都是弄钱，但弄钱的动机各有不同。姚斌彬和许文革是为了什么呢？

直拖到那年秋天，问题才有了答案。入夏以后，杜湘东就再没去过姚斌彬家，原因是那段日子北京有点儿乱，好容易熬到街面大致太平，杜湘东先到丈人家安顿一番，这才从城里坐上长途车，直接前往六机厂。下车绕过厂区，景象基本如常，不过家属院门口也设了岗，拦住没穿警服的杜湘东盘问了半天。幸亏保卫科的胖子巡查经过，打个哈哈就让他进去了。而来到几栋筒子楼中间，却见一辆锃光瓦亮的"皇冠"轿车停在空地上。这可是从未有过的情况，以前别说"皇冠"了，就连东欧产的"波罗乃兹"也没在这片宿舍里出现过。杜湘东心里咯噔了一下，站在车前观摩了好一会儿，弄得车里的司机也紧张地看着他，还滴滴按了两声喇叭。他正想转身离开，就听见一片喧闹，一群人从姚斌彬家所在的那幢筒子楼里拥了出来。走在前面的是两个中年男人，面色铁青，跟在后面的则是楼里的邻居，对着他们的背影指指戳戳。态度最激愤的是那个整日翻拣垃圾堆的老太太，她首如飞蓬，躬着驼背追上去，响亮地"呸"一声，被甩开后再紧追两步，又"呸"一声。伴随着"呸"，她还在振振有词地质问：

"这还让我怎么过？"

"你们算个屁领导。"

片刻追到车前，竟然一把搂住了其中一个男人的大腿，滚在地上不起来了。两位领导拉她不是，不拉她也不是，只好一边擦汗，一边探头向四下张望。恰好看见保卫科的胖子，他们像遇见了救星，大声招呼他过来"处理一下"。胖子不情愿地哑吧着嘴，跑过来硬拽开老太太的手，同时对领导们说："撤退，我掩护。"

领导们便钻进了"皇冠"轿车，砰砰关门，仓皇而去。群众们却也不追穷寇，就连老太太都不再打滚，摇头叹气地和众人一起散了。空地上只剩下杜湘东与胖子两人，一时间尴尬地大眼瞪小眼。瞪了一会儿，杜湘东才问："刚才那是什么领导？"

胖子道："厂长和书记呗。"

杜湘东说："这是来干嘛呀？"

胖子居然也"呸"了一声，说："还能干嘛，打白条来了。"

不等杜湘东再问，他就喋喋不休起来：厂子一直受困于经营不善、市场疲软，尤其这两年，工资只能发一半，更要命的是连退休职工医药费都报销不出来了，只能先让本人垫付，再由厂里打个条子，意思是欠着。也集体找上面反映过，前一阵总算有了说法，所有欠款将预支一笔专款结清。大家翘首以盼，盼来的却是厂长和书记亲自登门，一边继续打白条，一边鼓励大家发扬工人阶级的先锋队精神，"再忍忍，忍忍就好了。"

"再忍忍就死啦，人一死，他们丫的倒是好了。"说到这里，胖子终于重新站队，帮着工人声讨起领导来。可惜面前只有杜湘东一个听众，他的正义感无法得到广泛的呼应。而这的确是以前从未听说过也从未想到过的情况。按说进了国家单位，生老病死都有国家兜着，敢情国家也有兜不住或者不想兜的时候。那么作为一个重病号、老病号，姚斌彬他妈的负担可想而知。俩孩子外加一个女人的收入，大概仅够维持生活的，要看病就得靠外快贴补，外快不让赚就只能铤而走险了。一条逻辑线索在杜湘东心里清晰了起来。

上楼之前，他多问了一句："对了，刚才那辆车就是姚斌彬和许文革的……赃物吗？"

"那可不，厂里哪儿还有第二辆'皇冠'。"胖子说。

"不是说效益不好吗？"

"这情况就更复杂了。车本来是一个副局长的专车，放在厂里是要换几个零件，结果出了那档子事儿，被警察暂时扣下了。人家倒好，等不及，直接又配了一辆'公爵'，也是日本原装，这辆"皇冠"就作价卖给我们厂了。上级压下来，不买都不行……没准医疗费就是被挪用到这辆车上了。"胖子说完，对这个复杂的情况进行了简要的总结，"操。"

而等来到姚斌彬家，杜湘东便挑起了话头："刚才碰见厂长书记了。"

接着问起欠条的事。那一刻，杜湘东感到自己实在有些冷酷。姚斌彬他妈叹了口气："其实也不是存心瞒你，而是不想让你知道，姚斌彬和许文革偷东西、从看守所逃跑……都是为了我。"她喉头一抖，带出了哭腔，眼里亮闪闪的，似乎又要落泪。

杜湘东说出一句更加冷酷的话："我是个警察，只管人犯没犯罪。至于为什么犯罪，我就是想管也管不了。"

姚斌彬他妈沉默半响，说："杜管教，你是个好警察。"

这已经是第三次有人说他"好"了。但他这个"好"警察此刻的所作所为，都是在弥补一个对于他这种职业而言不可原谅的错误。到底什么算"好"，什么算"坏"呢？杜湘东意识到，在那些截然相反的概念之间，还存在着一个复杂的中间地带，而他和姚斌彬、许文革都被困在那里，似乎永远不能上岸了。这种处境几乎是令人绝望的。

他发呆，对面的女人也发呆。过了好久，杜湘东又听见姚斌彬他妈说："你是带着任务来的，这我知道。但我没法儿帮你完成任务，以后别为我耽误工夫了。"

杜湘东笑了："任务不任务的倒在其次。我来，就是想跟您说会儿话。"

姚斌彬他妈也笑了："人总得说话，不说太憋得慌。"

随后，女人言语绵密，好像从记忆里扯出了一根线头，一件事儿连着另一件。过去总说姚斌彬，今天她却说到许文革。许文革他爸也是一名维修工，还是一名政治积极分子。那年头人们说积极也都积极，但或者是顺着集体惯性，或者是揣着点儿个人目的，偏他和众人不同，积极得十分虔诚。除了会上喊口号，他还自学马列，读的是汉译全本。工人文化低，有不明白的，总去请教一个上过"辅仁"的老工程师，也就是姚斌彬他姥爷。经过学习，他懂得了工人阶级挣脱的只是锁链，懂得了劳动必将成为人类的内在需要，也懂得了在首都北京建设工厂，不仅是为了带动全国工业大生产，更是为了在遥远的未来实现共产主义。所以当前全国劳模、那位老工程师被定性为本厂的"走资派"时，带头批判他的维修工当众痛哭流涕。他哭是因为惋惜：这个给他讲解过"必然王国"与"自由王国"之区别的人，怎么就糊里糊涂地站到历史的反面去了呢？可见自我改造和不断革命有多么重要。在此后的那些年里，维修工更加真挚地积极着，上面提倡劳动竞赛他就加班，上面鼓励造反他就组建战斗队。然而当激情的年头过去，上面又要整顿秩序了，责任又被一股脑算在了他的头上。处理还算轻的，无非也就是写检讨和"夹着尾巴做人"，但维修工想不通，不通则痛。终于有一天，厂里人发现他把自己吊在了车间的钢梁上。这就算畏罪自杀了。

维修工的老婆死得早，是干活儿时头磕在叉车的铲尖上撞死的。留下一个许文革，变成了野孩子。他住在父母的小平房，学也不上，成天打架，饿了就到食堂讨口吃的，要不就是捡点儿工地上的边角料卖钱。时间长了，厂里觉得是个祸害，有人提出把他送"工读"，而当时姚斌彬他妈刚离婚，带着姚斌彬搬回了厂里，看见许文革可怜，便说：权当姚斌彬多了个哥吧。她让许文革住进了自己家，找领导落实了许文革的抚养费，重新把他押回了学校。念到技校毕业，又是她出面敦促厂里落实政策，让许文革接了他爸的班。革命时期整人的和被整的，反倒相依为命过了这么多年。日子久了，人们渐渐把姚斌彬母子与许文革当作了一家人，只是在俩孩子出事儿之后才议论，没准儿是许文革把姚斌彬给带坏了。

"都是命。"女人总结说。

这话杜湘东也听许多人说过。人抗不过命，在这个大前提下，想不通的事情仿佛就有了解释。那么姚斌彬和许文革又该如何看待他们的偷窃、被捕、越狱、一个跑了另一个却被抓回来了的结局？对于这俩犯人，那一切也"都是命"吗？如果是这样，身陷囹圄的姚斌彬会羡慕许文革吗？逃脱在外的许文革会坦然地想起姚斌彬吗？这么想着，杜湘东已经从六机厂回到了看守所。天彻底黑了，苍穹笼罩在北京南部的平原之上，竟不显得深远，好像一层不透光的幕布，谁也不知道在它外面藏着什么。经过办公区时，他看见所长屋里还亮着灯，又想起自己外出了一天还没销假，便向楼里走去。

销假也就是露个面，而当杜湘东打完招呼，说句"没事儿先走了"，所长突然招招手，让他走近了些："还真有事儿……任务有点儿特殊，你恐怕得跑趟姚斌彬家。"

去看姚斌彬他妈的事儿，此事只有杜湘东自己知道，连刘芬芳都没告诉。当他听见所长这么说，嗓子忽然一紧，咽了口唾沫明知故问："去干嘛？"

所长翻出一个牛皮纸袋，手指在上面敲了敲："判下来了。"

"怎么说的？"

"死刑，立即执行。"

这其实可以预料，只不过杜湘东从未主动往那个方向预料过。在那个年头，仅凭盗窃一项就送了命的犯人也有不少，何况还有越狱、抢枪。他再次明知故问："这么快？"

所长回答："已经不快了，要不是他的事儿还涉及另一个在逃犯，上个月就判了。这阵儿社会上乱，上面强调要发挥震慑作用，专门点了几个未决犯的名，其中就有他。至于许文革，反正已经进入了通缉程序，估计也逃不了多久。"

接着向杜湘东交代任务内容，他就是个送信儿的。本来对于死刑犯，法院只需将判决书递交本人即可，并无传达到家属的义务，但出于人道主义，往往还是会安排人去告知一声。然而姚斌彬这案子又属于"从重从速"，法院对他的家庭情况并不了解，加之最近忙得不可开交，所以就把善后的事儿推给了公安机关。假如杜湘东愿意，他可以在执行的当天去送姚斌彬一程，然后再去向姚斌彬他妈宣布结果，转述"可以外传的遗言"。而这项任务自然也有保密要求，那就是绝不能透露行刑的时间地点，以免引发意外。

领完任务，杜湘东在此后的几天就不能外出。所长也没再提此事，见面时还会故意聊些轻松的话题。一切如常，时间缓慢得有了凝滞感。到了出任务的那天早上，便用那辆"北京212"将杜湘东送到了市内一个级别更高的看守所，北京经过核准的死刑犯都关押在此。进入带电网的高墙，便看见囚车和负责行刑的武警早已严阵以待：既有神色镇定的老兵，也有面色煞白的年轻战士。人人手里握着一支上了刺刀的56式步枪，枪里只有一发子弹。这两天里，老兵一定已经对新兵进行了反复讲解以及示范，力争把那一枪打稳、打准，尤其要克服条件反射，不能在枪响的同时先往后跳——那会造成子弹偏离心脏，就必须得朝脑袋补枪了。听说看过补枪的人，这辈子都别想再吃鸡蛋炒西红柿。

对于死亡这事儿更加缺乏经验的，则是即将承受子弹的犯人。但当杜湘东被带进专门看押死刑犯的"小号"时，却没听见里面传出撕心裂肺的哭叫声。号房静悄悄的，仿佛里面的人正在收拾精神，攒足心力，等待着去展开一段不知路在何方的远行。来到最靠里的一间囚室门口，便看到了姚斌彬。他歪靠在墙角，也不抬头，在地面投下小小的影子。

杜湘东隔着栅栏叫了一声："姚斌彬。"

姚斌彬这才缓缓扬起脸："杜管教，你来了。"

声音平和，好像可以接受任何人来送他一程——这孩子算是明白叫"妈"也没用了。杜湘东硬逼着自己问："你有什么话说？"

"没话。"姚斌彬继续平和地说，"我认罪，服法。"

108

"我是说……"杜湘东把脸往外扭了扭，又转回来，"我去过你家了，你妈挺好，吃喝都不愁，邻居也挺照应她的。我也问过你们厂的领导了，说你的事儿不会妨碍她的待遇……医药费的资金也快到位了，到时第一个解决的就是她。"

杜湘东感到自己正在进行拙劣的邀功。姚斌彬的嘴唇颤抖了起来，酷似鹿类的大眼睛闪了一闪。但那眼里终究没有眼泪，他说："杜管教，我不怨你……你不必为了我这么做。"

杜湘东一震，回答道："你怨不怨我，我都得把你抓回来，也都会去看你妈。"

"谢谢您。"

"需要我给你妈带什么话吗？"

"希望她把我给忘了。"

"还有许文革……假如我能见到他，你对他有什么说的？"

"希望他比我活得长。"

说完，姚斌彬站了起来，隔着铁门与杜湘东对视。那一刻，杜湘东只觉得姚斌彬的神态仿佛是在什么时候见过的：似笑非笑，坦然而又悲怆。这时囚室尽头传来了浩大而威严的脚步声，杜湘东和另外几位执行同样任务的工作人员不得不向后退开，看着武警依次打开铁门，把死刑犯们押了出来。今天执行枪决的共有七人，都是男的，姚斌彬的年纪最轻。

偏在这时，姚斌彬又做出了一个出人意料的举动：当他被两名武警架着往外走去时，忽然身子往下一坠，滑脱了箍住胳膊的手臂。武警还以为这犯人像此前的很多犯人一样崩溃了、昏厥了，但低头一看，却见姚斌彬蹲下身，从地上捡起一根麻绳，想要捆到右脚的裤腿上去。裤腿捆绳子，这也是死刑犯特有的待遇，目的是扎紧底下的漏口，免得到时候屎尿倾泻出来。而此刻，姚斌彬居然还能察觉到麻绳松了，居然还想把它重新扎上。他的赴死是多么镇定，又是多么心思缜密。他即使死了，也不愿意遭到收尸的人的嫌弃。

然而这点儿愿望实现起来又是如此困难：麻绳两次三番被他用左手捡起来，又在捆绑的过程中从他的右手指间滑落。他有伤，右手大拇指无法起到支撑作用，只能用食指和中指勉强夹住绳头，颤颤巍巍地试图穿进左手扶稳的环扣里去。掉了又捡，捡了又掉，负责押送姚斌彬的两名武警也终于不耐烦了起来。他们互相使了个眼色，同时弯腰，将胳膊重新插入姚斌彬的肋下，把他拎了起来。其中一个说："时候不早了。"

这时，杜湘东便走向了姚斌彬。他蹲下身去，捡起那条死蚯蚓似的麻绳，绕到姚斌彬的裤腿上，打了两个环，拉紧。做完这件事，他站起来，与对方对视了一眼。那一刻，姚斌彬的眼神仍是平和的，但杜湘东心下悚然，两耳轰鸣。

任务则在当天就完成了。杜湘东已经想不起姚斌彬他妈听到消息之后的反应了：她哭叫了吗，还是无声地落泪？抑或她连眼泪也没流，木然地接受了事实？时间仿佛在云里雾里滑了过去，而杜湘东之所以头脑恍惚，是因为他长久沉浸在震惊与疑惑之中。他自诩为一个大材小用的警察，但却在最后一刻才发现，自己很可能漏掉了姚斌彬与许文革越狱案中最为关键的细节。对于公安机关和法院而言，那也许是个无用的细节，无法挽回姚斌彬的死；但对于杜湘东本人而言，那个细节却解释了姚斌彬为什么会死。杜湘东的脑海中还长久地回旋着姚斌彬诡异的、似笑非笑的表情。这表情他曾见过两次，第一次是在逃跑事件发生的那天，当姚斌彬把枪扔到地上束手就擒的时候，第二次则是在今天。姚斌彬的表情、遗言以及所有举动都指向了杜湘东的推测——只是为时已晚。

然而杜湘东却不能把他的震惊与疑惑告诉姚斌彬他妈。他理智尚存，知道自己如果说了，那女人大概会疯掉。正如同他无法向姚斌彬他妈转述另一个场景：他坐着武警的军车，跟随姚斌彬赶往了刑场。那地方离市区不远，山清水秀，全然不像杀人的场所。面积不大的一圈院墙，门口的木牌只标注着"高法××工程"。囚车进去，后面的军车却在墙根停下。过了很久，枪才响了。不是依序而是几乎同时，那七枪里，有一枪是姚斌彬的。

这拨儿死刑犯的运气都不错，只响了一次，没人需要补枪。

8

此后，日子就变快了，快得像狗撵。经历了短暂的心情黯淡与惶然，在一日千里和一拥而上的本能作用之下，人们又迅速亢奋了起来。似乎只有杜湘东还在漫长地憋闷着。

憋闷遥无止境，然而有时反思，他的憋闷也和别人的亢奋一样，有着与以往那个时代不同的质地。假如一定要说出不同在哪儿，大约是从云端跌落回了地面，从抽象还原成了具体，从恢宏分解成了细碎。恰好杜湘东现在又不是个单身汉了，一切问题都必须要进行务实的考虑，因此他对于看守所管教这份儿职业的衡量，也从它能否能在价值上实现自己，转移到了它能否能在价钱上养活自己。但那些期望都落了空。经过所长的推荐，杜湘东本人一度也曾被列为提拔对象，但却在最后一关被卡了下来——总会有人想起他的"污点"。由于他的失误，俩犯人越狱，如今一个被枪毙了，另一个依然在逃。

杜湘东和刘芬芳的婚姻生活也说不上幸福。过去想得没错，刘芬芳说到底是受到了八十年代情绪的蛊惑——嫁给追捕持枪逃犯的英雄，这烘托了她心里的浪漫。但几年过去，英雄永无翻身之日，浪漫成了一时糊涂，因此她的忧愁也像时代一样落了地了，还原了。由于交通不便和家里事儿多，现在刘芬芳仍然城里乡下两头跑，平时住在宣武门内，到了双休日才坐上公共汽车来找一趟杜湘东。周末夫妻，小别重逢，按说是应该如胶似漆的，但刘芬芳往往一进门就冷着脸，略喝一口水，就开始抱怨。抱怨的内容包括她妈脑子糊涂，她爸是个甩手掌柜，她弟弟都是惹祸精，以及领导挑刺儿同事使绊儿单位的待遇越来越差，总之是抱怨自己命苦；还抱怨谁家买了吸尘器，谁家都快买车了，而她奔波几十里路却连黄"面的"都舍不得打，总之是抱怨杜湘东无能；乃至于以前从未留意过的细节也成了她抱怨的素材，比如杜湘东为什么吃饭要就辣椒酱，杜湘东为什么洗衣裳总是懒得搓干净，杜湘东为什么当初没挑靠操场的宿舍而是挑了靠农田的，所以晚上蚊子这么多——最后又都会形散神不散地归结为自己的命苦和杜湘东的无能。刘芬芳的抱怨无异于对生活的再发现，让她认识了另一个杜湘东，也让杜湘东认识了另一个刘芬芳。

有时杜湘东会怀疑：这还是那个爱看席慕蓉和三毛，能说出"可惜明天又和昨天一样"的刘芬芳吗？她当然还是，或者说，现在的刘芬芳也许才是真实的刘芬芳，但从另一个意义上，杜湘东却又无法确定地感受到刘芬芳的真实。刘芬芳抱怨得太投入了，常常抱怨到周末的晚上，就没有了和杜湘东过性生活的兴致；又或者刘芬芳虽然还愿意履行那点儿责任，但杜湘东却被她抱怨得心灰意冷，从社会性的无能进入了生物性的无能，只好放弃了和刘芬芳过性生活的机会。一个难得能挨上肉的老婆，其真实性当然大打折扣。

不知是不是由于这个原因，他们几年都没怀上孩子。刘芬芳自然也把孩子问题列为了抱怨的保留项目，但杜湘东却对此不甚上心，甚至暗自里有几分庆幸。说来也是，以目前的条件，有了孩子又该怎么养、在哪儿养呢？再者，没有孩子尚且如此，一旦因为孩子而疼过累过，天知道刘芬芳还会生发出多少绵延不绝的抱怨，那样的话，杜湘东的脑袋就别想清静了，心情也别想踏实了。他现在觉得脑袋清静和心情踏实也成了一种奢侈。

在如今，他能够获得清静与踏实的地方，只有姚斌彬家。

隔一阵子就去看看姚斌彬他妈，这个习惯居然坚持了下来。去了先干活儿，俩人再说会儿话。这时也不说姚斌彬了，更不说许文革，聊的都是身边近况。厂里也开始推行"两不找"了，厂长和书记家的窗户都被工人砸了。还有些脑袋活络的人，不知怎么就富了起来。《新闻和报纸摘要》的口音没变吧？如今怎么广播里都是港台腔，哇哇哇，听取"哇"声一片。直说到太阳偏西，姚斌彬他妈眼里却含着一丝不知何而来的温柔。这是一个孤立于时间之外的女人，然而时间到底还是给她留下了印记：她的头发大片地白了，皱纹愈发深刻，她的两腮凹陷，牙齿岌岌可危。有时杜湘东会恍惚觉得对面坐的是姚斌彬。这对母子太相像了，从长相到性格都像，如果姚斌彬能活到老，大概也是这般模样。

几年来，不时有通缉犯落网的新闻，有些听起来颇为传奇。比如有个悍匪改名更姓又和一个女警察结了婚，最后是被老婆在床上铐起来的。再比如有个贼头到外国整了容，又偷渡回来想看一眼孩子，结果孩子大喊有小偷，就被逮了个正着。而在一次又一次"清网"之后，许文革仍然音信全无。对于逃犯来说，这才是真正的传奇。他是怎么躲过那些"雪亮的眼睛"的？他如果离开了北京，又辗转去过哪些地方？难道他已经死了吗？

那些谜底露出一角，还是经由姚斌彬他妈。时间是在越狱事件之后的第六年，也是一个春天。礼拜五的晚上，杜湘东回到家，还没进屋就见灯亮着。打开门，刘芬芳已经坐在屋里，情绪似乎还不错，不仅挂着笑模样，而且做好了饭。桌上摆了一只砂锅，砂锅里热腾腾地漂浮着猪下水——大概又是从单位里"顺"的。

她一笑："先吃，吃完有事儿跟你商量。"

杜湘东有点儿含糊："要不先商量吧。"

刘芬芳说："不吃就凉了。你急什么，反正不是坏事。"

说完抄起勺子，给他盛下水。俩人就吃，吃时刘芬芳也没开展抱怨，笑吟吟地继续卖关子。等吃完，都有些肉醉，进而又有了肉欲，于是早早上床，先过了一回性生活。过时刘芬芳侧着脸，用仍然还有点儿像吉永小百合的那个角度朝向杜湘东，所以杜湘东就很激动，他觉得刘芬芳终究是恋着他的。

并排躺了会儿，杜湘东才问："到底商量什么？"

刘芬芳就说："我二姐从南方回来了。在外面漂了些年，她好歹还算有点儿人心，想补偿家里，尤其是想补偿我，所以就问到了你。她说如果你愿意过去，可以在她们那个德国公司干个物流部的小组长，工作也简单，带着人到码头点货收货就行。她还说你有学历，人也踏实，公司又在扩大规模，过不了几年保证升职。"

杜湘东还在含糊："你是说让我辞职？"

刘芬芳说："我已经替你——替咱们算计过了，你在看守所待着，什么时候是头儿啊？再熬几年就真熬老了，老了再后悔就晚了。还不如趁早过去，工资翻番儿不说，他们还给租城里的公寓。当初没解决的问题，这不就全不是问题了吗？"

杜湘东更含糊了："辞职不就得脱警服吗？"

刘芬芳进而咯咯笑了："铁饭碗不如金饭碗，何况你这还是个破饭碗。脱就脱呗。"

杜湘东说："让我琢磨琢磨？"

打着琢磨的名义拖过一夜，第二天，刘芬芳的脸色就变了。她的决策没有得到杜湘东的热烈响应，这让她感到他不识好歹，于是重新回到了抱怨的轨道上。抱怨的内容则紧紧围绕着杜湘东在看守所的穷、远和得不到提拔。说的都是事实，所以杜湘东理亏。而刘芬芳又摔摔打打起来，最后指着杜湘东的鼻子逼问："给句话行不行，你还是男的么？"

杜湘东不但给不了一句话，甚而披上一件便装逃了出去。老婆一个礼拜才来一次，他却落荒而走，这要让所里的同事看见，谁知道他们会联想到什么。所以杜湘东贴着墙根，像尿急似的一路小跑出了看守所，来到那条荒凉的土路上。脑子还乱着，他只想清静一点儿，踏实一点儿。哪里才有清静和踏实呢？于是便坐上车，往姚斌彬家里来。

进门打声招呼，照旧扫地做饭。刚把粥摆上桌，却听见楼下嘀嘀按喇叭，还有人喊："各家取信取包裹了啊。"然后嚷嚷一串人名。原来是邮局的车来了。如今郊区的邮政条件也有所改善，换成了韭菜绿的微型面包车，不过仍是每周才来一趟，并且不管送信上门，只能下去自领。早先调查许文革的行踪时，刑警方面还专门问过邮局，得到的答复是姚斌彬家与外界并无信件往来。但此时，邮递员扯着嗓子又喊："崔丽珍，崔丽珍在不在？不在我可走啦。"

杜湘东抬头和女人对视一眼，说："您歇着，我去。"

说着拉开书桌抽屉，拿了证件。平时姚斌彬他妈上医院取药和到厂里领补助，只要赶上杜湘东在，也常由他代劳，所以放证件的地方他也熟。三步两步下楼，对已经很不耐烦的邮递员出示了两人的身份证，说明"代领"，便从人家手里接过了一张汇款单。汇款人写着叫"刘春粟"，汇款地址是山西某县某乡邮局，汇款金额是三千块钱。

杜湘东的脑子"嗡"了一声。他竭力平复呼吸，掏出警察证，在对方眼前一晃："特殊情况，崔丽珍有汇款这事儿，别再告诉别人，明白了吗？"

对方的脸就白了，忙不迭地点头。杜湘东转身回去，以镇定的姿态上楼，来到姚斌彬家门前，听见自己的心跳似乎过于响亮，又闭眼喘了两口长气，这才推门进屋。

他对姚斌彬他妈笑道："他们看错了，不是找您的。厂子里还有别人姓崔吧？"

女人似乎凝视了他片刻，又似乎随口应道："哦。"

也不知这个谎话编得圆不圆，但杜湘东背上已经冒了冷汗。这个中午仿佛比任何一个中午都要缓慢，直熬到两点多钟，姚斌彬他妈要午睡了，他才起身告辞。出了筒子楼，杜湘东两腿裹风，奔向最近的公用电话。他是要打给刑警队的同学。以前来姚斌彬家，契机是同学交代了一个任务，所以总得时不常地就这个任务的进展做一下汇报。过了这么久，案子成了悬案，同学也从警员升了探长，双方汇报和听取汇报的兴致便渐渐地淡了下去，尤其这两年，几乎音信不通。说到底，他们的性格还是有点儿"犯冲"。然而今天这张汇款单却让杜湘东重新想起了那个任务，他必须得找人商量对策。

刑警队周末也有人值班，但电话打到办公室，同学却不在。杜湘东便又打同学的传呼，号码还是刚普及 BP 机的时候对方给的。挂了电话就蹲在马路牙子上，那副样子像个焦急地等着领工资的农民工。直等了将近一个小时，电话才响起来。

同学还是傲慢的语调，和当年一样："你找我？少见呀。"

杜湘东没顾得上客气，低声说："那事儿有消息了。"

"哪事儿？"

"还能哪事儿，许文革呀。"

"哦哦，许文革。"同学俨然已经忘了，在杜湘东的提醒下才想起来。

杜湘东便把情况说了。他分析，姚斌彬他妈常年独居，除了和他自己，并未与机械厂以外的人有过联系，那么有谁会专门给她汇款，而且还不是一笔小钱呢？极有可能是在逃的许文革。又从汇款的时间和地点上推测，如果真是许文革，那么他目前八成还流窜在山西省大同地区，定位具体到乡镇一级。说这话时，杜湘东嗓音颤抖，伴随着咳嗽，仿佛被"逃犯""流窜"等字眼儿呛着了。

没等他理顺调门儿，同学就截断了他："知道了。"

那种轻描淡写的口气让杜湘东有点儿犯蒙："你们准备怎么办？"

"照章办。我会把你的线索转到'追逃办',再由他们那边联系当地公安局。"

杜湘东叫起来:"那怎么行?别人不知道你还不知道吗?许文革比一般逃犯有脑子,反侦查能力极强,所以才会通缉了这么多年都没抓到。而且基层的警力、装备都和北京比不了,说句不好听的,办案也没那么专业,如果这事儿还走常规程序,没准儿又会让犯人跑掉。跑了再抓可就难了。"

同学反问:"那你说怎么办?"

杜湘东说:"当然是从北京派人,最好你带队,立即去。到了地方暗中排查,慢慢收网,还得多做几种预案……"

"哟,你也知道人跑了就难抓了呀。"同学阴阳怪气地"刺儿"了一句,随后叹了一声,话竟说得难得地诚恳了起来,"可你知不知道我们现在是什么工作状态,知不知道许文革那案子之后北京又出了多少事儿多大的事儿?前两天的报纸你也看了吧?七个外地女孩儿住在一套单元房里,一夜之间全让人捅死了,肠子绞在一块儿都分不清楚哪段儿是哪个人的了。为了这案子,我已经带人蹲了半个月,两天两宿都没合过眼——我们哪儿有人手奔到外地明察暗访?哪儿有工夫兴师动众地对付一个几年没音信的许文革?况且现在还不确定那到底是不是许文革,你不也只说了'可能是'吗?"

"那这陈年旧案就没人管了?"

同学噎嘴了一下:"我要再说什么'天网恢恢'那是糊弄你,咱们警察跟警察之间,就别来那一套了。我只希望你能理解我们——时过境迁,这世道变得太快。姚斌彬和许文革那案子,主管领导早调走了,案子的意义也跟当年不一样了。当年有当年的重中之重,现在有现在的当务之急。人都活在现在,能顾得上的也只有现在,对吧?"

"……对。"

"那我先忙。"

杜湘东挂了电话,木然半晌,突然朝面前的砖墙擂了一拳。墙纹丝不动,手却戳得生疼。

他脸色阴沉地坐车回家,到家时已近傍晚,宿舍楼都亮着灯,只有他家黑着。本以为刘芬芳负气走了,"回北京"了,但开门进去,却见她还在,只是歪在床上不理人。俩人也没了做饭的兴致,到食堂随便打一口吃了,又发了会子闷,说声"睡吧",就铺床躺了上去。躺着什么也不干,各自望向深邃的天花板。发呆很久,刘芬芳才开口:"琢磨得怎么样了?"

说的还是辞职的事儿。杜湘东实事求是地回答:"没怎么琢磨。"

刘芬芳说:"那你想什么去了?这都一天了。"

杜湘东说:"想个案子。"

刘芬芳说:"什么案子?"

杜湘东说:"好多年前,那俩犯人逃跑的案子。"

刘芬芳说:"我记得。跑了俩,你追回来一个带枪的。你当时知不知道他带着枪?"

杜湘东说："知道。枪丢了，我只能先追那个带枪的。"

刘芬芳说："你没想过可能会牺牲?"

杜湘东说："当时那么急，哪儿想得到这个。"

刘芬芳说："那你就没想到我?"

杜湘东说："那时你不都要跟我掰了嘛。"

刘芬芳就扑哧一笑，笑完又说："你也算对得起这身警服了。辞不辞职，现在你得给我个说法。我二姐说了，她们那边急，时间不等人。"

杜湘东便也沉默。片刻道："不去了。我干不了别的。"

说这话时，杜湘东似乎并不为难，然而话刚出口，心里还是一痛：这意味着他失去了一个"机会"，也意味着他和刘芬芳还得无限期地穷着、分居着。他又想起了下午与刑警同学的对话。人家不仅是在解释案子跟踪不下去的原因，更相当于在世界观的层面上启迪他，教育他。人都活在现在，能顾得上的也只有现在。而"现在"又是一个飞驰的、稍纵即逝的概念，一旦被甩下，就可能永远也抓不住了。这个道理同学懂，刘芬芳懂，他们这个时代的所有人几乎都懂，好像只有杜湘东一个人不懂似的。

然而心里的坎儿终究迈不过去。杜湘东的思绪飘浮，又回到了多年以前的另一个下午。在那天，姚斌彬入土为安。一个大活人被抓进去，回来的只有一捧骨灰，墓地上立上一块仅注明生卒年份的水泥碑。姚斌彬生于一九六八，死于一九八九，年二十一。刚入土的人，按理是该祭一祭的，姚斌彬他妈却没带着水果点心。她在坟前伏了片刻，从怀里摸出一沓纸来，划了根火柴将它们点燃。日光明媚，看不见火，只有一条黑色的痕迹在纸上不紧不慢地啃食。烧的是厂里给打的医药费欠条，都盖着大红章。姚斌彬挣的外快都变成了欠条，现在把欠条烧给他，这里面似乎蕴含着不可言喻的公道。

旧账一笔勾销，姚斌彬他妈都对杜湘东回头笑了："杜管教，你放心，姚彬斌是为我死的，我就算是为了他也得活着。"于是她活到了今天。

想到这里，杜湘东的心便安宁下来，像深不见底的夜空。愧疚感还是存在的，说一千道一万，只是苦了刘芬芳。而令他纳闷的是，当他已经做好准备承受刘芬芳的抱怨乃至咒骂时，刘芬芳偏又不作声了。她静静地躺在他身边，与他保持着谨慎的距离，连呼吸都是若有若无的。她睡着了吗? 当然没有。她正在和他一样睁眼看天。

俩人干巴巴地躺了一宿。天快亮了，刘芬芳的语言能力才得以恢复。她说："杜湘东，你还不如那俩犯人。犯人还知道跑，你连跑都不敢跑。"

9

那天中午送走刘芬芳以后，杜湘东出了趟远门。

他对单位编造的理由是"姨病危甥速归"，所长批得很痛快，并未深究他妈有没有姐妹。临动身前，办公室的电话却响了。这两年看守所各部门都装了座机，不用大喇叭喊人了。杜湘东拿起听筒，打来电话的是刑警同学。听到那个略显傲慢又略显疲惫的声音，他却并不感到意外，好像早料到同学会唱上这么一出似的。

同学劈头就问："杜湘东，你还在北京呀？"

杜湘东就笑了，告诉同学："正准备出门。"

"去大同？"

"对。"

同学"哼"了一声，仿佛也早料到了杜湘东要唱哪一出，接着道："幸亏这个电话打得及时……我只问一句，你非得去吗？"

杜湘东继续笑道："假都开好了，也不能浪费呀。"

同学又"哼"一声："你要不是这个脾气，咱们当初也不会较劲。那行，就看在较过劲的分上，我索性再为你犯一回忌。你到了地方，先去找个人，这人办案子也是老手，以前查一起跨省抢劫案的时候，我跟他共过事儿。"

说着强令杜湘东拿出纸笔，记录要找的人的地址电话。杜湘东听完，先诧异了一下：怎么就是个交管局收发室的接待员？在警察的序列里，这种身份简直比看守所管教还不如。同学解释，其实此人过去也是刑警，只不过前两年"摊上点儿事"，就被冷处理了，"再说你又不是领了钦命出京暗访，难道还得给你找俩特警当跟班儿吗？也不掂量掂量自己的斤两。总之有个'地头蛇'带着，要比一个人瞎跑乱撞强得多。"

听着同学夹枪带棒的贬损，杜湘东心里却是一暖。有时越是关系别扭的人，反而越比朋友懂得自己。带着对刑警同学的感念，以及对那位并不存在的姨的内疚，他在郊县的车站上了火车。车厢里人满为患，充斥着霉味儿、屁味儿和烧鸡味儿，颠簸了半个白天外加一个晚上，凌晨才抵达大同。杜湘东几乎一夜没睡，但也不敢歇脚，立刻去给同学介绍的人打电话。和所有单位的传达室一样，那里值班的也是一个老头儿。而此地人虽然也说北方话，口音却含混不清，说不明白就反问："咋？"

人家"咋"，他也"咋"，好容易讲清来意，老头儿说他要找的人还没上班，让他等着。杜湘东再三强调自己就在火车站的钟楼下，然后撂下背包，盘腿一坐。这一坐，困劲儿便泛滥上来，令人支撑不住，不知不觉迷糊了一觉。睡也睡不踏实，如同被吊在了钟摆上，一会儿滑到亮的地方，一会儿滑到暗的地方。他能够清晰地听见候车厅里有人大喊大叫，大概是丢了东西；断断续续地又做了个奇怪的梦，梦见自己才是逃犯，正在慌不择路地躲避追捕。将这两种意象拼在一处，却又衍生出了新的意象——那是小时候听过的一个笑话，讲的是一个捕快押着犯了事的和尚去见官，路上和尚跑了，临走前还把捕快剃了个光头。捕快醒来，总觉得少了点儿什么，摸摸行李棍棒牒文都在，那么和尚呢？一摸脑袋，原来和尚在这里。可他又想：既然和尚在，"我"又去哪儿了？

哦，原来"我"就是和尚。捕快想。

这得是个多笨的捕快啊。警察杜湘东想。

睁开眼，心下若有所失，几乎下意识地想摸一摸自己的头。再仰望头顶的大钟，已经过了中午十一点，要等的人却还没有出现。难道同学托付的人并不靠谱？正在急躁，面前就晃出一个人来，长得瘦而高，红脸驼背，一身警服脏兮兮的，好像一只蹦跶在土里的大虾米。大虾米般的警察不紧不慢地与杜湘东核对身份，然后绽开笑容，脸像干旱的土地咔然开裂："北京同志，您不用到得那么早，坐下午那趟车也是一样的。"

杜湘东按捺不住愠怒："你们几点上班？"

大虾米般的警察坦然地回答："他们八点，我不固定。"

说完就带杜湘东去吃饭，吃的是一种名叫"栲栳栳"的面食：将莜面盘成细密的卷儿，放在笼屉上蒸熟，再佐以三四种汤料蘸着吃。从早上就水米没打牙，杜湘东已经饿坏了，狼吞虎咽地送下去几笼。然后他略喘儿口气，催着赶紧动身。

大虾米般的警察问："去哪儿？"

杜湘东说："当然是镇上。我看过地图，那里离城里还有二百多公里……"

大虾米般的警察又问："到镇上干嘛？"

杜湘东差点儿又急了："我手里有个汇款单，汇款地址是……"

大虾米般的警察打断他："你要找个刘春粟对吧？这我知道，另一个北京同志已经讲过了。既然有汇款单，就得先到邮局核查一下，不过你以为乡下的邮局说查就给你查？你有介绍信吗？你有搜查证吗？现在基层办案也讲规范，或者说，只要人家嫌麻烦，就可以拿这些规范把你挡回去。所以这事还得在城里办。"

"那就办呀。"

"你还真急。"

杜湘东坚持付账，大虾米般的警察也不推辞。出了饭铺，坐车前往市中心的邮电局，径直来到办事大厅后面的办公室，由大虾米般的警察出面和一个干部交涉。双方明显认识，口音都像舌头底下压了个鸡蛋，只有一个"啯"说得清晰而嘹亮。唧唧有声半晌，干部虽然面露难色，但还是给镇邮电所打了个电话，请那边的办事员协助"处理一下"。在电话里，镇上的邮政人员表示，底单倒是有，查也能查，只不过查起来颇费时间。杜湘东他们只好等着，大虾米般的警察便熟门熟路地沏茶倒水，和干部聊天扯淡。耗了一会儿，他又转头问杜湘东，反正等着也是等着，要不要找个洗澡的地方搓一搓去。

干部也附和："是呀，越往下面效率越低，不知道什么时候有回音。"

杜湘东坚决地说："我是来办事的，又不是来洗澡的。"

这种态度几乎是故意做给大虾米般的警察看的。后者只好又让干部给镇邮电所打电话，再次敦促，以示郑重。杜湘东几乎能想象那个倒霉的办事员叫苦不迭的模样，但却又怀疑人家压根儿没理他们这茬儿。足足等了两个小时有余，电话总算响了。抢在邮政干部和大虾米般的警察之前，杜湘东一把抓过电话。

果然是镇邮政所的办事员："找着了，还真有个刘春粟。"

杜湘东心头一亮，问："身份证显示是哪里人？"

办事员说:"河南新乡。"

杜湘东又问:"这个刘春粟长什么样,是不是大高个儿,有棱有角的?"

办事员苦笑道:"您这就为难我了,我是管寄信的,又不是管相面的。自从私营老板到我们这里开了煤矿,来汇款的矿工特别多,我怎么可能每个都记清楚。"

"你确定他是矿工?"

"我们这地方鸟不拉屎,除了矿上,哪还有别处招工。"

"煤矿离镇上远吗?"

"说远也不远,望山跑死马,而且不通车。"

杜湘东不厌其烦,接着打听煤矿的基本情况,诸如老板是谁、雇了多少人和作息时间,等等。办事员的耐心终于被耗尽,大概又有人过来办事,浮皮潦草地搪塞两句,咣的一声就挂了电话。带着几分踌躇满志的神色,杜湘东转过头来,把大虾米般的警察拉到屋外。他宣布立刻动身,前往矿上,而对方如果嫌远嫌累,那就大可不必跟他同行了。反正帮他找到这条线索,也算履行了同学所托。

大虾米般的警察却又笑了:"北京同志,你怎么去?"

"当然是坐长途车……到了镇上再想办法,找不到车就走着去。"

"真有劲头。那么到了矿上,你又打算怎么办?"

这就让杜湘东含糊了。如果前往的是国营煤矿,他可以像当初在六机厂一样联系保卫科,再对矿上的工人展开排查,但私营煤矿却是另一套架构,在雇用与被雇用的关系中,下面的人只对老板负责,跟他这种"吃官儿饭的"并不在同一条战线。又早就听说开矿的人常和黑道有瓜葛,万一有了摩擦,他可没有三言两语唬住对方的把握。

于是他只好说:"走一步算一步。"

大虾米般的警察挤了挤眼:"走一步算一步,那就是没计划。咱们都是当警察的,你的水平肯定比我高,应该知道行动之前最怕没计划。你着急我理解,但万一出了差池,事情办得成办不成另说,要是让你这个北京同志面临危险,我们地方上可担不起责任。"

话说得虽然软,却像个老警察在教诲后辈。杜湘东反问:"这么说你有计划?"

"帮人总得帮到底嘛。据我所知,开矿的老板平时不去矿上,他们不是在大同就是在省里,就连住在北京的都有。所以咱们还是先洗澡吧,边洗边找人聊聊。"

几乎连哄带诳,杜湘东被对方拉上了出租车,三拐两拐开进一家不仅在大同,就是在北京也称得上豪华的宾馆院内。主楼侧面开着一家洗浴城,车停在旋转门前,早有服务员上前鞠躬。跟着大虾米般的警察走进大堂,杜湘东看了一眼价目表,正在暗自掂量身上的现金够不够支付两张门票,大虾米般的警察却相当轻浮地对一个经理模样的女人吹了声口哨,那女人就笑着迎上来,打了个哈哈又亲自对后面喊:"贵宾两位。"

可见大虾米般的警察对这里熟门熟路，熟到了穿着警服进来也大摇大摆的地步。而他不避讳，人家却避讳，里面的服务员送了浴衣过来："您赶紧换上，要不都不方便。"

大虾米般的警察一瞪眼："我今天又不是来扫黄的。"

说完笑嘻嘻地脱了个精光，喊杜湘东一起进去。杜湘东却摇头，径自坐在了长条沙发里。他也不是恪守"一针一线"之类的原则，而是想着既然来这儿也和行动有关，既然行动就有出现突发状况的可能，那么他可不愿意赤裸着应对状况。难道线人跑了，他也得光着追到街上去吗？而大虾米般的警察也不多劝，似乎嗤笑两声，搭了条毛巾就进去了。休息室隔壁的浴池哗哗流水，还伴随着噼里啪啦的敲背声，几个男人舒服得直哼哼。

片刻，就有一个满胳膊刺青、挂了根金链子的汉子急匆匆地从里往外跑，后面传来了大虾米般的警察的暴喝："敢跑别就让我再见着你。"

吼得声如洪钟，四面八方都是回音。杜湘东条件反射地跳起来，却见金链汉子原地定住，脸上浮现出半哭半笑的表情，慢慢转身，夹着屁股走了回去。浴池仍然哗哗流水，噼里啪啦乱响，几个男人直哼哼。一会儿，大虾米般的警察走出来，腰间扎条浴巾，手里还拿着一部砖头似的大哥大。他已经被搓得浑身又红又亮，这时就不像是一只在土里蹦跶的大虾米，而像是一只刚出锅的大虾米了。他对杜湘东说："问清煤矿是谁开的了。也挺巧，那人就在大同，晚上还要到这里招待客人，咱们等着就行。"

说完穿上裤衩，披上浴衣，招呼服务员到楼上开个房间。楼上又是另一番天地：灯光是粉红的，窄小的走廊铺着地毯，两侧排列着十几个紧闭的房门，门里也传出噼里啪啦的声音，但就不止是男人在哼哼了。身处这样的环境，杜湘东自然觉得不自在，不自在却又来自于某种难言的躁动，于是只好用加倍的刻板和严肃来对抗躁动。好在服务员也算识相，进屋以后并没给他们推荐什么"服务"，只是端来了满满一托盘啤酒、饮料和点心。大虾米般的警察开吃开喝，间或耳朵贴墙，听隔壁房间的动静，还给人加油："使劲，使劲。"然后又拿起大哥大，开始打电话，拨的都是长途，不是陕西战友就是内蒙同行，通话内容主要是感谢人家的帮忙，说他虽然被"靠边站"，但托大家的福，总算没有丢掉公职；又说老婆在太原过得挺好，女儿还进了省里的重点学校。碎碎叨叨，颠三倒四。

聊够了，递给杜湘东："你也给家打一个？免费的。"

杜湘东又摇头。他并没告诉刘芬芳自己出门了，所以不知道该和她说什么，更不知道该在这种地方和她说什么。枯坐着更加难受，只好打开房间里的电视。却没有中央台和地方台，只有宾馆的闭路，放的香港三级片，大概是助兴之用。今天这部偏巧是破案题材，讲的是一皇家警察正在调查一起连环强奸案，查得非常卖力，每遇到一个女证人就跟人家干一把，干爽了才能得到线索；另一边，那个强奸犯也在卖力地干着，干爽了就留下一条线索；俩人从铜锣湾干到尖沙咀，从叶玉卿干到叶子楣，最后终归是邪不压正：

"你有权保持沉默，但你所说的每一句话都将成为呈堂证供。"

杜湘东惊异于自己居然把这部片子看完了，甚而身体还有了比较强烈的反应。他只好侧了侧身子，扯过被角盖住大腿。而俩男人分坐在双人床的两端，沉默地、目不转睛地看着黄色录像，这个景象实在有些荒谬。好在没过一会儿，电话响了，大哥大的主人，就是那个戴金链的线人通知他们，煤矿老板已经洗浴完毕，上三楼了。

　　大虾米般的警察立刻弹起来，杜湘东也起身，一对临时结成的搭档硬邦邦地展开行动。他们穿过走廊，对楼梯口的服务员做了个"封口"的手势，然后三步并作两步爬了上去。三楼与二楼又有不同：一个宽阔的、空空荡荡的大厅灯火辉煌，中间有张八仙桌，已经摆了几样凉菜；大厅尽头紧闭着一扇雕花仿古双开木门。无疑，要找的人就在里面。走到门前，大虾米般的警察低声说："该下狠手就下狠手，那是个老油条，先得把他镇住。"

　　说这话时，全没了方才的懒散，眼里还流露出一丝杀气。这神态令杜湘东心里一惊，接着就见大虾米般的警察退后两步，道袍似的浴衣底下伸出一条白腿，一脚踹脱了门锁。露出来的是一个装修得古香古色的包间，居中的硬木条案上摆着一套功夫茶具，一个戴眼镜的男人正给一个秃顶男人斟茶。看见杜湘东他们进来，屋里的两个男人并不惊慌，秃顶男人两手在胸前一抱，抬头看天，一副事不关己的模样，戴眼镜的男人低喝了一声："人呢。"

　　人就从大门里侧的一扇小门里拥了出来，五六条汉子，都穿着清一色的黑西服。杜湘东拧了下身子，让朝他来的那条汉子扑了个空，然后脚下使绊儿将其放倒，凌空扣住对方手腕，顺势一扳一扭，猪腿般粗壮的胳膊就脱了臼。这种人身上都是带着凶器的吧，往腰间一摸，果然搜出一柄匕首——他反手握住，却不顾及其他人，几步冲过包间，一个腾跃跨过条案，一把按住戴眼镜的男人的肩膀，刀尖顶在他脖颈的大动脉上。一气呵成，只用了不到五秒钟。痛快，说不出的痛快。多年过去，他依然是一身本事一身胆量，只可惜实战的机会来得太晚。杜湘东几乎想要照搬警匪片里的那句台词了：你有权……呈堂证供。

　　但话却轮不着他说。大虾米般的警察吼出一句更加俗套的台词："都他妈别动，警察。"说完抖了抖肉隐肉现的浴衣，过去一屁股坐在了沙发上，伸手揽住戴眼镜的男人。后者长得斯斯文文的，看起来像个中学教师，身处刀锋之下却连眼都不眨，还从桌上抽了几张餐巾纸，仔细把溅出来的茶水擦干净了。可见类似的场面，人家司空见惯。当然，茶是没必要再喝了，他僵着脖子，朝秃顶男人拱了拱手："对不住，咱们改天再谈。"

　　秃顶男人不动，征询地望向大虾米般的警察："真是警察？我什么也没干，就喝了口茶。"

　　大虾米般的警察说："您茶都没喝。我们不是找您的，也没看见您。"

　　秃顶男人这才起身，对戴眼镜的男人撒下一句："再有这种事，我可不敢跟你谈了。"

　　说完不看人，迈着方步往外就走。这又是哪个级别哪个机关的领导呢？杜湘东却明白，还是别管那么多的好。他来，是为了许文革，没必要再生枝节。而秃顶男人留下的话却让戴眼镜的男人脸上挂不住了，他相当有气魄地拍了下大腿，对大虾米般的警察说："你们是市局的还是省厅的？别管是哪的，我都认识……"

大虾米般的警察打断他："不是我找你。这位是北京的。"

戴眼镜的男人这才看向杜湘东，唔了一声，挥了挥手，让黑西服汉子们退出去，把地上的那个也拖了出去。然后用两根手指敲敲刀背："有事说事吧。"

杜湘东便放下刀，和大虾米般的警察一左一右夹着这人，先问清镇上的煤矿确实是他开的，然后表示他们只是想到矿上寻个人。戴眼镜的男人问找什么人，杜湘东略微迟疑，和大虾米般的警察交换了一下眼神，说出了"刘春粟"三个字。

戴眼镜的男人一愣："他们家人把事情捅到北京了？还有完没完？我不是给钱了吗？"

说得杜湘东也一愣："你知道有个刘春粟？"

戴眼镜的男人说："当然知道，这人死了。不死我哪里记得他。"

杜湘东又一哆嗦："死了？什么时候死的？怎么死的？"

戴眼镜的男人说："两个月以前。塌方了，压在井下了。"

然后这人的表情反而坦然了，轻松了。他站起来，舒活了一下筋骨，接着侧过身去，从沙发背后拿出一只皮包来，又从里面掏出两捆钱，敦敦实实地摔在桌面上。刚从银行取出来的新钱，纸条还封着呢，每捆一万。

杜湘东问："你要干嘛？"

戴眼镜的男人歪头想了想，又扔了一捆，然后说："北京同志，还有这位警察大哥，这是个私密地方，咱们也把话说敞亮了吧。你们领了什么人的指示来找刘春粟，我一概不知，也不想多问。不过有人盯着我，想'坏'我的生意，这我是清楚的。那个刘春粟确实死了，当初我看过尸体，还亲自和他家里人签了赔偿协议，从法律上说，这桩事情已经结束了，所以我也希望别的事情能在你们这里结束。这些钱是小意思，等到北京同志离开大同，我还可以如数再给你们一份。生意人讲究的是和气生财，但你们也不要以为我怕事。要是真撕破脸，不止你们，恐怕你们上面的人也麻烦。谁要让我头疼，我也会让他头疼。"

说完不再看人，摘了眼镜往沙发上一靠，仿佛在闭目养神。两个警察隔着戴眼镜的男人对视一眼，又把目光挪向了桌面，在那钱上蜻蜓点水般地跳了几跳。随后，三尊人像都活动起来。杜湘东和大虾米般的警察身上劲道一松，分别靠向了椅背，还一左一右地跷起了二郎腿。戴眼镜的男人反而坐直了，两手撑在膝盖上，往左看看，又往右看看。他的脸上浮出了笑，大概认为已经给了两位警察充分考虑的时间，接下来就可以进入谈生意的氛围了。他不紧不慢地拎起茶壶，给二人倒茶，同时问："怎么样？"

大虾米般的警察先开口："要不是北京同志在，我这警察不干了也得废了你。"

话音不大，杀气毕露。戴眼镜的男人一哆嗦，茶水又溅了一桌子。他刚撑起来的气势转瞬被打了下去，扭脸去寻杜湘东。

杜湘东的回答却温和得多:"你的意思我理解。"

戴眼镜的男人赶紧说:"理解万岁。"

杜湘东却又说:"不过也请给我们行个方便,毕竟要对上面交代。"

戴眼镜的男人唯唯应道:"与人方便,自己方便。"

然后,他探身将钱摞成一块方砖,往出送也不是,往回拿也不是。杜湘东突然意识到,自己活了这么多年,还是头一回见到这么多的现钱。感慨完,他便把手放在钱上,慢慢往戴眼镜的男人身前推了推:"我们也得对自己有个交代。"

10

那天到了矿上,就是入夜以后了。

路上倒不辛苦,并未像杜湘东宣称过的那样,先坐长途车再靠两条腿翻山越岭。他们的交通工具是停在宾馆门口的一辆奔驰车,在那个年代被称为"虎头奔"。戴眼镜的男人没去,开车的是他的司机,也即诸多黑西装汉子中的一名。既然答应了刘春粟的事情到此为止,那么对方也必须配合他"到矿上看看"的要求,这是杜湘东和那位"很讲道理"的煤矿老板达成的协议。此时杜湘东知道,此刘春粟非彼刘春粟,一个刘春粟两个月前就死了,另一个多半是用了死人的身份证去汇款,这才变成了刘春粟。

出城以后,前一半路程都是国道。经过一片稀疏的灯火,大虾米般的警察蹦出一句:"就是那个镇了。"车子随即拐了个弯,驶上一条高耸的盘山路,速度也慢了下来。路况变得很差,布满深坑,不时有托底的危险,碰到迎面而来的大卡车,还得小心翼翼地歪到道路外侧,才能勉强腾出会车的空间。直到这时,杜湘东才体会到了远行的味道——那味道是苍凉的,还有几分豪壮。不多时,绕过一块巨大的岩石,便在更高远处望见了灯火。密密麻麻的白光闪烁,如同在半空之中扎了一座营盘。司机告诉他,"矿上"到了。一定是事先打过招呼,当车子爬上最后一段坡路,矿厂门口已经有人迎接了。那是个留着寸头的中年人,倒是淳朴干练的模样。他与杜湘东他们热烈握手,还专门说:"北京同志,您辛苦了。"

接着自我介绍,说他是副矿长,负责这片矿区的日常管理。副矿长又相当熟练地说出一番套话,大意是,本地在历史上是煤炭主产区,老国企观念旧、负担重,因而市里的领导锐意改革,引入了民营企业承包矿厂的新机制,使这个老大难产业焕发了活力。像他自己,就是从国企转轨过来的,刚开始有些"不适应",但很快就见到了"实实在在的好处","干劲可比过去大多了"。场面倒像应付上级机关的视察。

杜湘东引开话头:"那么工人呢,都是从外面雇的?"

"基本替换成了农民工……当然,对于原来那些下岗职工的安置问题和养老问题,我们相信组织上一定能……"

"农民工又是从哪儿招的,一般会在矿上干多久?"

副矿长终于脱离了套话的节奏:"天南地北,什么地方都有。中国人多,开得出工资就不怕招不上来人。长则干上一年半载，短则两三个月就走……流动性很大。"

说话间就进了厂区。四下灯光耀眼，照着足球场那么大的一片平地。平地一端的暗处，模模糊糊地立着一幢二层小楼，周围排列着若干简易工棚；另一端的亮处，则屹立着山包似的煤堆。都知道煤是黑的，但在强烈的光照之下，那煤山却像覆了层雪一般通体银白。杜湘东的心不由得往上提了提。他有两个忧虑：其一是怕许文革已然不在矿上，身为一名逃犯，在一个地方赚够了钱，很可能继续流窜；其二却是怕许文革就在矿上，自己这么大摇大摆地游逛，要是恰好被他看见怎么办？在这个猫与鼠的游戏中，先被发现的那一方就算输了。因此杜湘东下意识地躲着灯走，还故意把背佝偻得更弯。好在一路上没碰到人，副矿长又把他们引向那栋办公小楼，提议"先歇歇，慢慢谈"。

屋里居然设了宴，桌上还摆了一瓶汾酒。俩警察也不客气，径自坐下，吧唧吧唧开动起来，副矿长陪在一边，不住夹菜倒酒。正吃着，却听见远处——具体说是来自地底——传来了两声巨响，让人脚下一颤，仿佛站在了随时可能腾身跃起的巨兽的脊背上。一时间屋里灯影摇动，连斟满的酒都晃出了半杯。

大虾米般的警察打趣道："不用搞得这么郑重，放什么礼炮呀。"

副矿长笑道："我们这里需要爆破开采，响动是常有的，但从没出过事。"

杜湘东本想噎他一句：那么刘春粟是怎么死的？但又一想，跑题也没必要。再说往后还得需要这位"管事儿的人"配合呢。因此他只是问："工人现在还在井下？"

副矿长坦然回答："我们这里实行的是十六小时工作制。向时间要效益嘛。"

怪不得办公楼旁边的工棚都是黑的，一点儿人声没有。杜湘东又看了看表，目前还不到十一点半，假如早上八点上班，那么离下工的凌晨时分还有些工夫。他索性踏实下来，细嚼慢咽地吃起了饭。其间本想问副矿长要个花名册来看看，但又觉得多此一举。许文革要是用本名来应聘，那他可真是个弱智了。

终于又熬过半个小时，杜湘东便拍了拍手站起来，宣布："到矿里看看吧。"

副矿长就不情愿了。他嘀咕道："不是说转转就走吗？您二位到底要干什么？"

事到如今，也就没必要藏着掖着了。杜湘东直言以告，他怀疑矿上有个逃犯，因此需要副矿长做的，是以下两件事情：第一，把他带到矿工从井下返回地面的通道附近，再提供一个隐秘的观察场所，保证他可以辨认每一张经过的人脸而不被发现；第二，严格保密，切勿声张。而对方听完，并未露出多么意外的神色，只是响亮地嘬了几声牙花子，好像在害牙疼。对于运营煤矿有可能面对的各种麻烦，这位副矿长仿佛早已习以为常。他考虑的是如何渡过麻烦，或者暂时压住麻烦，哪怕是把眼前的麻烦变成以后的麻烦也行。

片刻，副矿长的脸上再次绽放了笑容："您早说呀，多大个事。"

然后话锋一转，又说到这家煤矿是政府的重点扶持项目，受到了各级领导的亲切关怀，投资煤矿的老板本人也刚刚当选为政协委员。作为煤炭行业的改革标杆，又岂能容忍流窜作案的坏分子破坏抹黑？因此对于"北京同志"千里迢迢地赶来清理工人队伍，他们肯定是热烈欢迎、大力配合的。这时套话就不是套话了，甚而套话从来不是套话。杜湘东明白，副矿长这是在向他讲明利害呢，意思和戴眼镜的男人说过的话大同小异：警察执行任务，没人敢妨碍，但大家都是有背景的，万一闹大了，谁怕谁还不好说。

而他也只能表态："职责之内的事我一定要做，但仅限职责之内。"

双方再次谈妥，分别起身。副矿长率先走到门口，颇具表演性地做了个"请"的手势，引着俩警察往矿厂的核心部位，也就是矿井的方向而去。踩着一地咯吱作响的煤渣子，沿一条干道穿过空地，又穿过另一道围墙铁门，远远就望见了巷道入口。四下也是灯火通明，衬托得那个大洞的内部更加黑暗，一条狭窄的铁轨从洞里通出来，也传出了大地深处机械作业的震颤与共鸣。越往近走，回声就越发浩大，好像地壳已被挖穿。砰砰又是两声炮响，比刚才听到的更加骇人，连山顶上的碎石都往下滚了几块。

洞口却有一个铁皮搭建的岗亭，大概是清点人数和存放物品所用，副矿长走了过去，对亭子里的监工说了几句，那人便出来，手里拎着一个麻布口袋。随后，杜湘东和大虾米般的警察便钻了进去，灭了灯，坐下来，透过黑黢黢的窗子看着洞口。这是个适于观察的有利位置，里面的人能将外面一览无余，外面的人却无法看清里面，就连大虾米般的警察那身脏兮兮的警服也不会暴露身份，更何况外面还有俩人为他们吸引注意力。黑夜像一个谜，山岭像一个谜，洞口更像含着个谜。在等待谜底揭晓的那段时间里，杜湘东的心态竟然出奇地平静，反倒是大虾米般的警察呼吸沉重，似乎比他还要紧张。

外面的副矿长和监工也被悬念感染，干瞪眼望着铁轨。非常准时，刚过十二点，洞里传出了隆隆轰鸣，好像一个消化不良又喝了过多碳酸饮料的人正在没完没了地打嗝。一列矿车开了上来，前几节车斗里却没有人，而是满载着今天的最后一批，或者是明天的第一批矿产，随后的几节才坐着矿工。矿车在洞口之内停下，人先下车，排着松散的队列走出来。副矿长示意监工往更亮堂的地方站了站，又迎着来人吆喝一声，那条队列便朝他们所在的方向移动过去。一切不露形迹，也可见这位敬业的领导亲自查岗是经常的事。

在杜湘东的注视下，矿工们纷纷从劳动布上衣兜里掏出一枚塑料牌，投进监工手里敞开的口袋。这是一支面目模糊、好像由影子组成的队伍，人人沉默不语，脸上黝黑一片。但即使如此，杜湘东仍对自己的辨别能力充满信心。他相信许文革的身体轮廓、脸部线条乃至走路时的姿态都深深地印在了他的脑海之中。如果不是印得那么深，他也不会在多年以来如此憋屈。而现在，摆脱憋屈的时刻终于到来了。

第一个不是，太矮。第二个不是，太胖。第三个虽然身高体形相仿，但脸又太宽太圆，几乎像一张饼。第四个第五个第六个都不是。被杜湘东否定掉的人们记上考勤，却不离开，又折回矿车开始卸货。因为捎了半车煤，第一趟矿车的乘客只有十几个人，如果这趟毫无发现，就只能寄希望于矿车倒回去再开出来的第二趟了。但一转瞬，杜湘东的视线锁定在队尾的一个男人身上。一米八多，肩宽腿长，面部棱角令人联想到西方雕塑。与记忆中的许文革不同，那男人的背驼得厉害，弯成了一条夸张的弧线，但考虑到他所经历的日复一日的逃亡和劳累，这点儿变化也是理所当然的了。

于是杜湘东叫了一声。怎么叫也是早就设计好了的。一个老到的逃犯想必早已练就了听到真名也无动于衷的定力，因此他叫的是："姚斌彬。"

那个名字在暗夜的山岭破空而出，锐利得像一支响箭。不远处的黑影果然一愣，茫然地回过了头。几乎没有停顿，杜湘东就从岗亭里冲了出去，也几乎没有停顿，他的抓捕目标开始奔跑。两人绕着目瞪口呆的人群各自画了一条弧线，与此同时观察、预判着对方的步伐轨迹，随后一前一后跑进了巷道洞口。在不久之后，当杜湘东反复纠结于这次行动的种种细节时，才会疑惑于这样一个问题：许文革为什么没往开阔的、更有利于躲避的方向逃跑，而是一头扎进了矿井深处？这是他在情急之下出现了判断失误，还是另有什么企图，比如说打算把杜湘东引进去再下毒手？但在那个刹那，杜湘东和当年追捕持枪逃犯姚斌彬时一样，脑子里除了抓人以外什么都没想。他只知道时隔数年，许文革再次出现在了他的眼前，并且自己占据着绝对优势的位置，只要一鼓作气，就能瓮中捉鳖。

也许恰因为此，杜湘东没有留意周边的变化。他盯着前方那个背影，沿着越发黑暗也越发幽深的洞穴向地下冲刺。二十米，十五米，距离的缩短是逐渐的、稳步的，岩壁发出了几声脆响，像颌骨挨了一拳时脑子里的回音，大概是前不久放炮的余波导致的，应该也是"常有的事"。十米，五米，借着头顶间隔悬挂的矿灯，他看清了逃犯一头乱发之下那苍白的侧脸。而直到两块比酸菜坛子还要粗壮的碎石从斜上方坠下来，落在离杜湘东不到半米的跟前，他才似乎意识到了什么。咔然开裂的声响从四面八方包括脚下传来，越发密集，震耳欲聋，整条巷道都在扭曲变形，像把人吞进了一段蠕动不休的肠子之中。

然后杜湘东听到了喊声："塌了塌了塌了——"

然后他的胳膊被人拽住，往反方向拉着。直到此刻，杜湘东的身体还在前冲，甚至想要甩脱抓住他的那人。很遗憾或者很幸运，他没做到。对方使出了擒拿手法，并且比他所掌握的更加娴熟：一手扣住上臂，另一手夹住头颅，拖扯着他往洞外跑出去。

五米，十米，十五米，二十米，他与许文革的距离重新拉大。回头再望，那个黑影在巷道深处拐个弯，令人绝望地消失不见。而当一个鱼跃沉重地摔在洞口之外，他才看清了强行把自己挟持出来的人，是大虾米般的警察。俩人躺在地上喘气，像两条离了水的鱼。然后杜湘东又想跳起来，却被一个扫腿撂倒。

对方吼道："你他妈想立功想疯啦？"

杜湘东吼了回去："我他妈不是为了立功，你懂个屁。"

对方再吼："甭管为什么，搭上条命就是不值。"

吼完，大虾米般的警察却不再看杜湘东，站起身来走向一旁的副矿长。后者呆若木鸡地瞪着洞口，两眼凸了出来。大虾米般的警察推了他一把："打电话去。"

"现在不能。"副矿长摇头。

大虾米般的警察扬手抽了他一个嘴巴:"你们还想瞒几回?"

出人意料,副矿长也抬起手,抽了自己一个更加响亮的嘴巴:"你要打电话尽可以去打,没人拦你,不过打也没用。这矿随时会塌,如果真塌了,等外面的救援赶到,井底下的人早埋了。所以现在只能按我们矿上的办法来,你们警察帮不上忙。"

这时在俩警察眼里,副矿长好像换了个人,绝非不久前那个只会说套话的工头了。他阴沉着脸,转身去向几个老矿工询问情况,三言两语,可以得知:煤矿采用皮带传送和矿车运载两种方法结合,井下的最底层用皮带,将爆破开采的煤块运送到深约一千米的中转站再装进矿车;此时矿里还有二十多人,恰好正在那个中转站等车;因为离地面并不太远,这些人本来是可以沿着轨道爬上来的,但现在还没人影,估计是被震落的石块挡住了去路。综上所述,现在要做的,就是先有几个人带着工具下去,在矿井全面塌方之前开出一条生路。如果赶得及,井下的人或许还有救,如果赶不及,那么很可能连救人的也被压在底下。因此再开口时,副矿长的哑嗓子里好像含了块滚烫的铁,他环视那一圈黑黝黝的、只看得清两眼反光的矿工,问:"谁没老婆孩子?"

沉默之中,便有两个人站了出来。片刻又出来两个。又有一人呜呜干号两声,也往前迈了一步。副矿长拍拍那人肩膀,脱了上衣往地上一摔,顺手抄起一柄钢钎:

"我也下过井,鬼门关上走过都是兄弟。出发吧。"

几条没家没业的汉子发一声喊,跟着他往矿井深处走去。等那支敢死队消失在矿灯照射不到的角落,巷道变得出奇的安静,只有偶尔飘出的细小的断裂声提示着人们悬念还在继续。而原本压在杜湘东心头的那个悬念则被囊括进了一个更大、更紧迫的悬念之中,那是千钧一发,那是生死攸关。他连重新爬起来的力气都没有,像狗一样伏在地上望着洞口,手指抠进混着煤渣的泥土,似乎指尖所能感受到的最微小的震动都能让他肝胆俱裂。

大概过去了多久?五分钟还是十分钟?杜湘东腕上手表的秒针均匀地数着格儿,每一格所代表的时间流逝都像包含了人的一辈子那样漫长。大约在某一秒即将结束、新的一秒即将开始之际,他仿佛看到秒针顿了一顿,好像时间本身也犹豫了、踟蹰了。随后他才意识到那是地壳震颤导致的视觉错乱,在接踵而至的轰鸣中,他看到巷道里尘土飞扬,寥寥几盏矿灯像暴雨里的萤火虫一样坠落陨灭。石块无规则地落下,转眼埋住了洞口。身边的矿工纷纷跪了下来,捶胸拍腿地痛哭或者指天对地地怨骂。没救了,这是从常识以及人们的表现中得出的判断。这将是一起震惊全国的特大矿难,一口气吞噬了三十多条人命,其中包括原本被困的二十余人和六名前往营救的敢死队队员,以及一名逃犯。

直到次日清晨,上述事实在杜湘东的头脑之中还是事实。大虾米般的警察终于还是跑回办公楼打了电话,救援部队是在凌晨五点赶到的。来了两个连,一个连是工兵，就地开始挖掘，另一个连是武警，负责封锁现场。煤矿老板始终没露面，听说连夜去了北京，至于是去躲风声还是找门路，那就不得而知了。副厂长以外的几个工头被迅速"控制起来"，杜湘东和大虾米般的警察也被带到一个单独房间里接受问讯。从"有关部门"的口中，杜湘东也得知，本次矿难像许多追悔莫及的灾祸一样并非偶然，原因大致有三：第一，为加快开采进度，该煤矿在爆破中使用了高爆炸药，且装药量远远超标，每个工作面上的炮眼数量也超标；第二，为节省成本，该煤矿在建设过程中使用的钢梁规格不达标；第三，该煤矿于两个月前曾发生过一次塌方，还死了人，本该停业整改，但不知为何没有执行。矿上的人竹筒倒豆子，交代的内容几乎可以立刻形成材料上报，相比之下，来自警察的侧面印证倒显得无足轻重了。

一个工作人员这才想起来问："你一个北京警察，到矿上来干什么？"

杜湘东正待回答，却见一个军人急匆匆跑进来，对那人耳语两句。一瞬之间，在那张僵硬得平板一块的脸上，浮现出了也许是这个小官僚所能传递的最为复杂的表情：狂喜、惊讶、庆幸、难以置信、迷惑不解……而当对方把消息转告给他之后，同样的表情也在杜湘东脸上重演了一遍。没过多久，隔壁和走廊里各种身份的人们爆发出了连锁式的欢呼，尤其是那些矿工，他们再次号啕大哭起来。

然后全体集合，急行军赶往山的中段。昨天夜里坐车上来时，杜湘东并未看到上山的路还分出了一条岔路，更无从得知海拔位置比山顶煤矿低了几百米的地方，还有一处废弃已久的老矿。废矿入口早被堵上，好在只是堆了一层砖石，并未再浇水泥封铸，又好在工具设备一应俱全，井下的人就从那里破壳而出了。有人是自己爬出来的，有人浑身是血，是被同伴拖出来的。最惨烈的是个十七八岁的孩子，已经深度昏迷，左腿膝盖以下全成了一摊烂肉。这些从鬼变回人的矿工被阳光晒愣了，捂了半晌眼睛，这才开始呼喊，于是被高处的武警发现。当杜湘东跟着队伍赶到现场，第一眼认出的是副矿长。问明身份后，这人立刻被调查人员缉拿在案，但即使是亮晃晃的手铐也无法打消他那疯癫的狂喜。

当政府的人清点人数时，杜湘东也凑了上去。他近距离地打量着每一张沾满煤污或血迹的脸，几个伤员在被抬上救护车之前也早就辨认过了。共三十二人，反复点了几遍都是这个数字。而来之前，他已经知道被困在矿里的人数是三十三个。还有一个去哪儿了？难道死了吗？如果死了，为什么死的偏偏是他？杜湘东像魔怔了一样念念有词，反复穿梭着逡巡着。终于，他的行为让人们觉得碍事了，那个询问过他的工作人员走过来，试图把他拉开。

杜湘东他一抡膀子，把对方甩了个跟跄。人们齐刷刷打量着他，而那位工作人员还想缓和气氛，谨慎地再次靠近杜湘东："这位同志，您别激动……"

杜湘东却失魂落魄地溜开，又在人群里乱窜起来。他开始询问每一个幸免于难的矿工，有没有在井下见到这样一个人了——一米八几，肩宽腿长，棱角分明。见过？这人叫姚文林？妈的，怎么取了这么个名字，不过也对，"文林"就是从"斌彬"里拆出来的嘛。那么这个姚文林现在怎么样？还活着？跟你们一起出来的？出来以后就不见了？你们干吗不看着他？干吗不问他一句？矿工们被他搞得惶惑不已，大虾米般的警察抄到他身后，依然使出擒拿手法，把杜湘东的两臂牢牢箍住。但他仍然跳跃着、后仰着，嗓子眼儿里含含糊糊地挤出两个字来："搜山。"

"你说什么？"工作人员勉强笑了一笑，问。

"搜山，搜山搜山搜山。"杜湘东重复。

对方就从讪笑变成了冷笑。你也不看看这是什么时候？还有伤员等着救治呢，还有现场等着勘查呢，还有情况等着汇报呢，哪儿腾得出人手搜山。不就是少了个人吗，比起活下来的几十个，少了的那个算得了什么。你不就是个来路不明的警察吗，就算真是北京什么重要部门的领导，也得考虑地方上的现实困难吧。于是众人散开，没人再理他，各忙各的去了。杜湘东被晾在当地，仍被大虾米般的警察擒抱着。大虾米般的警察在他耳边劝道："兄弟，你冷静点儿，人跑了还能再找。"

杜湘东终于停止挣扎，后背蹭着对方的肚子和腿，缓缓坐在了地上，头却仰望着四周的山峦。屎壳郎碰上拉稀的——白来一趟。事到如今，北京人这句粗俗的歇后语真是再贴切不过，至于一路上的执念、辛苦、惊心动魄，都变得不值一提。这个念头让杜湘东古怪地笑出了声，格格，格格，好像一只丢了蛋的母鸡。

那也是许文革在逃期间，杜湘东最接近于将其抓捕归案的一次努力。

11

至于当天在井下发生了什么，则是那位副矿长转述给杜湘东的。而这又得归功于大虾米般的警察。也不知他使出了什么斡旋手段，居然说服政府的人，同意让杜湘东在车轮战似的审讯间隙见了副矿长一面。见面时间是晚上，副矿长好像没认出来他是谁，不等杜湘东开口，就喋喋不休地申诉起来。对应着调查得出的矿难原因，其申诉内容也可分为三条：第一，擅自使用高爆炸药和增大填药量是老板的决定，他本人曾对这种违规行为提出过质疑，但质疑无效；第二，建矿期间选用什么规格的钢梁也是老板任用的亲戚一手操办，他更插不上话；第三，两个月前发生塌方并导致矿工刘春粟死亡后，他曾在第一时间通知了老板并建议上报，但老板告诉他官司已被摆平，又严禁对外人提起此事。总而言之，他就是个打工的，在人家锅里吃饭，对人家的任何做法都无可奈何。

杜湘东安静地听完，这才提醒副矿长，对于矿难，自己并无调查权更无发言权。而他来，想打听的是另一件事：那个冒用了刘春粟名字的人，那个逃犯，有印象吧？副矿长相当失落地"哦"了一声，但神色却又变得更加亢奋，就连语调也夸张了起来。这种状态让杜湘东颇为诧异，他不禁暗自琢磨，副矿长究竟是在矿难中被震坏了脑袋，还是天生具有当说书人的潜质。话说那日，山崩地裂，矿井之下，危在旦夕。为了二十七名阶级兄弟，以副矿长为首的敢死队义无反顾，深入虎穴，众人手持开山打洞的器械，一路坎坷一路心惊，来到了千余米深的地下转运站，只见头顶钢梁歪斜断裂，倾覆下来的煤块和碎石堵住了去路。从缝隙中，却又听得煤块碎石的另一端传来了呼号惨叫之声，真是万幸，被困的人还活着。二话不说，就地开挖，又号召对面的兄弟里应外合，费尽九牛二虎之力，居然开出一条窄道。两支队伍会师，赶紧又往地面开拔，但说时迟那时快，矿井发生了二次塌方，这一回来得更猛，并且位置就在洞口，把去路也给堵了。别说工人，就连有着多年井下经验的副矿长都傻了眼。他心知塌方就怕连锁反应，有了二次就会有三次，再塌可就全玩儿完了。正没奈何，却见暗处闪出一个人来，此人身高丈二，虎背熊腰，生得好一副硬朗相貌。

"你道这又是谁？"副矿长问。

"您……没事儿吧？"杜湘东反问。

"没事儿，没事儿。你别打岔。"副矿长两眼放光，仿佛重温着那生死一夜的惊心动魄。来者不是别人，正是矿工姚文林。直到这天，副矿长才知道这人的身份是个逃犯，真是人心叵测，世事难料。这位姚文林或许文革或冒名顶替的刘春粟逃进矿井，也被一起捂在了地下，难不成老天爷要惩罚这个罪人，就把其余三十二人一起当了垫背的？那也太不公平了。但没承想，恰恰是该死的给该活的指了条生路。逃犯告诉副矿长，在矿井的一侧，还有一座废弃的矿井，那是二十世纪七十年代开采的遗迹，因为当时的技术水平落后，就没有进一步扩建。以前爆破开山的时候，曾把两座矿井之间炸通了，那个通道的位置他还依稀记得，往巷道深处再走几百米就是。这一说，就提醒了副矿长。矿底下还有一个老矿，这个情况他也是知道的，只不过情急之下没想起来。而眼下，要想从原路开掘回去已不可能，如果能进入老矿，再从半山腰钻出去，那几乎是唯一的生路。另外一点副矿长也有信心：老矿是国家修的，那时又刚发生过唐山大地震，因而建筑质量绝对超标完成，新矿塌了老矿也不会塌。

直到这时，杜湘东才恍然大悟。许文革之所以逃进矿井，并不是慌不择路，而是早有预谋。往开阔处跑，势必难以甩脱警察，而假如利用对地形的熟悉，神不知鬼不觉地从老矿脱身，那就相当于上演了一场经典的地道战。也许早在刚发现那个密道时，许文革就已经做好了这种规划。想到这里，杜湘东倒抽一口凉气。几年前的许文革冲动、鲁莽、不计后果，他能活下来靠的是运气，或者说是靠了姚斌彬的那一条命。但如今，长年的逃亡生活已经把许文革磨练得如此老谋深算。道高一尺，魔高一丈。

他满脸发臊，副矿长却浑然不察，兀自沉浸在对险情的回忆之中。当机立断，一声令下，矿工们往井下的更深处进发，去找两个矿井的连接点。一路上，副矿长都走在逃犯身边，不时询问那个秘密洞口的位置、模样。山的内部还在嘎嘎作响，再往下走，就连仅有的两盏手提矿灯都无法照亮前路了。而地面猛然又是一震，就在人们魂飞魄散地呼喊之间，副矿长却发现身边的逃犯不见了。他只得强令队伍停下，随后四下张望，眼睛不够用就拿鼻子嗅，像猎犬一样探寻着未知的黑暗空间。命悬一线之际被无限拉长。

终于，身后有人说话："都这时候了，你还敢回去？"

"怎么没把他想起来。"

"已经没气儿了吧……"

人们窃窃私语，像怕再一次惊动了摇摇欲坠的山体。说话之间，队伍自动闪开，从浓郁的黑暗里托出两个人来。一个正是姚文林，他背上还驮着个身材单薄的孩子，头耷拉在逃犯的肩膀上，已然昏迷不醒。再往下扫一眼，孩子的一条腿却成了破墩布的形状，条条缕缕往下挂着肉丝儿。副矿长记得这孩子叫刘秋谷，今年刚满十八。他还记得办理矿工刘春粟的赔偿事宜时，正是刘秋谷替他哥签字画押并承诺"永不上诉"，然后从老板手里接过了五万块钱。刘春粟死后，刘秋谷仍在矿上干。刘秋谷要是也死了，他家的这根独苗就算断了。从矿工们的慨叹中，副矿长又得知，刘秋谷和他哥刘春粟一样，今天也被塌方给砸了。当时刘秋谷吓蒙了，撅着屁股趴在地上，转眼就有一块巨石滚下来，和雨点般的煤块一起将他埋了。别人都没致命伤，偏偏是他再没声息。众人本来商量，要能活着出去，就把这孩子挖出来带上，带不走活人好歹也带个尸首，而随后的连锁塌方却截断了这个念头。光顾着去找出口，他们干脆把他忘了。但是姚文林不仅想了起来，而且专门为这孩子折了回去。他又是什么时候发现刘秋谷还活着的？是在刨开煤堆撬开巨石的过程中，还是在扛着这孩子追赶队伍的路上？总之从他带着三分小心的步态里，众人看出他背着的是个活人。那块巨石没有压在刘秋谷身上，只是砸烂了他的一条小腿，这个事实令人庆幸，也令人羞惭。

姚文林背着伤员，走向队伍前端，对副矿长说："没多远了。"

继续摸黑赶路，到达某个拐角停下，姚文林又说："就这儿。"

这也是逃犯对副矿长说的最后两句话。几条壮汉在放过炮的废墟里开凿，不多时打开了一片更加漆黑、泛着久远年代气息的空间。从山内的一个腔道钻进另一个腔道，用矿灯照见头顶锈迹斑斑但却结构完好的钢梁，副矿长和所有人都舒了口长气。背后的那个绝命矿坑里又传来了震动和巨响，但他们所在的位置已经基本上安全了。逃犯提供的逃生路线的确有效。然后就沿着国营老矿的巷道往半山腰里进发，路的尽头当然还是漆黑，但此时的漆黑已经不再令人绝望。人们有手有脚有工具，而且按照他们所信奉的朴素的人生哲学，但凡大难不死都是有后福的——就像逃犯背上的刘秋谷，他只要还能微弱地喘气儿，等待他的理所应当是几十年的好光景。于是不紧不慢地换班开挖，当第一缕阳光从某根钢钎的落点直射出来，人群里蔓延了海浪一般的叹息之声。又有更多的钢钎、榔头和铁锹涌向那个亮点附近，将黑暗的窗户纸捅得像个筛子，轰然一响，天日重现。人们反而肃穆地沉默了下来，没人往外走第一步。如果姚文林和他背上的孩子不先出去，他们都认为自己没有资格重返人间。

最先出去的正是姚文林，他又从狗洞大小的豁口里把刘秋谷拽了出去。接着才是其他人，先出来的立刻回身，在碎石中间乱掏乱摸，寻找着后来者的手臂。身处漫山遍野肆无忌惮的阳光之中，人们陷入了暂时的失明。副矿长是最后一个出来的，当他紧闭着泪泪冒泪的双眼，宣布后面再没别人时，矿工们一齐对着苍天呼啸起来。那声响不是为了求救，甚而不包含任何明确的意味，但又是与远古人类一脉相承的宣告与象征。而当副矿长恢复了视觉，第一件事就是在人群里寻找姚文林。此时的他早不在意姚文林的身份，他找那人，只是觉得鬼门关里走过都是兄弟。但他没找到姚文林，只看到了刘秋谷。这孩子是此起彼伏的呼啸声中唯一安静的人，此刻正躺在一块平坦的草地上，身下漫了亮晃晃的一摊血。

仍是通过大虾米般的警察的关系，杜湘东又在医院见到了刘秋谷。这个号称年满十八，长相只有十五六岁的孩子是与许文革有过最近距离接触的证人，当时刚从重症监护室转入普通病房，虽然生命体征趋于平稳，但静静地平躺着的模样仍然让人想到一具尸体。他的脸惨白得好像被人潦草地涂去了五官，覆着棉被的左腿膝盖以下空空如也，那是截肢手术的成果。杜湘东问他知不知道是谁把他背出了矿井，他死鱼似的眼睛连转也不转。杜湘东又问起他哥刘春粟的身份证怎么就到了姚文林手里，孩子终于操着河南腔开了口："大哥，我啥也不知道，不过我倒想问你个事。为啥我老觉得那腿还在，想动弹又没了？"

杜湘东没法作答，刘秋谷便扭过脸去，再无声响。事到如今，杜湘东接受了一个理智的判断：凭自己是别想抓住许文革了。只要离开了矿山，顺便再改个身份，许文革就会像雨滴落进湖水一样隐没在人海之中。不过杜湘东还是又在当地"赖"了几天。这时搜集资料，就不是为了继续追捕许文革了，而是受到了一种古怪的感觉的驱使——好像许文革远在天边却又与他朝夕相处，好像许文革是他的敌人却又与他亲密无间，因此他迫切地想要了解今天的许文革。在其他矿工们口中，"姓姚的兄弟"可是个能人，有一次井下的传送带坏了，技术员都束手无策，他一个人这儿鼓捣那儿鼓捣，居然鼓捣好了。有个头儿听说这事，要调他去干维修，从此不必下井挣钱还多，但姚文林一口拒绝，还明说自己要不是急需用钱，才不愿给黑心老板卖命。渐渐地，这人反而在工人之中有了威信，尤其是死了的那个刘春粟，几乎要拽着弟弟刘秋谷一起磕头认他当老大。然而也许是太有本事了，这人性子也怪，前前后后在矿上待了半年，也没见他跟谁成了朋友，甚至对人故意爱搭不理的。刘春粟出事时，距离他也就不到两米，别人早吓得筛糠一般，他却极其镇定地查验了尸体，独自一人把刘春粟扛上了矿车，又带着一身血迹去通知在井上倒休的刘秋谷：你哥死了，找他们谈赔偿去吧。这时在众人眼中，姚文林就显得异常冷血了，于是大伙儿又都有些怕他。

以上种种，在外人眼里捉摸不透，杜湘东却认为理所当然。一个许文革这样的逃犯，难道不是本该如此吗？但随后搜集的两条信息，就出乎杜湘东意料之外了。第一件事也是矿工们讲的，说是许文革特别爱看书。本来看书也没什么奇怪的，毕竟曾经是青工里的技术能手嘛，但一个人在逃亡期间仍然手不释卷，这就似乎传达出了别样的意味。进而细想，许文革看书，是为了"解闷"还是"有用"？如果是"解闷"，说明他想要忘记现在，如果是"有用"，则说明他还惦记着未来。杜湘东让工人把他带向大通铺上许文革的床位，果然在床板下翻出了厚厚一摞书。书都很旧，封皮几乎没有完整的，内容除了工业原理和机械维修，居然还包括法律方面的入门教材。念念不忘老本行也就罢了，难道许文革还想当律师吗？

第二件事更让杜湘东震惊。当他把书撂在一旁，顺手翻扯着许文革的被褥时，一抬头却看见枕头上方的砖墙上，寥寥地排列着几行字。字迹歪斜，深邃而清晰，大约是不久前用锉刀刻上去的。杜湘东随即意识到，那话语分明就是诗句：

美人济贫

英雄济富

没有人上过梁山（此句来自于打工诗人陈年喜的诗歌《无题》）

在那一刻，杜湘东的头颅之内充满回响，就像滚雷掠过了焦土。这就是从逃犯的躯体里蜕变出来的、必须让人重新认识的许文革了。这个许文革不仅包括了过去的许文革，而且包括了死去的姚斌彬，一生一死之力在他身上混合催化，衍生出了义无反顾的气概。凭借这份气概，许文革当然不会畏惧杜湘东，他甚至不会畏惧任何事物。而也正是在那一刻，杜湘东却产生了一个新的预感，那就是他迟早还会再次见到许文革。

但那天来得实在有点儿晚，又是五年之后了。

12

接踵而至的五年，简直像打了个盹儿就滑过去了。再换个比喻，以前也说日子快，快得像狗撵，那么后来就像疯狗在撵了。好像除了"快"本身，生活已经不再值得感慨。

当然，这只是杜湘东的个人感受，因其过于主观，所以并不具有代表性。要是逐一盘点，他也必须承认这些年来的生活变化之重大。譬如变化之一，是刘芬芳下岗了。食品公司每况愈下，冷库里的猪头猪腿猪下水也在亏本经营，领导们关起门来一合计，索性来了个处理大包圆儿，连猪带人一块儿甩给了外商。而外商也不傻，表示猪可以要，人不能留。双方在谈判桌上打了很久的消耗战，等到敲定改制方案时，却又不约而同地采取闪电战。那天刘芬芳和她的姐妹们刚转移完猪腿，就被勒令去签协议，领买断工龄的钱。人家还告诉她们，再过不久厂子就没了，要是不签，连这点儿钱也领不到。

偏在这时，刘芬芳的一个弟弟急着结婚，另一个弟弟怕吃亏，也扯来个女的要结，兄弟俩瓜分了宣武区平房的里外间，便把父母送给了二姐。二姐房子宽敞还雇着保姆，再加上越有钱越对家里有愧，即便不是女儿的责任也应承下来。这样一来，却显得刘芬芳多余了——没人需要她伺候了。她只好卷铺盖回了郊县，并且觉得自己是被厂里和家里榨干之后扔出去的，这也决定了她不会给杜湘东好脸色看。因此，杜湘东生活中的第二个变化虽然是与刘芬芳结束分居，但却感受不到夫妻团圆的喜悦。他必须时刻准备聆听刘芬芳的抱怨，抱怨的内容则直指第三个变化，即他们已经沦为了标准意义上的"穷人"。

平心而论，如果纵向比较，他们的生活水平一直都在提高，筒子楼单间里添置了电视、洗衣机、窗式空调，算是基本完成了一间陋室的现代化。但这番现代化的进程却伴随着一轮又一轮的节衣缩食和忍辱负重。连单门冰柜都是刘芬芳她二姐用剩下的，为了把那个铁箱子搬回家，杜湘东借了辆板儿车，愣是从二环边儿上蹬出了城外。路上正好碰上城管查抄无照摊贩，看见他四脖子汗流的模样，还以为是个收旧电器的，二话不说把他连人带冰柜扔上了卡车。他挤在一群卖菜卖袜子的妇女中间，一直坐到看押点，这才申明自己是一警察。协管员连称"误会"，又哭笑不得地问："您怎么不早说呀？"

杜湘东回答："蹬累了，想蹭段儿你们的车。"

这桩误会的解决方案，是城管派了一辆小卡车，把板儿车冰柜一起送回了郊县。经过看守所正门，刚好遇到当班的同事们去吃晚饭，大家嘻嘻哈哈地笑看杜湘东如何智取城管。这时所里的人员构成也发生了巨变：老吴那代管教纷纷退休，接替上来的都是大学生，有许多学历比杜湘东还高。这些年轻人穿着与国际接轨的"九九"式警服，像当年的他一样身材挺拔，面露英气。车停下，两个小伙子绕到后面问："杜哥，帮您把东西抬上去？"

杜湘东却歪着屁股坐在车斗上，朝前方的后视镜里照了一照。刚才那一瞬间，他突然发现年轻同事们看他的目光是似曾相识的。在哪里见过呢？其实并没有"见"过，那是若干年前自己看待老吴的眼神：虽然亲热但又不屑、怜悯。现在人家也把他当老吴看了。微微鼓起的后视镜里映出了一张滑稽变形的脸，两腮深陷，被风吹乱的头发白了三分之一。除了牙齿尚在，他的面貌和做派都在活脱脱地向着老吴那个方向飞奔。

记得老吴退休时，反倒是扬眉吐气的。他在平谷的几间大瓦房喜迎拆迁，又利用老婆家在延庆的种菜大棚开了个采摘园。随着城市的大干快上，地广人稀的郊区冒出了一批土财主，他们举着小旗到国外豪迈地吐痰，他们开着进口汽车盘踞在村口拉黑活儿，他们在床底下藏了大摞现金以至于钱都长绿毛了，而老吴三生有幸地混成了他们中间的一员。对于故人，老吴是懂得藏富的，直到离开的前夕，他才对那些嘲弄过他鄙夷过他的同事宣布：

"我他妈跟你们才不是一个阶级呐。"

但与杜湘东告别时，他却仿佛流露出了一丝忧伤。在办公室里，老吴抄起窗台上的半瓶白酒，自己先吱溜一口，又把淡绿色的酒瓶递给杜湘东，杜湘东便也吱溜一口。吱溜完，老吴拍拍杜湘东的肩膀："这些年给你添麻烦了。"

杜湘东说："哪儿的话。"

老吴说："你好好儿的。"

杜湘东说："好好儿的。"

老吴又说："别想那事儿了。"

杜湘东说："不想了。"

没过半年，所长也离开了所里。倒不是退休，而是肩膀旧伤复发，一到阴天就疼得直打滚，上面体恤干部，给安排了个调研员的闲职。走时又赶上下雨，所以所长是用担架抬出办公楼的，只能躺着与同事们一一握手。握到杜湘东，所长格外加了把力，将他拽近了，颤巍巍道："耽误你了，我有责任。"

杜湘东说："您别这么说。没您保着，我还不知怎么收场呢。"

所长又说的话，却与老吴如出一辙："别想那事儿了。"

杜湘东再次保证："不想了。"

当年偷偷跑到大同，没抓着许文革又牵扯进了一起矿难，当地政府把电话打到了市局，一问才知道他是在管辖权之外私自展开调查，弄得上级很被动，还是所长求了局里，好说歹说才把对方的抗议搪塞过去。而既然两位老同志临走前都专门劝他，杜湘东便也决定"不想了"。他现在需要做的，是深入贯彻一种全新的生活态度。

比如那个单门冷柜，他就没搬到楼上，而是摆在了看守所大门正对面的河岸上。那里有个近两年才形成的小集市，做的是前来探监的家属的生意。又从传达室扯出来一截电线，下岗女工刘芬芳就可以守着冷柜奋发图强了。为了招徕顾客，刘芬芳还接了个音箱喇叭，循环播放的总是《从头再来》。这歌声不仅激励着她，好像也在激励着一墙之隔的犯人。而郊县现在也开始整治市容市貌了，城管一来，其他小贩望风而逃，只有刘芬芳岿然不动，杜湘东则带了几个小兄弟围坐在冷柜旁，都穿着警服，手里举着冰棍和啤酒，挑衅地面对执法人员。这点儿特权终于令她对杜湘东感到了欣慰："总算沾着你的光了。"

这么说时，杜湘东正坐在小马扎上发呆。现在他无师自通地学会了上班磨洋工，还把老吴的半瓶白酒继承了下来，吱溜到傍晚时分，常常已经高了。耷拉着脑袋，他好像没听见刘芬芳的话，只是望着夕阳下的河水。上游在开发旅游，这条河也得到了治理，景致变得颇为激滟。逝者如斯，仿佛没人记得在那河床里，曾经有人亡命奔逃，有人冒死追逐。

刘芬芳又说："晚上多打香胰子去去味儿，我也让你沾个光。"

杜湘东仍然置若罔闻，眼皮上落了个苍蝇也不轰。

刘芬芳就有些气恼，掐了杜湘东一下："你是死人呀你。"

一激灵，死人就活了。杜湘东揉着脖子扭头，正待感谢刘芬芳的恩赐，恰好瞥见了驶向看守所的两辆汽车。一辆是蓝白条的警车，后面亦步亦趋的是辆硕大无朋的奔驰。两车停下，奔驰车里跳下两个男人，一个西装笔挺，手拎公文包，另一个年轻许多，染了一脑袋黄毛，走路却一拐一拐的。俩人紧赶几步来到警车旁，簇拥着第三个男人出来。那男人身材高大，因为背对着杜湘东，一时不能看清面貌。随即又有两名警察下车，按电铃催促所里的同事开门；小瘸子一直在跟身材高大的男人说话，哼哼啊啊地点头称是。

越过小瘸子金光璀璨的脑袋，杜湘东终于看清了高大男人的长相。和他一样，那也是一张未老先衰的脸：头发灰白，皮肤干枯，两眼像睡不醒似的往下耷拉着。不仅如此，那人连呼吸也不匀畅，说不到半句话就必须换口长气。都不年轻了，他们这样的人，注定要比一般人老得更快些。然而那棱角分明的脸形却还维持着原状，令人想起西方雕像。

杜湘东站起身来，痴了一般朝那男人走去。

看守所的小铁门已经打开，一名年轻管教与外面的警察简略核对，示意男人进去。小瘸子突然激动起来，抱住男人的肩膀呜呜两声，男人倒像有点儿尴尬，拍着对方的后背劝了两句。随后，他目不斜视地往里走去，那副熟门熟路的样子就像回家一样。

杜湘东终于叫出声来："许文革。"

许文革回头，隔着铁门与他对视，脸上浮现出似笑非笑的表情。那表情令杜湘东倍感熟悉，他随即反应过来，姚斌彬也曾对他这样笑过。

13

1989年春，许文革因盗窃被捕，并与同案犯姚斌彬策划、实施了越狱。后姚斌彬被抓获，判处死刑，立即执行，许文革长期在逃。2001年春，许文革归案。

自从再次见到许文革的那个瞬间，杜湘东就感到透不过气来。似有一团无形无迹但又可感可触的东西包裹住他的心口，步步紧逼地往里压迫着。他又憋闷了。那不是一种生理的症状，而是心理的暗疾，曾经在漫长的岁月里萦绕着他、折磨着他，近些年来，他似乎掌握了消解憋闷的方法，但伴随着许文革的出现，憋闷卷土重来了，而且比以前更加猛烈。许文革落网，这不是他洗刷前耻的唯一途径吗？他为什么会憋闷呢？

大概还是因为许文革的那个笑。姚斌彬式的似笑非笑。

那天夜里，杜湘东不仅没心情"沾刘芬芳的光"，而且失眠了。醒着似乎还在做梦，但梦又都是乱的。熬到凌晨五点，他早早来到办公室，先对着镜子披挂自己。大檐帽，风纪扣，板儿带，所有细节一丝不苟，镜子里的中年人却无法再现多年前的英武。即便如此，杜湘东也不允许自己消沉着、邋遢着面对许文革。他费力地挺直腰杆，像拉直了一段因为反复扭曲而随时会折断的钢丝，往监舍走去。

十多年过去，看守所早就大变样了。走廊不再阴森幽暗，节能灯将每一个角落照得通透，关键地方还悬挂着监控摄像头。新所长以前当过领导秘书，是个有魄力也有能耐的人，按照他的规划，以后的看守所不仅要在硬件上鸟枪换炮，职工待遇也会得到质的飞跃——最关键的一条就是把筒子楼宿舍统统推倒，建成正经八百的单元小区。如今北京的一套房，哪怕地处郊县，其意义也是不言而喻的，因此压根儿不用再做思想工作，大家都有了盼头，据说还有人托关系想往所里调呢。在一片高涨的心气儿里，杜湘东这种人就更显得多余了，多余得当他出现在应该出现的地方，反而把别人吓了一跳。

等待换岗的夜班管教是个年轻人，长得胖乎乎的挺喜兴，总会让杜湘东想起以前的警校同学徐胖子——偏巧也姓徐，偏巧也是哪个头头脑脑的亲戚。小徐胖子正翘在监舍走廊里的椅子上打盹，听到脚步声，忙不迭地跳起来，见来的不是领导，松了口气，但等看清来的是杜湘东，似乎又提了口气："杜哥，您有事儿？"

杜湘东回答："查监。"

小徐胖子笑了："您那俩屋我替您查过了，一切正常。"

杜湘东没笑："那你再帮我找个人。"

随后报了许文革的姓名、籍贯、年龄、体貌特征。而小徐胖子动也没动，仍在笑："的确有这人，不在一般监舍，来了就进'小号'了。"

将曾经的逃犯单独关押，这表明了所里对此案的重视，也是杜湘东赞同的处理方式。他说声"知道了"，绕过小徐胖子往走廊紧里头的禁闭室走去。但眼前一晃，小徐胖子却以在胖子身上极其少见的灵活后撤两步，重新挡住了他的去路，还把胸脯挺得老高，警服胸襟底下好像鼓出了两个小乳房。

他的笑容也变得为难了："上面交代了，您不能见这人。"

"上面谁说的？"

"所长亲自指示的。"

"为什么？"

"说怕刺激您。"

"笑话。我一警察，要能被犯人刺激，早他妈别干了。"

"杜哥……"

"你们到底什么意思？"

"许文革是自首的。"

说出"自首"俩字儿，小徐胖子的眼皮垂了下去，嘴唇几乎没动，发音含糊不清。这孩子跟他关系不错，而且似乎所有胖人都自带一种画蛇添足的善良，帮不了别人的忙，却能体察到别人的痛楚。小徐胖子已经在担忧他、同情他了：从他手里跑掉的逃犯回来了，并且还是自己主动回来的，这相当于把一个恶意的玩笑开得更加不留情面。

杜湘东重复了一遍："自首的？"

小徐胖子只得再次强调："自首的。所长还说您得避嫌。"

眼前的小徐胖子几乎成了重影儿，俩乳房变成四个了。而杜湘东知道，跟对方纠缠下去是没有意义的，他啪地磕着鞋跟转了个身，去找下命令的领导。新所长是个精力充沛的工作狂，每天六点就会出现在办公室，连带着职能部门也必须提前上班。但当杜湘东走进办公楼，迎出来的却是管理科长，告诉他，所长到局里开会去了。那不要紧，下午再来。杜湘东回了办公室，干坐着挨到傍晚，重新去所长屋外候着。接待他的仍是管理科长，见面就一句："所长还没回来。"然而杜湘东刚才上来的时候，明明看见所长的那台"桑塔纳2000"正停在楼门口。可见人家料定了杜湘东会再来，也早定下了答复他的说辞。

硬闯自然行不通，如今的领导越来越像领导，要想见面必须预约，否则就算违反纪律。况且，管理科的两名小伙子正警惕地盯着他呢。杜湘东只好又回办公室。偏这时，一个电话又追了过来，管理科长告诉他："所长让我给你带个话儿。"

杜湘东道："他不是还在市里吗？"

管理科长没理会这句抢白："所长说，许文革这案子非常特殊，跟以前他跑的时候一样，上面又有大领导过问了。现在又是个特殊时期，所里的改扩建和集资建房正在审批的坎儿上，不能允许任何意外情况造成不利的影响……所以所长的意思是，你和许文革之间必须严格隔离，你最好先离开监舍，到别的岗位上待段日子。"

"你们是怕我再让许文革跑了，还是怕我把他杀了？"

"不是我们怕，是领导怕。领导定下的主意，我也只能传达。"

于是，杜湘东转岗去了内务组。对于这个安排，他倒没觉得有什么不公。真要按照条例的要求，他也早就不适合在监舍干了。公然酗酒，纵容家属摆摊儿，哪一条儿不够他再写十份八份检查的？而好也罢，坏也罢，作为警察，杜湘东再次有了一个目标，那就是许文革。并且他有预感，许文革是一定准备"做些事情"的，否则许文革就没有必要自首了，更否则，许文革也就不是许文革了。面对生活，许文革要比自己强悍得多，强悍者一旦证明了他的强悍，就会像被上天选中一样无所不能。但因为那道隔离令，许文革虽然重现人间，对于杜湘东而言却变得越发神秘了。这种状态让杜湘东既无法自拔又无法自处，因此也就怨不得他后来所做的那些事了。

内务组隶属登记处，其职责并非管理内务，而是检查在押人员与外界往来物品的隐晦说法。既然许文革来时有人陪同，那么收到包裹也不奇怪。转岗过来之后的连续几个礼拜，杜湘东都注意到了那个包装严密的纸箱。看着封条上的"许文革"三个字，他得默默地做上一番心理准备，这才拿起裁纸刀将它打开。露出的东西虽然不在"犯忌"之列，但又和一般犯人大不相同。首先是七条毛巾和七套内衣，都是纯棉加厚的高档货，这说明许文革的习惯是当日用次日扔，连洗都不洗。他一个逃犯，有那么爱干净吗？难道是那些年脏怕了，反而养成了洁癖？其次是几瓶药，喷剂，标签上写着外文，后来请教了所里的年轻人，才知道是增强呼吸系统功能的，通常用在哮喘和肺纤维化病人身上。

通过这些物品，杜湘东得以想象许文革的状态：他独居斗室，终日不见阳光，饱受呼吸不畅的折磨，但却神经质地保持着身体的洁净与精神的冷静。这个形象是孤独的、自闭的，同时还是诡异的。回来以后，许文革仍然像一个游荡在人群之外的幽灵。而杜湘东也意识到，利用如今这点儿可怜的职权，他仍然能够对许文革施加影响。

没跟任何人打招呼，他没收了全部毛巾和内衣。至于那些进口喷剂，他去咨询了一下狱医，得知许文革并无生命危险，服用药物只是为了"缓解症状"之后，便统统拧开瓶盖，将液体倒进了便池。可以想见，这些东西对于许文革而言都是必需品，否则不会巴巴儿地叫人送来，因此也可以想见，一旦断绝供应，许文革将有多么寝食难安。但杜湘东就是要折磨许文革，哪怕用的是他过去所不屑的"鸡贼"手段。

如今铁门里的规矩也变了，最有面子的不再是好勇斗狠的牢头，而是那些在外面能量无穷的人。在新规矩里，因为经济问题进来的商人还能遥控生意，酒后驾车肇事的富家子总能召见律师，最让人不忿的是，对于某些落了马的官员，没落马的同僚旧部还会专门打电话来要求"关照关照"。看许文革的架势，俨然已经混成了那些特殊犯人中的一员，面对物资禁运，他会有什么反应？是公然抗议还是找人求情？杜湘东拭目以待。

从小徐胖子嘴里听说，有时许文革犯病犯得厉害，平摊在地上，两手扒着胸膛，那模样就像被装进棺材里活埋的人。饶是如此，他从未申请过就医，关于药品的不翼而飞也没对人提及。在杜湘东看来，对方与其说是在忍耐，倒不如说是在示威：当你已经变成了一个下作的老无赖，我却还是一条硬汉。而杜湘东能做的，只有继续扣留、糟践那些物资。他不就是想让许文革感受到自己的存在吗？这个目的已经痛苦而漫长地实现了，但许文革的表态却令他变成了真正被折磨的那一方。杜湘东的酒喝得越来越多，终于，在一次"撅"掉了半瓶二锅头之后，他做出了一个老无赖所能做出的最下作的举动。他在便池前方倒掉喷剂，解开裤子，往写满外国字眼儿的塑料药瓶里撒尿。尿得不准，溅了一手，他却还没尿完就生生憋住，冲回办公室，将药瓶放进了写着许文革的名字、等待转交进监舍的纸箱。恰好赶上转运物品的手推车来了又走，杜湘东随之展开了一段遐想：许文革又快犯病了吧？最好立刻就犯，如此一来，他才能不分青红皂白抓起药瓶，把那些浓郁的、酒精含量超标的液体趁热喷到嗓子眼儿里去。那个味儿真是甭提了，那个场面真是太解气也太他妈的变态了。没错儿，变态。都说警察这种职业很容易患上心理疾病，那好，他杜湘东总算赶上了这个时髦。

然后，杜湘东折回厕所，打算把剩下的那半泡尿撒完。

然后，他在门外遇到了那个代表许文革来找他的男人。

那男人杜湘东见过，前些天从奔驰车里下来的就有他。此刻他仍穿着西装，腋下夹着公文包，神情不苟言笑："杜管教吧？我是许文革的律师。"

杜湘东以醉鬼特有的嘴脸睥睨对方："律师？律师找法官聊去。"

"但有两件事，还得向您说明。"律师仿佛没看见杜湘东按着裤裆的丑态，语调不急不缓，"第一件，在被看押期间，我的当事人有权接收衣物、日用品和药品。尤其是药，这是医生开具过处方证明的。但据我所知，上述物品都被您无故扣留，这给我的当事人造成了极大的痛苦。而您的行为不仅违反了相关条例，说得严重一些，已经涉嫌虐待。"

"那你告我去。"杜湘东笑了，"你不就是吃这碗饭的嘛。"

律师也笑了，笑容高度职业化："我确实提出过这个建议，但我的当事人拒绝了。"

杜湘东眉毛扬了扬："哟，许文革这是跟我卖好儿呢？"

"既然是许先生的意思，那么第一件事就过去了。我想着重说的是第二件。"律师说着，将腋下的公文包打开，取出两张打印纸，递给杜湘东，"您先看看这个。"

杜湘东抬起手，展示了湿漉漉的尿渍，于是律师只好平举着两张纸，照镜子似的让他看。醉眼蒙眬，人勉强认识字，字却不认识人，但等杜湘东把那一千多字的材料读完，他就尿意全无了。他的脑子里咔然作响，心脏也像注射了过量的肾上腺素似的狂跳了起来。他愣了许久，再开腔，就不是一个醉酒无赖的口吻了："许文革到底什么意思？"

律师向杜湘东出示的材料，是关于五年前那场矿难的，却与通常的调查报告不同，并未纠结于事故的原因与后果，而是主要叙述了亲历者之一许文革在当晚的所作所为。其中包括他带领三十余名矿工逃生，也包括他从井下把刘秋谷背了上来。

至于许文革的"意思"，律师做出了清晰的表述："许先生的案子，法院正在审理当中。他的罪名是盗窃和越狱，对于这些，我方并无疑议。但在量刑标准方面，法院也必须考虑到各种特殊情况。首先，现在距案发的1989年已经过去了十多年，这十多年里，关于他的盗窃金额是否可以被称为'特别巨大'，相关的司法解释已经发生了显著变化。具体说，许文革盗窃的是一台"皇冠"轿车发动机，当年的整车价格大约十万元，即使是核心零部件，估值也应该不超过两万，这在八十年代算是天价，但在今天如果还被列为重大案件，明显就不妥当了。其次，当事人的认罪态度和表现也将对判决起到关键作用。许文革是自首，这一点已经毫无疑问，而我方辩护的关键之处在于，他在逃期间还有立功行为——试想当时如果不是他挺身而出，其余三十多人很可能会，或者说几乎一定会……"

听到这里，杜湘东眼前的那些字就变成了活蚂蚁，黑乎乎地爬得满天满地都是。他瓮声瓮气地打断对方："你是想让我给许文革作证？"

"对。"

"这事儿找我干嘛？谁在井下找谁去。"

"我查阅过山西方面留存的资料，的确曾有一位副矿长和若干矿工提及，是一个名叫姚文林的人把他们带了出来，也说过姚文林是个逃犯。我们很想请那些当事人来北京作证，可该矿早就关停，一时半会儿没法找到他们。当年一起下井的人里，我们能见到的只有刘秋谷，但刘秋谷目前已经成了许文革的生意合伙人，属于利益相关方，所以只能回避。在这种情况下，如果要在开庭之前就许文革的立功表现提请法院重视，有效的证人也只剩下您了。矿难发生时，您就在矿上，而且不怕您介意，我还通过关系看过您当年写给上级机关的检查，那上面说，您几乎抓获了化名为姚文林的逃犯许文革……如果有了您的证明，那么姚文林立功就是许文革立功，那么再经过法院核实，许文革就可以获得适当减刑……"

说到后面，律师的口气也软了下来。他又从公文包里拿出另一张打印纸来，是份证明书，递到杜湘东面前。兹证明大同某某煤矿曾有雇用人员姚文林，系逃犯许文革化名。落款虚席以待。这些字样是用大号字体打印，黑得更加触目惊心，在他眼里就不像蚂蚁而像甲虫了。许文革这是请他高抬贵手呢。作为一个警察，他没资格接近逃犯，逃犯却先把他查了个底儿掉，连他的检查都看过了。为了达到目的，他们还用私扣物品的事儿来要挟他。

杜湘东低下头，下意识的反应只想逃开："边儿待着去，我要撒尿。"

"您尿还挺多，我等您。"

"尿完也没工夫搭理你，现在是上班时间。"

"那就等您下班。反正我的费用是按小时计的。"

犯赖没用，人家比他还赖。杜湘东侧身撞开律师，重新往厕所走去。他还计划着如果对方追上来，那就在便池边上使个回马枪，滋丫一身。可那律师没动，甚至似乎没用目光追寻他，而是叹了口气，仿佛不知对谁感叹："许文革说，您也不容易。"

杜湘东蓦然站住，后脖颈子汗毛倒立。

律师继续道："衣服和药，还有我看过您检查的事儿，许文革其实都不让我跟您提。他本来还想亲自请您为他作证，可是你们见不着面，只能由我转达。干我们这行的，都会看人，我感觉他对您的信任比对我还深。说到您，他只有一句话：这是个好警察。"

杜湘东继续静立。许久，他才慢慢抬起头来，瞠着前方却像目无一物，这使得他的姿态如同一个听声辨位的盲人。此时是下午，身边有扇窗子，光线从偏西的背后投射进来，让他的影子往东南方向伸长，不易察觉地往墙上爬去。影子一颤，杜湘东便回过身，走到律师面前，接过对方递上来的纸笔。签完字，杜湘东再次转身，走向厕所，打算接着尿。但还没尿出来，他就跪了下来，头顶着哗哗作响的陶瓷便池，哭了。

<h1 style="text-align:center">14</h1>

不久以后，案件开庭审理。

1989 年春，许文革伙同他人盗窃汽车发动机，又伙同他人于在押期间逃脱，此两项罪名成立。但对盗窃和越狱，1992 年颁布的《刑法修正案》与 1997 年颁布的新《刑法》在量刑标准上均做出了新的规定，依据"从旧从轻"原则，不再适用 1989 年执行的旧标准。两罪并罚，通常可以判处有期徒刑五至六年，案犯主动自首，也可酌情减判。控辩双方的争论，集中在许文革在逃期间的表现。在矿井底下救了人，这与本案并无直接关联，是否可以算作立功？即使算立功，救人的过程并不翔实，证据也不充足，是否可以作为减判的理由？检察院方面提出如上质疑。一审法院采纳了检方意见，并不认可立功情节，遂将许文革的刑期定为五年。许文革一方不服，随即提起上诉。考虑到矿难有据可查，警察杜湘东又能证明案犯当时确在矿区，更高一级人民法院并未驳回上诉请求。择日再审。

这时杜湘东明白，他那份证明起到的作用，首先是拖延时间。利用重新开庭之前的一两个月，许文革的律师又在兢兢业业且效率极高地搜集其他证据。天知道他们雇了多少人、花了多少钱、动用了多少关系，终于在河南平顶山找到了当年那位副矿长。煤矿被封、老板跑路以后，副矿长也失了业，经亲戚介绍先去了陕西榆林，后又辗转去了河南，干的都是挖山开矿的活路。被找到时，他已经患有严重的尘肺病，许文革的律师立刻替他结清了医疗费，把他送到北京，一边洗肺，一边作证。因为副矿长大部分时间都在特护病房，所以杜湘东并未与他见面，但据说那人的证词后来成为了审判的转折点。

也正是在此期间，案件开始受到媒体的关注。在那些报道里，许文革被描述成了一个"迷途知返、白手起家的成功人士"，还有一档名气很大的电视节目到看守所对他进行了专访，挖掘其"心路历程"。节目播出，反响愈发热烈，不仅法律界的相关人士，就连八竿子打不着的专家也都纷纷发表意见，各路人精儿选边儿站队，演变成了如下两种论调的激辩：第一，公平至上，资本是有原罪的，中国的资本家更是有原罪的；第二，效率优先，只有对那些"有能力的人"网开一面，社会经济才能快速发展。前者批判后者信奉"丛林法则"，后者讽刺前者要开"时代倒车"，大家离题万里，天马行空，各执一词。

这个插曲的受益者当然是许文革。把水搅得越浑，法院在量刑时，就越有可能采取折中方案：轻了不行，重了更不行。所谓"酌情"，酌的有案情、人情，当然也包括舆情。另一个间接受益者却是看守所——电视镜头里的监舍整洁明亮，管理有序，这相当于用事实回应了近些年来针对我国司法体系的恶意抹黑。上面因势利导，把单位树成了典型，新所长还得逢年过节带着一群眼泪汪汪的在押人员包顿饺子，以供宣传使用。

也是经由媒体报道，杜湘东才弄清了许文革的另一个身份：他已经是一家汽修企业的实际控制人了，厂子在南方，手下雇着百十号人。尽管奔驰车、一天一扔的毛巾内衣和按小时付费的律师都透露出了类似的可能性，但确切得知这个信息，还是令人倒吸一口凉气。当然，这其中的许多细节有待补充，比如许文革究竟是通过什么途径"发迹"的？再比如许文革既然是个逃犯，又是如何管理资产、运营企业的？只不过除了杜湘东以外，并没有什么人真会关注那些疑点。人们需要的只是一个励志的传奇，一个暴富的神话。

两个月后，二审宣判。依据《刑法》，犯罪分子的"立功表现"是指"揭发他人或提供重要破案线索，并经核查属实"，因而在狭义上，许文革的救人行为不能算作立功；但按照最高人民法院颁布的《关于处理自首和立功具体应用法律若干问题的解释》，许文革具有明显的悔罪表现，并对社会做出了重大贡献，因此仍可参照相应的减刑标准处理。最后判处有期徒刑三年，立即执行。也就是说，上诉目的已经达到。

不管怎么说，这桩跨世纪的案件终于在法律层面上尘埃落定。许文革被移交给监狱的当天，刘芬芳提早收摊回家，炖了一锅猪下水。老所长和老吴也打来电话，如出一辙地问："不想了吧？"杜湘东回答他们："早不想了。"然后老所长跟他交流了养生，老吴则介绍了自己在东南亚几处海滩胜地的见闻，"都他妈大洋马，扒开屁股才能找着裤衩儿。"又过了几天，所里传达通知，杜湘东结束了短期轮岗，重新回监舍工作。

杜湘东却表示："我就留在登记处吧。"

新所长以为他还在闹情绪，安抚道："杜哥，工作离不开您。再说您当年不都是主动申请到一线、到困难的岗位上去嘛，这个传统得发扬啊。"

杜湘东说："当年是当年，现在就想图个舒服。"

他说的是实话。至此，杜湘东已经目睹许文革实现了他的全套计划：随着法制进步，当年的案子如能拖到今天再审，对罪犯是极其有利的，再加上自首和立功等因素，许文革只需要坐上不长时间的牢，就能以很小的代价洗白自己——而恰恰是因为"发了"，今非昔比了，许文革才无比迫切地渴望洗白。如果说许文革是一个幽灵的话，那么他是一个随时准备回到阳光之下的幽灵。这么想着，杜湘东仿佛又身处在矿井深处，和许文革一起经历着黑暗中的天崩地裂。他仿佛还看到，当井下所有人都在仓皇失措时，许文革的眼里却闪烁着孤注一掷的光芒。许文革早就开始设计他的计划了，并为此稳扎稳打，步步为营。而再反观自己，杜湘东却全然是一个懵懂的、被动的人，他只配被人牵着鼻子走。如果说当年的杜湘东只是承认了失败，那么现在，他还感到了彻骨的乏力。

于是他不仅从管教的位置上退了下来，进而还变成了这样一副形象：骑一辆破烂自行车，后座上斜插着一根劣质渔竿；如果离近了，能闻见他身上的酒味儿更浓了，还能听见他的怀里有只蝈蝈正在吱吱乱叫，听那五音不全的调门儿，好像也被熏醉了。如此全副武装杜湘东从宿舍出发，或者找河边清静的地方下竿儿，或者到山脚下给蝈蝈挖野菜，或者去为下岗女工刘芬芳的冷饮摊上货，总之难得到所里照个面。对于单位，他有一种很公平的态度："我不烦他们，他们丫的也别烦我。"而现在，别说领导了，就连交情不错的几个小伙子也对他敬而远之。大家除了觉得跟他混在一起"影响不好"以外，仿佛还害怕从他那儿沾到什么晦气。人们对他的称呼也变了，从"杜哥"升级成了"杜爷"。这个"爷"当然不是"爷爷孙子"的"爷"，而是"北京大爷"的"爷"。定居郊县十几年，杜湘东终于混成了一个别人眼里的北京人。

"你堕落了。"另一个北京人刘芬芳抱怨道。

"我不早这样了么。"杜湘东回答。

"那你就是越来越堕落了。"刘芬芳又说。

杜湘东不忿："难道我就没有堕落的权利吗？"

听他这么反问，刘芬芳就没话好说了。也许她还在心里做了一番权衡：比之于奋发的杜湘东，堕落的杜湘东才是适合于当丈夫的。况且一个穷人，能在堕落这事儿上拥有多大的资本和想象力？毕竟不赌嘛，毕竟不养女人嘛，毕竟还知道给家里干点活儿嘛。那么堕落就何止是天赋人权，简直是值得提倡的了。而刘芬芳没话好说，杜湘东也就失去了对堕落进行深入阐述的机会。那种反思只能在暗地里进行：如果说以前堕落，是因为不知道许文革身在何方，那么现在堕落，不妨可以算是他为了适应"许文革回来了"这一现状所做的努力。表面上是同一种堕落，骨子里却有不同的内涵。

如此说来，即使到了今天这步田地，许文革仍然还在萦绕着他，纠缠着他，改造着他？这个发现将杜湘东吓出了一身冷汗。

而此后的两件事，让他不得不承认确实如此。

第一件事发生在半年以后。那天晌午，杜湘东照例出门，自行车后座的渔竿上挑了一只等待收纳战果的塑料袋，迎风一抖，如同旗帜，上书五个大字：维纳斯妇科。这阵子刘芬芳在闹妇女问题，小肚子疼，正好听说县城有家私营医院开业酬宾，免费门诊，便去看了一趟。杜湘东骑过看守所正门，忽听有人叫他，一歪头，就看见门前停了一辆"大切诺基"，车里跳下了那位上警校时总跟他较劲的同学。同学还在干刑警，因为破过几桩震惊全国的大案，现在已经升了某个城区刑侦支队的一把手了。这些消息也是在新闻里得知的。

杜湘东溜车过去，像狗撒尿似的一脚蹬在"大切诺基"的轮毂上，用同学当年的口气打招呼："哟，稀客呀。"

然后他才眨了眨眼，略感茫然。这位身居要职的故人怎么会来找他，并且看那架势，还是专程下乡来找他。而自从提拔到领导岗位，同学就学会了收敛傲气，或者说，反而没必要傲气了。他笑笑，和杜湘东握手，话说得既亲热又责备："打电话你不在办公室，找你们所长也不知你在哪儿。都什么年代了，你也不配个手机。"

杜湘东干硬地迸出几个字儿："你要干嘛？"

同学继续笑道："找你核实个事儿。那事儿你可能不想提，但也请担待着。当年为了那个叫许文革的逃犯，你不是跑过一趟大同嘛……"

杜湘东更加干硬地打断对方："那案子早结了。没结之前，你们不也撒手不管了吗？"

同学道："我想说的也不是许文革，而是你找许文革时，我给你介绍过一个当地的警察。他带你去查过线索，还跟你一同进过矿区。这人你还记得吧？"

杜湘东眼前浮现出一个人影。那警察瘦高驼背，满脸通红，浑身脏兮兮的，当初刚见面，他就自我介绍过，姓徐，不过后来竟忘了人家的称呼，只记得长相如同一只蹦跶在土里的大虾米。杜湘东这辈子唯一一次过了把刑警的瘾，正是在那个老徐的陪同下完成的。追许文革时，如果不是老徐把他拽出了矿井，没准儿命都送了。

见杜湘东迟疑着点头，同学就一股脑儿地说开去。他说老徐以前是省里有名的破案能手，门路广，脑子活，关键时刻反应奇快，不止杜湘东，就连他本人也承蒙老徐救过一命。当时是到山西抓一个抢劫犯，刑警同学在路边摊上看得真切，扑上去就要按人，没想到对方从怀里掏出一把鸟铳，顶住了他的脸。正在这个当口，一旁策应的老徐及时赶到，一把攥住鸟铳，把枪口抬向天上，不仅救了警察，也没伤及群众。只可惜这样一条汉子，却在最不应该的地方翻了船。他很早离婚，前妻和女儿住在太原，女儿升初中那年，因为没户口，得交一笔择校费，但穷警察又怎么交得起。恰好有个认识的生意人说能联系上省城重点学校的领导，还说择校费可以由他先垫着。虽然知道天上不该掉馅儿饼，但因为常年感到对不起女儿，老徐也决定把钱借了再说。没过多久，便发现那生意人身上还背着一起伤害案，是讨债时指示黑道把人手剁了。对方求老徐放他一马，老徐不答应，依旧抓人。到了牢里，那人就反咬一口，揭发老徐勒索、受贿。虽然打了借条，又是在不知案情的状态下拿的钱，但追究起来仍属犯忌，于是老徐被从一线调离，找了个闲职挂着。

这一挂，就挂了七八年。但却闲不下来，不光许文革这个案子，地方上再有什么棘手的案情，仍会抽调老徐帮忙。结果到了上个月，就出了事儿。铁路警方要端掉一个盗窃团伙，知道老徐熟悉地形，请他在大同段配合一下。但前两个站点收网过早，又没把人都抓住，余下的案犯被逼红了眼，刚看见身穿旧警服的老徐上车，就有一个十四岁的孩子迎了上去，照着肚子攮了一刀。老徐把眼一瞪，说声"小兔崽子，拳头还挺硬"，随后一头栽倒。等送到医院，发现肝脏被捅破了，又抢救了半个月，终于没救过来。

老徐死前，断断续续还有意识。这时上面想起来，还有一位得力干警正被"挂着"，于是恢复原职，立功嘉奖。以前的领导赶到医院，把那份决议逐行逐句地念给老徐听，上面列举了老徐从警生涯的诸多事迹，倒像提前念了一份辉煌的悼词。刚念完，老徐便昏了过去，过了片刻又自己醒了过来，对领导说："还差一条呢。"

领导手忙脚乱地问："差哪条？"

老徐说："我还拒过贿。"

听到这话，领导就有点儿尴尬，问："还有这事儿？"

老徐就把何时何地拒过贿说了。听着同学复述，杜湘东也想起了当年他和老徐坐在洗浴城包间里的情形：俩警察一左一右，中间夹着煤矿老板和几叠现金。

刑警同学道："凭他以前破过的案子，足够当个省级以上英模的，但非要在材料里添上一条拒贿，就有点复杂了。没过几天，老徐就突发大出血去世了，所以这事儿算是他的遗愿，领导没法儿拒绝。可他又在钱上有过纰漏，而且当年告他的人还放出来了，怕就怕再咬起来，打了英模的脸也打了组织的脸，那样影响就恶劣了。最后上面给出意见，一定要对老徐的说法再做核查，只有证实了才敢往材料上写。他们省厅的人先找到了我，让我私下跟你了解一下，你们当年到底拒没拒过贿，当时老徐又是个什么反应……"

"我能证明。"杜湘东说，"有人行贿，老徐拒了。"

"你呢，也没拿？"

"他都凛然成那样了，我怎么好意思拆他的台。要不是他，我还真不好说。"

"你实事求是就行，不必……"

"怎么着，山西那边信不过老徐，你也信不过？"

"我说的不是他，是你。没必要再踩自己一脚，据我所知，你也不是那样的人。"

"那你看我是他妈哪样的人？"

杜湘东吼了一声，却不雄壮，好像掐着嗓子嘶鸣。他扒在轮胎上的脚还抽筋儿似的一蹬，大切诺基纹丝不动，屁股底下的自行车先歪了，令他一个踉跄翻倒在地。刑警同学没再出声，从大檐帽底下冷冷打量着他。杜湘东叉腿坐了片刻，跳起来，一边噼啪拍打屁股，一边要过纸笔，也不回办公室，趴在汽车鼻子上写了一份证明。世事真是一环套一环，跑了趟山西，还牵扯出了这么多案中案。他是第二次给人做证了，不过这次晚了。许文革活着，老徐却死了，还是死在一个小蟊贼的手里。杜湘东一边写，一边心就疼了起来。他还感到喘不过气，得不时抚着胸口往下顺顺。用了两张纸，总算把该说的话说清楚了。同学接过材料，替杜湘东把自行车扶起来，仍未言语，走了。

过了俩月，老徐的噩耗渐渐在他心里淡了下去，另一件事却接踵而至。

杜湘东仍保持着探望姚斌彬他妈的习惯。好像脑子里藏着一枚闹钟，走得不准，但却迟早要响，敦促他去例行公事。而最近几趟过去，房间里嗅到了别样的气息。先是每次进门，都觉得屋子干净了，其次是盛米的塑料桶、装菜的竹筐总会满满当当的，甚而还有水果，并且不是附近菜市场里的寻常货色，无论苹果橘子都大而饱满，打了一层锃亮的蜡。

对于这些变化，杜湘东向姚斌彬他妈打探过。回答是："他们送来的。"

这个说法无疑过于笼统，但也是标准答案。随着越发地老了、虚弱了，这半年来，姚斌彬他妈仿佛失去了辨人的能力和兴趣。从她嘴里几乎听不到完整的人名，而是用代词指称一切：我，你，他，他们。我还不饿。你来了。他把我的暖壶踢翻了。至于这里的"他们"，可以是厂子的工会，也可以是街道乃至区里的福利机构。跨了世纪以后，国家貌似从捉襟见肘的窘境里缓了过来，就连对于原先被刻意遗忘的困难群体，也能腾出手来照应了——可惜往往也就是一阵风，为的是配合什么检查什么活动。

当然，"他们"还可以是别人。杜湘东又问："他们是谁？"

姚斌彬他妈便吃力地歪着脑袋，半晌才答："他们就是他们。"

问也没用，再问就是故意逼人了。而杜湘东倒想看看"他们"还要怎么表现。横竖也没事儿，他去得更勤了。那天又是周末，骑着破车来到六机厂家属院，一进门，就见姚斌彬家的楼下停了一辆救护车。当年翻拣垃圾的老太太早不知哪儿去了，接替她的是个中年妇女，脾气倒比前任随和，看见杜湘东，点头招呼："来啦？"

杜湘东说："来啦。"说着瞥瞥救护车。

妇女意味深长地说："崔大妈命好。"

那一刻，杜湘东魂飞魄散。在穷人的语境里，死得痛快或者死得不破费，就算"命好"了。他不敢多问，三步两步上楼，便看见姚斌彬家门口围了一群人，正伸着脖子往屋里观望。掀开布帘子，又露出几个穿白大褂的医生护士，围着姚斌彬他妈或问询或安抚。姚斌彬他妈却安然无恙，见到杜湘东进来才开口："你跟他们说说。他们问的我都不懂。"

杜湘东既问姚斌彬他妈，也问医生护士："让我说什么？"

一个中年医生接口道："听邻居说，这些年来，你一直在照看她？"

"也是得空儿才来一趟。"

"请介绍一下她的生活情况吧。"

"很简单……睡觉起床，烧水做饭。吃的我都提前备好了，菜尽量买存得久的，土豆大白菜什么的。得按时吃药，所以我写了个纸条，贴在桌子上。以前她还自己去拿药，后来懒得动窝儿，我就得勤着点儿检查她的药瓶，快没了就替她跑趟医院。像上厕所和洗澡这些事儿，对她来说很麻烦，不过练了这么多年，基本上自己也能做了……我原先工作挺忙的，靠我一人肯定不行，还是多亏了邻居们。"

他说完，看看屋外，邻居们纷纷点头附和。然而问的人可不满意。一个护士撇嘴道："怪不得这么瘦，光吃土豆白菜了。"

立刻有人顶她："你查查我们的工资条儿，想吃鲍鱼你给买去。"

另一个护士说："老人身上都有味儿，估计半个月也洗不上一回澡。"

又有人说："别说她了，我们都这习惯。你闻闻我，我也有味儿。"

杜湘东把话头转向医生："你们又是哪个医院的，谁通知你们来的？"

对方回答，他们不是医院的，而是城北一家疗养院的。有客户预交了费用，让他们上门给崔丽珍做一次家庭体检。那家疗养院杜湘东也听说过，在电视和报纸上都打过广告，据说是按国际标准建的，价钱自然也是国际标准。医生又把杜湘东往屋角拉了拉，低声问："那么老人发病之前，您还观察到什么症状没有？"

杜湘东说："她是老病号儿，认识我之前就中风了。"

"我说的不是中风。"

"还有别的毛病？"

"对，我们怀疑她得了阿尔茨海默症。"

这个洋词儿把杜湘东唬住了，他严峻地看着医生。

医生解释道："也就是老年痴呆。当然，按照你的说法，老人不是还能基本自理嘛，这说明情况还不算太严重。不过她现在的生活环境……确实成问题，医疗条件也跟不上，很不利于进一步检查和治疗。说句不好听的，等彻底糊涂了就晚了。所以我的意见是，立刻让她到疗养院先住下，再由院方安排就医。"

"你们想把她接走？"

医生笑了："我们疗养院的门槛也挺高的，哪儿能说去就去。"

说完撇下杜湘东，靠窗去打电话。说不几句，转过身来："客户表示，费用不成问题。只要老人去了，我们就能安排陪护，还能组织专家会诊。咱们收拾收拾吧。"

杜湘东脑子嗡了一声："一个大活人，你们哪儿能说弄走就弄走？"

"瞧您说的，好像我们是个强制机构。其实听邻居说，您还是个警察吧？那我们就向您这位警察同志汇报一下。走之前当然得办手续，不是还有单位嘛，现在那位客户已经去找厂里了，只要厂里同意，就是符合相关规定的。而说到底，这一切的大前提，还得是老人自己同意过去……"医生说着又笑了，这时便有护士拿出一本宣传画册，平铺在桌前，向姚斌彬他妈展示疗养院的硬件和软件；而医生的口气又像是在探讨一个多此一举的话题，"崔阿姨，您想到那里去吗？"

姚斌彬他妈把眼睛从画册上挪开，看向桌上的一副相框，没听见似的。

这时楼下传来了关车门的闷响。杜湘东探向窗外，便看见了那辆奔驰轿车，车上下来两个人：一个是秃顶，从上往下看去好像一只鳖，另一个满头黄毛，好像一朵菊花。菊花与鳖脚步急促，噔噔噔地跑上楼来。走在前面的秃顶男人大概是个领导，虽然厂子处在半停工状态，可编制还在，那么"班子"就得维持运转。邻居们见了他，纷纷撇嘴，而秃顶也并不指望受到欢迎，自顾自地表演起来。他先对姚斌彬他妈嘘寒问暖了一番，然后宣布，崔大姐去住疗养院，"这是一件好事"，虽然厂里"也舍不得"，但是"为了您着想，态度是十分支持的"。这么说时，他身后的年轻人却往杜湘东身边挪过来。这人穿得花里胡哨，两只皮鞋锃亮，步伐却踩出了对比鲜明的切分音。对视一眼，面无表情，但杜湘东认出了小瘸子，小瘸子也认出了杜湘东。其实早该想到的，小瘸子就是刘秋谷，许文革从矿井底下背出来的那个孩子。他截了肢，但又踩着一条假腿站起来了。除了这条腿，他从打扮到神色都是一副"小开"模样：轻狂、浅薄，在河南的底色上时着韩国的髦。

刘秋谷的目光在杜湘东脸上停留片刻，突然变得冰冷。随即，他故意忽略了杜湘东，转而和医生讨论起了疗养院的费用问题："大概多少，一年二十万？三十万？"

"差不多吧……基本费用三十万足够了。"

"有没有更高档的？我们掏双份儿，能再多几个人伺候着吗？"

他也在表演，不仅演给邻居们看，还演给杜湘东看。而在邻居们波澜荡漾的感叹中，在杜湘东的沉默中，姚斌彬他妈却突然说话了："我不去。"

医生以为自己听错了："您说什么？"

姚斌彬他妈重复："我说我不去。"

秃顶男人也替她着急起来："这算怎么话儿说的，您看……"

刘秋谷这才慌了神。把姚斌彬他妈"伺候"起来，这一定是许文革交代的任务，任务完不成，就是辜负了救命之恩。县城版的霸道总裁演不下去了，取而代之的是孩子般的委屈，他走近姚斌彬他妈，哀求道："婶子，别呀，咱再商量商量？"

姚斌彬他妈瞥他一眼："我不认识你，跟你商量不着。"

那么跟谁商量？众人又都看向杜湘东。杜湘东的心沉了沉，很想叹口长气。他也靠到桌前，俯身蹲下去，看着姚斌彬他妈的眼睛。

"这是许文革接您来了。"他梗着嗓子，轻声说。

女人似是一震，把手探过来，抓住了杜湘东迎上来的手："我知道我该去，老麻烦你，我也不好意思。但我就怕一件事。"

"您说。"

"我怕姚斌彬回来找不着我，着急。"

"姚斌彬他……"

"杜管教，不瞒你。"女人舔了舔嘴唇，"姚斌彬他有罪，跑了，去山西了。"

她虽然还记得姚斌彬和许文革，但脑子里的事实却都乱套了，张冠李戴了。也正是女人的这句话，让杜湘东不得不相信了医生的判断。他紧紧握了握女人的手："我还常来呢，碰见姚斌彬，就让他找您去。"

姚斌彬他妈就闭了眼，把身子往后一靠，一副任凭处置的姿态。人们松了口气，各自行动起来。床单被褥洗衣服都不用带，疗养院里有现成的，只要把证件、药方等小件物品揣进一个牛皮纸袋，就算收拾停当。住了一辈子的地方，走时原来如此简单。叽喳忙乱之际，姚斌彬他妈和杜湘东一个坐，一个蹲，俩人手还握在一起。

终于，女人被搀扶起来放进轮椅。她回头又找杜湘东："看我去，啊。"

杜湘东说："看您去。"

姚斌彬他妈被簇拥着推下了楼，门外的喧哗逐渐减弱，杜湘东却一动不动，还蹲在地上。十几年了，这间小屋几乎和他头次来时一模一样。因其不变，也就掩埋了那些深夜痛哭的悲声与皓首枯坐的身影。窗外起了风，阳光肆意横行，铺天盖地的流云的影子在水泥地上掠过。杜湘东心里突然起了个念头。许文革，老徐，他们都是扑在尘土里也身上带光的人，而在此前那些年里，他本人的存在价值仿佛仅仅是为了陪衬"他们"，以显示"他们"才是强悍的、磊落的、高尚的——所以他才会长久地憋闷，憋闷得让他忘了自己也是能发光的。现在，他必须做点儿什么了。他得换个角色，还得向他所处的世道讨个说法。况且他想干的事儿还不仅仅是为了他自己。杜湘东往身旁扫了一眼，看见桌子底下倒扣着一个简陋而古旧的相框。这东西一直摆在桌角，而方才走得仓促，落在地上竟无人察觉。相框里插着一张黑白照片，中间的女人四十多岁，面庞清秀，眸子闪亮，在她身后一左一右，站着两个身穿工人制服的稚嫩青年。姚斌彬死了，许文革还活着。姚斌彬的一条命，换来了许文革的重新做人。这公平吗？虽然姚斌彬毫无怨言也不可能再有怨言，但杜湘东还是要问，这公平吗？有了这句发问，杜湘东就不感觉自己是孤独的了，他还多了一个同伴，那人是姚斌彬。

他把照片从相框里抽出来，揣进上衣口袋。离开之前，他朝窗子的方向凝视片刻，点了点头。那透亮的虚空里，似乎有个姚斌彬对他似笑非笑。

15

杜湘东破天荒回了趟办公室，只做一件事，就是给当年的同学打电话。失联已久，许多人早就搬家了，更有些人连单位都挪地儿了，他只能通过找得到的询问找不到的，顺藤摸瓜地逐个儿串联起来。幸亏上学时人缘不错，同学们还愿意记得他，而面对杜湘东提出的"聚聚"，有人痛快答应，有人吞吞吐吐地搪塞，还有人表露出了情有可原的谨慎。毕竟大家都忙，更毕竟一些人已经坐上了相当敏感的位子。

令人欣慰，当他赶到上学时常去打牙祭的那家小饭馆时，就见门口停了好几个警种的车辆。最威风的当然是刑警支队长的"大切诺基"，经侦总队副政委的那辆"霸道"也不错，车里还候着个司机。在走进包间的客人里，杜湘东的模样无疑是最寒酸的，甚而带了三分滑稽。他歪戴着帽子，裤腿一高一低，后襟上沾了一块来路不明的油斑，怀里鼓出个包，居然是个蝈蝈罐子。他也纳闷为什么要带着蝈蝈进城，于是出门找了块草地，把那小虫放生了。

再折回去，推门进屋，一群警官正在热闹，拍着桌子互相说"老了老了"。看见杜湘东，齐声欢呼，"老了老了"更加不绝于耳。这才是同学聚会的气氛，谁也别挑剔地方，谁也别找理由挡酒，谁也别因为肩章上比人家多了一颗星一条杠就装大尾巴狼。干了？走着。悠悠岁月，欲说当年好困惑。酒量可以啊老杜，以前可没见你能喝。也是锻炼的结果，你们拿茅台练我拿二锅头练。说这个就没劲了啊。我没劲，我自罚。

桌上的酒瓶都见了底儿，恰好一个小高潮结束，场面陡然静了下来。有人脸红，有人脸白，所有人都垂了脸，用近乎慈祥的眼神看着杜湘东。

"有事儿就说吧，老杜。"开口的是刑警支队长。

杜湘东没言语，再次举杯，手一抖，洒了大半。

"大伙儿都不是闲人，今儿是为你来的，你就甭卖关子了。"其他人也道。

"那我就直说。"杜湘东把酒杯往桌上一顿，"你们帮我查个人吧。"

"查谁？"

"许文革。"

场面更静了。片刻，还是刑警支队长说："这些年你的那些事儿，不光我知道，哥儿几个也听说了。大伙儿都想劝你一句，人不能跟自个儿过不去。"

"可我觉得事儿还没完。"

"法院都判了，你还想怎么着？"

"别跟我讲法，我他妈也是警察。但法律是法律，道理是道理。"

"话可不能这么说，要是都像你一样，社会不就乱套了吗？"

"要是都像他许文革一样，那才乱套了呢。"

"老杜，你这就有点儿轴了。人轴不完全是坏事儿，但要在不该轴的地方轴，那就真是坏事儿了。说句不该说的，我们也都觉得你挺可惜的，不过——"

"不可惜，谁也别替我可惜。我早想明白了，混得不好是我活该。你们是干大事儿的人，我就配当个臭管教，而且连个管教都当不好。我给咱们这帮同学丢人了，我都没脸来麻烦哥儿几个。但我心里憋得慌，那感觉比坐牢还难受……我没本事，我就是一废物，要没你们帮忙，我是真过不去这个坎儿了……"

说着，杜湘东就"出溜"到桌子底下去了。他的嘴里和鼻子里流出了混杂的汁液，拉着丝儿吹着泡儿，汩汩地淌进了脖领子。他兀自口齿不清，喃喃不止。他进而又左右开弓地抽着自己的嘴巴，噼啪作响，转眼让脸肿得像个猪头。同学们都来拉扯他，劝他"别介呀别介呀"，人堆儿底部的猪头却突然变成了一只鲸鱼，哇的一声，天女散花，酒精度数极高的呕吐物喷了众人一身。

这也是那天晚上定格在杜湘东眼前的最后一幕。次日在学校招待所醒来，他已经全然记不得头天晚说了些什么。然而没过多久，来自各个渠道的信息就陆续会聚了起来。他相当于用鼻涕眼泪把在京公安系统粘在一块儿，展开了一次联合调查。用刑警支队长的话说："我们这些人，大枪顶脑门子上都不怕，就怕自己兄弟要苦肉计。"

而他的同学不是领导也是老油条，都明白这样的调查应该被控制在怎样一个"度"里。一言以蔽之：违反纪律的事儿不能干，授人以柄的事儿不能干。但他们也告诉杜湘东，所谓的"度"往往又是微妙的，含混的，打打擦边球也不是不可以。话说到这个份儿上，大家心知肚明。杜湘东先到刑警支队长那儿报了个案，说姚斌彬他妈失踪了。失踪了自然要查，尽管没过几天就得知崔丽珍住在城北的养老院，但养老院是许文革授意安排的，而许文革又正处于服刑的特殊阶段，那么就顺势查一查这个人，也是有其必要性的了。

更得感谢这些年的技术进步，群众雪亮的眼睛早已进化成了由芯片、二极管和数据库组成的庞大的复眼结构，一个人再怎么隐姓埋名，只要还和社会有接触，他所留下的痕迹都会记录在案。信息汇总到杜湘东这里，又可以拼凑成一部许文革的发迹史。

大致分为如下两部分：

首先是在逃期间。当年许文革离开矿山，立刻南下广东。他先后使用多个化名，在各式各样的民营工厂干过活儿，但都不甚得志，最多也就干到了"拉长"。转机出现在跳槽到汽修行业之后。他本就是一名娴熟的技术工人，又对机械极感兴趣，刚一入行就显现出了过人的本领。什么车他都敢上手，什么车他一上手就能转，渐渐就在汕头一带闯出了名气，乃至于深圳、广州都有人专门请他去维修一些走私的豪华车。有老板想替他出资，怂恿他单干，但许文革都没答应，直到遇上了刘秋谷。

当时刘秋谷拖着一条腿，也来沿海地区讨生活，原打算用他哥的抚恤金做点儿生意，结果被人骗得精光，沦落在夜市里乞讨。许文革把他捡了回去，提议俩人合伙干，本钱自己出，却让刘秋谷出任法人。这么安排，当然有其目的，但刘秋谷一来走投无路，二来把许文革视为救命恩人，因此甘当逃犯的傀儡。此后，许文革展示了一个商人的才能和胆识。他跳出家用车市场，转而盯上了爆发式增长的物流业——几乎所有南方工厂的货物都得用大卡车源源不断地运往港口，但卡车一旦坏在路上，厂家的售后网点又辐射不到，常常会前不着村后不着店地耽搁许多天。许文革的"点子"恰好可以解决这个问题。他也不租门店，用全部积蓄招聘工人、租赁面包车，再加上言传身教，很快带出了一支过硬的维修队伍。他们像工蚁一样沿着货运线路游走，只要有卡车"趴窝"，一个电话就能迅速赶到，该修的修，修不好的拖到汽修厂，转手又能挣一笔介绍费。这种经营模式胜在机动性强、成本低廉，在那个年代绝对属于"一招鲜"，刚一试水就赢得了极好的口碑，进而说动了几个原先认识的老板入股投资。此后的几年，许文革几乎是在夜以继日地劳心劳力：发展加盟的维修站点，和卡车制造商洽谈专修授权，遇上特别重大或者特别棘手的情况还得亲自"出现场"……公司的规模也像滚雪球一样膨胀起来，业务扩展到了广东全境。

自然，无论是融资还是合作，抛头露面的都是刘秋谷，许文革只在背后操纵。

其次就是入狱以后。许文革的逃犯身份公之于众，股东们果然被吓了一跳，不过很快明白他自首是为了洗白，所以非但没有撤股，反而纷纷帮他介绍律师、疏通门路。生意人考虑的是钱，只要许文革能替他们盈利，那些人才不管他有没有前科。而许文革身在监狱，胸怀天下，又开始着眼于一个新的商机。这两年，随着山西、内蒙遍地开花的挖矿运动，西北方向已经取代南方沿海，成为了中国最为繁忙的交通运输线路，但山区地形陡峭，路况拥堵，卡车走走停停，刹车系统不堪重负，往往会酿成恶性事故。针对这种情况，许文革斥资买下了几项增强卡车制动力的专利技术，比如更换耐高温的陶瓷刹车片、加装稳定可靠的气动总泵，等等，并且决定在北京设厂，建立起集制造、销售到改装、维修于一体的全产业链。他也明白，要实现这个目的，最可行的方法就是与国企合资，如此一来，既能利用对方的土地和厂房，同时也能获得政府的支持。于是他委托金融顾问与咨询机构，专程对一家经营不善的本地工厂进行了评估，据说即将进入实质性的洽谈阶段。

"哪家厂子？"听到这里，杜湘东问。

"第六机械厂。"负责转述消息的刑警支队长说。

杜湘东一阵发蒙。原来刘秋谷出现在六机厂，可不仅仅是为了安顿姚斌彬他妈。而急于"腾笼换鸟"的工厂在北京还有很多，许文革偏偏挑中了这一家。正在恍惚，刑警支队长又抛出了一个更加令他发蒙的消息：入狱不到一年，许文革即将保外就医。理由是他患有严重的哮喘，目前已经发展到了生活不能自理的地步。至于病因，可能是他曾经在井下干过重活儿，但也和长期以来的昼夜操劳、精神紧张不无关系。

好一会儿，杜湘东才接话："病情属实吗？"

刑警支队长道："许文革也算个名人了，就算想瞒骗，也没人敢给他行方便。"

"那他的生意呢，也没违过法？"

"经侦的兄弟看过他公司的纳税记录和财务报表，起码账面上没毛病。不过说句不好听的，咱们国家的生意人，就算发家靠的是脑子和力气，屁股上真能一清二白的也不多。尤其是许文革这个行当，水太深也太浑了，做大之前得跟人斗狠、斗心眼儿，否则随便哪个村支书和流氓团伙都能砸了他的摊子；做大之后又免不了和各式各样的头头脑脑'勾兑'，铺路全得用钱……就拿跟六机厂的合作来说吧，短短几个月就把方方面面上上下下都搞定了，你以为那些大红章是白盖的？谁的眼睛也不瞎，都能猜出是怎么回事儿。"

杜湘东的口气便兴奋了起来："经济犯罪也是犯罪。你们打算什么时候开始取证？"

刑警支队长却叹了一声，腔调衰颓了下去："杜湘东，你也是一把岁数的人了，怎么头脑还是这么简单。且不说许文革都在幕后主使，真查出什么端倪也未见得会落到他头上，就算坐实了他那个公司行贿、漏税、搞权钱交易，涉及的也不仅仅是经济犯罪的问题了。跟他接触的还有领导呢，跟领导接触的还有更大的领导呢，那些当官儿的我们'办'得了吗？况且盘活老旧企业，减轻财政负担，这是现如今的国家政策，许文革是顺势而为，我们要动他就是跟政策对着干，你以为上面会答应？既然说到这儿了，我也不怕你不高兴，再从旁观者的角度议论两句吧……你觉得警察是干嘛的？有恶必惩那是理想状态，用这个标准要求谁，谁都没法儿活。许文革再怎么让人看不惯，毕竟还没伤天害理吧？说到底也是环境使然，如果只揪着他一个人不放，那不公平。"

杜湘东的声音低了下去："你真这么想？"

"想不通也只能这么想。"刑警支队长凝视他半晌，又道，"大伙儿帮你帮到这个份儿上，算是仁至义尽了。你不是说自己憋得慌吗？现在知道了吧，许文革也憋得慌。假如你觉得法律对他的惩罚还不够，那他病成这样，你也该解气了吧？"

杜湘东不语。同学突然揽住他的肩膀，和他脑门儿顶着脑门儿，用力晃了一晃。警察的性格都硬，刑警更硬，能有这么个举动，就说明真把杜湘东当成了兄弟。再想想以前和同学的较劲，想想经由同学介绍才认识的老徐，杜湘东也动了感情。然而即使鼻子已经酸了，喉头一哽一哽，他却还是想对同学说：兄弟，对不住，我辜负你了。

开弓没有回头箭，盯梢是从许文革出狱的当天开始的。

监狱也在南郊，但比看守所更靠近城里。那天上午，当铁门打开，杜湘东就站在马路对面的一棵树后。绕过树干，他目睹许文革蹒跚着缓缓移动，脖子像沉到水底的鹅一样尽力伸长，又被胸膛的剧烈起伏扯得一晃三颤。才坐了一年牢，许文革的腰背更加佝偻了，连那张棱角分明的脸都干瘪了下去，还氤氲着一团黑气，远看好像一根被晒蔫儿了的茄子。可见监狱的确是个折磨人的地方。奔驰车就停在街边，迎出来的还是一瘸一拐的刘秋谷，律师却不见了。两人略说几句，许文革从怀里掏出一只药瓶，往嗓子里喷了喷，上车。

杜湘东也动身。他的交通工具是一台带铁棚的"三蹦子"，棚上贴满了"开锁换锁"和"包小姐"之类的字样。这玩意儿是他托人买的城管罚没品，冒黑烟，颠屁股，随时还有再次遭到罚没的危险，不过已经比自行车能跑多了。又幸亏北京正在翻来覆去地"摊大饼"，原先的乡下地方也开始堵车，所以奔驰车一路且行且停，竟没把他甩掉。如此亦步亦趋，并不很久，便到达了目的地。那是一幢四层小楼，外立面贴满了瓷砖，如果不是围着院子，远看倒像个巨大的厕所。奔驰车开进院门，还没停稳，楼里的人已经拥出来了，高高矮矮七八个，都是身穿灰褐色工装制服的精壮小伙子。院儿外是条市场街，像所有城乡接合部一样嘈杂、污浊，杜湘东就把车停在几个摊位之间，灭了火，聆听那些手下对许文革进行汇报。他们不叫许文革"老板"，而是和刘秋谷一样称他为"许哥"：许哥，一楼的房间给您收拾好了；许哥，设备正在路上，明后天就到；许哥，金融公司的人又来了，说等着和您当面谈。许文革却未做答复，或者他说话了但却说得虚弱乏力，因此一墙之隔的杜湘东无法听到。又过了片刻，院儿门口响起一阵鞭炮声，大概是兄弟们要给许哥"冲冲喜"，但许文革反而被硝烟味儿呛得一边大喘，一边铿锵地咳嗽起来。听那歇斯底里的架势，恨不得肝儿都快从嘴里吐出来了。于是刘秋谷就骂人，接着铁门一关，院儿里诡异地安静下来。

其实从同学那里得知，刘秋谷还在城区东三环租下了一套正经八百的商用房，专供公司的财务部门以及一个高薪聘请的"职业经理人团队"使用，但杜湘东预感，许文革出狱以后不会去那里。现在看来，他的直觉无比准确。而之所以选择这样一个偏僻的地方落脚，原因恐怕只有一个：第六机械厂就在附近。顺着柏油马路面朝东，透过新世纪以来越发浓郁的雾霾，隐约就能望到厂区破败的主楼了。苏联式样的尖顶如同鬼船的桅杆，无根无据地悬浮在半空之中。杜湘东还记得，曾经有女工在那栋楼里合唱《山楂树》：

我却没法分辨，我终日不安，

他俩勇敢和可爱呀，全都一个样……

现在两人一个死了，一个回来了。

从这天起，杜湘东的生活只剩下一项内容，就是窥探许文革。每天天不亮，他便会驾驶着突突乱响的"三蹦子"长途跋涉，来到那栋小楼院儿外。国营工厂早已一蹶不振，它的周边地带却呈现出了野蛮生长的繁荣。搞货运的，批发钢材电线的，出租工程车辆的，由此又带动了饭馆、旅社和百十块钱就能"爽一把"的小发廊。这种环境很利于隐蔽，当他把车往路边一靠，看起来完全就是一个"摩的"司机。出于谨慎，他又买了一顶能遮住下巴、只露双眼的毛线帽，干脆连面目也藏了起来。但这种形象又带来了一些小麻烦，常有人过来问他"走不走"，甚至连问都不问，径直往铁棚里一钻就不下去了。杜湘东本想拒绝，又一转念，开了这么一辆车却不载客，成天往院儿门口一杵，瞎子不都能看出自己正在干嘛？于是只好就范。好在路程都不远，不是去车站就是去镇上，顶多半个小时就能打个来回。回来以后，他继续发痴似的盯着那栋小楼。

如此持续了半年，但却成效甚微。这期间的几乎每一天，杜湘东都会把许文革的动态记录下来，写在一个空白本子上。那些内容是如此单调、简略而重复，诸如：

许文革没出门。刘秋谷买菜做饭。

许文革没出门。医生上门为他治疗哮喘。

许文革乘车，没上高速，前往当地派出所备案。

许文革乘车，上高速往北，应为探望崔丽珍。

许文革没出门。有访客两名，大概是商业伙伴。

……

假如一定要就此做出分析，那么结论是：除去履行法律规定的手续以及去养老院看望姚斌彬他妈，许文革保持着深居简出，连生意都完全在那栋小楼里进行遥控。相应于杜湘东变成了一个不像警察的警察，许文革也变成了一个不像生意人的生意人。

这份记录还有第二个人看过，是刑警支队长。那年春节，同学又来找过他一趟，名为拜年，实则是放心不下。俩人坐在车里，自然说起了"调查"的进展。杜湘东知道瞒不过去，便把本子递了过去。刚开始，同学还一篇一篇地翻着看，到后来就唰唰一扫而过。他评价了一句"精神可嘉"，然后直言相告，就算许文革果真隐藏了什么犯罪行为，凭杜湘东也休想发现，更别提把他再次投进监狱了。原因很简单：杜湘东的调查手段太低级、太小儿科了。靠人力去盯梢、蹲点儿，这都是上个时代的套路，而现在甭管是侦查技术还是反侦查技术，都日新月异到什么地步了？就拿这满满一大本记录来说，还不如随便哪个电线杆子上的监控摄像头提供的信息多。

"我也没觉得自己能逮着他。"杜湘东回答。

同学就问："那你图什么呀？"

杜湘东反问："许文革这种人，难道不应该有人看着他吗？"

同学沉默半晌，说："我看你是魔怔了。"

杜湘东表示赞同："我还真是魔怔了。"

而在监视以外，也有意外收获。每次坐车的人给了钱，他都看也不看，顺手往随身带的挎包里一塞。等过完年，就觉得那包鼓鼓囊囊的挺碍事儿，打开一看，乱七八糟撑满了零钱。于是他拎过刘芬芳摆摊儿收钱用的纸箱子，打开挎包，让那些散票儿纷纷落落地倾泻出来，把他的收成和她的收成混在一处。他们这对穷人夫妻居然也拥有满满的一箱子钱了。

这么做，当然是为了安抚刘芬芳。自从杜湘东早出晚归，她对他的声讨也到达了一个新的高潮——有本事的人才不着家呢，你也配？什么活儿都丢给老婆，成天出去躲清闲，这还叫男人吗？不会挣钱，花钱倒挺在行，自行车换成了三蹦子，这样就能到更远的地方"浪"去了吧？而见到杜湘东的举动，刘芬芳便一愣，进而露出了恍然大悟的神色。

她问："谁给你出的主意？"

杜湘东说："什么主意？"

刘芬芳踹了一脚纸箱子，惊得两张毛票儿翻腾而起："拉活儿呀。"

杜湘东搪塞："也没谁。好多人不都这么干么。"

刘芬芳说："可你是警察呀。"

杜湘东笑了："我都快忘了，你倒想起我是警察了。"

刘芬芳突然眼圈儿一红。她这人就是这样，平时老觉得自己被亏欠，但只要想起杜湘东也在承受委屈，哪怕他的委屈其实和她无关，她也会立刻翻转过来，觉得自己才是亏欠了杜湘东。这是刘芬芳性格上的软肋，使得她既后悔不迭又心甘情愿地跟他过了这许多年。想到这里，杜湘东便叹了口气，伸手摸了摸刘芬芳的脸——那张脸的正面已经和红苹果毫无相像之处，侧面也看不出半点儿吉永小百合的影子了。这个举动很突兀，所以刘芬芳下意识地一躲，但她随即又把脸凑了上来。老夫老妻含羞一笑，决定晚上再炖一锅猪下水。

16

后来在杜湘东的印象里，几乎是刚吃完猪下水，刘芬芳就病倒了。其实也没那么快，而是又过了几个月，对许文革的监视超过一年以后。觉得快，只是因为生活太过重复，仿佛许多天都合并成了一天。那是个暮春的晚上，杜湘东骑着"三蹦子"回来，看见冷饮摊空着，电喇叭还在播放《从头再来》。他以为刘芬芳是回去取什么东西了，便跨下车，慢慢往家走去。开门拉灯绳，赫然见床上横着一具躯体，身下满满的血，把褥子都洇了一大片，整个儿人好像躺在了一朵艳丽的红花上。这时刘芬芳还有意识，她满脸煞白，眼睛瞪得撑大了一倍，颤声说："我这是怎么了？本来就想躺会儿，一躺就起不来了。"

杜湘东把她横抱起来，冲到屋外去喊人。七手八脚送到医院，刘芬芳已经昏迷不醒。折腾到后半夜，医生才从急救室出来，说是子宫肌瘤长得不是地方，引发了大出血。又劈头盖脸责备杜湘东："一个常见病，怎么拖到现在才来？她糊涂还是你糊涂？"这时杜湘东想起来，以前刘芬芳曾经说过小肚子疼，但因为图便宜，去了一家"免费门诊"的妇科医院，结果真正的毛病没查出来，反倒向她兜售五花八门的补药，还号召她做个吸脂隆胸。刘芬芳被那些价目表吓着了，此后疼也忍着，再不敢看病，就生生拖成了今天这样。

现在后悔也没用，人家说怎么办就得怎么办。医生建议切除子宫，"你们这个岁数也用不上了，对吧？"杜湘东满头大汗地签了字。没想到刚做完手术，刘芬芳又开始了更加汹涌的出血，直接被转进了ICU。昏迷，抢救，再昏迷，再抢救，半个月之内下了两次病危通知，最后总算捡回一条命来。陪床期间，杜湘东的脑子都是空的，但只要一闭眼，仿佛就看见刘芬芳已经死了，她的灵魂正坐在一朵巨大而鲜艳的红花上跟他告别。直到接到通知可以办理出院，他才意识到了一个比大出血更加迫切的问题：下岗职工刘芬芳是享受不到报销政策的，而重症监护室每天的花费就得上万，还有手术、护理、进口药……再掏出存折一看，俩人的积蓄也许还不够这趟住院的零头。

身为一名穷人，杜湘东不免犯起了所有穷人都会犯的嘀咕。医院为什么没跟他商量过费用问题，难不成是专等着一并算总账？这两年类似的新闻很多，最夸张的一起是病人醒来一看账单，直接就从楼上蹦下去了。但不管怎么嘀咕，他这辈子也没欠过谁的，更何况人家毕竟救了老婆的一条命。杜湘东咬咬牙，满脸悲壮地走向结账窗口。那一刻，他几乎做好了跪地哀求的准备，求人家宽限一些日子，让他回家去凑，去借。

但和他的表情相反，收费的小姑娘一脸轻松："该出院您就出呗。"

"不是还得结账吗？"

"不是早就结了吗？"

杜湘东几乎怀疑自己幻听了。小姑娘怕他不相信似的，又找出一叠机打单据，从窗口递出来。林林总总上百项开销，总额比他估算的更多，已经超过了二十万。那么是谁交的钱？刘芬芳她二姐？自己单位？要不就是同学、同事、老所长和老吴？杜湘东做着假设随即否定了那些假设，窗口里的小姑娘却又补充说，在刘芬芳住院的第二天，她本人的那点儿押金就用完了，医院本想催促续费，替她交钱的人恰好来了。人家还留下话，费用不必担心，更不必为钱打搅病人

155

家属。

这时杜湘东才想起一个常识。他再次翻开那叠单据，从里面抖落出一张银行刷卡凭条。签名栏上的字迹歪歪扭扭，稚嫩得像个小学生，赫然写着"刘秋谷"。

刘秋谷背后，当然是许文革。原来是许文革。居然是许文革。

但最让杜湘东惊愕的还不是许文革替他结账这一事实，而是：许文革又是怎么知道刘芬芳生病，怎么知道他们看不起病的？难道在很早以前，甚至早到了许文革出狱的那一天，他的行踪就已经暴露在了对方眼里？难道这一年来，当他监视许文革的同时，许文革也在监视着他？杜湘东的大脑艰难地转动起来，思考着上述推测的可能性——答案是肯定的。

他不是一块当刑警的料，面对的却是一个杰出无比的逃犯。但许文革不仅没有戳穿他，反而允许他作为影子缠绕在自己身边。在俯瞰他、揣摩他、戏耍他的过程中，许文革一定享受到了巨大的快乐。而和杜湘东那拙劣的监视相比，许文革的反向监视无疑要来得更加隐蔽，更加高效，也更加全天候。当杜湘东溜着墙根往小院儿里探头探脑时，他那副可笑的模样也许正被许文革用望远镜和摄像头窥视着；当杜湘东疲惫不堪地行驶在回家的路上，许文革的手下也许正在开车跟踪着他那辆同样疲惫不堪的带棚"三蹦子"。于是杜湘东那窘困的日常生活无处可藏，又被在第一时间汇报给了许文革。而刘芬芳这一病，就把许文革对他的俯瞰、揣摩和戏耍推向了高潮。在胜负已定的局面下，还有什么比施舍仇人更让人满足的报复方式呢？杜湘东甚至相信，当许文革授意刘秋谷去结账时，他会真诚地认为自己是高尚的。他们那个阶级的人就是这样，一旦拥有了钱能买到的所有东西，接着想要购买的就是那些没有明码标价的东西了——比如"高尚"。

不能让他——以及他们丫的得逞，杜湘东想。他虽然接受了自己的卑贱，却不承认许文革有资格高尚。他不需要墓志铭，也拒绝给对手颁发通行证。

几天之后，杜湘东再次出现在了那座小楼院外。星期天上午是许文革难得出门的时刻，这个规律在为期一年的蹲守中从未失效，今天也不例外——当斜对面的那家小发廊拉开窗帘，更远处的几家饭馆乐声大作，眼前的铁门豁然而开。奔驰车缓缓驶出，在《两只蝴蝶》和《老鼠爱大米》的伴奏下开上了这片城乡接合部里唯一宽敞点儿的水泥路。根据以往的经验，如果它沿着水泥路拐上国道，那就别想追上了，所以杜湘东立刻也把带棚"三蹦子"的油门拧到了底。但他却不是从后方跟踪，而是划了个弧线，往奔驰车车头的方向包抄了过去。几秒钟后，市场街上的人们都看见了有惊无险的一幕：奔驰车正在提速，突然从斜刺里钻出一辆破烂无比的带棚"三蹦子"，它嘶吼着颠簸着，前座上的骑手还耸起肩膀，做出了冲刺的姿态，几乎要一头扎到汽车轮子底下去。紧接着是一声尖厉的急刹车，硕大无朋的奔驰车总算停住，车头距离"三蹦子"才不到半米的距离。奔驰车的司机开门跳下来，脸吓得煞白，火气倒挺大，他上前推了杜湘东一把："作死呢你？"

杜湘东一躲，顺势抓住对方的胳膊一扭，便让那个二十多岁的壮小伙子低头弯腰动弹不得。人是老了，总算功夫还在，所以这次亮相还称得上威风。他压着胸口的喘，尽量利索地从"三蹦子"前座上跳下来，这才推开司机："没你事儿，我找许文革说话。"

这么说时，他已经看见了从奔驰车后排座钻出来的许文革，还看见了从小院儿里飞奔而出的刘秋谷和一群小伙子——那些人手里都有家伙，有的拎着扳手，有的攥着改锥，有个快两米高的胖子居然扛着一副千斤顶。天知道这些家伙是正在修理机器还是准备修理人，但毫无疑问，如果再动手，饶是当年的杜湘东不出半分钟也得趴下。

然后，他听见许文革叫了一声："杜管教。"

杜湘东突然意识到，自从许文革 1989 年越狱，这还是他们第一次如此清晰地面对面相见。此前无论是在矿井还是看守所，许文革对他而言都只是一个难以捉摸的背影。为了让那背影还原成人像，最好的一段年岁已经被耗费了。他缓缓走了过去，经过那辆奔驰车，经过虽然被许文革喝止但仍对他怒目相向的刘秋谷那一群人。他直盯着许文革，许文革也直盯着他，当两人只有一步之遥，杜湘东抬起手来，插进兜里。这个举动让刘秋谷紧张起来，那眼神，就好像他将要掏出一把枪。杜湘东笑笑，在严阵以待众目睽睽之下，把一张银行卡塞进许文革的上衣口袋："密码是姚斌彬生日。"

"您何必呢？"

"甭废话。"卡里有二十多万，和医院账单上的数目分毫不差。钱是向刘芬芳她二姐借的，一家人明算账，作为抵押，他们白纸黑字地承诺，如果还不上，就把看守所宿舍那套筒子楼过到人家名下。二姐不差钱也不差房子，但杜湘东的表态和他此时告诉许文革的一样："该怎么着就怎么着，谁的便宜我也不想占。"

听到姚斌彬的名字，许文革脸色不变，眼底却有一丝微光闪动。但他随后的表现却让杜湘东始料未及。他突然咧嘴笑了，笑得亲热而诚恳，就好像杜湘东不是"杜管教"而是一位久别重逢的老朋友。他根本没再顾及兜里的银行卡，那意思很清楚——无论是二十多万还是与杜湘东互相监视这一事实，都不在他的考虑范围之内了。许文革现在仿佛只对杜湘东这个人感兴趣，他仿佛早就期待着与杜湘东重逢。

"赶得好不如赶得巧，"杜湘东的胳膊也被许文革揽住了，"带您去个地方。"

几乎是懵懂着，杜湘东坐在了奔驰车的后排。笑容绽放的许文革蕴含着某种令人无法拒绝的力量，完全符合他这种人在中年时代应该具有的特质：越是底气十足，就越证明了此前的那些苦没有白受。想到这些，杜湘东立刻后悔了，但车已经像艘大船似的稳稳开动了起来。司机回过头来，换上了一副恭顺的脸色："许哥，路线不变？"

许文革点头，又摇下窗户对刘秋谷等人挥手，让他们回去。此后他就陷入了浩大的咳嗽，每一声似乎都伴随着肺泡爆裂。幸亏他的身上和车上到处都藏着进口药，随手掏出一瓶往嗓子眼儿里狂喷，总算渐渐平复了下去。看着许文革痛苦不堪地忙活，杜湘东不知道是该象征性地帮他一把，还是该更加象征性地询问一下病情。最后，他只能选择安静地坐在许文革身边，连这趟被迫同行的目的地都没打听一句。

　　奔驰车拐上国道又往东行驶了几公里。沉沉雾霭之中，第六机械厂的大门出现在了前方。司机按了两下喇叭，立刻有个保安出来为他们放行。车子不急不缓但却熟门熟路，不久绕过主楼，停在一片厂房附近。都是几十年前的建筑，灰砖砌成，四四方方的像若干密不透风的盒子。杜湘东想到，他来过六机厂无数次，唯独没走进过这片厂区的核心地带。身为警察，他并不需要了解工厂是如何运作的。而这时，许文革便跳下车来，开始带领杜湘东在那些灰盒子之间穿行。经过一个地方他说："这是热加工区。"经过一个地方他又说："这是动力区。"此外还有仓库、装配车间、质检车间……总而言之，第六机械厂是个用机器制造机器的地方。许文革旁若无人地走在杜湘东身前，他挥舞着手臂，步伐变得轻快，连佝偻的身板都挺直了起来。从这人身上，杜湘东突然感到了一派天真，那感觉就像一个孩子正在向他炫耀什么复杂的玩具。这是一个他从未见过的许文革，和那个强悍的、决然的、满身戾气的、处心积虑的许文革判若两人。他们穿越了大半个厂区，来到一个和其他建筑并无二致的灰盒子门前。许文革又说了句"这儿以前是铸造车间"，脚步慢了下来。杜湘东随即反应过来，姚斌彬生前就在铸件车间工作，而许文革是维修班的。他跟在许文革身后，走到车间门口，看着许文革掏出钥匙打开铁门又拉下了电闸。咔然一响，呈现的是一副亮眼的景象：车间内部已经被粉刷干净，连头顶上都换成了这两年才普及的高压氙气灯；地面上铺展着一条杜湘东看也看不明白的机械生产线，在灯下静默地反着光。

　　许文革开始了更加滔滔不绝的介绍。他告诉杜湘东，铸件车间马上就不是铸件车间了，和厂方签署合资协议后，他立刻着手对这里进行了改造，准备用以制造专供重型卡车使用的耐高温刹车片。不仅是铸件车间，这片厂区里的大部分车间都将重新装修、更换设备，生产的将是和汽车相关的各种配件。他又告诉杜湘东，投资规模如此之大的工厂，对于他这家公司来说当然是一场豪赌，好在股东们都信任他，又拉到了一笔风险投资，所以钱是不用发愁的。他还告诉杜湘东，买卖人通常认为老旧国营工厂是个大泥潭，政策紧，插手的头头脑脑太多，还得养活一群吃闲饭的，但他是从厂子里出来的，他知道那些按照军工标准培训出来的工人才是最宝贵的资源。钱、设备、销路这些都是小事儿，只要以前的工人还在，他就坚信自己能让这家工厂起死回生……那些话杜湘东听懂了一些，但还有许多经济的、工业的专门词汇就像在听外语了。这时在他眼中，许文革的神色除了天真，又多了亢奋与激越，甚至有了纵横捭阖挥斥方遒的气象。而许文革把他带来到底是要干嘛？

　　"我对你怎么挣钱不感兴趣。"杜湘东接了一句。

　　许文革这才如梦初醒，讪讪笑了。他似乎又要开口，但却再次喘息起来。经历了刚才那番过于忘我的表演，哮喘也发作到了前所未有的强烈程度，他哆嗦着蹲了下去，像动物一样两手扒地，脖子暴起上的青筋都快绷断了。崭新的厂房里回荡着惨烈的声响，有那么一个瞬间，杜湘东觉得许文革马上就要死在他面前了。他束手无策了好一会儿，这才想起对方身上是有药的，于是弯下腰去，从许

158

文革怀里摸出瓶装喷剂，递了过去。

又喷，接着咳，接着喘。大半天的工夫，许文革才能勉强像一个正常人那样呼吸。杜湘东有些莫名的感怀，叹了口气道："我得走了。"

许文革却抓住了他的裤脚："我再给您看样东西。"

"我说过，我没兴趣。"

"那是赃物。"

趁杜湘东怔了一怔，许文革递上来一只手。杜湘东条件反射地递回给他一只手，许文革便攀扶着杜湘东站了起来，伸手指向车间门外。远处有一排矮旧的小平房，立在一片荒草丛生的空地边缘。在杜湘东的记忆里，以前厂区和平房之间曾经隔着堵墙，而现在墙已经被拆了。他想起了那是什么地方，也想起了当年自己曾经"搜查"过那里。时至今日，他仍能清楚地记得其中一间平房也就是许文革和姚斌彬的秘密车间里，摆放过哪些五花八门的物件：挂钟、水泵、收音机……两个年轻工人将它们一一修复如初。

许文革的手执拗地往门外指着，脚却不动。他连走路的力气都没有了。杜湘东只好侧肩，扛起他的一条胳膊，架着他往空地对面挪动过去。他们来到苔藓斑斑但却依然稳固的平房前前，无须费力辨别就找到了许文革他爸他妈生前住过的那一间。锁早换了，连门洞都拓宽了，还装了朝上的推拉门。看到许文革在身上摸索着掏钥匙，杜湘东不得不让他暂时靠墙，自己接过钥匙开了锁，把门哗然一响抬了上去。

和方才的车间一样，平房里也涌出一股刚刷完漆的味道。许文革又被呛得咳嗽了几声，对杜湘东说："就是这个。"

杜湘东已经看见了。如今屋里只有一样东西，却把空间塞得满满的。是辆汽车，老款进口"皇冠"。1989 年，姚斌彬和许文革因盗窃这辆汽车的发动机被捕。几年后，杜湘东还在姚斌彬家的楼下见过这辆汽车，当时它仍在充当工厂领导的专车。而现在，这辆"皇冠"车如果停在北京街头，无疑会显得突兀而过时，但它却又保持着某种老派的庄重，周身上下一尘不染。给人的感觉，好像它自从出厂就没上过路，十几年来一直静静地停在这里。

许文革单手扶墙，慢慢挪到皇冠车的驾驶舱一侧，开门坐了进去。他又扯着脖子喘了几声，隔着前挡风玻璃对杜湘东招手。杜湘东迟疑片刻，也拉开门，钻上了副驾驶座。两人并排而坐，肩颈僵硬，神情木然，从平房外面望过去，大概很像正准备上路出远门。车钥匙就插在仪表盘上，许文革颤颤巍巍地伸手一拧，"皇冠"车一颤，居然平稳地运转了起来。逼仄的房间弥漫起了尾气的味道。

在嗡鸣的车声中，许文革介绍道："1985 年出厂，六缸发动机，自动变速箱，四轮独立悬挂，前后立体声喇叭……当年能坐上这种车的，最起码也是个司局级干部，没想到我们那个厂也能捞上一辆。跟厂里谈判的时候，我问这车还在不在，他们说还在，不过早就没人用了。我就从他们那儿买过来，自己带人从里到外收拾了一遍。那年头小日本的机器特别皮实，只要更换易损件，开起来跟新的一样。"

杜湘东没搭茬。他扭头看了许文革一眼，只觉得这人目光悠远。许文革却又低头仔细打量起这辆车来。他的手还在方向盘和仪表上摩挲着，不知是在赞叹八十年代豪华车的工艺，还是在欣赏自己的修车手艺。房间里尾气的味道愈发浓郁，已经很不适于哮喘病人长待了，就连杜湘东都意识到了这一点，而许文革却直到再次陷入了撕心裂肺的咳嗽，这才想到应该将车熄火。然后找药，再喷再咳再喘，平复下去却比刚才耗费了更长时间。如果许文革也是一辆车的话，那么他的内部零件还不如这辆险些报废的"老皇冠"运转顺畅。

车里再次安静下来，许文革才又开口："您也知道，我和姚斌彬当年就是因为这辆车'进去'的。他们说我们盗窃，这当然也没错儿，所以我们从没喊过冤。但别人不知道，就连您也不知道——我们盗窃又是为了什么？如果光图钱，何必费那么大劲拆发动机呢？拆大灯拆音响不是更快吗，那样我们也许就不会被抓个人赃俱获了，姚斌彬的手也不会被砸成残废……我们拆这机器，其实不是为了卖，而是为了研究它。等把发动机里面的构造搞明白了，我们还会把它原封不动地装回去……"

说这些话时，许文革的声音仍是虚弱的，杜湘东却听到了自己胸膛深处的怦怦心跳。他意识到，假如他们是用二十年来打一副牌，那么许文革终于要揭底了。杜湘东也想起了扣在自己心里的那副底牌。谁的底牌更震撼，更有杀伤力？大概只有亮出来才见分晓。而两副底牌其实都握在姚斌彬手里，姚斌彬却死了。

杜湘东呼吸了一口仍然浓郁的汽油味儿："难道你们不是为了给……"

"给崔阿姨看病？"许文革截断他，同时抬起一只手挥了挥，像在请求他保持专注，不要漏掉自己的每一句话，"别说姚斌彬了，就连我也是崔阿姨养大的，她的身体是为了我们累垮的，我们当然得报答她。所以我们后来才会从看守所逃跑，哪怕出去就成了逃犯，但也有机会伺候她，给她寄钱，那总比在牢里听到她的死讯要强。说到底，那时候还是年轻胆儿大，我们居然没想过，如果没跑了或者跑了又被抓回来会怎么样……不过这又是后话了。再说回当初，我们拆这台'皇冠'车的发动机，其实是姚斌彬的主意。过去要是把这条儿说出去，他会被定成主犯，不过现在无所谓了。您应该也了解过，我和姚斌彬从刚进厂子当工人，就开始给外面搞维修。上面说我们干私活儿，隔三岔五地敲打我们，就连我都打算收手了，可姚斌彬才不管那一套。他这人看起来性子软，但骨子里比我可'轴'多了，外人都以为我一直护着他，其实大事儿我都听他的。姚斌彬告诉我世道变了，在新的世道里，人应该有种新的活法，活得和以前不一样，活得和我们的爹妈不一样。他还说我们得先做好准备，变成有本事的人。那年头安徽不是有个傻子瓜子么？傻子卖个瓜子都能变成人上人，何况我们两个懂机器的工人？所以我们就从车床铣床上手，没过两年又开始琢磨汽车，不懂就找老师傅问，问完了还得没日没夜地下功夫。厂里汽车班的那几辆大"解放"早被我们偷偷拆了个遍，而这种事情是有瘾的，简单的弄明白了，自然就想尝试复杂的新式的……正好厂里来了辆'皇冠'，也是脑子一热，我们当天晚上就钻进了车库。"

说到这儿，许文革咯咯笑了两声。像是为了防备再喘，他又未雨绸缪地往嗓子眼儿里喷了喷药，这才继续往下说："后来的事儿您也知道了，我们被抓进去，逃跑，我活下来姚斌彬却死了。没错，我承认自己运气好，但这运气说来还是您给我的。当年我们往两个方向跑，如果您追的不是姚斌彬而是我，那么后来挨枪子儿的那个人就应该是我。刚开始不懂伪造证件更不敢坐火车，我还没跑出河北省就听说姚斌彬被处决了。如果说我在逃亡期间精神崩溃过，就是在那个时候。我觉得老天收错人了。我没姚斌彬聪明也没姚斌彬有志气，我就是个野孩子，十岁不到就没了爹妈，如果不是姚斌彬一家我早该进监狱了……一句话，死的应该是我，凭什么是姚斌彬？但也恰恰是因为姚斌彬，我才撑了下来。每当我想去自首或者随便找个地儿把自己弄死算了，我就会想起姚斌彬，想起他跟我说过的那些话。后来我冒着被人抓住的风险也要做生意，把身家性命都投进去也要开这个厂子，也是因为姚斌彬。我一个人背着两人的命，得替他活成他想要的那副模样。要是就这么窝窝囊囊地算了，那我就算白活了，姚斌彬也算白死了，我们这两条命都没必要在这世上走一遭。"

许文革的神色又变了，仿佛陷入了痴迷。他把头靠向椅背，脸上笼罩着一团若隐若现的光晕。这人眼里也是有光的，虽然微弱但却一线长明，终于化作两滴眼泪，顺着脸颊流淌下来。许文革哭了，许文革也会哭。这就是许文革的全部自述了吧，杜湘东终于有了开口的机会："可因为你，我够窝囊的，我他妈才是白活了。"

"杜管教，我对不起您，您是个好人。"

"骂我是吧？好人在你眼里可不值钱。"

"如果您觉得我应该怎么补偿您……"

"甭来这套。我是警察，说话以前注意咱俩的身份。"这么说着，杜湘东拉开侧门钻出车厢，想走但又站住，回头道，"许文革，你记着，咱们这茬儿人都不年轻了，往后的每一步都得走对了。我看着你呢。"

他抛下许文革和那辆"皇冠"车，朝厂区外走去。这就是他的答复吗？有点儿可笑，倒像个尽职尽责的老管教在勉励刑满释放人员。这辈子只干过一个行当，所以一张嘴就是这个套路。正如同许文革对他的评价，多年前是一句"好人"，如今仍然只是一句"好人"，此外再无其他。那么杜湘东的底牌呢？他和姚斌彬之间的那个秘密呢？继续压在心里吗？事实上，杜湘东已经决定缄口不言，但却并不感到遗憾。他突然发现，自己这些年来追捕许文革、监视许文革，其实怀着一种连他本人也没发现的目的。将逃犯绳之以法，这是冠冕堂皇的说辞，杜湘东真正想做的，是通过这俩犯人目睹一种"活法"。他依稀也想过那样去活，而许文革却替死去的姚斌彬活了出来。

17

从这天起，杜湘东结束了对许文革的监视。相应于法律上的结案，他在心里也替许文革结了案——但却无法一了百了。十几年的惯性还在，他仍会留意许文革的动向：许文革的公司与第六机械厂合资挂牌，新工厂顺利投产；我市摸索企业改革新机制，以原第六机械厂为例，大批下岗工人经过培训再度返厂，共创人生的第二次辉煌；企业家涉足慈善，资助工厂困难职工子弟上大学……最令人意外的一条是从娱乐新闻里看到的，狗仔队拍到一个女演员在酒店"夜会富商"，很快又有网友人肉出了那个进房之前"先往嘴里喷了半瓶神油"的老男人正是许文革。许文革也开始找乐子了，还是用他那种人的典型方式找乐子。刚学会用单位淘汰下来的"586"上网的杜湘东稍微有点儿不适应，随之而来却是轻松与坦然：一头扎进凡俗热闹的生活，这说明许文革学会了"和往事干杯"。

这也是杜湘东致力达到的目标。他回到单位，干的还是检查包裹的活儿。刘芬芳的冷饮摊却开不开了。大出血过一次，她变得既怕冷又怕风，没法在屋外长待。好在下岗职工的政策又有变化，政府强制原食品公司的上级机关补交了社保，不光看病能报销，每月还给发放一些生活费。刘芬芳也闲不住，自学了打毛线，每天拢在被子里操持着两根棒针上下翻飞，那些家庭手工业产品居然能卖个不错的价钱。身为穷人，他们的日子倒也能过，甚而还有余力慢慢偿还外债。反正借的是亲戚的钱，有个态度就行。

还有一个不知能否算"可喜"的变化，也和态度有关。或许因为气血虚弱，或许是被漫长的卧床磨软了性子，刘芬芳丧失了对杜湘东进行抱怨的热情和斗志，却找回了早就丢到爪哇国里去的多愁善感。她现在特别爱看日本和韩国电视剧，经常边看边哭，并且还会把那些悲戚的柔情推而广之，施加在杜湘东身上。有时杜湘东下班回家先给刘芬芳冲一杯红糖水，或者周末搀着她出门去晒晒太阳，她的眼泪就下来了。一边抹眼泪儿，她还会在电视剧那莫名其妙的台词风格的催化下，说出像当年一样抽象的话来：

"有了今天，昨天和明天都是无所谓的。"

转变之大，几乎让杜湘东有点儿错乱。刚开始，他的回答是："你可别吓唬我。"

后来也顺着她说："每个昨天和明天都是今天。"

无数个昨天和明天都被今天覆盖，一晃又是五年。对于杜湘东，这五年的时间感受和前一个、前两个五年又有不同。不能说它慢，也不能说它快，不能说它空，也不能说它满。总之，带着某种尘埃落定的踏实，世事就从眼前滑过去了。钱越来越不经花，连猪肉和牛奶都有毒了，奥运场馆竣工在即专等着万国来贺……大多数事情好像与他有关又与他无关。有兴致，跟着人家高兴或者担忧一下，没兴致，那些高兴和担忧就成了无的放矢。而说到对杜湘东的生活构成决定性影响的变化，似乎只有一个，就是看守所迎来了搬迁。

搬迁之前，消息已经传得满天飞。直到那年入冬，命令正式下来：在离城区更远的山沟里，已经建起了一座现代化的新看守所，老所全体员工和在押人员限期完成转移。听说这个大手笔的举动，是为了给一个"经济开发区"的规划扫除障碍，也像所有有幸被"规划"的城市边缘地带一样，附近几个村子早就上演了无数场悲喜大戏，有人发横财，有人喝农药，最后连坟都被推了个干净。而看守所是公家单位，连讨价还价的资格都没有，不过也算沾到了山乡巨变的好处——分房的承诺终于兑现，新所配套了一栋塔楼宿舍，人人有份儿。杜湘东也分到了一套客厅朝北的小两居。

全所上下都在兴致勃勃地搬家，他和刘芬芳却拖延了下来。新所按部就班地投入使用，但老所这边还有未竟事务，一些设备正等着拆走，按照旧地址寄来的公函和信件也需要查收。所里派了一个管后勤的副主任带领几名闲人留下来料理，其中就有杜湘东。而等这轮善后也结束了，领导又觉得既然拆迁队还没进驻，彻底甩手也不是个事儿，于是动员那几个还没搬家的职工，看谁愿意发扬风格，替所里把把门儿，站好最后一班岗。

杜湘东报了名："我留下得了。"

那位副主任有点儿不好意思："别别，这摊事儿我负责，该我留下。"

杜湘东解释："新楼味儿大，我老婆身体又不好，怕熏着她。"

这个理由也说得通。上面再一盘算，搬迁以后工作更忙，人手本就不足，留下的理应是个无关紧要的角色，那就非杜湘东莫属了。于是，他成了这座看守所里最后一位，也是唯一一位警察。他每天的任务就是沿着旧所围墙溜达一圈儿，再给新所打电话报个平安，如果犯懒，窝在家里不出来也没人管。到了晚上，家属院里漆黑寂静，只有他和刘芬芳的屋里一灯如豆，像被墨水浸透的纸上破了个洞。在这种环境里，俩人便生出了与世隔绝的心态。

杜湘东觉得好笑：当年一门心思离开的是他，如今赖着不走的也是他。他究竟想要纪念什么，缅怀什么？而再过不长的一段时间，当那圈高耸的围墙在爆破声中轰然倒塌，也就意味着一段旧的故事终于讲完了吧。这故事他已经看到了尽头，就像电视剧的最后一集，虽然不能错过，但无论演员还是观众都早已陷入了疲沓。

然而杜湘东想错了。故事当然要讲完，却不是他默认的结局。

他也没想到，还会有人造访这座只剩了个空壳的看守所，并且都是冲他来的。

第一位访客是刘秋谷。那时冬天还没过去，早上从家属院出来，看守所正门外已经停着一辆奔驰车。杜湘东远远观望了一会儿，就见车门打开，只下来了一个刘秋谷，一瘸一拐地向他走来。几年过去，小瘸子似乎终于长成了个大人，一脑袋黄毛变回了黑色，下巴上布满了胡碴。靠近杜湘东，他点了下头："许哥让我给您带个信儿。"

杜湘东看到刘秋谷的胳膊上带着黑箍，心里明白了大半。

刘秋谷完成任务似的把话说完："崔阿姨去世了。二度中风，请了最好的专家做手术，还是没救回来。走时没受罪，昏迷了两天就没再醒。"然后他又说了姚斌彬他妈近年的状况。自从住进养老院，崔丽珍的老年痴呆越来越严重，很快就不认识人了。许文革去看她，她会笑眯眯地问："你是谁？"于是总得从头讲起。再到后来，就算磨破嘴皮子，崔丽珍也想不起许文革了。不仅如此，哪怕是许文革在医生的建议下故意提起姚斌彬，她也只是说："怎么听着那么耳熟呀？"

这意味着她不再记得自己有过一个儿子，因而也就忘却了丧子之痛。说到这里，刘秋谷转述了许文革的评价："许哥说，这也是件好事。"

杜湘东心里闷然一痛，回答说："知道了。"

刘秋谷又说："明天崔阿姨下葬，许哥问您去不去。"

杜湘东说："难得他有心，还是算了。"

刘秋谷便又点了下头，转头往奔驰车走去。高一脚低一脚地走了两步，他突然又转头说："北京水太深，买卖不好做，也许过段日子我们就要去外地了。"

对于刘秋谷透露的这个信息，杜湘东联想到的是"商人的本性"。厂子已经开了很久，没准儿许文革现在又嫌北京地租贵、管得严了。也或许他本人对六机厂仍有感情，但公司不是他一个人的，如果背后的那些股东强烈敦促他去再当一把拓荒牛，恐怕也没法拒绝。而既然姚斌彬他妈已经去世，北京这地方对许文革而言，也就再没念想了。这样想着，杜湘东便对刘秋谷说："告诉许文革，甭管到哪儿去，都别再犯法。"

刘秋谷把眼一横，似乎还想说些什么，但终于还是默默走了。杜湘东便进了看守所，到办公室找了一只脸盆和一叠旧报纸，又折回到空荡荡的操场上，把报纸撕成纸钱的形状，放进脸盆里点燃。许文革想必会为姚斌彬他妈举行一场足够体面的葬礼，但对于逝者而言，也许倒是这种潦草的祭奠方式更衬她的心意。风从四面八方卷过来，吹得纸灰和火星遍地飞扬。杜湘东拍打着身上，仰头望望苍穹，叹了口气。

这事过去，转眼就过了年了。杜湘东去和同事们开过联谊会，又用"三蹦子"拉着刘芬芳进城串了趟亲戚，仍回旧所待命。刚开春，第二位访客就来了。

又是在铁门外停了一辆黟黑的奔驰车，再一打量，却比许文革的那辆更新，号牌也不一样。车门打开，下来的人他也见过，是当初替许文革辩护的那位律师。这人还穿着西装拎着皮包，气度却变得大大咧咧："好久不见呀，老杜。"

杜湘东问："许文革让你来的？"

律师不接这茬儿，转而撒娇似的抱怨起来："我先去了你们那个新单位，找你找不着，这才又奔了回来。这破地方不是早就说要拆了吗，怎么还没动工？"

杜湘东又重复："是不是许文革让你来的？"

看到他僵着脸，律师便讳莫如深地笑了："那倒不是，不过也跟许文革有关。"

这么说着，律师回头瞥了奔驰车一眼，拉着杜湘东往墙根底下走去。车上的司机也相当识趣，不仅关紧车门摇上车窗，还播放起了震耳欲聋的劲爆舞曲。这就让杜湘东摸不清头脑了，他跟随对方站住，又道："甭跟这儿装神弄鬼。"

"那就明人不说暗话。"律师嘴上这么说，眼珠子却仍然四下滴溜乱转，好像怀疑围墙背后藏着个人似的，"听说前几年，您查过许文革？"

"早就停了。"

"有没有查到什么？"

"没发现纰漏。"

"究竟是没纰漏，还是有纰漏但您没发现？究竟是没发现，还是您发现了但却无法坐实？究竟是没坐实，还是坐实了又被人保下来了？这里面的区别大了。"

面对律师绕口令似的质疑，杜湘东更加生疑了："你到底什么意思？"

"您还没听明白？我也在查许文革。"

"你不是许文革的律师吗？"

"那是过去。"律师脸上再度绽放了职业化的微笑，"您也明白，干我们这行的跟你们警察可不一样。你们是国家机器，只有国家这么一个主子，我们呢，得随时随地各为其主。以前是许文革雇了我，我得把他捞出来，现在是想查许文革的人雇了我，我又得琢磨着把他送进去——据我所知，这也是您一直想干的事儿。您不是动用过私人关系，从经侦和刑侦的渠道都调查过许文革吗？现在我想要的，就是您掌握的那些资料。"

听着对方的话，杜湘东眼神就冷了："要真能查到什么，我们早动手了，也轮不到你。"

律师却仍锲而不舍："这您又不懂了。警察取证，都是从刑事的角度出发，民事方面的问题全都忽略不计，而同样的资料到了我们手里，只要操作合理，照样能让许文革吃官司……当然啦，让您白辛苦也不合适，既然我的工作是商业行为，那么也得遵守商业原则。您看这样行不行，那些资料算是您卖给我的，报价嘛……"

这么说时，律师的神色还是理直气壮的，甚而带着几分恩赐的意味。但正当他要说到自以为最关键、最有底气的那个环节，杜湘东就让他闭了嘴。一只手挟着风声向律师逼近，眼看就要掐住他的喉咙了，随即一变，换成一根手指顶在他的鼻子上。律师不由往后退了两步，杜湘东便"点"着那人道："刚才的话我要是录下来，进去的就是你了。"

说完，杜湘东把对方晾在原地，转身就走。脚步飞快，进了家属院，他才突然站定。这时他又想起了刘秋谷说过的那句话——敢情话里还有好多话。许文革得罪了什么人吗？还是他发财的同时挡了别人的财路？自从看守所搬迁，家属院的网线就被电信公司掐断了，因此这些日子里，杜湘东没再查阅过关于许文革的信息。而这天，他便把带棚"三蹦子"从楼道口里推了出来，突突乱响地开出几公里，终于找到一家网吧。输入几个关键词，若干条新闻便以时间顺序罗列了出来。半年多前还尽是好消息，许文革的公司生意兴隆，六机厂还新上了两条生产线；而这几个月来，就渐渐让人看不懂了，一边是厂子继续签合同接订单，另一边却是财经媒体爆出他资金链紧张、频繁受到"专项整顿"。最大的一条新闻，是厂里的工人也闹起了事，却不是针对厂方，而是冲击了区里的规划部门。因为影响恶劣，政府出动了防暴警察，最后许文革代表厂方做检讨、写保证，承诺此类事件绝不再发生。但至于工人为什么闹，新闻里又只字不提，只说大部分群众"情绪稳定"。

即使是一个生意场上的门外汉，杜湘东也能看出许文革的公司处于困境，甚至可以说是风雨飘摇。但了解了这个情况后，杜湘东便又开着带棚"三蹦子"突突乱响地回了家。刘芬芳还等着他熬腊八粥呢。他一度考虑过，要不要把律师找过自己的事儿透露给许文革，不过再一想，还是算了。许文革不是他的仇人，可也绝称不上他的朋友，习惯了与世隔绝之后，他最不想接触的人就是许文革。况且在许文革那个层面的纠纷与倾轧之中，他这个穷人、废物、看大门的老警察又能起到什么作用呢？掂清自己的分量吧。

然而杜湘东迎来的第三位访客，恰恰就是许文革。

当时已经是夏天了，滞留的日子即将结束，围墙上写满了巨大的"拆"字。杜湘东终于也要计划着搬家了，他把零碎物件装进了蛇皮袋，还到河北的家具市场订购了一套衣柜和餐桌。这天他又想起，登记处还扔着几个纸箱，正好可以收衣服，于是开了大门去取。

满头是灰地出来，迎面就碰上了一个人。杜湘东定睛看了两眼，这才反应过来是许文革。才几年工夫，许文革已经老得不成样子了，两眼深抠，颧骨突兀，一头短发几乎全是白的，如同大夏天落满了雪。相形之下，杜湘东反倒像个有钱人的模样了。为了给刘芬芳补身体，他没少变着花样给她弄吃的，刘芬芳吃不下只能自己吃，生生就把他塞圆了，塞鼓了。那叠纸壳子被他抱在怀里，又像擦在了他的肚子上。更让杜湘东诧异的，是许文革这次来，奔驰车也没跟着，铁门外停的是一辆蓝黄相间的出租车。

许文革叫了一声："杜管教。"

杜湘东瘪瘪嘴，蹦出一句："你来干吗？"

"跟您告个别。"

"要走？"

"要走。"

"什么时候？"

"今儿就动身。"

杜湘东手一松，纸壳子落到地上。他略微直起腰，继续望着许文革。许文革却走近几步，咧嘴笑了："您气色还行。"

"也老了……"杜湘东迟疑了一下又问，"去哪儿？"

许文革的眼睛往别处看看："还没定。"

"厂子不开了？"

"不开了。"

"出了点儿事？"

许文革又笑，流露出近乎嘲讽的神色："连您都听说了？"

杜湘东接不上话，便弯下腰去，重新把纸箱捡起来。许文革伸手替他分担了一些分量，俩人各捧着一叠破纸壳子，沿着看守所围墙边走边聊。略问几句，就知道了许文革洗手不干的原因。自从这片地方要建开发区，他就被人盯上了。那些人的来头之大，连许文革这个当事人都无法指名道姓地说出他们究竟是谁：刚开始以为是几个商人组成的私募基金，后来又听说有外资和国资的参与，再后来才发现是个什么领导的什么亲戚在背后撑腰。对方找到许文革提出合作，并直言

166

不讳地表示，他们对于工厂才没兴趣，六机厂那个国有企业的"壳儿"和地皮才是有价值的。利用这些资源，他们将会整合出一家地产公司再打包上市，此后连一砖一瓦也不用盖，到股市里迅速圈钱走人。作为回报，许文革可以跟在人家屁股后面分一笔账，比例虽然不大，却是"他这个级别的买卖人"这辈子也未见得挣得出来的。

比起苦哈哈地卖零件修卡车，这种玩儿法几乎就像变魔术，但许文革没答应。原因也很简单：如果六机厂的地皮改变了使用性质，工厂就没法儿开下去了。而他想干的只不过是开工厂。在常人看来，许文革算个聪明人，但在那些资本游戏的老手眼里，他就是个榆木脑袋了。谈了几次没谈拢，双方翻了脸，对方便又绕过许文革，去找六机厂的领导谈。一蹴而就，一拍即合。接着"做实业"，盘活的无非是工人和厂房，只有炒地皮炒股票，靠近北京城区的地理优势才能无限放大。家有一口金锅，谁都不想拿它淘米做饭。这时对于"上面"而言，许文革就从救星变成了累赘，踢开他才是当务之急。于是厂方提出解约，又找出各种名目查许文革的账，那伙儿资本玩家也没闲着，雇了许文革原来的律师揭他的老底、抓他的把柄。而许文革也发了狠，发动工人去申诉请愿，保卫饭碗。一不小心把事情闹大了，又有上级机关介入调停，最后裁决：许文革还是得卷铺盖走人，但可以得到相应补偿；工人还是得二次下岗，但厂子上市之后可以享受分红。

处置稳妥，公平合理，许文革相当于被强制套了现。此后的日子，他都在忙于善后事宜：给南方的股东交割结账，又给刘秋谷和常年跟着自己的那些手下每人分了笔钱。厂子就这么没了，钱上却没吃亏，该庆幸还是该愤恨？但令杜湘东感到意外，在讲述的过程中，许文革的口气是漠然的、轻率的，仿佛他是一个事不关己的局外人。两人缓缓走进家属院，把纸箱放在带棚"三蹦子"的后座上，许文革拍拍手，望着筒子楼："这儿也快拆了？"

"快了。"杜湘东顿了顿又说，"我老婆身体不好，就不请你上去坐了。"

"杜管教……"

"叫我杜湘东吧。"

"杜湘东。"许文革喉头跳了两跳，第一次称呼了杜湘东的全名，"临走前就想见你一面，见着了，心里也就踏实了。"

说完，他对杜湘东似笑非笑，随后默默离开。杜湘东看着那副空荡漏风的背影，心想，这是最后一次见到许文革了吧。这样也好。他上了楼，照常做饭，服侍刘芬芳吃了，外面的天就慢慢黑了下来。但也不知道从什么时候开始，他的心里就不安宁了，既燥得慌，又空得慌，好像被什么事儿扯着。同时，他还感到了憋闷，胸膛像压着一块铅。那种感觉已经淡了下去，却在这时卷土重来。忽然动了个念头，杜湘东就从桌前跳起来，火急火燎地冲下楼去，在带棚"三蹦子"的后座上翻找着。许文革替他拿过的那一摞纸壳子里，果然滑出了一张存折，密码写在背面，还是姚斌彬的生日。翻开一看，上面的数字把他吓得魂飞魄散。

刹那之间，杜湘东明白了许文革的用意。他的眼前又浮现出了许文革告别时的似笑非笑——姚斌彬也曾这样笑过，俩人的脸重合在了一起，让杜湘东对自己的猜测更加确凿。他冒了一脖子汗，身上的警服都湿透了。他的腿也在发软，差点儿一屁股坐到地上去。但他总算喘了几口长气，告诉自己：杜湘东，你得冷静，你也不是个没经过事儿的人。

因为没手机，他先跑向办公室去找到电话。110吗，我报案。有人要自杀。他叫许文革，人现在不知道在哪儿，也没跟我说过不想活了，但我确定他要自杀。我没开玩笑，我也是警察，你们最好……喂，喂，我去你妈的。他摔了听筒又抓起来，随即拨通的是刑警支队长的号码。同学总算没怀疑他在恶作剧，但也说："这种事儿可不能凭感觉。"

"我有证据，他给我钱了。"

"他以前不也给过你钱吗？"

"这次多。总之你们得赶紧出动……就算我求你帮个忙还不行吗？"

"你这些年整出这么多幺蛾子，我哪次没帮你？但你知道今天是什么日子吗？"

同学苦笑一声，似乎把手机举到了高处。听筒里便传出了车声、音乐声和鼎沸的人声。杜湘东反应过来，就在今天，此时此刻，奥运会即将开幕。真不知许文革是有心还是无意，偏偏挑了这么一个普天同庆的时候去死。那么同学此时正在执行的，大概是某个场馆的安保任务——也许就在举世瞩目的"鸟巢"。这不仅是北京的重要时刻，也是全国全世界的重要时刻，一点纰漏也不能出的。杜湘东只能靠自己了。

他跑回家属院，开上"三蹦子"，在闷热的夏夜里狂奔起来。许文革会去哪儿？在这片遍布工地的郊区，适合送命的地方太多了。许文革会不会已经死了？他为耽误了那么久才发现许文革的用意而后悔。风声浩大地从头顶掠过，眼前的柏油马路却仿佛是凝滞的，这让杜湘东想到了多年之前追击姚斌彬的那个下午。不知过了多久，那栋城乡接合部的四层小楼出现在了车灯劈出的亮处。四下漆黑一片，大概是为了奥运会，北京周边的外来人口都暂时回家了，又或者为了建设开发区，那些一盘散沙的小本生意全被关了张。但建筑物内部却依稀有一丝灯光，外面的门也敞着。杜湘东跳下车，冲进楼里，狼嚎一般喊道："许文革，你给我出来。许文革，你可别死。"

喊了几句，他才意识到自己的举动真是蠢透了。一个寻死的人，哪会别人一叫就不死了，没准儿还会死得更着急了。然而他的喧闹却从楼梯拐角引出一个胖大的秃子，小背心下露出的皮肤上布满文身。这人打着手电，拎根铁棍，打雷一般暴喝："你他妈才想死呢。"但等看清杜湘东身上的警服，立刻扔了棍子开始揉肚皮："您瞧您，吓得我肝儿直颤。"

"你揉的那是胃。"杜湘东从他手里夺过手电，四下照着，"这儿就你一人？"

"对呀，我是房主。"

"以前的租客呢？"

"早走了。"

"你确定？"

"我都在这儿守了半个多月了，就防着那帮拆迁的。"秃子重新打量了一眼杜湘东，"这位警官，您不会跟他们是一伙儿的吧？要是那样我也只能跟您拼了。"

杜湘东将手电掖进后腰，也不顾秃子的狐疑和抱怨，出门开车就走。沿着土路拐上国道再走不远，就是六机厂，此时他只希望许文革去了那里。如果再找不着，那就真是大海捞针了。当路从窄变宽再从宽变窄，工厂的轮廓在夜幕里显现了出来，看起来却和以前不同——那栋苏联样式的主楼凭空不见了踪影。似乎是为了宣告胜利，工厂的新主人在整体动工之前，先行拆除了这里的标志性建筑。但这个决定也造成了厂区的管理混乱，当杜湘东撞开半掩的铁门呼啸而过，传达室里的保安几乎没反应过来。再往里开，就见以前的办公区外竖着铁皮围挡，附近还集结着若干奇形怪状的工程车辆。因为奥运会，昼夜奋战不休的拆迁队终于得到了休息，他们还在空地上支了台小电视，围坐成一圈儿观看开幕式。各国运动员已经入场，屏幕上充斥着花花绿绿的热带服装和大团黑亮的肉。工人们听到突突乱响的车声，扭头看到了另一幅奇异的景象：一个警察驾驶着一辆带棚"三蹦子"，以近乎漂移的速度和曲线呼啸而过，他的头发被风往侧后方拉扯着，脑袋像颗斜飞的彗星。

而此时，杜湘东眼前一片澄明。如果许文革要死，他会选择怎样一个死法？如果杜湘东就是许文革，他又最愿意到哪儿去死、最应该到哪儿去死？如同冥冥之中被人点醒，问题突然有了答案。杜湘东心里充满了孤注一掷的笃定，开车冲进了工厂车间所在的区域。这里总算还没拆掉，一栋栋灰盒子沉默地耸立着。夜更黑了，在一个拐弯处，"三蹦子"轧上了马路牙子，把前座的杜湘东甩了出去，车也歪歪斜斜地倒在了路边。顾不得受没受伤，杜湘东咬牙爬起来，开始奔跑。他的目的地是厂区边缘的那排平房。

空地对面，低矮的门窗如同一列熄了灯的夜行火车。距离越近，杜湘东便闻到了越浓郁的汽油味儿。那味道是从停放"皇冠"轿车的屋里渗出来的。他跑到简易车库门口，看见百叶门的下方没有上锁，但使出吃奶的劲儿也无法把它拉上去。果不其然，门从里面锁上了。杜湘东脱下警服上衣裹住右手，一个冲拳击碎了玻璃窗。汽油的味道扑面而来，发动机的声音也破墙而出。杜湘东从里面打开窗户，屏住呼吸跳了进去，开灯，在车里看见了许文革。

许文革端坐前座上，身体后仰，模样就像一个疲惫的司机正在打盹。而当杜湘东拉开车门，他便侧倾着滑了下来，头靠进杜湘东怀里。这种状态下的人自然是脸孔煞白，嘴唇乌黑，而对杜湘东来说，这个晚上最揪心的时刻才刚刚到来——他半蹲在地上，托着许文革的头，哆哆嗦嗦地伸出手去，探了探鼻息。有气儿。一股微弱得几乎无法察觉的温热从指尖传了上来，杜湘东浑身颤栗，随之猛喘几口气，又被呛得天昏地暗地咳嗽起来。

于是，暗夜里出现了这样一幕：杜湘东背着许文革，在厂区空旷的干道上磕绊前行。这个老警察心里涌动着悲怆的豪情。他从来就不甘心当管教，一直想做个刑警，但直到今天才破获了有生以来的第一桩案件——不是为了抓人而是为了救人，救的还是他曾经最想抓住的那个人。颠簸之中，许文革渐渐恢复了意识。这人的命也真够硬的。杜湘东觉得耳边有人吹气，刚开始还以为是许文革的喘息，进而才听见是许文革在对他讲话。

许文革说："杜湘东，你何必呢？"

杜湘东反问："你又何必呢？"

许文革气若游丝，语调却是蛮横的："命是我的。"

杜湘东用更加蛮横的语调回答他："许文革，你他妈的说错了。"

他不管许文革是否在听，自顾自滔滔不绝地讲述起来。那些往事在他心里压了将近二十年，如今终于到了可以说出来，也必须说出来的时候。他甚至比刚才更加庆幸许文革还活着，因此他获得了亮出底牌的机会。杜湘东的讲述与许文革的讲述合并在一起，组成了一个完整的故事，姚斌彬的故事。

姚斌彬早就成了残废，并且知道自己的右手无法治愈。当年法医对杜湘东陈述伤情时，他在隔壁的办公室里听得一清二楚。一个废人跑出去也是累赘，因此在越狱的那一刻，他决定用自己来掩护许文革。也正是出于这个想法，姚斌彬抢了那把枪。枪放在他手里也没用，但他知道，假如两个人只能追一个的话，杜湘东也好，其他警察也好，都肯定会追那个带枪的。姚斌彬要让许文革替他伺候崔丽珍，替他学技术、做生意、开工厂……替他完成他想干而干不成的所有事。他把什么都算透了，因此他死了，许文革却替他活着。如果不是那个似笑非笑的表情，杜湘东也许永远都想不通一个右手残废的人为什么要抢一把枪，也不会相信真有人会把自己的一条命托付给了别人。四周充满了雷鸣般的寂静，许文革的呼吸似乎在杜湘东耳边消失了。而杜湘东还在怀疑许文革是否听懂了他的意思。他又说："你这条命不是你自己的，是向姚斌彬借。借了人家的东西，就得替人家保管好了。"

他还说："许文革，你连死也不配，你活着吧。"

这时他的脖子后面一热，接着又是一热。那是许文革的眼泪。这男人的身体在他背上抽搐，嗓子深处呜咽着，却连放声一哭的力气都没有了。但杜湘东又感到对方垂在自己胸前的两条胳膊蜷了起来，环绕着自己的肩膀，像溺水的人搂住了救命的树干。

那条漆黑的路也被他们走到了头。前方就是工地，人们还在电视前聊天抽烟喝啤酒。杜湘东驮着许文革，朝那光亮处挪了过去，直到离那些工人的背影只剩下几步距离，他才轰然而倒。天旋地转之中，杜湘东看见了受到惊吓又一拥而上的工人，也看见那台电视机正在自己头顶不远的地方闪着光亮。电视里放着焰火，苍穹布满光彩。

男人战斗，然后失败，但他们所为之战斗过的东西，却会在时间之河的某个角落里恍然再现。在那一刻，杜湘东觉得全世界都在为他庆功。他还觉得不止许文革，就连自己的这条命也是借来的，向姚斌彬借，向许文革借，向刘芬芳借，向警察老徐和崔丽珍借，向这世上的所有人借。这么一想，那伴随了他多年的憋闷也在此时一扫而空。

（原载《十月》2017 年第 6 期）

松 涛 呼 啸

（献给在抗美援朝战争中为祖国奉献青春与生命的英雄们）

孙春平

1

这个故事发生在我的老家万家堡，说起来，有些年头了。

那是中华人民共和国建立后的第一个国庆日。那年的国庆节热闹呀，不光城里热闹，咱乡下也热闹。老百姓庆祝天下太平，也庆祝五谷丰登。想想看，除了风调雨顺，土改后的农民有了自家的土地，哪个不豁出浑身的力气侍候，天遂人愿，真是种啥得啥。十一前，秋庄稼基本都登场了，堡子里的人张罗搞庆祝，扭秧歌，踩高跷，一时找不来鲜亮衣裳，便把家里的花被面扯下来，披身上，扎腰上，图的就是一个乐！

那晚，包元瑛从城里回来，裹在大秧歌的队伍里。到底是年轻啊，包元瑛那年刚十九，腰身轻盈，腿脚甩得开，再加她爸是堡子里的贫协主席，人们便推她扭在领舞的位置。包元瑛从小不扭捏，让领舞便领舞，直舞得浑身热气腾腾汗水淋漓。包元瑛这般舞乐，其实心中另有思忖，也许今晚一舞，便是今生绝唱，就算在此跟姑婶叔伯们告别吧。

一曲唢呐调和锣鼓点落音，人们稍歇。包元瑛对男领舞说，我得回趟家，褂子都溻了。快步往家走，人影渐稀时，路边暗处突然闪出一个人，高高挑挑的，包元瑛心里一激灵，凝目细看，便打了那人一下，嗔怪道："死三哥，也不吭一声，吓我一跳。啥时回来的？"

被称作三哥的人叫邢岳山，是村里的地主邢凤林的三儿子，当时正在沈阳东北大学读书。邢岳山说："傍黑时到的家。听到这边锣鼓喧天的，就过来看看。"

"那怎么不下场？"

邢岳山笑了笑，没回答，但那笑容里含着明显的苦涩。

包元瑛又问："二伯挺好的吧？我刚才还寻思，明天一定要去看看二伯呢。"

二伯是指邢岳山的父亲邢凤林。邢岳山说："你的意思我带到就行了。如今不比以前，小心有人说闲话。"

包元瑛冷笑道："舌头长在别人嘴巴里，咱管不着。可二伯又没搞反攻倒算，我还怕谁说不成？"

已到了街口，包元瑛左拐不远就是家了。邢岳山先亡了脚步，还前后地看了看。包元瑛说："眼看到家了，就进屋坐坐呗。我换下褂子就出来，咱俩一块去。"

邢岳山说："瑛子，我这次回家来，想办件大事，思来想去的，也就你能帮三哥这个忙。"

包元瑛哼道："驴高马大的男子汉，咋这么说话！啥事，说。"

"我想去当兵。"

包元瑛怔了："想当兵就去征兵处呗，哪儿都有。"

"我家不是成分不好嘛。我去征兵处看过，只要村里给出个证明，证明我家是中农就行，当然，贫下中农更好。"

包元瑛脑子里迅速转圈圈，帮助邢岳山打证明的方案似乎在一瞬间就有了模样。她说："三哥，这事你可得想好了。眼下戏匣子里天天在喊保家卫国，又说鸭绿江那边已经打了起来，现在当兵，极有可能直接开到战场上去。"

邢岳山重重点头："这我都知道。有些话，我也只能跟妹子说。自打我家被划为地主，我看我爸我妈一下子老了十岁不止。我家的房子土地被分出去，我不心疼，我爸我妈也想得开，他们就是咽不下见人矮三分的这口气。正好，眼下国家正需要人，我想，我这当儿子的理应挺身而出，我要让身边所有的人都看看，我们邢家人跟国家是一条心，跟共产党是一条心，跟贫下中农也是一条心，真需要的时候，命都豁得出来！"

包元瑛心里生出感动，她能理解邢岳山和邢家人的心情。一家人本无恶念，更无恶行，并在村民中一直享有不错的声誉，突然的一天，便被沦为不耻于人类的狗屎堆，在人前行走都要像耗子样溜边。包元瑛想，换作自己，也会像岳山哥一样挺身而出，证明一下自己吧。

包元瑛说："三哥，我明晚去看二伯，等我消息吧。"

包元瑛心里还有一句话，咽了再咽，终没说出口。

2

万家堡是个大村落，人口过千，姓氏近百，取名万家堡，也许就因这里张王李赵，周吴郑王，几乎百姓都有，不似那王家庄李相屯吧。

包家和邢家的关系，可是非比寻常。时光倒退四十年，两家本都是堡子里的寻常农家，包家既没像土改时那般家徒四壁，邢家也没像土改时被人分了田地房屋。包家是旗人，在辛亥年满世界的杀鞑子吼骂声中，包元瑛的爷爷突然中了邪似的抽起大烟来，不光自己抽，还让老婆陪着抽，谁劝都不听，抽光了家里的闲银时，元瑛爷便揣着田契去邢家。邢家不借钱，也不接田契，只劝元瑛爷赶快戒

172

烟，说要真是揭不开锅了，我这就叫凤林赶毛驴给你家送两斗。元瑛爷不听劝，晃悠悠抖着手里的地契，仍是满嘴的歪理，说我宁可抽得地无一垄，也不能让祸害旗人的穷鬼得去半点便宜。及至元瑛爷爷抽到起不来炕时，他叫人把邢四爷请到床前，说我这辈子就这德行了，现在心里放不下的只有儿子，往后，永年要有过不去的坎儿，还请四哥帮衬。

旗人便是满族人，特别讲究红白之礼。为办元瑛爷爷的丧事，元瑛父亲包永年连家里的房子都卖掉了，然后就带着老婆孩子住进了邢家西厢房。别看元瑛爷是个不着调的大烟鬼，父亲却是个难得的庄稼把式，犁镰锄镐样样拿得起放得下，邢凤林则精算计，田园四季，怎样轮作，怎样换茬，极少有失误。

邢岳山比包元瑛年长三岁。两家同住一个院落，清晨房门一打开，两个鼻涕孩便厮滚在一起，就像院子里的鸡鹅一般，暮落时才各归各巢。邢岳山七岁时，父亲送他读私塾。初时，小岳山回到家里，还是和小元瑛一块玩耍，过了两年，小元瑛便缠着让他教字。这一教，便让小岳山大觉惊异，他跟包永年说，叔让瑛子也去念学堂吧，瑛子的脑子好使得很。包永年不说家里穷，而是说丫头片子不像你，男孩长大要干大事业。包永年说这话时是在饭桌上，对面盘腿端坐着东家邢凤林。邢家和包家的关系，便是无论家里雇不雇别的工夫，包永年都和东家一桌吃饭。不久后的一天，又是在饭桌上，邢凤林说，歇过伏，学堂就开学了。你嫂子找出两块布料，你拿回去，让弟妹给瑛子做两身衣裳，送瑛子去学堂吧。包永年惊了，说二哥，这可使不得。邢凤林笑说，怎么使不得，我还是瑛子干爸不是？庄稼误了是一季，孩子误了就是一辈子。学堂的费用我已经交办利落了，瑛子能念到哪儿她干爸供到哪儿，这事别费唾沫了。

关于元瑛认干爹，也是邢凤林和包永年定下的。元瑛四岁时，和小岳山在院子里过家家，过得热热闹闹。给牲口铡草的邢凤林看在眼里，便对掌铡刀的包永年说，看来，这俩小东西还真像一对鸳鸯，那咱老哥俩就给他们定下来？包永年说，可别，这个玩笑开不得。邢凤林说，我可没开玩笑。我喜欢瑛子，岳山妈也喜欢，是真喜欢，不是顺嘴说说。包永年说，搭亲家总得讲个门当户对，咱两家不合适。邢凤林说，怎就不合适？当年瘾上大烟那一口的要是我爹，你对我还能连声二哥都不叫了？包永年还要说什么，邢凤林说，罢了，我也不跟你争辩什么门户，反正孩子都小，先让瑛子认我干爹，这总行吧？包永年再无话可说。邢凤林两口生了五个孩子，清一色小子，活下来三个，盼的就是有个闺女。那一年，邢家二嫂已四十出头，想生也难，这点请求，再不应承就有点不近人情了。

邢岳山考上大学那一年，辽沈战役开战，国民党军队滚了球子，小米加步枪的老八路稳坐了天下。隔了一年，包元瑛本来也可考取县里国高的，但邢凤林再不敢力鼎千斤，甚至连"干闺女"三个字都很少再从他嘴里说出，因为大战过后，就不断有消息传来，说共产党的工作组很快开进村庄，学习北满经验，发动群众，土地改革。按北边传来的说法，邢凤林估摸地主老财的帽子，自己八成是躲不过去了。那些说法自然也躲不过包永年的耳朵，他对元瑛说，女孩子家家，咱就念到这儿了行不？元瑛使劲摇头，摇飞了如雨的泪水。包永年说，那你就打听打听，哪家学校收的费用少点？元瑛说，卫生学校不收费用，就是毕业后要当护士，给人打针送药。包永年当即拍板，说只要你不觉委屈，那就念这家！

邢凤林估计到了自己是地主，却没料到包永年当上了村里的贫协主席。这事说来也简单，包家是真穷呀，彻底的无房无地，还长年累月当长工，划定成分是雇农，比贫农还尊贵。再有，就是包永年为人厚道，人缘好。以前打头时，收工路上，看有人暮色里还在田里忙，他常带头跨进田里。听说村里哪家盖房，不管邢家这边多忙，他也总要赶过去，或托坯，或垒墙，帮上一阵，好在邢凤林对此宽容，从不挑眼。选贫协主席时，眼见着他身后装豆粒的粗瓷碗比别人充实许多，让工作队长也无可奈何。邢凤林被撵去场院土坯房住的当夜，包永年两口一块悄悄摸进去，说，二哥二嫂，这可闹心死了，你家的房子非得让我去住。邢凤林强作欢笑，说你去住我心里倒舒坦点。包永年说，就当我们两口子去看几天家，只盼二哥二嫂早点回去。邢凤林笑说，这就是你没觉悟了，这话往后可再不许说。包永年嘟哝说，工作队长也说我觉悟低。可觉悟是个啥嘛……

那年10月2日夜，包元瑛去了邢岳山的家。土改后，邢凤林老两口在场院房其实没住几天，就带上已是耄耋之人的老父亲住到大儿子家去了。场院房太破旧，透风漏雨，大儿子家四间房，是前几年为结婚新盖的，儿子住大两间，中间是厨房，共用，西边那间便请回三位老人。土改时，有人提出将邢凤林大儿子的房子也一并分给贫雇农，贫协主席包永年不同意，他说，邢家的事我多少知道一二，老大成家后就单过了，分地主子弟的房子，这不符合政策吧？有此一言，总算为邢家留下了一处遮风挡雨的房子。那晚，元瑛和邢家的三位老人说了一阵话，起身告辞。邢岳山心里挂念着头一晚相求的事，自然送出院门外。夜色中，包元瑛将一张纸片塞进邢岳山手心。邢岳山窃喜，低声叮嘱，这事可对谁也不能说呀。包元瑛狠狠回瞪了一眼，低声嗔道，"废话！我偏说！"

那张纸片上什么都没写，空白着，只是加盖了大红的印章。印章是元瑛偷盖出来的，如果求告老爸，兴许也能盖得出来，但老爸若是摇头呢？反正邢岳山用这个是为了保家卫国，那是甘愿为国家卖命的事。包元瑛对邢岳山此举是由衷佩服的，这才是男人！

偷盖印章是头天晚上的事。夜深，家里人都睡了，包元瑛听父亲母亲的鼾声一粗一细，或长或短，配合得挺和谐，便悄然起身。她知道爸妈的衣裤都搭在地心条凳上，她还知道那颗印章总是拴根麻绳，挂在父亲的腰带上。屋子里太黑，还是弄出了动静。母亲问，谁呀？包元瑛答，我的这件裢子也湿了，我再换一件。母亲说，等等，我给你点灯。元瑛说，可别，我光着身子呢。

证明信空白就空白吧，邢岳山又不是不会写字，自己写嘛。

3

包元瑛压在心里没告诉邢岳山的话说来也简单，那就是她参加了志愿军，准确地说，是已经成为志愿军预备队的一员。当然，这话她不光暂时跟邢岳山保密，更重要的是不能让老爸老妈知道。卫生学校动员学生参加志愿军，并没大张旗鼓，而是党团组织小范围发动。朝鲜半岛形势紧张，极可能把战火烧过鸭绿江。为了保卫新生的共和国，我们必须做好一切准备。至于满世界嘹亮地唱起"雄赳赳，气昂昂"，那是一个月以后的事情。参加了志愿军预备队的包元瑛已开始接受救治伤员的各种实战训练。

虽然官方采取的策略是内紧外松，但战火已起的紧迫感人们早已有所感觉，包括田野里劳作的农人。包元瑛放假回家，在饭桌上，父亲问，你们学校里没动员学生当兵？元瑛不答，却问，堡子里派任务了吗？父亲说，前街的黄大勇和北沟的刘久报了名，乡里通知，近时期他们不许外出，有事必须跟乡里请假。母亲说，好在咱家元瑛是个姑娘，不然，国家选中了你，还能不去？元瑛忙给父亲添饭，不想在这个话题上纠缠。乡下人有句话，常挂嘴边，出水才见两脚泥，也许过不了多久，爸妈就什么都知道了。

10月2日那天的白天，包元瑛先去了北沟看刘久，又去前街看黄大勇。都是童年玩伴，虽没和邢岳山那般熟稔亲热，但同住一个村庄，此去跨出国门，那就胜过亲人了。刘久在田里抡着大镐刨高粱茬子。高粱的收割程序一般是，割倒秸棵后切下穗子，埋在土里的根茬则留待一段时间，甚至等来年春天田地开化之后，农民才手执尺多长的小镐，躬着身子，一镐一棵。这种农活很耗体力，被列入农活里的"四大累"。包元瑛进了高粱地，招呼说，刘久哥，这就急着刨茬子呀？刘久挂镐而立，用袖头擦额上的汗水，说秋庄稼刚割下来，根须土抓得牢，只能用大镐了。又说，也许我要去当兵了，不定哪天就接了命令，能帮家里干点就干点吧。

和刘久说了一阵话，又去前街，黄大勇却没在家。大勇妈说大勇去看放假回家的姑父了。大勇妈亲热地拉起包元瑛的手，说真应了女大十八变的话，还没订下婆家吧？包元瑛被问红了脸，旁边的王婶说，不是说，他爸和早先的东家早给俩孩子定下来了吗？大勇妈说，老皇历了，那也算？现在可是新社会新国家。元瑛，我现在就倚老卖老说一句，俺家大勇已报名当兵了，在部队干上几年，跟他姑父似的，兴许也能当个营长团长什么的。到那时，我给你当婆婆，中不？在女人们的笑声中，包元瑛红胀着脸，慌慌地跑开了。

包元瑛跟邢岳山、刘久、黄大勇的会面是在半个月后县中学的操场上，四人都穿上了黄色的志愿军军装。北口县里的新兵基本分在一个军，军的主力听说已开过了鸭绿江，新兵们也即将开赴前线。包元瑛是医护人员，战地医院分队的位置对着学校的大门，正合了包元瑛的心思。她大瞪两眼关注着一队队走进校园的新兵，想看看都有哪些自己认识的人。当然，她心中挂念的主要还是邢岳山。果然，在潮水般涌进校园的队伍里，终于出现了邢岳山的身影，与其他新兵不同的是，这一队每人都背着超大的行囊。包元瑛高兴地冲出队列，大声呼喊邢岳山的名字。邢岳山停下了脚步，带队首长说，不许超过五分钟。

两人走向操场边上，包元瑛说："三哥，你真当了兵呀！"

邢岳山碰了包元瑛一下，眼睛挤了挤，包元瑛明白，那是责怪她声音太高了。

包元瑛放低了声音，问："鼓鼓囊囊的，背的什么？"

邢岳山说："步话机呀。征兵人问我是不是上过学，我说国高毕业。征兵人说，难得来个读过书的，那就去通讯营吧，马上接受训练。"

包元瑛问："你不是在念大学吗？"

邢岳山贴着元瑛耳边说："说大学就可能露馅了。乡下人家没点闲钱，哪家供得起大学生。"

包元瑛吐了一下舌头，暗叹果然是读过大书的，心眼儿就是多。又问："入伍了怎么也不告诉我？"

邢岳山说："有纪律嘛。当天入伍，换上军装上训练课，哪挤得出时间。再说，"邢岳山故意撇嘴，"你不是也没告诉我吗？我估摸，你们上前线的医护人员国庆节时肯定也定下来了，没错吧？"

包元瑛娇嗔地瞪眼："邢岳山是孔明再世，就你聪明！"

主席台上响起哨音，那是整理队伍的命令。包元瑛急切地报告信息，"咱们堡子入伍的还有刘久和黄大勇。我在战地医院，但我希望你们永远不要到医院里来，明白吧？"

邢岳山在包元瑛肩膀上拍了拍，跑向队伍。

4

包元瑛再次见到刘久，是在入朝参战两个月后，距离在国内老家看他刨茬子还不到三个月。前方战事紧急，炮声隆隆，美军的战机不时低空掠过。战地医院的忙乱是可想而知的，不断有伤员被从战场上送来，于是，痛苦而仇恨的喊骂声便充斥在那个狭长的山谷里。

包元瑛先看到的是两条已被炸残的腿，手术后才发现伤员是刘久。伤员被抬进医院，医护人员哪还有时间辨别伤员姓甚名谁什么职务，争分夺秒要做的只是尽快准备手术器具和药物，清洗伤员身上的污秽是护理员的事。那两条腿，真是被炸得太惨了，膝盖以上，一片血肉模糊，骨茬四处支楞。主刀的医生看过一眼，立即吩咐截肢。包元瑛问，两腿都截吗？医生说，都截。包元瑛又问，要是留一肢呢？医生罕见地破口骂人了，操他妈的美国佬，这就是他们发明的反步兵地雷，弹片成扇面平铺炸开，最大限度地炸断敌方士兵的两条腿，还美其名曰不剥夺性命，这就是他们狗屁的人道主义！那夜，因医院血浆库的供应难以保证，包元瑛还献出 400CC 的血，一时只觉头晕，便回宿舍帐篷睡下了。

跟刘久面对面已是第二天早上。战地医院的工作真是太忙太紧张，只要前方枪炮声一响，包扎，手术，便一个紧接一个，待枪炮声落下来，送来的伤员反而更密集，那是清理战场的结果。昨夜，不知睡时已是几点，也不知睡了多长时间，护理员摇醒她说，19 床醒过来了，挂的药也快没了，下一步该做什么呀？

站到 19 号床前，包元瑛才算彻底醒过来，转瞬间又觉恍惚，仿佛重坠梦境。

19床的伤员艰难地举起右臂，将颤抖的五指举向额角，那是在敬军礼，嘴里吐出的词语是："谢谢，谢谢救下我！"

包元瑛的惊醒是因为19床的面庞太过熟悉，那不是来自同一个堡子的刘久吗？泪水突然涌上来。包元瑛想起昨夜手术台上，那两条废腿被截断后，是她亲手托起，砰的一声扔进了墙角的荆条筐。那时，怎么也没想到那是刘久的腿呀！仅仅三个月前，在老家的田地里，刘久稳健挺立，抡着大镐刨茬子，那时，他多么健壮，似乎力大无穷。包元瑛急忙抓住刘久的手，说："久哥，我是元瑛，我是瑛子呀！"

刘久的眼睛亮了，泪水也溢出眼窝，喃喃地说："哟，是元瑛妹子呀！知道你也来朝鲜了……邢岳山跟我学了你的话，说你不希望在医院看到我们，可我还是来了……"

包元瑛问："刘久哥，你感觉哪儿不好吗？"

刘久说："最好给我脚下再压条被子，我怎么总觉得腿凉呢，特别是脚，有时还像被砸了一下，疼，哎哟，疼，又来了。"

包元瑛的泪水又涌上来。医学上这叫幻肢痛，是大脑皮质功能重组的反映，术后的患者只以为他的腿脚还在，只是受了伤。但能现在就把实情告诉他吗，那种心理上的重创可能比肉体上的伤害更严重。包元瑛做出在刘久腿部掖掖被子的样子，安慰说："手术挺成功。久哥，安心休养吧。"

走出病房，包元瑛眼前仍闪现刘久在家乡时的样子。刘久从小为人实诚厚道。秋天，孩子们在一块玩，见树上结了果子，有人爬不上去，刘久就站在树下，让别的孩子踏着他的肩膀，摘果在手的孩子跳下来，转身跑，还故意在远处晃着果子眼气他，刘久却从不生气，还跟着哈哈笑。再有，就是刘久抡大镐刨茬子的样子，头上满是晶莹的汗水。刘家叔婶给儿子取名刘久，只是企盼这孩子活在世上平安长久，却哪料到刚到朝鲜，就把两条腿丢掉了呀……

那天，医生查房后，对包元瑛说，抓紧联系回国的汽车，送刘久回去，越快越好。包元瑛说，两条腿都没了，是不是多休养几天再回去才好？医生说，除了两条腿，他小腹内也有弹片，那个手术咱们做不了，赶紧送后方医院。我已在病历上做了特别说明。

两条腿都没了，却还不算完。包元瑛惊呆了。

5

1951年4月，朝鲜三八线两侧的丘壑峰峦虽已被炮火蹂躏得满目疮痍，但各种鲜花嫩草还是不失时机地展示起生命的顽强，春天不可阻挡地来了。

新的战役正在酝酿，战地医院有了难得的几天休整与安静。那天傍晚，包元瑛在宿舍帐篷里给家里写信，为了不让老爸老妈惦记，她说医院毕竟不比前方，伤员虽不少见，却轻易难见刀光剑影。她也没把刘久负伤的事说给家里，同堡之人的不幸，引起家人的担惊受怕。有护理员跑来喊她，说有人找！包元瑛起身出去，暮色中，那个高高挑挑时常在梦中出现的身影不由让她怦然心动。

"三哥，怎么会是你？"包元瑛问。

"我不能来吗？"邢岳山笑，一口白牙在暮色中很是显眼。

包元瑛退后一步，故意夸张地上上下下观看："不会有什么事吧？"

邢岳山甩甩胳膊踢踢腿，仍是笑："俺是金刚不坏之躯，就是来看看你。"

"晚饭吃过了吧？我去食堂给你看看。"

邢岳山忙摆手："我身上带着军用饼干呢，美式的，战利品，想不想尝尝？"

"尝过。干巴巴的，没意思。要不，到我的帐篷坐坐？"

邢岳山说："不了。我今夜有任务，急着赶回去，咱们就在这儿说说话吧。"

身边不时有医护人员经过，还有伤病员，一个个探头探脑，还有人对她挤眉弄眼，似乎看什么稀奇。包元瑛说："三哥一定要急着回去，那我就……送送你。咱们一边走一边说话。"

两人出了医院的铁刺围墙，又过了防卫哨，哨兵叮嘱，前面不安全，包元瑛点头应道，我送送老乡，就回。

也是怪事，刚才在大院时，还是又说又笑，及至走在暮色愈重的山野里，两人却一时没了话说。好一阵，邢岳山才说："可能……又要有大战役了。志愿军入朝后，已经打了三次大战役，咱们都胜了。美国佬不甘心，听说，这回下了老本，增调了不少精锐部队和武器……"

包元瑛突然气哼哼地打断："别说这个，我不爱听！"

邢岳山怔了，以前，在国内老家，元瑛从来都是小妹妹，当哥的说什么她都爱听，今儿这是怎么了，自己说错什么了吗？便小心地问："那你爱听啥？"

包元瑛仍是倔哼哼："说你自己的事。"

邢岳山说："我入团了，入党申请书也交上去了。"

包元瑛说："我早交了，不值一提。你跟我说说，你今儿怎么突然想起来看我？"

邢岳山停住脚步，前后看了看，确认无人跟随，才小声说："这是军事秘密，懂吧？师里派出侦察小分队，要潜入到美军阵地，确认炮兵方位，争取先发制人。"

"那你什么时候回来？"

"今天后半夜出发，明天夜里深入敌军阵地，估计后天天亮前就回来了。"

"非常……危险，九死一生，是不是？"

"当然，不入虎穴，焉得虎子。进了美军阵地，就得求老天保佑了。我如果能立上一功，也许入党就不差啥了。首长说，作为小分队的一员，必须要有为国捐躯、敢于牺牲的斗志，所以，我才请假，来跟妹妹告个别。也许，也许，这辈子……"

包元瑛不让邢岳山再说下去，一下抱住他，嘴巴咬住了邢岳山臂膀，喃喃说："三哥，你要回来，一定要回来……我昨天夜里还梦到了你，我……经常梦到你。"

这就是爱情吗？邢岳山没想到爱情会来得这么突然。少年时，时常听爸妈提起娃娃亲的事，他那时小，没觉得什么，及至父亲被划为地主分子，他才不时想起和包元瑛的事情。沧桑巨变，乾坤颠倒，元瑛还会看上自己吗？至于元瑛说到的梦，别说是夜间的睡梦里，大白天的，他都不知自己恍恍惚惚地看到了多少次元瑛呀。时值春末，虽说山野间气温有点凉，但两个穿上了单衣的青年男女紧紧拥抱在一起，邢岳山很快感觉到了来自包元瑛身体的灼热与颤栗。邢岳山关切地问："瑛子，你是不是发烧了？"包元瑛的拳头落在邢岳山的后背上，低声嗔怪："傻哥，你是真傻还是装傻呀……"

邢岳山陡然醒悟过来，拦腰抱起包元瑛就向不远处的树丛里走。两人，都是第一次，慌乱，急切，短暂，笨拙，不得要领。此后的许多年，包元瑛不时想起那个夜晚的事情，隐约记得身旁似乎开着野花，那花朵释放着香气，香气中好像还隐含着涩涩的苦味。那是什么花呢？辨不清，也记不准，但记忆中的印象却深刻。其实，回到医院之后，包元瑛就有了第二天的打算，天亮后，一定要找到那片花丛，不管是什么花儿，都要采回一捧，插进瓶子养起来，永远地养着，因为那是他们的婚床呀！但实在遗憾，那夜，未待天明，天地间炮声隆隆，医院院子里也落进了两颗炮弹，一颗炸了，另一颗哑火，所幸没有伤人。战火一起，很快便有伤员送过来，医院里立刻不舍昼夜地忙开了，哪还记得去采花。那夜，应该还不是岳山哥说的大战役吧，因为炮声只响了一会便停了，倒是第二夜的炮声，响起来便不停，拖拖拉拉足有半个月。后来才知，那就是抗美援朝战争中的第四次战役。

好不容易挤出点时间去医院外走一走，天地间已昨是今非，时节变了，模样变了，山野间新一轮的山花虽然依旧烂漫，却再难感受到那一夜的澎湃激情。

那夜，初尝禁果的邢岳山意犹未尽，欲浪很快再次袭来，他再一次抱紧了包元瑛。包元瑛说："岳山哥，快回去吧，你还有任务呢。"

邢岳山不松手，也不说话，仍死死地抱着包元瑛。包元瑛喃喃道："岳山哥，你是男人啦。是男人就要说话算数，你一定要回来，平平安安地回来。等咱们打完仗一回国，我就是你媳妇啦！咱们可不是……娃娃亲，咱俩是梁山伯与祝英台，呸呸，不对！咱们是牛郎织女，啊呸，也不对。咱们就是自由恋爱，革命伴侣，白头偕老，对吧？岳山哥，英子等着你快点回来呀！"

邢岳山突然松开双臂，转身就走，快步如飞，一头钻进漆黑的夜色中。包元瑛站在山路边，突然生出自责，岳山哥不是生气了吧？几次想追上去。可她忍着，忍着，只是在心底不住地祷念，"邢岳山，我的男人，我的男人呀……"

6

包元瑛没有把邢岳山盼回来，两天没消息，半月没消息，一个月后，第四次战役结束，仍没有关于邢岳山的任何消息，全须全尾的大活人未见，担架送来的伤员中未见，就连阵亡名单中也没有那个名字。难道岳山哥就像阵地上的硝烟一样，说消失就消失，再没踪影了吗？包元瑛情知活不见人、死不见尸的后果可能更不妙，但她又去跟谁说，只好悄悄躲到无人处流泪，一次又一次。

邢岳山的消息没等到，但另一个信息却凿凿实实不可怀疑地摆在了面前。包元瑛每月的经期都准，如望如朔，如同赴约。但那月，没来，再苦等一月，仍没来。卫生学校的优等生包元瑛不用任何人提醒，十有八九是怀孕了。战场上杳无音信的恋人有了后代，不管是男是女，这总该是个好消息。起初，包元瑛不知自己是该高兴还是忧伤，但很快，她意识到此事已容不得她再去品咂其中的味道，四个月后，身体将显怀，况且时节已到了暑期，薄身薄衫不能帮助她再做任何掩饰，她毕竟是违犯了军中的纪律。为此，包元瑛也曾想过许多办法。求助本院的医生中止妊娠？那叫不打自招。服用药物？在后方医院，或许可行，但在战地医院，虽说各种药品器具不断运送而来，却独独难寻堕胎的药物。实在无奈，包元瑛只好按老辈人说过的法子，找高处往下跳，在山石嶙峋处翻滚，后来，干脆就在背人处找木棒往小腹上打，但没用，一切都没用。每次折腾完自己，包元瑛就呜呜痛哭，说小岳山呀，你咋这么犟呀，你可怜可怜妈行不行，妈还不能生下你，美国佬还在三八线那边杀人放火呢，你爸爸就是去打美国佬了……

那年，三伏天的时候，护士长代表医院领导找包元瑛谈话，话语虽委婉，神情却异常冷峻。护士长说，有同志看出你患有妇科疾病，今晚正好有运送伤员的汽车回国，你抓紧收拾好个人物品，回国检查。包元瑛小心地问，我治疗完，就抓紧回来，行吧？护士长摇头说，我说了不算了，回去听上级领导安排吧。见包元瑛站在那里发呆，护士长的神情有些缓和，上前拍了拍包元瑛肩膀，说其实同志们都惋惜，希望你能回来。同为女人，身体第一，多多保重吧。

也许，这是来自战地医院同志们的最真诚安慰了。包元瑛年轻，活泼，充满爱国激情，在工作中任劳任怨，护理技术日臻成熟，但她违纪了，似乎，也只能如此。

包元瑛回到了国内，先在安东市小做停留，又坐火车去了沈阳。后方医院并没给她做什么妇科检查，而是直接将她带进了一座壁垒森严的大楼。屋子里坐着两位中年女士，都穿军装，自我介绍一位是总医院组织科长，另一位是军纪监察部参谋。组织科长先开口，口气冷峻，比开门见山还直接。

"这件事，两种态度，两种处理方式，也必然是两种结果。第一种，三天之内，你上交检讨书，检讨书中必须明确交待出那个男人姓甚名谁，在哪个部队或部门工作，什么职务，交代事发时间和地点。组织上将根据具体情况，决定对你的处理意见。第二种，如果不对组织忠诚坦白，结果只有开除军籍。"

包元瑛慌了，使劲摇头："不要开除，不要。我知道我犯了错误，我保证再也不犯。我只请求组织帮我把胎儿处理掉，然后让我回朝鲜。我愿意为打败美国野心狼做出贡献，哪怕拼上我这条小命。"

监察参谋态度稍好些，听口音是西北那边的人，她长叹一口气，说："姑娘，你还是年轻呀。组织科首长的意见没听清楚吗？想回部队，也不是完全没有可能，但必须有前提。前提懂吧？前提就是你一定要把事情的前因后果讲清楚，把造成后果的那个人交待出来。组织上将根据你的检举做调查核实，该谁的责任处理谁。比如，你是和男方自由恋爱一时迷乱呢，还是被男方逼迫无可奈何，组织上自会区别情况处理，甚至可能还会考虑把你另派到新的医院，不至于让你一去就抬不起头来。但你要是什么都不说，那起码说明你对组织不够忠诚，跟组织离心离德。我的这个意思你总该懂吧？"

包元瑛深深低头，不再说什么。两位女领导送她去了医院，在妇产科安排了一个病房，很安静，小书桌上放着稿纸，还有钢笔水和蘸水笔。医院给了她三天餐券，可去食堂，也可接受送餐。三天里，没人来看望，也没人来劝说宽慰。包元瑛已在战地医院工作了近一年，听说了许多女医生女护士变成首长家属的故事，还有女医生女护士爱上了负伤住院的战斗英雄。包元瑛在战地医院时，也有负伤住院的首长通过别人做出种种试探，有人还赤裸裸地直接问到她，至于战士，那就更多了，一旦伤情有所好转，那些在战场上奋不顾身的勇士就把火辣辣的目光投射过来，人走到哪，目光就追到哪。还有战士找各种各样的理由跟她说话。包元瑛明白那些将士的心意，便一概回以不解风情的痴憨，不管人家说什么，都是憨憨一笑，匆匆离开。那时，不知为什么，只要一遇到这种事，她便会想到那个高高挑挑的身影，虽然那时她和邢岳山的关系还隔着那层薄薄的窗户纸。

组织科长和监察参谋的话，包元瑛心里一清二楚。不管两位老大姐说什么，怎么说，都是刀子嘴豆腐心，嘴上冷冰冰，心里却热烘烘。只要她说出一个人，说出是被强迫的，组织上就有了从宽发落的理由。眼下战火连天，多少人出生入死，想搞清男女间情感上的前因后果，哪有那么容易，若是检举出的那个人不幸阵亡了呢，那更是死无对证。可包元瑛不想这么做，也不能这么做，绝对不能，那不光是无端地侮辱为国家浴血奋战的将士，更是糟蹋自己。那天，那个事，自己心甘情愿，要在心里回味一辈子，是最最美好的事情，岂能玷污了她！至于邢岳山，那是自己引为骄傲和自豪的男人，任何人埋汰他都不行，何况自己！

包元瑛在病床上躺了三天，翻来覆去前思后想的结果，反倒有了一个愈发深扎心底不可动摇的决定，那就是，一定要把肚里的这个孩子生下来。邢岳山执行任务已去了几个月，去的地方是敌军重重的阴曹鬼域，至今音信全无，多笨的人也猜想得到那是什么结果。现代化的战争，冲天的战火，连大山都要剥层皮的轰炸，死不见尸的事已是太过平常。岳山哥既然回不来，那他的孩子自己更要生下来，那是邢岳山的血脉！至于自己，愿怎样就怎样吧。

第四天，仍没人来，只是小桌上又多了三天餐券。包元瑛将属于自己的物品装进一个装药品的纸壳箱。

第五天，包元瑛坐在小桌前，一笔一画地写下："我只请求，让我生下孩子后，重返前线！"

第六天，包元瑛脱下了身上的军装。那天，监察参谋来了，反复看了包元瑛只写了数字的那页字，折好，放进衣袋，问："跟部队要说的话，就这些了吗？"

包元瑛点头。

监察参谋从衣袋里摸出三块银元，又将一页打印好的纸片放在桌上，说："这是军籍处分决定，签上名字吧。三块银元，是遣散费，请收好。"

包元瑛拿起了笔，没有坐，而是躬着身子。那个字签得很漫长，泪水滴哒，一颗颗淋落在处分决定上。

参谋大姐收起了那片纸，又从衣袋里摸出两块银元，说："公事办完了，咱姐俩说说姐妹间的话。你身子沉，坐嘛。这两块钱，是我和组织科长个人的，一点心意吧。女人生孩子，是一辈子的大事，千万不能大意。"

包元瑛将两块银元往参谋大姐面前推了推，说："部队给的，我留下。这个钱，我不能要，谢谢两位大姐！"

参谋大姐将两块银元放在包元瑛手上，眼圈也红了，说："战争期间，不时有人阵前装病装伤，甚至自残，所以部队执行战场纪律，必须坚决而严厉。可我们看得出，你不是那种人。这几天，你以前所在的战地医院的领导和同志们不时有电话打过来，还写信，都夸你好，希望你能重回医院。我实话实说，这几天，我和组织科长虽没来看你，可你在这里的情况我们都知道……只是你这妹子，怎么这么死心眼儿呀，我们说的那些话，你真的没听懂吗？你是一点让我们从轻处理的理由都不给呀！"

包元瑛的泪水再一次流下来，她哽咽着说："懂，我都懂……可我真想把肚里的这个孩子生下来呀。那个人……上战场了，再没回来，八成已经成了烈士……"那一刻，包元瑛恨不得嚎啕大哭一场，可她忍着，强忍着，忍得浑身颤抖。

参谋大姐将手帕递给包元瑛，叹息说："哪个男人有你这样的姑娘挂念着，就是死，也值了。别哭了，哭坏了身子，对大人对孩子都不好。这样吧，离开部队后，你带上我的信，去北陵东边一个叫西瓦窑的村子，找上我信中写的人家。这家老两口非常善良朴实，他们一定会好好照顾你的。前几年解放沈阳时，我和我家那位就住在他家，后来他家的儿子也参加了解放军。要是谁问到孩子的父亲，你就说在朝鲜战场上。临到生产前，我建议你最好给老家写封信，让母亲或姑嫂什么人赶过来。至于以后的事，你再酌情而为吧，也许孩子父亲那时就从战场上凯旋了。你生孩子时，再回总院找我，可千万不能相信乡间的接生婆呀，记住了吧？我能帮妹子的，就这些了，共产党人不信神仙皇帝，但我还是相信好人好报……"

7

依照参谋大姐的建议，包元瑛相对安宁平静地度过了 1951 年的秋天。秋高气爽阳光明媚的日子，她捧着日益鼓胀起来的肚子，遥望北陵公园。大地的高粱玉米已经收割干净，呈现眼前的是一片枯黄，只有北陵一带仍是浓重的黛青，高耸的方城楼脊上的琉璃瓦在秋日下熠熠生辉。而向东望，便是昔日东北军的北大营。二十年前的 9 月 18 日，小鬼子就是在那里发动的侵华战争。北陵是清朝皇帝皇太极的陵寝，大号昭陵，因地处沈阳北郊，民间便叫北陵。沈阳东郊还有东陵，大号福陵，是开国皇帝努尔哈赤的陵寝。北陵和东陵除了地表恢宏的建筑，还有大面积参天的古松。

包元瑛对房东关婶说，我想去北陵走走。关婶说，那还不容易，可总得猫过月子再去吧。包元瑛心里说，生过孩子，我哪好还在这里住。按部队的规定，受过开除处分的，都是遣送原籍，参谋大姐让她先把孩子生下来再说，已是特殊关照了。虽说关叔关婶待人都好，别说房租的事只字不提，就是想交伙食费，关婶都坚决不收，说坷碜（东北话，脏，不洁净）你叔你婶不是？包元瑛说，我听说陵墓里葬的是皇太极，还有他的福晋，哦，就是孝端文皇后，是蒙古族人，姓博尔济吉特。关婶有些吃惊，说你年纪轻轻的，连这个都知道呀？包元瑛淡然一笑说，不怕婶笑话，若细论起来，这个皇后还是我的祖姑奶奶呢。关婶越发吃惊，那你是蒙古族人呀？包元瑛摇头说，我家是旗人。旗人与蒙古族人也难分谁和谁。辛亥革命后，蒙八旗的人一部分回草原上去了，还有一部分留下来，就是旗人，解放后叫满族。我这都是听老辈人说的。关婶说，你要说起这些旧事，咱就越扯越近了。我跟你说，我是汉人，可我婆家也是旗人，祖上几辈都在这皇陵附近守陵，沈阳城旗人多了去了，三代以上，差不多都跟旗人挂着亲。

这般聊起来，包元瑛再提去北陵，关婶就不拦阻了，还放下手中的活计，陪着一块去。包元瑛说，其实，待产的日子还是有些活动好，我虽是头胎，可我以前进过卫生学校，这样的知识多少也知道一些。关婶说，这我不跟你犟。旗人家的姑奶奶就是跟汉人姑娘不一样，哪来的那么多娇气，还打小把脚丫子裹废了好大门不出二门不迈。旗人姑奶奶也不像汉人小媳妇那样甘愿受气挨欺负，哪个不是拿得起放得下的主儿。咱民间有句话，说旗人姑奶奶回娘家，连狗都吓得把尾巴夹起来。关婶是个快乐东北女人，话说得包元瑛咯咯笑，只觉沉郁多日的心情好多了。

包元瑛虽说跟关婶处得亲如家人，但心里有些话，还是不能跟关婶说。比如说，她能说自己已被军队开除军籍了吗？关婶如此款待于她，那是因为参谋大姐的关照与安排。再比如，她想去北陵走走，也并不完全是因为那里安葬的是她祖奶奶，真实的想法她也不能跟关婶说。就在那一年，1951年夏天，北陵与西瓦窑之间的一片高岗上，建起了抗美援朝烈士陵园，第一批烈士的遗骸已经安葬在那里。有关婶陪着，走过烈士陵园，包元瑛伫下脚步，在不远处垂首祷念，寄托自己的哀思与崇敬，也请烈士们的在天之灵保佑岳山哥以及还在朝鲜战场上英勇杀敌的战友们平安吉祥。

包元瑛只让关婶陪着去了一趟北陵，另一次她是特选关婶不在家时独自去的。入冬前的关东人很忙碌，尤其是家庭主妇们，就像北陵公园中的那些小松鼠，忙着储备各种过冬的食物。包元瑛不想让好心的关婶再为自己操心。

未婚先孕受了部队严厉处分的包元瑛不想将自己眼下的处境告诉亲朋好友，更不想为此解释，包括对老父老母。因此，一些写给包元瑛的信件还是寄到战地医院去，医院好友将信件转寄给总医院的参谋大姐，参谋大姐再派人把信送到西瓦窑。对那些信，包元瑛能不回就不回，好在是战时，估计大家能理解。可有一封信还是让包元瑛犹豫了好长时间，最后还是回了。那封信是刘久写来的，发自沈阳的一家疗养院。刘久在信中说自己回国后又做了一次手术，现在由国家养了起来。他说他的身体里流淌着元瑛妹妹的鲜血，他永生感谢！他说现在最大的憾事是不能重返前线杀敌，又说这辈子也许只能躺在床上靠国家养着，他不知自己还能干什么。这封信，包元瑛看了一遍又一遍，想着刘久失去双腿的样子，她能理解刘久的心情。信上的字支楞八翘笨笨嗬嗬，字句却通顺，意思也表述得很清楚。刘久没读过多少书，这封信可能是求人起草，他再一笔一笔抄下来。包元瑛问了关婶那家疗养院的位置，想去看望刘久，但想了想，还是算了吧，自己眼下的身子已不可掩饰，便只是回了封信，邮寄地址仍写战地医院。

冬至节气时，包元瑛给老家写了封信，说自己病了，请老妈放下家里的活计，来沈阳照顾。又再三强调，此事保密，除了老爸，谁也不可告诉。妈妈很快慌慌张张地来了，见了女儿臃肿的样子，自是吃惊，一再追问孩子是谁的。包元瑛不说，问得次数多了，元瑛便抹了把泪水，激歪歪地说，他上战场打仗，死活不知，这行了吧？

心中的多少忧伤与郁闷，想发泄一下，也只能跟至亲的骨肉了。

小寒时节，包元瑛生下一男婴，六斤六两。母亲说，六六好，大吉大顺。

8

1952 年，龙年的正月一过，包元瑛母女二人抱着襁褓中的孩子回了万家堡。关家叔婶一再挽留，说刚出数九，天还冷，不如再住两个月，等春暖花开时再走不迟。元瑛母女的想法是，既是一定要走，还是早点好，在关家几个月，已给好心的叔婶添了不少麻烦。包元瑛将四块银元悄悄压在枕下。她本想把五块银元都留下，但那毕竟是参军入伍的念想，便自己保存一块。

包元瑛抱着孩子回了万家堡，在村庄里是不小的爆炸性新闻。年过二十的女人生孩子，在那个年月，不是新闻，但没听说包家的姑娘结婚呀。哦，在部队结了婚，那也对，可男人是谁，怎么也没见婆家人露面呀？好在包元瑛的父亲是村官，所以爱嚼舌头的村妇们便只是躲在犄角旯旯嘀咕，只有关系特殊亲近的人才会提着慰问品去看望。

邢凤林老两口是包元瑛回堡子的当晚去的。若论关系，那是干爹干妈，两家情义自是不同；但邢凤林眼下却是被管制的地主分子，去村贫协主席家便难免有些忌讳，所以老两口直待夜深人静，才悄悄行动。元瑛见老两口进门，泪水立刻开了闸，难止难休。她叫了一声爸，又叫了一声妈，立刻意识到自己过于激动，竟忘了掩饰，尽管来人就是自己的公婆，是孩子嫡亲的爷爷奶奶，但那些话能说吗？邢凤林老两口被叫得一怔，包永年两口也听得一怔。多年以来，元瑛一直都是喊干爹干妈的，省去了那个"干"字这是第一次。包元瑛将孩子往老人身边推，说快让干姥干姥爷看看……是男孩……

孩子两月大了，褪去刚出娘胎的猫崽样，已现出虎头虎脑的生气，尤其是那双又黑又亮的眼睛，给老人们一种久违的熟悉。老太太不由回头望了一眼邢凤林，邢凤林也是暗惊，心里也不知是该喜悦还是悲伤，便问："这小虎羔子叫个啥名字呀？"

　　包元瑛说："想求干爸给起一个呢。"

　　邢凤林说："堡子里识文断字的不少，你不好出门，我去替你求。"

　　包元瑛说："我谁也不求，只求干爸。"

　　邢凤林心里一忍再忍，还是问："还不知孩子爸姓什么呢。"

　　包元瑛也忍着心痛，答复是对所有人一样的说法："他爸上战场了，就先随我吧。"

　　邢凤林忙点头："好，好，让我想想。"

　　邢家老两口说了一会话，便离去了。元瑛妈一直抱着邢凤林老两口带来的那只老母鸡，说："老姐姐，刚才我摸了摸鸡屁股，明早它就有蛋。你把它抱回去吧，家里做饭，掉米粒菜叶子什么的，鸡啄啄，就把蛋生下来了。我知道你家也就这一只鸡了。"

　　邢老太说："干闺女有这么大的事，我们老两口只抱一只鸡来，这老脸就够臊得慌了。老妹子还让不让我出这个门呀？"

　　元瑛妈知道贫贱人家百事哀的道理。邢家老两口自从住进大儿子家，与大儿媳多有不睦，但这是别人家的家丑，又岂可说破，便笑说："我可没说这只鸡我不要，我只是让老姐姐把它抱回去，先替我养着。我知道这是只爱抱窝的老抱子，眼看开春了，你再让它抱上一窝，再给我送回来，这行吧？"

　　那天，走在回家的路上，邢老太扯住邢凤林的袖子问："你说，元瑛的孩子咋那么像咱岳山小时候！"

　　邢凤林斥道："你小声！我又不傻。"

　　邢老太已带了哭音，说："要真是咱邢家的苗，岳山就是回不来，也能闭上眼了。"

　　邢凤林说："你没听咱俩刚进门时，元瑛喊的是啥？元瑛是有情有义的孩子，她可是头一次这么喊呀。再有，她一直没给孩子起名字，还说只等着我来起，这也是话里有话呀。"

　　邢老太闻此言，蹲下身子捂脸呜呜哭起来。邢凤林站在一旁，仰脸望寒空，不去劝，只是老泪长流。邢岳山到了朝鲜后，才给家里写信，后来便是每月一封，记得最后那封信上写，他要去执行战斗任务了，老爸老妈，以后谁要再喊你们地主，你就告诉他们，我儿子是甘愿为国家牺牲的志愿军战士！

　　数日后，邢老太给包元瑛送好不容易攒下的几只鸡蛋，带来的还有一张纸条，上面只有用毛笔端端正正写下的两个字：子瑞。包元瑛重重点头，说就是它了。元瑛妈不识字，问是啥，包永年说，给孩子起了名，叫子瑞。元瑛妈一时不解，嘀咕说，孩子长大后，非有人喊他包子不可。不行换一个呀？包永年瞪了她一眼，说，不知道邢家老大的儿子叫啥呀？元瑛妈顿悟，从此再不说这个话。

邢家老大的儿子，叫子祥，也是爷爷邢凤林起的。

包元瑛回到万家堡后，眼看着小子瑞一天天长大，会爬了，会走了，会喊妈妈了。包元瑛把对邢岳山的怀念渐渐转换成对孩子的百转柔情，看来，岳山真的是光荣献身，回不来了，那就不想了，我一个人也要把子瑞拉扯大。不时的，包元瑛也会想起同村走出去的另两个人，刘久和黄大勇。刘久大哥给自己写过信，可那时因情况特殊，自己只是简单地回复了几句话，按常理，同在沈阳，本应该去看望的，想来，刘久是比自己更不幸的人呀。还有那个黄大勇，听老爸老妈带回家的消息，说黄大勇还在朝鲜呢，在给团长当警卫员。乡下人嘴臭，说到底是人家姑父在部队里当官，所以才没去当九死一生的大头兵，哪个社会都一样……

1953年春天，包元瑛帮妈妈切好土豆母子准备下田时，父亲突然从村部回来，吆喝着快蒸鸡蛋糕，说部队来人了。这时节，正是青黄不接，往哪家派饭都是难，包永年便常把来村办事的客人带回家。包元瑛听说是部队来人，心里猛地一揪，莫不是邢岳山有了消息？她问，没听说是为啥事？父亲说，刘久在疗养院里不想活了，来的两人是疗养院的，想跟刘家人商量，怎样开导安慰，总不能让刘久大难不死从战场上回来再寻了短见吧。元瑛妈说，那这顿饭怎不派到刘久家去？父亲斥道，听了刘久的事，刘家人心里能畅快？客人还咽得下去饭菜？你这人！

听说刘久想轻生，包元瑛悬起的心越发揪得紧，好一阵难得释怀。刘久虽然在战场上失去了双腿，但精神上却还坚强，怎么就不想活了呢？很快，父亲陪着两位同志来家了，一男一女，看得出，女的是主事人。在等待开饭那一刻，包元瑛抱着子瑞凑上前，跟女干部说："我前两年也去过朝鲜，在医院当护士，后来因为生孩子，就回来了。刘久跟我不光是老乡，他负伤截肢那次手术，我就在手术室里。大姐能不能跟我说说，刘久为什么就不想活了呢？"

女干部惊异地问："那个手术，你真在场呀？"

包元瑛说："我撒那个谎干什么。当时血浆不够，我还献了血呢。"

女干部仍有点将信将疑："那你说说刘久的手术情况。"

包元瑛说："美国佬用的地雷邪性，把刘久的两条腿几乎是齐根炸断的。术后第二天，主治医生又安排尽快回国，说他小腹内也有伤，而且不轻，前方医院治不了。"

女干部说："问题就出在小腹里的伤，弹片彻底损坏了刘久的生殖系统。术后一段时间，刘久还没太在意，可后来，伤口虽说一天天好转，他才发现自己丧失了勃起功能。他问大夫，以后还能不能结婚生子？大夫只好直言相对。从那以后，刘久才生出轻生的念头，而且越来越强烈，吓得留住在疗养院的残疾伤员谁都不敢跟他同居一室。当然，刘久不再是个完整男人的情况我们只是跟妹子说，连刘久的爸妈我们也话到嘴边留半句，只说还在恢复期，一切都有可能。我们担心事情一旦传开，刘久破罐破摔，越发不想活。我们这次来，就是请刘家老两口想想办法。"

包元瑛点头说："我明白。我虽不是心理医生，但我学过护理方面的知识，明白伤残人员的心理承受能力对日后康复的意义有多大。"

母亲招呼客人吃饭，包元瑛抱孩子去了院子。子瑞在树下蹒跚学步，包元瑛坐在小板凳上发呆，想一想刘久在田野里抢大镐的样子，只想哭。男人呀，有时可能比女人还脆弱，尤其在性的问题上，一旦没了希望，就好像天上永远没有了太阳。

客人用过餐，出门告辞。包元瑛迎过去："大姐，就走吗？"

女干部说："就走。早说好的，刘久的爸妈跟我们一块去沈阳。哦，你快进屋喂孩子吧，鸡蛋糕蒸得真好，我给孩子舀出一小碗，别放凉了。"

包元瑛说："我跟大姐一块去沈阳，看看刘久可好？"

女干部犹豫了一下："不用了吧。你有孩子呢。"

包元瑛说："我去跟刘久说说话，兴许会管用。"

女干部点头了，让她快去做准备。元瑛妈欲接孩子，包元瑛说："不，我带上他。这么多人呢，还有刘家叔婶，不用惦记。"

那次，在沈阳的疗养院，刘久爸妈都跟儿子说了什么，包元瑛不知道，只看到老两口流着泪水出来，刘婶已瘫软得没有了行走的力气。包元瑛坐在走廊里，病房里的咆哮和摔盆摔碗的声音清晰可闻，撕人心肺。总算等到病房里安静下来，护理员提着垃圾袋出来，包元瑛才抱孩子进了屋。

包元瑛的突然出现，让刘久大为吃惊，让他更觉吃惊的是包元瑛怀里的孩子。他努力平复一下情绪，用力撑起上半身，沙哑着嗓子问："是瑛子？你怎么来了？"

包元瑛故作轻松地说："想刘久哥了，就来看看呗。"

刘久指着孩子："这孩子……"

包元瑛仍是大咧咧的模样："我儿子。还算漂亮吧？"

刘久越发吃惊："你……结婚了？他爸爸……"

包元瑛叹了口气，说："上战场了，去了就没回来。"

刘久说："哪个部队的？没找部队问问呀？"

包元瑛说："又没结婚，我怎么说？就为这，我被开除了军籍。唉，不说他了，估计那个人也不在世上了，何苦再让人家在地底下不得安生。细想想，咱们只要还活着，总比死在战场上的人幸运。"

两人一时都静下来，不再说话。刘久猜不准包元瑛此番来，是看望，还是奉了领导的旨意安慰劝说。包元瑛则把孩子放在了刘久的怀里，说快让叔叔抱，刘久叔可是志愿军的英雄呀。

静了片刻，包元瑛看着刘久专注搂抱孩子的神情，开始将心中的谋划小心地往前推进。她低声说："刘久哥，跟你，我就不遮不掩了。其实，我也挺难的。大姑娘家家的，还没个婆家就把孩子生下来，南北二屯的人怎么嚼舌头，我没听到也猜得到。再有，我虽念过卫校，又上过战场，可部队的处分决定装进了档案，就不好找工作了，没办法，我们娘儿俩只好住在我妈家，夜里睡不着，都不敢往长远想。"

闻此言，刘久一时不知怎么应答，只是更紧地搂住孩子，把脸贴在那细嫩的脸蛋上。小子瑞会认生了，挣着往妈妈身上扑。

包元瑛却不接孩子，而是说："妹子思来想去的，只好来求久哥了。打小，我就知道久哥心疼妹子，是个能扛事的男子汉。一块玩时，有大狗追过来，久哥总是替妹子挡着；入秋时，孩子们去地里抠地瓜掰苞米，烤熟了吃，久哥也总是把最大的那个给妹子……"

刘久叹了口气，说："眼下我这样子，连床都下不了，一日三餐都得让人侍候着，我早不想活了。你说求哥，那你看我还能帮你做个啥嘛？"

包元瑛说："那妹子就乍着胆子说句话，求哥无论如何也别让妹子出不去这个门。久哥，我这孩子眼看着一天天大了，已有点懂事了。他不能总没个爸呀。从今往后，你就是他爸，行吗？"

刘久大吃一惊。刚才，他脑子里飞闪过千百种包元瑛求助他的可能，唯独没有这一种。他说："妹子，你不是脑子……我都这个样子了……"

包元瑛打断刘久："哥你听我把话说完。你既成了孩子的爸爸，那我就是你媳妇。咱们去政府正式登记，办不办婚礼再商量，反正有了法律的认可与保护，那就名正言顺，天王老子也得闭上嘴巴。依我的主意，你也不用再住在这里，你跟我回老家，咱们一块过日子。我跟懂政策的人打听过，关于因参战造成的重度残疾人员，只要家人愿意照顾，国家不光支付今后的生活、医疗费用，还可以资助残疾人员在家乡盖房子。你的伤也就这样了，听说，国家已跟苏联老大哥联系，很快就会帮助你们配备轮椅，安装假肢，那以后久哥不光不用我照顾，兴许还能帮助我拉扯拉扯这个孩子呢。"

刘久急切地说："妹子，你听我说。我的伤，不光在腿上……"

包元瑛再一次打断："久哥，我知道，啥都知道。妹子当过护士，又生了孩子，也算过来之人，什么不懂？细想想，人这一辈子，也就那么回事。老天既让我有了这么个孩子，那就是格外开恩了。这孩子往后也是你儿子，随着你刘家的姓，由你帮我抚养成人，自然也会给我们养老送终。其实，眼下我只是担心，久哥不会嫌弃我的名声吧？"

刘久无言了，把脸伏在孩子的身上，好一阵，才说："妹子，往后再不许跟哥说嫌弃不嫌弃的话。你……让哥再想想，行吗？"

9

一周后，两辆吉普车开进万家堡，前车上坐着刘久的父母还有疗养院的副院长和医生，后车上则坐着刘久和包元瑛，小子瑞一路都在母亲的怀里，在摇摇晃晃的汽车里睡得很香甜。汽车停在北沟刘家门外，先放下来的是轮椅，副院长和医生将刘久扶抱到轮椅上时，刘久便多了两条假腿，因穿着军裤，外人倒也看不出什么。但那假腿是用木头临时雕成的，不过是个遮人眼目的样子货。村人们闻讯，很快围拢上来，想着刘久离开村庄时的健壮与威武，自是不胜感叹，有人还

188

抹了眼泪。

当晚，包元瑛就将自己要嫁给刘久的决定告诉了爸妈。这个话从女儿口里说出来，两位老人也是吃惊不小。母亲说：

"瑛子，你要嫁人，我和你爸不反对，咱不求你们娘儿俩日后大富大贵，但总得嫁个有胳膊有腿能干活的人吧。"

包元瑛冷着脸说："子瑞总不能一辈子没个爸。我跟爸妈说，刘久就是子瑞的亲爸，以前我一直没跟二老说，那是因为刘久在战场上受了伤，我不知道他能不能挺过这道鬼门关，现在我已把他接回老家了，过些天政府会帮他把房子盖起来，我们就搬到一起过日子了。"

包元瑛说得果断决绝，全无半点商量的意思，包永年两口知道女儿的脾性，知道再说什么也是空耗唾沫，便只好躲出去唉声叹气。可老两口心中还是存着看似云破天开却愈显巨大的不解，且说那子瑞，眉眼越来越像一个人，那应该是个不便说破的秘密。元瑛与邢岳山打小情投意合，元瑛抱孩子回到家，当晚便求邢凤林起名字。回堡子一年多，却怎么从没见她抱孩子去过刘家串门，反倒是隔三岔五就去邢家。元瑛真要想带孩子嫁人，其实并不难，自古以来，中国乡间可能什么都缺，唯独不缺娶不起媳妇的光棍汉，元瑛想选个身强体壮的男人绝不是难事。包元瑛突然亮出的这个决定，真是太让老爸老妈大惑不解了。

其实，包元瑛生出嫁刘久的念头，也并非是一时的心血来潮。听说刘久在疗养院一再轻生，她似乎能够理解。男人么，就算不求顶天立地的事业，但一生卧在床上，吃喝拉撒都得靠人侍候，那又与死何异？尤其是，男人年纪轻轻便失去了生命之根，彻底断绝了子嗣的念想，那更失去了生活下去的乐趣与希望。包元瑛突然感到，要救刘久，似乎天降大任，只有自己了。在疗养院，她先求刘久帮帮自己，让刘久感觉到活下去的意义，再让子瑞成为刘久的儿子，一个有妻有子又有生活保障的男人，他还有理由和勇气轻言弃世吗？况且，从孩子的角度讲，子瑞很快就懂事了，确实不能让他永远生活在缺失父爱的阴影里，这事早解决当为长远。

包元瑛成功了。只是，夜深人静时，听着子瑞甜甜的小呼噜，她也不知多少次暗自垂泪。看来，邢岳山若是永远回不来，成了刘久媳妇，自己便永远成了活寡妇，与早些年皇宫里与太监对食的宫女一般无二。若说不同，太监无能，那是世人皆知的秘密，而刘久不能行丈夫之事，则是个秘密，对谁都不能讲，包括刘久的父母，也包括自己的父亲和母亲。

隔了一天，包元瑛抱着孩子去了邢家，对老两口平平静静地说："干爸干妈，刘久回来了。过几天，等房子盖起来，我就要带子瑞去和刘久一起过日子了，孩子随刘姓，可子瑞的名字永远不变。"

这几句话，包元瑛在心里酝酿了无数遍，可话出口，她还是难以自控，所以便深深地垂头，声音也有着难以掩饰的颤抖与哽咽。邢家二老面面相觑，不知怎么应答。倒是爬在炕上玩耍的子瑞奶声奶气地说："妈妈怎么哭了？奶奶，你快哄妈妈。"

邢老太问："那……还操办不？"

包元瑛只是摇头，淋落了满炕的泪水。

几天后，一辆嘎斯卡车开进了万家堡，车上满满地载着木料和砖瓦。驾驶楼里下来的干部问，东西是卸在院子里，还是另找地方？刘久望向闻讯赶来的包元瑛。包元瑛大声亮嗓地说，你是一家之主，你瞅我干啥。刘久又问匆匆赶来的包永年，说叔，我自己选块房场，不会让你老做难吧？包永年说，你是保家卫国的功臣，你尽管选，剩下的事交我办。刘久便对干部说，那就麻烦把东西再往沟里深处送一送，省得我们再找人费二遍事了。

刘久选的地方距他父母家近二里，再往山沟深处，已没了人家。节气虽过惊蛰，但北方大地还是一片荒茫，尤其北沟两侧的坡岭上，原是一片杂木林，前几年东北地区战火连天，不时有躲战乱的老百姓住进山林，一时不慎，便引发了山火，至今北沟两侧的坡岭还是光秃秃一片黝黑。刘久父亲也是外来户，老家原在黑龙江畔，黑土地被日本开拓团相中，便举家来万家堡落脚谋生。刘久选的地方让所有人不解，尤其是他的父母一再拧眉跺脚。包永年又问："大侄子，先别急，叔陪你去堡子里前街幺街都走走看看，那边，离官道总是近便些。"

刘久说："不用。我这两条腿已是废了，只想清静。再说，这地方离我爸我妈近，往后也好有个照应。元瑛，你说呢？"

包元瑛说："久哥说好，那就是好。只是，这地方缺了一口井，往后用水，怕要费事了……"

随车来的干部忙拍脑袋，说："你看你看，竟把这事忙忘了。五天之内，我把打井队带过来，只要地下水脉不是问题，这事就算解决了。大家想想，还需要啥？"

九九一过，大地回春，阳面山坡上已现出茵茵绿色，正是乡间起屋造房的好时光。包永年动员来村里的能工巧匠，不过十天半月，三间砖瓦房已漂漂亮亮立在向阳坡上，四周还围起了砖石围墙。刘久和包元瑛领过结婚证，虽一再声称不操办，但刘家还是杀了一头猪，宰了几只鸡，请来刘包两家的姑叔姨舅和村里一些有声望的长者，摆了四桌，既算婚礼，也是乡间少不得的燎锅底，新立门户的小日子便过了起来。席间，亲朋们一再举杯祝福，包元瑛和刘久忙着答谢应酬，两人心中的多少苦楚，不说也罢。

10

邢岳山还活在世上的消息，是这年秋天传到万家堡的。

中国人民志愿军协同朝鲜人民军，与以美国为首的 16 国部队经过近三年的艰苦鏖战，终于在板门店签下停战协议，朝鲜半岛恢复了昔日的平静。这个消息令全世界欢呼，尤其是作为抗美援朝大后方的六亿中国人民。

又是金秋十月，两位着便装的官家人来到万家堡，在村委会出示了盖着大红印章的介绍信。那年，村里的贫协虽还存在，但涉及村民的日常管理和接来送往的事务统归村委会，包永年肩上多了一个村委会主任的职务，村民们循着旧时的习惯，喊他村长。

包永年识字不多，对带着官家介绍信的人小心地问："领导有什么指示，您说。先打扰一句，二位午间要是在堡子里用餐，我这就把饭派下去，眼看近晌了。"

包永年当了几年村干部，学会了一些官家话，比如将吃饭改为用餐，但对干部还是习惯地视为官家人。

两位干部一直严肃着。高个子摆摆手："我们只是调查一些情况，完事就走。请问，邢岳山是你们村里的人吧？"

包永年心里陡然一惊，怎么问起了邢岳山？当时，村委会里还有两位村民，是为垅挨垅的农田谁侵占了谁争里表，听问邢岳山，也都瞪圆了眼睛。

包永年答："抗美援朝的头一年，邢岳山去当了志愿军，听说刚到朝鲜时还不时往家来封信，后来就没了消息，不知是死是活。"

小个子的干部问："他家现在还有人吗？"

包永年答："有啊。老爹邢凤林，他有两个哥，老大在家种地，老二听说在鞍山当工人，解放第二年去的。"

高个子问："土改时，他家划的是什么成分？"

包永年答："地主。"

两位干部对望了一眼，小个子追问一句："你可说准了。"

一个村民忍不住插嘴："这还有啥准不准。换个门户，邢岳山能念得起那么大的书？别说学费和伙食费了，只怕一年到头那几次来往路费都拿不出。不过，咱拍心窝子说良心话，邢凤林虽说是地主，可不像戏台子演的那个黄世仁，人家可没欺男霸女，堡子里谁家有个为难遭窄的事，只要求上门，从没让谁空手出来过。哦对了，这事村长最知道，解放前，村长一直在邢家当长工。"

包永年麻搭了那个村民一眼，说："领导问啥说啥。"

"当兵前，邢岳山在哪个学校读书？"小个子目光炯炯，盯向了爱说话的村民。

村民被盯得有些胆怯，只怕自己说错了哪句话，声音低了许多："听说是沈阳城里最大的学堂。那年邢岳山回堡子，我问过，到底有多大？邢岳山说连老师带学生足有好几千人，是当年少帅张学良办的。他还逗乐子说，要是非问大小，那可是大鼻子他爹，老鼻子大了。"

另一位村民说："八成是叫东北大学。"

两位干部按几人的话认真做了笔录，念给几人听，还让各位都按下指印。两人走时，包永年一直送到村口，才小心地问出早压在舌底的话："二位领导，依我的笨心眼寻思，邢岳山还活着，对不？"

高个子答："不该问的别问，你是一村之长，这点规矩总该懂吧。"

小个子补充道："不该猜的也别猜。尤其是，不该传的更不要传。一会你回去，这话一定要跟那两位老乡说，传出毛病，后果自负。"

包永年又问："那他现在在哪儿呀？"

两位官家人对他摆摆手，未答，走了。

包永年回到村委会，将官家人的叮嘱认真重复过，两村民愈发不解，说人是死是活，这也算秘密呀？包永年故意黑下脸说，让你们别猜别传，那就把自个儿的臭嘴管住。接着掰扯你们两家的事！

如此重要的消息，不管官家人怎么叮嘱，有两个人，是万万不可不告知一声的，一个是邢凤林，那是邢岳山的亲爹。被管制的地主分子在人前低头耷脑，儿子又去了战场没消息，老两口躲在家中流过多少眼泪，不用说也可心知。况且，那天，应对调查，在场的还有村里人，虽说按官家人的吩咐，已对那两人做过叮嘱，但这种事，只怕越叮嘱越是管不住，过几日，昔日的老东家追问到自己，自己又以何面目应对？所以，那天当夜，包永年便悄悄去了邢家，为防女人嘴松，还特意把岳山妈支了出去。邢凤林听说儿子还活着，忍不住喜极而泣。鼻涕一把泪一把后，邢凤林问："岳山既活着，朝鲜那边仗也打完了，为啥他还不回家呀？是不是觉得我是地主分子，也要远躲着呀？我们老两口可是生他养他的亲爹亲妈呀！"

包永年说："这事兴许挺复杂，你问我，我也是翻来覆去不知琢磨多少个来回了。可我估摸着，绝不会是岳山不想回家，岳山不是那路人。刚才，我把老嫂子支出去，就是想让老哥哥心里知道就中了，省得老嫂子到处打听惹麻烦。我这意思老哥能明白吧。反正，只要岳山还活着，就是天大的喜事，过些日子，岳山回来了，一天云也就散开了，是不？"

包永年要告诉的另一个人则是元瑛。元瑛虽说已跟刘久结婚搬到北沟住了，但包永年心里一清二楚，元瑛的心还在邢岳山身上。元瑛之所以忙着结婚，一是以为岳山已不在人世，二也是要为子瑞找上一个爹。包永年知道有些话只能跟元瑛悄悄说，为了不让刘久察觉，他让元瑛妈去了一趟北沟，说自己心口疼，让闺女回家来看看。老伴说，早起大饼子你一家伙造了三块，疼个啥？包永年斥道，让你去就去，少废话！元瑛回来时，你就留在北沟照看孩子，别让元瑛又是背又是抱的。

包元瑛回到家来，听父亲如此这般一说，先是喜，后是惊，转隙，神色便有了变化。她让包永年将干部的问话原原本本再说一遍，包永年重新复述，包元瑛的眉头越发拧成了大疙瘩。

包永年问："咋，有说道？"

邢岳山还活着，这确是天大的喜讯，但喜讯背后也让包元瑛意识到，邢岳山为上战场而拿出去的假证明已经露馅了，虽说邢岳山为保家卫国舍生忘死不含糊，但从来调查的干部又是笔录又是按手印的举动看，组织上没把这事当小事。这两年，逃去台湾的国民党一再叫嚣反攻大陆，新生的共和国政权也一再加大镇压反革命的力度，凡事都怕联系起来看。给邢岳山出具的那个证明是自己偷盖的公章，但这事眼下能跟父亲摆明了说吗？但愿组织上看在邢岳山为国家甘愿一死的分儿上，别再计较这件事情了吧。

包元瑛叹息一声，心事重重地说："只怕岳山哥……要摊上麻烦啦……"

包永年嘟哝道："瞎说，仗都打完了，还有什么麻烦事？"

包元瑛说："但愿吧，但愿岳山哥早点回来。"好一阵，又说，"爸，只怕遇到麻烦的还有你呢……"

"啥意思？说明白点。"包永年问。

"我也是估摸……"包元瑛不再往下说。

让人猜想着还活在人世间的邢岳山再度变成远去的黄鹤，从此再没音信，而且此一去，竟是十倍于邢岳山奔赴朝鲜战场的时间。

1953年冬天，冰天雪地，格外寒冷。小寒节气后的一天，乡长亲自来万家堡，召开村民大会，宣布撤消包永年村委会主任职务，同时撤销预备党员资格。包永年大惑不解，问为什么，乡长一直对包永年印象不错，便拍拍包永年肩头，苦笑说，老兄啊，领旨谢恩吧。我是奉命行事，至于为什么，我还不知道去问谁呢。

包永年突然想起几月前元瑛的话，莫不是女儿事先就知道了什么？他问元瑛，女儿竟是出奇地淡然，说不让干就不干了吧。正好你的小外孙也一天天大了，田里的活计不忙时，就帮我带带孩子，多好啊！

女儿的这个态度，越发让包永年百思不得其解。

11

1954年春天，一个风和日丽的日子。一辆嘎斯卡车开进万家堡，一路打听着开进北沟。汽车后厢装着许多草袋子，一个个鼓鼓囊囊。村民们猜测着，不知官家又给刘久家送来了什么。

院子里，包元瑛正扶着刚安上假肢的刘久练习走路。假肢是春节后疗养院专程派人来给安上的，说这次可不是前两年那个木头的，而是苏联老大哥的产品，世界顶尖，无偿支援。刘久对假肢还很不适应，笨笨嗵嗵走上没几步，就叫疼。包元瑛帮忙解下来看，也难怪，残肢截断面和假肢接触的部位已被磨得血糊糊。两人按照说明书，对假肢的接触部位又是敲又是磨，如是几番，情况虽好了些，但刘久还是不愿用那东西。包元瑛先是劝，再是哄，后来就亦真亦假地责骂，说你还能一辈子总躺炕上等人侍候呀！你就一辈子甘当废物啦！人家来人不是说，初用时不适应很正常，等接触的地方磨出了膙子，才能撑住劲儿！来，把假肢装上，练不够时辰，咱们谁都别吃饭！

那天，远远地看汽车开进北沟，两人相互扶立，巴巴地观望。汽车停在院门外，车门开处，跳下一位汉子，甩着左臂的空袖子往院里跑。刘久喊，我的天，你咋来啦！猛地就往前扑。元瑛一时没注意，刘久已重重扑倒在地，来人已到了跟前，便与刘久紧紧地抱在了一起。

刘久给包元瑛介绍："来家了，就别喊这个长那个长的了，生分。叫大哥，姜大哥，战场上救过我的命！"

姜大哥说:"兄弟在战场上没救过我命呀?往后,谁都别提救不救命的事。兄弟,你站稳,让我腾腾手。在疗养院,你们两口子的事我都听说了,弟妹就是咱们志愿军的女菩萨!"

姜大哥退后两步,这才两腿立正,挺直腰身,右臂举起,五指并拢,口里还朗声喊道:"敬礼!"

包元瑛已来不及阻止,一时也想不起应该怎样回敬,一双手只是掩住嘴巴,一任滚烫的泪水簌簌流淌。在志愿军战地医院时,她不知接受过多少次这样壮严的军礼。那些受伤的将士,或重回前线杀敌,或返回祖国休养,临行时都是这样敬礼,感激白衣天使的救治。

那天,包元瑛杀了一只鸡,又跑回娘家找来半瓶白酒,两位生死弟兄边喝边聊,时哭时笑。姜大哥在部队时,是刘久的连长。一年前,朝鲜战争结束,回国后,转业去了一家国营农场当副场长。农场要栽树,他便跟林区联系,志愿军的战友遍天下,汽车上的那些草袋子,装的都是他从林区拉回的树苗。回来的路上,他打听着昔日的战友,只要能见一面,他都绕路去看看。他去疗养院,得知刘久已回老家,有了媳妇和儿子,便绕道而来。席间,姜大哥指点着新建的房舍和院外的坡岭,说房子和小院都不错,只是有点秃。这样吧,正好我车上拉有树苗,给你留下一袋,一百棵,你围着院子栽上一圈,用不了几年,就绿树成荫了。我给兄弟做主,栽樟子松吧,虽说长得没有杨树快,但长大后,枝叶冲天,树干粗壮笔直,木质也硬实,盖房架桥打家具什么的,都是上好的材料。而且这樟子松皮实,冬天不怕冷,夏天不怕热,还抗旱,特别适合你这坡坡岭岭的地方。刘久心里高兴,嘴上却客气,说大哥的好主意,我抓紧落实就是。只是这树苗是大哥为公家采买来的,我和你弟妹再想办法就是。姜大哥将酒杯砰地撞出一个响,说兄弟扯淡。公家?那公家派别人去试试。我拉回百袋树苗,别人可能三十袋也拉不回,这其中主要还是看咱们志愿军战友的情义。我这也是借树献菩萨,来,弟妹,喝一个。

老连长走后,刘久和包元瑛开始栽树。两人决定把树栽在院墙外,正好围一圈。配假肢干活不方便,刘久便扔开它,两手各抓一块木块,用两臂撑着半截身子,在地上移来移去。树苗尺多长,树龄两三岁,那小树坑自然也不需多深多大,但松软泥土和筛除山石却是必须的。刘久用挖战壕的短柄铁锹挖坑,不光顺手,还让他仿佛又重回了战场。他兴致勃勃地对包元瑛说,把这小铁锹从朝鲜带回来,以前还以为只是留个念想,没想还有正经大用项!好,好啊,我刘久又活回来啦!包元瑛怕他累着,抢锹帮他干,刘久却说,挖坑栽树归我,你去洋井压水。虽说姜大哥说樟松耐旱,可小树苗就像刚出生的小猫小狗,娇气,多给它浇点水,总没毛病。

不过百余棵树苗,不过三天,栽完了。让包元瑛没想到的是,栽树竟给刘久带来了意想不到的精气神。以前,让刘久戴假肢练习走路,包元瑛都是连哄带逼,没想从那以后,他再不用元瑛多费一句话,有时看元瑛在厨间或小菜园里忙,他便扶着墙壁自己练,摔了跟斗也不吭一声。那年中秋节,刘久自己拄着木棍走到父母家中，又走到堡子中央，只让元瑛推着轮椅跟在一旁，他要亲自走上前向双方二老表示祝福。村民们看刘久自己走出北沟，引发了好一阵的称奇和叫好！

深秋时节，没读过几年书的刘久让包元瑛帮着遣词造句和修改错别字，给姜大哥写去一封信，信中说，那一百多棵树苗，基本都栽活了，我也能拄着拐杖走动了。现在我只是望四周被山火烧过的荒坡秃岭心疼，要是都栽上樟子松该有多好！我知道大哥栽树也得求援，大哥能不能把向谁求援，去哪儿求援告诉我一声。现在我和元瑛生活得很富裕，乡下的日子开销不高，政府按月汇来的生活费用不完，如果有树苗卖，我们可以花钱，元瑛可以专程去取。姜大哥很快有了回信，说看了兄弟的信，我除了高兴，还有钦佩！树苗的事不必为难，很快会有林场的战友写信给你，他也是我们的生死弟兄。数日后，刘久收到一个沉甸甸的邮包，是好几斤樟子松种籽，里面还有一封信和一个油印的小册子。信中说，既有造林之志，求苗何如育苗。树籽寄上，小册子里有育苗的详细说明。以后在育苗的事情上遇到困难，来信就是……

12

现在我们要回过头，说一说邢岳山的故事了。

1951年4月的那个春夜，邢岳山与包元瑛告别后回到部队，当夜就随侦查小分队出发，天亮前潜伏在汉界楚河前的我军一侧最前沿，只待夜幕再度降临，小分队便向敌军营垒纵深处挺进。邢岳山多年后才知道，自己参与执行的那次任务，是抗美援朝第四次战役的前奏。

那夜，趁着云遮天地最黑暗的片刻，小分队兵分三路，迅速向东、南、西三个方向冲进刚刚萌生新叶的山林中。邢岳山是中间一路，身后背着步话机，身前身后各有一个战友掩护。那两位战友说是保护他，实际是保护他背上的步话机。小分队的任务明确而单纯，就是寻找敌军炮兵和坦克阵地，然后用步话机将方位报告给我军指挥部，引导我军炮火向敌军重武器阵地轰击。抗美援朝的前三次战役，中朝军队基本全胜，美国佬扬言要去鸭绿江边过圣诞节的牛皮大话彻底成了梦想，便从国内调来大批重型武器，志愿军将士面临的必将是一场更加惨烈的厮杀。志愿军派出小分队侦查，就是要确认方位，先发制人，尽可能地让美军火炮先哑了嘴巴。如此一说，读者诸君也就猜想得到深入虎穴的侦查小分队将面临怎样的凶险了，四面是敌，虎口拔牙，说是九死一生，有去难回一点都不为过。侦查小分队是自愿报名，首长又在勇士中一选再选。邢岳山说上过国高，略懂英语，这便成了他被优中选优的硬件。

那夜，邢岳山所在的这一组向南挺进二十多公里，先后发现了美军的两处炮兵阵地。当他们撤到邻近的山头，看着敌军炮兵被我军排山倒海的炮火覆盖的时候，心中不知有多么高兴。但很快，他们就发现小分队已被美军包围，驴高马大的美国兵的身影清晰可见，包围圈越来越小。别看美国军人动作笨拙，脑子却不笨，在使用现代技术方面还远胜于中国军人。步话机只要一发报，就有电波，循着电波便可锁定步话机的位置。所以进入敌方阵地后，小分队的步话机都是处于关闭状态，只有向我方报告时，才可瞬间开机。但尽管这样，还是被敌人发现了目标。小组长命令邢岳山准备放弃步话机，并在放弃前最后一次报告包围圈方位。情况已是万分危机，若是我军炮火立即飞过来，或许还可借着美军混乱冲出包围，就是与敌人同归于尽也是好的！

三人抱着冲锋枪边打边冲，冲在前面的小组长和另一战友相续中枪倒地，邢岳山急拉这个，又去拉那个，只觉脑袋被重重一击，就什么也不知了。

邢岳山醒来时，已在美军帐篷里，身子被捆得结结实实，受伤的脑袋已得到包扎。过后他才想明白，去拉战友的时候，脑袋是挨了美国兵枪托的重重一击。本来，在战场上，他也是戴着钢盔的，但在那之前，他戴耳机对着步话机喊话，把钢盔摘了下来说，再向前冲时，就忘了重新戴回去。邢岳山挣扎着四下看，大声说，人呢？我们的人呢？监押的美军兵不明白，翻着白眼摇脑袋。邢岳山突然想起自己该用英语喊。美国兵明白了，摊手耸肩说，很不幸，都阵亡了。

得知邢岳山会英语，美国兵很兴奋，急将他押到另一个帐篷，还给他松了绑，并让他坐在马扎上。审讯他的是个美国军官，高个子，很白净，满面笑容，拿出巧克力让他吃，还问他想不想吸香烟。美军军官问对面阵地中国军队的番号，问部队配备了什么重型武器，又问中国军队的战役部署。邢岳山意识到刚才那两句英语喊错了，用在了不该用的地方，便什么也不答，也不接受黄鼠狼给鸡拜年的任何好意。在身边忙前忙后的美军士兵得了笑面军官的授意，扬起硬邦邦的大靴子往邢岳山身上踹，一下又一下。邢岳山忍无可忍，再用英语回敬，有本事你就再给我一枪，你们这帮王八蛋！挨了骂的美军军官竟然仍是笑眯眯，不慌不忙地说，说我是乌龟我很高兴，乌龟很长寿。为什么还要说我是蛋？我圆滚滚的很胖吗？被踢得浑身疼痛的邢岳山被气得哭笑不得，干脆闭紧嘴巴，再不吭声。

13

几天后，邢岳山被押上汽车，送往战俘营。大规模的战役已经全面开始，双方的战俘都少不了，大卡车里坐满了失去战斗力的志愿军战士，或低头唉声叹气，或因伤痛而一声声呻吟。汽车一路向南，又上了渡船，四周是波涛汹涌的大海。落脚点是一个岛，后来知道叫巨济岛，是南朝鲜仅次于济州岛的第二大岛。邢岳山所在的战俘营是 72 号。

那是比大海更加波涛汹涌的七百多个日日夜夜。为了抗议美军的歧视和对受伤官兵救治的拖延，还有海岛上冬日里的潮湿与寒冷，没有了武器的中国战俘进行过一次又一次抗争，包括绝食、罢工，还有暴动。最令人激动的一次是不惧生死的中国战俘竟将负责管理的美军最高长官杜德将军当作人质扣押，逼着杜德在中国战俘要求改善生存条件的材料上签了字。中国人连死都不怕，还怕困难吗？

可美国人怕死呀，无论是官是兵，也不论官大官小，都怕。

邢岳山会英语，这已不是秘密。美国人让他当翻译，这似乎不错，起码可以减少许多劳作的辛苦。但邢岳山只翻译与政治无关的日常用语，像那些攻击共产主义的话，还有企图给中国战俘洗脑的宣传基督教教义的言辞他则坚决缄口不言。美国人逼他翻译，他的回答是我只翻译我懂的，让整天把人权挂在嘴上的美国人没办法。

1953年6月，温暖的夏风从海上吹过来。海岛上的大喇叭已在一次又一次广播，朝鲜半岛交战双方已在板门店签署停战协议。这是个令人振奋的好消息，总算盼到头了，回家的日子快到了。

战俘营里突然增加了许多陌生的面孔，都会说中国话，还带着许多小礼品，一个个笑容满面，说是从台湾专程而来，是来迎接同胞们去台湾自由世界的。他们说前几年为了去台湾，大陆的达官贵人不惜动用金条才能换得机票或船票，现在我们不光不收你一分钱，去台湾的，愿意当兵的继续当兵，想做买卖的长期无息贷款，想种地的当局无偿划拨土地；说去台湾可骂不得卖国贼呀，台湾也是中国的一部分，用不了多久，国军光复大陆，那时，你荣归故里，才是荣宗耀祖呢；说台湾的女孩子很漂亮，想娶妻生子的，当局有各种资助……

这些话，邢岳山当然也听到很多，但他懒得搭理那些人，他只想回家，想快点见到包元瑛。七月里的一天，战俘营突然又来了一位中年人，自称姓齐，把邢岳山请到树荫下。身边围了许多人，那是因为来了新面孔，而且看起来有身份，都想听听他又带来哪些新承诺。齐某人见围上人，突然改用英语，而且拖腔甩调远比邢岳山娴熟准确，看来人家是真会，不似邢岳山半瓶子醋。齐某人说，我是听了先来这里的同事介绍，钦佩邢先生的卓越才干，所以我才放下大学课程，专程前来拜访，邢先生应该感受到国民党和民国当局思贤若渴的至诚。以我揣测，邢先生既会英语，必是经受过高等教育，家中亦必是家财不菲的富裕之户。前两年，共产党在大陆各地以土地改革的名义打土豪分田地瓜分财物，我猜令尊大人不是被打成地主也是富农，而地富分子都是被共产党专政的铁杆对象，你若回大陆，便是地富子弟，前景实在堪忧。你若听我一句劝，去了台湾，想重回大学深造，可以选择去台湾"国立清华大学"或台湾大学，那两所大学的许多教授都是党国退守台湾时从大陆的北大清华带过去的，绝对的一流专家和学者。我可以再详细介绍一下我的身份，去台湾前，我曾在清华大学任教，现在台湾大学，过两年我可能再去台湾的清华大学。因为位于新竹的台湾清华大学还在建设中，估计总得两三年才能立校吧。先生想深造于那里，我这里就可以对您承诺，不仅专业可选，还可保证全额的助学金。我再透露一下我对先生的了解，先生入伍前来自东北大学。先生到了台湾，若想拜访一下东北大学的创始人和老校长张汉卿先生，我也可以帮助想想办法，尽管因为种种原因，汉卿先生眼下受着党国的特殊保护。我再说说齐某对大陆和台湾政治的浅显理解。台湾的蒋介石，大陆的毛泽东，他们各代表一派政治力量，争的是什么呢？不过是主义之争嘛。历史往前追溯，国共已有过两次合作，一次北伐，一次抗日，都很成功。毛蒋二位先生也曾握手言欢，举杯共祝健康嘛。那么国共会不会再有第三次合作呢？依我看，仍极有可能，只是时间问题。这就好比一个家庭，两兄弟因家事，争辩起来，甚至动起手，若是有外姓人企图趁乱打劫，本家人必定再度合手，共御外辱，血浓于水，一点也不奇怪。比起大陆的大好河山，台湾不过是荒蛮之地，眼下正在开发建设，所以急需人才，尤其像邢先生这样的青年才俊。大战过后，将士们无论去了哪边，都是为我们的共同国家效力，比如说蒋委员长的长公子蒋经国先生，当年他去苏联留学，并接受过共产主义教育，甚至参加过苏联共产党，现在不也是在台湾协助蒋委员长共图大业吗？

说者不愧是个大学老师，口若悬河，旁征博引，滔滔不绝，眼见是做足了课前准备，尤其是，他不似别的游说者那样一味攻击共产党，也不刻意美化国民党，让被劝说者渐渐失去警惕、抵制与抗拒。一时间，邢岳山真的被他说得有些动心。沉吟有顷，邢岳山打破缄默，说：“谢谢齐先生说了这么多。可我？还是想回东北老家。我跟一女士已有婚约，我不想做一个言而无信的绝情小人。”

齐某人怔了怔，突然放声大笑，改用汉话说：“我非常敬佩邢先生的做人准则，言而无信，不立也。可是，你已离开老家近三载，况且有两年多你被囚禁战俘营，与故土那边可谓音信皆无，生死不明，你以为天下女子都似古时的王宝钏，会在寒窑苦等你十八载吗？”

见邢岳山要反驳，齐某人又改用英语，说：“要不这样，咱们不妨采用两全之策。你先去台湾，将女士的名字和地址告诉我，我求助党国保密局，让潜伏在大陆的特工人员了解一下你的心上人近况。若她已另觅新欢，你也不必责备和沮丧，在台湾另寻芳草就是。若女士和邢先生一样，痴心不改，我也可助你另谋良策，请潜伏人员给女士送上你的亲笔书信，请她取道香港，再护送她去台湾与你聚首就是。这种事，我们不乏成功的先例。”

身边见两人不时说英语，听不懂，便无趣，散去很多，围着的已为数不多。邢岳山不想让别人有太多的猜想，起身道：“齐先生的意思我听明白了，让我再想想。告退。”

齐某人大声说：“我在巨济岛只逗留三天。邢先生还有什么问题，欢迎随时找我。”

在给战俘营听不懂外国话的那些中国人印象中，台湾来的齐某人肯定说给了邢岳山不可示人的秘密话。一时洋，一时土，那是有谋在先的台湾说客离间之计的一部分，邢岳山多年后才想明白。

时至八月，一年中最炎热的时光，好在有海风吹着，看守的美国官兵知道双方已签署了停战协议，对战俘的态度明显友好了许多。在渴望归国的最后日子里，邢岳山又遭遇了一次令人愤慨的事件。

那天，又有一台湾人说找他说话，他跟进一个帐篷，却突然被躲在门后的人扼住喉咙并用湿毛巾捂住了嘴巴。邢岳山很快昏迷过去，醒来时帐篷里空无一人，却只觉脑袋木夯夯昏沉沉，尤其是左膀后上方火扎火燎地疼痛。邢岳山强撑着出了帐篷，喝醉了酒一般跌跌撞撞回自己住的帐篷。他拿小镜子照左膀后看，才知被文上了一只天牛，拇指盖大小，两只触角的长度足有寸余，颜色墨黑，还略透一点蓝绿。小时候，在村子里，邢岳山没少带元瑛和孩子们捉这种昆虫，有时还拴上绳儿，让它飞，知道这东西的嘴巴挺大挺厉害，咬住人不松口。同帐篷的人围着看，问他怎么文了这东西。邢岳山委屈地说，哪是我让文的，他们用药把我麻倒了，我根本不知道。有人说，好在他们文的是天牛，这要文"反共救国"和青天白日什么的，怕是你想不去台湾都不行了。这个情况邢岳山也知道，有些已被台湾说客说服的人，为了表示不回老家的决心，便在身上文了那些东西，还整天裸着身子四处张扬。可也有人猜测，说不会是台湾那边什么组织的标记吧，你要是说不清楚，回到老家也是麻烦。

这话让邢岳山很闹心，披上外衣，出去找骗他的那个台湾人，却再找不到。他把这事跟管理战俘营的美军军官说了，说台湾人侵犯人权，你们管不管？美军军官点头道，管，当然要管。但你总要把侵犯你的人找出来嘛。邢岳山知道美国人和台湾说客穿着一条连裆裤，不然台湾人也不能够如履家门来去自由地混进战俘营行使策反之伎，听说战俘营还发生了台湾人逼着战俘表态，杀死打伤很多人的事件。

邢岳山的最后办法，是去求告美国医生，让他把那只可恶又可疑的天牛清除下来。战俘营的编号最高已到了86号，每个营都设救治站，救治站里派有一个医生，遇有感冒伤风或紧急病症，救治站便可医治，若有大病，再送医院。邢岳山知道72号救治站的医生叫詹姆斯，白人，年龄三十出头，平时话语不多，为人却平和，医治也尽心，不像岛上的某些大鼻子，眼神里满是对黄种人的歧视。邢岳山再三强调，剥皮刮骨都行，我不怕疼，只要去了那东西。詹姆斯却安慰说，不过是只昆虫，文刺的技术还算不错，以后不会影响生活，我看大可不必在意。邢岳山说，我可以不在意，我却担心有人在意，况且又是台湾人给我文上的。我是要回大陆去的，希望您还是帮我去掉这东西。詹姆斯仍摇头，说据我所知，台湾的土著居民自古以来就喜欢文身，不光技术好，还发明了一些颜料，用在文身上很难去除，比如蓝色和绿色。再说，现在是暑期，伤口最容易感染。据我所知，中国战俘或回大陆，或去台湾，也就是最近几天的事，你还想带着伤痛回去吗？你身上只有不带政治倾向的文身，也许还好说，只怕做过手术，回去后反倒让人多想，于你更为不利。你想想，我说的是否有道理？

邢岳山思之再三，放弃了做除青手术的想法。詹姆斯为人不坏，所言句句在理，那自己还坚持什么呢。明人不做暗事，总比说不清道不明的好。

9月初，早晚已有些凉意，遣返正式开始。美国军人要求志愿军战俘收拾好行囊，然后逐个走进一间屋子。那间屋子除了入口，还有两扇门，靠左的门上悬贴着五星红旗，还贴着一张白纸，上写"中国大陆"；另一门上则是青天白日满地红，写"中华民国"。美国人又一次讲述想去哪边自主选择的意思，省下的事也就是几步路那般简单了。两扇门外都候着美军派来的大客车。

邢岳山没有犹豫，大步奔向了五星红旗。

看来，有美国人在背后撑腰的台湾当局软硬兼施的策反工作做得很到位，再加中国战俘中有很多人本就是解放战争中随众投诚的国民党军队官兵。邢岳山过了鸭绿江后才知晓，两万两千多中国战俘中，回大陆的不多。但邢岳山转念一想，心底反倒生出许多欣慰，回来的少些也好，路遥识马力，板荡见忠臣，越少才越显咱的赤胆忠心啊！

14

　　时值九月，东北大地一片斑斓。沉甸甸的玉米已奋拉下大棒子，但上半身的叶子还呈着绿色；遍地的高粱举起了紫红色的火炬；已呈金黄色的是谷子糜子还有即将成熟的水稻。看来今年的收成又不错，有农民已开镰收割了。

　　回到国内来，心中的感觉竟和气候节气完全一致。过了三八线，跨回鸭绿江，志愿军总部领导和当地党政领导站在路边，或鼓掌，或挥手，公路两侧还有戴着红领巾的儿童挥舞着彩旗欢呼，那堪比入秋时节的秋老虎，热得让人冒汗。到了沈阳北部不算远的昌图县，下了汽车换坐胶皮轱辘大马车，一路颠簸着住到金家镇的一个村子，归管处领导大声宣布，说政务院总理下达了指示，虽然眼下国家经济还有困难，但归管处的伙食一定要坚持中灶标准，全部细粮，四菜一汤，荤素搭配。归国人员报以热烈的掌声。入秋后的东北早晚气温不冷不热，很宜人。但那让人舒服的温度毕竟短暂，秋天了嘛，不时袭来的寒流不可遏止。让人们明显感觉冷意的是邮寄家书。到了住地后，久与家人失去联系的人们忙着写信，按要求交到归管处统一邮寄，但等了一日又一日，就是盼不来家人的回信。面对人们一次次追问，归管处干部明确答复，说书信的事还需大家耐心等一等。按照上级要求，我们随后还有许多工作要做。如果这时就把家信寄出去，就可能面临亲友探望的接待压力。这样的答复，虽然有点冷，但也还在情理之中，那就等吧。

　　白露霜降，小雪冬至，小寒大寒，天气越来越冷，心中也越来越寒。动员教育，检查交待，做出结论，等候处理，这些一阶阶的大步骤里，还有若干小步骤，比如背对背揭发，还有面对面指证。你是怎么被俘的？你有没有叛国变节行为？甚至，你在回国之前，可曾接受过美蒋特务的特殊任务？一个个，逐人过关；一项项，必须落实。

　　对于曾经的战俘，甄别是严格、细致、认真的，当然，也是必须的。而邢岳山，面对的就是更加远胜于别人的严厉与苛刻。除了参加那些一次次不可或缺的过程，一遍又一遍地写下说明材料，他还要接受不知多少次的谈话，而那些谈话称为审讯才准确。

　　谈话内容主要是：

　　你为什么谎报家庭成分？

　　你谎报地主成分的证明信是怎么得来的？

　　你伪称国高毕业而隐瞒在东北大学读书的历史，目的是什么？

　　在战俘营，台湾特务都跟你谈了什么？在中国人面前，你和台湾特务为什么不说汉语而用英语？

你左后膀上的那个文身用意何在？

你是否加入了美蒋特务组织？你冒充归国人员接受了美蒋特务机关什么任务和使命？

对于这些问题，连邢岳山自己听来都可怕。有历史的，还有现实的，宗宗白纸黑字，证据凿凿。关于战俘里的事，眼见也是有人揭发，还不会只是一两人，留给邢岳山的便只有说明。邢岳山不会撒谎，他给自己定下的供述原则是有一说一，有二说二，老天在上，时间自会证明他的清白。他承认确是在家庭出身和学历上说了假话，但那是他想入伍保家卫国，他怕说出地主成分和在读大学，就难以实现投笔从戎的志愿。问话者追问那份贫协证明信是谁给他出据的，邢岳山知道这个问题很要害，实话实说便拖累了包元瑛，元瑛现在是在部队医院还是转业去了地方，一切都不可知，但帮人谎报成分却是大事，这事即使有天大的干系，也只能自己扛下来。他说入伍那年秋天，他回老家，看村贫协主席在田里割庄稼，褂子扔在地头，衣袋里滚出一个小布口袋，他打开看，竟是村贫协的公章。正巧他书包里有现成的白纸，他脑子一动，便盖了一张，目的只备日后救急。当时乡下土改已经结束，父亲被划为地主分子，日后的很多事没了贫协的证明难免寸步难行。他没料到此后不几天，途经北口县回沈阳时，见县里正在征兵，他灵机一动，便在那张空白的证明信上写了自己家的成分是中农。邢岳山自我感觉这个小谎撒得也算天衣无缝，既不牵扯包元瑛，也与元瑛的父亲包永年无涉。审讯人将信将疑，拿出一张白纸，递上钢笔，让他将那份伪造的证明信重写一遍。邢岳山没迟疑，写过，呈上去。审讯人带回去与档案里的证明比对，措词无误，关键是两纸的笔迹完全相同。审讯人将重点转移到战俘营，又问台湾特务用英语都跟他说了什么。邢岳山对此问题从容了许多，答说他们翻来覆去，百般利诱，不过都是劝我去台湾而不要回大陆。可我不是已经回来了吗？事实胜过雄辩，还需要我再说什么吗？审讯人再问邢岳山左肩的文身，邢岳山如此这般，从容再讲，并将找美国医生詹姆斯的事也讲了出来。审讯人员对此很不耐烦，冷着脸说你是不是明明知道我们不可能找到那个什么公狮母狮的，所以你这才这么绕。邢岳山，你要放明白，连自以为强大无比的十六国军都被我们打得在谈判桌前老老实实签字，不要以为你的小聪明就能逃避开我党我军的严肃甄别与审判。对此，邢岳山无言以对，只有苦笑。

这样的谈话或曰审讯，不知进行了多少次，邢岳山提交的书面材料已是厚厚一摞。过了春节和正月，有比较确切的消息传来，甄别工作告一段落，结论已上报送审，只要不是主动缴械投敌分子，绝大部分归管人员将恢复军籍，曾经的党团员也将重新参加组织生活。沉郁了多日的归管处重有了欢欣鼓舞的笑模样，早晨和傍晚，人们开始涌向简易的篮球场，打起了对抗赛。二月二龙抬头，人们还跳起了东北大秧歌，原计划只跳一两天，可开了头却难停下来。东北的三月，早晚虽还冷，但小阳春已不时露出笑靥。那些天，邢岳山的心境虽不似别人那般明快开朗，但细想想，也还是有些快乐。自己不是党员，但出生入死一场，恢复团籍总应该顺理成章吧。自己的问题有些复杂，谎报家庭成分和学历确是对组织不够忠诚，估计再回部队可能性不大，那就转业，要求重回大学，把中断的学业续起来。广播里说，从朝鲜战场回来的志愿军官兵，莫说像自己这样放弃学业入伍的，连没进过正规大学的，只要有些文化底子，还被国家送去了大学深造呢。

民谚说，三伏天，孩子脸，说变就变。其实东北早春的天气变化得更快。进了四月，老天爷突然冷下脸，持续数天阴云密布，有时还下起雨夹雪，湿漉漉的是一种更让人难以忍受的清寒。往年五一节前，东北大地已见了桃花和梨花，可这一年，为避清寒，花骨朵也抱紧了身子，唯恐娇嫩的花蕊遭受不测。归管处宣布甄别决定，事态突然发生了大逆转，绝大多数归国战俘都被开除军籍，遣送原籍。会场里突然响起哭声，有的人跺脚捶胸大声号啕，更多的人则把脑袋耷在两腿间默默垂泪。为了防止突发事件，会场外突然增加了许多荷枪实弹的士兵。多年之后，人们才知道，就在那年的春天，北京高层发生了妄图分裂党中央的重大事件，城门失火，殃及池鱼，这个成语放在曾经的战俘身上，真是再贴切不过了。

邢岳山坐在会场里，一颗心仿佛落进冰窟，一阵紧似一阵。他意识到，想重回大学校园已是白日做梦，能回老家执锄抢镐或是最好的结局。但他迟迟没有听到自己的名字，直至曾经的战俘们全部被带回宿舍，他却被单独关进一间禁闭室，告知为"继续接受审查"。

隔着紧闭室的铁窗，他隔窗看着昔日的战友、俘友、舍友一批批垂头丧气地离去，村庄里安静下来。半个月后，一辆美式吉普把他送到沈阳，车上还有几个人，每人腕上都有铐子，铐子的另一头挂在车内扶手上。押送人员有言在先，保持安静，不许交流。

吉普车开进了沈阳城外的一个军营，仍是被单独关进禁闭室，门外挺立着哨兵，两小时一换岗。刚进禁闭室的那一刻，邢岳山心中甚至生出丝许宽慰，看来还是按部队内部问题处理，不然，为什么把我关进这个地方呢？

又是十来天。一个深夜，吉普车再把他拉走，一路驰骋着到了郊外的一条铁路专用线，又把他推进一个铁皮货运车厢，左手腕又铐在车箱四周的铁栏上。闷罐车内已先上来的十多个人，也这样铐着。邢岳山问，这是要送我去哪儿？回答的只是闷罐车门咣地一响，震耳欲聋，还有外面上铁锁的咔嚓声。

数日后，下了火车又坐卡车的邢岳山被送到一地。放眼四望，一片荒凉，连棵树都看不到。手铐总算被打开，他又问，这是哪儿？管教人员说，新疆，塔里木大戈壁，由着你们随便跑，还没听说谁活着跑出去。

15

包元瑛和刘久的婚后生活很平静。

按照国家的相关政策，包元瑛和子瑞都办成了非农户口，享受城里人的待遇，刘久按月发放的工资和生活补贴准时汇过来。乡政府那边有逢五排十的集市，还有供销社，去一趟，就把过日子需要的米面肉菜什么的都买回来了。日子过得让村里人很是羡慕。

第一批围墙而栽的樟树已长有半人高，绿油油的很茁壮。刘久和包元瑛在院子里辟出一块地，按栽培说明书将樟树种籽播下去，拱出土的小树苗虽屡弱，长得也缓慢，但毕竟是在一天天地成长，两年后，就可以移植栽种了。已能借助假肢扶杖而行的刘久还是按照老办法，开始一尺一尺地扩展樟树林的领域。到了植树之地，他把假肢卸下，匍匐在地，执锹挖坑。挑水浇灌的活计还是元瑛的，小子瑞则是传令兵和通讯员，一家人为此忙碌，其乐融融，倒也别有一番情趣。

北沟外的世界在发生着日新月异的变化，让人唏嘘也让人感叹。互助组变成了初级社，初级社变成了高级社，高级社又变成大队，乡政府改叫人民公社。村里吃起了大食堂，起先还有吃有喝人欢马叫，但很快，大食堂的一日三餐再难糊口，生产队里已有人饿倒在田里爬不起来。这时候的元瑛一家三口才显出了村人难比的优越，尤其是残疾军人刘久还可保证每月一定数量细粮和肉蛋的副食供应。入夜时分，包元瑛带上家里节省下来的杂合面馒头去刘久父母家，再去自己父母家，有时，她也偷偷去邢凤林家。邢凤林捧着馒头掉眼泪，说白活成一辈子的庄稼人，丢人啦，饿谁也不能饿着子瑞，孩子正长身子呢。元瑛母亲则说，当初，你非得带孩子和刘久结婚，我和你爸一直心里划魂儿，到了今儿，才算明白，人呀，不管到啥时候，总得先把肚子放在头里呀。

邢凤林在三年困难时期死去，死时骨瘦如柴。在坟地里，岳山妈哭着对包元瑛说，老爷子哪有胃病，他是活活被饿死的。你给家里送去的馒头他一口都舍不得吃，连夜都送到老大屋去了，他说那屋有孙子孙女，人老抗饿，小孩子却万万饿不得。包元瑛泪流不止，心里后悔当时怎么就不眼看二伯把食物吃下去呢。两年后，邢老太也死了，死得很蹊跷，说自己请人算过命，寿路已尽，该陪老爷子去了，从此不吃不喝，也不接受治疗，连扎进血管输送葡萄糖的针头也坚决拔下去。

包永年的死是在"文革"初期。村里闹起了造反派，一天夜里，一伙人突然闯进包家，带走了包永年。元瑛妈以为不过又是闹腾开会，这一阵这事常有，不过是老账重提，逼着包永年交代为地主分子隐瞒成分的历史旧账，骂他是阶级异己分子。那样的会最晚也熬不过天亮，就放人回家了。可那次，包永年直到太阳升老高也没回来。元瑛妈放心不下，跑到北沟喊元瑛。临近中午，包元瑛求人把父亲抬回家，父亲已是遍体鳞伤，断了一条腿，折了四条肋骨，没过两天，便撒手而去。愤怒至极的刘久操起双筒猎枪，要去拼个死活。那支枪是美国造，朝鲜战场缴获的。一次，部队老首长来家看望，刘久说北沟的林子在一年年复苏，又见了獾子野猪山鸡野兔什么的，有时还听到狼的嚎叫，我倒不在乎，可老婆孩子胆子小。老首长说，过几天我就派人把我的那杆猎枪送过来，放着也是放着，放在你枕边还能壮壮胆。包元瑛见刘久真要动粗，急和已十六七岁的子瑞把猎枪夺下来，藏到一个让人找不到的地方。包元瑛说，你是真傻还是假傻呀，那些人不少是基干民兵，也有枪，你是不是想找死呀！

婚后，包元瑛和刘久在东屋炕上只睡了三四年，中间睡着渐渐长大的子瑞。子瑞上村小那年，刘久对包元瑛说，孩子上学了，回家要写作业，你把西屋收拾收拾，往后，就带孩子去那屋睡吧。元瑛说，你夜里起夜，总不能把假肢卸了又装的。刘久说，备上夜壶，放在炕沿下，夜里有事，我再喊你嘛。包元瑛还是犹豫，嘟哝说，我还是不放心。刘久哈哈笑，说不放心什么，怕我寻死？不会了，再不会了。我现在只想把北沟两侧的坡岭都栽上樟子松，能栽多少是多少。这辈子我也算找到一桩有用的事情干了！元瑛说，那等天冷时，我和孩子再搬过来？刘久仍是笑，说那又何苦。咱家现在最不缺的就是柴火。想栽樟子松，就得把那些新蕾出来的树棵子齐根砍断，那树棵子晾干了，都是好柴火，多得是。包元瑛看刘久真心实意，也不再勉强。

睡在西屋，听着子瑞睡梦中的香甜喘息和梦语，漫漫长夜，包元瑛时常彻夜难眠，不知不觉间，泪水便流淌出来。岳山哥再无消息，也许真是不在人世了吧。前些年，听父亲说有干部来外调，现在想来，也好似南柯一梦，不然，他即便不想回老家，也总不会忘了他老爸老妈吧。莫不是邢家二老知道了岳山哥的什么消息，但看自己已结婚，便有意遮瞒？不，不可能，绝对不可能！即使邢家二老瞒自己，也断不会不要他们的孙子。有些话虽没说破，可二老却深知子瑞是邢家之后，这人世间，没有什么比血脉亲情更难让人割舍的了。

子瑞上小学那年，包元瑛不过二十几岁，正是青春年少欲望满满的年龄。而与刘久结婚，不过是徒有其名的婚姻。在难以入眠的夜晚，包元瑛无数次回想起青少年时和岳山哥在一起的情景，尤其是 1951 年的那个春夜，每一句话，每一个动作，甚至每一声喘息和呻吟，包元瑛都无数次地咀嚼与回味。就是因为那一夜，自己的命运才发生了斗转星移的大变化，那自己是应该感谢那一夜还是怨恨那一夜呢？想不明白，想不明白……

1969 年的春天，万家堡来了几位市里的干部，是遵照伟大领袖的"五七指示"下来的，社员们便都喊他们五七大军。其中有一位就是当年和包元瑛、刘久一起入朝打美国鬼子的黄大勇。黄大勇夫妇在村庄各处转过看过，在仍健在的父母家住过，也曾来北沟和刘久、包元瑛聚过叙过。几天后的傍晚，黄大勇突然扛着行李再次来到北沟，也不用请，便一屁股坐到正吃晚饭的小炕桌前，笑哈哈地说，我看你们家是三间房，往后，大哥大嫂住东屋，我和侄子住西屋，中吧？侄子放心，我睡觉赛死猪，除了放屁咬牙打呼噜，没别的毛病。大侄子也别矫性，进了部队营房，夜里睡觉都这样。吃饭呢，市里对下放干部有伙食补贴标准，连同粮证和副食票，我一并交到元瑛嫂子手上，少不补，多不退，也不用嫂子给我单做，做饭时多加捧米就是。白天呢，我陪大哥上山栽树，说句不算吹牛的话，讲栽树我虽不如大哥专业，可下来前好歹也在市林业局当过几年副局长，也算见过肥猪跑。黄大勇在村里时就是个机灵快乐的人，见人三分笑，露出两颗小虎牙，回到老家来，说是天性也好，有些做作也罢，反正越发显出无官一身轻的豁达。这般说着，他还顺手抓过一块饼子，开口就咬，说这饼子好，软和，掺了豆面，对吧？刘久故意沉着脸说，这顿饭可没带你的份儿。黄大勇说，管你带没带，不够吃就一起饿着。刘久又说，你媳妇不也是五七大军吗？她来了可不好住。黄大勇说，她在市里当副校长，学校还有一大摊子事拨拉不开呢，再说，家里还有俩孩子，也不能总缺爹少娘。她随我下来，不过是充个数，连三天打鱼两天晒网都算不上。你们想想看，我要还是住在我妈我哥家，总让二老和哥嫂侍候着，心里更不舒坦，是吧？反正行李我已扛过来了，哥嫂收不收留，我也学《沙家浜》里的胡传魁，扎下来，不走了！

东北人的性情，有些事，根本不商量，看似随意，却透着不分彼此的亲近。

其实，黄大勇回万家堡的时间不过两年多一点。屈指算一算，每到周日或法定的节假日，黄大勇都要回市里与妻儿团聚，周六上午走，周一傍晚回，再加上黄大勇时常有会议，回市里，赴县里，或是去公社大队，黄大勇真正在北沟栽树的时间还不足二百天。但就是这二百天，已足够让黄大勇满足与骄傲。他重被小轿车接回市里，结合到市农林局革命委员会后不久，省报就用了将近一版的篇幅发表了一篇通讯，题目是《一位志愿军老兵与他身后的松林》，还配发了巴掌大的照片。照片里，黄大勇肩着镐，臂弯里夹着大捆的树苗，身后是已有些规模的樟松林。大队是订了省报的，很快有人把报纸送到北沟来，刘久看了挺高兴，哈哈笑说这大勇，挺会整事，是当官的材料。包元瑛问，也不知是啥时照的？刘久说，就是蛤蟆轿来接他那天，来人挎着照相机，还说给我也照两张，我没照。包元瑛说，没照好，听说胶卷不便宜，照一张最少顶二斤高粱米。

黄大勇在北沟的时间虽有限，但包元瑛和刘久对他的感谢还是由衷的，久远的，那不仅仅是因为几人在边栽树边交谈的时光中，黄大勇带来了外面世界的别样色彩，还因为黄大勇回到市里后不久，就给子瑞搞来了一份师范大学的录取通知书。那一年，还没恢复高考，但有些大学已在招收工农学员。子瑞的父亲刘久是志愿军老战士，实打实的根正苗红，黄大勇两口子办成这事不费力。子瑞后来当了县高中的教师，还当过校长，直至退休，此为后话，不提。

黄大勇回市里当了农林局的头头后，还办了一件说大不大、说小也不小的事，就是落实了那片林地的归属。顺着北沟往上走，便是一道山梁，呈胳膊肘状，当地人称肘弯岭。肘弯岭乃三县交会之处，解放之初的那场山火，三县都怕担责任，便闭了眼睛装糊涂，推说那片山岭归别人。及至过火的林地慢慢复生，又见栽下的樟子林越来越喜人，又有人打起了争夺管辖权的主意。但那几年，天下大乱，哪有人去管这鸡毛蒜皮。黄大勇主管农林局时，已是"文革"后期，杂乱之事总要理出个头绪。黄大勇一言九鼎，说那片山林既然辖属不清，那就统由市局管起来。多年后，国家下达了山林私有及管理的相关政策，自然又引发了一些事端。此都为插曲小调，不提也罢。

16

1978年夏初的一天，包元瑛的母亲突然蹒跚着两条老寒腿，来到北沟。元瑛妈已经七十来岁，身体本就不好，再加两条腿怕冷怕湿，平时连家门都不大出。包元瑛几次接她来北沟住，老太太却说，人老了，就像一棵树，千万别挪窝。那天，包元瑛正在压水，看母亲来，很是吃惊，忙扶母亲去热炕上坐。

元瑛妈喘息了一阵，张口问话，不亚石破天惊："邢岳山回来了，你还不知道吧？"

元瑛手上的碗差点掉在地上。"岳山……岳山真回来了？他……他还活着？"

"都回来好几天了，是上头警察送到乡里，乡派出所又派人把他送到大队，说是只能在村里活动，想外出，得向大队报告，就像他老爹活着时那样，也不知头上戴了啥帽子，怎么还受着管制呢？"

"你跟岳山说过话了？"

"咋没说。他进屋，扑通一声，就给我跪下了，哭得嘀哩咕噜的，说我老爸老妈都不在了，我永年叔也走了，往后，婶子就是我的长辈，是我最亲最近的人了。他哭得我心难受，也跟着抹眼泪。也不用多问，眼一搭就知他这些年没少吃苦，黑瘦黑瘦的，满头白发，才五十傍边的人，腰就向佝偻了。可模样还没大变，进屋往那一跪，我就认出他了。"

包元瑛的泪水不可遏止地流下来，只觉心里揪揪得紧，又问："他……没问到我？"

"能不问？我实话实说呗。说你在部队只干了两年，为生孩子就回家来了。说你后来跟刘久结了婚，现在两口子天天在北沟栽树；说那孩子是个男孩，叫子瑞，是元瑛请你爸起的名字，眼下也二十好几了，在县城里当老师。岳山听我这么说，坐在那里发呆，好半天不说话。"

包元瑛也发起呆来，好一阵才又问："妈没问问，岳山哥回堡子后可住在哪儿？"

母亲说："前些年，老公母俩相继过世后，岳山他哥就把房子扒了重盖，正好在西房山压了间小耳房，收拾收拾，就让回老家来的岳山住了。我说，这季节，小耳房还猫得住人，可天一杀冷，怕就抗不住冻了。正好咱家两间半房，就住我一个老太太，要不，就把这屋间壁一下，你来我这儿住？没想，岳山听我这么说，只是一个劲儿地摇头，也不知他心里怎么想。就为这，我才急慌慌地跑到北沟来。一个堡子才多大，你终是要跟岳山见面的。你现在毕竟是有家有口的人，和岳山见面后怎么说，是不是还有什么打算，这都得你早拿主意。妈知你心里肯定是难，谁也放不下。为这事，连妈都好几天吃不下睡不着了。"

这确是个天大的难题。此后的数日里，包元瑛睁眼闭眼都是岳山哥。老妈说他苍老了，老成什么样，除了黑瘦，身子骨可有毛病？包元瑛恨不得一时就见到邢岳山，可脚步几次到了院门口，却再不敢往前走。见了面说什么？能只是客气地问候一句吗？那可是日思夜想挂念了三十来年的人呀，他可是子瑞的亲生父亲呀！现在问题的关键是她还没跟刘久说，她不知该怎么说。如果刘久说，老乡亲老战友回来了，无论如何也得请他来家吃顿饭，那自己是点头还是摇头？听老妈的说法，好不容易回到家来的岳山哥眼下并不安稳，可能还处于被管制的状态，见了面，自己对这也只是不闻不问装糊涂吗？

那几天，包元瑛不出院也不挑水上山，对刘久只称脑子迷糊，新栽下的树缓几天浇水也挺得住，要不然，栽树的事不妨先停一停。她怕只要出了院子，难免碰上四处走动的邢岳山，岳山哥要是有意进北沟来找自己呢？刘久说，要不我陪你去公社卫生院拿点药？包元瑛摇头，说不用，挺几天就过去了。听人说，女人傍了半百的边，身子犯点毛病也正常。刘久不勉强，每天仍是上山栽树，一副悠悠万世、唯此为大的样子。

<h1 style="text-align:center">17</h1>

几天后的一天，近晌时分，躺在西屋炕上想心事的包元瑛突听院门响，还听刘久亮声大嗓地喊，元瑛，元瑛，快看看，谁来家了！以往，刘久上山栽树，中午饭都是挑水上山的包元瑛顺便带上去，这几天，元瑛托病不上山，刘久便把馒头、饼子什么的带上，再把军用水壶灌满，说天暖了，好将就。包元瑛急起身，隔窗望去，果然见刘久身后跟着一个人，确是黑瘦，一头白发，不是邢岳山又是谁！包元瑛怔了怔，急下炕，连鞋子都忘了趿，光着脚就往外跑，可冲出西屋，却再迈不动脚步，坐在灶台边就捂脸呜呜哭起来。

两个男人迈进房门，站在包元瑛身边，谁也不说话，都红着两眼。足有一颗烟的时辰，刘久才说："别哭了，快去抓只鸡，家里正好有酒，今天我们老哥俩一醉方休。"

其实，邢岳山回到万家堡，刘久知道好几天了，一点不比包元瑛晚多少。起先，刘久只是发觉带到山上的树苗明显见少，而且接连几日，都是见少。这是谁干的呢，"偷"？大可不必嘛。干这种事的人，十有八九是堡子里或南北二屯的乡亲，想用几棵树苗，张口说话就是了。刘久存了这个心思，便有意躲起来，给对方闪出空档，果然见有人拿走了一些树苗，远看身形或面相，虽眼熟，却一时叫不出名字。刘久悄然尾随，见那人向着樟松林另一侧而去，到了边缘处，竟也是又砍树棵又刨坑，行距株距都与自己一般无二，原来是来帮自己栽树！人家既不想露面，那就随他。隔两日，老父跑到山上来，抱怨道，别一个心眼只知栽树，邢岳山回了堡子可知道？刘久顿时大悟，原来帮他栽树的那个人是邢岳山！原来他还活着！平时别看老父和家人闷声不响，却都知包元瑛和邢岳山的关系非比寻常，那个子瑞的脸庞和体形生生就是邢岳山的活标本！

又两日，也就是那天头晌，邢岳山再来取树苗，刘久便立在了面前，说岳山，既回了堡子，怎么不到家里坐一坐？面对如此场面，邢岳山竟不慌不窘，也不尴尬，只是淡然一笑说，知道你和元瑛生活得挺好，我这心也就踏实了。刘久抓住邢岳山的手，苦笑道，少扯，既是生死兄弟，这就跟我回家！

那天，在饭桌上，邢岳山自然说起自己不堪回首的往事，刘久问："怎么就又让你回来了呢？"

邢岳山说："本以为，我这辈子，就在戈壁滩上打发了，哪曾想，一个月前，来劳改农场拉货的大卡车带去通知，让我抓紧收拾东西，跟他们走，然后就先是阿克苏，又去乌鲁木齐，再坐火车到北京，回沈阳，直接送回老家了。"

包元瑛急切地问："这么多年，你不会一封信也不给家里写吧？监狱里的犯人还能给家里写信呢。"

邢岳山苦笑道："能不写吗？写好的信凑一起，足有两麻袋。可往外寄信必须经过审查，这一审查，就没了消息。"

刘久问："一个大活人，就算战俘是个污点，也不能一关就是二十多年，连个罪名都没有吧？他们给你的罪名定的啥？"

邢岳山摇头："没有，直到今天也没有。可能是我的情况特殊吧。瞒报成分和学历终归是咱的错，不说也罢，但这不是要害。依我自个儿估摸，组织上就是一直怀疑我是美蒋特工，却又没个真凭实据，所以才送到新疆，且让你活着，静待事变。反正年轻轻的放在大戈壁，也不算白吃白喝浪费国家粮食，在那里挖渠筑坝开发绿洲，也不少生产粮食棉花什么的。"

包元瑛再问："那突然放你回来，总该有个说法吧？现在上上下下，不是都在喊平反冤假错案吗？"

邢岳山再晃头："我回来的这一路上，凡遇到领导或管教干部，我自然都要问，就算是甄别，也甄别了二十多年，总得给我个结论了吧。但给我的回答却如出一辙，都说再等等，我们也在等上级指示。可上级是谁，哪知道啊。"

那天，三人说了很多，喝的也不少，但落肚的白酒肯定没有眼泪多。入夜，刘久一力做主，让包元瑛搬回东屋，腾出西屋给邢岳山，还说，往后，这儿就是你的家，白天，咱哥俩一块上山栽树，晚上一块回家喝茶扯淡，元瑛负责后勤。现在，我也过把当司令的瘾，不商量，就这么执行吧！

多年以来，包元瑛和刘久一直这么处于分屋不分家的状态，只有儿子回来或有昔日的战友来家探望留宿时，两人才暂时住在一起。那夜，虽酒意浓浓，但躺在暖暖的火炕上，两人还是难以入眠。窗子开着，如水的月光泼泄进来，夏夜清凉的微风吹拂着两人火热的胸膛。刘久长长叹息说："朝也盼，夜也想，总算把邢岳山盼回来了。你是不是已有了长远的打算？"

包元瑛不知刘久心底怎样想，可话已问到头上，便把逼到门前的险球又送回去，说："你不是说这回由你当司令吗，那就继续过你的司令瘾。"

这话答得有意思，既有试探，也见了由你定夺的大度。刘久沉默良久，才说："岳山回来，我知道好几天了，也一直在寻思这件事。依我看，咱俩就办了离婚吧，然后，你就大大方方地和岳山住在一起。"

这话，包元瑛虽也想过，但从刘久嘴里这么轻松地说出来，还是让包元瑛颇觉吃惊。她急急坐起，问："那你怎么办？"

刘久脸上，竟仍是轻松的笑靥："你们俩成了一家子，那本是天设地造老天爷安排，再加你们二位的忠贞不贰，天理人伦，都只能如此。你们若想去堡子里挑门单过呢，我不阻拦。但我想，你不会，岳山也断然不会同意。那怎么办？本司令的意见是，咱们三人合成一家，你和岳山住西屋，我仍住东屋。既是一家，总得有个家长，谁也别恭让，还是我，东者为尊嘛。这是对外，对内，一切都由你说了算，只要保证我们吃好喝好，能天天上山栽树就行。"

包元瑛万没料到事情竟是这般风平浪静易如反掌般就得到了解决，她伏到刘久胸脯上去，热泪再一次如江河奔涌。她说："久哥，我的亲哥呀……这几天，可把妹子难死了！"

婚后二十多年，两人还是第一次这样紧紧拥抱在一起。

刘久也流了眼泪，可他不去擦，两只粗糙的大掌只是在元瑛背上轻轻地拍抚，仍似开着玩笑地说："半百之人，咋还像个小丫头似的，哥不糊涂，更不会犯浑。"

怀揣着百样心境的堡里人没有看到北沟里发生任何纷争与角逐，扑入众人眼帘的却是三口人风平浪静亲如家人，更让人难以预料的是纠结没有发生在三位当事者之中，却风起北沟外，风起那些事不相干的局外人。

那是个风和日丽的日子，三人一块去了公社民政所，准备先办离婚，再办结婚。民政所的人很吃惊，怔了一阵后，跑出去请示。领导的意见是，让万家堡大队开介绍信。

领导的指示似乎也没什么不妥。那个年月，无论离婚还是结婚，都要由双方所在的单位或大队、街道开证明，尤其是离婚，还须做反复的调解，确认双方感情难以调解，才可能开出证明。但是，像包元瑛等三人的情况，让大队开证明只是个拖延的说辞，背后不知要给上级机关打过多少请示电话。上级机关的答复一直是"等一等"，公社便当二传手，将此三字再转达给大队革委会。

但包元瑛和刘久、邢岳山不想等，他们要做守法公民，似这样三人同在一个屋檐下算什么呢。所以，隔上十天半月，三人便要跑去一次大队或公社。这般争取、等待，过了三伏，天降白露，上级的指示总算有了些变化，"那就给办了吧。但是，对邢岳山的管制不变！"

把离婚证和结婚证一并带回家里那天，入夜时分，刘久将早备好的鞭炮、二踢脚，还有两箱烟火摆放在小院正中，说你们两人从今天起，就是正式夫妻了，大喜就得庆贺。咱们谁都不请，也不办什么酒席，这主婚人、证婚人、谙客司仪什么的，统统都是我一人。放心，咱们的婚礼简单，只以鞭炮和礼花敬告天地，敬告活在世上和已远去的父母，敬告所有亲友和乡亲。

那夜，北沟的鞭炮和二踢脚炸响得焦脆而宏亮，一簇簇焰火冲天而起，映照得天地都跟着耀眼。

第二夜，子瑞回家来了，是包元瑛写了信，叫在县中学读书的学生捎去的，信上只写，家有大事，见信速归。其实，家中的变化，子瑞早有耳闻，所以连暑假都没回家，母亲既有信，就不好不回了。进了屋，子瑞的目光躲闪着，就是不肯往邢岳山身上落。包元瑛搬过两张木椅，让刘久和邢岳山面南而坐，然后说，我跟邢岳山结婚了，以后是喊爸还是喊叔，随你。子瑞没犹豫，双膝一屈，跪落尘埃，却是面对刘久的方向，然后以膝前行，直扑到刘久面前，抱膝而呼，那声"爸"，直喊落了屋子里所有人的眼泪。

那夜，回了西屋，包元瑛宽慰邢岳山，说子瑞也是奔三的人了，男人嘛，面子矮，别怪他。邢岳山摇头说："看你说的。我怪子瑞什么，这孩子懂事，我高兴！"

其实，回到万家堡后没几天，邢岳山就见过子瑞了，只是那次他是在县高中校门外的不引人注意处，子瑞并不知有个憔悴而黑瘦的人正在不远处满怀深情地望着他。

18

1978年的秋天，数日降雨，连绵不绝。乡下人讨厌庄稼入场后的这种降水，称为"烂场雨"，会毁了许多已算基本到手的粮食。

不种庄稼的刘久却把这种雨视为上天赐与的栽树最佳时机。有了秋雨，山土潮湿，不光挖坑省力，还可免去浇灌那道程序。那几天，刘久冒雨栽树，邢岳山则和包元瑛忙着收拾房子。闹"文革"那几年，虽说各种津贴还能按月汇寄，但对房屋修补这些事则是一拖再拖。偏又赶上连天雨，本来早该更换的房顶瓦片越发撑不住劲儿，屋子里已有几处在滴哒。包元瑛为此跑去大队给疗养院打电话，回话倒客气，却百般理由一时来不了人，也送不来维修所需物品。秋雨过后，天气就要一天天冷下去，邢岳山不想再等，便将房顶上的瓦都揭下来，然后挑选没破损的先从东屋重铺，再铺中部厨间，西屋那一块也就只能搭盖秫秸遮掩了。入夜，东屋房顶严密，身下又有火炕烤着，便有了别一番滋味的温暖。而西屋，风雨从屋顶直扑而下，让人躲不胜躲。刘久到了西屋，故意黑下脸训斥："你们俩是不是还没在一起腻歪够呀？走，都给本司令滚东屋去！"

邢岳山哈哈笑，和元瑛抓紧收拾行李，说："司令不发话，还能怪我们呀？"

那夜，刘久仍睡炕头，邢岳山挨着他，包元瑛再挨邢岳山。虽是已住过多年的旧家舍，三人却都难以入眠。夜风起了，很凶猛，松涛的呼啸声声入耳。五十年代初栽下的樟子松已有二十多岁，好像人到青年，腰身挺拔，已显雄壮。

邢岳山问："你们听听，窗外的那一阵阵松涛，像什么？"

刘久说："像当年志愿军发起总攻，冲锋号一响，漫山遍野，数万将士齐声喊杀，就是这样的阵势。"

包元瑛说："第二次战役时，我们医院离前线很近，那种喊杀声我们也听得很清楚。其实，隔着一段距离，更像。"

邢岳山又问："咱们栽下的樟子松，统共已有了多少棵？"

刘久说："当初，每天栽多少，元瑛还计在一个小本子上，后来，就没再记。估摸着，总有十万来棵了吧。"

邢岳山说："据我们国家民政部门统计，在朝鲜战场为国捐躯的将士数目是18万左右，美国那边说的要多些。但不管怎么说，为了保卫共和国，跨过鸭绿江的志愿军将士总在百万以上。我看，以后咱们栽树，也定两个目标。第一个目标，是18万棵，为了那些牺牲的英雄；第二个目标，100万棵，为了所有曾入朝参战的战友。"

刘久用双臂撑着坐起，激动地说："岳山到底是读过大书的！这个目标定得好，定得我浑身长劲！只要咱们还有一口气，就把樟子松栽下去。听，松涛这回是唱起来了，唱得多雄壮，好像是庆祝胜利，部队拉歌呢！"

19

那年入冬时节，万家堡发生了一阵让人很不愉快却又很让人叹息的事件。大地快封冻了，山坡上朝阳的一面却还给栽树者留下一段宝贵时光。那天，邢岳山下山取树苗，突然被一群潜藏在林丛中的村民推捕而走，一起被那些人带走的还有在家里做午饭的包元瑛。那些人多数姓刘，不姓刘的也跟刘家有着断了骨头连着筋的关系，他们一路推送邢岳山和包元瑛，一路数落咒骂着二人的"罪行"，什么破坏军婚，什么流氓鬼混，还有什么地主狗崽子，什么叛国投敌分子……

包元瑛和刘久离婚，又和邢岳山结婚，在万家堡也算闹腾得有段时间。起初，大队不给开介绍信，公社不给办手续，刘姓人肚中虽有气，但还忍着，落得隔岸观火，白看热闹。没想公社突然网开一面，对这事又不那么严防死守了，这又让刘姓人觉得很丢面子，在堡子中一些好事之徒的怂恿下，便鼓动起一伙人，冲进了北沟。他们连推带搡，将二人带到村小学校的操场上，又有人跑进学校广播室，搬出了播音器材，架在老槐树上的大喇叭立刻震耳地喊起来："批斗叛国投敌、破坏军婚的坏分子邢岳山、包元瑛大会马上开始，请全体贫下中农马上到村小学校操场上来！"

前几年堡子里的各种批斗大会都这样搞，整事的人可谓轻车熟路，不新鲜。

邢岳山下山取树苗迟迟未归，刘久等得不耐烦，便也下了山。进了家门，见厨间地上散撒着已淘洗好的高粱米，入冬时晾晒在篷簾上的萝卜条和蘑菇也被丢散一地，心中顿觉不好，放开嗓子喊了几声，便往北沟外赶。正巧，大喇叭召集开会的吆喝声随风而来，刘久趔趄着跨出沟口，仁下脚步发了一阵怔，急又转身回家，从房后的石缝中抽出了那枝双筒猎枪，扯去包裹在上面的油布，又压进枪膛两颗子弹，重又奔向堡子。刘久早知道包元瑛担心自己惹事，把猎枪藏在了那里。

小学校操场上，那时闹得正凶。那些人把邢岳山和包元瑛推到领操台上，逼着邢岳山交待叛国投敌的罪行。话筒已送到嘴边，什么都不说未免太显理亏胆怯，邢岳山便朗声作答："我上过战场，和美国佬枪对枪刀对刀地拼过命。我负伤后，也确是当过战俘，但我没给咱们国家丢脸，也没给万家堡乡亲们丢过脸！"一时激怒的人们岂愿听这些，眼见着胳膊粗的棍棒抢打到邢岳山身上。邢岳山不吭声，只是咬着牙把腰身挺得更直。有个中年农妇跑上台，是刘久的叔伯弟媳，抓过话筒便骂包元瑛是骚母狗，嫌一个男人不够用，又跟老地主家的狗崽子狗扯羊皮，丢尽了刘家人的脸！对此辱骂，包元瑛不屑回敬，只是高昂着头，两眼却噙着晶亮的泪光。

但这类污言秽语，却是乡下人的最爱，有人哄笑，有人叫好，还有人喊剥下这骚女人的狗皮。就在这乱哄哄中，两声枪响炸天而起，人们眼见着刘久铁黑着脸膛，提着枪口还飘着硝烟的猎枪，大步从人群后面走上前，一步步登上领操台，然后，竟是让所有万家堡人做梦都难以想象的一幕。刘久用腋窝夹着枪，两手伸向腰间，当着众人的面解开腰带，双手一松，裤子哗的一声褪落脚面。那个时节，一般人外裤内基本都加了一条衬裤，怕冷的，加毛裤也正常。但刘久不是一般人，他的两条腿都丢在战场上了，现在的两条腿学名叫义肢，假的。刚回到万家堡那些年，义肢是苏联人赠送的，前几年，美国总统尼克松来中国，和毛主席见过面，中美的关系日渐缓和，美国也赠送过来不少医疗康复器材，其中又有假肢。美国货比苏联货不光精致，还好用，比如假肢上的关节，还能动一动。但不管假的怎么好用，也比不了真的。裤子褪下来，展示在众人眼前不过是两根亮晶晶的电镀合金管，让人好不触目惊心。

刘久将猎枪当拐杖，拄在手里，在领操台上重重地墩了两墩。领操台的台面是木板的，墩下去便咚咚山响。刘久双目怒视，大声吼："我，刘久，从朝鲜战场上回来，就不再是个完整的男人了，谁要不信，可来当场验证，我不怕丑！这些年，包元瑛不光给了我一个家，还给了我儿子孙子，给了我做男人的尊严！没有元瑛，我活不到今天。所以，我今儿把狠话放在这儿，谁要是再敢欺负包元瑛和我兄弟邢岳山，可别怪我刘久翻脸不认人！"

台下的人面面相觑，很快，便低着头，一个个默声散去了。得了自由之身的包元瑛和邢岳山急忙给刘久提裤子扎腰带。邢岳山心疼地说："久哥，跟这些人，何苦，犯不上。我和元瑛挺得住。"

包元瑛则说："哥，没想到，你的这颗心，已经这么强大了。妹子侍候哥这些年，值！"

20

1980年深秋的一个傍晚，大队会计跑来北沟，说市民政局来了电话，第二天要有领导来，让邢岳山不要离开万家堡，保证随叫随到。邢岳山问，要不要我去大队恭候？大队会计说，他电话里问过了，说不用。来的领导说具体时间难定，你就在北沟家里等着好了。

市里来人会有什么事？莫不是又要把他带到什么地方去？不对，真要是那样，乡派出所来个人就可以把他提走，还用得着事先来电话吗？

那晚，邢岳山心中忐忑，睡不着。他对包元瑛说，兴许是这树不想让我栽了，往后，还得你和久哥受累。元瑛安慰他，不让他多想，自己却也睡不着，两人一块翻来覆去地在小火炕上烙饼。

次日，吃过早饭，刘久让包元瑛帮助把树苗送上山，留邢岳山在家候着。邢岳山却抢先扛起树苗，说也没多远，有人来我再下来呗。刘久看他态度坚决，也不勉强。

那天是个小阳春，刮南风。顺风刮来村小学校做广播体操的音乐与口令，远远看见有辆吉普车向北沟开来，拖着一路黄尘。邢岳山在衣襟上抹了抹手上的泥巴，说我得下山了。刘久也忙把褂子披上，抓起一根木棒做拐棍，说你先去，我随后就到。不管是啥事，别急，也别怕，有我呢。

邢岳山急急往山下赶，刘久则在后面跟，毕竟是残疾人，又是山路，美国造的义肢再高级，迈动脚步也须格外小心。远远的，看吉普车在院门外停下，包元瑛陪着车上下来的两个人往山上走。那两个人，一个是蓝色中山装，当时的党政干部都这么穿，没什么特别，另一个则显赫了，一身草绿色的军装，一颗红星头上戴，革命的红旗挂两边，距离虽有点远，看得不那么真切，但影影绰绰的，还是感觉醒目。邢岳山停下脚步，回身等刘久。有军人来，八成是来看望刘久的。

很快，两人近了跟前。那位军人抢先一步，立定，敬礼，是那种很正规的军礼，庄严，神圣，口中还响亮地喊道："向志愿军老战士敬礼！"

那一刻，邢岳山仍以为来人是看望刘久的，说："刘久在后面，马上就下来。"

军人挺立不动，再一次响亮地喊道："向志愿军老战士邢岳山同志敬礼！"

那是秋日里响晴的天，丽日高照，万里无云。撼人心魄的雷声，临空炸响，天地动容。邢岳山呆了，包元瑛呆了，随后赶到的刘久也呆了。几人回到家中，盘腿坐在小火炕上，听军官同志朗声传达中共中央、国务院、中央军委批转中国人民解放军总政治部下发的《关于志愿军被俘人员问题的复查处理意见》。那天，几人满怀激动，不住地抹热泪，听完文件，邢岳山哽咽着说："我想再听一遍，行不？"民政局的干部接过文件再读，并说，稍等几日，我们会将文件复印件寄到每位老同志手里。

时已近午，刘久让包元瑛快去准备午饭。军官同志制止道，我们还要急着赶往下一家。遭遇了不公平待遇的老同志心里已经委屈了这么多年，喜讯既已下达，我们理应争分夺秒。我们车上带着面包，且等下次来再叙。我们肯定还要来的，落实政策，涉及许多具体环节和项目，比如邢岳山同志虽已年过半百，但距离退休还有十来年时光，对日后的工作可有哪些设想，生活上还有什么要求，是继续留在老家还是想迁往哪座城市，这些具体工作都需一项项落实。请邢岳山同志和家属先把这些事考虑好，过段时间我们再来时，咱们再详谈畅饮不迟。刘久高兴地说，你们下次来，我就用山上的山鸡野兔招待首长和领导，绝对的山珍野味。

二位同志匆匆而来，又匆匆而去，留给北沟里的三位志愿军老兵是梦中难寻的巨大惊喜，虽然中央文件中落实政策的只涉及邢岳山一人，但包元瑛和刘久的欣喜一点不比邢岳山少。也只有到了这时，几人才知道，粉碎"四人帮"后，当年曾被俘的志愿军老兵纷纷串联，给中央写信，述说心中的不平与委屈。但老兵们没有谁知道邢岳山是死是活，活着又在哪里。尚被管制的邢岳山回到老家后，甘居北沟栽树。他不是不想跟昔日的战友联系，可要寄信，便须先交大队、公社审查，他怕给战友添麻烦，便淡了那条心。

送走两位干部，在家里吃过午饭，邢岳山便又跟刘久一块上山栽树了，一连数日，都是这样。倒是刘久先忍不住，问："民政局和军分区的人跟你说的那个事，你怎想？"

邢岳山淡然一笑，说："还是栽咱们的樟子松呗，想什么。"

刘久说："要是进城当个干部，或者像子瑞似的，站讲台，当老师，我看都行。你念过大书，还不像老太太擤大鼻涕似的，手拿把掐。"

邢岳山忍不住笑，说："老哥打个别的比方好不好？我擤了鼻涕也往你身上抹。"转而，叹口气，又说，"这么多年，学过啥也差不多都忘光了，就别硬赶鸭子上架了。"

刘久说："这大半辈子，你咽下的苦其实远比我多。你也不用顾虑我，该走就走，城里咋也比北沟舒坦。啥时想老哥了，就和元瑛回来住几天嘛。"

邢岳山说："要图舒坦，我和元瑛就带上老哥一块走了。可这片林子呢？就扔下不管了？我跟老哥说句掏心窝子的话，其实，就是只为咱自个儿着想，我也不想离开北沟。人这一辈子，啥叫舒坦？白天在山林间干点活，回家有老哥和元瑛陪着说说话，夜里让火炕烙烙腰，听听樟松林一阵阵的长吟短唱，两眼一睁又是大天明，这世上就没有什么比这更舒心的日子啦。"

刘久说："这事，你也别犟着只是自个儿拿主意。"

邢岳山说："元瑛怎么想，不用商量，我都知道。难道老哥还摸不准元瑛的心思？"

刘久粗糙的大掌压在邢岳山的手上，动情地说："这辈子，没有元瑛，我活不到今天。我想，你心里要是没有元瑛，也熬不到重回万家堡那一天。咱老哥俩这辈子有幸，有福，不光都生在万家堡，还都遇到了包元瑛这个好女人！"

两个刚强的汉子不再说话，都垂着头，一任泪水将林地上的枯树叶淋打得嘀哒作响。

<h1 style="text-align:center">21</h1>

邢岳山是按部队副营职待遇提前退伍安置的。很快，市民政局派人送来了补发的工资，装在一个牛皮纸口袋里，厚厚的一叠，沉甸甸。送走客人后，邢岳山将纸袋往刘久面前一放，笑说："咱这个家，老哥是家长，我如数交柜。"

刘久也笑，说："谁正儿八经的司令管这个？你既说交柜，咱家不是有后勤部长嘛。"说着，纸袋便到了包元瑛面前。

包元瑛却又把纸袋子放回邢岳山面前，说："以后国家按月给你的退休金，不管多少，你交我，我都跟收老哥的一样收下，咱三人的钱放在一起花。可这笔钱，是国家对你以前三十年的补偿，还是你自己保管的好。"

邢岳山看包元瑛态度坚决，又看刘久点头赞许，便说："后勤部长既不收，那就赶快花出去。你们二位都帮我想一想，看花在什么地方正当紧，好钢要用在刀刃儿上。"

邢岳山看中的"刀刃"是给北沟家中安装电话。以前，家中有事，尤其是省城疗养院找刘久，都是去大队部。跑个来回总得个把钟头，若是刘久亲自去，还得有人陪。对此建议，刘久摇头，说就咱们仨，一年到头又有几个电话？包元瑛却明了邢岳山的心思，回到老家这几年，吃住在北沟，开销尽是刘久的津贴，刘久从来没有半句怨言，但岳山却难免心中不安。现在有能力了，岳山自然急着想给家里办点事。包元瑛说，我听收音机里近来常说的一个词儿，叫前瞻性。我看岳山这个想法就有前瞻性。虽说眼下咱们用电话的事儿不多，但别忘了，咱们也都是扔下半百往花甲奔的人啦，谁敢保证永远没个大病小灾？身边有个电话，遇事打出去，急救站的汽车很快就开来了。刘久故意翻楞眼睛，还吓了一声，说这话我不爱听，谁大病小灾了，我们都得长命百岁。

话虽是这么说，但安装电话的事还是达成了共识。但那些年，安电话还不仅仅是钱的事，申请人的级别和待遇就是一道很高很陡的槛儿，再加北沟与连接村委会的电话线路又远，那也是审批者不肯点头的原因。放暑假时，子瑞带儿媳回北沟，邢岳山说了安装电话的事。儿媳在县里一所小学当老师，听后便大包大揽，说这事好办，我和子瑞回去后，在学生里找一找，不信学生家长里就没有电话局的人。久不和社会上的人打交道的三位长辈听此言，竟都有些慌，说可别坏了国家的规矩，你们年轻人更不能犯错误，电话的事，不急。

安装电话的事还是被搁置了。倒是这年春节，子瑞回家，带回了一台电视机，牡丹牌，14吋，还是彩色的。在凌厉的寒风里，邢岳山帮子瑞又是上房又是爬树，总算把天线安装上去，电视虽还模糊，但总算能看得懂屏幕上的内容了。邢岳山拿出票子给子瑞，子瑞不接，说这是我送给老人们的春节礼物。邢岳山再让包元瑛把钱给子瑞，包元瑛却瞪眼睛，你是真不懂孩子的心还是假不懂，非得让子瑞扯着耳朵喊爸你才认他是你儿子呀？

正巧那晚，电视里播放《英雄儿女》。这个电影邢岳山还是头一次看，看到王成手执爆破筒对着步话机高喊"向我开炮"的镜头时，邢岳山泪水滂沱，鼻涕一把泪一把地说，"那种时候……那种时候……我……我手里不是没有爆破筒嘛……"

安装电话的事一直没进展，后来，就懒得问了。1987年刚显秋凉的一天，一辆俗称半截美的客货两用汽车突然开进北沟，车后厢里满是安装电话的物品，两名工人跳下车就开始拉线，又问电话机放在哪里。邢岳山心里高兴，一边忙着跑前跑后递东递西，一边喊包元瑛快去乡信用社取票子，说趁着师傅来，正好把安装费结清，顺便也割二斤肉回来。两位小师傅嘴巴都甜，说大叔大姨千万别忙，这安装电话说快也快，我们一会还另有任务，电话一通就走。安装费用嘛，听领导的意思，是上头结算，大叔大姨也不必操心。哦，对了，领导特意让我们把话捎到，请邢大叔明天务必在家候着，有些事，市里有领导专程来家跟您谈。

邢岳山又是惊疑。看来电话安装不是子瑞小两口请动了哪位神仙，而是市里领导的安排。再看两位小师傅，活计干得也过于潦草，那电话线顺着窗口扯出去，沿着山路往堡子方向扯，只是在怕绊脚的地方才往路旁树干上用铁线扎一扎，倒有点像当年在战场上，战前急通，战后便撤。迎着邢岳山疑惑的目光，小师傅说，大叔，我知道活计干得毛糙，但时间要求得紧，只能这样了。等过两天，我们会来重做，保证让大叔大姨满意。

又不是要打仗，咋会忙成这样子？明天家里又会来啥样的客人，莫不是比前些年有人来家宣读中央文件还重要？

胡思乱想了一夜，第二天上午，北沟里开进一辆油光锃亮的小轿车，款式挺新，标识却认识，叫伏尔加，在朝鲜时见过，大首长才有资格坐。车里下来两个人，一男一女。男士开门见山，自我介绍是市政府外事办副主任，此番来得急，是因为有一位美国客人要来万家堡拜访邢岳山，所以需提前做些准备，也需向邢岳山同志及家属普及一下接待外宾的必要礼仪知识，请三位老同志配合。

"美国客人？我哪认识美国人呀？"邢岳山越发吃惊。

外事办领导说："有位叫詹姆斯的美国医生您还记得吧。他说当年在战俘营里，是医务室的医生。这位詹姆斯先生对新中国一直很关注，对当年的志愿军战俘充满敬意。毛主席开启了中国走向世界的大门后，他在美国报刊上发表了许多朝鲜战俘营的回忆录，其中有一篇特别写到你，说你的臂膀被台湾特务强行做了文身，你请求他帮助去除，但他当时没能帮到你，如果你回国后因此受到怀疑和不公正的待遇，他的内心会深感遗憾并为此长久地自责……"

詹姆斯，詹姆斯，他还健在！三十多年前的事情，难得他还记得这么清楚！

外事办领导说："这位詹姆斯先生现在就在中国，是随旅游团来的，已经数次跟美国驻中国大使馆联系，请求想办法找到您。今晚，他就会在西安先用电话跟您通话，过几天，他还会携夫人一起到北口，到您的家来看看。邢老，您和夫人的任务很重，也很光荣啊，这涉及改革开放后的中国形象，所以市委市政府领导再三叮嘱，一定要做好接待美国客人的工作，三位老同志有什么要求，尽管提。至于您从朝鲜战俘营回国后的情况，我们在电话里已跟詹姆斯先生做过简单介绍，说当年您响应党和国家的号召，去了新疆，一干就是二十多年。十几年前，您才回了祖籍，坚持植树造林。前些天，您是和夫人去外地旅游了，今天刚回来。"

坐在一旁的刘久哼了一下鼻子，冷笑道："这不算瞪着眼睛说瞎话吧？"

外事局领导说："接待外宾，必要的策略还是要讲的。有些历史问题，内外有别，宜粗不宜细，一切往前看，就是咱们居家过日子，还讲个家丑不外扬呢，对吧？老同志若是感到有些具体政策落实得不到位，最后总还得依靠党和国家，对吧？"

人的倔脾气往往跟年龄一块增长，刘久还要说什么，邢岳山急扯他的袖子，看在眼里的包元瑛则忙着转移话题："这回来的是老外，老邢早些年也算会点英语，但好几十年不说，早忘得没剩啥了。"

好说"对吧"的外事办领导笑道："这事我们想到了，所以，我才带来了行家嘛。这位女同志就是专职翻译，姓楚。今晚詹姆斯先生就会把电话打进来，我看利用眼下宝贵的时间，小楚同志就抓紧帮助邢老做做恢复性训练，临阵磨枪，不快也光，对吧？"

怪不得，申请了好几年也没个消息的电话突然安装到位了；怪不得，那两位工人小师傅忙得只是将电话线路匆匆扯上；怪不得，1978 年，自己在南疆二十余载，突然就让回了东北老家；怪不得，自己和包元瑛结婚申请一再搁浅，却在突然一天峰回路转……原来，答案尽在这里，全是因为远在太平洋另一边的詹姆斯先生在不断地写回忆录，在关心着一个昔日中国战俘的命运……

22

　　邢岳山病逝于 1993 年，肝癌，享年 65 岁。

　　邢岳山刚从新疆回到万家堡的时候，身体就黑瘦。当时包元瑛和刘久以为他是累的，营养长期跟不上，便在饮食上下功夫。山上林子里的野鸡山兔不少，刘久设套子下夹子，三天两头便提回两只。子瑞从县里回家来，也总是带上一些补养身体的东西，但几年下来，并未见多大起色，反倒是总见上山植树时，时常大汗淋漓。刘久催包元瑛陪他去医院看看，可邢岳山不去，只说干点活比什么都强。元瑛心里知道邢岳山心思，去医院总得要取药打针，那就要花钱，可那时邢岳山没有任何收入，包元瑛也没有，三口人的开销一直都指望着刘久那为数不多的工资和补贴，岳山不想再给家里添负担。及至落实了政策，欠下的工资也补发下来，在刘久和元瑛的一再催促下，邢岳山总算去了一趟县医院，但他不许包元瑛陪，也不让子瑞知道，是自己去的，早起走，晚上就回来了，一脸的欣喜与释然，说医生有话，没大事，就是岁数大了，慢慢养着吧。但从那以后，他不再跟刘久和元瑛一起吃饭，只说自己牙口不行了，吃得慢，让元瑛把饭菜单独给盛出来，他要细嚼慢咽，饭后也将碗筷自己洗好单独存放。元瑛暗嘱子瑞打探，子瑞带回医院的诊断，说邢岳山患的是肝病，乙型肝炎，可能有传染，家属要格外小心在意，控制病情发展。子瑞还说，我叔回家来既没说，你们就装糊涂，也别问，省得他有思想负担。以后再不能让我叔累着，增加营养，好生将息吧。大夫说这病不好治。

　　这般又过了三年，邢岳山的身体越发不好，腹部硬硬的似一面鼓，但每天还是坚持上山植树。那年暑期，子瑞借了一辆小汽车，拉邢岳山去市里，再去沈阳的几家大医院。每次，医生都是单独找包元瑛或子瑞谈话。两人回来时，虽强颜装笑，但邢岳山心里已是一清二楚。子瑞再想驱车奔北京，邢岳山就坚决制止了："哪也不去了，回家，回北沟，有这工夫，不如和你爸多栽几棵树！"

　　子瑞急切地说："爸，你别犟了好不好！我打听了，到底还是北京的医疗资源雄厚。"

　　那声爸，是子瑞头一次叫。邢岳山听得很清爽，很真切，他将自己那只已日渐枯干无力的手掌死死地跟儿子抓握在一起，说："子瑞，爸知道自己得的是什么病，晚期，硬化，浮水了，医院不给治，那就回家去，坐在樟松林子里，空气好，心情好，爸兴许还能多活几天。再四处跑，糟蹋钱是小事，不能让爸心不安呀！"

子瑞说："爸，你可有啥心不安的。别忘了，凡事还有儿子在呢。"

邢岳山一再摇头，说："爸这辈子亏欠你妈太多太多了。爸知你和你妈妈的心，别跟爸犟了。"

归根结底，邢岳山想的，还是自己走后包元瑛的生活，过日子不能没钱，能多留一点是一点吧。在弥留的日子，邢岳山挣着生命最后的力气，喘息着对守在身边的刘久说："我在新疆时……给自己立下……两个愿望，一个是……死也要死在……元瑛身旁，再一个，我要让人们知道……我邢岳山是条好狗……不是癞狗。好狗护三邻啊。咱们不光护三邻……还保过家卫过国……"

刘久把脑门与邢岳山顶在一起："咱志愿军的战士都是好汉，舍得生死的英雄好汉！"

邢岳山喃喃说："谢谢老哥……帮我把这两个梦都圆了。要说这辈子……的遗憾，就是和老哥没待够……"

刘久抓着邢岳山的手在自己脸上摩挲，说："老弟先走一步，到了那边，本司令再给你一个任务，守住一个山头，用不了几年，老哥我必到，咱老哥俩还在一起。"

"那敢情好……老哥别急，多栽几年树吧，让咱们的樟松林子再大一点……"邢岳山痛苦的脸上露出难得的笑容。

邢岳山逝后，遵照遗嘱，骨灰撒在樟松林间，不立碑，也没有墓地。丧事后，子瑞再次提出将包元瑛和刘久接到城里一块住，刘久不去，包元瑛也不去，说我们还要栽树呢，只要还干得动，哪也不去。子瑞犹豫地问，世上的事，难免人多口杂，是不是办个复婚的手续才好？包元瑛瞪眼说，刘久是你爸，我是你妈，要那个手续有啥用？谁愿说啥说啥去！

九年后，2002年，退休在家十余年的市林业局局长黄大勇因心脏病去世，享年73岁。很少出北沟的刘久和包元瑛得此消息，还是腰上扎着白孝带的黄大勇的儿女专程来家告知的。黄大勇的儿子说，遗体告别仪式已举行过，但遗体还保存在殡仪馆里。父亲生前多次跟儿子说，死后回老家，最好能睡在北沟樟松林里。黄大勇的女儿说，我爸一生最骄傲的两件事，一是参加了抗美援朝，二是跟刘叔包姨一块植树造林。把我爸安葬在樟松林里，不管需要什么费用，我们家属全部承担。见两位老人不说话，黄大勇的儿子又说，其实，在来北沟前，我们已去过乡政府，乡领导说，虽说国家提倡火葬，但在不占耕地的前提下，村民将亲友遗体安葬在山林间，乡政府也是默许的，只是要先交付一些费用。乡领导还说，这事只要刘久和包元瑛二位老人点头，乡里不干涉。

话已说得这般清楚，刘久便明确表态："黄大勇老哥死后要回北沟，我和元瑛都感动，也欢迎，我想，连先一步而去的你们的邢岳山邢叔叔也一定很高兴。邢岳山书读得多，活着时，没少跟我和包元瑛念叨两句诗，是陈毅元帅写的，'此去泉台招旧部，十万旌旗斩阎罗。'诗我不大明白，但大致的意思我还是懂的。我不是将军，但我和黄大勇、邢岳山、包元瑛肯定都是个不错的旧部战士。选个合适的日子，你们把黄大勇的骨灰送回来吧，和邢岳山的一样撒在樟松林子里，有这青山在，我看不比任何陵园逊色。我和包元瑛也都是七十多岁的人了，来日不多，但不管是谁先谁后，没二话，都这样。志愿军老兵说话算数，就像满山的樟子松，落地生根。二位小佺也别怪我们老头老太太死心眼一根筋，这些年，这类事没少有人找到过我们，村里乡里，甚至县里市里，我们都是这个意见。而且，我们还有附加条件，也不是谁的骨灰都可以撒到这里，只有当过志愿军的，我们才欢迎魂归樟松林。"

又十二年，2014 年冬，刘久驾鹤西去，享年 85 岁。刘久的后事虽简单，却隆重。医生开出死亡证明后，遗体径送殡仪馆火化。头七那天，子瑞率领子孙后人，穿行樟松林，将骨灰一路掬撒，伴着队伍的是昂扬的《志愿军军歌》，录音机负在子瑞儿子背上。送行人回到家中，子瑞问母亲，父亲有儿有孙，葬礼是不是也太过简单了？包元瑛说，不简单。按你父亲的意思，连军歌都不用放，越简单越好。我觉着，你既没违你父亲的心意，又有自己的发挥，他的在天之灵一定很高兴。我日后也终有这一天，你给我记牢实了，那天，你给我放《英雄赞歌》，选马玉涛唱的那首。再往后，或清明，或想我和你爸你父亲了，你还放这支歌，我知道很多歌唱家都唱过这支歌，你轮着放，你爸和你父亲都喜欢。

自从子瑞对邢岳山开口喊爸，母子二人在背后说到刘久时，都心有灵犀地称父亲，准确而清晰，从不混。

刘久走后，子瑞也曾无数次劝说母亲跟他一块去住县城，软软硬硬的办法与手段都用过，但不管是谁，也不管怎么说，包元瑛都是摇头。好在子瑞也到退休年龄了，有大把的时光陪伴母亲，到了星期天节假日，儿媳孙媳也会带孩子们来北沟小聚。那时，广阔而清新的松林里，不仅会有短暂的欢闹，孩子们还会栽下几棵树苗。

人老了，觉少了。月光下，子瑞常陪母亲坐在院子里，不厌其烦地听母亲讲述过去的故事。有时，起风了，松涛呼啸，包元瑛便说，听听，又打冲锋了，这回阵势不小；也有时，松涛只在林地边缘轻吟，或在林地上空打出一个短促的嗯哨，子瑞便故意问，妈，这又是什么？包元瑛说，部队也不能总打仗，这是在开联欢会呢，有大合唱，有小合唱和独唱，也有笛子独奏……

（原载《北京文学》2018 年第 10 期）

望 湖 楼

尹学芸

1

还没出正月，已经连续下了三场雪。前边两次是小雪，勉强能没鞋底子。这场有点厚，能没鞋帮子。鞋底子和鞋帮子，是老伴对大雪小雪的评价标准。其实甭管大雪小雪，正月的雪就像离娘的孩儿，在地上停不了多久，太阳一出就化了。所以陶大年对老伴扫雪颇有微词，"你扫它干啥，多点湿气不好么？"他喜欢在雪上走，咕叽咕叽，像鞋窝里藏着一群耗子。不大个院落，让他踩得七零八落。"躲开躲开。"老伴用扫把杆敲他的腿，"都多大年纪了，还像个里格朗，老要张狂也得差不多。"老伴示意他抬起脚来，把脚底下的雪扫扫，陶大年不为所动。他对天发了下感慨："啊。"陶大年的感慨也是古人的感慨。"瑞雪兆丰年啊！"陶大年双手叉腰站在院子中间，响声大气。老伴让他小点声，隔墙有耳。陶大年横起眼睛刚要说什么，老伴赶紧摆手，下了免战牌，去了屋里。陶大年的话不是对老伴说的，而是对广阔天空说的。或者也不是对广阔天空说的，而是对宇宙万物说的。此刻的陶大年，胸腔里都是豪情。他经常豪情万丈，让老伴莫可如何。因为声音太过洪亮高亢，一只喜鹊正在花墙上跳哒，吓了一跳。一脚踏空把一团雪蹬了下来。连续下的三场雪，陶大年每次都要说这句话。每次都说相同的话，这在陶大年并不是重复。只是老伴有些不堪忍受，隔着玻璃窗由着他发完瘾症，才端来不冷不热的茶让他洗嘴。陶大年喜欢用茶水洗嘴。茶要上好的新鲜龙井，温开水泡开，晾到八分钟左右才用。陶大年仰天"咕噜咕噜"的时候电话响了，陶大年伸出一只手指，示意自己去接。陶大年把一口茶水喷向雪堆，雪堆立时出现了无数飞溅样的黄色漩涡，像被浇了尿。陶大年把茶杯往老伴的怀里一塞，颠着步去屋里。老伴在他身后嚷："你慢点儿，怎么越老越没个稳当……喜鹊都笑话你了。"

喜鹊提着蓝色的塑料桶往外去倒垃圾，险些与陶大年撞上。她赶忙把桶往身前悠，把陶大年让了过去。喜鹊说："刘姨，我可没笑话陶叔。"

刘会英指点着说："没说你，我说墙上那只呢。"

喜鹊往花墙上看，那里有两个隔年的老丝瓜，像猫一样趴在雪堆里，只露出枯黄的脊背。那只喜鹊估计想啄食，啄了两下，却有点无可奈何。

"……贺小三？前庄的？我们同过学？老师姓余，没错。学校外面有条沟，沟里能钓土螃蟹……我现在退下来了，也没职也没权了……你要请我吃饭？这不好吧……人由你操持。我叫？你嫂子她不去……既然是同学，那我也就不客气了……"

陶大年从卸任那天起就变成了一个喜欢接电话的人，内心对电话的那种感受，恐怕连他自己都很难说清楚。在任时陶大年不喜欢听电话，许多事情都是他口授，秘书传达。或者秘书转述，他作指示。当然，上级领导除外。陶大年对电话的厌恶溢于言表，你如果因为鸡毛蒜皮的事用电话找他，事情办不成不说，十有八九还要招他一顿臭骂。

所以埙城的大小干部都知道这一点。陶大年办公室的门外经常排着长队。

陶大年放下电话，老伴随后也进来了。老伴是一个小个子女人，浑身上下筋筋巴巴地没有一块多余的肉。她挑着眼眉看陶大年，等着陶大年跟她解释。陶大年自打退休，就自觉把饭票交到了她手里。每天吃什么，都要走协商程序。陶大年说，有意思，小学同学还有叫贺小三的，怎么这么多年也没冒上来。老伴担心地说，不是仇人吧？看你退下来了，瞧热闹。陶大年把头摇得像拨浪鼓，连连说不至于，哪有仇人还请吃饭的。再者说，我为官这么多年，好事做了无数，哪有什么仇人。他把电话扛到肩膀上，戴上老花镜，歪着脑袋翻电话本儿。这么古老的行为，也只属于陶大年。他不会汉语拼音，连个名字也不会存。电话本儿上的字有点小，陶大年高举过头顶皱着眉心一个字码一个字码地念，一个数字一个数字地撮。过去这种活可以依赖秘书，现在只能自力更生了。

老伴说："这么大的雪还出去吃？海参昨晚就泡上了。"

陶大年头也不抬地说："你们吃吧……雪挡不住人，一会儿就化了。"

老伴说："这雪能没鞋帮子，哪会说化就化。"

陶大年咂了一下嘴，说这都什么节气了，七九河开，八九雁来，九九无冰丝。

知道拦不下，老伴把杯子续上水，出去铲雪了。

陶大年找了一个姓江的，江春余。姓富的，富连春。姓左的，左三东，姓路的，路天齐。一个一个地数，凑够了八个人，这其中包括江春余和左三东的两个司机。这两个人虽然退下来了，但每逢外边有饭局，哪怕只有两站地，也要向单位要车。路天齐人还没办离退手续，却已经买了"别克"开回家。他曾积极鼓动陶大年买车，陶大年像年轻人那样骂了句："靠！我坐了一辈子车，老了老了给别人当司机？"

如果那个贺小三也带司机，正好一桌人。

陶大年是这么盘算的。他很少做东请别人，这回正好搂草镐劳兔子。

陶大年打了五六个电话，只用了很短的时间。他们年轻的时候几乎都同过战壕，现在也经常在一起混，打牌，喝酒，扯淡。基本不用说多余的话："中午有饭局，望湖楼。谁请你就别管了，总归有你酒喝。"这些人中就数富连春磨唧，总要问个底儿掉，末了还要说自己有什么什么事，能不能去暂时还定不下来。陶大年知道他的毛病，毫不客气地指出："定不下来你就别去了！刹集末庙的事（你也快到站了）。癞蛤蟆上案板，别太把自己当块肉！"陶大年的说话风格，纯粹是受了老伴的传染，他在职的时候不这样。富连春还想解释，陶大年提高声音说："你到底是去，还是不去？"那边的富连春"嘿嘿"了两声，赶忙说："去，去。有你陶老爷坐镇，我敢不去？"

陶大年半真半假说："以后你再得瑟，不带你玩了。"

富连春说："别呀，我这不是紧着说去么。"

陶大年最后一个电话打给尚小彬。老伴正在一锨一锨地往外铲雪。这些活她其实可以不干，有喜鹊呢。可老伴是个闲不住的人，而且就爱干体力活，她是劳动人民出身。陶大年往窗户外边瞄了一眼，看着老伴端着雪铲出去了，才摁电话号码。这个电话号码是烂熟于心的，所有人的电话号码，陶大年只记住了这一个。可摁时出现了差错，听筒里是全然陌生的一个女人的声音。陶大年急忙撂了电话，再想摁，老伴端着雪铲回来了，伸着脖子往屋里看了一眼。老伴的眼神儿还像年轻时那样凌厉，一扫一片，既有广度也有深度。明知道老伴不会听见和看见，陶大年还是有些心虚。他站起来装模作样喝了口水，"咕噜咕噜"咽下肚去，盯着老伴端着雪铲往外走，才重又摁通了尚小彬的电话。

尚小彬还没有起床，这个女人从年轻的时候起就爱睡懒觉，她的好容颜都是睡出来的。听着她捂在被窝里暖嘟嘟的声音，陶大年平展展的那颗心起了那么点小涟漪。人不年轻了，但涟漪还是有的，遇到风吹，就会泛起。陶大年温乎乎地说，半辈子没见面的小学同学请吃饭，不好意思不去。你去不去？尚小彬问，那人是干啥的？这话把陶大年闹愣了，他不知道那个贺小三是干啥的。人家没说，他也没问。一听贺小三的名字，尚小彬却来了精神，她说要都是你的那帮狐朋狗友我就不去了。既然有个新鲜人，我去。陶大年说，可我想不起他是谁了。尚小彬开心地叫："那就更好呀！连你都想不起来的人，一准新鲜！"

"听你的口气怎么像在说吃湖鲜？"陶大年狐疑。

尚小彬银铃似的笑："管它湖鲜海鲜，好吃就成。起床！"

像给自己喊号一样，尚小彬一个鲤鱼打挺越起身，白花花的后背上像落了一层雪，雪落无痕哪！陶大年痴痴望着窗外，这雪不是那雪。不由叹息了一声。这里地势高，能看见钟鼓楼皴黑的瓦脊，诡异地透出一点世界原有的模样。老伴回到了院子里，先用平铲把雪拍瓷实，然后左右后边切成豆腐块，躬着腰背铲起来往外端，繁忙得像一只老家雀。

陶大年心想，她也就干这些得心应手。

十点整，陶大年夹着水杯走出了家门。水杯里的枸杞红枣西洋参姹紫嫣红。

陶大年是这样打算的。定的是十一点半的饭局，这条路走过去用一个小时二十分钟，余下的十分钟，单独与贺小三攀谈攀谈。虽然不知道贺小三是干什么的，但有一点可以肯定，他不是常在自己眼前晃的人。若是常在自己眼前晃，自己不能对他毫无印象。既然毫无印象，就是生人。既然是生人，自己就要对他多些关心，哪怕这种关心只能落实到口头上。

谁让他出现得太晚呢！

当然，贺小三也许用不着关心。能在望湖楼请客的人，都是经济上打了翻身仗的。

可大款的日子也不好过，随便一个穿制服的都能管着他。所以那些大款愿意攀亲戚要地位，当个代表、委员啥的，目的就是能跟主要领导扯上关系，关键时刻领导说句话，也许就是身家性命。当然，他们更愿意请人吃饭，虽然大多数的时候是吃瞎饭。一到晚上你看各高档饭店，多是这种请吃瞎饭的人在操办。

走出家门之前，陶大年与老伴有几句对话。这几句对话，多少破坏了陶大年的好心境。老伴端着铁铲站在门口，像一尊黑脸门神。她似乎天生就是个不会笑的女人，尤其不会对陶大年笑。干巴巴的皮肤蒙在支楞起来的骨头上，眼角朝眉梢方向吊。她冷冷地看着陶大年，嘲讽说："你还是想逞能？"

陶大年皱起眉头说："你这是什么话。"

老伴说："望湖楼在城外头，远，这是一。二一个雪天路滑，你不想摔个腿折胳膊烂吧？"

陶大年说："你就不会说句好听的。"

老伴固执地看着他。

陶大年提高声音说："你是不是盼着我摔趴下？"

老伴坚决地说："你不能坐那种蹦蹦车！"

陶大年有过两次坐蹦蹦车的经历，故意的。他想用这种行为告诉世界，我陶大年能屈能伸。其实这个世界上根本没人在意这些，是陶大年自己想多了。"我坐蹦蹦车咋了？老百姓能坐我就能坐。我想坐谁也拦不住。"

老伴喘着粗气说："你非要这么跟我拧着？"

陶大年说："别啰嗦，让我过去。"

老伴手里的雪铲"咣当"扔到了地上，拧着身子去了屋里。

陶大年杯子往腋下一夹，错了一下步子，从铁铲上迈了过去。

2

陶大年踏着正月的第三场雪走出了家门。大雪闹闹穰穰，飘得特别不好意思。整个冬天都没怎么下雪，这都快正月底了，再下雪已经不合时宜了。陶大年在雪花里穿行，雪花都躲着他走。他嘴里大口扑出来的热气带着愤懑，能把空气烧灼。家外面是一条小马路，孤寒冷寂得不见人影鬼影。陶大年心里的烦躁涌了出来，脸上的皱纹都深了几许。

路天齐打来电话，说城市的主干道上没人洒盐水，路滑得要命。"天没亮雪就开始下，这两天气温低，路都轧铁了，不知道管交通的人是干什么吃的。"陶大年说："你才几天不管交通，没打下好基础你赖谁？"路天齐说："我不是这个意思，我是说雪天路滑，走路不安全，我去接你吧。"陶大年"啪"地就把手机

223

关掉了。就像夹住了路天齐的嘴巴，过了好半天，陶大年的耳朵眼里还是路天齐"针儿针儿"的公鸭嗓。

走路不安全，坐车就安全？陶大年气愤地自己跟自己嘟囔。

陶大年从卸任那天起，就开始对小汽车深恶痛绝。这与他对手机的态度恰好相反。他坐了一辈子车，从绿色小吉普，到红色桑塔纳，到蓝鸟王，到黑广本，最后一辆是奥迪A6，越坐越觉得车跟人有浑然一体之感。所以离开了那辆车，说真的他有些丢魂。那辆车的车牌是0001，尚小彬说他丢魂不是因为车，而是车牌。也就是说，他放不下的不是车，是头面。世界这么大，敢这样根根露肉说他的只有尚小彬一个人。那时司机每天都要洗车，就像他身上的衣服一样，稍有灰尘他就不舒服。坐了一辈子车，他却不会开车。车改有消息的时候，很多领导干部像蚂蟥一样盯驾校，有人想送陶大年个驾驶本，被他拒绝了。如果没有车，要本子何用！那辆A6像帽子或椅子一样，有种专属感，除此之外，没有什么能入他的眼。陶大年的偏执性格，在对待车子的问题上，表现得淋漓尽致。退下来痛恨小汽车，在任时痛恨手机。在早，他还愤恨女人的高跟鞋和一步裙。敢在他面前穿高跟鞋和一步裙的也只有尚小彬一个人。那时尚小彬工作在外经贸委，管招商引资。陶大年给出的理由是，她要跟国际接轨。至于跟国内接轨的诸位女士，对不起，陶大年会训得你眼睛不出汗不罢休。陶大年有理由，说机关是楼上楼下跑，楼梯有个地方成夹角，裙边一忽闪，楼下的目光如果成对角线，能把裙子里的内容看个满眼。"我这是为你们好！"陶大年在会上苦口婆心，像只好心肠的母鸡。说机关就应该是清一色，没有性别意识。你穿得花红柳绿给谁看？出了问题谁负责？那个时候陶大年的威严自不待说，盯谁一眼，谁能琢磨三天。陶大年也清楚，自己在位时，是一个最像"官"的人。所以他退下来，刻意要摆脱那时候的形象。比如，待人随和，见人先打招呼。谁请喝酒都去，去哪儿都靠两条腿，稍远的地方宁可坐蹦的，等等。看着从那么窄小的车门钻出的那么庞大的身躯，谁心里都有笔小账。"你以为他是放低了身段？他是放不下身段。"左三东和陶大年年轻的时候当过正副手，最了解他。"越放不下就越端着。有人专门往上端，驴倒了架子不倒，烟酒一点不降档次。他倒好，连驴带架子一起不倒。"那辆车不止是把椅子，还是个颜面。既然丢了，他就刻意钻到尘埃里。他打年轻的时候就是个有怪想法的人。

望湖楼坐落在水库南岸的山坡上。水库号称华北地区最大的人工湖，修建于上世纪五十年代，有上千亩水面。附近有一座乌鸦山，山上水草丰茂。早些年，一些市民自发地来这里遛早儿，把乌鸦山遛成了一座公园。开发时，发现了民间传说掌故，有一块大石头状若书桌，便就此修了凉亭，取名赵普读书台。没错，就是"半部论语治天下"的赵普，曾协助宋太祖赵匡胤"杯酒释兵权"。赵普祖籍埚城南门外，没事就来乌鸦山上读书。

望湖楼就在公园的南面，后开一道角门，等于把公园纳入了自己的辖区，食客来早了，或肚子吃胀了，都可以攀爬到凉亭上，顺便沾点文人气儿。当然，这都是商家对外宣传的策略。望湖楼开张那天，成了整个城市最轰动的事。天上彩球飘飘，街上锣鼓喧天。舞龙舞狮的队伍占了好几条街。常在中央电视台露面的歌手来了好几位，他们的歌声把一座城市撩拨得好长时间平静不下来。不平静的还有一位女歌手，她在那场演唱会之后成了望湖楼的常客。表面上她是被这里的湖鲜所吸引，更深层的原因谁知道呢，大家都说她与张小帆打了牵连。

张小帆是望湖楼的老板，他除酒店之外还经营电子商务，并且涉足房地产。没有人知道张小帆有多少钱，就像没有人知道张小帆的名下有多少情人。

除了张小帆，任何人都休想在湖边盖酒店，而且是盖在一只鸟的鸟背上。乌鸦是传说中的一只神鸟，某个有史可查的年代闹粮荒，乌鸦往返上千次衔来种子，救了整座城市人的性命。当然，这些都活在人们的口口相传里。

陶大年找张小帆定了房间，点了应景的房间名：瑞雪。张小帆说，陶叔大驾光临，饭菜交我张罗，想吃什么您随便点，千万别替我省着。陶大年说，今天有人买单，你就替我张罗一下饭店拿手的，荤素搭配，标准中等偏下，我是退休的人了，凡事要低调。张小帆说，我明白。这么着陶叔，不管谁买单，我给打个八五折，餐后点心每人一份，这样就省了主食。商家的那种算计哪里骗得了陶大年，肉都烂在锅里。陶大年说，你甭送这送那，告诉前台总款打个八五折就行。张小帆赶忙说，我这就去告诉，您放心吧。张小帆自然知道陶大年的典故，小心地问："您怎么过来？要不，我去接您？"

陶大年马上有了情绪，大声说："用不着！"

不知道是不是下了三场雪的缘故，楼顶的烟道堵塞了。烟排不出去，屋里的土暖气就无论如何烧不热。一早起来，贺三革一个人跑到楼顶上去打扫烟囱。贺三革用的是土办法，毛头绳上拴一块砖头，顺着烟道徐下去，在烟道壁上蹭来蹭去。徐下去的红砖头，拽上来就变成了黑的。这样往复几次，一股黑烟蹿了出来——烟道通了。

楼房只有三层，在城西拐角的山环里，是当年老电线杆厂的产物，跟城市隔着几公里的青苗地。往楼顶上一站，视角和感觉就都出来了。脚下白雪皑皑，远处水天一色。湖水蓝汪汪的，倒映着雪山的影子。当然这是贺三革的想象。贺三革的眼神儿再好，也无法穿越城市的建筑之林，看那么远。贺三革还想到了那座望湖楼，像天上的宫殿一样可望而不可及。夏天贺三革去湖边垂钓，钓友们经常拿望湖楼凑趣："要是也能在里边撮一顿，出来当鱼食儿也值。""进去看看也好啊！听说里面端盘子的都不比电影明星差。"还有人将贺三革的军："老贺，请请我？"贺三革嘴上不说什么，心里却有点走样儿。他总幻想着有朝一日能理直气壮地走进去，一大把钞票拍过去，即使什么都不吃，就要一次那种感觉。

那种感觉，让坐在湖边的贺三革经常心不在焉。

贺三革从楼顶上下来，心里并不坦然。他用毛巾擦脸，却只把侧面给了妻子陈袖珍。"雪下得不小，这样的天气陶大年兴许有空儿。"贺三革用毛巾把脸整个蒙住了，突然使劲往下一抹。

陈袖珍积极怂恿："你打电话试试。"

贺三革有点矛盾："你当真不心疼钱？"其实他希望陈袖珍拦一下，他可以就坡下驴。

陈袖珍舞动着那只残手，痛快地说："该花就得花。我们都得过人家的好处，滴水之恩当涌泉相报，这道理我懂。"

陈袖珍爱看闲书，窗台上摞着一尺高的书报杂志。她说话总透着有学问。

贺三革这才磨磨蹭蹭地去找电话号码。请陶大年的想法，早就有，而且一直在嘴边挂着。可事到临头，还是有些忐忑。是请好，还是不请好，贺三革直到现在也有些犹疑。电话号码写在香烟盒上，一直压在电视底下。也不知人家换了号码没有。电话接通以后，贺三革心里很平静，他觉得，这不是一个能打通的电话。即使通了，对方也一定会说，你打错了……可陶大年的声音以光的速度出现，打乱了他的阵脚。本来是要报自己的名字贺三革，嘴里一结巴，贺三革就变成了贺小三。

当年陶大年就叫他贺小三，贺三革与贺三哥同音，陶大年不乐意这么叫，他说贺三革的名字是贪大辈儿。"你就叫贺小三吧。"陶大年少年时代就有影响力，连老师都这么叫他。

几十年过去了，贺三革还没爬出坑来。

贺三革和于少宝把自行车靠在了酒店的栅栏外边，一前一后走了进去。走在前面的是贺三革，穿一件蓝军呢的上衣，是早些年当兵的舅子送的，因为总压在柜底，横竖有许多褶皱。一条孩子穿剩下的牛仔裤，紧紧地包着两条瘦腿和尖屁股。他自己的裤子膝盖处隆着包，这使它们看上去没有一条顺眼的。妻子陈袖珍说，你就穿牛仔裤吧，显得精神。他们试了好几件，最后穿成了这样。后面的于少宝则是家居时的打扮，一顶蓝布帽子，一件衬里是人造毛的防寒服，旧得已经看不出本来颜色了，脚下是一双大头鞋，踩在雪地上咯吱咯吱响。

望湖楼的院子是一步一登高的那种。甬路砌的是鹅卵石，路边三步一亭五步一院，像古时候富人家的私宅。甬路两边的花坛里都是叫不上名的植物，因为披着雪，倒像是开了大朵的雪花一般。

于少宝一进这个院子眼就不够使，他不时看一眼贺三革，琢磨他的心脏一准在"扑通扑通"乱跳。这地方吃人哩，于少宝合计。如果不是贺三革在前边带路，他恨不得扭回头去往外走。

"这不是咱这种人来的地界儿。"他嘴里嘟囔。

他们是一对老同事、老棋友。老电杆厂下马后，很多同事和邻居都搬走了。于少宝城里有房，可他不愿意搬。贺三革是无处可搬。他们都习惯了这里的天然和被城市遗忘。小区没有物业，周围都是农田，山脚下的坡地上可以栽葱种蒜，如果再勤快些，种些其他农作物也没人管。昨天下棋时偶然谈起陶大年，是于少宝先提起来的，说你的老同学下台了，也不知现在在干啥。过去他们也经常念叨，他们都爱看电视里的本地新闻，尤其爱看陶大年出镜。他们就像两个老粉丝，陶大年的言行举止都是他们的话题。贺三革还喜欢回忆少年时的陶大年，因为背不下书让老师打板子。贺三革家里穷，吃不齐三顿饭，陶大年把家里的发糕偷出来给贺三革当早点。有一次，贺三革在水边玩，站到了一块木板上。正赶上上游放水，"唰"地一下，连人带木板一起冲走了。岸上的陶大年一个健步跳下去，一把揪住了贺三革的脖领子，顺势一抢，就把他提拎到了岸上。

"三岁看老，这话一点不假。"贺三革经常感慨地说这句话。他的意思是，陶大年打小就比别人反应快，难怪后来能主宰一座城市。

请吃饭的事，贺三革也跟于少宝念叨了不止一次。开始于少宝还泼冷水，说你请那么大的官，请得动？去狗食馆肯定不中。贺三革说，要请就去望湖楼，一辈子不就请这一回么！说的时候是随便说的，说过以后却成了心病。贺三革是有这毛病的，他唯恐别人觉得他言而无信。于少宝却不当真，说就凭你那点收入，敢去望湖楼？一早贺三革把电话打过来，说跟陶大年约好了，于少宝才慌了。贺三革说要请他去陪客，于少宝不想答应。两人口舌了半天，于少宝觉得贺三革也没什么能上台面的朋友，只能自己帮衬他。

他问贺三革怎么有陶大年的电话。贺三革说，当年陶大年当企经委主任的时候，他找过他帮忙，没想到这么多年电话号码一直没换。于少宝放下电话在屋里转了半天磨，他比贺三革都激动。抽屉里有三千块钱，他趁老婆不注意，悄没声地装了起来。心想万一贺三革手里不宽裕，也好解燃眉之急。

朋友么。

牛气十足地往里走，是因为一个是另一个的参照和打气筒，否则就走不出那种精气神儿。两人住前后楼，贺三革是两室的，于少宝是小三室。房子是厂子红火时建的，那时城市的楼房还很少，城里的姑娘都愿意找电线杆厂的工人当家属。贺三革是班组长，于少宝是工会主席，算厂领导。只是厂子黄得早，工会主席早就不值钱了。那时可不得了，拖拉机、大卡车在厂门口排队，想买电线杆得走后门，北方就这么一个厂，工人进出厂门都腆胸叠肚。眼下，千人大厂早已像云雾一样消散了。于少宝显得张皇，两条腿有些夹寨子，不像贺三革那么笃定。其实贺三革很少有机会在饭店吃饭，参加过两个婚礼，都是在那种土不拉儿的饭庄。大盘子大碗，墙壁脏兮兮，厨房的油烟窜来窜去，熏得食客各个都像大眼贼。此刻他的步态就是迈给于少宝看的，他知道于少宝想些什么。他想，他兜里有钱，可不能像于少宝那样没底气，会让人笑话。他停下了脚步，朝后瞄了一眼。于少宝的样子让贺三革差点笑出声，那笑有画外音：又不是你请客，至于么。

贺三革自从想请客，就想像模像样地请，别的地方都不入眼，他只想去望湖楼。

偏巧，陶大年和他想到一块去了。陶大年说，大雪天望湖楼上看风景，也是个情致。

陶大年的情绪感染了贺三革，他这一路走都在跟于少宝说情致。"吃什么倒在其次，关键是坐会儿。"贺三革转述了陶大年的话。

可于少宝总犯嘀咕："听说那里的饭菜贵得邪乎……"

贺三革说："我们又不吃整桌……他带个司机，顶多咱三四个人，能吃几个菜？一盘菜打一百两百三百，你算算，能有几个钱？"贺三革扭过身子擤了把鼻涕。他感冒刚好，清鼻涕又被冷风招了出来。"都是屯里出来的，他陶大年肯往死了吃我？咱在望湖楼，主要还是消费环境。就像老陶说的，看看风景。陶大年虽然不当官了，咱也不能埋汰他。话又说回来，他要是还当着官，咱也得请得动他。"

于少宝点头。心里思忖，这话说的在理。就是不当官，自己怕是也请不动。

3

贺三革推开大堂的门，就意识到自己来早了。那些闺女小子们都在打扫卫生。抹地的，擦玻璃的，往来穿梭，却一点声音也没有。贺三革闯进大堂，也把两排大脚印子带了进去。于少宝见状，赶忙退回到了玻璃门外。

一个保安模样的人从外面赶了过来，说："卖鸡蛋的，走后门！"

贺三革没有理会。大堂里的闺女小子们在干活儿，只有一个人游手好闲。那个人个子高，模样也好。头发梳得很光溜，像顶着个油罐子一样。穿着深蓝色的制服，抄着手站在那里，两只眼睛滴溜转，真的就像电影明星。贺三革是奔着她去的。

保安从后面蹿了上来，要揪贺三革的脖领子。

贺三革尊严地停住脚步，扭头看着他，凛然说："你要干啥？"

保安不由收了手，有些漏气地说："卖鸡蛋走后门。"

贺三革的脑子转了转，板板眼眼说："我卖过鸡蛋吗？我只卖过鱼呀！"那天从湖里钓上条十四五斤重的大鲤鱼，顾不上高兴，骑上车子就往这边跑。因为天气热，鱼到这里还是翻白眼了。可那些人硬说鱼是死鱼，说什么也要打个对折。

翻白眼的鱼，能说是死鱼吗？

当然，他们后来还是把鱼收下了，给了一百五十块钱。那些钓友说，他们这是故意找茬压价，鱼头剖开炖汤，鱼片醋溜或剁成肉馅汆丸子包饺子，怕是要翻几番。

贺三革是有点心疼。这样大的鱼钓上来不容易，险些把他拽进湖里。但嘴上说，一百五也不少了，钓鱼不就是个玩么。

贺三革心底慢慢放松，他有心跟保安开个玩笑。他抱起两条胳膊，歪着脑袋说："你就看我像卖鸡蛋的？我到这里吃顿饭就不行？"

保安张口结舌，但反应还算快："哪有这么早吃饭的。"

旁边穿着光溜的小人儿走了过来，礼貌地鞠了一躬，甜甜地说："先生好早。请问您是现在定还是提前有预约？"

贺三革说，我同学定了"瑞雪"，我提前来看场地。

小光溜说，您可能搞错了，瑞雪已经有人定了。

贺三革说，是不是陶大年？

小光溜赶紧退后一步，做出了"请"的姿势，边走边说，瑞雪在二楼，是陶老爷预定的，您跟他是一码事呀！贺三革愣了一下才反应过来，说一码事，是一码事。长长的回廊走到头，是别有洞天的一间大厅房，三面是窗，三面都环水。一眼能望到鸟儿的故乡去。脚下的地毯厚嘟嘟，蓝底上开着大朵的红花，艳丽得让人不敢落脚。小光溜挤到前边去，招呼贺三革进屋，贺三革才小心地踏上地毯，脚心却不敢踩实，脚背弓了起来。

小光溜一本正经做介绍，小虎牙不时咬一下嘴唇，以防自己笑场。她看出来了贺三革的窘态。虽说打着陶老爷的旗号，谁知道他是干什么的。但职业素养要求她履行职责，她介绍这里的风景和望湖楼的特色，只是声音有些发飘。

大桌子带旋转，小光溜一摁电门，桌子缓缓启动，像知道有人围观，桌子走得有腔有调。贺三革情不自禁用手摸了摸，小光溜一闭电门，桌子"咯噔"停住了，吓了贺三革一跳。贺三革眼神有些虚，说我们人不多，没必要用这样大的桌子吧？

小光溜笑了下，她可知道怎么回答这类问题。"这个包房是供陶老爷专用的，别人消费再多也坐不到这里来。"

其实这是屁话，可贺三革听明白了。他理解小光溜的意思是说，陶大年如果来望湖楼就只能坐这里。这里隐蔽，正好是个死角。

贺三革只得对周围的环境表示满意，点头说："就这里吧。"

一个小小子拿把大铜壶过来上茶，脑袋上顶着个朝天辫。小小子也像画里的人物，唇红齿白。小光溜点头说，您慢慢用茶，有事情随时叫我。就要往外走，贺三革赶忙说，菜单呢？我先看看菜单。小光溜说，陶老爷都已经安排妥了，您需要添加什么请说话。就像大变活人，马上就有穿红衣裙的服务员走了进来，手里端着烫金菜谱。贺三革伸长脖子去看，小光溜说，你们大概八到十个人，按照陶老爷的口味，已经安排了十八道菜，按说菜量已经差不多了，再多点就浪费了。贺三革吃枪药似的炸："哪有那么多人？我咋不知道？"小光溜如花笑脸马上枯萎了，她蹙了一下眉头，说对不起，这都是陶老爷安排的，有事情您跟他说。她跟服务员一递眼神，两人迅速离开了。房间里就剩下了贺三革一个人，他呆呆地坐到一把椅子上。椅子真舒服，扶手，靠背，都雕花，都根据人的曲线设计了弧度。可十八个菜有些过分啊！他情不自禁摸了下兜，那里有厚厚的两千块人民币。说厚厚，是因为那钱卷成了卷，叠了三棱。宽打窄用，他这是留了余地的！他拿出手机给袖珍打电话，说这里的阔绰有点超乎想象，钱都花完了你可别心疼。袖珍果断地说，花。咱到那去就是为了消费去的，不要舍不得。贺三革这才心安了，咬了咬牙，自言自语说，袖珍说花咱就花，一辈子不就花这一回么！

贺三革刚跟袖珍通完话，于少宝就像贼一样钻了进来。于少宝躬着腰背，佝偻着头，人就像白菜叶子得了病虫害，卷曲得厉害。于少宝虚着声音说："你看没看菜谱，好家伙，一条水库鱼好几百，才这么大个儿！"他用手一比画，也就筷子长短。贺三革已经平静了，说咱来这里就是雀脑袋，让他随便弹。请陶老爷是大事，花多少都应该。原来是自己小家子气了。于少宝这才舒展了一下腰身，抖了抖肩膀，他都觉得拘得慌了。贺三革给于少宝倒了杯水，说尝尝人家的菊花茶，又香又甜。于少宝喝了一口，说这不就是放了冰糖么。贺三革说，咱喝茶就想不起放冰糖，那啥一点的馆子根本不舍得给你放冰糖。再说，你也喝不到这么好的菊花。那菊花的确金黄通透。于少宝却不理会，从南窗走到北窗，又从北窗走到东窗，窗外真是风景如画。还别说吃大餐，到这里看一看也是享受。于少宝总以为脚下有东西，用脚搓了搓，才发现是地毯太厚了。贺三革笑着说，今天开洋荤了吧？咱这一辈子，总得开一次，也不枉活一回。于少宝郑重点头，说我这是沾你的光……老贺，你坐这里真不心疼？贺三革拔了拔身板，说既来之则安之。于少宝说，就说你家袖珍有学问，连你都会整文明词了。

贺三革说："我刚跟袖珍通完电话，她让我别舍不得花钱。"

于少宝嘴里喷喷像在打竹板："还就是袖珍开通，这要换成我家那口子，得跟我人脑袋打出狗脑袋。"

贺三革说："袖珍就这样好，从不因为钱跟我干吵子。"

于少宝说："要是手不残，袖珍该有个大前程。"

"还说啥呢。"贺三革摆出一副认命的表情，"要是手不残，那年袖珍就转正了，现在也有退休金了。"

他们说的是很多年前的事，袖珍在铸造厂看机器，因为故障丢了一只手，虽然进行了缝合，但那手只是摆设。厂子以操作不当为由拒绝承担责任，贺三革给当时任企经委主任的陶大年打了个电话，按工伤等级做了一次性赔偿，给了两万多。那时的两万多，解决了大问题。

事后他想去看陶大年，表示点心意，被陶大年拒绝了。

当时袖珍正有孕在身，那是他们的第一个孩子，可惜没有保住。第二次怀孕袖珍已经是 38 岁高龄，他们原本已经对生育完全没了信心了，上天突然给他们送来了一个儿子。

他们也算命运多舛，但总算得到了应该得到的，也没啥不知足的。

4

江春余和左三东前后脚进来的。江春余憋了泡尿，到洗手间方便了。从洗手间出来，江春余要跟左三东握手，左三东故意把手别到身后，看着江春余的手说，你刚干完活，洗手了么？江春余手还是湿的，可嘴里说，不洗也比你手干净，装啥大尾巴鹰。两人这才把手搭在一起，彼此牵扯拉着往屋里走，贺三革和于少宝赶忙站起了身。左三东退出去看门楣上的标志，说没错，这里是瑞雪。江春余不管不顾，已经跟两人握上了手，连声说两位好，两位早。左三东疑惑，你们认识？江春余说，这不也刚认识么！把左三东气得笑，不认识瞧你这亲热劲，像是做了半辈子亲家。左三东上一眼下一眼打量这两个人，他刚从公安岗位上退下来，眼神多少带点职业病。说你们是老陶请来的客人？贺三革很惶惑，一时拿不准话该怎么接。关键时刻还是于少宝沉着，指着贺三革说："他是陶老爷的小学同学，一村出来的。我是他的邻居，今天是来认识各位领导的。"左三东这才放松了，过来握手，随后给每人一支烟，是极品黄鹤楼。说进这屋来就都是兄弟，没有谁是领导，都甭客气。

贺三革跟于少宝对了下眼神，这话让他们很受用。

话没说完，路天齐进来了。搓着手骂路，说乌鸦山脚下的那个大下坡，路又陡，雪又滑，开车上来车轱辘打出溜，要费老大的劲。"我话说晚了不值钱，那地方迟早得出事，不信你们就走着瞧。"贺三革说，那段路是有些不像话，路口没有红绿灯，路中间也没有隔离带，电动车三码车都横冲直撞。他钓鱼时经常走这条路，所以深有感触。路天齐却像没听见贺三革的话，仰着脸问："老陶怎么还没来？"路天齐拿出了手机，把电话拨了出去。"我们可都到了，你到哪儿了？"陶大年说走到乌鸦山下了，正好碰见尚小彬，她把车开得像蜗牛一样。"快搭车，再像蜗牛也比你的两条腿快。"说完，路天齐自己跟自己扮了个鬼脸。贺三革站了起来，说我到大堂门口去接。他和于少宝先后都出来了。于少宝说："我的后脊梁直冒汗，听这些人说话怎么像演电影似的。"

贺三革说："都不是一般的人。"

他晃了晃手里的烟，是那支极品黄鹤楼。

他们刚站到大堂门口，就见陶大年夹着水杯擦着一辆汽车走了过来。走路的人跟汽车司机聊天，这种景观不多见。汽车是个迷你款，但看着很高档。女司机戴着一条洋红围巾伸着脖子一路跟陶大年说着什么，陶大年目不斜视，却满脸是笑。贺三革赶紧走了过去，喊了一声老同学。陶大年一怔，没敢认。于少宝指挥女司机倒车，女司机说，你是跟谁过来的？于少宝没听明白。女司机又问，你是谁的司机？于少宝这回明白了，说自己不是司机，是贺三革的朋友。女司机问贺三革是干啥的，于少宝说，是我邻居，当年我们是从电杆厂一起退下来的，我是工会主席，他是班组长。

尚小彬看了一眼贺三革，话里有话地又跟了一句："他请客？"

陶大年终于跟少年时的记忆对上了号，跟贺三革热烈握手。说我比你大三个月，当年就不愿意喊你"贺三哥"。他拉过来尚小彬说，这是我小学时的同学，几十年没见面了。贺三革解释说，当初家属手受伤，得了陶大年的照顾，后来想去看陶大年，可陶大年忙，一直没约上。陶大年满面春风，说那么小的事，我早忘了。贺三革介绍了于少宝，陶大年握手时，于少宝很拘谨，整个后背都塌了下去。四个人走进大厅，尚小彬让贺三革和于少宝先走，她拉住陶大年说话。小光溜站在几步远的地方，等着他们把话说完。尚小彬悄悄一指："是这两人请客？"陶大年说："我不知道是贺三革，他一说贺小三，把我蒙住了。"尚小彬说："你倒是谁的饭都敢吃。"陶大年说："我怕啥，就是鸠山请我去赴宴，我也吃了再说。"尚小彬说："我看这俩人不像大款，也不像做实业的。你兜一桌子人来，是不是请冒了?"陶大年心里也有点犯嘀咕,但嘴里不服输:"一顿饭的事,不用太多想。刚才你也听见了,人家是记着我的好呢。这年头,一顿饭不会算回事。"尚小彬娇嗔地剜他一眼,说你是皇帝老子做惯了,都不知道请客的是谁,就敢来望湖楼,这地方的酒水多贵。说着,把车钥匙掏出来,用两根手指捏着,喊小星过来,说我的后备箱里红酒白酒各拿两瓶。小光溜原来叫小星,接过钥匙走了。陶大年有些感动,情不自禁拍了一下她的后背。不远处贺三革和于少宝都在往这边看,尚小彬赶忙闪了一下身子,说君子动口不动手,你这个样子成何体统。陶大年讪讪的,与尚小彬分开了些。

于少宝小声问:"这人是他老伴?"

贺三革说:"不像,家属哪会这么年轻。"

菜转眼就上了一桌子,只有富连春还没到。富连春又叫富磨叽,没有哪顿饭他不迟到。白酒红酒都倒满了杯,尚小彬要了一杯山药汁,白得像牛奶一样。陶大年坐在桌尖上,眉里眼里都是笑。说吃了这样多的饭局,今天是最高兴的。你们都认识一下我的老同学和他的朋友。贺三革和于少宝赶紧站了起来,朝大家鞠躬。大家一起摆手,让他俩坐。陶大年用小湿巾擦手,感慨说:"我今天是几个没想到。一是我的老同学在我下台以后还能找我。第二个没想到,一打电话大家都能来,连尚主任都如此给面子,让我很感动。第三个没想到……富连春来晚了。磨叽人办不出亮堂事,喝酒都不守时间,这样的人我看以后可以直接开除了……"

陶大年扫着了富连春的影儿,才临时起意这样说。富连春正好跨进门,边脱大衣边说,对不起对不起,单位临时有点事……陶大年说,你单位总有事,你是在含沙射影我们没单位吧?富连春给自己倒了满满一杯酒,说老领导就别挤对我了,我先罚一杯行不?说着把酒杯端了起来。陶大年说,我就知道你找借口让自己先过瘾,尚主任的酒都名贵,哪能让你这么糟蹋……刚才都是玩笑,现在人都到齐了,老富你还没认识我的老同学呢,贺小……三革,还有那位朋友,你叫啥来着?于少宝递过双手来跟富连春握手,报了自己的姓名。富连春先动手夹了一筷子菜,说今天这酒可喝值了,一下子认识了这么多新朋友。

尚小彬嗤之以鼻,说还一下子,还这么多。老富你就是好人长嘴上。

富连春满嘴咀嚼着食物,忙里偷闲说,我今天饿坏了。

尚小彬说,你哪次没饿坏?

大家纷纷打趣,都支持尚小彬拿富连春开涮。陶大年对贺三革和于少宝解释说,富主任年龄最小,是唯一没离开工作岗位的小老弟。大家都是多年的好朋友。开个玩笑轻松一下,你们别介意。

贺三革和于少宝相互看了一眼,他们都很享受这种气氛。

陶大年摸了下酒杯,说下面由我的老同学贺三革发表祝酒辞。贺三革一下呈半蹲状,往上窜动两下,脸激动得通红。说我哪会说话,你说,你说。陶大年说,既然老同学让我主持,我就不客气了。大家一起举杯,谢谢东道主这么好的饭菜和尚主任这么好的酒——

都是浅浅一啜，贺三革却喝了一大口，呛得咳嗽起来。一时停不下来，贺三革只得捂着嘴来到了外面。于少宝跟了出来，帮他捶后背。贺三革说，你进去，张罗客人，不要管我。于少宝说，这样的场面咱连嘴都张不开，受罪啊！

除了陶大年和左三东，其他人酒量都不算好。江春余两口红酒下肚，连眼都红了。路天齐顾不上喝，滔滔不绝说路的事。城市规划几横几纵，有一条纵路总也打不通，一户人家养鸽子，说搬家了鸽子找不回来。他的鸽子又值钱，每一只都价值连城。转眼就一年多了，两丈长的路让钉子户牵着政府的鼻子走，这要是我在任，夜里带支别动队，早给他连窝端了。什么价值连城，先炖锅汤。尚小彬说现在跟过去不一样了，你那时候可以强拆，现在老百姓都有了依仗，强拆是要负法律责任的。路天齐激动地嚷："屁责任！城市建设就靠政府，否则就会毫无作为！"

陶大年自己悠悠干了一杯酒，贺三革赶紧过来给他满上。陶大年说："不在其位不谋其政，我人退下来心就退下来，再不操那劳什子心。闲来无事，携三五好友，望湖楼上喝小酒，还有比这更舒坦的日子么？"他一挥手，一群鸥鸟突兀地从斜刺里飞了过来，在窗前打一晃，似乎是想进来。终归发现是徒劳，"呀呀"的叫声像是在抱怨。大家都情不自禁地扭头看。远处是雪山蓝天和白云，一池碧水冻成了深蓝色，白色的鸥鸟飞得自由自在。不远处有人在冰钓，正好是一男一女，女的穿了一件红外套。这个季节冰钓已经相当危险了，他们倒好像是被刻意安排的。陶大年站起身，大家也都纷纷离了座位，凑到窗前往远处观瞧。贺三革关于冰钓危险的话刚说半句，陶大年有些忘情，用朗诵的声调说："在天愿作比翼鸟……"江春余捅了一下尚小彬："该你接……在地愿做连理枝。"尚小彬看了一眼贺三革，手里的半杯茶有节制地泼到了江春余的脑顶上，他是个矮胖子。"你是不是肉皮子紧了？"

江春余把脑袋往前伸："我是肉皮子发紧，姑奶奶给我拿拿龙。"

左三东说："老江你就是嘴贱，小彬给你拿龙也应该。"

富连春说："怎么拿？我去车里取把钳子。"

路天齐拿了纸巾给江春余擦脑顶，顺便撕了把江春余的耳朵，"这耳朵真厚，跟猪耳朵相仿佛。切了够拌一盘。"

陶大年并不理会大家的调笑，首先归了位。贺三革偷偷看了眼尚小彬，人家没动气，坐下没事人儿一样。再看江春余，在跟富连春咬耳朵，明显说到了好笑处，白脸皱成了肉包子。他提着的心总算放下了。原来人家说归说，笑归笑，动口动手都不散交情。他实在有些闲得慌，跟于少宝碰了下杯，说我也敬你一杯。于少宝佯装生气："咱俩喝个啥！"

陶大年不愿冷淡贺三革。说："今天既然是同学聚会，我们就说说小时候的事情吧。三革，是你说还是我说？"

陶大年说的那些事，贺三革都不怎么记得。虽然陶大年总征询贺三革的意见，问他是不是这样，贺三革总是点头，可脸上的笑像云彩一样飘浮。陶大年讲的都是怎么捉弄老师的事，姓余的干巴老头，念书摇头晃脑，有一次天降大雨，老师从学校外面往教室跑，陶大年率领同学一起喊："宁可湿衣，不可乱步!"余老师一下收住了脚，连大步都不敢迈。这话是他平时教导学生的。关键时刻学生一起哄，他就手足无措了。一教室的孩子都笑翻了，像看西洋景一样。

怎样帮助贺三革，陶大年也忘了。但他记得家里的生活优渥，第一天上学骑高头大马，他坐马鞍上，比学校的门楼还高。他和贺三革是一个村，贺三革住前村，他住后街。后街都是老庄户人，家家都有些底子。夏天晾晒压箱货，十家有八家有毛皮，这是富庶的见证。前村都是外来人口，靠给人打工过活。"就像现在的公务员和下岗工人一样。"陶大年打了一个并不恰当的比喻，一桌人都情不自禁去看贺三革和于少宝。

两瓶白酒转眼就见底了。平常陶大年就四两半斤的量，今天差不多达标了。他让服务员照这样的蓝瓷瓶再来两个。尚小彬一听就急了，抢他的酒杯说，不喝了，不喝了。你今天喝不少了。陶大年把酒杯举得高高的，闪躲。陶大年也斜着眼睛说，我今天难得高兴，还想畅饮三杯。尚小彬说，一杯也不行，再喝你就多了。陶大年逞英豪，大声说，人生难得一回醉，多了又能如何。左三东很少说话，但酒比谁都喝得多。可他不张扬，甚至脸都不红。他坐尚小彬的下手，轻轻拽了下她的袖肘，说听老陶的吧，这么多日子了，也难得他今天有兴致。尚小彬这才作罢。小星又把两只蓝瓷瓶提拎了来，亲手给陶大年斟满了。陶大年自己干了一杯，说就照这样，每人都先干一杯。

酒喝到这个时候，就开始不讲理了。陶大年开口骂人，却是为春节前那次干部调整，他提起来的某个人被边缘化了，磨未卸，先杀驴。提起这样的事，场面一下就萧条冷落了，大家都开始心不在焉，各怀心腹事。就像繁花似锦的园子，兜头被浇了一场雪，那雪可没有半点诗意和热闹，就是个冻死人的冷。尚小彬招了一下手，让服务员撤下了酒具。陶大年还想跟她撕挣，尚小彬一拍桌子，陶大年一下安静了。

散场的时候是下午两点半，望湖楼已经静悄悄了。陶大年两腿有些不听使唤，被人架着走到了院子里。他从没喝多过，今天是个意外。左三东开了尚小彬的副驾驶，把他塞了进去。陶大年嘴里说，我不坐车我不坐车，但闭着眼睛，屁股没有动。小星跑过来送他的水杯，陶大年睡着了似的，毫无反应。尚小彬把杯子接过来，杵到了陶大年的怀里。

大家呼啦啦全走了。贺三革去吧台买单。于少宝恍然，也才想起还有买单这回事，紧跟在他的身后回到了大堂。一个小丫头啪啪啪摁计算器，8800。贺三革一下出汗了，让她再摁，还是8800。他把菜单拿过来看，小丫头指着一盏霸王羹说，120，是每人120。还有那盅益寿粥，都是用鲨鱼的脊背肉做的，每盅160，不是一共160。贺三革直愣愣地，手在裤子上反复搓，不明白世界上怎么会有这样的吃法，两勺黏乎乎的粥，居然这么贵!他问于少宝带钱了没有。于少宝早把钱掏了出来，两人的凑到一起，还差3800。

贺三革的脸色一下变得很难看。

于少宝虚着声音问："能不能少少?"

小丫头眼仁朝上翻，说话就像冰碴子："这都几点了，都耽误我们下班了。饭菜已经打了八五折，还怎么少？再翻翻兜里，身上没带卡？"

他们都没有用卡的习惯。贺三革咬了咬牙，说回家去取，明天给你们送过来。

小丫头说，谁知道你们这一走会不会是肉包子打狗？

贺三革急了，说你不认识我们，难道也不认识陶老爷？我们跟他是一起的。

小丫头面无表情地摇头说，不认识。

贺三革恨不得朝这张小粉脸戳一指头，怎么这么不相信人哪。他无奈地看于少宝，说要不你等在这里，我回家去取？于少宝还在摸兜，恨不得从犄角旮旯再翻出个什么来。吧台对面有一溜沙发，贺三革说，少宝你就坐那儿歇着，我去去就来。说完，贺三革撒腿就往外跑。

小丫头长长地打了个哈欠，眼角淌出了泪水。她用纸巾小心地擦，对于少宝说，附近就没有朋友给送一下？打个电话么。

她是急着下班了。

于少宝没有理她。他靠沙发背上闭上了眼睛。他也累坏了。

5

喜鹊在路拐角处看到陶大年下了车，在院门口喊："刘姨，陶叔是坐小汽车回来的！"

刘会英嘴里恨恨地说："他又坐那种蹦蹦车！"

喜鹊说："不是蹦蹦车，是真的小汽车。"

刘会英赶忙往外走，把自己隐在门洞口，探头朝外看。见陶大年正从车里往外钻。车门有点小，司机跑过来帮忙抻拽。

刘会英闪出身子往前走，自言自语说，日头真是打西边出来了，今天怎么肯坐汽车了。与尚小彬打了个对脸。刘会英一愣，高声说："原来是尚主任开车呀，我说老陶今天怎么改戏码了——家里喝个茶呗！"

尚小彬很窘，慌慌张张应了声，把车开走了。她打年轻的时候就害怕刘会英那张利嘴，不管有人没人，从不放过她。

陶大年摇摇晃晃往家里走，他没少喝，但不像别人以为的那样喝醉了。否则就上不了尚小彬的车，这里有套路，玩的是障眼法。水杯在怀里抱着，那些姹紫嫣红一个都没少，只是都被煮透了，颜色淡了很多。喜鹊把杯子接了过去，说陶叔今天肯定是喝高兴了。陶大年说，今天是小学同学请客，几十年没见了。刘会英沉着脸说，高兴不光因为这个吧？陶大年敏感地说，都多大岁数了，还在晚辈面前说闲话。刘会英说，我说啥了，喜鹊，你听见啥了？喜鹊去给陶大年泡茶，说我啥也没听见，刘姨啥都还没说！

喜鹊铁杆保皇，她知道应该哄谁高兴。

晚饭熬了薏米红豆粥。刘会英有风湿，据说这个粥祛寒气。喜鹊把饭菜端上桌，揣在围裙兜里的手机喊："有电话啦，有电话啦！"她跑屋里去接电话。饭桌上少了喜鹊显得空落落的，他们的一儿一女都在国外，喜鹊从打 16 岁就在他们家，转眼七八年了。那年刘会英做了心脏搭桥手术，白天夜里离不开人。陶大年工作忙，几个保姆她都使不住，有人介绍了喜鹊，她就知道为啥使不住别的保姆了。她们都比她年龄大，手脚都没有她麻利。

喜鹊出来时，陶大年去客厅看电视，刘会英坐在桌前剥花生。喜鹊站着喝了口粥，就匆忙洗了碗筷，说刘姨，我得去医院。

去医院干啥？

我男朋友的父亲出了车祸。

严重么？

还不知道。

肇事车呢？

没有肇事车。

喜鹊话没说周全，就匆匆走了。往天这个时候，刘会英总是和喜鹊一起砸核桃剥栗子或者用毛刷刷红枣，准备明天的早饭。或者煮酸梨汤熬红果羹，她们总有干不完的活。他们什么也不缺，就是缺胃口。每天准备这准备那，其实是履行个程序。否则生活还有什么意思呢。今天刘会英转转悠悠闲得慌，端了盘子到客厅剥花生，咔哧咔哧的响声像耗子在磨牙。陶大年电视剧正看得入神，不耐烦地说："你的手就不能老实点？"

刘会英说："不能。"

陶大年赌气去了卧室，那里还有一台电视。电视刚打开，刘会英端着盘子跟进来了。

陶大年马上把电视关了，说我不看总行了吧？

刘会英一屁股坐在沙发上："你说说今天为啥坐小车。"

"我喝多了。"

"你没喝多。"

"我在望湖楼喝多了，这一路酒醒了。"

"她怎么给你醒的酒？"

"谁……你这是什么话。"

"尚小彬是醒酒汤？"

"你还有完没完！"陶大年终于怒不可遏。

刘会英手里的盘子"啪"地摔了出去，自从心脏出了问题，她借机变得既任性又喜怒无常。盘子是塑料的，在地上蹦了几个高，毫发无损。那些花生果像得了大赦般恣意地满地乱滚，像无数个"8"被一齐伐倒。刘会英站起身，胸口剧烈地起伏，她点着陶大年的脑袋说："陶大年啊陶大年，年轻时候的事我不跟你计较，你不能老了老了还不正经，让儿女在外没法做人！"陶大年吃吃地笑，悠悠地说："我坐车回来就给儿女丢人了？"继而中气十足地说："是你不让我坐蹦蹦车！"刘会英倒憋了口气，抚了半天胸口，却无法反驳。她说那你也不能坐尚小彬的车。陶大年说，不坐她的车我坐谁的车？坐你的车？刘会英又挫了一下，她确实没有车让陶大年坐，有车她也不会开。她蹲下身来拣花生果，拣着拣着忽然笑了，说："这个狐狸精还那么年轻，你没问问她吃了啥药？"

"神经病！"陶大年怒气冲冲骂了句，从一排花生果上狠劲踩了过去。

喜鹊一连三天没回来。第二天打过一个电话，说男朋友的父亲要去北京复查，家里缺人手。放下电话，刘会英自言自语说，他家缺人手我家就不缺人手？喜鹊这个对象是自己谈的，刘会英很好奇。她每天买菜做饭、做饭买菜，倒能自己谈来对象。据喜鹊说，她是在买手机的时候认识男孩的，算一见钟情。男孩脾气好，模样周正，是城里人。刘会英大不以为然，说一个卖手机的，靠得住？喜鹊说，靠得住，他家就住在城西，家里有房有车。刘会英说，那就更靠不住，你可别上当受骗。喜鹊说："刘姨放心，能骗我的人还没生出来呢！"

这是喜鹊的口头禅。哪个菜烧得好吃，她也会说："比我做得好吃的人还没出生呢！"

喜鹊在陶家这些年，跟刘会英形成了铁杆关系。刘会英甚至说，将来你结婚有了孩子，我来给你带。她的儿女都是在国外生的孩子，她没过着当奶奶姥姥的瘾。喜鹊也乐得这样答应她，喜鹊从小没有娘，是跟哥哥长大的。"你得找一个开通婆婆，否则因为这件事跟你打架。"刘会英依照自己的经验教育喜鹊，对这件事有些上心。喜鹊大大咧咧说："没事儿，我婆婆是文化人，开通着呢！"

第四天，喜鹊仍没回来。刘会英忍无可忍，给喜鹊打了个电话："你再不回来我心脏病可要犯了。"喜鹊无奈地说，男朋友父亲的情况很不好，您宽限我几日吧。刘会英提高声音说："你又不是大夫，留在那里有什么用！再说你还没过门儿，也没必要多揽事！"刘会英的话钢枪似的冒火花，陶大年都不爱听，说你又不是老得动不了，就别总攀着喜鹊。刘会英说，我不攀着喜鹊攀着你？陶大年二话不说出去买菜，比照小时候的记忆，做贴饽饽熬小鱼，刘会英吃得直点头，但不忘记打击陶大年，说饽饽面有点硬，小鱼都是死的，味道跟我妈做得差远了。陶大年讥诮说，你妈是打鱼的出身，可不有活鱼吃。刘会英提高声音说，你妈是老妈子出身，别当我不知道！

陶大年总爱说他小时候上学骑大马，却从不说自己的母亲在后厦子里纺线织布，她是偏房，管做一大家子的针线。刘会英偶然遇到老家的人，听了这段掌故，乐得什么似的，说陶大年是姨娘养的。

这样的斗嘴，在他们早成了家常便饭。刘会英总怨气冲天，陶大年知道因为什么。年轻的时候陶大年在公社当"八大员"，从此走出了老街。顾名思义，八大员分别是养猪员，农机员，电话员，水利员，广播员，电影放映员，等等。陶大年是农机员，开过东方红 55 拖拉机。刘会英带着一儿一女一直生活在乡下，爷公奶婆需要她照应。再后来，公公婆婆也需要她照应。把老一辈的人都伺候没了，陶大年才带他们进城。那时陶大年工作在乡镇，平时很少回来。这一辈子也不知动过多少回离婚的念头，可看看刘会英身后的一长串老少队伍，想法一直没能落实到行动上。

还有一点也很关键，男人要想离婚，除非不要仕途。有这双保险，这世上少了很多陈世美。当然，秦香莲并不少。

陶大年要好前程，而且要更多更好的前程，从打年轻的时候就目标明确。最终他成了管理一方土地的人。每每想到这些，陶大年都心有戚戚。在位时被人前呼后拥，不觉得少了什么。一旦离开了那把椅子，就觉出了人生有许多不圆满。

刘会英不识字，却坚定地奉行着自己的人生信条：把爷公奶婆伺候好，把公公婆婆伺候好，把一双儿女照顾好，这是拴住男人的关键。年轻的时候，尚小彬经常出入她家，给她的儿女当冒牌姑姑。那时尚小彬还是个临时工，而陶大年已经是大部委的主任。男男女女的事，刘会英搭一眼就看个八九不离十，除了刻薄尚小彬，她从不与陶大年撕破脸。尚小彬买吃的她就吃，买穿的她就穿。她知道自己的婚姻人家有多将就，除了小心维系，没有别的路可走。

转眼就是一辈子。这一辈子，可真漫长。

6

糜子面饼要 50 度水和面，水温不能高也不能低。水温高面是黏的。水温低面是糙的。喜鹊先用筷子搅合，再下手揉面团。陶家很少吃精米白面，陶大年和刘会英都迷信五谷杂粮。对那些长在山地、缺水少肥、生命周期长、耐寒耐涝的植物果实特别有好感。他们有一套自己的养生理论，在食物结构上，难得地保持一致。吃了饭，刘会英追在喜鹊屁股后头打听她未来公爹的事。喜鹊起初不肯说，她打不起精神。被刘会英一追问，喜鹊抽噎一下，眼泪和鼻涕一起淌了下来。刘会英吓了一跳，赶紧给她抽纸巾。说有啥过不去的告诉刘姨，刘姨帮你！

喜鹊用肘弯搂住刘会英的脖子，"哇"地哭了。

刘会英心里所有的柔软都被催发了，她握着喜鹊的手，拉她进了卧室，惹得陶大年用好奇的眼光打量她俩。两个人都坐床边上，喜鹊抽嗒了半天才止住泪。说自己命苦，命还硬。小时候克父母，长大了克公婆，算命的都这么说。刘会英拍了一下她的后脑勺，说你小小的人儿还迷信。算命的知道啥。"您知道我为啥叫喜鹊么？"喜鹊问。刘会英说，你妈生你的时候柿子树上有喜鹊在叫，你说过。喜鹊说，我没说实话。柿子树上落的是乌鸦，朝着我家窗户没完没了地叫，被我爸打跑了，还来。又打跑了，又飞了来。刘会英说，乌鸦咋了？模样不比喜鹊差！喜鹊说，可我生下不久妈就死了。八岁爸又死了。村里人都说我妨家。刘会英抚摸着喜鹊的长发，那头发又黑又亮，就是发质硬，一根顶别人两根。刘会英心说，长这样硬的头发不妨家也难。但嘴里说，别听他们的，你长得俊俏，将来会是有福的人。喜鹊又开始抹眼泪，说现在好不容易交了男朋友，正商量去他家见他父母呢，他爸又出事了。

是车祸？

要是车祸就好了。他爸自己把自己摔成了残废。

现在医院有本事，什么样的摔伤都能治。

可他爸把脊柱摔错了位，挤扁了骨髓。医生说再也不能修复了。

死了？

瘫了。

在哪儿摔的？

乌鸦山下那个大下坡，他爸摔伤的时候顺着下坡滚了十多米，一辆小汽车为了躲避他爸，撞在了路边的灯杆上，人家还不依不饶呢。

刘会英站起身，背着手走出了卧室。陶大年赶紧把电视的声音调小了，问她怎么回事。刘会英说："喜鹊这丫头，还真是命不好。"陶大年听了半晌不说话，调大声音时顺带说了句："不是还没结婚么。"

刘会英一琢磨，又回了卧室。喜鹊把他们的被子铺好了，枕头拍松软，电热毯调到中档，他们上床以后会关掉。收拾了两件衣服要出去洗，刘会英一拽她，神秘地说："你陶叔发话了。"喜鹊听着。刘会英说："你们不是还没结婚么？"刘会英挑着眼神看她，把喜鹊闹愣了。刘会英说："你没跟男的那样吧？"喜鹊这回明白了，脸腾地红了，说您把我当什么人了。刘会英说，没那样就好，散伙，你跟他散伙，找更好的。这个世界上，好小伙有的是。喜鹊抱着衣服出去了，说您这主意够馊的，我是那种落井下石的人么！

刘会英自言自语说，我是为你好！个傻丫头，进门儿就伺候瘫子公公，有你受够的那天。

陶大年摆弄着遥控器，听了刘会英的叨咕，陶大年平淡地说："你管她干啥。"

乌鸦山的山脚下是一条横向道，经常有运送砂石的大车从北朝南右转弯奔国道。大路朝西是下坡道，给各种车辆的轱辘磨得金光闪闪，吱嘎吱嘎踩刹车的声音会传到远处的冰面上，荡起回声。下雪的日子这里显得格外繁忙。雪花急骤地落，车轮惶急地碾，有的粘在车轱辘上，一圈一圈地随着车轮画圆。更多的则被碾成泥，附在地表上。时过多日，仍坚硬如铁。贺坤站在坡的顶端朝下看，那些小车隐在大车的夹缝里，像甲壳虫一样。大车拉着沉重的拖斗从邻县来，晃晃悠悠一路拧着屁股往远处奔。这段坡度是个考验，一块六角形的石头从车上颠了下来，滚了几滚，硌翻了随后到来的一辆自行车。一个沉重的身影摔下来时挡住了稀薄的日光，由着惯性一路下滑。周围一片踩刹车声，只有一辆小汽车尾随而去，不得已打了方向，撞到了路边的灯杆上。

如果没有这个下坡，一切都可以重新改写。路不会那样滑，也没有那块六角形的石头。父亲不会在这儿摔跟头，也就不会把脊柱摔错位。关键是，他骨质疏松得厉害，医生说，别人摔跤顶多把骨头摔断，他却能把骨头摔碎。得知真实情况后，父亲嚎啕大哭，说咋不一跤摔死，我不想给你们添麻烦啊！

从北京的一家医院回来，贺坤特意到这里转了转。他穿着单衣站在坡顶上，冻得浑身都是木的。他们这个家，原本就风雨飘摇。这回是天真塌了。

多亏有喜鹊，多亏有喜鹊。他嘴里反复念叨，仿佛那是一剂药，能从中找寻慰藉和温暖。贺坤也恨不得变成一副膏药，随时贴在喜鹊的身上。

那天，正在上班的贺坤接到了父亲打来的电话，说他摔伤了。贺坤没太当回事。那辆老旧的自行车小的时候他没少坐大梁，望着马路牙子上厚厚的雪贺坤想，只要不是车祸，自己还能摔多严重？贺坤坐同事马凯的车绕道外环赶到了出事地点，外环边上有一家分店，马凯顺便去送了两张单据。父亲与那辆自行车滑到了坡的底部，偏路中心一点。两边车流不断，没有谁稍作停留，仿佛父亲是路上凭空生出来的一块石头。马凯把车小心地停在了路边，说了句："我×，这人是你爸？"贺坤明白马凯的意思，父亲的一脑袋白发很抢眼，更抢眼的是，这样冷的天，父亲居然穿的是单衣！他蜷缩着身子倒在冰冷的雪地上，看上去都冻坏了。贺坤赶紧脱下自己的羽绒服把父亲包裹起来，问父亲怎么样，摔哪了？

父亲说，我下半截身子是沉的，好像硌着骨头了。

马凯上来就搂腰，要把贺三革抽起来。贺三革发出了瘆人的叫声。贺坤连忙制止，说别动别动。贺坤拿出手机拨打急救电话。贺三革喘息着平静了脸上的褶皱，问："带钱了么？"

贺坤焦急地听着电话里面的忙音，说："您放心，我带了。"

马凯说："我这里也有一些。"

贺三革说："你少宝叔在望湖楼等着呢，你先给他送去。"

马凯吃惊地说："你们去望湖楼干什么？"

贺三革没有解释，眼睛从马凯的脸上移开了。

电话终于接通了，贺坤告知对方自己所处地点，简单说了下病人的情况。搬起自行车推到十几米远的坡上横向放，做标志。走过来时贺三革又说："卡也行，现金也行。你少宝叔在那里都等半天了。"

贺坤不耐烦，说这个时候您还惦记少宝叔。他去望湖楼干啥？

贺三革有些起急，说让你去你就麻利儿去，咋那么多废话。

马凯解围说："要不……我去？"

贺坤为难地说，只得麻烦兄弟了。然后给于少宝打电话，说我朋友过去找您了。

马凯开车走了。回来时，于少宝在后跟着，偏腿下了车，急急朝这里走。于少宝抱怨说："你咋这么不小心，这样大的下坡，应该推着走。"

贺三革说："我不是着急么。"

于少宝说："着急也应该注意安全，啥快啥慢啊？"

贺坤疑惑，看看于少宝，又看看地上躺着的父亲，说："这样大的雪，你们跑到城东来干啥？"

于少宝说："你爸请陶大年吃饭，在望湖楼。钱不够，正要回家去取。"

马凯没忍住，"噗嗤"笑了。他捂着嘴解释说："不是，我不是这个意思，我的意思是……"

贺坤说："你不用解释，这个事是很可笑。"

贺坤不相信父亲就这样瘫痪了。他是一个强健的人，虽然瘦弱，身体的各项指标都正常，连一粒药片都没吃过。贺坤每天晚上都跟父亲下一盘棋，从小到大，雷打不动。小时候，父亲悄悄让他两个子，现在他偷偷让父亲。他的身形随父亲，长得像竹竿一样高。皮肤却随母亲，有一点奶油似的黄，但黄得很清爽。

　　第一次见喜鹊是在夏天的午后，窗外的蝉叫个不停，大家都很慵懒。喜鹊进来时只有他站在柜台前打招呼。喜鹊看了他一眼，笑了。说你咋不照照镜子？贺坤赶忙打开一只苹果机照了下，见唇边像是点了朱砂痣，却是一块西红柿皮，是午餐留下的证据。他特别难为情，背过身去擦了擦嘴角。喜鹊冲着他还笑，把他笑毛了。他又拿起手机照，喜鹊说，我笑着玩的，这回没有了。

　　喜鹊按照贺坤的推荐买了手机。恋爱的事，谁知道是怎么回事呢。若是喜欢一个人，那种情感便像风一样无孔不入。若对方再喜欢你，凭空就能闻到花香了。这单生意做得可真是精细漫长，喜鹊选了足有十个样机，柜台上堆满了纸盒子包装袋。她知道他不是真推荐，他也知道她不是真选，他们就是在一起耗磨时间。室内空调开足了马力，冷气都显得情意绵绵。其他的店员都像纸偶一样没有响动，他们都看出了眼前正在上演一见钟情。贺坤问喜鹊在哪上班，喜鹊矜持了一下，说在宾馆做服务员。大地宾馆？贺坤问。喜鹊说，埙城除了大地宾馆还有别的宾馆么？喜鹊有点傲慢甚至撒娇的情态，让贺坤飞红了脸。贺坤自然明白喜鹊的画外音。不是没有别的宾馆，而是与大地比，别的宾馆都差了档次。大地宾馆门前的紫藤遮天蔽日，花串密密麻麻，像树木长了流苏一样。贺坤就是在流苏的暗影里第一次吻了喜鹊，然后看着喜鹊跑进了宾馆大门。

　　大地宾馆的前身是政府招待所，准五星。喜鹊曾经是宾馆的常客。陶大年在位时这里有他一间办公室，喜鹊也没少沾光，经常陪着刘会英坐陶大年的车来这里吃小灶。

　　所以喜鹊说起大地宾馆一点不心虚。

　　陶大年家的宅院在大地宾馆对面，走过去也用不了 5 分钟。若是坐车来，连一脚油门也用不了，就是个横穿马路的工夫。喜鹊看贺坤的电动车走远，才走出紫藤的暗影，慢慢吞吞往陶大年家走。这里的很多服务员她都认识，她在陶家的收入比服务员高，一直引以自豪。可谈恋爱了才知道，差距不是在金钱上，是在颜面上。

　　过去喜鹊从没意识到这一点。

　　因为这一谎言，喜鹊在贺坤面前总显得不那么自信。那晚贺坤打来电话，说自己的父亲摔伤了，声音又惊惶又无助。喜鹊喝了口薏米粥就赶去了医院。这一路喜鹊甚至隐隐有些激动，她想，考验自己的时候到了。她要把贺坤的父亲当作自己的父亲。现在，终于能帮贺坤的忙了。

7

袖珍从寺院请了座观音，在门后设了佛堂。早晨这炷香由五点半起开烧。屋子里烟雾缭绕。她跪在黑暗里，双手合十。诉诸给佛的话不想让贺三革听见。她知道贺三革的睡眠越来越清浅，这次意外被摔成重残，她觉得自己有责任。是她鼓动贺三革在大雪天请客，而且鼓励他去望湖楼。他们是穷人，怎么能去那样的地方呢。去任何地方都不会经过乌鸦山，都不会走那个大下坡。所以袖珍觉得是报应，报应来得又快又及时，她领了。不领还能怎样！过去是她残疾，他伺候她。现在他也残疾了，需要伺候了。他们终于扯平了。只是这代价太大了，贺三革几近崩溃，几天不吃不喝。袖珍去于少宝家还钱，她在贺三革面前一个眼泪都没掉，在于少宝面前却哭了。她说少宝你不用可怜我，我和三革就是这个命，都心比天高命比纸薄！于少宝说，你们没做错什么，你们是在报恩。袖珍说，你不用安慰我，我知道是怎么回事，老天都看不过眼了。老天没收走贺三革，已经是格外开恩了，我知足！话没说完，袖珍把钱放到桌子上，头也不回地走了。

袖珍请求佛宽宥自己，保佑贺三革，他们从此踏踏实实过日子，不再有非分之想。去一次望湖楼，就是非分之想。袖珍嘴里就是这样在严苛自己，她说如果还有惩罚，就全降到她的头上。袖珍坦言，她之所以求佛，是实在没办法了。佛已经给了他们活路，那就继续给下去。她在医院里第一眼看见喜鹊就喜欢得不得了。她们彼此的眼神中有一种显而易见的亲昵想向对方靠拢。这种眼神只有久别重逢的亲人才有。她拉着喜鹊到贺三革的床前，说你不是一直想见喜鹊么？喜鹊来了。贺三革的世界一直黑洞洞的。液体在静脉中游走，像蛇在水草中爬行。他拒绝睁眼。不睁开眼睛他就当自己是做梦。梦境一直很残酷，可他情愿置身在这种残酷里，好存一丝希望。他的下肢越来越沉重，像在水里浸泡了太久的时间，温度在一丝一丝剥离，知觉在一点一点丧失。即使医生说得很隐晦，他也知道这一跤摔出了大麻烦。

喜鹊的名字他也是最近才知道。是在晚饭桌上贺坤郑重其事说出来的。他的女朋友，在大地宾馆做服务员。贺三革和陈袖珍都很开心，做服务员的女孩子有眼力见儿，会干活。更重要的是有眼界，他们喜欢女孩子见多识广。他们抱怨贺坤嘴太紧，这样的好消息应该早一点让他们知道。贺坤害羞地笑，说这是喜鹊的意思。陈袖珍打趣说，这么早就开始听媳妇的话了？贺坤的脸红得透亮，这个老来子，曾带给他们无限欢乐。现在，这个欢乐要翻番了。

贺三革努力耸动眉毛，把眼睛睁开了一道缝，这道缝与他额上堆积的皱纹那么不相衬，他得多不愿意睁开眼睛啊！眼前的喜鹊像是从厚重的烟雾中幻化出来的，像仙女一样。皮肤白皙，鼓鼻子鼓脸，略胖。这让贺三革满意。贺坤就是太瘦了，打小就不长肉。各种营养补了很多，可越补好像越往相反的方向走。惹得贺三革不满地说，东西都吃狗肚子里了！

可喜鹊挑起的眉梢似乎要飞起来，眼神也是那种开阔型。也许是眼眶太大了，眼球在里面显得空旷。

贺坤则是细眯眼，眼神从来都是打弯的，内敛的。这样的两双眼睛是怎样对接的，是个谜。贺三革暗自叹了一口气，他不想说话。这个时候的他，拉尿都在床上，哪有权利表达自己的看法呢。

喜鹊却马上进入了角色。她对医院不陌生，刘会英每年都会来住院，喜鹊是24小时全天候陪护。她去找值班医生了解情况。值班室里有四五个医生护士。喜鹊问，谁管二十九床？

一个医生正在看电脑，头也不抬地问她什么事。

喜鹊说，二十九床当真不能恢复么，他站不起来了？

医生的手滑动鼠标的滚轮，咯吱咯吱响。医生头也不抬地说，都跟家属交代过了。

喜鹊气了一下，说我也是家属。

医生这才扭过头来打量了她一眼，把不屑摆在了脸上，似乎是在说：那又怎么样？他的屁股就像粘在了椅子上，眼睛又去盯电脑。

"转院，我们去北京！"喜鹊从医生办公室出来，怒气冲冲。过去她来医院可没受过这种气，医生和护士都是专门配备的，跟她也十二分的客气。她把陈袖珍和贺坤拉到了外面的走廊，笃定说："县里医院的技术不行，尤其是骨科，经常会误诊，医生根本没有责任心。我们去北京吧。"喜鹊这话说得就像家人，一下就让陈袖珍有了倚仗。陈袖珍说："北京地方那么大，我们去哪找看病的地方？"喜鹊说："哪里都可以去，宣武，协和，301，积水潭，有钱到哪都能治病。"这些地方她都陪刘会英去过，哪座医院有什么特点喜鹊如数家珍。贺坤暗自松了一口气，他知道遇到事情喜鹊比他有想法，他情愿让她做自己的主心骨。转院手续和叫急救车都是喜鹊一手操办，喜鹊响声大气，嘎巴干脆，指挥若定。贺坤像个小跟班，腰间横着小挎包，跟着喜鹊到处跑，随时准备掏钱。每次喜鹊征求他的意见，他只会点头。陈袖珍告诉贺三革要去北京，去北京这病就有希望。贺三革陡然睁开了眼，他有点让希望两个字吓着了。

喜鹊在燕华里小区迅速成了名人。这小区都是老住户，早先年间电杆厂的福利房，有什么消息总是比风传得还快。贺三革摔跤了。贺三革住院。贺三革去北京了。贺三革回来了，人却彻底瘫痪了，整个下半截身子都不会动，这一折腾却花了十几万，原本是想给儿子买房交首付的，这下全泡汤了。最后的消息还没发散开，贺家没订婚的媳妇却上门了。原来人家还陪着去了北京，几天几夜都没合眼。婆家没给钱，还倒贴。贺坤孝顺，来个媳妇比他还孝顺，不单洗衣做饭，还倒尿盆呢。这些消息当然是陈袖珍说出去的，她不说丧气话，是怕被那些丧气话击倒。她拣昂扬的说，脸上如沐春风。过去走路都没挺直过腰板，现在居然挺起来了。

她说，老贺，我给你念诗。

从打年轻的时候她就喜欢念诗给他听，这是他们俩的秘密。一本杂志拿在手里，陈袖珍像演员一样站在屋子中央，双腿并拢，拿腔拿调开始朗诵：

啊，你如果是大海

我愿意做浪花一朵

你如果是小河

我愿意做水滴一颗

你如果是蓝天……

陈袖珍捧着杂志，贺三革也知道诗是陈袖珍自己写的。陈袖珍经常这样，把自己写的诗夹在杂志里，冒充别人的，然后问贺三革这首诗怎么样。贺三革不拆穿，从不扫她的兴。可此刻贺三革却没心情，他皱着眉心说，烦不烦。

陈袖珍立时没电了。她歪倒在床边，又附过身去，弱声说，要不我就给你唱个歌吧，唱月儿弯弯照高楼……老贺，求求你别烦，你烦我心里不好受。

贺三革的眼泪淌了下来，可他还在动用面部器官阻止，整张脸皱成了一团。袖珍搂着他的脖子，哄孩子一样说，别憋着，想哭就哭出来，哭出来就好受些。

贺三革发出了牛一样的呜呜声，牙齿把嘴唇都咬破了，两股热气从两边嘴角往外冒，噗嗤噗嗤，像车胎漏了气一样。

那扇大铁门形同虚设，已经锈蚀得快要散架了。喜鹊从那里走进来，看见她的人都主动打招呼。起初喜鹊还奇怪，这地方的人怎么那么有礼貌。有一天，有个老太太把她截住了。老太太指着楼上说，一家俩残疾谁摊上都够呛，这日子没法过，闺女就你好心眼儿。

喜鹊琢磨了一下，才明白这话的意思。老太太的话没有贬义，不过是在陈述事实。但喜鹊不爱听，她不认为陈袖珍是残疾，她的手只是有点不得力，端东西的时候用肚子当支点，借点力。贺坤给喜鹊介绍时，说母亲是个爱看书的人。所以在喜鹊的想象中，未来的婆婆是文化人。

喜鹊从小没有母亲，她第一眼看见陈袖珍，就觉得她像亲娘。

刚刚认识贺坤的时候，喜鹊自己偷偷到这里侦查过。知道燕华里小区是整个城市最靠西、最破旧的。可就是这样的房子，也要三四千一平米，以自己的实力，也根本买不起。她手里没积蓄，工资都支援哥嫂了。留在埛城，嫁给有房的人，这就是喜鹊所有的梦想。为了实现这个梦想，她甚至悄悄为自己妥协，找个二婚头，或者，找个面容丑陋的……找到贺坤这样的正经城市人，她已经觉得是超出预期了。何况贺坤还是奶油小生，眉目都很俊俏，又乖。所以她情不自禁要藏起自己的保姆身份。她想，等到与贺坤的感情铁起来，她再说出实情。做保姆收入不比服务员低，她相信贺坤能够接纳她。

喜鹊进家脱了外套就干活，陈袖珍欢喜地跟在喜鹊身后，扎撒着两只手，反而不知所措。贺三革一直在装睡，喜鹊进来看了他一眼，贺三革没动静。于少宝过来串门，陈袖珍赶忙上床搬动贺三革，说我们快起来坐会儿。贺三革不耐烦地说，你没看我正睡觉么？陈袖珍说，有觉我们晚上再睡。少宝来了，我们说说话。

陈袖珍在他身后垫两只枕头，让他的头部稍稍高了些。贺三革更瘦了，脖颈上的皮似乎剥离了骨头，像绸缎一样堆出了细碎的褶皱。陈袖珍这才介绍喜鹊，喜鹊的大眼睛亮闪闪。她注意地看了眼于少宝，削了只梨递过去，说叔叔你吃。于少宝说吃不了，主张切一半给贺三革。喜鹊说，分梨吃不好。我再给叔叔削一个。于少宝对贺三革说，喜鹊真是懂事，这样懂事的闺女现在打着灯笼也难找。贺三革却一点反应也没有。他把脸扭向窗外，眉头皱起了一个大疙瘩。外面起风了，一只白色的塑料袋灌满了风，在空中翩翩起舞。贺三革盯着看。塑料袋打了个旋儿，忽然不知去向。是风不见了。贺三革想，风只是从自己的窗前路过了一下，风都不愿意停留。

贺三革闭上了眼睛。

他不是讨厌于少宝，他是觉得自己无法面对别人，其实也是无法面对自己。

于少宝搓着手说，我也不知说点啥好。不来吧，想过来看看，来了又不知该说啥。

贺三革无动于衷。袖珍想说什么，看了看贺三革，又把话咽了回去。

于少宝用两只手捂住了脸，朝下一抹，眼圈都是红的。贺三革这个样子，他心里很不好受。虽说这件事他没责任，但总归有牵连。这种牵连让他觉得很尴尬。于少宝说，我整夜睡不好觉，耳朵里总有小热儿叫。

小热儿就是蝉。

袖珍说，是老贺连累你了。

这话又有点重。于少宝赶紧摆手。人家没说自己啥。于少宝心中的感觉都是自己生出来的。再也坐不住了，他拿着那个梨悄悄出来了。

喜鹊往外送于少宝，一直送到了楼下。楼口右转有个小超市，喜鹊假装去买东西，其实是想跟于少宝单独说说话。大雪天，望湖楼，一大笔饭费。她知道的都是零碎信息，串不成一条线。贺坤也说不仔细，自从父亲出事，他的心情就特别差。喜鹊主动给他打电话，说不过三言两语，贺坤就把电话挂了。父亲的伤就像一座山把贺坤压垮了。喜鹊就是为了安慰他，才经常往这里跑。喜鹊的时间跟贺坤的时间不能重叠，所以两人见不着面。喜鹊就是想过来帮些忙，好减轻陈袖珍的负担。陈袖珍总是显出坚毅的样子，嘴唇抿得紧紧的。但她拒绝对这件事多做解释，让喜鹊恍惚。好奇心害死人，喜鹊太想弄明白是怎么回事了。于少宝对贺三革的态度有些耿耿。他气哼哼地对喜鹊说："请客这件事，我从头到尾是帮忙，一点责任也没有，不信你去问你婆婆。"

喜鹊纳闷："谁请客，请谁的客需要去望湖楼？"

于少宝这才开始从头说，也加进了自己对这件事情的看法。说请陶大年吃饭我不反对，但我反对去望湖楼，那是死鸡拉活雁，没摸自己的兜兜！那是他贺三革能去的地方？喜鹊吃了一惊，瞪大眼睛说："等等，谁请陶大年，您是说……他为啥要请陶大年？"

于少宝说了这件事的前因后果。说他只拿了两千块钱，搭上我的三千还差许多。若不是回家取钱，他也不会走这么急，摔成这样。命，这都是命！于少宝跺了跺脚，不知怎样表达痛心疾首才好。喜鹊怔怔的，她一下想起那一天早上的大雪，陶大年用香茶洗嘴，刘会英用铲子铲雪。喜鹊出去倒垃圾，正好听见陶大年抒情："瑞雪兆丰年啊！"然后陶大年偷偷摸摸打电话，他光注意院子里的刘会英，并没想到喜鹊就在屋外抹桌子。他像老猫偷腥一样鬼祟，让喜鹊独自笑了半天。

于少宝挥了下手，想走，被喜鹊拉住了。

喜鹊问，那天您也参加了，记得都还有谁吧？

于少宝仰脸朝天想，一个也没想起来。

喜鹊提醒说，尚小彬。

于少宝说，对，那是个女的。

喜鹊说，左三东。

于少宝说，对，公安局的。

喜鹊说，路天齐。富连春。江春余……

于少宝吃惊地说，你这孩子，你咋啥都知道？

喜鹊脸上堆起笑，说他们都是陶大年的好朋友，总在一起吃吃喝喝。

于少宝更吃惊了，你认识陶大年？

喜鹊赶忙遮掩，说我们在宾馆工作的人，别的人见得少，就是领导见得多些。

于少宝叹气说："要说人家也没啥责任，可这事也很难说。我们都没想到陶大年带那么多人来吃饭。如果就来一两个……就不用回家取钱了，三革也就不会摔伤了。若是我们俩一起回来，我指定让他推着车子走，他也就不会慌了马势从那个大下坡摔下来。"

喜鹊痴痴地说："跟富人打交道，倒霉的总是穷人。"

于少宝愣了一下，随即竖起了大拇指，夸喜鹊这话说得好。又往楼上指了指，说贺三革虚荣心太强，这样的人早晚也得吃大亏！

喜鹊的心忽然像是被马蜂蜇了一下，好疼。

8

陶大年几乎每天都出去。小汽车来接，或者来送，他从那天去望湖楼起就不再赌气，大家在背后都拿这个事说笑话，但当他的面都装一本正经。不当着瘸子说短话，这是最起码的修养。何况大家都知道陶大年的脾气，他是个喜欢捂着耳朵偷铃铛的人。陶大年总是坐到门口才下车，就像当初用自己的司机一样。不同的是，过去是下车走人，现在得看着司机把车掉过去，再挥挥手，才抱着水杯进院子。他每天早饭以后都在院子里洗嘴，然后屋里外头走几圈，手机在肩膀上扛着，不是他给别人打电话，就是别人打给他。再不就戴老花镜翻电话本，找人。喜鹊知道，那多半是找他过去提拔的人，关心人家的工作。陶大年一般会这样说："最近挺好吧？我现在赋闲了，不能给你实质性的帮助了，但还会像过去一样支持你。你要多努力，往后就要靠自己了。"关心的口吻，说得推心置腹。但喜鹊听得出，都是为下面的话题埋伏笔。说完客套话，对方一般都会说请吃饭的事，陶大年不会马上答应，但会定到三天以后。"到时我找几个人坐一坐，还真是挺想你……地方你定，要不就去望湖楼？"

这些其实都是寻常话，喜鹊听得多了，从没当回事。陶大年喜欢去望湖楼，是觉得坐到那里有面子。今天这些话却显得刺耳，在喜鹊的心里激起了细微波澜。喜鹊嘟囔说，就知道去望湖楼，也不知自己惹了多大烂子。

冰箱冰柜里都塞得满满的。各种海鲜，各种肉类，各种熟食制品，不比过去送的人多了，但总还有人送。刘会英没事爱翻检，却没什么胃口。她总说，她小时候是饿大的，看着东西堆在那里心才踏实。大虾张开能有半尺长，纸盒子一摞一摞堆在冰柜的一角，周身冒着寒气，有的都快过保质期了。喜鹊灵机一动，拿起翻上来的一盒虾笑嘻嘻，说这还是去年剩下的，吃不了都糟蹋了。刘姨，不如我拿去送人吧。刘会英原本柔和的表情，登时被冰冻了一下。她把脖子拔高了一截，什么也没说，转身走了，把喜鹊晾那儿了。冰柜里的冷气扑到脸上，喜鹊觉得自己变成了一条鱼，从里到外硬邦邦。喜鹊想，刘姨肯定误会了。她本想让刘会英接过话茬，送谁？喜鹊好说出事情的原委。她想先让刘会英知情，毕竟她们两个是同盟军，很多时候在一个战壕。刘会英冷起面孔这样一走，倒好像喜鹊成心想占便宜。喜鹊心里很不是滋味。整个一下午，都骂自己蠢。拿别人的东西送人，亏你想得出。可刘姨为什么不听自己把话说完呢！喜鹊始终没有离开厨房，她有心事，爱用干活排遣。擦了锅灶又擦抽油烟机，把地板擦得光可鉴人。房门悄悄张开过，刘会英没进来，喜鹊也装作没发现。喜鹊想，贺坤的爸摔伤是大事，我得告诉他们。不告诉他们对贺坤的爸不公平。只有我能主持公道。我不告诉他们，就不会有人告诉他们。做晚饭时，喜鹊心不在焉，忘了征询谁的意见，顺手熬了满满一大盆海鲜粥。端到餐桌上，刘会英搭了一眼，说你这是做了几个人的饭，要开粥场？喜鹊当当当地切洋葱丁，说您尝尝，准比望湖楼做得好吃。陶大年已经坐到了桌子前，诧异地说，望湖楼的厨子都是从北京请来的，你是吃过还是见过？喜鹊不屑，说北京也没什么了不起，海鲜粥不一定比我做得好，比我做得好的人还没出生呢！陶大年呵呵了声，不像笑，更像是讥讽。他觉出了喜鹊今天有点反常。"你又不是不知道，我晚上爱吃白粥——这黑乎乎的东西是啥？"陶大年明知故问。喜鹊说是海参，还有鲍鱼，都是按照网上的办法比照着做的。"一口我也不想吃。"陶大年坐回到椅子上，"网上哪有啥可信的。"他拿起了一张报纸，喜鹊知道他是在装模作样，不戴花镜他根本看不见这么小的字。刘会英用勺子舀起看了看，也说颜色不正，这样的粥会不会吃出毛病？她语调和缓平静，但明显是在配合陶大年。喜鹊在厨房忙碌的时候，他们一直在议论她，并达成了共识。喜鹊居然想从家里拿东西送人，这要养成习惯，还了得！

喜鹊为啥猫在厨房半天不出来？

也许是在赌气，我不能惯着她的毛病。

小小年纪气性还不小。陶大年想喊喜鹊泡茶，刘会英赶紧摆了摆手。

喜鹊今天确实有些刀枪不入，自顾说："海鲜粥养人，寻常人家都吃不起呢。"声音饶有意味，别人哪会听不出来。刘会英说："谁家吃不起？现在生活好了，没有吃不起的人家。"她用一罐牛奶自己煮麦片，牛奶是德国的，麦片是韩国的。她的一儿一女在美国指挥他们吃什么不吃什么。她问陶大年吃不吃，陶大年赌气说，不吃。刘会英还是多熬了一罐牛奶给陶大年端了过去。喜鹊一动不动，面对着一盆粥，她心里非常难受。她知道今天自己的心被风吹歪了，她不该熬海鲜粥，尤其不该熬这么一大盆，这都是打破规矩的事。更尤其，她不该说把那盒要过期的虾送人，让刘姨误会。归根结底还是那座望湖楼，让喜鹊的心里不太平。她心里反复想的是，陶大年让贺三革在望湖楼请客，可真搞笑。天底下都没有比这更搞笑的事情了！

心里有情绪，脸上就挂幌子。喜鹊做什么都重手重脚，盘碗哗啦一响，吓了刘会英一跳。刘会英高喊了一声："喜鹊！"陶大年拿着报纸走到了厨房门口，说喜鹊，盘碗没碍着你，你拿它们砸什么筷子？

喜鹊立刻轻了手脚。说陶叔，我心里难受。

陶大年说，你小小年纪，知道什么是难受。

喜鹊委屈的眼泪在眼圈里转。陶大年却没再说什么，回到了沙发上。

"陶叔，您还记得贺三革么？"从厨房出来，喜鹊用毛巾反复擦手，把指头拧成了麻花。

陶大年斜靠在沙发上，眼睛盯着电视，说不认识。

"请您去望湖楼吃饭的那个。"

"哦，你说的是贺小三？"陶大年这回看喜鹊，"你认识他？"

喜鹊咬了咬嘴唇，说他是我男朋友的爸爸。

刘会英脑子快，马上插嘴说，他不是摔残废了么？

喜鹊说，对，就是他摔残废了。那天在望湖楼吃饭，他带的钱不够，回家取钱的路上，在乌鸦山底下的那个大下坡栽了跟头。谁想这一跤就伤到了脊柱，从此再站不起来了。

陶大年的眉毛耸了一下，愣了几秒钟，说："栽个跟头能伤成这样？"

刘会英说："他们是不是在骗你？"

喜鹊说："医生说他严重营养不良，骨头就像豆腐渣一样受不得磕碰。"

刘会英想了下这其中的关系，嘟囔了句："没钱去啥望湖楼啊。"

陶大年这回坐直了身子："你说的是真的？"

喜鹊点了点头。

刘会英赶忙说："跟你没相关。他也是倒霉，怎么栽了那么一个跟头。"

陶大年简单地"哦"了声，又靠到了沙发上。那天的场景一幕一幕闪现，应该说，刚开始他想到过贺三革买单的问题，担心他带的钱不够。后来喝起酒来，就把什么都抛脑后了。酒过三巡，他一直在琢磨另一个事。他必须要喝醉，才能从望湖楼堂皇地走出去，坐尚小彬的车。这一步很重要，结束他过去不坐小车的历史，得有一个名正言顺的理由。上了车陶大年的酒就醒了，他一个劲儿说慢点开，慢点开。尚小彬以为他酒喝得不舒服，可陶大年说，你慢点开，我们可以多待一会儿。尚小彬一下不说话了。心中涌动着一股难言的情绪。有温馨，也有温馨后的苦涩。这个影响了她一生的男人，曾让她付出了所有，她心甘情愿待在他的身边，就像两根并行的铁轨，彼此牵扯从头到尾，但永远不能合二为一。他们各有各的生活轨迹，曾让尚小彬百般不甘……不甘又如何，多少年过去了，他还是他，她还是她。如今人都老了，那些复杂和微妙的情感都逶迤进了岁月，空留下一些惆怅在风中摇曳……尚小彬把车开得像蜗牛爬，惹得后面的车辆鸣喇叭……此刻许多复杂的感觉一并涌上来，陶大年采取了最轻便最简省的方法处理。他长长打了个哈欠，闭上了眼睛。

他想，贺三革居然摔得瘫痪，神仙也拿这件事没办法。

新闻联播的片头曲响起，那个蓝色的半个地球从里面往外面滚，越滚离人越近。陶大年想了下那天望湖楼的前因后果，确定自己没有什么责任。

他把两条腿往前伸了下，舒服了自己。

刘会英看了喜鹊一眼，小心地说，听说他家境不错，有房有车么。

喜鹊的眼泪一下流了出来，说刘姨，那是我说谎了。

9

连续几天，吃了晚饭他们就一起出去遛弯，回来进卧室看电视。偌大的客厅空荡荡，总是喜鹊一个人。喜鹊问，刘姨，你们怎么不在客厅看电视？

刘会英支吾说，在床上看好，卧室的电视清楚。

客厅的电视像小电影屏幕一样，人形看上去都是扁的。喜鹊和刘会英都认为大尺寸的电视不好看，但也只是认为而已。看什么不重要，除了新闻联播，看电视就是为了添个响动。

很多时候，刘会英和陶大年还看不到一起。刘会英爱看戏曲，陶大年一听咿咿呀呀就脑仁疼。

一周，两周。家里的氛围越来越冷清。过去刘会英总愿意追在喜鹊屁股后头问这问那，哪怕出去买个菜，也要问问有没有遇见熟人。

从那个晚上，从知道贺三革是喜鹊未来的公公那个晚上，他们中间似乎就隔了什么。这不是喜鹊想要的结果。喜鹊从不拿他们当外人，他们也不拿喜鹊当外人。那么喜鹊未来的公公呢？是陶大年的老乡兼同学，也应该不是外人才对。喜鹊觉得，他们应该能够随便谈起他，而不像现在这样，贺三革就像一个巨大的隐秘，变得讳莫如深。

陶大年的沉默与刘会英没完没了的抱怨有关。只不过，这些抱怨不会再当着喜鹊的面。他们都感觉无法面对喜鹊。假如贺三革摔的腿折胳膊烂，也是他们能够面对的事。而现在，说什么做什么都显得太清浅。这种无力感，让生活一下变得无从把握。

喜鹊在陶家变得度日如年，心中的愤懑却与日俱增。贺坤一家都太孱弱了，喜鹊想为他们做点什么。喜鹊一直等待陶大年主动跟她谈一谈贺三革，问问情况。说和那些朋友沟通了，他们要去看看他。至于买什么东西，或者怎样表达心意，那是他们自己的事。但他们要有个态度，这是必须的。不过喜鹊想，若是征求她的意见，她会建议他们买个好一点的轮椅。春天很快就要来了，贺三革不能永远窝在床上。轮椅最好能带升降，能折叠，展开能变成一张床。这些功能都特别重要。喜鹊觉得自己这样期待不过分，不管他们有没有责任，这是最起码的人之常情。喜鹊已经把自己同贺家人捆绑到了一起。她觉得，她受轻视，他们就受轻视。他们受重视，她也受重视。陶大年总是早出晚归，拿着杯子匆匆来匆匆走。刘会英一向不喜欢动静大的地方，可她居然跟人去扭秧歌！喜鹊在门口碰见了邻居郭姨，郭姨是个胖女人，走路掰不开镊子。她冲喜鹊笑嘻嘻，说丫头着急嫁人了？喜鹊说，郭姨，早着呢。郭姨说，老陶他们让我张罗找新保姆，不急着嫁人你着急走啥？

喜鹊的脑袋"轰"地一下。本来她还想说嫁人我也不走，刘姨还想帮我带孩子呢。但一转念，这话说出来好像不合适。

喜鹊说，郭姨，您家用保姆么？我去您家。

郭姨慌忙摆手，说我们家可没钱雇保姆，我们家比不上陶家，人家的儿女都挣美元。

喜鹊进了门，坐在院里的茶桌旁发呆。她想，他们要赶她走了。我说的话把他们吓着了。他们怎么那么不经吓？

吃了午饭，喜鹊收拾停当走出了院子，轻轻掩上了大门。抄近路顺着一条胡同走到了联通手机专卖店的后身。那里是一个空置的院子，属于城中村的一处庙址，在等待开发。喜鹊走到这里才给贺坤打电话，贺坤穿着衬衫匆匆跑了过来，在寒风中卷着肩膀。贺坤说，啥事这么着急，我正上班呢。喜鹊说，我不多耽搁你。递上来一张纸，上面是人名和电话号码。贺坤看了下，一个都不认识。喜鹊说，这些都是那天跟你爸一起吃饭的人，叔叔就是因为他们摔伤的。贺坤问哪来的。喜鹊说，在一个小本上抄来的。看贺坤一脸困惑，喜鹊鼓了鼓勇气，实话实说："我不是大地宾馆服务员，我在陶大年家当保姆。这些电话号码就是从陶大年的电话号码本上抄来的。"

贺坤张口结舌，他有点不敢相信。可喜鹊一脸严肃，风把她的头发撩起来糊到了脸上，喜鹊让风任意。她有一种女孩子少有的镇定和从容。喜鹊重复说："我不是服务员，我是保姆。我对你说谎了，贺坤，你会不要我么？"

贺坤半晌才叹出一口气，说你干啥骗我。

喜鹊说，我自卑。

贺坤说，都是凭劳动吃饭，自卑啥？

鼻子一抽，喜鹊忽然呜呜哭了。贺坤慌得不知怎样对她才好。贺坤说："你对我好，对我父母好，我怎么会不要你呢。"

喜鹊仍是哭。贺坤一拉她，喜鹊的额头抵住了贺坤的肩膀。那肩膀都是骨头，单薄而又瘦弱。可喜鹊还是觉得很安慰。她就是想这样靠一靠。这样靠上去，心里就踏实了。

然后，她又说，我连保姆都没得做了。

贺坤蜡着脸，等喜鹊平静。抖着那张纸问她想干啥。喜鹊说，不想干啥。我估计，他们都还不知道你爸摔伤的事。贺坤说，知道又能怎样？喜鹊说，不怎样，但他们应该知道。贺坤说，我爸请的是陶大年，又没有请他们。喜鹊说，就是因为没有请他们，他们吃掉那么多的钱才不应该，他们吃掉了那么多的钱才让你爸摔伤的，他们有责任。贺坤皱起了眉头，这件事让他很烦，他不愿提及。喜鹊说，我把这件事告诉陶大年了，陶大年没反应。我想知道这些人是不是像陶大年一样没反应，我特别好奇！喜鹊越说越悲愤，说级别那么高的领导，平常满嘴都是大道理，却对别人的灾祸一点都不在乎，真让人看不惯！贺坤却不以为然，说在乎怎样，不在乎又怎样，事情反正也就这样了。喜鹊急得嚷："这样，这样，你就会说这样！我告诉你，该怎么样就得怎么样！最起码他们缺我们一个道歉！"

话一出口，喜鹊自己都愣住了。她小心地看贺坤，看他会不会对"我们"这个词敏感。

"你让他们给我爸道歉？"贺坤伸长脖子表示不理解。"亏你想得出，他们怎么可能给我们道歉？人家又没做错什么。再说，道歉能解决什么问题？"

喜鹊气得都想蹦高了。是啊，什么问题都解决不了，可他们都是体面人，他们不能欺负我们！

贺坤困惑地看着喜鹊，不明白事情怎么又跟"欺负"扯上了边儿。他们的思维不在一条轨道上，这让贺坤觉得这种对话很费劲。日影稀薄，空气清冷，这里是巨大的楼房阴影，连点日光都不透。贺坤冻出了清鼻涕。他用纸巾擤了把，鼻头拧得像萝卜一样红。他过来拉喜鹊，说你就别拧了，这件事就让它过去吧。喜鹊一甩手躲开了。喜鹊说过不去，只要有我在，这件事就过不去。他们必须道歉，这是最起码的！

贺坤可怜巴巴地看着喜鹊。

喜鹊说，你干不干？

贺坤舔了舔嘴唇，问干什么。

喜鹊长出一口气，说把事情告诉他们，就说你是贺三革的儿子，父亲因为请他们吃饭摔坏了身体。如果有可能，也请他们伸出援助之手。

贺坤的脸一下变得很难看。

喜鹊说，这不犯法。

贺坤说，丢人。

喜鹊激烈地嚷："这不丢人！不是我们欠他们的，是他们欠我们的！他们有的是能量和办法，他们应该帮助我们！"

贺坤心里盛不住事儿，把事情原原本本告诉了母亲陈袖珍。喜鹊的保姆身份，以及喜鹊的计谋。他觉得这都是大事，他不该瞒天过海。陈袖珍吓坏了，她没想到喜鹊会这样，偷抄电话号码，还让贺坤去要挟人家。这都不是寻常人家女孩能做的事。娘俩权衡了半天，还是觉得事情重大，应该把这件事告诉贺三革，让他拿主意。贺三革听闻却炸了，说我干脆死了算了！我丢不起这个人，我没有你们这样的家人！陈袖珍赶紧安抚，说事情还没做，这不是跟你商量么！贺三革挣扎着想起身，可腰部以下像死了一样沉重。他大声说，我知道你们嫌我了，我不挣钱还花钱，你们早就嫌弃我了！我活着干啥！陈袖珍登时哭出了声，所有的委屈和心酸都涌上心头，她用一只手捂住嘴，奔了出去。

屋里像死一样地安静，只有贺三革喷出的愤怒在空中像音符一样震颤，甚至能听到回响。贺坤竹竿一样长在地上，似乎已经过去了一千年，才移动了一下脚步。贺坤把棋盘拿到了床上，碰了碰贺三革的手，说爸，您知道我们不是那个意思。您消消气，我们下盘棋，我好久没跟爸下棋了。

贺三革望着窗外。前面楼房的窗口映出灯光，一片橘黄。那片橘黄让贺三革心中的刺痛舒缓了些。他想，袖珍没做错什么，他不该出口伤人。坏事都坏在那个喜鹊身上，贺三革原本就不喜欢她，眼下不是不喜欢，是非常厌恶。他觉得这不是个好女孩，不善良。她正教唆他们的儿子走歪门邪道，儿子跟了她，变坏是迟早的事。

他侧过来身体，看着儿子。这个老来子，他从小到大没动过一个手指头。他们总是满足他的愿望，因为他们知道，他的愿望总是他们能够满足的，他从小就是个好孩子，夏天吃刨冰，不吃奶油冰棍。因为奶油冰棍要多花一块钱，他的懂事在全小区都出名。

贺坤摆好了棋盘，说您先走。

贺三革叹了口气，说你听我的话？

贺坤头也不抬说，听。

贺三革说，那个喜鹊……不是你盘里的菜，拉倒吧。

贺坤惊讶地看着父亲，说喜鹊一直都在为咱家付出，您和我妈都看见了。她哪不好？

贺三革摇了摇头。说既没订婚也没结婚，喜鹊却主动往男方家里跑，这不合常理。更何况她在陶家当保姆，却冒充宾馆的服务员。她分明就是个骗子。

贺坤说，爸，不是你说的那样。

贺三革突然落了泪。他用手背抹了下，说不是那样能是哪样？你若还管我叫爸，就别让她进门。我不愿意看见她，看见她我心里不好受。

贺坤心一沉，站起了身，他小心地看了父亲一眼，心底忽然涌起一股难言的情绪。说："爸，是不是看见她您就会想起陶大年？她不做保姆了，她与陶家没关系了。"

这话却像点了穴道。贺三革愣了片刻，突然一挥手，棋盘连同棋子都滚落到了地上。

石板胡同与城中心的主马路相连，路旁往纵深里的建筑依次是联通手机专卖店、庙址和一户人家的二层小楼。喜鹊租住了其中一间，在靠近胡同的位置，探头朝外看，能看见横向路过胡同口人的半边身子。喜鹊在外面的一个餐厅找到了活干。餐厅在马路对面的另一条胡同里，是一家民居的房子调转了方向，变成了门面房。喜鹊每天穿越往返，心中总有结结在那里。手机专卖店门口站着两个小姐，穿蓝裙子，身上披着红绶带，裙子与贺坤的衬衣是同种面料。她们能看见喜鹊，喜鹊也能看见她们，但彼此从没打过招呼。她一次也没有看见贺坤。除非她走到玻璃窗前往里看，但她没有勇气。贺坤已经明确提出分手，说他的父亲不接受喜鹊。感觉得出，贺坤有些为难，他说对不起喜鹊，他让喜鹊提条件，不管是什么条件，他能满足的都满足。喜鹊没有回贺坤的短信，她觉得，回与不回都那样。喜鹊丝丝拉拉难受了两天，就不难受了。与贺家的这段交往，她觉得，能合拍的只有陈袖珍，她像个透明人，在喜鹊面前总是巴心巴肝。贺三革从一开始就隔阂。贺坤的热情从始至终没能到沸点。他只是在大地宾馆的紫藤花架下吻过喜鹊一次，还像蜻蜓点水。也许是自己太强势了，喜鹊想，做事情有点不管不顾。就像贺三革往北京转院，决定的又仓促又草率。白白花了许多钱，却没有取得理想的结果。失望摆在了每个人的脸上，让喜鹊的心里很不好受。喜鹊已经有了预感，他们走不下去了。即使她不假装大地宾馆的服务员，他们也走不下去了。贺家之于喜鹊，更像是服务对象。离开陶家，有恋恋不舍。一切都因为习惯，熟悉。但也只是习惯，熟悉，而已。人，物。甚至一把锅铲。都与自己有关联，离开了都有切肤之痛。刘会英送她出房门时说了一句话。刘会英说，有空过来串门。就像对随便什么人，一点温度也没有。喜鹊没有回应，只是摆了下手，委屈的眼泪就下来了。奇怪的是，离开了贺坤她的感觉还轻松些，只是有一种丝丝缕缕的牵绊，那种抻扯却源于内疚。她特别想对贺坤说，不是贺坤对不起她，是她对不起贺家。

她到石板胡同来租房子，就与这些抻扯有关。

一个午后，喜鹊走进了手机专卖店。喜鹊甫一出现，贺坤就慌忙跑了过来。说你是来找我么？然后两个人一起往外走，来到了房后身的那块空场，站定，谁也不瞅谁。过去也没有怎样亲密，现在也不觉得有多隔阂。贺坤只是有点紧张地看着喜鹊，等着她开口。喜鹊说，我想用一下你的工资卡。贺坤本能地问干什么。喜鹊仰脸看天，说不干什么。贺坤说，现在办卡很容易的……喜鹊突然炸了："你以为我不知道？我比你傻多少？"贺坤窘得手足无措，喜鹊却不依不饶，说也就用一下你的卡，还求过你什么！不放心你就把钱都支出去，一分也不要剩！贺坤张口结舌，他从没见过喜鹊如此激烈。印象中的喜鹊就像只温和的母鸡，总是想把所有的事情都扑在自己的翅膀下。再三踌躇，还是把卡拿了出来，里面大概只有一两千块钱。喜鹊说，我过一段时间准还你。贺坤说，不着急。喜鹊说，是嘴里不着急吧？

贺坤说，里面的钱你可以随便用。

喜鹊牵起嘴角说，你以为我缺钱？

10

天气说暖就暖了，阳历刚交四月，杨花飘了起来，柳树就萌动了。湖岸的风景像幅画一样扮靓了整个望湖楼。大家都说，今年的几场雪逼来了倒春寒，春寒料峭。都以为早春会难过，可节气不等人，冰河该开化开化，燕子该回来回来。左三东在市里买了房，近期要搬家。他给陶大年打电话，说请老哥几个聚一聚。陶大年说，你要走，该我们给你饯行，哪能让你请。左三东也不多言，只是跟陶大年定了时间地点，还去望湖楼。放下电话，陶大年就找富连春，说现在就你还在任上，给左三东饯行的事只有你能张罗。富连春叫苦不迭，说我的陶老爷，您不读书不看报吧？现在单位都没有吃喝这项开支了，哪还敢报饭费啊！陶大年说，我就不相信你没办法。富连春说，庙小妖精多，不知有多少眼睛在盯着我。何况，巡视组就在我这儿住着呢。有办法我还让您张嘴？陶大年很气闷，他没想到富连春连这点问题都解决不了，也太夸张了。他一屁股坐在沙发上，眉头皱成了蒜疙瘩。新来的保姆是个机灵人，四十几岁。才来一个多月，就把陶家的底细摸差不多了。保姆说，您说话就是太软和。您是当领导的，眼睛瞪起来，口气厉害些，他敢不依？保姆翻着白眼做了个造型，陶大年却没看她。隔着玻璃窗，他看见院子花墙上落了只喜鹊在觅食。那上面是老伴撒的小米。陶大年看了许久，自己跟自己叹了口气。新来的保姆手脚跟嘴一样麻利，但做饭总不对胃口。老伴说她千好万好，可这一项不好，是要命的事。

还有啥可说的。

还是那间瑞雪。左三东从单位要来两部车，把大家都接了来。说好了，回头再去送。这样大家既可以放开量喝酒，又可以放心说私房话。他们聚在一起，其实喝酒是次要的，说话才是主要的。左三东问陶大年，富连春咋没来？陶大年有点心烦意乱，明显带着情绪说，他总有事。有他也过年，没他也吃肉。以后再不找他了。江春余说，他又惹您生气了？他忘了当年您是怎么提拔他的，没您，他还在山旮旯里养貂呢……我这就给他打电话。路天齐却把江春余的手摁住了。说他最近的日子不好过，一直有人实名举报他，估计早就像热锅上的蚂蚁了。江春余说，他比蝈蝈胆都小，也会违法乱纪？左三东说，老江，你小瞧人哪。

尚小彬捧着玻璃杯倚窗站着，一杯龙井氤氲地冒着热气。杯口顶着下巴，却一口一口喝得清浅。路天齐说，小彬有心事？尚小彬说，三东这一走，再聚就难了。左三东说，这话说得怎么有点像跟遗体告别？江春余说，你们都庆幸吧，平安着陆，现在风声多紧……陶大年敲了一下桌子，说江春余，你嘴里有没有象牙？

左三东带来一只大坛子，是种原浆酒，在他家地窖里已经放十年了，美其名曰窖藏。启开封盖，香气扑鼻。酒都满上了，连尚小彬都跃跃欲试。左三东说，喝酒之前我跟大家交流个事。有次没出正月，是个大雪天，也在这屋，大家还记得是谁请客？都不言声，左三东有些奇怪，说你们难道都忘了？江春余说，哪会忘，老陶的同学么……怀念上次那顿酒，都喝出了水平。尚小彬在座位上坐了下来，陶大年下手的那把椅子，永远是她的。尚小彬说，是不是有人用短信骚扰你？左三东说，岂止是骚扰，简直是……轰炸。骗子居然利用那顿饭做文章，你说可气不可气。我给大家念念短信。左三东从手机里把短信翻了出来，念："左局长，您好。（瞧，还知道我是局长）我是贺三革的儿子贺坤，斗胆给您发短信，是想告诉您，我父亲贺三革在望湖楼请陶大年叔叔（瞧，还知道管老陶叫叔叔）吃饭那天，回来的路上摔坏了脊柱，现在瘫痪在床。家里实在困难，还请左局长在可能的情况下给予帮助。下面是银行账户……这样的短信我接到了十几个。骗子太可恶了，居然骗到我头上来。"

江春余说，我从来不看手机短信。

路天齐说，好像是有这么回事，但我当时就删了。

陶大年认真剥一只虾，没有言语。

路天齐问，老陶有没有收到？

江春余说，老陶哪会看短信……骗子也知道有些人不能骗，骗了会有麻烦。

左三东叠一张纸巾挡着鼻子，捂住了一个惊天动地的喷嚏。左三东说："诈骗犯无孔不入，不给他点厉害，他不知道马王爷三只眼！"

江春余说，别逗闷子，快说结果。

左三东说，我上午给局里打了个电话，他们下午就把案子破了。

江春余问，骗子是谁？多大年纪？诈骗金额多少？

左三东说，你的问题太多了……事儿让他们干去了，我只管抓人，不管其他。

路天齐说，难道对准的就是那天我们吃饭的几个人？那消息是怎么走漏出去的？骗子又是怎么知道我们电话号码的？

左三东说，老路你的问题都不值得回答，我们的信息是公开的，又不保密。

路天齐骂了句娘。

左三东又说，石板胡同的民居你们知道吧，人是在二楼一个出租屋里抓到的。原以为犯罪分子是男的，没想到是个小保姆，伺候人伺候够了，改行做起了这档无本生意。

陶大年问她在谁家当保姆。

左三东嘴里含糊一下，说我没问。

两人对了一下眼，问的和答的都心照不宣。

过了片刻，左三东继续说，还真有人给她的账户汇款。一笔汇了三万。这个人现在就在这里，谁干的自己说吧。

大家面面相觑。尚小彬把手举了起来，她戴了副茶色眼镜，整张脸都是阴影。左三东用手指点着她说，尚主任是精明人，居然小河沟里翻船，上这种小骗子的当。不过你给这个案子帮了忙，没有这三万块钱，案子还不好定性。

尚小彬说，你真以为这件事是诈骗？

左三东说，公安办事你放心，下网就有鱼。

尚小彬说，这事我原本不想说，说出来自己都觉得有点……那个。我为什么打三万块钱，是因为那晚把电话拨了过去。

大家都好奇，一起看她。

尚小彬说："短信说得很诚恳，所以我想弄清楚是怎么回事。接电话的是个女孩，张口就叫我尚阿姨。我问她是谁，她说是贺三革儿子的前女友。我问她说的事是不是真的，她说阿姨不信可以去看看……我问，你为什么是前女友？她说他们已经分手了。我说分手了你还管他家的事？她说尚阿姨，是他们那一家人……太窝囊啊！"

江春余不相信地问，你真去看了？

尚小彬点了点头。说我转天就去了那户人家，是早年的老电杆厂家属院，当年多蓬勃啊，你不去那里，就不知道现在有多破败。那家的女人对我很热情，可贺三革正在睡觉，当然，也许是装睡……我谎称是对面人家的客人，走错了门。贺三革的样子真是太可怜……你们是没看见，一个久卧病床的人，脸跟纸灰一个色儿，人瘦得就剩下了一把骨头……

一场酒喝得有滋没味，大家甚至忘了给左三东饯行这回事。尚小彬拎着包出去过一次，陶大年知道，她去买单了。这个女人，总能把事情做到他的心坎上。喜鹊的事一直是他的心病，老伴经常叨咕，也不知这丫头结婚了没有。没了心情，再好的酒在嘴里也不是味道。他起身来到了窗前，一片白色的大鸟在天上飞，远处水天一色，黛色的青山扮靓了整个湖面。望湖楼在这山光水色中，该像神仙府邸。大鸟俯冲着朝这边飞来，尚小彬悄悄来到了他的身边。"老陶，你知道那些是什么鸟么？"

陶大年说，是海鸥。

尚小彬说，不对，是天鹅。

（原载《收获》2018 年第 3 期）

龙　门

胡学文

庞丁或扁头

其实，庞丁才是我的本名。那时，我还是龙门第二小学的学生。我没觉得自己的名字有什么不好。五年级上半学期，新换了语文老师。他长了嘴龅牙，嘴巴外突，总是合不拢。我叫他鳄鱼，范大同认为更像野猪。龅牙每次喊我的名字，总要停顿两三秒，庞——丁！每次都有爆炸效果，整个教室都要笑翻了。他似乎很喜欢这种爆炸效应，每堂课都叫三五回。我很是不爽，决定给他点颜色。

大街上的车还没现在这样挤，老师的交通工具多数是自行车。龅牙的自行车并不难找，他到校早，喜欢放在角落。座包套是针织的，咖啡色。我和范大同扎过贺梅的车胎。范大同想和她好，她爱理不理的，脑袋翘得老高。轮胎没气，她只好推着走。范大同奔上去，愣是扛到修车铺。自此，她肯和范大同并排走了。龅牙当然没贺梅那么幸运，对他是惩罚式的。放学，我和范大同远远跟着龅牙。轮胎瘪塌，自行车歪歪扭扭，龅牙也歪歪扭扭，跟到明德北路口的修车铺，我和范大同诡笑着离开。

次日，龅牙将我拎到办公室，问我一个人干的还是两人合谋。上来就给出选择题，非 A 即 B，我才不上他的当呢。龅牙一掌盖住我的额头，另一只手挤压着我的后脑，说还真是扁头。对了，我还有个绰号：扁头。龅牙说，你相不相信，我会让你的扁头变成面饼！这吓不倒我，我一言不发。龅牙并未继续挤压，他缓缓松开，突然扯了我的左耳，叫，十个，扎了足足十个窟窿呢。我暗想，不对呀，明明是九个，怎么成了十个？莫非范大同多扎了一下？还是龅牙被修车的坑了？龅牙说，我没冤枉你吧，要不和修车的对对证？我的心扑腾一下，忙掘紧嘴巴。

龅牙没审出结果，很不甘心。他让我先回教室，如果放学前不主动交代，他就报警了。还没等放学，我就看见了小舅。他让我带上书包跟他走。我说还没放学呢。小舅轻轻推我一把，说老师准假了，现在就走。

我一路磨蹭，想着怎么应对。见小舅发火了，才跟上他。我家住在黄土场六号，据说过去是枪毙犯人的场所，山脚下一垛挤着一垛的黄土，我和范大同仔细寻过，但没发现什么。

上坡便看见停在巷口的警车，我头皮阵阵发紧，想龇牙真够狠的。小舅又推我一把，走呀！

竟然来了三个警察，两男一女。杨翠兰坐在餐桌边的椅子上，双眼红肿。年长的警察在她对面坐着，年轻的一男一女分站在两个角落。第一次看到这种阵势，我慌了神。女警察摸摸我的扁头，叫我不要害怕，说着摘下我的书包。她把课本、作业本、铅笔盒掏出来，铺在地上，一一翻检。作业本上对钩不多，更多的是红叉。那一刻我挺羞的。末了女警察依序装回，冲年长的警察摇摇头。

警察离去，杨翠兰一把搂住我，号啕大哭。

警察不是冲我来的。一工厂的财务室被撬，盗走放在保险柜的两万现款。同一个夜晚，值夜班的工人不知去向。那名工人叫庞有亮，是我父亲。警察来了不止一趟，询问杨翠兰，还有我。旮旮旯旯都搜过了，连庞有亮的二胡都没放过。那一阵，杨翠兰的眼睛基本是肿胀的。开始她和舅舅小声嘀咕，后来说话跟放炮一样，"有亮"被"挨刀货"代替。

庞有亮没有踪迹，警察也一无所获。

两年后的某日，我放学回家，杨翠兰正陪李叔喝酒，就如同她陪庞有亮一样。李叔是庞有亮的同事，也是他最好的朋友。李叔每次来喝酒，都会给我带礼物，一盒饼干、一包软糖还有弹弓什么的。庞有亮叫他不要惯我，李叔总会说，孩子嘛。我挺喜欢李叔的。有次他翻我的作业本，我以为他要皱眉头，孰料他只是笑笑，说我比他强，他没一门功课及格。你看，我也当了工人是不？咱照样挣钱！还有一次，他喝多了，外面下着雨，被庞有亮强行留下，他和我睡在外面，第二天，他竟然有些羞，还向我道歉，说他呛着我了。

庞有亮没把李叔当外人，杨翠兰也是。庞有亮携款逃亡，他那些朋友生怕沾惹上麻烦，躲得远远的，杨翠兰就是这么说的。李叔不怕。除了小舅，李叔来的次数最多。有亮不是那种人，你要相信他，李叔每每这样说。或者，以我对有亮的了解，他没那个胆子。那时，杨翠兰便凶神恶煞般地大嚷大叫，他把我和小丁抛弃了，这总是事实吧？李叔叹口气，就算是，谁还不犯个错呢？等他醒悟——李叔的声音被杨翠兰排山倒海的叫骂淹没。我觉得杨翠兰有些过分，李叔本来是安慰她的，她却把人家当出气筒。

重体力活，自然是李叔干，如换煤气啦，买个米面什么的。龙门冬天寒冷，入冬前院子里必须备两吨煤。我们住的是排子房，前后距离很窄，没法进车，煤块只能卸到巷口。我家的煤都是李叔一筐一筐抱进来的。小舅得过肺结核，不能干重活，根本帮不上忙。庞有亮离开后，李叔就只干活不吃饭。有时杨翠兰菜都炒好了，李叔也不肯。他总说有事，匆匆离去。杨翠兰就塞盒烟给我，让我追上去塞给李叔。李叔总要摸摸我的头，轻轻叹口气。

所以，那天见李叔和杨翠兰喝酒，我很意外。杨翠兰也完全不是先前灰塌塌的样子，穿了件紫色的衬衣。庞有亮离开后，她就没光鲜过。杨翠兰的腿动了一下，一颗光洁的篮球滚过来。我满心欢喜，抬脚踩住。知道谁给你买的吗？杨翠兰笑盈盈地。我已经是初中生，她还以为我是小孩子呢。我说谢谢李叔。李叔摆摆手，快吃饭吧。这时，杨翠兰的笑一点一点收敛起来，她的脸有些严肃，"从今天起，你改叫爸吧"。

我好一会儿才反应过来。有些东西突然涌上，说不清那是什么。我没说话，低头进了里屋。背后传来李叔的声音，别为难孩子。

毛 头

黄理朝我走过来时，我的肠子都快饿断了。他像我见到的其他公交车司机一样，拎个特大号水杯。夜色昏暗，我仍能看清杯底的残水上漂了几朵菊花。

四月的龙门，特别是晚上，寒意甚浓。十分钟后，我和黄理走进明德北红焖羊肉店。一天前我就订了房间，酒早已摆好，五星的龙门老窖。黄理说买这么贵的酒干什么，二锅头就行。我说黄哥哪里话，二锅头是我这种人喝的。黄理说，也罢，不过下次可不能把我当外人。我说，我从没把黄哥当外人。黄理呵呵一笑，这就对了，谁跟谁呀。

黄理酒量大，我领教过。每次我都做干杯状，但杯底总要剩那么一点点。其实，我敞开喝，他喝不过我。我不是来和黄理比酒量的。我带了两瓶酒，如果我少喝一点，另一瓶可能就不用开了。还有，我尽量夹火锅里的萝卜豆腐粉条，油水足，也很好吃的。羊肉自然留给黄理。这样的小九九，我心里有一大把。我并非小肚鸡肠，可日子过成这样，不精打细算不行。大鱼大肉的日子谁不想？命里没有呀。

黄理喝到鼻尖冒汗时，往后仰了仰，他的目光穿过一缕缕热气，定在我脸上。我问过了，不大好办。我说肯定不好办，好办还用得着黄哥吗？黄理说，你倒是有啥说啥，只是，我直接挂不上话，也得通过别人。我说，这就麻烦黄哥了。黄理说，单给校长就得一万。我立刻道，没问题。我早打听好了，校长一万，借读费、杂费、书本费另算，也得一万。我妻子在附属医院打扫卫生，她打听的也是这个价。黄理说，中间人那儿……我说，绝不让人家白跑腿。我从上衣内兜掏出两沓钱，昨天就准备好了，一沓一万一沓五千。黄理愣了愣，旋即笑了，我没退路喽？我严肃地说，我没几个朋友，只能给黄哥添麻烦。黄理说，好吧，我试试，办不成可别怪我。我说，黄哥能办成的，到时我……黄理打断我，办成了请我喝酒，办不成也不要骂我。我说黄哥说笑了，我毛头不是那样的人。黄理问，为什么一定要去二小？我听说二小一个班七八十号人，跟煮饺子一样。我本来想说谁不想念个好学校，临时想起那句话，大声说，我不能让女儿输在起跑线上。黄理哈哈一笑，点着我的鼻子说，看不出来呀，毛头，真有你的。

那瓶酒还是开了。心情好，喝得痛快，餐馆快打烊了，我和黄理才离开。我住得远，在大镜门外，走回去已是午夜。平时，妻子快睡醒一觉了，她起得早，睡得也早。那天，她直愣愣地坐在沙发上，我一只脚还没迈进门，她便弹起来问我结果。我说快渴死了，不能让我先喝点水吗？妻子接了杯自来水，递过来突又撤回去，你不说，就甭想喝！我说好吧，大姐，听你的。

被闹铃叫醒，天已大亮。我嗅嗅鼻子，顺着香气望去，看到餐桌上的炒鸡蛋和炸馒头片。想起昨夜的折腾，我笑了笑，觉得骨头也被炸过了，酥酥的。我洗过脸，将炸馒头片和炒鸡蛋放在饭盒里，拎上昨日喝剩的半瓶酒。

父母也住在大镜门外，与我隔一条河，直线距离不过几百米，但因为只有一座桥，每次去父母家要绕一大截。从桥这边走到桥那边，再从桥那边走到桥这边。如我的日子，反反复复，没有变化。

进院便听到父亲的咳嗽声，凿石头一样，咔！咔!! 咔!!! 我的脑壳阵阵发麻。

母亲正伺候小可洗脸，她护在小可身边，左手香皂，右手毛巾。她瞅见我手里的酒瓶，小声责备。我没接茬，说你别这么惯她，让她自己洗。小可说，我自己洗不了。母亲说，听见了吧，我可没惯她。我说，小可，秋天你就要上小学了，自己连脸都不会洗，老师和同学可要笑话你的。小可猛拍几下水，母亲忙说，那时小可就会了。

我没有马上进里间。又被凿了几下，静等片刻，掀起门帘。屋子有些暗，父亲靠在角落，有些模糊。身旁放一个看不出颜色的痰盂，几年前他就离不开了。昨天好点儿了没? 我问。明知是废话，但还是要问。每天问。父亲问，酒呢? 我不由笑了，你耳朵倒是好使，我妈不让你喝。父亲一阵剧烈的咳嗽，我忙在他后背拍了几下。父亲喘息片刻，催促，拿进来呀，你是来馋我的? 我说哪有大清早喝酒。父亲没好气，大清早怎么啦? 谁规定了? 我妥协，好吧，那你少喝点。父亲哼了哼，以为你是大夫呢!

虽然母亲反对，但我仍隔三岔五给父亲买酒。父亲好这口，他和母亲因为这个常闹别扭。早些年，父亲在工厂上班，我和母亲在村里侍弄那二十亩薄地。我们村庄管这叫一头沉。工资月月发，一头沉总是让人羡慕的。父亲倒是每月都回，但带不回多少钱，工资多半买酒了。夜晚吵了架，白天母亲仍是满脸笑意。乡亲打趣母亲是不是半夜数票子，数得眼睛都睁不开了。父亲带不回钱，但他说会把母亲弄到龙门，还说我将来可以顶他的班。父亲倒是没有食言，我们家在一九九二年秋天搬到龙门，但我并没能顶父亲的班。据说两瓶茅台就可以搞定，父亲也准备好了，但那天晚上他喝醉了，没找见厂长家。第二天厂长出门了。待厂长回来，已有了新政策。母亲自是经常唠叨，我也有过怨言，但能怎么样呢? 活着的路又不只这一条。父亲仍然爱喝，母亲管不住。父亲住了几次院后，母亲的反对更加强烈。父亲照旧，只是不喝那么多了。我口头是赞同母亲的，行动却偏向父亲。他的日子不多了，喝点又能怎样呢? 不喝怕也熬不到年底。我无能为力，能做的就是让他离开时少些遗憾。

范大同

死者是女性，裸体，三十岁上下，脖颈处有明显勒痕，嘴角有凝固的血迹，小腿处有两处梨状瘀青。除丢散的衣服鞋袜，没有任何随身物品。宾馆监控显示，昨天中午，该女子登记入住，半小时后，一男子进入其房间，三小时后男子离开，手里多了个女式挎包。男子一米七左右，体形偏瘦，头戴鸭舌帽，看不清面容。

我对小李说，摸清死者的身份及社会关系，逐一排查。除了体貌，要注意是不是左撇子。小李问，为什么是左撇子？我说，重新检查尸体，再看一遍监控。小李点头，我懂了。

九天后，案子告破，我和小李辗转呼和浩特、鄂尔多斯，最后在包头将嫌疑人抓获。又是一起婚外情导致的凶杀。我经办的案子，与婚恋出轨相关的占了半数。五花八门，奇奇怪怪。闹出人命并非深仇大恨，常常是芝麻粒般的事。一个人住宾馆走错房间，屋里三个男人正在聊天，走错的人道歉后欲退出，其中一个男人骂了脏话，被骂者下楼买了把水果刀，捅死两人，另一个重伤。更离谱的一桩是一旅客在车站打了个喷嚏，对面的男人说唾沫星子溅他脸上，两人言语不合，撕扯起来。其中一人摸出酒瓶，对方重伤致死。遍地戾气暴气怨气，是不是很邪性？

案件虽多，我没有抱怨过。我是工作狂。第一次办案，验完腐烂的尸体，呕吐了三次。现在当然不会了，有时半夜突然想起某些疑点或意识到可能忽略的地方，会立刻赶到停尸房重新查验。我喜欢自己的工作，但还没到因嗜成瘾的程度。破获一个案子会休息一两天。

正好是周末，我打算把洋洋接回住一晚，当然，住两个晚上就更好了。我知道这有些困难，但必须试试。我给老头买了一盒虫草，给岳母买了两盒进口的钙片。给洋洋的东西不好买，她不像别的女孩喜欢布娃娃小熊之类，也不馋哪一类食品。我在商场转了两个多小时，选定几盒蔬菜饼干，一套有彩绘的童话书。毫无新意，我自己都有些泄气。但不知道选什么，实在不知道她喜欢什么。洋洋有个专门放玩具的柜子，都快撑爆了，其实叫垃圾箱更贴切，因为那些玩具丢进去后，她再无兴趣。

老头住在三义巷，四周高楼林立，小区显得老旧了。他在高新区还有一套房，带电梯的，空置多年。他舍不得离开三义巷，他对三这个数字情有独钟。他当年的办公室是301，住宅也在三层。我早已离开老头的羽翼，但每次进这个门，都觉得自己矮了一头。

刚刚吃过饭，餐具还在桌上。我叫了声爸妈，同时瞥瞥洋洋的房间。老头点点头，拿起桌上的报纸，这是他多年的习惯。岳母问我吃过没，我说吃过了。岳母说，刚回屋，才上个三年级，就一大堆作业……你来有事？我捕到她眼底的警惕，说，今天休息，过来看看。

岳母走进厨房，老头仍埋在报纸里，我叫声爸，他抬起头。与我第一次见他的时候一样，雷打不动的表情，只是皱纹多了些。我说，我想带洋洋回去住……一晚，明天就把她送回来。老头看着我，似乎没听懂。我突然有些慌，这令我羞恼。但我毕竟不同于先前了，老头也不是从前的老头。我的目光晃了晃，稳稳地和老头对在一起。若云怎么样？他问。我说，上个月去看过她，她还好，就是瘦了一些。我没撒谎。老头说，你妈想去看看，你带上她。我迟疑一下，下周行么？老头说，看你时间。脑袋重又扎向报纸。我忙说，明天吧，我开车过来。老头说，你和你妈商量。

岳母自然不同意，每次都这样。她能摆出一万种理由。但老头只要点头，她难不住我。她嘱咐一遍又一遍，喝水，写作业，吃药，我没有失去耐心，一遍遍地应答，妈，我记住了。临出门，岳母突然又想起，洋洋昨天说想吃焖大虾，晚上回来吃吧。我说，门口的餐馆虾做得特别好。岳母说，饭馆不卫生，别带洋洋去那种地方。我说，好吧，那我自己做。我抱起洋洋，快步下楼。

洋洋对我和岳母的争夺——姑且这么说吧，无动于衷。有一次岳母让她选择，她看看我又看看岳母，垂下眼皮，任随发落的样子。她的茫然让我内疚，也让我有说不出的寒意。

一路无话。直到上了1路公交车，洋洋的眼睛方绽放出细碎的光泽。坐公交是洋洋唯一的爱好，她的嘴巴只有坐公交才撬得开。能坐到终点吗？洋洋问。我说，当然可以，坐到终点咱再坐回来。作业很多吗？我问。洋洋说，我能写完。她很聪明，能听出我的话外音。

坐了两遭，到明德北，已是中午。在就近的餐馆吃了点东西，我问洋洋下午想干什么，洋洋毫不犹豫地说，坐公交车。我暗暗叹口气，说，改天再坐行吗，咱换个花样，登山怎么样？你还没登过山吧，万一哪天老师让你写登山的作文，你都不知道怎么写。洋洋沉思一会儿，说，听你的。

西太平山就在明德北，一条缓坡，一条石阶，有些陡。我让洋洋选，她竟然选了石阶。倒也没多高，但爬到山顶，洋洋后背有些湿，额头也汗漉漉的。我脱下外衣让她披，她喊热。我说山上风大，一会儿就不热了，感冒就不能上学了。洋洋乖乖披上。

我和洋洋在朝阳亭坐下。从这个位置能望见龙门的全貌。我和庞丁常爬太平山，后来多了贺梅，再后来是我和贺梅。每次都要在朝阳亭坐一坐，说说话。有时什么都不说，就那么坐着。我第一次和贺梅接吻，不是在树下，也不是在墙角，就在朝阳亭。有人上来，我和贺梅分开；人离开，我俩又吻在一起。

本来打算坐一会儿就离开，但思绪飞扬，醒过神，一个小时过去了。洋洋两手托腮，目光如水。我问她想什么，她说什么也不想。我说去别处看看，她不肯，就要坐着。我只好陪她坐着。

从太平山下来，已近黄昏。我和洋洋商量，打个出租车，那么多作业等着。洋洋不说话，径直走向公交站牌。我跟过去，她说，我能写完。等公交的人多，我让洋洋靠后站站，同时拽了拽她。在站牌旁边立定，我便注意到那个瘦瘦的后生，长发细眼，还有他吊在手腕处的外套。他的目光游移不定，显然在寻找目标。干这么多年警察，我虽然没有火眼金睛，但这点儿判断力还是有的。2路公交到了，我拽着洋洋紧随后生。一妇女上车的瞬间，包到了后生手里。我喝了一声，将后生扑倒。我没穿警服，手铐却随身藏着。这时，我听见尖细的哭声，是洋洋。她站在几米远的地方，双肩抖颤。我说，别害怕，爸爸逗他玩呢，过来，咱们坐下一趟。洋洋迟迟疑疑靠近我。我拽着被反铐的后生退到台阶上，掏出手机。挂了电话，发现后生用异样的目光看着洋洋，我突然急了，大吼，你他妈给老子蹲下！

李　丁

　　如果一个人脾气暴躁，最好不要开出租。柔韧的血管也会变得脆化，说不定什么时候就炸裂了。但开出租却又是治愈急躁的良方，一天天下来，藏在身体里的火星一粒粒熄灭，再无燃烧的可能。被车流挟裹，任喇叭轰鸣，也可安之若素，比如我。

　　我旁侧的哥们儿不停地按喇叭，虽然他清楚按也无济于事，还是频频拍打。他肚里有火，他在发泄。可有的时候，越急越上火，越上火越急。我估计他开出租不超过三年。长青路是龙门最堵的一条，早先市委市政府在这条路上，常有上访告状的，男男女女疙疙瘩瘩，从政府门口一直堵到新华书店。若运气差，被裹在其中，没有两三小时逃不出来。开发商跑路，工厂发不出工资，被坑的被骗的，每个人都是火药桶，你一个出租车司机，敢大嚷大叫吗？后来市委市政府搬到高新区，长青路变成单行道，但照样堵。第一附属医院还在这条路上，不光坝上坝下，内蒙古的病人都往这儿跑。我拉的父女也是到一附院的，他们上车我就告知会堵。我从后视镜窥视，老人倒是安稳，女儿神色焦急，但没有狂躁举动。老人腿脚不便，若现在走着过去，二十分钟也到了。

　　终于挨到医院门口。比刚才好走多了，但快到三中时，又不动了。我想不对呀，这个时间不该如此。当然，堵就堵了，还能怎么着呢。我摇下车窗，正想抽支烟，脑里突然闪了一下。虽然只是预感，但我没有迟疑。钻出车门，穿梭前行。

　　还没到明德北，我就看见了在路口指挥的杨翠兰。她周围的车辆如一堆乱蚁，那多半是没听她指令被她逼停的。那时，已有一个交警靠近她，并试图将她拖离，哪里拖得动？杨翠兰化身交警，力气超凡，根本不像六十五岁的女人。我奔过去抓住杨翠兰，与交警形成左右合围之势。杨翠兰叫，干什么？没见我正忙着吗？我冲她耳朵叫，妈，我李爸四处找你，他快急死了。杨翠兰顿时被针刺一般，迅速偏过头，在哪儿，他在哪儿？我忙说就在前面，猛拽一下。杨翠兰步态不稳，身体不时碰到车身。交警尾随我和杨翠兰一直到人行道，我回过头说，实在对不起，给你添麻烦了。交警说，今年已经是第三次了。我说，真是对不起。交警挥挥手，走吧，看好她。

　　杨翠兰左顾右盼，你李爸在哪儿？我牢牢抓着她，就在前面，拐过弯就到了。杨翠兰说，你可别哄我啊。我说我不会哄妈的，李爸驮个煤气罐，你去帮帮他。杨翠兰脸上泛起喜气，没错，他是换煤气去了。

　　终于到了，我几乎被水洗了一般。杨翠兰问，你李爸呢？怎么不见他？我拽开车门，你上去，咱们开车找他。杨翠兰说，你又哄我，我不上。我大吼，杨翠兰！杨翠兰直定定地看着我，你叫我？我可是你妈啊。我说，你再磨蹭，就再也见不到李爸了。杨翠兰紧张极了，那快点儿啊。

我仍住在黄土场六号，上坡，杨翠兰认出来了。你怎么回来了？你李爸呢？她不像刚才那么狂躁了。我将车停在路口，他出远门了，没跟你说吗？杨翠兰叫，他没出远门，他换煤气去了。我说，驮回煤气他出的门，他会打电话回来，你必须守在电话跟前。我这么说，杨翠兰乖顺了许多。

我结婚时李爸和杨翠兰将隔壁的房买下，拆掉院墙，改造成一个大院子。杨翠兰仍住原来的屋，数年前装修过一回，现在只是多了两扇护窗。那么粗的钢筋竟然锯断了，显然不是一天两天完成的。杨翠兰仔细地擦拭着那部红色电话机，每天不知要擦多少遍，快擦破皮了。等待李爸的电话，是杨翠兰五十九岁以后人生中最重要的内容，每次看到她一动不动地守在那里，我都心如刀绞。可此刻，我却有难以形容的惊骇和愠怒。我伸出手，声音如铁，拿来！杨翠兰问，什么啊？我指指护窗，钢锯条！杨翠兰甚是紧张，什么钢锯条？我抓起电话举过头顶，你要不交出来，我就把电话砸碎。杨翠兰慌了，别砸别砸啊。她转过身撩起床垫。我暗暗心惊，竟然藏了三根钢锯条。哪来的？我追问。杨翠兰摇着头，眼睛盯着我手里的电话，随时要扑上来的样子。我说，你办不到，电话一砸就碎，告诉我，哪儿来的？杨翠兰指指头顶。角落有个通风口。我看着杨翠兰，她说，我不骗你。我缓缓将电话放下。

通风口处扣着木盖，没有固定，我轻轻移开，沿四边摸了一圈，竟然还有两根钢锯条。此外还有一把扳手，一把改锥。我问杨翠兰什么时候放进去的，杨翠兰摇摇头。她抓过电话搂在怀里。我叹口气，妈，你可不能往外跑了，李爸打来电话，没人接，他该多伤心呢。杨翠兰拼命点头，我哪儿也不去。

下午我便把护窗焊好。我跑出租，妻子与人合开麻将馆，谁也没有大把时间陪杨翠兰。有时我想，这和监牢没什么区别，但有什么办法呢？让杨翠兰跑出去等于害她。

我又把屋子检查一遍，连杨翠兰的被褥枕头都仔细搜过，确认她没有藏匿别的工具，但我并不踏实。电话哑的时间久些，她就变得狂躁。妻子让麻将馆的客人假扮李爸往家里打过几次电话，但立刻被杨翠兰识破。李爸的声音已经渗入她的血肉，哄她可没那么容易。

妈，我出去接应李爸，你好好守着电话。杨翠兰一动不动，没有任何反应。我摸摸她的肩，说困了吧。她仍一声不吭。一绺白发垂在脸侧，我轻轻顺了顺。她就这样，前一个小时还大嚷大叫，后一个小时就突然痴呆无声。我把她扶到床上，试图把电话机拽出来。她搂得紧，只好作罢。

我给贺梅打电话，问她忙不忙，我过去一下。贺梅问，是不是阿姨的病又加重了。我说，有点儿。贺梅说，在民政局听讲座，结束我去家里找你。我忙说，开点药就行，我在诊室等你吧。贺梅停顿一下，说也好。但不到十分钟，贺梅的电话就过来了，说已经往回赶。我说不急的，贺梅说少废话，等我！

开了药，贺梅执意要去家里看看杨翠兰，我说她正睡觉呢。贺梅白我一眼，她是我的病人，我有这个权利。我只好笑笑。

杨翠兰仍是痴呆安静模式，贺梅给她量血压，她极为顺从。但对贺梅的询问，她一言不发。

她今天又跑出去了，从屋里出来，我向贺梅解释，她可能有些累。贺梅问，闯祸了？我说还好，没发生事故。贺梅说，再让阿姨来院里住一段吧，毕竟有人护理，各方面都比家里方便。我迟疑一下，吃完这两瓶药再观察。贺梅说，住院费用你不用操心，这个可以变通的，我们毕竟有福利性质。我立刻道，那可不行！贺梅目光犀利，我知你不缺这个，但如果可以省，为什么不呢？我说，已经够麻烦你了。贺梅说，我是医生，有什么麻烦？把阿姨送过来吧。我说，今天不行了，明天吧。贺梅突然笑了，我可没规定日子。我说，其实我打算请个陪护的，我老婆的麻将馆现在也挺挣钱，只是……贺梅问，阿姨和你继父生活了多少年？我怔了怔，说，二十一年。贺梅问，和你父亲呢？我说，十五年零三个月。贺梅不语，半晌才说，难怪。我说，这和时间多少没关系。贺梅说，当然，我清楚，但未必一点关系没有。我不知道怎么开口。贺梅偏过头，你现在特烦我吧？我说，那又不是秘密。贺梅说，我想把治疗方案调整一下，不过你得配合。我说，这还用说？贺梅说，我还没说呢，说出来，你就不会这么痛快了。

贺　梅

站在楼顶边沿的是盛红敏，红衣黑裤，长发飘飘，格外抢镜。她喜欢红衣服，颜色随季节更替变化，粉红、橘红、紫红、黑红。楼倒没多高，八九层的样子，但摔下来，非死即残。我双手呈喇叭状，冲她大喊。盛红敏没听见，或不屑于理我。她缓缓张开双臂，很优美的飞翔姿势。我的心几乎蹦出来。铃声大作，我从梦中挣脱。电话就在床头，两次才摸到。我不想安装固定电话，手机足够了，但院里有规定，谁也不能例外。半夜来电，肯定没好事。果然。挂了电话，我快速抓过衣服。衣服团在一起，其实井然有序，我焦急，却不慌乱。

还没到二楼，便听到疯狂的嚎叫。焦姓病人身子蜷曲，如一张陈旧的弓，双手捂着裆部。值班医生跪压着焦姓病人，护士小贾手足无措，瑟瑟发抖。我问叫救护车了吗，小贾几乎要哭了，贺大夫……我喝叫，打120！她这才跌撞着往医办室跑。我蹲下去，抓住焦姓病人的胳膊，让他放松，慢慢抬离。他下身赤裸，挪开血淋淋的手，一目了然。我问，在哪里？值班医生没听懂，我又问一遍，他方醒悟，往四下里乱瞅。焦姓病人幸灾乐祸地笑起来，你们找不到了，哈哈。我瞅瞅开了半扇的窗户，让值班医生即刻下楼，无论如何要找到。记得带上手电，我说，叫上小贾。我得留在病人身边。我不是外科大夫，处理不了这个，但我可以让病人镇定，减少出血。

终于能喘口气，喝口水，已经是次日中午。焦姓病人的命是保住了，但……他是三天前住进来的，我还没记住他的名字。不出所料，当天家属团就到院里交涉了。虽然焦姓病人还在一附院的床上躺着，虽然我认为患者为上，但我亦能理解家属的愤怒。院里临时成立了事故小组，院长自然是组长。院里不会让我参加，因为我总是为病人和家属说话，有一次院长急了，冲我拍了桌子。我不是故意和院长唱对台戏，家属也不会找我，但说着说着我就"投敌叛国"了。院长原话。院长挺不容易，上个月有个病人吞了钢笔帽，才消停几天，又发生自宫事件。

达成赔偿协议后，院长把我叫过去。他脸色晦暗，眼袋又大了一圈。他问，喝水不？我说不喝。他问抽烟不，我说不抽。院长拍拍松弛的腮帮子，牙疼，上火就牙疼，不等退休，牙齿非掉光不可。我说，你可以提前退啊，掉光牙，就啃不动排骨了。院长哼一声，我焦头烂额，你倒说风凉话。我说，不敢，我自知有罪，听凭院长发落。院长说，罪谈不上，但责任是有的，不能不处理。我说，你叫我就这事吧，你定就是，不用和我商量。我已经背了好几个处分，再多一个也没什么。就如我收到病人的锦旗一样，已经没了感觉。处分记载在档，那一大抱感谢信锦旗在柜子里沉睡。功过于我都是浮云。

院长感慨，我能像你这么洒脱就好了。我站起来，如果没别的事……院长做个手势，我又坐下。院长问，他的刀片是哪来的？我回答不上，这也是我疑惑的地方。入院时已经检查了他的衣物，没携带什么，自入院就没出过病区。事后我问过值班医生和小贾，傍晚焦姓病人没什么异常，除了想摸小贾的手。被小贾呵斥后，也只是嬉笑一阵。自宫不是临时起意，入院前怕就有过念头。由此我推断刀片是他带进来的，没被搜到。但仅仅是猜测，或有别的可能。我问，这有意义吗？院长反问，你说呢？你不在乎多背个处分，我可不想被点着鼻子骂娘。我瞅瞅那几盆花，君子兰的叶子七零八落，龟背竹只剩下半个背了。每次纠纷，那些花都跟着遭殃。

院长说，他们拿花撒了气，就不在我脸上留记号了。我第一次感觉院长可怜兮兮的。我扭过头，一直在想。院长说，刀片其实没什么可怕，可怕的是摸不清他们脑里藏着多少疯念头，没有刀片，还有别的。盛红敏的面容闪出来，我突然一悸。院长说，你常常让我不痛快，但我还真是敬重你，因为你像一把钻头，越硬的东西你越不服输，如果说有谁能钻进患者的脑子，那个人只能是你。我有些不适，略带调侃道，谢谢领导。院长目光凝重，为了医院，也为了你自己。我说，听见歌声了吗？我得走了。

院长室和行政科室都是平房，在医院最后一排，与病房楼隔着几百米距离，但我确实听到了歌声。盛红敏在唱。非常奇怪，无论在医院哪个角落，我都能听到。她唱的是卡伦·卡朋特的《昨日重现》。卡伦·卡朋特，一个三十二岁便离开人世的歌手，盛红敏最喜欢唱她的歌。我其实是个音乐盲，也完全没有音乐细胞，没有盛红敏，我不会知道这些。

快下班时，小贾把盛红敏带到医办室，仍是红黑标配。住这么久医院，她的身材依然令全院女性嫉妒。小贾退出去，只剩我和盛红敏。盛红敏每天要单给我唱一曲，不然她会狂躁不安。起初我只是作为辅助治疗的手段，渐渐地，我有些依赖盛红敏的歌声。如果某天没听到，睡觉都不踏实。熟悉的旋律，《时光飞逝》——《卡萨布兰卡》的主题曲。唱的专注，听的痴迷。直到小贾敲门，我的思绪才从另一个世界拽回。再见，贺大夫，盛红敏深深鞠躬，每次谢幕都如此。我微笑示意，她可以走了。随后立刻扭头，盯着另一个方向。

盛红敏在这座城市曾经家喻户晓，她是山城最美的主持人。那时，我读中学，最喜欢看她主持的节目。我没资格认识她，她与我是天与地的距离。后来盛红敏从屏幕消失了。传闻很多，她出国了，她失恋了，等等。我不相信那些传闻，她是什么人？她怎么可以失恋？还有说她精神失常，我认为更是无稽之谈，是嫉妒她的人故意编排。没想到盛红敏会成为我的病人，原来那些传闻并非空穴来风。盛红敏永远不会知道，她的仰慕者在那一刻突然被尖硬的利器刺穿。盛红敏和我不仅是医患关系，也不仅是歌者与听众的关系。我说不上来那是什么，那该称之为关系，还是别的什么。我只知道，我对她，有不舍，有心痛。盛红敏的病情始终没有好转，但也没太大波动，不在重点监控之列，可我常常梦到她告别人世，割腕、跳楼、吞物……没有一个病人如盛红敏这样折磨我。院长说得没错，每个病人脑里都有刀片，盛红敏不会例外。但我钻不进去。

毛 头

在桥头蹲了不到半小时，我就揽上了活儿。谈妥价钱，我随业主看房，然后拉单子让他买料。我换上工作服，喷水，铲墙皮。我干过很多种活，跑车、装卸，还在屠宰厂杀过三个月猪。现在是刮泥工。这个城市每天都在建楼，不愁没钱赚。老鹰吃肉，麻雀吃谷，各有各的活法，各有各的奔头，我挺知足的。但我不能让女儿像我一样，她该往吃肉的方向努力。大女儿读了所技校，不怎么好，这怪我，从念书那天起她就和别的孩子拉开了差距。在小可身上，我要下大注，让她进龙门最好的学校。

两天半，三百八十元到手了。业主不错，我少要了二十块钱。我买了两袋小可爱吃的无水蛋糕，割了二斤肉。叫花子鸡刚出炉，来了一只。这等美味自然要喝点酒，不然父亲还不嚷翻天？明德北堵车了，电动车、自行车、行人都钻缝儿走。我是他们中的一员，我可不傻傻地站在路边等待畅通。又是那个疯癫的老女人，我明白堵车的原因了。她有家人吗？怎么不看着她点儿？一个司机伸出头呵斥，这么窄，挤什么挤！我没理他，只要不蹭着他的车，想怎么走就怎么走。终于钻出来，我把肩上的电动车放下来，像打了胜仗一样挺挺脖子。

母亲面带惊讶，真是你呀，老东西说你回来了，我以为他胡说八道呢。目光落到酒瓶上，顿时冷了脸。我笑笑，少喝几口，养人。一阵咳嗽之后，父亲说，已经买回来，就不要馋我了。母亲说，听见了吧，老东西不识惯。父亲提高声音，你再说我坏话，我把暖壶砸了。母亲气呼呼的，有本事你把房顶揭了。父亲啪啪拍墙，我掀开门帘，连洗杯的工夫也等不及了？父亲扬起的胳膊缓缓垂下，嗳嗬，我就是气气她。

两口酒下去，父亲的神色便活了。这酒不错，不过不如上次的，父亲评价。我说，那还用说，上次喝的是五星。父亲问，你请客了？请谁？我说，黄理。父亲的嗓子又开始凿了。黄理这个名字让他不舒服。他和黄理的父亲同一年进厂，黄理父亲不但把老婆孩子的户口转成非农业，还给两个儿子安排了工作。喝口水？我问。父亲摇摇头，大大喝下一口酒。酒比什么都管用，他说，小可妈不是干得好好的吗，怎么又想换工作？我说是小可上学的事。父亲问，念个书也得找人？我说，那得看上什么学校，我想让小可上龙门二小，没关系哪里进得去？父亲沉默一分钟，那得花不少钱吧。我喝了口酒，嚼了粒花生米，见父亲仍瞪着我，说，喝你的酒吧。父亲说，要花多少？我说，你操心自个儿吧。父亲便垂了头。

过了一会儿，父亲问，我还有多长时间？我装出生气的样子，胡说什么呢？父亲说，自个的病自个清楚，怕是没几天了，我想问问，医生是怎么说的？我说，我妈还指望你的退休费养老呢。父亲说，我对不住她，也对不住你，我是个烂人。父亲从没用过这样的词。我说，这酒劲大吧，没喝两杯，你就胡说八道了。父亲说，别看我嘴巴硬，心里一直愧疚，我就一混蛋。我说，醉了，别喝了。父亲挡住我的手，我是混蛋，却不是穷光蛋。我乐了，莫非你藏了宝贝？是祖传的吗？父亲窥窥门口，仿佛怕母亲听到，我确实藏了……现在我不能告诉你，等快闭眼的时候，所以我得清楚自个还有多长时间。我嘻嘻哈哈的，你想立遗嘱，我可以请个律师。父亲一本正经，没那个必要。我说，行了行了，我不要你的宝贝，你少冲我妈发点儿脾气就行了。父亲说，习惯了，改不了。我说，那你留给她吧，省得你愧疚。父亲问，不相信你老子？我说，相信！行了吧？父亲说，你会相信的。

妻子带回一张《龙门日报》，第二小学校庆日，有两个整版都是关于二小的。我把那张报纸看了好几遍，妻子说都快吃了。从第二小学毕业的名人很多，官员、老板、主持人、记者、作家、经济学家，连现任市长都是。社会上说二小多么多么牛都是有根据的，绝不是胡说八道。兴奋之余，我也有些不安。想把孩子弄进二小的家长绝不只我一个，在这个城市，太多人和我竞争。

一大早，我就给黄理打电话，黄理说正在进行中，有什么情况随时和我联系。他说，没那么简单，你别催！我听出黄理不高兴了，忙解释说不急的。上午，我特意去了趟二小，当然进不去。我扒着栏杆瞅了一会儿。气球和彩色条幅还在，鱼一样摆来摆去。

下课了，娃们拥出教室，叽叽喳喳的。没有比这更动听的音乐了。有朝一日，小可也会成为这音乐的一部分。我闭上眼睛，沉醉其中，直到铃声再次响起。眨眼之间，校园空空荡荡。另一种声音传来。一男教师走出楼道口，朝侧面的平房走去。又出来一女老师，径直朝大门走来。我盯着她，也许她就是小可未来的语文或数学老师。怎么这么面熟？我暗自嘀咕。她走到校门前，保安迎上去，不知说了什么。大门缓缓拉开，那是保安遥控的。女老师走出大门，我突然想起，女老师应该是第二小学校长，昨天的报纸登了那些从二小毕业的名人照，也登了校长的照片。没错，她就是！我还记住了她的名字，孔侃。我敢说，见到总统我也不会这么激动，浑身过电一样。我甚至想跑过去，问声好。当然我没那么做。那会把人家吓坏。我像打摆子一样抓着栏杆，望着那个背影钻进轿车，望着轿车消失……

庞丁或李丁

初三毕业前夕，我参与了一场群架。一方是范大同，另一方是邻班的杨不凡。杨不凡的父亲是红星锁具厂厂长，据说常给学校捐款捐物。杨不凡拥有一辆雅马哈摩托，他常在操场上显摆，吓得女生们尖叫躲避。贺梅没躲，不但没躲，还骂了他。杨不凡就这样认识并迷上贺梅，常纠缠她。范大同和杨不凡干了一架，没分胜负。杨不凡约范大同再战，范大同当然不惧。星期六的黄昏，我随范大同到大镜门外应战。对方五人，为首的杨不凡持一把水果刀。范大同问我怕不怕，我说怕个毛。其实我有些发毛。范大同捡起两半拉砖头，塞给我一块。混战持续了十几分钟，范大同小臂扎了一刀，杨不凡被范大同拍倒在地。两人都挨了处分。杨不凡没再纠缠贺梅。我损失最大，因小腿骨折，未能参加中考。在医院的半个多月，基本是李叔陪我。我习惯叫他李叔，叫别的我别扭。杨翠兰负责送饭，中午一趟，晚上一趟，不是炖排骨就是煲鸡汤，出院时我长了五斤肉。回家继续躺着，李叔请了半个月假，没法再请，杨翠兰也上着班，白天基本我一个人在家。我抓着遥控器，从头撸到尾，再从尾撸到头。喜欢的就停一下，不喜欢的就翻过去。范大同来过几次，其中一次与贺梅一道。他找了份零活，也待不长。有时，任电视响着，我呆呆地望着窗外的杏树。杏树是我和庞有亮一起移栽的，那年我五岁，与杏树苗一样高。庞有亮说比比看，你俩谁长得高。我的个子蹿得快，一度超过范大同，但还是没长过杏树。又结果了，再有一个月就可以采摘。一棵树能摘两三筐，当然吃不了，庞有亮打发我给左邻送一碗右舍送一碗。李叔则把杏做成酱装在小罐头瓶里，仍与左邻右舍分享。庞有亮的影子一点点地从我和杨翠兰的生活中淡出。起初，杨翠兰说起他还咬牙切齿，骂他自私鬼，没良心，她隐约听到庞有亮有个相好，他与相好一起跑的。后来，她没了怒怨，如果说起来，用"那个人"称呼。李叔虽不会拉二胡，但厨艺很好。他只要有空，绝不让杨翠兰沾手。他最擅长红烧，红烧肉、红烧猪蹄、红烧鲤鱼、红烧冬瓜和萝卜。庞有亮和我一样总是吃现成的，如果杨翠兰不在家，他只会白水煮挂面。庞有亮的业余时间都用来拉二胡，仿佛这才是他的正业。杨翠兰为此常数落他，她最常说的一句话是"有本事你搂着二胡睡"。庞有亮没打过杨翠兰，偶尔嚷叫，多半是杨翠兰摔了他二胡的时候。李叔脾气更好，嚷都不嚷，邻居们说杨翠兰因祸得福，掉进了蜜罐。如果当杨翠兰面说，杨翠兰总会叹息一声，还能怎么办呢，我和小丁总要吃饭。听上去是被逼无奈，其实心里美着呢，这个我知道。就像那些被树叶掩映的杏，不管藏得多么严实，我还是能发现。一个、两个、三个……我像将军一样辨识着士兵的面孔。

那天李叔拎个编织袋回来，满脸兴奋地让我猜。还没等我张嘴，他就伸进袋子。竟然是一长尾锦鸡，我不由啊了一声。锦鸡受到惊吓，不停地挣扎，李叔抓得牢，几片羽毛飘下来。我以为是李叔抓的，他说他哪有那么大本事，是从别人手里买的。你一个人怪闷的，给你弄个伴儿。李叔连夜做了笼子。笼子吊在窗外我看得见的地方。锦鸡仍然惊魂不定，也可能是悲伤过度，对食槽里的大米粒视而不见。偶尔鸣叫一声，听着让人难过。第三天越发蔫了，一声都不叫。我问李叔怎么才可以让锦鸡进食，李叔想了想说，也许不合胃口，我试试吧。他捉了一些虫子，锦鸡终于有了兴趣。我喜出望外，说李叔你真了不起。李叔说如果你整天想着一件事，一定能做成。李叔让我快快恢复，这样就可以亲手捉虫子喂锦鸡。你喂它，它就喜欢你。我信李叔的话，每次都亲手放食。一个月后，锦鸡的羽毛亮闪闪的，叫声也不那么悲伤了。我取得了它的信任，靠近，它便扑扇翅膀。它的眼睛亮极了，像两面小镜子。哪天没捉到虫子，它也可以吃大米，当然只有我撒它才吃。范大同不信，试验过，嘿了一声，挺通人性啊，真他妈的。范大同问我怎么训练的，我没告诉他。说了他也未必信，那实在算不上秘招。

九月底，我重返校园。但我的心并没有回来，常常走神，牵挂我的锦鸡。腿没好利索，不能快走，但是放学我就一路疾行。锦鸡见到我便欢快地扑腾。只是我没有虫子喂它，这个季节哪里找得到虫子？就算我有时间也不可能。当然，锦鸡可以吃米粒和麦子。一个冬天，锦鸡瘦了许多，羽毛常常是零乱的。李叔说也不全是吃不上虫子的原因，野鸡，野外的环境更适合它。我犹豫几天，把我的想法对李叔说了。李叔说，小丁，你有任何想法我都支持，只是它在笼里生活的时间久了，觅食能力退化，这么冷的天，冻不死也得让野猫野狗吃掉，不如天暖了再放。我认为李叔说得有道理，就搁下了。

转年春天，一个周六的上午，我与李叔一起上太平山放生。真要放了，又怪不舍的，我的情绪十分低落。在那片树林前立住，李叔说，现在你还可以反悔，给你五分钟时间，你决定吧。我凝视着锦鸡，它也正注视我。我说，还是让它解放了吧。我缓缓打开笼子，锦鸡迟疑着，我做了个飞的动作，它也迈了一步，又一步，仍在迟疑。它终于站在石头上，却没有飞。我问李叔它是不是不会飞了，李叔说有可能，等等看。我连做了两个动作，它扑棱一声，飞到树枝上。我哈一声，它会飞呢。锦鸡鸣叫几声，飞向树林深处，转眼就不见了。我以为它会回头看看我，但没有。我怅然若失，李叔拍拍我的肩，回吧，它会记着你的。

我和李叔准备下山，锦鸡却又飞回来，仍旧站在刚落过的树杈上，冲我鸣叫。我兴奋得五官都变形了，快看，它还认得我。李叔说，它当然认得，在和你告别呢。叫了几声之后，锦鸡再次飞离。李叔说，怎么样？它也舍不得你，你信了吧。我双目放光，憋足劲儿叫了声李爸。他愣了愣，说，好小子！

毛　头

父亲咳嗽了多半夜，母亲没睡好，满脸倦意。母亲心疼我，说我白天干活，不让我留在父亲身边。可我也心疼母亲，她也一把年纪了，况且她白天也有忙不完的活儿。我提出和母亲轮流陪父亲睡，母亲没拗过我，同意了。

父亲是从午夜开始咳嗽的，断断续续，凌晨三点，他坐起来。坐着就没那么剧烈了。父亲让我睡，说再不眯一会儿天就亮了。我倒了杯水给他，坐他对面。父亲说，你要不睡，就给我倒杯酒吧。我不同意，哪有半夜三更喝酒的。父亲央求我，就一小杯，待会儿咽了气，就喝不成了。我心下不忍，倒了一小杯。父亲伸出舌尖轻轻点了一下，喘着粗气说，酒也能止咳。我说，你喝酒总有理由。父亲咧嘴笑了。突然间，父亲变得严肃，毛头，咱爷俩说说话。

我到底还有多长时间？我清楚地记得，那个夜晚，父亲问得特别认真。我佯装生气，怎么又说这个？就不能说点儿别的？父亲说，人都是要死的，我想得开。我说，我要能掐算，不成神仙了？父亲说，你问问医生。我硬邦邦地，医生也不是神仙，要问你问。父亲说，你要不问，我就自己去，我还动得了。我瞪着他，你还嫌不乱？父亲固执地，我心里得有数，咽气前，把该交代的都交代了。我说，有什么话现在说吧。父亲瞪我，你咒我现在死吗？我气笑了，咋说你都有理。父亲说，你明天回趟老家，先把墓地选好。我说，我还没问医生呢，急什么？父亲说，选墓地很要紧。我不理他。父亲说，别把我埋在龙门，埋不起。这倒是实话，我咨询过墓地价格，最便宜的一平方米也要三万，好一点儿位置都要七八万。我没敢和父亲提，不知如何开口。父亲如此说，我大大松了口气。父亲说，把我埋在祖坟，祖坟不要钱，活着是你们的累赘，死了不能再成为你们的负担。我突然一阵羞愧，为自己刚才的想法。我小声说，如果你……父亲打断我，我要和你爷爷、太爷爷在一起。我说，听你的。父亲说，你明天回去一趟。我说，你急什么？父亲说，早晚也得回去，宜早不宜迟，定了我踏实。我问，还有啥交代的？父亲说，对你妈好点儿。他的腔调让我不快，这还用你交代？父亲说，你妈跟我一辈子，没享上啥福，说起来我是吃公家饭的，人人羡慕，可到头……连户口都没迁过来，我对不起她，也对不起你。父亲猛咳一阵，接着说，这房别卖，等着拆迁。显然在交代后事了，我有些难过。父亲说，这辈子让酒害了，我要不馋酒，不会这么糟，毛头，我是不是很自私？我说，我也爱喝两口，你都瞅见了。父亲说，我算个什么东西。我说，越说越离谱，醉了？父亲说，我还有些钱，不多，连你妈都没告诉。我笑了，那是你的喝酒钱吧？父亲在鞋垫下柜缝处都藏过酒钱，害得母亲每天像个侦探。父亲也笑了。我问，你的宝贝呢？现在拿出来让我瞧瞧？有一刻，父亲的脸变得僵硬，还有一丝尴尬。其实我是逗他的。父亲垂下头，我做梦都想有一件宝贝，咽气前传给你。我说，那你继续做，没准梦想成真呢。父亲抬起头，好像相信了我的话。

次日一早，我赶到长途汽车站。父亲催得急，况且如他所言，早晚要办。定了，他踏实，我也踏实。村庄距县城尚有四十公里，到村已经中午。我找到家族主事的长者，说明来意。我计划当日返回龙门。长者领我去了一趟墓地，我才知道事情远非先前想的那么简单。坟墓原本排列有序，也留了活人的位置，是按一具棺木的大小留的。那是过去的标准，现在丧葬风气变了，时兴大穴，一个逝者占去约两个位置。没有空位，后逝者只好埋在别处。虽然也在祖坟附近，但等于另立坟头。所以选墓不是一句话的事，要和族人商量，还要请风水先生。我只好住下。

长者问我墓穴什么样的标准，有一万八的，有两万八的。我吃了一惊，这么贵？长者说一万八的是硬砖砌墙，白灰壁，大理石地面，墓顶为水泥板。长者特意强调是龙门砖，三七式。两万八的仍是三七砖墙，但四壁全是大理石，有精美的图案。我问，含棺木钱吗？长者的表情有些复杂，顿了顿说，棺木是棺木的，有几千的，有几万的。我没吭声，这和在城里买公墓差不多了。过了一会儿，我问，不用丧葬公司不行吗？长者说，至少砌墓要用吧，莫非你还能自己砌？我真想自己砌，自己刮泥子，但我清楚，不大行得通。我问人们都选什么标准的，长者说当然一万八的多，也有选两万八的，你父亲怎么说也是吃官饭的，还是选两万八的好，不然面子上过不去。我说，其实都一样，人死灯灭。长者道，怎么可能一样呢？人在地上几十年，在地下是永久的，活着想好，死了就不想了？古代的皇帝坟墓盖得不比宫殿差，不就打算死了也过原来的日子吗？普通人活着过不上，死了总可以。你别认为黄土一埋就得了，那是你父亲以后的住处呀。我并不认可长者的话，不过没有反驳。况且，他只是建议，决定权在我。接下来又说了些别的，但我心不在焉。我来回权衡，睡觉前才决定。长者赞赏，这就对了，你父亲活着风光，跌倒头必须体面。

第三天我才返回。虽然超出我的想象，但还能承受，可以向父亲交差。我仰靠在座椅上，想眯一会儿，回去还有许多事等着。

电话响了，是黄理的。

贺　梅

上班的路上，我疾步如飞。总是这样，被追着似的，偶有人打招呼，我稍稍点下头，绝不停留。踏进总院大门，准确地说，捕到盛红敏的歌声，我的脚步才会放缓。院长虽多次批评我，但也经常表扬，从未迟到啦，爱院如家啦。他根本就不知道，我是因为牵挂一个人。值班医生不打电话，说明一切安好，但被噩梦扰了一夜，我管控不住自己。我只相信自己的耳朵。

盛红敏唱的是《廊桥遗梦》主题曲《此情永不移》。不知她脑里装了多少支曲子，如果上帝让我许愿，我第一个愿望就是钻进盛红敏的脑子。沟壑还是丛林？峡谷还是险滩？我常这样想。此刻，我小心翼翼地，就像踏过不知深浅的河流。

不待我问，值班医生首先汇报了盛红敏的情况。我点点头，问杨翠兰怎样。值班医生说还算安静，就是不让人靠近，顿了顿又补充，她只信你。我说应激性障碍常常把现实和想象混淆，思维混乱，但某一瞬间是清醒的，如果把那一瞬间拉长，长到几个小时甚至几天，等于在现实和想象之间竖起了隔离墙，那么就有治愈的可能。值班医生马上问，贺主任又有新点子了？我说谈不上新，只是把治疗方案调整一下。

把该做的安排妥，我才去杨翠兰病房。她每次来都住单间，谁让她是李丁的妈妈呢？我好歹有这个权利。除了去大街上指挥交通，更多时候她喜欢一个人待着。单间对她的病有利。她仍抱着那部暗红色的已经磨破皮的话机，睡觉吃饭上厕所也是如此，她生怕错过丈夫的电话。我坐在她对面，阿姨，你今天好漂亮。杨翠兰露出羞涩的笑，你也漂亮。我说，与阿姨比差远了。杨翠兰抓抓耳边的头发，都白了，怕他认不出我呢。我说，那怎么可能？你依然这么漂亮，叔肯定认得你。杨翠兰扭头望着窗外，换个煤气，咋这么长时间？不会被车撞了吧？我说，不会的，叔又不是第一次干这个，准是顺便办别的事去了，以前不也有过类似情形吗？杨翠兰的眼睛再度有了亮光，他车胎爆了，害我热了两次饭。我说，我就说是吧。杨翠兰嘟囔，也不打个电话。我说，周围没电话，怎么打给你？杨翠兰盯住我，手机呢？他带了的。我说，如果没电呢？他怎么打？她想了想说，也是。我做惊讶状，阿姨用什么牌子的搽脸油，好香！杨翠兰说，紫罗兰。我哇一声，这名字听起来就香。杨翠兰的脸颊微微泛红，他喜欢闻这个。我小声问，李丁不知道这个秘密吧？杨翠兰略显紧张，你别告诉小丁，他还小。杨翠兰的思维串台了。我立即道，好，我不告诉他，谁也不告诉。杨翠兰松口气，你真好。我问，外面有人唱歌，你喜欢吗？杨翠兰大幅度摇头，呜噜哇啦的，像哭一样。我笑笑，那是外国歌曲，你不喜欢，咱放点别的。我把小录音机拿出来，问，准备好了吗？然后轻轻一摁。低沉忧伤的二胡曲缓缓流出。杨翠兰怔了一下，仅仅是怔了一下。好一会儿，她才盯住录音机，眼睛有些大。我屏住呼吸，观察着她的反应。但她只是瞪着，仿佛那是她从未见过的怪物。阿姨，我轻声问，你以前听过吗？杨翠兰没有反应。等了一会儿，我又问。杨翠兰说，听过，老早了。我迫不及待，你能记起什么时候在哪儿听到的吗？杨翠兰说，老早了。我启发她，是不是和小丁一块听的？杨翠兰摇头，忘了。我问，你能听出是什么乐器吗？杨翠兰眨眨眼，不会是二胡吧？我竖起大拇指，阿姨太牛了！怎么样？好听吗？杨翠兰说，也像哭。我立即摁下停止键，不听这个了，咱换一曲欢快的。除了《二泉映月》，杨翠兰的前夫最喜欢拉《赛马》。激昂的旋律在屋里回荡，杨翠兰皱皱眉，但仍在倾听。她的身体慢慢向桌子倾斜，我小心翼翼地叫声阿姨。杨翠兰突然竖直，关了！太乱了！！我说，听阿姨的。杨翠兰喘气不匀，像随奔马跑了一圈。我问，你也听过是吧？是和小丁一起么？杨翠兰摇头。我说，不要紧，你慢慢想，想起来告诉我，有奖励哦。

回到医办室，我从柜子里取出二胡。李丁送来时，两条弦均已断掉。我找人安了两根新弦，调了音，定了调。装扮换了换，身体仍是原先的。只待乐师奏响，那是下一步计划。循序渐进，不可操之过急。家具、器物，包括杨翠兰的记忆都与李丁的继父有关，唯有这把二胡是李丁生父的。李丁的生父挤进杨翠兰的脑子，那么另一个人就有可能往外退，哪怕一点点。我承认这个想法有些疯狂，但作为精神科医生，我知道药物永远达不到最佳疗效。我没十足的把握，只能试着往前走。李丁犹豫了几天才答应。我知他担心什么，那也是我担心的。但李丁还是相信了我。没他的配合，试验不能进行。今天是第一次治疗，还算满意。我给李丁打了电话，末了说，谢谢你。李丁叫，贺梅，你是打我脸吗？他在大街上，我听得出来。我说，不，我说的是心里话，阿姨出院那天，我请你吃饭。李丁生气了，你越说越不像话了。我笑了笑，小心开车，见面再聊。

我不是心浮气躁、沾沾自喜的人，但那天有些兴奋。很想找个人说话，最好喝上一杯。院长、助理、护士，想了一遭，没有合适的。我犹豫一下，给他发了短信。他是我的病人，失眠症患者，是我治愈的。在治疗期间和他有了关系。但我从不联系他，除非他给我打电话。他很忙，几乎每天都能从电视看到他。离婚后我独自生活，有的是时间，他发信号，我即刻赶到宾馆，像个应召女郎，但我不以为意。除了时间，我只有寂寞。他曾提出让我去个轻松的地方，那是他一句话的事。我说考虑考虑。他没说什么，冲这一点，他挺善解人意的。过了半小时，他回信了，检查组来了。没有多余的话，但我清楚那五个字的分量。每一个都超过我的体重。我并不怪他。我想起范大同，也许他可以。有些滑稽，怎么想起他了？虽然我不再恨他。时间确实是良药，但也没有彻底将过去放下，对饮欢庆？拉倒吧。

夜晚降临，我开了瓶红酒。法国的。我没要过他任何东西，除了酒。我还抽烟。院长眼毒，问我平时抽哪种牌子。我当然不会回答。我只在自己的房间抽，什么牌子都与他无关。我打开录音机，盛红敏的声音响起，是《昨日重现》。我录了好多，说起来，盛红敏是陪伴我最多的人。酒与歌声一道流进我的身体，带着些许醉意，我跳了一段舞，在昏沉中进入梦乡。

次日，我的脑袋有些沉，但没在床上拖延。仍旧步履匆匆。范大同是在我抚摸那把二胡时进来的。我停下来，问他睡眠怎样，是不是还需要开药。范大同扬扬手里的食品袋，说来看看庞丁的母亲。我说，这里都是特殊病人，没有家属的同意，不能探视，你问过李丁了吗？范大同说，我只是探望一下，送些吃的。我拿起电话，范大同可怜巴巴的，贺主任，求你。我说，那么，请你离开吧。范大同说，这些东西你交给她，好吗？我停了一会儿，说只此一次。范大同说我保证，如果……我竖起手指，他说，好吧，谢谢你了。他仍站着。我问，你还有事？他上前一步，欲拿二胡。我拦住他。范大同问，这不是庞丁父亲的二胡吗？我看了他好一会儿，你认得？范大同说，当然认得，你知道，那会儿我和庞丁天天腻一块，每次去，他父亲都拉二胡，喏，这缺了一个角，是庞丁碰到地上磕的，弦是刚换的吧？我说，没错，就是那把。范大同问，怎么在你这儿？我说，你开始办案了？范大同带了些歉意，对不起，我是好奇。或许是他歉意的神情触动了我，或许是我仍沉浸在治疗的兴奋中，对他简单讲了。范大同满脸疑惑，这管用？我说，你该离开了。范大同叫，我可以帮你啊。我冷冷地，这里不是刑警队。范大同急躁地，听我说行么？要唤起庞丁母亲的记忆，最有效的不是二胡。轮到我疑惑了。范大同目光闪亮，他生父不比二胡管用？我问，你什么意思？范大同说，你该明白的。

李 丁

突然看见了庞有亮。

我猛地踩了下刹车，坐在后排的女士几乎撞到隔离网。顾不得那么多了，我迅速右靠，停车，往庞有亮行走的方向追了几十米，已无踪影。从路口拐进去是古玩市场，人头攒动。我扫了几眼，不甘心地拽回目光。女士问发生了什么，听得出她的不悦。我说实在抱歉，收你半价。女士立即不吭声了。从火车南站返回，我走进古玩市场。我不懂行，平时极少到这种地方。转了两遭也没扫见那个身影。或许是幻觉，但也有可能是他。虽然只看个侧面，但脸形、走路的姿势都错不了的。二十多年过去，庞有亮还有他犯的事早已被忘记，他本人也会这么想吧，那么他回龙门瞧瞧也极有可能。如果是这样，总有一天会撞见他。

用庞有亮治疗杨翠兰的病，我觉得实在荒唐，但架不住贺梅劝说。那些理论那一堆专业术语我听不懂，她打的比方我是明白的。她说如果汤咸了，最好的办法就是用水稀释。我答应配合，万一有可能呢？就不用整日把杨翠兰关在牢笼里了。

庞有亮的痕迹已剔得干干净净，只有那把二胡留了下来，和扳手、改锥一起藏在顶棚的角落。杨翠兰最该丢弃的是二胡，因为庞有亮拉起二胡便把一切抛诸脑后，杨翠兰深恶痛绝，几次扬言要砸烂二胡。可是，她没有丢弃。我想不通，问贺梅。贺梅说每个人心里都藏着秘密，本人也未必能破解。贺梅回答了我，我却不知道答案。但不管怎样，二胡是庞有亮的宝贝，唤起杨翠兰的记忆该是可能的。但愿吧。

庞有亮也移出了我的脑子。偶尔记起，也如飞烟，转瞬即逝。我以为和他再没有关系了。贺梅开始对杨翠兰治疗后，他频频闪现。起初只是一粒粒悬游物，慢慢连成一条条线，之后便一块块堆在那里，由模糊渐至清晰。那年中秋节，杨翠兰把排骨炖在锅里，让庞有亮看着，她去商场买月饼，这天月饼打折，她是会过日子的女人。她特意嘱咐庞有亮好好盯着。庞有亮倒是没拉二胡，值了夜班，他睡着了。杨翠兰风风火火地赶回来，庞有亮刚刚被烟呛醒。杨翠兰的嘴可不是吃素的，庞有亮招架不住，便向我求救。是的，只有我能平息杨翠兰的怒气。事后庞有亮塞给我三元钱作为奖赏。我常常闯祸，庞有亮常被请到学校，校长、政教主任、班主任都训过他，彼时的庞有亮像罪犯一样弓腰点头，发誓要狠狠收拾我。他把他们都骗了，他所谓的收拾就是拉二胡的时候罚我站立。只有一次，他当着某女生的家长扇了我一掌，拎着我的耳朵怒冲冲地离开。走出校门，他就说，如果他不动手，那个女人就先动手了，或许就不是一巴掌。他还说，不管什么场合，都要动心眼。

我想起了很多……

是不是这个原因我出现幻觉，而并非庞有亮回到龙门？我不知哪种可能更大。我再难以专注，从早到晚，坐在车里左右扫视。当看到一个人，还在很远的地方，只是有几分相像，我便点下刹车，放慢速度。然后加速前进。我清楚，这很不应该，但就是不由自主。有一次，一个客人恼怒了，虽然我再三解释致歉，他还是叫我停车，骂骂咧咧地走了。

我给杨翠兰送换洗的衣服，贺梅说进展还算顺利，如果治愈杨翠兰，盛红敏也有希望。盛红敏的歌唱得棒极了，她没准能重返舞台。贺梅吃了兴奋剂般。盛红敏家喻户晓，我当然知道。贺梅从脚底拎出一盒茶叶，让我带走，说有些家属蛮不讲理地谢她，她实在招架不住。我说，那是谢你的。他们不知道我最在乎的是什么，她说，你该知道的。我下意识地瞅瞅贺梅的小臂，那儿有一道疤痕，是被家属划伤的。我当时说，干吗不改行？她回答我说，慢慢你就知道了。

我开始给阿姨减药了，贺梅仍沉浸在兴奋中，我找到一个愿意来医院拉二胡的人，在唤起阿姨一部分记忆后，我就让他当面拉给阿姨听。然后，她突然盯住我，怎么了你？心不在焉的。我说，没有啊。贺梅笑笑，骗我！我问，什么时候可以出院？贺梅问，怎么啦？我说，没怎么，就是问问。贺梅摇头，我给不了你准确时间，心理疗法，我也是尝试。你安心开你的车，我在这儿，你尽管放心。费用的事，我已经向院里申请，应该没多大问题。我忙说，这就不必了，已经给你添了太多麻烦。贺梅反击，这话很伤人呢。我说，我检讨，不过，确实是，医院不是你家开的。贺梅说，不是没有先例，况且我在阿姨身上进行的治疗是试验性质的，在别的医院，所有试验药品都是免费的。我知道你这个人，怕麻烦别人。我不是别人，对不对？其实，应该感谢的人是我，没你的信任，我怎能进行下去？我说，好吧，听你的。贺梅说，这就对了，只要能治好阿姨的病，别的都是次要的。我说，是。贺梅打趣，那为什么还垂头丧气的？

我想向贺梅说的，见了她又不知道怎么开口。在她追问之下，我讲了最近的一切。沉默一会儿，贺梅说，幻觉的可能更大一些，相隔二十多年，即便他真的回来，相貌体形会发生很大变化，你怎么可能一下认出来？我说，万一他真的回来呢？贺梅说，纠缠你的不是他是否回来的问题。我问，那会是什么？贺梅说，说起来缥缈，但你被困住了，他若回来，被你发现，你该怎么办？报警，还是视而不见？我被问住。

范大同

去年，局里将十宗案件列为重案，都是陈案。破获了几起，其中一桩命案，嫌疑人逃亡二十八年，更名换姓，娶妻生子，还是个小老板。此案的侦破给局里长了脸，庆功会副市长都参加了。海燕电子厂失窃案不在重点之列，根本就没人提起，似乎被遗忘了。如果不是去看庞丁母亲，我也想不起来。庞有亮外逃多年，或许练就了狐狸的嗅觉，但更重要的是缉捕他的网没有持久地张开，可能与涉案金额不大有关吧。如果庞有亮是一剂药，没有什么比把他本人带到杨翠兰面前更有效。我一直想为庞丁做些什么，我希望和他回到从前。那么，就从这个案子开始吧。

当年负责此案的队长三年前因病辞世，接手的警员也已经退休多年，在秦皇岛与儿子住在一起。我去了一趟，约老警员在餐馆见面。老警员双鬓斑白，但面色红润，状态很好。我迫不及待，直奔主题。老警员轻轻哦了一声，说，这是真正的海鲜，你尝尝，在龙门吃的不新鲜，即便是活的，也没这儿的味道。我说，我可不是来吃海鲜的，我更喜欢牛羊肉。老警员说，习惯就好了，我刚来也吃不惯，现在没海鲜喝酒都没味儿。我说，还是说案子吧。老警员问我多大了，我说这是你当年的习惯吧。老警员说，你四十上下吧，我在这个年龄也觉得自己跟铁块似的，一有案子几宿不睡，抓捕了嫌疑人，那个兴奋。但人毕竟不是铁，说老就老了，好些案子没着落，揣了一堆遗憾退休。哪能事事如意？可这股劲就是缓不过来。刚退那几年，做梦都是案子的事，现在好些了，那已不属于我。我理解你，但你纵有三头六臂，也难免遗憾，干吗这么急？我说，我已经订了返程票。老警员说，那么久了，总得容我想想，来，这是母蟹。

我拽掉螃蟹的腿，老警员缓缓开口。那个案子我记得，因为接手时我有点情绪。有一桩大案，没让我参与，理由就不说了。干咱这行，谁不想啃硬的？普通案子没什么劲。当然纵有情绪，我也不马虎。只是……我调查的时候，海燕电子厂已经被北京一公司收购，生产的也不再是收音机，工人退的退，调离的调离，认识嫌疑人且有过接触的也就三五个人。当时的两万块钱还算个大数，后来就不算什么了，我调查的那几个人对嫌疑人不是很了解，对他的评价只有一个字：傻，竟为两万块钱扔下老婆孩子跑了。当然，也有关于嫌疑人的传言，如受情妇蛊惑等，没有证据，不足为信。他们对抓不抓到嫌疑人毫不关心，反问我，为什么还查？就是把他抓回来又能怎样呢？觉得嫌疑人不值得，警察也不值得。只有那个躺在病床上的原厂长有些激动，他因为这个挨了处分，但也提供不了什么线索。这桩案子在我手里没什么进展，我只是补充了些调查笔录，发了些协查函。你在卷宗里看到了吧。其实也没什么可调查的，窃款逃亡，所有的证据都指向他。如果发现他的匿身处，直接抓捕就可以。我一度想从他家属那里寻找线索，做了那个女人很多工作，但没有收获。对了，你为什么突然对这个案子感兴趣？难道没有更值得破的案子了？我说，所有的案子都值得办，大小只是性质问题。老警员别有意味地笑笑，我差点忘了，你是个副队呢。我沉默一分钟，这桩失窃案发生时，我正读小学，嫌疑人是我要好同学的父亲。老警员点头，凡事必有缘故，祝你成功。我问，嫌疑人是否有同伙？老警员说，卷宗里不写着吗？我说，是写着，但我发现前后意见并不一致。老警员说，廖队长起先认定是有同伙的，后来排除了这种可能，理由写得清清楚楚，我倾向于有同伙参与，却写不到纸面上。我问，为什么？老警员说，只是个人感觉。我说，很想听听。老警员说，那天傍晚，嫌疑人去十字街口的商店买了一瓶二锅头，他常去那儿买东西，店主认得他。在他值班的办公室发现了瓶盖，但没发现酒瓶，应该是离开时带走了，或是扔到什么地方，反正厂子里没寻见。谁会在出逃时揣半瓶酒？我认为瓶里的酒已喝光了，他没那么大酒量，该是两到三人一起喝的。可是现场只有他一个人的脚印。还有，如有同伙，应一起出逃，但廖队长调查过，市区没发现无故失踪人员。他逃了，同伙像平常一样过日子，这说不通啊。所以，我只是感觉，你知道，干咱们这行的，有时管不住脑子。咦，快吃啊，都凉了。

从秦皇岛到龙门只有慢车，要坐十多个小时。距开车尚有两小时，我在街头转了转，买了几张报纸，好打发火车上的时间。广场入口处有一乞丐，蓬头垢面，每有人经过，就举起不锈钢茶杯。我扫他一下，没怎么在意，脑里似乎有东西在飘，我竭力抓住。走出十几米，我终于捕到，突然一个激灵。我返回，慢慢走到乞丐身边，将买报纸找回的一元硬币投进钢杯。当啷一声，很响。乞丐说谢谢，却没抬头。我摸了摸，没硬币了。我问，你饿吗？要不要吃些东西？乞丐仍未抬头，虽然头发长，脸也脏，但脸的轮廓还是看得清。那一刻，我的心都快蹦出来了。我说，如果你饿，我可以买些给你。乞丐说，包子，猪肉大葱馅。乞丐猛抬起头，两笼我才能吃饱。我愣了愣，说快到点了，丢下二十元离开。乞丐在我背后说，你是好人，愿你长命百岁。

我边走边想，也许庞丁的父亲已经沦为乞丐，两万块钱够干什么？以往的思路，总认为他藏匿在什么地方，如果成为乞丐，就没有藏的必要，或者说，是另一种形式的逃亡，是被警方忽视的藏匿方式。甭说在陌生的地方，就是在龙门的街头流落，又有几个人能认出他？缉捕思路该调整一下。只是——我突然想，如果将已沦为乞丐的庞有亮拎到庞丁母亲面前，他是药，还是毒药？我和庞丁的裂痕就此愈合还是越来越宽？在那一刻，我感觉自己和那些疑问同时悬在了半空。

毛 头

我登上公交车，站在距黄理最近的位置。他说，我等你好几天，每天都揣着，恰今天没带。我说，我不是来拿钱的。黄理问，那你来干什么？我说，找你呀。

事没办成，黄理要把钱退我。接到电话那一刻，我觉得心被整个挖掉了。就在长途汽车上，我给其他人打电话。有的当场就拒了，有的过两天告知帮不上忙。妻子不知怎么和一个陪床家属搭上话，那人说试试。今天上午给了回话，又一扇门堵死了。我又想到黄理，他是唯一的指望。我没把钱取回，就是怕断掉这根线。到公交车上找黄理有些不妥，但我实在等不及了。

我小声讲了，黄理没吱声。到了终点，人下空了，黄理方说，不是我不帮，朋友说难度大，我有什么办法？我说，你再和朋友说说，使使劲呗。我掏出刚刚取出的一万块钱，说只要能成，钱不是问题。黄理乜斜我，毛头你疯了吧。他挡了一下，我还是把钱塞给他。你把我的话转给你朋友，帮帮我，行吗？我摇晃着，快站立不住了。黄理说他就再拽下脸试试。我说，无论如何也要办成。黄理说，没有这么说话的。我说，对不起，这两天我脑袋要炸了。黄理问，为什么非要去二小？大镜门有学校呀。他已是第二次问。我没有正面回答，说哪怕砸锅卖铁。

从第二天开始，我不住地给黄理发短信，诸如，天热了，黄哥多喝水；吃了么，要不要坐坐？还有一些黄段子，让他解闷。黄理终于烦了，别催我好不好？我盯着那个问号愣了好一会儿，回复：对不起。我有催促的意思，但不完全是。

第九天，终于等到黄理的电话，他张嘴先骂我，但声音里满是兴奋。那时，我正站在架梯上干活，举一托板泥子。巨大的喜讯差点将我击倒，我晃了晃，一只手撑住墙，黄哥，谢谢你。黄理又骂，你小子，没日没夜地催。我说，今晚坐坐吧，我给黄哥赔罪。黄理说，还是免了吧，我都怕你了。我再三恳求，黄理应了。挂了电话，我仍打摆子一样抖，直到女业主进门。她是个孕妇。我的失态被女业主瞅在眼里，她问我是不是发烧了。我说没有啊。女业主说，你在抖哎，我瞧着都晕。我说，有点累。女业主说，那你歇歇吧。我笑笑，不妨事。女业主说，得给我刮平哦。我说，你放心，我干这个不是一年两年了。我凝神屏气，终于平静下来。女业主没有离去，这是要监督了。她有一搭没一搭地和我说话，提及孩子，我告诉她，小女儿在第二小学就读。女业主甚是吃惊，真的呀？你可不简单呢。我不是爱吹嘘的人，那一刻也不知怎么了。女业主问我家在哪儿，我说大镜门。女业主叫，那更不简单呢。她说买这处房就是为了孩子将来能上二小，多花很多钱呢。我瞄瞄她的肚子，暗暗叹服，也就六七个月吧，与人家相比，咱那点本钱算什么？

中午，我买了两个肉包，一瓶啤酒，找处干净的台阶坐下。身后是女业主的小区，对面是第二小学，学校已经放假，校园空空荡荡。庆祝的彩色气球早已不在，只有旗帜在飘。我的小可就要成为这里的一员了。我觉得和这所高大上的学校有了某种亲密关系。一个人在校门前溜来溜去，立刻引起我的警觉。他有些鬼祟，我停止咀嚼，死死盯着他。如果他有什么企图，我会立即冲上去。过了一会儿，有一个人走到他身边，两人握握手，走向停车场。我吁了口气，继续吃包子。

啤酒只是庆祝序幕，晚上我和黄理猛猛喝了一场。我对黄理说，小可入学那天，要在龙门最高的旋转酒店摆一桌，约上他的朋友及朋友的朋友。黄理说等小可上了大学，我说那怎么行，一定要摆！黄理用手指点着我，你呀，真拿你没辙儿。

出餐馆，我踉跄一下，黄理问不要紧吧，我说再喝半斤都没问题，硬是把黄理送上公交车。路上的情景我仍记得，穿越小桥时，我坚持不住，趴在栏杆上呕吐起来。我醒来时，躺在父亲身边。父亲将水杯递给我，渴了吧？我揉揉发胀的脑袋，我怎么回来的？父亲哼一声，鬼知道你怎么回来的。我使劲地想，还是想不起。我说，这么晚了，怎么不睡？父亲说，我等着喝酒呢，你拎个空瓶回来。我看看表，已经后半夜了，说，赶紧睡吧。父亲说，睡不着，觉越来越少了，怎么喝这么多？我说，小可上学的事定了。父亲说，难怪，醉一场也值。又说小可的事解决了，该操心操心他了。我说，瞧你这话说的。父亲问，你问医生了么？我问，问什么？父亲很不满，我就知道你不上心。我想知道还有多少天，你就不能问问医生？我又气又好笑，没见过你这样的人，非要掰着指头算。父亲固执地，我想知道。我说，那你问去呗。父亲说，医生不会告诉，不然我就去了。我说，不告诉你，就能告诉我？父亲说，你不一样，医生会说实话。父亲像中了魔，我的争辩和劝说丝毫不起作用。

贺　梅

二胡曲唤起了杨翠兰部分的记忆，虽然我说不准那部分究竟是多少。是温暖的，还是伤感的，我心里也没谱。但我清楚，那部分记忆如窗户的缝隙，终会变宽，直至彻底打开。也许会刺激到她——还有什么比目击丈夫的车祸过程更刺激呢？那是她应激性障碍的病因——但若能驱散她的阴霾，那也值得。

杨翠兰抱电话的胳膊松弛许多，我试着从她怀里拽出来，但未能成功。我一碰她又抱紧了。她紧张地，贺大夫，不能动。我说，我替你保管。她拼命摇头，不行，他李爸快来电话了。我说，好吧，咱边听边等。一天上午，我终于把她的宝贝拿到手。我轻轻放到桌上，继续和她听二胡曲。她很投入。一曲终了，她突然兴奋地叫起来，我知道了，这是《赛马》！我比她还激动，你确定？她的目光画画一样绕了一圈，就是《赛马》。我说，恭喜你。杨翠兰不安地，你真要奖我？我说，当然，有奖状，还有奖品。都是准备好的。奖品是一块放在塑料盒里的蜂蜜蛋糕。她吃了一半才想起电话。我说吃完再给她，她不肯，一定要抱在怀里。

半个月后，我觉得火候差不多了，电话脱离她怀抱的时间越来越长，最长的纪录是三小时。播放的那几支二胡曲，她均说出了曲名。我和杨翠兰讲，她表现越来越好，所以打算给她举办一场专门的音乐会。杨翠兰问是不是要去剧院，我说就在这儿，观众就你和我。杨翠兰问李丁可以听吗？我说那就把李丁也喊来。

那天，杨翠兰换了一身新装，我打趣她像新娘一样好看。我注意到李丁的眼神，这样的玩笑让他紧张。接到我电话那刻他心上的弦可能就绷着了。杨翠兰努努嘴，竟有几分羞涩。

乐师如约而至，灰色中山装，黑裤子，这是杨翠兰前任丈夫最喜欢的装扮。我窥视着杨翠兰，她没有特别反应。像正式演出一样，乐师深深鞠了一躬，我碰碰杨翠兰，她随我鼓掌欢迎。没有序幕，没有过渡，乐师往凳上一坐，直接开场。乐曲如瀑，我立刻觉得自己被浸透。再瞧杨翠兰，微张着嘴，要大口呼吸的样子。也就是三五分钟，杨翠兰突然喊，别拉了！乐师颤了一下，并没有停。他在等我的手势。杨翠兰坐在我和李丁中间，这样安排自然是以防万一。没想杨翠兰动作神速，猛跳起来扑向乐师。相隔不过两米，乐师根本没有躲闪的时间和空间，径直被她扑倒。我和李丁把杨翠兰拽开，李丁死死抱住她。我扶起乐师，说了一万个对不起。杨翠兰仍在跳叫，我暗暗想，亏得李丁在场。

回到医办室，乐师摸着被杨翠兰抓伤的脸，很是恼火。你说她是个病人，可没说她是个疯子！我说，她就是病人，这世上没有不得病的人，她的病不过特殊些。又说了些致歉的话，在费用上做了补偿。

杨翠兰已经安静下来，那部电话又被她牢牢抱在怀里。我让李丁忙他的，李丁不放心。我说，我心里有数。李丁压低声音，你要继续吗？我说，当然，疗效很好，为什么要停止？李丁说，药还是按量用的好。我说，心理干预也是药，而且是可以根治的药，你既然相信我，就相信到底。李丁垂了头，好吧，有情况随时给我打电话。我说，你配合我的最好方式就是安心开车。李丁说，这几天我挺好的。我说，那就好。

我削了一个苹果，一半给杨翠兰，咱们边吃边听好吗？就像昨天一样，女人多听音乐会变得漂亮。我观察着杨翠兰的反应。她没有反对。播完一曲，我问，是不是比刚才那个人拉得好？她好像没听见，小心翼翼地擦拭着电话机，但我知道她在听。好半天，她终于抬起头，带了些戒备。我笑笑，这是考试题，你必须回答。她的目光变虚，像被大雾笼罩住。我轻轻击击桌子，浓雾慢慢散开。我说，其实，我清楚你在想什么。杨翠兰缩缩肩。我说，乐师是我花钱雇来的，你把他赶跑了，不过，我不生气，他让你想起一个人，对吗？杨翠兰低下头，继续擦拭。我问，那个人，你恨他？杨翠兰顿了顿，说，不。我加重语气，你撒谎了，你还在恨他。杨翠兰抬起头，没有。我说，你该恨他，若是我，也会恨他。杨翠兰满脸惊愕。我说，不过，你细细想想，有些地方，他还是不错的。杨翠兰摇摇头。我说，不急，你慢慢想，咱们再听一次《赛马》好吗？杨翠兰轻轻点头。

李　丁

我刚发动着车，范大同拽门进来。我就知道你在家，为什么不接我电话？我说，静音，没听见。范大同哼了哼。我也没好气，我犯了什么事吗？范大同说，想和你谈谈。我说，没空，还得挣钱呢。范大同说，我打车，你不至于拒载吧。我不情愿地，去哪儿？范大同说，南站，走西坝岗。

西坝岗堵车程度仅次于长青路，那天还好，踩油门的脚可以用力了。范大同喂了一声，慢点开。我问，什么时候司机归刑警管了？范大同掏出钱夹，将两张粉色的百元大钞拍在仪表盘上，是这个价吧，我包了。我没吭声。过了一个红绿灯，我放慢速度。我暗暗猜测范大同找我的目的。他肯定有目的。虽说后来我和他来往不多，但他是什么样的人，我最清楚。不需要问，等他开口就是。范大同发完信息，偏过头。我不理他，目视前方。范大同盯我一会儿，将头转向车外。我心里嘿嘿几声，你是刑警队副队长又能咋样，我不犯法，你还能把我铐了？我以为范大同只是暂时沉默，好大一阵，他仍没开口，不由扫扫他。他并没有陷入沉思或发呆状态，而是瞅来瞅去。这小子在欣赏风景？抑或是检查市容市貌？这不可能，他没这份闲。报纸上说他忙得没日没夜，午饭夜晚吃，晚饭凌晨吃，他的时间像黄金一样。他似乎在寻找什么人……突然一个激灵，不由踩下刹车，猛了些，范大同上半个身子几乎倾倒。没这么撒气的，他说。我没接茬。庞有亮才从我脑里淡出，最近几日，我再没看见他。或如贺梅所言，那不过是我的幻觉。但范大同的怪异举动……我只和贺梅说过，难道贺梅告诉了范大同？有万分之一的可能，范大同也不会放弃，我又想起记者的话。他是来追捕庞有亮的。一定是这样。他以为坐在我的车上，抓捕庞有亮就更有把握。他打小就想当警察，也确实是这块料。但这次他要失望了。我冷笑一声。

南站乱哄哄的，我说这儿不能久停。范大同说，谁说要停？往回返，走清河路。我有些恼火，你这是干什么？范大同说，我不能告诉你，别忘了，我是包车。我说，把你的钱拿走，我不拉你了。范大同说，小心我投诉你。我哈一声，随便。范大同语气柔软了许多，庞丁，我——我打断他，我叫李丁。范大同说，好吧，那就李——丁，我没折腾你的意思，绝没有！我直视着他，那你要干什么？范大同说，我会告诉你的，但现在不行，先开，好吗？如果我拒绝，他会乞求我，这也是他的本事之一。

说实话，我有点紧张。我粗声大气，也是为了掩饰。我并不担心庞有亮被范大同抓捕，如果他确实溜回龙门的话。可不知为什么，我还是紧张。这种感觉从来没有过，在范大同面前。

范大同仍是捕猎的神态。他在找人，确定无疑，也许还揣着手铐呢。这时，我倒希望他和我说说话。我几次偏头，他没有任何反应。快到古玩市场时，我感觉心跳在加快。范大同嘿了一声，我下意识地问，怎么了？范大同回头望了望，路面有一只被压死的鸟，我以为你会躲过去。我讥讽，警察都这样？范大同说，你可是为鸟举办过葬礼。那是放归锦鸡的那年冬天，我在西太平山发现十多只冻死的鸟，用捡来的石头垒了个坟包。我说，挺奇怪的，一个连誓言都能扔到脑后的人，却会记住一些烂芝麻。范大同说，你有资格损我。我说，我哪敢，除非你借给我胆子。我以为他会回击，但他只是笑笑。

依照范大同的吩咐，我把车停在路边。范大同走向明德北超市。我摸出手机，翻出贺梅的号。听到贺梅的声音，我突然语塞。怎么不说话？贺梅问。我深吸几口，喉咙畅通了些。昨天吃多了，我说。贺梅笑了一声，学会幽默了，吃什么大餐？我说，烙饼卷大葱，还有酱菜丝。贺梅说，故意来馋我。我能想到她板起脸的样子，忙说，打扰你了吧。贺梅说，真不经夸，是要和阿姨说话么？我说，不用了，晚上去看她。贺梅说，状态挺好的，安心开你的车吧。合上手机，我吁了口气。就算贺梅说了，也是无意的，怎么可以问她呢？

范大同出来了，拎了一大包东西。他把东西扔到后座，仍旧坐到副驾驶。西太平山，他说。我怔住，去那儿干什么？范大同反问，我必须告诉你吗？我说，开不上去的。范大同说，非要我一遍遍求你，你才答应？我一声不吭地发动了车。

山门在半腰，门是伸缩的。范大同亮出证件，守门人把门打开。我说，这算不算以权谋私？范大同笑了，你打算告发我？我反问，以为我不敢？范大同说，那我告诉你，我在工作。我说，这钱也是单位报销？范大同笑出声，审问我呀？我有权保持沉默。

就停在这儿吧，范大同指了指。路侧有几株山桃树，山桃拇指大小。山桃长不大，也就这样了。范大同拎着袋子走了几步，回头，下来呀。我说，我是司机，没义务陪你干别的。范大同走过来，算我求你，给个面子行不？我迟疑一下，推开车门。

范大同说到西太平山，我就想到朝阳亭。范大同从食品袋掏出火腿肠、鸭蛋、矿泉水、罐装啤酒，还有面包。他拧开矿泉水瓶盖递给我，自己开了一罐啤酒。你还记得吗？咱们比赛谁吐得远。我说，忘记了。范大同说，那时，什么都有趣。我说，成功人士都喜欢怀旧。范大同说，反正没旁人，你随便损随便骂，就像——我立即道，我可不敢。范大同并不在意我的冷嘲热讽，继续道，一晃就四十了，真他妈快。我说，报纸上说你忙得睡觉都没工夫。范大同仰脖，把整罐啤酒全倒进去。你生父酒量多大？他抹抹嘴角的泡沫问。我愣住。我见过他喝酒，不知道他酒量多大。似乎漫不经心，但我瞧出他是有准备的。是的，他从来是有目的的。我瞪他好一会儿，才问，你绕了半天，就是为了问这个？你直接问就可以，何必兜圈子？还搭上二百块钱。范大同笑笑，直截了当，你会回答？我恼怒地，你以为兜个大圈子我就会回答？范大同说，前几日在秦皇岛火车站广场碰到一个人，很像庞叔。我哼了哼，那你把他抓回来呀。范大同说，可惜不是，我想他说不准会回到龙门。我问，有人告诉你了？范大同说，这倒没有，仅仅是个人推测。我问，你什么意思？要审问我么？范大同又开一罐，做个碰杯的架势，怎么总是气冲冲的？我意识到自己的反应确实激动了些。静默几分钟，我问，你到底想干什么？范大同问，你不想知道他的下落吗？我没有任何犹豫，极其干脆，不想！范大同说，那桩案子历经三任队长，现在我接手了，但要破获，需要你配合调查。我重声强调，我不想知道他的下落。范大同欲拍我，我躲开。他说，我是警察，既然接了，就不会罢手。

范大同

出了戒毒所，我没有立即上车。腿有些沉，每次都这样。你他妈把两个女人都毁了。庞丁的声音带着彻骨的寒意，那是很多年前了。当警察一直是我的梦想，却被挡在门外。终于有了一线可能，我不愿错过，哪怕挤得头破血流。我是坏人吗？我不清楚。从帝王到乞丐，谁不设计谋划自己的人生？我没想伤害谁，许多事非我所愿。当然，不能排除我的嫌疑。那些被我抓捕的嫌疑人个个都要辩解，有时我挺羡慕他们，信口开河，胡说八道。而我只能默默承受——干什么不付出代价？

我点了一支烟，望了望湛蓝的天空。一行大雁飞过，不留任何痕迹。我给岳母打了个电话，说若云挺好的，医院那边也已经联系妥当，明天一早我开车去接。老头散步淋了点雨，他没在意，夜里便发烧了。吃了药烧退了，却断断续续地咳嗽。老头似乎对医院怀有恐惧，我和岳母为劝他费了许多口舌。如果是我父亲，我早发火了。但对老头不能。以前不能，现在更不能。岳母压低声音，问那个专家的情况，我说没问题，放心。岳母不说话了，但并未挂电话，我眼前立马浮现出她嘴角下弯的弧度，于是补充了专家的相关信息。岳母嗯了一声，说听人说起过。

本来有别的事，路上接到小李的电话，我立刻拐了方向。小李一路小跑迎上来，叫声范队。看得出来，他已在台阶等候多时。翻来覆去就那几句话，嘴硬得很，小李解释，掩饰不住他的恼火。我摆摆手，让他先去休息。小李略显不安，范队？我说，后面还有任务，你把觉补够了。

嫌疑人看见我，坐姿马上有了变化，垮塌的腰立时竖直。昨日抓捕的，入室盗窃。审问非常顺利，连以前的两起也交代了。但问题就在于太顺利了，他有急于交代的迫切，似乎被"抗拒从严、坦白从宽"几个字震住了。实话说，我之前没太把他放在心上，觉得不过是个小毛贼，他尚显青涩的脸在戴上手铐的同时几乎被恐惧扭歪，整个人都在战栗。审讯时依然战战兢兢，一度不能进行。我和颜悦色，说了些改邪归正之类的话，他方放松下来。其实，他交代的同时我就有所怀疑。他言语流利，眼神却游移不定，完全不在一个节拍。我相信自己的感觉，他不是普通窃贼。审讯交给小李，他需要锤炼。小李撬不开，只能我来。

我盯着他，一言不发。审讯时我有隐秘的难以言说的兴奋，因为在嫌疑人面前我不会矮着。我从不抱怨忙碌，闲着对我是折磨。

和我对视一会儿，他的目光缓缓移开。该说的都说了，他等了几分钟，见我没反应，补充道，没什么可说的了。闭嘴！我喝。他甚为惊愕，眼神带着试探。我仍旧瞪着他，目光不凶，并非凶才起作用。有些嫌疑人耐不住我的瞪视，十多分钟就缴械。当然有例外，不是百发百中，那样我会改变套路。我是不是要坐牢？他想装嫩，但太嫩了。我几乎要笑了，脸肌外扩，然后慢慢收拢。他低下头，像睡着了。但我清楚他仍能感受到我的瞪视。他有点儿慌，低头不过是掩饰。许久，他偏偏头，我立刻将他的目光攫住。坐直！我喝。

我掠过墙上的钟表，整整一小时。仅仅有些慌张，绝对是个老油子。开始吧，我轻声道，甚至有几分温柔。你先说，还是我先说？他说，该说的我都说了，总不能让我胡说吧。我说好，那就听我说。

我就讲去年破获的重点案件，嫌疑人潜逃二十八年，终于落网。抓捕他时，他和家人正在饭店为十六岁的女儿庆祝生日。我们没有立即冲进去，一直等到他们唱完生日歌，吹灭蜡烛。带他离开的时候，他女儿扑上来，认为我们抓错了人。她哭叫着我爸爸是天底下最好的爸爸。嫌疑人提出想和女儿说句话，我们同意了。知道他说了什么吗？我问，他摇摇头，看得出来，他很好奇。我说，我们没听到，他是咬着女儿耳朵说的，但是他和女儿都流泪了。

接着讲另一起，也是潜逃数年。因为一个女孩，一个男孩把另一个男孩捅了，一刀扎在胳膊上，另一刀刺偏了，只伤及皮肉。持刀男孩连夜登上南下的列车，他不敢在一个地方待太久，最多半年。也遇到心仪的姑娘，姑娘也喜欢他，但他不敢和姑娘发展。逃亡九年没睡过一天踏实觉。他决定自首。被捅的男孩当年就和女孩结婚了，两人还到刑警队为逃跑的男孩说情。捅人的男孩知道这一切后，追悔莫及。他自己把自己毁掉了。

你为什么和我讲这些？嫌疑人问，我又没杀人。我说，你害怕听这些吗？嫌疑人说，我有什么害怕的？随便你。我说，如果犯困，就说，我最会治了。嫌疑人马上端正身体。我接着讲破获的案子，抢劫、杀人、偷窃、纵火、强奸。说到案子，我记忆力出奇地好，许多细节都能说出来。

小李进来一趟，把盒饭和矿泉水放下便退出去。他知道我的习惯。从中午到黄昏，从黄昏到深夜。嫌疑人问能不能吃点东西，我说，到现在我连早饭都没吃。嫌疑人说想喝点水，我指指自己的喉咙，谁才有资格喝水？嫌疑人说，你不能虐待我。我说，你懂的词挺多呢，你没吃没喝，我也没吃没喝，我和你一样待遇，这叫虐待？嫌疑人问，吃点再讲不更好？我说，我有个习惯，得把自己掏空才吃得下去。嫌疑人说头晕，坚持不住了。我说我可以帮你坚持，如果你有需要的话。需要吗？嫌疑人揣测地看着我，摇摇头。他的目光已不如白日有神。

凌晨三点，嫌疑人已是满脸的困顿和倦意。审讯正式开始。半小时后，嫌疑人终于招供。确实不是普通窃贼，有命案在身。我喊进小李，让他做笔录。

五点半，审讯结束。

小李敬服地看着我，欲言又止。我说，我知道你想问什么，没有根据，只是感觉。小李劝我关掉手机，好好睡一觉。我说得去医院了。

毛 头

等车的人实在多，我费了点儿劲才挤上去。黄理喊，往后走，别堵在门口。然后，他看到了我，皱皱眉。我没有朝后挤，我不是来坐车的。连续找他三天了。开学前，黄理托的人回话，校长让缓一星期，等开了学，稳定了，再往班里插。开学一星期，小可仍不能入学，回话说还要等，教育局和市政府收到了状告第二小学的信，上面正在查。两星期后，答复今年班容量实在太大，只能明年了。小可已经到了上学年龄，明年？那不是胡说八道吗？若明年还不行，那是不是要推到后年？我让黄理再叫朋友找找校长，黄理不肯。他说如果不愿意等，就让朋友把钱退回来。我并不是担心那两万五打了水漂，小可上不成学，我没法和妻子及小可交代。妻子打听到，开学后仍有插班的，校长给出的理由不足信。小可进不去，只能说明关系不硬，也可能嫌钱少。如果是钱的问题，我可以再拿么。黄理认为不是钱的问题，并劝我别再砸钱。可不砸小可就彻底没了希望，我急得起了满嘴泡。

到展览馆下去一堆人。一个女孩登上来，身后跟一个中年男人，个头高，几乎摸到车顶。我偏了偏身，但两人没往后走，女孩几乎与我并立，她抓扶杆的手与我碰在一起，她往旁边稍移了移。抓牢了，男人对女孩说。刚才上车时，女孩稳稳的，他却做着护的架势。有些怪，但我没多想。

你连活儿也不干了？黄理问。我说，哪有心思干活？黄理说，你就是天天跟着我也没用。我说，再催催你朋友。黄理说，已经答复了，再等一年又能咋的？我说，不能等了，今年必须上！黄理苦笑，我实在是无能为力了。我说，只要能进，什么条件都行。黄理明白我讲的是什么，摇摇头，不能再往里陷了。我拼命克制，还是带出火气，我已经陷进去了！

车颠了一下。

我的肩感到厚实的力。是刚才上车那个高个男人。不要和司机讲话，他的目光像他的手一样有压迫的感觉，车上不是你一个人。虽然他高出我许多，但我并不怵他，满腔的怒火正没处发呢。你管得着吗？我有些恶狠狠的。我是乘客，当然管得着，如果你不把别人的安危放在心上，我就把你揪下去。他抓住我的胳膊，我不由龇了牙。女孩喊声爸爸，他松开手，仍死死盯着我。静默了两分钟，我向车尾走去。

只能躲开，骨子里我是怯懦的。车空了许多，我坐在最后一排，等男人和女孩下车。到白桥站，只剩下三名乘客。男人和女孩在前，我在后。男人偶尔扫扫我，他像猜透我的心思，故意和我耗着。我暗暗骂娘。我就不信他能陪到底。我有的是时间，看谁能耗过谁？他能耗下去，莫非他女儿会陪着他耗？

两个来回，上上下下，男人与女孩竟然没下车。我简直要疯掉了。到明德北，我冲下车。我疯了不要紧，小可怎么办？我打算明天继续找黄理，不信还能碰到男人和女孩。明天是周一，难道女孩不上学，男人不上班？

睡了一觉，我改了主意。我是个笨人，但某一刻突然灵光闪现。为什么非要黄理的朋友送钱呢？我自己也可以。校长已经拿了我两万块钱，并已经许诺，对小可的名字自然有印象。何必求黄理？何必让黄理找他朋友？捷径对我、对校长都有好处。我打算先送一万，加上先前的已经三万，该差不多了。后来一想，再送两万胜算更大。妻子不同意，说四万块上大学也用不了。我好一顿劝，妻子仍不同意，还摔了碗。存折她保管着，她不同意我就拿不到钱。她下班回来，我接着做工作，她还是不肯。我火了，揪住她的头发揍了一顿。

取出钱的当天，我便守在第二小学门口。我见过校长真人，登她照片的报纸就在我枕下压着，出门那刻我塞进包里。我仍怕认错，隔一会儿就拿出来瞅瞅。有些紧张，有些激动，在我心目中，第二小学校长比市长分量重。脸被妻子抓破了，火辣辣的。

一个牵着狗的女人走过，那狗长得像狮子，浑身金毛，极长极长，脑袋上也是，几乎把眼睛盖住了。狮子狗在我裤口处嗅了嗅，我正想伸手摸摸，那女人喝叫一声。小狗好像没听见，倒是我吓了一跳，立刻缩回。一个背着手的老年男人走走停停，一瞅就是那种有退休金拿着、闲得近乎无聊的人，遇见下棋的观一阵，碰上吵架的必伸长脖子瞅个究竟。经过我面前，他顿住。肯定是脸上的伤痕引起他的注意。我的目光直定定的，他立刻扭开。我摸摸伤痕，问自己，这么做会不会鲁莽了些？要不要和黄理商量商量？下课铃响了，校园立刻开了锅。里面本该有小可的声音。我的心立刻被油煎了，一阵阵抽搐。试试也没什么不妥，我想，小可实在是不能再等了。

校长是最后出来的，和一位教师相跟着，到门口两人说了几句话，校长似乎在嘱咐他什么。趁这个工夫，我又拿出报纸对了对。校长朝停车场走去，我跟在她身后，有十米左右的距离。她拉开车门，我喊了声孔校长。孔校长转过身，我快跑几步，自报家门，我是毛小可父亲。孔校长问，学生家长？我连忙点头。孔校长说，有事找班主任，几班的？我的脸突然就红了，还没上呢，黄理的朋友找过你，毛小可，想上一年级，你有印象吧。我的手已伸进包里。孔校长说我听不懂你说什么，人一闪，砰地关了车门。我呆呆地站着，眼瞅着轿车驶离。

回想整个过程，我没说不当的话，如果有不妥，就是不该当下就掏钱，那可是停车场。虽然没掏出来，但我的动作她是明白的。那时似乎有人经过，我听到了说话声。好在她没有翻脸，我有补救的机会。

我吃了几个包子，梦游似的转了半天，下午再次来到第二小学门外的停车场。看到孔校长的车，我长吁了一口气。然后我拦了一辆出租车，商量好价钱，我让司机把车开到孔校长车的对面，那儿正好有个空位。停车费我出，不待司机张口，我就说了。我给他指指孔校长的车，告诉他，一会儿跟在那辆车后面。我不干犯法的事，司机从后视镜窥窥我。我说，你看我像坏人吗？你大可放心，我们祖宗几代连个小偷都没有过。司机没再说什么。他的后脑被削了似的，比面板还平。他不是那种饶舌司机，除了必要的问题，没说过多余的话。正合我意。我无法预知结果，但我觉得运气正在转好。

孔校长终于出来了，她换了身装扮，穿了裙子。天气转凉，像她这个年纪的女人很少穿裙子了。我让司机跟上，别太近了，不跟丢就行。司机一言不发。大街上车水马龙，车厢内静得能听见心跳声。我换了几次姿势，但眼睛始终盯着前方。司机不错，始终与孔校长隔着两三辆车的距离。我还是不放心，生怕跟丢了，那样还得多花一天时间。我耗得起，小可耗不起。

堵了。我不由得骂娘。虽然孔校长的车也被堵在路上，我以为司机会有所回应，但他仍沉默不语。孔校长的车过了路口，绿灯开始闪烁，我的心提到嗓子眼儿，在变成黄灯那刻，出租车冲了过去。孔校长原来住在富丽山庄，我在这个小区干过活的。我把钱塞给司机，车一停便推开车门。

贺　梅

我煮了碗面条，倒了杯红酒。碟子里半截吃剩的黄瓜，一块豆干。晚餐越来越简单，有时生个火都懒，两杯红酒，一碟小菜就打发了。刚吃两口，收到他的信息：我十点以后有空。这是他的信号，是他的召唤方式，没有多余的话，没有任何温度。这是多年修炼的结果，什么场合都滴水不漏。我把手机放到一边，虽然知道他绝不会有第二句，还是瞄了好几次。我吃完面条，喝掉两杯红酒，回复了一个微笑的表情。然后开始化妆。当然不会浓妆艳抹，我不喜欢，他也不喜欢。

我踏上宾馆台阶。坦然，平静，有时自己都怀疑是来约会的。刷门卡时，我下意识地看看表。十点一刻，刚刚好。我不是刻板的女人，但约定还是要守的。

凌晨，他还在熟睡，我悄悄起身。怕影响他，我从不开灯。但灯突然亮了。他坐起来，梦游似的看着我。我怔了怔，轻声说，还早呢。他没说话，直到我穿戴妥当，才提醒，别落下东西。我笑笑，替他把灯关了。他的提醒得体、温暖，

287

但我有奇怪的感觉。等电梯时，我拉开手包，多了一张银行卡。一定是趁我洗澡时放进去的。没有密码，但我猜得到。传言他要调离，这么说是真的。那么，他突然开灯算是告别仪式了。这是他的方式。我并没有什么不适。我没有向他提过任何要求，这张银行卡是他的补偿费了。可我并不觉得需要补偿。电梯上来了，无声地打开。我返回，把卡从门缝塞进去。

走出宾馆的旋转门，我打开手机，没有来电提示。我松了口气。回到家，我又看座机的显示屏。时间尚早，眯一会儿绰绰有余。但总觉被绳子拽着，煮了碗燕麦粥，煎了个鸡蛋，吃毕便往单位走。

下午三点，我把乐师带进病室。我讲了杨翠兰的故事后，乐师同意与我合作。这已是第四次演奏了，杨翠兰安静了许多。乐师落座，杨翠兰便主动把那部电话放到桌上。这次拉的是《良宵》，我不时观察着杨翠兰，她的身子微微前倾，虽不能用沉醉形容，但已经入戏。上次用了两分十秒，这次只用一分九秒。如果乐师换成她前夫……我不能预判她的反应，但我敢肯定，她不会抓狂。我已成功地帮她从记忆里捞起前夫的许多好。一旦扎根，那是会繁殖的。当然，那是个缓慢的过程，快了未必好。

院长不声不响地闪现在门口，我正要起身，院长摆摆手。这一段没出什么乱子，院长似乎不大适应，一趟趟往精神病房跑。以往不是这样，没有事故，很难见到他。送走乐师返回，院长正和杨翠兰说话。杨翠兰双臂垂顺，规规矩矩地站着。我对杨翠兰说，院长只想知道你吃得好不好，不用紧张。我推推院长，小声说，这不是你待的地方。院长边走边说，你还给我划定范围了？问我晚上有无安排，想请我吃顿饭。末了强调，我每次请客你都不到场。我说，你知道的，我不喜欢人多。院长说，今晚单独请你，赏个脸吧。说到这分上，我只好点头。

我准时赶到明德北红焖羊肉店，院长已经在座。桌上立了一瓶红酒，我的目光不由自主扫过去。院长说，拉菲，九六年的。我怔了怔。院长说，红酒，你该比我懂。我很弱智地问，你怎么知道我喝红酒？院长说，猜出来的。我知不是实话，但这个也没必要认真。院长问还要为那个女人演奏多少次，我纠正，是治疗。院长说，好吧，还要治疗多少次？我说，十次左右。院长说，请乐师是你自掏腰包吧。我说，我不能预知结果，不想加重家属负担。院长说，你可以找我啊。我甚感意外，顿了顿说，你已经减免了她的住院费用……院长说，这种带有试验性质的治疗，院里应该支持的，你何必？我不知该批评你还是表扬你。我说，那样最好，只是……院长摆摆手，就这么定了。我举起酒杯，我代病人及家属感谢院长。

聊了一会儿杨翠兰，话题不知怎么转到他的家事。一箩筐。他女儿所在的企业倒闭了，又遇上婚变，她整日待在家里，他担心她精神出问题，想让我帮帮忙。我以为要我做心理辅导，但他说明意思，我突然愣住。我想起那张房卡，以为没人知晓我的秘密。许久才道，我不过是个医生，怎么和人家说上话？院长说，你治好他的失眠，你去找他，他肯定给你这个面子。在回来的路上，我曾想，如果范大同把李丁的生父抓回，找找他，或许会判得轻些。但也只是想想，因为一切都是假设。现在我与院长面对面坐着，他的要求实实在在。院长声音低沉，听说他要调走了，这是最后的机会。我端起杯，一点点地啜尽，斟酌着，院长这么信任我，我很感动……然后，我看看窗外，说，恐怕要让你失望了。

范大同

我找见了庞有亮曾经的两个同事。接到出警电话，我正和其中一个聊天。是的，聊天，而不是询问。我已经找过他两次，这是第三次。基本上是废话，但有价值的东西往往在废话中。这和淘金一个道理。只要有耐心，不愁没收获。庞有亮曾在元旦晚会上拉过一曲《赛马》，那人说以前并不认识庞有亮，他本人平日爱哼唱，所以散场后找到庞有亮，还给了庞有亮一支烟，谁知第二天庞有亮就不认识他了。不过也正常吧，有才的人难免古怪。我让他哼唱《赛马》，他刚唱出腔，电话响了。我说，实在不好意思，有紧急任务。

案子有点儿特殊，死者系第二小学校长，社会影响大，市领导作了批示，要求尽快破案。局长也立了军令状。在案情分析会上，局长连鞠三躬，甚是动情。然后他又把我叫到办公室，说破了此案，我将由代理队长正式升任队长。其实，他不许诺，我也不会懈怠。

死者被扼颈窒息。显然双方打斗过，其指甲处提取的血迹非她本人。但现场只有一个打碎的杯，其余并无损毁。死者包里的钥匙、身份证、银行卡、美容卡均在，另有八百元现金。连夜从外地赶回的家属确认没有丢失其他物品。盗抢钱物，基本可以排除掉。

监控显示，死者的车进入小区不久，一个男子跑进来。死者往三号楼方向行走，男子尾随其后。死者边走边打电话，显然没注意到身后有人。男子没有任何遮挡。我注意到他的挎包，不大。如果是凶器，那就是蓄意的。两人在楼道口消失，二十四分钟后，男子仓皇离开。小李问要不要把嫌疑人的照片打印出来，我说暂时不用。我觉得在哪里见过嫌疑人，但脑里总有一个地方卡着。调看小区门口的监控时，突然记起来了。我对小李说，走，去公交车公司。

二十三小时后，嫌疑人被抓获。还没到审讯室就交代了。结果令人瞠目，亦令人唏嘘。

次日一早，我在刑警队门口看见那个老头。昨日抓捕嫌疑人费了些周折，嫌疑人没抵抗，但老头死活不让带人。他显然身有重病，不说话还喘，激动起来更是剧烈地咳嗽，脸膛紫黑，似乎随时会昏厥过去。我解释半天，甚至嫌疑人也劝他，他仍颤颤巍巍守在门口质问为什么抓人。半小时过去，老头没有松动迹象，我试图拖开他。岂料老头突然抱住我的腿，说我们一定弄错了，他娃连个蚂蚁都不敢踩的，不会做犯法的事。我说只是去问个话，稍后就放他回来。他这才有所松动，说不放他娃，他就死在公安局门口。没想到他还真来了。

老头一手扶墙，一手捋着佝偻的腰。喉咙卡着，他费力地咳，感觉脖子要抻断了。小李端过来一杯水，老头接了。他喝水的工夫，小李告诉我，老头早就来了，非要在门口等。

喝了几口水，老头呼吸通畅了些。然后被小李搀进办公室。说话不算话，老头坐定便这样质问我。我说，你家人呢？老头说，家人让你们抓了。我笑笑，我来告诉你为什么。

老头的反应出乎意料，半天才骂，傻娃子！然后冻僵似的定住。良久，脸化开，两行泪蜿蜒而下。我说你打车来的吧，让小李送你回去。老头猛又咳嗽起来，脸由青转紫。我让小李打120，声音不高，老头竟然听见了。他挥舞一下胳膊，大喘着粗气说，用不着，给我点儿水。喝过水，老头缓过一些。他问能判几年，我说我不是法官。老头问他娃有立功表现呢，我说当然没坏处。老头提出要和儿子见面，我说现在还不行。老头瞪着我，目光并不凶恶，像是揣测我。我示意小李，小李去搀他。老头甩了甩。我说，这不是你待的地方。老头说，我要是犯人，你就不赶我走了吧。我笑笑，抱歉，我很忙。老头大声说，我没说假话！我怔了怔，盯老头一会儿，说，主动说出来，就是自首。老头问如果他自首，他儿子是不是可以减刑。我说这是两回事，你自首可以对你宽大处理。老头说那我不自首了。我说随便你。小李看我，我用眼神制止他。老头不像玩笑，我相信自己的判断。老头咳几声，我快死了，宽不宽大都一样，我只盼毛头……你请示一下上级。我说，那你等着。出屋，我在门廊站了片刻。打了个电话，是给岳母的。转回去，老头满脸期待。我说，打了。顿了顿说，上级说可以考虑。老头急切地，能减几年？我说，这不是做生意，不可以讨价还价。老头说，你别骗我。我说，还是送你回去吧。老头说，海燕电子厂。我突然一个激灵，然后盯住他。老头说，窝在心里二十多年了。我生怕老头反悔，小心翼翼地，你知情？老头神情里竟有一丝嘲弄，当然知情，那就是我做的。小李已经记录，我倒了杯水，让老头润润嗓子。

断断续续的，说了近两个小时。中间，我问了几个问题。躲了这么久，还是没躲过老天的报应，老头最后说。

关系重大，我立即向局里做了汇报。隔天，两台挖掘机开进海燕电子厂南侧的荒地。电子厂连同南侧的荒地被两米高的红砖圈着，这一区域已经属于某房企，不日高楼将拔地而起。白天，老头被救护车拉至现场，夜晚再送回医院。虽然安排了警察轮流监守，我还是不放心，当然不是担心他逃了。扑朔迷离，关键时刻，老头绝不能出意外。

第八天中午时分，白骨被挖出。法医摆出一个完整的人形。身份需要进一步确认，但基本明了。做DNA亲源认定，庞丁和母亲必须到场。我不知怎么和庞丁说，交给了小李。这不妥，大不妥。很快，我叫回小李。必须我去。

过程我不想说了。比对结果出来，我立刻回到病房。和这个红星锁具厂前技工聊了一会儿，我话锋一转，你说谎了。老头瞪大眼睛，都挖出来了，这还有假？我说，庞有亮死了这没假，但你还有隐瞒，没有全交代，我之前没问你，就是等你主动说出来。老头皱巴的脸轻轻抽了一下。他说，该说的，我全说了。我说，你有同伙。一丝慌乱掠过老头的脸。一阵猛咳。我说，有一点点隐瞒，那就不算自首。告诉我，同伙是谁？半晌，老头抬起头，告诉你也没用了，他死好几年了。我冷笑，既然死了，你为什么还替他藏着？独自担罪有什么好？老头说，钱大半归我了，我发过毒誓的。我审视着他，两人作案，你分了大半的钱？老头嗫嚅，他还得了别的。我问，什么？老头说，说了你未必信。我有些不耐烦，到底是什么？老头说，他娶了那个人的女人。

庞　丁

　　昨天下了一场雨，冷飕飕的。花谢了，花枝已被风雨摧打得满身污泥，不成形状。半山腰的枫叶仍红得耀眼，再有个把月，枫叶也该凋落了。

　　车停在山脚下，我一手拎锤，一手拎锹，拾级而上。不是很陡，但拐来拐去的。台阶两侧的松树一样高，据说长到一定程度就不长了。这里是北山墓地，从西太平山可以望得见。他的墓地是我选的，不在中心，但也不是角落，我觉得这个位置刚刚好。墓碑是白色的，上面两行字，黑的一行是他的，另一行没颜色的是杨翠兰的。杨翠兰说过要和他埋在一起，人过世，字才能漆黑。墓前的石板颜色灰暗，那是焚烧冥币留下的痕迹。每年我都要祭奠三次，清明、中元，还有年根的时候。这个人，我先叫叔，后叫爸，连姓氏都改了。我至今难以相信，那又怎样呢？铁证如山！所以他不能再躺在这儿了。他失去了这个资格。我脱掉夹克，抡起铁锤，狠狠一击。墓碑竟然纹丝不动。我又一锤，再一锤。终于裂开，仍然没倒。似乎有什么声音，我扭头四望。也许他就在附近，在某个树杈上蹲着。我希望他在场，让他看得明明白白清清楚楚。如果他有疼的感觉那就更好。

　　再次举锤，双臂却抖起来。我不知何故。终于，胳膊垂下来，还有我的脑袋。我本该咬牙切齿，本该仇恨他，可鼻子一阵一阵地酸。我稀泥一样坐在地上。脑里过电影一样，全是他和杨翠兰那些事。他做的红烧鱼很好吃，那天杨翠兰或许是太饿了，粗心大意，一根鱼刺卡到喉咙里。她吃掉两个馒头，喝了半斤醋。没什么感觉了，以为没事了。第二天她的脖子就肿了，送到医院已经说不出话。做了两次手术才把那根鱼刺取出来。他二十四小时守护，我要替他，他坚决不让。杨翠兰出院，他瘦得脱了形。自那之后，餐桌上再没出现过鱼。他对杨翠兰的好，我能说出来一箩筐。可怎么就……我知道了真相，却更加糊涂。如果不是那场车祸，他至今……他换煤气回来，杨翠兰正好走出明德北超市，两人是斜对角，杨翠兰看见他，喊出来。他本该等在那里，杨翠兰的声音似乎有魔力，他连红灯都忘了。在那个上午，杨翠兰的喊叫也毁了她自己。他是这样一个人。可他究竟是怎样的人？

　　本想稍歇歇，可坐下去就是半天。中午，我缓缓站起来。墓碑砸碎了，但我没有把他挖出来。让他躺着好了，虽然墓地很贵。独自躺着吧，让他。

　　我不能把庞有亮埋在这个墓穴。

　　我在东山买了块墓地，花光我仅有的积蓄。这是我唯一能为庞有亮做的。埋葬那天，范大同也来了。我和他不是一路人，来往渐少，不过，这件事我挺感激他。庞有亮不再是畏罪逃亡。

从山上下来，我走得极快，远远地把范大同甩在后面。不知为何，我有一丁点紧张。范大同喊我，我假装没听见，径直走向停车场。庞丁！范大同突然提高声音，我只得站住。多陪陪阿姨，范大同拍拍我的肩，转身离去。

临近中午，我去清真食府买了一斤焖丁，胡萝卜牛肉馅。快到明德北，又堵车了。我给贺梅打电话，让她转告杨翠兰。到精神病院已是十二点一刻。贺梅在楼梯拐角站着，吁了口气，总算来了，阿姨等急了，进去吧。

以为你不来了，杨翠兰盯着我手里的餐盒，那是什么？我说，你猜猜。杨翠兰说，我闻到香味了，肯定是饭。我竖竖大拇指，真聪明。打开餐盒，杨翠兰欢叫，焖丁！我夹到不锈钢碗里端给她。她小心翼翼咬了一口，有汤滴出来，她吮了吮，咬第二口。我问，好吃吗？杨翠兰嗯一声。顿了顿，我又问，你记得第一次吃焖丁和谁一起吗？杨翠兰指指我。我问，还有谁？杨翠兰的眼珠不动了。她是想转的，但有些吃力。我忙说，快吃吧，趁热。杨翠兰的神情浮起一个大大的问号，你……不吃？我笑笑，指着墙上的二胡，你吃，我伴奏，想听什么？

（原载《花城》2018 年第 3 期）

弹壳落地

言九鼎

一

陈墨阳告诉妻子，自己要转业，该滚蛋了。梁肃闻说，那你就滚吧——说话间就变了脸，连捶带推把他赶出了家门。陈墨阳摇头笑笑，掏出烟来点上，坐到门口鞋柜上吐了个大大的烟圈。

一支烟没抽完，对门就传来摔东西的声音，汽车营长杨连方穿着秋衣秋裤闪了出来，嘴里嘟嘟囔囔，看到陈墨阳后愣怔一下，接着要了根烟，边抽边摇头叹气——下午的转业摸底谈话，旅政委第一个找的就是杨营长，他已经到了最高服役年限，铁定得走。

组织科长陈墨阳的年龄虽说远未到杠，但人不受政委待见，谈话时他本打算向首长掏掏心窝的，可看到侯政委那副磨刀霍霍的架式，感觉所谓的谈心根本就是扯蛋，直接提出转业，结果倒弄得侯政委一肚子韬略没处撂，全都就着香烟抽了。

屋外，两个男人抽烟。家里，两人家属正在电话里商量着找政委算账。杨连方老婆孙清淼之所以冲丈夫发火，就是因为自己这个随军家属的就业问题没解决。她的性子与丈夫相反，嘴泼胆壮，会耍无赖也能扮可怜，动不动就找组织反映问题。两年前，杨连方被拟定转业，孙清淼带着安眠药、上吊绳，扯着孩子找到旅里哭诉一番，闹了几通，老杨不但没转业，还提了一职。

孙清淼对梁肃闻说，杨连方走得不冤，可你们家陈墨阳凭啥走？要能力有能力，要作风有作风，这样的糊涂领导不找他找谁？梁肃闻自知跟她不是一路人，杨连方也跟陈墨阳没有可比性，可总觉得咽不下这口气，于是就答应明天一同找领导理论理论。

梁肃闻很清楚陈墨阳不受新领导器重，知道他有走的念头，也跟父母透露过这个意思，但家里坚决反对。她的父母都是老军工，军工们的军旅情结在某些方面比军人还浓烈：有女儿的大都愿意找军官，找不上军官就找士官，最爱谈论的就是谁的姑爷提拔快、哪个女婿出息大。她下午还在朋友圈里看见两个发小得意洋洋地晒他们的团职老公呢！论素质，陈墨阳可比他们强多了，难道就这样灰头土脸地离开部队？搁谁能甘心！

第二天早操后，陈墨阳被副旅长程运国叫到了办公室喝茶。一年前，程运国迷上了喝茶，没早没晚的喝，但泡茶的把式却格外拙劣，一把高雅的紫砂壶在他的手里活像是一颗手雷，看他的茶艺表演大有狮子抓鸡蛋的滑稽感。

"昨天什么情况？不能耐心点吗？你得让人家侯政委把话说完呀。你小子可好，两分钟不到就把子弹打光了！"程运国挑了陈墨阳一眼，使劲哼了一声。

"政委是处心积虑，我何必死皮赖脸！"陈墨阳也没好气。程运国敲敲桌子，"还有，你的手下邱培明也找政委闹转业了？"

"年轻人嘛，一腔热血，总要沸腾一下的。对吧？"陈墨阳毫不口软。

"不怕侯政委怀疑你挑动手下闹事？"副旅长压低了声音，"这是领导的大忌！"

"这年头，怀个孕不容易，怀个疑太正常了！"

"是吗——"程运国仰仰脸，大黑腮帮子微微鼓起，眼角泛起笑意，眼神里却透着锋利，"吃错药了你？"陈墨阳也回过味儿来，感觉自己说话太戗，赶紧变换态度，嘿笑一声，坐直了身子。

程运国不是一般人，他从连长一直干到某集团军作训处长，后来带队执行国际维和任务，枪林弹雨里走了好几年，最后却因酒后失控出了事，被打发到了预备役部队。他刚来预备役后勤旅时负责基层工作，主抓营连建设，只两年时间，就带出了几支硬邦邦的队伍，预备役营连建设连续三年走在省军区前列，在军区组织的遂行非战争军事行动演习中，旅参赛连队出尽了风头。两年前，林少希当政委后，把程运国管基层的权力收回了，他也就成了吃饱遛圈的副官，连开常委会也不大开口了，直到半年前侯政委上任，程运国才又重新负责起基层这一块。

陈墨阳原来是他手下的连长，经程运国推荐，调到司令部任作训参谋，再后来又调到政治部组织科当科长。尽管岗位变了又变，可他对副旅长的尊重却与日俱增。程运国也始终看重陈墨阳，每有大任务必定拉上他，闲时也经常喊他打球撸串，两人的关系自然越来越近。

"先做邱培明工作，把他稳住！"程运国点支烟，"关于转业，你到底怎么想的？"

"走！走啊。昨天谈话你是没见，如果往政委眼里装一梭子子弹，当场就能把我打成筛子。"陈墨阳长长地吹了口烟，"铁打的营盘流水的兵，再不走人，就干等着生锈吧！"

程运国喝茶如灌酒，一口干尽，抿着嘴愣了片刻，缓缓道："我在集团军的时候，慰问过一位老红军。这老爷子诚惶诚恐，连声对我说受之有愧。我觉得挺不理解。他说：我们那一批真正勇敢的，能打仗的，会打仗的，都牺牲了，我是管后勤的，所以活了下来……你当上领导后啊，要学会保留骨干，不能让'干活'的都'干死'，也不能让吃苦的被苦吃掉！这句话，越琢磨越有味儿。"

"这句话，应该让侯政委好好听听！"陈墨阳小声说道。

程运国当然说过！且不止一次跟侯法来念叨过陈墨阳，无奈政委对陈墨阳成见太深，听不进去。昨晚，程副旅长正跟运输营教导员、市交通局长唐民一块喝茶，中间接到了电话，听说陈墨阳谈话情况不乐观，便让唐局给侯政委打了个电话说说情。唐民对侯法来说：陈科长是个好同志，基层有目共睹，你堂堂一个大政委，总不至于是武大郎开店吧？上一任林少希的教训你们吸取没有……唐民说话带刺，侯政委态度生硬，当场就拧巴了。从目前形势看，陈墨阳很快就该开路了，而程运国自己，多少有点弄巧成拙的懊悔感。

二

政委侯法来背着手站在办公室窗前，居高临下地看着两个女人趾高气昂地走进了营门。

这个预备役后勤旅虽说是旅级单位，现役官兵人数并不多，可问题不老少。确切地说，近两年来，部队一直在走下坡路。他一年前刚从野战部队提拔交流到省军区系统，担任某军分区政治部主任，屁股还没坐稳，又被调到这个预备役后勤旅来"救火"。——事情来得很突然，该旅先是旅长心梗去世，紧接着，原政委林少希、后勤部长、管理科长等人又因违法乱纪被查办，他于今年六月紧急上任。要知道，这个后勤旅不仅是一个重点单位，而且还位于首都旁边的新兴城市，位置关键，岗位重要，自己临危受命，必须大有一番作为才好向组织交待。

风风火火上任，接二连三受挫，侯法来被这个只有"巴掌大的地方"连打了几巴掌——野战部队那一套，在这里很难吃开。先不说班子成员个性太强，就是数十号现役官兵，也自由散漫惯了，平时连出操都保证不了。尤其为难的是跟地方打交道，预备役部队实施军地双重领导，寓兵于民，连队大都编在地方企事业单位，各营的教导员都是地方正处级干部，想见一面不容易，见了面还得客客气气赔小心。要想拿住这些官员，就非得跟市里搞好关系不可。

名义上，市委书记是旅的第一政委，副书记、副市长是旅的副政委、副旅长，但实际协调沟通相当费劲，如果按正规程序来，连打个照面都难……侯法来马不停蹄折腾了两个月，先是通过老首长、老战友与军分区和市委、政府密切了关系；而后强力整顿部队秩序，正规一日生活制度；再就是整顿人事，顶着压力换了三个机关科长和三个营长。

本来，侯政委是要多调换几个中层岗位的，无奈人情难挡，要么是担任教导员的局长们出面，要么就是老领导、老战友说情，面子当然不能不给，但别人面子给多了就是打自己脸。眼下，他准备利用年底转业这一有利时机，深入整治一下部队生态：年龄到杠、暮气沉沉、能力平庸的必须走；虽有能力，但桀骜不驯、自以为是的也不能留。杨连方代表前者，陈墨阳是为后者。

在侯法来眼里，陈墨阳浑身是刺！后勤旅原政委林少希出事，就是陈墨阳先揭的盖子。当然，说实话没有不对，林少希也确实有问题。但陈墨阳没提成职就恼羞成怒，反咬一口，这样的人怎么重用？对领导不满意，当场就横眉立目，怎么培养？就拿这次转业摸底来讲，谈话时你陈墨阳主动要求转业，可转头就请交通局长唐民打电话说情。唐民电话刚撂，你组织科的干事邱培明就跑过来闹转业——这不是阴奉阳违、挑拨闹事是什么？好嘛，睡一晚上觉，竟然连自己的老婆也派来了，这些"和平积习"和单位歪风，是该彻底整顿一番了。

孙清淼和梁肃闻进门，侯法来依旧一脸严肃。孙清淼描眉画眼，迂回作战，先夸部队，后夸首长，再讲老公曲折从军路，又倾诉自己舍弃工作随军的艰辛，最后才提及自己的工作安排问题，一气说了四十分钟。

梁肃闻只说了三句话。第一，我的父母都是老军工，两个伯父、一个叔叔都是军人，我对军队天生有好感；第二，放走陈墨阳是你们的损失；第三，你不应该、也没必要用手机录音，军人家属不容易，也显得首长不大气！"

侯法来有点懵，下意识地看了看手机。没错，他确实在用手机录音，就为防备她们无理取闹，本以为做得不露痕迹，没料到还是被当场戳穿了，尽管神色未动，心里却老大不爽。妈的，真是没半点规矩，野战部队哪会有这个景象，当领导的连点面子也捂不住。

两名家属走后，侯政委就把政治部副主任万剑叫上来询问梁肃闻的情况。

旅政治部宋主任马上就要退休，早就不在状态了，部里的工作基本都交给了万剑。万剑原来是干部科长，去年提的职，他一向谨慎圆滑，面对新政委，说话办事更是察颜观色。"梁肃闻是一家外企的国际采购部总监。别看那是个外企，勾心斗角的事也不少。据说，她的竞争者也挺厉害，但因为有陈科长的出谋划策，梁肃闻最终击败了三个对手，抢到了这个位子，管着一百多号人呢……"

"那你说，这个杨连芳家属过来找事，是不是陈墨阳挑拨的？还有小邱头脑发热，是不是陈墨阳拱的火？"

万剑想了片刻，"政委，我说句实话您别不爱听。我要是陈科长，我也会这么干！"

侯法来点点头"人之常情，可以理解。家属过来，我们也不能拒之门外。但，凡事都要讲正气、讲原则，在根本性问题上绝不让步。我不是林少希，不怕谁跳，也不怕她们胡闹，你们政治部腰杆子要硬着点，按政策来，按程序办，出了问题我负责……"

"是，首长。我们绝对把您的指示落到实处，坚守原则，绝不变通。"万剑嘴里这么说着，脑海里浮现的却是陈墨阳的身影，他们同事六年，竞争两年，虽然自己胜出了，可陈墨阳依旧是心头的一根刺，只要看见他，那根刺就像是通了电，酸痛麻痒都来了。

三

副旅长抓着两只硕大的哑铃挥舞一番，又端起两手瞄向窗外做狙击状，突然间定住身形，边看边问陈墨阳："哎，陈儿，那是你家属吗？怎么跟杨连方老婆搅活到一块去了——"正说着，政委的电话打到了办公室，程运国嗯啊半天，把电话挂上，冲陈墨阳直摇头，"你家属找政委理论了？有出息！杨连方两口子唱

296

'二人转'，你们是唱'天仙配'！有热闹看喽。"

清早起床时，梁肃闻对陈墨阳说出了自己的打算。他本想阻止，可话到嘴边又改了口：去吧，闹闹也好。梁肃闻经他这么一说，头脑反倒冷静了下来，始终保持了克制，出营门后就把谈话情况编成微信发给了陈墨阳。

陈墨阳看了看妻子发来的微信，顺便把她们与政委的谈话情况简略向副旅长汇报一下，而后告辞出门。下楼时，他正巧遇上万副主任，万剑冲陈墨阳打个哈哈，说政委指示，让你多做做邱培明的思想工作。陈墨阳哼了一声，说，我正着急着转业，没空，还是你做吧。

陈墨阳回办公室，原打算与小邱谈谈心的，想想又作罢了，自己都带着气，怎么能安抚别人，干脆动手收拾起个人物品来。邱培明凑上来，"科长，像您这样的都待不住，我留这儿还有什么劲？再说了，你要一走，我也撑不起来啊……"

邱培明是陈墨阳一手带起来的。去年调副营时，旅党委并没考虑邱培明，准备提拔营房科和管理科的两个助理。陈墨阳很来气，直接找原政委林少希拍桌子，又请副旅长程运国找交通局长唐民出面，这才把邱培明的职务解决了，所以邱培明对科长一直心怀感激，这次主动要求转业，也有替陈墨阳打抱不平的意思。

快下班时，妻子梁肃闻打来电话特别交待："我妈中午来咱家做饭，你要敢提转业的事，我跟你没完！"但陈墨阳一回家就感觉气氛不对。岳父岳母沉着脸坐在桌边，女儿一个人埋头扒饭，见他回来挤了两下眼睛。他立即明白，转业的事情捂不住了。

对于两位老人，陈墨阳很尊敬。从结婚、买房到生孩子，老人没让陈墨阳多操过一份心，特别有孩子后，大都是老两口带，不管是加班加点还是开会出差，他们从没一句怨言，只有一个愿望，就是想让女婿在部队好好干。

陈墨阳一年前也曾萌生过转业的念头，但刚提那么一嘴，丈母娘的心脏就不舒服了，心慌气短，打吊瓶一星期，还惹得老岳父发了一通脾气，从那儿之后，陈墨阳再也不说转业了，就连自己揭发林少希的事，也是守口如瓶。至于跟新政委的关系，陈墨阳从来都是含糊其词，偶尔只对妻子发发牢骚。自上午接到梁肃闻的警告电话后，他接连给宿舍楼的左邻右舍打电话，嘱咐他们千万别透漏消息，可口风还是传出去了。

"小陈，听说你要离开部队了？"老岳母终于开口了，"我们在楼道里碰到万副主任，他说你要转业。这么大个事儿，怎么也该事先跟我们商量一下啊……"她越说越激动，痛心疾首。

岳父直接打电话给梁肃闻，问她知不知道，支不支持。梁肃闻突然也激动起来："转就转呗，有什么大不了的。都什么时代了，还让他在一棵树上吊死，有意义吗？整天写材料，能顶什么用？他现在还年轻，转业到地方干点什么不好。随便找个清闲单位待着，家里也能照顾，爱好也能兼顾，哪儿不好了？再说了，孩子这么大了，总不能老让你们一直带着吧，作业得有人辅导吧？小性子也得扳扳吧？我看没什么不好……"

老人怅然若失，闷坐了半天。梁肃闻又气呼呼发来了一大篇微信，数落陈墨阳自私，不管不顾；怪他脾气太臭，混得太惨；还骂了程运国，说他不够意思，干活时不忘兄弟，关键时狗屁不顶。

老两口到底没转过弯来，打算下午一块去找政委谈谈。在他们眼里，女婿是翅膀硬了，主动闹转业，能阻止他的只有组织。陈墨阳生怕节外生枝，赶紧改口，说我们再考虑考虑，能不走就不走了。费了半天口舌，老人这才松了口气。

陈墨阳在办公室坐了三天，既在思考，也在等待，等着转业工作正式开始，只要党委一上报，心也就彻底踏实了。生米做成了熟饭，不吃也得吃。现在他应该考虑的，不是走不走的事，而是走到哪儿的事。

对自身处境，陈墨阳看得很清楚。自从他揭发了老政委林少希后，就发现多数常委对自己都避而远之了。内部拆台顶多被人骂操蛋，但引发上级来查处就是个炸弹，谁都会小心提防，其他常委如此，侯政委更是如此。常委一班人，格局气派最大的是程运国，但他只是个副旅长。

当然，陈墨阳也不是没有争取过侯政委的好感：他写材料绞尽脑汁，但领导不用。搞专题教育提出一系列建议，首长不置可否。在加强基层党组织建设方面，他没少调研，但人家侯政委的关注点并不在此。

一声冷笑，满脸傲气，陈墨阳狠狠地呸了一口，此处不留爷，自有留爷处。啃过二十四史、写过数百篇文章、扛过无数大材料的人还怕没饭吃？别说转业，就是自主择业都绰绰有余！

对着镜子，陈墨阳整了整军装，打个响指，吹了声口哨，阔步走出办公楼。门口遇上了侯政委，他也只是轻轻点了个头，留下一个嚣张的背影。

此刻，侯法来的内心突然阴暗了一下：这种人应该留住慢慢收拾，一点点磨平他的傲气。

四

晚饭后，侯法来只在院子里溜了半圈就回办公室了。刚才在餐厅，副旅长又提起干部转业话题，但没人接茬。其实，侯法来也知道，副旅长私下找过主任、参谋长、副政委，意欲发动常委为陈墨阳说情，问题是陈墨阳不得人心，根本没一人响应，这让他稍微有了点痛快感。但空气脏得像盆洗脚水，又加之迎面碰上个陈墨阳，心情顿时就油腻腻一片了。

侯法来坐定，点上支烟，掏出手机，调取出一张照片来。照片上正是陈墨阳的面部特写镜头，眼神极为锐利，表情甚是轻蔑，而他横眉冷对的，正是自己这个旅政委。

侯法来记得很清楚：自己上任的第五十五天夜里九点，市委那边突然发来通知，说明天市委书记要到旅开个合成办公会，副书记、副市长、办公室主任等有预备役职务的全部参加，阵仗相当之大。之前，侯法来也曾去过市委两次，但没见到书记，打了报告也没回音，原以为又黄了，不料这么快就柳暗花明了。

鉴于任务紧急，侯法来让组织科长陈墨阳和副主任兼干部科长的万剑各写了一篇汇报材料。两人都用了四个小时交稿，万剑拿出一篇十五页的汇报稿，陈墨阳只交上薄薄五页纸。万剑的材料中规中矩，陈墨阳的却通篇都是大白话，连个二级标题也没有。侯法来感觉陈墨阳是在糊弄自己，再说转变文风，也不能丢了行文的基本规矩吧？理所当然地就用了万剑的稿子。可他哪里又知道这是陈墨阳根据市委书记的口味"量身定制"的。

汇报时出了问题，主要出在政委身上。要说侯法来也是见过世面的，但在办公会上突然就慌了，整个人紧成了一团，特别是在汇报被书记打断后，他有两分多钟处于颠倒混沌状，答非所问，窘态百出。事后，侯政委突然想起，自己的慌乱似乎是从那个长腿美女记者的黑丝袜上泛滥起来的。在部队这么多年，还真没开过这种"男女记者乱窜、遍布长枪短炮"的会。

然而，这一切都没能逃开陈墨阳的眼睛。

办公会上，陈墨阳是会议记录，冷眼旁观、辛辣嘲笑。照片应该是地方记者拍的，拍完后给了万副主任，万副主任又把照片拷贝给政委。侯法来通过对相关照片的详细比对，确定陈墨阳嘲讽的就是自己。

相反，万副主任却往电视台跑了好几趟，盯着他们剪辑镜头，生怕出了首长的丑。

后来，侯法来就把陈墨阳这张照片存到了手机里，偶尔舔上一两眼，心就会被蜇一下。正是从那时起，陈墨阳在政委眼里便成了一根刺，不，是一团刺，像个成了精的仙人球，三百六十度无死角地支棱着，领导的任何动作都在他的辐射范围内。好几次，侯政委成心要出陈墨阳的丑，比如教育课上，会考他一道很长很难的理论题；交班会上，会提问某个或某几个上级通知精神；陈墨阳不但没露怯，还能洋洋洒洒发挥一番。那气势哪像个下属，分明就是个爷。

这么狂的干部，怎么能出现在部队？又怎么能混到现在？

侯法来正思虑着，作训参谋小跑进来，呈上一份加急传真电报：军区要考核后勤旅一个预备役连队，时间在十五天后。

"参谋长知道了吗？"政委问。

"口头汇报了。"参谋答。

"他什么意见？"

"参谋长请政委定。"

"什么事都要我定，还要你们干什么？"政委把电报拍到桌上，"每个常委复印一份。把程副旅长请过来，快！"上个月，省军区说要对部队进行考核，但后来只考了军分区，预备役这块一直没动静，本以为今年的军事考核不会搞了，没想到不但要考，而且还是军区主考，规格高，要求严。

程运国晃荡着进来，看了看通知，"考就考呗，年度正常工作安排。"侯政委摆了摆手，"这次不一样，军区主考，将军带队，意义重大。我感觉，这是对我们这个重点部队的重点考察。我的意思，由你全面负责这次考核工作，好好突击一下。时间很紧，满打满算也不过十几天。"

"不合适吧？军事考核的事儿，还得听人家司令部的！再说了，基层我两年没管过，心里没底。咱单位刚出过事，元气大伤，现在再搞一场硬仗，怕耗不起。不如按林少希的老套路，糊弄糊弄得了。真再出个岔子，对上对下都不好交待呀！"程运国心不在焉，手里还摆弄着手机。

"老——程，你怎么这个态度？我可指着你这个训练专家呢！这么大个事，你就这个看法？"

程运国"噢"一声，又抽一支烟，笑眯眯道，"政委呀，先开个会吧，研究研究，让大伙都说说。"

侯法来砸着桌子："研究个屁，都你这个态度，开不开会有什么区别？我的意见，必须真练真考，绝不弄虚作假，就是你来负责，要人给人，要钱给钱，打好这个翻身仗，重振后勤旅的雄风！"

"唉，这个，咋说呢，还是群策群力吧！"程运国依旧轻描淡写兜圈子。

侯法来心凉了一下。原以为程运国是个拼命三郎，不料关键时刻也是根老油条，不由重重地叹了口气。

程运国笑呵呵道："按这两年的惯例，基层考核的事，都是人家司令部牵头，其他部门配合，你直接让我抓不合适，也不严肃，怎么也得把常委们叫来通通气呀，免得到时候扯来推去说不清。"

侯法来点点头，直接拨通了参谋长电话。耿参谋长说，基层考核的事还是由副旅长挂帅好，我们积极配合吧。接着，副政委、主任也都在电话表达了这个意思。既然常委意见一致，侯法来便决定明天上午开个常委会，赶紧把事情定下来，一是显得郑重其事，二是防止程运国反悔。

"老程，你还有什么想法？"侯法来挂上电话问道。

"噢，这样的话，我还有两个请求——"

"你说！"

"明天开完常委会，再开个协调会，把基层、机关相关人员集中起来，特别是经费、物资和场地保障部门，必须到位。绝不允许像前两年那样拖拖拉拉，更不能克扣预备役官兵的误工补助，也绝不允许各自为政、东扯西扯；一句话，让我负责，就照我的意思来，谁也别瞎掺乎，包括首长。"程运国说这番话时，神色越来越严肃，语气越来越严厉，咄咄逼人，像一只猛然撕下羊皮的狼。

"没问题！"侯法来突然感觉自己上了副旅长的圈套，"还有吗？"

"有。我点一员将——陈墨阳。他必须过来！"

"万副主任不行吗？"

"不行，必须陈科长。"

"那好吧！"侯政委说道。

"首长，那就麻烦你给陈墨阳打个电话，叫他过来找我加班。"侯政委脸一沉，"还是你通知吧，你们私交好，他也是你点的将。"

"那不行！私交归私交，公事是公事，您必须出面。"程运国伸手抓起政委的座机，"总机，你接一下组织科陈科长——陈科长吗，政委有事找你！"程运国说完，直接便把话筒抢到了侯法来面前，不由他不接。

五

陈墨阳推开门，见程运国直挺挺地坐在椅子上，眼睛眯着，右手夹烟架在桌子上，长长的烟灰弯成了一条象鼻子。他知道，程运国在盘算事情，这是他要重拳发力的标准前兆动作。

烟灰跌落，程运国睁开了眼，甩给陈墨阳一根烟，"墨阳，不管进退走留，干这个活得全心全意。"程运国称呼人有讲究，他喊"兄弟"时一般是喝酒，叫"科长"时一定是当着领导的面，而只喊名字时便是极为严肃的命令时刻。

"我知道了。"陈墨阳说着，拿起桌上的传真电报看了几眼。

程运国站起来，拍了拍陈墨阳肩膀，"这次考核不一般，务必得把这一票干好！"程运国猛抽一口烟，高高地扬起下巴，把烟喷了出去，随即陡然提高声音，刮风般大笑起来，"哈，就是个玩呗？你要不愿玩可以退出啊，现在还来得及！"

陈墨阳也扬头吐了口烟，"干！"

实际上，自从他接到副旅长从政委办公室打来电话的那一刻，就觉得自己该做点什么了。再说，家里的环境太过沉闷，岳母频繁叹气声让他觉得脚下埋了颗雷，而梁肃闻的尖利眼神又犹如背后顶了把刀。政委那个电话，不光让他，也让全家人都松了口气，这真是一种怪兮兮的感觉。

程运国道："这次考核，我准备把物装营供给二连拉出来，你看行不行？"

"行，供给二连有底子，专业也好。"

"好！你干过作训，也了解基层情况，先拿出个计划，每一步干什么，找谁协调，谁来保障等等，全部列出来。"

"是！"陈墨阳又问，"场地呢？"

"正在考虑中，"程运国皱皱眉，"明天的常委会，这个问题是焦点，你的意思呢？"

陈墨阳没有犹豫，"当然是用我们旅的训练基地了。"

"为什么？"副旅长问道，"之前两年用的可都是军分区的训练基地呀！"

陈墨阳指了指传真电报复印件，"写得很清楚，这次只考预备役，不考军分区，蹭人家基地不合适。再有，供给二连有两年没怎么训练了，那个环境适合他们。只要你这儿不信邪，其他都好说。"

程运国猛拍一下桌子，"就它了！"

预备役连队的考核不同于现役部队，预备役官兵因为平时都分散在各自工作岗位，正式军事考核前一般都要集中训练。前些年，预备役军人的封闭集训一直在后勤旅的训练基地，但后来就统统挪到了位于市区的军分区训练基地。用上一任政委林少希的说法，是基地"功能不全、设施老化"，但官兵们都清楚，林少希是怕这里风水不好，出乱子影响政绩。

旅训练基地的所在，原是远郊一大片河沟坟地，后来又做过枪决犯人的刑场，再后来基地借给地方做传染病医院，多少带着点晦气。即使现在，那边也荒凉冷清。特别是基地靶场，虽然维修了几次，仍不断有飞弹伤畜、伤人事件发生。还有更邪门的，某次现役官兵射击训练，一名在壕沟内报靶的战士突然间就蹿了出来，把组织打靶的副参谋长吓个半死。事后一问，战士竟然说他听到了"出壕"的命令。

程运国也怕出事，虽然侯政委来后把靶挡加高加固了。之所以下定心用本单位基地，还是从陈墨阳的建议里理清了思路：自己两年没带兵了，对供给二连的状况并不摸底，更何况预备役人员流动加快，兵员素质不敢保证，纪律作风更不敢奢望，这样一支队伍搁在繁华便利的环境里，日常管理都费劲。如换成旅基地，兵们出门不便，乱跑乱窜的情况不易发生，管起来就省事多了。

当然，程运国还有一个小九九，就是要借机收拾一下基地主任李絮文。

李絮文原来是油料供应科科长。两年前，因为训练油料供应迟缓问题，程运国发了火，李絮文客观问题讲一堆，还拍桌子要横。程运国陡然发力，一个拧腰就把李絮文摔到了门外。李絮文急了眼，抢了根拖把要干仗，程运国冷笑着扯长了弹弓……如果不是政委林少希及时出面，流血是免不了的。程运国要求撤了李絮文的职，否则见一次打一次。最后，党委把李絮文的油料科长免了，把他调到偏远的训练基地当主任。几个月后，程运国不再分管基层，李絮文倒改成了技术级，又上调至技术九级。自此后，他见了程运国连点最起码的客气都没了。技术九级便是所谓的"技术副团"，都是团职，谁怕谁。更何况，李絮文还是林政委的亲表弟呢。

这个目中无人的小官僚，不收拾收拾他怎么对得起这次任务。

六

由于时间紧迫，一切从快从简：上午召开常委会、干部会，下午先到预编在市国资委的物装营营部搞动员，而后赶赴预编在星宇制造集团有限公司的供给二连点验队伍，明天就要把部队统一带到基地进行为期两周的封闭式训练。

不出所料，在常委会上，集训地点成了争论焦点——旅基地不吉利，再出事不好收拾。程运国反问：哪有自己撒尿借别人老二的道理？这不是直接告诉上级我们的训练基础设施差吗……侯法来最终拍板用旅基地，并当场电话通知基地主任李絮文，让他迅速把基地准备出来。

人员分工明确如下：程运国是考核集训总指挥兼集训队长，集训队指导员由陈墨阳担任。物装营长张航、运输营长杨连方、油料营长吴一章分别担任一、二、三区队长。另有两个参谋、四个现役连长作为训练保障人员。后勤保障由训练基地主任李絮文负责。

在陈墨阳的计划中，原本并没有杨连方，程运国把他加了进去。陈墨阳说杨连方军事素质不行，管理能力也不强。程运国笑道，这是政委的意思，当然，我也有我的考虑。

陈墨阳透露了一点消息给杨连方，让他做好心理准备。杨连方不但没骂娘，反倒挺开心，连声叫好，说我可算是离开家了。

所有活动都是按照计划走的，但到最后却出了个意外。临从星宇制造集团有限公司出来时，国资委主任、物装营教导员华志英对侯政委提了个请求：我们这儿有三个年轻骨干特别向往军队生活，一男二女，但他们都不是预备役人员，能不能安排一下，让他们随队集训？

侯政委认为这不算个事，关键时刻，人家华主任这么支持预备役工作，怎么能不安排？但他没料到程运国急了眼，"这是带部队训练，不是过家家！来两个女的怎么管？要有个球疼蛋痒、男欢女爱的怎么办？上边要考核他们怎么弄？照顾？照顾了他们就可能损坏纪律、动摇军心，集体行动很复杂，没你想的那么简单。你作为一个主官，做决定太随便了吧？事，是你答应的。人，我不要！"

"老程，你别激动，至于吗——"侯政委有点恼，这要在野战部队，副官哪敢这么叫嚣，这么看来，他跟陈墨阳还真是一路人。程运国点上烟，用手戳着桌子道："对你大政委来说，这确实不叫事，你就是把我这个总指挥撸了都是小菜一碟。但这对于连队来说就是大事，今天能加三个人，明天就能派五个人，后天还可能抽走十个人。三弄两弄就把队伍折腾散了，还有个屁的战斗力！政委你好好想想吧！"程运国掐了烟头，拍屁股走人，直接把侯法来晾了。

侯法来万没料到程运国这么耿硬，半点面子不给，忍不住骂道："狗脸！怪不得林少希要夺他的权，我特么都想临阵换将了。"万剑见政委越说越气，迈前一小步，"政委您别急，有人能说服他！"侯法来扭过头盯着万剑，"谁呀？"万剑笑笑，"陈墨阳啊，他能说服副旅长。"

侯政委沉吟片刻，一时无语。说实在的，通过今天下基层，他确实看到了陈墨阳的实力。首先，他的计划表列得有水平，思路清晰简捷，熟悉地方情况，节点控制到位。其次，在与星宇公司副董、供给二连指导员邵正奚的交谈中，他还知道陈墨阳不但笔杆子好，眼界也宽，既懂部队也了解地方，不仅是许多预编领导的座上客，还是好几个预编单位的企业文化设计者和主讲人……陈墨阳的刺，不是白长的。

"行啊，你把小陈叫上来！"侯法来琢磨着，正好可以借机考察一下他的实力，看他能不能说服程运国。反正，华主任那里绝对不可拒绝，物装营五个连可全都预编在国资委系统呢。没有他们的支持，营连部建设寸步难行。再说了，华主任这人有涵养，比唐民看着舒服多了。

侯法来把事情来龙去脉说了一遍，最后请陈墨阳帮忙劝说副旅长。政委这次很客气，用的姿态是请求，不是命令。陈墨阳看了眼站在旁边的万剑，轻轻点了点头，说我试试吧。

万副主任很为自己的一箭三雕得意：陈墨阳说不服程运国，是能力失败。他能说服程运国，说明政委领导失败。程运国如果跟陈墨阳翻脸，他们两个都失败。无论哪个失败，最终都会剑指陈墨阳。其实，他很想当这个集训队指导员，一是离开了首长，能轻松几天；二是也想借机熟悉一下部队，顺便露个脸。这趟基层盯下来，能看出政委对陈墨阳是持赞赏态度的，而自己整个过程除了拎包、倒水就没有说过话。

陈墨阳当然也有自己的考虑，他确实想在政委面前刷刷自己的价值感，其次是感觉副旅长并没有那么莽撞，他跟政委叫板，一定另有谋算。至于万剑那点鬼心眼，完全可以忽略不计。

程运国眼光如炬，"咋了，政委派你当说客？"

陈墨阳不说话，只是点点头。程运国一抖肩膀，坏笑起来，拍拍陈墨阳肩膀，压低了声音，"来十个都行，我是韩信带兵，多多益善。可你要不给老侯点颜色看看，他今天给我塞两个人，明天就可能带一堆人到基地打靶去，蹭我的子弹、占我的时间，这毛病哪能惯！咱先扯会儿闲篇，你过会儿再找政委回话，让他们三个来吧！"他扔给陈墨阳一根烟，"还有啊，我没想明白。国资委华主任跟我关系也算可以，为什么不直接给我打个招呼呢，这不是他的风格！"

陈墨阳笑笑，"你不知道？华主任正跟交通局唐局争副市长的位子呢！"程运国一拍大腿，"怪不得，我跟唐局是朋友，他是怕在我这落下把柄，背个'以权谋私'的黑锅！哎呀，这地方这个关系呀，错综复杂。"程运国拍拍脑门子，"兄弟呀，我的意思，别慌着去地方，相比之下，还是部队单纯点，我是不想让你走，明白吧？"程运国脸上的狡黠褪尽，大黑脸上竟浮出一丝伤感，这让陈墨阳心头一热。他知道，程运国一直在尽力抬高自己的地位和作用。

这个老程啊，给点阳光就灿烂，抓着权力就像是孙悟空抽出了金箍棒，还真得约束着点。侯政委先是这么思忖着，接着又觉得让陈墨阳出面有失厚道，这小子会不会再次露出那个讥讽的表情呢？

"对了，小万，省军区正式转业通知什么时候下？怎么摸完底倒没动静了？"侯法来回过神来，转头问道。

万剑说："我也问过省军区了，说是上边有新的考虑，转业名额可能要调整，跟往年相比，今年会延迟一段时间。"

侯政委点点头，"那你就多少听着点，工作上不要被动，该做的思想工作也不要放松。我虽说是政委，但不是你们省军区系统的老人，消息渠道未必比你灵通！"

这句话让万剑受宠若惊，"首长太忙了，这些事不用您操心，我随时汇报最新情况。"

陈墨阳打报告进来，淡淡说道：我陪副旅长聊了会儿天，他最后回过味来了，说您说得有道理，让那三个人进驻训练基地吧……

晚上十点半，陈墨阳加完班下楼，刚出电梯口就听到孙清淼在办公楼前同政委诉苦，意思是不想让杨连方到基地参加训练。侯政委没怎么说话，让她去楼上找程副旅长。陈墨阳迎上去，"嫂子，你别瞎搅活了，没转业就是部队的人，当兵的不听命令听什么，我不也在加班吗——"陈墨阳话还没说完，孙清淼就挥了一下手，"那行，听你的，我先回。"说完就转身走了，那股利索劲大出意料之外，连侯法来都给愣住了。

等回到家时，陈墨阳才知道事出有因。原来，梁肃闻部门要招一个公共服务协调员，她觉得孙清森挺合适，就劝她明天去应试，孙清森是顾着自己的工作才罢手的。

七

上午九点半，基地考核集训动员会开始。

动员过程不长，侯政委动员，物装营教导员华主任讲话，程运国提出要求，特别就加强管理、强化纪律性方面发挥了一番。从纪律养成看，供给二连整体素质比以往要差一截。该连复退军人率是全旅最高的，一度达到百分之七十，但现在只有百分之五十多点，一半人员是新入队的大学生员工。尽管会前做了强调，台下仍有窃窃私语和手机响铃声。

动员会结束，程运国立即组织三公里摸底。队伍里当时就有人提出反对意见：怎么也得先适应一下吧。再说了，这么重的霾，也不利于锻炼。

"锻炼？你当这是健身中心？"程运国一瞪眼，"这是准备打仗。别说这点霾，就是毒气也得跑。哪那么多废话！"他眼光如刀，亮闪闪扫了一圈，突然放缓了语气，"不过，身体确实不舒服的，还是要照顾的，有特殊情况的可以站到旁边去。"

他话音刚落，立刻就有十几个人呼啦啦地离开了队伍，歪七扭八地重新凑成一列，其中就包括三个穿迷彩的"编外兵"。程运国拍了两下巴掌，大声宣布："原地不动的，不用测试了。重新列队的，跟着一队长跑六圈，快！"

尖利哨声划过，病恹恹的队伍在一片哄笑声中抬起了步子。程运国就站在一旁盯着。两圈过后，他叫下来四个人，吩咐基地主任李絮文给他们拿药。仔细一问，这四个人确实都生着病，两个感冒，两个有痔疮。第三圈后，一个"编外女兵"和"编外男兵"也退了下来。

这三人都是硕士研究生。黑胖戴眼镜，面貌颇像程运国的叫乔新邦，是个理工男。短发干练的张遥是学历史的，长发沉静的宋星予则是现代传媒专业。陈墨阳托人打听过，除了宋星予是属国资委外，其他两人只是暂时在国资委挂靠实习，具体单位没透露，估计也是有关系的。这次退下来的就是乔新邦和张遥。

乔新邦说自己视力模糊，边说边用手到处摸着，真像是瞎了一样。张遥干脆说自己不想跑了。这三个人是陈墨阳专门派车送到基地的，按照副旅长指示，来之前一再强调训练艰苦，对他们也不会特殊照顾，他们答应得挺好，可事到临头还是变卦了。

程运国很关切地问了问乔新邦的病情，末了指指远处，对乔新邦说，"算了，你还是到救护车上吸吸氧去吧！"乔新邦顿时来了精神，瞪大双眼看向程运国手指的方向，"哪儿呢，车在哪儿呢？"程运国脸一沉，冲一个连长招招手，"拿个沙袋背心过来，给乔新邦穿上，他眼睛好得很！"乔新邦这才明白上了当，顿时就乐了，接连打敬礼，请求徒步跑完，程运国沉着脸，挥手示意他接着跑。至于张遥，程运国说，"不想跑，你就走，走也要走完六圈。"

中午开饭时，队伍明显规矩多了，谁都知道副旅长不好惹，饭前歌声也格外响亮。众人进入饭堂后，程运国又叫炊事班弄来两碗捣碎的红辣椒，端给两个患痔疮的同志。

这两人一见辣椒赶紧摆手：副旅长，这个哪敢吃啊，痔疮最怕见辣。程运国一摆手，听我的，吃掉，三天不好，我陪你们去医院，替你们出医疗费，误工补助也照发！两人面面相觑，还是不敢，缩脖子摇头，死活不肯吃。陈墨阳觉得有点过，劝程运国不要勉强。他一摆手：没问题，这招叫以毒攻毒，我用过，管用得很。见两人还是不吃，程运国瞪起了眼，一拍桌子，"再不吃我就以不服从命令为由，直接把你们退回去！"

星宇集团有规定，凡被"退兵"是有经济处罚的。两个人无奈，就着馒头，龇牙咧嘴地吃完了辣椒。其中一个不耐辣，脸色通红，满头大汗，而后捂着肚子蹲到了地上直流泪，陈墨阳赶紧让人把他架回宿舍。

幸好，有五六只白猫跑进饭堂，转移了人们的注意力，还有人把猫抱起来亲吻抚摸。这些猫都是李絮文养的，他本身爱养猫，又加上这里地方大、没事干，猫就一只接一只的养，既有收容的野猫，也有特意买来的猫，个个体形肥硕，毛皮光鲜。

"李主任，你养了多少宠物啊？"程运国笑着问道。

"没怎么养，大部分都是野猫。"这次保障，李絮文使出了全身力气，从宿舍楼到会议室，甚至包括偌大的操场，全都收拾得干干净净。除新买了音响设备，还召来了四名服预备役的等级厨师。大约是感到了程运国的杀气，李絮文说话格外小心。

"政委对你很不满意！身为军队干部，手上戴着串子，养这么多宠物，你要当贵妇人啊？传播疾病怎么办？抓伤人怎么办？"程运国的脸色说变就变。

"哪我赶紧弄走呗！"

"这倒不用。你把所有的猫，都给我放到靶壕里，上边用大棚的草毡子盖严实，没我同意，不准私自放猫，我要检查的。"

"这个——行，是，我马上就办！"

程运国冲陈墨阳笑道："有好戏看喽。"陈墨阳低声说，"恐怕也有烂戏，你刚才逼人吃辣椒时，有人用手机录了视频，我担心万一有人传到网上，可能会招来'虐待士兵'的误解！"

程运国一皱眉，吸了口凉气，"大意了，大意了，方式方法有点粗暴，赶紧做思想工作去。"

八

如果这段吃辣椒的视频放到网上，谁会考查动机和背景？一旦招来愤怒声讨，形成舆论压力，说不定会惹出多大的麻烦。在所谓的"后真相"时代，"真相"远不及"影响"重要。

陈墨阳把八个举手机录视频的人员叫到会议室，先讲保密问题，又谈了谈副旅长的动机，最后替他向大家道了个歉。在陈墨阳的说服下，有五个人很干脆地删除了视频和照片，而最后坚持"要个说法"的竟然是那三个"编外兵"，特别是两个女同志，态度尤为坚决。

张遥意见最大："我觉得你们这个副旅长有军阀作风，太残酷，哪有逼人吃辣椒的，当这是渣滓洞啊，太欺负人！这段视频我不删，他不是说三天吗？我等他五天，如果到时候人家的病没好，我再视情况使用这段视频……"

宋星予表情沉静，但嘴角里含了一丝冷笑，"陈科长，我就想知道，我们如果不删，你们是不是会找我的领导告黑状？或者，二十四小时盯着我们，就像《暗算》里甄别间谍那样？"

乔新邦则悠悠地说道："我对程旅长深表敬佩，这段视频嘛，留个纪念！"

陈墨阳很明智地选择了倾听，最后说道：希望各位多一点耐心，多个维度看问题，借这几天时间好好了解一下首长的风格。当然，我也尊重和相信你们的理智选择。

张遥点点头，"嗯，我欣赏你这个态度。这样吧，您先替我传个话，希望程旅长能科学、文明、民主的带兵！"

程运国听了陈墨阳的汇报，冷笑道："一把的嫩葱，懂个屁的残酷。把他们撂到战场上，连个辣椒都不如。"

"我有个想法。"陈墨阳问道，"副旅长，你手里有没有执行国际维和任务时的记录片，就是比较真实反映部队作战、训练的那种。"

"一大堆呢，不过，画面狠了点。"

陈墨阳长出了一口气，"那就拣狠的来，给他们上上战争课吧，就当是一次政治教育了。"

程运国先后两次带队赴非洲执行国际维和任务，也正是在这段时间里，他离婚了，原因是老婆跟别人好上了。据说，程运国的老婆是个舞蹈演员，比他小七八岁，想必长得很美。大约因为这个缘故，他很少提及那段光荣历史，即使谈及也都是酒后的只言片语。只有一次，他展示了自己的伤疤和勋章。还有一次，他给了陈墨阳一沓非洲国家的纸币和一小块象牙制成的印章料。

看完新闻联播，开始播放录像。程运国站到队前，先请大家把手机都关掉，缓声解释道："这些内容，都是我亲眼看到和亲身经历的，有些画面是真正的残酷，所以不能拍照。看不下去的，可以不看。控制不住的，可以呕吐，旁边有塑料袋——"他话没说完，下边便发出了吃吃的笑声。但随着录像的播映，人们很快就静了下来：

地狱一般的场景：炮火乱轰。残垣断壁。森森白骨。正在腐烂的肢体。横七竖八的骷髅。被蚁群和苍蝇覆盖的士兵尚未断气……

两个赤裸了下身惨狂嚎叫的白人士兵，在地上踢腾着，拼命朝前爬蹿，但他们的肠子从肛门掏出，被人牢牢地踩着，人越跑越远，肠子拉成了一条直线，继而肠体崩断，人劈头栽下去，抽搐成一团……

简陋野战医院，我们的士官。眼部成了血窟窿，黑红一团的眼球垂在脸上，脸部肌肉抽搐，如扭动着的一条蛇，粗重颤抖的呼吸像针一样扎着人们的耳膜……

深陷泥水中的车轮下，压着一条人腿，电锯切割下去，泥浆和血水迸溅，传来了一声撕心裂肺的喊妈声……

训练场，战士的后背，暴晒脱落的皮肤如褴褛的衣衫，飘飘荡荡……

镜头特写，一大块连筋带血的皮肉翻卷在肩部，周围是黑紫色的痕迹，一块块消毒棉不停地抹着。突然，一只手粗暴地探过来，硬生生把皮肉扯了下去，藕断丝连，青白筋络和血红肉丝扯起老长，激起一片惊叫。镜头拉远，程运国狰狞着脸，吸着冷气，恶狠狠地盯着自己的伤口，又把扯下来的伤肉摔到地上，鬼哭狼嚎地笑着要酒喝……

长久沉默之后是热烈的掌声。不断有人提议让副旅长再讲一段故事。

程运国咬着嘴唇想了一会儿，"这样吧，我这个大老粗，在关公门前要耍大刀，给大家背一段书吧。"他清清嗓子，朗诵起来：

我本是一个苦学生，从乡间跑到城市里来读书，所带的铺盖用品都是土里土气的，好不容易弄到几个钱来，买了日本牙刷，金刚石牙粉，东洋脸盆，并也有一床东洋席子。我明知销毁这些东西，以后就难得钱再买，但我为爱国心所激动，也就毫无顾惜地销毁了。我并向同学们宣言，以后生病，就是会病死了，也决不买日本的仁丹和清快丸。

从此以后，在我幼稚的脑筋中，作了不少的可笑的幻梦；我想在高小毕业后，即去投考陆军学校，以后一级一级的升上去，带几千兵或几万兵，打到日本去，踏平三岛！我又想，在高小毕业后，就去从事实业，苦做苦积，那怕不会积到几百万几千万的家私，一齐拿出来，练海陆军，去打东洋。读西洋史，一心想做拿破仑；读中国史，一心又想做岳武穆。这些混杂不清的思想，现在讲出来，是会惹人笑痛肚皮！但在当时我却认为这些思想是了不起的真理，愈想愈觉得津津有味，有时竟想到几夜失眠。

一个青年学生的爱国，真有如一个青年姑娘初恋时那样的真纯入迷。

……

破锣嗓子和不太标准的普通话，恰恰把这段内容演绎的真实感人。

"我刚才朗诵的，是方志敏烈士《可爱的中国》的片段，希望大家不要见笑。"他说完这句，立刻就换了一个腔调，"还行吧？呱叽呱叽呀——"

声音未落，一片掌声。掌声未停，早有一名退伍士官指挥大家唱起了军歌：过得硬的连队，过得硬的兵——

九

五天来，考核集训队秩序越来越正规、士气越来越高昂。现役干部带队轮流站岗放哨，没人请假，也没人跳墙外出。程运国同吃同住同训练，现役干部没有一个敢偷懒，就连基地主任李絮文也不例外，特别往炊事班跑得勤，每餐都色香味俱全。

黎明吹哨起床，整队来个三公里。

寒风刺骨，呼气在路灯的照耀下变成了铁红色，远看队伍，就像是一座移动的小火山。刚开始是列队跑，步伐整齐，番号响亮，两圈之后开始自由跑，纷纷加速。那些退伍兵是享受这个过程的，一个个精神抖擞、口号响亮，仿佛又回到了曾经火热的军旅岁月。陈墨阳很受感染，一次次回想起自己的老连队，想起那些在大漠上纵横驰奔、热血沸腾的日子，禁不住会再次吟诵"会挽雕弓如满月，西北望，射天狼"。

程运国每次都会甩步奔先，看似肥壮的身子顿时轻盈起来，越跑越兴奋，一帮年轻人想超过他并不容易。还有十几个士兵，较上了劲，甩去了棉衣。程运国也脱了衣服，只穿了个跨栏背心狂奔，一路超赶着落后的士兵，时不时朝他们背后拍打一下，吼一嗓子。他不愧是搞训练的专家，几圈跑下来，便能指出每个人的缺点：某某呼吸方法不对，某某体力分配不好，某某抽烟太多，等等，并一一教给对治方法。

当然，也确实有体力跟不上的。现役干部里边是杨连方，他跑得最慢，于是就老站在队伍前挨副旅长批评，一个声色俱厉，一个战战兢兢。兵们看见这个场景，自然就更不敢偷奸耍滑了。当然，私下里副旅长也拉着陈墨阳同杨营长说笑：老杨同志，谢谢你的配合，过后我请你喝酒。这时候，陈墨阳才知道程运国之所以拉杨连方过来，就是让他当反面典型的。预备役人员不好狠批，就只能由现役干部现身说法了。

最让人松心的，是那两名患痔疮的同志真的好了，这两人激动得把带来的痔疮栓、痔疮膏干脆都丢进了垃圾箱。陈墨阳问过张遥他们吃辣椒视频还在不在？张遥一笑，拿出手机，播放了一段程运国朗诵的片断。

还有一个事值得一提：关在靶壕里的十几只猫与两只硕大的黄鼠狼展开了一场激斗，猫死了五只，伤了四只。两只黄鼠狼也受了重伤。黄昏时刻，程运国命令揭开了草毡，放两只黄鼠狼窜出。程运国拉开弹弓，又给两只黄鼠狼予以重创。数十名官兵摇臂呐喊，在操场与靶挡之间围追堵截，直到把黄鼠狼累得口吐鲜血，当场毙命。那个场景，极为彪悍壮观。

陈墨阳问程运国是怎么知道靶壕里住着黄鼠狼的？程运国一笑：进去一闻就知道。

程运国先是批评了李絮文工作不认真，以至于让黄鼠狼在靶壕里安了家，极易形成重大安全事故。同时又表扬了他养的猫，说它们为部队建设做出了贡献。

李絮文有苦说不出,只能咧嘴。

大家也越发佩服程运国的严谨细致,没人再说他残酷。如果靶壕内的报靶者受了黄鼠狼的惊吓突然蹿出来,极有可能会被外边的子弹打死。后果之严重,用脚后跟都想得出来。

射击训练是绝大多数都乐意搞的。当然,真正抢眼的还是程运国。他能用传说中的双枪射击,几乎不怎么瞄准,却很少脱靶,让一帮大老爷们为之欢呼雀跃。副旅长被捧得飘飘然,当即宣布,自己要拿出一月工资来奖励考核成绩前十名。

陈墨阳也喜欢实弹射击,这时,人才能真正的静下来,一举一动,一呼一吸都要合理安排。全神贯注,身心合一,枪弹分离,弹壳落地,有种说不出的舒畅感。

程运国有意照顾陈墨阳,训练结束后,又陪他射了一通,而后并坐在射击位上抽烟,他手里把玩着几颗子弹,发出拙实的撞击声。听着这种沉甸甸的声音,很是受用,仿佛胸腔里也装了底火,大有喷唾成钉的力量感。

夕阳西下,铜黄的弹壳上反射着鱼鳞状的光芒,在风里微微的漾着,似乎是在努力地翻身,又像是要迎风长出一个嫩嫩的弹头来。

"二位领导,坐在这里是要生根发芽吗?"乔新邦模仿着副旅长的语气打趣道。不知什么时候,彼此突然就拉近了距离,连说话也随意多了。因为程运国,乔新邦也渐受大家待见起来,他越看越像副旅长,侧脸望去,简直就是一个人。乔新邦看似憨厚,实则很好恶搞,有时没事就模仿一把首长,把程运国也逗得呵呵乐。

保障人员过来清理现场,两人起身回去。夕照下,陈墨阳一个回头,猛然看见程运国的脸上挂着一抹极为少见的忧伤,那种忧伤很苍茫,苍茫得让他有了种想写诗的冲动。

+

接连两天,陈墨阳加班熬夜连轴转。

一个是精心准备训练总结大会的材料,再一个是与参谋们反复推敲供给二连专业考核的预案。程副旅长对这些材料非常重视,标准要求也相当高,先后提出三次修改意见。

下午,旅政委到基层视察训练工作,慰问了官兵,对集训工作非常满意。同时,也传达了一个上级关于严禁饮酒的通知精神。临时走,在万副主任的建议下,政委又临时增派了一项任务,要求集训队抓紧写一篇"关于抓好预备役官兵封闭集训管理"的经验材料。程运国当场就把这个球踢给了万剑:我这儿人手太紧张,加班熬夜还干不完活呢。有劳万副主任动动笔,我这就给你念叨念叨我们这儿的情况……

加完班,已经快十点了。陈墨阳想吃完泡面就睡觉,不料又被程运国叫出去遛弯。两人边走边聊，话题从政委下午的视察说起，自然而然地谈到了万副主任。

程运国问道："万剑对你意见很大，老是给你挖坑，你们到底有什么过节？"

陈墨阳笑了笑，"我知道个秘密，让他感觉不自在。或者说，我的存在对他来说是种威胁吧。"

"什么秘密？"

"他跟林少希卑躬屈膝过，恰好被我撞见了。"陈墨阳幽幽地说道。

一年前的某天夜里，陈墨阳去找原政委林少希讲理，因为第二天就要进行干部提拔投票表决了——这是林少希的惯用手段，每逢提职或者评功评奖，都要搞个营以上干部投票，以票数多少决定个人进退。其实，鬼都知道，投票是有猫腻的，林少希会在下边做工作。

跟陈墨阳竞争的是干部科长万剑。按年龄，万剑比陈墨阳大两岁，任职却晚了三个月。论能力，万剑虽然稍次，但会攻心，会巴结领导。若说领导的心思，当然是倾向于万剑。陈墨阳当然不甘心，特别是当听说政委帮着万剑拉票时，更是恼火，决定找政委据理力争一番。

陈墨阳带着气，直接推开了政委宿舍门，正看见万剑单腿跪着给政委搓脚。万剑迅速起身，面色通红，神色慌乱，忙不迭地拍着自己的膝盖。林少希洗脚用的是个电动按摩脚盆，水花咕咕嘟嘟的冒着，溅湿地上一大片，而万剑的左膝盖下边，湿了一大片，像块补丁。

林少希登时就怒了，厉声责问陈墨阳为什么不敲门。陈墨阳冷哼一声，说，我没有敲门砖，拿什么敲？说完就转身走了。

那天晚上，陈墨阳在营院里徘徊了许久，第一次萌生了转业的念头。第二天的投票结果可想而知，万剑顺理成章调职。林少希事后找陈墨阳谈话，许愿说，明年肯定提你。但今年提职请示上报后迟迟没有回音，后来干部处说陈墨阳的档案出了问题，需要重审，稍一耽搁，机会便没了。

"侯政委老感觉我是伺机报复林少希，实际上不是，至少不全是。巡视组问得认真，我就客观反映，比如干部选拔问题、决定重大事项不召开常委会等。至于招供虚报冒领预备役人员误工补助、私自出租预备役军官训练中心楼等问题，那就是他做贼心虚了……"

"林少希好占小便宜，好耍小手段，好给人穿小鞋，喜欢动个小心眼，尤其爱玩两面三刀。所谓的档案问题，恐怕也是他暗中捣的鬼，事后档案不也没事了嘛！"程运国挥了挥手，"去他娘的林少希，不扯他了，咱们说点高兴的——我，程运国的代理旅长命令很快就下来了！不过，目前还得保密。"

"啊——我明白了。"陈墨阳作恍然大悟状。

"你明白什么了？"

"那天晚上，你为三个'编外兵'跟侯政委顶牛时，就已经得到消息了吧？"

"你小子，反应倒挺快！"程运国笑着冲陈墨阳挥挥手，"走，回屋，回屋。"

部队早已休息，两人回到队部，程运国拧开台灯，从床底下的迷彩背囊里拽出两瓶酒墩到桌上，"好酒。整点！"

"不好吧。政委今天刚传达了禁酒通知，正课时间，二十四小时都不准喝。况且，我们是在单独执行任务，更不能喝。"程运国拧开盖子，"在我眼里，部队就是一口烈酒，我就馋这个味儿！令行禁止，我比你清楚。但今天情况特殊，咱就破例行个酒令，下不为例。喝，兄弟，别扫老哥的兴……"

"贪杯误事。"陈墨阳很坚决地摇了摇头。

"就三口！"程运国哼笑着抓起了瓶子。

陈墨阳伸手就要按瓶子，程运国反应更快，反手叼住了他的手腕，陈墨阳再出左手抓住了副旅长的小臂。电光火石间，他看见副旅长的神色狰狞了一下，那种感觉颇像是黑夜中一道闪电照亮了庙宇里绿面獠牙的怒目金刚，左手像被电了一下，快速抽回，但右手依然同程运国较着劲。

四目相对，各不相让，陈墨阳分明感觉程运国的眼睛冒了烟。

"首长，你还不吸取以前的教训吗？"

"教训我吗？"

"不敢。我的意思，您要不要，再想想！"

"谁再想想？嗯！"程运国左手点上支烟，猛抽一口。

陈墨阳突然有了种稀释感，整个人像要变成一摊水，表情有点尴尬，手松开，目光游移向别处。

突然，外边响起了敲门声，"检查的来了，咋还不睡？"陈墨阳赶紧打开门，发现却是嬉皮笑脸的乔新邦。他探头瞧瞧，"好家伙，首长们开小灶！"整个集训队，在程运国面前最放得开的就是乔新邦。

"你怎么还不睡？"陈墨阳灵机一动，边问边向他使了个眼色。乔新邦立即会意，乐癫癫蹭了过来，"我训练刻苦，饿得睡不着，想找点吃的。首长，我陪你们喝点？要不这样，我把张遥叫过来？红袖添香，那才过瘾。"

"滚一边去——"程运国没好气地骂道。

十一

一阵电话声打破深夜静寂。门岗打来电话：检查组突击检查。

程运国翻身起床，穿好衣服，推开窗子向外望望。检查组的车辆已经开进了基地，猎豹越野开得飞快，一个急刹车拱到楼前。这股气势，根本就不是走过场的节奏，一定会动真的。

楼道里酒味浓烈，眼前飘过一团又一团的雾气。程运国虽然故作镇定，但心跳加速，右眼皮还跳了两下。他使劲拍了拍自己脑袋，恍然记起曾跟陈墨阳怄了气，还让他眼睐着自己喝干了一瓶白酒。

整个队部灯光雪亮，连长们都穿好了衣服等待检查。集训队日常秩序正规，没人擅自离队，各岗位哨兵保持在位，室内物品摆放整齐划一。如果自己没喝酒，就是天王老子来了也不怕。

"要不，副旅长你出去躲躲？"有人提醒。

"副旅长，酒，酒！"一个连长指着桌上那瓶酒喊道。程运国很想把酒投到窗外，但又觉得太狼狈。"天塌不下来！"他拿毛巾擦擦脸，深吸一口气。如果不是喝酒过猛，如果不是那个"代理旅长"的命令压着，程运国感觉自己是有能力应对的，但此刻眼前一片空白。他把目光投向陈墨阳，发现这小子阴沉着脸，像是在看笑话，根本不是拿主意的样子。

检查组脚步声越来越响，仿佛踏在了胸口上。

程运国定了定神，把酒瓶拉到了自己面前，大马金刀地坐下，顺手掏出了香烟，点上一根。

"你们三个连长，趴到床上，撩开衣服，露出腰和背。副旅长，你来给他们用酒精按摩——"陈墨阳突然来了主意，所有人心领神会，屋子里顿时就一片生机，平日的军事素质集中爆发。三个连长像老鹰展翅般撩开衣服，扑到了床上。杨连方、张航迅速抄起了茶缸，程运国拧开瓶盖，把白酒倒到了茶缸里，打着火机点燃了白酒，而后几个人迅速抢位，用手沾上点燃的白酒，开始为"伤员"按摩。

这是部队常用的办法，兵们训练肌肉受伤，会点燃白酒拍打推拿。如此一来，熏人的酒气就成了合理的存在。

从想出对策到检查组进门，前后不过一分钟。一个中校、一个少校依次进屋，先是皱眉头闻了闻，而后立即展开搜查，不但打开了抽屉，还检查了屋角和窗口。从动作来看，是非常熟悉基层的人员，目的是查看有没有窝藏下酒菜。

"是这样的，他们几个腰腿扭伤了，白天训练没时间，这会儿我给他们用烧酒推拿一下。"程运国说道。

"副旅长真没喝酒？"中校盯着问。

"没喝，就是刚才给我们的伤处喷酒了。"连长们解释着。

"好好好，那就这样吧。"中校笑着转了个身。程运国长吁一口气，抹了抹额头上的冷汗。孰料，中校却命令少校拿出一个手机状的吹气式酒精测试仪递到了程运国面前。

事闹大了。没有想到工作组这么较真，竟然像交警查酒驾那样严苛。程运国知道，这一口气吹出来就是惊涛骇浪，弄不好代旅长的命令就会拦腰截断。

"自己来吧！"少校冷笑着把测酒仪递过来，动作极为挑衅。那种感觉像是递来一把手枪，让他自行了断。

程运国突然挺直了身子，放开喉咙笑一声，血气上涌，脸色一变，猛地扬手，仪器摔成几半，"新兵蛋子，你当老子是谁？"

一声暴喝，回音震荡，众人吓了一跳。中校脸色大变，一时不知所措。"程运国又在撒野是不是？"话音未落，一个身材高大的将军走了进来，盯着他一字一顿说道：马上抽血，我要看看你到底喝了多少。

一个随行上尉打开皮包，掏出扎带和一次性针管。程运国再次劈手夺了过去。不光上尉吓一跳，连将军也是一愣。程运国冲将军打了个敬礼，"首长，我自己抽。"他很熟练的撸袖子，系扎带，安上针头，慢慢刺入臂弯粗壮如蛇般的静脉中。

没有痛感，反倒发痒，连同浑身的伤疤也像癣疥一样发作起来，奇痒难耐。流淌在战场上的殷红鲜血，此刻进入透明针管中竟变作漆黑一团，像是滚滚的污泥浊水。血水越涌越多，而后四下喷溅，就像当年抗洪时的决堤猛浪，瞬间就把人吞卷走了……

程运国挣扎着，惊叫一声，猛地坐了起来。

哪有什么检查组！只有对面床上的陈墨阳静静地瞅着自己。窗外天光透亮，楼道里不时传来兵们的洗漱声。

"怎么了？"陈墨阳问道。

"梦！"程运国喝了口水，点上支烟，这时候他才想起，昨晚上的酒根本没喝成，先是被陈墨阳扫兴，接着被乔新邦搅扰，半口也没沾。

陈墨阳幽幽地说道"我也做了个梦，梦见自己转业了，但到地方后没人承认。档案丢了，证件没了，军装找不见了，战友也找不着了，后来连我自己也不记得当没当过兵了，一下子急醒了。"

"谁他妈让你转业了！"程运国坐起来，又点上一根烟塞给陈墨阳，"待会儿把这两瓶酒给我处理掉。"

夜有所梦，日有所证。早操还没结束，军区检查组就来了个突击检查，结果很满意。早饭后，省军区有人打电话给程运国，说检查组原本打算昨晚"突袭"的，由于车辆出了点毛病，这才改了时间。

程运国若有所思，"墨阳，如果昨晚我真喝酒了，检查组突击检查怎么办？"

"一是'法办'，二是'没法办'。"

"此外呢，还有什么招没有？比如，人家带着测酒仪，带着针管子，就是来查酒的，咋弄？"程运国见陈墨阳不太在意，加重了语气，"你认真回答，用什么招数化解？有没有？"

"有"陈墨阳笑笑，"你装病，再让乔新邦装你。"

程运国重重地拍了一下陈墨阳肩膀，"是好办法，但这么干比违反禁酒令还严重。从今天开始，正式戒酒，盯着我！"

十二

考核那天，旅政委侯法来早早赶到了训练基地。考核组由一名少将带队，中间就有上次搞突击检查的中校和少校。考核按预定程序进行，先考射击、三公里，最后考专业。

三公里成绩最好，有三人不及格。射击成绩稍次，五人脱靶。专业最棒，博得一片喝彩。供给二连的专业是遂行应急行动住宿保障任务，预备役士兵最拿手的是运输、搭建板房，这也是他们的本职工作。

由于场地限制，只考了搭建板房一项。当天天气不好，刮起了大风，但士兵们业务娴熟，技高胆大，从卸载组装到移位拼接再到维修拆收，动作如行云流水，指挥调度到位，配合密切默契，应对突发情况灵敏果断，充分展示了保障能力和应急水准，看得首长啧啧赞叹。

考核结束后，考核组开始核对预备役官兵身份。工作组成员拿着花名册，逐一核对预备役军官证、士兵证、身份证以及询问工作单位情况，目的就在于防止弄虚作假。在预备役部队，"纸上编兵"的情况时有发生，所谓的预备役官兵，大都是体现在花名册上。有的部队为应付考核，往往还会花钱雇人冒名顶替，甚至到兄弟部队借现役士兵过来撑门面。这道程序在以前也就是走个过场，但现在抠得很细。这次考核，后勤旅没敢掺假，人员绝对真实，所以很有底气。

唯一的小插曲，是首长对供给二连很感兴趣，想临时听取一下关于该连的汇报。从首长提出动议到汇报实施，只有一个半小时。侯政委很客气地征求程副旅长的意见，他两天前已经得到程运国要代理旅长的消息了，并且深知这位搭档不是省油的灯，预先给予了相当尊重。程运国说，那就让万副主任和陈科长分头准备吧，谁好就用谁的，这时候肯定没工夫研究材料了。

万剑没带电脑，对基层情况又不熟悉，抓耳挠腮只凑了三页纸。陈墨阳胸有成竹，花四十多分钟的时间写好了稿子。这次他没再用"白话体"，根据政委的口味，拟了五条对仗工整的标题，提炼了几条富有哲理的金句。至于内容，力求干练、鲜活。侯法来一看之下，连连点头说好。

汇报工作首长很满意，特别是对供给二连当年赴汶川地震现场救灾的情况很感兴趣，问了不少专业问题，后来又同程运国聊到了国际维和，本来预定半小时的汇报，竟拖了两个小时。首长作完指示后，还不忘同程运国开玩笑，"老程啊，你是久经考验的老同志了，组织上是很器重你的。记住，平时要把握住'度'，多喝'一百度'的，少喝'五十度'的。"程运国站起来打个敬礼，"报告首长，戒了，从此以后，滴酒不沾。在这里我向首长打个保票，也请首长给我打个广告——"话没落，就激起一大片笑声。

送走考核检查组，接着开集训总结表彰大会，除了发证书、奖状，程运国还兑现了诺言，拿自己的钱给考核成绩优异的颁发奖金。本来，表彰大会后就要组织士兵全部返回的，由于汇报拖延了时间，部分人员又提议合影留念，再加之天气和车辆原因，程运国决定先送部分人员离开，其余继续留营，待明天运完装备、清整环境后再离开。

饭后，程运国又拽着陈墨阳陪他到操场转圈，两人谁也不说话，一气走了半个多小时。天气有所好转，但依然刮着小风。程运国啧啧两声，"唉，要是把前两天的酒拿到现在喝，该有多好！"

"是吗？陈墨阳说着，从口袋里掏出一盒烟来晃晃，"酒戒了，烟可以来一根吧？"

"烟酒不分家——"程运国握着拳头，看看陈墨阳，接着又高举双臂，模仿着天外来音的腔调高喊，"不——都是扯淡——哈哈，这才是真心话！"程运国夺过一根烟，点着了，猛吸一口说，"舒坦。"

两人就这样默默抽烟，许久，程运国才严肃起来，"墨阳，再干两年吧。我以旅长的身份，代表组织挽留你。侯政委那儿你不用担心，我会说服他的，毕竟，他也是想干事的人。你再考虑考虑？"

"不用考虑了！"陈墨阳沉默片刻，"留！"

"哇哈——这么痛快？"程运国捶了陈墨阳一拳，"你是咋想的，说说！"

"以前，我一直以为激情是种情绪。现在才明白，激情是一种天赋，我不想浪费……"陈墨阳仿佛是自言自语，耳边回响的却是张遥的声音：你们程副旅长是个有故事的人，为什么不把他写下来呢，非要等到七老八十再去写回忆录吗——

"子弹声儿！"副旅长突然伏低了身子，警惕地向四周扫描着。可除了基地办公楼的灯光外，周遭黑魆魆一片，哪来的子弹？

好一会儿，两人才站起身来，朝着操场边沿的射击位走去。那里隐约传来了弹壳落地声。待走近了，并没有发现什么异常。等离远后，又能听到弹壳落地声，不知是被风吹的还是被野猫碰响的，那种声音很好听，清脆且有余音，像水滴落在空静的水面，又像是有人弹击着刀剑。

"古代有种宝剑，遇到战事会自动发出嗡鸣声。子弹也有魂魄的，一样能成精。"程运国很认真地说道。

"子弹的魂魄？"陈墨阳点了点头，这个说法很诗意，弹头飞向远处，弹壳弹落在地，那砰然一声爆响，或许就是子弹的灵魂吧。

十三

两天后，程运国代理旅长命令下达，他将完全行使军事主官的职责。如无特殊情况，半年后会转正。半个月后，转业指标也下来了：营职干部的转业名额少了两个，团职转业的名额多了两个。

杨连方的家属孙清淼又分别找了旅长、政委一趟。当然，这次她不是要求安排工作的，她已经被梁肃闻的那个部门录用了，五险一金齐全，每周有双休，加班还有加班费。她是想请组织好好跟地方协调，好把杨连方安置到公安局。程运国答应得很干脆：不光他，我们所有的转业干部都会根据志愿安排好的。

侯法来又找陈墨阳谈了一次心，态度很诚恳，劝他留队。陈墨阳当场表态：听从组织安排，一如既往努力工作。那天晚上回家，老岳母做了一桌丰盛的饭菜，还拍了照，发了个朋友圈。岳父很有感慨地说：人只有干好，才能被看好。这是个颠扑不破的真理。

比较出乎大家意料的是万剑，他主动找到旅长、政委，要求转业。他还找陈墨阳聊了半天，说得眉飞色舞：我仔细打听了，别看地方把福利取消了，其实加上什么绩效奖、精神文明奖等等，一点也不少拿。我是副团，转到地方直接是行政编，比事业编还要强很多呢，光交通补助一项，每月就多拿六七百……

李絮文也要求转业，让程旅长给骂了回去。程运国对侯法来说，这小子好好

316

调教一下，还是能干事的。

那天，政委又把邱培明叫了上来，问他的想法。邱培明说，对不起政委，我当时有点冲动，现在不想走了。政委问他为什么？他说，科长跟我谈过心了。侯培明就问，他怎么跟你说的？邱培明说：科长说，从组织上讲，我们是部队的一部分；从人生上讲，部队也是我们生命的一部分，眼光要长远点，格局应该再大点。就这句话！

谈完心，侯法来走出门来，在楼道里来回溜达了两圈，而后拐进了厕所。之前，他一直用的是宿舍厕所，那个厕所虽然设施齐全，装修高档，但没有公用卫生间畅亮。卫生间里装有硕大的窗子和镜子，自从程运国当上旅长后，卫生标准又提高了一个层次，窗玻璃和镜面擦得异常干净，光线显得格外明亮。

洗完手，侯法来站在镜子前看了一眼自己，感觉鬓角处两丛白发异常刺眼，简直就像两把亮晃晃的刀尖。他又侧了侧身，发现小肚子也鼓了起来，吸都吸不进去，不由紧蹙了两下眉头。突然，一个莫名其妙的念头涌了上来：老了！我是不是也该离开部队了？

（原载《人民文学》2018 年第 8 期）

夹 叉

艾 玛

1

我住到温泉镇后的第二年，认识了金文玲。

金文玲是即墨人，她和她丈夫在即墨温泉镇大石村经营一家园艺场。从青岛市去温泉镇可以走滨海大道，也可以走青龙高速。走青龙高速要交二十五元过路费，但节省时间。走滨海大道倒是不花钱，但比走青龙高速要多花二十来分钟，遇到堵车，需要的时间就更长了。我一般走青龙高速。下青龙高速后要走一段乡村公路，这条双向两车道的公路穿过一大片平坦的耕地，公路两边密实地种着几排高大的白杨树，也有栾树。深秋时分，白杨黄，栾树红，会把这段乡村公路渲染得十分美丽。我爱走这条路还有个原因，这段路上来往车辆不多，大部分时候都很安静，汽车蜿蜒穿过田野，春来落花默默随风，秋来黄叶无声飞舞，总有动人处。不过，等这条公路到大石村，和从即墨市通往海边温泉镇的省道交汇时，就会喧闹起来。车多，加上临街两边都是店铺，来往的人也多，边上还有一所小学校，大石村中心小学，课间休息时，孩子们的吵闹声能把学校的围墙掀翻。

有一天，车到大石村时，我在金文玲家门前停了下来。

在大石村，像金文玲家这样的家庭园艺场很多，格局也都差不多：马路边一座规整农家小院，院门上趴着一圈凌霄，或是紫藤，院里跑着几只鸡、鹅，院子后面是连接成片的大棚，大棚里种着各种花草树木，不问季节地开花结果。我只是碰巧停在了金文玲家门口。

"老板！"我把车窗摇下来，朝着院子里喊。一只小灰狗闻声从侧门出来，边跑边回头叫，过了一会，金文玲也从侧门走了出来。她穿着一件黑色带帽短羽绒衣，用一块鲜艳的头巾包着头——就是这一带渔村妇女爱用的那种头巾，温泉镇大集时常见有人在路边摆摊叫卖。她喝住狗，问我：

"要买什么？"

我家有株茶花树，叶子掉得厉害，这些天花骨朵儿也开始掉了，我问她能不能上门帮我养护下。

她袖着两手，侧着脸听我说话，完了正过脸来看着我问："是在我们这买的不?"问完又把脸侧过去。接下来一直这样，问话时面对我，听话时则微微侧过脸去。大约有只耳朵不好，我猜。年轻时我当过几年炮兵，知道耳朵不好是怎么回事。

我把车窗开大了些，大着嗓门说道："不记得在哪家买的了，我可以付你钱。"

"茶花不好养，"她面对我，把两只手从袖管里抽出来搓着，问我："你住哪里？"

"往前开十来分钟就到，"我抬手指了指前方，"盛世王朝小区。"这个小区就在大石村和温泉镇之间。

"你能出多少钱？"

我说："只要能养活，钱好说。"

她沉思了会，说："一次一百。"她看着我，一副生怕我会说贵了的样子："肥料免费，我们的花肥是很好的有机肥。"她又冲我招了招手，道："你下来瞅瞅，都是用花生壳沤的，网上要卖一块钱一斤。"

我没什么兴趣看花肥。我说："一百就一百，现在就能派师傅去不？"

"现在不行，我家那位给人送货去了，现在家里没人，你等一等啊——"她说完跑回屋内，拿了一支圆珠笔和一张巴掌大的纸片出来，让我把地址和手机号留下，和我约好下午四点派人过去。

"你得提前跟你们保安打声招呼，你们王朝的大门可不好进了。"末了她又叮嘱我说。

盛世王朝在这一带算是个高档别墅小区，但它的冬天一直都不太好过，没有集中供暖，家家户户都是烧燃气壁挂炉取暖。这炉子是个烧钱的东西，我的房子是小区里面积最小的，两百来个平方，但要想让每间屋子都有点热乎气，一个冬天下来，没有两万来块钱是不行的。我不在家的时候，就让燃气炉低温运行，回家后我先把温度调上去，再去温泉镇上找个池子泡个澡，估摸着家里该暖和了再回去。

下午四点，我在汤上温泉旅馆泡完澡刚到家，金文玲就到了，准时得令人吃惊。我住到这后，跟周边几个村的村民都打过交道，总的感觉是时间观念不强。他们一般很少说几点，而是说"晌午"什么的，这个"晌午"，有可能是中午十二点，也有可能是天黑前的整个下午。

金文玲骑着一辆三轮车，在一个保安的陪同下过来了。我家的电子防盗系统出了点问题，可视对讲机拿去修了，虽然我提前给小区门口的保安打了招呼，说下午有花匠过来，但我无法通过可视对讲机确定来客是谁，这样，金文玲等于是给一个穿着制服、屁股后挂了根丁字棍的保安押着过来的，这让她很不高兴。

"你没给他们说么？"她带着责备的语气问我。

"说了说了，"未等我答话，保安就连忙解释起来："对讲机维修期间，访客必须有人陪同到户，这是我们的规定，不是针对某个人的，请理解。"

金文玲不再说什么，默默从三轮车上往下搬东西。保安是个灵泛、和气的年轻人，赶紧上前帮忙。金文玲不客气地推开他，说："忙你的去吧！"我笑着冲小伙子挥了挥手，他也笑着冲我敬了个礼后走了。

金文玲脾气似乎不太好，但是个好花匠。她一见我家那株茶花树，就心疼地说："哎呦！瞧它憔悴的！"然后她问也没问我，冲过去乒乒乓乓把我家暖房的窗户全推开了。

"天气好，要让它们透透气儿。"她环顾了一下四周，边撸袖子边说："还都是些好花呢！你都咋养的？！"

我家的暖房里确实有不少花草树木，都是我妻子买的。我们刚买下这房子的那年，我妻子对园艺的兴趣高涨，买了不少花花草草，院子里，露台上，房间内，到处都是。现在就剩暖房里这些了，还都要死不活的。

我对金文玲说："要不，你一并帮我弄弄？我付你钱。"

"成！"金文玲开始干活，头也没抬。

我回到书房看书，一个人喝光了一壶茶。日影西斜，很快两个多小时过去了，金文玲还没忙完。我端了杯水过去给她。

"茶花不能缺水。"她接过水杯，坐到一只花墩子上休息。她脱了外套，把头巾也摘了，露出一头花白的头发。

"哦。"

"原来是养在院子里的吧？"

"是的。"我说。

前年冬天，我和我妻子路过大石村，顺路逛了一家园艺场，我妻子一眼看中了这株茶花树，当时它被种在一个水缸一般大的陶盆里，茶杯粗的树干，满树都是粉红的小花蕾。我妻子爱一切粉色的东西。老板让我和我妻子蹲下来看树干，老板说，这可是珍惜品种，抓破美人脸，原株，非嫁接的，原株茶树能长那么大，少说也得十四五年。

我妻子是南方人，她的家乡盛产茶花，她当然知道这株茶树长成这样需要多长时间。当时她蹲在我身边，激动得一个劲地拽我衣袖。我还能说什么呢？最后我们花了不少钱把它弄了回来。第二年春，我妻子找人把它连盆种到院子里，入冬后挖出来拖进暖房。今年春，她给它换了个更大的盆后，又将它种到院子里，暑假时她不辞而别，去了美国，入冬后是我找人将这株茶树挖出来拖进了暖房。我对怎么照顾它没什么头绪。

"也缺肥。"金文玲说，"花骨朵我打了好些，只留了几个给你看看解解馋。它现在是要活命，开花是顾不上的了。"

"好。"我说。

"是棵好茶！好好养着吧。"她抬头看着我，问："你家有洒水壶没有？"

这倒是有的。我到处找了找，可没看到那把洒水壶。我妻子曾从网上买了一把普通的铁皮水壶，她在上面画了幅梵高的向日葵后，常有人站在我家花园的篱笆外问她这水壶在哪买的。现在，这把水壶和我妻子一样，不知所踪。

"等温泉镇大集，我去买一把。"我说。每逢农历三、八，温泉镇都有大集。

"我家有多的，下次来我给你带一把。"说着话金文玲站了起来，我这才发现她穿着一件老式军用绒衣，袖口领口都重新缝补过，看样子穿了很多年了。她把水杯搁到窗台上，拍了拍屁股上的灰："那几盆蕙兰我清理过了，枯死的鳞茎都扒了，剩下的还能活。那盆章鱼兰可惜了，这一带很少有人养这个，你从哪买的?"

我说不出个所以然。她看看我，语重心长地说："都弄回家来了，就得管，现在上网那么方便，有什么不知道的，网上一问，啥都有人告诉你。"她把外套穿上后，从口袋里摸出来一张名片递给我，说："我叫金文玲，有啥情况，打上面这个电话也行。"

我接过名片看了看，原来她家那个园艺场叫"功成花卉"，经营各种花草树木、奇石根雕。

"我老头叫王功成。"她说。

我按约定付给了她一百元，和她约好下个周末再来的时间后，她一边收拾东西，一边叮嘱我哪些花草今天得浇水，哪些过几天再浇。她说她晒了一桶水在暖房外。

"花草娇贵，水太冷了可不行!"金文玲说。

2

不得不说，这个夏天是我人生中最黑暗的一段时光。我和我妻子平安无事地过了八年后，她毫无征兆地离开了我。我妻子比我小十二岁，一轮。说实在的，年龄根本不是我们的问题……或许我们的问题不在年龄。这些年来，我们过得不错，她的初恋突然回了趟国，我们就完了。我不恨谁，我爱自己，没有情敌，我就是有些想不通而已。我这一生中有很多次，都恨不得抱着炸药包与美国同归于尽，比如他们炸我们大使馆那次，比如他们在我们的领空撞落我们巡航机那次，可后来倒好，我最亲的人，先是我的前妻和女儿，现在又是我的现妻，都去了这个叫美国的国家。想不通! 可想不通又能怎样?

到了我和金文玲约定的那天，我却忘了去乡下。一个知道我和我妻子状况的朋友给我介绍了个丧偶妇女，约好在这周六见面。我本无意这么快再给自己套上辔头，但我的邮箱里刚来了一封我妻子通过律师发来的邮件，谈离婚的。我的心情着实不太好，再加上听说这女人只比我小两岁，喜欢厨艺和烘焙，听上去很贤妻良母的感觉，我就有些动心了。我的前妻比我大五岁，是个上知天文、下知地理、中晓人和的事业型女性，现妻比我小十二岁，风花雪月入眼，人间烟火不食。如果再找，我想找个过日子的同龄人。如前所述，我当过炮兵，瞄准手，以前炮兵射击教程要求测定目标后故意加点距离打一炮，再减点距离打一炮，然后把两弹着点一平均，第三炮十有八九能命中目标。我们把这种逐步逼近目标的射击方法叫"夹叉"。现在，我想给自己"夹叉"一个贤妻良母，一个人实在是有些寂寞。这样，我就把约了金文玲的事忘到了脑后。

下午一点多，我和那位贤妻良母正在一家餐馆吃午饭，我点了三道菜一道汤，她把那三道菜都批了个体无完肤，正在批那道汤时，金文玲给我打来了电话。

我一下站了起来，"真对不起!"我对贤妻良母说。我拍着脑门，解释说忘了一个重要的约定，不得不先走一步。几分钟内，道歉、买单、告别一气呵成，我承认我有些混蛋。出了那家餐馆大门，我长长地呼出一口气，那一刻，真有金文玲救了我的感觉。所以，周日金文玲上门工作时，我爽快地表示照样会给她一百元，不让她白跑。

"得了吧!"金文玲很生气，说，"我最讨厌不守时的人了，你有事就不能提前给我打个电话?"

这让我有些意外。我家的保洁阿姨也是通过物业从村里请的，她们大都很好说话，从不埋怨雇主。如果雇主有什么过失，肯用金钱补偿的话，她们一般也不会拒绝，有时候，她们甚至会非常高兴。

我只好很正式地跟她说了句"对不起"。

金文玲很不耐烦，像驱赶蚊虫一样冲我挥了挥手，就忙着一趟趟搬运她带来的东西去了。这回她除了带花肥，还带了一麻袋花土过来，以及一把洒水壶，一小袋黑芝麻。她把黑芝麻倒在那盆章鱼兰上。

"我家的芝麻饼用完了，先上点这个，看能不能救活。"她说。

我很惊讶，这也太奢侈了吧，黑芝麻都卖到多少钱一斤了!

"不要你钱，我喜欢兰花，算我的。"说着，金文玲笑了，"以后见到我家老头，别跟他说就行，他要知道了，准得打仗。"

"你们常打仗?"

"打!打了半辈子了!"

金文玲把羽绒衣脱下来，叠好放到一个花架上，里面还是那件老式军用绒衣。

"听说美国家家有枪，我要有枪啊，少说也毙了他十回八回了!"金文玲说着，笑起来。

我也笑。这些年来，我和我妻子之间"一枪未放"，连嘴都没拌过，当然，分手也是这样，静悄悄的。

"孩子在部队吗?"我问。

"哦，"她见我瞅她那件衣服，于是抻了抻衣服下摆，说："我孩子在青岛工作，这是我自己的，穿了快三十年了。"

我非常惊讶，问道："你当过兵?"

"嗯。"

"哪年的?"

她说了一个年份。还是那样，问话时直面我，听话时微微侧着头。

我看着她，说："我比你早一年。"

她眼睛一亮，道："老班长啊！"一层红晕涌上她的脸颊，她看着我，说："原来你也是当过兵的人。"

我一直以为她比我大，她看上去是个标准的农村大娘了，头发白了不少，脸上皱纹也多，手也是苍老多皱的，等论起来，才知道她比我还小了一岁。

我们就站在暖房里聊了起来。原来，她跟我一样，也上过战场，她是医务兵，卫生员，我是炮兵。她所在的野战团959团是全军闻名遐迩的英雄部队，出过一位令人敬仰的将军。将军身经百战，无往不胜，他的一生，可以说是传奇的一生。我对她不由心生敬意。那年四月，我所在的部队接替她所在的部队上前线作战，他们往下撤时，乘坐的大卡车曾和我们擦肩而过，我现在还记得当时的激动，能接替将军的部队奔赴前线令我们无比骄傲、自豪！我们的车队与他们的车队交会时，我们把身子探出车厢外，激动地冲他们欢呼、挥帽致意："向你们学习！"他们也挥帽回礼："祝你们凯旋！"声动云霄……想到这里我有些激动。金文玲也是。

我邀请她去书房坐坐，喝喝茶聊聊天。战友相见分外亲啊，这种感情只有那些一起出生入死过的人才会懂。她坚持要先干活，而且，她好像并不太愿意多谈部队的事，这样的心理我也曾有过。有一年，战友们相约重返边疆，重温当年大捷的辉煌，我就没有参加。我从部队复员后，服从组织分配去了一家事业单位工作，安逸简单的日子过久了我又骚动起来，辞职创业。可业也不是那么好创的，几番受挫，加上婚姻破裂，我变得十分消沉，整天混时度日。所以当战友们吆喝要聚聚时，我就装作不知道，没有去。家庭事业皆经营不善，不喜欢谈论过去，不想见战友，是再自然不过的事情。

我关切地询问她的生活情况，园艺场的生意怎么样？近年来，我经营一家爆破公司，多亏战友们关照，生意还不错。我因生意的缘故，平日和做园林工程的打交道比较多。"有机会也许能帮她销点花草树木什么的。"我想。

"生意还好，房子、车子都有，钱也够用，马上要抱孙子了，我很知足。"金文玲把绒衣袖子卷起来，满意地说。

我到书房翻出来一盒好茶，想等金文玲干完活一起坐坐。没想到啊，她曾是女兵！当年，我所在的炮兵团就有不少女兵，她们都是通讯兵和医务兵，几乎都来自城市，一个个面容姣好英姿飒爽的，是部队一道亮丽的风景。站岗时，如果有女兵路过，男兵的军姿都要标准好多。我那时是这样，常找借口跑医务科，好想跟女兵们说几句话，让她们量量体温，看看舌苔，或者在屁股上扎一针，人就不那么苦恼，枯燥严格的军旅生活也会变得好过很多。现在我一时很难将这位满面风霜的农村妇女和英姿飒爽的女兵联系起来。

金文玲却没想过要和我坐到一块喝茶。她干完活后，推开书房的门冲我招了招手："过来下，老班长！"

我跟她到了暖房，发现她把工具都收拢好了，装土装花肥的袋子也叠得整整齐齐压在一把花铲下。她把那把洒水壶拿起来对我说：

"壶你留着用。茶花喜水，这天气太干燥，没事时就给它喷点儿，就这样——"她说着话，就"吱吱吱"地给那株茶花树喷水。

"这次施过肥，就不用大管了，到来年春上再施点。冬天是休眠期，非洲茉莉，保加利亚玫瑰，还有你院里的四季蔷薇、芍药、牡丹都不需要上肥了，开春再说吧。"她放下洒水壶，拍了拍身上的灰，又说道："接下来你自己照料照料就行了，有事给我打电话。"

"还是你帮我照料吧，这些事我以前真没干过——"我指了指满屋的花草，想说都是我妻子买的，我不知道怎么照料，但这话一旦出口，势必要谈到我妻子，于是我只是说："我没什么经验，有时候忙生意，过不来，它们就要渴着了。"

金文玲有些迟疑地说："再来也就是浇浇水，你掏那钱不划算了。"她看着我，问："你一个人住？"

"是啊。"我诚恳地说："就当帮我一个忙吧，老战友。"

"成！"金文玲说："那就不用按原来那样付钱了，那样你划不来。我家原来是这样，买我家花草一次五千元以上的，头一年我们提供免费的养护，你这情况，我们以前也没做过，这样吧，"她爽快地道："你给点油钱就行了，一次二十。"

我很过意不去，这点钱，够什么呢？

金文玲却不肯多要，她说："我来去骑三轮车，二十就是纯赚了。"

我谢了她。告诉她如果下个周末我过不来，会把大门密码锁的密码发到她手机上，小区安保处我也会提前沟通好。曾在同一块土地上出生入死的战友，我信得过。

我招呼金文玲喝杯茶再走，她很客气地谢绝了，解释说时间不早了，她跟儿子约好了，今儿下午要给怀孕的儿媳妇送些新鲜的乌鸡蛋和海货过去，等下次来时再喝。听闻此言我就不再说什么，帮她把花锄花铲拿到三轮车上，目送她离去。

3

年底了，事情多起来，有些事情我不想拖到来年，于是我回复了我妻子的律师信，同意了她提出的一切条件，我还在信中不乏讥讽地表示，接下来一切行动听她指挥。然后，我开始四处奔波，讨要工程尾款。这样，我有很长一段时间都没有去盛世王朝。到了花草该浇水的时候，我就发短信给金文玲，她每次都简单回复一个字："成。"

有个周末，我到崂山区一家合作单位结算完工程款，顺便走滨海大道，经温泉镇回了趟盛世王朝的家。到家后我发现，金文玲把我家那些花花草草打理得很好。自我妻子走后，暖房里就一派委顿萧瑟气象，连挂在窗前的几盆吊兰都枯黄了。现在我看到的是一片盎然的生机，植物的气息沁人心脾！尤其是我妻子最爱的那株茶花树，叶子绿油油的泛着蜡光，显得格外精神。美好的事物能使人心柔软，看着这些花花草草，我感到了一丝内疚，想起来我妻子曾忙活这些时，我没伸手帮过她一下……我摸出手机，拍了几张照片，放到了我的 QQ 空间里。

"也许某天她能看到……"我想。

看看天色尚早，我决定去一趟金文玲家。金文玲不在家，她的狗小灰一直把我领到后面热烘烘的大棚里，王功成在那摆了张茶桌喝茶养神，茶台、茶具都很讲究，桌上的一个播放机里还咿咿呀呀唱着茂腔戏："员外经商去湖南，一去就是大半年……"一看就是个很会生活的人。见有人来，王功成赶紧关掉播放机，起身张罗，问我要买什么，我把来意告诉他，说是金文玲的战友。

"哦，"王功成上下打量我一阵后，笑问："你也是 959 团的？"

我说不是，我把大概情况跟王功成说了说。王功成点点头，说："我说呢。"他告诉我，金文玲要过两天才能回，儿媳妇快生了，一直都是亲家母照顾，但前两天亲家母感冒了，金文玲去接替亲家母照顾儿媳妇。

"她说在盛世王朝接了个活，没想到还是战友。"王功成笑着说。

他问我现在干什么营生，我说做点小生意糊口。

"嗨！谦虚了！"他搓着手，恭维我道，"住在盛世王朝的人，非富即贵，就没有做小生意的！"他说得这般肯定，让我都不知该如何辩解才好。他很热情地带我参观他的园艺场，他说在这一带，四季桂数他家的最好，最适合种在政府大院、庭院、马路绿化带和公园里了。

王功成的园艺场占地两百多亩，分为林木区、花卉区、奇石盆景区三块。外面天寒地冻的，他的大棚里却温暖如春。四季桂有一百来棵，确实不错，每棵都有一人多高，枝干粗壮，树冠修剪得很漂亮。我忍不住夸奖了下这些树。

"等春上，来挖一棵回去！"王功成很大方地说。我连声称谢。

"我这还有石榴、木瓜树，"王功成拍了拍身边一棵光秃秃的树："这棵木瓜树也有二十多年了，等春上，来挖！"

"好！"我说。这次我不再说谢谢，突然觉得不合适。人家说"来挖！"并没有说不要钱不是？一人高的四季桂，要卖五千来块，二十多年的木瓜树，少说也值三四千了。我是谁？他干吗平白无故要送我价值不菲的树？当然，如果是金文玲说"来挖！"，那她有可能真的是想白送我。我们战友之间，这样的事情也不是没有过。

参观完园艺场，王功成让我喝杯茶再走。我想着也没什么事，就和王功成坐下来聊了会。茶应是他们自己种的崂山绿，不知是第几泡了，入口仍然清香。在花卉区那边我看到了两畦茶苗。喝自己种的茶，吃自己种的蔬菜水果，有那么大块地，有自己的生意，这日子，能差吗？有钱也未必得上。其实跟着王功成在园艺场转悠时，我就很为金文玲高兴，这样的家底，生活应该差不了。

王功成对我的生意很感兴趣，喝着茶他很委婉地问我是不是认识很多做园林工程的朋友。商场摸爬滚打这些年，他的意思我懂。

"生意咋样?"我问。

"哎呀，咋说呢?"王功成摸着脑袋，"也不知是咋回事，没有前两年好做了，搁前两年，这样好的桂花树，得提前订货才行。今年奇了怪了，不光桂花树，啥树都不好卖，我今年春上去莱芜乡下收的一批石榴树，结的石榴可甜，也没卖出几棵，往年哪年不得卖出二三十棵?"

"我帮你留意下。"我说。这么好的四季桂，价钱公道的话，应该不愁卖。我想了想我那小院子，再种棵石榴应该是没问题的。实在不行开春就来买棵石榴。

王功成有些激动地说:"我就知道，你们这样的人最念旧情，是老金古怪，不跟战友们来往，我说过她多少回，不听!——老哥你抽烟的么?"他从口袋里摸出一包烟来。

我摆摆手，说不抽。

王功成重新泡了一壶茶，热情地说:"来，喝喝看! 自个儿种的茶，没打农药没施化肥。"我喝了一口。他满怀期待地看着我，问:"咋样?"

"好茶!"我说。

"走时带点回去喝!"

我谢过他，还是忍不住问起了金文玲的工作，是不是退了休? 我心里一直有个疑问，我们那会，女兵一般从城里招，复员后地方政府都要给她们安排工作的，因而她们的生活都还算安稳轻松。我以前的那些女战友，现在大多退了休，旅旅游，跳跳广场舞，颐养天年了，哪有像金文玲这样，一把年纪了还天天出大力的?

"嗨! 啥也别说了! 这彪子娘们!"王功成用本地话开起了骂腔，骂金文玲蠢。

"那年她复员，政府把她安置进县棉纺厂卫生科了，我们结婚四年后，我下岗了，第二年她们工厂裁员，有政策啊，双职工家庭，一个下岗的，另外一个要尽量照顾，复转军人更没得说，那是铁定要照顾的，嗬! 她倒好!"王功成眼一瞪一拍大腿，"她自己拍屁股走人了!"

过了这么多年，提起这事王功成还这般生气，可以想象当年。

"我跟她狠狠干了一仗。"王功成说。

"跟女人干仗算什么!"我喝了口茶后，说。

"谁说都不听嘛! 牛脾气!"王功成说着，曲起一根手指，敲了敲他的左耳，"她有只耳朵不好使，你知道吧? 战场上给炮轰的，伤残军人! 妥妥的吧? 那会儿一月就得好几十块，现在只怕有三四百了，可她倒好，不填表，不领钱，算算，多少年了! 不是一笔小数目! 彪吧? 为这事我跟她没少干仗!"王功成摇着头，很来气了都。

原来是战场上受的伤。她这是为啥呢? 一个在战场上经过炮火洗礼的战士，伤残补助金不仅仅是钱，更是一份终生的荣耀。我很困惑。

"959团吃败仗了嘛!"王功成说，"我也跟她好说过，吃败仗不是你的错，你只是个小小卫生员，对吧? 你也奉献了，枪林弹雨过来，这都是应该的，国家也承认的，可她就是不听！"王功成说着又摇起了头。

959团的事我也是知道的，他们在进攻211高地和212高地之间的一块无名高地时失利，导致211高地也一度失守，但换防前他们又把211高地和那块无名高地一并夺了回来。其实当时在前线，用捷报频传来形容一点也不为过，一支部队的暂时失利算得了什么？况且那是一支英雄部队，打过多少硬仗胜仗的，我们并没太在意。我所在的炮兵部队一直都打得十分轻松过瘾，我们接防没几天，就用密集的炮火摧毁了敌军好几个高地的防御工事，让他们元气大伤，而我们，除了一个毛手毛脚的新兵蛋子被刚退膛的灼热炮壳揭去了大腿内侧一块皮外，几乎没什么伤亡，我自己就是这样，打了一回仗，除了听力一度受损，其他部位可以说毫发未伤。与在一线阵地上坚守的步兵战友们相比，我们炮兵的日子确实好过不少，没有阵地射击任务的时候，我们偶尔还能看书写日记，或者凑在一起打拖拉机缓解缓解紧张的气氛。在我看来，在战场上，令人难以忍受的不是敌人的炮火，也不是随时可能降临的死亡，——对这些我们早已有心理准备。最令人难以忍受的，是我们只能轮流到那潮湿、狭窄的防炮洞里睡觉，这曾让我无比想念连队那张木板床。阵地上也没有水源，有一阵子，我们喝的全是接的雨水。刚开始的时候，我闹过肚子，几天后就适应了，不治而愈。我很难想象一个吃了败仗的战士的心情。但就像王功成所说的那样，这不是她的错。她这样，可真让人心里不好受。

见我沉默不语，王功成欠身给我添茶，说："她就这样，改不了，彪嘛！"

4

第二年开春，我通过一个朋友的关系，帮王功成把那些四季桂都卖了出去。自那以后，王功成来我家就勤了，一口一个老哥地叫着，很快就跟个亲戚一样。王功成还挖了一棵四季桂、一棵木瓜树来谢我，他也不管我想不想要，到我院子里看了看，很快就选好地方，指挥工人刨坑种树。

金文玲却一直没来，王功成说他家儿媳妇生了个大胖小子，金文玲去伺候月子了，得清明节后才能回来。春节时，我家那株被她救活的茶树开了花，不多的几朵，每朵都有小碗口那么大，好看得很。我拍了几张照片放到我的QQ空间里后，有一天，我看到我妻子给我留言：谢谢你！说实在的，看到她留言的那刻，我非常伤感，过去的事我没法改变，但我很想对金文玲也说声谢谢。

五一假期前的一个周末，王功成打电话要我去他家喝酒，说金文玲要包鲅鱼饺子，刚上岸的春鲅鱼，本地春鲅鱼。王功成有个表哥是渔民，自己有条船，一大早王功成赶去沙子口找表哥拿的鱼。鲅鱼是洄游鱼种，冬天游去南方，开春向北游，一路要经过无数渔民的追捕。"谷雨到，鲅鱼跳。"其实青岛四月初就有鲅鱼上市，但那都不是本地鲅鱼，是鱼商去连云港附近的渔船上收来的，个头大是大，但没有本地鲅鱼好吃。初春能游到青岛附近海域的鲅鱼，个头没有那么大，但在黄海冰冷的海水里多生长了一段时间，肉质会鲜嫩很多，我最好这一口。我没犹豫，一口答应了。到了那天的午饭点儿，我拎了两瓶好酒就去了。

有段时间没见金文玲，她瘦了不少，看来伺候月子不是件轻省活。一见我，她就把手上的面粉擦了擦，掏出手机给我看她孙子的照片。

"老班长，你瞧这小东西，可乖了，能吃能睡，见风长，一天一个样！"金文玲笑得满脸开花。

孩子确实长得不错，眼睛溜圆，像奶奶。我恭喜了他们。

包好的饺子已摆满了两张芦苇帘子，还有小半盆饺子馅没包完，在部队时我常去帮厨，饺子也会包的，我挽起袖子打算帮忙，金文玲说什么也不让我动手，王功成也不让，洗完手拉着我去隔壁房间喝茶。与有些拥挤的厨房相比，这间用作客厅的房间宽敞不少，西墙边是电视柜，靠东墙摆了一溜中式木沙发，一张宽大的方几上摆着一张崂山石做的茶台，茶台上有只紫砂三脚金蟾茶宠，金蟾嘴里含着一枚亮铮铮的铜钱。

"早上四点去的沙子口，这是今年第一船本地鲅鱼。"王功成给我点了杯浓茶后说。他说一个月前就给表哥说定了，要头一船上的鲅鱼，要最好的鲅鱼。听得我有些动容。

"我们已包了两大盘冻起来了，走的时候带上。"王功成说。

我还能说什么呢？心里只觉得温暖。

"多亏老哥帮忙，今年算是开门红，生意不错。昨天李处又派人来拉了一车山杜鹃，这都托大哥的福。"王功成高兴地说。

有些人就有这样的能耐，给他点星火，他就能燎原。其实我也没帮什么大忙，不过是介绍王功成认识了我的一个战友，而这位李处正是我那位战友的老友。听王功成说"大忙"我有些不好意思了都。不过我很高兴，生意好，就好嘛。

我和王功成喝了两杯茶的工夫，金文玲就把酒菜准备好了，喊我们过去喝酒。厨房里的一张矮桌上摆了七八只盘子，有鱼有肉有鸡，立虾、八带、小杂鱼之类的小海鲜冒着好闻的热气。王功成特意声明这些小海鲜都来自南山村，距温泉镇最近的一个渔村。

"还是南山村的小海鲜好吃。"王功成抓了一把立虾到我盘子里后，说。

温泉镇、大石村这一带的人吃海捕虾、小杂鱼之类的小海鲜，只认南山村，因为南山村的渔船都是小船，当天能打个来回，东西最新鲜。距温泉镇二十里地的田横岛，还有沙子口都是大船，船不装满一般是不返航的，开出去三五天是常有的事，远洋捕鱼的就更不用说了。

金文玲忙着将饺子下锅，让我和王功成先吃。王功成没客气，开了一瓶我带来的五粮液，给我满上，让我先喝，我当然不肯，放下酒杯，等着。

金文玲不再说什么，赶紧煮饺子。王功成不耐烦等金文玲，嘀咕什么男人吃饭，女人不得上桌的旧俗。我没搭话，心想，不是金文玲，我跟你王功成坐在一块干什么呢！

饺子很快煮好了，等金文玲坐下来，我给她也倒了杯酒。我先祝贺了他俩，都有孙子了，叫人眼馋。金文玲这才关切地问起我的家庭情况，嫂子做什么工作？孩子多大了？我只是简单回答，老婆孩子都在美国。我没说我马上要经历第二次离异了。这有什么好说的？人生就像开炮，不可能回回都打得刚刚好。

"那敢情好！"金文玲说。

"让嫂子赶紧回！"王功成两杯酒下肚，开始满嘴喷酒气，"女人不管要上天！"

我和金文玲没接他话茬儿。我告诉金文玲，家里那些花花草草，一直都是我妻子打理，我以前一点没管过，现在我才知道养好那些花花草草也不是件容易的事。说着我谢了她。

"没事。"金文玲带着些安慰的语气说，"我打听到黄山村有家人养了盆章鱼兰，改天我去掰棵芽儿来给你养。"

我从未跟她说起过我和我妻子的事，但她好像知道点什么，一个被女主人丢弃的家，也许有着不一样的气味，能让人闻出来。我妻子那盆章鱼兰，最终还是没能养活过来，可惜了金文玲那一包好芝麻。

"那倒不用了。"我说。过去的就让它过去吧。

金文玲就不再说什么，一个劲往我盘子里拨饺子。鲅鱼饺子真是鲜香啊，我放下酒杯，一气吃了一盘子。

"今年的春鲅鱼个头普遍比往年大。"王功成喝着酒，说。

"去年闰九月了嘛。"金文玲说。

我一时没太明白鲅鱼个头与闰九月之间的关系，但吃着饺子我想起了从前在部队的时候，真令人难忘啊。我夹起一个饺子，对金文玲说："搁部队那会，这样大的饺子，我一顿能吃一百多个。"

金文玲看着我笑。

"不过没吃过这么好吃的，那时候都是白菜猪肉馅的，上战场前夕，吃过几顿芹菜牛肉馅的，还有鲜虾馅的。"我看着她，问："你们呢？"

"吃的我不太记得了，"金文玲把一缕白发往耳后抿了抿，说："只记得开赴前线途中，沿途兵站接待得都很好，他们都拿最好的菜、最好的酒来招待我们，"金文玲端起酒杯闻了闻："多是五粮液、茅台。"

这倒是的。我几乎一路晕乎着过去，这辈子就数那阵喝得痛快。

"啥?!"王功成瞪大了眼，"士兵都喝这么好的酒？啧啧，那得要多少好酒！"

我和金文玲都没接他话茬儿。金文玲说："刚开始我们女兵没喝，后来，我们乘坐的闷罐车，在一个兵站与一列运送伤兵的列车相遇了……"金文玲看着我，说："从那一天起，我们女兵也喝上了。"

"嗬！这等好事，以前咋没听你说过？"王功成拍着大腿说。

我和金文玲都当没听到。"他跟你说过了吧?"金文玲瞟了王功成一眼，对我说。

"我只说你是959团的，"王功成嬉笑道，"这算什么咯？一点小挫折，兵家常事！来，喝酒喝酒！"

我什么也不想跟他说，端起酒杯与金文玲碰杯。可巧这时门外有人喊"老板"，有生意上门，王功成赶紧丢下酒杯出去了。他出去后，小灰不知从哪里钻了出来，跑过来在我们脚边蹭来蹭去。金文玲喂了几个饺子给它。

<h1 style="text-align:center">5</h1>

"老王不让它进屋，把它给打怕了。"金文玲摸着小灰的头，压低声音对它说，"乖啊，别出声。"

自家的狗嘛！我想，够狠。

我指了指自己的耳朵，问金文玲："我的也不好过，那时天太热，打炮时我们都不戴防护耳罩。回来后，慢慢又恢复了。你的怎么一直不好？"

"哦，"她笑起来："老王跟你说的吧？我是被炮弹震晕过，耳膜受损，但也没到聋的地步，还能听到点。后来我和他打仗打得太厉害，才彻底不好用了，他还想赖部队呢！他就这样人！"金文玲看着我："他没少找你吧？"说着她举杯敬我："老班长，你重感情，我领你这个情，可我担心的是，这人，"金文玲瞟了王功成的座位一眼，说："他这人啊，别的毛病都不打紧，就是钱上，没个够的……"

"我有数。"我说。刚在隔壁喝茶时，说着话王功成不时用一根手指转动金蟾嘴里那枚铜钱，转钱，就是"赚钱"嘛，我还能不懂？可现如今钱难赚，没个熟人很多生意都没法做，帮归帮，犯法的事，我是不会干的。

我看着金文玲苍老的面容，问："你们现在，还打仗？"

"这岁数，想打，也打不动了。"金文玲笑着说。她放下酒杯，长长地舒了一口气后，说："其实，能活到现在，不管咋样，我都知足、知足着呢。"

"紧连队，宽炮兵，松松垮垮后勤兵。"这是我们当兵时的顺口溜，意思是说后勤兵的日子最松垮好过，医务兵差不多就是后勤兵了，不过在战场上，她这个后勤兵经历的一定比我这个幸运的炮兵惨烈得多。当年我们炮兵连那个新兵蛋子，被刚退膛的灼热弹壳揭去大腿上一层皮后，他坐在地上嚎啕大哭起来，以为自己命根子没了。我们一发接一发地往敌阵上发射炮弹，打得眼都红了，都没听到他撕心裂肺的哭喊声。后来指导员过来在我后背上击了一掌，示意我和我们连的卫生员一道抬着伤员去救护站，我扭过头来，看到那个新兵血糊糊的腿，和一张咧开的大嘴，我没有听到哭声，除了轰隆的炮声，我什么也听不到。新兵的样子令我笑了。不过，等到了救护站，我丢下那个新兵，还有那个手忙脚乱的卫生员就往回跑了，到处是血，到处是一筐筐的断臂残肢，那场景要比炮阵地恐怖得多。

"你们医务兵，都是好样的！"说着我举杯敬她。我们是和敌人作战，医务兵是冒着着枪林弹雨，和死神作战。

"我在装殓组……"她低头轻声应道。

"哦，"我说。此时酒过三巡，喝到口滑，我又道，"换防时我们就听说了，说是打了一场硬仗。"

"两个连呢，齐刷刷都是半大小伙儿。"金文玲长叹了一口气。

这话令人揪心。

"先一个连上去，没了，后又一个连上去，又没了，第三回，敌方重炮阵地暴露，这才打了下来。"金文玲把酒杯捧在手里，说："那年我十七，见过啥？我包裹的第一具烈士的遗体，是一位侦察兵，他执行任务时被敌军的狙击手击中，顶多二十一二岁的样子，长得可俊！真的，"她看我一眼，脸上泛起一丝红晕："这辈子我再也没见过这么好看的男人……"

我不知该说什么好，就默默喝酒。

"他一动不动地躺在那，眼半睁着，睫毛长长的，像是眯着眼瞅人，我就哭开了，给他清洗脸上身上的血时，浑身颤抖，哭得停不下来，又伤心又害怕。可人这样的东西啊，什么都能很快习惯！没过几天，我们开始攻打无名高地了，烈士和伤员接连不断地送过来，装殓组呢，给发了一堆尸袋，黑色的，摞起来有这么高，"她比划了下，说："那会儿我就顾不上害怕也顾不上哭了。最可怕的是燃烧弹，啥样的都有，有一些，尸袋根本装不进去，只能用白布裹，哎呀……"金文玲说着，深深地吸了一口气，声音发起飘来："你只要看上一眼……就那么一眼，这辈子你就不可能忘得了。到了那会儿，我才知道，那名侦察兵，算是幸运的……"金文玲垂下眼帘："光那一仗，这活我就干了两天两夜，整整两天两夜……"说完她侧过身去，将杯中酒洒到了地上。

我默默听着。从阵地撤下来后，我们做的第一件事，就是去烈士陵园祭奠牺牲的战友。那会儿，我的听力还未恢复，一片寂静世界里，连接成片的座座新坟，现在还时常静默地出现在我梦里。我也把杯中酒洒在了身边的地上。

"上了一回战场，一枪没开，就做了这一件事。"金文玲放下酒杯，端起双手翻过来掉过去地看了一阵后，说："我总不能，总不能因为这个，去享受那些好处吧?!"

这倒是的。换我，可能也会这样。不过……我像个瞄准手那样飞快扫视了下自己这些年来的生活，又看了看金文玲……就像金文玲说的那样，人这样的东西什么都能很快习惯，这样的事，谁又能说得准呢？这么想着，我又把酒杯满上，郑重地敬了敬金文玲。

6

我家小院的篱笆边上，种了一圈蔷薇，是我那不食人间烟火的前妻种下的。进入五月，蔷薇们都开了花，粉嘟嘟的甚是可爱。只有东南角上那一棵，开出来的却是细碎的小白花，也还中看，只是香味过于浓烈，引来各种小飞虫。我闺女小学毕业那年回国看我，我那上知天文下知地理中晓人和的前妻在电话里一再叮嘱我说，闺女对昆虫过敏，要我务必小心。那年夏天闺女回来待了一个多月，我天天带她在外面疯，爬崂山，洗海澡，逛乡村，钻小巷，什么事儿也没有。所以我一直认为，我闺女只是对美国昆虫过敏。但站在院子里，看着眼前飞来飞去的各种小飞虫，我还是想买一棵能开出粉色花朵的蔷薇，把那棵白的给换了。

我给金文玲打电话，把我的想法跟她说了，她爽快地说："这点小事，就交给我，你忙你的去吧。"

我确实也有事要忙，我公司刚接了单给一家修隧道的工程公司建造一个炸药库的生意，这是个钱不多但风险极高的活，我不敢马虎，亲自督阵，连着两个月，我吃住都在工地上，家，就算交给金文玲了。再过两年，我闺女就要上大学了，她妈私下跟我说，闺女学习很好，攀个藤校是没问题的，可是藤校大多是私校，学费不便宜。要花的钱都在后头，我闺女就是变成了美国人我也还是她亲爹嘛！

炸药库选址在距隧道工程项目约两公里的地方，距岛城三个小时的车程。工程指挥部建在两个项目地点之间的半山腰，为节省开支，我带着一干人马和建筑公司的员工一起挤在山腰上那一排石棉瓦顶的简易房子里。开始几天日子颇不好过，就像当年初到前线，吃不好睡不好的。我住的倒是单间，但简易房不隔音，隔壁房间里此起彼伏的鼾声夜夜破壁而入。工地炊事员老张是湖南人，炒的菜辣得要人命，青菜也辣，看着没放辣椒，可菜一入口，舌头就像被火燎过，因为老张那口铁锅久经辣椒锤炼，早变成口辣锅了。我们都吃不惯，我的两个爆破技术员有痔疮，更是苦不堪言。吃过老张夫妻俩烧的饭后，我常常辣得说不出话来，只能像狗一样呼呼直吐舌头。起初，老张老婆见我这样，会带着些歉疚的笑不停给我添绿豆汤，后来她终于忍不住，道：

"啧啧，怎么这点辣都不能吃咯？我炒菜，辣椒搁得比他多多了！"语气里有种祖护、患难与共的温情。

也是，这支工程队刚从四川开拔过来，工人又多是湖南人，只怕他们还觉得不够辣呢。我就笑着摇头，庆幸老张心疼老婆，没让她上灶炒菜。

有一回，我实在辣不过，我就走到厨房对老张说，狗日的老张，你是想把我们都辣死吧。

老张抽着烟，笑道，辣不死辣不死，当年在前线，吃了我饭的人，个个都活得好好的。

原来老张也当过兵，也上过前线。不过他是后勤部队的炊事员，听到过的炮声不比他在湖南浏阳老家过年时听到的炮仗声响多少。炊事员也配枪，但他到底没机会开过枪。听说我是炮兵，上过战场，羡慕得很，自此常跑到我房间来拉呱。老张特别爱回忆在前线时的事，比如怎样背着一口大锅夜行军八百里，听着竟然觉得很有意思。

"你听说过 959 团的事吗？"有一次我忍不住问老张。

"959 团？什么事？"

显然，老张没听说过，于是我也不再提。

老张说那时他不停跟首长打报告，要上前线。首长把他大骂了一通，说：

"这里就是前线，狗日的你敢撂锅铲，老子毙了你！"

"操！老子白写了那么多血书！"老张摇着头，笑。

同一件事情，老张回忆起来却是如此轻松愉快，甚至有些诙谐有趣。受到感染，我也开始吹起牛皮来。我讲的夹叉敌军军官的故事，老张听得津津有味。这故事我很久没跟人说过了，年轻时，应该是吹嘘过的，在老张面前我又吹嘘了起来。

"一连几天，对面山头可安静了，好几天了没打一炮，无聊中我就用瞄准镜到处看，有天傍晚，我终于有发现了……"

"发现么子？"

"一敌军军官带了两个兵来到对面山头上，他们躲在树后举着望远镜观察我们呢。当时我人一下就跳了起来，我大喊一声，炮手就位！一发炮弹过去，好家伙，炮弹在他们前方不远处爆炸了，我看见他们像兔子一样跳起来，抱头逃窜……"

"哎呀！"老张拍着大腿，惋惜地叹道："搁如今都是精准打击，一发就解决了狗日的！"

"我又报了个方位，又一发炮弹过去，又落在他们前方不远处，他们又像兔子一样跳起来往回跑。"说着我仿佛看到当年那副兔子们魂飞魄散狼狈不堪的画面。老张笑得很开心。其实这没什么好笑的，人类面临死亡，都一个德性。

"后来呢？"

"第三发炮弹过去，兔子不见了。"

"好！"老张听得十分过瘾。后来他下山去买了一口新锅，给我们开起了小灶。吃饭的问题就这样解决了。

炸药库正式开工后，我和工人一起干活，刷坡、打夯、搬石头，砌防爆墙，事事亲力亲为。真应了一句老话，劳动一日，可得一夜安眠。一天辛苦劳作后，晚上，我脑袋一碰到枕头就睡着了，再也不会为他人的鼾声困扰，日出而作、日落而息的生活令我内心日渐安稳、平静。吃过晚饭，有时我会到门前的一块大青石上去坐着等天黑，太阳常常是刚好落到了对面山顶上，光芒尽收，直视无伤。隧道工程赶工期，收工比我们晚，阴暗的山谷里大卡车、挖土机往来穿梭，被刨开的坡道、山谷，看上去就像个战场。我独自一人坐在那块大青石上时，回忆起那一段峥嵘岁月，却又是另外一种滋味。待夜色渐重，群山寂寥，那种紧张、恐惧而又兴奋的情绪袭来，带回当年那个懵懂无知、血脉偾张的少年郎，令两鬓苍苍的我倍觉陌生、感伤。

7

工程进行到一半的时候，王功成跑来看我了。他给我带了两盒茶叶、一箱啤酒，还有满满一袋子鱼干。

"山上能有啥吃的？叫厨房每天蒸两块鱼干给你，下饭。"

我掏出一条鲅鱼干闻了闻，真不错，甜晒的！干硬的鱼身上仍有股淡淡的海水咸腥味。

"家里都好么？"我问。

"好着呢。"他抽着烟，说。

烧好水，我用他带来的茶叶泡茶。他喝了一口后，说："嗯，山里的水倒不孬！"

我喝着茶，等他自己开口说。山路不好走，他一路颠簸过来，肯定不仅仅是为了和我坐在一起喝茶闲扯。

"老金跟你说了么？"

"啥事？"我进山后，老金就没找过我，我们没通过电话。

"前几天那场大雨，你家阳光房漏水了，物业不给报修，说是自己改建的，地产不负责维修了。"

我家阳光房确实是自己找人搭建的。

他喷出一口浓烟后，说："甭担心，我从镇上找人给修好了，是外墙保温层漏了，不碍。"

"辛苦了！"我说："花了多少钱？"我起身，去挂在墙上的外套里摸钱包。

"嗨！啥钱不钱的！小事一桩。"他把我按回到椅子上，说："家里有我和老金，放心。"

我欠身给他斟茶，说："多亏了你俩。"

王功成脱了鞋，把一只脚踏到屁股下的椅子上来。他揉着脚，问道："你和咱嫂子咋回事？她和孩子啥时候能回？"

刀子抵到喉咙的感觉。"离了。"我说："孩子得在那边上大学，哪能说回就回呢。"

"我说呢！"他把脚放下来，有些兴奋地道："老金还不让我问，这有啥？现如今离婚的多了去了，"他看了看我，又道："大丈夫何患无妻！"

我笑而不语。

"其实女人就是个麻烦，"他一手烟，一手茶，"但是过日子嘛，少了这麻烦还不行，你说是不是？"

我点头不语。这些都还是闲扯，我等着他开口说正经事。

茶喝到第三泡，烟抽到第四支，国际局势也聊到了最近的朝核纷争，王功成终于扯到正事上了。

"老哥，有件事，想跟你商量商量。"听上去倒真像个乖巧懂事的弟弟。

"说。"

"俺们村西头有个养鸡场，临着温泉河水源地，瘸子老宋的，你知道么？"

我摇摇头，耐心等着。他们村西头我可能都没去过，我也不认识瘸子老宋。茶水淡到无味，我换上新的茶叶，又泡了一壶。

"瘸子老宋圈地散养，鸡粪遍地，污染大，现如今刮环保风暴，不让养了。

那块地是块好地，用来种树种花，再好不过了……"

我想了想，说："我还真没有这方面的关系。"我自己还想拿块地，将来好转行干点别的，民用爆破竞争激烈，越来越不好干了。

王功成笑道："这方面不劳烦老哥，就是吧，"他把右手三根手指捏到一块捻了捻，干脆利落地道："缺点周转资金。老哥手头方便的话，挪点给我，我按银行贷款利息付息。"

"缺多少？"我问。钱能解决的事，都不是什么大事。

原来村里给瘸子老宋置换了块地，位置偏僻些，在四舍山里。村委的意思，谁接瘸子那块地，谁出钱帮瘸子修新的养鸡场，以及一条约一千二百米长、能从新鸡场通到村道上来的简易公路。王功成算了算，差不多要五十来万，还差着小一半。

以我们的交情，"小一半"是个合适的数目。我信赖有分寸的人。我摸出手机给公司财务打电话，问账上能不能挪出二十来万。虽然近两年来公司业务缩水厉害，好在这点钱还拿得出来。这事就这样解决了。

王功成很高兴，说他打算把瘸子老宋那块地拿来后做农庄，种茶，盖几栋木屋做度假房，每栋木屋带小花园和小菜园，城里人周末过来，可以种菜种花玩，也可认领几垄茶，农庄还会提供园艺培训、茶道花道讲座。听上去很不错。王功成还说他已经动手在山里盖鸡舍了，等瘸子老宋一搬，就开始建设农庄，如果我有兴趣的话，可以入股。

我想了想，说："等等看，等春上再说吧。"

王功成又带着些不切实际的热情描绘起那个未来的休闲农庄，不限于刚刚提到的那些，他还会在农庄里弄间餐厅，全部使用有机蔬菜，还有非养殖的海货。他的表哥有自己的渔船，可以保证餐馆有足够新鲜生猛的海鲜，满足所谓高端食客的需要。

"私家菜馆！肯定得是私家菜馆！实行会员制，不对外营业。"他兴致勃勃地说。

听上去非常不错。如果明年开春我的爆破公司还是不能扭亏为盈，我就只能另做打算了，投资农庄也许是条出路，我想。

王功成走时非常高兴，他把头探出车窗外，冲我挥手道：

"老哥，等你回，我就带你去看那块地！"

8

炸药库完工后，我回到盛世王朝小住，王功成却一直没带我去看那块地。我买了些南山村的小海鲜去他家找他喝酒，他也没提，当着老金的面我也没问，我猜他跟我借钱这事，十有八九是瞒着老金的。

本以为只是在乡下小住一阵，按以往行情，钱虽然难赚，但冬天来临前我们公司总还是能忙上一阵的，今年可好，就是没活干。我渐渐有些坐不住，去城里转了转，想努力一把。我每天呼朋唤友，夜夜带醉而归。奇怪的是，以前什么问题都能在酒桌上解决，现如今酒桌上什么问题也解决不了，单单只是混个热闹。几场酒喝下来，我的心气儿开始像入秋后的天气，一场更比一场凉。什么生意都不好干，大势如此，奈何！城里待了几天后，我又回到了盛世王朝。老金见我在乡下待的时间越来越长，便拿了些菜种子给我，撺掇我种菜。

"随便种点啥就够你吃的了。"她说。

"没种过呢，别浪费了你的种子。"我对种菜实在没什么兴趣。

"担心啥？地这么肥，种根筷子到地里，也能生根发芽。"

她帮我在院子里弄出了一小块菜地，用小木板仔细地围了起来，播了些小油菜、菠菜，还有香葱、大蒜。有许多菜，过了种植季节，比如胡萝卜、大白菜。

"栽种有时，"老金说："勉强种，也长不好了。"

我一点也不关心那些菜种得及不及时，能不能长好，一个人过日子，吃得了多少菜呢。我们说着话，老金像个老把式一样地干活。我默默看着老金。在城里喝酒那几天，有一晚一个老战友带了个朋友过来，那人曾是我们师部的通讯员，知道 959 团的事。"那帮傻×！竟然去打一个狗屁价值没有的高地！"他喝着酒，说。他还说，将军的儿子要来前线视察，有人想把那个高地打下来，当作一个礼物，献给已故的将军。

我问老金："来乡下前干过这些活吗？"

"到哪里去干？"老金笑道，"打小在家，父母惯着，家务活都做得不多，更别说农活了。到乡下头一年，啥也不会，动不动就掉眼泪，觉得自己可笨，活着可没意思了。"

"那当初怎么就下决心来乡下了？"

"也是走一步看一步的事，唉！"老金叹道，"就觉得日子难捱，厂里卫生科十天半月也遇不到一个病号，混吃等死，闲的人都要疯掉了。"

这倒是的。我们都害怕闲着。

种完菠菜的那个下午，天气好，我和金文玲在院子里坐了会。我院子里有块用防腐木做的露台，临门的那边高出一个台阶，我们就坐在那级台阶上晒太阳。为了聊天方便，我特意坐在她那只好耳朵一侧，我们之间放着一个小茶盘。我给自己泡了杯崂山绿，还是上次王功成给我的茶叶，一个夏天过去了，那一包我还没喝完。我给金文玲弄了杯蜂蜜水。过午她不喝茶，说是喝茶晚上睡不着。

"睡不着太难受了。"她说。

她捧着杯子，小口喝水，侧脸看上去清瘦、文静，有那么一瞬间，一个娇养的城里女儿的神情从粗糙衰老的农妇外壳里钻了出来。不过，也就那么一瞬间。一阵风吹过来，她张着嘴咳嗽了几下。她把杯子放回到茶盘，将挽起的衣袖放下，有尘土从衣袖上飘落下来。

"失眠啊？"我问。

"也不算，"她说，"上年纪了吧？瞌睡少了。"

"这阵子我也有点。"我说。近来我睡得很不好，就像睡眠有道门，被谁锁上了，我没有钥匙，怎么也进不去。我整夜整夜徒劳地躺在床上，无计可施。喝不喝茶我都睡不着。

"我睡是能睡着的，就是睡着睡着，人会突然往下一沉，像跌入深坑，啥都听不见，心一揪，惊醒过来，听到虫子叫，狗叫，才会松一口气。有时我能接着睡，有时不行。"

"一直这样？"

"不，以前厉害，以前根本睡不着，后来来乡下了，睡得好多了。"

这我有体会，累死累活干上一天活，就会睡得跟死了一样，梦也不会有一个。

露台边的一丛非洲雏菊开了，一只奇怪的飞虫战斗机一样嗡嗡嗡开了过来，敏捷、机警、一刻不停。它把长长的喙伸进花芯里采食汁液，蝴蝶似的双翅快速扇动，速度堪比螺旋桨。

"四不像！"金文玲笑着指给我看，这时她的脸上露出了一股近乎孩童的天真。

王功成不带我看地，倒开始操心起我的婚事来，不停地托人给我介绍对象。

"有个女人，日子就安生了。"王功成说。仿佛女人是男人生活的定海神针。

盛情难却，我也就抱着"不过是一起吃顿饭"的心态配合了几次。先是大石村小学的一中年离异女老师，三十八岁，有个正处于叛逆期的十四岁的儿子。未成。那十四岁的儿子没看中我，放话说有我没他。这让我颇觉羞辱，莫名其妙被一小屁孩儿挫了一把！没过两天，王功成又给我介绍了位于海边开民宿的大龄女文青。又未成。这大嫂看着挺好，可我自觉粗鄙，伺候不了她。王功成歇了一阵后，又跑来对我说：

"老哥，我这还有这么个人，昨儿我和老金说起，她也觉得挺合适……"

在这方面老金像个爷们，从不过问我这些事，不像王功成瞎掺和。这回连她也觉得合适，到底是怎么个合适法？

"她在镇上做温泉生意，汤上，你去过的吧？她娘家就在我家对面，黄记火烧，她你一准是见过的。"

汤上我还真去过，去过不止一次。温泉镇上的温泉旅馆，就像大石村的园艺场一样多。外地人来此地泡温泉，常去的是那几家收费昂贵的星级宾馆。而当地人爱去的，则是实惠的家庭温泉旅馆。汤上就是其中不错的一家，他家有一个大池子，六间小池子，都靠近温泉河。泡在汤上的温泉池子里，隔窗可以看到一幅笔墨素简、气氛萧瑟的铅笔画：一段入冬后变瘦的河，以及两岸线条纤细的垂柳，常有乌鸦飞过来，化作一点墨渍，点缀在垂柳纤细的枝条上。我去汤上泡过温泉，但和老板娘几乎没说过什么话。去之前，打电话让放好水，进门拿杯现泡的茶，端着茶杯去泡，泡好了，结账走人，没什么多余的话可讲。"黄记火烧"我也知道，功成花卉对面的马路边，当空挑出一炭烧色木板，上面写着"黄记杠子头火烧"几个白色大字，我来来去去都看得见。记得第一次去王功成家吃饭，老金还问我吃不吃火烧，说是对面黄家做的火烧很好吃，如果我吃她就去他家拿些来。我不爱吃火烧，后来老金也没去拿。这些我都知道，至于那个"她"，我还真没什么印象。

"她男人栾二，我们先前常搁一块喝酒，后来得病死了，有好几年了。栾二嫂家里条件不错，一个儿子，已成家单过，不会给老哥添负担。就是吧，乡里人，没读多少书，你若不嫌弃，我就让老金出面，把她喊到一起吃个饭？"

听着没多大意思。再说，我总觉得他对我关怀过度，像个着急抱孙子催儿子结婚的爹。这让我感觉不太好，于是我挑明了对他说：

"我自在惯了，这事，你就别操心了。"

王功成这才消停下来。后来他打过我几回电话，喊我去他家喝酒，有时我碰巧有事，有时是没什么心情，一次未去。

<h1 style="text-align:center">9</h1>

天气一天天凉起来。

令我自己都没想到的是，入冬后，我和汤上温泉旅馆的老板娘栾二嫂竟真处起了对象。因为先前王功成提过那么一回，我再去她家泡温泉时，就不免多看了她几眼。只是平常中年妇人的模样，长得眉粗眼大面肥腰胖的，跟《水浒传》里的顾大嫂有得一比，总之，不是那种能吸引男人的女人。所以我接连去了几次，跟先前一样，都没跟她说什么话。没什么好说的。我和她拉上话，说起来还是因为她儿子。

栾二嫂的儿子年纪不大，可已经做了两个孩子的父亲，一个三岁多的男孩，一个刚会走路的女孩儿。所以，栾二嫂虽然只有四十二岁，可已经是做了奶奶的人了。她儿子对家里的这点生意全无兴趣，我本来也没什么机会撞见她儿子。有次我去泡温泉时，她儿子正好过来帮她修水管，走时落了一个包裹在柜台那。我泡得面红耳赤出来时，栾二嫂正低头撕扯着包裹上的胶带，她看了我一眼，道：

"不知是谁落下的。"

"应该会回来找的吧。"

听我这么说，她停止了手上的动作，呆呆看了我两秒，两秒过后，她又继续低头撕扯起那些胶带来：

"不打开看看，咋知道是谁的？"

我不由笑起来。她该有多好奇啊！我就站在一边耐心等着。包裹不大，上面缠了许多胶带，撕开一层后，里面是个纸盒，上面依然缠着许多胶带。这下我也好奇起来，我就说：

"得动剪子。"

栾二嫂就进屋去找了把剪刀，她挥着剪刀，笑着对我说："如果是钱，咱俩平分啊。"

包裹打开后，栾二嫂惊呼了一声"哎呀"，我还没看清楚呢，她两手飞快地捂在了盒子上。栾二嫂涨红了脸，说："是我那坏小子的。"

"是钱吧？想昧了？"我笑着说。

"得，你看吧。"她松开双手，把那盒子推到我面前。

栾二嫂说，"我就想不明白，他妈的男人到底是咋回事！"

我打开一看，只见盒子里扭身躺着个美娇娘，披一头乌云长发，着一件吊带旗袍，肤如凝脂，身材火辣，眼含春水，腮似桃花，比真的还诱人。我不由笑了。

"怪好看的嘛。"我说。

栾二嫂有些恨恨地道："我给他娶了媳妇的！"

正说着，那"坏小子"骑着摩托折回来了。他看了栾二嫂一眼，笑呵呵地过来，把盒子收拾收拾夹到了胳肢窝下。

"叫个啥名字？"我指了指那盒子问年轻人。

只见这年轻人眼睛一亮，他看着我，说："冬月茉莉。"

我点了点头，说："我还以为是陶子小姐呢。"

"哈，你也收藏手办？"

怎么可能？！我笑着，摇了摇头。

他摸出张名片给我，说："我在淘宝有个店，您若感兴趣就上网瞅瞅，一定给您最优惠的价格。您忙，我先走一步。"年轻人说着，又看了看他妈，说："妈，我走了哦，有事电话我。"

栾二嫂就回了一个字："滚！"

我再去汤上的时候，栾二嫂就跟我拉呱上了。她其实是个很爱说话的人，为她儿子的癖好她苦恼得很。

"他十七八岁就好上这一口了，攒了一柜子这样式的。"栾二嫂说着直摇头。她儿子是个手办迷，收藏耻物手办。

我不说话，心里却羡慕得紧。真是个好运气的年轻人！我十七八岁时有什么？除了杀戮？

"起先就那样摆着，一镇的人都在背后说呢，差点连媳妇都说不上。后来我找了块旧床单，有人来串门了就盖一盖。"

"年轻人嘛。"谁不得打这过？我就对栾二嫂说："城里小孩喜欢这个的不少，都是看日本动漫看的。"现在的年轻人真是赶上好时候了，我们年轻时有什么可看的？都上战场保家卫国了，我还不知道女人到底长什么样。我们的排长是长沙人，叫我们"童子伢"，他很关照我们这些童子伢，深入敌境侦查敌方炮阵地时他总是头一个，谁也抢不过他，一句话他就能把我们都顶回去："老子儿子都有了，挂了也不怕，你们急么子！"

"原先逢集他还出去摆摊，搞得大家都围着看笑话。落后他不摆了，网上的生意忙不过来。就有年轻人跑来家里买，挨门挨户打听过来，丢死人了！哎呀现在的年轻人啊，真不害臊！"

我就笑。想起那时候在部队，我们班的一个上海兵探亲回来，说他家附近开了家性用品商店，柜台里摆的都是各式各样的生殖器。睡我上铺的陕西兵不信，黑暗中"噌"一下坐起来，大声道："额不信，咋个吃喝嘛！"

栾二嫂把一只手遮到嘴边，凑过来压低声音对我说："衣服是可以脱下来的，一开始我那个急啊，屁大点就脱娃娃衣服，长大了还得了？栾二好孬不说一句，我又不敢跟外人说，臊得不行，光心里着急，以为自己生了个怪胎。"

栾二嫂说这话的样子蛮有趣，仔细一端详，发现她长得也蛮周正的。我就看着她笑，什么也不说。栾二嫂回过神来，脸一红，啐了我一口道："呸！男人没个好东西！"她眦了我一眼，扭身走了。

哎呀！有句老话怎么说来着？眼角上递了情书，说的就是这种感觉。

10

栾二嫂有一个自家专用的汤池子，在旅馆最靠里的一个房间内，不管生意好坏，从不对外开放。我跟她好上了后，开始享受她家人的待遇，也去那个池子里泡了。

"我啊，"有一次，我泡在热气腾腾的池子里，笑着低声对蹲在池边擦地的栾二嫂说："以前我还真没睡过别人奶奶。"

她一下站起来，抢起擦地毛巾朝我抽来，我脚一蹬，身子一荡躲开了。毛巾砸到水面上，水花溅起三尺多高！

"好、好你个二嫂！"我说。

栾二嫂笑笑，"砰"一下带上门出去了。

和栾二嫂熟了以后，发现她挺能说的。我爱听她说话。按栾二嫂的说法，她娘家的杠子头火烧在这一带很有些名气，东到鳌山卫，西到即墨县城，不管是高档酒楼，还是路边小摊，都到她家拿货。栾二嫂做姑娘时就帮着家里卖火烧，迎来送往，场面上活泛得很，口齿也伶俐得很。有时，我俩面对面坐在一张矮桌边喝一碗玉米面糊糊的工夫，她说的话，一句句排起来，能从大石村排到温泉镇。当然，栾二嫂和金文玲两口子也很熟。

"外来户。"栾二嫂这么说。

据栾二嫂讲，金文玲两口子是正儿八经城里人，九十年代初才下乡来到大石村。村里人都说是老金的问题，打了败仗当过俘虏，城里不让待了，是被发配到乡下来的。好在王功成人脉广，能在乡下找到落脚地。王功成的父亲在即墨县城绿化公司干过业务科长，和大石村老村长相熟，这两口子城里不让待了，就来村里承包了块荒地，种树种花为生。

"活都是她干，连累了男人，心里愧得慌吧。"栾二嫂说。

"胡扯！"俘虏这说法着实让我生气："人家老金他们部队可是有名的英雄部队！你们……"我气得说不下去。

"你瞧你！"栾二嫂看着我，笑道："猴年马月的事了，生什么气嘛！当年老村长也是这么说。怎么？"栾二嫂说着停下来，看着我问："你和这两口子熟？"

我告诉二嫂，说我请金文玲给我家打理花草呢。

"是把好手！"栾二嫂说，"活给她是错不了的。论起来，现在住到乡里的城里人不少，数她和大家伙处得最好，村里谁家有个红白喜事，她都去帮忙，不多嘴，干活又不惜力，她啊，一点城里女人的毛病也没有。"

"是的，活给她是真没错。"我说。我想了想，又问，"你们这么瞎说，老金听到了不生气？"

"她啊，啥也不说。"栾二嫂笑道："她耳朵不好用，嘴巴也不好用，光知道干活。哎，你说——"栾二嫂在桌子底下踢了踢我的脚，问道："好好的他们到底为啥要跑到乡里来？连孩子的学习都给耽误了，他家的儿子还不如松林爸，松林爸我好歹供到高中毕业呢，他家的儿子连高中都没读完，真怨他们。"

"自己不用功，怨父母？"我在金文玲家见过那小子一面，那次他恰好回家捉鸡给哺乳期的老婆吃，看上去和栾二嫂儿子一般大，大手大脚，不怎么说话，像老金。

"户口在城里嘛，那孩子一直在乡里上学，中考要回城去考，考得不好，后来就不想读了，终归是耽误了。"

我默然。

"好在是个聪明孩子，后去青岛跟人学修车，听说现在过得还不错。俘虏不俘虏的，这些年了，村里也好镇上也好，谁也不会为这个低看金姐一眼了。一个女人，枪林弹雨里过来，这方圆十里，别说女人，就是男人，还有哪个？人心都是肉长的，当初他们来村里包地，老村长一句话，谁也没说什么，五十亩地，虽说是荒地，可给他们的价格也特便宜，期限还长，二十五年呢。"栾二嫂说。

我心里一沉："这不马上到期了吗？"

栾二嫂就笑："搁别人那，这是事，搁王功成那，就不是事，王功成是谁？人精啊！新村长上任时，他又续签了十年，听说没涨什么价，跟白捡一样。这一带的园艺场，他家是数得着的了。至于金姐么——"栾二嫂说："就是个实诚人，不过他们家的日子，终归还得靠着王功成才能过。"

"那老金先前有没跟你说过？要介绍个城里人给你？"我笑着问她。

"麦收那阵赶集遇到金姐，她跟我说过这么一嘴，她除了干活，向来是啥也不管的，当时我还奇怪呢，"栾二嫂看我一眼，也笑，"啧啧，住别墅的城里男人！我一听就笑死了，心想她脑子是不是坏掉了！"

栾二嫂的丈夫栾二有三兄弟，栾老大和栾老三也开温泉旅馆，但他们的旅馆都在海泉一路的北边，汤池子里需要的温泉水要从栾二嫂家引过去。说到这里，就不得不提温泉镇一大令人费解之事。这个镇子地势平坦，东临鳌山湾，一条东西向的马路，也就是海泉一路将小镇一分为二，马路南边和北边看上去毫无分别，地势一样，生长的草木也一样，可奇怪的是，路南边能打出温泉水，北边则不行。栾二家的老宅就在马路南边，靠近温泉河，汤上就是在老宅的基础上翻盖

341

的。据栾二嫂说，栾二老实木讷，不如老大老三讨父母喜欢，老大、老三结婚时，都是重新申请宅基地，修了漂亮的新房给他们，偏只有栾二，就在低矮破败的老房子里结了婚。好在栾二嫂天性豁达开朗，并不肯把这样的事放在心上让自己不痛快，她和栾二就在老宅子里把日子过了起来。可谁能想得到呢？日子过着过着，突然老百姓也能泡个温泉了呢？多少年了！泡温泉一直是镇子周边那些疗养院里才能发生的事，跟农民、渔民有什么关系？温泉镇周围有不少公家盖的疗养院，家家林木参天、墙高院深，有干部疗养院、军人疗养院、工人疗养院，就是没有农民疗养院和渔民疗养院。忽一日政策允许，农民、渔民在自家的院子里打口井，属于国家的滚烫的海水咕隆隆咕隆隆就从地下冒了出来，农民、渔民在自己家里也可以洗个温泉澡了！不但如此，只要在家门口挂块木牌牌，上书"某某温泉旅馆"几个字，就有人把白花花的银子送上门来。这等好事，怎可只让镇子南边的人家独享？大家好才是真的好嘛！所以，当栾老大和栾老三说也想开个温泉旅馆时，栾二嫂眼都没眨一下就同意他们来拉管引水。

我跟栾二嫂好上了后，常在她家进进出出，招来好些异样的目光，有几次我在街上碰到栾老大，他的一张脸着实难看。我就跟栾二嫂说：

"二嫂，"我像镇上的人那样称呼她："我一不图你钱，二不图你地，三不图你生意，就图你个人，你得跟你大伯哥小叔子他们讲清楚，我住盛世王朝，不是什么流氓无产者，甭用瞅小白脸的眼光瞅我！"

"瞅呗，能瞅掉你一块肉么？"栾二嫂说着笑起来，"猪脑子也想得明白咱俩这事啊，你孤着我单着，名正言顺！天王老子也管不着，谁敢叨叨一句，我直接掐管！"

"掐管你可做不出来，那什么……"我笑起来，想跟她开个玩笑来着，但我没敢说出口，一张小桌上吃着饭，隔桌她铁定能抽到我。

<h2 style="text-align:center">11</h2>

新的生活安抚了我。

我干脆给自己放了假，天天泡在汤上。汤上旅馆的许多杂事现在都是我在做，比如修水管，换掉霉变的墙纸、天花板，清理池子之类。天气一冷，温泉的生意就会火起来，会有许多工作要做。这些简单的工作令我愉快。就像两次炮击之间的间歇，我的内心感受到了平静。当然我也不白干，免费泡汤，免费的午餐晚餐。栾二嫂也能喝点酒，每天晚饭时我们都会对饮两杯，隔三差五的，我们还会互相搓搓背。我们俩就像两个中年单身汉搭伙过日子，谁也不用迁就谁，挺好。

"这才是生活该有的样子。"有时候我躺在床上，回顾过去的一天，甚至会这样想。

只是栾二嫂无论如何也不肯跟我回盛世王朝过夜。

"算咋回事嘛！"

"算处对象这回事啊，你说过，我孤着你单着。"

"不是那么回事，"她揉着面，准备做韭菜盒子。她说："要是有人当街喊住松林，对他说，松林，昨夜你奶奶把自个送到盛世王朝去了！我这老脸往哪搁?"松林才三岁，刚上幼儿园。

她也不留我过夜，多晚都轰我回家，理由当然还是松林。扯到松林我也实在没什么好说的。

晚上我们一般吃小米粥，玉米面糊糊或是海鲜疙瘩汤，栾二嫂也真没拿我当外人。如果松林和他妹妹过来吃饭，那我也可以吃上鲅鱼水饺、新鲜的立虾什么的。

这晚是小米粥和海蛎肉韭菜盒子，近来我口腔生溃疡，栾二嫂特地为我烧了两条针亮鱼，一公一母。她烧得一手好针亮鱼，用一口砂锅，锅底铺上大葱段，放鱼，再铺一层大葱段，倒入水和调料，然后把砂锅盖上盖，坐到一只旧火炉上，往炉子里塞一根木柴后，栾二嫂就忙自己的去了，木柴烧尽，鱼也好了，连骨头都是酥烂的。这是我吃过的最好吃的针亮鱼。

有时候，吃着饭她会问我从前的事，那次离是因为啥，这次离又是因为啥，我也说不出个所以然。栾二嫂就说："你们这些城里人，真不会过日子，瞎折腾。照你们这样的过法，我们这镇上的人啊，都得离！"

其实我真没折腾，哪一回不是在认真过日子？我努力赚钱、养家，可我两任妻子都说没有感到我的爱。我不知道怎样才能让她们感受到他妈的那个看不见摸不着的爱！生活夹叉了我。只能这样解释。

这晚她问起了我的孩子。

"多久没见她了?"

我想了想，说了个数字。栾二嫂夹菜的筷子停到了空中。"天！"她一声惊呼，问道："你就不想孩子的么?"说这话时她把筷子从空中收回来，在她左手端着的碗上敲了一下。

当然想。但是知道孩子过得很好，就不太为她担心，这想，就不难受，就还能忍。

栾二嫂还是不能理解。她忧心忡忡地看着我，说：

"老了可咋办？依我看，等孩子上完大学，就让她回来，我看电视上讲，美国到处是枪，可乱了。"

我女儿四岁就跟着她妈去了美国，那年暑假回来，中文都已经说不太利索了。现在偶尔视频，她总是对我中文英文一通混炸，我几乎要靠血缘的神秘奇妙才能明白她在说什么。几年不见，她长得和小时候完全两样了，开朗又自信，异国的水土把她滋养得修长、结实，看上去比许多同龄的中国孩子要成熟。汉堡、热狗甚至改变了她的容颜，使她看上去都不那么像个中国孩子了。她入没入籍我没问过，不敢问，但我心里清楚，这孩子是肉包子打美国狗，有去无回了。

"如果她不回来，那你等退休就去，一家人得搁一块儿。"

我才不去美国呢。我笑着问她："咱俩一块养老，中不?"

"那不得亏死你啊，"栾二嫂也笑，"农民六十岁以后才有钱拿，每个月拿八十，我怎么跟你一块养老？"

"我的也不多。"

"再不多，也比我们强。王功成前年开始拿退休金了，听他显摆过，每个月两千多呢。我不占你这便宜。"

"那我住你家，你出房，我出生活费，中不？"

栾二嫂叹了一口气，眼神忧郁地看着我："可这房子姓了栾，不姓黄了呀……"

我恍然大悟。起初满街人都指指点点的，后来一团和气，想必是栾二嫂做了些安排，让栾老大和街坊们都安了心。也好，我想。

于是我笑道："房子，我有啊，你也可以住我家啊。"

她咬着筷子头，沉默了一会，道："老了还是得搁孩子跟前……何况我们就这么一个孩子。"

穷寇莫追，我转移话题，问道："你怎么就要了一个跑船的？"

海边人家多信奉多子多福，"结网的，"指女孩，要有，"跑船的"男孩更是多多益善。我看镇上差不多家家超生，头一个是儿子的，也有两个孩子，有的人家甚至还有三四个。在渔村，计划生育不好管，一条船开出去好几个月，回来时孩子都抱在手里了，总不至于夺过来扔到海里吧。

"也有过，当初想要来着，后来和栾二打了一仗，没了。"

栾二的照片现在还挂在他们的卧室里，小个子，人很清瘦，戴副眼镜，像个乡村教书先生，不像会打仗的样子。

"为这事，我还怪过金姐，好几年不跟她说话。"栾二嫂笑起来，"年轻时不明事理。"

"金文玲吗？"

"是啊。"

"咋回事？怎么怪上她了？"

栾二嫂说："说起来快二十年了，那时松林爸爸像松林那么大，我和栾二就琢磨着再偷偷生一个，可巧很快怀上了。入夏后穿得少，怕人看出来，我就回了娘家。我娘家前后两进院子，后院不大有人去，我跟我娘就猫在后院，轻易不出门。栾二常去看我，一来二去，他和王功成就混熟了……"

栾二好口酒，这点和王功成很对路。起先他们只是在村镇上买啤酒遇到点个头，后来就坐到一张桌子上喝去了。多是在王功成家。

"有一天，差不多现在这个点儿，王功成买火烧来了，巧的是单我自个在家，我哥送货去了，我娘和我嫂子下地干活还没来家，那阵子正收甜瓜呢。王功成在前院喊了几嗓子，我听着是他，想着邻居嘛，不打紧。就出来给他拿火烧。那会子我二十？不到二十一呢。"

"结婚真早！"

"在农村，不早了。"栾二嫂说着，笑起来，"哎呀，现在想起来，有什么嘛，几句话的事，我恼成那样，那会儿年轻，懂什么！"

"到底咋回事？"我问道，脑海里浮现出王功成那张四四方方堆着笑的脸。

"王功成许是喝了两杯，骨头轻，见是我嘴里就说起浑话来，其实平日里他对周围的人不这样，他都是到城里去坏，"栾二嫂说着，挥了挥手，笑道："不拉了，老黄历了。"

"你看你，话说一半儿！王功成骨头轻，怎么怪上金文玲了？"

栾二嫂笑着摇摇头，不说了。我跟她连碰了两杯后，她又断断续续吐露些许。无非是两个男人在灌了几杯猫尿后，胡侃神侃间，把床上那点事拿来做了下酒菜。过了那么多年，栾二嫂提起这事还有些羞赧："后来王功成一喝了酒，就对金姐胡咧咧，你啊，他说，"栾二嫂学着王功成喝多了的样子，伸出一根手指指点着，说："你啊，八成是你老子从冰窟窿里把你给捞上来的，女人和女人差别咋那么大呢？瞧人家栾二，过得多恣啊，他说他媳妇可是个……"

"是个什么？"

"汤池子！"栾二嫂说着飞红了脸，捂着嘴笑起来，"栾二这狗娘养的！"

我笑得简直停不下来，栾二这狗娘养的！

栾二嫂敲了我一筷子后，接着说道："这话听多了，金姐烦了，有天她就回了一句，那你找汤池子去吧，看她让不让你这老囊子泡！"这天王功成来买杠子头火烧，大约看到衣衫单薄、眉低乳高的栾二嫂，就想起金文玲这话了，于是借着酒劲儿跟她开起不要脸的玩笑来。

"我那会儿年轻啊，可了不得了！我气得啐了他一脸，又哭又骂，抄了根擀面杖把他给撵走了。他走后，我越想越委屈，你说这缺德男人，灌猫尿吧，扯自家女人干什么，等栾二回来我可没轻饶他，揪住他好一顿揍，这孩子后来就没保住，唉，吃了年轻气盛的亏。孩子没了，我又伤心又难过，跑去王功成家门首又一顿骂，骂王功成，也骂金文玲。"

"关金文玲什么事嘛！"

"谁说不是呢，好在金姐在后院埋头干活，就当没听到，她是大人不计小人过，没跟我计较。后来我好几年不跟金姐说话，一想起这事我就难过，毕竟孩子没了，后来老怀不上，二来我不该骂金姐，都是该死的酒彪子男人造的孽嘛！关金姐什么！我悟过这个理儿后，有些难为情，不好意思面对她，远远见她就绕着走。后来我妈去世，金姐去我家帮忙，我们才又拉上了。"栾二嫂说着停下来，犹豫了一阵后，又道："说来也怪，后来栾二告诉我的，金姐啊，那会儿也还年轻不是？长得端端正正，什么毛病没有，可是听栾二讲，王功成说那事儿她就是不行，每次都得王功成硬来，他们过得可辛苦了。就为这，老王年轻时常去即墨城里胡混，金姐就在家干活，出大力，由着他。"

我夹了一大块针亮鱼到碗里，埋头吃起来。

"王功成不如意时就骂她，说她跟死人打交道多了，不像活人了。往日里，不管王功成咋埋怨，金姐都不吭声，单这话她听不得，一听这话她就扑上去跟王功成厮打，谁都拉不住。那会儿，他们可没少打仗。"

有天傍晚，我和栾二嫂正准备吃晚饭，金文玲打来了电话。

"老班长，出来下！"金文玲在电话里说有重要的事情和我商量，她说她就在汤上外面的小巷口。不知她怎知我在汤上。

我还未来得及跟她说我和栾二嫂的事。这种事果然传得快。

栾二嫂刚把饭菜做好端出来。"有人喊你出去喝酒？"她坐下来，呼哧呼哧喝了口蛤蜊疙瘩汤后，冲我挥手说道："去吧。"她也不问饭点上一个电话就把我叫出去的人是谁，也一点都没有不高兴。

金文玲骑在一辆三轮车上，见了我，她从口袋里摸出一张银行卡递给我。

"密码六个零。"她说。

我没接，问她这是什么意思。

"还你。"她有些不高兴地说，接着她咳嗽起来，好像被什么呛着了。

"哦。"我说，"这是我和老王的事，女人家管那么多干嘛？"

她绷着脸，不说话，一边咳嗽，一边把手里那张银行卡直戳到我面前来。我不接，她眼睛看着地面，脸憋得通红地道："助纣为虐。"

"什么？！"我不懂她干嘛这样说，她气呼呼的样子，又让我有些想笑！

"走，进屋去说吧，这儿风大，看吹感冒了。"

她绷着脸，摇摇头，不动。

看样子，王功成找我借钱这事惹她不高兴了，搞不好来找我之前，她已跟王功成干了一仗了。

巷子口上的风凉嗖嗖的。我想了想，说，走，咱们去镇上撸串吧，有啥事边吃边聊。

温泉镇上老孙家的烧烤不错，他家门口立着一口一人高的瓦缸，里面烧着好闻的果木炭，烤出来的东西又香又嫩，我有段时间没去了，有些想吃他家的烤羊肉串、烤马步鱼了。

金文玲不肯去。我跳上她的三轮车，说："走，去老孙家，等把这事说清楚了，你再把卡给我不迟。"

金文玲这才把银行卡收了起来。

我们到了老孙家，金文玲把三轮车停在路边，我们就在街道边拣了张桌子坐下来，秋意渐浓，长街微凉，但街道两边的烧烤生意还是很不错的，虽说和炎夏时节没得比，但也算得上兴隆，家家门前都有几桌食客，笑语喧哗，烘托出一派热闹气象。

我们一人要了一扎鲜啤，烤了三十根羊肉串，三十根五花肉，马步鱼、腰花、鸡翅也一样烤了一些。老金爱吃辣，我又要老孙烤了两个茄子，两个辣椒，烤好后和生蒜一起捣了，淋上香油端了上来。这是我后来在山上跟老张学的。现在我也能吃一点辣椒了。

啤酒上来后，我和金文玲碰了下杯。我问，没跟老王打仗吧？

她的嘴角露出一个凄凉的笑，什么也不说，仰头咕隆咕隆把一杯啤酒都干了。喝完她又咳嗽起来。

我看得心酸，说："你呀，你是真没把我当朋友，倒是老王……"我说不下去，也仰头把酒都干了。

"老班长，你已经帮过我们很多回了，俗话说，君子之交淡如水。再说，你是真不了解王功成这个人，有什么东西入了他的眼，他是啥都不顾的。"

金文玲说，瘸子老宋根本就不同意搬迁鸡场，现在养殖这行竞争激烈，鸡蛋卖不起价，他往山里一搬，谁还上他家拿货？可王功成偏看中他家那块地了，别人都觉得不地道，没人接村委那茬，他倒好，跟村委一起逼老宋呢。

原来是这样。

"他怎么就那么好意思去抢一个残疾人的地！"金文玲气愤地说。

我不免暗自叹息，这点事她就这样生气，有些事，岂不是要让她气炸了。"这话严重了，"我替老王辩解道，"不是说老宋和村委都协议好了么？"

"协议是协议了，但人家老宋根本没签字，现在反悔了也是可以的，不能逼他签吧！"

这倒是的。

"财迷心窍，失心疯了！怎么劝都不听，我先把话撂这儿，这事啊，不会有好结果！"金文玲看上去失望极了："我想好了，我要去城里找份工作，再过几个月，我就五十了，可以拿点养老金了，怎么着不是一辈子！"

"城里你打算住哪？"

"我都打听好了，有小区在招园林工人，有的还提供食宿，实在不行，我也可以和工友一起租房住，城里那么大，难道就没我金文玲落脚的地方？"

"别胡闹了，跟老王好好谈谈。"我说，"这么多年都过来了，这个年纪，还分两处过活，不好。"

金文玲只是摇头。

金文玲再次把酒杯满上，举杯对我说："老班长，你是个好人，不枉认识你一场，喝了这杯酒，我们各走各路。"说着她又剧烈咳嗽起来。我赶紧倒了杯水递给她。

老金喝了几口水，止住了咳嗽后，端起酒杯接着道："以后，老王的事，与我无干，你也不用再过问，你若再过问，那是你和老王的事，不关我金文玲了。"

"你这是干啥呢！"

她一仰头把酒干了。她抹了抹嘴，说："栾二家的人不错，是个好女人。"说完她把卡掏出来搁到桌上，"吭吭吭"咳着离开了。

13

我改了大门门锁的密码，开始试着自己照料那些花草。我干得不好不坏，有些花草长势很好，有些，慢慢枯萎了，我把那些空出来的花盆处理掉后，暖房倒显得没那么拥挤了。也好，我想。

和金文玲见面后没多久，一个令人惊讶的消息传到了温泉镇。瘸子老宋在大石村村委会大院喝药自杀，喝的是养鸡场常用的消毒剂，过氧乙酸。还好村主任眼疾手快夺得及时，老宋性命无碍，但口腔、食道灼伤严重，送到医院救治去了。

消息传到镇上，大家议论纷纷。

"欺负残疾人！"栾二嫂说。她对王功成又添了一份不满，"屋挨屋住了这些年，亏他干得出这种缺德事！"

我连忙给王功成打电话，他的手机关机，我想了想，又打给了金文玲。金文玲倒淡定得很，因为感冒一直没好，她现在也还没离开大石村。

我问现在是个什么情形，老王电话怎么打不通了。

老金笑了，道："他臊死了，电话不敢接，门也不敢出。"老金一边说，一边咳嗽，她的感冒好像越来越厉害了。

我问现在村委会是怎么个说法。

"老宋那个养鸡场暂时不搬了，吭、吭吭吭……村里帮着修个化粪池解决污染问题，吭、新鸡场那块地给咱们了，"老金说着又笑起来："老王从没吃过亏，这下好，机关算尽，算到自个了，吭吭吭，他恼死了。也该让他尝尝味了！吭、吭……这会儿他可是知道着急了，吭……托人四里八村到处打听有没有人要养鸡呢。"老金在电话里一边说，一边咳嗽，听上去就像她边上有只啄木鸟在啄木头。

挂电话前我叮嘱老金快去看医生，别把小感冒拖成了肺炎。

"没事。"老金说。

"非要闹出人命来，他们才晓得怕！"末了老金又说。

14

冬天很快就过去了。

立春过后，我打算种点早春萝卜、辣椒、菜豆。本来想去金文玲家拿的，我很久没去大石村了，也不知他们现在过的怎样。闲聊中从栾二嫂那得知，王功成这回元气大伤，新鸡场转是转了出去，但价格低廉，王功成赔了好几十万。老金一直在家，并没有去城里。这让我心里颇觉安慰。

想来想去，最后我还是决定等温泉镇大集时去转转。为几包菜种子我实在犯不着跑一趟大石村。

到了赶集那天，我把车停到汤上后，就去集市上转了。我停车时，栾二嫂听到动静追出来，嘱咐我替她买一桶肖立洁溶液，给汤池子消毒用。——她开始在集市上买消毒液了！这两年镇上小温泉旅馆越开越多，生意也越来越难做。这种消毒剂在超市没有桶装的，但集市上就有，还便宜。集市上什么都有，什么都便宜，神奇得很。

上午十点来钟，集市上已是人头攒动，热闹非凡了。卖菜种花种的在集市的西北角上，我一路逛过去，在路边一个戴橘黄色安全帽的工人面前，我停了下来。他穿着一套迷彩服，溅满泥点的裤腿卷得老高，面前铺了张报纸，上面摆着一个铜绿斑斑的香炉。像一出被人看厌了的戏，集市上满满的人，独他跟前冷冷清清。

"刚在工地上挖出来的，便宜卖。"他抽着烟，神情自如地对我说。

香炉看上去做工不错，如果真是铜做的，百把块钱买个刚出土且底部刻着"宣德年造"香炉也还划算。我笑笑，蹲下来拿起来细看，忽听得有人在我身后叫，一声更比一声高。

"哥、哥!"

"老哥!"

"老班长——"

我扭头一看，马路对面一棵樱花树下，立着王功成，他胳肢窝下夹着一卷东西，正用那只夹着烟的手使劲冲我挥着呢。

我放下香炉，不顾建筑工人的殷勤挽留走了过去。路上车多人多，边上一家超市门前的儿童投币摇摇车还放着刺耳的高分贝"小苹果"，我和王功成就往前走，去一家银行的大厅里说话。

"老哥，那都是哄人的玩意儿，可不能买。"王功成说。

"嗯，知道，只是看看。"我问他，"近来忙啥?"

"瞎忙，"王功成把烟叼到嘴上，从口袋里摸出烟来对我说："来一支?"

我不吸烟，但遇到这种情况也会来一根。我抽出一支烟，就着他的烟头点上。王功成看上去情绪不高，模样也有些憔悴，看来鸡场的事对他是个打击。我们站着，默默抽了一会烟后，他又问："老哥，你咋样?"

我说我还好，老样子。

他沉默了一会后，说："老班长，老金她，不中用了。"

"什么?"我吃了一惊，"老金她咋的了?"

王功成将夹在胳肢窝下的那卷东西打开给我看，是一捆带着泥土的植物，圆圆的油绿的小叶片，簇拥着一簇簇黄色的小花蕾。

"我刚在集市上买的，猫眼草。"王功成弹掉长得要烫到腮帮的烟灰后，说："年前她咳嗽一直不好，后来后背又疼得厉害，儿子就带她去青岛的医院看了看，医生说是生癌了，在肺上，开刀吧，晚了。没法想了，用这个煮水喝，或许能治。"

"怎么会——"我无法相信，印象中金文玲从不吸烟，她怎么会得这个病? 我看了看王功成，想，命运真他妈不公平，多少人烟不离手，反倒啥事没有。

"唉，现在家里可是乱了套了，没法过了。"王功成皱着眉，苦恼地说，"他妈的流年不顺！"

"还是得住院治疗吧？光吃这个能行？"我把那卷猫眼草拿过来，扯下一片叶子闻了闻，一股淡淡的植物汁液的清新味道，没什么特别的。

"可别弄到眼睛里了。"王功成赶紧把猫眼草拿过去，重新卷好夹回到腋窝下。王功成说："她不肯住院，不能开刀了，住院能有啥事？每天光给个止痛片，量个体温挂个水，老金也待不住。"说着话，王功成不住摇头叹气。听上去情况确实不妙，家里有这么个病人，气氛整个都不对了，活没人干，园艺场都快荒废了，好在孩子还算孝顺，正到处托人给金文玲买外国产的靶向药。

"医生怎么说？"

"让好好照顾，想吃什么就给她做什么。"

我一时无语。

隔着一扇玻璃门，外面人来人往，热闹非凡，银行里倒没什么生意，安静得很。有那么一阵，我和王功成抽着烟，看着门外，都陷入了沉默。

"金文玲这倒霉蛋！"我把烟头丢到地上，一脚碾灭。

"改天我去看看她。"我说，"让她好好养着吧，我白天多在汤上，有事去那找我。"

"栾二家吧？先前我和老金还想介绍你们认识呢，没想到……"王功成笑起来，道，"这就是缘分！"

15

从银行出来，我去买了几包菜种子。集市上挤挤攘攘的，有好几次我撞到了别人。"留神点！"有人在我背后吆喝。我懒得回头，边走边四处瞧。路过园艺区，我见到好几家摊位都摆着猫眼草、玉竹、黄精之类的本地草药，我在一家摊位前停下来，拿起猫眼草细瞧，觉得这东西很眼熟，貌似以前爬崂山时见过。熟视无睹。有时候，有些事情就是这样。与通讯员喝酒的那一晚过去后，我慢慢也想起来，我曾在瞄准器里观察过那个高地，它夹在两个高地之间，地势比那两个高地低矮，应该是很容易被敌我双方火力覆盖的，以前我竟然没意识到这一点。

摊主很热情地说："买点吧，回去一种就活，这可是好东西，拿来煮鸡蛋吃，治百样癌！"

治百样癌！

我放下猫眼草，拿起了一把黄精，据说崂山道士修炼到最后，都要靠食黄精来羽化成仙。既然相信猫眼草能治百样癌，王功成为何不买点黄精呢？黄精还能起死回生呢。我放下黄精，接着往前逛。

走走停停的，我在集市上足足逛了一上午，快散集时我才往汤上去。我买了一大桶二嫂需要的消毒液，一打塑胶手套，刷温泉池子时用得着。几只刚孵出的小鸡仔，打算送给松林兄妹俩玩玩。另外我还买了一大把孙记的瓦缸烤串，一塑料袋鲜啤。不知为什么，我就是觉得有些口干舌燥，想马上喝一杯。

我回到汤上，栾二嫂闻声迎出来，拍手道："你听说了吗？哎呀金姐，她生了癌了。"栾二嫂的语气满是惊讶。

我把酒和烤串递给二嫂，将小鸡仔从塑料袋里放了出来。

"刚刚隔壁婶子赶集回来，说看见王功成买猫眼草来着，给金姐买的!"

小鸡们刚被放出来，还有些蒙，蹲在地上一动不动，叫声柔弱无助。我蹲下来，把一只小鸡罩在掌心，它惊慌地做着无用的挣扎，毛茸茸的柔软的小身子仿佛一捏就碎。过了一会，发蒙的小鸡回过神来，叽叽叫着，把毛茸茸的小翅膀竖在背后，撒着欢满院子跑起来。栾二嫂见此情景，有些惊讶地问：

"怎么想起来买这个？"

"给孩子们玩玩嘛，等养大了，还能生蛋给他们吃。"

"哎哟! 花这钱! 不知道现在不让养了么?"栾二嫂又笑道，"你还不知我家都是啥样孩子呢! 去年松林姥姥养的小鸡，全让松林给踩死了，今年那小的也能满地跑了，你这些小鸡啊，还不够他们兄妹俩糟蹋的。"

这可真是没想到。我讪笑着，看着满院子乱跑的鸡仔，想，我这抽的是什么风?!

二嫂站在门边，一手拎着啤酒，一手拎着烤串，忙不迭地用脚把"叽叽"叫着往屋里扑的小鸡往外挑，末了她干脆倒腾出一只来，放下门帘，一劳永逸。

"我刚给我娘家嫂子打电话，说是他们也才知道。明儿你有事吗?"

我摇摇头。

"明儿我打算回趟娘家，顺便看看金姐。"二嫂手搭凉棚，抬头看小院上空没有一丝云彩的天，说，"这天也热得太快了，来泡汤的人日渐少咯，一上午，只有丁字湾南芦村的老贺打电话来，说明儿后晌来泡，几日不泡，说是风湿重了。"

16

我替栾二嫂守了一天汤上。我没有去看金文玲。

去了说什么好呢? 才几天不见，她生了这样的病，我却越活越快活，比先前还胖了不少。我回家翻出来一包燕窝，让栾二嫂捎给金文玲，这是我一个老战友去马来西亚旅游时，给我捎回来的礼物，我嫌费事，一直没吃。

"让王功成炖粥给她喝，补补身子。"我想了想，又道，"甭说是我送的。"

栾二嫂头一回见到燕窝，拿在手里翻来覆去地看。

"这么贵重的东西……"栾二嫂有些为难。也是，若说是她送的，金文玲未必肯收。

"那你看着办吧!"我说完这话，就把毛巾往肩上一甩，去清洁汤池子去了。

在汤上的这一天过得很快，除了老贺，也没别的客人。老贺自己开车过来，我把池子注满滚烫的温泉水，拿来两瓶冰镇啤酒和他一起泡了一会，这么好的一池水，一个人泡简直太浪费了。栾二嫂平时不让客人在泡汤时喝酒，怕出意外。可今天，管它呢。丁字湾盛产大海螺，老贺是丁字湾有名的海螺养殖专业户，海螺的收获季节在冬天，天气越冷，捞上来的海螺就越鲜。早些年，老贺还没有现在这么有钱，都是自己下海捞海螺，想想吧！养海螺的池子里漂着冰凌，人却要下到那池子里去……这样子好些年。现在，老贺有了钱，当然，也有了病。老贺不爱说话，我也就不找话跟他说。我默默坐在池子的一角，安静地看他把脖子以下的身子都浸在发烫的池水中，他用一双肿大变形的手，专心致志揉搓身上其他各个俱已肿大变形的关节，我拿给他的啤酒一直放在池边，他没顾上碰一下。灼热的温泉水缓解了他的不适，他闭着眼，搓着自己，嘴里不时发出"嘶嘶"的吸气声，神情看上去都有了幸福感。

"这是在遭罪。"我喝着啤酒，看着老贺，想。

活着真他妈的没啥意思。我把目光从老贺身上挪开，投向窗外，河边垂柳绿得非常好看，一团团笼雨罩烟，乌鸦不知哪里去了，一只也不见。

傍晚，我收拾好旅馆，给小鸡仔喂食时，栾二嫂才从大石村回来。

"金文玲咋样了？"我问。

栾二嫂叹了一口气，说："没见着，说是昨夜烧得人事不省，她儿子连夜又把她弄到青岛的医院里去了。"

栾二嫂带了一篮子刚出锅的杠子头火烧回来，我闲着无事，走过去翻出来一只糖火烧。这是近年来为适应游客和年轻人的口味，黄记开发出的新品种。我掰下来一小块火烧丢进嘴里。酥的，甜的，细嚼之下，也觉好吃。

"燕窝给王功成了，正好赶上他回来拿换洗衣服，我说是你给金姐的，他让我替金姐谢谢你。他还当场上网搜燕窝的做法，还说男人也能吃。这人！"栾二嫂摇了摇头，叹道："金姐躺倒了，他家的日子咋看都不对了，园艺场要撂荒了，王功成说只能把园艺场卖了，也是，没有金姐，谁来干活呢！"

我想象得出那情景。我头一次去功成花卉，小灰将我领进小院后的大棚内，王功成就坐在那棵桂花树下喝茶，茶桌上的播放机里放着茂腔戏。功成花卉的经营模式大约就是那样，王功成是决策者，负责规划、营销，具体的活大多得金文玲来干。

"现在人到底咋样了？王功成怎么说的？"

栾二嫂看了我一眼，说："他说，她回不来了，她会死在城里。"

我又掰了一块火烧丢进嘴里嚼着。这回，我听到了自己的咀嚼声。

那次金文玲给我送菜种，闲聊中她问我："老班长，炮弹炸过后的弹坑，到底安不安全？"——过了那么多年，她还在问这样的问题。她说上战场前，一个从前线撤下来养伤的老兵告诉她，刚爆炸过的弹坑最安全，从来就没有两发炮弹能打在同一个弹坑里。怎么说好呢？当年我们打得最狠时，吃顿饭的工夫，就能往一个不到两平方公里的小山头上倾倒一千多发炮弹，差不多将它削平了，打得敌人毫无还手之力。哪个炮弹坑谈得上安全？狠过对手，才是安全！我嚼着火烧，回想起金文玲问这话时的样子，感觉她就没挪过地方，这么多年来一直待在那个炸聋她一只耳朵的弹坑里。

"哎呀，真是有啥别有病，听我嫂子说，才几天工夫，就瘦得没个人形了。"

"二嫂，"我不想再听下去，金文玲，老金，现在我才知道，我在她身上看到了什么。我喝了一大口水，费力地把嘴里的食物顺了下去。我冲二嫂扬了扬手里的火烧，说："明天，明天我们就去把证扯了吧！"

栾二嫂愣了下，飞红了脸道："好好的，抽什么疯！"

17

接下来的整个春天都是这样，每天，汤上的活干完后，我就开了车到处去逛。在这块土地上，我像个外乡人一样到处游荡，我开着车，顺着海边往北去南山村、丁字湾、田横岛，甚至海阳，往南则是会场村、青山村、黄山村、崂山，到处走走看看。到了崂山脚下，我也就是坐坐，看看海，看看山，晒晒太阳。我膝盖不大好了，上山还行，下山疼得厉害，山是爬不成了。如果我闺女回来，只能让她自己爬去了。

有个下雨天，又逢温泉镇大集，闲着没事，我就去集市上逛，想看看有没有什么好买的。冬天里，栾二嫂门前的一棵无花果树冻死了，我想再买棵无花果树，替她补种上。雨把街道、远山都淋成了暗淡的灰色，走在湿漉漉的灰色的街上，我突然就想起来，金文玲，这个已经死在了城里的女人曾说过，这一带的无花果，数海阳的最好。

于是我买了一棵海阳产的无花果树苗。

我扛着那棵无花果树往回走时，一只肮脏的流浪狗从人群里钻了出来，咬住了我的裤脚。我踢了它一脚，它呜呜叫着，在地上打了个滚后，扑过来又咬住了我的裤脚。我有些诧异，定睛细瞧，发现居然是小灰。我蹲下去，摸了摸它湿漉漉的背，它太瘦了！我手掌触摸到的仿佛是披在它骨架上的一张皮，好像我一用力，就可以轻而易举地将这张被雨打湿的皮从它身上抹下来。

我问小灰："你咋在这？你不是跟着老王去城里了么？你咋把自己弄成这样了？"它扭过头去，呜呜回应着，伸出舌头舔我的手背。

"走，回家！"我说。

我起身往回走，小灰乖巧地跟在我后边。到了汤上，栾二嫂掀开门帘迎出来，瞧见狗，有些吃惊地问道："哪来的？"

"捡的。"我说。我打定主意，如果汤上不让小灰，那我也不在汤上呆，我和它就待在盛世王朝好了。

栾二嫂盯着小灰看了半天后，笑着对我说："说来你信不？我老早就想养只狗来着。"

　　我当然信啊，为啥不信呢？我什么也没说，对二嫂笑笑，俯身拍了拍小灰的头。我未能说出的一切，它应该都能懂，我想。

2017 年 10 月 15 日于原乡

（原载《收获》2018 年第 5 期）

亲爱的树

肖　勤

1

照野坐在冥货铺里，小心翼翼地糊着一只爱凤十八，现在流行这个，在他年轻的时候，都那人家出殡烧灵房，时兴配一台"两头爬"——那会儿县城很少见到轿车，以为它两头分别坐了个师傅，车往哪头开就归哪头的师傅管，于是给小轿车起了个名字叫两头爬。再后来，有了别墅电话手机女秘书，照野开冥货铺这十多年，糊的纸手机从摩托罗拉诺基亚一直换到苹果，由于大家一致认为那边要"快"一些，所以已经用到了十八。照野经常想，那边是什么样子？常年昏暗还是有炫目的阳光？会不会有四季，或者暴雨来临的盛夏？是否有成群的蜻蜓飞过水面？过年的时候，那边的人也吃团圆饭不？有没有酸醉鱼？要是什么都有，那边倒也挺好，相当于换一个地方活着。一想到这些，他就难免开心，糊手机的手也难免抖动，那个咬了一口的苹果图案也就难免跟着开心地贴歪了去。

但要从这边到那边的那一迈，到底是艰难的，就像打麻将，其实最难的不是倒牌时的结果，而是拿牌过程时心中的纠结错杂。这不，殡仪馆里又传来嫁出去的姑娘回家奔丧请来的响器班吹打声，姑娘哭声惨烈，数着老父亲一点一滴的好，又数着老父亲一点一滴遭的罪，总之是生也划不来、死也划不来。这哭声一浪接一浪，铺天盖地，压得照野的心嘎嘣一下断了弦，强抑了一天的酸楚顿时摔了一地。

昨夜，明生毫无表情地哼了一声，甩过来一句，你以为你是谁？

明生这孩子心狠，从小就有这本事，把暖的说凉，把凉的说死，把死的说绝。几十年过去，照野老了，明生也到中年了，可他嘴里吐出的话，依然这样砸得死人。

照野觉得心里有什么东西在垮塌。事实上，垮塌这个过程一直在进行，只不过以前的照野有力气支撑和修补。

你以为你是谁？重度肥胖的明生像个巨大的软体动物，摊在沙发上，他用这样霸气且无赖的姿态在这套并不属于他的房子已经整整生活了四十二年，而真正的主人却佝偻着腰，站在过道里。

我是谁？从你两岁半我就养着你，现在你问我是谁。照野的声音有点颤抖，他很想发火，但他一辈子没跟人红过脸，不知道该怎样起头，因为这"不知道"，他不禁委屈起来，且有些茫然，骨头缝里冒出的那丝怒火便习惯性地缩了回去。他真是一个对扯皮吵架极不在行的人，而明生的架势显然是挑衅，他已经挑衅习惯了。

　　简陋的老砖房拐角，客厅的灯和电视的光线折射过来，与过道的黑交错在一起，汇成一道薄薄的灰，仿佛两个世界的交界地。茶馆张先生的说书里，阴阳交界不是个好去处，上天无路、入地无门，大庙不收、小庙不留。但它收留了照野。过道里这张一米宽、两米长的钢丝床是屋里唯一真正属于照野的地盘。从他到冥货铺第二天开始，他就失去了卧室。

　　照野默默打量四周，回忆当年搬进来的情景，还有树儿在屋里进进出出的场景，结婚那一年，树儿买了套黄梅戏年画回来贴在过道上，叫《追鱼》，上面的书生，长得比女子还好看。第二年冬天，树儿在过道烧了只铁皮炉子，他焊了个水箱挂在墙上，穿根水管出墙去，墙外头搭了个洗澡棚，再用牛皮纸把棚糊得个严严实实，每次树儿洗澡的时候，他就守在铁皮炉旁不停地添煤，炉上烤了红薯，屋子暖烘烘的，收音机里咔咔嚓嚓放着评书《大刀王五》，树儿洗完出来，把频段调到黄梅戏……屋子里充满蜂花洗头膏的香味、烤红薯的味道和着黄梅戏的味道，混合成幸福的味道。树儿的脸是红的、手臂是白的、头发是湿的、被炉火烘得直冒白汽……那才是家。

　　可是眼前什么都不是。

　　屋里很闷，空气仿佛被巨大的明生吸完了，照野胸口有些紧，想出去喘口气，他拿起棉衣，缓慢走到门边，哆嗦着穿上鞋子，拉开门。

　　寒流灌进来，打在他身上，他有点犹豫。

　　明生无动于衷地挪了挪屁股，鼻孔里冒出一声"嘁"，然后，他扔掉手里的遥控器，阴阳怪气地扔下一句，爱滚不滚。

　　他本来只是想出去透透气，却不曾想变成了"滚"。

　　脱下罩在毛衣上的蓝布袖套，叠好，放进裤兜——戴袖套是当年在大山洞时留下的习惯，那时候，上自厂长、车间主任、工程师，下到工人、后勤、炊事员……谁都戴着双袖套干活，那时候，劳动是光荣的，袖套也是。

　　可明生嫌弃这袖套，每天进门第一眼看到它牢骚就开始，然后越扯越远，远到八竿子打不着的事上去，照野心里清楚，明生嫌弃的东西，根本不是袖套。明生想解决的问题，也不是袖套。

　　明生想要这套房子，还有这个院子。

　　但他不能给明生房子，因为房子有个院子，院子里有棵树。

　　亲爱的树。

　　每年春天，它都会开满洁白的木槿花，像洁白的蝴蝶挂满在树枝上，阳光洒在上面，风一吹，满树蝴蝶翩翩起舞。它是照野一生唯一的浪漫。

　　明生不喜欢这棵木槿，他叫它死人树，开的是死人花。晦气。

2

他是谁?

身份证上,他的名字叫令狐照野,很好听的名字,不过这名字自他五十二岁离开拖拉机厂后,便很少用了,大多数人叫他老令,明生一家则叫他"喂",老贺呢,喜欢长长叹一口气,叫他"狐啊"。

令狐,美丽的复姓,据说家族的历史很悠远,始于周文王的姬姓后裔,后来,他的祖先在唐朝的时候,与杨氏一族从山西一路金戈铁马来到西南,替大唐巩固了西南边地,然后建立起了他们的土司王国。七百多年,也曾繁华如梦、世代尊贵,直到万历年间一场烽烟,土司和他的庄园化为帝王脚下万丈灰烬,令狐一族也四散乡野,一路向西,跋涉山野,像一粒粒被风吹散的麦种,他爷爷的爷爷便是其中一粒麦种,扎根在了这个苗族汉族布依族混居的小村寨,无声地生长。岁月在隐秘悲傲的口授中延续,"故乡"在这口授中成了一道遥远的微光,可是到底哪里才算是故乡?那里生长着什么?草地还是荒滩?直到爷爷说,老宅有几十棵木槿,花开的时候,像雪花满枝。

照野不知道木槿是棵什么树,也不知道传说、历史,还有祖先是不是真的,他们对他来说实在是太遥远,且像风雨一样飘摇模糊,但爷爷和父亲的表情里常常写满宁静的悲伤——回不去的悲伤,这悲伤影响着他。当寨里人唱苗歌喝苗酒时,幼小的他独自躲到一旁,拿着村小汉文老师的字典、地图和历史书,在字里行间寻找。遗憾的是,历史与土司的烟灭一起归于空白,而黄河长江也好、秦岭玉门关也罢,对他而言都太陌生,他的细小指甲在地图上划过一道道痕迹,经常中断在某一处——山脉或河谷——祖先是怎么走过来的?

老贺上了点年纪,常替他忧心,狐啊,莫管祖先了,你好好盘一盘自己这些年是怎么走过来的。

就这样子喽。他好脾气地笑,一天过了,又过一天。

深秋的晨光柔软地洒在老贺脸上,老贺老了,年轻时精亮的眼神也柔软了,他叹,你这个人,亏就亏在脾气太好,冯树儿说得对,像朵棉花。

时光顿时卡住了。

树儿。

那年她二十九。

树儿,你为啥子说我是朵棉花?

任由人揉呗,软绵绵的,但是热乎。羞涩的冯树儿吐了吐舌头,声音低下去了,和着摇曳的烛光,温柔的方言尾音却又微微往上翘,像一朵花摇曳在春天的枝头。

是了,他的确是个棉花性子,寨子里的娃娃,个个都是骑牛撵狗打架长大的,蛮崽们见不得人用功,抢他的书,嗷嗷怪叫,风一样嗖嗖嗖从寨子这头跑到那头,他光着脚板在后头追。这样的场景整个寨子都习惯了,哪天不见着都觉得奇怪。

老贺当然是其中抢得最起劲儿那个。

算一算，世上不欺负他的人除了爹妈，只有冯树儿一个，不仅不欺负他，结婚后还事事由着他。尽管他对这种自己做主的人生感到手足无措，宁愿"树儿你说了算"。但是，冯树儿的态度让他很受用。

他以为他和树儿要在一起活到老，像都那县城那口老泉，结果却中了苗歌里的蛊——有的鸟儿刚找到枝条枝条就断了，有的秧苗刚结上谷穗谷穗就死了。

结婚才两年，树儿就没了。

至今他也没弄明白宫外孕是个啥子病，反正都是他的错，反正树儿就在这个事儿上走了。丢下他一个人了，既然是一个人，弄不弄懂的，也没有意义。拨弄它，反而痛。

后来，明生和他妈枝儿便住进了这个院子。准确地说，是霸进了这个院子，一住就是几十年。

3

响器班的敲打过后，一阵震耳的鞭炮声和哭声响起来，不用想，是进火化炉了。照野放下糨糊刷子，抠了抠手指上硬邦邦的糨糊。

坐在铺子里能看见火葬场那两根大烟囱，今天一早火化的那个，听说寿年九十九，真是活成精了，这不，化成的那缕青烟还在天上没散呢，在离大烟囱不远的地方悬浮着，纹丝不动，看来是在等炉里这个搭伴。

正瞎想，一个热腾腾的声音扑过来——开饭了。

是老贺。

命是个奇怪的东西，猴精狗跳的老贺欺负了他大半辈子，到老来心甘情愿当他的灶神，天天给他往铺子里送饭。

照野过意不去，老贺霸道地挥挥手，说我们俩什么时候轮到你说了算的？又自嘲地笑，都黄泉路上走的人了，我呢，送的不是饭，是活着——你能吃我的饭，也是活着。再说，白眼狼们一个个都长大走了，我空学了一手的本事，你不吃，我煮给谁吃？

也是，伤感了。人生几十年，再热闹，最后还是一个人。

这辈子也曾热闹过，在他俩初中毕业那会儿。国家号召三线建设，边远的都那县城突然冒出几多外地人，坐着北京吉普，有的卷着舌头讲北京话，有的咿咿呀呀讲上海话，惹得大家都挤在县招待所听稀奇。后来大家陆续知晓，苏联大哥不厚道，和中国断交，英明伟大的毛主席号召大家到三线备战备荒。北京有个神秘的工厂响应号召，很快就要搬到都那的拐沙湾里来。

都那，不是苗语，也不是布依语，它是当年蒙古军南下打到西南驻扎屯兵时留下的名字，意思是有泉水的地方。现在，这个有泉水的地方成了祖国的三线，老贺学习差，难得谦虚地问照野，那祖国的一线和二线在哪里。

照野摇头，祖国那么大，他怎么知道。

街上大喇叭不停地哇啦叫，好人好马上三线，愿意到拐沙湾拓荒的，请到大操场报名。

老贺没听懂，犯疑了，问，上三线为啥子要脱光？

照野抿嘴直笑。

听明白后，老贺唆使照野一起报名。在攒动的人群中，虎里虎气的老贺和文静温和的照野很自然地吸引了大家的注意。

荒无人烟的拐沙湾一夜之间热闹起来，到处都是人，大喇叭放着毛主席语录歌，斗志昂扬，人们开山、放炮、挖洞、平场、修路、打夯、烧瓦、建石灰窑、烧红砖、建员工宿舍，建设队硬是在野猪窝老蛇洞上建出一个全新的世界。夏天的一个个夜晚，源源不断的大卡车载着机器、文件柜还有专家们安静地驶进拐沙湾，像天兵天将一样驻扎进来。

老贺和照野一辈子没见过那么多车。

因为上过初中，老贺和照野成了少数留用的正式工人，机灵的老贺那会儿叫贺精，照野老实，大家叫他笨狐。厂里一见到他们俩就叫狐精。

正式上班第一天，车间主任神秘又自豪地说，工厂是专门为国家生产重要的零件和材料的，这些东西要用到炮弹飞机原子弹上去，用到保卫祖国的地方去。他们车间负责生产的是一种特殊的螺帽，照野不知道这螺帽送到哪里去，只知道车间主任每周政治学习都要强调，一个不合格的螺帽有可能会给国家带来不可估量的损失。照野每天都会遐想，这一枚枚经他手的螺帽，会用在哪里？他呼吸紧张，细瘦的脖子上，搏动的青色血管像奉献的青春一样透明热烈。

山里的日子与世隔绝，每天只有一趟专线班车直通县城，把肉蛋等刚需的东西从外面运来，厂里外出办公事的也坐这趟车，一般都选政治过硬的业务骨干，他们可以凭工厂开的办事条坐车，不付车费，上车下车的样子都像只骄傲的公鸡。

四年后，照野和贺精才轮到第一次坐车出山，他俩上车的时候，也把腰挺得笔直，屁股撅老高，也像两只骄傲的小公鸡。

小公鸡是去给新到的专家找治蛇缠腰的苗药。

进了县城，他俩傻眼了，这才明白什么叫洞中一日，世上千年。

县城变样了，泥糟子路变成了水泥马路，土坯房变成了砖房，电影院门口贴着彩色的画报——《马永贞》，售票口前排着长队，大姑娘小伙子挤来攘去，姑娘们给挤红了脸，眉眼带着恼怒也飞着蝴蝶，三月三摇马朗时的场景也不过如此。

从没进过电影院的贺精有点猴急心痒，盘算盘算了时间，忙火火地安排，狐，狐，有场下午三点半的，你去排队，我去找老苗医，抓完药就来。

万一你赶不来呢？万一回去的车开了呢？

我保证赶得来，我用建设社会主义的速度！那车不用怕，六点才发。贺精说完，撒开腿就往城南摆列营跑，差点绊倒了电影院门口一个大眼姑娘的瓜子摊。

姑娘骂，瞎了。贺精回头要还嘴，看一眼姑娘，眼神顿时迷离了。照野催他赶紧走，他才回过神来，嘻嘻一笑跑掉。

两人抓了药看完电影，再到乘车处，刚好赶上点，一直亢奋着的贺精坐上车后，先是兴奋，渐渐的语气就不对了，像被人抽掉了筋，直打蔫。

电影里那些江湖豪情、那些他从未听过的激昂又浪漫悲壮的音乐，还有卖瓜子的大眼睛姑娘辫子上粉色的发带、市场上生动的喧闹吵嚷……所有的一切，像安静的月夜里飞过一只惊鸣的鸟儿，那翅膀拍动和划破的不是月色，是空气、呼吸……和青春。

贺精突然"醒"了。

狐，我不想回去了，山里没意思。贺精半张脸贴着玻璃，无神地看着外面一蓬蓬白花花的野芦苇，恹恹地说。

丛山在窗外随着车身颠簸跳跃，无休无止。

照野不可思议地望着贺精，这样的生活，不用风吹日晒雨淋，不用上山种包谷、下田栽秧苗，每个月有稳稳当当的工资寄给爸妈，又是工人阶级，多么自豪荣耀，而且工厂是那么神秘，神秘得对外只有一串数字编号，照野从山里寄出去的信写的是编号，爸寄进山里的信也是编号——因为祖上的缘故，照野爸是寨里少有的识字人，一直在公社做闲杂，见过点世面，对国家大事他从不多问，只说，孩子，好好干，十年以后，你再告诉爸，你们在山洞里做些什么伟大的事情。

伟大的事情，贺精怎么会觉得没意思呢？

我不知道为啥子，我只觉得，除了伟大，我们还可以有很多种活法。贺精说，你晓得不，我的心现在像一缸被晃过的麦子酱，长醭了，没法子了，回不去了。

那段时间正是秋老虎的季节，每天的太阳都金灿灿的，山野其实很热闹，庄稼熟了、野果子也熟了，刺猬、斑鸠、老蛇、野猪、野黄羊，到处都是。可这热烈的秋阳照在贺精脸上，这些热闹呈现在他眼前，只能令他更疯狂，成天想往外窜，生来是个野猫子的他已经尝到山外的甜头，大山再也留不住他了。他今天嚷嚷好男儿应该学马永贞，仗剑天涯，明天说他要到广阔天地去，天翻地覆慨而慷。后天又说他要做一架飞机开到太平洋去，打倒美帝国主义。厂里一大群安安分分的年轻人，眼看着就要全跟着贺精"长醭"。厂长毫不犹豫地决定把人调走，科学家厂长有的是能量，没有办不成的事，新单位是个拖拉机厂，在都那县城近郊，也算待贺精不薄。

贺精却不肯走——除非捎带上令狐照野，不然我不走。

副厂长这两个月已经被贺精折腾够了，一听火大，小赤佬，蹬鼻子上脸，滚。

阿拉唔跟侬计较。贺精学着他的上海腔，背起双手，像个领导一样来回踱步——令狐同志和我是阶级兄弟，革命友谊，情深似海，他不走，我不走。

照野一直到车间党支部书记要求他签保密责任书时才知道，工厂不要他了。

这些年，照野从嫩头蒜长成蒜苗子，当上工厂劳模，他已经在厂子扎根了，爸说过，要在伟大的建设社会主义的道路上做一颗默默奉献的螺丝钉，为了人民，为了祖国，要为壮丽的社会主义事业添好砖加好瓦，要为保卫祖国贡献力量。

说好的奉献一辈子，怎么说不要他就不要他了呢？

顿时就哭了。

支部书记见照野哭成那样，这才明白是贺精个人的主意，气得一搪瓷缸茶水就朝贺精泼了过去。

覆水难收。

从厂里出来那天，大雨滂沱，山路泥泞一片，车开到半路抛锚了，贺精和照野只好步行，一路上，满山沟的刺梨花瓣淋落一地，雪花似的，让人心碎。十月的雨水在一千三百米海拔的县城不算个事，但在一千九百多米海拔的山里却能寒进人的骨头。高大的贺精搂了细瘦的照野，一把油纸伞大半罩在照野头上，哄他，调个工作，苦兮兮的，整得像个婆娘一样，好大个事嘛。

照野还是伤心、恍惚，傀儡一样随了贺精，深一脚浅一脚地走，也不说话，偶尔回头望山里，虽然不是生离死别，但照野知道，这个地方他再也回不去了。

进了城，雨停了，照野听到贺精用奇怪的声音哆嗦着说，狐啊，我得去医院。

照野望一眼贺精，这才发现贺精早已全身湿透，头发贴在腮帮子上，脸色冻得乌青，整个人直打摆子。

那场雨着实把贺精淋坏了，高烧十天不退，最后整成肺炎，送到自治州，医了二十多天，把照野吓得不轻，巴巴守在贺精病床前，盯着输液瓶整天不敢挪窝，被"开除"的那点怨气，尽被贺精声嘶力竭的咳嗽和要死不活的呻吟给吓没了。

狐啊，你莫要气，我跟你讲，你这个软嗒嗒的性子，不带着你，我不放心。贺精边咳，边说。

照野的心底拂过一根柔顺的羽毛，望一眼贺精，谅解地笑了。

4

拖拉机厂和山里完全不同，这里没有什么是不能聊的，天上地下的事，神仙鬼怪的事、床上被窝的事，一到中饭时间，食堂里闹成一锅粥，姨妹子大嫂子亲姑父老丈人，荤素成堆。搞得照野无所适从，只好每天领了馒头和米饭，一个人绕到食堂背后，翻上围墙，坐在上面看远方。

远方到底在哪里？那里是不是故乡？不知道，照野只能看到围墙外成片的稻田，它们一望无垠，夏时青绿，秋天金黄，稻田的尽头是连绵不断的乌蒙山脉，山的背后是更大更深的山，那里有年轻的照野的梦想和事业，如今都跟照野没关系了。

贺精端着他的大搪瓷碗，靠在墙角边吃边数落——只要心中有祖国，到处都是练兵场。那边秘密的生产是为人民服务，这里也是为人民服务，送物资、收粮食、建国防，没有拖拉机，靠人工得背到几时？你这脑袋不开窍。

照野坐在墙头，眼神无光。

墙角骂不醒照野，贺精回了车间继续骂。沉的重的零件，催照野去搬，寒冬腊月钻拖拉机底，叫照野去干。照野不吭声，由着他拿捏。车间里，大家每天都能听见贺精骂骂咧咧的吆喝声，个个替照野打抱不平。

照野却渐渐喜欢上了这声音，在都那县城，他本就是孤单单一个人，如今有人在耳边这么天天骂，反而受用。

厂长从省里开解放思想座谈会回来，说到一个新词：沙发。

那个鬼东西，坐上去像坐棉花，腾云驾雾的，厂长卷起舌头——在英语里头，沙发就念沙——发——，是个洋家什。我看这洋家什也莫得啥子好，坐上去晕车。还是彩电好，彩色的电视，厂长边说，边学着电视广告里的动作——OK晨光，OK晨光，OK晨光羊皮装。

于是大家便都想坐在沙发上晕一回车，见识一回OK晨光。

没多久，县政府、供销社和邮电局也有了沙发和彩电。

坐不住的贺精又开始心痒，破天荒骑上墙头，盯着远方琢磨。

冬天了，收割后的稻田水汪汪一片，有的地方结着薄冰，上面站着几只麻雀，一阵风来，麻雀便飞散而去，贺精的眼神精光亮闪地随着它们望向天际，越过远山。

狐，你说我们什么时候也能买个沙发，还有彩电？贺精心急火燎地问。

照野不回答。

半天放不出个响屁。贺精气愤地跳下围墙。

那天半夜，贺精顺着县政府楼旁的一棵梧桐树爬上去，跳进二楼会议室。

不怕死的贺精是带着探索精神去的，他用刀子把沙发分尸扒皮，倒腾了大半夜，直到公鸡刨笼打鸣，他才醒过神来，逃离作案现场。回来后，贺精一鼓作气，从厂里偷了木料、钢条、螺丝、铁皮、弹簧还有麻袋布，在厂区后侧一间废弃数年的厂房里悄悄搞实验，先是锯木料做沙发骨架，然后一个个安装弹簧圈，用铁丝固定绑好，再在木框和木杠子上缝订麻布做布绷子——这个环节他一个人完成不了，要保证沙发饱满有弹性，得适度将弹簧均匀地压下去一部分，再绷上布，可他一个人压不匀。贺精无奈地意识到，一个好汉三个帮，他得找人了。

能找的人当然只有照野。

下了班，贺精把照野硬拽到茅草丛生的厂区后院。

不知为什么，在照野的回忆里，那天的夕阳比任何一个夏天都好看，金黄色的光像幻觉，诱着他一步步向前，杂草丛生的小路间，头年紫色的野棉花花朵已经谢了，只剩下一簇簇无人采摘的野棉花，像云朵一样在草丛中随风飘拂，尽头处，有一株陌生的树在杂草间安静生长着，开满了洁白的花，它们披着夕阳金色的光芒，像一个个神奇无声的光圈，呼唤着他。他从未看到过这样的一株花树，长在无人问津的地方，却那样从容地在夕阳下开出一朵朵镇静的花来，它没有欲望、不惹世事，安安静静地开。

而草丛里，每走一步，都惊起一群翡翠绿的蚱蜢，薄薄的翅膀划过空气，有一种生命的蓬勃。照野走着走着，奔跑起来，朝那一树遥远的花。

贺精在后面追，嘻嘻笑，跑个屁，一会儿吓你一跳。

推开废厂房的门，照野的确吓了一跳，回身就想往回跑。

有谁能比他更了解贺精呢，公安局这段时间警车天天呜呜叫着要抓的破坏公家财物的坏蛋原来在这里。

贺精早有防备，堵住门。他已经快两个月没剪头发了，此刻在厂房阴暗的光线里，头上像是顶了个鸡窝，显得古怪又阴森，贺精恶狠狠盯着照野，手里的扳手一上一下摇晃着——要么就帮我一起做完，要么我一扳手敲死你。

敲死我也不干，你这个犯罪分子。令狐紧张地咽了咽口水。

狐啊，装个傻子你会死吗？我在搞这个东西，不能证明翻窗上房搞破坏的人就是我。贺精狡辩。

看，你等于是承认了，你这个犯罪分子。这回令狐说得更流畅自然了。

我跟你说我真会敲死你的。

你这个……

信不信我真敲死你？你不开腔就不开腔，一开腔就是犯罪分子，我真是受不了你。贺精被照野单纯的执拗激怒了，要不是怕你一个人憋死在山里头，谁愿意带着你这个死脑筋？我跟你说，不管你信不信，这个沙发，是我们打开新世界的钥匙。

新世界是偷偷摸摸去拆人家东西吗。照野不安地反驳。

我不偷偷摸摸去，难道去跟他们要钥匙？再说，等我学会了还他们一个好沙发不就完了。好了这事就这样了。贺精提起扳手和钳子，指挥照野，那儿，给我趴上去。

干吗？照野一惊，捂着脑袋紧张地问。

趴上去，帮我把弹簧压好，我要绷布。贺精不耐烦地拿起一块麻袋布。顿一顿，又说，我警告你，你已经和我一起做沙发了，你敢说出去，你就是同案犯。

贺精说得没错，这张沙发打开了他们通向新世界的大门。两个名不见经传的年轻人突然就在县城出了名。街头巷尾都有人追着叫师傅，公安局没错过这线索，但贺精不承认，只带着工具去弄好了沙发。

弄好了还能有多大的事呢，何况没有证据，局里不甘心，趁机加塞订了一套沙发了事。

荒凉的拖拉机厂后厂区热闹起来了，正是夏季，野花蓬勃，杂草间，野芭蕉开出鲜红或鹅黄的花朵，贺精喜欢每天经过时掐一朵花蕊，吮吸里面带着花蜜甜的露水。照野却独爱那棵树，风吹一阵，他的心便跟着花枝徜徉一阵。

他每天都在数，开了几朵，谢了几朵。

木槿，来拉沙发的林业局局长告诉他，这棵树叫木槿，其实在西南地区很常见，只是海拔太高的地方，因为冷，它不容易开花。

不开花也是木槿啊，花可以开在心里。林业局长浪漫地说。

照野抚摸着白色的花瓣，释然一笑，其实爷爷找了一辈子的木槿，也是开在心里的。

做沙发的收入远远超过那几十块钱的工资，狐和精的日子从此过得挺滋润。

闹心的是房子。

拖拉机厂分配住房，按工作年限，照野和贺精都该有，但厂长不给，不给就算了，还要在大会奚落——占着公家的厂房干私人的事。

贺精扭头去找县供销社主任，供销社主任女儿出嫁要一套时兴的三合一高扶手沙发，正在贺精那儿排队。主任听了挠挠头，说县库边上有个巴掌大的小三合院，新中国成立前是地主小姨太的，五三年上吊死在里头，后来也没说清楚归哪儿，我们拿来放过一段时间杂物。前几年县城发大水泡过后，烂得不成货，你们两个要是愿意，自己想想办法整一下，也能用。

两人跑去一看，院子里干枯的茅草比人高，又烂又脏，破碎的青石板上积满了雪水和青苔，房梁顶也没几片瓦，鬼都不愿住。想走，又舍不得，终归是天上有横梁地上有院墙，待了半晌，还是贺精打气，说咱们工人有力量，收拾收拾，管让它旧貌换新颜。照野跟惯了贺精，他说什么便什么了。两人抽空当时间，前前后后忙乎了整整一个冬天，倒出去几十板车烂砖破砖荒草藤条，再到处找木条修了门窗、换了烂柱头、捡了瓦。第二年开春，小三合院模样出来了，秀气精巧，超出他俩想象的好。按贺精的意思，他左，照野右，每一面隔成三间，第一间起个灶头烧火吃饭，第二间大人睡，第三间以后有了娃，娃睡。贺精胸有成竹地规划着，仿佛媳妇孩子车子轮子的就在院子里排着队等似的。

左右分好了，正中的横排大房贺精规划成了操作间——从此不用受厂里的鸟气，这里就是我们的车间。

照野听得振奋，四处挖了些夜来香、鸡冠花、胭脂花、指甲花栽在院子里。他惦记着那棵木槿，趁黑偷偷挖了，由贺精在围墙外头接应，搬到了院子里来。贺精边搬边笑，说，还说我，自己也偷东西。

照野脸红了，说，没人管它。

没人管也是公家的。

也许它是鸟叼来的种子发的芽。照野昂头望望天空，腼腆地说，像我们一样，莫名其妙在这里生根。

木槿搬到院子里后，以一种神奇的速度迅速完成了迁移期的恢复和生长，夏天刚到，每个枝桠便都稳稳当当支开了花骨朵儿。贺精又叉着腰巡视一番后，表示"这棵木槿就是你令狐家的"。傍晚，暑气降完后，照野提了把镰刀准备去割掉院外那条小路两旁半人高的野蒿丛，贺精不让，嘻嘻笑，说狐，这蒿草有仙气，你看，它把咱们这院子衬得像狐仙住的院子，逍遥。

照野全身起鸡皮疙瘩，说被你讲得鬼气森森的。

贺精不管，回屋找了块炭，胳肢窝夹一块木板出来，麻溜麻溜往木板上写下三个字"狐狸居"，再穿洞拿麻绳系了，挂在院门头上。

照野抬头望半天，憋着笑，大着胆子说，这名字好丑，字也丑。

去你蛋。贺精一巴掌扫过来，我跟你讲，不要小看这三个字，从此以后，这就是咱们的地盘，谁来也撵不走。

晚上，夜露升起时，贺精神秘地端出一炉炭火，一瓶散酒，一碟油炸酸醉鱼、一袋瓜子，说是庆贺新家，贺精光着膀子，边嗑瓜子边神经兮兮地笑，照野看不懂，贺精自己忍不住了，说，电影院那个卖瓜子的姑娘，记得不？

不记得。

皮肤真白。贺精说。

照野明白了，指着贺精，愠怒道，道德败坏。

娶了就不败坏了。贺精笑得一抽一抽的，抱着自己的光膀子，眯着眼唱，你的身影，你的歌声，永远留在，我的心里。

照野哈哈笑起来，夜风吹来夜来香和胭脂花的阵阵香，照野醉了，四仰八叉躺在青石板地面上，看着天上的月亮咧嘴傻笑。

贺精还在嗲声嗲气地唱。

人世间最美好的夜晚，便是这样的夜风沉醉。

的确，这样美好的夜晚，在照野人生中再也没有出现过。

5

老贺今天送的是饺子，皮薄肉香，一般人做不出来的好手艺。

手艺其实是媳妇秀华教的，就是照野当年想不起来的那个在电影院门口卖瓜子的大眼姑娘，把老贺的心晃得长醭那个。

秀华是个能吃苦的好心肠女人，七十三岁查出肝癌后，不怕死，怕自己死后连蛋炒饭都不会做的老贺遭罪，撑着痛一天一个菜谱手把手教老贺，医生叫化疗也不肯去。

秀华走那天下午，突然想吃皮蛋瘦肉粥，老贺看一眼她，面色发青，晓得是回光返照，直摇头，这吃的是散伙饭啊。

不做！他硬邦邦答，不会。

秀华由不得他，吩咐老贺把自己抱起来，放到轮椅上，吊瓶由照野举着，推她进厨房。

正是深秋，窗外梧桐树叶枯黄，在风中互相摩挲，沙沙作响，秀华声如游丝，断断续续地指点，吊瓶里的白蛋白也断断续续滴着，老贺自始至终垂着头，不说话，笨手笨脚地任由秀华摆布——水，少了，米，多了，皮蛋，松花皮蛋……

渐渐地，滴得越来越慢的白蛋白最终停滞下来。

老贺端着一碗香浓的皮蛋瘦肉粥，半跪在秀华面前。

嗨，你这个人，说要吃，又不吃。你不吃，我替你吃。老贺说完，坐在地上，端着一碗皮蛋瘦肉粥大口大口往嘴里灌，灌得脖子青筋直冒，眼眶红肿。

在照野记忆里，这是老贺唯一一次哭。

但其实老贺哭过两次。

秀华教给老贺的手艺，老贺惦记着，不敢生疏，一个人吃又没劲头，就去省城做给儿子孙子吃，结果儿媳妇说他做的饭菜太土，不洋。

洋个屁，你做的蔬菜沙拉像猪草。老贺心明眼亮，说，女，你少在我面前玩招，你老子混江湖那会儿你还没生呢，你哪里是嫌弃菜，你是嫌弃我。你嫌弃我也不要紧，你最好连我的钱都一起嫌弃，我拜你当师傅。

儿媳妇耸耸肩无耻地笑，说我只嫌弃你，我不嫌弃你的钱。

儿子在一旁听到这里笑得眼泪都出来，没心没肺地接一句，老贺，你的钱不给我们给谁啊？

老子全烧了，当冥纸烧。

儿子又猛笑起来，老贺搞不懂这有什么好笑，看着儿子一边笑一边抹眼泪的样子，老贺的眼泪也出来了。只是这一次，照野不知道。

老贺第二天回了县城，每天清早打完太极拳，就去菜场买几棵葱几块豆腐啥的，弄好后带到冥货铺来，跟照野一起吃，雷打不动。

贺精老了依然是精，饺子没吃两口，看出问题来。

狐啊，今天怎么蔫答答的？

莫得事。

莫得事才怪呢，说。

没啥好说的，半截身子都入土了。

既然半截身子都入土了，还有啥不能讲的？讲。老贺凶起来，反正他凶照野是凶惯了的。

照野无奈，放下筷子，说，我在想，要是没有你，就没狐狸居，我就遇不上冯树儿，也没有后来这些事。

树儿？都走了几十年，今天怎么想起她来了？

也不光是想她。照野叹口气，盯着眼前的饺子，碗里冒着的热气渐渐漫进眼眶里，好多事，明生这孩子，我是看透了。

<h1 style="text-align:center">6</h1>

照野第一次见到冯树儿，冯树儿才二十岁，中师毕业，回县里教俄语，三线建设期间专家队伍里有家属是俄语老师，跟着调到都那中学来，都那于是有了俄语班。

俄语老师冯树儿出现在一个夏雷滚滚的傍晚。

天黑得吓人，云层低到瓦当上，风大，远处隐约的雷鸣一声接一声传来，暴风雨就要来了。

秀华狠心摇着头，一边急匆匆收着晾衣绳子上的床单，一边推辞，这是公家的房子，我们做不了主的，不敢租。

贺精和照野在"车间"里焊热水煲——他俩的定制范围已经从沙发到修理洗衣机修电视到焊制家用热水煲了。贺精回过头表扬性地朝秀华眨了个眼睛——他每天要从拖拉机厂顺手牵羊带回若干螺丝钉子钢板啥的，让这姑娘住进来实在不牢靠。照野这家伙笨，看不见，但别人不笨。

照野也转身，不是看秀华，是看说话的姑娘，这一眼看过去心就软了，年轻朴素的姑娘就像那棵木槿花树，脆弱地摇晃在大风里。

要不，你住我这边，我不收你钱，公家房子嘛。

贺精一听，翻脸了，哐地甩掉手上的家什，说，什么叫公家房子？我们修的补的添的买的不是私人的？

照野喏嗫不安地答，是嫂子自己刚刚说的，公家房子。

嫂子是嫂子你是你。贺精劈头泼骂，这院子你说了算还是我说了算？

照野耸耸肩膀，笑。

秀华看不惯贺精欺负照野，说人家也是快三十的人了，整天让你骂得像孙子一样。

我是他师兄。贺精凶巴巴地回呛一句，骂他是轻的。

是，是。照野照旧呵呵笑，小声说，师兄，她是老师，有她在，等嫂子生了，以后孩子作业有人教。

贺精心里七盘八算，想一想也是哈，便默许了，可回头还是不放心，晚上顶着瓢泼大雨猫到照野这边来，甩着湿答答一头的水，问，想不想结婚？

照野一愣，说，当然想，没对象啊。

请神不如撞神。贺精努一下嘴，命令照野——三个月之内，拿下那个冯老师！

照野听得头炸，说你都在想些啥子？树上窜过只猫你都想要烧来吃是不是？人家才来租个房，你脑壳里就开始飞沙走石的，太快了，我赶不上。

你听不听？贺精揪起照野的衣领。

听。照野无奈地答，你疯不疯？那是个活人，你说拿下就拿下？

贺精走后，照野倒在床上翻来覆去睡不着，雷声轰轰，炸开了他沉寂多年的世界，他从未觉得夏天的夜晚是这样湿热难当，他发现自己的心也像一缸麦子酱，一晃，也长醭了。

这世上只要有贺精在，就没有什么实现不了的事。三个月后，贺精两口子吃上了照野和冯树儿的喜酒。

结婚那天，照野见到了冯树儿口中说得最多的二姐枝儿和她怀里抱着的明生。

和灵秀温和但身材舒展的树儿相比，枝儿瘦小得多，像是没长开，头发干焦枯黄，乍看上去可怜巴巴的，细看眼神里却透着股狠劲，一对细眼珠子尽乱转，像只野猫。

嘴硬、气硬、脾气硬。树儿悄声说，硬枝儿。

枝儿从进门开始嘴巴就没停过一分钟，不是忙着吃菜嚼肉，就是忙着倒苦水——兄妹三个，偏偏单顾她一个，我和我哥，读完小学就没得上了，打猪草喂牛种包谷挖红苕，她呢，读了小学读初中，读了初中考师范，一家人土里刨山里钻，找的钱全供她读书了。姑爷你看看我，你看看我——枝儿摇晃着一头散乱的头发——干焦得像堆谷草，没火引子都点得着，为啥子？营养都给树儿了。说完，朝树儿翻了个白眼。

似乎冯家人都不喜欢枝儿，或者是听多了麻木了，所以她的话也没人响应，大家喝着酒吃着肉，以热烈和开心表达对枝儿的漠视。

枝儿的眼眶渐渐红了，咬着唇，恨恨地盯着树儿。

树儿不安地垂下眼帘，救助似的靠向照野。照野被这轻微的动作感动了，他活了快三十年，何曾得到过如此的依赖？他用手指头勾了勾树儿的嘴唇，低声说，没事。

还有，新姑爷，我跟你说，以后树儿的工资得分成四份，我爸妈一份，哥一份、我一份，剩下才是你俩的。

照野呵呵直笑，迭连点头，是是是。

和枝儿一起的，还有枝儿刚嫁的男人，枝儿怀里抱着的嫩崽，是男人和他死去前妻的儿子明生。

枝儿嫁这个男人嫁得有点莫名其妙——树儿和照野处对象回乡下去时，枝儿还翻着白眼奚落树儿急着嫁人不害臊，一转眼枝儿就自己吵着闹着要嫁给人家当后娘。男人是县土产公司的推销员，脾气不好，出了名的酒鬼，又刚死了老婆，带着个半岁的儿子。这样的结婚对象，怎么盘算也是件划不来的事情，可枝儿笃定了要嫁，不让嫁就上吊，村里水井边那棵柏树上，又不是没吊死过人。

还没生过孩子就给人当后娘，枝儿抱孩子的动作显得有点笨拙，一不小心，差点把孩子抱了个倒栽葱。

推销员吓一跳，骂，个死婆娘，怎么抱的？

枝儿牙尖嘴利惯了，顶嘴，我又没生过娃儿，你行你来。

推销员怔了怔，接着一耳光甩到她脸上，鄙弃地吐了口痰，老子愿意娶你个农村婆娘，就是缺个人带娃儿，不会带，滚。

热热闹闹的场面给这一巴掌全弄哑巴了。

枝儿在娘家人面前突然挨了一耳光，哪里忍得，尖叫一声，转身就往院子外扑，嘴里哀号着——我不活了。

一时间，劝的拉的哄的抱的，乱成一团。

推销员根本不管，坐在酒桌上继续吃饭喝酒，吃饱了，才打着酒嗝，咧嘴剔着牙往外走，丢下一句，爱死不死。

冯树儿抢上前去拦住推销员说，姐夫，打人犯法懂不懂？要不要找你们工会说说理？

树儿说话声音不大，但占着理，分量重。当老师的人，神态间又多多少少有点教育人的架势。推销员从气势上先输了半截，酒便醒，转头恶狠狠瞪着还在闹腾的枝儿嚷，喂，走了。

枝儿许是怕他，顿时收声，跟在后面悄没声走了。

推销员回家第一件事就是揍枝儿——再敢在外头跟我犟一句，就给我滚蛋。

枝儿没处滚，不敢吭声，推销员揍了一次不过瘾，只要枝儿牙尖，就再揍。

打多了，枝儿也学乖了，天天在家里当哑巴，只等推销员一出差，就跑来找树儿撒泼。

要你多管闲事。

你就是个祸害。

你见不得人家嫁个好男人，你挑拨离间。

人家两口子扯皮，床头吵架床尾和，关你屁事，法律、工会，你有知识你了不起？你有本事把他关起来啊，害我天天挨打。

枝儿闹完，坐在门槛上，顶着乌青的眼眶哇哇哭。

树儿心疼，说，离了吧。

离？你说得轻省，我一个农村姑娘，没工作没收入，书也没得念，离了婚嫁给谁？嫁给街上的叫花子当叫花子婆？

树儿卡住了，什么话也答不出来，好半天，憋出一句，姐，我煨点骨头汤，你喝了补补身子。

我没那个命。枝儿又哭起来，我还得回去给那个杂种养儿子。

转身出门的时候，身子一摇晃，眼看着就要"晕"。

照野和树儿把家里的麦乳精、罐头、红糖都拿来喂一遍，枝儿才"醒"过来，走时左手扶着墙，右手提着一网兜的瓶瓶罐罐，抽抽泣泣对看热闹的贺精媳妇说，我这个贫血，都是树儿害的，前几年家里有点东西都拿去卖，给她抵学费生活费，我呢，想吃个鸡蛋都不行，医生说抓几副中药吃，补补血就好了，可我妈连中药都不给我抓，说是钱都留着给她交生活费。

我看你这面色……医生是不是看错病了。贺精靠在门框上剪指甲，很认真地发表他的看法。

啊？枝儿一愣。

贺精嘻嘻笑，说二姐，我觉得你这个病，不是贫血，是血吸虫病。

枝儿听出味道来，立马翻了脸，骂贺精，你才有病，你不要脸，斜眉吊眼，十足的二流子病。

贺精咦一声道，我好端端站在我自己家门口，一没出去偷二没出去嫖，怎么不要脸了？再说了，你怎么觉得我就是个二流子了？是我调戏过你？还是占过你便宜？

枝儿说不过贺精，气得脸通红，跺脚直骂，二流子，二流子，你就是个二流子。

你敢再说一句。贺精威胁道，信不信我让秀华去提醒提醒你男人，你三天两头来我们院子里，其实是想来勾引我。

秀华多年在电影院门口做生意卖瓜子，见惯了事儿，一听贺精这话，嘻嘻嬉笑，边吐瓜子皮边配合——好说，我明天就去。

枝儿是个欺软怕硬的货色，一看不是这两口子的下饭菜，埋头溜了。

尽管有贺精秀华护着，但枝儿每来"晕"一次，树儿和照野便要过上好一段紧凑的日子，枝儿什么都拿，枕巾、毛巾、布票、杯子，连洗鞋子的猪毛刷子都不放过。秀华给她起了个外号——大扫荡。冬天，只要阳光好，一到傍晚，她必背着个背篓来，将照野刚做好晒干的蜂窝煤一个个装背篓。照野试着说了说，你这样来来回回的背，太沉，要不，我把做煤的煤盒子送你。

枝儿皱起眉头说不行不行，我还要照顾明生那个小冤家，哪有做蜂窝煤的时间呐，这沉就沉点，能怎么办呢，我就是吃苦的命。

理直气壮得照野接不上话。

树儿见自己的姐这样子埋汰自己，羞愧不安，又拿她无法，躲进屋半天不出来。

照野等枝儿走了，劝树儿，算了，你亲姐呢。

就是亲姐我才伤心，比狼还狠。

别怄了，照野哄，有亲人总比没亲人强。

我说狐，你怎恁好恁棉呢？树儿听到这里，心疼照野，抹一把眼泪，强笑道，遇着这么个亲姐，你应该连我一起给撵出去。

照野嘿嘿笑，这辈子就遇到你一个不欺负我的人，我还往外撵，放着好日子我不过，傻呀。

这一年，木槿花早早开了，照野从粮管所排队买米回来，见树儿正和秀华在树下晒太阳。

秀华拿着胶布在缠玻璃杯底——电影院门口所有卖瓜子的摊贩都这么干——五毛钱一杯的炒瓜子，杯子下半部都缠着胶布，看不透，因为杯子里有小半截杯底都是填实了的。大家都这么干，看电影买瓜子的人也没法子。

奸商，照野看一眼，偷偷笑。

树儿逗贺精和秀华两岁半的儿子门头念俄语。

秀华放下杯子，好奇地问，吃营养、这是你大娘、死爸舍爸，你教些啥子破玩意？不是娘就是爸的。

树儿一愣，然后吃吃笑，笑得直揉肚子，皱着眉头说哎哟嫂嫂，你害得我肚子都笑痛了，哎哟。

秀华懵懂无辜地搓搓大腿，不好意思地嗔怪，笑啥嘛，你是这样在教啊。

树儿忍住笑，解释，这是你大娘，是再见。死爸舍爸，是谢谢，吃营养，是猪。

秀华哦一声，沉思道，吃营养……也对，猪肉吃了的确有营养。

听到这里，树儿实在憋不住了，脸涨得通红，一排白洁的牙齿咬着嘴唇，死死不放。秀华翻着白眼道，看你憋成这副样子，好吧好吧你笑吧。说着自己忍不住也大笑起来。

秀华的笑和树儿不一样，豁达的秀华笑得惊天动地，充满感染力，惹得一旁的照野和门头都跟着笑。

那一刻，阳光如水，木槿花开，流年清明。

回了屋，树儿盯着照野从粮管所买回来的半袋面粉发呆。

国家计划供粮不够，每月的大米都要配搭面粉，照野在苗寨长大，吃惯了酸，根本吃不惯面食。

你看啥？

树儿揉了揉肚子，皱眉说，我想着变个啥花样。

啥花样都是吃，过几天我去山里，网点鲜鱼，做点酸醉鱼。照野边修收音机边招呼，把镊子给我一下，接着又说，你老揉肚子做啥？

有点痛。树儿说，怕是刚才笑岔气了，肠子抽筋。说完转头看了眼院子里那一树缤纷盛开的木槿，哎呀一声道，我恁笨呢，木槿花面疙瘩汤如何？

照野眼前一亮，说好啊。

树儿便出去摘花。

照野修完收音机还不见树儿回屋，迈出门去瞧，却看到树儿一脸煞白站在树下，小竹筛掉在地上，泼散一地白色的木槿，看树儿的样子，像是被什么东西给射中，腰微弯着，腿微曲着，一手扶着树，人一动不动。

她身上那条藏蓝色的裤子在夕光下亮闪闪湿黑一片。

是血。

照野吓坏了，跑上前一把抱起树儿。

怎么了？照野紧张得手足无措。

可能是……那个来了。树儿咬牙忍着，面色羞红，低声道，放我到床上，你先出去，我收拾一下，你也赶紧……树底下怕也有，扫一扫。

听树儿一说，照野的心这才落地，点点头，不放心地拍拍树儿的手，说，还是去医院看一看，等我扫了就来背你。

树儿紧皱着眉，点点头。

照野匆匆转到厨房，在火炉子里铲一铲煤灰，提了扫帚来到树下，低头一望，铲子吓得掉地上。

秀华听到哐当一声，从厨房探了个头来。摔坏啥子了？

嫂嫂。照野咽了咽口水，面色苍白。

秀华麻利溜走出来，朝照野盯的地方一看，尖叫起来。

地上偌大一摊血迹，夕光下惨艳艳吓煞人。

我的个妈呀，秀华反应快，几大步抢进照野屋里，大叫，树儿。

冯树儿躺在床上，一脸煞白，眼睛瞪得大大的，手指微微动了一下，指向腰间。秀华上前去，一把掀开被子。

树儿的下半身已经被血浸透。

照野至今想不起那段昏天暗地的日子是怎么走过来的。冯家人来了一拨又一拨，把他摁在地上打，打了一次又一次，他躺在地上，眼前全是缤纷似雪的木槿花，还有摘花的树儿……打到最后，照野连树儿怎么下的葬都不知道，树儿的坟在哪里他也不知道，照野去乡下树儿老家找树儿的坟，大哥一脚踢在他裆上，滚你个杂种，你个杀人犯。

那一脚够狠，他蹲在地上，痛得缩成一团，差点晕死过去，模糊间，他看到陪他一起来的贺精血红着眼珠子猛扑过来，手里举着那只他从不离身的扳手。

从医院出来的时候，照野感觉裤裆空荡荡的，那东西明明还在，他却觉得它已经没有了。

小院也空荡荡的。没有贺精和着收音机唱天涯海角的声音，也没有秀华沙沙沙炒瓜子的声音，更没有冯树儿老师卷着舌头优美地读俄语的声音。门头趴在小板凳上，无聊地玩一只断了翅膀的蜻蜓。

照野静静坐在木槿花下，看天。

上午下过雨，这会儿晴了，雨水过后的天特别蓝，蓝得让人眩晕。

蓝得前生已尽，来世尚远。

秀华从屋里走出来，解下围腰扑打着身上的瓜子盖灰，大咧咧坐到他身边，没头没脑地说，算了。

师兄呢？他迟钝地回过头，朝她身后望一眼。

看守所里头。

啊？

树儿大哥的脑袋给他敲破了。

啊？

啊，所以啊。秀华洒脱地拍拍照野的肩，说，没了树儿你还有我们呢，就这样吧，没啥过不去的。

照野摇摇头，沉默许久，他望着雨后湿漉漉的院子，还有敞着门空荡荡的屋子，细蚊子似的问，我家树儿，他们到底把她埋哪儿了？

不说她。

那我说谁呢？照野软答答地问。

日子还长。

长才可怕呢嫂嫂。照野悄没声地叹息。

夜里，照野躺在床上，反复摸索着身旁的空床单。微风把一些温度和气息从床单上撩起来，又魂魄一样钻进照野的骨头。照野一动不动，心头唤，树儿。

天蒙蒙亮，照野起了身，认认真真地洗漱完，换上两年前结婚时穿的白衬衣，把树儿的黑白正规照放在贴胸的口袋里——一切都安排妥当了。

突然门哐当一声，泄进一壁天光和入秋特有的潮气，一个女人披头散发抱着娃提着筷背着背包黑咕隆咚地撞进来，接着便是一串熟悉的、尖锐又惨烈的号哭。

照野手里的菜刀哐当落到了地上。

什么情况？

没法活了，活不下去了。枝儿将手里、背上、肩上的东西悉数乱甩一气，一屁股坐在地上。

照野心想我才是活不下去了，你有啥好哭的。本是懒得理她，可终究被打岔了，不知道怎么重新起头，只好收起菜刀，茫然无计地提了只小板凳到门外，坐在屋檐下，呆坐了一上午，看蚂蚁顺着墙壁搬家，一只接一只，看雨水一滴滴滴下来，无休无止。

枝儿在屋里哭了半天不见照野搽她，收了声，趴在窗框上问，喂，不开腔，你装死人？中午了，明生饿了。

照野迟钝地转了转僵硬的身子，愣了她一眼，意思是你儿子饿找你儿子的爹去，找我做啥。

枝儿瘪瘪嘴，放下明生，做饭去了。

两岁多的明生胖得像个不倒翁，摇摇晃晃走出屋子，走到照野面前，学着他后妈的样子，朝照野凶，喂。

照野不理。

喂。这次用手招呼，啪。

照野站起身要走。明生一把揪住他裤管，尖叫，我要拉屎。

照野无奈，只好替明生脱了裤子，侍候他完成重要事项。再铲了煤灰来收拾小魔王的臭狗屎。

一整天，一心要寻死的照野给缠疯了。寻死不是件容易的事，是需要氛围营造的，但他刚一起悲凄的念头，这两个就在他面前呼来喝去，一惊一乍，搞得照野疲惫不堪，总之是死不成。到了下午，贺精正好从看守所出来，家伙一回院子，看到多出个枝儿和明生来，顿时又火烧上房，提起顶门棍就要大开杀戒，嘴里叫着，大扫荡，我让你大扫荡。吓得秀华甩了饭甑子就扑上来抱贺精。

枝儿不省事，怕归怕，满院子躲着却不肯输嘴，又嚎又叫又骂，整得个鸡飞狗跳。

天黑后，几个人都筋疲力尽，贺精也不搽枝儿了，照野也再没力气去寻死了。

枝儿也累了，抱着哭哑了嗓子的明生，沙声沙气地抽泣，我也是没办法，那个死人把土产公司外销收回的账全赌光，坐班房去了。

贺精和照野面面相觑。

没钱，又拖着个娃，土产公司说他犯了法，要没收房子，回乡下我是打死也不去的，我只有来投奔树儿。

树儿都死了。

那也是姑爷害死的，树儿要是在，肯定顾我。

尽管沙哑了，但枝儿的声音仍然尖细锋利，勒成一股钢丝，绞在照野脖子上。

照野不反抗，抹一把玻璃上的月亮影，苦笑，是，我害了树儿，她不怀我的孩子，就不会死，我得去找她，枫香树下、忘魂河旁。

你说啥子？枝儿屁股一抬，又尖叫起来，你去找她？你死了我们怎么办？我跟你讲，你不能死，你死了，我就带着这小讨债的一起死，到了阴间找你和树儿评理去。

秀华在一旁附议，是的是的，树儿走了，枝儿又这样，你得负责任。

贺精回头瞪着秀华，秀华挤挤眼，贺精顿时明白，迭连点头，对，狐，你得管。

照野怔怔地盯着枝儿，又看一眼抱着白糖罐子舔得满脸糖渣的明生，明生生怕他抢罐子似的，往后一缩，像只刺猬一样反盯着他，盯得他直发毛，一痛，一潭死水仿佛又活了一下。

死不成了，得养活枝儿和明生，工资全交，他懒得管，更懒得说话。

一个院子进进出出，一分钟不说话都要憋死的贺精看着照野蔫不出声的模样，心头着实泼烦，个蛋蛋的，你像个男人行不行？

照野不回答，像不像个男人又有什么关系，树儿哥那一脚没废掉他的命根，却废掉了他的念想，那东西从医院里出来就没有动静过。

贺精不耐烦，死人，你吭个声啊？

照野不吭。

贺精挤挤眼，换了个招数，嘻嘻笑，我要是你，就把枝儿这泼妇给收了，也不白养活。

照野举起一块砖头就朝贺精砸过去，还是不吭声。

贺精麻利躲过，无计可施，跺脚，搞不赢你，你就这样吧，可是我跟你说，日子还长得很。

是长。

对于心如死灰的人来说，白天长，夜更长。

7

大雪，风刮得紧，关着门都挡不住，风从门缝里挤出来，发出嗷嗷的啸声。秀华从县汽车站取货回来，冻得嘴唇发乌，却一脸的欢喜，吃过晚饭便开始支起大锅炒瓜子——天越冷，人们越喜欢猫家里火炉边摆龙门阵、嗑瓜子。

明生听不得锅铲响，吃过晚饭便跑到那边，肥屁股杵在锅边的小板凳上就不挪窝，小眼睛精光闪亮，秀华一巴掌打在他肥屁股墩上，说，打小像个贼，都是大扫荡把你惯的，一身的肥膘。

这边，照野捅透了炉火，洗了好几天的床单，一直不干，得烘。

狭小的屋子很快暖和起来，热浪滚滚，照野脱掉棉衣和毛衣，只穿了件腈纶运动衫，专心致志地修他的录音机。枝儿奋啬惯了，也不闲着，趁炉火旺，烧了锅热水洗头，洗完，端了明生的小板凳，猫在炉旁烘头发。

热腾腾白茫茫的水汽从枝儿头上弥漫开来，散到空气中，有蜂花洗头膏的香味，照野敏感地抬起眼帘。正好看见炉对面低垂着头的枝儿，一头青丝，还有白皙的手臂和细长的脖子。

一时间，照野有点恍惚，仿佛看见年轻的树儿正蹲在炉火旁烤头发，那么安

374

静、那么温柔。

正巧，树儿抬起头拿炉上的梳子，看他一眼，笑了呢。笑得满屋的花开。

照野不禁也笑了，眉眼里都是深情。

枝儿很意外，一个屋檐下这么久，何曾见到这个冷冰冰的人儿笑过一次？她缓缓站起身来，转到他面前，半蹲下去，把柔软又挺拔的胸脯抵在他膝盖上，昂头看他，边看边解开胸前的扣子，然后去拉他的手。

姑爷，四五年了，我想和你一起过。

这声音粘满湿答答的欲望，勇敢、尖锐。

照野吃了一惊，回过神来，眼前的人是枝儿。

照野想要闪躲，却被枝儿紧紧拽着手，狠压在她胸脯上，枝儿挺着细小的腰，眼睛里闪着火热却又狰狞的光。照野吓坏了，眼前这个女人，分明是要吃定了他。

二姐，照野紧张地要挣脱，可被压紧的手掌让所有的挣扎动作变成了揉搓。

你摸我了。枝儿阴森森地说，冷笑，伸出另外一只手把她的碎花衬衣撕开，你要负责任的。

二姐。照野又急又怒又慌，一脚踢过去。枝儿一屁股摔倒在地上，碰翻了洗脸盆、铁水壶，绊倒了凳子、抓落了床单，一时间叮叮咣咣响成一团，水漫了一地。

枝儿坐在湿漉漉的地上，捂着肚子，一脸怨恨，无助恓惶又狠毒地盯着照野。

照野没想到这一脚会踢到枝儿的肚子上去，树儿捂着肚子血流不止的场景又浮现在他面前，照野吓坏了，赶紧去拉。枝儿却就势一把把照野拖倒在地，压在她身上。

贺精、秀华和小明生推开门看到的，便是这水漫金山、热浪滚滚、厮打呻吟的场景。

整个世界寒风冽冽，绵密的雪花在黑夜里沉默狂舞，秀华打了个寒战，赶紧去捂明生的眼睛。

明生一嘴咬在她手上，然后冲出门，一头扎进雪夜。

杂种，杂种。大风裹卷着明生幼稚却冷冽的嘶叫。

8

我没有。照野委屈疲倦，眼眶发红。

又不是啥子见不得人的事，好了就好了，明目张胆地好。贺精耸耸肩膀，无所谓地答，再说，大扫荡也不是吃素的人。

秀华一锅铲敲在贺精脑袋上，知道她不是吃素的你还起劲？别忘了还有个人在牢里头，他俩还没离。又批评照野，又不是没开过叫的嫩鸡崽，慌手慌脚的，门都不晓得锁。

我没有。照野低声吼，感觉胸口有一股血要渗出来，他要怎样才能让他们相信是枝儿在捣鬼，要怎样才能表达出那句难堪的话——从树儿哥那一脚以后，他就不行了。

枝儿红肿着眼缩在沙发上，自始至终不出声，为啥子要解释呢，秀华们怀疑的就是她想要的。

照野狠狠盯着枝儿，盯得她发虚，一个劲往秀华怀里躲。

你自己说。照野的声音比冰还要冷。

哥。枝儿怯声怯气地说。

贺精和秀华无声地对视了一眼。这以前，枝儿一直叫照野姑爷。

照野彻底崩溃了，他只是个老实人，老实到她想怎么压榨他就怎么压榨他，她把他每个月的工资都收空了，他都由着，因为她是树儿的姐。可她到底还是把他当老鼠一样玩了一把。照野转身拿起工具箱里的锯片就朝自己手腕上割过去。

贺精手快，一把抢过来。

疯了？贺精骂，男男女女，多大点事？

我没有。照野狂乱地吼叫起来，泪流满面，我没有，我有树儿，我不会，我不行了，我早就不行了，所以我没有！

屋子里的人都愣住了。

好半响，枝儿从秀华怀里钻出来，说，姑爷，我不在乎，你是个好人，世上难得的好人。你可怜可怜我，我没得去处，你就当是搭伴过日子，我给你缝被子做饭，我给你洗衣服。树儿没做的木槿花面疙瘩汤，我年年给你做。

我只要树儿。照野靠着墙壁，缓缓滑坐到地上。

我晓得我不配。枝儿的表情寒凉了，我是麻雀，她是枝上的凤凰。一样的生，一样的养，人的命怎么恁不同呢？她都死了还要比我强，我还抵不上一个死人。枝儿苦笑，阳世，阴间，她处处占着好。凭啥子呢？

照野鄙弃地看了她一眼，说，她像木槿开的花，干净。

你的意思是我不干净？枝儿瞪大眼，凌厉地看向照野，我做什么了不干净？

照野答，你总想着要占别人的便宜。

是，我是想占别人的便宜，那是因为我没有，要是我有，谁稀罕。枝儿冷笑，我只有这个身子，送给他，他打，送给你，你踢。你们又凭什么？

照野愧疚地张了张嘴，说不出一句话。

沉默在屋子里伴着炉火升腾。

贺精烦乱无计，直搓头，说，晚了，都睡吧，明天再说。

枝儿蹲下身，捡起地上的零碎。

9

一年多都不来看老子，嫌老子丢人？

令人厌恶的光头一出了监狱便又不老实了，乜斜着眼问。

看你很光荣吗？你又不是英雄，你是贪污犯，害得我在学校红领巾都戴不到。十岁的明生大块大块地咽着卤豆腐，满嘴流油。

你他妈吃的东西都是我赊的，你嫌我是贪污犯。

谁稀罕。明生说，我是给你面子，谁愿意吃刚从监狱里出来的人赊的豆腐。

我说你这个崽，小小年纪说话咋恁难听呢？你妈怎么教的？

我妈早死了。

养你那个不是妈啊？

你是说大扫荡啊。明生脸上挂着与年龄完全不相符的猥琐笑容，她教我啥啊，人家忙着呢。

忙啥？大半年不带你来看我，老子出来她也不来接，嫌老子？她真有恁忙？

当然，人家忙着给她野男人做饭洗衣服。明生舔着手指上的卤油，毫不在乎地答。

小杂种，你说啥？光头的声音倏地收紧。黄昏的夕阳映在烧腊馆油腻不堪的玻璃上，像浓黏腥黑的血光。

四十年来，明生一直想清除掉脑子里那一段混乱的记忆。关于光头亲爹头上凸起的青筋，还有酒后踉跄疯野的脚步、狭长的巷道、脏乱的猪牛市场、高高的供销社仓库围墙、乱蓬蓬的蒿草、静谧的小院。他记得经过猪牛市时，光头亲爹顺手捞了一把杀猪刀，长相恶辣的杀猪匠竟然没有追上来打架，而是瞪着骇人的眼珠子指着天说，完了完了，下黄沙了，要出事，要出大事。黄沙在天空越聚越浓，浓得让人觉得走在梦境里……后来，枝儿妈的眼睛也瞪成了这样骇人的模样，只不过，她瞪得不是下黄沙的天，她瞪着从自己的脖子里嗖嗖冒出的血，她朝那细小的血柱间虚无地搂了搂，仿佛想把那些血搂回身体里。

然后，她看到了惊惧的明生，她往前走了一步，喉咙里冒出水泡泡一样奇怪的声响，她把明生揽到身后，手掌沾满了微温的血，碰触在明生脸上。

明生觉得那血是滚烫的，来不及惊叫，一切开始得太仓促，又结束得太急促。幼小的明生满脸鲜血地站在漫天黄沙般的暮色里，目瞪口呆。

枝儿轰然倒下那一刻，明生看到光头亲爹狂野凶残的表情突然变得惶然，他低头望了半天地上的血人，又望望手中的杀猪刀，困惑地问明生，什么个情况？

明生摇头，往后退了一步，又退了一步。

光头亲爹开始在裤子上擦拭手上的血迹，可他的裤子上也沾满了枝儿妈喷射出来的血，越擦越浓，越擦越稠。他的手翻转得越来越迅捷狂躁。

明生吓得全身发抖，但他的目光却是精亮的，像刀，他把自己肥胖的身体不露痕迹地移挪到木槿树背后，天空暗下来，呈青白色，他对着青白色的夜光想，好啊，好，把我也变成一棵树吧，不会说话，把这一夜烂到肚子里。

许久，明生在惊恐中沉睡了过去，直到小院里巨大的喧嚣声惊醒了他，他缩在树角，咽了咽口水，木木地看着小院里慌乱四窜的人们，冷冷地对着黑夜说，有什么稀奇，就是人死了，死了。

那天晚上明生全身痉挛，胡说了一夜，醒来浑身湿透，他朝里睡着，看着床栏与墙壁缝隙之间一缕随风飘摇的蜘蛛网丝，心怦怦跳，祸是他闯的，该怎么办？可打死他也不会说出真相的，因为这本来是大扫荡的错，她不贱，她不浪，她就不会死。还有姓令狐的，都是他们的错，凭什么要他来承担。想着想着，明生慌乱的心开始镇静下来，且变得冰硬，他不得不冰硬，不这样，他就没法活下去，以后的每一个夜晚，都将是他的噩梦，只有冰硬才无坚不摧。死一个大扫荡算什么，姓令狐的也该去死，怎么个死法？明生幼小的脑袋里闪过无数种杀人的念头，最终都否定掉了，他还小，他得活下来，要活下来，就得靠令狐养着，来日方长，杀死他不如磨死他。明生想到这里，胸口压得快窒息的那种感觉顿时消散，呼吸无比畅快，干裂的嘴角朝着墙壁一展诡异的笑意。然后，他收了笑容，转过脑袋，望着床前那张紧张的脸，眼泪流出来——姨爹，我以后怎么办？

令狐抱着虚弱的明生，心痛地说，不怕，有我在，不怕。

10

冥货铺开在殡仪馆的巷口最好的位置。殡仪馆在县城的东南角，再往里走就是崇山峻岭，没有店面，独此一家冥货铺，生意倒也火，不少人要在殡仪馆来开冥货铺，老贺不干，把门面空着放车也不干。

他投资殡仪馆时就没想着要赚钱。是县政府盯着他那些闲钱，追着逼着哄着他，二来他想给照野找点事做，老贺本来就是冲着这想法才投资的。照野这几十年跟着他，他捏他圆就圆，捏他扁就扁，叫躺着就躺着，叫站着就站着，是自己太凶，把人家给整棉了，然后一路棉下去，招了枝儿欺负，还外带给人家养大一个没半点血缘关系的薄情寡义的娃。总之，把人摁到菜板上当肉，是他老贺下的第一刀。三是老贺觉得投资殡仪馆对他这个行将就木的人来说，还是有好处的。人嘛，最终都往这个地方去，钱、人、命，都是。投资了殡仪馆，往后自己往这里一扔，总能讨点好处，比如冰棺总会给一个不漏水的，搬的时候轻一些，或者给用那个最好的炉子，烧得尽一些，免得遭了火罪，胳膊腿的骨头还得给再锤一遍。

老贺把冥货铺钥匙和三万块钱开张费交给照野时，照野看到明生正半躺在小院陈旧的竹椅上，支着半边耳朵紧张地盯着他，眼睛晶亮闪着光，手里的剪刀和剪纸停滞在微风中。

不得志啊，一年到头瞎剪，剪烂多少纸。

照野叹口气，缓缓起身，和老贺出了门。

铺子开张后，明生便把照野的房间换作了儿子江河的书房。把照野日常的东西都悉数拿到铺子里。至于睡觉，明生在灶房与客厅之间的过道里安一个布帘子，里面给他摆了张一米宽的钢丝床。

反正就是睡个觉，明生说。

照野点头，反正就是睡个觉。

夜里，偶尔，听见明生和媳妇的卧室里传来吱吱哼哼的声音，照野便想起树儿，有什么东西从脸上滑过去，像羽毛掠过天空，照野摸了摸自己的身体，感觉枯空的闷响从骨头深处呛出来，愤恨又鄙弃。照野惶然地拽紧被子，瞪大了眼在黑暗中张望，还好，没有谁看见什么，或者是留意到什么。

没来由地，他觉得心里有什么东西毛毛躁躁，像吃多了油荤。

清清肠。在殡仪馆里做道场的先生笃定地对他说，你和俗世的缘结得有点乱，要清一清。

哪里乱了？他伤感地想，我自始至终，都是一个人。

尽管枝儿死了光头被枪毙后，明生继续还跟着他。但明生跟他一直不亲。

也难怪，可惜了明生这娃，出了事后，胆吓小了，夜晚睡觉都得开着灯，学习也落下来了，只有个好吃懒做的德行一直还在，吃到三百斤重，秤都不敢上，医生说，是心理障碍导致的肥胖，自然啊，那么惨的场面，他一个孩子，怎么受得了。

眼看着明生一年年补习也考不上大学，国家最后一批顶替政策时，五十二岁的照野急急办了退休，把工作顶替给了明生。没想到明生才上了一个月的班就不干了，他说他受不了，累，本来一动就喘，在拖拉机厂搬的拿的不是钢就是铁，根本没办法。没工作，只好靠照野养着。后来娶了个瘫子媳妇，你不嫌我我不嫌你，倒还凑合。只是这么些年，明生除了那天命案后醒来叫了声姨爹，就再没叫过了。

在明生，明生媳妇，明生儿子小江河那里，他是"喂"。

他都认了，算了吧，他和明生一样，他的父母也都没了，在这陌生的县城，除了明生这一家没有血缘关系的人，没有谁跟他有关系，没有谁能和他成为"家人"。

还好，还有那棵木槿，每年满树累累白花，雪盖一样，这棵亲爱的树，是他最亲的家人。

11

风越来越寒烈了，卷过地面，地面便起了薄薄的凌霜，微白，像通往另一个世界的路。

今天是周五，小江河回家的日子。

老贺搓搓手，看一眼满地的凌霜，缩着脖子往火盆里加了两块炭，说，你去吧，我看着，路上慢点。

照野点头，缓慢地弯下腰，换上厚底棉鞋，临走前指一指柜台的骨灰盒。老贺不耐烦，说知道知道，行了，你操再多的心，那个白眼狼是不晓得的，晓得了也不会念你的好。

照野好脾气地笑，裹紧大衣，揭开挡风的厚塑料膜，像一株瘦小的稻草卷进风中。

力不从心了。老贺看在眼里，叹气，探出头去大喊了声，别摔着。

照野回头又笑了笑，因隔得远，皱纹不可见，依稀有当年的少年模样。老贺心头又一颤，叹，茫茫啊。

在学校门口守到六点，却不见小江河出来。照野反复拨打小江河和明生的手机，一个是无法接通，一个是打了不接。眼看着最后一个学生都出来了，照野急红了眼，直要跟拦在铁门口的门卫打架，最后终于进了校园，把枯死的草都拨拉开来，一直找到八点，脸都冻青了，依然寻不见人影。

天黑尽了，天上飘起了碎雪米，盐似的，跟先前肉眼看不见但皮肤却感受得到的凌雨霜相比，更加凌厉，其中一粒打在照野鼻子上，照野茫然看着空荡荡的操场，鼻头一酸，眼睛就红了。

小江河是遭了罪才长到今天的，明生娶了个比他还要懒的媳妇，懒得怀孩子都嫌累，孩子不足月就剖宫产，生下来不到四斤，比猫儿大不了多少，明生媳妇又不肯喂奶，孩子一趴到她身上她就大叫刀口痛、要裂开了，明生刚开始还帮忙弯腰抱着给喂，弄了两天不干了，明生太胖，胖得自己走路都难，要他弯腰抱娃喂奶，等于是要他的命。照野说他来抱，给明生媳妇劈头一顿好骂，老不死的色鬼。

照野这才意识到，他们和他不是亲人，无论他怎么当他们是亲人，但他们是不认的。

没有奶喝的小江河，照野是怎么又当爹又当妈又当爷爷奶奶又当外公外婆将他养大的，照野自己都想不起来了，太多的琐碎、数百个不眠之夜。县城里的人都知道，没有照野，小江河早就扔乱石滩了。

小江河长到六岁，照野总觉得他嘴唇颜色不对，乌青乌青的，带到医院一查，心脏有问题，得手术。

照野回去给明生说，明生瞪大了个眼，望望媳妇、又盯盯孩子，最后闷不吭声地憋了三四天，对照野说，你找老贺谈谈，我们没钱。

照野找了老贺，老贺出钱给小江河动了手术，医生说，十八岁是个坎，三长两短的，都在那儿卡着，得准备些钱，到那时候还要花大钱。

照野从此把日子过成了日历，一张张心惊胆跳地撕着，撕一张紧张一阵。

明生和媳妇却没事儿一样，该吃吃，该喝喝，反正他们有照野，照野有老贺。

出了校门，照野冻得眉毛上都是雪米，时间太晚，特设的上放学加班公交车早没了，路灯也不亮，照野顶风走了一个多小时，风把耳朵都刮没了似的，才回到家，远远看到小院灯光亮着，没心没肺的样子，照野心脏一阵猛跳，紧走几步扑进院子，推门一看，屋里热气腾腾，三人正吃着火锅看电视，电视里，黑脸的宋小宝正演咖妃，小江河笑得前翻后仰，欢实着呢。

照野一颗悬着的心落了回去，委屈却冒了上来，我的小祖宗，你怎么自己回来了？也不等我。

小江河回头看一眼照野，低下头，不回答。

明生和媳妇像两颗汤圆镶嵌在沙发里，也不回答。

380

你手机怎么不通了？没话费？照野焦心。

小江河塞一口饭，含糊不清地唔了一声。

你的呢？打那么多不接，咋个了？照野又问明生。

明生盯着电视，不回答。

问你呢。照野有点生气，他很饿、也很冷，七十多岁的人，在风雪里折腾了四个多小时，又没吃晚饭。可是这三个人没事儿一样，坐在暖洋洋的火炉旁，吃他们的，喝他们的，看他们的。

而他们吃的喝的看的都是他的。

猪投胎。老贺不止一次骂，两头猪，猪还喂了能吃，这两个，喀他脑袋硬，喀他屁股臭。

问你呢。照野又说了一遍。

我爱接不接。明生终于接腔了，道，谁规定手机必须得接的？我想接谁的就接谁的，想不接谁的就不接谁的，需要你批准吗？

我打了那么多遍！明明晓得今天我去接小江河，到处找不到人，着急成那样，你也一个都不接。

我儿子明明就坐在屋子里，我又不着急，再说，谁让你去接他了？他又不是你的谁，你以为你是谁？

照野愣住了，看一眼小江河，问，崽崽，你说说，你是我的谁？

小江河把头埋进碗里，说，我爸说，要是……要是你肯把这院子产权给他，他就同意我叫你爷爷。要是……你不干的话，以后……以后我就再也不和你说话了。

……

老式摆钟嗡地敲响，接着连敲了二十一下。

照野在心里默默计算，从四点出发到现在，零下三度的风雪里，他整整被戏弄了五个小时，从昨晚明生把他撵出门到今天，整整二十二个小时，就因为这院子。

这院子位于拟拆迁区，以后肯定会很值钱，他知道。

明生拿到产权后要做什么，他也知道。

可是他死后，这院子和因这院子会得到的一切，他都会给明生，这一点，明生也知道啊。

除了给明生和小江河，这世上他还会交给谁呢？明生那么急，何必呢。

照野转过身，缓缓坐到火炉旁，温和地对小江河说，去，给我盛碗饭来，我饿了，我找你把校园里的草都刨翻了。

小江河扑哧一笑，说我这么大一个人，还能塞到草里去。说完正要起身。明生媳妇板着脸抢了一句，饭没了，最后一碗喂猫了。

小江河耸耸肩膀，望一眼照野，把自己的碗往照野面前推。

照野呆坐了半晌，缓缓摇头，把碗推回去，说，我快死了，一顿饭吃不吃的，没问题。你长身体，你吃。

小江河大咧咧地一挥手，革命战士，你能活一百岁。

那不行。照野摸搓着火炉上脱落的漆皮，一字一顿地说，我活到那个时候，你爸等不及。

明生的耳朵一直没歇，他换了个姿势，冷哼一声。

崽崽，你给我说，你喜欢院子里那棵树不？

哦乎科斯。小江河答，他喜欢和照野对话时冒两句英语，照野是老初中生，能听懂，他老子反而听不懂。我还威尔瑞喜欢你拿木槿子花做的面皮汤。

可是你爸要了院子，第一件事就是要砍树呢。

他为啥子要砍树。

因为我特别喜欢，所以他就特别不喜欢。照野答，说出这句话后，他心里突然特别敞亮，舒坦。

小江河喊一声，侧身白了明生一眼，占山为王，砍树和砍旗一样，是个仪式，只有这样，他才真正是这个院子的主人。何况，老王最在乎的东西，新王必当诛之。

明生从沙发上费力地跳起来，颠着满腰的肉骂，小杂毛，你皮痒了？老子揍死你。

揍我？我让你一个八百米你都追不到我。小江河嘻嘻笑，又回头对照野说，其实我们完全可以换一个想法——你可以把产权让给我，我保证不砍树。说实话，产权给他们两个，实在是靠不住，以前他们啃你，以后肯定是啃院子——产权迟早给他们吃空花尽，给我呢，至少我可以拿去动手术——等我十八岁的时候。总之，我爸我妈咱俩都靠不着，不如咱们自己玩。

屋子里的三个大人都惊呆了，都盯着十四岁的小江河——不，已经不是小江河了，这孩子心里，大江大河大浪啊。

哧哧哧，照野突然笑了，笑声温和却透亮。树儿走了四十多年，他从没这样轻松地笑过，他指指明生，摇摇手。明生呢，目瞪口呆站在那里，难以置信地盯着他儿子，那模样像一只在外面张牙舞爪回来、突然发现老巢被占的企鹅，可怜可悲无计可施地杵在冰天雪地里。

寒薄无情的明生何曾这样子可怜巴巴过？

他捧腹大笑，直笑得搓肚子。时光倏然回到了那一年，木槿花树下，阳光明媚，树儿用好听的声音，卷着舌头教俄语，还有树儿和秀华嫂嫂开心的笑，咯咯咯，咯咯咯。

手机响了，直唱梁祝，是树儿当年的最爱。照野心情愉悦，已不觉得饿，也不觉得冷，开心掏出手机，高声道，喂。

十万火急，快点回来，老贺在那头一团乱麻地叫，刚送进来一个，走得突然，孝家啥也没准备，全堵我们店里，好多货我记不得价。

照野边出门边嘻嘻笑，说你又不缺钱，乱卖呗，白送也成。

老贺敏感地问，狐啊，你怎么了？语气不对。

我没怎么。照野笑着走出院子。

报应。他愉快地朝木槿挥挥手，大声说，报应。

又对站在门口的小江河嚷嚷——就这么定了。

什么情况。老贺在那头犯疑，说完要挂，又加了句，快点来，打车啊，打车来。

从来舍不得打车的照野还真打了车。

赶回冥货铺，孝家几十号人进进出出，的确乱成一团，这个要寿衣老被、那个装香蜡纸烛，加上袋子绳子孝布锁扣胶水账簿，老贺哪里搞得定这些零杂，人懵了，站在柜台前直抠下巴，那里常年有个结痂，没长好又被他抠烂。

忙到十点，雪小了，夜却越发黑得跟瞎了一样。照野搓了搓冻得发麻的额头，别人老，怕冷是从脚起，他怕冷，是从头起，一冷就痛。

老贺把自己的鸭舌帽摘了，扣在他头上，他不要，说，像个特务。

老贺又扣在他头上，还顺带拍了拍他脑袋，像长辈的爱抚。

他抬头白他一眼，带点拒绝的淘气。

好，不戴，不戴。老贺投降。

关了铺子整理进账，两颗白发苍苍的脑袋凑在一起，算盘打了三次，次次都不一样，打到最后都笑起来，一个说，老了，一个说，糊涂了，又说，脑袋不够用了，又说要归西了，不算了。

照野便粗盘了盘，一千的赚头是有的。不用他说，老贺转身取出柜架上他指点过的两个骨灰盒。

这俩骨灰盒是他们开铺子时最初定的样式，那会儿刚开始搞殡葬改革，没经验，也不知道骨灰盒做多大合适，便做了三种尺寸，这两个是大号的，结果没人买，说是棺材不像棺材，骨灰盒不像骨灰盒。老贺说没人要也行，算我俩的。

打开骨灰盒，其中一个里面放着个红漆锡皮盒，另一个是白锡皮的。老贺轻车熟路地在红盒子里放了两百块钱，往白盒子里放了五十。

这样做已经四五年了，如今红盒子都快装满了，这钱按照野的意思，是给小江河存的，小江河的手术，他老子明生铁定是不会管的，都赖着照野呢。白盒子是照野给自己存的，百年归西时，靠明生不可能，他得给自己攒点伙计帮忙钱。

打理完这些，十一点了，俩老头儿静坐在狭小的铺子里，听火盆里炭火嚓嚓炸响，听门外风雪嗖嗖，突然觉得人生百年，终归是一个闹里归静。照野抱着盒子，拍一拍，听着闷闷的响声，心满意足地笑。

白送死、红送生，他和他的小江河，终归是要阴阳两隔的，红盒子是他送给小江河的命。白盒子是他送给树儿的相聚。

狐啊，你说你这一辈子，图个啥呢？我们上三线、进山洞、做沙发、搞生意……老贺打了个哈欠，盯着炭火的眼睛有点浑浊。

那你说，死人做道场，敲敲打打的，又图个啥？

声响呗，动静。

就是嘛，你一辈子动静多大啊。贺师傅。

可我没见你动静啥，几十年，都耗在明生那头猪身上了，不值。

一个娃崽，半岁死了亲娘，两岁半老子坐了牢，九岁看见后娘和人勾搭，十岁又亲眼看着老子杀死后娘，再后来老子又被枪毙，换成谁也受不了，能指望他啥？

你承认你勾搭枝儿了？

我没有。

想过没？

想过，那天晚上以后，一阵一阵的。

你吹吧，骗我。老贺冷哼。

我骗你啥了？

你不是说你不行了吗？

那之后又行了，也是一阵一阵的。

再骗我。老贺点燃一根烟，说，你从没想过要勾搭枝儿，你只是给你这几十年照顾那头猪，找个理由。

嘿嘿，这头猪今天晚上怕是睡不着觉呢。照野边说边狡黠地笑。

怎么地？老贺来精神了，说说。

照野便把小江河的主意复述了一遍。

老贺听得直叫痛快，说，这个好，路是自己走的，坑是自己挖的。又说，狐呀，你早有这样的脾气，这辈子就不会吃这么大的亏了。

也不亏，当年要不是参加三线建设。我俩早就回寨里修地球了，咱们不过是修了条路凿了个洞，后来国家就要了我们，还养了我们一辈子，月月有工资领，亏啥子。

肚子一阵咕噜响，照野这才想起自己还没吃晚饭，便从床底掏了几个红苕出来，埋在火盆边的热炭灰里，顺手又加了两块炭，今夜实在是太冷，铺子在巷子口，风灌进来直往小腿钻。

你说，要是当年我们不从大山洞里出来，我们会在哪里，怎么个过法？

要是不出来，就遇不见树儿，我不干。

我也不干，要是不出来，秀华就嫁给别人了。老贺猥琐地坏笑，说，别看她脸上黑，一身的皮肤可白了，水汪汪的像豆腐，给了别人，我可不干。

照野也猥琐地笑，说，树儿也白，也嫩。

咦！老贺色眯眯地用手肘拐了拐他，今天老狐狸要露出尾巴了，说说，什么感觉？

感觉嘛……照野眯着眼，无限向往，就是我从小找，找了一辈子，地图上找，书上找，都找不着，远方啊，战火啊，囤堡啊，模模糊糊的，结果我才跟她睡了一觉，才在她身上走过一遭，突然就找到了。

什么？

故乡，老家。

也是……可惜，她们都不在了，只剩下咱们这两把老骨头。老贺长叹一口气，手又朝下巴抠去。

别抠了。照野递了张纸巾给他，又抠烂了。

管它呢。老贺接过去蘸了蘸，嘿嘿笑，你信不信，是癌。

胡说八道。

嗯，就算我胡说八道。我说你充电器呢？我手机没电了。

充不充的，谁稀罕打你呢。照野贫嘴起来，你儿子一年半年的不来一个，一打来就是要钱。

好像你有个孝顺儿子一样，你比我还不如，你养的是头猪。

给你充电器，塞你嘴里最好。照野递过去。

夜深了，老贺睡眼蒙眬地看一眼手机，靠着柜台说，充满了我就走。

我困了。照野拍拍肚皮，饱打瞌睡饿新鲜，烤红苕一下肚，比安眠药还好使。我今晚不回去了，回去也不得安生，你走时记得把炭火熄了，拿灰盖着。

好。老贺打了个长长的哈欠，露出空空的牙床。

照野缓慢拉开折叠椅，铺上当年和树儿结婚时买的那床旧毯子，睡下了。

二十平米的冥货铺，柜架上塞满香烛、阴币、纸钱和寿衣老被，柜台里也是。中间一个小过道，睡上一个他，有一点活人横在棺材里的感觉，这叫向死而生呢，还是视死如归？都不像，没那么坚强。他想，如果将这冥货铺当成火化炉，一把火烧下去，和着这么多冥人冥器冥纸洋，得烧多久？顶上这片天会不会灼得唤痛？一丝丝老旧细弱的心思，长长短短地，交错着悲欢离合，与夜里野猫过路凄凉的叫声合在一起，有点像做道场时的高高低低婉转曲折安魂归西的唱经。

其实他从没在铺子里留宿过，过道太逼仄，他小心地侧了侧身子，胳膊还是碰到了柜架上两个篾编纸糊的小人，红男绿女，小红嘴唇柳叶眉，男的俊女的俏，乖得很。膝盖呢，一弯又拐到了斜坐着打盹的老贺，老贺哼哼两声。照野躺着，看一眼左边的两小人，又看一眼右边的老贺，突发奇想，要是他死了，糊纸人时一定要糊一个老贺，管他先走还是后来，阴间阳世，只有老贺才是他的伴。

想起当年热热闹闹去报名修路的少年郎，满身都是蓬勃的汗臭味。再想起后来做沙发时的意气风发，人人追着喊师傅，喊得他俩走路都俏飞起来。再想想两个人一起修缮狐狸居时的艰辛和快乐，前前后后结婚时的欢喜……都化成一团虚无的雾，散了，散了。

还好，什么都没了，他们还有彼此。而且那棵木槿还在，树儿在花树下笑着的样子，就在他眼前，一如既往，鲜亮若刚拍的照片。

12

风一夜未歇，老贺越坐越冷，想着要是熄了炭火走掉，照野盖得那么薄，怕是受不了。

老贺便趴在柜台边打瞌睡，时不时醒了，就往火盆里再加几块炭。

清晨，一阵响器吹打声惊醒了殡仪馆门卫老鲁，老鲁端了洗脸盆，照例到冥货铺打热水，远远的却见铺门紧闭。

打照野电话。

关机。老鲁想，也对，反正他那个手机开不开机，也没几个人会打，养的那个儿子，像只蚂蟥，除了吸血的时候，从来不会打电话，只有贺老板，天天打，这俩人是一对历尽千年沧桑的老狐狸，恩爱着呢。老鲁边想边狞笑，再打贺老板的。

一阵单调的铃声从冥货铺里传出来，无欲无求，风波不起。

老鲁踩着积雪走到铺子门口，俯在门板上往里瞧，铺子里太暗他什么也看不见，只在清晨寒凉刺骨的空气中，闻到了炭火的味道，它香辣、狠烈、浓郁，带着一丝清甜，又带着一丝酸馊，像每一个逝去的老人身上的体味。

老鲁有点腿软，滑坐在雪地里，好半天，他拿后脑勺撞门板，边撞边大声喊——开业大吉啦。

（原载《民族文学》2018 年第 4 期）

低处的父亲

马金莲

1

哈子，你超子大跑了，我出去拔鸡，忘了锁门，他就偷着跑了。我知道他像老家时节一样，跑出去要饭去了。我想着既然出去了，那就由着他去，游逛够了也就回来了。谁晓得这都眼看三个月了，还是没见人影子。他爱死哪哒就死哪哒去，没人稀罕他，可你说，他一个超子，拉着个跛脚，颠三晃四的，能跑哪哒去哩？

是田桂花的电话，我一接通，她就迎头砸过来一长串抱怨。只要不打断，她肯定能絮叨到明天。我及时打断，我说妈既然跑出去了就叫去吧，说明心慌了嘛，一个大活人你不可能一直盯着啊，再等等，说不定明儿就回来了。我这儿正忙，玉米地里放水哩！

水从左边渠里分流过来，像一群冒失的娃娃，没头没脑撒着欢儿地往前冲。我家田边这几条小渠，平时缺少疏通，被泥土塘得严重。我昨儿从打工的银川城赶回家后才匆匆清理的，时间仓促，活儿难免太粗，这会儿水过来，我得盯着让淌，哪儿渗水、跑水我要随时堵截，只有等亲眼看着水顺顺畅畅进了田地，我才能放心。

水口子一旦打开，水就失控一样乱窜，我哪有空听田桂花闲叨叨。我不管她还在一个劲儿说什么，就挂了电话，揣好手机，提起铁锨跟上水跑。刚跳过两道田坎，电话又响了。我不接，我妈田桂花就这脾气，打电话缠得很。

水是黄河水，从大渠里引过来，现在正滋润着我家刚刚展开叶片的玉米秧子。

一口气堵上四五个豁口，水流驯服多了，我擦一把额头的汗，长舒一口气，蹲下，掏出一根烟点上，还没抽，电话又响了。我不看，缓缓抽烟。响一会儿，累了，停了。缓过气后又响。这个田桂花，催命哩这是！

我吐掉烟屁股，在裤子上蹭蹭手上的泥，掏手机看，意外的是，来电显示不是田桂花，是兄弟嘎子。

他来电，我得接。我们兄弟平时很少打电话，有什么事在微信上留言，有时他发了帖子，我给点赞。我发了，他也会点赞。每天晚上都能听到他粗嘎嘎的大嗓门在"老家微信群"里跟人扯闲篇。自从搬出老家，用上微信，我们之间就逐渐很少用电话方式联系了。今儿月亮从灶火眼里出来了，他记起来给我打电话了！

嘎子，咋了啊？

我冲着电话喊。

喊声太大，惊起田埂上几只麻雀，呼啦啦乱成一团，像一堆被风裹着飞舞的干树叶子，在我头顶上匆匆绕了半圈，向远处落去。耳朵一热，我伸手摸，一团湿乎乎的鸟屎。我不生气，扯一片玉米叶子擦，望着鸟影禁不住笑，畜生，拿热屎砸我啊，被我的粗嗓门吓着了吧，你们真是少见多怪，不就嗓门大了点吗，比这大得多的你还没见过呢。

我们弟兄之间历来都用大嗓门交流，我们从小在吵吵嚷嚷中长大，说话从来没有平声静气温柔和缓的时候，我们都是嚷、吼，长大后这习惯难以改变。我媳妇娶来那时节很看不惯，告诉我，正常人家，一家子人一搭说话，哪有这种腔调？简直不是说，而是在吼。嘎子媳妇娶进门，也看不惯。大妹梅子嫁出去，妹夫看到我们一家人对话的场景，同样吃惊不小。我们从小在一个特殊的家庭里长大，以为世上的绝大多数家庭都像我们家一样，在日夜不休的吵吵骂骂中过日子。新的家庭成员的加入，让我们意识到了问题，原来这么多年以来，我们是在一个畸形的家庭环境里成长的。我们开始试着改变，在新的家庭里，努力地像一个正常环境出来的人一样生活。我们收敛自己，克服毛病。但当我们父母兄妹原来一家人在一起的时候，那种被刻意掩饰和压制的陋习，忽然就会冒出坚韧的触手，像刀刃一样扎着，亲密又生硬地对峙。

哈子，你死哪去了，咋不接电话？

嘎子吼我。

就算我们都是已经有了几个娃的父亲，我和兄弟之间还是像小时候一样，直呼小名，毫不客气。

我叫他的名字，常见。他这么张嘴就喊我的名字，在已经成年的弟兄之间，并不常见。这也算是我们这个家庭才有的特色吧。就像我们把父亲当面喊大，背过他，从来没人称他该有的称呼，我们叫他超子。

超子，是老家的方言，傻子，疯子，残疾人，不正常，等等意思。范围比较笼统，那些大脑有问题的人几乎都可以囊括进这个词语的外延。

我的兄弟在吼我。

死嘎子。我默喊，忍不住笑了。

就在这一声直巴巴的干吼里，一股火辣辣热烘烘的东西，像眼前这渠里的大水，在五脏六腑间奔突、游走，这感觉里，蕴含着一种底色，叫亲情。亲兄弟间心脉相通血浓于水的亲情。自从搬离老家，移民到这北边地面，我们弟兄已经有半年时间没见面了。

我敢确定，这一刻我兄弟和我一样，也有一种突然涌上心头的感触冲撞着心脏。所以，互相吼过之后，我们不约而同地陷入了沉默。

水流出现了湍急。有段水面上冒起一片白色泡沫。不好，有地方漏水。我从地埂上狠狠踏一脚，铲下一锹土，向着漩涡打转的地方压下去。同时，一条腿重重踩下，凭感觉，我知道笨重的大胶皮鞋底踩到了一处下陷。就狠狠踩几脚，水里泛起泥浆。我看着搅起泥浆的漩涡由大到小，从激烈到平缓，一点点舒缓下去，心头那一抹突然袭上来的温情，也似乎沉淀下去了。

我喊：嘎子，啥事？快说，我忙着哩！

嘎子像埋伏好等我引火的炸弹，马上喊：我也忙，现在谁不忙？超子不见了，晓不得死哪去了？妈哭哭啼啼的，你这当老大的，咋不管？

他的嗓门，比我大了三倍。

喊——我放声笑。这就是我们兄弟间惯有的交流方式，直接，简洁，单刀直入，从不迂回，也不客套。

我心里很轻松，像脚下平稳而匀速流淌的渠水。

我说：你火烧沟子了吗，一个接一个的电话催着打，就为这烂事啊？超子没了，没了就没了嘛，大惊小怪个啥！他乱跑又不是新鲜事，老家时不是常跑吗，叫他跑吧，在外头疯够了，就回来了。

嘎子好像被我的轻松口气给感染了，沉默了一下，跟着笑了，喊：对着哩，你说得有道理，那就叫他游逛去吧，逛够了就回来了，你忙去，我也忙着哩！

通话结束后，我顺着渠沿走，眼前的土地很平整，水流好像也感到了这种毫无磕绊的顺畅，流得舒畅极了。水深处发出淙淙的呜咽。我蹲下看，水面上浮动着波纹，像铺开了一匹素色的缎面，微风从下面吹，缎面上一层一层堆起细碎连绵的纹路。我觉得心情更好了，仰头望一眼头顶的天空，大日头暖洋洋照着，地里的玉米没有一点干渴受罪的迹象，大水沿着玉米漫过，泥土贪婪地畅饮着，泥土中的玉米也在欢快地吮吸着。

眼前的渠水算不上清澈，带着轻度浑浊，是专门用来浇地的，不像水塔里供应的饮用水。泥土和庄稼肯定是喜欢这种含着泥土的渠水的，我能感觉到水流漫过地面的变化，是正在干旱等水的泥土和嫩苗，同时饱饮水分之后焕发的活力，这活力透着浓浓的生命气息。这种气息只有水流才能激发和唤醒，也只有水流才能滋养。

我们从山区搬到这里，很重要的一个原因，就是缺水。我们需要这股水的养育，包括人畜和庄稼。要还是在老家，这农历四月，正是急需雨水的时节，偏偏这个季节最干旱，地里的庄稼苗儿眼巴巴地等雨，偏偏总是不下雨。到了这川区，雨水下不下都关系不大，有黄河水呢，隔段时间统一放一次水，庄稼基本上不用担心会因为缺水而旱死。

水面上映出我的脸。水浑，脸脏乎乎的，好像我很久都没有洗脸。水面一闪一闪，面影随波荡漾。脸一扭一扭的，曲折，变形，裂变，弥合。

我忽然发现这张脸不是我自己。是另外一个人。这个人我是熟悉的，熟悉到骨子里。他就是母亲田桂花和兄弟嘎子电话里提到的超子。我的父亲。父亲其实有自己的名字，小名有世子，大名马有世。我弟兄俩跟父亲长得像，嘎子五分像，我能有八分。

这个和我长得很像的人，现在不见了。

我心里似乎有一点那啥，什么呢，是愧疚。是的，确实是愧疚。就算他以前经常往外跑，跑出去就是好几天甚至一两月地不回来，从来不用我们费心去管他，但是我刚才的第一反应和态度，是不是有一点不合适？

确实不合适。我的反应，不是父子之间该有的反应。我们是亲生父子，我身体里淌着他的血液，就算他是个超子，但我能否认自己骨子里流淌一个超子的鲜血的事实吗？

我的身体里淌着一个超子的血。还有嘎子、梅子，我们三个的身体，都来自于这个男人。这是我们的悲哀。从刚懂事起，我们就先后认识到了这件事的残酷和悲哀，要命的是，随着一天天长大，一点点明白人事，这种认识比小时候更深刻，更钻心，更觉得是一种……耻辱。我知道我不能这么想，不应该这么想。可我还是一遍遍地这么想。确实，是耻辱。

小时候，田桂花做熟饭常派我去喊超子回家吃饭。

我有点郁闷，但不去不行。

超子在大麦场里看人下四码。大麦场是全庄闲人没事消磨时间的场所。我看到别人都是凑成圈儿耍，他一个人插不进去，像一股闲风，这儿瞅瞅，那里望望，显得很多余。有人骂他挡住了视线，他嘻嘻地笑。到另一个摊子上，又有人不等他站稳，一把土扬过来，骂他一个超子能看懂个啥，在这里乱扰啥？他不生气，冲人家龇牙，嘻笑。再看看他拖长了耷拉在地上变形的右脚，披在身上的黑色棉衣，和梳得光溜溜的头发，这一份与众不同的打扮，不但没有显示出他的别样，倒更加衬托出了一个超子的滑稽。他永远都打扮得跟庄里的男人们不一样，他不像一个农村人，像个吃公家饭的教师，他一直在按教师的标准打扮自己。但他哪里知道，这样的打扮更让他成了大家的笑料。

我看着他傻兮兮独自乐呵的样子，心里真是堵了块石头。他连哪个摊儿都凑不进去，永远都是被人嫌恶的多余角色，他自己并不认为是这样，他还是那么高兴。这满场子的人，有谁像他这么傻呢。这庄子里的娃娃，有谁能比我倒霉呢。我是谁的儿子都好，为啥偏偏是这个人的儿子。

哎——我远远地喊——吃饭走，饭熟了！

他抬头看一眼，又低头往人堆里凑，装作啥都没听见。

我知道他听到了，他人傻，但听力正常。

哎——叫你哩，耳朵毛塞住了吗？

他干脆连头都不抬，忙着观战，看得津津有味。

你到底吃不吃？

我忍着委屈，提高了嗓门。

终于他认真看我一眼，反问：你个碎狗日的，叫谁吃饭哩？这一场的人，我晓得你叫的是谁？

我哭笑不得，我是他的儿子，他的儿子只能喊他回家吃饭，难道我会喊别的男人去我家吃饭。

果然马上就有人钻空子，说，那碎狗日的不会是叫我去吃饭吧？乖儿子，你是不是叫我哩？你把我叫一声大，我就跟你去吃你妈做的饭。

我七窍生烟，杀人的心都有了。这人一句话，把我们全家的便宜都占去了。

我的父亲马有世不胀气，笑嘻嘻冲我摆一下手，说，你们先吃，叫你妈把饭给我扣在锅底里，我这儿忙得很——

那些闲耍的人不要了，推翻了画在地面上的简易棋盘，一个个抬起头准备看热闹。

有人喊：有世子啊，田桂花的话你也不听？她喊你吃饭，你就乖乖回去吃么，在这儿磨蹭，不怕黑了她又不让你钻热被窝了？

这人的声调拖得很长，嗓门很亮，他是故意让全场的人都听到。

自然，大家都听到了，有人哗啦啦笑。

我真恨不能地上立马裂出个大口子，我好一头扎进去。都怪这个超子，别人一撩拨，他就上劲，比吃奶娃娃还傻。所以，庄里的男人最爱拿他耍笑了。

果然，有人已经问了，田桂花好不好？他瞪大眼睛，拍拍屁股，说，好，好得很，全庄的女人里头，她是最好的。

逗他的人进一步下套，问，田桂花哪儿好？你吹牛哩，她的好谁见了？

超子果然急了，一头就扑向这个套，拧着脖子看着大家，说，田桂花的好，只有等黑了，进了被窝，才能晓得。

闲人们三绕两绕，就将他绕得昏头转向了。

大家接着追问，田桂花的被窝好是好，但恐怕是不好钻的，她不高兴了，肯定不叫你钻，会一脚把你蹬下炕的——

我知道接下来他会在诱导中说出更加不堪入耳的丑话来，急了，大喊：超子，你回不回去？不回去死这儿啊——

我听见自己的声音像大风刮过的嫩树叶子一样，在激烈地颤抖。

我的父亲马有世，他还在津津有味地往一个套里钻，他拍了拍右边屁股，左脚点了一下地，站直了，像一只瘸腿的公鸭子，就算再努力，站势还是不够端直，他右高左低，像一棵长歪了的柳树。

有人乘机又下新套，说马有世，这娃还是你亲儿子吗，咋敢这么教训你哩？

果然，他上套了，狠狠剜我一眼，冲我吼：碎狗日的，拿啥口气跟你先人说话哩？小心我叫田桂花熟你皮子——

我扭头就跑，狂奔，耳边风起，哗啦啦响，我不想听到他还在嘟嘟囔囔骂些什么，反正是一大串一大串。

我不甘心，回头瞪一眼，喊：你个超子，不吃拉倒，偏不叫我妈给你留，等你回来吃屎都没热的了——

他跳着脚在身后追着打，我撒开脚丫子逃。

他那跛脚，哪里追得上我，他一跳一跳，就像一只跛了腿被人追打的狗，样子要多滑稽，就有多滑稽。

可他一点都不觉得耻辱，相反，他追得更来劲了。

身后，闲人们的笑声呼啦啦响成一大片。

现在回头去想，这样的事情，从我能记事起，就经常发生，像吃饭睡觉拉屎撒尿一样多，一样常见。

水在渠里欢畅地跌宕，冲撞，翻跟头，水浪扬起来，落下去，化作细碎的泡沫，我看着水面上的人，他也在看我。这是一个和父亲长相酷似的人，一张脏乎乎的显出沧桑的脸，脸上是被生活反复打磨的五官。我第一次发现它是这样陌生。我拿起铁锨，满满一锨土砸下去，水面上的脸碎了，在水花的摇曳中消失了。我掏出手机给田桂花打电话，我觉得自己该给田桂花打个电话，我忽然想和她说说马有世出门这件事。

2

田桂花接了电话，一听是我，破口就骂。

你个狗日的，你先人跑得不见了，打电话你不好好接，嘎子也不好好接，梅子还关机，你说你们三个，现在长大了，膀子硬了，都飞了，不管我，我没啥话说，你老子的死活你们真不管了吗？

田桂花独有的大嗓门，加上急调子，骂人根本不停顿不换气，噼噼啪啪一大串全扔了过来。

我静静听着，大概过了十分钟，田桂花总算发泄完了，声音平静下来，说，我把远近的亲戚都挨个打电话问了，你大伯家、巴巴家、姑姑家、舅舅家、姨娘家……都说没见人。我实在是想不起他还能去哪里？

我打断她。我说妈我们根本就没有必要问亲戚，哪个亲戚会理他，把他当人招待？这些年他连我亲姑姑家都不去，更不要说旁人家了。

我说的都是实话。人都长着一双势利眼，马有世一个超子，没有哪家亲戚会把他当人看待，田桂花也就管束着，从来不叫他去亲戚家走动，他虽然脑子不够用，但这一点上也争气，就连日子最困难的那些年，也宁愿去陌生的地方要饭，很少去哪个亲戚门上看脸色。

人不见了，先找亲戚朋友问问，这是人之常情，田桂花做得没错。

我思来想去，有点不踏实，要是在老家，他到处乱跑，爱跑几天跑几天，哪怕三两个月不回家也没啥，反正他转悠够了，最后总能找到回家的路。现在不一样了，你不是晓不得，我们到这儿来还没有一年时间，除了小区门口，哪儿我都没敢叫他去，你说他跑出去，谁晓得到哪儿去了，人生地不熟的，要是万一……田桂花说。听语气她是真的着急。

本来我想和平时一样，心不在焉吊儿郎当地应付几句，说他不会丢，一个超子，能跑哪去，疯够了肯定就回来了。

但我看到了一张脸。水面上这张既像父亲又像我自己的面影。

我不能再让自己随口应付而不走心，我真得认真对待这件事了。我说妈，你不要急，我想好了，我这就出门寻他去，我把打工的事儿先放下，水一放完就专门去寻，肯定能寻着，保证给你把人囫囵领回来。

田桂花说那你上点心。

她声音懒洋洋的，把电话挂了。

我看着手机，想打过去，又懒得打。我害怕听田桂花的唠叨。她应该还有一大堆的牢骚没有发，没来得及发。我打过去，就得给她支起话架子，听她汤汤水水地抱怨上几十分钟。

等了一会儿，她居然没再打过来。

我妈这是咋了，改性子啦。

放完水，我离家重新回到银川干活儿了。

有个晚上我趴在工棚里玩手机，老家群里在发红包，嘎子抢了两个，众人喊他发，他潜水不吭声了。

嘎子嘎子，你个狗日的，抢了不发，你不怕水深呛死你？

有人骂。

连着骂了几遍，嘎子还是不露面。

我看不惯，骂嘎子狗日的，不就是也骂我吗，我发了一个红包，然后忍不住捎带了一句话：要归要，不要骂人，嘴皮咋那么脏呢。

嘎子忽然冒了出来，说就是就是，黄河水也洗不净那张脏嘴。

先骂人后挨骂的那位老乡不高兴了，说你们弟兄才脏嘴呢，嘴脏，人也脏，一身骚气的脏女人养出的后人，还有脸骂旁人脏——

这话就狠毒了。

我说你把话说清楚，为啥凭空放这样的闲屁。

嘎子比我还气，说你狗日的不把话说清楚，敢给人脸上抹狗屎，明儿我拿着刀子到你家里寻你去。

本来热闹的群里顿时一片沉默。

这是个有上百人的大群，我知道这会儿大家都在潜水和观望。

骂人的老乡在我们弟兄的轮番夹击下沉水不见了。

我私信嘎子，算了，该干啥干啥去，这个群以后少去，尽是扯闲话捣是非的，光叫人胀气。

嘎子并不理我，我知道他肯定是撵着那个老乡私信对骂去了。

我懒得回想老乡那句惹急我们弟兄的话，我们村里出来的人都这样，骂人脏话连篇，啥狠毒拿啥骂，骂人没好口。

第二天我和工友坐在砖头上吃干粮。嘴里嚼着干巴巴的馒头，灌着水管子上接来的凉水，眼前忽然摇摇晃晃走过来一个人。他明显腰腿不好，走路很慢，显得有点艰难，却向着我们而来。

他咋来了，要饭要到我们面前了？门口咋进来的？

忽然有人问。

我们细看，果然，这个人不像在工地上干活儿的民工，倒像是个要饭的。

他真是走错地方了，居然向我们伸手要饭，我们一天黑水臭汗地淌着，挣几个工钱养活一家老小呢，哪有怜悯别人的份儿！工友们苦中作乐，边自嘲，边哗啦啦齐笑。

我没笑，感觉笑不出来。我掏出一个馒头给他，他接过去，不看，嘴一张就啃掉了大半个。

我再给一个，他抓着馒头，冲我嘻嘻一笑，转身走了。

引得工友们哈哈大笑。

看样子这是个超子。

我想到了超子。我的父亲马有世。

好像，距离他出去已经三个月了，三个月，就是九十天。他能在外头晃悠九十天不回家，时间确实不短了。他能去哪儿呢，又在干啥呢。从前离开，最多也就三个月吧。近来我偶尔也会想到他，想着我答应过母亲要去寻他的，可我说说也就忘了，我还得挣钱养家，哪能真的丢下活儿就去寻一个超子。我一家子人从山里搬到这川区，生计来源只有二亩地，就算水田产量高，但产金子也打不了多少啊，一家五口等着我养活呢。我一天不干活，就没有一分钱的收入。

这个超子啊——我目送那个驼背走远，在心里给自己苦笑，我觉得烦，这个超子，你说你乱跑个啥，你不晓得你已经给当儿子的添麻烦了啊，旁人的先人，留给后人的不是丰厚的家产，就是完整的家庭，至少孩子能在一个父母健康环境正常的家庭中长大。而我们呢，他带给我们的，除了那个永远吵吵闹闹的家，还有什么。

我继续干活，大日头照着，工地上的活不好干，尤其这北边川区的日头，说不出的烈，透着火辣辣的毒劲。我用凉水把嗓子里的馒头冲下去，摸着饱饱的胃囊，我发现自己有些想念他，超子，他现在在哪儿，饿了吃啥，渴了有水喝吗，天黑以后，在哪儿睡觉？

接着我就笑了，他饿不着的，因为他跑出去以后的职业就是围绕着吃喝进行的，向人要饭，不管到哪儿，在这盛世，他是不会饿死的。

从我记事起，他跑出去要饭是常事。隔段日子就去。只要和田桂花骂了仗，就会赌着气出门。骂仗他永远不是田桂花对手，等灰溜溜败下阵后，他就消失了。同时消失的，还有一个麻布口袋，和一条打狗棍。

他走了，我们不找。谁都知道他逛几天就会回来。我们知道，他出去一来是讨要一些物资，证实自己不像田桂花辱骂的那样，只是个吃闲饭的饭桶，二来，大家都说他是去散心了，也有毒舌的妇人们脸上挂着意味深长的笑，悄悄议论说他是给田桂花腾路了。

每次出门，他都背个麻布口袋，挂个打狗棍，一颠一颠地走出庄口。

出了庄子，往前走，四面八方都是村庄。山里人实在，心善，只要是上门要乞贴的，一般不会让空手走，干粮、面粉、钱，或多或少，都会给一点的。所以他每次出门回来，都不会空手，运气好的话还有满载而归的情况。这样的归来，让童年的我们很期待。大门推开，他拉着一条腿迈进门来，我们欢呼着扑上去。他身后背着口袋，脖子上挂着干粮袋子，腰里穿的大缠腰口袋，都是装载食品的地方。

那时候嘎子梅子都小，没我心眼多，他们只知道扑挂在胳膊上的大小袋子，却不知道真正稀罕的好吃头，总是藏在布缠腰的口袋里。缠腰裹在腰里，外面衣衫一苫，别人看不出来。但我知道，抱住他的腰，手直接往腰里摸。我至今能清晰地记起那些从缠腰兜里摸出来的食物的气味。半个油香果，一截麻花，一个发蔫的果子，一把花生……除了不同食物本身的味道，它们还散发出一丝共有的气味，那就是超子的味道。超子从一户一户的门口经过，挨家讨要。普通的干粮他装在大口袋里，如果有人散上点儿精细的好东西，他舍不得吃，掀起衣襟藏进绣满花儿的缠腰兜里。他奔波要饭，在外头滞留几天，这口金贵吃食就在他兜里揣几天，直到回家。这些食物在那个大兜里经历了一路翻山越岭的步行，他身上的汗腥、体臭、土味、阳光味、草木味，还有食物制作时附带的锅灶味儿，很多味道，经过在那个布兜里的共同相处，散发出一种独特的让人迷恋的气味。我们三个娃娃，争抢着分吃这些气味，我们是多么幸福啊，也只有这时候，我才朦朦胧胧地有一丝自豪，感到有这么一个父亲真好。

这一时刻，也是田桂花最开心的时节，她乐呵呵清点整理他带回来的东西。干粮，馒头，饼子，硬的，软的，都让人高兴。放蒸笼上溜软了吃，吃不完的掰碎了晒，晒干装进大箱子里，留着慢慢吃。面粉是百家面，因为一户人家和另一户人家施舍的面不一定就是一样的，白面，秋粮面，全混合了，成了杂伙面。田桂花把杂伙面装进面匣子，然后一天一天做成饭食，正是那些饭食饲喂了我们急需食物的肠胃，让我们度过了最为艰难的日子。

那拉扯我们成长的一二十年里，他的脚步踏遍了老家远远近近的山村。

可是，这里和老家不一样。老家那一带山多，山路上很少有来往疾驰的车辆，一个超子，拖个打狗棍，跑完这个庄子，又奔向下一个，走哪儿都不会饿着肚子，夜里蜷在那些随处可见的麦草摞里，柴草窑里，都是安全的。熟悉的环境，熟悉的乡音，他走哪儿都不会迷路，走多远最后都能平安无事地摸回到家。

但眼前这一次，他投入其中的，不是老家那连绵起伏的群山和藏在山前山后的那些黄土村落。现在一切变了，他从移民小区五十四平米的小楼上脱身，出了小区门，是一眼望不到头的平川，是长相没什么区别的川区村落，一样的院子，一样的田地，地里种的都是玉米，村落围拱环绕的乡镇集市，也一个个看着没什么差别。他一旦离开移民小区，一头扎进茫茫平川，他没有手机，他的口音和北边的川区口音完全不一样，那么，他把自己丢失，并不是没有可能，而是极有可能。这么说来，他真迷路了？把自己弄丢了？或者，是讨要不顺，施舍的人不多，收获不大，他不甘心空手回来，有意要在外头多跑几天？

他能跑哪儿去呢？难道不怕家里人心急挂念？

我仰头望天，这里的天空和老家的不一样，老家的天空下遍地是黄土，黄土山包，黄土沟壑，黄土怀抱里的村庄和黄土地上的草木庄稼，坐在一个村庄和另一个村庄的怀抱里，抬头望，山顶上的天是不一样的，在山和草木的环衬下，给蓝天画了一圈边框。每个村庄不一样，镶嵌天空的边框也就形状不一，装扮出的风景自然不一样。这也是他走多远都能找回家的重要地理标志。

北边川区的天空下，也是大地和草木，还有庄稼，但真的和老家不一样，从地形地势到建筑外形，都有很大的不同。头顶的天空要比老家脏一些，没有那一派纯净的蓝，而是淡白中透着灰。大地太辽阔，天地也跟着辽阔。这样的大地，分割出的天空，太大，大得让人迷茫，让人找不到边。在这样的天空下，超子他能分辨出哪一片是属于笼罩移民小区的天空？

我仰头出神，有一点云，像脏水泡开的馒头渣，黏糊糊贴在淡灰色天壁上。我把目光往远处伸，往南边移动，我想看到老家的天空。可脖子酸了，直了，还是看不到。我知道相隔太远，根本就看不到。我扔下手里的活儿，我觉得得去见见母亲田桂花了，当面问一问超子出走这件事。

我现在的家离移民小区不近，开农用车走一个钟头才到。

我来到田桂花所住的移民小区单元楼前。

我刚一敲门，门就开了，田桂花的脸出现在眼前。

是你？

她显得有一点吃惊。

是我。我绕开母亲的身子，挤进门，端起桌子上的玻璃瓶子，咣咣咣喝水。

水是凉的。一股冰凉顺着嗓子一直通到了肠子里。我抬头看，觉得有点奇怪，好像，田桂花对于我的到来有那么一点点……不欢迎。

是啊，确实是不欢迎，打开门的那一刻，她本来脸上荡漾着一点欢笑，可开门看见是我，她的脸色就骤然变得难看了。

我的母亲，她难道真的不欢迎自己的儿子？或者说，她含笑迎接的是另外一个人？她迎接的人又是谁呢？

我不甘心，盯住她的脸，不动声色地查看。

难道她以为是超子回来了？还是……我的大伯？

大伯。这个称谓和它背后指代的人，让我……我慢慢捂住心口，就像端起一缸子刚倒的开水，美美灌了一大口，滚烫的水顺着嗓门一路滑下去，一路灼痛。我看着这疼痛一路滚落，在内脏之间撕扯。但是我不能喊痛，不能哭泣，不能诉说抱怨。我只能隐忍。像马有世一样，忍。这些年，他一直在忍。其实我又何尝不是。从我隐隐懂得人事起，我就从庄里那些口无遮拦的男人们嘴里听到了闲言碎语，也听出了这件事的肮脏，和让人羞耻的程度。所以我有记忆起就开始恨上大伯了。同时我也恨田桂花，恨马有世。恨的程度不一样，恨的方式也不一样。但都是恨，都折磨过我少年时代的心灵。就算到了今天，大伯这个人还是像阴影一样横在我们生活里，从来都没有散去。

田桂花似乎已经从最初的情绪里醒过来了，她端来一杯子热水放在桌子上，犹豫着慢慢坐回到板凳上，坐下去，她像被蜜蜂蜇了，又跳起来，嚷，这个超子啊，害了我一辈子，都五六十岁的人了，黄土埋了半截子的人了，还不听话，还害得我人不人鬼不鬼的——有时节我真盼着他死到外头算了！

你咋不死哩，我盼着你死哩，你死了，我就把孽脱了——这是田桂花经常咒骂他的习惯用语。从我们的耳朵能听懂大人的话语时起，隔三差五就听到田桂花这样骂人。指着他的鼻子骂，扯住他的胳膊骂，或者干脆把他摁在地上一边打一边骂。她常常把自己骂得泪流满面，伤心得不成样子。好像被这恶毒的话语咒骂的人不是他，而是她自己，所以她受不了。

我默默回味着这赤裸裸的咒骂。很熟悉。熟悉到已经感觉不出任何不适，所以多少年来，我都没有怀疑过这是不正常的，是家庭暴力。和肢体暴力不同，是语言暴力，但是效果绝不会输给拳打脚踢，因为我曾经无数次看到超子在田桂花捞着推耙子赶着打他的时候，他笑嘻嘻的，手舞足蹈试图阻挡，可她换了口头进攻，他就蔫了，他骂不过，他只有灰溜溜垂下头聆听的份儿。

但是，此刻，强烈的不适感撕扯着我的心，我知道这是暴力行为，这是不正常的。而这样的行为，田桂花在马有世身上施展了几十年，频繁常见到让我们从小就觉得这是正常的，是家庭生活当中必不可少的。

我冷冷听着。

现在马有世不在，田桂花还是骂得这样起劲，她哪里是在骂那个让她一辈子活得不舒心的男人呢，她现在是在骂我，骂我们，我和嘎子、梅子。嘎子梅子都不在，听不到田桂花的发泄，那么，她是在骂我，通过骂我，在发泄一种无处发泄的怨恨。

可是，田桂花你真的会有怨恨？换个说法，你还好意思有怨恨？人不是你骂跑的吗？

一定是她骂跑的。

这念头像一条蛇，冷冰冰的，贴着我的心壁爬，一直要从嘴里爬出来，探出湿哒哒的芯子，对着田桂花那喋喋不休的嘴狠狠地还击一下。

有一种想为马有世报仇的冲动。

我忍着。我很清醒。我狠狠地按着这条蛇头。她是田桂花，我母亲，生我养我的女人，这世上把我带到人间的女人。她活得不容易。就算是她骂跑了马有世，就算她和大伯真有什么，就算别人背后怎么谈论，她都是我的母亲。作为儿子，我没有资格揭她的短，没有资格拿最戳心的话去还击她。

她还在唠叨。我知道她真是憋得太久了，马有世离家出走三个月，那就是说，她已经有快一百天的时间，日日夜夜，她失去了可以随时随地发火、数落、咒骂甚至动手去打的对象。马有世受了三十几年，这种把生活的不如意，命运的不公道，甚至各种琐碎零散的小打击小波折，都变换成对他的抱怨，随时随地发泄在他的身上的折磨，他一直承受着，从年轻扛到了年过半百。

事实上，除了马有世这个超子，又有哪一个人是她可以随时随地想骂就骂，张口就骂，骂不还口的呢。

我喝干水，装作尿急，起身进了卫生间。

卫生间很狭窄，除了马桶就是一个紧贴在墙角的梳洗台，另一个角落里立着一个大铁盆，那是从老家带来的，我们从前洗大净用的，到了这里用不上，有水龙头，水流下来直接进下水道就可以。按道理是根本用不上水盆的。但马有世还是把盆子搬进来，每回换水，下面都盛上盆，把洗过的脏水接下来，舍不得倒，用来冲厕所。

都是你超子大的主意，你说这里头那么小，人进去打个转身都吃力，他偏偏要多放个大盆。

刚搬进来的时候，田桂花跟我这么抱怨过。

当时我没在意，咧嘴一笑就算过去了。

马有世这超子，处处惹田桂花不高兴，我们早都习惯了，田桂花的抱怨我们也当家常便饭从小吃到大。

我不脱裤子坐在马桶上。

旁边是垃圾桶，桶上套着塑料袋，我慢慢揭开盖子，里面只有几片用过的卫生纸。我站起来细看马桶，刷洗得干干净净的，外头没有污渍，里面看不到尿碱，通体闪出瓷白的光。

再看梳洗台，香皂在香皂盒子里，牙刷牙膏在塑料牙缸里，一盒润脸油上架着一把豁了齿的木梳子。毛巾挂在金属架子上。一切都很整洁。我拿起牙缸查看，牙刷干透了，毛乱蓬蓬的。这是马有世留下的用具。这家里只有他刷牙，早在老家时候就坚持刷牙，可以说他是庄里为数不多的几个坚持刷牙的人，为此成为他的又一个惹人笑话的把柄，也没少挨田桂花的骂。田桂花是心疼牙膏钱，说一个老农民，好好地刷啥牙，嘴里又没吃屎。她抱怨归抱怨，马有世还是把这习惯坚持了下来。买牙膏牙刷花钱，他就省着用，一根牙刷用一年两年，牙膏每次挤豆子大一点。

他刷牙的样子一点都不好看，哪里像个讲究卫生的人，倒像是一个可怜虫在偷吃什么，背过身子，牙刷在嘴里上上下下扯动，跛了的右脚虚虚地撑着，在地上一点一点地抖，好像在给嘴里的牙刷做伴奏。在老家时是这样，到这里后还会是这姿势吗？地滑，他的跛脚站得稳吗？

我望着镜子看，看到了一张年轻的脸，年轻时候的马有世。

楼上人家用马桶，水在下水管里哗哗响。

我仰头听，水声消失了，耳边一片寂静。

嘎子两口子在厂子里打工，娃娃去上学了，马有世现在一失踪，这家里就只剩下田桂花，那么这一时刻的田桂花，她等待的人，除了大伯，还有谁能让她那么欢喜。

我叹了口气。

我曾经撞到他们在一起。那时我还很小，根本不明白这世上还有男女关系爱恨情仇这类复杂的事情。超子去哪儿了我不知道，我半夜里迷迷糊糊醒来，听到炕上有人蠕动。女人是田桂花，凭声音我知道男人不是超子，夜黑，我爬起来去摸灯。被田桂花一巴掌打倒，在我的哭声里男人跳下炕开门跑了。但是我已经听出他是谁了。他临出门丢下了几声咳嗽，那咳嗽的声音很独特，我也很熟悉。他是我大伯。大伯平时疼我，动不动把我举起来扛在肩头。蹲在他肩头我听到他就常常这样咳嗽。从那以后我再也不让大伯举我了，看见他我老远就躲，躲不开就头一勾过去。我再也不愿喊他大伯。

那个夜里的记忆成为一块阴沉沉的石头，一直压在我心里，后来听到那些风言风语我就知道大家没有冤枉田桂花。

这也是我搬迁时候坚持选择院落不住楼房的另一个原因，父母那辈人的有些事，我们做后人的，只能看在眼里，但实在是没法说，也不能管，不管是不是笑话，插手去管，将会闹出更大的笑话。我只好躲，躲远点，眼不见心不烦，我求个自己清静。其实我很清楚，所谓的躲远图清静，就是我在自欺欺人，我能躲哪儿去呢，离得远就能当这件事不存在？不，我知道怎么做都是白费功夫，除非我拿刀子把田桂花和大伯都杀了。或者，我自己抹脖子，从这个世上消失，就当我从来没有存在过，也就不用在这复杂畸形的亲情关系里苦苦熬煎了。

我再次坐回马桶上。忽然不想出去，不想面对田桂花，更不想碰上忽然敲门进来的大伯。

我解开裤带，脱下裤子。屁股落在瓷质桶沿上，肌肤触到的是冰凉。冰凉入骨，好像数九寒天坐在了一大片凉水上。川区的伏天很热，要比老家山区热得多，蚊子也多，一到夜里就乱纷纷撞，如果放水的时间正好倒到夜里，我一趟水放回来，头上脸上手上全是红疙瘩。马有世他现在要是还留在川区，不管是城里还是乡下，肯定都在夜夜喂蚊子。一丝细细的声音，绕着耳朵飞，越来越近，果然是一只蚊子。大白天的，它就这么迫不及待吗？

我静静坐着不动，它落在我脸上了，一丝轻微如风的触动，拨开汗毛，刺穿肌肤，细微到没有痛感。我闭上眼，凝神感受。它刺破肌肤，刺吸式口器插入，吸血。我的血，顺着它的吸管细细地流。这是我的血，也是一个叫马有世的超子的血。我们是父子，这世上没有比父子更近的血缘。他把血脉遗传在我们的血液里。我们兄妹三人都身体健康，脑子健全，不疯不傻，没病没灾，这是他这辈子能给予我们唯一的财富。其实，身强体壮，没病没灾，这不正是人活在世上最大的财富吗？这也是一个超子，他能带给我们的最大的财富。这就是财富啊。活了这三十多年，我怎么从来就没有想到这一点呢？

额上开始发痒。它已经吃饱了，离开了，欢叫着飞走了。

有人打门。啪啪啪，啪啪。声音穿透两道门传进来，在寂静中回旋。楼是边楼，卫生间有个小窗口，我看见阳光从狭窄的窗口透进来，像一匹纱布绷在那里。纱布里飞织着数不清的尘埃，尘埃是活的，在颤颤地蠕动。

我的心在抽搐。我听到门开了，但是没有说话声。我闭上眼，设想此刻门口的情景。门外来的是大伯。他来找田桂花。说不定他手里还拿着点好吃的。一个老光棍，兴冲冲来见老相好。可门开了，田桂花的脸却是黑的，把他直接堵在门外，冲他没命地摆手，不叫他说话。门轻轻合上，他们在门外嘀咕。田桂花告诉他，今儿不巧，哈子来了。一听这话，大伯肥肥的脸顿时抽成一张皱巴巴的玉米面饼，现在就算田桂花让他进屋，他也不进了，他要赶紧走。他怕我。不知从什么时候起，我见了他躲，躲不开就冲他瞪眼，反正像仇人一样地恨他，鄙视他，唾弃他。刚开始他不理解，还撺着要抱我，要给我小零食。我知道他是在收买我。想到他和田桂花的龌龊事，我恨他恨到骨头缝里去了。后来我长大了，长成了大男人，个头比他还高，他就开始怕我。我知道，他终究是心虚。

时间在窗口的亮光里飞旋、消逝。屁股发麻，脸上的肿块不痒了。我听到门合上，田桂花的脚步在客厅里走动。

走错门了——

她念叨。

——这地方人多，姓杂，哪儿的都有，西吉的，彭阳的，固原的，唉唉，光是这走错门的就天天都有啊。

她的声音多假啊。我是她肚子里爬出来的，她平时说话，哪句是真，哪句扯谎，我就是睡梦里也能分辨得出来。现在，我的母亲，正在跟自己的儿子扯谎。可是，这个谎又是多么拙劣啊，拙劣到让我恶心，想吐。

胸口闷得难受，我张大嘴，想松快地呼吸几口。

一只苍蝇从高处斜斜地冲下，它似乎有十万火急的事，像奔命一样冲，一头扎进我张开的嘴里来了。

我合上嘴。软腭下垂，舌根上抬，试图从软肉深处分泌出唾沫来。但是整个嘴巴到喉咙，到嗓子深处，都是干的，干透了。没有唾沫，我狠狠地下咽，把苍蝇咽进了肚子。

马桶被我的屁股暖出了温度，我起身，用手心摸。刚搬进来那会儿，田桂花在电话里跟我抱怨，见了面更是唠唠叨叨地数落，骂超子脏，不会用马桶，不习惯坐着尿，像老家一样站着尿，尿点子溅出来，脏了马桶，他又不好好冲，弄得家里一股子尿骚味，他方便一回害得她要跟在沟子后头伺候一回。

田桂花抱怨得厉害，我来看他们的时候，就这个事情专门问过马有世。马有世笑嘻嘻的不好好说。我急了，逼着他，他才嘟嘟囔囔拧着脖子说他一个大男人，站着尿了几十年，现在叫他坐着尿，这不是逼着男人当女人吗，难道到了楼上就叫人连人也做不成了吗？万一他真变成了女人，可咋办？

我哭笑不得。这就是我父亲给我的答案。他真不愧是个超子啊。

谁都知道，城里人都用马桶，用马桶的男人都坐着撒尿，这世上多少的聪明人，都没有听到他们说坐着尿尿就不是男人了，偏偏到了我父亲这里，就不是男人了。

真是个脑子有问题的傻子啊。

那你尿完了好好冲啊，尿点子到处都是，也不怪我妈嫌弃——

那、那、那……多费水啊——马有世支吾着，说，多清的水啊，尿一泡就冲一回，再尿一泡，再冲一回，你说这一天下来得冲多少回啊，得费多少水啊，你说我们早先在庄子里，都是担水吃，天天跑那么远的路，担一担水多吃力，使唤的时节谁不节省着用，洗了脸的洒地，洗过锅的喂狗、饮牛羊，你说现在把清哗哗的水这么糟蹋，这不是造孽吗？那得多费钱呀！不是我懒，我尿三遍四遍，攒多了，再一总子冲下去，难道不成？

我的超子父亲，他怕自己变成女人，他舍不得糟蹋水，他舍不得花钱，他……

我抹一把脸，手心里有血，也有泪。但是我拉开门，大声咳嗽，笑，我说妈，我得走了，你忙。

我快步下楼，有风从脑后跟着我，田桂花在身后喊着什么，我没回头，我快快地跑，好几次都差点栽倒，但是没栽倒，我跑着离开了移民小区。

3

我和媳妇，嘎子和弟媳妇，梅子和女婿，还有各自的娃娃，我们聚到了田桂花跟前。

距离超子出走，时间过了半年，他走时玉米还没下种，现在玉米棒子都要成熟了。这几个月里，我几次回家给玉米放水，放完水又返回到城里继续打工。

人是我一一打电话叫过来的。梅子一听我说时间长了妈想你和娃娃了，你们来这儿咱们大家见见面吧，她很爽快就答应了。当我追加一句，让她女婿也一搭来。她犹豫了，说我们两口子都离开，就得关店门呀，这店门关一天，得少卖好几百份儿凉皮呢，哈子你是晓不得，现在天气热，正是卖凉皮的旺季，生意好得不得了——

我打断她，说，你心里要是有我这个大哥，你就叫上他，钱可以慢慢挣，有些东西，一旦没了，挣多少钱买不回来的。

我第一次给她自称大哥，我觉得我的口气唬住了她。

嘎子两口子利索，因为他们的两个娃留在田桂花这里，我说有事回来商量，他们没犹豫就回来了，回来正好看看娃。

大小加起来一共十四口人，全部钻到了五十四平米的楼房里，顿时又挤又热闹，我们三兄妹的娃，平时各在各家，这下子凑一搭，比蜜蜂分窝还热闹。田桂花嫌吵，把他们赶进一间小卧室关上门，由他们闹去。我们七个大人留在外面客厅里。

我们搬进来时没钱买沙发茶几一类客厅必备的摆设，就在客厅当地放了老家带来的一张大木桌子，桌子太高，搬进来后我把四条腿给锯短了。上面苫一条红丝绒单子，它居然给人感觉就是一条笨重古朴的大型茶几了。田桂花买了十个塑料凳子。我们每人屁股底下压一个小凳子，团团围住了大桌子。梅子找出几个玻璃杯子给大家倒茶。一个早年装过麦乳精的铁皮盒子里装着茶叶。她一把一把抓出来，扔进水里，水一泡，一股霉味儿扑鼻。

这茶叶，还是梅子嫁人那会儿，她婆家送的开口茶。当时田桂花说我们一家子下苦人，喝个啥茶叶，还不是白糟蹋了，不如十几块钱卖给喝茶的马会计算了，超子不同意，说放下他喝。超子爱喝茶，这爱好我们全家都知道，就像他另外那个爱吹牛的毛病一样。我们知道，但从来没当回事。他爱跟人吹牛，吹的全是女人田桂花对他的好，说顺口的时节，甚至会吹嘘田桂花作为女人本身的好。这是让我们耻辱的毛病。为此田桂花没少吼他，也拿铁锨拍过屁股。他不改。他在饮食上的爱好，就是喝茶。

田桂花说一个超子，喝个啥茶，你不要叫人听着笑话！

骂是这么骂，这盒茶叶算是留下来了。超子舍不得一下子喝完，存着来人招待，或者农闲时节，在一个大罐头瓶子里泡一杯，然后端到麦场里，一边看大家闲聊，一边吱吱地抿着喝茶。这一盒茶叶，应该为他增添了不少人面上的光彩吧。

我吹开泛白毛的茶叶，喝了一大口。

嘎子忽然尖叫一声，呸呸呸地吐。咣一声把杯子墩在桌子上，冲梅子瞪眼，眼瞎了啊你个死梅子，咋把这杯子给我了？脏死了脏死了——

我抬头瞅，我的目光冷冷的。他刚喝了一口又吐出来的杯子，正是超子常用的那个大玻璃瓶子。不知道何年何月装过何种罐头，瓶体被他的手心摩擦得明亮泛光，原配的铁皮盖子早丢了，他配了个塑料盖子用着。

梅子赶紧赔笑，喊，不要骂，不要骂，人多，杯子不够，拿这个给你凑合下。

嘎子更生气，为啥不给你凑合？不给你男人凑合？拿个破烂给我凑合？你啥意思嘛你？

梅子不慌了，冷笑，你说它脏？嫌它是破烂？哼，妈骂得对，你真是膀子硬了不认人了，这可是超子的茶缸，超子可是你大，亲大！哪有儿子嫌弃亲老子的？狗还不嫌家贫，儿不嫌母丑——

少说你那些屁话！

嘎子大吼。

哎呀呀，吵个啥？叫你们来，不是叫你们见了面就吼，有啥骂的呢？超子走了半年了，眼看就要两百天了呀，你们当儿女的，心里就不急？一点都不急？他可是你们的亲大啊——

田桂花一口气嚷出一串，打断了争执。

嘎子顿时蔫巴了。

梅子气哼哼摆着肥硕的大胯，在她男人身边坐下。

我伸手端过嘎子面前的大瓶子，把手里的玻璃杯推到他面前，我两手捧起玻璃瓶，喝一口。再喝一口。水烫，浓烈的霉味逼人。梅子已经是两个娃的妈了，她的开口茶还保存着，这个……人啊。

我放下瓶子，看他们。

我的目光挨个看他们，看得大家都不吭声了。

我说妈说得对，大，他出去这么长时间还不回来，八成是哪儿打麻烦了，不能再等了，我们得寻，把人寻回来。

说完我觉得嗓子痒，赶紧又喝一口。就在双唇和瓶口碰触的那一刻，我闻到了他的味道。对，超子的气味。我强压着内心的不适，装出一点都不在乎，其实我跟嘎子一样，我们都很嫌恶超子用过的一切东西。包括碗筷。他吃剩的饭菜和面汤，打死我们也不会沾一口。这种嫌恶是什么时候产生的，我说不清楚，只记得小时候特别迷恋他这个瓶子，就像迷恋他肚子上那个能变戏法一样掏出各种好吃食的缠腰兜儿一样，他不知从哪儿弄的糖，杯子里的水总是甜丝丝的，我就缠着要喝一口那水，他乐呵呵打开盖子给我抿一口。只要他稍不注意，我就狠狠地猛灌一气。他发现了一边夺瓶子，一边笑着骂。那时候我怎么就感觉不到脏呢？又是在多大的时节开始嫌弃起他来的？都记不清了。反正我们兄妹形成了统一战线，我们都厌恶他，说他的嘴巴子脏。母亲更是这样，他剩下的残汤残饭，总是被倒进狗食盆子里。

回想起来一切就像昨天的事，可他不在眼前，他失踪了。

我稳稳地喝着，连喝几口，舌头烫得发麻。人都看着我。田桂花，嘎子，梅子，这三个人的脸上堆满了惊讶。

我知道他们为啥吃惊，因为我没有把马有世像过去一样，口无遮拦理直气壮地称超子，而是喊了一声大。他不在我们眼前，我背着他喊了一声大。这可能是有史以来，第一次他不在的场合，他的后人这么称呼他。这个本该他拥有的称呼，现在从我嘴里跑出来，竟然十分显眼，甚至刺耳。

我咽下一口滚水，呛了，竟然溅出了两串眼泪。

我用泪眼看我的亲人们，大声说，妈，嘎子，梅子，你们不要这么看我，我没说耍话，我在说正经事。今儿把你们都叫来，就为了这个事。他跑没了，半年时间没个音讯，肯定是出事了，不是摸不到回家的路迷路了，就是遇上了啥麻烦，这是大事，我们不能再大意，不敢再耽搁，得寻，马上寻人。

我有意顿了顿，目光越过嘎子梅子，看着弟媳和妹夫，我说从今儿起，你们手头的活儿都停下，梅子你那凉皮店先关门，嘎子你两口子给厂子里请假，我们两口子也停活儿，我们——

哈子你要做啥啊？真准备折腾？一个超子，还真打算寻啊——

嘎子插嘴，笑嘻嘻的，嚷了一嗓子，夸张地冲大家龇了龇牙。

哗——一团白气裹着泡发的旧茶，从我手里泼了出去。

嘎子嚎叫一声，捂住了脸。

我把手里的空瓶子慢慢放回桌上。

我说嘎子兄弟你给我听着，你这话，全世界的人都能说，就你跟我，还有梅子，我们三个不能说。我们是他的后人，我们身上淌着他的血，就算他是个超子，一辈子活得不如人，也没给我们置下像样的家业，但他还是你我的亲大。这是真主的前定，也是命运的安排，你我就是有多不愿意，但是做人的根本不能坏，这可是做人的根本呀，我们得讲良心。良心。

屋内静悄悄的，隔壁娃娃们的吵闹也消失了，只有我在说。

不是嚷，不是吵，也不是吼，没有声嘶力竭，没有吹鼻子瞪眼睛，也没有指手画脚，是在说。像一个正常家庭里的长兄，在父亲缺席的境况下，在履行一个兄长的职责。

我说啊说，语速顺畅，语调平缓，没有夹带半句脏话，好像这些话是原本长在我心底的，长了三十多年，今天我把它们捧出来了，不用遣词造句，它们自然顺畅地排着队跑出来了。

我把自己说感动了，也说伤心了，眼泪滑进嘴里，我舔了一下舌头，苦巴巴的，苦到舌头发硬，嗓子干涩，眼泪却苏醒了一样往下扑。我忍不住，我狠狠地甩头，想把这些没用的丢人现眼的脏水甩回去。

我不说了，坐回板凳，拿起桌子上我妈擦桌子的脏抹布揩脸。

嘎子抬起头来，他媳妇已经拿毛巾替他擦净了茶叶，我看到他的脸红了半边，连眼仁也红了，他用红眼睛正视我，说，哥——

声音沙涩。

我知道，这是他生平第一次喊我哥。

我们兄妹三个，从小到大，都直接喊彼此的名字，大小尊卑，没人教导我们。田桂花有时心血来潮，大巴掌和烧火棍劈头盖脸打下来，骂我们是铁嘴子，没教养，打过也就打过了，过后她带头把马有世喊超子，我们也喊，我们照旧没大没小。田桂花实在没时间也没精力在这些琐事上纠正我们。我们在一种混乱颠倒的气氛中长大。一天天把不正常当作了理所当然的正常。现在我们明白了，有一部分原因，在于他，看着我们一天天长大的是一个不正常的父亲，一个超子，在我们的成长岁月里父亲占据的那一角色是缺失的，是畸形的。

梅子迟疑着，说哈子——我们——我——

我盯住她的眼睛，看。

她长了一张大饼脸，又圆又大，完全是田桂花的年轻版。

我忽然感觉这张脸太大了，大得让人心头有些不舒服，被什么堵得憋闷。

梅子在我的目光里脸色一点点苍白了，不敢看我，垂头看着自己的膝盖，说，我我——哈——哦不，哥——大哥——我是说我们家的凉皮店，关门就关门，钱先不挣了，我们寻超——不，寻他，寻大，对，把大寻回来再说。

说完她抬胳膊捣了女婿一肘子。

妹夫没吭声。

我知道他心里不大痛快，一心惦记着凉皮店生意。

我把目光投向田桂花，田桂花脸色不太好，有些蜡黄，人也明显消瘦了。她有些忧郁地望着我们。见我看她，她慢慢把目光挪开了。自从搬到这移民小区，我还没这么仔细地看过她。在我的记忆里，她的大饼脸上不是乐呵呵的，就是在生气。嬉笑怒骂来得快去得也快。很少像这样沉默不语。

我说妈，我大常往外跑，这个我们早都晓得，到了人生地不熟的地方，他也乱跑，不听你的劝，现在跑没了，这不怪你，你一个人操心一大家子的日子，还要另给他操一份心，你也不容易啊——

田桂花抬起了头。一串话冲口而出：谁说不是啊，我一天拉扯两个娃娃，吃吃喝喝里里外外的，忙得一天不住点儿，还要去楼下拔鸡呢，他一个大活人，我又不能把他拴在裤带上——

嘎子两口子低下了头。我知道这话点到了他们的心病，他们的两个娃全丢给田桂花照顾，田桂花那么忙，超子跑丢，不能说他们没一点责任。田桂花不能啥都不干地操心娃娃，她和超子也得吃喝拉撒地过日子。虽然嘎子时间长了也会给几个，但精明过人的弟媳妇监督得紧，嘎子能给的实在有限，马有世和田桂花的日子还是艰难的，所以田桂花把孙子送进学校就跟上一群女人去附近一个养鸡场拔鸡毛。拔一只鸡挣两块钱，她手脚利索一天能挣到六七十块。这也是好事，是我们都默许了的事。

田桂花擦一把脸，我看到她手背上多了一片湿痕。她的手粗糙得扎眼。从前双手手心手指上有老茧子和皴口，现在连手背上也满是坑坑洼洼的裂痕和干痂。拔鸡毛时不能戴手套，赤手才能更利索，一个人在不用开水烫而是干拔的情况下，一天干下来，两个手十根指头没有不疼的，指甲盖疼得要撬起来，我帮媳妇拔过，知道这活儿不好干。而母亲田桂花，她一干就是一天。活儿干得不好，还要被主家挑三拣四地数说，她也活得不容易啊。

我本来憋着一肚子暗气，看到这双手，我心肠软了。这个女人，自从嫁给了父亲这个超子开始，这些年里活得是苦是甜只有她自己最清楚。我不想提那桩事了，本来准备责问她的话，也不提了。问了又怎么样呢，我们这种家庭的关系，几十年都这么下来了，我又能改变什么呢，再说，不管咋说，她都是我们的母亲，生了我们的女人。这件事，由做儿子的来质问自己的母亲，就算我们在一个不正常的家庭里长大，我也知道，我不能问，不该问，问了不合适。除了我们三个是她生的，还有两个儿媳妇一个女婿，当着这么多人的面，儿子揭母亲的短，他们会怎么看，叫田桂花以后在儿媳女婿面前还咋做人？

我想了想，看着田桂花的眼睛，咳嗽一声，说，一般人家里都是男人照顾女人，我们家反了，这几十年都是妈你在照顾一大家子人，还要照顾他一个大男人，妈你活得有多难，我们当儿女的都晓得，看在眼里，记在心里呢。你就不要难过了，我们去寻，一定把人给你寻回来。

我们六个人开始寻找。我开着农用三轮车，拉着我召集起来的队伍，把娃都留给田桂花照顾。我说我们先把移民小区附近跑一遍，还找不到的话，再扩大寻找范围。以移民小区为中心，向周边的乡镇集市四面散射。

我发现嘎子蔫头耷脑的，我知道他心里还是不情愿，怪我小题大做。我看着他的眼睛，说操点心，当回事，不寻的话，他摸不到回家的路，这么热的天气，肯定很受罪，我们当儿女的，寻他是应该的。

嘎子没吭声，梅子忽然嚷，哥你说寻人哩，可这咋寻哩你想过吗，一个超子——

她猛地刹住，改口：大，我是说大，那样一个人，超成那个样子，脑子颠三倒四的，话都说不利索，我们见了人咋问？难道能问你们见着一个超子没有？

我说手机，看你们谁的手机里存着他的照片。

我们六个人同时摸手机。

梅子女婿先开口，说我这半年忙着卖凉皮，不常来看姨娘姨夫，我没拍下姨夫。

我媳妇跟着说她也没有。

我不看三个和我父亲马有世没有直接血缘关系的人，我只盯着嘎子和梅子。如果我们三个亲生的儿女都没存下父亲的照片，还有什么理由要求儿媳和女婿呢。

嘎子熟练地滑动手机屏幕，梅子也在翻找。我没动，我知道自己的手机里一张都没有。自从用上智能手机，我拿着手机见啥拍啥，每日的饭菜、娃娃、干活儿的工地，只要有兴致随时都可以晒自己的日常生活，可我就是没拍过他。一个瘸子，又是跛子，有啥好拍的，难道我要炫耀自己有这么一位被人人当作笑料捉弄的残废父亲？

所以，我更加有意识地避免拍他。

梅子喊，有了有了，找着了——

手机伸过来，我们围住看。

照片里果然有他。可我一看就知道这照片不能用，因为没脸，镜头里是梅子的两个娃正凑在一起吃东西，旁边站着一个人，他穿着蓝上衣黑裤子，正弓着腰往远处走。这背影正是父亲马有世。

我难忍愤怒，瞪梅子：你这也算照片？没脸咋用？你再找个能看清脸面的吧。

梅子有点委屈，飞快地滑动手机，她没事最爱拍照片臭美，也爱晒娃，几乎每天都发好几次帖，似乎不晒晒他们一家四口的小日子，活着就没意思了。还隔三差五发几张自拍，美颜处理过的照片，失真到除了眉眼依稀是她，让人真的很难将照片里白脸红嘴的女子和现实里一张麻脸的梅子联系到一起。

要在如海的美照里翻出一个傻子的照片，真是为难她了。

田桂花拿着身份证过来了，说你们几个就不要装模作样地翻手机了，一个傻子，你们哪会把他存在手机里，你们拍猫拍狗拍花花草草，也不会拍他的，我还晓不得你们几个——

我摸索着身份证，我的手在抖，田桂花的话像刀子，看似不经意，但扎进心里疼。她骂得一点都没错，我们确实啥都拍，流浪狗，宠物猫，吃草的羊，下蛋的鸡，我们似乎从来都没有想起来也没有兴趣，把照片上这个人摄进自己的视界，就算不发到朋友圈晒晒，连存下来也没有过。

身份证上的马有世，双目正视着我。马有世，男，回族，出生年月日1960年10月18日。照片是在乡派出所户籍室里拍的，看得出他当时很紧张，他知道自己长期被病折磨得身子站不直，头摆不正，五官也是端不正的。这一点田桂花早就嫌弃、讽刺了无数遍。为了拍出一张端庄方正的照片，他显得很用力，紧张地使着暗劲，表情严肃得有点夸张。但正是这过于严肃的表情，让他的样子分外好笑，叫人一眼就能看出他的不正常。

嘎子瞅着我，从鼻子里嗤了一声，说身份证能看出个啥，这么大一点，还拍得那么假。梅子皱着眉头说超……大，他中等个子，单瘦，白脸，右脚跛着，咱就这么说，还不好找吗？

那我们直接说是个超子不就省事多了？超子就是超子，走路一跛一跛，脸上一看就不正常，还不好寻？

那我们总不能说在寻一个超子吧？

嘎子和梅子吵起来了。

我心头火冒，大喊，吵啥，照片都不用找了，直接跟人说，找一个跟我长得很像的人。

果然，这是最有效的，我就是另一个活生生的他。

我们的寻找开始了。

我们早晚饭在家吃，中午找到哪儿在哪儿就地解决，晚上赶回来睡觉。

第一顿午饭我们在附近一个小集市上吃，炒面片，梅子女婿抢先付了账。第二天嘎子付钱。第三天中午我掏钱。我心里已经想好了，我们三个家庭轮流付饭钱，每天农用三轮的油我来加，别看这加油，说实话不便宜，几天下来，花了好几百了，我媳妇的脸已经有点不好看了。

这天中午我们赶到邻近一个镇子。我们把这条十字形的街市从头走了一遍，边走边逢人打听，照旧没什么收获。头顶上的大日头火盆一样烤着，热得人嘴里舌头干了，说话都觉得困难。肚子早饿了，我想吃碗面吧，跑了一上午，再不吃人就垮了。今天该轮到妹夫掏钱了。

不等我提议找饭馆，梅子忽然推了女婿一把，女婿没栽倒，反手啪就是一巴掌，打在了梅子脸上。梅子吼一声，撕住了女婿。两个人打成一团。

两个当嫂子的赶紧上前拉架，我也有点慌，妹夫是个闷罐子，话不多，吵嘴不是梅子对手，但打起来梅子肯定吃亏。这二百五下手没轻重。我怕梅子吃亏。

狗咬狗，让咬，拉啥？

嘎子喊。

一声喊惊醒了我。

我不拉了，站着看。

梅子边哭边骂，不依不饶，女婿黑着脸扑打，两个嫂子前前后后拉劝，场面一团热闹。

我明白了，他们两口子在演双簧。

出来七天了，耽搁七天生意，他们心里肯定成天盘算着一天不卖凉皮少挣几百这笔账。一天陪我们跑下来，还要倒贴一顿饭钱，他们不愿意。超子是我们的父亲，我们当儿子的寻他是分内的事，作为女婿，他有义务吗？梅子两口子本来就不好，女婿动不动嫌弃她是超子家里出来的，不懂事，要是因为我们这件事再影响到他们夫妻关系……我冒汗了，但是不能吼，如果一嗓子吼出他们内心的小算盘，妹夫恼羞成怒，撕开脸闹，那就更糟糕了。

我在水泥台子上坐下，我说跑了一上午还没乏？还有力气狗一样撕着咬？先吃饭，吃饱了再回去打，到了你们家看你们想打就咋打，最好一边卖凉皮子一边干仗！先吃饭，今儿说好了，我结账，我是大哥嘛——

妹夫不打了，扭头看我。

梅子呸他一口，说猪，我哥掏饭钱哩，你还胀气啥？

大家坐在了一张桌子上。

我看着眼前的五张面孔。刚开始，我把他们集合到一起的时候，我觉得有一股力量在心里流窜，这些力量是从他们身上借助过来的，是我们紧紧抱团产生的。现在我觉得说不出的沮丧，我已经感觉不到我们之间的力量，除了疲倦，就是愤慨，要不是这件事，我真的不敢相信，我们家这些人会涣散到这种地步。

我还能指望他们什么呢。

我说梅子啊，饭吃了你两口子回去，叫你们跟上我们白跑路哩，大他一个大活人，个家不想回来，我们寻也白寻，不寻了，吃了这顿饭散伙。

这顿饭大家吃得分外香，噼里啪啦，风卷残云。吃完梅子和女婿逃一样走了。嘎子坐在饭馆门口点一根烟，望着梅子两口子远去的背影，说早点拉倒是对的，一个大活人，长着脚呢，想回来就回来了，这么满世界寻，不是办法。我们两口子已经请了八天假了，超过十天的话厂子就不要我们了，会开除。

我说屁，放你的闲屁，你老子下落不明，死活难说，你当后人的心里头只记挂着钱？你个狗日的是钱×出来的吗？

嘎子喷了口刚吸进去的白烟，跳起来扑向我。

我早恭候着了。

我们哥俩在大街上打了起来。

你驴日的——

你才是驴日的——

你狗杂种——

你才是狗杂种——

我们对骂。

口气和用词一模一样，一个模子里倒出来的。

这样的骂人方式，我们从小就熟稔，可以信手拈来。

我一拳打乱了他新理的飞机头。他崩掉了我衬衣的全部纽扣。

有人围观，有人拉架，有人举着手机拍摄，我知道，不出十秒，两个操着南边山区口音的男子在街头打架的视频肯定传遍这座北边川区集市的朋友圈。

嘎子吐一口嘴里的血，说哥，咱报公安吧，上网发帖子，靠你我的力量，寻到哪天是个头儿？

我们不打了，自动和解了，在满街围观者莫名其妙的目光里，我们像亲人一样并肩奔跑，我们去派出所。

幸好我们出门前带着户口本和小区管委会开的证明，派出所的手续办得很顺利，从派出所出来后，我们觉得还不够，又找了当地一个自媒体平台，花了一千元，马有世的照片和体貌特征等信息出现在了这家平台最后的广告栏里。同时我和嘎子在自己的朋友圈发了寻人帖子。

天黑以后我们再一次聚到了田桂花身边。

不会真出啥事吧？田桂花抹着泪，说，我心惊肉跳啊，睡梦里听到他在喊我，喊我的名字。

我深深瞅她一眼。

她一迎上我的目光就躲开了。她不敢看我。

我说我们寻也寻了，公家也找了，网上钱也花了，能做的都做到了，我们也算是尽心了。人得寻，但我们的日子也得过，从明儿起，嘎子你两口子回去上班吧，我们也回，把玉米地里这一茬水放了，我一个人出去寻，周围的小乡镇现在都找过了，我去大城市寻，石嘴山，银川，吴忠，我一个一个挨着寻，直到把人领回来。

我的决定没人反对。

我说要不这样，嘎子你回一趟老家，给亡人们上个坟，顺便寻寻，说不定他跑回老家去了。

嗨，你想哪里去了？太远了！他一个瘸子，又是跛子，身上没一分钱，他出了这小区的门，至多在川区这附近瞎转悠，哪能跑回老家去哩？再说老家现在早荒了，房拆了，沟塌了，路断了，没人烟了，他回去干啥？

嘎子一脸不当回事，抬嘴就给我反驳回来。

我也觉得自己这想法有点不切实际，北边离南边五六百公里路，还不算那些曲曲弯弯的山路，他能摸得回去吗？

我还是不放心。

你还是回一趟吧，万一呢，他脑子不好了，但以前认得的那些字还是记着一些的，再说他长着嘴，就不能向人问啊。

嘎子有些不耐烦了，说好好好，我去，我去行么，保证完成任务。

又看一眼他媳妇，说正好领上你去一趟娘家，你不早喊着想回娘家吗？

嘎子媳妇一直黑着的脸这会儿露出了笑。

我媳妇插嘴说，我觉得还是不要再折腾了，反正我们已经尽力了，也不怕旁人笑话了。一个大活人，能有啥事，可能是转悠到城里去了，那花花世界，他一看就不想回来了，你们晓不得，城里要饭的要比乡里好多了，往商城门口医院门口一坐，散也贴的多着哩，散的还净是干钱，现在的人，不在乎小钱，出手就是两块三块，他肯定在哪里要上了——

就是——

弟媳妇附和。

说不定他看外头比家里畅快得多，也不受气，就不想回来了——

说完她忽然意识到有点漏嘴，赶紧弥补，我是说他肯定转到城里去了，看城里啥都好，就不想回来了。

她的解释显得既愚蠢，又多余。

我默默看着这两个女人，我忽然觉得她们的颜面比田桂花还要衰老。

4

石嘴山是贺兰山脚跟下的一座城。一抬头就能看到不远处的连绵群山，我在街头走，走累了就抬头望望那些山，这是和我老家六盘山完全不同的景象，马有世怎么会留恋上这里？满街的人，口音和我们完全不同。北边人把我们叫山狼，我们喊他们鸭子。这里全是鸭子口音。这种口音我们初来时几乎听不懂，熟悉了一段日子，总算能凑合着沟通了。我和嘎子梅子经常外出，接触鸭子的机会多，连我们都还没能完全学懂鸭子的口音。马有世他只是在移民小区里生活了一段时间，早晚接触的，大多数是老家一带搬来的乡亲，现在一旦跑到外头，脱离了老家的口音环境，真不知道他如何面对全新的异乡口音。

我慢慢在街头走，走完大街走小巷，串完了小巷子，连一些偏远僻静的死拐角、阴暗的小旮旯儿，也钻进去看。哪里人多，我把重点放到哪里。如果看到有人坐在地上像乞讨的样子，我就赶过去看脸。商城门口和医院门口去的趟数最多。我寻了一圈又一圈，就是没看到那个长得像我并且右脚有残疾的人。我逢人就问，见过一个长得像我右脚有残疾的男人吗，五十岁左右，爱笑，说话是南边口音。

得到的回应都是摇头。

我不甘心。

把寻找范围扩大到周边的县。

没有找到马有世。

就在我犹豫接下来怎么办的时候，媳妇打来电话，她明显不高兴，不问我寻找的结果，开门见山就问我最近活儿咋样，咋打回来那点钱，不够花啊，再有半个月她娘家大哥安家，她姊妹都在微信群里商量呢，说每个人准备拿两千，她手里可是没一分，就等着我给打钱呢。

我说媳妇儿，钱我可以慢慢挣，这人——

我想告诉她，钱可以慢慢挣，人要万一真出事了，那可就再也没有了，人这辈子，啥都拿钱可以买回来，骨肉亲情，是买不回来的。所以我现在不能一门心思挣钱，不管啥活儿，只能随便找一个，一边干着一边找人，只要他还在这世上转悠，就算人海茫茫，我相信只要我不停止寻找，总有一天会碰上的。

但是她打断了我，她说我晓得你还在寻，我说你是不是脑子有问题，一个超子，寻他做啥，他由着性子满世界转悠，浪世面，躲清闲呢，害得我们连正常日子都没法过了。再说他的儿女又不只你一个人，人嘎子梅子咋都不寻？人家上工的上工，卖凉皮子的卖凉皮子，我真是瞎了眼，明明晓得你家里那个情况，我大睁着眼偏要跟你，你再执迷不悟我们就离婚，这日子我不过了——

我抬头望远处。贺兰山的面孔还是我刚来时的模样，山上全是石头，草木很难生长，季节转换，山上总是灰苍苍的，一年四季几乎是一个颜色。但是山下城郊的草木早就褪尽了春色，显出苍凉秋意来。我已经在这里耗费了三个月的时间。我知道媳妇说的不是假话，要是我没钱养家，她真有可能会闹离婚，现在的女人，已经不是我父母那个年代的观念了，她们是把离婚两个字挂在嘴上的。我知道这件事必须有个了断了，至少在宁夏北部这里该画句号了。媳妇说得没错，我本来就没有啥文化，挣钱的本事也就是淌臭汗卖苦力，全身心投入干一个月才能拿到三千。而我这几个月，除了心神不宁，找的活儿也都不是高工资的，只要能让我一边干着，一边在当地寻人，工资多少，我从来顾不上计较。

可这一圈儿寻下来，我两手空空，没找到人影子，钱也没挣到，再这么下去，只怕连家都要散了，不行，我得打工，得挣钱，得养媳妇娃娃，得先把家顾住再说。

我遥望贺兰山，在心里说，我尽力了，现在得离开这个地方了，可是，我跟你说，我是问心无愧的，我真的尽力了。

当夜坐车赶往银川城。

班车在公路上跑，我把头搭在玻璃上盯住窗外看，心里有一个模糊的希望，希望忽然之间，就在车外，有个身影出现，歪歪地站在那里，拉着一条腿走路，一边走一边回头，冲我嘻嘻地笑，笑容贱兮兮，又可怜巴巴。我曾经是多么厌恶这表情啊，整个少年时代，即便是后来长大成人，我简直是做梦都渴盼能摆脱他，和他带给我的耻辱感。可是，为什么，现在我的心里，好像有些怀念，怀念那笑容，那耻辱的感觉。我啊我。这一刻，我感觉我看不透自己了。

银川人最多的地方是南门广场。我以前出门打工，来这里找过活儿。这里人口流动量大，三教九流都有。尤其贼娃子和乞丐，更比别处多。我想先从这里入手寻找吧。

不能像在石嘴山那样满大街寻找了，没有精力也没有时间那么做，家里等着我挣钱养家呢。再说银川城可比石嘴山大多了，我还那么转悠不等于在大海里捞针吗？

那究竟该怎么寻？怎么样才能找到他？

夜气下来了，寒意一层比一层重，我裹紧身上的外套，还是觉得冷，我在走，走得漫不经心，没有目的地，好像魂丢了，却又不知道是在哪里给丢掉的，我只能这么漫无目的地走，这么没有方向地寻。

到处都是人。城市里最不缺的就是人。可是，人海茫茫，我要找的人你在哪里？夜灯照亮了一些人的脸，又把一些原该清晰明亮的脸庞晕染得模糊不清。我一张一张地看，看完一张再去看下一张。我在心里不停地喊，是你，但愿是你，就是你，你忽然从陌生的人丛里抬起了头，把一抹熟悉的曾经让我耻辱的傻笑，就那么猝不及防地送给我。

我走累了，坐在地上，仰头望高处，高处是来来往往的腿和屁股，我满怀希望又绝望地筛选着，不看女人，只看男人，看男人的屁股和腿。只要走路不稳有打闪的，我用目光紧随，往上细看，直到看清他的脸面。可一次一次看到的，只有失望。

人群里没有我找的人。

肠子里一阵响，胃也热辣辣的，我一天没吃饭了。

白天不知躲在哪里的人群，夜晚苏醒的蚂蚁一样，全出来了，在钢筋和水泥的间隙游动。我坐在广场上看人，人走过来，人走过去，有人在给老家打电话，报平安，有人在向人借钱，有人在挑地摊货，有人在打电光闪闪的陀螺，有人在耍猴，有人在看猴，有男女公然抱在一起啃嘴巴。一些人是出来散心遛腿的，一些人是抓住这个时间寻一点生计的。叫花子正是这种人。我的目光直往人多的人群里钻，我知道，他什么也干不了，跑出来，他唯一能养活自己的手段，只有要饭。

一股浓郁的胡椒味儿直扑鼻子。我被饥渴牵引，不知不觉站到了一家烧烤架子前。一个小伙子正翻着手里的钎子，一边翻动，一边抓起架子上的大小饼子轮流撒着各色调料。调料溅在炭火上，噼噼地炸响，签子上的肉由红变黄变灰变熟，调味香裹着肉香在一阵一阵白烟中飘散。

一串烤肉两块钱，上面只有小小的三疙瘩肉，要让我吃，三十串才能吃饱。三十串，就是六十块钱，我身上只剩下四十块钱，舍不得啊。我咽下一口涎水，转身离开了。

去去去，又来了，每晚都来，来了就伸手要，我们又不是慈善部门，快走，脏死了，别影响我们做生意——我收住脚步，回头看，是烧烤小伙子在骂人。一个要饭的，在他的呵斥下愣愣地站着，但他不走，却不敢再上前，一张脸从脏头发下露出来，一个劲儿赔笑脸，满脸的卑贱。

不是我要找的人。我一眼就看出他不是。我转身离开。他不是马有世，可马有世肯定和他一样，这会儿不知道在哪里，在哪一条街的哪一道小巷子的哪一个摊位前，向人伸手讨要，受人白眼。万一，他要不上饭，吃喝都是问题，还有，天气一天比一天冷，他会不会饿着，冻着，万一病了呢，这满眼都是生人的地方，他还好吗？

小伙子始终没有施舍，讨要的站了一会儿，自己也觉得没意思，终于转身离开。我伸手在兜里摸，追上去，把一块钱塞进他手里。

然后我沿着街边的步行道走。城里的马路两边，步行道上，总是铺出一条黄色的小路，满城都是，这是盲道。给瞎子走路用的。我曾经在一个铺路队打工，干过这活儿。当时我们开玩笑，说城里哪有那么多瞎子，就是有，家里人难道放心放他一个人出来乱跑？

现在我就把自己的父亲，丢到了茫茫人海里。他不是盲人，可他的智力连盲人都比不上，现在他一个人，在哪里挣扎，靠什么生活，城里四通八达的路面上，都有盲道，可他能找到一条回家的路吗？

我不知道该到哪里去，往哪走才是正确的。我顺着盲道走。走到满城灯火一家家疏落，黯淡。灯下的人群也慢慢稀少。我能听见自己的脚步声，它一脚一脚落下，踩在光滑整齐的水泥石板上，显得无比空洞。抬头看前面，黄色盲道横在眼前，盲道很窄，铺的时候我们还笑话说要铺就铺宽阔点，为啥这么窄呢，难道是为了节省砖头？可是眼前的盲道，它怎么这么辽阔宽大呢，它的颜色也黄得扎眼、刺目，像一大片金子铺在眼前。我慢慢地走，反正不急的，我在这里没家没舍，没有可去的地方，我急也好，慢也好，都是一样的。

他会不会像我一样，也在马路上没着没落地徘徊？

月亮出来了，半轮，瘦得可怜，在令人眼花的人间灯火下，它显得那么孤独，那么单薄。月光映照下，眼前的盲道笔直地伸向前方。望前方，路好像在起伏，慢慢地扭动，变成了一匹黄色绸缎。我踩着绸缎走。脚下轻飘飘的。我抬头看脚下，再望向前方，我忽然觉得这陌生的城市变成了熟悉的，一股亲切的感觉回到了心头。

小时候，每年到了收麦季节，我们庄里漫山洼都是金灿灿的，正是这样的金黄啊。麦田里金色麦浪在风里翻动，夏风燥热，一阵一阵催熟了麦子，满庄子都是浓郁的五谷香味。要开镰割麦子了，家家户户做准备，别人家都是掌柜的撑头，修镰刀，磨镰刃，安排收割。我们家是田桂花亲自主持这一切。她蹲在地上磨镰，嘴里噙一口凉水，一边磨，一边往磨石上吐水，水冲下一道一道的石泥，她两手沾满了黑色泥浆。她一边磨，一边吼，骂我们几个磨蹭，半天时间还没准备好出发。接着喊，吩咐我割麦子，嘎子放牛去，梅子灌一壶水带上。

我们的父亲马有世，他像个孩子，在田桂花的吆喝下，陀螺一样转悠，他想帮我们干活儿，又干不好，他总是越帮越乱。手忙脚乱中，碰翻了水壶，烫得梅子大惊大喊。

你个瘟神，你咋不去死哩？

田桂花终于爆发了。她一脚踢飞了磨石，坐在地上大哭起来，一边哭，一边骂，将马有世和我们兄妹三个，裹在一起骂。她哭诉自己命苦，咋就跟了这么个男人，是个超子，她就早该离婚，她没离，还养了三个娃娃，她真是瞎了眼睛，眼睁睁跳了火坑啊……

这样的场景，我们早就看得不想多看了，我们兄妹三人该干啥干啥，反正这样的闹剧时不时上演，我们从小到大已经习惯了。我们的父亲马有世，这样一个啥事都指望不上的超子，作为这个男人的女人，我们的母亲田桂花，她肩上担的不仅仅是女人的担子，本该属于男人的那一份她也给担了。田桂花确实活得苦啊。

烈日下，麦场上，大家热火朝天地忙，别人家都是男人在前头挥舞着镰刀，后面跟着女人和娃娃。我们家反了，父亲的跛脚让他根本无法蹲在地上割麦子，他更不会使唤镰刀。据说他曾经试着跪在地上割麦子，结果一镰刀把膝盖割了个大口子。田桂花从此下了死命令，不许他再碰镰刀。田桂花只能像男人一样一个人割，一趟出头，回过头磨镰，接着赶下一趟。父亲马有世，跟我们几个娃娃混在一起。他用手拔麦子，还带着我们嘻嘻哈哈地耍闹，他就是个大娃娃头儿。

田桂花割累了，回头看我们，看一眼，叹一口气，说这个超子啊，又叹一口气，说我咋这么命苦哇——

作为一个女人，田桂花这辈子，说她命苦其实一点都不夸大。一辈子和一个超子捆在一起，柴米油盐地过日子，她担负着双重担子，她吃了别的女人不会吃的苦，操了别的女人不用操的心。她的辛苦，还有艰难，别人不知道，作为她的儿女，我们一点一滴，全看在眼里。就算我们不懂事，不能全部体谅，但是她做了女人又做男人，操完家里又操外头，才把我们家撑了起来，才把我们兄妹几个拉扯长大，这是谁都知道的大事实。仅仅从她那苦弯的腰，那张粗糙得砂布一样的脸，额前冒出的白发，和眉角密密麻麻的皱纹，都能看得出这女人这辈子的艰辛。

见到现在的田桂花，一般人肯定想不到她年轻的时候其实挺漂亮的，是庄子里挂得上名的攒劲女子。她模样长得端正，性格还泼辣，看上了当民办教师的马有世，借着担水的机会，主动跟马有世搭话，两个人好上了。那时候的马有世配田桂花完全配得上。他念过书，当着民办教师，在庄子里的人看来，就是端着国家的铁饭碗了。而且他模样长得也不差，中等个子，清瘦，干净，尤其在满庄子都是一身泥一身土的农民当中，他显得特别地与众不同，穿的外衫上有四个兜，上衣兜里还插着一根钢笔，那钢笔的卡子明灿灿的，令多少大姑娘两眼放光，从心里眼馋啊。

那应该是他们最幸福的时节。当然，我们庄里的人都知道，好日子并没有持续多长时间。就在田桂花怀上身孕，天天早晨蹲在院子里哇哇吐酸水的时候，马有世教书的小学校里，几个娃娃乘着午休时间去河里耍水，被暴雨卷走了。听到消息，校长和马有世直奔水沟。

那一场搜救的过程我们自然无法亲眼看到，我们长大后听到的事情是，为了救娃娃，马有世一到沟里就跳进了河里，被洪水卷出好几里。校长以为他像那些学生一样已经没命了，他却自己爬了回来。

有世子，来来来，给大家说说你当年跳水救学生娃的事——

我记事以后，见到一些闲人无聊的时候这样引逗马有世。

大水里救娃娃，嘻嘻嘻，那水好大啊，轰隆隆轰隆隆扑下来，把干河滩都淹了——

马有世伸手比划，试图给大家再现那条随洪水突然暴涨的大河。

嘻嘻嘻，你们是没见，那水大啊，真的大——

他傻乎乎伸手比划，显得很兴奋，好像这是无比光荣的事。

都说你当时抓着一个娃娃的手就是不放，那娃卡在浪渣里，没叫水吹走，其实人已经死了，身子都硬了，你还是抓着不撒，你就为这个才差点没命了，对不对？有世子，你说你逗个啥能哩，校长都不会耍水，在干滩上站着看哩，就你会，你才差点叫水淹死，还落下了邪病，你说你呀——

有人开始揭底，毫不客气。

马有世眼里的兴奋顿时暗下去了，把跛脚忽然站直，两眼委屈：我没有逗能，我是想救娃娃，四个娃娃啊，都没了——

我的父亲马有世他会游水。算不上懂得游泳，只是在水里打个浇嘻，划拉几个来回，还能爬上岸来。这已经十分难得了。因为我们山区缺水，大家都是旱鸭子，庄里要是有谁会耍水，就是人人都知道的本事。马有世从小在水沟里无师自通地学会了耍水。

山里的男娃娃都爱耍水，夏天天热的时候，最爱背着大人，不管在哪个水坑里，光身子下去扑通几个猛子。我和嘎子五六岁的时候也爱这个。马有世见一回打一回，他坚决反对我们下水。好像他和水有仇，谁去水里耍，谁就是他的仇人。这个很多方面却缺失了职责的父亲，在这件事上显出了顽固的狠劲。

会死人的，会死人的——我记得他跳着脚跟我们着急的样子。

那时候我们不明白他心里的恐惧。

今夜我忽然明白了，他阻拦我们的时候，脑子里出现的，肯定是那四个淹死的学生娃。那肯定是他一辈子都忘不了的惨痛记忆。

暴雨事件之后他一病不起，睡了好一段日子，等再爬起来，右边半个身子没有了知觉。那时爷爷还活着，爷爷用架子车拉着儿子，东一趟西一趟地为儿子求医。乡上的医院去了，县上的医院也去了，办法想尽了，马有世慢慢能站起来，能下地走路了，但是人一天天显得迟钝、痴呆，最后成了现在的样子，脑子坏了，腿脚也跛了。

马有世超了，他的工作也就拉倒了。田桂花说校长拿着三块钱来看马有世，遗憾得直摇头，说病得不是时候啊，稍微再续上半年的话，就能转正了。转正的人，就算病了，不能教书了，公家还是会管的，会按月发病退的工资，可他还没有转正，这就等于啥也没有了。

在我的记忆里，马有世已经完全是一个农民了，和教师没有半毛钱的关系。要说还有什么关系，那就是他保持着当教师养成的爱干净的毛病，这毛病成为大伙儿玩笑解闷的话题，多年来一直流传不休。

此刻月光下的城市，街面上那些喧闹都消失了。灯火也熄灭了大半。灯光消失的地方，月光亮起来了。我仿佛看见了记忆里的麦田。那金灿灿的画面真像一幅画。而画里的人，还是那时的模样。吵吵嚷嚷骂个不停的母亲，嘻嘻哈哈孩子一样的父亲，无忧无虑天真无邪的我们兄妹三人。

小时候我们兄妹犯了错误，田桂花懒得费口舌数说，她干脆用烧火棍伺候。打急了，我们就往马有世跟前跑，往他背后一躲。马有世笑嘻嘻的，伸开两个手，跛着腿跳着圈儿地护我们。那副样子，现在想起来多么像一只笨拙的老鸟在护着自己的孩子呀。为此，田桂花的棍子一次次落在了他身上。那些棍子本该落在我们身上啊。田桂花打够了，气也出了，转身忙去了。我一下子扑到他身上，从背后抱住他脖子，他哎哟哎哟夸张地叫，好像我在欺负他。其实他慢慢蹲下身子，把我背上了后背。我揽住他脖子，他的手托着我的屁股。父和子的两具身体热腾腾叠加在一起，我们嘻嘻哈哈地笑，闹。我们不像父子，更像没大没小的玩伴。

那时的笑声，那么真实，那么纯粹，那么轻灵，像今晚的月光，像月光下的寂静和思念。现在回想起来，那时的我们其实是幸福的，我是幸福的，我们作为他的儿女，是幸福的。他不能像一个正常的父亲给孩子父爱，他其实已经以另一种方式给予我们了。原来，我们也有过快乐的时光。那是实实在在的快乐啊。

父亲，这一切，我怎么现在才明白呢。现在才体谅到呢。如果能早一天明白，哪怕是一点点，这些年里，我和兄弟嘎子妹子梅子，我们就不会活得这么委屈，我们对待父亲，可能就不会……

我看见远处的树下，铁椅子上，石凳上，躺着几个没有回家的人。他们当中有乞丐，有酒醉迷路的人，但没有他，我知道没有他。

父亲，你在哪儿？世界这么大，你是不是和我一样，也在这月光下仰头望着月光思念着从前的日子？

我给嘎子打电话，问他去老家了吗？

嘎子似乎是被我从梦里惊醒的，他打着哈欠，说去了去了，连人影子都没有，你晓得的，庄子早拆平了，现在不要说大活人，连个鬼也没有。

他说我明儿早起上工哩——就结束了通话。

没在老家，这在我预料当中。

那么，你究竟会在哪里？

起霜了，淡淡的凌霜落下来，脸上凉凉的，全身凉凉。我找一个铁椅子躺下去，仰望高处，夜空高远，月亮走了一夜，还没有走出头顶的这片天。一股湿哒哒的寒气，一层层浸透了衣裳，我蜷紧身子，朦朦胧胧地想，人这辈子，有些宿命的东西，其实是走不出去，挣不脱的。即便再努力，也难以彻底挣脱。

5

我在医科大附属医院对面的老马饭馆里找到了活儿，端盘子。掌柜的看着我，知道一个大男人干这个，琐碎不说，工资太低，我肯定干不长久，所以不想收我。我告诉他自己是为了找人，寻找丢失的父亲，暂时在这里落脚。老马听完这话，说行，你能干多久干多久，想走随时都成。说完他叹一口气，说现在像你这么有孝心的儿子，不多了。这话让我惭愧，又不能多解释，我冲他傻笑。

有人吃饭，我赶紧招呼，倒茶、擦桌子、端饭、收碗。忙完了，趁着扔垃圾、扫门口，跑到门外观望。我盯着来来往往的人，尤其是模样像要饭的，我特别注意。我试图从人群里抓住一个久违的身影，把他从茫茫人海里揪住。

寒冬的风一阵一阵贴着地面扫，这座位于沙漠和平原交汇处的城市，一天比一天寒冷，下了几场雪，落下来就被清洁工清扫了。日子像落雪，扫去一场又是一场，哗啦啦流逝。老马给我涨了工资，我媳妇知道了有点高兴，告诉我这活儿不错，冬天工地上没活儿，还不如一直在饭馆里待着，等掌握了手艺，说不定我们将来也能开一个饭馆呢。

我听着手机里的声音，一种从来没有过的陌生感，雪片一样在我耳畔悬浮，我伸手摸，没有雪，只有一缕淡淡的冰凉。

一天凌晨，我拉开门，眼前一片茫茫的白，下雪了，下了一夜，还在落，行人全都裹在羽绒服里匆匆来去。

我抱着扫帚扫水泥台子，低头愣住了，昨夜立在门口的两袋子垃圾边，蜷缩着一个身影。他紧紧蜷缩在一件黑色外套里，头发很长，毛成一团，好像这样蜷缩，他就能把自己的头发当作一把伞顶着替自己遮挡风雪。那一瞬间我呆住了，傻傻看着这人。我不能确定他是睡着了，还是已经死去多时。我站在风雪里看，一些平时模糊的念头这时分外清晰地呈现眼前。我决定听从媳妇的劝告，打定主意踏踏实实在老马饭馆里干下去，只要用心，肯定能掌握一个小饭馆的全部技术，然后把奋斗目标定位为有朝一日开一家属于自己的饭馆。

至于马有世，我知道自己不会再找了，寻找到此为止，我已经尽了孝心。

雪片落下来，在毛乱的刘海上稍一停留，就融化了，好像这毡片一样的毛发，具备着强烈的吸附力。又好像雪花落进了一片沉默的土地。

这不是我要找的人。他是个爱干净的人。他怎么会允许自己脏成这副样子。我用扫帚碰触，他醒了。抬起头冲我笑，龇开的嘴里露出一副红牙床子。

竟然是个女人。

吓我一跳。

她坐起来，笑嘻嘻的，看了看我，扭头走了，迎着风雪，走得摇摇晃晃。

我目送她，一直到消失不见，回到店里我告诉老马，我要走了。

咋地，有信儿啦？老马关切地询问。

我摇头。

那你不等啦？好歹在这里等着，说不定哪一天就碰巧遇上了。

我点头。

我没法跟老马描述自己内心的矛盾。我觉得没必要等了，他愿意出现，我会等到，若不愿意，我就是等三年五年等上一辈子，还是不会有结果。我忽然觉得，父子一场，缘分就像半空里的雪花，美好而脆弱，该珍惜的时候没珍惜，阳光一照，就会融化，谁都无法挽留。

我已经能接受任何结局，包括他可能已经不在人世。

我去看田桂花。

恰好嘎子也在，我们兄弟俩坐在木桌子改成的巨型茶几前喝茶。泛着霉味的茶，我喝了一玻璃瓶子，嘎子提起水壶又给我续一瓶子。一年时间过去，这玻璃瓶子已经闻不到他的气味了。我用舌尖舔着瓶口，我渴望寻觅到一丝他的气息。他真的好像消失了，从前，我们家里满屋子都是他的气味，他的感觉，他的笑声，他的絮絮叨叨……他见谁都是一脸讨好巴结的贱笑，他走路，扭着跛脚艰难地走；他骂人，嘟嘟囔囔小声还击田桂花的大骂；他唱花儿，哼的是一些酸得冒水的花儿；他说话，红着脸膛在一群闲人的怂恿下满口唾沫地描述着田桂花的身体和田桂花的美妙……他的感觉和气味，像一片肮脏的旧布，黏在我们的日子里，揭不去，拔不掉，我们厌恶极了，总觉得是一种耻辱。他这个人，就是一个恶毒的疮，钉在我们的日子里，好不了，除不尽，天长日久地发炎、熟脓，流淌着恶臭的脏水。

作为他的儿子，我内心一直在强烈地渴望，他要不是我的父亲多好，我就能和庄里那些顽皮的娃娃一样，一起捉弄他，像那些年轻人一样嘲讽玩耍他，像女

417

人们一样拿他肆无忌惮地开一些露骨的玩笑。就算我不参与，至少在别人戏弄他的时候，把他当作猴儿耍的时候，我的心里不用刀子绞着一样难过、气愤和羞耻了。我怎么能有这样的父亲？我的身体来自于这个男人，我们一家人活得这么艰辛也和他有着不可分割的因果关系。我真的幻想过，如果可以，我多么希望，马支书、李会计、王乡老，那样有本事的男人是我的父亲。

现在，他消失了，总算让我们如愿了，消失的不仅仅是他本人，还有他留下的气味。我们曾经那么嫌弃，那么渴望摆脱的气味。那样的气味笼罩我们的生活几十年，成为一种刻骨铭心的记忆。我曾经做梦都希望摆脱这种记忆啊。

记得当初要从老家搬迁到这里时，我们聚在一起高高兴兴地谋划着未来的好日子。

忽然嘎子媳妇冒出一句，说楼房只有五十四平米，那么小，啥都是新的，肯定很干净，可我们家……她不说了，扭头看一眼马有世。

我们像被当头淋了一盆凉水，顿时都哑声了。

弟媳妇终究是压不住心里的话，又冒出半句：家里有这么一个……

她毕竟是娶来的外人，当着我们大家的面还是有顾虑的。

嘎子却没什么忌讳，他补充：一个超子，跟过去就是个拖累对吗？

当时马有世在场。

我们的父亲马有世，他一点都没有伤心，生气，或者愤怒。相反，他冲着我们笑，笑得龇牙咧嘴，恨不能把笑容送给每一个人。

我媳妇本来犹豫，选择楼房还是院子，拿不定主意。这时她拉了我一把，冲我挤眼睛，又给大家说：我们想好了，我们搬院子。楼房和进工厂的名额，都让给你们。

嘎子两口子欢天喜地答应了。本来按人口，父母和嘎子得去院子，我们两口子住楼房同时有两个进厂打工的名额。嘎子媳妇早就眼热我们的名额了。

我媳妇的小心思我何尝不明白。我们住楼房，到时候我和她去厂子里上班，娃娃就没人管了，接送上学和吃饭，都得人帮忙，到时候还得把田桂花接过来，接田桂花，自然不能把马有世丢下。可是把田桂花马有世都要过来，大家挤在小楼房里过日子，我这生来爱干净穷讲究的媳妇可怎么受得了。这些年为了离这个老公公远一点，她一嫁进门就挑唆我们早早闹分家，家分了她还不舒服，不停地劝我带她出门打工，最好把家安在外头一辈子不回老家。

现在她终于看清楚了，也拿定主意了，如果选楼房，要摆脱马有世就困难了，这以后的日子要想清清静静地过，那就只能选院子了。住了小院儿，她看家带娃，我一个人在外头打工，我们踏踏实实过我们的小日子，时间长了，带着娃娃去一趟移民小区，看看公婆，尽尽孝心，也就说得过去了。

不过，人和人的心思不一样，嘎子媳妇恰恰和她嫂子想的不一样，她一直盼着我们能把楼房换给他们，到时候她和嘎子住厂子里，娃娃丢给田桂花，她正好躲个清闲。

果然，弟媳妇一脸开心，说，楼房就楼房吧，虽然小点，挤点，但是我们两口子不是一去就进厂子了吗，一年四季在厂里住，家和娃娃就留给妈。

马有世随嘎子一家搬到了楼上。

老家时候院子大，庄子大，世界也大，他成天在外头转悠，他自由自在，我们也舒畅一些。等搬到了楼房，五十四平米的空间，对于在土院子里自由自在惯了的我们来说，这点地方，真是太小了。

矛盾很快就来了。

马有世他住不习惯。

为这个事田桂花专门给我打过电话，数说的是自己的苦恼，一说就是一堆，她说超子是狗肉上不了台板，住不惯楼房，嫌太小，闷得慌；嫌太高，要他上上下下地爬楼梯，他腿疼；嫌两面都是窗子，啥都亮晃晃的，前楼后楼的人在家里干啥都能看到，这还是过日子的样子吗；嫌楼上总是喊喊咣咣地响，吵得他睡不着觉；嫌这么一天到黑闲坐着，吃了睡睡了吃，不种地不做活儿，日子不是这样的过法……总之是嫌这嫌那，浑身不自在。睡到半夜里爬起来在地上走，囔囔着要回老家去。他折腾自己不要紧，害得田桂花没法过日子，夜夜有个人神经兮兮地在身边嘟囔，她实在是睡不着。

要在老家的话就好了，我把这超子赶出我的房，由他一个人睡去，偏房、柴房、牛圈，哪儿清静叫他去哪儿，省得折腾我。

田桂花哭兮兮说。

这可已经不是老家的土窝窝子了呀，这是楼上，拢共就巴掌大的一点地方，叫我把他搡哪儿去哩？墙，墙不隔声，门，门不挡音，我把他塞哪个房间他都吵，都叫我不得清静——

我知道田桂花这是被超子逼得实在没办法了，才找儿女诉苦。要不是实在受不了，依她的性子，这些年多少苦都独自吞咽了，她也很少找人诉说。她其实是个性子要强的女人，这辈子，跟一个超子过活，她大吵有过，大骂也是常事，但都是在家里对着我们的，哭了，骂了，两眼的泪一抹，她走出大门又跟别人家女人一样，该干啥干啥，从不会在外头哭哭啼啼。

我还能咋做，难道能跑到移民小区去把超子训一顿？自从我长大成人，尤其领上媳妇以后，我没少教训他。我居高临下，口气严厉，条件苛刻，完全是当老子的在教训不争气的儿子，我渴望纠正一些我很早以来就认为很不合适的东西。我喝骂，吓唬，下狠手打，关起来不给饭吃，但试过几回以后，我自己放弃了。一个疯疯癫癫几十年的人，一切早没法挽救了，骂过、打过、羞辱过、肉疼过，他还是老样子，转眼就忘，拍拍屁股就又是那个嬉皮笑脸没有正形的傻子。

我知道，这辈子他是改不了了，除非年轻时那场祸事没有发生，除非给他换一个脑子。

我只能和稀泥，跟田桂花打哈哈，我说妈，超子你还不清楚吗，他就那烂脾气，几十年的老毛病了，你就多体谅体谅么，该打打，该骂骂，该饿肚子就叫他饿着，我没看法，我敢说嘎子和梅子，也都不会有啥说法。

没过几天，田桂花的电话又来了。电话里的田桂花声音颤抖，说马有世闯祸了，出去半天不见人，被门口看门的保安扭住了，原来他把楼下花园子的铁栏杆拿钳子扭断了好几根，扭得正起劲呢，叫人发现了，他说准备背回家给自家窗户上装个护栏。

事情以田桂花赔钱了结，我估计着，回到家关上门，马有世少不了挨一顿打，掏几百块钱对于田桂花来说那就是割身上的肉，她攒几个钱不容易。

我在电话里听田桂花诉了一阵苦，就打断她说，一个超子么，你就不要计较了，你们一搭过了半辈子了，他的毛病你还不清楚，刚到楼上，他还以为在我们庄子里呢，以后慢慢就好。我又吩咐了一句，要求她把超子看好，人生地不熟的，叫他先不要出去乱跑，免得闯祸。先哪都别去，就在家里坐着。

过几天田桂花又打电话来，还是诉苦，抱怨的对象还是马有世。栏杆的事闹完后，她再不放他随便出去了，干脆关在家里过日子。被保安扭着胳膊吓唬了一回，回家又被田桂花一顿臭骂，他自己也老实了，可是在家里坐着，新的事情又出来了。

旁的事儿我就不说了，光是把屎尿尿，就是个大麻烦！

田桂花气哼哼给我吼。

他站着尿尿你晓得吗？尿点子溅得到处都是，尿完了还不冲，三泡五泡都不冲，尿尿我也就认了，我跟着给他冲也行，可他把了屎也不冲，他舍不得冲，提上裤子蹲在那里看屎，嘴里还说啥，就这么手一按，冲了，不见了，可惜了，费水，又糟蹋肥料，这要是像在老家一样，有一堆土，就可以压起来积肥，上在地里，庄稼肯定长得欢实。

你说这楼上根本不像我们老家院子里，这日子我咋过啊，新新的楼房，这才搬进来没多长日子，就弄得骚味臭味一屋子，等嘎子两口子回来，我可给人家咋交代？儿媳妇脸上我没法对付啊我——

我忍不住哈哈大笑。

笑着笑着我落下泪来。

这就是我的父亲。

我没有更好的办法，我想也许把他接到我们院子里会好一点，院子毕竟比楼房畅快点。可我敢吗，我拿不了媳妇的事儿啊。真要把他接来，估计前脚进门，后脚媳妇就该跟我闹离婚了。

只能继续和稀泥。

我说妈呀，你将就着过吧，他那臭毛病你还不清楚么，你年轻的时节都没有嫌弃他，既然一搭过了半辈子了，就再好好过么，你度量大，心肠好，你能体谅他。

田桂花不吭声了。

我其实话里有话，绵里藏针，我既在劝她，安慰她，也在敲打她。当年，马有世半路上得病，疯了，那时候田桂花你就该离婚，就算你肚子里怀着我，那等你生下我以后，你也该离了，你说你该走的时节不走，半辈子都拖累过来了，现在抱怨有啥用啊，叫我们做儿女的又能咋办啊。

说实话，曾经，我甚至想过，田桂花要是当年没有怀上我，马有世出事后她趁早改嫁，那么，也就没有我们一家人，也就没有我们的痛苦。

既然后悔没有用，假设和想象，都不能解决问题，抱怨，又不能让时光倒流，不能让田桂花退回到三十几年前重新改嫁。那么还不如就这么过着。田桂花已经是过了五十岁的人了，老得一脸褶子，现在后悔有啥用，难道能离了再找称心如意的？

田桂花和马有世，这对夫妻在这五十四平米的小空间里，怎样一天一天度过他们搬迁以来的日子，说实话，我并不清楚。我每次匆匆来，吃过饭，又匆匆走。就连这吃饭的一点时间里，我也是低头玩着手机，田桂花的絮叨根本没人听，更没有放在心上。

我记起来了，好像最后见马有世那次，田桂花做的是浆水面。压面机压出的长面，白花花捞在碗里，舀上红葱炝的清汤浆水，再撒一把芫荽末子，再剜一筷子头油泼辣子，真是红绿相映，汤宽面细，滋味悠长。我们在大茶几前噗噜噗噜刨，吃了一碗再来一碗。按习惯，马有世不上茶几，蹲在边上，一连吃了三碗。边吃，边拿手背抹着嘴边的汤，连连说着好吃，好吃，有老家的味道。

他还想吃。田桂花一把夺走了碗。三碗还不够？真是个超子！咋就晓不得个饥饱哩！

其实案板上还有没下锅的面，瓦盆里也剩有酸汤，只要田桂花再下一把面，他就能吃上第四碗。田桂花没有下面。他自己也没有坚持再要。他嘻嘻笑着，离开了。我和嘎子在手机上忙着给彼此点赞。就在开饭前，我发了一个帖子，图片是现拍的，白瓷碗里清凌凌的浆水面。嘎子也发了，也是白瓷碗里清凌凌的浆水面。我说老妈的浆水面，吃起。嘎子说今儿老妈做浆水面了，准备大吃一顿。点赞的人不少。都是老家微信群里的人。大家纷纷留言，大体都一个意思，感叹说离开老家，就很难吃到浆水面了，好想吃。也有人顺带着抒发了一下想念老家的心情。

我们身在父母身边，心思却完全飘在另外的世界，我没有注意马有世他想吃第四碗面没有吃上的表情，田桂花这么数落他夺他碗筷也不是头一回的事，所以我们谁都没当一回事。

他是那次下了决心要离开的吗？还是早就有了打算？他是受不了楼房里跟圈禁一样的日子，还是实在想念老家？

他走了，现在我就是想问，也没处问了。

他真的就这么走了？消失了？不回来了？

也就是说，我们多年来渴望摆脱的一个累赘，大包袱，我们一直愁着甩不开、扔不掉，现在他倒自己把问题解决了。

难道是彻底摆脱了？就这么拉倒，再也不寻了？

田桂花挨着我坐下，两个手摸着膝盖，说哈儿，我的瓜儿子，我晓得这一年来你最苦，你看你才三十几的人，就有白头发了，你也不容易啊。我想好了，不寻了，他肯定在外头转悠上瘾了，不想回来了，把我们娘儿母子给忘了——唉，也是怪我啊，我对他不好，我把他害了……

田桂花用衣裳袖子揩眼睛，把哽咽声咽进了肚子。

嘎子说，妈你说这些做啥啊妈，人都没影子了，后悔也来不及了——

嘎子！

我吼。

我用怒吼压制下了兄弟的嘲讽。

嘎子似乎被我的吼声吓住了，有些尴尬地龇牙笑了笑，站起身，脚点了一下地，说我回去上工了，妈这里有哥在我就放心了。

我冷眼目送他离开。我感觉他刚才的笑，和脚点地的动作，像极了一个人，简直是一模一样。

田桂花没有赶出去送她最疼爱的小儿子。我们母子坐在原地，谁都没动。窗外，风裹着小雪花安静地落着。搬进来两年，这小楼已经有了沧桑的气象。白灰墙上到处是嘎子家两个娃的巴掌印和脚印，看样子两个小家伙和我们那时候一样，爱打架，打起来不管不顾。零碎家具都是我们从老家搬过来的，搬来之前就已经是旧物了，在这屋子里越发显得陈旧黯淡。我没兴致打量它们，我盯着田桂花的手看。拢在膝盖上的一双手，明显比上回又粗糙了，指甲盖里镶满了黑灰，那一定是拔完鸡毛后在火上燎细毛的结果。

她还是避免和我对视。她低头望着自己的脚面，这沉默不语的模样，是我熟悉的，却又是陌生的。我恍恍惚惚地想，这个女人，她把几十年的年华，都陪着超子男人过了，现在她老成了这样，我记忆里那具饱满身躯里的水分，已经被岁月挤压抽走了，如今的她显得松弛、苍老，完全是一个老女人了。我曾经见过这双手的娇嫩，那时候我还小，站在窗外看不到屋里的炕上，我是踩着堵炕眼门的一块木头墩子才看清屋里的。我看到田桂花的手蛇一样绕过一个又黑又胖的脖子，紧紧箍在怀里。田桂花的手前所未有地白，前所未有地嫩，像两条肚腹泛白的蛇缠绕在我心头，缠绕了好多年。我撞见的，马有世他何尝不会撞见呢，我难以明白的大人世界，马有世是明白的，在有些事情上他其实一点都不傻，他是明白的。缠绕在我心头的蛇，谁能知道是不是也紧箍在马有世的心头，让他呼吸困难，临近窒息。

我站了起来，端起玻璃瓶子，紧紧抓在手里。我知道自己浑身都在颤抖，这颤抖来自身体深处，每一条肌肉纤维，每一个细胞，每一根末梢神经。我咬紧牙关隐忍。我挣扎在一个临界点上。

人活在世上，咋这么难哩？咋活都难啊——田桂花感叹。

她不看我，她看着窗外，那里是迎着风飘零的雪花。

骨骼和肌肉深处的颤抖化作了剧烈的哆嗦，我咬住瓶子边沿，咣咣咣喝水。

一口气喝完里头残余的凉茶水，我知道自己已经迈过了那个临界点，我捏着这个巨大笨重的罐头瓶子，我说我得走了，好些日子没回家了。

田桂花没有起身送我。

我下楼后回头看，玻璃上没有她的脸，她没有像平时那样，趴在窗户上看着我离开。

我把瓶子丢进垃圾桶里，它碎了，发出的碎裂声清脆而响亮，好像一个刚刚睡足的梦，醒了。我拍拍手，感觉心头一阵钝痛，但也有一种说不出来的轻松。雪花似乎比之前变大了，落在领脖子里，洇开，渗出一股凉森森的寒意。我知道这雪一时半会儿停不了，看样子还要下，这是要大雪封门啊。

6

年关前后我一直在家窝着，哪也没去。但也没闲着，抱着手机抢红包。白天抢，夜里抢，连吃饭上厕所都手机不离手。今年冬天红包群大量存在，只要你爱好，就有人攥着你，拉你进群。我进了一个老乡群，一个工友群，这已经够我应付了。红包群就是专门为抢红包建的，每个人进群先发红包，一次不能少于规定的数额，开抢后，手气最好的发，数额也有规定。一天玩下来，至少是几百元的进出额。本来我是闲得无聊，心情不好，顺手耍的。谁知道这东西竟然像赌博一样，能让人上瘾。我恨不能二十四小时盯着手机，但是手气时好时坏，总体来说不好，等正月十五过完，我算了下账，竟然不知不觉输掉了两千多。媳妇知道后，端起一个老家带出来的大瓷盆，咣一声砸在门槛上，说不过了，这日子没法过了！她领上娃娃回娘家了。

走就走吧，这女人自从跟了我，就没有一天不活在抱怨里。早年抱怨不分家，一大家子挤在一起过日子她一个小媳妇委屈。后来分家了，她没满意几天，又有了新的抱怨，说我不出去打工挣钱，她手里没钱花。我出去了，钱也给她挣回来几个，她吃的穿的和庄里的小媳妇一样了，夏天凉鞋冬天皮靴子，抹脸油一套没用完新的已经又买回来了，可她还是不满意。闹来闹去，她自己憋不住说了实话，说就是不想有一个傻子公公，就算有了，也不能在一个庄子里过日子，她希望能远离一步，眼不见心不烦。

现在终于是远了，远到在两个移民点安家，远到一年半载她只要不去，就再也不会看到那个傻子的影儿，远到现在这村庄里的人，没有一个知道我们有一个傻子父亲，甚至已经远到他自己出走，音讯全无，已经快要一年时间了。

三百多个日子，他究竟去了哪里，吃得上饭吗，冻着没有。我睡在自家炕上，后面厨房里烧着小锅炉，暖气片把温暖带到每一个房间。我吃得饱，住得暖，我身在川区北部的一个小村庄，但手机帮我连通了世界，我上微信、扣扣、微博、快手、段子，什么都有。可我就是找不到他了。他好像从我们生活里消失了，消失得很彻底，好像他那个人从来都没有在这世上存在过。

当初搬家时候，我们只带了认为重要的东西。田桂花的，我们两口子的，嘎子两口子的，瓶瓶罐罐坛坛碗碗，毛毯被子衣裳鞋袜，唯独没人问过马有世，他需要带上什么。他把自己的细软也塞了一麻袋，可是还没抬上车，被田桂花叫停了，田桂花当着我们大家的面扯开了麻袋，倒出一堆破烂。是我们曾经穿过的衣裳鞋袜裤带帽子。没一件像样的，全是破旧得不能再穿的。早些年村里女人们常做鞋，用旧衣裳拆洗后打褙子裁鞋。后来日子稍微好过了，大家也都学懒了，除了田桂花还偶尔做鞋，我媳妇和嘎子媳妇从来都不愿捉针拿线。我们大家褪下的旧衣裳，田桂花打褙子只挑拣一些，剩下的塞炕眼。马有世他死活舍不得，见着别人要丢的烂衣裳就赶紧抢，收藏在麻袋里，塞在后面的柴窑里。想不到这些年他收藏了一大麻袋，临走还要带上它们。

田桂花一件一件抖开这些烂衣裳，不仅叫我们看，还叫移民办派来开大车送我们搬迁的司机看。田桂花说真是个超子啊，超到没一点救手，人家的男人都是万儿八千地往家里弄钱，这一搬家，都是值钱的大件儿，我家里，除了这几口人，一堆破烂，还有啥值钱的？你还翻腾出这些破烂，啥意思，难道还舍不得了？嘎子，拿打火机来，都点了。

烂衣裳里有马有世自己的，有田桂花的，有我们弟兄的，也有两个儿媳妇的，更有几个娃娃褪下的小棉袄小线裤，花红柳绿的，各式各样，简直能摆一个地摊儿。

其中还有一个三角裤衩，大红的，带着蕾丝。

老流氓！

我媳妇像被人揭了短一样叫。

我明白了，那裤衩是她的。不知何时被她的老公公也当宝一样收藏起来了。

超子么，跟超子计较啥——嘎子从鼻子里嗤一声，毫不犹豫就掏出火机子，首先点燃了红裤衩。

司机两个手插在裤兜里，抽着烟笑，说就是就是，值钱的带上，不值钱的么，带上也是拖累，我可趁早警告你们，去了连扔都没地方扔，那可是楼房——

我们的纪念么，都是我们穷日子里穿过的么，我拿上去了，想老家了，拿出来看看，反正也不重么——

马有世搓着手，拧着脚，小声辩解。

屁的个纪念！

田桂花一脚踢散一团火，也不顾司机是外人，可能会笑话，她跳着脚骂，你个超子，一辈子给我丢人现眼，还没够啊，我本来盼着，搬到了新地方，我们好好过日子，这还没到新地方哩，你就要带一包破烂去，你还想把丑丢到外头去啊——

衣裳多是化纤材质，见火就着，马有世的一包破衣裳全部烧成了灰。

马有世被呛了一头两手的灰，他抢出来一件裤子，田桂花又夺过来丢进了火里。

大汽车拉着东西出发走了，我们集体步行去乡政府门口集会，坐班车统一出发，我们一家人临走才发现缺了马有世。

这超子啊，我真是倒了啥霉啊，一辈子摊上这么个货。

田桂花拍着大腿骂。

我蹲在村口点一根烟，瞅一眼嘎子，示意他去找，再不走，集合时间迟了，移民办的人肯定骂。

嘎子也点一根烟，挨着我蹲下，他吐一口唾沫，说爱死哪死哪去，这超子，就是不叫人省心。

就在我们出发的最后时刻，马有世他撵上来了，怀里抱着一个大塑料瓶子。那是装过可乐的，我们舍不得丢，夏天去地里干活儿，装凉开水喝。现在马有世给瓶子里灌满了水，那一瓶水可是要五斤呢，他扭着跛脚，抱上五斤重的凉水走七八里山路，不会轻松的。

你个超子——

田桂花劈头就骂

——稀泥扶不上墙啊，你说你要把我气死吗！

她扑上去就要打掉他手里的瓶子。

我们也都瞪着他，真是恨铁不成钢。

马有世拍拍手里的瓶子，龇开嘴笑，嘻嘻，嘻嘻，我们泉里的水，谁晓得到了楼上还喝得上这水吗？你们都本事大，说不定还有机会能回来，我肯定回不来了，一辈子都回不来，万一我到时候想这沟里的泉水咋办，这可是喝了几辈人的水啊，我肯定会想的，嘻嘻。

他像抱着命根子一样抱紧了可乐瓶子，可怜巴巴地看着田桂花，眼神里全是恳求，在恳求田桂花不要为难，让他把这瓶水带上。

本来等着看笑话的人群，笑容僵在了脸上。大家不约而同想到了故土难离那句话。

田桂花什么都没有说，她默默掉过头出发。马有世屁颠屁颠地撵她，他像她的尾巴，总是甩不掉，歪歪扭扭地黏了几十年。

马有世那瓶水终究没有带到楼上。上班车时他抱在怀里，司机不让带上去，说车厢里包包蛋蛋的已经很挤了，这么大瓶子的水就放下面行李箱里。马有世嘟嘟囔囔地解释，司机不耐烦听，硬是命令他把水放到下面。当时我和嘎子都不在下面，我们已经早早挤上车抢座位去了，抢到舒适的位子，坐下来忙着玩手机。我们谁都没注意马有世和他的一瓶子水。

班车一路从老家颠簸到目的地，走了六个钟头，下车搬行李时，有人嚷嚷，说哪来的水，自己的包湿了。场面乱糟糟的，湿了就湿了，大家既疲惫，又兴奋，忙碌中搬东西，进新家，也就没人计较这水的来源。

马有世的可乐瓶子被压破了，水淌光了。

他拧着脚嘟嘟囔囔地抱怨，没人理睬他，他骂一阵也就过去了。

进了楼房，他第一件不适应的事，就是吃水问题。他说自来水有一股子尿骚味。嫌弃完了，接着怀念自己那瓶子泉水。好像如果那瓶子水还在的话，他就可以顿顿喝，天天喝，永远喝不完。至于后来他是怎么适应那有尿骚味的自来水，不，我甚至都不知道他真的适应了没有，我从来都没有当作一件正事在意过。

他被天天关在那五十四平米的世界里，喝着自来水，挨着田桂花的骂，还要眼睁睁看着大伯隔三差五地来骚扰，他的日子肯定不好过。

我不知道自己这是咋了，为什么禁不住地要想这些，翻来覆去想，掰碎揉烂想，从记事起到今年，我把自己在这世上活过的几十年时间，从头想，一遍遍地捋，不管我怎么梳理、过滤，我发现都无法剔除一个人的影子。他的傻笑，他的唠唠叨叨，他的瞎讲究，他的可怜可恨，他就是我生命的前半截子啊，我就算想忘，可忘不了啊。

嘎子来电话了，说哥，发给你的帖子看了吗？快看。

我伸伸懒腰，觉得浑身都是软的，事实上我已经昏昏沉沉睡了好多天的懒觉，感觉连爬起来的力气都没有了。

啥事这么急，催命一样。

我边说，边抬手到枕头边摸手机。

你快看，我等着——

我打开微信，果然嘎子发过来一条新信息。

是个视频。

肯定不是揭露某食品添加有毒成分，就是某对男女外出开房被抓了现行并拍下视频放到了网上。现在这种事不少，早就不稀罕了。但是爆料和捉奸这两类段子，永远都具备吸引力。嘎子没事就爱看这些，看高兴了，还会顺手给我分享。

我抱着百无聊赖的心，信手点开。

不是爆料的黑段子，也和奸情无关，是一则死尸认领启事。

我匆匆扫视一遍全文，注意到落款是老家的县公安局，我滑动手机，回到最前面，题目是"无名尸体认领启事"。

启事最后配了一张照片，死人身上的衣裳破烂得很严重，已经看不清原来的样式和颜色。一堆烂糟糟的破布片裹着一具蜷成一团的身子。

青草乡芦草洼村六队。

是发现尸体的地方。

在一个废弃院子的一面向阳的墙根下，一堆干柴里。

我一个字一个字念着启事，念完，我退出微信，给嘎子打电话。我说嘎子，你个驴日的，当时我叫你回老家一趟，你去了吗？你用心寻了吗？你是不是根本就没去？你个驴日的！

嘎子好半天都没有说话，最后，他挂了电话。

我举着手机看，好半天，都不能确定，电话挂断的那一刻，嘎子他是不是把我喊过一声哥。

海里岸上

林　森

岸上

　　午后三点半，老苏搬着条凳到家门口不远处的木麻黄林中，开始他一天中最惬意的时刻。木麻黄林里吹过来的海风，裹着浓重的腥臭味。这种味道好像能腐蚀一切，海边人家的门窗，若非擦拭上厚厚油漆，就会在其摧枯拉朽之下，锈迹斑斑。有的人锁上房门离开半年，回家时，阳台、窗口的防盗网就会在手掌的揉捏下，碎成满地锈渣。唯一能抵御海风侵蚀的，只剩下海边生长的植物，尤其是木麻黄。木麻黄在海风的梳理之下，针叶根根分明，好像是浮动在空中的有形光线。老苏的工具不复杂，不过是木工用的小斧头、凿子等，加工对象是一块木麻黄树的老根。两年前的那场超大台风，让靠海的地方满眼狼藉，风过后他走在残枝断干的木麻黄林里，内心滴血。一棵被风连根拔起的木麻黄树绊倒了他，爬起后，他望着那团盘根与错节，心有所动。几天后，他借来锯子、斧头，把老树根截断，找来两个后生，抬到院子里放着。老树根在院子里放了快两年，他还没动手，在此期间，他买了木工工具，在很多小玩意儿上练手。真正对老树根动刀，是在大半个月前——他觉得，可以开始了。

　　他把交错的根须全都除去，剩下光滑的木块。他学会了用铅笔、量角器、尺子等，还开始画图——那是一艘船的造型。他想把那艘记忆中的船，以缩小的方式，用一整块树根雕刻出来。他并不急于完成，每天在这片树林里的时光，是独属于自己的。阳光仍然猛烈，海面吹过来的风是有重量的，但从此时到傍晚，风会越来越凉快。他刻几刀，就停下来，抽一根烟。收拾回家之时，地上丢了半包烟的烟头。他其实很少坐到暮色起，而是在接近五点左右收拾整齐，到镇上的茶馆里喝杯下午茶。镇子和渔村挨着，是海南岛上最著名的一个渔港，多少年来，一代代"做海"的人，从这里扬帆航向广袤的南中国海。穿过村头往北就是港口，但他步子很急，不敢多看那个他离开、回来无数遍的海港。他已经很久没有机会到海上去了。

　　茶馆里人声鼎沸。说话的人为了压住杂音，只能把声音喊得更高——人人都在嘶喊，却连对面的话都听不清。老苏还是听到了一些，大概是关于这座小镇的。小镇近些年已经完全变样了，早先那个落魄、凋敝甚至可以说被某种悲伤笼罩的港口，显示出某种迸发、昂扬的新面貌，高楼快速建起，还修建了海洋工艺品一条街，引来不少游客。街角那家店，据说生意最好，老板早已是千万身家了。但有人觉得发展的速度还不够快，还得提提速——提速最好的办法，是得到上级部门的重视。

其实，镇里在出方案时，问过老苏意见的。他在会场听着，只是听，一言不发，被问急了，就说："我不出海多年了，脑子又坏，这些东西，哪懂？"后来证明，他的沉默让他保留了一些脸面——和他年纪差不多的老渔民阿黄，中气十足地提了几十条建议，条条言出有据，没一条被采纳。最终的方案，是北京一个文化公司的三个九〇后设计师拍着脑袋做出来的，眼尖的人，可以看出《海贼王》和《加勒比海盗》的气息。但不管怎样，这镇子算是焕然一新了。各级领导在镇上的行程，通过电视、报纸、网络等媒体的报道，把镇子推到了全国人民面前，给小镇带来了很多陌生的面孔。

领导考察之后，镇里尊重阿黄，给他写了一封信，感谢他为小镇的发展建言献策。阿黄把那封信甩在老苏面前，脸变成了彩光灯，各种颜色交替闪耀。老苏说："阿黄，消消气，你也活这么久了，气还这么大？该提的建议你也提了，人家感谢信也给你写了，你还气什么？吃茶，吃茶……"

"我们这些人，就该死在咸水里，不该留下来见这个！"阿黄再拍桌子。

"吃茶，吃茶！"

阿黄不作声了。

老苏年轻时出海，和阿黄从未同船过，但他听过阿黄的勇猛之事。阿黄的水性好到在海里就正常、上岸就发晕，他曾说过，把他四肢捆绑丢到海里，他仅靠耳朵根、舌尖划水，也能安然无恙回到渔村。但阿黄却是同一辈人里最先走下渔船的，五十五岁一过，就浑身不适，海风一吹便骨头痛——据说是他泡在水中的时间过长，寒气侵入了骨头深处。这事也让阿黄在同辈人面前抬不起头，凭什么那些家伙比我在船上多待十几年？他还变得神经敏感，一看到别人低头说话，就觉得是在暗中嘲笑他，脾性愈加暴躁。一暴躁，身上一些关节就发痛，又得压抑着，压出一肚子闷气。他是一名自恨没有死在海中的好水手。

阿黄去木麻黄林里看过老苏的雕刻。他前前后后细细看了十多分钟，越看眼睛越发红："你在刻那艘船啊？你在刻那艘船啊……"老苏取出一根烟点着："你能看出是哪条船？渔船不都长一样嘛！"阿黄摆摆手："哪里一样，不一样，我知道的，你刻的，就是那条船。当年要不是我运气好，生了一场病，没赶上出海，我也随着这船，死在南海了……我该死在海里的……我觉得我是偷生的人，这些年都是偷偷活下来的。晚上睡着，骨头缝里，海风直接穿过去，把人都打散了……"

老苏拍拍阿黄的肩膀："这真不是给你刻的，我哪知道你心里想着啥，我给自己刻的。闲得慌，手不动一动，人就傻了。"

阿黄也拍拍老苏的肩膀："你还会刻这好东西，我也有一件宝贝，藏着没给

428

任何人看，来来来，你跟着我，带你去看看！"

"不去，不去。你能有什么好东西。"

海 里

"出海的人，永远不能喝酒，否则你总会在醉后淹死在水里。"——数十年前，老苏的父亲在老苏上船之前，已经无数次这么警告过他。老苏当然是懂得水性的，他三岁的时候，已经能独自在海面划游，在大人们的笑声中玩潜入水中又浮起的游戏。这不算啥，哪个渔家孩子不这样呢？但近海划游与登上渔船出征远海，是两回事。出海，是男人的事，岸上是属于女人的。风浪和噩运，被男人的身躯挡住，女人们则要面对难熬的等待和寂寞的无眠。

出远海之前，老苏所有关于海的记忆，都跟黄昏和月夜有关。

黄昏是酸楚的。通讯不发达的很多年里，等待是唯一的联系方式。女人们每到黄昏，就会在岸边的木麻黄树和椰子树下遥望大海，希望铺满黄金的水面上，出现一个黑点。黑点逐渐变大，变成她们的男人以及船舱里的鱼虾。这样的等待，有等到的欢喜，也有颗粒无收的失望——有时是绝望，出海的男人和那艘船，永远留在某一次风浪里了。月夜则是欢腾的。当月夜下有人，说明渔船已安然回来，女人们悬着的一颗心，暂时回归原位。渔获从船上被卸下，在月光下，鱼虾蟹闪耀着奇特的光泽。有些竟然是透明的，月光穿过鱼虾的身体，散发着晶莹的光。这是小孩子的节日。

老苏十三岁第一次上船。父亲是在出海的那天早上，才告诉他这个消息的——若提前告诉，怕他过于兴奋，睡不好，影响在船上的状态。船离开岸边的时候，老苏陷在兴奋里，不去看岸上老人和女人的挥手。船驶向碧蓝深处，兴奋很快化为乌有。四望全是一样的，只有水天，只有单调到花眼的碧蓝色，航向掌握在父亲手里、心中。船行半天之后，老苏已经把该吐的都吐出来了。船员上前帮他捏肩捏背，被父亲喝止了："才刚开始，后面两个月都要在水上，怎么受得了？让他吐！"

父亲不理在船上打滚的他，只顾观看太阳，对照着手中的罗盘，有时会从怀里掏出一个被布裹得严严实实的小包，打开那本纸张灰黄的小册子。那么多年了，识字不多的父亲，已经能把册子上的文字背下来了，可海上航行，马虎不得，还是得拿出来印证一下记忆。小册子上，写着这片海域所有的秘密。翻滚到肚子疼，翻滚到口腔泛酸、泛苦，翻滚到无力呻吟。父亲还是不理他，也不让船员过去。

傍晚时，海面平静，有人给父亲换手，父亲把罗盘交到那人手中。父亲下到船舱里，用毛巾沾了一点淡水，递给他。他接过毛巾时，手是发抖的，可他眼中的恨意并不消减。父亲淡淡地说："要出海，这一关得熬过去，谁也帮不了你。海风吹了一天了，你用毛巾擦擦脸、擦擦裤裆。风咸，不擦要烂掉。"握着父亲递过来的湿毛巾，他发抖的手抬都抬不起来了。父亲伸手扶住他的后背，用力在他肩膀一捏，又抢过毛巾，盖在他脸上。毛巾掀开，好像揭开了一层厚厚的海盐面具，脸上一阵凉意。父亲把毛巾塞进他裤裆，他挣扎而起，呕吐到一动就肚皮刺痛，也不管了，推开父亲的手，自己擦着裆部——淡水少，不能洗澡，这是唯一要优待的部位。

这一趟出海，父亲没给他安排捕捞的活计，只任他在船上不停地呕吐，只任他学会在海上的第一件事——习惯晕船。

岸 上

老苏生了两男一女，女儿是老二，嫁到别的县去了。老三读完大学，没有回海南岛，留在上学的那个城市，成了市民，虽然时不时会在电话里说想念家里的海鲜什么的，但他每年回来的次数是越来越少，他的小孩已在那个城市读幼儿园了，老苏也只见过一回，语言也不通——终究和自己、和这片海没什么关系了。距离最近的是大儿子，就在镇上经营着一间铺面，卖的是砗磲贝加工成的工艺品，还和海水相关，但他已经不出海了，只是从人家手中进货、卖出而已。海上的生活太辛苦，老苏自然不愿儿孙们再继续走自己的路，可……想到祖先多少代人以海为田，儿子这辈却远离了，老苏还是涌起一阵阵怅然。父亲从祖父那里接过《更路经》和罗盘，后来传给自己，自己要递出时，眼前空荡，没人接手。

大儿子在镇上建了四层楼，叫他来一起住，热闹些，他说："住不惯。"倒也不是住不惯，只是老家若是没人看着，几个月后回来，家里的一切估计全都锈为粉末了——只有人的目光，能保护家中一切物品抵御海风的侵蚀。

这一天，大儿子到木麻黄林里找他，在旁边静静地看着，等着他把一天的雕刻任务完成。望着那一地烟头和被挖下来的碎屑，大儿子默默地帮着父亲搬椅子、锯子、斧子。

老苏问："有事？"

"不就是想回来跟你喝两杯嘛！爸，你不愿到镇上跟我们住，我不放心你。"大儿子笑了。

"别绕弯弯。"

大儿子不再嬉笑："爸，你也知道的。还是那事，正式通知已经下达了，砗磲不让卖了，我的钱全压在里面，若是这些货出不了手，我下半辈子全丢进去，也还不了人家的钱……"

"当初我就跟你说过，这东西不能卖，你偏不听，怪谁……"

"谁料到会这样？当时镇上的店铺都卖，也不是我一家。何况当时镇上也是鼓励卖的，一艘艘船远赴南沙、西沙，把砗磲捞回来，有厂子加工，我们不卖，别人也要卖啊，发财的人多了去了。前两年上头领导来，镇上不也还卖着？若不是你当年挡着，我早点进去，早赚到大钱了。我进去太晚，你看，才搞了一年多，又说不让捞、不让卖了，这不搞死人嘛。"

"砗磲是海底的灵物，你们捞上来卖，这是什么？出海的人，不干这种事的，你们……我早讲了，这事不能持久的。"

"爸，这时再说这个，没用了嘛，我就是想把损失减到最小。"

砗磲加工产业在镇上发展了四五年，大批人以此为生，镇里也曾出了相关规定鼓励砗磲加工产业的发展，可最近，省内出台了《珊瑚礁和砗磲保护规定》，要求两个月后，禁止对南海砗磲的开采、加工，这使得兴盛了四五年的小镇，陷入一片哀号。禁卖时间快要到了，那些囤货多的，忙着要把货出手，买家手头捏着钱，就是不愿说个爽快话，砗磲价格一路下跌。老苏的大儿子看着堆在库房里的货，倒数着禁卖的时间，急出了通红的双眼和满口腔的溃疡。

"你想怎么办？我又不认识什么老板，哪有本事帮你把东西卖出去。"

"爸，其他的事，你别管。有个记者朋友，姓宋，他听说你是老船长，通过朋友找到我，想来采访采访你。我知道，妈过世后，你现在越来越不愿见人——连我们这些子孙都不想见了——你也不愿谈那些船上的事，但我不是没办法嘛。宋记者说了，他认识一些想收砗磲的老板，你就配合他做一下采访，他认识的人多，后面他给我介绍点生意……"

"就是说说话？"

"就是说说话！"

宋记者在三天后来到渔村。大儿子安排他跟老苏相见后，就急匆匆返回镇上去了，有人打电话给他，说要去看货。宋记者三十多岁，矮墩墩的，几个相机挂在脖子上，简直要把他压趴下。腰间的包里装满各种镜头，显得更矮了。他说："您忙自己的，我先拍拍照。"老苏只好在木麻黄林里，雕刻着自己的那艘船。在老苏的雕刻下，船的造型已经显现，他正在专注的，是那些细节，他要刻出船身上的纹理和气息，他还想刻出海水在渔船上留下的斑驳感。宋记者把相机镜头靠近木船，拍下了木屑飘落的画面，也拍下老苏对着木船的凝视。宋记者对构图有着极端的敏感，他甚至觉得，是老苏的目光而不是刻刀把这艘小船雕刻成型。宋记者拍摄新闻图片，也拍摄一些永远上不了报纸的图片，他觉得，老苏是一个让他不断摁下快门的拍摄对象。

老苏一根烟接着一根烟，脸藏在烟雾后面，宋记者拍了不少他嘴角叼着烟头的照片。忙了有半个小时，宋记者说："老苏，可以拍拍你的罗盘和那本书吗？"老苏把烟头丢到脚下，鞋底一划："你是我儿子带来的，我就直说了，罗盘你随便拍，那本书不行。你们采访有纪律，我们渔民也有纪律。不是我们小气，确实是上面来过一些领导，告诉我们，没有采访介绍信的，不能给看。我们的渔民在南海活动千百年了，这些书是我们在海上活动的证据，不能乱传。"宋记者说："我理解的，这是我的记者证，你看看，这次下来得急了一些，也没想到会需要介绍信……"老苏说："那，不好意思了！"宋记者着急了："你看……老苏，我答应了，给苏伯介绍些生意的，我这次来，并非我个人的事，是省里的日报，要做一期关于南海主权的专题报道。你也知道，有的国家近来跟我们在南海闹得厉害，我们拍你这书，是要在报纸上登出，是宣示主权的正能量行为，不会拿来乱搞的。"

　　老苏就沉默了好一阵说："我信你。但得答应我，不能全拍。封面封底你可以拍，其他的，就不行了。"宋记者慌忙点头说："好。"老苏站起身，朝院子里面走，宋记者跟在后面。院子很大，侧边小点的房子是祖屋，里面供奉着牌位。老苏时间多，又是闲不住的人，这间祖屋被他打扫得一尘不染。祖屋高处是神龛和牌位，下面是八仙桌。老苏并没有直接去取他的罗盘和经书，而是取了几根线香，燃点起来，插在八仙桌上的香炉里。老苏拜了几拜，念念有词，这才走到八仙桌前，从腰间取下钥匙，插进八仙桌侧面的一个柜锁里。拉开柜子，抱出一个木盒子，老苏说："出去看。"

　　木盒子摆放在院子里的条凳上，呈黑褐色，已经看不出原先是什么木头了，外面刷了一层光亮亮的天拿水，用来防潮。木盒并没有锁，把盖子揭开，里头还垫着一层布。布掀开，就看到了一本纸张脆黄的册子、一个古旧的罗盘。老苏正要把册子和罗盘取出，宋记者说："等等，我这样拍一张。"罗盘有一个盖子，打开后，一个圆盘被"甲寅艮丑癸子壬亥乾戌辛酉庚申坤未丁午丙己巽辰乙卯"瓜分为二十四块，黑褐色的罗盘上，字刷着白色的油漆，指针随着罗盘在老苏手心的抖动，不断变化着方向。册子则是以毛笔字抄就、手工订成的一本书，这本书装订得不平整，书脊以一根早看不出原来颜色的线穿透、捆紧。纸张脆黄，甚至有点黑褐色——任何老旧的东西，好像都不得不被黑褐色掩盖。书的页边也有些翘起，封面上三个字歪歪扭扭——更路经。

　　宋记者拿着相机的手有些抖："这东西，怎么用？"老苏指着罗盘："罗盘上这二十四个字，代表各个方位，每个字之间的经纬度是十五度，转一圈是三百六十度，是整个地球，行船都要靠这个指引航向……哎，不说这个，现在没人用了，现在都用卫星导航了。这本《更路经》，得结合罗盘来用，上面记载着南海上的各个礁盘、暗沙和岛屿，记载着它们之间的距离和方向。我们以前出海，都要依照上面的记载，算好船的速度和方向，海上茫茫，得绕开礁盘和暗流；风浪来了，得依照这本经书上的记载，找到最近的小岛来躲避……总之，若没有这两样东西，出了远海，即使全程风平浪静，也会迷失方向，没法返航……唉……不说了，不说了，你拍，你拍。"老苏随手一翻，展开《更路经》的一页内文。他话一多，就忘了刚刚跟宋记者强调过的只能拍封面封底的话，宋记者赶紧摁下快门。

　　老苏展开的这一页，用毛笔写着：

　　　　自大潭过东海，用乾巽驶到十二更时，驶半转回乾巽己亥，约有十五更
　　　　……
　　　　自三峙下石塘，用艮坤寅申，三更半收
　　　　自三峙下二圈，用癸丁丑未，平二更半
　　　　自三峙下三圈，用壬丙己亥，平四更收
　　　　自猫注去干豆……

这一行行犹如天书般难解的文字，让宋记者头晕脑涨，他收起相机，掏出纸笔，说："老苏，你讲些在海上的遭遇吧。听说你经历过各种惊险，跟我随便讲点什么，我写下来，一定很吸引人。"

"讲什么？"

"什么都行。"

"渔民嘛……就那样，有什么好说呢？"

老苏把《更路经》和罗盘重新放归盒子，抱进祖屋锁住。八仙桌的抽屉关住的瞬间，老苏脑子里电光石火，闪过一些片段。一九五〇年之后，老苏刚刚上船不久，那时基本不去南沙，而随着船在西沙和中沙捕捞作业。二十多年以后，响应国家战略的需要，他踏上了前往南沙的征途。南沙的气候比西沙、中沙更加变幻莫测，需要船长有真正过硬的技术。老苏带着船员，以一本《更路经》和老罗盘，躲过一次次生命中的劫难。当时的老苏和船员，每发现一个小岛礁，就做一件事：捡起岛礁上的石块，垒成一座小小的"兄弟庙"，烧香祈盼顺风顺水，行船平安。祭拜兄弟庙之风，始于明代，其时有渔村一百零八人出海遇难，渔村之人便在海边建庙祭奠，既为招魂，也是祈愿。这一百零八位"兄弟"的亡魂，在渔民们的纪念之中，逐渐变成了渔民们的保护神。岛礁小而荒凉，不像在渔村里，可以把庙修得高大气派，甚至在庙门上写下"孤魂作颂烟波静，兄弟联吟镜海清"的对联。几块礁石垒成的小洞，便足以安放渔民们的恐惧与不安。若是登上的是被别国侵占了的岛礁，老苏还会取出早就准备好的木牌插下，上有大红油漆文字："中国领土不可侵犯。"来年再登岛，木牌往往不见了，只好把字刻在礁石上。下回再来，刻了字的石头，同样不见了，不知道是被海风、海水磨光还是被别国的人丢了。那些年里，捕捞不仅仅是捕捞，也是凭着一股中国人的热血，在自己的海域巡游。数十年的海上生涯，他被抓去越南蹲过监狱；也曾登陆某个小岛后，被岛上的外国驻军拿枪顶着肚子；他甚至在海上遭遇过某国士兵的持枪扫射，当时他冷静地指挥船员以装着大米的袋子堆在船舵边挡子弹，让船员躲进船舱，他依靠对罗盘、《更路经》和风向水流的谙熟于心，掌舵闪躲，没有让船员成了新的"兄弟亡魂"。他和穷凶极恶的海盗有过生死搏斗，当然也曾遭遇淡水箱破漏，喝自己的尿解渴救命……这些记忆重叠、堆积、纠缠，在祖屋里的这一瞬，搅成一团糨糊。

老苏走到院子里，宋记者递过去一支烟："讲讲出海的事嘛！"

"出海？"

"是咯，现在跟以前条件不一样，以前出海，很辛苦啊。"

"世上哪有不辛苦的事？对了，你知道不？以前我们出海，遭遇了不测，要怎么办？"

"遭遇不测？指什么？"

"唉，到底是年轻。渔家每一次出海，都走在生死边缘。风浪大了，连人带船，都找不到痕迹了，硬生生，全部吞没了，丝毫不剩啊。"

宋记者脸色严峻，取出录音笔，调到录音状态。老苏继续讲："死在风浪里，倒还省事。有人死了，其他人找到他的尸体，水路那么远，把尸体运回来，那才叫辛苦。船在海上航行多天，尸体就摆在船上，又热又潮，腐烂得很快，你说，要怎么运回来？"

宋记者嘴角泛酸，胃里在翻滚。

"得用盐腌。像咸鱼一样，把海盐覆盖在尸体上面，吸收水汽。从不晕船的船员，也会被臭味熏得胆汁都吐出来……"

宋记者手一抖，录音笔掉落地上，他没去捡，用双手捂住嘴巴，也没能捂住胃里翻涌上来的腥臭，录音笔被秽物覆盖了。宋记者不知道录音笔坏了没有，但他知道，不用录音笔，他也会清楚地记得老苏讲出来的每个字。

海 里

从初登船到真正自己掌舵，老苏用了接近二十年。如果不是一场意外让父亲瘸了右腿，这个时间还得往后延迟。经过最初的不适期，适应船上生活之后，老苏去了别的船当船员。这是渔村的规矩，父子兄弟不能同一艘船出海，以免遭遇不测的时候，全家灭绝。在别人船上的那些年里，每次在岸上，父亲紧紧叮嘱，让他背熟那本《更路经》、学会看罗盘。对他来讲，学这两样东西比在海上晕船呕吐还难受。但又不得不学，这也不是谁想学就能学的，《更路经》版本不一，却都是各个船长的珍贵私藏。父亲手头这本，传了几代了，已难以说清。在渔村的很多传说里，最初的《更路经》还与明朝的郑和船队有关，他们相信，下西洋的郑和，曾因为一场风暴，停靠在渔村，尝到了渔村最鲜美的鱼虾，并留下了一部最初的《更路经》。之后，一代代的渔村先民，用一次次惨痛的代价，完善、增补着这部小册子——这是一部附着无数海上亡灵的册子。

一位船长，不仅需要掌舵，也是一个记录者，随时记下海上发生的一切。航行路线附近的水况、最新发现的鱼群位置、岛礁的位置……甚至云层也是观测的对象。云天的变化，很少记录在《更路经》上，那是出海人一种口口相传的骨血经验。白天，可以通过瞭望水面的颜色来判断海水的深浅，判断附近是否有礁盘——有礁盘的水要浅一些，日光下，是一种翡翠蓝；没有月亮的夜里，那些经历了生死的老船长，通过云层的反光来分辨岛屿、珊瑚礁以及水下的鱼群。对于老船长来讲，每一次出航，也是验证和矫正《更路经》的过程。

父亲出海多年，在一次大风暴中，他完整地把所有船员带回来了，甚至连捕捞到的海产，也没有多少减少，但是，他付出了一条腿的代价。他严阵以待，顶住了无数次海浪的迎头碰撞，但一次的不留意，他的腿瘸了。伤好之后，父亲萌生退意，老苏很不理解，因为父亲虽然有些微瘸，但在风平浪静的时候，影响并不大。父亲很坚决，他说："你不是我，你不知道情况，但我知道。这一次放过了我，我再下海，就回不来了。"父亲立即下船，不再掌舵，家里的船交给了老苏。

老苏用了三年的时间，才摆平了自己、船员和那片海域。他指挥着航线，不仅关系到能不能满载而归，还关系到一船人的性命。在之后的好多年里，他的船大多数是满载而归的，但总免不了有失落的时候，白忙一个月，船舱空荡荡。最大的损失，当然是有人把命丢在了海里。比如说，那一次疏忽，老苏船上最好的水手曾椰子，就把命丢在海里了。看到曾椰子的身体浮出水面，船长老苏才想起父亲无数次的告诫："出海的人，永远不能喝酒，否则你总会在醉后淹死在水里。"一直到多年以后，老苏还为此惭愧和自责。

当了船长的老苏，一直严禁船员带酒上船，但还是会有船员悄悄塞着一点，当夜色笼盖，舌尖舔两舔，躺在船板上，遥想茫茫大海尽头处渔村里的家人。若没一点酒，很多人会在咸腥的海风中，洒下饱含盐分的泪滴。

那日，天已亮，曾椰子跟老苏招呼过后，就带着氧气瓶潜到水中去了。在下水之前，老苏闻到了一丝米酒的味道，还没来得及说话，一阵水花溅起，曾椰子已在水中了。这一带是海参出没之地，而海参是此趟出海最重要的目的。老苏不停盯着手表，希望曾椰子在氧气用尽之前浮上来。老苏等到的，是曾椰子抽搐、扭动的身体，在海面上翻滚。老苏和其他船员把他捞上船来没多久，曾椰子就断气了，眼耳鼻甚至肌肤，都渗出鲜红的血。这般死法，突兀而让人惊骇。老苏没来得及细究他遇到了什么事情，就得在船员六神无主的哭声中，想好怎么把曾椰子的尸体运回渔村。

船员的作业都停歇了，他们只要看一眼曾椰子的惨状，就忍不住剧烈地呕吐。老苏让人把捆在曾椰子身上的氧气瓶脱下，解开他的衣服。又让船员到舱里取来淡水，他一点一点擦拭着曾椰子渐渐变得僵硬的尸体，一边洗，一边扇自己的巴掌——他想起了曾椰子下水前闻到的那丝酒气，想到了父亲持续多年的告诫。父亲那么多年的苦口婆心，也没能阻止惨剧的发生。洗净身体的曾椰子，比下水前瘦了一圈——老苏已经知道他是怎么死的了。

干净衣服换上，曾椰子总算有了点人样。天气炎热，在往渔村赶的过程中，要怎么保存这具尸身，成了最大的问题。船上有装淡水的桶，可太矮，没法把那么高的曾椰子装进去。最后，老苏让船员把一艘挂在渔船上的小船抬上甲板，把曾椰子放了进去。再把海盐取出，覆盖在曾椰子身上。海上作业，时间久，有些鱼没法活着运回到岸上，每艘船都备了大量的海盐，用以腌鱼。曾椰子就像咸鱼一样，被盐覆盖在小船上。老苏让船员用铺在船上睡觉的木板，把小船盖住，曾椰子就像一具木乃伊，被封住了。再取来绳子，把木板盖住的小船死死捆住，防止一丝丝的泄漏。本来应该烧在某个海礁上祭拜一百零八兄弟公的线香，插在小船上，被海风吹拂，烧得很快。

船全速返航。

封不住的尸臭开始渗出，起先还很微弱，后来则是汹涌而来。所有人都吐了，连喝水也变成巨大的折磨。五天四夜的漫长航行，船才回到渔村，当眼前的碧蓝中冒出椰子树和木麻黄的一线绿色的时候，老苏松开船舵，轰然倒在船头——他这几天几乎没有闭眼过。

上岸后，尸臭味几乎在他鼻孔里萦绕了一个多月。而后来很多年里，每逢压力大，老苏就做着变成曾椰子的梦……在那个梦里，氧气瓶压在老苏的身上，潜入到十几米深的地方，所有的肌肤、血肉都挤压着骨头，或许，是早上的那点酒，让他失去了往日的警惕，只专注着眼前的海参。他忘了，氧气瓶已经快要用完。当呼吸开始急促，他慌乱了，忘了要缓慢升起以卸掉沉重的水压，而是一转身，匆匆往水面上射去。这一浮太快了，浑身每寸肌肤上的水压顿时消失，造成体内压力比体外大得多，血管爆裂，鲜血渗出……

曾椰子只死了一回，而老苏则在梦中，一次次这么死去，又活过来。

岸 上

一个十字路口就把这个小镇的格局划定了，所有的铺面都沿着十字生长。在统一的风格之下，每家店铺都花尽心思摆放各种器物以吸引游客的目光，有的摆放着一只巨大的船锚，有的则摆放着一堆珊瑚礁，有的甚至把一艘木板深黑的小船斜放在门口……在砗磲生意无比热闹的时候，总有游客摆着各种姿势，在店铺门口立起剪刀手拍下照片，传到朋友圈。而此时，店铺依旧，却由于少了游客的光顾，平添了萧条慌乱之感。老苏大儿子的店铺在东街的中间，他找来一块石头，在上面刻出一个罗盘的模样——照着老苏的罗盘来刻的——取了一个颇为霸气的名字"望海楼"，立即有了一股在海上指挥若定的气势。

儿子的店铺半掩着门，老苏没有在儿子的店面前停留，而是直接到了阿黄家。阿黄因为下船早，也是渔村里较早搬到镇上的人，由于先发优势，他家占据了一个很好的位置，处于镇上唯一的十字路口处。阿黄当年买下的地还不小，他的房子除了铺面之外，还留有很大的一个院子。阿黄的房间在后院，即使闷热，窗子也紧闭着——阿黄已吹不得海边过来的风。他瘫坐在房里的沙发上，还裹着一条薄薄的被单，面前摆放着功夫茶的茶具，已经泡好了颜色金黄的茶水。

"会享受啊你！"老苏说。

"我倒是想到茶店里喝，跟人聊聊天，但哪出得了门？风一吹，鼻涕跟水龙头似的。我这病，那么久了，吊针打了好几回，也不见好……"阿黄的鼻音很重，声音沙哑。

"你这样了，还能喝茶不？"

"我不喝，泡给你喝的。我喝水。"

"我自己来，不然你传染我。"

"也不是你想传染就能传的。"

老苏拿起一小杯，一饮而尽，茶水已经没有那么烫了。阿黄等了多久呢？茶水是不是一遍遍凉透，又一遍遍再添？阿黄又裹紧身上的被单，身子缩到软沙发里面去："过来的时候，看到镇上那些铺面了？"

"看到了，好多都清空了。"

"谁说不是呢？那些砗磲生意，我总觉得做不长久。千年万年的砗磲贝才能玉化，就这么拿来加工卖了，也是罪过啊……"

"生意人只认钱，哪懂得什么是海？我那儿子，我为这事，才不想搬去跟他住。看着那些砗磲被加工成那样卖掉，心疼啊。"

"……唉，老苏，我找你，是想跟你商量个事。这事我也犹豫了好久，我自己做不来，得你一起才行。我知道你这些年不愿意跟人打交道，不喜欢抛头露面，但这不仅仅是我们自己的事，有时也是不好推掉……"

"镇里找到你的？"

"不仅仅是镇里，还有市里，据说省里领导也很重视。刚才也说到的，镇上这些店铺不让卖砗磲，这不也是好事吗？你也不想看着南海被这么挖吧？可是，不让卖了，镇上这些人，包括你儿子，他们干吗去呢？大家总要吃饭啊，那么多人，总不能说把店铺关了就完事。有些人得分流回渔船上，也有些人得引导去做别的事，上面想在镇上发展旅游，今年渔季开始之时，想举办一个开渔节。上头问来问去，也找不到人来主持开渔节的祭祀仪式，我倒是很有心参与，但很多东西，我也不懂，我没当过船长，手头也没有一本经书和罗盘，这活儿，我是做不了的了，得你来啊……"

"阿黄，你有热心我知道，但那种场面，我哪里把握得了？还得是庆海爹才行，我哪懂这些……"

"庆海爹不都走了三年了嘛，去挖他尸骨来主持吗？"

老苏也哑口了。庆海爹还在时，每到开渔之前，渔村的人都会提前商量好祭拜的程序。海风灌涌的港口上，聚满渔村老少。锣鼓敲响，祷词念出，人人都点香烧烛，祭拜大海，也祭拜那些丧生在大海中的人。很多年里，庆海爹都是那个事无巨细、把握着一切流程的人，他比老苏大十几岁，是南海上最好的船长。他被当作最好的船长，并非他的船渔获最丰，而是数十年中，他的船员从未有一人把命丢在大海之中。甚至有人传说，那都是因为庆海爹熟悉祭海之俗，能够和那些海上亡灵交流，每当风暴与危险将至，他都能提前获得信息。依靠手中的《更路经》、罗盘和船舵，他把船驶出一条曲折隐秘的线路，避开了风浪，毫发无伤地回返岸上。庆海爹宣布不再继续担任船长的时候，还曾在渔村引起一阵动荡，少了这么一位定海神针式的人物，村人就慌乱了。还好，每年的祭海仪式，庆海爹还出席。庆海爹过世前五年已经行动不便，换他的儿子来主持，村民的向心力便弱了很多。庆海爹一死，仪式等于取消了，各家只在出海之前，各自烧香点烛、炸一下鞭炮，算是走了一下过场。

"庆海爹儿子不还在嘛，那套流程，他懂……"老苏说。

阿黄哼哼冷笑："提那败家子？他倒是懂得照着念，但他眼中只有钱，每件事得多少钱，那是丝毫少不得的，哪请得动他？……何况，那年他为了钱，硬要把罗盘和经书卖掉的事，你又不是不知道。这样的人，哪还能找？"

"这事，应不下来，我这人，话都不会说。我还是刻刻我的木头吧……"

阿黄把裹在身上的被子一抖，滑落地上，他站起来："老苏，我这身体若还可以，我还想撑着试试，硬着头皮上。实在是没办法了，开渔的时候，我还能不能站直都不好说了。我们这些老的，走的都差不多了，你不应承，还有谁啊？"

"真不行……我再想想……"

老苏告别阿黄后，还没回到渔村，就在街角处被大儿子接到了他家里。当时他脑子一片混乱，差点被一辆摩托车撞倒，儿子从店铺里冲出来，把他往自己店铺里面拽。店铺的货架已经接近清空，地板上一片混乱。不同的袋子里，有的装着砗磲手链，有些则是打磨光滑的整块砗磲贝，还有一些是完全没有加工过的大贝壳——有些人爱在家里摆这原生态的贝壳，说那是自然的味道。几个小工忙得一团乱，绑好的袋子，分别移到店铺里的不同角落。灰尘沾满了整个店铺，老苏简直无处下脚。往店铺后面走，也是一片慌乱。这些海里的宝贝，曾让这个小镇无比热闹，此时却让整个小镇陷入慌乱。

大儿子很高兴："爸，宋记者跟我说了，说你那天很配合。他的文章写得很好，你看，报纸也登出来了。你还没看到吧？"他从柜台抽出一张报纸，递给老苏。柜台上堆着五六寸厚的一沓报纸，都是同一期的。这是省报的一期特刊，介绍渔民与南海的故事，展开的第三版上，老苏看到了自己的照片，他捧着经书、罗盘的画面，被毫不吝啬地排了三分之一的版面那么大。还有一篇文字，是关于老苏的采访，介绍着他的一些经历。老苏脑子一蒙，平日里，在报纸上出现的都是大领导、大老板，自己一个渔民，被排了这么一张大照片，到茶馆里遇到熟人，还不得被天天挂在嘴边议论？老苏立即把报纸合上了，实在不敢看报纸上的那张老脸，更不敢看记者的文字。

到了楼上坐下，儿子笑呵呵说："爸，那宋记者是很有本事啊。他回去之后，打了个电话来，说他问到省里砗磲研究会的一位副会长，是一位书法家，也是个大老板，他胃口大，说我这里那些品相好的货，他都能拿下。你也看到，店里乱成那样，就是要把货分好，他中午要来看货。"

老苏松了一口气："挺好嘛，麻烦解决了。"

"是很好，是很好。其实，钱也是压在那些品相好的货里，那些差的，不值几个钱，只要这批货一出，就算是缓过来了。爸，你也在店里待着，别着急回去了，晚上咱们父子好好喝几杯……"

"我哪喝酒的？"

"那就待着，吃点马鲛鱼。爸，你就在这吃完饭，我开车送你回去。"

马鲛鱼……老苏吞咽了一下。海里的东西他吃了多少年，马鲛鱼是永远吃不腻的，那种鲜味，能掩盖所有的烦恼，从舌尖溢散全身，瞬间把人包裹在风平浪静的海水里。老苏有时候也会想，出海那么危险，一代代人把命丢在水里，却还要去，其实和这水中之物的味道关系极大，当舌尖触到一块煎得略微焦黄的马鲛鱼，所有海上的历险，都那么值得。

马鲛鱼……平静的海水……人泡在水中，轻轻摇晃……

老苏只能答应下来。

二楼的阳台，可以看到街面，东边不远，就是港口，渔船正在那里停靠。目前是休渔期，但离开渔已经不远，很多人已经在做着各种准备。儿子把二楼阳台改成了一个喝茶的地方，吹过来的风，让老苏有些打哈欠。他翻开报纸，从大标题里可以看出，这期特刊全是和南海有关的。近些日子那个与中国相邻的国家，在南海上折腾不已，在国际上发起了什么南海仲裁案，省内报纸搞了这么一期特刊，也是在宣示南海的主权。特刊从专家、官员、收藏者到渔民，都进行了采访，讲述了南海的不同侧面。由于自己被刊登在第三版，老苏没太有心情去细看报纸，他叠了叠，塞进口袋，心想，他娘的，还用得着证明吗？不说别的，我们一个小渔村，这些年就有多少人葬身在这片海里？我们从这片海里找吃食，也把那么多人还给了这片海，那么多祖宗的魂儿，都游荡在水里，这片海不是我们的，是谁的？

书法家穿着一身中式衣服，脸很圆，手腕肥嘟嘟，左手戴一条粗大的砗磲手串，颜色通透而乳白；右手则是黄花梨手串，深褐色的斑纹鬼脸，好像还会眨眼。这些珠子都很大，可在他肥硕的手腕映衬下，显得很细小。书法家低着头，每个袋子前都蹲下来，细细看着里面的货。作为收藏者，他知道物以稀为贵的道理，现在这些店家慌乱出手，正是低价进货的好时候——禁止交易的规定很快生效，但那是对公开买卖的店铺的要求，真正好藏品的交易，都是私下里进行的。他藏品量惊人，但他从不嫌多，当然，他只收真正的好货。他不时从每个袋子里挑拣出一些次品。书法家挑好后，立即叫来他的司机，跟老苏的儿子一起清点货物，列出清单。书法家拍拍手上的尘土："宋记者的采访，我看了，写得好，故事感人。我想见见你爸，不知道方便不方便？"

老苏的儿子笑了起来："刚好我爸就在楼上，平时他在渔村里，今天刚好在。我叫他下来。"书法家微微点头，不一会儿，书法家就看到满脸铜锈色的老苏。老苏的褐色上衣，塞进黑色的裤子里，腰带有一些脱色。老苏的头发很稀疏，额头光亮，从额头左侧到下巴处，则布满星星点点的黑色斑痕，他的手背犹如长满毛刺的老树根。书法家伸出右手，老苏犹豫了一下，把他斑驳的手，握上了书法家肥滑软嫩的手掌，感觉到书法家的手抖了抖，老苏赶紧把手松开、缩回。

书法家笑着说："我看到你的采访了，很佩服，想认识认识你。"

"呵……"

"那报纸，我买了很多份送人了，这期报纸做得好啊。"

"呵……"

"我今天来跟你儿子要货……"他指着那些被他挑选过的袋子，"那些，我都要，这货，值不少钱啊。我跟你们镇上不少店家都是老朋友了，他们都急着出手，都在找我。宋记者极力推荐了你儿子，我确实是佩服老苏你，在我们的海上出生入死，维护了我们的主权……我是专门到你儿子这里来要货啊……"

"呵……"

"感谢……感谢！"老苏的儿子在一旁说。

书法家收起笑脸："老苏，我是直白人，不绕弯子，这次，除了跟你儿子进货，我就是专门来找你的。"

"找我？"

"是。我这人，爱收老东西，连当年古代沉船的海捞瓷都不少，我这次来，就是想找老苏你，能不能把你手头的东西转让给我？"

"我这人，哪有什么东西能让你瞧得上的？"老苏挠挠头，左脸那些斑痕一跳一跳。

"我想要你手上的《更路经》跟罗盘！"

老苏愣住了，回头看看他儿子。儿子表情紧张，眼睛充满祈求，手捏成拳。老苏尴尬地说："这东西，不算有多贵重，眼下出海，是用不上了，可这是从我爸、我爷爷、我爷爷的爸……一路传下来的，这东西现在到我手上，哪能卖了？"

"老苏，我知道！你看，我这不是跟你儿子做了很大一笔生意嘛。他目前遇到困难，需要出手这些货，我帮他收了那么多，你看……"书法家指着那一个个袋子。

"爸……爸……"儿子喊了两声，把老苏拉到一边，指手画脚，低声说着什么。老苏只是摇头，他儿子头上的汗不断涌出。

"这样吧！我干脆点，老苏，你只要愿意出手，价钱好说，你自己开。另外，我也不挑了，你儿子剩下的这些货，我也给他全拿了。这样，你儿子立即资金回笼，想做点什么，也就宽裕了……"书法家的这句话，把老苏的儿子也惊得愣住了，他唯有看着父亲，不停使眼色，就差跪下去了。

老苏长叹一口气，说："你跟我儿子做生意，我感谢你。要是别的什么，卖了也就卖了，但这两样东西，也不是自我手上才有的……"

"你看，你看，老苏，你也是不好讲话，你留下这东西，以后也不是要传给你儿子吗？"书法家指了指老苏的儿子，"你以后也是要传给他，他也是能做主的，现在出手，能把他的资金全都救回，他也能赶紧做别的事情去，这不是挺好的事嘛。你这……"

"爸……"儿子抹脸，汗水淋漓。

老苏的语气愈加生冷："以后我死了，他要卖，是他的事。实在不行，我死前烧了。"老苏脸色黑沉，知道今晚的煎马鲛鱼是没得吃了，迈步跨出店铺。

"老苏……老苏……"书法家喊着，老苏并不应承，他只能转头对着老苏的儿子，"你爸这么不好说话。我想，你还是去做做他的工作，这些货，等你谈定了，一起算吧。我先去老曾那店里看看，他也给我留了些货……"

海　里

天色还没暗透，海面上出现了海螺大小的漩涡，白天波澜不惊的海面，此时变得怪异。老苏的心中紧张起来。这是大风雨即将来临的征兆——可这是十二月底啊，春节已经不远，这一趟之后，很快就要返航过年了，这个月份，按常理讲，是不应该有台风的。渔船的位置，在永兴岛、西岛、浪花礁之间，老苏心里很快做出决断，准备前往面积最大的永兴岛避风。船员中有反对的，说老苏太过胆小，这个月份哪会有台风？这一片海域，并非只有老苏的一艘船，从海南岛来的不少船只，最近都聚集在这片海域。这片海域，前些时候有一艘外国的大轮船经过，触礁沉没了，满满一船的货物，全洒在海里，附近知情的渔民们很快围聚过来打捞，反而没再去留意鱼虾。白天，各艘船散开打捞货物，夜里，亮着灯，各艘船一起停靠在附近一个小小的岛礁。

一看到水面起了漩涡，老苏喊起来："大家也看看，是不是要起风？"

各家船长都走出船舱，细细观看水面，脸色凝重。

老苏说："我看风是要起，这里太小，风要来了，怕是没处躲，还是得提早去永兴岛。"

老苏让船员起锚，掉转船头，朝永兴岛的方向而去。二十世纪七十年代以前，大多是木帆船，而此时是一九七三年了，大多是机动船，发动机带动船桨，哗啦啦打着水花。七八艘渔船，也跟随着老苏的船，一起前往永兴岛。渐渐黑起来的海面上，一串亮灯的船队，像一条在海面上流动的龙。

"老苏！老苏！"声音来自一艘逐渐靠近岛礁的船。

老苏缓慢把船停下，那艘船也慢慢地移靠过来。那是一艘新造的大吨位渔船，船长是位中年人，前些时候，那艘船才从渔港下水。那船长老苏也是认识的，两艘船基本上同时出发，沿着相同的航线，但大船速度快，比老苏要早抵达这片海域。

"老苏，去哪儿啊？"对面船高，中年船长的声音压下来。

老苏指着海面："水面奇怪，怕是要来风浪，去永兴岛躲躲！"

"哈哈哈，老苏，出海多年了，哪听说过十二月有台风的？也太胆小了。"

"满船的人呢，哪能开玩笑？海上找吃的，不靠赌气，不靠胆子肥，得小心啊。"

"老苏，这气我就赌一把！"那艘大吨位船立即加速，把老苏的呼喊抛弃在海面上。

对渔民来讲，永兴岛是茫茫南海中最安全的地方。它的面积足够大，有渔民在岛上盖了临时的房子，也有部队官兵驻扎在这里。从永兴岛上岸之后，船员都分散住到那些临时搭建的房子里，老苏听到了船员们的埋怨。船员在牢骚中睡着之后，老苏还在翻来覆去。他踱步到小岛的岸边，观察着水面的变化，他更把目光放长，希望能从海面上看到有一点渔火出现。那渔火一直没有出现。

风终于起来了，在接近凌晨四点的时候，原本轻拂的风，显示出了猛烈的气势，海浪开始翻滚，不断击打着岸边，抛锚定好的渔船也被浪拍打得噼啪作响。雨的到来要缓慢得多。先是洒下一些小点，大半个小时后，倾盆大雨才追赶过来。老苏不能再在岸边待着了，他回到屋子里，浑身已经全是水了。因岛上缺少水泥和砖石，这些房子都用木头搭建，覆盖着铁皮、油毛毡，在风雨中有随时被刮走的感觉。撑了没多久，这些房子全被掀垮了，渔民们匆忙到岛上的水产公司的加工房躲避。因为返航回海南岛比较遥远，这家国营的水产公司把加工部门设到永兴岛上，方便捕捞之后，就近加工，再运输回海南岛。这些加工房把钢管打进土里，要牢靠得多，可仍然在狂风暴雨中摇摇晃晃。

渔民们聚到一块，也没说话，安静地听着外头的风雨交加。

"唉，还好我们躲上岛来了，还好……"终于有人从哪个角落说了一句。

"那艘大船，回来了吗？"

又都沉默了。

暗黑之中，有人压抑不住，抽泣起来。

几乎所有人都没怎么睡好，天色发白之后，呼噜声才相继四起。

这场罕见的冬季台风，竟然刮了整整三天。其间最大的风浪有十多米，巨浪吞没着一切，连这永兴岛好像也不安全了。在这三天里，每逢风小一些，老苏就要冒雨去岸边查看渔船，他担心锚和绳子也没法拉住他的船。

台风过后，天空如洗，一切恢复平静，岛上一片狼藉。老苏决定休整两天再出海。有些渔民已经跃跃欲试，准备出海收拾还在风浪里惊慌失措的鱼虾。水产公司的渔民出去后，第一天就有了收获，竟然捕获了好几条大鲨鱼。老苏出海，从未动过捕捞鲨鱼的念头，听说那些海中霸王被拉回永兴岛的时候，老苏也跟着躲风的渔民去围观，还吸引来了一些岛上驻扎的士兵。捕获的鲨鱼有六头，有大有小，很显然，这些鲨鱼在被射伤之后，再被粗大的网捆住，拉到永兴岛，已经全都死去了。它们巨大的身躯，还是把老苏给震撼了，浑圆的肚子像打满了气。

老苏穿着拖鞋，走到沙滩边上，伸腿踢踢那些鲨鱼的肚子，鲨鱼弹性很足，把老苏的脚打滑到一边去。人都围拢过来。加工人员脸上笑开了花："先挑一头最大的看看，吃了什么东西，肚子这么圆！"锋利的大刀划过，把鲨鱼肚子剖开。猛烈的腥味有着巨大的推力，把围聚的人给推开了。刀继续划开，划开鲨鱼的胃，有圆滚滚的东西掉出来，也有条形的东西掉出来，浓烈的腥臭味更加强烈了，围观的人又退缩了几步。有人受不了这强烈腥臭味的刺激，就蹲下来呕吐。加工人员皱起脸来，他用长刀推了推那圆滚滚的东西，滚动了几下。

尖叫声响起来："人头！"

是人头，正面朝上，脸上黏着鲨鱼胃里的黏液，可没被胃酸化完的样子，还能看出那是一张人脸。那人眼睛暴凸，瞪着所有围观的人。

尖叫声此起彼伏，老苏也再次往后退。那加工人员也吓得手中的刀掉落了下来。大家这才注意到，刚才掉落的那些条形的东西，是人的手脚。

——这些鲨鱼，是被人喂饱的。

在大家的惊慌失措中，围观的士兵们主动上前，接过刀，把剩下的几条鲨鱼也都剖腹了。无一例外，鲨鱼肚子里，全都是人头与残肢。

士兵清洗那些残骸后，老苏和船员从还没被腐蚀殆尽的四个残破的人头中，隐约辨认和猜测，应该是那艘大吨位渔船上的渔民。那艘船上可是有着三十多人啊，马上又要过春节了……所有的渔民都号哭出来。

哭声是永兴岛的另一场台风。

岸　上

那一天风小，阿黄想下楼走走，刚上街，就摇摇晃晃，昏倒在地。家人叫来了救护车，先送到了市里，还没办下住院手续，市医院就联系了省医院，直接送到了省城。省医院正好有京城专家前来坐诊，把阿黄浑身检查之后，给他家人做出了"不建议手术"的诊断。阿黄把家中儿女叫来，儿女都唯唯诺诺，阿黄绷着脸："是不是癌？"沉默，等于说出了答案。阿黄说："待在医院有用吗？"又是沉默。阿黄说："回去吧，医院里味道重，我待不惯。"是肺部的问题。得知阿黄是老渔民之后，医生貌似很确定地说，可能是当年海上捕捞，长期在水中憋气，对肺部造成了很大的损伤，应该是老毛病了，不过是到了现在，才集中爆发了。

阿黄有个女儿嫁到广东，夫家很有钱，她从广东飞回之后，强烈要求把阿黄送去广东就诊，说岛内医疗技术不行，得到广东的大医院。她在医院里把所有的兄弟姐妹都数落了一番，说他们纯粹是舍不得钱，又说既然这样，医疗费由她出。她的话惹得一家人在病房里争吵不休。阿黄冷冷地喊了一声："不去广东了，我要回家。不是钱的事，我不想被割成碎肉。硬要叫我去，我就从这病房窗子跳下去。"阿黄轻描淡写中，藏着斩钉截铁。医院开了止痛药之后，阿黄回到镇上来了。阿黄家离镇卫生院不远，阿黄就待在家里，由卫生院的护士上门给他换药水。

老苏来看阿黄的时候，他正斜靠在一个厚厚的枕头上，手臂上扎着吊瓶——自医院回来之后，这药水每天都要输送到他的体内。他曾抗议说不打了不打了，可汹涌而来的剧痛，要把他撕成碎片，他不得不让针头扎进体内。剧痛的袭来，会让阿黄有一种在海水中挣扎的窒息感。很多年里，他在海水中作业，穿梭如游鱼，那种摆动身姿的自由，让他觉得自己应该属于大海而不是陆地。他当然也遇到过在水中快要溺亡的时候，还不止一次，浑身扭动、挣扎，却毫无用处，逐渐陷入更深黑的海底。阿黄曾想，千万种死法里面，溺亡在海中，一定是最惨烈、痛苦的那种。因病而带来的剧痛，若不靠止痛药压制，阿黄就得一次次经历溺入海水的绝望——他得依靠止痛针，一次次从水底返回岸上。

老苏捏了捏阿黄的右手，没有任何反馈的力道，只有穿透掌心的凉意。

"我就该死在水里。"阿黄嘴唇动了动，老苏得静静地听，才能听到那浑浊、带着粗气的话。

阿黄惧怕着海水，又渴望着死在水中。

老苏摇头苦笑。

阿黄忽然想起什么："老苏，那事，你答应下来了吗？"

"什么事？"

"开渔节的祭海啊……这些年……呵呵呵……"

"这事，我答应不下来啊！"

阿黄猛地坐直，就要从床上翻身下来。老苏按住阿黄："你坐下，你坐下，起来干吗呢？"阿黄不理他，伸手去抓挂在床头一个铁架子上的药水瓶。阿黄的手一伸出，浑身就抖动如电击。老苏只好一只手扶住阿黄，一只手取下药水瓶。阿黄摆摆手，往阳台边去。阳台外，日光猛烈，海风也很大。阿黄拉开门，有风灌进，他的抖动更加剧烈，老苏害怕他会摔倒。阿黄靠着阳台的栏杆，老苏只能扶着他。

小镇的街巷上烟尘滚滚，人人貌似很慵懒，但很多人都因为禁卖砗磲的最后期限即将到来而手忙脚乱。不仅仅是店家，镇上的有关部门也很茫然，禁令来得很突然，与这个产业有关的数千人要分流到其他地方去，并非一件容易的事。大儿子到渔村里找过老苏几回，没怎么说话，就静悄悄地站在他身边，看着他刻那树根。老苏不说话，他也就不说，站到暮色将起的时候，他转身离开。老苏知道大儿子的心意，知道大儿子内心的焦躁和无奈，知道大儿子没能开口提出的那个要求……可他能怎么做呢？真的要把《更路经》和罗盘卖给那个书法家？若不卖，那堆货砸在儿子手中，儿子一朝欠人家一屁股债，今后怕是父子也没得做了。

阿黄的脸色愈加蜡黄，他的气息是不规律的："大家靠海吃海，但现在没人祭海了，大家都信仪器，不信仪式。一门心思只想着钱，渔村没有了……没有了……"老苏不知道该怎么回话，只好不说，他拍拍阿黄的肩膀。刮过来的海风越来越大，怕阿黄身子承受不住，老苏把他强拉回房间里。

老伴的坟墓离渔村不远，却是一块背着海风的地方，老苏心烦意乱时，会到那里坐坐，想一些事情。慢慢算下来，出船那些年，老苏一年中没多少时间见到老伴的。女人不能上船，是渔村多年的习俗了，因为女人上了渔船，导致渔船如何出事的传说，从未绝过。年轻时，出船一两个月，颠簸劳顿倒不是最苦的，最苦的是对女人身体的渴望。白天还好，在水中、烈日下搏斗；夜里，躺在船板上，星光满天，船随风轻晃，体内的欲望都被摇出来了。每次船回渔村，老苏和其他男人一样，在船头看到岸上的女人之后，内心的焦灼和渴盼达到了顶点。但，还得先把所有的渔获卸下船，再洗一顿痛快的淡水澡以后，才开始在女人身上驰骋。女人也憋久了，好奇地问起老苏海上的遭遇，老苏顾不上回答，只是横冲直撞，女人淹没在老苏的狂风暴雨之中。年纪渐大以后，需求少了，老苏会花很多时间，说起海上的遭遇，激起自己女人的阵阵惊叹与尖叫。每次到了最后，女人总会在一阵哭泣中睡去。睡去之前，女人会讲到她在岸上的担惊受怕，讲到她如何照看家里到处野的孩子。老苏知道，在岸上的女人，并不比出船更轻松。

有一回，掌舵期间，老苏的手抖了抖，一股莫名的感觉从水中渗入他的体内。他没跟任何一个船员讲这话，他还需要把他们安全地带回岸上。返回之后，他内心和当年瘸了腿的父亲一样坚决，第一句话就是告诉老伴："以后，不出海了。"老伴说："手抖了？"老苏点点头。多年前父亲就说过"大海养人也埋人"的话，手发抖，就是海上的亡灵给他提了醒。回到岸上，他和老伴之间的话多了起来，他一次次说起数十年在海上的各种细节。在这样的讲述中，他不断重返大海之上。这样的重返，随着老伴的过世而结束了。床头空出，老苏每夜睡觉都少了说话的人。

从船上退下来之后，老苏的渔船在渔港边搁置了许久。儿孙都不再出海，不再经营船上的捕捞，老苏想把船售出去。渔村里，并不好出手，最后，是另外一个县的一位海鲜店老板买去了。并不是买来捕捞，而是变成了移动餐厅。海鲜店开在海边，有一些包厢在岸上，也有一些包厢在一些渔船改成的船上，客人点餐之后，渔船离岸，在水上摇摆着，客人一边大快朵颐一边吹着海风，有种天上人间的错觉。

船卖出去后，老苏有一次思念那艘船，悄悄跑了几个县，找到那家海鲜店，寻找自己的船。海鲜店有三艘可以开出去包厢，外面都涂上统一的靓丽油彩，挂着一盏盏灯笼，老苏辨认了好久，才找到那艘曾很熟悉的船。看到渔船变成了这模样，老苏内心悲凉，想转身离开，却被那老板拉住了，非要让他上自己那艘船看看。老板给这间包厢取了一个名字——老船长号。老板让人把船开动，带着老苏转了一圈，老苏越来越难受，竟然有些晕船，让赶紧靠岸，低着头就走了。

他没再去看过那艘船。

他后来一直后悔把船卖给了海鲜店老板，他宁愿把它放在岸边，让它在海风中坏掉。

海　里

从船上退下来之后，老苏也上过几次船的，都不是远海，只是那些在近海的小船，早上出去，傍晚便会回来，他就是到船上过过瘾。船家撒下渔网之时，他便在一旁看，要前去帮忙，船家也不愿意，怕他手慢，耽误了。船家倒是会问他意见，哪片海域鱼虾多一些，他观察了一下方位和波纹，指着一个地方，船家便在那里下网，果然拉网的手觉得沉甸甸的。

船员忙着网鱼之时，老苏有时也会取下一个救生圈，绳子绑在胸口，跳进水中游泳。船员也不理他。渔村的人都水性好，谁有时兴趣来了，都会到水里游一阵。老苏双腿划动，仰着头，看着日头强烈地射在水面上，光线刺眼。他总是用仰泳，双手双脚缓慢地踩水，便会浮在水面上。这是最放松的时候，手脚酸了，还可以抓住救生圈，连踩水都省了。游累之后，朝船上招呼一下，便有人丢下一个软梯，他顺着梯子爬到船上。上船之后，他打两瓢淡水冲冲身子，把身上的盐分勉强冲掉。

但那一回之后，再也没有船家愿意让老苏上船了。那次，他踩着水，浑身越来越舒坦，就抱住了救生圈。还是觉得很舒坦，他竟然有了昏昏欲睡之感，他想着睁开眼睛，可更大的困倦压合他的眼皮，他双手竟然松开了救生圈，人就朝水里潜去。耳鼻一淹入水中，他就有些惊醒过来了，可他却并没有立即浮出水面。日光照射进海里，离水面四五米处都可以看到，可更深处的碧蓝，一无所知。幽深的水底在一瞬间，强烈地吸引了他。他主动往深处潜去。胸口绑救生圈的绳子阻碍了他，他竟然拉松了绳结，继续往深处去。身上的水压越来越沉，呼吸也越发急促了，老苏很清楚，继续往下，就会永远留在海里了。他明明知道后果会怎样，可海水更深处，还是对他有着强烈的吸引力。他眼前不再是碧蓝的水，而是闪亮的光，是金碧辉煌的海底宫殿。

无数已经消失在海上的面孔，就在那宫殿里欢迎他。站在前面的那个年轻人，没看错，是曾椰子。那个当年浑身毛孔冒血，被用海盐腌回渔村的水手。老苏想，曾椰子当时是不是也看到了眼前的景象，才越潜越深呢？曾椰子身边那一群人，应该是那次冬天风暴里葬身鲨鱼肚子的那些，站在前面的，就是那个中年船长。他还是一脸傲气，那年的台风和鲨鱼，并没有把他的傲气吞下去。老苏的父亲，也在。父亲本来是死在岸上的，怎么会也在呢？但那不是他，又是谁呢？父亲紧盯着他，不知道是欢喜还是悲戚。他想起父亲过世之前，曾留下遗言，让把他的尸体烧成灰后撒进海里，老苏并没有遵照父亲的话来做。把父亲埋进墓地之后，老苏倒是把父亲的衣裤等烧了，撒进海里。此时父亲为什么是那样的神情呢？他是在怪罪自己吗？

更多的面孔，是他见所未见的，甚至有很多位穿着古代衣服的，那是传说中的一百零八兄弟公吗？海底的宫殿有光，光是黄色的，还会变化，变成橙色，接着变红变紫。那些光不能看，一旦直视，便目眩神迷。晕眩让他更想睡了，可他奋力看着眼前这些人。这么多人拥堵在宫殿的门口，是在欢迎他吗？身上的水压、鼻腔里水的堵塞、体内的缺氧，并没有让他觉得难以忍受，他感到了前所未有的安详。他继续朝宫殿潜去，快速扑向那变化中的光。

可他没法潜了，他的两只手臂被抓住了，他本能地扭动起来。一扭动，辉煌的宫殿消失了，宫殿里的人也消失了。安详也消失了，只有缺氧的痛苦，他浑身扭动，直至昏厥过去。

醒来后，已在船上。

是船上的两个年轻人救了他。船上有人看到老苏脱开胸口的绳子，立即报告了船长，船上水性最好的两个人，立即绑着绳子跳到水中救人。船上的人看着两个年轻人钻进水中，每一秒都那么漫长。当三人浮出水面，船上人赶紧拉收绳子。老苏被压出满口满口的海水，才醒过来。船长一直在船板上跳："老苏，你这是要害死我，你这是要害死我……老苏，你说，你跟着我的船出来，却把绳子解开，是想干吗？你不想活了，还要把我一船人也都拉下水吗？老苏，你……"老苏又能说什么呢？他一言不发，他也不明白刚才怎么就鬼使神差就要往深处去。刚才眼前所见，又是怎么一回事呢？老苏坐起来，海风吹着，他觉得冷了，日头猛烈，但寒冷刺入骨髓一般。船长用力跺脚，高喊："回去。"

那一回之后，老苏再未有机会出海——所有的渔船，都拒绝他的靠近。一个惯于水上生活的人，只能远远看着渔船，再也难以登上。

他只好用一块树根，刻一艘独属于自己的小船。

岸　上

大儿子躺在床上，右腿绑着绷带，呻吟不断。儿媳妇跟大孙子，都在旁边看着。绷带里是跌打损伤的药，散发着刺鼻的气味。绷带上，有一团一团的污迹，那是血凝结后颜色可疑的污块。老苏来到儿子家，看到这景象，问道："怎么回事？"大儿子闷着头，不作声。儿媳妇推了推大儿子的手，他还是摇摇头，不说话。儿媳妇憋不住了："还不是欠人家的钱欠的，再过几天，估计这腿都要给卸下来了。"大儿子的头更低了。接到孙子电话的时候，老苏已经大概问出了什么事。那些积压在手中的砗磲，让儿子最近资金周转出了问题，追债的人多了，就有人在夜里堵着他，来了一顿拳打脚踢的警告。最近镇上这类事情越来越多，尤其是之前陷入困境而去借了民间高利贷的。

大儿子猛抬头，喊："你跟爸乱讲什么讲？出去！"

儿媳声音更大了："我说什么了？我说什么了？这不是事实吗？"

孙子也说："妈，少说两句。爷爷都清楚。我跟爷爷讲过了。"

她仍旧没有放低声音："反倒是我的不是了？当时人家那老板要把这些货全部收走，要不是爸不肯把那个……出手，事情早解决了。我们何至于把这堆废物压在手上？"

大儿子抬头猛瞪着他老婆，想说什么，却又把头低下了。

老苏坐到儿子床边，摸了摸儿子腿上的绷带，儿子发出些微呻吟，老苏问："医生怎么说？"

"也没什么，皮外伤，擦擦药膏，休息几天就好了。"

老苏点点头："那些货还是没人收？"

"有收的，价格很低。"

"我倒打听到，有些人开始按住，不出手了。他们说，现在砗磲不让捞，以后肯定价钱还会更贵，面上说不让卖，只要是好货，私下里卖给藏家，估计没法查，价格也保证。"

"爸，话是这样说，但我耗不起啊。还有，万一有人举报呢？主要是，我现在手头空了，外面债务追得紧，要是手松，我也就任那些东西丢那就是……"

老苏沉思良久，伸手拍拍儿子受伤的腿，站起来，盯着上了高中的孙子："你跟我回家一趟，我把东西给你，你带来给你爸。"

"爸，那是……"大儿子有些哽咽。

"人最重要。要是人都没了，留着那东西也没用。卖给懂行的人，可能保存得比留在我们手中还好。《更路经》比人活得长，我早想清楚这事了。"

老苏昂着头走出去了，他孙子盯着父母的脸，犹豫着要不要跟上去。儿媳妇一直眨眼，床上的伤号点点头，孙子才跑出去。儿媳跑到二楼的阳台外，探头看着她儿子和老苏走远，兴奋地跑回丈夫身边："这下成了。"

他把脸藏回床角。

她埋怨道："要早听我的，也不至于那么麻烦，不至于拖到现在。你一会儿就给那个书法家打电话，东西早点给人家送去。早点把钱抓自己手里才是正事……"

他的脸仍旧藏在阴影里，看不出是什么表情。

她伸手摇晃着他的肩膀："这事……总算……"

"少废话！"

"什么？"

"滚！"声音撕心裂肺，带着哭腔。

一直劝老苏去主持祭海仪式的阿黄，并没有见到祭海仪式。老苏把《更路经》和罗盘交给孙子一周后，阿黄就忽然从家里消失了。家人在早上去看阿黄，发现了他床上空空的，还剩一半的盐水瓶放在枕头上，针头滑落到地上，人已经不知去向。全家人四处找寻，并没发现任何踪迹。去派出所报了警，镇上不少人也都出动，还是没找到。派出所人员问阿黄家里人，他行动不便，又是半夜出门，你们竟没人能发现？家里人哑口无言。

老苏听到消息时，并没有多大的震惊。他悄悄到了海边，对着起伏的潮汐，燃点香烛，对着大海拜了拜。永远有波浪不断涌上，又立即退去，所有的痕迹，在水的面前都是暂时的。阳光泛着金黄色，把海水映照出不同的蓝，靠近沙滩处的水是泛绿的，越往深处，越变得深蓝。沙滩边，长着一排排野菠萝，接着是一排排椰子树，再远一些，是木麻黄林。很多年里，这里都是很热闹的。翻晒、缝补渔网的人，在夕阳下留下剪影，再被夜色覆盖。

天色亮得花眼，老苏眼前却仿佛一片漆黑。就像当年瞬间就感知到曾椰子是怎么死的那样，老苏也理解了阿黄独自离去的心情。自己不是也要扎身潜水，去往那个海上亡灵的宫殿吗？老苏好像清晰地看到，昨晚后半夜，阿黄在思前想后的内心搏斗之后，终于义无反顾拔掉针头。下定决心的他，有着回光返照的镇定，有着最佳水手的充沛精力，他躲开家人的一切眼目，悄悄走出房门，穿过小镇的街巷。他悄悄解下一艘无人注意的小木船，用尽所有的力气，往大海更远处划去。月虽不圆，但月光铺满海面，小船沿着水面上的月光之路划远。最后，阿黄这位当年最优秀的水手，翻了一个身，投入了海水之中。一直念叨着应该死在水中的阿黄，不愿在一场绝症中变得人模鬼样，就钻进大海，寻找那些把身体和魂魄都留在海水中的伙伴去了。

老苏又想起当初阿黄说有好东西给他看，他没去，那是什么呢？是那艘他给自己准备好，要划出去的小船吗？老苏让阿黄的家人在附近的海域搜寻一下。阿黄的家人半信半疑，却也没了法子，到处打听有没有哪家人丢失了小木船，却只得到一阵阵的摇头。不少年轻人驾着船在渔港附近的海域搜寻了两天，也没有任何结果。倒是有人发现了半艘破旧的船板，离海边也不远，集中人力搜寻了半天，水性好的人还带着氧气瓶扎入水底，毫无痕迹。所有的搜寻都徒劳无功。虽然还没放弃希望，但阿黄家的人，已经准备好依照渔村的习俗，像安葬那些葬身大海的人一样安葬阿黄。

祭海仪式在小镇的渔港边举行。

砰磕的禁售令已经生效，镇上的店面清空了。有的改成了卖烟酒的杂货铺，有的改成了小饭馆，也有的准备改装成民宿，更多的店铺则还空着，店家尚没想好要经营什么。开渔季来临，市里准备把开渔节打造成一个旅游节，邀请了不少游客、媒体和上级的领导。小镇上人山人海，老苏从未见过镇上这么热闹过。一想到还要表演，穿着长袍的他，浑身的汗淋漓而下。附近的渔船全部聚集在渔港这里，排好了队，只等着开渔节之后，千帆竞发，往南海而去。老苏也没见过这么大的出海阵仗。当年开渔也是多艘船一起出航，可哪有眼前这种政府部门组织的这么声势浩大啊？

渔港边搭了一个主席台，彩旗飘荡，围聚的人带动了无数小生意的到来。主席台前拥挤不堪。十点半，仪式开始了。先是领导讲话，大概讲了今后将如何以旅游带动小镇的渔业发展，如何让渔业成为小镇旅游的新特色，还计划推出近海捕捞的旅游项目，由旅游公司出面打造，游客可以随渔船出海，体验真实的海上生活。当然也讲到了，要如何引导小镇转型……后面很多话，老苏没听进去，也听不懂。按照安排，领导讲话之后，就轮到他了，他在后台，坐着也不是，站着也不是，脚都是发抖的，在海上突然遭遇台风，他也没这么紧张过。他朝旁边的工作人员一招手："给我拿点白酒。"工作人员有些纳闷，以为仪式需要用到，赶紧跑步去买。老苏接过白酒之后，拔开瓶盖，狠狠地灌了一口，酒气上涌。从不饮酒的老苏，为了制服心中的惊涛骇浪，咬着牙把怪味吞了下去。

领导讲话完了，主持人喊了一声："开始！"

老苏拍了自己两巴掌，拍出两口酒气，终于安定心神。他缓缓走到主席台前的红布旁。此时，所有的目光都注视着他。所有的紧张已经没有了，老苏手中捧着两张纸。在此时，老苏觉得自己已经不是老苏，而是过世的庆海爹——他走路的样子，都有点像庆海爹了。老苏点点头，有人给他递上一个话筒。老苏高声喊道："祭海仪式开始。"声音在人群中回荡，那么多人，都屏住了呼吸，只有海风摇晃着渔港上的船帆和主席台周围的彩旗。老苏道："各家船长，上前领香。"各家船长走到老苏边上的祭坛边，各自领取了一支线香，按照此前排好的位置，前后站定。

老苏喊道："念《祭海文》。"

船长们低头作揖。老苏念道：

> 海南省某某市某某镇，叩请恩光香河主众宗亲、五姓孤魂、一百零八兄弟。
> 山川银露，男女神畅，保佑祖国领土、海洋完整。
> 渔民远到三沙生产，求财财到，求利利来，好人相逢，恶人走背。
> 东方财源到，西方财源也不停，南方财源广进，北方财源接接来。

利禄宏开，生产安全，蚌盒变珠宝，渔乡笑呵呵。

兄弟公保佑渔民精神饱满，满载而归。

子孙给尔祭海仪式。

出海生产！叩首，再叩首，三叩首！

老苏带领所有船长，向着大海的方向跪拜。场边有些渔家的人，也跪了下来。这篇祭文，并非传自庆海爹，而是老苏按照庆海爹当年祭海的零星记忆，加上自己想的几句话，找来村子里稍懂文字的人，写了下来，也不管是否通顺，先念了再说。

《祭海文》念毕，老苏喊道："念《除妖文》。"

所有船长仍旧列队恭听。

天最神，地最神，人离难，难离身。

南无法、南无佛、南无观世音菩萨

阿弥陀佛、蓬莱仙、象天地、仙真人

三官五雷神、兵统领神、兵竟西方万名古佛明圣经

亨前汉末清，归于无大道；乾元亨利贞，乾元亨利贞

吾捧太上老君火，急急如律令。

伏发伏发！

念完之后，仍是向着大海的方向跪拜。

第三个项目，是敬拜《更路经》、罗盘。祖传的《更路经》和罗盘已卖给了书法家——这本是他自己多年来断断续续手抄的备份，罗盘则是一个新的，已经用玻璃罩扣住，摆放在祭坛之上。因为这两件都不是老旧的东西，老苏有些心神不定，害怕有人指出，害怕露馅，也害怕若是哪天出海的渔船出了啥事，会有人怪罪是因为这两件新东西镇不住。他还想到阿黄最介怀的，就是庆海爹的儿子，把庆海爹的经书和罗盘卖了，可自己不也是卖了吗？老苏强压住混乱的心绪，凝神静气，把还萦绕在喉舌之间的白酒的味道，当作自己的镇静剂。老苏也刹那闪过一个念头：要是用来祭海的，是自家的那两件老东西，该多好啊——即使要卖，祭拜了再卖，也行啊……但……唉……这事，没得假设了。老苏涌上对父亲、祖父以及更久远的先祖的愧疚，手不禁有些发抖，他越是用力镇定，手越是抖动得厉害。旁边的船长，并没有觉得有啥不妥，他们甚至因此觉得是老苏全身心投入。随着老苏的指挥，所有船长在祭坛面前，向《更路经》和罗盘敬拜，祈祷保佑海上顺风顺水、平平安安。之后，燃放鞭炮、燃烧纸钱，各种气味向老苏口鼻涌来，呛得他几乎要流泪。后面所有的喧闹，就跟老苏无关了。他脑子一片空白，所有人潮的涌动，他都闭眼不看。一阵阵喧闹以后，好几位领导在主席台上，用剪刀剪断一条彩带，之前讲话的领导高喊一声："开渔！出发！"

渔船开始鸣笛，离岸出港。

老苏坚持要抱着自己刻好的那艘船出海去，让它随自己去吹一趟海风。

那艘船上漆之后，油光闪亮，渔船上该有的部分，一概不少，抱在手上，沉甸甸的。祭海仪式之后，老苏随着市里、镇上的相关领导一起上了一艘大船。组织者是旅行社的负责人，也邀请了周边的一些老渔民。他们是要给新规划的旅游线路踩线，说是开拓什么海上新线路、拓展未来海洋旅游新方向、给热爱出行的人带来更极致的新鲜体验……都是一些老苏听不大懂的话。停靠岸边的时候，船有点随波轻荡，抱着自己雕刻的木船踩上甲板，老苏竟然有了一点晕船。老苏赶紧把小木船摆放在甲板之上，自己伸手扶住船身。

船离开岸，往大海深处而去，船上、岸上尽是欢呼的声音。那些老渔民也是欢呼的，尽管出海几十年，但这一次他们是前所未有地放松，可以谈笑风生，可以指指点点，可以不理船怎么开、会不会遭遇风浪，这是他们第一次卸下担子出海。带着咸味的海风迎面而来，老苏晕船的感觉更重了，他忍不住嘲笑自己，还算是一个出海几十年的老渔民吗？他的脸色迅速苍白起来，喘气都有些急促，甚至喉咙泛酸，有呕吐将至的感觉。看到他神情不对，两个年轻人赶紧过来，把他扶进舱内，安排了个位置让他坐好。坐着，也并不能减轻一丁点儿晕船之感，若不是船已经开出老远，或许他会要求上岸。当然，上岸的念头只是在心底一闪而过，他为自己冒出这个念头脸红。他只能强忍着，尽量让自己去看船舱外的波光闪闪的海面和飞溅而起的浪花。恍惚之间，老苏回到了当年第一次随父亲出海的时候，回到了曾椰子的尸体被腌在船上臭味难忍的时候，回到想潜入深海留在那个海底宫殿的时候。亲手雕刻好的木船，就放在脚下，好像那并不是一座雕塑，而是自己当年驰骋海面的那艘渔船。这艘小木船，跟真正的船一样，也有一个船舱，揭开一块板，里头空空的，这是老苏留给自己的位置。他想着，哪天要过世了，会叮嘱儿孙们，把他烧成灰，装进这艘船里，放到海上，让它随着海浪漂荡，沉在哪片海域都好……这个念头他不敢深想，他知道，即使交代了儿孙们，他们也未必会按照自己的想法去做——他当初不也没听父亲的交代，没把他撒进大海里吗？这个家族，总是出一些不听父亲话的逆子。但即使完不成这心愿，老苏也愿意随时摸着这艘小船，像当年从海上归来的夜，抚摸着自己女人的胸脯。

晕船感在开出大半个小时之后才减轻。旅行社的一位导游，前来扶着老苏到船长的驾驶室内。老苏交代道："把我的船看好！"那导游笑了："老苏，没人动你东西。"老苏回头看了几次，才跟着进到驾驶室内。船长立即站起来，是一位四十几岁的中年人，他伸手跟老苏握了握："苏爹，您好！这一次，还得麻烦您帮我们费心看看。到时要是有游客来，当然得让那些客人玩开心了，水下得能钓到鱼才是；还得麻烦您一起帮着我们找一找，哪片海域比较适合海钓，哪一片适合深海潜水。"

老苏说："多年没出海了，陌生了，陌生了。"

"别这么说，海上的路线图，都刻在您脑子里呢。现在仪器很先进，我们就缺少经验，以后还少不得请你们老渔民帮帮忙呢！"他的手一划，"看看，这就是我们现在的驾驶室，跟你们以前的掌舵行船，差别可大了。"老苏看着眼前的一片仪器，各种仪表闪着光，还有面积不小的显示屏，显示着卫星定位导航，显示着离岸边多远，显示着船航行过的路线。老苏赞叹道："这些东西，得学多久才会使啊？"船长笑了："比您学那经书容易多了，您到前面来看看，观察一下这片海，看看怎么样？"

老苏走近玻璃窗，外头的海面清清楚楚，但不会再有海风直扑而来，不会有海风给他浑身涂抹上一层厚厚的海盐。当船头的海水像要迎面扑来的时候，他的晕船也就消失了。他挺直了腰板，直愣愣地看着外头的水纹变化。他知道，当年所有沉睡的记忆已经在此刻复活，天空、水面出现任何一丁点颜色、形状的变化，他都能立即知道，那貌似如常的海面之下，隐藏着什么样的鱼虾、奇景或危险。腰板是怎么挺都挺不直了，但老苏知道，只要站在船身的最前面，毫无疑问，他就还是那个指挥若定的船长——这艘船上，唯一的船长。《更路经》里记载的千百条线路图，在他的眼前交错，缓缓铺展开。海面上纵横交错交通繁忙，海面上绝非一无所有。老苏忽然指着一片海面，中年人赶紧过来，想听听他说什么。老苏没有说，他本来想说的话，硬生生吞了回去，葬于肚腹中的汪洋，那句话他不会给任何人说。那句话，他早已用自己歪歪扭扭的毛笔字，记在手抄的那本《更路经》最后一页："自大潭往正东，直行一更半，我的坟墓。"

（原载《人民文学》2018 年第 9 期）

胭　脂

张　翎

没有哪个夜晚比一个发生火灾的夜晚更加黑暗。没有人比一个在吼叫的人群中奔跑的人更加孤单。

——卡尔维诺《国王在听》

上篇：穷画家和阔小姐的故事

最初我看见的只是一抹粉红，很小，很淡，像是清洗狼毫时不小心溅出来的一滴水。我想揪过一个袖角来揾那滴水，可纸是生宣，水跑得比我的手快，转眼间一滴已经洇成了一团，一团又洇成了一片。

白费了，一张纸。我想说。可是两片嘴唇粘得很紧，话找不到一条逃生的路。物价飞涨，家里寄的钱永远还走在路上，米贵，油贵，颜料墨条纸笔，万物都金贵，我只是舍不得那张新纸。

那片粉红的水迹很快漫过了整张纸，漫到了桌子上，漫上了墙壁。再后来，连窗玻璃和天花板都有了颜色。颜色是从什么时候开始变的呢？我没留意，还没来得及。颜色像花一样开出了许多瓣儿，从粉红到洋红到桃红到石榴红到玫瑰红到杏红到酒红到朱红到艳红到深红到紫红……我知道世界上有很多种红，有的红沾了花卉的名字，理直气壮，跋扈张扬；有的红跌落在一种花和另一种花之间的缝隙里，没有名字，也没有名分。

每一样红，都应该有一个名字的。我想。

那片红越变越深，到最后，就变成了阿娘嘴唇的颜色。那是我最后一次见到阿娘。阿娘在那张有顶篷的雕花木床上躺得太久了，从我记事起，阿娘似乎就从来没起过床，阿娘的身子已经在褥子上长出了根须。只是那天阿娘的躺姿有些古怪，身上的骨头仿佛都变成了铁丝，翘起的双足将杏黄色的缎被子戳出两只硬角。那天阿娘的嘴唇很红，红到发紫，后来我才知道那是没擦干净的血迹。阿娘的血在肺里待腻了，一心想逃出来见见生天。

有一只黄蜂爬进了我的耳朵。不，不是一只，是一群，那些嘤嘤嗡嗡的声响，是许多对翅膀在撞击。后来，那些癫狂的翅膀大概扇得疲软了，渐渐安静下来，我才听见了一阵模模糊糊的说话声。

"这是谁？……抖成这样……没人陪？"我迷迷糊糊地听见一个声音在问。

那声音也有颜色，感觉也是红的，只是说不准确是什么红，似乎比粉红浓烈些，又比桃红老成些。

"美专……日本人……学校内迁……没走成……"一个苍白的声音回答道。

"伤寒……半个月了……家里没人……医院不晓得，哪里寄账单……"另一个同样苍白的声音说。

我突然醒悟过来，他们在谈论我。

家里，没人？

我很想坐起来，愤怒地咆哮一声："怎么可能？"可是我指挥不了那堆包裹在皮（从前是肉）里的筋骨，甚至连挪动一下也不能。我觉得我的背我的腰我的臀已经在床铺上生出了根须，正如当年的阿娘。

我只是没了爹娘而已，我还有一大家子人，在老家。我爷爷娶了三房妻妾，我有三个伯父，五个叔叔，七个姑妈。我的堂亲戚聚齐了吃酒席，十张大圆桌都嫌挤。

可是，他们现在在哪里，那些伯伯嬷嬷叔叔婶婶姑姑姑父堂兄堂弟堂姐堂妹堂侄堂侄女？他们在路上，就像那些早该汇到的生活费一样。他们只能在路上，他们永远不会抵达，因为他们没法见我。他们见了我的面，就不得不解释那些改了名的地契，易了主的房产。

阿爹是在阿娘走后的第二年死的，头天喝了酒，躺下去睡觉就再没醒来。医生说阿爹是死于心脏病，我知道阿爹是死于失望，为阿娘没生下另外一个儿子，也为我不肯守在家里帮衬他的茶叶生意。我原先是想县中毕业后回到乡里的，我自小在茶园长大，喜欢茶园的清静——假若我没有遇见那位教美术的范先生。范先生说我书读得好，画画得更好。范先生说我的眼睛就是为画而生的，我若回了乡下，我就辜负了上苍给我的这双眼睛。范先生说上苍是吝啬的，千万个人里，也只能找到一双这样的眼睛。

范先生的话叫我的脚改了路。县中毕业后我没回乡，而是报考了上海美专。阿爹从此就没给过我笑脸。

阿爹死后，阿伯阿叔就把我家名下的茶园和生意给分了，说是抵阿爹生前借下的债——那都是些死无对证的事。我是阿爹的一根独苗，没人肯站出来替我说句公道话，谁也犯不着为一个远在他乡的学生娃，得罪一群抬头不见低头见的乡亲。

"哦，是画家，怪可怜的。"我听见了一声暖色的叹息。在没有想好究竟是什么红之前，我只能含糊地把那个声音归在暖色谱里。

我不知道这句话是什么意思。是画家可怜？还是生病无人照看可怜？还是生病无人照看的画家可怜？我很想问一问，可是我张不开嘴。嘴唇也生出了根须，在牙龈上。

这时我感觉有一片冰凉的东西，轻轻地落在了我的额头上。我听见了唏唏的响声，那是我的额头在化着冰。

我终于睁开了眼睛。我最先看见的不是那张脸——脸那时还掩藏在一帘头发之下，我看见的是一件红色的呢子大衣。我这才明白，先前那团漫无边际的红并不是梦，也不是幻觉，而是那件大衣在视网膜上留下的朦胧印记。或者说，是眼皮在空气中感受到的细微重量。

胭脂。

我一下子想起了这种红的确切名字。

"黄仁宽，你醒了?"

我床前的那个女子抬起头来，从一帘浓密的短发中露出一双眼睛。当然，她露出来的并不只是一双眼睛，但在我的记忆中，我对她的整体印象在看到那双眼睛时便已彻底完成。在我的审美学词典里，脸上的其他器官只具备生物学意义，它们不过是眼睛无关紧要的铺垫和补充。这也是为什么我的写生课老师总是奇怪，我的人物除了眼睛之外，一概面容模糊。

"你怎么，知道，我，名字?"

过了一会儿，我才醒悟过来，那是我的声音。我已经记不得上一次开口说话是什么时候的事，我只闻见了舌头在口腔里闷久了散发出来的酸腐气味。

我是怎么一下子挣断了嘴唇和牙龈之间那些越长越粗的根须的? 我知道是她的眼睛。她的眼睛是一台超大马力的发动机，能叫死人从棺材里站起来跳舞。

那是一双什么样的眼睛啊? 眼白荡漾着一抹浅蓝，带着一丝不谙世事的惊讶和好奇，硕大的眼珠游走在那汪浅蓝之中，像裸露在海面上的两座幽黑岛屿。我从海水和岛屿之中看见了我这辈子没在任何女人眼中发现过的东西。

她抽回那只搭在我额头的手，指了指我床头的那块牌子："你的名字，写在那里。"

"我，要，死了。"我嗫嚅地说。

她没听清我的话，她是从我翕动的唇形和表情上猜出了我的意思的。

"谁说的?"她的两条眉毛走动起来，眉心蹙成一个柔软的结子。

"黑暗，加深……"我说了半句，就无力地停了下来。

她以为我在说胡话，就掀起窗帘的一角，指给我看窗外那轮挂在光秃秃的树枝上的太阳。太阳没有多少热气，但依旧给树身和对面的屋顶涂上了一层稀薄的白光。

"嬷嬷，刚才，来唱过……"我说。

我说的是那首《黑暗加深》（Darkness Deepens）的圣诗。我上县中时认识了一位瑞典传教士，跟着他去医院探访过病人，他告诉我这首歌是唱给临终之人的安魂曲。所以，当我从医院的嬷嬷口里听到这个旋律时，我就知道我已经踩到从白天进入长夜的那道门槛上了。

我不指望她懂，可是她竟然懂了。后来我才知道，她上过教会学校，她会的圣诗远比我多。

她眼里那汪浅蓝色的海水颤了一颤，流溢出来，滴落到脸颊上。

"我怕，一个人，上路……"我的牙齿相互碰撞起来，发出咯咯的声响。

她伸出手来，捏住我裸露在被褥之外的那只手。我手上的骨头尖利如刀，她被割伤了，疼得嘶了一声。

"我陪你。"她说。

她说这话的时候，眼睛没看着我，是不敢，也是不忍。

我以为那只是一句虚浮的安慰——恻隐是一根断头的线，甩出去很容易，收回来却很难。

没想到第二天她果真来了。第三天也是。以后天天如此。

后来我才知道：那阵子她正为一个大决断而踌躇不决，所以才有空闲。她是到医院探望一位生病的朋友的，谁知拐错了一条过道，走进了另一间病房，就遇见了我。生命在拐弯之处猝不及防地撞到了一桩意外，或者说，一场灾祸。

遇到黄仁宽的时候，我正闲得发慌。我是师范学校音乐系的学生，那阵子上海的学校不是内迁，就是停课。爸爸不许我跟学校走，他另有打算。爸爸在英国人的银行里做襄理，认识上海码头上三六九等人物。他给我介绍认识了一位外交官的侄子，两边家里都在动用关系安排子女去相对安全的美国留学。在这个兵荒马乱的年代，找个好人家、远离战乱之地，是所有有身份的人家给女儿设想的理想之路，我父母也不例外。

这段空闲时间其实并不真的空闲，爸爸早给我安排了计划。爸爸邀请了乔治——那个有可能成为我未婚夫的男人——到家里参加每周五的餐会。来赴我们家餐会的人大致分成两类：有钱，或者有才。爸爸总是天真地以为这两类人可以像糖浆一样捏合成一个糖人，再不济，至少可以在这两类人中间营造某种触手可及的联结。所以爸爸的餐会上经常会出现某位驻外使节的家眷、永安百货公司的老板、几个从东北逃亡到上海的教授、某位有影响力的犹太商贾、某一对流落到上海的白俄音乐家母女毗邻而坐的怪异场景。

爸爸安排乔治来家里聚会，是想让我有机会在人多的场合近距离地观察乔治的处世为人。爸爸常说：要揭开一个人的画皮露出他的本真，就得看他如何对待旁不相干的人。"贝贝你若看对了眼，就可以多找机会私下和他约会。"爸爸这样叮嘱我。当时无论是爸爸还是我自己都没想到：爸爸的话会给我后来的行动制造了如此方便的借口。每一次我出来陪黄仁宽，爸爸都以为我在和乔治约会。当然，我从来也没试图纠正过爸爸的误会。等到爸爸发现我既没想嫁给乔治，也没有打算出国留学时，一切都已为时过晚。

爸爸的计划是一块大幕布，那后边悄悄掩藏着的，是我的小计划。我是想离开上海，但不是去美国，更不是和乔治。我早已厌倦了音乐课程。不是钢琴的错，也不是乐谱的错，更不是老师的错。错的是环境。在焦土之上弹琴，连肖邦也会感觉怪异，或者说耻辱。我想和几位同学一起动身去重庆，当然是瞒着家里。我们想去报考迁移到歌乐山下的上海医学院。我从小喜欢玩治病救人的小把戏，至今我还记得拿到爸爸给我买的第一个洋娃娃时，我没有像别的女孩子那样给娃娃梳头换衣，而是立刻给它施行了开膛手术。我非常震惊地发现，那个被我用小刀割开的肚腹里，并没有我在看杀鸡时发现的心肺和肠胃，而是一团无色无味的刨花。一个不愿在乱世里苟活的女子，即使舍身舍命也不见得救得了国，但至少可以试着救几条性命。

可是最终我哪儿也没去。我走了一条让所有的人，包括我自己在内，都瞠目结舌的路：我成了一个籍籍无名的穷画家的女人。

那天我走错病房，走进了黄仁宽的房间。我第一眼就看见了他，哦，不，是看见了他的床铺。他的大半张脸都埋在被子里，只露出了一只瘦骨嶙峋的手。我之所以留意到他的床铺，是因为我看见他的被子在簌簌颤动，好像底下藏着一窝受了惊吓的兔子。邻床的人告诉我，他在打摆子，已经好多天，医生说怕是没治了。

我决定留下来陪他，纯粹是出于怜悯，至少在最初那个阶段。我读教会中学的时候，有一位叫嘉德琳的嬷嬷曾经说过：世上最悲惨的境遇，莫过于一个人孤零零地死去。在世时的任何一种孤单，都无法和灵魂独自上路相比。嘉德琳嬷嬷是个严肃刻板的人，她最拿手的本事，是动不动把上帝拿出来吓唬人。在她嘴里，上帝是能烧化四十座大山的硫黄火湖，是长着三百六十只獠牙的猛兽，是生有九千九百九十九根毒刺的黄蜂。上帝的眼睛能看见任何歹念，当歹念还没有怀胎成形的时候；上帝能觉察一切的恶行，哪怕恶行还只是九分之一个细胞大小。上帝的震怒和复仇之间相隔的，只是翻动一页书的时间。嘉德琳嬷嬷的旧约圣经课，常常会把胆小的女孩子吓哭。嘉德琳嬷嬷在世一天，我们都不用害怕下地狱，因为我们已经在地狱。可是嘉德琳嬷嬷吓不倒我，我是班级里唯一的那个例外。我觉得我是上帝打盹的时候悄悄出世的那个顽童，上帝的名册里找不到我的名字。嘉德琳嬷嬷说了这么多话，我居多是一只耳朵进一只耳朵出，却唯独记住了灵魂害怕独自上路。

所以我决定陪黄仁宽，一直到最后一程。

可是他用不着——他竟然活下来了。等到我替他结了医药费，叫了一辆黄包车把他送回到他的栖身之处时，我已经陪了他十六天，陪伴在不知不觉间衍化成了一种习惯。

他住在一个菜市场尽头的亭子间里，楼梯踩上去的声响就像一脚踩着了九十九只饥饿的老鼠。在屋里蒙着被子都能听见屋外菜贩子的叫卖声，窗关得再严，也闻得到街上飘进来臭鱼味。

我们进了屋，打开窗帘，阳光轰的一声在墙上炸开一条白带，灰尘在白带中扬着闪闪烁烁的银粉。饭桌上放着一个盖子没捂严实的小锅，掀开来，里边是一层长了绿毛的稀饭，一只蟑螂正在绿毛之间的空隙里来回游走。

我扶着他在屋里唯一的一张椅子上坐下，他把身子往里挪了一挪，躲避着照在额头上的阳光，仿佛不堪重荷。他骨瘦如柴，脸看上去像是一个磨得几乎透明、破了几个大洞的皮口袋。

我问他哪里能弄到水洗一洗锅子，他扬了扬手，叫我走。"你管不过来。"他说。

我犹豫了一下，不知如何是好。他囊中空无一物，假如我把他一个人扔在这里，他那条刚从伤寒手里捡回来的命，大概不出三天，就会交还给饥饿。可是我怎么管得了他呢？我该从哪里下手？是从那条破得露出了棉絮的被子？还是那张折了一条腿、用砖头垫平了的床？还是那个底盘上结了一层龟裂的厚痂的颜料盘子？抑或是那口不仅是肠胃，连眼睛和手挨近了都想呕吐的锅？我不知从哪里下手啊，我的手不够，心也不够。仗打了好几年了，大上海哪一家没有难事？我不是上帝，我救不了每一个不幸的人。

但我也不忍心决绝地离开。我会把兜里剩下的钱都放到他的枕头底下，然后回家，吩咐佣人每天给他送点吃食，一直到他可以走动为止。

就在我抬脚想走的时候，我发现了屋角的画架上摆着的一幅水彩画。那幅画才画了一半，哦，不，"一半"是一种夸张说法，其实画布上只有一双眼睛和一帘飘扬着的头发，脸颊和颈脖是眼睛和头发在空间布局上所带来的联想。我站在那幅画跟前，突然觉出了脚的重量，我无法行走——我从那双眼睛里猝然看见了上帝，当然不是嘉德琳嬷嬷的那个版本。

什么样的灵魂，才能创造出这样一双眼睛？即使是高倍显微镜，也不能在这双眼睛里找到一丝杂质。

我是从那双眼睛里对他生出了第一丝好奇的。怜悯在那一刻发了酵，衍变成了另外一种我当时还说不清楚的情绪。无独有偶，后来他告诉我，他也是从一双眼睛里，跌入了一个万劫不复的深渊的。

我们说的不是同一双眼睛。

从那天起，我开始了前所未有的双重生活。我的上唇和下唇说的是两个意思的话，我的左脚和右脚走的是两个方向的路。每周五的餐会上，我一如既往腰身笔直地坐在钢琴前，用手指给家里如云的宾客演绎着神奇的戏法，在肖邦李斯特施特劳斯乐曲的间隙里，端着鸡尾酒若无其事地和乔治聊天。我们聊时局、聊报纸上连载的那些小说、聊张爱玲聊苏青、聊新上演的电影和京戏、聊陷落在北平城里的熟人。我只是小心翼翼地绕开了绘画这个话题。在见过黄仁宽的画之后，我觉得和任何人谈画都是一种亵渎。我还会当着爸爸的面，和乔治相约看戏看电影，或是参加基督教青年会的活动。那当然不是真的，我总会在最后一刻找个方便的借口临时取消，或者去了之后待上一两刻钟就借身体不适为由提前离开，然后到黄仁宽那里过上整整一天。

我无师自通地学会了随口编出一套套其实经不起仔细推敲的谎言，脸不改色心不跳地应对着父母猝不及防的问题，镇静自若地从爸爸的公文包、妈妈的绣花手袋，甚至佣人买菜的小布包里掏走各种票额的钱币。我发觉我在淑女和街妇的角色之间穿梭自如，毫无生手的无措和惊恐，好像我生来就是一条变色龙。面对父母谈到乔治时那种谨慎却欣喜的眼神，我也没有感觉到丝毫的愧疚。那阵子我一下子体会到了堕落是一件多么容易又多么让人心驰神往的事。嘉德琳嬷嬷描述过许多关于地狱的场景，却几乎没怎么讲过天堂。我对天堂的认知，完全来自天然的感悟——我在那个冬季通透澄澈地领悟了天堂是什么样子。

黄仁宽的亭子间里出现了新的窗帘，其实我只是想消灭灰尘，才一并消灭了旧窗帘的。被褥也同此理。我因为不知道如何缝补那些裂开的边缝破开的口子，才一气置换了被褥的。我从厨子那里恶补炖鸡汤蒸蛋羹煮挂面的本领。我那几样临时抱佛脚学来的招数，竟意想不到地在黄仁宽的身上引发了即刻效应。每一天我推门看见他，都会发现他的面颊上有了前一天还不曾见过的新肉，眼中生出了昨日还没有的光亮，声音里窜出了陌生的骨头。

每一次黄仁宽看见我大包小包地进来，总是手足无措地搓着两只手，嗫嚅地说："我的画，能卖大钱的，总有一天。你得信我。"我就笑，说："你用的不是我的钱，是我爸的。我爸的钱整天大把大把地糟践在一群傻子骗子身上，不如我拿来支持艺术。"他半天不说话，只是把捏在一起的两只手松开来，张成一个半圆形，那似乎是一个关于拥抱的暗示。我身上的每一个细胞唰的一下都醒了，齐齐地竖起了一片树林，树林里的每一片叶子都在呼喊着愿意。可是他却突然退后了一步，重新捏拢了双手。

"胭脂，哦，胭脂。"他垂下了眼睑，喃喃地说。

他就是这样一个谦谦君子。但我希望他不是。我更愿意他是一个江洋盗匪，左手举着一把大刀，右手捏着一支画笔。无论是左手还是右手，我都毫无抵御之力，顷刻化成一摊稀泥。

我不知道他为什么喊我胭脂。我有许多个名字和称呼，哪个也和胭脂沾不上一点儿边。我出生证上的名字是吴若男，上教会学校时，按校规起了个英文名字叫伊莎多拉——沾的是美国那个现代舞偶像伊莎多拉·邓肯的时髦。上师专时我自作主张把名字改为了吴若雅，因为我厌烦原名里过于明显的性别指意。在家里，带我长大的奶妈叫我囡囡，其他的下人喊我大小姐。父母的客人大多以吴小姐相称，而爸爸妈妈则管我叫贝贝——那是英文里 baby 的音译。从对我的称呼上，你基本可以判断那人是在什么阶段进入我的生活、在我的生活中占有什么地位。

可是黄仁宽却一手抹去了在他之前我所有的历史，只是管我叫胭脂。我问他为什么是胭脂，而不是花粉，或者香水，他说是因为那天在医院里他睁开眼睛时看见我穿的那件大衣。他说完了，又顿了一顿，说也不全是那个原因，只是觉得你像这个名字。哦不，这个名字像你。

我用一系列语气助词鲜明地表达了我的抗议，我说我不喜欢这个名字里的脂粉气。他很深地看了我一眼，说这个胭脂，不是抹在脸上的那玩意儿，而是长在土地上的一种植物。

出院后，黄仁宽没有赶去金华——那是他学校内迁之后的新址。他的理由是调养身体，而我知道那不是唯一的理由，其实他也是交不起学费。我每天带进那个亭子间里的大包小包，已经把他的自尊碾压成了一张稀薄的绵纸，学费将是压穿那张绵纸的最后一块石子，所以我没有坚持。

而且，假如我没有猜错，他也是舍不得我。

他刚刚能够起床走动，就开始画画。他的画有两种，一种是画给我看的，一种是背着我画的。我是从早上进门时桌上尚还湿润的颜料盘以及匆匆卷起的宣纸上发现了蛛丝马迹的，我开始怀疑他的画笔是否和我一样，也在过着阴阳两重生活。于是有一天我问他是不是在背着我画春宫？那本是一句玩笑，没想到他一下子怔住了，过了半晌，才叹了一口气，说以后，以后你会晓得的。

那些给我看的画里，我是当然的主角，因为我是他唯一的模特。我暗笑自己到底也没逃脱那个艺术家和模特儿之间似乎不可挣脱的命运锁链。世上几乎每一个画家，都拥有一个模特情妇，只不过时段不同而已。有的女人是在成为模特之前就已成为情妇的，而有的则是同时并行的，也有的是在事后。而我在成为他的模特和他的女人之间，却相隔了好几个月的时间。我之所以选择了"女人"这个词，是因为我不是他的妻子，至少不是在民国婚姻登记册上记录在案的那一种。而我也不是他的情妇，那个词让我的每一个毛孔都愤怒。可是除非我改写辞典，我无法在妻子和情妇中间找到一个合宜的词，所以我只能模糊地把自己称作他的"女人"。

做他的模特很容易。他从不要求我宽衣解带，甚至连领口都无须松开。他也不需要我摆弄任何扭捏作态的姿势，他还允许我随时挪动身子，甚至在小范围内来回走动。他对我的唯一要求是我必须看着他——这也是他唯一敢直视我的时刻。只要他的眼神和我的一发生碰撞，我就能在他眼中看见火星子，好像我是引火纸，他是灯芯。可是那火从来也没有失控过，他眼睛后头似乎有一只看不见的手，在小心翼翼地把控着油灯的拨头，那火星子总也不会蔓延成可以毁灭一切的大火。我知道真正能让那火奋不顾身地燃烧起来的，只能是我。我可以把我的手捅进他的眼睛后头，扒开他那只手，用我的指头彻底拨亮那把火。我在时时刻刻积攒着勇气。那时我以为让他如此克制的原因，是两边家境的差别。后来我才知道，跟那个真正的原因相比，那些横亘在我们之间的所谓差别，不过是皮毛渣滓。

他之所以允许我随意走动，是因为他根本不在意体态和姿势。他的每一幅画，花在眼睛上的时间都多得不成比例。在完成眼睛之后，其余部分他不再需要以我为参照物。那些画上的发型服饰和姿态，完完全全是他的想象结果。有时我忍不住对那些强安在我身上的无来头细节表示强烈的抗议，他只是笑，说："眼睛是灵魂。眼睛是你的，你就拥有了一整个世界，其他都是无关紧要的东西。假若眼睛不是你的，你才真是一无所有。"在他嘴里经常会出现这一类明显是歪理，你却无从反驳的话语。

其实黄仁宽并不是我唯一认识的画家。在我家的沙龙和餐会里，经常会出现各类自称是画家的人，梳着画家特有的那种大背头，穿着画家标签式的背带裤，上面沾着斑斑点点的染料印迹，吃饭时把面包掰成碎块，捏在指尖上团过来团过去，仿佛还在修改着想象中的素描稿，说话时带着画家特有的桀骜狂放口吻，话题永远徘徊在留学巴黎的某位同行，或者正在开张的某个画展。黄仁宽和他们毫无相似之处。黄仁宽穿着袖口已经磨出毛边的连襟布褂，直硬的头发从来不肯接受发蜡和吹风的慰抚，吃饭时只盯着饭碗，筷子敲打着碗底像急雨，仿佛一辈子从没吃饱过肚子。黄仁宽在不作画的时候看起来像是个刚从田里或牲口圈里归来的伙计,可他一旦站在画板跟前,就顷刻变了另外一个人。从农民到贵族的嬗变,只需要一支画笔。

他的每一张画都是以"胭脂"命名的:胭脂观雪、胭脂凝眉、胭脂微嗔、胭脂过惊蛰……有时实在想不出题目的时候,他就在胭脂之后加上一个数字,如胭脂之一、胭脂之二……有一天,他在一幅画上题了"胭脂"二字之后,却捏着画笔,站立在画板之前久久无语,最后只在那两个字之后加了六个小圆点。后来我问他那个删节号里到底藏了些什么东西,他叹了一口气,说:"是想说,又不敢说的话。"

我的眼睛毫无预兆地一热。他已经站到了某种情绪的边缘上,只要脚尖往前再挪一寸,他就有可能踩破覆盖在真性情上的那张薄纸。其实他的这句话至多只算是暧昧,可是对于一个一直被苛待钳制惯了的人来说,这无疑已经是莫大的奢侈。我的手脚在那一刻完全脱离了脑子的管辖,等我明白过来时,我已经走过去,从身后箍住了他的腰。我箍得很紧,手掌和指头压瘪了他的肉,钳上了他的骨头,我几乎听见了他骨头在我手下的呻吟声。我感觉到他的身体剧烈地颤动了一下,倏地紧成了一块岩石。那块岩石在我的体温之下渐渐化了,一丝一丝地,像是在温水中泡着的冻肉。就在那块石头将要彻底化成水的那一瞬间,他似乎猛然清醒过来,死命来掰我的手。我不肯让步,他也不肯,在挣扎的过程中,他的指甲剐破了我无名指上的皮,我疼得嘶了一声,终于松开了手。

他怔怔地望着衬衫前襟的那一滴血迹,突然拉过我的手,把那个受伤的指头含进嘴里,轻轻地吮着。刹那间我觉得我的心丢失了,它顺着那根指头滑入了一片温热潮湿的沼泽之中。没有人可以从那种地方生还,但那却是世界上最销魂的死法。在那样的死法面前,活着突然变得苍白。

我伏在他的胸前抽抽噎噎地哭了起来。是委屈?是意外?是快活?是惊恐?我说不清楚,我尚无法给我的眼泪取名。

"胭脂,哦,胭脂,我不能害你。"

他倏地松开了我的手,把我朝门口推去。门在我身后决绝地关上了,我清晰地听见了锁闩穿过闩孔的咔嗒声。

我站在黑暗的过道里,不知所措。楼下那家的姆妈一边在扑哧扑哧地扇着风炉,一边招呼着还在街上玩耍的孩子归家。我想反身敲门,犹豫了一下最终没有。我不能敲门,尤其是一扇极有可能不会开的门。我每天在那个女人的眼皮底下,踩着这条像躺着九十九只吱吱作响的老鼠的破楼梯进进出出,她看我的眼神里藏着荆棘和冷风。我不能让我的耻辱流到街上。

我踮着脚尖轻轻下了楼。楼下的孩子举着一个风车从外边跑进来,猝不及防地撞到我身上,鼻涕蹭了我一身。一走到街上,我拔腿就跑。我猜想我跑得很急,因为我觉出了嘴里被风刮进来的尘粒。阳光偏了,涂在树上,夹竹桃开得正妖娆,我眼中却没有任何颜色。

那天我回到家,沉默地吃完了晚饭,就钻进自己的房间,草草收拾了几样东西，塞进一个不起眼的布包里。我已经想好了，明天去黄仁宽那里，就坐在门外等，一直等到他开门。然后，我会把我包里这几样简单的衣物，放进他柜子的抽屉里。我不打算回家了。我的手指被那样的唇舌吸吮过之后，我的衣服已经不可能再和别人的衣服放在一处。

第二天，我从家里出去，走到街角那个电车站，一抬头，就看见黄仁宽站在站牌底下，两只手缩在袖筒里，头发乱若茅草。他一把扯住我的袖子，说了一句话。他的嘴唇颤抖得如同一只勤劳的米筛，我一个字也没听清楚。

后来胭脂多次问过我，那天在电车站见到她时，我到底说了句什么话。我的记忆在这里发生了短路。我不记得到底说的是"跟我走"，还是"你怎么没穿外套"。人在激动或慌张的时候，智力还不如一条冷静状态里的狗。

那天我是拖着胭脂上了电车的，胭脂似乎丢了腿。胭脂那天也丢了嘴巴，一路都没说一句话。丢了腿丢了嘴巴的胭脂好像只剩了眼睛——是拿来哭的。眼泪滔滔不绝地从她的眼睛里涌出来，仿佛眼睛后头连着一个漏了口子的海洋。

在去找她的路上我已经想了许多话，有复杂的解释，也有简单的表白。复杂的解释是给简单的表白铺路的，而简单的表白是替复杂的解释善后的。可是当我看见胭脂汹涌的眼泪之后，我就明白那全是在隔着三层皮袍搔痒。我的嘴是一块贫瘠的地，长不出安慰胭脂的话。能堵上胭脂心里那个缺口的语言，还没从这个世上生出来。我只能听着她的眼泪把地上的泥尘砸出一个一个坑，我的耳膜生疼。

那一刻我突然想明白了：唯一能堵上胭脂心里那个缺口的办法，就是去害她。不是那种心怀不忍、蹭破一层皮又缩回来的害法，而是彻彻底底地把她丢进地狱之火的害法。我不能让她，还有我自己，轻刀慢剐地死上一辈子，也疼上一辈子。我若离了她，就是一具行尸走肉。

回到家，门还没关严，我就一把搂住她，把她推到墙角，单刀直入地用我的舌头去撬她的口。她吃了一惊。她没见过这个样子的我。我也没有见过这个样子的自己。我是碰过女人身子的，可我从未吻过女人，在女人的唇舌面前，我是个地地道道的童男子。我不知道女人的嘴里有这样一个幽深的世界，像井，我的舌头走啊走啊，四处碰到的都是爬着青苔的井壁，温润柔软，却怎么也探不到底——她的舌头在拦着我的路。"拦"是第一个蹿到我脑子里的字，没经过琢磨，其实我也分不清楚她到底是拦阻，还是逢迎。我们的舌头势均力敌互不相让地纠缠角斗了起来，我的手不肯旁观，急切地上来助阵。

我摸摸索索地去脱她的衣服。那天她穿了一件中式布袄，缝着复杂的盘花扣。我解得满头是汗，就用牙咬。那天我什么也等不及，那天我的耐心像漏斗。我的手指一碰触到她的肌肤，就立即被烫伤，我惊异地发现她的柔软是骗人的包装，在那之下是一层随时要喷涌出来的岩浆。我迫不及待地寻找着进入她身体的路，所经之处，瞬间成为焦土。我的热度，加上她的热度。

那是她的第一次，床单可以做证。她却无从知道那是不是我的第一次。我没有东西可以做证。就是有也是伪证。她叫得很响，不是娇喘，而是呐喊。呐喊着

462

疼痛，也呐喊着快活。在我那张用砖头垫着腿的破床上，她听上去像一个久经沙场的荡妇，我不得不用手捂住了她的嘴。

后来，胭脂靠在我的胸前，汗湿的刘海在额头卷成一个个圆圈。我久久沉默。她问我在想什么。我真想在这一刻死去。此生不可能有比这一天更好的日子了，假如一生的路可以画成一条线，今天是这条线上的那个巅峰。前面不曾有过，后面也不会被重复。后面的日子跟今天相比，只能是绵长烦琐无趣的反高潮。在巅峰上死去，是对巅峰的最高敬意。

当然，我没告诉她我的真实想法。她比我小，她家境太好，她活在一个大气泡中。战争，还有我，都只是从她的气泡旁边蹭过的烂泥，至多蹭掉一层皮，却不会穿透那层厚壁。

后来，我给她讲了阿秋的事。

阿秋是我的表姐，她阿娘和我阿娘是嫡亲的姐妹。两姐妹嫁的人家，相隔只有三五里地。我阿娘生我的时候，她阿娘正好生她阿弟。我阿娘身子弱，没有奶水，我生下来就被送到阿秋家，让她阿娘喂奶，我在她家里养到五岁才回到阿娘身边。阿秋比我大三岁半，小时候她背过我，用宽布带子绑在后背，从这家到那家串门。我从小管她叫阿姐，到现在也很难改口。

我中学毕业，死活要去上海读书，阿娘怕我见识过大地方的花红柳绿，将来不肯回家，就让我娶了亲再走。我原是不情愿的，只是拧不过阿娘。阿娘病得厉害，我又一心盼望着出去见世面，只好应承了下来。

阿娘要我娶的那个人，就是阿秋。阿娘说两家亲做成一家亲，知根知底的，最好不过了。

拜天地之前，我就告诉过阿秋：我只拿你当姐，却是不爱你的。阿秋说乡下人过日子，爱不爱有什么打紧？姐终归是要嫁人的，嫁个十里百里之外的陌生人，还不如嫁给你。你不会欺负我的，姐放心。

我们就这样成了亲。

我来到上海读书，一年里也懒得写几封信回去。暑寒假回家，待不了几天就走，跟阿秋说不上几句话。阿秋说小时候我背着你，你趴在我背上叽叽喳喳有说不完的话。可为啥现在见了我就没话了？我说那时候你是我姐，现在不是。你要是还想我跟你说话，你就得做回我姐。阿秋说做梦都想回到从前那样，只是，那张龙凤帖是在祖宗灵牌跟前换的，却是废不得的，除非她死。

"所以，昨天，我把你关在门外，是想让你逃一条生路。"我对胭脂说。

我以为她要哭，像刚才在电车上那样，可是她没有。她只是用胳膊支棱起身体，直直地看着我。

"那今天，你怎么又变了？"半晌，她才问我。

"昨天，我以为你走了，大不了我一个人死。现在才知道，我就是让你走了，你也逃不了生。反正都一样是死，不如两个人一起死。"

我去搂胭脂，可是她挣脱了我，我发觉她的手很有劲道。她起身，穿衣，用手背掸去鞋面上的灰尘。

"谁要死呢？我不死。"她说。

她从手提包里掏出一面小镜子，借着窗口的光慢慢地梳理着头发。

"那张龙凤帖，她要，你就让她收着。可是，她只能是你的姐。一辈子。"胭脂说，"你每月给她寄钱。可这份钱你得自己挣，不能用我爸的。我可以出去教钢琴，像那些白俄女人。"

胭脂的话是对着镜子说的，她没看我。

我这才知道，我到底还是错看她了。胭脂没有活在气泡里。胭脂享受得了最光鲜的日子，也吃得起世上最低贱的苦头。胭脂的柔软是骗人的假象，那层皮底下不仅有岩浆，也有石头。胭脂能活过所有的乱世，比任何一个凡夫贱妇还能。

我那天对胭脂下的判断，在后来的日子里得到了印证。胭脂果真活过了所有的乱世，也活过了所有的人，包括我，她的丈夫。

不，其实我不是她的丈夫。胭脂没有丈夫。我的第一本户籍登记册上，配偶是叶素秋。后来我换了户籍证，上面的配偶是郑婉丽。而胭脂的户口本上，婚姻状况一栏里，填的是丧偶。

"你爸爸，是永远不会原谅你的。"我叹了一口气。

"我知道他不会。"胭脂平静地说。

胭脂站起来，去收拾桌上的脏碗。走了一半，却突然停住了脚步，因为她看见了桌角上的那幅画。

那幅我在慌乱之中忘了收起来的画。

黄仁宽是个杂家。他画得最多的是水彩，其次是国画，偶尔也画几笔油画。他的画居多是人物，简略写意的那种，留白很多，细节很少。

可是那天我在他桌子上看到的那幅画，却和他平素的画风全然不同。

那是一幅工笔国画，已经画了七八成，是对着旁边的一张照片临摹的。照片似乎走了很多路，边角已经缺损，表面灰蒙蒙的像撒着一层土，却看得出来是一幅宫廷狩猎图。照片边上摆着一个放大镜，黄仁宽大概就是用这个玩意儿在灰蒙蒙的土里扒找半隐半现的细节。

画上的场面很大，人物也很多，除了那些骑在马上的锦服男子，地上还行走着无数提着箭袋拿着猎物的小厮。黄仁宽临摹得很仔细，马匹身上的鬃毛根根清晰。

我从没见他画过工笔古装，而且是临摹，便忍不住问他那是张什么画，值得花这样的眼力。

他走过来，把画卷起来，丢到床底下的一个扁篓里，神情羞愧，像被人当场拿住的窃贼。

"我不想让你看见的，早上出门太匆忙，还没有来得及收起来。"他说。

我这才想起来有几次我进门时发现的湿颜料盘子，我曾经以为他在暗地里画春宫。爸爸沙龙里的那些画家聚在一起时，有时也会嘲笑某一位靠卖春宫维持家计的同行。

我从床底下拖出那个篓子，里边堆了十数个画卷。打开来，都是一模一样的画，出自同一个范本。都还没来得及裱——看得出来是新近画的。

"朝廷败了，宫里就有人偷出各样东西来卖。照片是从北平带过来的，洋人拍的，是宫廷画师的画。"他嗫嚅地说。

我突然明白了，他是在偷偷临摹宫廷里的藏品。

我开了灯，把那幅没完成的临摹品从竹篓里拣出来，细细对照着它的范本。

"倒是真的，很像。"

我由衷地赞叹道。

"老师说过，我的临摹能力，远超出常人。"

他说这话的时候，神色微微地有几分自得。可是自得还没来得及展开，就被难堪覆盖住了。

"有人要吗，这样的东西?"我问。

"总有一些爱摆旧谱的人，喜欢在堂屋里挂些古画，明知不一定是真品。"他说。

"能卖到什么价格?"

我刚成为他的女人，我关心的话题就已经和昨天不同。

"假若材料用对了，以假乱真也是做得到的。市面上有时也会碰到宫里流落出来的宣纸和绢，在那上面作画，可以障人眼目，遇到真喜欢的人，也是肯出好价钱的。"

"你说你的画迟早是要卖大钱的，说的就是这个?"

话一出口，我就知道踩着了他的痛处。其实，还没开口我就知道了。兴许，我是存心要捅他一刀的，乱世里这么薄的面皮还怎么活?

"卖仿品又怎么啦? 至少还没落到卖春联寿幛的地步。"我说。

他站起来，在房间里来来回回地踱步，呼气声一屋都听得见，好像那房间是个笼子，他是只被圈住了脖子的狗。

"这点本事，我早就会了，用得着到美专来学吗? 我本来……"他说了一半，突然停住了，再也不肯往下说。

我猜到了他噎下去的那半截话——那是一个从乡下到上海学画的少年人一路上揣着的念想。挡在道上的东西很多：战争、家变、伤寒，还有女人。两个女人。他现在是离那个念想更近了? 还是更远了?

"你总是可以，画一张假的，卖了，再画三张真的。"我说。

他被我逗笑了，笑得很难看。

我宁愿看见他哭。

那个乡下少年人怀里揣着的念想，直到三十年以后才得以实现。和他分享快乐的人，却不是我。这听上去像个负心汉的故事，实际上也是。只不过那个负心汉的名字叫命运。

爸爸永远也没原谅我，作为父亲。他后来接受了我，是作为外公。

我的女儿出生在1945年8月15日。她还没足月，她是被连天的鞭炮声惊吓得提早来到人世的。假若我有未卜先知的本事，知道她后来的命运，我宁愿那天生下来的是个死胎。

女儿生下来，哭声孱弱，听起来像是一只街边奄奄一息的弃猫。护士把她洗干净了，裹在布包里送到病房时，她却突兀地发出一声尖厉的号叫。那声音里带着刀子，捅得天花板唰唰掉渣。病房里有一个给儿媳送汤水的老婆子，定定地看了她一眼，叹了一口气，俯在我的耳边说："这孩子的命，唉。你给她取个最贱最硬的名字，兴许还能压得住。"

后来我才知道，那个老婆子是以算命为生的。

我把老婆子的话转告给黄仁宽，他不屑地哼了一声。

"刚出世的孩子，哪有什么命？这么无知的话，你也信？"

他给女儿取了个学名叫黄宜人。

我却叫她抗抗。

我对黄仁宽说是为了纪念抗战胜利日，而真正的原因，只有我自己明白：我想让她好好抗一抗老天爷给她的命。

中篇：女孩和外婆的故事

小女孩扣扣醒来，天已经黑了。她不知道自己睡了多久，摸了摸四周，都是软的，才想起自己原来钻进了那床叠卷成一个圆筒的棉被中。棉被有味，是陈年的樟脑味，也有梅雨留在棉花上的霉味。刚开始时很难闻，她得憋住气。后来闻久了，就惯了。外婆说天冷了，要把这床厚棉被拿出来晒一晒，再铺到床上，可还没来得及。

扣扣其实是不知道时间的，扣扣只是从柜门缝里透进来的微光，猜到外头大概是夜晚了。白天的声响退走了，夜晚的声响开始浮现。白天的声响很杂乱，有旗子被风刮扯起来的猎猎声，有脚踹在地上的咚咚声，有好些个嗓子混在一起的喊话声，也有布头纸张木片烧起来的噼啪声。白天的声响有毛刺，在人的耳朵上走过，能拉出血印子。夜晚的声响和白天不一样。夜晚的声响也很杂，有女人摇着蒲扇生火的沙啦沙啦声，有娃娃挨了大人打时的哭叫声，有野猫从一片瓦顶跳到另一片瓦顶时发出的叫声，也有空瓶子滚过街边的当啷声。夜晚的声响也长着牙，只是夜晚的牙钝，碰着人耳朵像挠痒痒，并不疼。

扣扣在瑟瑟发抖。扣扣不懂，她全身都裹在棉被里了，为什么还会觉得冷。楼下人家风炉上煮的米饭冒出的香味，勾得她的肚子发出一串惊天动地的尖叫，她这才明白，原来饥饿也是一种寒冷。

这几天楼下的宋婆婆天天在和外婆说"那些人"的事。宋婆婆几十年的偏头疼，是外婆用几根银针扎好的，所以宋婆婆记得外婆的情。"'那些人'到了城西街的天主教堂，把看门的剃了半边光头。""'那些人'在五马街，从楼顶往下撒一百的纸，白花花的像下雪。""'那些人'在谢池巷呢，见着眼生的东西就往火里扔。"

宋婆婆不怎么出门，可宋婆婆知晓温州城里发生的所有事情。扣扣不知道

"那些人"是谁，扣扣只隐隐觉得"那些人"无所不在，想去哪里，就在哪里，像云，像风，谁也说不准，谁也拦不住。

今天外婆和扣扣刚刚吃完午饭，还没来得及把脏碗筷拿到灶台上去，宋婆婆就颠着小脚，咚咚地跑上楼来，告诉外婆"那些人"又进巷了，刚从皮鞋佬三豹家出来，又进了隔壁的长人李家。李家的老爷子拦在门口不让进，挨了一脚。上次走了两家又折回去了，这次看样子是要挨家挨户搜。

外婆送走宋婆婆，关上门，扯上窗帘，身子矮下来，爬进了床底。外婆塞塞窣窣地在床底下翻找着什么东西，露在外边的两片屁股扭来扭去。扣扣惊奇地发现，平日里看起来瘦巴巴的外婆，身子弯成两截的时候，竟然有肉。

一会儿外婆从床底下出来了，满头是灰。外婆手里拿着一大一小两样东西，塞进扣扣怀里。外婆打开衣柜的门，扣扣以为外婆是让扣扣把那两样东西放进去，可是外婆却指了指柜子，让扣扣进去。

"我不开门，你就千万不能出声，出声就要了外婆的命，你懂不?"

没容扣扣答应，咔嗒一声，外婆已经锁上了柜门，把扣扣留在了里边。

扣扣住的这条街，叫桥儿头，在温州城的西角。外婆常常搬家，从谢池巷搬到百里坊，又从百里坊搬到桥儿头。这是扣扣记得的。扣扣才五岁，扣扣记事之前究竟外婆还搬过多少次家，她就不知晓了。

现在住的这个地方，是个小阁楼，两间房。其实是一间半，那半间是灶披间。睡觉的那间屋子比灶披间大不了多少，早上起床穿鞋子，外婆的脚经常会踢到墙边的衣柜。扣扣问外婆为什么会越搬越远，越搬越小，外婆敲了敲扣扣的脑勺，说你一个小不点，要那么大的房间做什么?

扣扣没上幼儿园，外婆不许。外婆说在家看看书就好了，别出去跟坏孩子学野了。外婆说的书，是小人书。外婆隔一阵子给扣扣买一本小人书，外婆每天睡觉前都给扣扣讲小人书里的故事。扣扣虽然不认得字，扣扣却早把小人书里的故事记得滚瓜烂熟。

除了偶尔到街角的酒米店去打瓶酱油，扣扣很少出门，外婆不许。外婆忙着糊火柴盒子的时候，扣扣就站在窗前发呆，看着窗沿上蚂蚁排着长队搬家，外边树上雀儿飞来飞去，弄堂里的孩子为抢一个皮球打成一团。她只觉得孤单。扣扣没有爸爸，没有妈妈，没有哥哥姐姐，也没有弟弟妹妹。她好想有一个伴儿，跟她抢抢小人书，凶巴巴地吵上一架。

有一回，扣扣看着小人书，突然就叹了一口气。外婆斜了她一眼，说你这个小小人儿，怎么有这么长的一口气?

扣扣说：我和孙悟空是一家的吗?

外婆说：什么话?它是猴子，你是人，能是一家吗?

扣扣说我们两个都是从石头缝里蹦出来的。

外婆一怔，半响，才呸了一声。

"外婆是石头吗?你有外婆呢，孙猴子它有吗?"外婆说。

扣扣没吱声。扣扣其实是有话的，可是扣扣不想说。

外婆不是她的亲外婆。外婆是在一棵树下捡到她的，有人把她裹在一床破被子里扔在外婆住的那个街口——那时候外婆还没搬到温州。被子上缝了一张字条，上面写着扣扣的出生时辰。那是宋婆婆问外婆为什么扣扣没有妈妈的时候，外婆悄悄告诉宋婆婆的。外婆以为扣扣没听见，外婆不知道扣扣有顺风耳，扣扣听得见老鼠在窝里商量嫁女儿。

外婆没工作，外婆一天到晚都在糊火柴盒子。外婆说糊上五个火柴盒子，就可以换一根针。扣扣问外婆要多少根针才可以换一本小人书，外婆说把你手指头脚指头都加起来，就差不多了。扣扣不懂算数，扣扣只知道针不值钱，火柴盒子更不值钱，小人书倒是值几个钱的。

扣扣知道，外婆靠糊火柴盒子，是买不起小人书的。外婆买小人书的钱，是从别的地方来的。

外婆把扣扣锁进了衣柜里，就咣啷咣啷地去拖那张糊火柴盒用的小茶几。平素小茶几摆在屋子中间，外婆是坐在床沿上干活的，为了省地方。这会儿外婆把茶几拖到了门外，屁股坐在门槛上，正正地挡住了门。外婆铺开刷子和装糨糊的盘子，外婆拧糨糊罐子时手在发抖，拧了几回才拧开。

扣扣摸了摸外婆塞在她怀里的东西，大的那样是个长方形的盒子，外头包着一块布，布上紧紧地缠了几道尼龙绳。扣扣不敢拆，一拆就要弄出响动。小的那样是个小布包，袋口也系着绳子，却好像是活结。扣扣用一个指头轻轻一钩，结子就松了。扣扣的手指头探进去，摸着了大大小小几个圆环，有的平滑光溜，有的镂着花，凹凸不平，却都是冰凉冰凉的。扣扣就知道，那是外婆的玉镯和金镏子。

外婆曾经带着扣扣去过一家首饰店，吩咐店里的人用大铁剪剪下一截金镏子，放在一杆小秤上称过重，又在算盘上算出一个数。店里的人就是照着算盘上的数，给了外婆一沓钞票的。扣扣这才懂得金镏子原来值钱。扣扣问过外婆，为什么要把金镏子剪去一截，而不是整个拿去换钱呢？外婆说金镏子是外婆的娘给外婆的念想儿，能多留一截，就多留一截。扣扣不知道原来外婆有娘，扣扣以为外婆和扣扣一样，也是从石头缝里蹦出来的。

街上的动静越来越大。远一些的时候，那嘈杂声听起来像一条由很多股细线交织在一起的粗绳子。等近了，扣扣就分清了上面的股。嗵嗵的脚步声其实也是有区分的，轻巧一些的是布鞋，笨重一些的是橡胶底的球鞋。叽叽喳喳的说话声也各不相同，有粗声大气的呵斥，有小心翼翼的辩解，也有嘻嘻哈哈的斗嘴。男男女女。

脚步声终于在楼下停住了，接着响起了咚咚的敲门声。没人应门。宋婆婆在家，说不定就站在门后的黑影里。宋婆婆没去开门。宋婆婆还想等一等。

可是敲门的人不肯等，敲门的人没有耐心。敲门声很快变成了咣咣的砸门声，砸门声又很快变成了轰轰的踹门声。

宋婆婆只好出来开门。

"'四旧'，交出来。"门外的人轰的一声拥进来，耐心已经磨出了洞。

"这里的人家，都才搬进来没多久，哪有，有什么旧？"宋婆婆颤颤巍巍地说。

"凭什么信你？我们要亲眼看见。"

接着便是一阵稀里哗啦的声响，脚步声分了两路，一路朝里，一路往上。

脚步声在楼梯上停了下来，扣扣的心一下子扯到了喉咙口。心很大，喉咙很小，心堵得扣扣想吐。轰、轰、轰。这么响的心跳，满屋子都听得见。扣扣扔下手里的东西，扯过一个被角，紧紧捂住了胸口。没用，心犹自跳得像野马奔腾。

楼梯道很窄，并排只能站下两个人。从声音听起来，楼梯上站满了人，一排一排的，可是谁也上不来，因为外婆的茶几挡在楼道口。

从柜门缝里望出去，扣扣只能看见外婆的侧影。外婆坐在门槛上，低着头，慢条斯理地糊着火柴盒，仿佛站在她跟前的，只不过是几道影子。外婆今天用了太多的糨糊，刷了一层又一层，平素外婆从来不舍得这样浪费。

外婆的沉默似乎带着重量，压得那些人隐隐矮了几分。

"交出，你，你家的'四旧'。"领头的那个人说。

那人说话时嘴角一扯，嘶了一声，仿佛在忍着疼痛。

那人也许十二岁，也许十五岁，那一群人看上去都一般大小。扣扣看不准人的岁数，只觉得那人很瘦，左边脸颊上有一块红色的斑，说话的嗓音有些古怪，像被人掐住脖子的鸭仔。还要过几年，等扣扣长大一些，她才会懂得，那个人正在经历变嗓。

那人不仅说话的声音古怪，站着的样子也有些古怪，身子斜着，一只手托着另一只胳膊，仿佛那只胳膊太沉，身子承不住。

外婆没有立刻回话。外婆糊完了手里的那个火柴盒子，才抬起头来，定定地看着那个人。

"成分？"外婆说。

外婆的嗓子压得很沉，扣扣几乎分不清传到她耳朵里的到底是声音还是震颤。

"什么成分，你？"外婆用糨糊刷子指了指那个人。

那个人吃了一大惊。这是一句他敲开别人家的门时都要问的话，他已经问得滚瓜烂熟，几乎不用再经过脑子。他从来期待的都是回答，而不是问题本身。他被这个烂熟于心的问题毫无防备地砸中了，一时蒙住。

"工，工人。"他结结巴巴地回答。

外婆微微一笑。

"想知道我是什么成分吧？"

那人看着外婆，不知该点头还是摇头。

"告诉你，我是城市贫民。"

外婆放下刷子，舒展了一下胳膊。

"你懂得城市贫民是什么意思吗？"

那人茫然地摇了摇头。

"这要在农村，就是贫农。"外婆说，"你知道工人和城市贫民是什么关系吗？"

那人又茫然地摇了摇头。

"回家好好学习学习，工人和贫下中农是同盟军，所以工人和城市贫民也是同盟军。同盟军就是自己人，自己人能打自己人吗？"外婆问。

外婆没有期待回答。外婆站起来，身子朝前微微一倾，两个胳膊往外送了一送，像是轰鸡出笼。

那人不知所措地往后退了一步。

就是因为这一步，系在绳子中间的手绢出现了倾斜，拔河的队伍决出了胜负。

短暂的犹豫之后，人群松动了。脚步声又响了起来，这次，是往下。

眼看着那群人就要散去，外婆却又突然开了口。

"回，你回来……"外婆犹犹豫豫地说。

外婆的声音开头很硬实，结尾却不上不下地飘在了半空。外婆有些后悔，可说出去的话已经无法往回收。

楼梯上的人疑惑地停住了步子。

"你今天受过伤吗？"外婆问那个脸上有斑的人。

那人嘴唇扯了一下，却没吭声。

"他挂标语，从树上摔下来了。"旁边的一个人替他回答。

"你是脚先着地，还是手先着地的？"外婆追着问。

那人想了想，说是手掌撑着落地的。

"疼吗？"外婆指了指那条被另一只手托着的胳膊。

那人犹豫了一会儿，也许他是想说疼的，可是后来临时变了卦，梗着颈脖嘟囔了一句："轻伤不下火线。"

外婆说你把手松开，那只。然后把这只手贴在胸前，手掌伸过去，搭到那边肩膀上。

那人照做了，像只木偶，线提在外婆手中。可是他没有做到，因为那只手掌搭不过去，像缺了一根筋。

外婆叹了一口气，说孩子，你的肩关节脱臼了。

"孩子？"扣扣几乎不相信自己的耳朵：外婆竟然管那人叫"孩子"。

外婆很少叫扣扣"孩子"。从记事起，外婆大概就叫过她两次。一次是她高烧不退，外婆用湿毛巾一把一把给她擦身子的时候；还有一次是她说自己和孙猴子一样，都是石头缝里蹦出来的时候。

可是外婆却管那个说话像鸭仔的陌生人叫"孩子"。

扣扣嘴角牵了一牵，有点想哭。可是扣扣忍住了。外婆看不见她的眼泪，她哭了也是白哭。而且，外婆交代过了，她打死也不能出声。

"脱臼是什么意思？"有人问。

外婆想解释，半天也没找着词。

"火车，火车知道吧？火车本该待在轨道上，结果有东西撞上了它，它就脱离了原来的轨道。他那个肩关节，就是脱轨的火车。"外婆说。

人群里发出一阵惊叫。

"翻车，是翻车。"有人说。

"严，严重吗？"那个说话像鸭仔的人问，声音有些颤抖。

外婆伸出手，像是要抓那人的胳膊，可是伸了一半却又停住了，手指在半空凝固成一朵半开半合的花。扣扣知道外婆在想事。外婆想事的时候，额角一会儿鼓，一会儿瘪，像有只虫子在里头爬。

"我带你，去医院吧。"外婆说。

那人的一只脚提了起来，却没有立刻放下，似乎没想好该朝哪个方向。

"你造谣！"突然，他扬起脖子喊了一声，颊上那块斑涨得赤红，脑门上的一绺头发跟着声音一颤一颤地跳动。

"你想吓唬我们，你不是城市贫民，你是阶级敌人！"另一个声音也喊了起来。

鸭仔仿佛从睡梦中突然清醒过来了，精神大振。

"把她押到指挥部，好好审一审，剥开她的真面目。"

鸭仔扬起那只好胳膊，挥舞了一下，扣扣看不清他在干什么。扣扣是从声响和外婆的神情上，猜出了鸭仔做的事情的。

外婆的身子晃了一下，外婆的一只手朝外，似乎在挡着什么东西，另一只手捂住了半边脸颊。

鸭仔打了外婆一记耳光。

那一记耳光很狠，外婆没有防备，被那一掌掴到了墙上。外婆的下巴簌簌地抖着，不光是疼，还因为震惊。

众人蜂拥而上，拽着外婆，把外婆往楼下推去。

一切都发生在一瞬间。仿佛天上落下一只看不见的手，把绳子中间系的那条手帕倏地挪了位置，已成定局的拔河阵势一下子就变了。扣扣愣住了。扣扣不懂外婆为什么明明已经赢了，却又输了。

"你让我，把门锁上。"外婆挣脱了那些人的手，从兜里摸摸索索地掏出钥匙。

"去去就回，很快的。"锁门的时候，外婆自言自语地说。

扣扣知道外婆这话是说给她听的。

咔嗒一声，门锁上了。一阵嘈杂混乱的脚步声之后，屋子陷入了完全的沉寂。

房门一关，柜门缝里透进来的那线光亮，就比先前黯淡了一些，扣扣突然觉出了衣柜的小。让她觉出衣柜的小的，不是衣柜本身，而是那两道锁——柜门上的，还有房门上的。她被关在这个上了两道锁的黑匣子里，在衣服和被卷之间。

整个世界上，只有外婆一个人拥有这两道锁的钥匙。假如外婆回不来了，她会在这个黑匣子里烂成泥，化成水吗？从前在百里坊住的时候，邻居家有个男孩下河游泳淹死了，就是放在一口跟这个衣柜差不多大小的棺材里埋了的。那家人在棺材里铺了厚厚一层草木灰，是为了吸水用的——吸身子烂了以后流出来的水。

这床被子，这床外婆还来不及换到床上去的厚被子，会是她的草木灰吗？

扣扣身上每一块相连的部位突然都开始相互撞击，牙齿和牙齿、骨头和骨头、骨头和肉。过了一会儿，她才明白过来，她在发抖。她抖得那样厉害，连衣柜也跟着她发出簌簌的响动。眼泪汹涌地流了下来。扣扣先前不敢哭，是因为害怕；现在哭了，也是因为害怕。先前是害怕被人发现，现在是害怕被人忘记。扣扣扯了一块被角堵在嘴里，抽抽噎噎地哭了很久，很久，直到每一个毛孔里的水都挤干了，眼睛灼疼得像两块燃烧着的煤球。

终于哭累了，她才昏昏沉沉地睡了过去。

扣扣不知道自己睡了多久，在中间她做了一个梦，梦见小肚子上拴着一根绳子，有两个声音趴在她的耳朵眼上一左一右地跟她说着话。一个说松了，你松了这根绳子，身子就舒坦了；另一个说不能，你千万不能松，一松你的身子就散了，再也收不回去了。两个声音各执一词，互不相让，把她的脑袋瓜子撕扯成了两半。后来吵累了，就都住了嘴。她脑子一清静，小肚子上的绳子就不由自主地松了，一股温热的东西，顺着大腿流了下来。

扣扣倏地醒了，坐起来，发现被子已经湿了。她慌慌地去摸那两样东西，大的盒子已经湿了一个角。她撩起夹袄的衣襟，来揩布上的那块湿迹。擦了一遍又一遍，只觉得布已经给擦出了毛，却不知道是更干了，还是更湿了。她突然想起外婆把那两样东西塞到她手里时的神情。扣扣从前见过一只野猫，它生了三只崽，有一只掉进了墙夹缝里。那只猫不吃不喝，白天黑夜在墙上走来走去，不停地哀嚎。外婆把东西交给扣扣的时候，眼神就像那只母猫，而那两样东西，就是掉进了墙缝里的猫崽——外婆生怕再也见不着它们了。

扣扣把布袋按在胸口紧紧捂着，突然，听见屋外有一阵窸窸窣窣的声响。是有人在拨弄门锁。扣扣一下子屏住了呼吸。

不是外婆。她想。外婆进自己的家门用不着偷偷摸摸。

是贼！

扣扣身上的汗毛铮铮地竖成了一片树林。她咬住牙齿，用嘴唇封住了从牙缝里漏出来的呼吸声。

门发出轻轻的一声吱扭，接着响起了脚步声。脚步声只是扣扣的猜想，其实那声音里没有脚掌，只有脚尖。脚尖踮上去，地板在喊疼。地板老了，受不起一根针的重量。

那脚尖小心翼翼地行了几步路，突然撞上了一件什么东西，就有人哼了一声。紧接着，扣扣听见了另外一声吱扭，是棕绷床垫在呼疼。屋里的每一样东西都和地板一样老，脾气大得很，轻轻一碰就大呼小叫。那人大概摸着了床，在床沿上坐下了，揉着身上碰疼了的地方。

床挨着衣柜，两样东西中间，只隔着一层薄薄的木板。扣扣从来不知道自己的身子会发出这么多动静——呼吸穿过鼻孔的声音，牙齿和牙齿打架的声音，心撞在胸腔上的声音，肠子蠕爬扭动的声音……每一样听起来都响如雷鸣。扣扣把身子缩得很小，很紧，可是没用，声音捂不住，依旧肆意横行。扣扣小肚子里的那根绳子又隐隐地牵扯了起来，这回扣扣心里是明白的，她不能放松一丝肉一根筋。

"别怕，扣扣，是我。"

是外婆。外婆的声音压得很低，低得像是风吹过时落叶在翻身。

外婆摸摸索索地走到了衣柜跟前，掏出钥匙开柜门。黑暗中脸上的眼睛是废物，外婆依仗的，是手指上的眼睛。手指上的眼睛笨，钥匙探了很久的路，才终于找到了入口。柜门开了，扣扣想站起来，腿却不听她的使唤，脚板上像戳着一万根针。扣扣身子一歪，软软地滚了出来。跟着她跌出柜门的，还有那床带着潮气和霉味的棉被。

她跌到了外婆身上。外婆趔趄了一下，又站稳了，扶住了扣扣。

"你，你……"

扣扣有很多话要问，扣扣的问题排着长队一个挨一个地挤在喉咙口。扣扣的喉咙太窄太小，话挤不出去，嗓子和舌头被挤散在两头。

外婆一把搂住扣扣，很紧。扣扣放声大哭。

外婆急急地捂住扣扣的嘴："不能，不能出声，让人听见。"外婆贴着扣扣的耳根说。

外婆的手掌很硬，结成痂的糨糊蹭过扣扣的嘴唇像砂纸。外婆的手心汗津津的，有些不中闻的气味。扣扣别过脸去，想挣脱外婆的手。外婆的手紧追不放，扣扣逃不开，就张开了嘴。扣扣只听得外婆嘶了一声，紧接着她觉出了自己牙齿上的腥味。她这才明白过来，她刚刚咬了外婆一口。不，咬外婆的不是她，而是堵在她喉咙里的那些话。话堵得太久，话等不及了，就跳过舌头，落在了牙齿上。

这一口咬得很狠，外婆立刻松开了手。可是外婆只松开了一只手，外婆的另一只手依旧紧紧地搂住扣扣，仿佛那手上拴着的是外婆的性命，一松手，外婆就要掉下万丈悬崖。

啪嗒啪嗒。有东西落在了扣扣的颈脖上，温热的，很沉，一下一下，像钉子在砸肉。

是外婆的眼泪。

外婆把扣扣抱起来，放到床上。扣扣的身子扭来扭去，她不想让裤子上的湿迹弄脏褥子。外婆渐渐习惯了屋里的黑暗，摸到窗前，拿起那盒摆在窗台上的火柴，擦亮了，点起旁边那个菜油碟子里的灯芯——那是家里停电时备用的油灯。

扣扣想问外婆为什么不开灯，可是扣扣的嘴唇很沉，扣扣搬不动。

油灯把黑暗剪出一个朦朦胧胧边角不齐的洞。外婆转过身来，扣扣看见了外婆的脸。外婆不是中午的外婆了，外婆的半边脸肿了，一边的嘴角上结着一块暗红色的痂。外婆的脸变得很奇怪，眼睛眉毛鼻孔和嘴巴都歪了，外婆变得很丑。

这只是扣扣看得见的变化。扣扣看不见的东西还很多，比如外婆耳膜上的一条裂缝。扣扣还要再长大一些，才会知道那条裂缝有个医学名词，叫耳膜穿孔。那条裂缝后来会变成一个永远长不拢的洞，天气一冷一热，里边就会往外漏水。

扣扣想不明白，一个一只肩膀脱了白的少年人，竟会有这么大的力气，可以叫外婆的五官挪动位置。

外婆放下扣扣，蹲下身去捡拾滚到地上的那床被子。捆着被子的那条绳子已经松了，被子扭着身子白花花地躺在地上，像一个赤身裸体的女人。外婆在被子里翻了一番，没翻到要找的东西。外婆又把半拉身子探进衣柜里，急切地搜寻着衣柜的每一个角落。

外婆的手停住了，松了一口气。扣扣知道外婆找到了要找的东西。

外婆一定也摸着了那片湿迹。扣扣心想。

扣扣闭上了眼睛，在等待着外婆的责骂。

可是外婆没吱声。半晌，外婆才长长地吁了一口气。

"作的是什么孽啊。"外婆说。

扣扣不知道外婆在说谁。

外婆把那两样东西拿出来，塞进枕头里。想了想，又拿出来，放进了褥子底下。扣扣听见外婆又嘶了一声，大概蹭到了伤口。

扣扣很想问外婆"疼吗"，但扣扣问的不是外婆的脸，而是外婆的手，那只被她咬了一口的手。可是扣扣问不出口。嗓子和舌头各自走了很长的路，却还没会合，这回挡在路中间的，是羞愧。

外婆掀开竹罩子取出中午剩下的半碗饭，从热水瓶里倒了些水泡着。水是早上烧的，已经不烫了，饭粒子泡不透，依旧很硬。外婆又换了一碗水，才好些。在外婆转身拿咸菜罐子的空当里，扣扣已经把那半碗温水泡饭吃得一粒不剩。确切地说是喝，因为扣扣从头到尾没用上牙齿。

外婆端着那个没及时派上用场的咸菜罐子，一点一点地给扣扣喂咸菜，用手指。外婆从不用手指夹菜，外婆用筷子的时候，都会用开水烫过消毒。咸菜沾着很多盐粒，外婆的手不知道停。外婆的眼神怔怔的，扣扣知道她在想心事，外婆一想心事额角上就有虫子爬来爬去。

扣扣把那只空饭碗，伸到了外婆跟前。

外婆回过神来，拍了拍额头，把额角上的那些虫子拍了下去。

"没有饭了，你再吃口咸菜，行不？"外婆央求扣扣。

扣扣的手却没有缩回去。

扣扣直直地看着外婆。扣扣的眼睛深黑深黑的，底下埋着炭火，外婆的眼睛一挨上去，就打了一个哆嗦。

"这个时候，不能再开炉灶起火了。外婆也没有吃饭。"外婆嗫嚅地说，仿佛让扣扣捏住了一个短处。

扣扣没吭声，只是把饭碗倒扣着放回了桌子上。

"我治好了那个人的肩膀，还有他的司令，他们才放我回家。"外婆在找话和扣扣说。

"那些人，好几个有伤病。都还是孩子，爹妈都不知道他们在外边干了些什么。"

"司令，是什么人？"扣扣暗哑地问。

外婆突然意识到：这是扣扣从衣柜里出来之后第一次开口。

"司令就是，他们的当家人。"外婆说。

"当家人，也火车脱轨？"扣扣问。

外婆怔了一下，才想起中午解释肩关节脱臼时使用的那个比喻，忍不住笑了。外婆笑起来嘴更歪了，几乎撞上了耳朵。

"不是的，司令是流鼻血，流了一茶缸，怎么也止不住。"

扣扣看见过外婆给人止鼻血，用小银针。外婆的银针藏在一个小铝盒里，外婆把小铝盒一直带在身边，好像满大街都是流鼻血的人，她得时刻预备着解救他们。

"那个人，为什么那么凶？"扣扣问。

"因为他害怕，他不想让别人知道他害怕。"外婆说，"谁都不想让别人知道自己害怕。"

外婆也会害怕吗？扣扣暗想。外婆是不是因为害怕，才把自己锁到衣柜里的？

"那你为什么喊他回来？你不喊他回来，他就不会打你了。"扣扣又问。

这个问题终于把外婆难倒了，外婆想了半天也没想出回话来，最后才叹了一口气，说外婆傻，这辈子净干傻事，总是为好心吃苦头。

外婆放下咸菜罐子，掏出手绢擦擦干净了扣扣的嘴，站起来，取下挂在墙上的一个尼龙布兜——那是外婆平常去小菜场买菜时用的。外婆走到窗前，扯严了窗帘上的缝，把被褥底下藏的那两件东西装进尼龙兜里，又在上面盖了几张旧报纸。

扣扣明白过来，外婆还要出门。

扣扣一下子扯住了外婆的裤腿。

"外婆要找个地方，把这东西藏起来，谁知道明天还会来什么人。"外婆弯下腰，轻声对扣扣说。

扣扣不说话，也不松手。

"外婆一辈子，只剩下这两件东西了。外婆再把这两件东西丢了，还怎么活呢？"

扣扣还是不说话，只是更紧地扯住了外婆的裤腿。

"外婆去去就回。外婆永远，永远不会丢下扣扣。"外婆央求着扣扣。

扣扣不信。外婆中午也是这样说的，可是外婆没有去去就回。外婆把扣扣一个人留在衣柜里，那床被子差一点儿成了扣扣的草木灰。外婆说什么也没有用，扣扣的手指像焊在外婆腿上的铁钩，没有人能掰得开，除非砍断扣扣的胳膊，或者外婆的腿。

外婆拧不过扣扣，只好牵了扣扣的手，蹑手蹑脚地锁了门出屋。下楼梯的时候，外婆把尼龙兜挂在自己的脖子上，两手半扶半举着扣扣，让扣扣踩在自己的脚上走路，为的是不惊动邻居。

两人终于小心翼翼地走到了街上。天晚了，街面上的人家都关了门。一只野猫在贴着墙根行走，风刮过来有些冷。路灯把外婆和扣扣的身影扯得很长很瘦，一晃一晃地丢掷在石板路上。扣扣听见外婆的肚子在叽叽咕咕地叫喊。

"扣扣，外婆把你锁在衣柜里，你恨外婆吗?"外婆问。

扣扣还不懂恨是什么意思，她猜大概就是生气的意思，生很大的气。

扣扣点了点头。

外婆的脚步慢了下来，外婆在掏衣兜里的手绢。

"作孽啊，作孽。"

外婆窸窸窣窣地揾着鼻子。

在我二十二岁之前，我是大上海所有好人家女儿的完美范本，这个范本在我的生活圈子里有个名称叫淑女。在市井之辈口中，却有个更通俗易懂的名字，叫千金。我从小接受上海滩最昂贵最精致的西洋教育，熟于钢琴，略通绘画，也可以在适当的场合亮一亮歌喉。我随便乱涂的小文章，也能占据校刊的一个显赫位置。我在红十字会做义工时，还跟一个老中医学过一阵子把脉号诊。可是我既没有成为先我而生的潘玉良、林巧稚，也没有成为后我而生的顾圣婴，更没有成为与我同代的张爱玲和苏青。不是因为我缺乏天分。每一位教授过我的老师，无一不被我超人的快捷和聪颖所震惊。别人花上十分的努力所做成的事，我通常只需要花上五六分。然而，我一生却一事无成。正如那位对我寄予厚望又最终对我大失所望的老中医所言，我若愚笨一些、家境贫寒一些，兴许我还真能精通一门技艺。误了我的，正是我的聪明和家境，因为我从不肯在那五六分之上付出额外的苦工。我对一切浅尝辄止，我不想深究也不屑于拼命，一切对我来说都来得那么轻省。

他们对我的断言有几分道理，但也不全对，其实我并不是对所有的事情都那么漫不经心。我在那五六分之外再也不肯使上去的力气，会在后来的日子里孤注一掷地投在了一件事情上。冥冥之中似乎有一位神明在指点着我的人生，让我在二十二岁之前尽情偷懒，囤积气力，好在以后的一生里慢慢消耗，像冬眠的熊。我在二十二岁以后竭尽全力只做了一件事，就是爱一个男人。爱情是一场烟花，美得让人忘了生死。只是烟花瞬间即逝，我和他的好日子，从头到尾也不过四五年。后来他被一位资历很深的老师游说得动了心，起了离开上海的念头，他们就一起去了海峡的那一边。那阵子时局动乱，人心惶恐，船位不够，他们先走了一步去安家，临别时说好下一班船再来接我和女儿。可是那一班船却永远搁了浅。

我们错过了一班船，也就错过了一生。

剩下的岁月，我都在清理那场烟花留下的残局。假如我从一开始就知道收拾残局的难处，我还会那样奋不顾身吗? 这是个无解的问题。谁也不是上帝，不能未卜先知。纵使我预知了结局，我可能也舍不下那一场绚丽。先人的记忆一定在某个朝代出了差错，他们漏记了一个生肖。那个被遗漏的生肖是蛾子——飞蛾扑火的那个蛾子。而我，生来就是一只蛾子，我抵挡不了火，火也抵挡不了我。

二十二岁之前，我是淑女。二十二岁之后，我是骗子。二十二岁是一个清晰的分界线，中间没有渐进和过渡。二十二岁之后，我一夜之间学会了用谎言骗取各种东西。先是对父母。我编织了各种谎言骗取他们钱包里的银子，从他们眼皮底下支取离家外出的时间。后来，我开始骗他。比如，我会用减半的方式告诉他米和牛奶的价格，用不小心丢失来解释存在当铺里的首饰和大衣……

再后来，我就没有必要费心对他们撒谎了，因为他们都离开了我的生活，各以各的方式。但我又有了一个新的哄骗对象——我的女儿。我对女儿编织的谎言，要比前面的简单一些，我只需要杜撰我父母和他的死亡。从严格意义来说，我并没有杜撰我父母的死，我只不过把他们的死提前了几年，以便彻底抹去女儿见过他们的记忆。毕竟童年的记忆是柔软而边界模糊的，具有很强的可塑性，很容易在后来的日子里被覆盖和修补。

再后来，我的女儿也离开了我。她的女儿，也就是我的外孙女，迅速地填补了她留下的空缺，占据了我的心思意念。我编织谎言的能力，就是这样在永不停息的需要之中不停地得到抛光和砥砺，像一只越擦越亮的皮鞋。

我的外孙女出生之时，我已经在前面三代人、三种版本的谎言之中穿梭了将近二十年。我突然意识到了自己在接近能力的极限。她出生长大的那个年代，到处都是眼睛和耳朵。每一双眼睛都是高倍显微镜，看得见蚂蚁身上的毛孔；每一副耳朵都是高功率的放大器，捕捉得到最细微的风吹草动。一个涉及四代人身世的谎言有无数个细节，任何一处出了纰漏，那座建立在沙子之上的大厦就会轰然倒塌。经过几个无眠之夜，我在苦思冥想之后，最终决定用一个大谎言来取代无数个小谎言。我以和她切割血缘关系为代价，省却了——修改她曾外公曾外婆、外公外婆和父亲母亲身世的麻烦。一个枝蔓纷繁细节丛生的谎言，是经不起时间撑扯的，随时都有可能显露破绽。而一个只具备一条线索的简单谎言，无论多么荒诞，它被戳穿的概率就降低了许多——我只需要守住一道门。

我的亲外孙女就这样在我口中变成了从路上捡回来的弃婴。

从那条载着他的船离开而接我的船迟迟未到时起，我就预见到了世道的巨变。于是，我频频地搬家，先是从一条街搬到另一条街，通常相隔甚远，后来干脆从一个城市搬到了另外一个城市。在时局交替的混乱夹缝里，我小心翼翼地坚守着谎言，并把这些谎言巧妙地传播给无可避免的邻居。

很多年后，当我孤独地躺在温州市郊一家养老院的床上，看着暮色的阴影渐渐涂上墙壁，并从中间隐隐认出了死神的翅膀时，我依旧还在回忆一生中撒过的所有谎言。我的记忆力并没有随着年岁消逝。我相信，即使在我的肉体消亡之后，我的记忆还会飘浮在空中，执拗地寻找着一个可以落脚的新躯体。我看见我的谎言排列整齐，一个一个地从我面前走过，一次又一次地接受着它们的创造者的检阅。

这就是我回忆往事的方式。谎言是一条绳索，结实、可靠、自给自足、永远不需要依靠外力支撑。它们把我的人生串成一个整体，我顺着它们摸索过去，就能轻而易举地找回出发时的自己。

在我躺在床上抚摸着一个个谎言的绳结时，"基因""遗传""突变"等词语，早已成为科普知识。回顾我的一生，我忍不住突发奇想：在我父亲的精子和我母亲的卵子产生碰撞纠缠角斗融合的过程中，上帝是不是横插了一手，搅乱了基因原本的顺序，于是我身上就发生了某种常识无法解释的巨大变异，我具备了一种我的祖先身上从未出现过的奇异才能？我无师自通地熟知了通往谎言的所有歧路小径，我不仅善于编织谎言，我也精于讲述谎言。我知道如何选择词句和语气、掌控叙事节奏、制造必要的停顿和合宜的面部表情，使弥天大谎听上去像一个可怜的单身女人至死不想为人所知的私密真情。

但我并没有停滞于此，我还会走得更深更远。我还会钻研谎言的传播方式——如果不能传播，谎言便是大脑灰物质的奢侈挥霍。我会把谎言婉转迂回隐晦地传播给需要传播的人，用迟疑、顾左右而言他等把戏来营造恰到好处的留白，让他们自己得出关于真相，抑或是关于假象的结论——那是把谎言坐落成事实的最有效的方法。

从二十二岁那年我由于拐错了一个走廊而在病房里撞上了我命中的克星之后，我就开始撒谎，一路撒到我看见了死神的翅膀。使用一个今天的时髦用语，我最初的谎言仅仅是出于"刚需"——我必须用谎言来引路，在黑不见底的隧道中找到一丝缝隙，并从中穿出。虽几经大难，所幸都不致命，我活过了一切乱世。

到后来，世道太平了，谎言从刚需变为软需，但撒谎却已经成了我的习惯。我会为一件小事，毫无必要却面不改色地说假话。比方说，我告诉养老院的邻居，我新买的那件轻便式羽绒服，是我外孙女从意大利寄过来的新年礼物。其实，那件衣服是我的一个朋友从一家比地摊略强一点儿的小店里淘来的。我那垂老但依旧与众不同的气质，使得我依旧有底气把一件街货颤颤巍巍地举到舶来品的位置。

严格地说，这个谎言也不是完全没有必要的，前半部分勉强算得上是刚需，因为我必须跟我的邻居坐实我那个只闻电话声却不见其人的外孙女的存在。而后边的那个部分却完全是出于撒谎的习性。我的外孙女明明住在法国，而不是意大利。把法国搬到意大利，那纯粹是一时兴起。其实"一时兴起"也是谎言，因为对我来说这样的事情已经发生过一千零一次，早已不再是"一时"。在年复一年日复一日的谎言中，我惊讶地发现：我说真话时有些无所适从的别扭。我是说，我说真话时反而听起来更像是撒谎。

谎言一旦成熟并从我的口中脱落之后，我就完完全全地相信了它。我用迷信真相一样的虔诚态度，来对待我精心制作的谎言。其实谎言之所以被别人揭穿，是因为撒谎者对自己的话缺乏自信。我们严重高估了人们对于谎言的质疑能力，其实人们远比我们想象的轻信。谎言不需要重复一千次才可以成为真理，有时一次就够了，只要具备严密的逻辑、饱实的细节和合宜的传播方式。

我扯远了，我还是趁着脑子还灵光，把话拉回来，说一说我的女儿吧。

我女儿叫小抗，她出生在日本天皇颁布终战诏书的那一天。在那一两年里出生的婴儿，很多取名"抗"或者"胜"，我并不担心她的名字会暴露她的身世。在她的父亲登上那条没有归期的轮船时，小抗还不到四岁。而当我再一次得到他的信息，则是半个世纪之后的事了——那是后话。

我带着女儿搬去杭州，又在杭州城里搬了几次家。经过这几次搬迁之后，我成功地抹去了有关他的一切踪迹。等到我们最终在杭州城南一间破旧的小平房里住下并登记了户籍时，我是一个名叫李玉平的穷寡妇，带着一个名叫李小抗的独生女。小抗姓的是我的姓。当然，我的姓也不真的是我的姓，我早已不再是那个吴门千金。幸亏我的父母都已在几年前相继去世，我也已经割断了以往所有的社会关系。

其实，在我不明不白地搬进那个贫困潦倒的画家的阁楼时，我就已经疏远了所有的同学朋友。我需要彻底斩断的，只不过是那些粘连在刀刃和切口上的细丝。我换了名字换了服饰换了发型，不参加任何社会活动，也不在任何人多的场合走动，我成了一个游移于时新和进步之外的自由粒子。

我没有工作，靠给人织补衣裳、糊火柴盒子为生。外头的世界正在经历风起云涌翻天覆地的变革，冲在浪尖上的人很多，而我不过是浪花溅不到的一粒泥尘。在那个筛孔非常细密的年代里，没有人能真正经得起盘查，只是我的姿势太卑微低贱了，勾不住任何人的目光，于是我和小抗总算安定了下来。

当时我还没有想到我的周密计划里存在着一个潜在的后果：我把我的来路覆盖得太严实了，以致多年之后，那个坐船离去的人终于归来时，他已经无法在那条面目全非的路径上，找到一个隐约熟悉、可以下脚的路口。

可当时我却顾不上。母狼在护犊的时候，想到的只是猎人，而不是公狼。在乱世里，所有的母亲都是狼。

在杭州的最初几年里，我活得心神惶乱，对什么事情都没有一个长远打算。我和小抗的日子是建立在一个弥天大谎上的，我白天黑夜都担心谎言长链上的某一个薄弱环节，会在时间的撑扯之下，现出破绽。每天我都会把谎言在脑子里从头到尾仔细地过上一遍，像放电影，然后用各种各样的自问和自答，来熨平每一条形迹可疑的皱褶。有一天，小抗和美术兴趣班的同学野外写生归来，她没进屋找我，而是躲在灶披间的墙角，抽抽噎噎地哭了起来，声音里充满了恐惧和羞耻。我闻声走过去，看到了她格子裙后边的血迹，才恍然大悟：她长大了，在我的眼皮底下，我已心不在焉地错过了她的童年。

小抗的怪异举止，其实早在出事之前就开始了，星星点点，零零散散的。那些斑驳的碎片，却是在她身后，才一块一块地在我的脑子里聚成一张完整清晰的图片。当然，为时已晚。

小抗自小喜欢画画，后来考上了少艺校的美术班，离家远，就在学校住宿。周末回到家来，并不怎么看书做功课，却总抱着素描本不放，画厨房里的蔬菜瓜果，画窗外的街景，也画我。刚开始的时候，她很爱讲学校的事，讲老师，讲同学，讲绘画课里发生的事。她说她的写生课成绩考了全班第一，老师说在女孩子中间，很少能看到她那样好的透视素描眼力，那是天分，将来笃定考得上美术学院。

后来她的话就渐渐少了，只是常常照镜子，对着镜子微笑，脸蛋红红的，眼睛里闪着亮。周日晚上上床睡觉时，她会用锯成小段的竹竿卷着头发，第二天一大早坐公共汽车回校的时候，她的额上会出现一帘蓬松卷曲的刘海。我看着她背着书包画夹赶公共汽车的背影，总觉得她的鞋底粘着两片弹簧。

有一个周日我买菜回来，发现她坐在床上，背着身子，正在看一样东西。她太聚精会神了，竟没听见我的推门声。她猝不及防地看见了我，一慌，手里的东西就掉在了地上。我捡起来，是一张照片，是老师带着一群学生外出写生的集体照。我就没在意。

我没在意的事情远不止这一件。

小抗开始问我要零花钱。不多，三毛五毛的，但断断续续，一直没有停过。学校根据家里的收入情况，给了小抗一份助学金，并免了学杂费。小抗知道家里的境况，以前从没问我要过零花。我有些惊愕，问她要钱做什么，她的回答每次都不同，倒也合乎情理：买颜料，买纸，买速写本子，付郊游的午餐费，凑份子给参军的同学买礼物……每一次看见我犹豫，她总会怯怯地加上一个尾巴："如果不行，我就省一省伙食。"我听了这样的话后，就会立刻打开我那个已经被硬币磨出洞眼的小钱包。天底下所有的儿女在还没学会说话时，就已经准确无误地摸到了父母的软肋。我如此，我女儿如此，我女儿的女儿依旧如此。那是天道，我们总是在事后看清实情。

后来她就不再每一个周末回家了。她不回家的理由是：学校春游、去郊区参观人民公社、去探望生病的同学、排练国庆节目……她说这些话的时候，眼睛直视着我，面色安宁自然，完全不像在撒谎。这些谎言之所以听起来很真，是因为它们已经在长久仔细的研制过程中磨平了所有的瑕疵。一直到她走后，我才意识到：我当年对我父母撒下的每一个谎，都在我女儿身上得到了报应。精明的是我，愚钝的也是我，我年轻时的历练非但没有让我警醒，反而成了我的盲点。

在她出事前的那个秋天，又一次她回到家来，我发现她面容憔悴，眼圈发青，脸颊上浮现着隐隐的雀斑，眸子却依旧晶莹闪亮。她那天没胃口，只喝了半碗冬瓜汤，就吐了。小抗是个早产儿，体质从小就弱，体重比同龄的女孩子都轻，肠胃时常犯病，一口东西不顺，就会呕吐拉稀。那阵子她们学校一直在组织学生下乡，给人民公社写标语，画壁画，设计宣传板报。我以为她受了劳累，那天她出门时，我掏了两块钱给她，让她在学校食堂买点荤菜补充营养——这是我一次性给过她的最大票额。她犹豫了一下，最终还是收了。我至今还记得她把那两张一元纸币小心翼翼地折叠起来放进铅笔盒时的神情。那天她的脑子里应该有两队人马在开战，一队是母亲，一队是爱情。世上所有的战争都有输有赢，结局很难未卜先知，唯独这类战争尚未开场就已定胜负，败下阵来的，必定是母亲。

小抗并没有用这个钱来改善伙食。

我给小抗的每一笔钱，她都没有用在她说的那些事上。

其实她的学校提供了所有的绘画材料，她不需要自己花钱购买。她把那些从她和我的牙缝里挤出来的钱，用在了一个我根本没想到的用途上。她死后，我在她的书包里发现了一个盖着百货公司印戳的纸包，里边包着一条暗红色的线织围巾。围巾里塞着一张纸条，上面是小抗工工整整的字迹："送给你，天冷了。"

就在她出事的前一个星期，她在学校赶作业，正赶上变天，起了大风。我想起来她还没有带上厚冬衣，就从箱子里拿出旧年给她缝的棉袄，用竹把打松了，给她送到了学校。我逼她当着我的面换上，当时我只依稀觉得她扣纽子的时候有些吃力。

这个年纪的孩子，正长身体呢。下回再缝棉袄，要再宽松个两三寸。回家的路上，我对自己说。就这样，我，一个曾经精通谎言之道的女儿，一个从来眼观六路的母亲，一个略懂医术的半拉子医生，竟然对所有昭彰的迹象视而不见，眼睁睁地看着自己的女儿一步一步走向了那个万劫不复的深渊。

我最后见她的那天，是个周末。她原先说好了不回家，后来想起把一幅素描稿落在家了，就临时决定回来取。至今回想起来，我总觉得冥冥之中她是知道那天是她的大限的，所以她会巴巴地赶回来，死在我的怀中。她没能给我送终，但我至少给她送了终，她不致一个人在惊恐中孤孤单单地上路。

那天她到家时已经是周日的中午了，我不知道她会回来，所以没留她的饭。我捅开火烧了一碗西红柿蛋汤，泡了点剩饭让她将就着吃了。她吃完了，说想睡几分钟。她从来没有午睡的习惯，我猜想她真是乏了，就关上门，让她一人睡在床上，自己坐在门外织一件刚开圈的毛衣。我织的毛衣针脚均匀，花样时新，而且手脚利索，假如没有别的事拖延，三四天就能完工。渐渐地，在弄堂里就出了名，隔一阵子就有人送上活来。大人一件两块钱手工，小毛头一块五，倒比糊火柴盒来钱。

那天真是个好天，没有一丝风，树木犹如招贴画上的景致似的一动不动，雀子飞来飞去很是闹腾。阳光从窗户里透进来，正正地落在我脸上，晒得我浑身酥痒，眼皮发黏。那天我感觉像个舒服得随时可以去死的老太婆，尽管我还不到四十岁。

后来我被一阵呻吟声惊醒，迷迷糊糊地睁开眼睛，细细一听，那声响来自屋里。我扔下毛衣，推开房门，只觉得眼前唰地蒙上了一层厚厚的云。过了一小会儿，那云终于散了，我看清了床上的血。不，那不像是血，倒像是混了太多朱红颜料的水。那水已经润透了被子，正顺着被角滴滴答答地往地上流。

我的腿脚一软，怎么也使不上劲。我半滚半爬地扯过一条毛巾，想去堵，却找不着伤口——我这才发觉那血是从两腿之间流出来的。

我是怎么把小抗送到了医院的，我已经完全想不起来了。我只隐隐记得坐在急救室外边的长凳上，身子簌簌发抖，手里捏着一团自己的衣襟，感觉指间的布正从温润渐渐变凉，最后结成一个硬坨——那是小抗沾在我身上的血。

我也不记得我在外边坐了多久，等医生最终把我叫进病房的时候，窗外的天色已经转黑。

"子宫畸形……"

"你不知道她怀孕?"

"早来做检查,也不至于……"

"失血过多,怕是……"

那天医生说的话,像一群绕着我飞来飞去的蜜蜂,嘤嘤嗡嗡。那声音没有边界,相互混淆,难以分辨。我只知道有一根刺扎进了我脑子,很深,很疼。

那根刺是:"晚了"。

我走进屋,看见小抗全身都盖在一床洗得混了色的白被子里,只露出一张尖瘦的脸。她听见我的声音,睁开双眼,面颊上泛起两团湿润的桃红。那一刻小抗的样子看上去就像是从睡梦中刚刚醒来,迷糊,慵懒,却养过了精神。尽管我知道那是输血之后的反应,我依旧心怀希望——我希望那天碰上的是一个不知道自己在说什么的庸医。没有人能够夺走一个母亲的希望,即使死神已经站在紧跟前,母亲也总是拒绝辨认。

"小抗,妈在,你能好。"我从被子底下找到了她的手。她的指头在我的手掌里弹动了一下,却又停住了。她没有力气。

她转不动脸,她能转得动的,只是眼睛。她的目光从我的脸上挪移开来,在屋子里转了一个圈,最后落在了护士脸上。护士见过了太多的病人,她熟悉这样的表情,她一下子就懂了。护士转身出去,一会儿回来时,臂弯上多了一个布包。

布包里是一团褐色的肉。我说它是肉,仅仅是因为我一时找不到任何别的词来形容它。它很小,小得像一只瘦弱的兔子,或者说,一只肥大的老鼠,手掌般大小的面庞上有很多条皱纹。那些皱纹在不动的时候,更像是雕刻家手下的刀痕。护士把布包送到小抗面前,小抗的眼睛倏地睁大了。那肉团大概觉出了光亮和热度,脸突然裂开,露出两条细细的缝——是眼睛。

它哭了。

哭是我的猜测,实际上它既没有声响,也没有泪水,但它脸上的那些刀痕激烈地走动起来,像沸水里的面条,嘴巴张成一个黑色的洞。

"你有什么话,赶紧跟你妈说。"护士俯下身子,对小抗说。

护士明白,小抗也明白。护士的明白来自经验,小抗的明白来自感悟。而我,却是三人中间唯一糊涂的。我拒绝明白,因为明白意味着撒手。我情愿糊涂,我实在是,不情愿撒手。

小抗的手指在我的手心挣动了一下,我突然醒悟过来,她要我去抱那个布包。我犹豫了片刻,我只是感觉陌生。

不,陌生是一种委婉说法,其实我对它充满了憎恨。它是老天爷突兀地横插在我和小抗中间的一条鸿沟,它来了,要把我和小抗永远隔绝在两头。

我厌恶地偏过了头。

这时,我觉出了隐隐的疼痛——是小抗的指甲在掐我掌心的肉。我发觉小抗的脸色正在渐渐黯淡下去，仿佛血已经找到了另外一条出路，我知道她已经用尽了最后一丝力气。

我从护士手里接过了那个布包。

"小抗，有我。"我听见自己喃喃地说。

那是一句不由自主的话，也许经过了脑子，但肯定没经过心。

"这丫头，活不活得下去，就得看造化了。"护士悄悄对我说。

"告诉我，那人是谁？"我问。

小抗的呼吸急促了起来，仿佛喉咙里堵着一口浓痰，她没有力气把它吐出来，或者咽回去。

"来不及了……"护士叹了一口气。

小抗的嘴唇翕动了几下，却没有声音。

我把耳朵贴过去，她在喘息的间隙里，费力地吐出了几个字。

"崔……我爱……"

这是小抗留下的最后一句话。

两个月后，我抱着这个孩子去了小抗生前就读的少艺校。

学校正在放寒假，学生大多已经回家过年，留在宿舍区的人不多。我特意挑了晚饭后的时间，为的是躲人眼目。

前一天刚下过一场雪，积雪未化，在地上结了薄薄一层冰，路灯照上去，像一片铺满灰土的水泥地。风吹到脸上，尖牙利齿地啃着肉，我的额头却在冒汗。路滑，眼睛靠不住，我得小心翼翼地挑着脚下的路，每一步都费心费力。

扣扣不冷。扣扣不可能冷。扣扣穿着厚毛衣，毛衣外边是一件配着同样花色的帽子的棉袄。从里到外，这一套都是新的。在毛衣和棉袄之外，还包着一床小被子，也是新的。那天的扣扣像一只严严实实地裹在竹叶里的粽子。

扣扣睡得很沉，呼吸哧哧地在我的胸脯上钻着一个个热乎乎的小孔。她的脸色依旧是棕褐色的，只有鼻尖上浮着一块小小的粉红。额头上那些刀痕一样的皱纹不见了，它们是在前几天的一个下午突兀地消失的。我的医学和生活常识告诉我：那些皱纹绝对不可能在一刻之间消失——那应该是个渐进的过程。可是我的记忆并不认同常识，记忆有自己的路数。我明明记得：在饱饱地喂她吃过一碗掺着炼乳的米汤之后，她迷迷糊糊地睡着了。等她再醒过来时，她看上去平滑得像一枚新剥出来的鸡蛋。

那天是正月初九，街上还东一下西一下地响着零零散散的鞭炮声。不知哪家楼台上的一个瓶子被风刮掉了，咣当一声巨响，在我的脚下炸成无数个碎片。扣扣吃了一惊，倏地睁开眼睛，嘴一瘪，想哭，却没有哭出声。我很熟悉那样的表情。从我把她抱回家的第一天起，她就很少哭。她太安静了，有时我会忍不住伸手过去探她的鼻息，看看她是否还有气。她似乎一直用超常的静默来为自己不合时宜的出世道歉。兴许冥冥之中，她已经知道我要把她送走，她活得战战兢兢。她把自己缩了又缩，缩成一粒粉尘，指望着我能够承受一粒粉尘带来的不便，而把她留在身边。

扣扣醒过来，望了我一眼。不，我应该说，瞪了我一眼。那是一种我从未见过的眼神，很尖，很深，是忍到了底的哀怨。一个四十岁的成年人被一个两个月大的婴儿看得无地自容。扣扣的目光剜得我的心抽了一抽，那疼跟平素的疼不一样，那疼有个名字叫愧疚。

不舍是在那一刻里生出来的。

其实我明白，不舍是不可能在一刻之间形成的。不舍是在平素最寻常最琐碎的事情上慢慢长出了根须的，比如当我喂她第一勺米汤，她一口吮住了我的手指时；比如当我为她一针一针地织着她人生的第一件毛衣时；再比如当我用"扣扣"两个字呼唤她，她第一次扭过脸来回应我的时候……可是那天我的脑子固执得像花岗岩，我坚定地认为不舍是从扣扣剜我的那一眼里冷不丁冒出来的，是一株无根的苗。

扣扣是我给她随意起的小名，我只是把它当作一个暂时的过渡，就像我们随意叫一条猫"咪咪"一条野狗"汪汪"一样。无论我怎样舍不得，我心底里明白，扣扣不属于我，她只是在回到她该去的地方之前由我暂时保管而已。她永久的归宿在那个姓崔的美术老师家里，他才拥有她的命名权、抚养权以及从这些权利中衍生出来的数不胜数的其他权利，比方说感受她的呼吸在他胸脯上钻出温软洞眼的权利、剪她的胎毛、并把碎发保存在饼干盒子里的权利、给她缝制人生第一个书包的权利、教她写下自己名字的权利等等。我至今没有给她上户口，只是为了能把她尽可能完整地保留在出生时的样子，然后把她交给她的生身父亲。

我早已打听到了他住在校外的一栋教工宿舍里，一楼左侧第二个单元。这个地点让我略微松了一口气，因为我至少可以绕过传达室烦琐的盘查和登记过程。我有九十九个理由大肆声张，可是我不想这样做。我不是泼妇，他也不是流氓。我相信小抗的眼力。小抗是从我的肚子里出来的，带着我的精神气血，她和我一样，都属飞蛾，让我们奋不顾身的，只能是火，而不能是淤泥。我和他都有不想张扬的秘密，正应了一句歇后语，是"秸秆打狼——两头都怕"。

即使我不知道他的详细地址，我也能在这座小楼的所有房间中一眼找出属于他的那一间，那是因为他门上贴的那幅年画，假若那也可以被称为年画的话。这座楼里大部分人家的门上都贴着颜色新鲜的窗花春联，他家也有，却和别家不同。他家贴的，是一张西洋画，是皑皑白雪覆盖之下的田野树木和农庄，是新华书店批量印制的、一毛钱一张的印刷品。

扣扣又睡了过去。扣扣很好哄，轻拍几下就会入睡。我很少抱她，也很少哄她，我不想让她习惯我的怀抱。其实是我不想让自己习惯她在我怀抱里的重量和温度，我害怕她走后留下的空洞。她的生命刚刚开始，柔软如海绵，能很快填上生活留给她的缺口。而我却是一块硬木，我已经没有伸缩的余地。我无法充填生活留给我的缺口，我唯一能做的只能是预防。

我抱着沉沉睡去的扣扣，站到了这个男人的门口。

那是一栋破旧的二层楼房。确切地说，是平房改建加盖成的二层楼房。二楼没有问过一楼的意思，就把自己蛮横地骑在了一楼的肩上，两层楼之间那条懒得

484

粉饰的衔接线，昭彰地宣告了它们的不同年龄和身世。

崔家的窗口不知何故比旁边的几家都略小一些，一条看不出颜色的窗帘半开半掩，露出一片裸玻璃。我的眼睛顺着窗帘的裂口，看到了一角屋里的情景。

屋里的摆设很简单，只有一张长方形的饭桌和三张木凳。床肯定是有的，只是我看不见，我猜测它藏在窗帘遮挡住的某个角落。我用了"饭桌"这个词，是因为我看见了桌子的最外边盖着一个竹罩子。每一户江南人家都有一个这样的罩子，看见它你就会立刻联想起剩饭剩菜，而绝不会产生任何歧义。但这个竹罩子只占据了桌子的一个角，桌子另外的一半堆满了书本、纸卷、颜料和笔筒。在文具和竹罩子的中间，趴着一个七八岁的小姑娘。小姑娘正在写作业，眼睛近近地贴在本子上，两只胳膊肘小心翼翼地缩在竹罩和纸卷之间的狭小空间里。小姑娘的鼻尖通红，喉咙里时不时发出一些像咳嗽又像是喘息的声响。

不远处的地上蹲着一个女人，正在一个木盆里搓衣服。女人背着身子，我看不清她的脸，只是觉得她瘦，棉袄底下似乎能看得出肩胛骨，肩膀正随着两只手臂的动作一高一低地颤动。

"崔建国，你给我拿块新肥皂出来。"女人抬起一只胳膊擦了擦溅到头发上的肥皂泡，对着屋里喊道。

女人喊话的时候没有看人，女人的声音似乎没有方向也没有目标。那声连名带姓的呼唤听起来有点怪异。这个本该是大人责骂悖逆的孩子、老师训斥犯了错的学生时使用的称呼方式，在这里非但不具备威严和疏隔，反而隐含了一丝狎昵。

我看不见那个叫崔建国的男人，只听见他含含糊糊地回了一句话。我没听清，但是女人听清了。

"放毛巾的那个抽屉里，靠右。你天天住在这里还不知道，我两周来一次倒比你清楚，什么人哪?"女人说。

女人的话像是一块双层米糕，上面一层，下面一层。上面一层的里，是下面一层的面，两层相互交缠，各有各的味。上面一层听起来是唠叨，是抱怨，而底下一层把唠叨和抱怨劫持了，拐上了另一条道，变成了撒娇，甚至有那么微微一丁点儿，撩拨。

男人终于走进了窗帘给窗户留出的那个缺口。男人偏着身子，我看见的是一个笔直高挑线条分明的侧影，像剪纸。他穿着一件灰布中式棉袄，转过身来时，我发现他的前襟半敞着，露出里头一件藏蓝色的鸡心领毛衣，毛衣领子里是一件白色的衬衫。我一下子想起了从小抗书包里发现的那条红围巾。小抗的围巾一定是比着这件蓝毛衣买的，在挑选的时候，小抗的脑子里就已经有了一幅红白蓝三色的水粉画底稿。

男人把一个长条纸包递给女人，女人接过来，撕了包装纸，就要掰里头那两块连在一起的肥皂。女人试了几下没掰断，就拿着皂条在木盆的边缘上狠狠地磕了一下。肥皂从中间断开了，女人把一块搁在皂盒里，另一块递回给男人。

男人从地上捡起那张包装纸，叠成一个四方形，重新把剩下的那块肥皂包好。男人包肥皂像在包一件精美昂贵的礼物，每个角都方正挺括。终于包好了，又递回给女人。

"你带走吧，我一个人，用不了这么多肥皂。"男人说。

女人这才抬头，瞟了男人一眼。

"你的衣服怎么总是白白净净的？还用不了呢，我看是不够。"

男人低头看了一下自己身上的衣服，仿佛在找油迹，或者污垢。男人没找到，就嘿嘿地笑了，有些自得，也有些羞涩。

趴在桌上做作业的小女孩抬起头来，看了男人一眼，又看了女人一眼。

"妈妈，爸爸不干净，爸爸的领子上有油味，我都闻到了。"

女人和男人同时笑了起来。男人走过来，用手里的纸包轻轻地敲了一下女孩的头。

"你一个小毛头知道个啥？好好写作业。"

女孩把头又埋进了作业里，鼻子紧紧贴着本子，像是在闻字。

男人看着女孩写了会儿字，突然问："小雨，这个月老师让画了什么画？拿出来让爸爸瞧瞧。"

女孩跳下桌子，去够挂在墙上的一只书包。女孩在书包里掏出一个本子，交给男人。男人的两只手围成了一个圈，把女孩围进了圈里。女孩从圈里挣出两只胳膊，帮着男人一页一页地翻看着那个本子。女孩一页一页地解说着，男人没说话，只是用下颌轻轻地摩擦着女孩的头。女孩痒了，便忍不住把身子扭来扭去。

我本想去敲门的，那一刻，我伸在半空的手却凝固了，勾成菱角的指头变成了几个僵硬的铁环。

过了一会儿，我才把手缩回到怀里。我从怀里掏出那条小抗留在书包里的围巾，系在门把手上，就转身走了。

走到街角了，我回过头来，依旧看见那个红色结子和底下的碎须，在风中抖呀抖。

多少年之后，回想起那一刻，我依旧感谢上苍，叫我从那个窗帘留出的缺口里，看见了那样的一幕。那天我什么都看见了，唯独没有看见小抗。小抗也许存在过，在那个男人的心里。小抗这样的女子，一定是把大砍刀，能把那个男人的生活砍出一个深渊一样的伤口。可是小抗的刀再狠，也狠不过生活这条河流。刀痕在小抗的身后严丝合缝地合拢了，水照样朝前流，日子照样向前走，小抗来过了，却又似乎从来不曾来过，这个世界。

扣扣在我怀里轻轻震颤了一下，仿佛做了个梦。她从被包里挣出手来，在空气中抓捞着什么。可是她默不作声，她生来和声音有着不解之仇。

不，小抗有扣扣。

扣扣是小抗在这个世界上来过一遭的铁证，没有人抹得去这样的痕迹。扣扣是小抗留给我的话，我听见小抗对我说："妈，我的刀狠过了命运的河流。"

那天我回到家，就开始考虑如何找渠道和人对换户口，换到一个比杭州小的城市。从省会换到小地方，应该相对容易。

我要给扣扣一个新的开始。

一个从石头缝里蹦出来的干干净净的开始。

扣扣读一年级的时候坐第一排。

扣扣读二年级的时候坐第一排。

扣扣读三年级的时候依旧坐第一排。

一年级的时候，扣扣排队上体育课，在同学中是小矮个。

二年级的时候，扣扣排队上体育课，在同学中是小小矮个。

三年级的时候，扣扣排队上体育课，在同学中间是侏儒。

一年级的时候，扣扣是同学中间的公开笑话。除了老师，没有人会叫她李蔻——那是她户口本和校服上的名字，其他人叫她"矮墩儿"，当面，或者背后。

到了二年级，过了一个暑假回到学校，所有的人都蹿高了一个头，扣扣的个子依旧没多大变化。同学还是叫她"矮墩儿"，不过，大多是在背后，因为已经没有几个人愿意和她搭话了。

到了三年级，又过了一个暑假回到学校，所有的人又都蹿高了一个头，扣扣依旧还是老样子。再没有人叫她"矮墩儿"了，即使是背后。她已经被谈论得太久，她已不再是话题。偶尔说起来，大家会用"那个人"来称呼她，心照不宣，不约而同。说到她的时候，大家眼神里会闪过一丝隐隐的厌恶，仿佛她是一块被人吐了一口痰的抹布，多看一眼就要呕吐。

扣扣对一切置若罔闻，扣扣完全习惯了独处。在那个挤着五十多个学生的窄小教室里，她的座位就是她的城堡，她有自己的一扇门。假若有人偶然间闯进她的城堡和她说话，她反而会惊吓得打一哆嗦。

外婆那半吊子医学知识，远远不够解开扣扣身高的谜底，于是外婆带着扣扣看遍了城里所有的医院，所有的儿科医生。一切正常，心肺、肝脾、胃肠、肾脏、膀胱，甚至盲肠。所有的医生似乎都事先串通好了，说的话几乎一字不差，都是"增加营养"。他们给外婆开的处方，无一例外是一张免除计划票的猪肝供应单。

每一次离开医院，外婆的心里都充满了失望。假如可以用颜色来描绘外婆的心情，外婆已经从淡青进入了深灰，再往前一步就是暗无天日的漆黑。扣扣的年龄在一天一天增长，扣扣身量和年龄之间的差距，在一天一天地拉大。龟兔赛跑的故事，外婆虽然多次讲给扣扣听过，但外婆并不全信。外婆信的只是开头，而不是结尾。外婆知道乌龟赶不赶得上兔子，不仅要看兔子有多懒，还得看乌龟落得有多远。

医生千篇一律的建议，已在外婆的耳膜上磨出了茧子。不需要医生的提醒，外婆早已经在疯狂地给扣扣加餐。扣扣每天上学之前吃的那碗泡饭里，都卧着一个荷包蛋；扣扣每天放学回家，桌子上已经摆好了一杯用开水冲开的炼乳；每隔半个月，外婆就要去一趟乡下，到农民那里买一只老母鸡，剁成块熬鸡汤。鸡肉吃了，汤还可以用来拌饭。

扣扣对外婆塞给她的食物表情漠然，既没有明显的欢迎，也没有明显的抗拒，但吃起来却有几分勉强。落在扣扣嘴里的仿佛是一串橡皮筋，咬啊咬啊怎么也咬不断，费劲地蠕动着，脑门上杠起青筋。扣扣总是吃一些，剩一些，剩在碗里的和落在肚子里的数量大致相等。外婆实在看不下去，就把分量减了些许，可是浅了之后的碗里，依旧还会剩下一半食物。外婆终于明白了，扣扣的计量单位不是斤，不是两，也不是克，而是"一半"，所以外婆又把分量加了回去。外婆起先以为是味道寡淡，就拼命加糖、加盐、加麻油、加料酒，甚至加胡椒，外婆穷尽了家里所有的计划供应票，也没能让扣扣多吃上一口。

有一天傍晚，外婆坐在窗前织毛衣，扣扣趴在桌子上做功课，外婆半天没听见声响，就抬头看了扣扣一眼。原来扣扣没在写作业，而是两手托着腮帮，怔怔地盯着窗外出神。窗外是一棵落完了叶子的梧桐，光秃秃的什么也没有。那一刻外婆突然产生了一种错觉，觉得扣扣的脸上也是什么都没有，只剩了两只眼睛，两只巨大幽黑、深不见底的眼睛。外婆走过去，发现扣扣的作业本上画了一个人头，一个没有五官只有脸部轮廓的人头。吸引了外婆目光的是喉咙。喉咙两头都很细，只有中间鼓出一个硕大无比的包，仿佛是吞食了大象的蛇身。

那个晚上，外婆睡不着，翻来覆去地想着扣扣画的那个人头。

那喉咙里噎着的包，是扣扣吞不下去的食物吗？自己是不是，把扣扣逼得太狠？外婆暗想。

会不会是，扣扣这些年一直忍着的、没说出来的话？

外婆被自己的想法吓了一跳，几乎从床上弹了起来。

第二天，外婆和学校请了假，带着扣扣去了城里最大的第一人民医院。外婆打听到医院新近来了一位医生，是儿科高手，早年留过洋，因为犯了错误，才从上海华山医院贬到了小城。"贬"是外婆自己的说法。外婆好多年不在社会上走动了，外婆的词汇赶不上趟了。外婆不知道这个过去叫"贬职"的词，现在叫"下放"。

犯了错误的医生看起病来格外认真，翻过了所有的检验报告，又仔仔细细地检查过扣扣的身体。医生的嘴唇抖动了一下，却欲言又止。外婆的心提到了喉咙口。外婆看出了这张脸上的表情，和别的医生有些不同。外婆觉得这张嘴里一定含着一把开门的钥匙。

外婆等了很久很久，世上所有的沙漏和钟表都停了，陪着外婆一起等。

医生终于开口了。

"正常……营养……锻炼……睡眠……"

没有新说头，还是前面医生说过多遍的老话。

外婆的脑子嗡地响了起来。

"正常"是扣扣的判决书。盖上了"正常"这枚朱红大印，扣扣就被判了无期徒刑，她一辈子都将是无可救药的侏儒。

这位从上海"贬"到温州的医生是外婆的最后一根稻草，外婆在上面压上了全身的重量。稻草断了，外婆坠到了谷底。外婆爬不上去了，外婆再也没有力气。

那天外婆领着扣扣走出医院，突然认不得路了，外婆的眼睛和脑子一片空白。外婆隐隐听见头皮在发出咻咻的声响，要等到第二天早上梳头的时候，外婆才会明白：那是她的白头发在一根根地往外钻。

外婆拖着扣扣茫然地走到街角拐弯的地方，突然觉得袖子被人拽了一下，回头一看，是那位上海来的医生。

"我想问，问一问，这孩子小，小时候，受过什么惊吓，没有？"医生跑了几步路，跑得气喘吁吁。

外婆一怔。看过了这么多医生，却从来没有一个人问过她这个问题。

"刚才旁边有人，我不方便问你。"医生解释说。

医生的话在外婆的脑子里捅了一下，尘土飞扬起来，又渐渐落定，外婆隐隐看见了一条路，一条从前没发现的新路。

"我年轻的时候，专门学过，儿童心理学，在美国。"医生警觉地看了看四周，小声说。

外婆犹豫了。

若是沿着医生指的这条路走下去，兴许能见到光亮，可是中间有无数个陷阱——那是她自己用谎言挖掘的。她走得再小心，也很难绕得开去。她只要一开口，迈出这第一步，就有可能掉入陷阱，那就是死。她要是不开口，等在原地不动，她兴许不死，可扣扣得死，是那种慢慢的死法。

她死了，扣扣活不成。扣扣死了，她也活不成。走是死，等也是死，唯一的区别是谁先死，怎么死。

反正都是死，不如痛痛快快地死。

外婆想定了，就从兜里掏出了一张纸，交给医生。

是扣扣画的那个人头。

扣扣上小学一年级的时候，外婆又搬了一次家，从桥儿头搬到了九山。

扣扣三年级下半学期的时候，外婆再搬了一次家，这次，她们搬到了荷花里。荷花里在城南，是小城的边界，再走几步就是农田了。扣扣问外婆，为什么总是搬得那么远？外婆说这里人少清静。外婆每一次搬家都是为了同一个原因，尽管扣扣从来没见家里来过客人。

星期天下午，外婆说肚子鼓胀，要拉着扣扣出去走一走。扣扣有些吃惊：除了买菜和去医院，外婆不太出门。外婆即使出门，也极少带上扣扣。

如果把外婆和扣扣住过的地方在温州城的地图上标识出来，再用几条线相互串联，大致也是一张疏疏的蜘蛛网。随外婆住过这么多地方的扣扣，依旧不认识这座城市。在学校里，扣扣不参加任何集体外出活动，比如春游、学农、"六一"和国庆游行——外婆已经和老师达成了协议。扣扣的身高，也就是说，扣扣的病，是一桩不辩自明的道理，外婆几乎不费唇舌。

当然，外婆也没问过扣扣的意思。

扣扣对这个城市唯一的认识，来自从家到学校的那条路。扣扣上过两所学校，两所学校都离家很近。比如说九山的那个住处，从家到学校是三百五十六到三百五十八步之间，扣扣细细数过，而从学校到家略微远一点，是三百七十二步左右，因为放学走的是后门。扣扣熟知那三百六七十步路途中的每一座房子，甚至知道哪家养猫，哪家有狗。可是那三百六七十步路对一个城市来说不过是一粒小石子，她即使拥有了一口袋这样的石子，她依旧不认识这座城市。

外婆个子很高，从后面看起来，腰几乎长在背上，腿几乎长在腰上。外婆走起路来，像踩着高跷，扣扣得走三步，才赶得上外婆的一步。可是外婆并没有停下来等一等的意思，外婆那天一点儿也不像在是散步，扣扣的脚几乎没有点地的工夫。

外婆那天走的都是小路，从一条小巷拐入另一条小巷，再拐入另一条小巷，有一次，甚至从一户人家的院子里穿过。如果把外婆那天的脚踪画下来，那一定是无数个"之"字。扣扣很奇怪：不太出门的外婆，却似乎在这条路上已经走过了一千次，外婆的脚没有在任何一个拐弯处显示出丝毫的迟疑和踌躇。

扣扣不知道时间，扣扣只觉得走了很久很久。最初让扣扣觉出累的是肚子，后来才是腿脚。扣扣觉得肚子变得奇怪，肉很瘪很软，软得像扯过了劲的橡皮筋，薄薄地贴在腰上。肚皮一松，全身都松，身子扯不动腿，腿扯不动脚，扣扣就走不动了。在扣扣的记忆中很少有饿的时候，所以扣扣撞上了饿还不知道那是饿。

扣扣问外婆，要去哪里？还要走多远？外婆说没去哪里，随便逛逛，快了快了。外婆没明白这两句话是相互打架的，"快了"有个目的地，而"随便"却没有。外婆没想到逻辑，外婆只是着急赶路。途中好几次外婆撩起衣袖看了一眼手腕，摇了摇头，又把袖子放了回去。这是外婆的习惯性动作，其实外婆的旧手表早在三个月前就已经进了委托行，现在留在外婆光秃秃的手腕上的，只有一个白皙的圆印——那是阳光绕过表壳咬下的齿痕。外婆着急，是因为外婆和扣扣一样，都失去了对时间的判断能力。没有手表的外婆已经不知道怎样才能保证准时，外婆现在只剩了一个笨方法，那就是提前。

走着走着，外婆就觉得自己手里捏着的那只手有了重量，扣扣的步子越来越慢，越来越沉了。外婆在路边停了下来，从兜里摸摸索索地掏出一个手绢包，打开来，放到扣扣眼前，是三片动物饼干。

外婆的饼干罐里一年到头都藏着动物饼干。外婆的饼干罐就摆在明处，伸手可及，外婆从来不担心扣扣会偷。扣扣不是不喜欢饼干，只是扣扣对饼干的喜爱和吃没有多大关联。

每天上床之前，扣扣会得到三片饼干。不多也不少，就是三片。扣扣拿了，并不着急吃，而是把它们收在一个原先放过豆腐乳的敞口玻璃瓶里。扣扣在床上铺开一条手绢，然后把瓶子里收的饼干都倒在上面，再细细地查看着它们的形状，把它们一一归类排队。她会找出那些重复的物种，慢慢地吃掉，然后把剩下的队列彻底打乱，等待着第二天的重整。

扣扣对食品向来没有太大的兴趣，她真正喜欢的是这些饼干简单粗朴的造型。每当她从外婆手里拿到一个先前没见过的物种，比方说，一只罕见的乌龟，或者是骆驼，她就会暗地里快活上一个夜晚。她用集邮的方法收集着她的物种，外婆看见她每天晚上像个检阅三军的司令官似的检阅着那支动物军团，总是忍不住笑。外婆说你要是不吃，放在我的罐子里和放在你的瓶子里有什么两样？扣扣说不出反驳的理由，扣扣话少，嘴笨，只是摇头，说罐子是罐子，瓶子是瓶子。

今天外婆把晚上的馈赠提前到了下午。外婆给的那三片动物，一片是羊羔，一片是雄鸡，还有一片在路途的碰擦中磨去了两只耳朵，已经分不清是兔子还是猫。扣扣拿过饼干，在脑子里打开那只装过豆腐乳的敞口瓶子，倒出里边的存货。她在想象中巡视着那支说长不长说短也不短的队伍，她很清楚地看见了羊羔，但却想不起来是不是也有雄鸡。扣扣没了耐心，就把那三片饼干一起都塞进了嘴里。那是肚子捣的鬼，肚子跳过脑子直接指挥了手。塞完了，扣扣才明白她的嘴太小了，唾沫不够，羊羔、雄鸡，还有兔子（或许是猫）的碎片在喉咙里干涩地拥挤摩擦着，发出咕噜咕噜的声响，扣扣的眉心噎出了一个结子。

外婆把手绢上的饼干末子抖落在掌心，倒进嘴里吃了，叹了一口气，蹲了下去。

"上来吧，我背你。"外婆说。

外婆不是第一次背扣扣。小时候扣扣发高烧，烧到身子抽筋，是外婆把她背到医院看急诊的。那一次扣扣烧得有些糊涂，什么也没记住。那时扣扣五岁，现在扣扣九岁，只是九岁的脑子依旧装在五岁的身子里，所以外婆隔了四年依旧还背得动扣扣。扣扣觉出外婆的背上有样东西在随着外婆的脚步一下一下地戳着自己的胸脯，过了一会儿，扣扣才明白过来那是外婆的肩胛骨。

扣扣的鼻子贴着外婆的头发，外婆的头发被风吹乱了，正中间那条分界线成了一条歪歪扭扭的田埂。外婆昨天刚洗过头，昨晚扣扣和外婆睡一头的时候，还闻得见外婆头发上豆蔻洗头膏的香味，现在闻到的，却只是泛着酸气的汗水。汗味是个霸道的坏小子，只要汗味在场，别的气味都得给它让路。

扣扣趴在外婆的背上看街景，突然发现地上的世界和外婆背上的世界是两个世界。外婆的背给扣扣的眼睛架了一张梯子，眼睛站在梯子上，世界突然就矮了下去，熟悉的景物变得有些陌生。黄包车的轮子变小了，顶篷变大了。街上跑来跑去的孩子，脚变小了，头变大了，扣扣甚至看到有个男孩头顶上长着一个涡，头发顺着那个涡逃窜开去，像漩涡边上的水流。外婆说扣扣的头顶也有一个涡，长在偏右的地方，扣扣梳辫子的时候，不能分中缝，只能顺着那个涡的方向分成两股，所以扣扣的辫子总是一边细一边粗。外婆说女孩子头顶有涡，命硬。扣扣不知道命到底是该软还是该硬，扣扣问了，外婆也不说。外婆说话就是这个样子，一半在嘴里，一半在肚子里。

扣扣在外婆的背上颠来颠去，颠得睡着了，后来是被一个声音惊醒的。那声音像把锤子，在扣扣的耳朵里砸进一枚钉子，扣扣一个哆嗦就醒了，揉了揉眼睛，才明白那是锣声。

外婆已经走到了一个十字路口，街边搭着一个台子。这样的台子街上到处都是，几张凳子上摆上几块木板，两边竖两根竹竿，中间挂上一条红布条幅。这样的台子搭起来并不费力，拆起来也很容易，从一个街口挪到另一个街口，三五个人一架板车就够了。横幅上的字，扣扣认得一头一尾，头是"无产阶级"，尾是"斗争会"，中间的字笔画太多，扣扣认不透。

台上站着一个剪着齐耳短发身穿灰布衫子手提一面大锣的老太太。老太太极是矮小精瘦，锣提在她手里像是老鼠举着一口锅。可是扣扣没想到这个瘦小的老太太有这么大的手劲，能把那面锣敲得像山炮。

这第一声锣只是开场的，为的是叫人把耳朵和眼睛都闲下来，专门来看台上的热闹。后边还跟了几声锣，声势就不如那第一声了。后面的锣更像是伴奏，在老太太喊话的间隙里，随时插进来壮壮声势。老太太的锣槌停了，锣声却不肯立刻就停，还是嘤嘤嗡嗡地响着，咬掉了老太太下一截的话头。

"……破坏上山下乡……斗争……老实……"

扣扣的喉咙里泛上一股奇怪的味道，有点像臭了的鱼，也有点像锈了的铁，那味道似乎随时要推开她的牙齿飞奔而出。扣扣怕声音，怕人群，怕一切的嘈杂。嘈杂把她的心揪到喉咙，嘈杂让她想把心吐出来。

扣扣挣动着两腿要从外婆身上跳下来。

外婆不肯松手。

"人太多，你会丢的。"外婆说，"我们就走，就走。"

外婆的嘴说的是一回事，外婆的脚做的却是另一回事。外婆背着扣扣，一会儿用左肩，一会儿用右肩，刀似的劈开越来越密集的人群，一路朝前，走到了离台很近的地方。扣扣已经跳不下去了，扣扣的前后左右都是肩膀，扣扣的脚无法在肩膀的丛林里找到可以落地的空间。扣扣觉得外婆今天换了个人。外婆向来不喜欢热闹，家里大白天也关着门，街上多走动几个人都要心神不宁。可今天的外婆却生出了两个胆子，扣扣只觉得陌生。

这时台上押上来一个精瘦精瘦的小伙子，押他的是两个比他年长些的人，也是精瘦精瘦的，却比他站得直。那个被人押着的人佝偻着身子，因为脖子上坠着一块大牌子。牌子上写着两行字，一行大，一行小，大的那行在下，扣扣全认得，是"武建国"。小的那行在上，扣扣只认得两个字，一个是"流"，一个是"偷"。被押的那个人一上台就扑通一声跪倒在了地上——是让人照着腰眼踹了一脚。那一脚踹得狠，他嗷地叫了一声，身子蜷成一个球，头抽了一抽，缩进了颈脖里头。

踹他的那个人一把揪住他的头发，把他的脸从脖子里揪扯出来，正正地对着台下，扣扣就看见了他左边脸上一块红色斑记。头皮扯得很紧，那块红斑被扯得吊了上去，像一只被撕成了一半的蝴蝶。扣扣的眼皮跳了一下，她认出了那半只蝴蝶。那半只蝴蝶比她上次见到的时候，长大了很多。

脸上长着蝴蝶的人咧开嘴唑唑地哼着，露出两排黄褐色的牙齿，两道眉毛蹙成一团磨得起了毛的旧麻绳，头扭来扭去，想从揪他的人手里扯出一丝宽松。

敲锣的老太太听不得那唑声，扬起锣槌，朝着那人的额头敲过去。锣槌落下去的声响很古怪，像菜刀柄砸在没熟透的西瓜上，有些脆脆的，又有些沉闷。

"装什么可怜？偷人东西的时候怎么不知道怕？"老太太厉声呵斥道。

那人没防备老太太会出手，怔了一下，才伸出双手捂住了额头。扣扣发现他的指缝里有些东西流了出来，腻红腻红的。

那人咿呜一声哭了起来。那哭声一点儿也不像是男人的，倒像是被人踩到了爪子的老鼠，或是被刀剁去了一截尾巴的猫狗。

"皇天，这是东门老武家的小儿子。"

站在外婆身边的一个女人对另一个女人说。

"这小子从小就浑，他爸管不了他。去了黑龙江兵团，受不得那里的苦，逃回来了。没户口，天天偷鸡摸狗混世。"

另一个女人叹了一口气，说："腰眼和脑门，都是要命的地儿。要是残了傻了，年纪轻轻的，将来还怎么活？"

两个女人谁也舍不下那份热闹，嘴里叹息着，脚却不肯走。

这时台底下冲上来一个男人，手里捏着一根粗木棍。男人比台上那几个男人都年长，也比他们粗壮，身上穿的那件汗衫，已经洗得挂丝，早已看不出颜色，露在外边的胳膊和颈脖，被太阳晒得黝黑，上面有一层猪油似的亮光，是汗水。

男人推开台上那几个人："省省你们的力气，看我怎么教训这个猢狲。"

男人朝那个脸上有斑的人一脚踢了过去。这一脚踢在屁股上，劲儿很足。那人似乎被刚才那一锣槌打掉了魂，木木的，不再做任何挣扎，像只装满了米的麻袋一样倒了下去，软软的，沉沉的，台上只剩下一团凸凸凹凹的灰布——那是他的衣服。

穿汗衫的男人抡起手里的木棍，照着那团灰布砸了下去。灰布弹跳起来，却又落了下去。扣扣又听见了哭声。这一次，是放开了嗓门的哭，或者说，是号。

男人这一下太凶猛了，棍子啪的一声断成了两截。男人闪了胳膊。男人扔下那半截剩在他手里的木棍，用一只手捂住另一边的肩膀，嘴唇突突地抖。

"我老武一家，一家三代，码头工人。我爷爷是搬运工，我爹是，我也是。我们，我们无产阶级，就不信，管不好，一个混蛋。"

男人用一条腿勾起地上的那团灰布："你给我起来，别装死，在我这儿不管用。你要死，去，去黑龙江死，别在这儿，祸害乡亲。"

男人用那只没闪着的胳膊，揪起那团灰布，往台下走去。

"老姐姐，你给我让让路。这几位兄弟，别费心神了，回去歇着，把这个混球，交，交给我管教。要是他敢，再祸害人一次，你们直，直接抓我。谁不知道，我，东门老武。"

敲锣的老太太举起锣槌，像是要敲锣的样子，不知怎的，却没敲成，手僵在半空，嘴巴张成一个黑黢黢的小洞。

一行人眼睁睁地看着男人把人带下台去。

"这个老武，苦肉计呢。没看见那一脚那一棍子，落的都是不紧要的地方。那么粗的棍子，哪能一下就断了？里头有戏呢。"外婆旁边的那个女人悄声对另外那个女人说。

众人终于不情不愿地散了。台上的人开始卸下那条红布横幅，用指甲挑开粘在上面的字。那条红布还会贴上别的字眼，派上别的用场，兴许在这个街口，兴许在下一个。

外婆终于可以把扣扣放下了。外婆累了，顾不上脏，一屁股坐到了马路牙子上，呼哧呼哧地喘着气。

扣扣的腿麻了，脚踮在地上像扎着一万根针。扣扣靠在一棵树身上，想等着脚上的针落地，可是针还没落地，她就弯下腰来哇的一声吐了。

外婆看见她吐出来的都是些还没来得及消化的饼干末子，那些雄鸡、羊羔、兔子（或是猫）的渣末，可扣扣却知道不是。

至少不全是。

扣扣是把堵在喉咙口的心吐出来了。

外婆从兜里掏出那块刚才包过饼干的手绢，来擦扣扣的嘴。

"没事，没事，肚子空了，好吃晚饭。"外婆轻轻拍着扣扣的背。外婆发现扣扣的衬衫黏黏糊糊的，全是汗。

"认出来了吧，那个人？"外婆问。

扣扣没说话。半晌，才点了点头。

还要过很久扣扣才会知道，这几个月里，扣扣上学的时候，外婆几乎天天在外边走。外婆在执拗地寻找着那个人的踪迹——那个用一记耳光在外婆的耳膜上留下了永不愈合的小孔的人。

那天的相遇，并非偶然。

"你现在，再也不用怕他了。"外婆说。

那天回家，外婆去了灶披间，捅开炉子，用慢火熬了一锅绿豆粥，又炒了一盘鸡蛋虾皮，就去招呼扣扣出来吃饭。

扣扣没回声。外婆进屋一看，发觉扣扣已经躺在床上睡着了，身边放着那个装过豆腐乳的敞口瓶。瓶盖是拧开的，里边空无一物。

扣扣吃完了她的饼干存货。她的动物部队全军覆没，片甲不留。

夜里，扣扣被一阵奇怪的咯咯声惊醒。她以为是老鼠。她竖起耳朵仔细听了许久，才恍然大悟：那声音来自她的身体，是她的骨头在爆裂，像拔节长高的竹子。

第二天早上起床，扣扣发现穿了两年的鞋子小了，她怎么也套不进去。

下篇：土豪和神推的故事

土豪出生的时候肯定不叫土豪。土豪在护照上的名字也不是土豪。不过这已经无关紧要。土豪在巴黎的华人圈子里没有其他名字，所有认识他的人都叫他土豪。

他也这么叫自己。

别人叫他土豪和他自称土豪，听起来是一回事，内里的原因却不尽相同。

别人叫他土豪，首先是因为他有几个钱。据说他在巴黎城边的第九十二区里，拥有三套豪华公寓。那个区寸土寸金，出过好些个达官显贵，包括一位叫萨科齐的豪门子弟。当然，光凭那三套住宅他还配不上土豪这个名字，他至多只能叫富翁。他之所以被叫作土豪，还因为他满嘴胡言、一掷千金，却又说翻脸就翻脸的脾性。

而他自称土豪，除了上边所有的原因之外，还有一个原因，一个只有他自己知道的原因。

土豪出自别人的嘴时是矛，而出自他的嘴时却成了盾，他的盾让一切矛失去了威力。扛着盾招摇过市，他不必惺惺作态、扭扭躲闪，他可以为所欲为、粗鲁率性。当他自称土豪的时候，他感觉安全。自黑自嘲都是文化人的扯淡，土豪只是一个实践者，不精通也不在意术语。

土豪拥有中国护照、美国绿卡、欧盟长期居留纸，还有包括加拿大澳大利亚新西兰在内的多国多次往返签证。土豪那本盖了密密麻麻的印章和注解的护照，看上去更像是第二次世界大战时期德国人的密码本。

在说英语的人面前，土豪会显摆几句法语。在说法语的人面前，土豪会露几句英语。而在又说英语又说法语的人面前，土豪只能说中文。土豪的普通话很异类，温州人听起来贴着肉的亲，因为土豪就是温州人。

酒酣耳热之际，有人问过土豪在美国待得好好的，为什么要来巴黎？土豪咂巴着嘴，歪着脖子想了半天，才说："没为什么，就是愿意，行不？"土豪说这话的时候神情天真得像个孩子，却一下子堵住了人的嘴。

土豪吃是吃的，喝也喝，偶尔也和朋友玩几轮二十一点，有时也去美丽城，带回个把化着浓妆穿超短皮裙的站街女人。但那都不是土豪的正事，土豪从不会为娱乐误了正事。不是因为土豪自律，自律不符合土豪的个性，土豪只是觉得正事比吃喝嫖赌更刺激。

土豪的正事是开着他那辆本田面包车，到一切四个车轮可以抵达的乡下地方，逛旧货市场淘古董。用巴黎华人的话来说，去捡漏。

土豪的面包车从年龄上来说还是个小鲜肉，但看起来却像个糟老头，前面和后面的护杠都已经瘪了，车身上布满了累累伤痕。疤痕与年龄无关，却和土豪的停车技术大有关联。土豪开着他的庞然大物插进巴黎纤巧细瘦的停车位，无所畏惧地往前一顶，再往后一杵，把前边后边的车各撞开一寸半分的距离。如此这般几个回合，就把他的庞然大物勉勉强强严丝合缝地挤了进去——车身早已千疮百孔。

土豪逛遍了巴黎周边大大小小的旧货市场，后来把路都蹚熟了，就越行越远，有一次竟然开了整整一天车去了尼斯。土豪哪回也不会空车回来。土豪到底捡到了多少漏？恐怕连他自己也说不清楚。别人收旧货，多少有个范围，或是瓷器，或是玉器，或是珊瑚犀牛角，或是古画古钟，或是旧家具，可是土豪的脑子是一间没有分格的仓库，土豪见什么都往里掸。

土豪每淘到一样新奇货，就要请三五个朋友吃顿饭，显摆显摆他的收获。人一喝酒，难免话多，酒桌上就有人说是真货，也有人说是赝品。有人说是旧物，也有人说是做了旧的新玩意儿。土豪听了，也不辩解，只是冷冷一笑，从兜里掏出一个信封，里头是一张佳士得的交易证书。土豪有一块据说是顺治爷年间的玉观音，曾在佳士得卖出了十五万九千欧元的价码。白纸黑字。土豪把这个信封一直带在身边，四个角都磨出了毛边。

若看着土豪没有翻脸的意思——土豪的脸从来阴晴不定，说变就变，就会有人不识趣地问："怎么秀来秀去就这一份呢？法兰西的旧货，有一半在你家呢。"土豪就会警惕地环顾左右，然后压低嗓门，神神秘秘地说出故宫的某一个馆名。

"你去那里看看，别说是我告诉你的。我不是那号傻×，没见过世面，带回去一件破东西就非得上个电视抖落抖落。咱们悄悄地，鬼子进村，越是国宝，越是要低调。"

众人将信将疑，不过谁也没太在意，都愿意嘻嘻哈哈地逗着土豪开心。好酒好饭地请你来，总不能吃了人的还专跟人过不去，巴黎的华人大都还算厚道实诚。

不过，信也好，不信也罢，土豪在巴黎，怎么也排得上是号人物。

土豪很少说起他在美国的经历，唯一的一个例外，是他在美国遇见的一桩奇事。

土豪说他有一阵子替美国餐馆送餐，有个晚上天下起大雷雨，土豪骑着一辆自行车给一个寡居的美国老人送比萨，浑身淋得湿透，差点没让雷劈死。到了那家，比萨还是热的，他却抖得像筛糠。老人见了，不忍，身边又没有零钱给他小费，就从门厅的伞筒里抽了一把雨伞送给了他。他自认倒霉，正要走，老人想了想，又指了指那个伞筒说，要不你把这个也拿走，反正是你们中国的东西，我也看不懂。

土豪看了一眼那个被当作伞筒用的瓷瓶，虽是粗朴，倒有几朵花儿，样子还不难看，就驮在自行车后头拿回家来，搁在墙角，随便插个鸡毛掸子扫把什么的。有一天，住他隔壁房间的租客搬了家，又搬进来一个新人，是个中国来的历史系研究生。那人见了那个瓷瓶，翻来覆去地看了很久，才跟土豪说："赶紧收起来，千万别这么粗使了，这是明朝的瓷器，可以换大钱。"土豪听了，半信半疑，最后没忍住那煽起来的好奇心，买了张折扣价的机票，带着这个瓷瓶回了趟国。

"结果呢，你猜？"

每次说到这儿，土豪都要卖个关子，停下来，喝酒吃菜上趟厕所。直到把人胃口吊足了，才说果真是卖了个好价钱。

听过这个故事的人，没有一百，也起码有八十，有的还听过好几回。听的次数多了，就有人渐渐听出些细节上的差别。比方说那件事发生的年代，有时是十五年前，有时是十八年，而有时是十三年。再比方说，土豪那晚送的餐，有时是比萨，有时是扬州炒饭，有时是英国炸鱼。再比方说，那个瓷瓶的卖价，有时是五十二万，有时是六十八万，有时是八十一万。

不过，听的人还是能从土豪的故事里得出几条大体一致的信息：首先，土豪在美国的时候，还不是土豪；土豪不仅不是土豪，而且过得还有几分潦倒；其次，土豪是在美国捞到第一桶金的；再次，土豪是在捞到第一桶金之后，才对古董上了瘾的；最后，土豪之所以从美国搬到巴黎，大抵也跟古董有些关系。美国那个地方，水牛头骨倒是不少，古董嘛，呵呵。

就在前几天，土豪出门捡漏的时候摔了一跤。医院里拍过片子，骨头没事，就是半边的身子疼，走路开车都费劲。于是，土豪就不愿意外出了。没想到土豪这一跤，竟会对巴黎华人圈子的社交生活产生如此重大的影响——饭局和拍卖会上没了土豪，巴黎突然安静了许多。

也乏味了许多。

和土豪一样，神推既不是出生时爹娘给取的名字，也不是居留纸或者护照上的名字。

有一段时间，神推给自己起了个法国名字叫 CoCo。没错，就是 CoCo 香奈儿的那个 CoCo。

CoCo 这个名字，其实也就是个招呼用语，有点像中国话里的"喂""那个谁"，或者英文里的"hello"和"hey"。在巴黎，很多中国女子都有一个这样的名字，比如西蒙娜、丽娜、居丽耶特或者赛琳娜。这样的名字能把一个人从人堆里挑出来，却又不用清晰地露出脸来。

可惜这个名字最终没能流行起来，因为谁也没觉得她像 CoCo，大家只觉得她就是神推。时间一久，连她自己也觉得神推贴切过 CoCo，就懒得更正了。

神推跟大部分她这个年纪的温州女人不一样，在巴黎她不开店铺，不做生意，甚至也不到衣厂当车衣工。神推挣钱另有门路。神推出国只是为了儿子。儿子从小得了一种古怪的血管畸形病，治了这么些年也没有效果，听人说法国对付这号病有绝招，就申请了一张医疗签证，带着儿子来了巴黎，一边陪儿子在这边读书，一边找医院治病。

和土豪一样，神推这个名号不是从石头缝里蹦出来的，它自有它的出处。

神推的"推"不是推销的"推"，而是推拿的"推"。

据说神推出自名医世家，七代人都是中医。五代以前，也就是在神推爷爷的爷爷手里，家族里先后出过两位宫廷御医。到了神推这一代，没有男丁，再加上世道变了，只认文凭，神推就不再行医。不再行医的意思是说，她不再跟她的父辈那样挂着牌子给人看病。但她跟着爷爷和父亲学过三四十年的中医，她手里捏着好几张祖传秘方。国内几家有名的医学院，都来和她商谈过合作研发秘方的事，公文包里揣着天文数目的合同，可神推都没答应。

这话最早是怎么传出来的，已经没人记得了。下一家往上一家追，上一家再往上上一家追，追到某一个链结上，就发觉追不下去了，话链子成了无头的绳索。传话的人发现听话的人已经听说过此事了，而且远在传话人之前。从话链子的辈分来说——假如话链子也有辈分，听话的人本该是传话的人的爷爷，而现在却成了传话人的儿子，辈分整个乱了套。于是就知道，这条话链子不再是直线，而是成了圆圈，没有头也没有尾的圆圈。

谁也没有想到，神推也有可能是那条链子最初的那个头。巴黎的人可以不相信土豪的故事，却绝不会怀疑神推，因为神推低调、内敛、缄默、谦和……神推配得起和诚实擦得上边的所有形容词。

尽管如此，还是有好事之徒——在巴黎永远不缺好事之徒，忍不住拿这传说来向神推求证。神推听了，只是淡淡一笑，丢下一句"瞎说"。神推向来啬惜话语，这短短的两个字符合她的性情。而且，神推说这两个字时的声音和神情都很孱弱，听起来不像是直接的否定，倒更接近于迂回的承认。于是，那些本来就愿意相信神推家世传说的人，心就更加落到了实处。

至于那些"既是名医之后，为什么还要来巴黎治病"之类的无知问题，神推从来不屑回答。她用不着，早有人站出来替她义正词严地反击："华佗李时珍不是也治不了自己的病吗？何况脑血管畸形，那本来就是西医的事。"

现在你应该猜得出来了，神推挣钱的路数是推拿。

在巴黎行走着无数个按摩女郎，她们身挎一个鼓鼓囊囊的布包，挤在数十条铁线上，走街串巷上门提供服务，一个小时二十欧到四十欧不等。她们的包里装着各式各样的按摩油罐，假如盖子没有拧紧，你又碰巧在近处，你就会闻到各种各样的香气，有的浓烈，有的淡雅，有的若有若无。她们的手指碰触到你身体的任何一个部位，都伴有关于穴位的详细说辞，还有关于你健康状况耸人听闻的断言，最经常的是颈椎腰椎病，其次是肾虚，风湿，还有肠胃、内分泌功能、妇科失调，失眠症，肝火旺盛，等等，等等，在她们到来之前，你从来不知道你的身体有这么多个器官和部位，每一个都像你的初恋女友那样娇嫩，动不动就有可能闹事，甚至出走，需要百般小心的慰抚和呵哄。

其实她们的手不一定跟从她们嘴里所说的那些穴位，也许，她们的手根本不知道穴位，眼睛也同样迷糊，穴位只是一串多次背书之后在记忆里烙下的习惯用语。她们手指的任务，只是引导你的感觉神经走向舒适，放松，最终抵达睡眠的大门。当然，有时手指也会做些适得其反的事，引得你紧张和激动（此处省略一百二十六个字）。

而神推不是她们中的一员。

首先，神推要价很狠，一小时七十五欧，五公里以外要收额外的车马费。神推的价码是钢是铁是花岗岩，没有任何伸缩的余地。

而且，神推的手和她的价码一样狠毒，神推在你身上运用手指手掌和肘关节时的劲道，不由得让你想起渣滓洞白公馆和梅机关这样的字眼。神推干活的时候，从不解释穴位也不回答问题，大部分情况下，神推从头到尾一言不发，让人感觉她浑身是手，却没有长嘴。假如说那些按摩女让你放松休息，神推却绝对不会让你产生这样的误会。神推发力的时候，睡眠是神话里才有可能抵达的境界，神推让你的每一丝肌肉每一条骨头每一根筋都随时陷入屈打成招的凄惨境地。神推拿了你的钱，是为了让你不听管教的筋骨皮肉在遭受一轮酷刑之后，不敢再忤逆任性，而是乖乖地顺从你脑子的指令。说也奇怪，遭了神推种种蹂躏之后的筋骨皮肉，大都能很快乖乖地担负起操劳的职责，所以巴黎华人圈里，许多人心甘情愿地从神推那里花钱买罪受。

神推的名气，就是这样从一张嘴传到另一张嘴，越传越远，传成了烫金名片。找神推的客人很多，你简直不能想象在巴黎这样一个大都市里，会有这么多筋骨犯贱的人。可是神推并不是来个电话都应承的。就是天塌下来，太阳坠到了塞纳河水之中，神推也不会在下午三点半以后接活——那是她赶回去做饭，等待儿子放学归来的时间。

所以，等到土豪通过好几个熟人终于辗转约定了神推时，离他摔了那倒霉的一跤，已经过去了十天。

地铁很挤，街面上也挤，有人在聚会游行。巴黎街头几乎每天都有事件发生，或许是庆祝，或许是抗议，神推分不清楚，也懒得区分。巴黎人爱在街头解决一切在家里也可以解决的事，比如恋爱、吃饭、庆贺、吵架等。

倒了三趟地铁，出了站，给土豪接二连三地打了好几个电话，才总算找着了路。土豪昨天告诉她的只是地铁站名，具体地址土豪说会在出站后告诉她，神推感觉他们的会面有点像地下抵抗组织的秘密接头。

按了很久的门铃，才有人应门。

土豪穿着一双薄布拖鞋，那种从星级旅馆带出来的一次性用品，踢踢踏踏地出来开门。土豪身上的 T 恤肯定是刚才匆匆忙忙套上去的，领口歪斜，肩膀搭落在前胸，衣襟上沾满斑斑点点的菜汁和油迹。神推的眼睛皮尺似的沿着土豪的腰腹走了一圈，脑子里的计算器自动摁下了按钮。她心里已经有数：这一身的肌肉和板油，大概得用十二分的手劲，才能推得透。

土豪见到神推，怔了一怔，好像忘了是他约的人。探出头来看了看神推身后无人，才把身体侧开，让神推进屋。

"二十分钟。"土豪说，"你迟到了二十分钟。"

"路……"

神推刚想开口解释，土豪的目光把她还没出口的话剁成了碎片。她把粘在舌尖和嘴唇上的碎片默默地吞了回去。

"路堵，路堵，路堵。我知道你要说什么。巴黎哪天没有路堵？你知道有路堵，为什么不早点出门？"土豪说。

神推不说话，知道说也没用。她去过的人家多了，隔一阵子就会遇见一两个抽风的人。第一眼扫过土豪，她就知道碰上了一个巨婴。

她只想赶紧找一个地方卸下身上那个背了一路的包。她环顾四周，这是一间越层公寓，天花板上垂挂着淡淡的珊瑚色水晶枝形吊灯，屋顶的白色边角线上雕着层层叠叠复杂纷繁的花卉，墙壁上挂了几幅装在镀金雕花木框里的油画——那样式和质地都是神推在哪儿也没见识过的雍容。只是，这么气派的一个家，竟然没有几样家具，空荡荡的像一个还没有装上礼物的奢华盒子。

她只好在一张简便餐桌上放下了背包。今天她背了一个超大的帆布包，走在路上时，她觉得自己像个拖着一个饱实到开爆的编织袋，急急忙忙赶火车回家过年的农民工。走了这长长的一程路，她倒还没有特别感觉出包的重量，只是当她把包卸下的时候，她的肩膀才开始一跳一跳地烧灼起来，是背包带勒出来的沟。

包里最沉的那样东西，是她托人刚从国内带过来的迷你折叠式红外线治疗仪，昨天她花了整整一个晚上，才仔仔细细地看过了说明书。

"现在，开始吗?"神推问。

土豪没理她。

土豪在饭桌边坐了下来，掀开桌上的一个小锅盖，底下是一碗已经泡了不知多久的方便面。土豪用筷子挑起面条，面条泡得很是松软，在筷子上一颤一颤地撒着娇。土豪把面条挑得很高，然后仰着脖子用鼻尖看着面条滴滴答答地往下淌着汤汁。土豪还想多看一会儿，可是脖子和手臂不喜欢这个姿势，同时发出了抗议，他龇了一声，收回了那个皮影人物般的夸张动作。

"那一跤，他妈的那一跤。"土豪咧着嘴骂道。

土豪收敛了姿势，开始吃面。土豪的身体收敛了，嘴却没有。土豪吃面的样子有点滑稽，牙齿似乎成了无用的摆设，嘴唇舌头和筷子办完了交接，就跳过牙齿，直接找到了喉咙，整个过程只听见呲溜呲溜的吮吸声。那种热切，那种欢快，好像土豪从来不知道面条为何物，或者说，他已经饿了整整七天七宿。

"进食后，不好马上做推拿的。"神推轻声说。

土豪斜了神推一眼，挑在半空的筷子停了一停。

"不吃我咋办，饿着肚子做得动推拿吗?"土豪哼了一声。

神推一怔。土豪的道理太歪了，歪得人都不知道从哪儿开始辩驳。

"出力的人是我。"半晌，神推才说。

土豪已经把面条吃完了，扔下筷子，双手端起碗来喝汤。端到一半，右肩膀有些闹心，只好把碗放到左手上。一抬碗，就把碗底的汤咕噜咕噜全喝完了。

"吃什么，也没有方便面香。"

土豪放下碗，撩起 T 恤的下摆擦了擦嘴，响亮地打了个饱嗝。

"不吃饱了，我哪有力气扛疼? 谁不知道你手狠?"土豪说。

神推的嘴角轻轻地扯了一扯，她知道那是笑的先兆，可是她忍住了，把那个歪了的嘴角扯回到正路。

巨婴在不要横的时候，还是有点儿可爱的。神推想。

"那你就等会儿。"土豪拍了拍肚皮，站起来，沿着屋子哼哼唧唧地走了几步。

"你让我等了二十分钟，我叫你等一会儿，也不算亏着你吧?"土豪说。

神推从口袋里摸出手机，给下面约的那家打了个电话，要推迟。那头问为什么? 神推看了一眼土豪，说现在的这家，出了点情况。

其实神推是想说"状况"的，可那两个字在滑到舌尖的时候，临时变卦，自作主张，变成了"情况"。

神推打完电话，在餐桌边上坐下来，一边等着土豪一瘸一瘸地走完他的饭后百步，一边看起了手机。神推觉得出来土豪在看她，土豪想说话。土豪肚子里那些还没变成声音的话，像透明的气泡，顺着土豪的毛孔汩汩地冒出来，在空中四下乱飞，撞到墙上，撞到天花板上，也撞到神推的脸上，无声无息地碎了。

巨婴都有说话欲，巨婴不说话会死。

但是神推不想说话，神推只想静静地待会儿，消消停停地积攒些劲道，来应付后边的力气活。

"来巴黎多久了？"土豪终于没有忍住，土豪说话了。

"不太久。"神推说。

"一年？两年？"土豪追着问。

"差不多。"神推说。

"也是温州人？住哪条街？"

"都住过。"

"你孩子，多大？"

"不小了。"

神推感觉正在被土豪逼着朝某个方向退，她隐隐感觉出了身后的墙角。

"一个人？"土豪还在逼。

"嗯。"

"老公呢？"

土豪终于把神推逼到了墙角。神推明白了，她已经无处可退。她得换个姿势，不能等着让一个又一个的球砸死。

"你还是带我去卧室吧，我先把东西准备起来。"神推说。

土豪推开卧室的门，神推的鼻子一下子闻到了眼睛还没来得及看清的东西。鼻子一抽，牵着身子也抽了一抽，打了一个惊天动地的喷嚏。

这只是一个猝不及防的开头。后来她有了防备，还是没用，鼻子里仿佛有一只百足的虫子，正缓缓地爬啊爬，要爬出鼻腔来见天日。只是鼻腔很长，虫子怎么也爬不到头。

十个？十五个？二十个？

神推数不清楚她到底打了多少个喷嚏。虫子的最后一只脚终于爬离了鼻孔，神推觉得五脏六腑都随着那些喷嚏飞出去了，空落落的竟有几分清爽。

她掏出一张纸巾，擦了擦那些喷溅到下颌手背和衣服上的鼻涕，这才看清了土豪卧室的摆设。

土豪的卧室和客厅一样，几乎没有家具，甚至连床也没有一张，只有一块铺在木板上的床垫，床垫旁边放着一张摆茶杯和台灯的小茶几。可是没有家具的卧室非但不空落，反而显得异常拥挤，因为从地板到天花板，到处堆满了一些不是家具，也不能拿来当家具使的物事。有不知从哪块天花板上拆下来的水晶灯、有插着翅膀的天使或是各式飞禽走兽把门的老式自鸣钟、各种动物造型的石雕、卷成筒的波斯挂毯、装在色泽黯淡的金框银框中的肖像和静物写生油画、样式古旧的女人皮毛大衣。挨着墙还搁着几扇镂刻着兽头花卉的木门——那都是大件的物事。

小东西都零散地摆放在一个四层的铁架子上，大多是首饰和装饰品。有的装在盒子里，看不出就里；有的没盒子，裸露在外。神推虽然不懂行，却也大致猜得出来白色的是象牙，红色的是珊瑚玛瑙，绿色的是各种玉石。黄色的她吃不太准，依稀觉得是琥珀。

那些玩意儿虽然五花八门，无法归类，却有一样相同，那就是破旧。每一样身上似乎都沾着三千万粒灰尘，不是那些可以用鸡毛掸抹布洗洁精来清除的灰尘，而是一点一点地渗进了毛孔，眼睛看不见，只有鼻孔里的纤毛能够感受的灰尘。那是一种根深蒂固、水和火都不能渗透消灭的霉味。

"这就是你市场上淘来的古董?"神推问。

这话出口之前，神推的肚子里其实是行走着另外两个词的，一个是"宝贝"，另一个是"垃圾"，那两个词其实是同一个意思。但神推犹豫了一下，最终换了"古董"。神推在世上走的路多了，就慢慢知道从心里直接涌上舌尖的第一个词，往往是最不靠谱的，刀剑兵燹，常常都是那个迫不及待的词惹起的。话只有经过等待，行过弯路，才能磨平毛刺，她已经学会了等候后边的词。

"你也懂古董?"土豪的眼睛里突然有了光。土豪的眼珠子看起来有点灰色，闪起亮来像玻璃球。

神推摇了摇头："不懂。"

"我给你讲讲，反正也是等。"

土豪把茶几上的杯子和台灯挪到一边，自己搭上半个屁股，示意神推坐到床垫上。

"这件，是宝中之宝，那个沉，三个壮汉都没抬动。"

土豪指了指靠窗摆着的一尊石雕说。

那东西看着像鸳鸯，也像鹅，神态憨蠢，细节雕得粗枝大叶，身上有一个结了疤的断口，看得出来是从一块更大的岩石上锯下来的。

"你猜，这是什么东西?"土豪把脸凑得近近的，问神推。

神推摇头。

"圆明园，这是圆明园的东西。我有考证。"

土豪从神推的眼睛里看出了狐疑，就站起来，从架子上抽出一本厚书。书也是旧书了，被翻过了很多次，兴许是同一双手，兴许是不同的手，边角已经翻卷起来，磨出了毛。

"你看看，这是洋人照的圆明园照片，没烧以前的。"

土豪飞快地翻到某一页上，很明显，他已经翻过多次。

"湖边，看得清吗?"土豪指着照片上的一片水景说。

照片是模糊的，神推只看见了水和水边的树。土豪的手所指的，是水和树中间的一片东西，形状和线条都不甚明了，像是石头围栏，也像是冬日湖面的雾气。

土豪失望地叹了一口气，"眼神不行，得高倍放大镜。那是一排石像，都是水禽。我仔细查过资料，叫鸭嘴兽，是学着洋人的样子雕的，送给老佛爷的寿礼。老佛爷一辈子古板，老了倒有了洋瘾。收着这块石头的那家人啥也不懂，拿来放在花园里踩脚。国宝，这样的国宝，流落他乡。"

"找人鉴定过吗？"神推问。这是神推仅有的收藏知识。

"一听这话就是外行。鉴定，什么叫鉴定？拿个玉石瓷瓶字画什么的去鉴定，那还行得通。这个级别的东西，给谁鉴定？谁敢鉴定？他要是给你鉴定了是真货，那他先头鉴定的那些假货怎么办？从故宫撤下来？他总不能自己打自己的脸。那是些什么人？全是商业阴谋，是真是假还不是他们一句话？你唯一可以相信的，只有……"土豪停顿了一下，咚咚地敲了敲自己的脑门，"只有你自己的专业知识。"

土豪突然耳朵一竖，闭了一下眼睛，仿佛在倾听外边屋里的什么动静。

"你没告诉人我住哪里吧？这是绝对机密。大巴黎谁也不知道我的地址，要是有一天有人知道了，只能是你泄的密。你知道叛徒的下场吧？《暗算》看过吧？不是我疑神疑鬼，这阵子我总觉得有人在盯我的梢。也是我酒喝高了，嘴巴不上锁，跟人说了那个鸭嘴兽的事。我真他妈的欠抽。"

土豪做了个扇嘴巴的动作。

神推笑了笑，没回话。脑子进水的人，偏偏也都爱得颈椎腰椎筋骨的病，都爱犯在她的路上，叫她遇见。神推已经练得百年金刚身，见怪不怪。

"这个里头，装的是什么？"

神推站起来，走了几步，在那个四层的铁架子跟前停了下来。

她看见了一个长方形的木匣子，外边包的是一层豆绿色万寿花纹的缎布。缎布旧了，失去了光泽，中午的阳光照上去，死死的没有任何反射。吸住神推眼睛的，是那个做锁栓用的象牙签子。象牙签子的尖尖没了，像是断在了某一次的搬运中，有人在那断碴儿上粘了一颗粉红色的小珍珠。珠是新的，那是盒子上唯一一样有光亮的东西。

土豪的神情又亢奋了起来。

"这也是个宝贝。"土豪说。

土豪把那个木盒子打开，小心翼翼地拿出一幅画，铺展开来。

和盒子的尺寸相比，画显得小了，两尺长一尺宽的样子，是画在绢上的。绢在它正当年的时候兴许是好绢，不过正当年的时光都在盒子里度过了，拿出来的时候，韶华已过，颜色和光泽都枯萎了，布面已经失去了经纬交织的力度。画上是一片树枝，茂茂地开着花，花丛里栖息着两只鸟。鸟说不出是什么鸟，翅翼上都有彩色羽毛，当然也不是当年的颜色了。两只鸟儿不看天，也不看花，却都扭着脖子，看着彼此。画工极是精致工细，花蕊和羽毛一根一根，历历可数。画的右下角，有一块黄褐色的斑记。那斑记中间深，外围浅，边缘模糊地扩散开来，像一朵开败了的茶花。

"郎世宁，听说过郎世宁不？"土豪问。

神推想了一下，摇了摇头。

"这都不知道？女人啊，只关心鼻尖跟前那点儿事，都不好说你。意大利画师，在意大利没混出个样子来，到了大清国，康熙、雍正、乾隆三朝，都是宫廷画师，一朝比一朝红。"

土豪斜了一眼神推，只见她心不在焉地听着，却拿一个指头轻轻抚摩着画轴，仿佛在掸那上面看不见的灰土。

"我知道你又要问有没有鉴定，我可以负责任地告诉你，还真有，是故宫级别的人。"土豪说。

"有证书?"神推问。

"分分钟就能有，是从前专给德鲁奥（巴黎的一家古董拍卖行）做东方艺术鉴定的人。那人给了个口头鉴定，要了三百欧。要出证书也可以，再给三百。"土豪说。

"郎世宁画的鸟，都有这么个特征，像是注册商标。不仔细看，你还真一眼就溜过去了。"

土豪用一根指尖轻轻地指了指鸟腹部一个小小的隆起之处，看起来像是一丛被风吹乱的毛羽。

"你猜，那是什么玩意儿? 算了，料你这个智商也猜不出来。告诉你吧，那是鸟动了性情。那郎世宁二十几岁到中国，虽是宫廷画师，其实也就是半个太监，怕是一辈子都没见过什么女人。你说他能忍得下去? 所以啊，他把自己的性情都画在鸟身上了。皇上有三宫六院，皇上自己享着福，他哪看得懂那个意思?"

神推看了看手表，说你收起来吧，时间到了，我们开始。

土豪小心翼翼地把那幅画卷起来，放回到木盒子里，叹了一口气。

"这几天没出门，憋得嘴臭。"他说。

神推打开背包，一样一样地往外掏她的行头。红外线治疗仪，酒精，药棉，按摩油，拔罐盒，毛巾，润肤霜……

刚才她推门进来，一刹那我觉得看见了鬼。

太像了，她长得跟胭脂。

我是说那个时候的胭脂。

她背了一个大大的背包，看起来像蚂蚁驮了一座山。当年胭脂混在那群站在北影门口撞运气的长腿螳螂中间，简直是个侏儒。这个女人也是。精瘦精瘦的，脖子和额角上扛着几条隐隐的青筋。瘦归瘦，白布衬衫的胸脯上，还是有那么两团肉——这也是胭脂最爱夸口的地方。

我本来是想让她放下背包喝口水的，我都已经走到厨房门口了，却突然来了气。我还没有忘记那天在十三区那家烧腊店门前的事。那天我没法对胭脂说出口的话，今天我也照样没法对这个女人说。但我总还可以稍稍撒一点气的，她也正好给了借口，谁叫她迟到了二十分钟。

胭脂的真名不叫胭脂。她只是看了太多遍《胭脂扣》的盗版碟子，她说能把戏演到梅艳芳这个地步的，天下也没几个。她说香港艺人都有艺名，她也得有一个，就取了个名字叫胭脂，是要沾沾阿梅的仙气。

胭脂做梦都想演戏。我碰到她时，她已经在群众演员的队伍里灰头土脸地混了三年，却还没有混上一句台词。她就是相信，总有一部电影，一位导演，会需要一个具有全部成年女人的风韵，却又看上去像个中学生的角儿。一个，她不贪心，她只需要一个角儿，一个能同世上所有其他的角儿唰地一刀分割开来，叫人一辈子都忘不了的角儿，就像《胭脂扣》里的如花。一辈子要是能演上这么一个角儿，她可以倒下就死。

"一米五，你有一米五吗？"我问神推。

她吃了一惊，眉毛蹙成了一个结子，脑门上鼓出一个小小的包，仿佛她的身高是一道难题，需要搬用某个复杂的数学公式。

"差不多。"她最终点了点头。

皇天，她那神情，也活脱脱的像胭脂，两个眼睛睁得大大的，动不动就蹙个眉头，像受了多大惊吓似的。

当然，她不可能是胭脂。她比那个时候的胭脂老。而现在的胭脂，我宁愿是她这个样子。

我以为她会问我为什么要打听她的身高，可是她没有，她只是示意我脱了上衣，躺到床垫上去。

"你都不检查，怎么知道我伤在哪儿？"我对她嚷道。

不知道为什么，我想跟她说话，又不想好好说。想跟她说话的那个我，是把她当成了那个时候的胭脂。不想好好说话的那个我，是想起了现在的这个胭脂。

"你不躺下，我怎么检查？"她把我的话扭了个儿，然后扔回来给我。

我脱下T恤，要躺，却躺不下去。床垫太矮，我的腰和腿都好像短了一寸筋，生生地扯着疼。我只好把一只肘子做成支架，将整个身子横着滚到了床垫上去，然后再翻过身去，俯卧。那一刻我的样子一定很蠢。

她拿过一条毛巾，叠成几折，放在膝盖下面垫着，跪了下来，用指头沿着我的腰背，一路敲敲拍拍，问这儿疼不？她拍到哪儿我都哼哼唧唧，她就不问了，干脆直接下手。

现在我总算知道这个女人为什么会得个诨名叫神推。和她的身量相比，她长着两只巨掌，简直是两把小蒲扇。蒲扇是指尺寸和形状，力度可不像，力度是洗衣服的棒槌，砍柴的板斧，一下一下地劈开我那些紧紧纠缠在一起的肌肉。用手掌的同时她也用手指，用手指的时候我找不到形容词。她的手指点我知道，我的筋肉在这一辈子的操劳中打成了一万个结子，我感觉有一把铁爪在一个一个地挑松这些结子。她的手一路走过，一路都是嘎吱嘎吱的声响，那是我的筋骨在呻吟哭泣。而我，却远没有我的筋骨那样文明，我的呼叫惊天动地。

"我招，我招，我告诉你保险箱的密码，成不？手下留点儿情，姑奶奶。"

我的脸揿在床单上，像张倒扣的面饼，我的呼喊声嘤嘤嗡嗡地在房间里回旋，听起来凄厉而滑稽。我稍稍感觉有点儿羞愧。我暗地里替这个社会庆幸：要是活在从前，我会制造出庞大的失业率。我要是落在渣滓洞白公馆或者梅机关手里，那些精心设计花样繁多的刑具将会沦为摆设，那些数目众多在花名册上吃饷的密探打手将一无用处。我只需要看一眼这些摆设，哪怕仅仅是照片，就会立马稀松无力地沦为叛徒。

她不为所动。我只听见她渐渐加重的呼吸声，那是她在运气。她大概每天都会听见这样的求饶，我敢断定那是她的人参燕窝海胆，她就是靠吃这些声音长劲。

就在我觉得马上要昏厥过去的时候，她放了我一马，说要去一趟厕所，换件好干活的衣服。我听见她的脚步在门口停住，接着是些窸窸窣窣的响动，扭头一看，是她折回来，拿了毛巾，香皂和润肤液。

这女人真他妈的有病，连洗手都不肯用别人家里的东西。

胭脂也是这样，她打死都不会用别人的毛巾。可是后来我发觉有人用了她的毛巾，我在她的毛巾里闻到了烟味。

毛巾是胭脂的闸门，胭脂关了好多年，后来还是没关住。那个闸门一松，她就变成了另外一个人。她把毛巾的事放下了，她就什么都能放下。从招小角色的导演助理，到实习生场记，再到任何一个声称有导演电话号码的男人，她对谁都叉开了两腿。

有一天，我发现她把她的毛巾落在了片场的传达室。

"胭脂，你他妈的真……"想到这里，我忍不住骂出了声。

神推换完衣服进了门。她脱了牛仔裤，现在穿着的是一件像是工作服的宽松运动短裤。

"胭脂，是谁？"

神推听见了我的自言自语，眉毛略微往上挑了一挑。在这样一张迷你脸蛋上，这样的表情已经算是夸张。

"我的一个熟人。他妈的想着就来气。"我嘟囔了一声。

她没有再追问，只是脱下鞋子，上床，然后骑在了我的身体上，继续下毒手。

"床垫太矮，我没法使力。"她解释着这个新换的姿势。

在我发觉胭脂把毛巾落在传达室的那一天，我喝了一瓶酒——牛栏山二锅头。不全是负气，我也是趁机做了一个决断——我需要借酒来说出那些听起来牛×哄哄的话。

那天晚上，我喝够了酒，在看起来已经醉了其实还清醒的时候，我去了胭脂家里。房东院子里守门的狗看了我一眼，大概被我的样子吓住了，都没敢过来舔我，只是轻轻哼了一声就放我进了门。我敲门，但不是用手。我没想到这么晚了她还没锁门，我的脚用力太猛，门哗地一下打开，我像只落水狗一样跌进屋里。

胭脂吃了一大惊。但我没容她把惊讶发展成惊叫，我扑上去，捂住她的嘴，把她压倒在床上。

她丝毫没有准备，可是我有，我已经准备了一整个晚上。我把我硬实得要爆裂的身体生生地插进她纤小的身子里，我知道那一刻的疼痛是尖利的，我毫无怜悯之心。

我就是要她记住。

事完得很快，大概没超过三五分钟。完事时，她已经被我碾成齑粉，她甚至没有力气去整一整撕碎了的内裤。她怔怔地盯着天花板，眼神干涩而空洞。她还没有来得及从震惊中醒过来。她打死也没想到，向来在床上小心翼翼的我，会突然间变成这样一匹野兽。"你放开点，我又不是瓷瓶。"从前，她曾经这么说过我，因为每次和她做那样的事，我总有负罪感，我总觉得在欺负一个儿童。她的纤细让我于心不忍。

可是那天，我没有任何愧疚，因为她对我来说不再是瓷瓶，而是一只被千人万人用过的痰盂。从君子到野兽的距离，不过是一瓶酒。

我把她拎起来，按在椅子上，自己蹲在了她对面。

"你做的事，我都知道，想都不要想，骗我。"我扭过她的脸，逼着她看我。

她看了我一眼，就使劲地扭过脸去，眼神里充满恐惧。当然，还有羞愧。

"一部戏，我只想，演一部戏，就再也……"她嗫嚅地说。

"住嘴！"我呵斥道。

"胭脂，我告诉你，这一辈子，你永远也不可能演上一部戏，哪怕是第九号配角。"我厉声说。

她这才开始哭，抽抽噎噎的，全身都在颤抖，仿佛之前发生的都是梦，这会儿，梦才醒了。她哭，不是因为梦靠不住，而是因为梦醒得太早。

"除非，在我的戏里。"我扔给她一条毛巾——就是那条在片场的传达室里发现的毛巾。

"我去挣钱。等我拿了投资回来，拍戏。"

"在我回来之前，看紧你的裤腰带，别脱裤子给那些下三滥，没用。"

她说了句什么，可是我没听，我已经甩门而去。

投资拍戏的事，其实是一句酒话，还没出门我就已经知道了愚蠢。我没指望我能挣大钱，就像我没指望她能等一样。那天本是告别，我只想留个姿势，如此而已。

没想到，我真赚到了大钱，在八年之后。

几经辗转，我打听到她去了法国。

去找胭脂的那个早上，我换了一身衣服，很内敛的品牌，商标用原色的丝线绣在衣兜上，毫不起眼，只是你再粗心也不可能注意不到衣服的做工。这是英国绅士的着衣之道，可我套在那身衣服里像坐牢。我可以是绅士，也可以是土豪，我选择做土豪仅仅是因为舒服。见胭脂不是一件舒服的事，所以我得用另一件不舒服的事来抵消。负负得正，小学算术课教过的。

一路上我把台词都想好了。我会问胭脂你还好吧？但我不会等待她的回答，趁她还没回过神来，我会递上一张名片："你要是还想拍戏，可以找我的助理。"我没有助理，我的助理就是我自己。那张名片上印的，其实是我的手机。然后，我会转身就走。和当年我一脚踢开她的房门一样，我只是想留一个姿势。我只是想看一看，多年后的胭脂，是不是依旧还那么贱。

和胭脂在一起，我也快变成演员了，总想着亮相和退场的姿势。

我自以为已经把十三区的中国饭馆都吃遍了，但我竟从没注意到她这家小铺。这家店离其他的中国店有几步路，孤孤零零地缩在一条小巷子里，招牌上写的是"阿珊烧腊"，上下两层，上住下铺，卖的是烧鹅熏鸡腊肉。

看到这个店名，我才想起她的真名叫王素珊。

她现在不再叫胭脂。

天还早，店铺没开门，我在她家对面的一家越南小店里，买了杯咖啡和一个面包，坐下来，等着她下楼开门。

"我认识一个人，也叫胭脂。"

我听见有人在跟我说话，过了一会儿才回过神来，是神推。

神推这会儿正坐在我的后腰上，折腾我的肩膀。这个姿势把她从跪着的奴婢，一下子变成了骑着的主子。她一定感觉惬意，否则她绝不会主动开口搭讪。

我的脸埋在床单里，在她动作的间隙里挣扎着喘气，我闻到了自己的口水，酸上加臭。我没法回她的话，我只能哼哼哈哈地应付。

不知是我习惯了她铁掌的歹毒，还是她终于对我生出些怜悯之心，不再那么使狠劲，总之，我的筋骨不知何时停止了哭泣。

胭脂，这是个他妈的什么名字？除了《聊斋》里的狐狸精，还有那个看《胭脂扣》看得入了魔的疯子，还有哪个脑袋瓜子正常的女人，会给自己取名叫胭脂？

我很奇怪这世上竟会有第二个胭脂。

"那个胭脂，是你什么人？"

我扭过半张脸来，问神推。

她的手停了一停，像是在想事，半晌，才听她吐出两个空前绝后的字："熟人。"

这女人就这点招人烦，想从她嘴里套句话得用大刑。待你真不搭理她，她又给你张一小口，叫你犯贱伸手进去，她又猛一闭嘴，差点咬掉你的指头。

胭脂可不是这个样子。胭脂的嘴巴像个口子很大的漏斗，胭脂片刻不停地往外漏着自己。有时候我觉得她之所以长不高，是因为她话太多了，她把自己漏成了半空的米筐。

那天我最终也没见到胭脂。

我在越南人的小铺里坐了大约二十分钟，才看见对面烧腊铺的楼下终于有人推开了窗户。

开窗的是个男人。男人正往外拿鸭子，一只一只地挂在橱窗的铁钩上。鸭子大概是新烤出来的，焦黄焦黄的，直愣愣地伸着脖子往下滴油。

男人终于把鸭子挂完了，就开门出来，嘴里叼着一根牙签，靠在门外的墙上剔牙花。男人穿了一件满是油迹的圆领衫和一件七分布裤，上衣的一角掖在裤腰里，露出一个乱得像麻绳的裤腰带结子。

男人剔完牙花，呸呸地往地上吐了一口带着牙花的痰，我这才看清了他的门牙。这牙在钻出牙床的时候大概营养太好，长得不知节制，一路长到了下巴。一合嘴，那牙齿就裸露在外，像两只把门的狗。

"阿珊你起身啊，阿仔打波要迟到喽。"

他抬头冲着楼上的窗口大声喊叫着，满脸都是牙齿。

他说的是广东话，我大致听得懂。他在喊他的女人起床，带孩子去打球。

男人喊完话，转过脸来，我的心咚地跳了起来，我觉得男人发现了我。我扔下喝了一半的咖啡，拔腿就走，我突然无法忍受和楼上下来的女人面对面撞上的情景。我宁愿看见胭脂对九十九个下三滥叉开双腿，也不愿看见胭脂和这头蠢猪生下孩子。胭脂把裤腰带松给全世界的时候，她是为了一部戏，一个念想。她和这头蠢猪上床，又是为了什么？

是为了到一个花一样时髦的城市里过一种草一样的日子？

我恍恍惚惚地走出十三区的那条小巷，站在十字街头，望着街上渐渐热闹起来的车流和行人，竟不知道往哪个方向走。

真奇怪，这些年里我多次回过北京，却从没去找过胭脂。我不是为胭脂到北京的，那时我还不知道世上有胭脂这么个人。但我是为胭脂离开北京的，她逼着我走出了那一步路。可我上路之后，好像就忘了我是为什么走的。等到我终于想起来时，我又情愿我已经彻底忘记。

神推的手慢慢地从我的肩膀移到了我的背。我背上的肌肉和肩膀一样，也是两侧都打满了结子，只是一侧比另一侧更紧——是那一跤摔的，那一跤把活扣扯成了死结。

可是神推不怕结子，神推的手仿佛生来就是为了解扣用的。她的指尖在我的背上耐心地来回游走着，慢慢地寻找着结子中心的那个小孔——再紧的结子也有孔，然后挑松，理顺，抚平。自从她骑上了我，她的手仿佛就气顺了，从凌厉的少年进入了温和的中年，几乎接近慈祥。她的呼吸在我的脖子上吹着小风，有点儿热也有点儿酥痒。我的脑子想睡，身子却警醒着，汗毛在她的风中轻轻扬起来，又轻轻倒下去，像河滩上的苇草。

后来，她的身子往后挪了一挪，坐到了我屁股上，那是板油堆成的两座山。她的手指开始进入腰部。和肩背相比，腰是轻灾区。脑子是个劳碌的贱货，一刻也闲不住，一种感觉腾出空来，另一种感觉立马占据。不疼的时候，我就开始注意到别的事情，比如她左腿内侧有一颗凸出来的痣。随着她身体的动作，我倒搁着的胳膊时不时地碰触到她裸露在短裤之外的大腿，我发觉她的皮肤像鳗鱼一样冰凉而滑腻，她全身都在流汗。

什么个人啊，长得这样一层皮，流汗的时候，居然还是冰凉的。

她的身子俯得很低，她的呼吸现在蠕到了我的脊椎，像一条细小的蛇，或者说，肥大的蚯蚓。我感觉到有两团肉，在轻轻地蹭着我的皮肤。我知道那不是她的手，因为那肉完全没有力气，是随意的、懒散的、吊儿郎当的自由落体，坠得最低的时候，我能隐约觉出那肉中间嵌着两粒石子。

那两粒石子在我的背上来回摩擦着，我的身体嘭的一声烧了起来。我说的"烧"，是瞬间发生的动作，只有起因和结果，却没有过程，就像是一根火柴扔进了一个汽油桶。当我感觉到热量的时候，我已经是一团任天底下最有本事的消防队也无法扑灭的大火。我肌肉上打着的那一千零一个结子倏地自动松开，筋骨抹去几十年的劳损，一下回到了二十三岁时的弹性和力度。

我的脑子突然短路。

我翻过身来，一下子把她推倒在床垫上，我的嘴飞快地压住了她的嘴。她被我吓了一大跳，身子不知所措地僵成了一团冻肉。

我的舌头刀似的撬开了她的嘴唇，瞬间找到了她的舌头。我发现在那一刻里，她的全身只有舌头是活的，舌头在说着身子听不懂的话。我也听不懂，但我的舌头听懂了。

我不害怕。

我是说，我还不知道害怕。害怕还是后来的事。

她想支起身子推我，几个来回之后就停住了，因为她知道没有用。她虽然有铁掌，但她的铁掌只能解决局部的犯难，却无法应对整体的作乱。在一个起了性情的男人面前，她，就像那一晚的胭脂，是无能为力的。

我脱下了她的衣服。

"胭脂，你真够可以……"

我听见自己喃喃地说。

那个下午发生的事，像一卷部分漏光的胶卷，有的地方清晰，有的地方模糊。

我只隐隐记得我很勇猛。

她虽然和胭脂一样瘦小，但我丝毫也没把她当成瓷瓶，因为她是神推。她的铁掌为她铺过了路，她打碎了当年让我在胭脂面前感受到的一切拘束。

我恣意横行。

那是一种多年没有过的陌生感觉。

她呢？

我不知道。

我的火在燃着的时候，我是不可能看见她的。我也看不见自己。我啥也看不见。我丢失了眼睛，也丢失了耳朵。我整个丢了脑子。等到我终于看见她的时候，我的火已经灭了，我已是一堆炭木。

她赤裸着身子，背对着我，蜷缩在床垫的那头。我发现她的头顶上有一个旋涡。

头顶有旋儿的女人，是犟种。

我想起了小时候听过的一个传说。

我爬过去，想和她说话，却不知道说什么。

屋里的光线很暗，我隐隐看见她的脸上泛着光。可能是汗水，也可能是眼泪。这两种解释都有道理。

我的眼睛耳朵和脑子都回来了。一起回来的，还有疼痛。原来疼痛没死，只是被欲望暂时压住了。欲望一走，疼痛立刻反扑。

我醒是醒了，却依旧慌乱。

我转过脸去，坐在她身边，给她讲了胭脂的事。

在这个角度我用不着看她的眼睛，那一刻我无法看着她的眼睛。我讲得结结巴巴，毫无章法，在某些无关紧要的细节上啰啰唆唆，却跳过了一些至关紧要的地方。

后来我终于讲不下去了。用这样一个故事来解释自己的行为，就像是用一把卷了刃的刀，来解释一场失控的战争，狗屁不通，理屈词穷。

我到底还是读过几天书的人，我知道自己的下作。

我住了嘴，用拳头砸了一下脑门。

这不是姿势，我真的用了力气。我的耳朵嗡的一声炸了，我看见茶几飞上了天花板，屋子里到处飘着星星，闪闪烁烁，落下，飞起。飞起，又落下。

她一言不发，坐起来，低着头，慢慢地穿着衣服。先是衬衫（我发现她没戴胸罩），再是内裤，再是先前换下来的牛仔裤和袜子。自上而下，从里到外，从左到右。她看上去镇静，有条不紊，仿佛她的脑子里安着一整套应急程序。

疯狂的女人至多咬你几口，叫你体无完肤，而镇静的女人不用开口，就能让你死无葬身之地。

我突然想到了她从这里走出去之后可能发生的事。我终于，知道了害怕。

"我也……不知道……怎么……怎么……会……这样。"我语无伦次地说。

她终于穿完了右脚的那只袜子，把袜筒抻平整了，然后用手指梳理凌乱的头发。头顶的那个旋涡对她阳奉阴违，在她的手指经过时俯首帖耳，可手指一走开，就立刻卷土重来。

我从床垫底下抽出一个信封，数出十张五百欧元的票子，塞到她放在地上的那个包里。我脑子里的那个计算器，已经飞快地算过了。她需要跑六十七趟今天这样的路程，她的手要经过六十七个我这样的身体，才能挣到这个钱数。

在这六十七趟路程里，她会遇到几次像今天这样的事？

我打了一个寒噤。

她听见了我的响动，却没有转过脸来，我依旧找不到她情绪的缺口。

她开始收拾那些沿着墙根摆放着的瓶瓶罐罐和盒子，把它们一样一样地收进包里。红外线治疗仪，酒精棉，拔罐工具，按摩油，洗手液……那是她的兵马，被她召集过来，却没有派上全部用场。

"这屋子里的东西，你可以挑一样走。"我说。

那天我对她说的每一句话，都像是一个事先没有谈好价码、事后不知所措的嫖客，我深陷羞耻的泥潭。可是在恐惧面前，我顾不上羞耻。假如她还不开口，我不知道还会给出去什么。

"随便哪一件？"她问。

她终于开口了。我如释重负，松了一口气。她只要开一个小口，我就能把自己缩成一条虫子，一只蚂蚁，爬进那个缺口，慢慢地在她的情绪里咬出一条窄路。

"随便哪一件。"我说，语气低三下四。

她走到那个四层的铁架子跟前，犹豫了一会儿，才拿起了那个裹着豆绿色万寿花纹缎布的画盒子。

"你真会挑。其实，这一屋子都是假货，只有这一件是真的。我请人做过元素测定，是清朝的绢。"

我说的是真话。只是先前说过了太多假话，这一句真话藏在那一堆假话里，像一小片云母混在一大堆沙子里，没人看得清楚。

"只是可惜，已经破了相。"我想起了画上的那块斑渍。

她背起那个饱实得几乎要爆裂的布包，看上去像扛着一爿石磨。走到门口，弯腰穿鞋子的时候，她的身子晃了一晃。她想卸下包再穿，我阻止了她。我跪下来，替她穿上鞋子，系好鞋带。我的筋骨不喜欢这个姿势，泼妇一样地叫嚷起来。我觉得还不够疼。那一刻，什么都不管用，只有疼痛让我舒服。

我发现她的脚很小，三十四码，她的鞋子摆在我的鞋子边上，是万吨海轮旁边的一条舢板。

"我去叫一辆出租。"我说。

她拦住了我。她拦我的时候没用手，而是用那个装着郎世宁花鸟画轴的木盒子。

她背着那个磨盘一样沉重的布包，走出了我的门。她走起路来有点歪斜，右侧的身子略略高过左侧，也许是包的缘故——包是从左到右斜挎着的。

我跟在她身后，我不能让她一个人，横穿过这样长的一条走廊。

在电梯门口，她停住了。我也停住了。空气中有一些嗞嗞的声响，那是我的呼吸，也是她的呼吸。我们的呼吸在半空相撞，眼睛却没有。

"求求你，骂我……"

我抓住了她的手。

她没有挣扎，也没有说话，头低垂着，眼睛定定地看着鞋子。鞋带没系好，结子歪向一边。我真想跪下来，替她再系一遍，可是来不及了。

电梯来了，她钻进去，转过身，背对着我。

就在电梯门即将关上的那一瞬间，她说了一句话。

这句话被电梯截断了，我只听清了两个字。

是"胭脂"。

它摆在那个四层铁架的最下层，混杂在一堆旧首饰盒中间，但我一眼就认出了它。

最先勾住我眼睛的，是盒子上裹着的那层豆绿色的织着万寿花纹的缎子包布，尽管那层绿离我上一次见到它的时候，又颓丧了许多。上一次我跟它分手的时候，那个绿就已经不是它当年从机子上织出来时的样子了。而现在的绿，离那个时候的绿，又多走了几十年的路。

可是我并没敢在第一眼之后确认是它，因为盒子上拿来当锁栓用的那根签子，已经换了一个样子。从前的时候，那根签子是象牙——一根细细长长、头上磨成一个芽尖的象牙。而现在的也还是象牙，只是我无法认定它是不是当初的那根象牙，因为这根象牙在三分之二的地方断了，断口上粘着一颗小小的粉红色的珍珠。珍珠有象牙没有的色彩和热闹，象牙有珍珠没有的阅历和沧桑，两个挨在一起，却是一种狗尾续貂。

四十八年前，外婆把这个盒子裹上一张防水油布，藏到两块山石之间的一条缝隙里的时候，象牙还是完好的。在那之后，每隔一小阵子，外婆都会找一个月黑风高的夜晚，爬上那座山，把石头缝里的东西拿出来看一眼，再放回去。山安好。石头安好。石头缝里的东西也安好。它们安好了很久，直到五年后的一个秋天。

那次外婆病了，发了一个星期的烧，烧得迷迷糊糊的，突然做了一个梦，梦见那个盒子在喊救命。外婆心神不宁，躺不住了，无论如何要去山上看一眼。那阵子外边局势安稳了一些，外婆其实是想好了要把盒子拿回家来的。那天外婆是带着我去的。外婆走了一半的路，身子太弱，实在走不动了，只好支使我爬到山顶。那天我来来去去找了好多遍，我还以为走错了地方。我没有找到那两块石头，我只看见了坡面上一道道白森森的疤痕——那是采石人的铁钎留下的凿印。

外婆和我一起多次上过山，但只有这一次，是我独自上去的。而恰恰就是这一次，东西丢了。东西是在我手里丢的。

从那天以后，我们，我是说我和外婆，就开始了多年的寻找。

假如这根象牙就是那根象牙，那它是在后来哪一任主人手里折断了的？从温州到巴黎的遥遥路途中，它曾经换过了几次手？它是在哪个箱包，哪节车厢，哪个船舱或者哪次航班上，遭受了如此重创的？

最后让我确定眼前这个盒子就是当年那个盒子的，是豆绿色缎子布面上的一块斑渍。那块斑渍看上去是一团干涸之后变了颜色的水迹，它的真实成分只有我知道，因为那是我的 DNA——我五岁时留下的眼泪，还有尿迹。

那一刻，当五十三岁的我站在五岁的我面前时，我的胃突然抽搐起来，我很想吐。当然，站在我身后的那个巨婴并不知道我的真实岁数，他一定会根据我瘦小得接近于女孩的身材，得出误差很大的判断，正如巴黎所有认识我的人一样。而我，也从未刻意纠正过他们的偏差。

从小到大，我一紧张就想吐，仿佛我的肠胃和脑子之间，有一个短得可以用厘米和秒为计算单位的快捷通道。我知道，我离真相只有一步之遥了。而那一步，就藏在这个盒子里。一个沾着我 DNA 印记的木盒子，假若没有一张沾有同样 DNA 印记的画作为支撑，就失去了存在的意义。盒子只是通往真相的第一步路，而盒子里的内容，才是真相本身。

当土豪把那张画从盒子里小心翼翼地拿出来时，我最先看到的是树枝和鸟。可是我找的不是树，也不是鸟。说实话，我已经记不清原画上树和鸟的细节了。这年头有太多自诩是未来张大千和毕加索的人，他们坐在昏暗的陋室里，复印机一样地复制着这样的树和这样的鸟。在寻找丢失之物的路程中，我见过了太多类似的树类似的鸟，我无法分辨这一个和那一个、这一张和那一张之间的差别，我的记忆经过了太多的诱惑和污染。我唯一能指认这幅画是那幅画的依据，和我唯一能指认这个盒子是那个盒子的依据，都来自同一样东西。

我需要一块干涸了的水迹。一块由盒子渗入到画上的水迹。

可是我没有找到。

巨大的失望像一枚粗针，在我被期望充盈得几乎要爆裂的身体上扎了一个窟窿，我几乎听得见能量泄漏时发出的嘶嘶声，我想起了切尔诺贝利。其实这两年我已经放弃了寻找，而就在我不再指望的时候，一直躲避着我的真相突然回过头找到了我。在我离真相只有一步之遥、几乎看得见真相身上的毛孔时，真相却又弃我而去。这样近的距离让我知道真相还在，这样近的距离又让我知道真相不靠谱。

我的膝盖软了下来，几乎无法站立。我颤颤地扶住了墙壁，不知道还有没有力气撑过一个半小时的苦力活。我正在暗自盘算着如何跟土豪开口告假，他突然把画举起来，挪到了一个光线更好的位置。

就在这时，我发现了一样先前被土豪手掌的阴影遮盖住了的东西。

一块形状像枯花也像落叶的水渍。

我的心高高地提到了喉咙口，又咚的一声落了下去，在我的胸腔里砸出了一个大坑。尘土飞扬，遮天蔽日，我突然什么也看不见。我肠胃和脑子之间的快捷通道被堵死了，我不再想吐，可是我却突然失明。这是一种古怪的失明，我的视野里不是黑夜，却是白天，是那种没有光线变化、找不到一条皱褶、一丝杂质、像刚从机器里滚出来的白纸那样一无所有的白天。和这样的白天相比，黑夜是温柔的地狱。

我的失明持续了多久？也许是几秒？也许是几分？我毫无记忆。我已经失却了对时间的判断能力。

但我听得见土豪在说话。似乎是关于鸟的话。鸟的毛羽。鸟的姿势。鸟的性情。鸟……鸟……鸟……我听是听见了，却听不清。耳朵没有了眼睛把门，什么声音都往里进，一片乱哄哄。我的脑子顾不上耳朵，在忙着别的事情。我的脑子撒出七七四十九根神经，铁爪似的抓住我的表情肌。我不能，一定不能，显露出对这幅画的兴趣。我是指超出对屋里其他物件的兴趣。

冥冥之中一定有一个神灵，一个被有些人叫作上帝，另一些人叫作真主，还有另一些人叫作佛祖的神灵，在这几十年里给我设置着一盘到今天我才看清楚的棋局，叫我在丢失那幅画又万寻不得的时候，遇见一个碰巧是中医师的男人。又在毫不知情的情况下，借着他金玉其外败絮其中的基因，生下一个有先天性疾病的孩子。而在这孩子百医无治的时候，得知了法国的特种医学技术，让我带着这孩子来到了巴黎。然后借着我在那个男人身边学来的几招蒙古医术，让我在巴黎混得了一个神推的口碑。一步一步地，这位叫上帝也叫真主也叫佛祖的神灵，把我引到了土豪的家中。

棋子一步一步地走过来，只有在接近终点的地方，回头望去，我才洗去眼里的沙子，看清了布局。

不，也许这局棋的设计，远早于丢失那幅画的时候。也许，丢失本身也是棋局的一部分，寻找的步骤远在丢失之前就已埋下了伏笔。从我记事的时候起，外婆就告诉过我，长大了千万不要嫁给太爱的人，爱太辛苦。在丢失那幅画之前，在我还没有学会用文字写作文的时候，在我远还未真正懂得什么是爱情的时候，我就已经懂了，外婆说的辛苦，不是糊火柴盒的那种辛苦，也不是点灯熬油织毛衣的辛苦，而是心里牵挂一个人的辛苦。

所以，从小到大，我都害怕那些吸引我的人，我怕他们成为我的牵挂。后来我慢慢长大，知道了我的身世，我意识到外婆一生都在收拾爱情的残局，她自己的，还有我母亲的，所以外婆不想再来收拾我的残局。外婆说她和母亲都是属第十三个生肖的——那是扑火的蛾子。外婆只想让我待在十二生肖限定的那个安全地盘里，外婆不想让我也成为蛾子。

所以，我才会在三十四岁那年，嫁给了那位中医师。我嫁给他的最主要原因，是因为他生性缄默。在他的缄默面前我可以放肆地、理直气壮地持守着我的沉默。我不用挖空心思引他说话，他也不用挖空心思引我说话。我们不知心，我们用不着知心，不知心的人才可以相安无事。

自从丢失了那幅画之后，外婆就变成了另外一个人。外婆糊火柴盒的时候，眼睛明明盯在纸上，却常常会把有磷片的那一面贴反了。外婆数糊好的火柴盒时，每一次都会数出不同的数目字。外婆隔好几天才会想起来撕一张日历纸，撕完了，又问我今天到底是几号？

有一天夜里，我被尿憋醒，发现外婆坐在床上，没有开灯，定定地看着天花板。那是个满月的夜晚，月光透过捂得并不严实的窗帘，涂在外婆脸上，外婆的眸子像是两颗透明的玻璃珠子。那一刻外婆看上去像鬼，我吓得大哭。

外婆伸手搂过我，却没有哄我。外婆不仅没有哄我，外婆也跟着我哭了。外婆声音不大，但动作很大，身子抽得像推扯到头的风箱。我从来没见外婆这样哭过，我愣住了。

"那是他留给我的最后一样东西啊，我把它弄丢了。"外婆抽噎着说。

就在那天夜里，外婆给我讲了她的故事。当然，还有我的故事。我的故事是她的故事的枝蔓，而她的故事，则是我的故事的根。

现在回想起来，外婆的情绪已经憋到了极限。外婆那天夜里的状况让我想起我当时的膀胱，容量已经满到要爆裂，绝不可能只排出几滴，而留住其余。要么是零，要么是全部，外婆倾泻了全部。那天外婆跟我讲了一夜的话。一个十岁的孩子能听懂多少？能记住多少？又能守住多少？外婆已经顾不上。

外婆救过我很多次，而我也救了外婆一次，就在那天夜里，用我的耳朵。

后来我识了更多的字，开始阅读各种各样的书。每当我读到《红楼梦》和《西游记》这样的小说，我就知道满纸都是谎言。贾宝玉不可能是石头，孙悟空也不是。世上每一个人都有根，每一个拿石头来说事的人，其实都在掩藏一个有关身世的可怕秘密。

土豪也有秘密。土豪的秘密是胭脂。

就在土豪跟我讲胭脂的事时，我脑袋瓜子一热，差点告诉他我外婆的小名也叫胭脂。可是我最终还是忍住了。他有他的秘密，我有我的。我不想知道他的，他也不用知道我的。秘密有体重，秘密重过背包里的那台红外线治疗仪。我不想在自己的重量上，再加上别人的一份。

　　土豪关于那张画的真伪的判断，对了一半，也错了一半。对的那一半是关于材质的。那一块绢是很多年前那个作画的人通过一个朋友在黑市上买到的——那是一个老太监从宫廷里偷出来的货，背面有宫廷织坊的印戳。一双有经验的眼睛，再加上一屋不错的光线，基本就可以鉴定。碳十四、同位素、数码激光技术在这里不仅不适用，而且也是浪费。

　　土豪错的那一半，在作画人的身份上。作画的人仿过郎世宁无数张画，闭着眼睛都能摹出郎世宁的布局线条色彩和光影转换。也许他比郎世宁还熟知郎世宁，可是他依旧不是郎世宁。土豪知道假绢上不可能产生真画，土豪却没想到真绢上也可以是假画。作画的人预见到了世人的浅见，他特意叮嘱过他的女人：这幅画藏得越久越值钱，不到万不得已，千万不可轻易出手。女人熬了很久，熬到卖光了所有的首饰和别的仿画，却没有熬到最后，她还是把它弄丢了。

　　我发现墙和天花板之间有了分界线，分界线上开始浮现出隐约模糊的花纹。我眼中那个一无所有的白天被线条和阴影打碎了，我就知道我短暂地丢失了的视力回来了。最初的激动所扬起来的尘埃终于落定，我渐渐冷静了下来。真相已经触手可及，但我依旧还没有把它捏在手中。不在我手中的真相都不能叫作真相，它至多只是挨得很近的幻影。在幻影变为实物之前，我还要消耗亿万个脑细胞。我无法预见上天给我设的下一步棋路，但我却知道：此刻我若离开土豪的家，这幅丢失了四十八年的画，极有可能还要丢失另外一个四十八年。

　　可是我再也没有那样的四十八年了。

　　我决定出手。

　　我从背包里拿出我的瓶瓶罐罐，不断地调整它们的排列顺序，规整、清理、消毒。这是我每天都要做的事，只不过今天我放慢了速度。我在拖延时间。我的脑子在飞快地转着，寻找着最稳妥的方法。我说的是稳妥，而不是安全。稳妥是指获取那张画的把握，而安全则偏向于如何脱身。稳妥需要安全，但单靠安全却不一定能抵达稳妥。我把稳妥放在了第一位。四十八年的等待，值得我去冒一次险。

　　那个行动方案，是在我借口去洗手间的路上定下的。那是瞬间碰擦出来的灵感，电闪雷鸣，几乎没有过程。

　　不，也许这并不是实情，那个想法说不定在我第一眼看见那幅画时就已经产生。我可以不避讳结果，却不能直面过程，正如一个在铁证面前无可推诿的杀人犯，总还要在法庭上声嘶力竭地宣称：他仅仅是一时冲动犯了错，而不是蓄谋杀人。因为蓄谋和冲动之间，隔的是一副绞刑架。

　　在土豪金碧辉煌的洗手间里，我除去胸罩，脱下牛仔裤和袜子，换上短裤。我知道那几个穴位和指法，那是每一个按摩师心照不宣的秘密。当我在池子里洗手时，我一抬头在镜子中看到自己的样子，我注意到了颧上的潮红。我发觉自己在瑟瑟发抖。是害怕，但又不全是。害怕里面还裹着些别的情绪，比如说，兴奋。我害怕的不是害怕本身，我害怕的是兴奋。害怕是一种可以承认的弱点，兴奋不是。至少在那个时候不是。认领了兴奋，也就认领了无耻，所以我只能拼死抵赖兴奋。

我不仅想好了怎么做，我也想好了可能遇见的结果。结果是一条歧路，可以通往好几个出口。我告诫自己：从那张床垫上起来，我一定不能去厕所，我不能冲去他留在我身体内的铁证。离开他家之后，我可以直接去医院，最好去那家妇女儿童医疗中心。在给儿子求医的过程中，我已经熟悉了巴黎错综复杂的医疗系统。这里所有的医院都设有暴力受害者紧急救助中心，有全套完善的取证设施。

从医院出来，我可以去警察局。接下来的一切只是程序。

当然，那是万不得已。

也许我永远不需要走到那一步。但愿我的计划只是一把悬在头顶的剑，它起的作用仅仅是威慑。假如那把剑真的落下来，刺中的将不仅是他，也有我自己。我将要搭上我搭不起的时间，在"自愿"和"强迫"之间那个狭窄过道里，声嘶力竭地撕扯着他的，还有我自己的脸皮。

我将体无完肤。

我听见自己的牙齿在咯咯相撞。皇天，但愿我儿子永远不会知道我的龌龊。

从洗手间出来，走回土豪的卧室时，我决心已定。

我做的第一件事是改变推拿姿势，由跪在地板上，变为骑在他身上。这个姿势我在别人身上也用过，尤其是当床的位置比较低而病人身架比较厚实的时候，这样可以让我省些力气。但这一回我采用这个姿势，却无法理直气壮。我别有用心。

我看见我的计划在我眼前一寸一寸地延展开来，就像土豪把那张画一点一点地展开来给我看时那样。我的脑子是清醒的，每一个步骤都在掌控之中。但我的身子却有些慌乱，我的皮肤在汹涌地流着冷汗。我把身子俯得很低，我的肌肤我的手指我的呼吸都是沆瀣一气的合谋者。那天我是一个实习生，战战兢兢地行走在把理论搬到实践的第一趟途程中。我发现他的呼吸节奏乱了，皮肤温度正在升高，身体某些部位的肌肉开始由松弛转向紧张。

一切都如预想的那样，每一个细节都对头。但是意外却发生了。横空插出一刀、让我猝不及防的，竟然是一根舌头。

我的身体遭遇过男人的身体，我的嘴唇也遭遇过男人的嘴唇，都是风平浪静地路过。可是我从未遭遇过男人的舌头——那是推拿和医学书籍上没有记载的内容。我不知道舌头上沾着罂粟，舌尖之下埋藏着可以炸毁三个广岛五个长崎的原子能。当土豪转过身来，把我压倒在那张床垫上，用他的舌头缠住我的舌头时，我的抵抗仅仅维持了几秒钟，就被炸成了一片废墟。

我走出土豪所在的那座大楼，天很阴郁，刚走几步，就下起了小雨。我其实很想在雨中走一走，我渴望雨滴扑打在脸颊上的那种凉爽，可是我不能。我手里

517

捏着那个裹着豆绿锦缎布面的画盒子，它不能招惹雨。我只好站到一家咖啡店的屋檐下躲雨。

我发现雨有颜色。雨是蓝的，是天空还没被阳光污染时的蓝，淡淡的，刚从白中脱胎。路上的行人撑开了雨伞。伞也有颜色，明黄、粉红、橙红、天蓝、黛绿……有的伞面上印着蝴蝶和花卉。巴黎人绝不会放过任何一个时髦的机会。其实，灰和黑才是街景的主色调，只是那一刻我的眼睛带着过滤器，我把灰分解成了黑和白，我在黑中间看到了红和绿。那一天所有的东西都有颜色。我也有。我虽然没照镜子，但我知道我脸颊上的颜色。那是一种我外公情有独钟的颜色。

那种颜色的名字叫胭脂。

我明白让我在万物中看到颜色的是什么东西。是那个叫土豪的、比我年轻许多的男人留在我身体里的热量和体温。

我那个一生没换过职业、单位和配偶的丈夫，曾经给我讲过一件事。那天他和单位的同事在分到一笔还算丰厚的年终奖金之后，一起出去喝了几杯酒，回家时已经微醺，非常难得地开口和我聊天。他说在二三十年代，有人在癫痫病人身上施行过一个医学实验。那些病人都做过了抑制发病的脑手术，切除了左脑右脑之间的连接带。术后，有人把裸体女人的淫污照片拿给这些病人看，结果出现了一些极为有趣的现象：一个左右脑失联的病人，一只手伸出去要迫不及待地搂抱照片上的女人，另一只手却极力制止那只伸出去的手。

此刻站在路边躲雨的我，就是那个病人。左边的一半身体感到快活，右边的一半身体感到羞耻。左边的一半在拥抱肉欲的欢欣，右边的一半在恼怒地捆着左边的脸。我的左脑和右脑失联，它们谁也管不了谁，它们任由我的身体为所欲为。

其实，现在得到这幅画，已经失去了当年的意义，因为作这幅画的人，已经在十多年前离世。那时我早已从师范学院毕业，在温州一家中学教书。外婆是在报纸上读到他离世的消息的。在一个还算起眼的版面上，外婆看到了一则关于一位著名台湾艺术家的报道。这位艺术家在上海办画展期间，因心脏病发作，猝死在宾馆的床上。报道回顾了艺术家一生的经历和取得的成就，在结尾处，随意提到了一件事：艺术家来过大陆三次，除了艺术交流之外，也是为了寻亲。这些年里，那位艺术家一直在寻找一个大名叫吴若雅小名叫胭脂的女人，她是他失散多年的亲人。

在他辞世之后，我还持续了好些年寻找这幅画的下落，是出于惯性，也是想给外婆留一个念想。做了一辈子扑火的蛾子，她理当在死之前，亲眼看见一片火留下的灰烬。

现在想起来，在上天为我设下的这盘错综迷离的棋局里，那幅失而复得的画或许压根不是目的。我走过了更远的路，我现在回头，能看见棋局更远的一步。当然，我永远也不可能看见开局的那一步，那个答案只在上天手中。也许，这盘棋的开局，甚至早于这幅画的诞生。也许，这幅画也只是这盘棋局中的一个棋子。或许，上天想借着这幅画的生成、丢失、复得，叫我知晓，在我金木水土俱

518

全的生命中，我唯独缺失了一样叫火的东西。

一切都是假的。土豪不是土豪，神推不是神推。我不真出自名医世家，就像他不真是古董收藏高手。郎世宁不过是一张古绢上的假画，鸭嘴兽也只是一块普通的踩脚石头。他编造了一套神话来忽悠巴黎，我炮制了一串谎言来哄骗他，还有他手里的那幅画。

可是，那么多的假轰然相撞时，会不会撞出一星半点的真呢？

比如，他跪在地板上，为我系鞋带的那个瞬间。

（原载《十月》2018 年第 4 期）

阿基米德定律

张学东

一

　　隔着软乎乎被窝，马娜用一根细手指轻轻捅了捅朱安身。

　　那阵子已过了凌晨一点钟，朱安身如梦呓般哼了两声，他让另一床被子缠裹得如木乃伊，一动也不动。马娜鼻孔似笑非笑地挤出咝咝声，仿佛一条蛰伏在黑暗中的母蛇，终于瞅准了一只活生生的猎物要大显身手……别装蒜了，你根本就没睡着，当人家不知道呢。她幽幽地说着，空气中弥漫着女性特有的湿热香气。又慎了数秒，一条雪白的手臂就蔓爬而来，那些玫红色的指甲，像极了一簇火焰，还是她前天在街角的美甲店，花了六十元精心修饰过的，现在她就用它们猫爪样地，沙啦沙啦，抠抓朱安身的被面，说出的话越发柔缓暧昧了。我就知道，你肯定在被窝里想坏事呢吧。

　　朱安身始终保持静默，如此露骨挑逗的话头，他当然无法应接。半晌，他也没把头脸转向这个颇有几分姿色的女人，只是任由黑暗这只宽大的麻袋，将自己包围得严严实实。

　　马娜让自己侧卧在朱安身旁边，嘴里不无幽怨地继续嘟哝着，要不，你就进来嘛，听你哼哼得怪难受的，弄得人家老也睡不踏实呀。听她这样一味浑说，朱安身顿觉浑身都不自在了，终于闷着头，回了一句，瞎说啥呢，谁哼哼了，谁哼谁是猪！他的言语明显带有一种厌嫌和恼怒。都困死了，快睡！

　　马娜不傻，当然听得出。可马娜没有生气，她从来不生这种没头没脑的闲气，要知她碰到过的男人船载车拉，要是在乎那些臭男人嘴里的浑话屁话，她早就该抹脖子上吊了。那你承认自己是猪喽，我可听得真真的，你一直哼唧呢。马娜娇滴滴地说着，尽量将卷着棉被的身子，往那边靠拢，她一寸一寸地挪移，犹如一条惊蛰过后刚刚苏醒的肥白的虫子，当两床被子在床中央约莫三分之二处黏合在一处时，这条丰腴而芳香的母虫就刺溜一下，热乎乎地钻进朱安身的被卷里了。

　　起初，朱安身确实是在执拗地抵制着。他顽固地弓起后脊梁，像一头受了惊吓的乌龟，总是示人以坚固的硬壳，整个脑袋完全逃避到枕头的外侧去，感觉他就是一个正在闹别扭的、小心眼的丈夫。别……别闹了……好不……咱们可是有……有君子协定的！但是，当那浑圆而滚烫的母虫一样柔软的肢体，一旦亲密无间地黏上这个男人的时候，几乎所有的抗议与抵触，瞬间就化为乌有，毫无意义了。好比是，朱安身仅仅用一片轻薄的羽毛，妄想拨开一块炽烈燃烧的火炭，自身立刻就焚烧殆尽了。

于是，朱安身的喉咙跟劈柴似的脆响一记，紧跟着，他如饿虎样反转了身体，迅猛而霸道地，将那美艳的猎物压制在自己的胸膛下面了。这样一来，四目就相对了，马娜闪闪烁烁母狐般的骚情目光，完全罩在了男人那张脸上。但也就是刹那之间，女人的身体又莫名地绷紧了，心里忽然疙疙瘩瘩的。她觉得他的模样实在是有点儿可怖，甚至让人犯恶心，她的双手下意识地开始抗拒对方——如果说是男人的蛮干和重压让她喘不上气来，倒不如说是，对方那异常丑陋的面貌，让她快要窒息了。

这张脸委实丑得离谱，可以毫不夸张地说，在她见过的男人当中，似乎没有谁的脸面，比他更埋汰更醒龌了。事实上，丑男人她自然是见过不少，五大三粗的，肥头大耳的，贼眉鼠眼的，兔嘴龅牙的，天生一对招风猴耳的，蒜头鼻子罗圈腿的，还有那种背上扣个罗锅子的……总之是形形色色，可似乎哪一个，也比不上这个朱安身的相貌。

怎么说呢，这男人丑得有点儿叫人喘不上气来，他的丑不是某种单纯的丑，不是某个具体的器官没有生好，倒更像是，把她这辈子所见过的各种丑人的特点，统统集中到了一起，就跟一盘大杂烩似的，不论眼睛鼻子牙齿眉毛，还是头发和肤色，都让她吃惊得要命，即便打着灯笼，恐怕也找不到比他更难看的男人了。若不是觉得他这人还算老实，出手也够大方，关键是，那天她掐指一算，大姨妈这两天就要光顾她了，要知道那玩意一来，一周多的生意就全泡汤了。而恰好这时，这个丑男人羞羞惶惶畏畏缩缩找上门来，一副腼腆而又无奈的可怜相，后来他吞吞吐吐提出来，只要肯扮他的对象，跟随他回趟老家，来回也就三两天，就能轻轻松松挣到一千块。

一开始，马娜很是犹豫。这样的要求听起来既荒唐又恐怖，扮演一个陌生男人的对象，而且，还是那么丑的一个家伙，假如是一个大帅哥，也许那感觉会稍好一点儿。她心里未免会生出些许狐疑，万一这货是个心理变态，或杀人狂什么的，到时候自己的小命怕是都保不住了。可马娜好歹也算阅人无数，对于出门寻乐子的男人，她基本上是有把握的，这类人通常直截了当，速战速决，进门直奔主题，只顾宽衣解带，办事走人，有时甚至连一句多余的话也不跟她讲。但这个相貌丑陋的男人，一见她面眼中就含着难言和乞求意味，语气近乎低三下四，他甚至给她出示了身份证，告诉她自己是做什么工作的，具体住在城里哪个地方。通常，来洗头店里图欢乐的男人，绝对没有这么蠢的，满嘴没有一句真话，结过婚的，说自己刚刚离异，有老婆的偏说老婆是性冷淡。

那天傍晚，这个丑男人一面说，一面就从皮夹子里取出五张毛爷爷像来，说先预付她一半，完事后再给五百。马娜当时抿着嘴，看看那钱，又拧住眉头问了一句，你不会是诚心耍老娘吧？丑男人的表情突然变得十分严肃，严肃到马上要跟她翻脸了，好像她的质疑，刺痛了一个男人的尊严。爱信不信，反正，我是不会碰你一手指头的，我保证！正是在最后一刻，她从对方的语气和目光中，找到了某种可以信赖的理由，做她们这种生意的女人，早练就了一双火眼金睛，只要男人在眼前一晃悠，准能掂个八九不离十的。或者，只是单凭直觉，她多少动了恻隐之心，想想看吧，这么丑一个男人，哪个女的愿意给他当老婆呢？除非他是百万富翁挥金如土，再不就是个手握实权的高官子弟。因此，可以说正是对方的丑陋相貌最终说服了她，后来她毅然接过了那一沓钱，嘴里还故作镇定地嘟哝了这么一句：谁跟钱也没仇，放着亮光光的票子不拿，脑瓜子灌屎了。

我不喜欢让人死死盯着，心里怪毛的，再说，你这样压得人家骨头好疼。马娜总算是连撒娇带用力地掀开了朱安身，她能听见黑暗中的男人急不可耐地喘着粗气，犹如一头正在狂奔咆哮的公牛，被谁猛然绊住了四蹄，喉咙里不时发出含混痛苦的哼唧声，由于太过亢奋，脸色憋得像块猪肝子，这越发加深了这张脸丑陋不堪令人生畏的印象。所以，她干脆忙别过脸去，就势伏在枕头上，双腿自然分开跪在棉被上，她觉得这样也许最好，所谓眼不见为净。按理说，这种时候，她是不该挑肥拣瘦的，像她这样的女人，有什么资格要求客人这样那样呢，可这张脸着实叫她不敢恭维，尤其是在这种时候。然而，她趴在那里干等了一会儿，却再无下文了，男人已在身旁瓮声瓮气塌下腰去，继而，如同一头突然中了弹的猎物，一味地平板板地躺倒，长长地往外面吹气。

咋了？你这是……马娜好奇地侧过半拉脸，但依旧保持着等待的姿势。不会是有那种病吧，你们男人呀，就是嘴劲大，一轮到实战，就没尿事了，嘻嘻……说着，她忍不住发出一串轻浮的嬉笑。这种夸张的笑声，在孤男寡女形成的夜色中，显得十分突兀，明显带有一种瞧不起人的傲慢与偏见。此时，朱安身已默默地拉过旁边那床被子，照旧裹婴儿一般，再次将自己裹得严严实实。

马娜一阵懊恼。这人不但生得丑，性格也够古怪的，刚才还好端端的，怎么突然就变成这副德性了？难怪他讨不到老婆，活该！或许，他还真就是个阳痿，一定是她刚才很无心的一句话，刺准了他那根最脆弱的神经，男人都好个面子，特别是在这种事上。这样想着，她多少又有些不好意思起来，她向来是口无遮拦地跟客人打情骂俏的。接下来，她像是要刻意讨好男人似的，又一次轻轻柔柔地爬到他的被卷边，哪知手指头刚一碰到柔软的被面，对方就跟被针戳着似的，一个打挺，诈尸般翻坐起来，同时，不忘把被子哗地披在身上。

喂，你最好离我远点！朱安身的口气不容置疑，咱俩井水不犯河水！

说罢，复又倒身睡去，只把后背坚硬地对着她，一种拒人于千里之外的架势。

有病！马娜心里再次恨恨地嘀咕道，真是个丑怪物！不过，她多少有些后悔了，自己一定是吃错了药，才答应跟这个相貌丑陋的家伙一起回家的。

他俩本打算只在家住一宿，天一亮就速速返城的，可是家里人死活不依，说好不容易回来一趟，怎么也得住上个三两日再说。朱安身在家排行老幺，他前面有三个姐姐，早都嫁人了，当她们得知小弟回家来了，而且还从城里领回一个漂亮的对象，都想来见见这个盼望已久的准兄弟媳妇，从昨晚到今早，姐姐姐夫们就陆陆续续赶回娘家来了。老母亲乐得跟要过年似的，屋里屋外地跟女儿们张罗起来，谁负责去镇上采购酒水糖果，谁负责在院里杀鸡煺毛，谁负责和面炸油饼，谁负责邀请亲朋好友。按照老家的风俗，未来的媳妇头一回上门，家里怎么也得热闹热闹，而且，亲戚们还要给女方凑个见面礼什么的。所以，整个晚上，朱安身心里自然是忐忑难安的，早知如此，打死他也不会带这么一个不着调的女人跑回来。

事先，朱安身确实没考虑得那么周全。这次他之所以急匆匆赶回老家，主要是因为，老父亲卧病在床多年，近来情况越发不妙，母亲才命姐姐给他去了电话，叫他务必赶回来看看，怕万一归来迟了，见不上老人最后一面。姐姐在电话里说着说着，竟呜呜地哭出声来。姐姐还语重心长地跟他唠叨，安子，你也三十好几的人了，咱爸咱妈做梦都想抱个小孙孙呢，你就不能抓紧时间，好歹搞个对象，赶紧成家立业啊，别一个人在城里老那么漂着，不然老爸人就是走了，也闭不上眼啊……那一刻，朱安身觉得，自己的心被什么硬物钝钝地戳了一下，一种从未有过的痛感突然袭来，泪珠就噗噗地落下，浑身一阵战栗。他觉得自己真是不孝，过去那些年，父母和姐姐们为了供养他一个人念书考学，吃过多少苦，受过多少罪，后来好不容易把他送进了省城的一所农学院，虽说是专科，学的又是个畜牧管理，毕业后又毫无悬念地，被招进畜牧站当了一名小技术员。而他的那些同班同学，但凡有些门路和人脉关系的，多数都改弦更张另谋高就了，唯独像他这种没有任何背景，又天生相貌比较雷人的，也只能听天由命了。

畜牧站的工作，成天价跟那些牛啊羊啊的牲畜打交道，干的活似乎并没有完全脱离农村，可那毕竟让他捧上了老家多少人眼红心跳的铁饭碗啊。朱安身还记得，当初刚参加工作，头一次跟着实习师傅，牵着几头母牛去配种的情景。想想看，一个二十刚出头的愣头青，这辈子还从未真正摸过女孩子的手呢，头回见识那种野性十足的场面，情况可想而知。那头长势跟牛魔王相仿的大种牛，一见陌生母牛，便一副兽性大发的样子，哞地发一声吼，便直冲母牛扑来，趾高气扬地高高举起两只前蹄，下身那阳物好似烧火棍子，一个劲在母牛屁股上乱戳，那头小母牛吓得惊慌失措，在原地来来回回踢踏着四蹄，要不是让师傅和他拦着，几乎随时会夺路而逃。

关键时刻，带领朱安身实习的师傅，居然命他过去帮把手，就是用手掀起母牛的尻尾，好把那个敏感部位露出来，以便种牛能够顺畅进入完成交配。那天，朱安身目睹了公牛和母牛之间的情事，除了感到一阵血脉偾张之外，更多的还是恶心，尤其是大种牛发出粗野的哞叫声，以及那挂满了牛嘴和脖颈上的，跟肥皂泡一样喧腾的白沫子，他就差当场把胆汁吐了出来。师傅嘴角始终叼着烟卷，眯缝着两条肉虫子眼瞅他，一副不以为然的样子，后来见他蹲在牛栏旁边，像个小孕妇似的哇哇干呕，师傅便撇着嘴角嘲笑道，你真是个学生蛋子，连这个也没见识过，我就不信，你在大学里没搞过对象？

不提这个还好。对象自然是要搞的，校园里有那么多的课余饭后和月下花前，不过那好像都是别人的勾当，这种时候，朱安身只能默默地靠边站了，他总是一个人躲进阅览室，或教室的某个旮旯，尽量装出两耳不闻窗外事、一心埋头苦读的好学生样子。由于相貌难看，四年的大学生活，对于朱安身来说，有时简直就是场噩梦。过去在老家念书，因为那时年纪毕竟小，对于男女方面的事也知之甚少，平时虽说难免会被某些调皮的学生嘲弄一下，但那时他自己并不太在意，因为那阵他的学习成绩突出，老师还算器重他。

　　可进入大学以后，这种局面立刻发生了改变：一者，他自己好像一夜之间成熟了，被一种很浓的羞耻感所包围，对于个人形象开始在意了；再者，班里一到周末和假日，不是组织大伙去郊游爬山，就是在教室里举办交谊舞会，男女生亲密接触的机会变得频繁起来。更要命的是，那阵子不知是心理负担太大，还是刚换了新环境水土不服，他的内分泌系统突然就失调得一塌糊涂，青春痘就像三月含苞待放的花蕾，那张原本就丑陋不堪的脸庞上，又暴增了这些疙疙瘩瘩的东西，乍一看去，简直跟公园里老猴子腚差不多，他当然没脸更没勇气去参加班里的任何集体活动。

　　他不得不悄悄上校医务室去做检查。大夫是个五大三粗的中年妇女，据说她还是某校领导的家属，手里整天抓着两根竹签子，在一堆花花绿绿的毛线团里兴致盎然地挑来挑去，活像一只正在愉快玩耍的老猫。学生进去半天了，她还是爱答不理的，充其量，腾出一只织毛衣的大手，浮皮潦草地捏捏学生的脖颈，或者，拿压舌板压压舌苔，然后来一句，没啥大不了的，回去多喝水，注意个人卫生，就完事了。好像，水是这里唯一能开出的灵丹妙药。轮到朱安身来看脸，女校医手里的竹签子始终没停，只那么歪斜着眼扫了他一下，女人脸上的表情就突然凝固，嘴巴莫名地张开，像是要打一个超级哈欠，却又因条件不成熟搁浅了，显然是被眼前这个年轻患者的相貌给震惊了。但是，女校医毕竟什么样的学生都见识过，马上就摆出一副职业性很强的敷衍神情说，这没啥大不了的，青春期嘛，平时少吃辛辣的东西，没事别老拿手去抠它，还得注意个人卫生，过一阵子自然就好了。后来，经不住他的软磨硬泡，女校医总算是破例给他开了两小纸包维生素 C、E 之类的口服药。这个一贯以不给学生开药而著名的吝啬女人，也算破了一次天荒。也许，女校医只是不想长时间盯着那张丑脸吧，所以才速速打发他走人。

　　就是这张遍布粉刺的丑脸，还是引起了班上一名女生的格外关注。有一天，他们在去教室上晚自习的路上，一个名叫肖晓虹的女生，突然从后面赶上来，轻声地叫住了朱安身。当时，天色基本上暗下来，旁人并没有太在意，叫住朱安身的女生，跟电影里的女特务似的，以快得惊人的速度，将一个小塑料袋递给他，并且，以同样快的速度叮嘱道，擦脸药，我弟以前用过，很管用的，你按说明书每天坚持擦擦吧。在朱安身几乎没有完全看清女生的脸面时，肖晓虹已经快人快语地转身离去了，整个过程快得像眨了一下眼皮，等再睁开眼时，就像什么也没发生过。但正是这次飞快的传递和关怀，一下子就激活了那颗原本死气沉沉的年轻的心。

当天晚上，朱安身一回到宿舍里，就迫不及待地取出了那只小塑料瓶，白色的瓶身上贴有标签：炉甘石洗剂，外用药液，辅助治疗皮肤过敏、痤疮、湿疹等瘙痒症等。这应该是朱安身自小到大，近二十年来，头一次收到的女生主动送给他的物品，而且，是绝对的雪中送炭，急他所急，想他所想，那张脸再不好好治疗的话，他眼看就要崩溃了。他的心在莫名地狂跳，十根手指始终在颤抖，小小的塑料瓶，被他死死攥在手心里，潮湿的汗液漫漶起来，他像是攥着姑娘那颗火烫的红心。上床之前，他悄悄躲在卫生间的某个角落里，借着一抹昏暗的灯光，像头一次尝试化妆的爱美女生，手持药棉，将那种凉丝丝的如圣水般的药液，仔仔细细地在脸上涂抹了一层。

尽管炉甘石的味道有些刺鼻子，而且，涂在那些红兮兮的粉刺疙瘩上，会产生一种隐秘的灼痛感，但他的心情从来没有那么舒畅过，他甚至透过那白石灰一样难闻的药液，清晰地嗅出一个女生最恬静最生动的香气。后来，他躺在自己的床上，翻来覆去久久不能入眠，那个叫肖晓虹的女生，一会儿变得异常清晰，楚楚动人，一会儿又显得模模糊糊如隔云雾。他把肖晓虹在路上跟他说过的话，一个字一个字地，回想了若干遍，就像人们在睡不着的时候，不停地数绵羊那样，而几乎每一遍，他都觉得，自己一定遗漏了某个至关重要的细节或词语。他一直固执地认为，她一定跟他说了很多很多，只是一切来得太突然了。当时他简直紧张得快要休克了。

那段时间对于朱安身来说，一定有着非比寻常的意义。在连续擦抹了两周左右的炉甘石洗剂后，脸部的病情大为改观，那些恼人的层出不穷的红疙瘩，被明显压制住了，一种类似于久病康复后的自信和感念，让这个年轻小伙忽然换了一个人似的。他上课不再像往常那样，总是蔫头耷脑一言不发。课间，偶尔也能跟别的同学说说笑笑了；体育课上，他甚至主动报名，加入男生的篮球比赛中，从而发挥出一个乡下小伙应有的耐力和体魄，让大伙对他多少有点儿刮目相看。

每天下午五点四十分左右，学生们由宿舍楼下来就餐时，都会顺手拎一两只空的暖水瓶，这些外表红红绿绿的玩意，通常先被大片大片地扔在开水房门口，等到去食堂吃过晚饭以后，大伙再顺路去开水房，灌满各自的暖瓶，然后成双结对地拎回各自的宿舍里去，这是大学生每天必做的功课。朱安身虽说其貌不扬，但身上有的是力气，毕竟打小就生活在乡下，农忙时节，他也得帮家里干两把地里的活计。朱安身总是尽可能快地吃完晚饭，然后迅速离开学生食堂，健步如飞地奔向开水房，在那一大堆花丛样鲜艳的暖水瓶里，准确无误地找到属于肖晓虹的那两只（上面用即时贴注明了年级姓名），当然他也会顺带再多拿两只，那是跟肖晓虹很要好的同宿舍的另一个女生的，他很小心地替她们灌满开水，一只手拎两三个暖水瓶，走起路来脚步嗵嗵直响，好像浑身有使不完的力气。

女生宿舍楼在男生的对过，那里每天都花枝招展的，引得无数男生望眼欲穿，又想入非非。一旦爬上陡峭的楼梯，走进幽暗狭窄的楼道，一股说不清道不明的香气，就会扑鼻而来，那时的朱安身活像一名训练有素的运水工，他通常不怎么敢抬头看人，只顾大步流星一路向前，即便遇到班里某个女生，他也视而不见，在把手里的暖水瓶款款放在主人的宿舍门口之前，他甚至连大气也不出一下。一旦手里的重物卸下，他立刻如释重负，转身一溜烟跑开去，又像是调皮的男孩敲响了别人的房门，却又溜之大吉，嘴里倒是发出类似口哨的嘘嘘声，仿佛完成了多么重大的使命。

但是，这份送暖水瓶的工作并未持续太久，因为那些喜欢叽叽喳喳的女生，很快就把这桩趣事，添油加醋地传遍了全班的角角落落。最开始，还是比较积极正面的，她们说咱班可出了个活雷锋，号召全班男生要向朱安身同学学习，但接下来，事情就变了味了，说什么癞蛤蟆想吃天鹅肉，简直是痴心妄想……几个平素对肖晓虹颇具好感的男生，也仿佛原本属于自己的某项福利，突然遭到了一个相貌丑陋者的拦路抢劫，于是他们就依照雨果小说《巴黎圣母院》里的经典形象卡西莫多，也阴阳怪气地给朱安身头上安了一个雅号"朱西莫多"。他们私下里总吵吵说，快看快看，朱西莫多屁颠颠地要去学雷锋了……朱西莫多又献殷勤去了……朱西莫多爱上咱们的班花肖晓虹了。

有一晚正上自习课，一个男生故作娇滴之态，将自己的嗓音憋成女生才有的那种尖细的频道，对身边的另一个男生说，卡西莫多，我美吗？对方马上会意地应和和演绎，你太美了，艾丝美拉达！大伙稍一愣怔，整个教室突然就爆发出一阵哄堂大笑……在那喧哗的笑闹落幕之际，大家忽然听见另一个声音愤愤然地从某个角落陡然升起：喂，你们——真是——太过分了！此语正出自肖晓虹之口。她当时的脸色难看极了，好像是，刚被外面凛冽的寒风冻透了似的，青一块，紫一块，总之要多难看有多难看，一班同学从未见她这样过。打那之后，大伙就发现，肖晓虹再也不把暖水瓶随便放在开水房前，或别的什么地方了，她总是宝贝似的随身携带，不给人创造任何可乘之机。

那张四周蒙了蚊帐的单身床铺，简直成了朱安身当时唯一有效的避难所，没课的时候，他总是把自己窝在里面，同寝室的人只能从外面看到一个模模糊糊的影子，好似一个虔诚的僧侣正在面壁打坐。他不主动跟任何人说话，有时别人向他打问一件什么事，他老半天也不吱一声，活脱脱成了一个哑巴。他一味地将自己囚禁在那个由发黄的旧蚊帐围拢起来的小小空间里，看书、听半导体小广播，或者长时间发呆，他几乎不再参加任何一项集体活动，时间久了，别人甚至都快忘了班里还有这样一个成员。

那时，他唯一喜欢的活动，就是在熄灯以前，一个人去学校的操场上快速奔跑，跑完一圈又一圈，他尽量跑得像狂风一样快，让浑身上下热汗横流，不给任何一个熟人上前跟他搭讪的机会。也只有在这寂静昏黑的煤渣跑道上，他才感觉到自己不再那么孤单了，因为这里有呼吸不完的自由空气，头顶还有跟家乡一样深邃湛蓝的天空。有时，月亮也会恰到好处地照亮他阴郁愁烦的面部轮廓，他就轻轻闭上眼睛，完全凭着感觉摸黑奔跑。这种时候，他才可能忽略白天的种种遭遇，忽略别人险恶的冷眼，和无处不在的嘲讽。他唯一困惑难解的是，老天爷为何会让他以这样的容貌活在世上，或者，那个被称作同学的群体中，那些来自五湖四海的男生女生组合起来，竟是那么的强大而不可一世，除了那个充满善意的肖晓虹之外，他们每一张面孔都那么地狰狞可憎。

朱安身的第一场恋爱，不，更确切点说，是他大学时代唯一的暗恋或单相思，就这么短暂地夭折了。

<h1 style="text-align:center">二</h1>

醒来后，身边的男人已不知去向，被卷空成个狗窝样。

马娜一边噢噢地打着哈欠，一边懒懒地往自己身上套衣裙。她上身穿了件鹅黄色的开司米衫，尽管桃心领口开得不是很低，可那一对饱满的球形胸廓还是傲然凸显着；下面是条及膝的藕荷色条纹筒裙，里面配了肉粉色半透明的长筒袜，腰间还系了条装饰性很强的带金属扣的黑色细皮带，让她身材看上去很苗条。其实，这套装束比她平时穿的要保守得多，因为朱安身在付给她钱的时候，顺带提了唯一的附加条件：记住，到时候可别打扮得太那个了。因此，出门前她尽量把自己收拾得像一个良家妇女，她几乎没敢怎么化妆，除了指甲的颜色艳了些。说心里话，她讨厌这种称呼，"良家妇女"直接对应了她们这种堕落的女人，就像好和坏、美和丑、真和假一样。

有时候，恐怕是极少极少数的时候，她也想过要当一个良家妇女的，清清白白，过正经日子，莫让旁人指指点点，可生活对于她来说，就像一个烂泥坑，她一着不慎就栽了进去，结果从头到脚污染得没一处干净的地方。那时在老家，她听从父母之命，尚不足二十岁，就草草嫁给邻村的一个男人，婚后才知那人嗜酒如命，每天离开二两猫尿，简直咽不下饭菜，可一旦喝醉了，又肆意动手动脚，她的脸上身上，隔三岔五就会青紫起来，肿痛难忍，她终究受不了丈夫的家暴，几次三番跑回娘家避难，结果还是给男人软磨硬泡弄了回去，接着又是毒打，又是囚禁，甚至还锁在黑屋里，一连两天不给她饭吃。她后来到底想法子逃了出去，远远地去了外地，投靠一个老乡。

哪知遇人不淑，这个女老乡在外面混世界呢，专门和男友哄骗和召集有些姿色的妇女，在城乡结合部做皮肉生意。她一开始当然蒙在鼓里，稀里糊涂就落入对方设好的圈套，先是被老乡的男友下药迷奸了，再后来人家又软硬兼施，说她条子正容貌受看，只要听他们的话，舒舒服服就把票子挣下了，干吗还回老家受那号罪呢。人就是这样，一旦跌入污泥浊水中，就算再多跌几跤，跌得再狠些，也都无所谓了。现在，这个丑男人肯花钱雇她扮演两天良家妇女，她既能轻轻松松拿到一份应得的酬劳，又可以在某种程度上，满足了做一下良家妇女的愿望，她又何乐而不为呢？

早饭一过，家里就出现了某种混乱。

先是唰啦唰啦清扫院子的声音，接着是丁零咚隆搬箱挪柜的声音，再接着又是叽叽咕咕母鸡拍打翅膀满院奔逃的声音，当然，这中间少不了大人孩子说说笑笑的声音，总而言之，混乱的局面里透着一股难以压制的洋洋喜气——尽管，在这家堂屋里间的床上，还躺着一个病入膏肓的老爷子。这个情况马娜早就知晓了，她来此的目的，很大程度上就是为了这个老人。昨天，乍一见到朱安身的老父老母，她的眼眶莫名地湿热了一下，怎么说呢，这对年迈的乡下老人，几乎跟她在老家的父母没有多少区别，一样的眉眼，一样的清瘦，一样的忧愁，一样的少言寡语。她人已经很久很久没有回过家了，只是逢年节寄些钞票或衣物吃食回去，一来怕那个醉鬼男人上娘家纠缠不休，二来自己干了龌龊的事，实在是没脸回去见人。她想，等将来自己存够了花销，或许可以在城里买套小房子，到那时候，再把一双老人接来享几天清福也不迟，百善孝为先，她懂这个理。

屋里屋外转了一大圈，始终没见到朱安身人影。

马娜不清楚一大早他上哪去了。想到夜间床上那一幕，她的脸皮微微有些发热，倒不是说她有多么矜持和害臊，这种事她经历得不计其数了，可这个朱安身给她的感觉太出乎意料，她简直就是拿热脸贴了人家的冷屁股，由此，她又觉得在这个丑丑的男人身上，似乎有种独特的东西，具体是什么，她一时还归纳不出来。与朱安身对她的态度完全不同，这家里几乎每个人，都对她笑眯眯的，他们都以热情待客的语调，轻声细语地跟她打招呼：小马起来了，夜里睡得好不好，饭还吃得惯吧……她觉得自己真的成了顶重要的一个客人。

客人，这个称呼她其实非常反感，在她昏天黑地应付男人的那个世界里，所有的男人都被称作客人，老板经常会打来电话交代，某个客人点名要你陪，马上过来！或者，你的那个老熟客又来缠你了，等等。一时半会儿她还适应不了，这家人带着讨好意味的亲近与问候，但她尽量装得一本正经，尽量让自己的举手和投足，都像个头回上门来的好女人，反正不能让他们瞧出什么破绽。她来这里就是装模作样演戏的，所有的戏都是假的，可假戏也得真唱，再说拿人钱财，替人消灾嘛！所以，她不能总在人家忙乱无序的院子里晃来晃去，那样肯定有失礼数，她得礼貌性地去做点什么，比如帮他们随便干点家务活儿。她想去搭手拔拔鸡毛的，可刚在那只冒着腾腾热气的水盆前蹲下身子，朱安身的大姐就好心好意地说，用不着你插手的，当心溅脏了新衣裳。之后，她又想去伙房里试试，正在那里吭哧吭哧揉面团的，是朱安身的二姐，这个胖乎乎的矮个子女人，扭过脸对她说，小马，你还是去堂屋歇着吧，咱家伙房实在太憋屈了。朱家的厨房确实又矮又小，简直像个小煤房，她觉得自己要是待在里面，那个胖女人一定会喘不上气来的。这样一连几次，她都没能帮上啥忙，最后，只好一个人低头走进堂屋。

堂屋是那种里小外大的套间，昨天她已经在里间屋里正式见过朱父了。听朱安身说，老人几年前患了脑出血，从此便中风瘫床不起，连屎尿都不能自理，到后来竟话也说不成了，只是心里明白，这个家就苦了朱母。现在，她百无聊赖，一个人坐在堂屋的一只很破旧的沙发上，沙发的扶手早被人摸得油黑放光，乍看上去，很像两块硬邦邦的生铁，屁股下面的灰布垫子也坑坑洼洼，有一处破了鸡蛋大的洞，黑黢黢的弹簧钢丝，脏兮兮的棉絮团，都如开了膛的动物内脏，清晰可见。她不无嫌弃地将自己的屁股稍微挨那么一点儿座位，生怕弄脏了自己的新裙子，或被弹簧扎着。空气中始终弥漫着浓浓的草药气和尿臊味，她的鼻子不时地一抽一抽，很快，她就爆发了两个响亮的喷嚏。

外间屋除了有一台十几寸很老式的电视机外，再也找不到任何一样家用电器了。她实在是闷得慌，就起身去摁下了电视开关，一串刺耳的噪声直戳耳膜，她的目光就在茶几和桌子上搜寻起来，想找到电视遥控器，可半天什么也没发现，她只好随便用手指去摁屏幕右下角几个同样黑得出奇的按钮，总算是把那惊人的音量调小了，后来屏幕也终于浮现出人脸，仅有的一个地方台，正在播放电视购物节目，推销员夸张的语气和矫揉造作的表情，让她觉得很搞笑，那几位起初还是平胸的女人，因为试穿了同一款婷美内衣，胸部立刻产生了不可思议的丰满效果，于是，她们便傲傲然地挺胸抬头，众口一词地讲述着早就设计好的台词：从此可以做自信女人，让男人整天跟屁虫似的黏着你……她觉得，这些女人真够贱的，大庭广众，多不要脸啊，两只手就那么在胸罩上摸来摸去，丢先人脸呢！于是，她近乎气急败坏地关掉了电视。与其说是电视上的模特让她感到很不舒服，倒不如说是这样的画面，让她不由得联想到自己有时为了讨好某个客人时的所作所为。

就在这时，她听到哐啷一记兀响，类似瓶罐之类的东西突然坠地的声音。她愣了一下，忙侧耳细听，一串含含糊糊的呜呜声，从里间屋缓缓传来。

那间屋子没有安门，只是挂了一条用零七碎八的布头缝制成的帘子，她就循着声音走上前，轻轻掀起那道布门帘，整个人再次愣住了。靠里挨着窗户下面，有张木头板拼凑起来的简易床，朱父正面朝她的方向侧躺着，青灰色的瘦脸小得像只山核桃，由于半拉脸是陷在枕头里的，好像那只核桃被谁敲开后拿走了一半。老人的一只手弯曲着，垂悬在床沿外，似要竭力伸开，又像是想抓住什么的样子。顺着那张同样苍青枯瘦的老手的方向，她的目光旋即落在地上的一摊液体上，倒扣在那液体上的，还有一只浅蓝色塑料尿壶。不用猜，朱父一定是自己摸索着想要小解。今天，包括朱母在内的所有家人，都忙得不可开交，朱父就被人们暂时忽略了，没有谁还顾得上他，病人大概只能自己想办法解决了。那个蓝塑料尿壶，原先是放在紧挨着床头边的一只小方凳上，老人卧床多年了，几根手指犹如痉挛的鸟爪，均扭曲着往内蜷缩，想要准确地拿起那只尿壶，对他来说太不容易了。

马娜的鼻孔急速抽动了几下，那股子顽固的尿臊味，几乎快让她窒息了。她一时有些进退两难。她想，自己应该立即转身出去喊人帮忙，但一只脚刚跨出里间屋门槛，耳边就冒出一个奇怪的声音，喂，你难道不是人吗，这种事你还好意思去叫别人？你是没长手，还是没长脚呢……于是，她就被这个有些庄重的声音重新拉回到里屋，她绕开那片亮晃晃的尿液，谨小慎微地往里走着，她在手指能够到塑料尿壶的地方弯下腰身，她尽量屏住呼吸，但越是这样，那难闻的臊臭味越让她心烦意乱。

这时，马娜闪烁的目光，就跟躺在那里的朱父不期而遇了。

昨天，她已经被朱安身很隆重地介绍给了朱父，所以，此刻对方的眼光里就流淌着长辈特有的那种羞赧和无奈，她觉得他的样子好可怜，是那种既需要别人帮助，又差于启齿的窘迫。况且，他要面对的还是他儿子的对象，未过门的儿媳，尽管她知道自己狗屁也不是，充其量只是个女骗子。这样胡乱思忖时，她已用右手三根手指，从地上艰难地捡起了尿壶。那一瞬间，喇叭状的壶口，还在滴滴答答往下流淌着什么。她的肠胃一阵翻涌，恶心，想吐，最好一走了之，但最终都让她强抑住了。她表现得很像一名训练有素的演员，该哭的时候哭，该笑的时候笑，任何困难都能坦然面对。她伸过另一只手，从朱父枕头边上抓起几片手纸。那些手纸，一看就知是由廉价劣质的大包卫生纸剪出的小方块，厚厚地擦在一起，方便病人平时使用。她拿起纸片去擦尿壶的外壳，她尽量让自己擦得仔细一点儿，因为她发现，此时朱父的目光老半天都没有离开过那个尿壶，像是在严格审查她这个未过门的儿媳如何做事，以便在关键时刻拿出他自己的意见。

擦完尿壶后，她才重新抓着这个塑料玩意，身体尽量往床边靠了靠，然后探过头去问，叔，你还要用吗？她的口气带着一种关切，她尽量不让内心的那种厌嫌和恶心表露出来。老人像是没听清，或者，听到了，只是不好意思表达。她觉得自己应该再多说点什么，以打破眼下的尴尬局面，她想了想才说，没事的，叔，你跟我老家的父亲差不多少，他有一年摔伤了腿，在家整整躺了三个月，都是我跟我妈服侍他的。她这样说，是为了打消了朱父此刻的顾虑和羞赧，当然，这同样也能打消她内心的种种不适感。对方又沉默了片刻，下巴颏终于抵在枕面上，微微动了几动，干瘪的嘴唇使劲往里抿着，牙床顶得高高的，晶亮的涎水如缓慢的溪流，正顺着嘴角漫延到枕巾上。这应该是表示，他需要继续小解吧。

她稍一犹豫，便自作主张地掀开了对方的被角，当她手指哆嗦着，将尿壶口对准老人下身，递过去的一刻，她的心还是莫名地狂跳了起来。朱父的私密处似乎也是病态的，萎缩的，甚至丑陋不堪，她都有点儿怀疑，对方还有没有小便的能力。为了不打搅病人方便，她迅速转过身去，背对着朱父。她让目光落在墙上挂着的一只小相框上，那里应该是一张多年前的全家福，她靠近相片，细细端详，她很快就从很小的一堆头像里，找到了朱安身。相片上的他，似乎比现实中更丑一点儿，也许是那张脸太过严肃的缘故吧。她又挨个把上面的每张脸都打量了一番，她发现，朱安身的几个姐姐好像也没那么丑，朱父朱母也没那么难看，可唯独这个朱安身，好像基因突变后的一个怪胎，丑到了惊世骇俗的程度。

马娜拎着尿壶一走出堂屋，就跟迎面匆匆赶来的朱母碰上了。

啊呀呀，小马，咋让你拿这个啊……都把人忙糊涂了，快快给我吧……小心弄脏了你的手。

朱母一连声说着十分过意不去的话，一面慌里慌张从马娜手里抢过塑料尿壶，然后勾着头，见不得人似的，急匆匆朝院墙根下的茅房碎步而去。

很快，朱母就回来了，脸上的笑容多少显得有些不自然，但依旧带着道歉式的讨好，仿佛无端地让儿子对象拿这种脏东西，做老人的脸面无光似的。朱母利索地回屋端了脸盆，进伙房打来了半盆清水，又拿出一块新鲜的香皂，和颜悦色地招呼她说，小马，你快过来，好好洗一洗。

马娜觉得朱母的表情始终带着羞赧，就给她宽心道，阿姨，这没关系的，谁家还没个老人呢。

朱母就垂手站在一旁，像个本分的老佣人，伺候着小姐洗净了手，又取来一条粉嫩粉嫩的毛巾，这东西正散发着一股乡野味很浓的商品气息，一看就知是才新买的。

马娜用那条毛巾擦手的工夫，朱母才又叨咕起来。

我寻思着，姑娘大老远来一趟，怎么也得去外面，买个新胰子新手巾，给你使，我知道你们在城里，都卫生惯了的。

朱母顿了片刻，又啰嗦道，刚刚真是多亏了你呀，要不他准又弄得一裤子一床单，害得我又得大洗一场。唉！人活成这样，真是家里的负担啊。

马娜忙接过话头，说，家家都有本难念的经，再说上年纪的人嘛，谁没个病啊灾的。

朱母微微点点头。谁说不是，咱这个家，姑娘你全都看到了，安子他爸一躺就是好些年，可把一家老小拖累苦了，安子好歹也算是个大学生，可到现在都没成个家，愁得我和他爸夜夜睡不着……这回好了，小马你不嫌弃咱安子，不嫌弃咱这个烂杆家，他爸就是哪天真走掉了，也瞑了目……

忽然，竟无言以对。

马娜发现，朱母说这话时的眼神，充满了渴望和欣慰——那渴望几乎是望眼欲穿的，那欣慰更是苦尽甘来的。所以，她再也不敢正视对方的眼睛了。她觉得自己有罪，且罪不可赦。

三

朱安身总算是把自己跑得汗流浃背双腿绵软了。

这是他一贯的伎俩，每当在生活中遇到过不去的坎，他都会找个没人的地方疯跑那么一通。可一旦停下来，大口大口喘气的间隙，那些漫溘如潮的思绪，又将他扯进一种无法摆脱的烦扰之中。他使劲抽了自己两个嘴巴，脸颊的痛感并不明显，倒是沾了一手的湿汗，汗液带着秋天早晨特有的清凉，他就拿手背来回抹着自己的额头，一股凉风当头吹来，他禁不住打了个响亮的喷嚏。现在正是秋高气爽的时节，天空蓝得有些忧郁了，偶尔掠过一群灰头土脸的麻雀，它们的翅膀几乎一动不动，只是发出那种很闹的聒噪声，他下意识地朝家的方向望着，一时间竟不知该不该回去。

他发现自己犯了一个天大的错误，而且，这错误看来已经无法弥补了。他亲手把自己拴在了那该死的套上，他成了一头盲目拉磨的青驴，只能顺着昏暗的磨道，一圈一圈愚蠢地往下走了。这荒唐透顶的点子，到底是怎么从脑壳里蹦出来的，他现在一点儿也记不清了，反正昨天下午，他确确实实把那个跟自己八竿子都打不着的野女人领回家来，而且，还装模作样地把她介绍给父母，说是他在城里找的对象。现在，一家老小都忙得不亦乐乎，他们并没看出什么破绽，相反一个个都好像很喜欢那个叫马娜的女人，他对这种莫名的操办自然是极力反对的，可母亲却板起脸跟他说，这事可不能再由着你的性子，咱们该走的程序一定要走，再说，你爸那病也不是一天两天了，兴许趁着这回家里热闹热闹，还能给他冲冲喜呢。姐姐们也都站在母亲的立场上，轮着番儿，好说歹劝，意思是他确实老大不小了，该尽早把婚事定下来，省得家里人着急。

她们还一个劲质疑他，安子，你到底犹豫个啥呢，人家姑娘长得那么俊，哪点配不上你，你说啊，你说啊？他一下子就被堵到南墙上，没有退身步可走，他自然是没勇气揭穿自己编造的谎言，那样就等于是往爹娘亲人心口上捅刀子，他们含辛茹苦省吃俭用把他供养成一个大学生，一个有固定工作的城里人，他至今也没有什么可以报答的老人的，他原以为用这个善良的谎言，至少可以让弥留之际的老父亲不那么遗憾，不想却弄巧成拙，让自己骑虎难下了。

可以说，长了这么大，他从来也没有像此刻这样，深深地怀恨过一个女人。如果说大学同学肖晓虹只是让他贫瘠的青春湖面泛起一丝小涟漪，而后又迅速归于平静的一粒小石子的话，那么，几年后单位里新来的同事丁茉玲，才是使他情感的池水真正荡漾起来的一块巨石。照老规矩，新来畜牧站的小年轻都要由师傅带一带，领导考虑朱安身为人老实，工作也拿得起来，又是个铁杆单身，且个人问题一直未能解决，或是有意要成全他，就让他做了小丁的实习师傅。起初，他多少有些畏难情绪，自己屁股后面整天跟着一个女徒弟，在牛栏羊圈和科室之间转来转去，监测那些牲畜吃喝拉撒，帮它们完成一次次交配，或人工提取动物精液，为科学合理育种探索新路……

想想都觉得臊得慌。可领导拿话呲嗒他说，狗日的朱安身，别不识抬举了，把全站最美的差事派给你，是组织对你的信任！朱安身迟钝地抠抠后脑勺，没等他张嘴辩解，领导突然长叹一口气说，唉，咱这鸟不拉屎的破单位，这些年就没留住一个年轻女的，都走马灯似的晃上一圈，就颠了，这个小丁也不例外，你就当她是个学生娃娃，来这里新鲜两天了事。就这样，新来乍到的小丁，整天师傅长师傅短地，跟在他后面开始毕业实习了。

要说，小丁这姑娘长得实在一般，个头不足一米六，皮肤是那种标准的小麦色，唯独有一双会说话的黑眼睛，看人时目光总是闪闪烁烁的，好像两摊碎玻璃碴子，阳光一照，到处都熠熠闪亮。这姑娘倒也嘴勤，叫起师傅来，比唐僧的仨徒弟都叫得亲热。畜牧站的职工宿舍，是一排砖瓦平房，还是八十年代的老房子，小丁一来，就被站里安排在这里住下了，其实跟朱安身的宿舍仅隔着一面墙。事实上，除了他们这两间房真正住着单身，其他的房子，都让那些成了家尚未买房搬走的职工占用了。所以，每当午饭和晚饭时间，宿舍门前就热闹起来，好几对小两口在屋檐下面的小炉子上煎炸烹炒，弄得油花子刺刺啦啦四处飞溅，间或听到男女叽叽呱呱在说笑，还有几个小屁孩在院子里追逐嬉闹。

小丁只在职工食堂混了一个礼拜，就再也不肯去打饭吃了，她在饭桌上跟朱安身嘀咕过两次。师傅，你天天吃灶上的破饭，不觉得难受啊！当时，朱安身不置可否只顾低头扒饭，他向来不跟同事磨叽什么，甚至连头也不怎么抬起。等到下一个礼拜，小丁神不知鬼不觉地，就从外面买回了煤油炉，以及锅碗瓢盆之类。那天临近吃晚饭时辰，朱安身像往常一样，刚拿着饭盆从那间黑乎乎的宿舍钻出来，就被小丁给拦住了。只见她手里拎着一只雪亮的锅铲，腰间系着有碎喇叭花图案的新围裙，鼻尖上亮亮地爬了一层细汗，样子像个大师傅。原来，这姑娘正在门台前的小煤油炉上翻炒蔬菜呢，小黑铁锅热气喧腾，香味扑鼻。师傅，晚饭别去食堂吃了，也让你尝尝徒弟的手艺嘛。朱安身稍一迟疑，摇摇头继续往前走。小丁却从后面一把拽住了他的胳膊，师傅，师傅，人家都给你做上了，你要是不吃，撑死我一个人也吃不完啊。朱安身就盯着挥动锅铲的姑娘，心里忽然有种异样的波动，他觉得一个忙于锅灶的女人，身上实在有种叫人难以抗拒的魅力。

打那之后，师徒二人便越走越近乎了。吃饭这种事也被二一添作五，通常是朱安身提前溜出单位，去外面巷子里小摊贩那边，买点菜啊肉啊蛋啊，小丁则负责在宿舍门口拉开架势深加工，然后两个人头对头，围在小丁宿舍里的一张小条桌边吃起来。小丁会做西红柿炒鸡蛋、麻婆豆腐、蒜薹烧肉片和酸辣土豆丝，尤其是土豆丝，总是把朱安身吃得不亦乐乎。每每，小丁在煤油炉前忙乎起来，朱安身就不远不近地捧着一张过期的报纸，看似在浏览上面的新闻，实则是站在一旁偷眼观瞧，眼神里透出几分欣赏和赞许；有时，他也会身先士卒地打打下手，像择个葱剥个蒜之类的小活儿，反正这种时刻，他的眼里鼻里嘴里心里，都弥漫着菜蔬浓热的香气，这气息自然也包含了一个年轻女性独有的芳香，他是愿意沉湎于其中的。

他本来是个极少照镜子的人。宿舍里仅有的一面巴掌大的圆镜子，也是偶尔刮胡须时才照一照的，等吃到了小丁亲手做的饭菜后，他再回到房间里，就平添了一项爱好，他会情不自禁地抓起窗台上落满灰尘的小圆镜子，用衣袖抹一抹，再很认真地照那么几下。这种时候，他多么希望镜中的面孔能对得起观众，能对得起人家做的可口的饭菜。可是，现实总是残酷的，那张脸好像故意跟他作对，肤色麻黑不说，上面尽是坑坑洼洼和疙疙瘩瘩的，早些年汹涌而来的青春痘，给他留下了难以磨灭的印痕，而近期由于荷尔蒙分泌过甚，那些玩意又开始此起彼伏雪上加霜了，甚至连粗短的脖颈上，也捣乱似的爬上了好些个痘痘，那些红兮兮的痘尖，都泛着阴险的奶白色光。于是，他郑重地对着镜子照，恶狠狠地用两根手指去挤掐那些玩意儿，他依稀听到砰的一声，乳液般的粉刺头破茧而出，继而，有殷殷的红色从豆口涌出，他用手指头蘸了那血滴，吸血鬼样凑在舌尖上吮吸，血腥味十足。他恨透了它们。

时间稍长，左邻右舍便都瞧在眼里，大家再见了朱安身，脸上就露出那种不同以往的怪笑，或者轻浮地咂咂舌头，或者阴阳怪气地挤眉弄眼，言外之意是：嘿，这丑八怪也有时来运转的时候！

在大学里，朱安身就不太容易跟人打成一片，等到了单位，依旧是孤家寡人一个。所以，对于旁人的态度，他是极其敏感的，他就像一只落魄而乖戾的狗，因为总是铭记着过去的伤痛，他更善于远远地蹲在人群之外，这样一来，人们的每次举手投足，他都可以清晰地觉察到，并迅速做出有效反应。既然觉察到了，他就不能不在乎。在乎的办法只一个，那就是，继续埋头去吃他的食堂，远远地避开小丁，还有她那只热火朝天的小煤油炉。

哪里知晓，这天小丁竟大大咧咧撺到职工食堂里，他明明都排好队正准备打饭，硬是让这姑娘死拽着胳膊，从队伍里拖了回宿舍。

小丁一直佯阴着一张瓜子脸，咬住红红的下嘴唇，给他端上热乎乎的饭菜，又递来一双筷子。想吃食堂，也不早说呀，害得人家等了这老半天，菜热了两回，都馊了。女人的抱怨从来都带着一股撒娇意味的，他立刻惭愧得口吃起来，我……我临时忙……忙手头的活……时时间太太晚了，就就……小丁拿鼻子轻哼了一声，就什么就，还不快吃，待会儿可要罚你刷锅的。有时候，连女人的惩罚似乎都带着那么一丝甜蜜。吃过饭，他积极主动要去刷锅，却让她一把挡住，说哪好意思让师傅干这个，你歇着吧，还是我来。女人他自然是搞不懂的，因为他实在缺乏这方面的经验，他只知道，自己不该对女人抱有什么幻想，这是他的宿命。

看着小丁利索地干完了活，他很觉得有些不自在，一个劲说着抱歉的话。小丁擦净双手，要摘自己身上的围裙，双手在背后摸索了一会儿，未能弄开，就对他说，师傅，你帮个小忙呗，刚不小心，绾成死结了。说着，转过身把后背支给他，他没多想，笨手笨脚去解那围裙带子，折腾了好几下，都未能解开。小丁就埋怨说，你们男人真够笨的，怎么连这个也弄不开。女人的这种嗔怪，听了会叫人心猿意马，他昨天刚好剪了指甲，系带又太细了，近来，他的指甲和头发都修理得好勤快。他一面笨笨地嘟哝着，一面低头继续摸索，好像遇到了一道棘手的物理难题，额头几乎毫无意识地触到了她的后背上。姑娘头发好长，垂柳细枝样纷纷披散下来，就在他的脸庞和鼻梁上来回划拉，那发丝携带着饭菜气息和洗发香波味儿，痒酥酥的，把他撩拨得终于打了个喷嚏。女人就应声发出一次尖叫，好像被他的声响惊到，忽而一转身，两个人就满怀满面地撞在一处。

小丁傻呵呵乐着，然后像脱毛衫一样，自下而上去褪除那件该死的围裙。当她双臂高高举过头顶时，他一下子就看到了，那裸露出的好大一截细的腰肢，以及潜藏在薄衫下面黑色球形的文胸边廓，兴许是黑白相衬的缘故，那腰身和腹部就跟鲤鱼肚般雪白光滑，这该是他平生头一回，如此近距离，又如此清晰地看到女人姣好的身体，他的心跳骤然加速，血液如同滔天洪水倒灌进了大脑。他依稀听到，喉咙脆骨嘎巴巴响起来，像被拧动的发条，整个人就跟短路似的，痴也乜呆住，两眼死死抠住对方，一眨不眨，像极了饿死鬼，看到了一桌子丰盛的美食。旋即，他的双臂老鹰样忽地张开，再一用力，就将姑娘的腰身箍住了，他把脸紧紧贴近姑娘胸口，拼命嗅闻着那迷人的芳香。

那一刻，他满脑子都是日常见到的情形，大大小小的牲畜恣意交配，那种野性的气息和辣眼的画面，瞬间就将他体内的荷尔蒙全部点燃了，他觉得自己忽然变成一头哞哞吼叫的发情期的公牛，不顾一切地冲出栅栏，扑向眼前这头温顺可人的小母牛，以至于完全忽略了对方惊愕的表情，还有那愤怒的眼神……女人毕竟不是母牛，女人有自己的头脑和思想，有自己的判断和选择，只有母牛才会逆来顺受，女人不会，非但不会，面对男人的强迫，她会奋起反抗。几乎同时，小丁裂帛般尖叫着，她那几根锋利的指甲，毫不留情地，如闪电般划过那张因亢奋而更加丑陋的面颊：混蛋！流氓！丑八怪！你真让人恶心……

喂——是朱安身吧？

随着吱嘎一记刹车声在耳边响起，一只油光光的秃脑袋，就从捷达轿车的窗口探伸出来。

哈哈，车还老远呢，我就瞅着像你嘛！刚才我去找商店买包烟，正好碰上你老娘了，我听她说，你趁十一过节，领着对象回家探亲。

朱安身迷乱恍惚的情绪，暂时被那刺耳的刹车声喝住了，一股呛人的尘土早裹挟着油烟味将他笼罩起来。他只好皱着眉眼，去瞅那只油亮的大脑袋，一时竟有些茫然，对方似曾相识的样子。

光脑袋已经推开车门，径自站在他面前了。怎么？连哥们也不认识了？对方高声大嗓地说话时，一只同样油腻腻的大手掌，用力拍到他的肩膀头上，像是要强力帮他唤醒某段沉睡的记忆。

我是你中学同学方寅虎啊，妈的，当了几年城里人，就把老同学忘光了！

直到这时，朱安身才强迫自己想起了这光脑袋男人。如果没有记错的话，念书那阵子，这家伙头上隔三岔五就生些顽固的癞疮，弄得一坨有发一坨没发，跟野狗啃过似的，后来他索性全剃秃了省事；他上课不是跟同桌说话，就是搞些小动作，最擅长的是给女生投纸蛋，有时还传些莫名其妙的字条，惹得别人都讨厌他。兴许是有一颗癞疮头，常常遭同学们白眼，时间久了，他倒是很愿意跟朱安身搭讪，一个天生相貌埋汰，一个癞头秃脑，他俩在一起倒也般配，多少有点儿惺惺惜惺惺的味道。当然，更主要的原因是，那时朱安身成绩一直名列前茅，方寅虎就总想套近乎，抄他的标准答案应付老师检查。眼下，方寅虎的脑袋越发油光可鉴，像是打过一层精致的蜡油，后脑勺上的肉褶子，跟爬虫样一条一条乱颤。露在外面的右手臂上，有只青蓝色的虎头文身，那老虎龇牙咧嘴，虎口喷着寒气，要咬人似的，根根须毛更是逼真可见。加上紧身的圆领黑T恤，深灰色牛仔裤，使这个光头男人看上去十分生猛，仿佛黑社会影片里的大哥大。

走走走，快上车，好让老同学也载你一程！

方寅虎不容分说，几乎形同绑架，硬拿那只刺了虎头的手臂，将朱安身扭扯进银灰色轿车里。汽车呜呜地驶出一段距离了，朱安身才无话找话问了句，那你也是回来看看的？方寅虎白了他一眼，狗屁！家有啥好回的，要不是两个老的想孙子了，非让我趁着过节送回来瞅上一眼，我才懒得跑回来呢，这烂杆地方，一辈子不回来也不想。顿了一下，话锋一转，你小子总算搞上对象了，人长得咋样，漂不漂亮？还行吧，朱安身心虚地嗫嚅着，声音小得像秋后的蚊子，同时，尽量回避对方探询的眼光。哼，我原先以为，你真打算做一辈子光棍汉呢，到底还是憋不住了吧！方寅虎的语气里，或多或少带着一种揶揄和讥笑的成分。要说呢，做光棍也不赖，一人吃饱，全家不饿嘛！哪像我，要在城里做生意挣钱养家，成天忙得贼死，都快把老子烦死了！

朱安身实在不知道再说什么好了，这种不期而遇，让他一时半会儿无法适应，先前的那一通马拉松式的长跑，确实让他四肢绵软无力，此刻任由捷达车载着他空茫的大脑和疲惫的身体，一味地在乡间的土路上颠簸。倒是方寅虎的话匣子打开了，天上地下，东拉西扯，说他这些年怎么在城里辛苦打拼，说他为了承包绿化工程，没日没夜地在酒楼和歌厅应酬，说他老婆一下子就给他生了一对双胞胎儿子，最后又讲到房子车子还有乱七八糟的女人……他虚虚实实听着，脑海中却不时地浮现出早已远去的画面，往事隔着一层薄薄的水雾，时而朦胧，时而又清晰。

兴许是见到这位老同学的缘故，追忆的触角最大限度地伸展开来，一下子就够到了往事的最深处。朱安身竟破天荒地记起来，那时自己在物理课学过的一个定律：浸在静止流体中的物体，受到流体作用的合力大小，正好等于物体排开流体的重力，这个合力又被称作浮力。此刻，他甚至还能背出那个著名的阿基米德定律的计算公式：$F_浮 = G_排 = \rho_液 \cdot g \cdot v_{排液}$。而在当年，他确实是班上为数不多，能够熟练掌握这种运算法则的好学生之一，像方寅虎这样的笨蛋，一遇到阿基米德这外国老头，就彻底傻眼了，用物理老师的话讲，你们的脑子完全短路了，难道你们都是旱鸭子没游过泳吗，这么简单的道理怎么就想不通？那天，物理老师在震怒之余，忽然将那种赞许的目光，投向了腰板挺得笔直的朱安身，还当众表扬他是今天唯一一做对题目的好同学。之后，老师又声情并茂地阐述道，同学们，阿基米德定律不光是一个物理学概念，它其实对我们的人生也有很重要的启示，物体在流体中的状态不外乎三种：漂浮、悬浮、沉浮，而我们有的人，可能一辈子都浮在生活的水面上。时漂时悬，起起落落，还有的人几乎一直沉浮下去，永无出头之日……

时间过去那么久了，现在突然想起老师当年在课堂上的谆谆教导，他的内心不由得为之一震。现实中像方寅虎这样的人，学习一窍不通，成天游手好闲，就靠抄别人的作业打发日子，可如今也在城里混得人模狗样，要风得风要雨得雨；再看看自己，从中考到高考再到后来参加工作，一路可谓过关斩将，可到头来又能怎么样呢，不过是守在一个半死不活的破单位混口饭吃而已，三十大几的男人，要房无房，要车无车，就因为长得太丑，连个女人也讨不到，到头来居然昧着良心，领一个野女人回来糊弄家人。

俗话说得好，货比货得扔，人比人得死。朱安身从未如此强烈地意识到，自己这辈子竟惨败至此。

四

汽车到底是汽车，朱安身花了半上午时间，拼了老命跑出去的那段路程，眨眼间就让人家四个轮子给转了回来。

朱安身原本打算早点下车的，他说，寅虎你忙你的吧，可别耽误了你的行程，我自己慢慢走回去。可方寅虎的兴致似乎还很高，一个劲说，咱俩还客气个述，不就是一脚油门的事。捷达轿车轰地一下子，就把家门前的小土路堵得死死的，银光闪亮的车壳，跟朱家破败萎靡的院门，还有低矮的土院墙形成了巨大的反差，好似贫民窟里，猛不丁冒出一个穿金戴银大腹便便的暴发户。

汽车的戛然而至，立刻将正在院里忙乎的人都吸引出来，当然还有一直无所事事的马娜。马娜见朱安身从小轿车里钻出来，就忍不住嚷嚷起来，这半天你去哪躲清闲了，害得人家到处好找呢。她的口气天生带着一丝淡淡的幽怨，给人的感觉是，他俩正如胶似漆，她是一时半刻也离不开他的。当然，她只是在演戏，在尽自己的本分，这两天她不能让任何人挑了理。朱家三姊妹则一面艳羡地趔摸小轿车，一面窃窃连声说着什么；朱安身的几个小外甥早飞奔到车边，小手不停地去摸摸车鼻子拍拍车脸，嘴里发出嗷嗷的欢叫，孩子们在这种时刻，都变成活蹦乱跳的小雀儿。况且，这辆车还是他们的舅舅坐来的，孩子们也由此对这个一直待在城里的长辈肃然起来。朱安身正要挥手跟车里的人告别，驾驶室的门又一次打开了，随即砰的一声用力合上。

方寅虎摇头晃脑地朝大伙走来。他的步子迈得有些夸张，尤其那颗肥硕的大脑袋，在阳光的映射下，越发地耀眼夺目光彩照人，好像太阳的光芒，全部集中到他的头上去了。

朱安身欲跟老同学作别的话未及脱口，这阵子，朱母偏又颠着细碎的脚步，挤进儿女们中间，她身材矮小，挂在皱巴巴的脸上的笑，总显得那么卑微，她几乎有些低声下气地对方寅虎说，哟，你可是稀客呀，好久也不见回来一趟，今儿赶得巧，要是不嫌弃，就请来家里吃个便饭吧……

方寅虎习惯性地用手抹抹光脑门，好像那里有很厚的一层油水，需要他不停地揩抹。要说啊，过去念书的时候，我可没少来蹭大妈家的饭，你比我妈做的好吃多了。朱母闻听更加喜悦，忙扯扯朱安身的胳膊肘，安子，你还愣着做啥，还不快把你同学让进屋去。虽然朱安身露出左右为难的神色，但母亲已经发了话，他就不能撺人家走吧，便随声附和道，好，好，快，快进去坐。

好在此刻方寅虎并没留意他，那两只圆鼓鼓的蛤蟆眼只顾盯着马娜上下打量。大伙一起往院里走的时候，方寅虎突然扭过头，问旁边的马娜，你就是安身的那个对象喽？马娜很端庄地微笑着，并轻嗯了一声。朱母忙接过话头，你可不知道，这姑娘又懂事又勤快，这不，头回上咱门上，就知道给安子他爸端尿罐呢，我们老朱家可真是烧高香了……

母亲言语间流露出的那份心满意足，着实让朱安身内心一阵翻涌，仿佛谁不慎碰倒了他腹内的五味瓶，横竖不是个滋味啊！他把头低到了不能再低的位置，眼睛直愣愣瞅着自己的鞋尖。那双黑皮鞋上沾满了乡下的尘土，都看不出鞋帮的颜色了，龌龊得叫人鄙视。

接下来的时间，堂屋里充满了欢声和笑语。午饭足足准备了一大桌子，什么鸡鸭鱼猪牛羊肉，芹菜蒜薹茄子荷兰豆，甚至还有一盘刚炸出来的鲜虾，男人频频干着白酒，女人和孩子们则甜滋滋喝着饮料，大瓶的雪碧往出倒的时候，总是奔涌着欢腾雪白的气泡儿，惹得小孩子老是唏唏嘘嘘地叫。

朱父也被破天荒地从病床上架了起来。活像一个直不愣登的大号木偶，被女儿女婿安放在那只有扶手的旧轮椅上，身体两侧各用一只大枕头强撑起来。这辆轮椅，还是几年前朱安身从城里的旧货市场上淘来的，当时花了不到五百块，旧是旧了点儿，收拾一下也能凑合着用。之前，他去药店和医院打听过，新轮椅都死贵死贵的，尤其是那种带什么功能的，动辄要好几千块，后来考虑再三，他还是给父亲买了辆旧的。轮椅被送回家后，朱母见那人造革屁股垫磨破了，蜡黄色的海绵露出拳头大的两团，看着很像怪物的眼睛。朱母就用一块半新不旧的蓝涤卡布包住了垫子，又把左右扶手用积攒下来的花布条缠了一遍，这样人手扶着，就不感到金属的冰冷了。他们今天还给病人换了身干净点的衣服，头上还捂了一顶卡其色的鸭舌帽，简直跟过最隆重的节日一样。又生怕吃东西给污染了，就跟通常对待孩娃那样，绕着老人的脖颈，围了条半新不旧的蓝道道毛巾，这样涎水淌下来，就能拦截得住了。

　　朱母始终就坐在轮椅边，欢快的表情多少有些呆板。她偶尔才挑选一筷子极软和的小东西，慢慢塞进病人的嘴里，并顺手掀起毛巾的一角，机械地沾沾那只向一侧严重歪斜的嘴角。其实，吃对于朱父而言，仅仅是象征性的，食物含在他干瘪空洞的口腔里，半天也不见动一下，反倒引发了口水肆虐，朱母就不得不惦记着老去擦拭，而每次，她都会皱着眉头自言自语什么。

　　朱安身当然要跟马娜相邻而坐了。在他俩左右，还有临时请来捧场的姑妈姑父叔伯之类，人们一味地沉浸在吃喝与谈笑中。唯独朱安身，吃得相当沉默，沉默得像块黑铁，他始终不怎么说话，也不抬头跟任何人交流眼神。即便是大伙共同祝酒碰杯，他也是应付性地匆匆起身浅尝辄止，一家人最欢乐的时刻，于他却如坐针毡痛苦万分。倒是一旁的马娜，不时地替他夹菜斟酒，表现得既温存又得体，多少有点儿喧宾夺主的意思，好像朱安身倒变成一个新上门的女婿了。

　　朱安身也是在众人起身碰杯时，突然觉察到的，他的那位老同学表情变得古怪起来，简直有点儿荒诞了，那油亮放光的额头下的一双蛤蟆眼，正诡异而叵测地来回扫视着马娜，还有那对厚而黑的嘴唇，始终隐藏着某种似笑非笑的轻薄和冒犯。朱安身一下子慌张起来，他几乎再也坐不住了，这一发现对于他来说，绝不亚于一次毫无征兆的地震突然来袭。他正欲起身开溜，方寅虎却端了酒杯，径自摇晃到他跟马娜中间。

　　来，老同学，我可借花献佛了。

　　那只有虎头刺青的右手臂，大大咧咧冲他俩伸来，青蓝色的虎头狰狞而恣睢，酒斟得又太满，就滴滴答答往下溢着，有几滴落在朱安身的衬衣上，那里的皮肤就有种灼痛感，酒水好像是被那老虎生猛的气息所撼动出来的。方寅虎已喝得红头涨脸，说起话来明显带有几分醉意，或者，他只是在佯醉，他的酒量应该不会太差。他的身体不受控制地前后栽晃了两下，光脑门几乎触到了马娜的胸口，马娜就下意识地往后仰身躲闪着。

　　我祝你俩早得贵子，大妈大叔也好早抱孙子！

　　朱安身的心再次被抽紧，脊梁骨仿佛抖透出一股寒气，面对老同学所谓的祝福，他简直无地自容了，他掩饰什么似的，赶紧扬起脖子，喝干了杯中酒。由于灌得太猛，酒水直接呛进气管里，导致他一阵狂咳，憋得脸通红，脖子发紫，他正好逮住这个有利时机，拿手捂住嘴巴，转身跑出了堂屋。

马娜本欲跟出去瞧瞧的，却让方寅虎一摁肩头，又款款坐回了原位。方寅虎也就势在朱安身原先的座位上坐了，他坐下去的时候，几乎是贴着马娜的身体，他还趁低头拉椅子的工夫，很小声，却又很清晰地在马娜耳边嘀咕，你他妈的，不是叫李雪吗，啥时候改名换姓的?! 马娜霎时愣住，接着，她不得不侧目盯视这颗油亮油亮的大脑袋，难怪她刚才也觉得有点儿眼熟，一准是她以前陪过的客人吧，不然，他怎么会叫出李雪这个化名呢? ——她在店里一直用这个名字。说实话，去她们店里的男人，不可能挨个都记清楚，但对这光头男人多少有一些印象。他好像有个癖好，就是在做那种事的时候，他会把自己的秃脑门在她胸脯上蹭来蹭去，活像一头肥猪在玩命地拱门，嘴里还发出呜嗷呜嗷地怪叫。难怪你脑袋这么光呢，都是在女人身上蹭的吧，她当时还用这种话揶揄过对方。

马娜忐忑地思忖着，今天这种场合千万不敢露馅，否则，朱安身和他一家人的脸面全得丢光了。逢场作戏的事她经历得多了，她的脸上并不表露出过分的惊讶，也仅仅是一迟疑，马上就低声回了句，老同学，你怕是喝多了吧，怎么说开醉话了。说完，她立即起身，快步跑到院里去寻朱安身，她觉得该把这个情况跟他说说，好让他也有个心理上的准备。

院里院外寻了一遍，包括昨晚两人睡觉的耳房，甚至还有院墙根下的茅厕，始终都没有找到朱安身。马娜多少有些泄气，她越来越觉得，这个丑男人实在是有些怪诞，这种场合他居然能扔下她，一个人一走了之，就算是场戏，他俩合演一出双簧，那也得两个人配合默契才对。可转念又合计，八成是那个狗屁同学，让他哪里不舒服了，或者是，他的诡计已经让老同学给识破了，他才不得不在酒席中途匆匆撤退。按理说，这事本来就不关她的事，朱安身爱上哪上哪去，反正熬过了今天，她拿到该得的另一半钱，两个人就可以分道扬镳，从此老死不相往来。

马娜心里这样七上八下盘算时，朱母却急匆匆跑到她面前，说，小马，你咋还不快点进来，亲戚们都等着你敬酒呢，他们还要给你见面礼呢。朱母不容分说，挽起她的一只胳膊，径直把她拽进了堂屋。马娜本想说安身也不知上哪了，话到嘴边又吞咽掉，她觉得自己也许有些小题大做了。

朱母把一只空酒杯递给马娜，让她站在身边，双手擎好。朱母又亲自拎起一只白瓷小酒壶，慢慢地往杯里斟酒，然后依次给她引荐，说这是安子的姑父姑母，那是安子的叔伯婶娘，这是大姐大姐夫，那是二姐二姐夫……

马娜嘴里就亲切地唤着这些称呼，挨着个儿给他们敬了一圈酒。亲戚们都爽快地干了，少不了唠叨两句祝福她和朱安身的话，同时，他们也将早就预备好的见面钱，款款地塞到她手里，有给一百的，也有两百的。女人们还借机摸摸她的腰身和脸蛋，像在自由市场里挑选一件稀罕的商品，嘴里啧啧有声，一个劲夸她长得受看。她平时在店里收钱收惯了的，也都是一百二百的小费，可像今天手里一下子抓这么多干净钱，忽然就让她有种很沉重很负罪的感觉，她实在有些勉为其难地领受了。

这个仪式对于她来说，其实也并不算十分陌生。当初，她还是个黄花闺女的时节，头一次上未婚夫那边去看家，好像也走过类似的程序。此情此景，倒让她忽然伤感起来，面对朱家这些憨厚朴实的长辈，她仿佛又一次重温了自己过去的某段光阴。也正是在这样一场重要的仪式之后，她的人生从此滑入了万劫不复的深渊，而当时的她还懵懵懂懂，对未来一无所知，只是在内心深处，似懂非懂地憧憬着生活该有的面貌和爱情的甜蜜，可婚姻最终变成一副冷冰冰的枷锁，将她年轻的身体和前程美梦牢牢锁住——那个嗜酒而野蛮的坏男人，很快就成为她这一生的噩梦，一步步逼她走向了绝路。她后来毅然决然地远走他乡，直至误入歧途无法自拔。想到伤心处，眼泪就止不住了，早已滑下两行。在场的亲戚们也许并没注意，或者，即便看到了，他们也会单纯地理解为，这姑娘很是多愁善感，因为收了见面礼，就感动得流眼泪了。总之，有情有义的女人，是值得大家信任和托付的。

当酒最终敬到朱安身的那个老同学时，对方却挑了理，一个劲嚷嚷着，安身溜到哪去了，喜酒当然要成双成对喝嘛。朱母又慌忙上前打圆场，说，你又不是不知道，咱安子打小喝不得个酒，喝一点儿头就晕得不行，八成是又去耳房趴着了。马娜明明知道实情，朱安身根本就不在耳房里，可她为了佐证朱母的话，也插言道，我刚去看过，他说头晕得很厉害，估计躺一会儿，就没事了。

酒席之后，家中又是一阵小混乱。

女人们都忙乎着收拾碗碟杯筷，整理桌椅，然后挤进狭小的伙房里，说着笑着洗锅刷碗；男人们则倒在堂屋的大床上，横七竖八地歇晌了。朱安身的那个同学，已经摇摇晃晃钻进汽车，一溜烟颠了。这让马娜揪着的心才不那么悬着了。说心里话，刚才敬酒的时候，她一直有种不祥的预感，总觉得事情会坏在这个光头的身上。后来，方寅虎接连喝了两杯她敬的酒，然后从牛仔裤屁股兜里摸了半天，总算摸出两百块钱，那钱压得皱巴巴的，像泡过水的一团卫生纸，他把钱塞给她的时候，还直着舌根在她耳边嘀咕道，这可是老哥给你的见面礼哟，记住，我们做生意的人，付出是要讲回报的。说着，忽然发出一串既隐晦又张扬的笑声。她当时心里一阵打鼓，真担心这个家伙口无遮拦再胡说什么。

马娜也想去伙房搭把手的，一来打发打发无聊的时间，二来她也是从心里觉得有些不安，朱家上下确实都待她不薄。朱安身的姐姐婉转地说，哎呀，小马，不用你操心的，快回耳房好好歇会儿吧，你们城里人都有午休的习惯，也顺便照顾一下咱安子。马娜就有些无着无落的，于是她只好走回耳房去，主要是急于将那些礼金放下，因为穿着裙子，身上几乎没有装钱的兜儿，再说，她知道这些钱本来就不属于她，等见了朱安身，她要当面如数奉还。可朱安身依旧没有回来的迹象，鬼晓得这家伙到哪里躲清静去了。她实在是觉得无聊，又从耳房里蹩了出来，一眼就瞧见朱父了。先前朱母说过，难得天气这么好，想让老人好好晒晒太阳，平日里病人几乎没怎么离开过床，今天借着家里人手多，就让几个女婿七手八脚地把老人和轮椅一起抬到了院里。

这会儿，朱父正静悄悄地坐在轮椅上。下午两三点钟的阳光，照得轮椅的金属构件闪闪发亮，病人就让那一圈圈刺眼的光线团团包裹着，如同城市广场上的一座什么青铜雕塑，老人的头颅神经质地偏向一侧，刻意朝某个固定的方向长时间凝望，又似在等什么人从外面归来。

不知怎的，阳光下的这个病恹恹的老人，让马娜心里有种说不出的滋味。许多次，她也那么依偎在自己的老父亲身边。而老人始终沉默地坐在屋檐下的小凳上，也像此刻的朱父这样偏着个脑袋，一个劲地朝院外张望着，嘴里不时地吧嗒一下旱烟锅子，那烟雾就袅袅地在眼前散开，似真似幻……她在深夜醒来，发现枕巾湿了好大一片，阴暗的出租房空荡荡的，唯一的一扇上了钢筋护栏的小窗，正静静地透着城里的月光。近来，她总是在睡梦中想家。

五

马娜想都没想，就把停在屋檐下的轮椅慢慢地推出了小院。

朱母说得对，应该让病人享受一下这秋天午后的大好阳光。这里的村庄和道路，跟她老家甘肃那边很像，她打小生活在偏僻的乡下，对这种秋高气爽的北方景致，有着与生俱来的好感。她在异乡的城市里一待就是好几年，简直快要把故乡的土地和村庄忘光了，城里的马路宽宽的，车子多得像蚂蚁，楼房也盖得密密麻麻的，唯独她租住的那种城乡接合部的楼房又破又旧，像一块块巨大的牛皮癣，城里人是根本瞧不上眼的，只有像她这样无根又无靠的漂泊者才稀罕住。现在，一旦推起这辆轮椅，漫步在曲曲弯弯的土路村街上，看见左一排右一排的老式平房和农家小院，还有一两只趴在院门口的大黄狗，或一群叽叽咕咕四处觅食的老母鸡，她真的就有一种回到老家的感觉了。

轮椅下方，有两只可以自由伸缩的脚踏板。半身不遂的朱父硬得像块木头，起初，他两只脚还能凑凑合合搭在脚踏板上，可轮椅一旦往前滚动起来，路面稍有坑洼不平，或遇到石子瓦砾，老人的腿脚就被颠落下来，直僵僵杵在地上，活像个绊脚石，使得那轮椅突然趴窝了，再也无法前行。

马娜并没有这方面的经验，她还是头一回推这种东西，她只顾边欣赏周围的景色，边往前推车。朱父的脚刚颠落在地时，她依旧在后面不得要领地用力推搡，直到病人嘴里发出痛苦的委屈的老狗一样的呜呜声时，她才意识到情况不妙。她急忙停住轮椅，绕到老人的腿脚跟前，蹲下身去查看，这一看不要紧，吓得她尖叫起来。原来，朱父一只脚上的鞋不知何时已被蹭掉了，光的脚板反方向扭转到轮椅之下，几乎将整条腿都拖了进去，看上去就如同一截倒栽的树桩，刚才若是继续使蛮力，那只脚脖子八成是会被折断的。马娜感到一阵后怕，慌忙跪趴在地上，将自己的上身从朱父腿弯处伸进轮椅的座位底下，再用两只手抱着，一点一点往过顺那只扭曲变形的脚板，每动一下，老人的呜呜声就会加剧，她更是心惊肉跳得厉害。她从来没有想过，伺候一个偏瘫老人如此费神费力。

好不容易才把两条僵硬的腿脚重新安放到踏板上。与此同时，她也留意到，朱父的额头和鬓角都在冒虚汗，整个人显出某种虚脱的迹象，一定是她刚才冒冒失失把他弄疼了，她不由得一阵自责和内疚，万一真的出点儿啥事，该如何向朱母他们交代呢？她尽量稳住心神，将那条围在朱父脖颈上的蓝道道毛巾取下来，然后，轻轻地帮老人擦拭脸上的汗液，手到之处，她能清楚地感受到那种暖烘烘的体温，午后的阳光正在加速汗水的流动，老年人皮肤特有的那种薄脆感，使她摸着像在摸一片颤颤巍巍的黄表纸，她的手就一点一点移动，生怕会擦破了似的，从额头到两鬓再到脸面和脖颈，很快，就把一面毛巾擦湿了。她刚想换过另一个面，却发现朱父正在一眨不眨地凝视着她。

没错，从昨天下午到现在，朱父还是头一回这么悉心而真切地打量自己。那双几近枯萎了的老眼，被一层灰茫茫的薄膜所蒙蔽，估计患有白内障吧，看不清楚什么，所以，他才要集中所有的精力，直勾勾盯住她的脸，这种看姿就很接近一个年轻小伙，对自己心仪的女性特有的那份执着了，但毕竟病魔缠身多年了，这样的凝望注定不能持久。当朱父盯着她看了十几秒后，眼珠突然就滑向同一侧，眼皮忽闪两下，一颗大大的浊泪就从眶体里挤了出来，那泪继续扑闪着，并顺着一侧的鼻梁滚落下去。马娜暗自吃惊，她不清楚老人这时为何会流眼泪，是因为疼痛、委屈、难过、无奈……还是因为他长年卧病在床，今天终于有机会出门透透气了？而且，还是由他未过门的儿媳推着的。但很快，那双老眼又乜斜着歪向另一边了，刚才还很执着的目光，突然间散漫开去，同时，干瘪的嘴角也跟着抽搐起来，一串晶亮的涎水霎时溢出，在老人的下颏和胸口间，扯出一道长长的亮线。马娜稍一愣神，赶忙用手里的那条毛巾去擦，她的眼圈已莫名地红了。

轮椅后来让马娜停在一条黄汤汤的水渠的坝边上。从这里放眼望去，是大片大片即将收割的玉米，一阵秋风贴着地皮从西北方向呼猎猎地旋来，田野里顿时发出哗哗啦啦的欢响，像极了一群牲畜在地里东奔西跑。马娜有些激动地对朱父说，快看，快看，好大的玉米地啊……跟我老家的一模一样，小时候一到中秋，我就跟着爹娘去地里收玉米，玉米棒子又粗又大，我手劲还小，老是要掰好几下，才能弄下来一个，他们就说我是小姐的身子丫鬟的命……这样喃喃地说着，说着，她的眼泪就悄悄滑下来了。

也许是为了掩饰自己的情感，马娜信步离开了轮椅和朱父，一个人低着头走到距离他们很近的一座小木桥上。桥面很窄，木头栏杆有些摇晃，黄褐色的渠水在桥下汩汩流淌，水中偶尔会现出一只漩涡，像一只野兽的嘴巴，呜咽着，嘶吼着，又似精心酝酿着什么阴谋。水面上不时地漂来一些杨树柳树的叶子，微微发黄的柴草，还有几片鸟雀洁白漂亮的羽毛，它们早就习惯了这样随波逐流，可当经过那漩涡附近时，可怕的灾难就来了，突然被一股暗中的力量席卷而去，它们聚集起来快速旋转着，挣扎着，几乎眨眼间，就沉没在那深不可测的漩涡中心了。

马娜静静地凝望着那只湍急凶猛的大漩涡，忽然觉得，这浑浊的渠水就跟生活一样残酷，在吞噬他们时毫不留情，仿佛有什么深仇大恨似的。

六

朱安身哪都没去。

先头从酒席上溜出来，他就躲进了院子最东头的一间小库房里，半天再也没露面。这间低矮而阴暗的小土房，是家里用来存放那些农具和生活杂物的，到处都是灰尘和蜘蛛网，一般很少有人进出。现在，这场由他亲手策画的闹剧，总算快告一段落了，他一个人待在这里，依旧心事重重的。他心里或多或少有些感激马娜，不管怎么说，这个女人很顺利地一个人演完了刚才的那场独角戏，从洋溢在院子里的欢快的空气来看，一切都按部就班趋于圆满了，谁也没有看出什么破绽来。

有一个人始终让他放心不下。朱安身对自己的老同学，突然产生了一种深深的厌恶，除了对方的夸夸其谈和飞也似的小轿车外，他觉得那家伙的眼神最让人受不了，先头就在酒席上，当着一桌子亲戚和长辈，他竟旁若无人地，那么邪恶又那么无耻地盯着马娜看，这一下子就触犯了他作为一个男人最起码的尊严，尽管马娜什么都不是，一个他花钱雇来的风尘女人，可她毕竟是以自己对象的身份出现的，狗日的方寅虎，居然当着他的面，毫无顾忌地在她脸上身上胡乱踅摸。他实在觉得恶心，尤其是那双贼溜溜的蛤蟆眼，真应该立刻瞎掉才好。直到后来，那秃头身子栽晃着出了院子，他才多多少少舒了口气。再后来，他通过小库房的门缝，清楚地看见，马娜推着父亲出门去了，他当时真想把她叫住，他觉得这个女人简直是在画蛇添足，干吗又要手长地把轮椅推出去呢，要知道父亲现在的状况已是岌岌可危，他的心肺肾脏日渐衰竭，用母亲的话说，你爸可是有今儿没明儿的人了。所以，马娜前脚一走，他赶忙从库房里钻出来。他可不想再节外生枝了，事不宜迟，他打算尽快带上这个女人返回城里去。

前脚刚要跨出院门，朱母忽然从身后叫住了儿子。

朱母身上有种永远不肯懈怠的韧性和干练，她迈着碎步向儿子走来时，山核桃一样皱巴巴的小脸上，照旧挂着那种压抑不住的喜悦。朱母仰着头看自己的儿子，也不看看今儿是啥日子，这老半天躲着不出来，客人都挑理了，亏得人家闺女懂事啊，才没让妈坐蜡！尽管是在埋怨，但做母亲的丝毫没有生儿子气的意思，相反，说话间脸上的笑意又浓了几分。

自从父亲卧病以来，这个家里里外外，就靠母亲一手操持着。朱安身每次回来，都揣着一份深深的愧疚和不安，母亲似乎变得越来越孱弱瘦小，本来就不高的身体，这两年竟矮得不成样子了，他真担心老人有一天会吃不消的。

母亲接着对他说，刚才，小马推你爸出去转了，妈看这闺女真是贤惠啊，就算是咱自家的儿女，又能咋样呢？安子，往后可要好好待人家呢……妈就盼着你俩好啊……

这话无异于一支利箭，砰地一下，直中他的心头，他内脏在无声地滴血，他连一个字也说不出来。他宁愿这两天的事情都没有发生过，他根本就没带一个女

543

人回来过，甚至，世上从来没有一个叫朱安身的人，一切都只是场梦，连同母亲刚刚说过的每一个字。他实在是没勇气再听母亲这样絮叨下去。他忽然掉转身去，头也不回地朝外面走了。

日头炙得整个村庄昏昏欲睡，街巷里鸦雀不闻，即便是在国庆节期间，那些在外头做工找钱的人也很少回来，因此，家家户户都显得空荡而寂寥。唯独空气变得沉郁起来，秋天成熟的果子、谷物、菜蔬，还有日渐枯萎的花朵野草和树叶，正散发出某种懒洋洋的气息，越发地让人觉得晕晕沉沉了。

朱安身顺着街巷，漫无目的地走着。

这条土路十多年里几乎都没有一丝变化，他记得自己念书那会儿，最怕雨天出门，路面湿泞不堪，一不小心就会滑个大跟头，弄得满身满脸都是脏泥，像只泥猪，好不容易挨到学校，整个人早就湿透了，裤脚边滴滴答答流水，鞋子脏得叫人恶心，那阵子他最痛恨下雨天。如今成天待在城里，进出走的都是沥青路和水泥道，下雨天再也不会把鞋子弄脏了。最重要的是，在城里住惯了，他越来越不想回老家，每次回来都有诸多不便，没有卫生间没有抽水马桶没有坐便器，他蹲旱厕好长时间屙不出来，真是苦不堪言。有时，他觉得自己完蛋了，土不土，洋不洋，其实城里只有一间可怜巴巴的宿舍，并没有一个真正属于他的家，他就像一只空瓶子，悬浮在城市的河面上，总有一天，那瓶子灌满了脏水，会彻底沉浮下去。

有一个周末，他独自上市区的繁华商业街闲逛。其实，这种热闹地方最不适宜一个单身男人去溜达，因为摩肩接踵而来的，都是些卿卿我我的年轻情侣，他们搂肩搭背当众亲吻，满嘴说的都是甜腻腻的情话。他一个人买了票，捧着人家赠送的爆米花，观看最新引进的美国大片《金刚》，当片中那个巨无霸般的黑猩猩，为了保护金发碧眼的美国妞，不惜舍生取义时，他被感动得热泪盈眶，这种事情于他来说非常罕见，兴许是多年来遭遇过种种白眼和冷嘲热讽，他的心理承受力日益增强，心在变硬，不会轻易被什么东西打动，尤其是一部很煽情的商业电影。但那天他确实动了情，以至于从放映厅出来，他都有些失魂落魄，美女和野兽的故事，仿佛影射了自己多年前那两次失败透顶的恋情，如果那也可以称作恋情的话。当他一个人走到大街上时，外面正在下雨，雨点敲打在身旁高楼大厦的玻璃幕墙或琳琅满目的橱窗上，发出枪炮般砰砰砰砰的轰响，街上的行人断魂样奔跑躲避，出租车嘀嘀叫器忙着拉客，唯独他像一个痴人，或行尸走肉，根本不在乎大雨倾盆，他沿着雨水漫漶的马路一直往前走。那一刻，他感觉雨才是这世上最好的东西，他甚至慷慨地扬起了脸，让密集的雨点不断地拍打着自己，他眼前仿佛又浮现出那张丑陋而狰狞的大黑猿脸，还有那个叫人魂牵梦绕的妞儿，他朦朦胧胧觉得，自己变成了一只丛林中的黑猩猩，正在枪林弹雨般的现代城市中穿行……

日头略微偏西，但热度未减，街巷的尽头有火焰般的热浪在起伏跳跃。再往前走，就是大片大片的玉米地了，宽大的叶子已变成赭黄色，在天地间静默低垂无声无息。朱安身的目光由玉米地一点一点收回，然后停留在渠坝边上闪着熠熠光线的物件上，父亲的轮椅就停靠在那里，孤零零的，好像被谁不小心遗弃了似的。从他这个方向，确实看不到半个人影儿。于是，他大步流星朝轮椅的方向走去。他心里多少有些疑惑，推轮椅的女人跑哪去了？她怎么敢把老人扔在这危险的渠水边不管呢。

朱安身三步并作两步冲到渠坝上。

眼前的景象完全出乎他的想象。原来，马娜正低着头席地而坐，她的上半身就紧紧依偎在父亲的轮椅边上，她的脑袋几乎是偏垂在父亲的腿面上的，长长的头发像上好的黑色锦缎，盖住了老人的裤面。父亲也是酣睡不醒的样子，太阳把老人的脸晒成绛紫色，那些星星点点的老年斑，也像是快要烤焦了，被鸭舌帽檐遮着的额头和鼻梁上汗涔涔的。

朱安身眼眶倏地一热，他急忙扭过头去。

焦黄色的渠水就在眼前滚滚流逝，也把一个男人的目光拉得很长，很长。

七

朱父屙了一裤子。等大伙费了老劲把他抬放到床铺上，仍然淅淅沥沥没有消停过。

朱母连声叹气说，唉，都怪我，不该给他吃那些荤腥东西，稍微着点儿凉，就闹肚子。

马娜也跟着说，怪我不好，我不该把叔叔推出去那么久。

朱母忙抓着马娜的手，一迭声地宽慰道，闺女千万别这么说，咋能怪你呢，你可都是好心啊。

朱安身就给马娜递了个眼色，随后，两个人悄悄退出了堂屋，又双双走进那间耳房。关好了屋门，朱安身刚从身上掏出黑皮钱夹，马娜就从枕头下面取出一沓百元钞票。这是我酒席上收的礼金，全都在这里了，你数数。说着，就递到朱安身面前。朱安身显然没考虑过这个问题，他犹豫着，并没有伸手去接，嘴里说，这是你该得的。

马娜摇摇头，不，一码是一码，这钱是大伙给你未来媳妇的，我可没这个福气，再说我要是拿了，不真就……下面的话她没有再往下说，只是把那叠钱款款放在旁边的桌子上，脸上露出一种很复杂的表情。

朱安身还是低下头，从钱夹里数出五百块，刚要递过去，想想，又多夹出两张，凑在一起，都交给了马娜。

咱俩这就要散伙啦？

这回，马娜爽快地接过钱去。

不瞒你说，我今天还真觉得自己像个新娘子，这滋味可真好啊，我好久没觉得，自己像个好女人了。

朱安身静静听着，不知道该说什么好，两个人就这样沉默了下来。

过了四五分钟，马娜默默地将身体移到朱安身跟前。

这样一来，她就正对着他了。她想，这张脸若不是天生那么难看，他还真是个不错的男人，反正要比她原先的男人强上百倍千倍。心里如此潦草地想着，她就不由自主地，将自己的嘴唇凑到了他的额前，她先闭上眼睛，跟外国电影里那样，礼节性地在上面轻吻了两下。做完这个动作，她忽然感到疲累了似的，便把自己的下颌轻搭在他的一只肩窝里，又柔柔地展开双臂，再慢慢地将这个男人的双肩圈住了，她搂得很轻很轻，生怕吓着了对方似的，整个过程充满了某种仪式感。

　　半晌，他听见她在自言自语，又似魇在梦境中了。要是咱俩真的有缘，那就下辈子做回夫妻，我一定干干净净等着你……

　　话未说完，她的泪水却早已弄湿了他的肩膀头。

　　他的心在扑扑乱跳。

　　他的双手近乎木讷地低垂着。

　　他很想躲闪，却欲罢不能。

　　他索性紧闭了双眼，近乎贪婪地，大口大口呼吸着异性身上散发出的温柔气息。

　　兴许是下午在太阳地里晒得久了，此刻这女人身上弥漫出太阳、树叶、花草、玉米和土地的味道，甜滋滋的、暖融融的，还夹带一丝草叶的苦涩，让人觉得很安心，再也不是他最初见到她时那股刺鼻子的香味了。像在投桃报李，他也笨拙地从后面搂定了她，起初只是象征性的，当他真实地接触到女人凹凸有致的身体时，他才近乎痴狂地收紧了自己有些僵硬的双臂，让两个身体毫无保留地紧贴在一起……

　　她就那么由着他去紧紧拥抱。这种时候，她的耳畔依稀仿佛飘来一首老歌，那是一个同样长相丑陋的男人在声嘶力竭地唱着：我很丑，可是我很温柔，白天暗淡，夜晚不休，那就是我……我很丑，可是我很温柔……

　　外面传来一串乱糟糟的脚步声，哐哐哐，耳房的门板也被骤然拍响了。

　　朱安身和马娜猛然间从意乱情迷中回过神来。

　　安子，安子！快点出来一下啊，咱爸他，他恐怕不行了……是二姐站在门外喊话。

　　朱安身闻听，急忙推开了马娜，不顾一切地冲出耳房，径直朝堂屋奔去。

　　亲戚们已陆续走光了，现在就剩下几个姐姐姐夫还守在父亲床前。朱安身进去的时候，大姐扭过头看着他，眼圈母牛样红湿，安子，咱爸的心愿终于了了，这回他能安心地走了。朱安身多少还有些木木瞪瞪，事情来得很突然，简直是急转直下，他一点儿心理准备都没有。他尽量让自己俯下身子靠近床头，父亲就平躺在那里，脸面阴灰，两腮很奇怪地往里瘪进去，嘴巴空出一个圆而黑的洞，看不到舌头在哪里，只是呼喘呼喘地出着气，眼皮已微微合拢，偶尔有一丝波动，跟睡梦中的人相似。

　　母亲平静地从父亲身下卷出一团旧的褥单子，那东西看上去浸得湿乎乎的，大姐忙接了过去，低着头拿到外屋去。母亲又从床角扯过一片干净的褥单子，摸索着塞到父亲身下，整个过程，就像是在给熟睡中的孩子换尿布一样自然。母亲终于艰难地抬起疲倦的身子，挨个看看朱安身他们几个，又爬过去翻翻父亲的眼皮，再把两根手指搭到病人鼻孔下方，停了一小会儿，这才非常沮丧地摇了摇头，老泪就吧嗒吧嗒淌下来了。

朱安身不由得激灵起来，他如梦方醒般地喊叫着，叫大夫啊，你们都愣着干什么，怎么还不去叫大夫啊！

朱母拿手背沾沾眼角，哀痛却镇定地说，安子，快别嚷，好让你爸静静地走，他在阳世的罪就该受完了。随即又抹了抹眼圈，喃喃地补充道，人临了的时候，都要把身上的脏东西排尽，人是干干净净来的，也要干干净净地走啊。

姐姐们听母亲这样说，顿时大放悲声，爸啊爸啊叫个不休；朱安身再也忍不住了，也跟着号啕起来。

朱母并没有像儿女们那样情绪失控，而是一个人默默地走到外屋去，在一只旧式的五斗柜里翻腾了一阵，就将一只用大红布裹着的包袱拿进来，里屋就多出一种樟脑丸沉郁刺鼻的气味。

该给他换老衣的时候了，她齉着鼻子说，你爸一直在等今天这个好日子呢，现在他可以撒手了。

一家人前前后后忙乎了大半个钟头，才把朱父的穿穿戴戴以及办后事所需的物件都拾掇齐了。老人现在安详地躺在那里，唯有出气没有进气了，下身的秽物业已止住。

朱母忽然想到了一个很重要的问题，她就把朱安身拉到一旁，压低声音说，小马可是客人，金贵着呢，她没有正式过门，万万不能让人家闺女受啥克撞，你最好趁这工夫，赶紧把人送走吧。

当地的这种风俗和讲究，朱安身依稀懂得一点儿，主要就是怕亡人对未来的新媳妇造成什么不利的影响，显然是有迷信色彩的。这种时候，他只得遵照母命，就转身去耳房见马娜。

可是，屋里根本没有人，马娜不知上哪去了。他又站在院里，叫了几声她的名字，半天也没人应答。他觉得有些蹊跷，难道刚才一听说老人病危的消息，就把她给吓跑了？毕竟是她把老人推到外面去的，她一定觉得自己是罪魁祸首。于是，他又慌忙跑到外面去找，街巷里空落落的，此时正当晚饭时间，空气中流淌着各家饭菜的气息，酸的辣的煳的什么都有。他沿着土路寻寻觅觅往前走，谁家的狗汪汪着冲他叫了两声，谁家的孩子捧着饭碗，鼓起腮帮子朝他不停张望，谁家的母鸡刚在墙根的柴草堆里下了蛋，那鸡就咕咕哒哒叫得好欢实，这一切他都没有放在心上。

忐忐忑忑一路小跑，很快，他又来到先前轮椅停放过的地点。这时候，朱安身的眼光又被路旁一大块发光物所吸引，那玩意反射着夕阳最后一抹暧昧的红光，好像一片欲火在燃烧。他不由得止住脚步，或者，想就地转身往回走了，却猛地听见砰的一声汽车门摔响，他下意识地循着声音扭头望去，只见马娜从车里钻出来，嘴里正叫着他的名字。他再次狐疑地盯视汽车，正是上午方寅虎开的那辆。

这时，马娜已经跑到他面前了，她多少有些喘吁吁的，呼吸中夹着热乎乎的香气，一股一股吹送到他的脸上。你咋跑过来了？家里情况怎样？马娜用一只手抚住胸口，领口下方的两个圆球起伏得很厉害。你在那车上做什么呢?！朱安身的口气变得有些生硬，问话时，他的目光又一次瞥向路边的小轿车。怎么，你还吃醋啦？还不是你那个好同学，他非叫我出来聊两句。马娜说得倒也自然，只是面颊绯红得有些离谱。哼，这狗东西肯定是趁着刚才家里最忙乱的时候，开车过去把她叫走的。朱安身几乎咬着牙根暗想，同时，他又盯着这张漂亮的鹅蛋脸看了几秒钟，他觉得她也许跟他隐瞒了什么。不过，事情都已经结束了，他来找她，只是为了尽快打发她走人的，家里都要乱套了，他可不想为这种破事多费口舌。

哪知方寅虎也从车里钻出来了，摇头晃脑地径直走到他们跟前。方寅虎撇了撇黑而厚的下嘴唇，对朱安身说，你小子真有种，我都差点让你给骗了。说着，突然就伸出手来，在朱安身的胸口捣了一拳。马娜是旁观者，看得很清楚，好像朱安身不是被拳头击中的，而是让那只凶猛的刺青虎头给狠狠地咬了一口。朱安身不由得倒退两步，想咳嗽却没咳出来，脸色就憋得相当难看。马娜嗤地乐了一下，双手叠摞在开司米衫领口下。别闹了，赶紧回吧，我真担心老爷子有啥事。方寅虎笑嘻嘻地晃晃秃脑壳，呵呵，够孝顺的呀，他娘的可真会演戏！马娜没心思理识他，径自转身往回走了，转眼把他俩落在了身后。

方寅虎不无鬼祟地往朱安身跟前凑了凑，挤眉弄眼地说，行了，别再跟老同学装了，我今儿一见到你们，就觉得哪不对头，不瞒你说，我在城里找过她，嘿嘿，这娘们床上有两下子。朱安身完全没料到，对方竟厚颜无耻到这种程度，跑来跟他胡吣这些。在他几乎无语沉默的时候，方寅虎始终嬉皮笑脸看着他，跟你商量下，反正好戏也演完了，就把她让给我吧，我会负责把她拉回城里去的，咋样老同学？不知怎的，这些该死的屁话，一下子就让他想起了《杜十娘怒沉百宝箱》，那里面有个为富不仁的孙富，问题是他可不是那个狗屁秀才李甲。朱安身的脸皮一阵火燎火烧，仿佛那些皮下的毛细血管都要跟着崩裂开来。

那咱就这么说定了，你让她赶紧收拾一下，一会儿黑了，我去接人。方寅虎一副发号施令的样子，之后，嘴里流里流气哼着一支什么歌子，得意扬扬地钻回车里，好像刚谈成了一桩不错的买卖。很快，那车轰隆一声蹿了出去，把朱安身一个人丢在呛鼻迷眼的烟团中。

太阳眼看西沉了，朱安身的影子突然被拉得又黑又长，连他自己也没意识到，在那长长的阴影里都隐藏了些什么。

八

天终于黑尽了。黑下来的屋子更添了几分悲凉。

朱母抬起头，缓缓看了一眼躺在床上气息微弱的朱父，然后回头，对围在床边的儿女们说，你们快去伙房弄点饭吃，妈一个人守着就行了。姐姐们还想坚持让母亲先去吃，可朱母很固执地摇头。于是，大伙才默默地退了出来。厨台和案板上摆放着午间剩下的几碟饭菜，随便在锅里热了热，几个人就围在伙房里，十分沉默地吃了起来。跟中午相同的饭菜，此时吃得每个人直想掉眼泪。

朱安身是陪着马娜在耳房里吃的。因为时间确实太晚了，去镇上搭班车肯定是来不及的，他跟马娜商量了一下，打算明天一早就送她走。朱母仍有些隐隐的担心，可还是勉强点头了。马娜又提出来，想去堂屋最后再看一眼老人，朱母出于迷信的考虑，就没有答应她的要求。现在，这两个人谁也不说话，只是听着彼此扒饭和咀嚼的声音，感觉有点儿像在同一屋檐下过了多年的夫妻。

饭刚吃到一半，那该死的汽车又鬼使神差停在院门口，车喇叭嘀嘀嘀嘀叫得心慌。朱安身警觉地侧耳去听，同时，他不露声色地瞥了一眼马娜。马娜端着白瓷饭碗的样子，和一个会过日子的良家妇女没任何区别。

朱安身试探性地问了句，要是我那个同学现在接你走，你乐意不？

马娜刚夹起一筷子油菜，又原封不动放了回去。

你开啥玩笑呢，我为啥要跟他走？他算老几！

朱安身没有要跟她抬杠的意思，只是嗫嚅道，他刚才不是叫你出去了，就没跟你提这事？

马娜迟疑了一下，他是说过，可我压根儿没答应。

哦——朱安身表情怪怪地吱了一声。

我知道你咋想的，我们这种烂女人，还不是谁给钱就跟谁睡，对不？马娜的口气似乎非要跟他大吵一架不可。

外面车喇叭声又夜猫子似的钻进屋来，跟招魂似的恼人。马娜突然撂下手里的碗筷，几乎恨恨地道，我出去跟他说，让他赶紧滚蛋，这人咋跟狗皮膏药一样！

朱安身急忙拿手按住了她，快吃你的饭，还是让我去吧。

朱安身手里端着个饭碗，刚一走出耳房，就见一个黑影快速闪进院内来了。他连忙迎上去，想挡住对方的去路。你快走吧，人家不想跟你去。黑影愣了一下，狐疑地偏着脑袋，朝那扇亮着灯光的窗户望了望，哼，是她不乐意，还是你又舍不得了？说着，嘿嘿地坏笑起来。喂，你最好别开这种玩笑，我可没工夫跟你扯淡，家里还一堆事呢！朱安身尽量加重了语气。黑影笑得有些邪性，好像有双看不见的手，正在不停地挠他的胳肢窝。哈哈哈，老同学，别那么一本正经好不好，你让我进去跟她说，这种贱女人，都认钱不认人的。未等朱安身再表态，黑影早已越过他，径直朝耳房走去。

朱安身就被傻傻地晾在那里，他一时不知该怎么好了。有那么一瞬间，他觉得就随他们去吧，爱谁是谁，自己犯不着为这点儿破事伤神动气。这样想时，脑海中偏又浮现出先前耳房里的那一幕：马娜分明是吻了他的额头，还亲了他的脸庞，他觉得，被一个女人这样亲吻和拥抱，简直是种莫大的享受，要知道这辈子，他从来没有认认真真地，跟女人这样亲密过。还有，她那满身散发着太阳味的香气，她在他耳边说过的话，她最后的一声呢喃……这一切都是那么美好，那么可贵，那么来之不易。然而，这该死的王八蛋和他的小轿车一出现，就把所有美好的东西给毁了——彻底毁了！

朱安身也是忽然才意识到的，自己手里竟然很滑稽地端着一只空饭碗，活像个跑来讨饭的。于是，他径直冲进伙房，去放手里的空碗。姐姐姐夫们已匆匆吃完饭，又回堂屋守着父亲了。他一眼就瞧见案板上躺着的那把菜刀，一抹焦黄的灯光笼在刀刃上，使那玩意发出一片很古典很耀眼的亮光，类似于上好的青铜器。他出神地盯住这把刀，像盯着一件神秘而庄重的祭品，也就是一瞬间的事，或如灵光乍现，脑子里突然就冒出一个十分邪恶的念头。他妈的，你到底还是不是个男人？另外一个像他又不是他的声音，从那郁闷的胸腔深处迸发出，瞧你那蔫头耷脑的熊样，当了半辈子缩头乌龟还没当够!! 他顺手抄起案板上的菜刀，想都没想，就折身返回了耳房。

那个家伙狗扯羊皮般，正跟马娜拉拉扯扯纠缠不清，女人的身体被面条样扯来拽去几乎变了形，而朱安身的贸然闯入，丝毫也没有影响到那厚颜无耻的男人，反倒使对方变本加厉，更加张狂了。马娜见朱安身进来，仿佛陡增了一股勇气，她突然一抬脚，照准方寅虎裆部就是一下，尽管踢得不是很准，可还是把对方踢得皮球样弹了一下。给脸不要脸，你个臭婊子！随即，朱安身看见一只粗暴的巴掌，连同那只恣睢的青黑色虎头，接连扑向了马娜，那张原本漂亮的脸蛋，顿时就被扇打得青紫难看了，女人拖着哭腔尖叫了起来。

太过分了，就算是打狗，也得看看主人吧！朱安身再也忍无可忍了。过去的经验一再证明，逆来顺受对他的生活毫无益处，一味地保持沉默，只能纵容坏人坏事一而再再而三地发生，让他一次次地陷入苦痛与挣扎。天地良心，他这辈子从来都不想得罪任何人，可身边总有些无聊的家伙，有意无意地要伤害他，并且以此为乐。就因为他天生一张丑脸，谁也瞧不起他，谁都可以随便戏谑他耍弄他侮辱他；同样因为这张难看的脸，他自己总是郁郁寡欢不善言辞甘于现状又毫无反抗意识，生活对于他和像他这样的人来说，似乎只能是一场忍气吞声饱受凌辱的灾难。眼下，就连这个所谓的老同学，一个曾经靠抄他作业混日子的无赖，也大言不惭地来挑衅他羞辱他了，这世界真他妈的操蛋！

当他最终异常愤怒地举起了菜刀，像个暴徒那样猛扑上去的时候，映在耳房墙壁上的身影，突然变得无比巨大。他觉得，自己一下子就成了电影中那个力大无穷的金刚，或者，是"圣母院"里那个又聋又丑的敲钟人……

九

马娜很长时间不能说话，也不能闭眼，只要眼皮稍稍合上，那个血腥可怖的场面，就在她眼前频频闪现。

真希望这一切都没发生，她从来没跟一个叫朱安身的人回什么老家，更没有答应给对方假扮什么对象。然而，覆水总是难收，就像她最初远离父母和故乡，只身来到同样是朱安身工作和生活的城市，从此踏上了一条不归路。现在，这条不归路上，因为她又搭进去一个男人，一个相貌丑陋心地良善的好人。她心里非常清楚，整件事都是因她而起，苍蝇不叮无缝的蛋，其实，那晚她完全可以答应那个混蛋，稀里糊涂跟他一走了之的。可是，她偏偏矫情起来，偏偏执拗起来，偏偏就是不买那家伙的账。她觉得自己真是犯贱，该下地狱才对！她以前可不，只要有钱赚，管他什么男人，她才不在乎呢，至少在遇到朱安身之前就是这样的。但有时，她又分明觉得，自己并没错，要知道这两天朱家老少都拿她作上宾，把她当一个多好的闺女敬着供着呢，甚至于连她自己也有种错觉，她原本就是一个好女人。她忘不了朱母跟她说话时的神情，更忘不了朱父盯着她时，悄然滑下的一行老泪，她几乎有些喜欢上这一家人了，他们又朴实又热忱，让人无可挑剔。所以，她又怎么可以，在那种特殊时刻，尤其是在人家老人垂危之际，随随便便跟另外一个男人去鬼混呢？她不能。绝不！

等到马娜后来终于能开口讲话了，她才跟负责调查的民警说，那个姓方的纯粹是个流氓，白天在酒席桌上，就想动手动脚，后来又死皮赖脸跑到家里，缠磨过两次，最后一次，就是在那间耳房里，他想抱住她非礼，她死命反抗，他居然还动手打了她耳光，恰好让朱安身进门撞上了，他一定是给惹急了，要知道兔子急了，也是会咬人的。

马娜交代这些的时候，几乎是咬牙切齿的样子。

民警低着头，沙沙地做着详细的笔录，最后又抬起头，目光威严地盯着马娜。

你知不知道，死者那只右臂上，怎么少了一块皮？

马娜怯颤颤地闭了一下眼睛，又慌忙睁开来，这个画面实在太恐怖了，她简直不敢再去回想。

老老虎，那那只胳膊上，文文了老虎头，有这这么大，看看着怪瘆人的……马娜说得结结巴巴，身体也不由得战栗起来。他他一准是，给给气疯了，才割割下了那个玩意……我我也想拦他，可可腿肚子转筋，动动不了……我好像听见，朱安身反反复复嘟囔这几个字，什么漂啊，沉啊，浮啊的……也不知都啥意思，兴许，是我耳朵听岔了？

（原载《当代》2018 年第 5 期）

来自安第斯山脉的欲望

吕 翼

一

被子还没有焐热，枕边话还没有说够，檐前房后火炮的硝味还没有散尽，二娃扔下肚子像个气球的卓雅就要走了。二娃做啥都风风火火，像是脊梁后有一把刀逼着："生娃有啥了不起的？当年我妈种地的时候，就把我生在地埂边呢！"卓雅当然不高兴，又是甩碗又是砸盆。事实上不仅如此，在地里干活的二娃妈生完二娃后，稍事休息，便怀里搂上他，还背回了一捆柴火。当时二娃爹正在院里筑土修房，听见响动，回头一看，二娃妈屁股后还跟着一只绿着眼睛、舌头上流着涎水的饿狼呢！多少年过去，二娃居然还引以为豪，卓雅哪有不生气的？但二娃是那种拿得起、放得下的男人，说走就走又不是第一次，任卓雅怎么劝、怎么发脾气都不听。卓雅踢了一脚身边的猫，骂了一句裤脚坝子最恶毒的话："忙投胎去了！"二娃不是忙去投胎，而是去挣钱，他的梦想是在裤脚坝子修一幢水泥房，红砖砌墙、白灰抹顶、高三层、里面有厕所的那种。他觉得只有那样，才对得起当初把一切都给他的卓雅，他在裤脚坝子才算得上是一个真正的男人，才算得上是一家之主。已经走到檐后的他听到卓雅这不吉利的话后，脸露白霜，立即折回，将锋利的菜刀抓在手里。卓雅脸都吓绿了，她可从没有见到二娃这种不近情理的样子，她心一横，眼睛一闭："二娃，我活够了，在这个裤脚坝子，我真的又冷又疼，你给我们娘儿一个全尸吧！"二娃不是要杀人，而是要杀鸡。"妇人之见！"他边说边把家里那只大红公鸡追得满院子飞。人和鸡都气喘吁吁、恨不得把心都呕出来时，二娃占了上风，手里那把刀轻而易举地将鸡头割了下来。

鸡怎么了？鸡招谁惹谁了？卓雅犯了糊涂。

二娃烧了开水，将鸡毛煺掉，突然想起前几日到裤脚坝子蹲点的王寻欢给他的半斤玛卡，便找了出来，清洗清洗，放在锅里一起煮。据王寻欢说，这玛卡，可是稀罕之物呢！二娃打了电话，叫王寻欢来喝酒。王寻欢是省文联的驻会作家，据说写了不少书，意识流的、新写实的，什么都有，其中最出名的是《人与羊的爱情》，说的是乌蒙大山深处，偏远闭塞，贫穷落后，女孩子们一长大，就往山外嫁，有的甚至被拐卖。男人们娶不到老婆，解决不了实际问题，便与动物举行婚礼，猪牛羊马，故事种种。这部滑稽的小说出版后，引起了轩然大波，业内人士嗤之以鼻，痛骂不止，甚至有老作家义愤填膺，夜不能寐，四处举报；圈外的人却一片叫好，以为稀奇，争相阅读，销量大增，成为近年来全省文学作品中最畅销的图书。适值省作家协会换届，王寻欢踌躇满志，以为八个副主席之一，非他莫属。然而计票结果出来，仅有他自己给自己的一票，在文坛传为笑话。他心情烦躁，无所适从，便申请下贫困地区挂职体验生活。文联的领导也觉得这样颇好，与他谈话，言辞恳切，要让他和山区农民交朋友，好好认识一下现在的新农村，并给了他任务：一是要他带领群众大力发展产业，增加农民收入；二是要写出一本正能量的作品，与《人与羊的爱情》完全相反的那种。辗转数百里，王寻欢来到了裤脚坝子，还真的就爱上这里了。现在，王寻欢正在镇上招待所的房间里写一个稿子，那稿子不是情爱的小说，不是山乡传奇，而是关于发展山地经济、大力推广玛卡种植的方案。啧啧，你一看，就知道王寻欢老师思想境界所发生的变化。一听到二娃在电话里左一个老师、右一个老师地叫他，便立即答应。王寻欢下来已一年了，可对发展这里的经济门还没有摸到，更不要说推动了，推动裤脚坝子产业的事找不到突破口，好多工作都流于形式。年底单位考核，领导批评了他，他很急，所以刚过年、天不见暖，就急匆匆地赶了下来。电脑上那些材料，他写了又删，删了又写，纸上谈兵，难以生根，无从落实，长发捋掉了若干，稿子还写不完整。一接到二娃邀请喝酒的电话，他脸色阴转晴，急忙赶来。二娃叫的另外一个人是格布。格布就住他家隔壁，二娃举起捶草榔头一样的拳头，往土墙上"咚咚"一砸，格布就应了。格布正睡觉呢！格布从被子里伸出头来，打了个呵欠说："啥事？遭贼抢了，还是火烧房子了？"二娃说："叫你喝酒呢！发什么疯！"酒是好东西，让喝酒，那没说的，格布一翻身就起来了。

　　玛卡和老公鸡肉煮一锅，味道还真的不一样，一块老树根还没有烧完，那香味就从铁吊锅里溢出来。卓雅挺着高高的肚子，笨拙地将吊锅打开。柴火的烟雾熏得她两眼含泪。她将锅里的东西舀出来，摆在桌上。二娃从墙脚将半坛酒抱过来，在每个人面前倒了一碗，这样，桌面上就有了三碗酒。三碗酒的面前有三个人。王寻欢三十来岁，戴个眼镜，长发飘飘，他刚进门的时候，卓雅还以为他是个女的，听他说话的声音给吓了一跳。看她惊吓的样子，二娃说："你呀你，真是头发长见识短，这是艺术家！艺术家跟我们乡下人不一样。"卓雅才知道艺术家是可以男女不分的，头发可以留长，衣服也可以混穿。另一个是格布，和二娃同年同月同日，却晚他半天生，格布便只好委屈当了弟弟，什么都只能跟在兄长的后面。三个人围坐在一起，有些好看，因为除了王寻欢的长发外，二娃是光头，而格布则是硬硬的寸发。吃饭之前先碰碗，三个人端起大碗，一大口酒便"咕咚"入喉。口里是酒，鼻孔里吸的却是那一大钵菜的香味。二娃迫不及待地拈了鸡头、鸡翅和鸡腿丢进碗里，放在自己的旁边。见王寻欢看着他，他呵呵地笑："这东西，太烫了。"格布知道，二娃说烫，当然是有原因的。二娃喜欢占便宜，不管是啥，都喜欢走前一步。现在是在他二娃家，那也不算占，舍得就拿出来吃，舍不得不吃也行。

玛卡是稀奇物，看到这两个裤脚坝子的男人吃得满口香甜，王寻欢一脸的得意。王寻欢又问："你们掌心热了没有？"格布说："是有些热。"喝了一口酒，王寻欢又问："你们身子热了没有？"二娃说："热了热了，连那东西都有感觉了。"玛卡是王寻欢从外地带来的，好东西哪，一般人可是吃不上的。整个村子里，只有二娃和村主任那里，王寻欢各留下了半斤。王寻欢对卓雅说："卓雅，你也过来，坐下吃吃。我们裤脚坝子还封建迷信，女人不上桌，唉，这种陋习是一定要革除的。改天开个会，给全村人都说说。"卓雅摆摆手说："寻欢老师，我不吃这个的。"王寻欢瞄了一眼卓雅那粗壮的腰，点了点头说："哦！哦！"王寻欢回头又说，"这玛卡，可是当下最好的保健品，不仅我们这样的人喜欢，领导和老板们也喜欢；不仅我们中国人喜欢，就是那些外国人也喜欢；不仅文艺工作者需要，我们基层的老百姓，更是需要。你看，网络上出来做广告的，都是外国人，男的个个帅，女的个个靓。所以呀，我们裤脚坝子种上这玛卡，是有绝对优势的，土壤、气候、海拔、劳动力，都占全了……我都找人做了分析。要是我们全村人都种上，包管两年就都脱贫。"卓雅说："好是好，怕花了代价，种出来却卖不出去。"王寻欢理了理飘逸的长发："销量嘛，就不用愁了……"二娃朝王寻欢敬了碗酒说："寻欢老师，我们裤脚坝子有句话说，叫得的雀儿没得四两肉，您说得越多，我们就越不相信……不过，这一锅玛卡，让我改变了对玛卡的认识，改变了对作家的认识。"王寻欢说："作家怎么了？"二娃说："不是有句话叫作纸上……纸上谈兵嘛！"王寻欢说："作家是人类灵魂的工程师，没有作家，就没有文明的人类……如果一个作家既能写出好作品，又能深入贫困山区一线，带领农民发展产业、脱贫致富，这样的作家，应不应该当个作家的领导？""那当然了，只要对大伙有帮助……"二娃说这个的时候，手掌心已开始冒汗，这明显是吃了玛卡之后的反应。二娃说："您这我相信了，我们家就种两亩吧！"王寻欢说："一亩就行了，种子有限，是我爱人从国外带来的呢！我还要考虑到全村大面上的种植。再有，玛卡也需要精耕细作，你老婆这个样子，呵呵……""一亩就一亩。"二娃回头对卓雅说，"待会儿我看了鸡卦，如果顺利，我还是决定去打工，玛卡嘛，你种好就行啊！有了钱，别乱花，存起来，我有用。"到现在卓雅才明白，二娃杀鸡的目的不是要补身子，而是要看鸡卦。王寻欢点点头说："对！对！格布，二娃都种上一亩了，你我都是好朋友，我给你也留上一亩的种子吧！"格布对这不大感兴趣，冷冷地说："让我种玛卡啊，再说吧！""什么再说不再说，晚了种子都分配完了，你可就干望啦！"格布的不大配合，让王寻欢有些不快。

　　半坛酒快空了，玛卡却只吃完一半。三个人都很节制，三个人的内心都在打各自的小九九。王寻欢说："我这次下到裤脚坝子蹲点，目的就是要让大家脱贫致富。钱包鼓胀起来，每家人都住上小洋房，每个光棍汉都娶到老婆，就是我最大的心愿。"格布抬起醉眼："寻欢老师，您怕是喝醉了……"王寻欢拍拍胸口说："说句裤脚坝子的土话，骗人就是牛日马下的！"一个省里的作家把话说到这个份上，是不多见的。可格布还是不相信，多少年以来，裤脚坝子是远近闻名的光棍村，总有光棍汉娶不到老婆，村社干部为此努力多多，但收效甚微。现在好了些，村里除了两个七十岁以上的老人，其他都外出打工去了。二娃说："寻欢老师，您说的住上小洋房，我是最感兴趣的，可您已经说了大半年时间了，我们村里连一块砖也没有增加，一条路也没有修成，我倒是有些听不得。你们大城市的人，你们文化人，鸭子死了嘴壳硬。我不可能再听您的，我可要自己行动了。"王寻欢遭此抢白，喝到口里的酒咽也不是，吐也不是，脸红一下白一下。格布说："二娃呀，你喝多了是不？脱贫致富靠的是自己，让上边给你钱，又不是养懒汉，也不是养爹育儿。"格布的话给王寻欢解了围，他将口里的酒顺利咽下，举起酒碗，有些感激地说："兄弟，这话听得，我敬你。"吱儿一口。

格布说："二娃，你还是别走……"格布说不走，二娃却偏要走。格布的话提醒了二娃，二娃放下酒碗，用颤抖的手将钵里的鸡头拿出来。彝人做事之前，大多都要卜卦，条件好的杀牛看牛骨卦，其次是杀羊看羊骨卦，再就是看鸡卦。此前二娃一直觉得幸福吉祥，平安顺利，他心里想的事，大多都能实现，便不大卜卦，今天卓雅忽出此言，卓雅是他心爱的人，怎么也不得轻视关键时候她的表现。

看鸡卦是看三卦，鸡头、鸡翅和鸡腿。鸡头卦一般看是否有口角，鸡翅卦一般看财运，鸡腿卦一般看吉凶。二娃小心地把鸡下喙抽出，鸡喙两头伸出的部分很完整，二娃脸色松弛下来，这是上好的卦象了。接着他看鸡翅卦。他自个儿把鸡翅上的肉吃掉，将两截骨头上的肉末剐擦干净，骨头里的骨油满满的，而且呈透明状，像是摞起来的杜鹃花。二娃再次轻松下来，端起酒碗，和格布碰了一下，一口干掉。看鸡腿要复杂一些，不过当二娃在鸡腿骨内侧的凹槽状处，看到槽里的红点是三点时，一下子兴高采烈。他回头对卓雅说："莫喜（媳妇），我放心了！你骂我的那些话，准不了的，就让风吹雨打去吧！"

情势逆转，几个人的心情都一下子松弛下来。那天的酒，每人都喝了很多。末了，二娃搂着格布的肩膀说："兄弟，我要为自己的梦想奋斗，裤脚坝子的男人，没有梦不行，有了梦实现不了，也很可悲……卓雅交给你，我放心的。"

王寻欢最担心的还是那二亩玛卡，他站起来，将长发往后捋了捋，弓着细长若虾米的身子，双手将酒碗端得高高的，头垂得低低的，他敬格布："除了这娘儿，还有更重要的，是那玛卡，春天土地一醒，种子就会长出芽了，只要浇浇水，除除草，捉捉虫，施施肥，年底就会有收入了。二娃实在要走，你就担起这个担子，给我做做示范，带动裤脚坝子的百姓，大伙有钱用，有饭吃，脱了贫，我就放心了，我就脱科了，我就可以回省城了，我也就能写出传世之佳作……此生如此，也就足够了！"

王寻欢一仰头，一大碗酒全都干了。

二娃回了回神，对格布说："你辛苦辛苦，年底玛卡有了收入，有一半是你的。"

格布连连摇摇头："二娃，我不要你的玛卡……"

二娃才不管这些，对王寻欢说："寻欢老师，您放心，您的玛卡在裤脚坝子大面积推广之日，就是我二娃回来之日，我修了新房，我们一起，在新房里杀猪宰牛，煮玛卡吃，喝大酒，闹他个三天三夜！"

二

二娃是个拿得起放得下的人，夜深沉，酒未醒，他就背一个褡裢，走出了家门。乘着夜色，他与卓雅告别。二娃说："为了大洋房，我们都得付出，莫喜，你辛苦一下，看好这个家，我也再辛苦一下，外出挣些钱。过几年，房子修好了，我们就熬出头了。"

事实上，离开裤脚坝子的人，不仅是他二娃，还有一个，就是格布。

格布夜里因为心情不好，在他们说话之隙，自己又闷喝了一碗，第二天醒来时，天已大亮。等他赶到镇上的车站时，一天一趟进城的客车已经走了。格布想问问王寻欢，在镇上有没有合适的活，请他介绍一下。他来到王寻欢住的招待所楼下，却见高楼上寻欢老师的窗帘还拉得紧紧的。他掏出手机打他的电话，电话关机。也许，寻欢老师的酒还没有醒，也许寻欢老师回来后，又找某个文艺女青年谈写作一直到东方既白。这个作家老师行为一向十分文艺，与乡里人大相径庭。

格布捶打了两下脑袋，靠坐在站台的石坎下，点了根烟，望着苍茫的大山发呆。

格布、二娃和卓雅打小就在一起生活，一起放羊和种地，一起读书和不读书。一起长大的时候，问题就出来了，两个各有优点的男孩和一个全都是优点的女孩，其间的亲疏取舍，便无端的复杂与缠绵。后来他们一起放下书包，到外地打工。到了情窦初开的年龄，到了谈婚论嫁的年龄，三人的纠葛还扯不清。事情是这样开头的，格布犹豫了很久，走到花店去买玫瑰花。当他忐忑而又兴奋不已地抱着那束花出现在卓雅住宿的地方时，却意外地看到二娃紧紧搂住卓雅的背影。那个时候，二娃正把刚从金店买来的金戒指往卓雅手指上套。格布知道卓雅喜欢自己比二娃还甚，二娃只是他格布之后的一个预备，事情发展得这样出乎意料，格布的确有些难受。那天，二娃上夜班去了，格布和卓雅有一句无一句地聊着。卓雅突然失色："格布，你主动一些啊，你要是主动一些就好了！"这话给了格布莫大的鼓励，卓雅还没有嫁给二娃，他们俩的关系，无非就是卓雅无名指上戴了二娃几百块钱一个戒指而已。想了一夜，他决定先下手为强。他和二娃是朋友，啥事都互不隐瞒。二娃做什么都性急，都往前靠一点，占点便宜，争个面子，这是他的脾气，是他的性格，但这种小事并不影响他们之间的感情。卓雅是他们俩的最爱，他们俩也是卓雅的最爱。卓雅刚才说的话，仿佛有着满腹的幽怨，仿佛在恨铁不成钢，在对他有着什么暗示。这是爱的最后一搏了，他格布为了爱，就做一回罪人吧！第二天，他上街买了一套新潮的衣服，还有内衣。找了一家洗浴店，给自己上上下下洗了个干净，甚至让搓澡工帮助，把身上的污垢全都搓掉。路过成人用品店时，他钻了进去。这店店面不大，里面的东西却不少，大的小的，男用的女用的，外用的口服的，进口的国产的，都有。店主是个中年男人，逐一给他推荐那些产品："我这店是厂家直销，质量三包，包你满意。年轻人在外，别亏待自己呀！"店主特别推荐一个充气娃娃，说它和真人一样大小，功能齐备，吹气就用，有真人的质感、温度，还有真人的情感，会说话……店主的话让格布心跳脸红。他想，这东西好当然是好，可我又不是没有办法的那种！我还没有沦落到那一步啊！不过他没有说出来，而是要了一盒价格不低的安全套，同时买了避孕药。店主讨好地说："兄弟原来是有伴侣的啊，失敬失敬！以后有什么需要，打我电话，给你送上门，快速及时，保证不误事。"格布提着装有东西的塑料袋回到出租房时，卓雅那门却怎么也推不开。仔细听，里面似乎传来些暧昧不清的呻吟。格布着了急，以为有了危险，猛撞那门。不料里面传来二娃的声音："格布，是我，别苕（傻）！"

"我是不是真的苕了？"格布瘫坐在地上，捶打自己的头。过了好一会儿，门"吱呀"一声开了，二娃一边穿外衣，一边走出来。他看了一眼格布扔在地上的东西，弯腰捡了起来看了看："格布，好兄弟，你给我买的？没有必要了，我准备明年就生娃……不过还得谢谢你，时时为我二娃着想，明天请你吃乌蒙店的天麻火锅！"

二娃梦想成真。也就是那一次，卓雅怀上了。卓雅怀上了二娃的娃，不方便劳动了，他们有了回乡的打算，二娃便让格布和他们一起回乡。

"我不回去。"格布说，"我对裤脚坝子没有好感。"

"裤脚坝子是你的故乡呀！你在那里生，在那里长。"二娃一脸疑惑，"没有一个人不喜欢自己的故乡的。"

格布说："可我还没有衣锦还乡，我也没有老有所依。"

"看在卓雅怀孕的分上，跟我们回去吧。"二娃说。

"卓雅怀孕跟我有什么关系呀？"格布看着远处的高楼，冷冷的。

二娃双眼逼视格布："和你没有关系？怎么会和你没有关系？我和卓雅都是你的好朋友，这种关系我们还会一直延续下去。再有，卓雅怀上这孩子，是你见证了的。要是男的，就给你做干儿子，你家以后生了女儿，就做你女婿。要是女的，就给你做干女儿，你家以后生了儿子，就给你做儿媳妇。我们世世代代好下去，不好吗？"

格布现在女人都没有一个，连自己的婚姻都没有搞成，还奢谈什么下一代的婚姻？二娃对未来的这种描述，他根本就不感兴趣。格布找了个机会，单独和卓雅说了一会儿话。卓雅还是那种满腹幽怨的样子："你早一步就好了。"格布说："我是回裤脚坝子还是？我听你一句话。""你为什么要听我的话？你是一个男人，该爱就爱，该恨就恨，该走就走，该留就留。你好自为之吧！"这话等于没有说。第二天他们到了车站，格布却突然失踪，他自己的用品全部带走了，电话关机。

可是不到半年，格布突然孤身一人出现在裤脚坝子。卓雅当时正在院子里打苦荞，就是用一根连枷，把苦荞秆上的荞粒捶下，再收到箩筐里。卓雅的身材有些变形，油桶一样粗的腰给一块蓝花布巾严严包住。那个时候，卓雅感觉到了异常，先是喜鹊在檐后的白杨树间叫个不停，后来是一个高大的影子落在了她的簸箕里。她以为是风吹来的异物，颠了几下却没有让它离开。她嘘了一口气，抬起头，意外地看到这个风尘仆仆的汉子，她吓得跌坐在地上："你，你是人还是鬼？"格布说："是我呀，我是格布。"卓雅捋了捋遮掩的长发，擦了擦模糊的眼睛，终于看清他。卓雅一下一下地捶打着他的胸口，哭得泪眼婆娑："冤家，半年了，音讯全无，还以为你死在他乡了！"那一分钟，格布感觉到自己回来是对的。此前的几个月里，他在哪打工都不顺心，白天不清醒，晚上睡不着，干活老出差错，有一次差点被压在了大型装载机的下边。他自己都弄不清是怎么回事，找人算命，说得是是非非、云里雾里。要了符章贴在心口处，神魂依然颠倒，日夜还是交织。后来他做梦了，梦到裤脚坝子了，梦到卓雅了。醒来后，他的眼角有泪。哭过了，他的心情却出奇的好。

他知道，自己是想裤脚坝子了，是想卓雅和二娃了。他俩在他的人生中，已经无法割舍。

二娃见他回来，高兴得不得了，仿佛两人不是情敌，而是久未谋面的生死弟兄。二娃说他早就盼望格布回来了，二娃领他看他的屋基地，说他的屋基地面迎的是东方、背靠的是大山，说他的房子修成后肯定是裤脚坝子最好的楼房，说他儿子出生后肯定是裤脚坝子最帅的儿子，认真培养，以后必成大器。格布给他这么一说，觉得这和自己好像真有了关系，咧开嘴笑了起来。

格布和二娃认真地规划着生活中的一切，种地、修房，还有就是如何修沟接管，从山后将泉水引到院子里来。两个男人同心共想，让卓雅着实高兴。

格布想不透的是，这个二娃，永远也不会满足，永远都那么急。他的头脑，像一台一直都在转动的永动机。他每一个决定，每一次行动，都会走在格布前边一步。

现在，二娃又走在他前面了。走就走吧，那就各走各的，希望这一辈子不要再见到这个老是让人倒霉的家伙。格布的烟烧到了嘴唇，他扔掉烟蒂，站起来，一辆货车朝他轰隆隆地开来。格布一边挥手一边叫道："是进城的吗？是进城的吗？"那货车并没在他面前停下来，他追上去，抓住车厢的门栓，往上使劲，人就进了车厢。他拍了拍手，得意于自己不错的身手。就在他喘了口气、暗自庆幸自己的本领时，包里的手机响了。格布掏出来一看，是卓雅的。他想了想，摁掉。他现在不再关注卓雅了，不再关注裤脚坝子了。可那手机又响了起来，不屈不挠。他希望这次的电话是王寻欢而不是卓雅打来的，可他一看，却还是卓雅。他再次摁掉。不一会儿，他手机"嘟"地叫了一声，是信息。他打开一看，还是卓雅发来的，只有两个字："救我……"格布头"嗡"地叫了一声。他连忙站起，举起双手敲打货车顶篷："停车！停车！再不停车我要跳了！我跳下来摔死你就麻烦了！"

格布赶回裤脚坝子时，卓雅躺在路上爬不起来。她脸色蜡黄、头发凌乱、全身是汗，她肚皮隆起，宽大的裤子还沁出些血渍。"我……要……生了！我……怕……要……死了！"卓雅有气无力，仿佛三魂七魄都已出窍。格布立即跑回家，扛来一把有靠背的木椅子，将卓雅靠坐在椅子上，用绳子捆住，又将椅子绑在自己背上，小心而平稳快速地往镇上的医院里奔。

格布是使出全身力气来完成这件事的，当他赶到医院时，已经累得全身散架。但他还没有倒下休息的机会，医院里的医生太少，没有助手，那个既当医生又当护士、既看中医又看西医的医生，要他协助她。

"我叫你干什么你就干什么！"医生说，"你老婆早产了！"

卓雅是别人的老婆，卓雅哪是自己的老婆？格布想解释，嘴动了几下，却一句话也说不出来。

医生几大剪将卓雅污脏的裤子剪掉，卓雅看到那些冰冷的器械，吓得又哭又抓，本来就已疼入骨髓的她，这下更是不知所以，全身发抖，缩成一团。医生让格布用绳子将卓雅的手脚捆住，可一时哪里有绳子？医生便用一块枕巾塞进卓雅的嘴巴，板着脸说："你爱怎么咬就怎么咬，爱怎么叫就怎么叫，但是，如果你要命，如果你要娃儿还活着，腿一定要控制住，不乱蹬，不乱动！"来自身体和内心深处的无限疼痛让卓雅无法自抑。她说："我要死了，医生，你让我死……"

医生不会让卓雅死的，相反要她生，要她好好地活着。医生把要逃离的格布拉回，要他死死钳住卓雅的双腿。

"你的任务是不能让你老婆动，她动了问题就大了！后果你知道的！"医生说。

卓雅的两条腿往两边分，污脏的画面毫无掩饰地呈现在了格布的面前。格布使出全身力气，紧紧控制住卓雅。他努力不看她，可医生却说："转过头来！"格布说："我不忍心看，太恐怖了！"医生说："你们男人，快乐的时候忘乎所以，这个时候又不断地逃避，一点担当也没有！"格布想解释这和他半点关系都没有，可他刚开口，干涩的声音就被卓雅声嘶力竭的哭叫所淹没。

格布曾多次梦到过卓雅，多次梦到和卓雅的种种生活，吃饭、洗衣、干活、逛街，包括性爱，卓雅美丽的身体不止一次在他的梦中出现过，卓雅多情的双眸，卓雅甜蜜的声音……但他没有想到，当他有机会看到卓雅那隐秘的地方时，居然是在这样一种情况下，居然是这样令人恐怖。生命都是这样来的吗？生命的形成是这样艰难的吗？女人的坚韧和付出模糊了格布的双眼。

终于，"哇"的一声啼哭响起，孩子血淋淋地被医生从卓雅的身体里拿出。这折腾人的家伙出现的同时，污脏的羊水、血水溅了格布一头一脸。

虽然是生死折腾，总算母子平安。

医生擦擦手，给卓雅撕裂的地方缝针，一边说："当爹的，生个带把的，满意了吧？"

格布嚅嗫着，说不出话来。他浑身颤抖，甚过卓雅。

三

"我给你把二娃叫回来吧，这家伙不小心就当爹了！"格布醋意深深地说。卓雅坚决反对："不行的，格布，他在我和孩子生命最为关键的时候缺席，他不配当爹!""给他报告一下喜讯总是可以的吧!"格布转弯说。卓雅还是那么强硬:"那也轮不到你来说!"格布知道卓雅的性格,只好作罢。不过他还是趁卓雅不在的时候,掏出手机来,转到檐后网络效果略好的地方给二娃拨电话。二娃没有接,格布接连拨了好几个,最后一个电话回应的是"对不起,你拨打的电话正在通话中,请稍后再拨"。格布就知道是那头挂断了。不过到了晚上,二娃还是回电话了,电话一接通,二娃就在那头大吼大叫:"格布,你是没事找事做咯?"格布说:"你是不是找女人去了?我是想告诉你……"二娃打断他的话:"我正在扛木桩支撑洞口,一分心,差点给木头打死了!"格布也大吼起来:"我告诉你,你婆娘生娃了!她也差点死了!你知道吗?你配当爹吗?!"二娃在那头一愣:"我当爹了,哈哈!我当爹了!是锅边转还是满山跑?"不等格布回答,他又说,"哈哈!一定是个儿子,对不对?那样,我要修的房子,就要更结实,要更漂亮,要更舒适,功能要更全……"格布等他说完,冷冷地问:"你到底要不要回来?"二娃说:"不了,我现在怎么能回去?我要挣更多的钱,为我的房子,还有我的儿子……"

格布的手机一阵忙音。他呆了好一阵,回过头来。卓雅站在他的身后,满脸泪水。

此后的日子,格布尽着做父亲和丈夫的职责,每天给孩子换尿布、喂奶粉,给卓雅煮糖水鸡蛋、翻身,甚至帮助排便和清洗身体。卓雅一直哭,那种感动无法言说。甚至有一次,在格布抱她翻身的时候,她双手紧紧勾住他的脖子,小声而又幸福地说:"格布,我好幸福!"那一瞬间,格布的心头一热,想干什么的冲动流星一样快速划过。出院的那天,卓雅居然说:"格布,我不想出院。"格布有些疑惑:"不想出院?那你想干什么?你是不是伤口还没有好?是不是身体还很虚弱?是不是啥地方还有问题?""啥也不是,我只想让幸福延续下去。""你的幸福是啥子呀?"格布说话时,并未停下给孩子喂奶粉。卓雅努努嘴,深情地说:"就是这个样子。"晚上,二娃打电话过来,说他全天都在矿井里作业哪!知道孩子出院了,他的得意从手机那头弥漫过来:"我早知道,这家伙是个儿子!好!好!我一定要干个人模狗样出来!我肯定要修大洋房,房子里要有书房,让他好好读书;还有一层是专门给儿子的,到时结婚做新房……"末了又补充一句说,"照张儿子的相片,从手机里发过来我看看!"他说了那么多,居然没有问卓雅当时生的情况,居然没有问谁在帮她的忙。她卓雅可是从阎王殿里逃出来的啊!

回到裤脚坝子,生产后的卓雅一改往日的晦气,脸上的雀斑渐渐消失了,脸庞变得又嫩又润。身体的臃肿没有了,变得苗条和灵活。卓雅快活了,阳光了,整个裤脚坝子就是春天。她将家里收拾得干干净净,将自己打扮得漂漂亮亮。镇上赶集的时候,她给自己买百雀羚,买护手霜,买收腹裤,给儿子买奶粉,也给格布买上一件汗衫,一双袜子,打回一土坛苦荞酒。格布的衣服给山上的枝柯剐破了,她会第一时间发现,让他脱下来,给他缝几针。

地里种下的玛卡长出了苗,青枝绿叶,一天一个样,让人心生喜爱。但玛卡是生命,就像孩子一样,出生了,就要呼吸,就要空气、阳光、雨露和若干的营养。要侍弄好它，卓雅肯定忙不过来。卓雅给远方的二娃打了电话，要二娃回来。可那头的二娃根本就不愿意，他说目前他在矿山，签了合同，干得好好的，钱挣得多多的，为什么要回来？他已经克服了不见天日的慌乱，可以下到煤井深处一天不出来也没事，也已经克服了没有老婆在身边的难耐。他要挣更多的钱，争取早日实现他的梦想。他还说，昨天夜里，他在井下上班，不小心就睡着了，他又梦到了他的大房子，他说虽然他天天挖煤，可家里不能再烧煤，煤脏，还产生二氧化碳，现在外面到处都用电器，烧水、煮饭、洗澡、烤火……没有等他说完，卓雅挂掉了电话。

卓雅做不了的活，自然就落在了格布身上。不是卓雅对他有什么要求，是因为他老是看不惯土地的荒芜，看不惯卓雅劳碌后疲惫的样子。格布说："天上好久没有下雨了，我去浇浇水。"卓雅说："算了吧！天气预报说这个月中旬有中雨。"格布说："杂草都封林了，我去除除。"卓雅说："没必要，它长到哪算哪！"格布说："玛卡苗缺营养了，黄蔫蔫的，我去施些肥。"卓雅说："玛卡就别施化肥了，寻欢老师不是说过，要原生态的才好吗？"格布又说："玛卡长虫了，我去捉捉。"卓雅说："格布，怎么就教不会你呀！你要考虑一下你自己的事。"格布自己的事很多，比如找个女人生个娃，比如挣些钱回来也和二娃一样梦想着修上个房子……但面临的事情太多，相反不知道从哪里下手。在院子里的桃树下蹲了半天，抽了半包香烟，他还是挽起裤脚，扛着锄头下地，去给玛卡松土除草。

玛卡的根舒展开了，天上又落了两场雨，便长得茎秆直立，叶片发亮，一片生机蓬勃的样子。在玛卡地里，卓雅给儿子喂了奶，哄睡着了，放在阴凉的树荫下，让他休息。走出树荫，热了，卓雅就将外衣脱了，着短袖的 T 恤身材，看上去更干净利落。干活的时候，胸脯又大又晃，随着干活的动作，有节奏地起伏，很是惹眼。他们俩从不同的方向，各人打理一垄地。卓雅几次和格布说话，格布都寡言沉默。卓雅叹了叹气，突然双手搂住胸口，嘴里咝咝地吸气。格布吓了一跳，说："你咋个了？"卓雅说："我疼……"格布问："哪疼了？"卓雅来不及说话，又"啊呀"地叫了一声，人便蹲了下去。格布感觉到了事情的严重性，一步跳过来："哪里？是哪里疼？要不要我送你上医院！"他伸出去搂卓雅的手被牵到了一个地方，那个地方软软的，热热的，胀鼓鼓的。卓雅低下头："不舒服……"格布雄性的东西被挑逗了起来。他有些语无伦次："我……"

本来什么都顺理成章，可就在这个时候，卓雅的手机响了。卓雅不想理它，可那手机铃声有些不依不饶，响了一次又一次，十分刺耳。卓雅怕吵醒儿子，便走过去拿了起来。是二娃打来的。卓雅说："正上班的时候，你不是下井了吗？"二娃说："我任务提前完成，出来了。我是想问问儿子好不好，结果你电话也不接！你干啥你？"卓雅没有好气地说："我在准备施肥呢，你这一亩地的玛卡都缺肥了，病蔫蔫的，再下去今年怕没有得收了。"二娃一听急了，说："你别施用化肥啊，化肥催出来的玛卡卖价不高，外面的人都喜欢纯天然的，你浇些大粪可以，埋些猪粪也不错……""纯天然？纯你个头，老娘苦不起了，你快点回来！""莫喜，我要把钱多存一点，修大房子的事不能耽误……"不等那边再说，卓雅挂了手机。这样一闹，儿子在树荫下醒了，哇哇地哭。这时，格布颤抖的手从背后伸到了卓雅的胸脯上来，卓雅转过身来，不由自主地举起手，"啪"的一下扇在了格布的脸上："早时候你投胎去了？现在你醒啦？你和二娃是好朋友，朋友妻，不可欺呢！"

格布惊呆了，好羞人的事啊！他呆了一下，转过身，往山下走去。

卓雅半夜里突然梦到自己搂着一团火，在裤脚坝子里奔上奔下，逢人便问要不要烤火？要不要用火酿烤苦荞酒？那些人仿佛是些没有思维的人，看不见她的喜怒哀乐，没有一个人理会她，甚至没有一个人会抬起眼睛来看上她一眼。她急醒了，她还真的怀里搂着一团火。儿子在她的怀里烧成了一团火，脸红，口唇起壳，那体温之高，让人害怕。她着了急，忙用冷水敷，到处找退烧药，可退烧药家里根本就没有。她怪自己太大意，忙打电话给远在几百里外的二娃，二娃的电话关机。她大起胆子打给寻欢老师，想让王寻欢帮忙叫个医生下来，出多少钱都行。王寻欢电话倒是通的，可根本就没有人接，半夜三更，或许人家早睡了，或许人家醒了，正在写书，一看是她，根本就不想搭理。她这个时候想起了格布。其实她早就想到格布，整个裤脚坝子，他们两家守得最近，一墙之隔，有时她会在半夜里听见格布磨牙的声音，有时会听见他跳起来打老鼠的声音，有时会听见他醉了酒，高一句低一句地唱民歌的曲调。二娃在家的时候，动作大得怕人，卓雅不止一次地撕咬住二娃，要他小声点，生怕隔壁的格布听见。二娃走后，她实在不想打扰他，不在万不得已的时候，她不想欠这个单身男人的人情。

现在不行了，娃儿烫得像是一把火，再不降下温来，娃儿就会有非聋即哑甚至生命垂危的可能，这在裤脚坝子不是没有过的事。娃儿是她身上掉下来的一块肉，娃儿是她心血的凝成和生命的全部，娃儿要是有啥意外，她卓雅这一生就没有啥意思了。两者相较，欠个人情就欠个人情吧，欠个人情可以还的。要是娃儿真有个啥，这一生怕就难以偿还的了。她毅然举起拳头，敲响她家和格布之间的墙壁。"咚咚咚！""咚咚咚！"那边没有动静，她干脆拾起春苦荞面用的石杵，用力往那墙上砸去："轰轰轰！""轰轰轰！"

格布这些日子心里犯堵，卓雅和二娃结婚那段时间，他不仅心灰意冷，连死的心都有。他曾经在水边停过，在铁路的轨道上停过，在挂有绳子的木梁下停过。冰雪覆盖了整个春天，爱的草芽全都冻死。他两眼呆滞，脚步踉跄。煤矿招工，他打听到了，知道在矿山上只要干上三年，回裤脚坝子修一幢三层楼的房子，一点问题也没有。没想到他刚把这消息一说，二娃就抢了个先。二娃是他命里的克星，什么事总是抢在他的前边。小时候他俩上山放牛，格布发现一棵酸枣，刚要攀爬上树，二娃便几刀将树砍倒，将酸枣摘了个精光。长大了，他刚向卓雅发出爱的信号，二娃却抢先在卓雅肚子里播下种子。格布的动作就是慢，他总是出现在幸福之后。二娃的速度就是快，他总是奔跑在曙光之前。当二娃连换洗衣服都不带一件，就离开裤脚坝子的时候，他格布还在家里犹豫要不要将那只眼珠子仿佛蓝宝石一样的狸花猫找人寄养。看着卓雅挺着个大肚子，站在路口边怎么也拽不回牛一样犟的二娃时，格布心内一阵寡疼。他再次慢了半拍，继续留在了裤脚坝子。他不吃不喝，躺在床上，任窗外的鸟儿如何叽喳，任檐下的清风如何绕旋，任隔壁的女人如何满目哀怨地看着他。直到卓雅生了娃，无比多的事情才让他一度忘记了疼痛，慢慢缓过气来。后来他想通了，起床了，该干啥就干啥，该吃喝就吃喝。卓雅要他帮助牵牛他就牵牛，让他帮助种地他就种地，让他帮助往山外背苦荞出售，他就背上沉重的篓筐，翻山越岭往外赶。只是他不再多情地看她一眼，他将自己的热情，用深灰埋住，不让它随便炙烧自己的心。

单身汉的被窝里，激情肯定不少，但想象的空间大于实际操作，内容总是苍白而单一。这个夜里，安静的休息让他的体能得到恢复，让他的妄想痴心得到扼制。他擦了脸，洗了脚，用被子将孤独的身体裹住，好不容易入睡，做了一个什么都没有的梦。迷迷糊糊中，有什么磕击地板的响声，有节奏的、有情感的那种，那声音从远而近，从小到大。很快却从优美变成一种恐怖，从雨滴声变成了狂风暴雨，他吓得一下子跳了起来。

"格布！格布，你这死砍头！见死不救啊！"

那声音应该是卓雅的，平日里的卓雅温文尔雅，说话轻言慢语，怎么这个时候叫声这样恐怖，这样难听？他耸起耳朵，凝神细听，他听清楚了，听准确了，的确是卓雅的。

她怎么了？

来不及细想，格布三两下套上衣服，冲了出去。黑暗里，卓雅已抱着孩子出了门。他知道是怎么回事了，从卓雅手里将孩子接过，紧紧抱在怀里，就往卫生院奔。乡卫生院在乡镇上，离裤脚坝子有十多里路，他居然没有歇息一下，凭着自己的感觉，在黑暗里狂奔。卫生院的值班医生在睡梦中被叫醒，体温一量，医生吓了一跳。她对狼狈不堪的格布说："你这当爹的还算称职，慢来一步，就麻烦了。"格布说："我不是他爹。"医生说："有什么值得辩解的？我又不是计生办的！我才不管你是不是，你也没有必要否定。我们好多山里人，就是越穷越生，越生越穷，怕征收社会抚养费，怕结扎，怕娃儿落不了户……怕这怕那，自己做的事自己都不敢承认了……"格布鼓起血红的眼睛，攥起榔头一样的拳头，卓雅连忙拉住他。好在夜色深重，医院里的灯光并不明亮，医生又低头给孩子推针，他这一鲁莽的动作没有被她看到。

检查、打针、输液、喂药，再加上物理降温，孩子体温慢慢降了下来，两人松了一口气。坐在医院候诊的木椅上，渐白的曙光里，卓雅头发凌乱，满脸苍白，像是从某个地方逃荒过来。格布则穿反了衣服，脚上鞋子也没有，两个脚趾还让尖利的石头硌出了血，模糊可怖。四目相对，卓雅说："谢谢你。"卓雅往格布这边挤了挤，把手伸了过来。但格布却往旁边缩了缩。他想，我又不是你的恩人，有什么可谢谢的；我又不是你的丈夫，你把手给我干吗？

卓雅知道格布心存芥蒂，勉强笑了一下，转身离开。她到医院外面的小超市里买了一双鞋袜回来，格布早已没有了影子。

四

立秋之后，玛卡长得茎粗叶硕，漫山遍野全都绿油油的，一下子填补了荞麦收后山梁的空荡寂寞。王寻欢来看过两次，心生欢喜，为此还写了篇新闻，照了些照片发在省里的网站和微信平台里，逢人就掏出手机打开，夸夸其谈。

无边的山地里，两个人正在收玛卡。与玛卡争口气、争活法的杂草全都被毫不留情地拔起，扔在地埂边上，而成熟的玛卡则是被连根拔起，除掉枝叶，块茎被小心翼翼地装进竹筐。卓雅说："早知道玛卡长得恁么好，二娃就没必要去打工了，再咋也得把他留下来。"格布说："之前我一直担心寻欢老师说的是假话，我也不相信玛卡长势会这样好。"卓雅说："啥都有个认识的过程。"格布说："是，只是这个过程漫长，等认识了，大水都过了三垄田了，秋天都已将山上覆盖了。"卓雅知道格布在说啥，脸热了一下，说："想不到，跟寻欢老师交往没几次，你倒像是个读书人，说话文绉绉的。"格布说："读书人都是疯子，自寻烦恼罢了。那寻欢老师，没事儿的时候，就在地埂上走来走去，自言自语，不知道的，还以为他是在念咒呢！"

格布帮助卓雅从山上背回玛卡，打理干净送到县城去卖，已经半月有余了。刚开始时，玛卡价格还不错，大家都以为稀奇，争相买回家，配以猪排骨、鸡翅膀、牛大筋，煮、蒸、炸，翻着花样地吃。有耐心的用苞谷酒泡上十天半月，用小盅儿倒着喝。吃过喝过的人，都说玛卡效果不错，既提神醒脑，又舒筋活血，既壮阳又健体。整个小镇上掀起了玛卡热，家家户户院里晒的、梁上挂的、火边烤的、坛里泡的、锅里煮的，全都是玛卡。村庄里到处弥漫着的，都是玛卡的气息，人们谈论的，都以玛卡为主要内容。就是人们出了门，伸个懒腰，打出的嗝，也是怪怪的玛卡味道。那几天，王寻欢天天都在街上走动，看到人们争相买卖玛卡的场面，兴奋得像是打了鸡血。每天他都要在小镇上来回走上两趟，气宇轩昂而红光满面。每天他都要打一个电话给省文联的领导，报告镇上玛卡的销售情况，仿佛全世界的生意都停下来，都在经营以玛卡为核心的东西；仿佛整个世界的人们都肾虚体弱，大医院治不了，只有玛卡才是唯一的药品，也仿佛他王寻欢才是这个地方的主宰。一切的一切，都在围绕着他那个苹果手机转去转来。他是想用实际行动告诉领导：他王寻欢不仅能写出好看的小说，还能深入生活，与百姓同吃同喝；他王寻欢不仅能发展产业、带领一方百姓致富，还有极强的组织、协调和领导的能力。

大家都在吃玛卡，格布也应该吃。寻欢老师所教的那些烹饪方法，卓雅全都学会了。看格布整天为卖那两亩地的玛卡起早贪黑、劳累得像个黑猴，卓雅心里暗暗疼痛。卓雅煮玛卡的时候，格布知道了。格布说："别浪费钱啦！"玛卡是经济作物，说是钱完全说得过去，但说吃了浪费，其间便有些隐喻。卓雅把精华的汤汁滗给他，说："不浪费，看你辛苦的，增加些体能，没有什么不可以的。"原本就精干如牛的格布吃了玛卡后，白天干活，夜里却无处释放，无所适从，他真

564

正的苦恼接踵而来。

镇上热闹起来了，KTV、发廊、烧烤摊、酒店、超市应有尽有。白天人来人往，比肩接踵；夜里灯红酒绿，歌声起伏。白天在交易乌蒙山区的农特产品，晚上在交易山外运来的文化产品。镇上的人没有见到过大世面，把这样的一种繁荣看成空前的，把这个地方说成是小昆明。事实并不是如此，不到三个月，玛卡的销量迅速下滑，原因是外面的销路并没有打开，好多外地人只知道丽江的玛卡而不知裤脚坝子的玛卡。此前销售的兴旺全都是本地消费的功劳。王寻欢领着镇农副产品办公室的一帮年轻人开了微信、微博，做了网页，在电视、报纸、相关的网站和公路边上打了很多的广告，但销售情况还是不见好。有老板来过一次，在王寻欢的陪同下，花了三天时间，品尝了用玛卡作原材料做成的各种食品，拉走了一车。可过几天回电话过来，说这里通往县城的路太烂，一路上车修了好几次，玛卡拉去，虽然卖完，可还是亏本。王寻欢的郁闷可想而知。

格布背来的玛卡先卖八十元一斤，后来六十元一斤，再后来二十元、十元都无人问津。卖不了，他就找寻欢老师。寻欢老师是省里的人，视野宽，交往多，同时他又是玛卡这一产业的倡导者、领路人和总设计师，不找他找谁？这满山遍野的玛卡，是在他的说服之下才种的，他有功劳，更有苦劳。从这个角度上说，寻欢老师还是一个不小的资源，还是一个不可放弃的依靠。有时他说上两句话，就会有人来将格布一背篓玛卡全拿走。但找的次数多了，寻欢老师就烦，先是说他正忙，他要忙大事，哪能总是把珍贵时间缠在这样的小事情上？后来他不接电话，再后来干脆将电话关机。也不是关机，而是将他格布的号码拖进了黑名单，电话一拨，老是"嘟嘟嘟"的忙音，就像那屋子，明明看到里面有人，任你按门铃，任你敲门打户，人家就是不开，你也没有任何办法。

卖不了就不卖，格布将装满玛卡的背篓随便往街边的暗处一搁，就在街上溜达。天已漆黑，夜色下的街景让他迷醉，让他想起在外打工时的往事。格布注意到，眼下的街角里同样有一间又窄又小的门面，里面同样昏暗得不行，门边同样挂着"成人用品"几个字。此前，他就曾在这样昏暗的夜色里，按着"扑通扑通"的心跳，买过那些自己后来并没有再用的东西。那屋子里陈列的充气娃娃让他一想起来就脸红耳赤，一想起来就躁动不已。现在，他倒是想去再看一看那充气娃娃的样子。正想着，见一个中年男人从里面走了出来，手里拿着一个密封得很好的包。中年男人走到门边，四下里看了看，确信没有人在看他，便大步走出，消失在夜色中。格布想，别人可以买，他格布为什么就不可以买呢？正想着，一个小伙子冲到他的前边，快步走进了店。格布跟着进去，见小伙子不慌不忙地选了几样东西，和老板讨价还价，还在充气娃娃的胸部和大腿上摸了几下，试试手感，才满意地付钱走了。门面小，里面却很大，店里的东西太多了，简直就是一个情与趣的超市。男女充气娃娃，中国的、外国的都有，头发、肤色各有不同。男女使用的工具，也复杂得让格布目不暇接。就是盒装的各种药片，也至少数十种。老板见格布的样子，就给他推荐了一款药："兄弟，这可是金枪不倒呢！五分钟见效，包你不误事！"格布摇摇头，格布的目光盯的是充气娃娃。老板把最好的一款打开给他看，电源一通，那充气娃娃的形色不堪入目，声音嗲声嗲气，听得格布心慌意乱。格布问了价格，的确烫手，好的居然要两千多块钱，就是一般的，也得四五百块钱。见格布面有难色，老板便给他说充气娃娃的种种好处。老板夸赞它的皮肤，夸赞它的身材，夸赞它的声音和使用时让人如何的销魂解愁。老板还说，这个是某某歌星，那个是某某演员，还有一个是外国女郎。兄弟呀，你我这样身份的人，除了这个，真人啊，恐怕一辈子都见不上的。可是它比真人更体贴你，比真人还迁就你，比真人还让你舒服……这老板还真是做生意的天才，他知道格布需要什么，一句句介绍的话，让格布仅听听就骨头发酥、心尖打战。格布横横心，咬咬牙，决定买上一个。他伸手摸衣服的内包。可衣服的内包空空的、瘪瘪的，他才想起来，今天一斤玛卡也没有卖出去，便向老板表示歉意，心里恨恨的，走了出来。

　　格布掏出手机，打寻欢老师的电话。寻欢老师的电话里，依然是女生不厌其烦地说："对不起，你拨打的电话不在服务区。"格布背着沉重的玛卡，一步一趔地来到寻欢老师住的楼下。寻欢老师来这里蹲点，就一直住在镇上的招待所。格布曾上去过一次。寻欢老师楼下的门有个电铃，按过之后，他在楼上可以看清按门铃人的大概容貌，确认了，门才会自动打开。格布抬头看了看楼上，寻欢老师的那一间房，灯模糊地亮着，这说明寻欢老师屋里是有人的。格布长按门铃，格布能隐隐约约听到寻欢老师屋内门铃的声音，可很长时间了，居然没有应答。格布掏出手机来再打，寻欢老师的电话回音还是那样。他只好作罢，恨恨地往地上吐了口痰，跺了跺脚，转身就要离开。就在这时，远处一束灯光，像把长刀，"刷"地将夜空劈开，一辆小车从远处急迫地开了过来。格布生怕这冒失鬼将车开到自己的身上，连忙往旁边躲。车开到寻欢老师楼下，缓缓停住，里面下来一个女人。借着模糊的灯光看去，这女人个子高挑，端庄不俗。她打开车尾箱，拖出一件行李，走到门边，掏出钥匙，开锁，径直走了上去。格布想跟着上去，那女人白了他一眼，迅速把门关上。这人一定是寻欢老师的夫人，这个时候才从三百多里外的省城赶下来。格布想，风流倜傥的寻欢老师，天天吃玛卡，身体肯定早就受不住了，这下夫人下来，他应该有用武之地了。

　　想想自己，空有遗憾，格布摇了摇头，叹了口气，抠出烟来点了一根。百无聊赖的格布站起来，从这幢楼前走到楼后，掏出家伙准备撒尿。突然一个东西从楼上摔了下来，那东西就在他前边不远处，"啪"的一声着地，便一动不动。他吓了一跳，心都吓得差点爆出胸腔。抬头看了看，落下东西的窗口，正好就是寻欢老师的，而这个时候，寻欢老师的窗户迅速关上，窗帘拉上。格布被这个意外弄糊涂了，他上前不是，往后不是。停了一会儿，上边和下边都没有一点动静，他放下肩上的背篓，小心翼翼摸索过去，冰凉的水泥地，乱七八糟的垃圾，横横竖竖的水沟……借着从楼上窗户里落下的昏暗灯光，他看到的是一个人，长长的头发，薄薄的上衣和短裙，还有散发着丝丝光泽的皮肤……是人！一定是人！而且是个女人！这女人是夫妻吵架跳楼了？是擦窗户晾衣服失足跌下？是遇上危险被人谋杀了？这些想象谜云一样在他内心跌宕起伏。再看那女人，躺在地上一动不动，甚至连一声呻吟也没有。是死了吗？那个女人侧躺在墙角，静静的，像是睡熟了一样，一点动静也没有。格布向她渐渐靠近。他甚至看到了她造型别致的粉红胸衣，她婆娑长发掩映的脖颈，微微隆起的小腹，纤纤一握的腰，洁白滑腻的大腿。格布不相信她死了，格布见过的死人多了，死人不是这个样子。他静静地看了她两分钟，大起胆子，拉了拉她的手，那手软软的，滑滑的，好像有一点点体温，又好像什么也没有。他以为她会尖叫，也没有。

格布小心地往前挪，伸出手去试那人的皮肤，从额头，到胸部，再到大腿。那皮肤有点怪怪的，有些像人的，又不大像。他掏出手机，打开电筒光一看，他知道是什么了。格布举头，左右看了看，四下里黑乎乎的，没有一个人影。他再看了看楼上的窗户，现在已遮得严严实实，黑乎乎的，没有一丝光亮。他脱下外衣，将它裹住，抱在怀里。

五

回到裤脚坝子，已是深夜。灯光熄灭，星宿无影，隔壁的卓雅也早已睡下。四下里万籁俱寂。秋虫没有叫，秋虫们都早冷僵了身体；夏蛙没有叫，夏蛙早已进入了冬眠。狸花猫从暗夜里蹿来，在他的裤管上蹭了一下，"喵呜"地叫了一声，瞬间又消逝在无边的黑幕之中。格布回到自己的屋子，小心将衣服打开。他还是第一次这么近距离地面对一个让自己心动许多时日、没有生命的东西。这个美丽的女人出现在他的面前，它头发飘逸柔顺，身体修长丰满，面色红润，双眸含春，该丰满的地方丰满突出，该深陷的地方藏山掖谷，这可是天赐他的尤物呀！于他格布来说，这也算是心想事成吧！

格布打小没有姐妹，打小就对女孩子有种天然的敬重。卓雅曾让他的生活里充满了阳光，让他忘记了一切，可他却总是因为这样那样的原因，无法走进卓雅。卓雅是他的最爱与最疼，是他永远走不进也走不出的谜。

现在，他格布有了新的生活，此前没有过的生活。格布幸福了，满足了……

格布近来总是早睡晚起，太阳刚一落山，格布就钻进被窝。早上十点过他才起床，刚出门却又呵欠连天。格布这些日子以来的确是累够了，格布对她卓雅的付出，让她常常心生感动。她总是尽力在弥补，在修复，在找一个恰当的机会，在找一个合适的方式。她曾托过好几个媒婆，为格布物色一个理想中的女人。她将自己理想中的格布的女人做了无数次的描述，同时将格布目前的情况也做了介绍，她更多说的是格布身材的魁梧、心地的纯善、意志的坚定——当然她只能说的，就是这些了。但媒婆一听便摇头，说裤脚坝子或者整个乌蒙山区的女孩子们，已经不是当年的价值观了，房子车子票子一无所有呀，格布这样的条件，还是让他自己去找吧！最好去打工，听说东莞那边女工多，说不一定某年某月某一天，某个女孩与他一见倾心便以身相许，也不是不可能的。媒婆们打的哈哈让卓雅愤怒不已。卓雅告诉格布一定要振作，精精神神的，开心向上的，只有这样的男人，才是值得依靠的人，才是女孩最终想长相厮守的人。因而她也就更加在意格布的言行举止，在乎格布的一切。

但是，现在格布的反常让她百思不得其解，也让她心生失望。格布现在的样子，不是生龙活虎，而是萎靡不振；不是精神饱满，而是形神猥琐。原来他一个人可以将一百多斤的大箩筐从几里外一口气背回家。不用配菜，蘸点辣椒酱一顿可以吃三大碗饭。就是再累，在火塘边缩进披毡里睡上半个小时就会精神倍增。可现在的格布，背半箩筐玛卡，一里不到的山路要歇上三回。一顿饭就是一小碗，平日里一气可以抽上三袋水烟，现在连一袋都抽不完。卓雅觉得他是苦累够了，两亩地里上千斤的玛卡，他一个人背几十里地到镇上去卖，现在已经处理完大半。卓雅觉得他营养差了，每天都是洋芋当饭，早上吃洋芋，中午吃洋芋，晚上还是吃洋芋，心疼他，可怜他，给他炖了玛卡，煮腊肉，还温了酒。可是这只有过年才吃得上的美食，摆在他的面前，他也就是努力抽抽鼻子，吃上半碗。酒呢，随便抿上两口，便放下酒碗。也不再和她多说话，只要无事可做，便抽身回到隔壁自己的小屋。更重要的是，此前数年，格布一直对她热情如火，她做什么，格布就帮助她做什么。她说什么，格布就和她讨论分析。她发火生气，格布也是顺着她，依着她。她走到哪，格布的目光就看到哪，那种深情，那种专一，是她卓雅的世界里所没有的。可现在格布变了，连话也很少说了。如果是，格布就会点点头，如果不是，格布就摇头，或者不吭气。

格布态度的变化，让卓雅摸不着头脑。卓雅决定对事实的真相进行探究。首先她对格布的情况做了些了解，他有没有家人最近生病或者去世？没有。这几天是不是他家人或者至亲祭日？不是。那自己是不是有什么地方对不起他，说话重了，没有听他的意见了？不是。那，是不是这些天在镇上卖玛卡，发生了什么不愉快的事？比如被人骗了？收到假币了？发生争执甚至打架了？这天早上，卓雅说好久没有到镇上了，都闷得慌了，要给孩子买些奶粉，便换了只有赶集走亲才穿的花衬衣和三色筒裙，背着孩子去了镇上。临走时，格布抬起头，看了她一眼，请她带几对五号电池回来。

卓雅在鲜玛卡集中销售的场坝上，找那些和格布有交往的人们聊天。她先是问玛卡的价格和销售情况，再有一搭无一搭地说起格布。大伙除了对这个年轻人吃苦耐劳、为人沉稳有较深的印象外，其他居然一无所知。卓雅来到寻欢老师家，推开虚掩的门，看到寻欢老师屋子里一大帮人正在喝酒。一边喝，寻欢老师一边在和大伙讨论玛卡的品质和销路，同时拿出自己写的作品给大伙签名留念。寻欢老师的旁边，一个中年女人在帮助他给客人添菜倒酒。见卓雅进来，寻欢老师连忙让座，连忙介绍："这是我老婆娜娜，见我好久没有回省城了，特意下来看我，特意来辅助我做玛卡生意……她对我们裤脚坝子的贡献可大了，这玛卡种子，就是她去秘鲁那个遥远的国家带回来的。"又对娜娜说，"这是我们裤脚坝子的第一美女卓雅。"娜娜拉住卓雅就不放，先是夸她的名字好听，又夸她生了娃还有如此好的身材，末了还夸背上的孩子可爱，长大了一定是个帅小伙。娜娜话好多，还问卓雅的先生在不在家？问寻欢老师深入基层到裤脚坝子实地考察了没有？去几天？都住哪？等等。卓雅就知道遇上一个不好惹的货了，小心应对，生怕说错。越是这样，娜娜越盯得紧，步步紧逼，像追穷寇。寻欢老师打断娜娜的话，说这几天格布没有送玛卡来卖是对的，这几天销售处于低谷，原因是镇上通往县城唯一的三级路塌方，车辆无法进出，现在县交通局正在施工，估计三天之后便可通路。寻欢老师也送了卓雅一本签名书："这是我刚出版的，讲的是三个女人和一个男人在裤脚坝子发生的爱情故事，反响不错，你看看，说不定会在里面找到你的影子呢！目前将组织些评论家来裤脚坝子召开讨论会，争取获下届全国性文艺大奖。"卓雅接过书，连忙告辞。寻欢老师不便留她，知道她还有事，便送她下楼。卓雅正想细问他格布的事，一抬头，却见娜娜从窗口伸出头来，目不转睛地看着他们，卓雅如芒在背，急忙转身离开，暗想一个风流倜傥的作家与一个强势女人如何生活。

跑了一天，却一点收获也没有，卓雅难免气馁。回到家时，已夜色阑珊，鸡鸭入圈。屋里一片寂静，火塘冷清。她轻轻叹了一口气，将睡着的孩子轻轻放在铺上，转身出门抱些柴火，准备生火。就在这时，她听到了一种异样的声音从格布的屋子里传出来，那声音是模糊、浑浊和持续的。是猫捉老鼠吗？是蝙蝠夜行吗？是黄鼠狼来偷鸡吗？卓雅放下柴火，靠近木窗，这样，她就听得更加清晰了。里面是一个女人的声音，尖细的，温柔的，由低到高，由短到长，由模糊到嘹亮。这女人的声音很有节奏，很欢快，无遮无拦。是谁在唱歌吗？不像呀！是谁在跳舞吗？不是呀！是谁在打扫卫生整理床铺吗？不可能呀！卓雅再听，声音更加清晰，这声音让卓雅脸红耳赤。

天哪！格布屋里有女人！

那声音没能持续多久，随着格布一声如野牛喘息的声音后，一切都归于平静。

一只老鼠从脚边仓皇逃走，狸花猫箭一样射了过去。

呆立片刻，卓雅感觉到秋霜爬上脸颊，冷冷的，紧紧的。卓雅举起手，轻轻敲了一下门。"谁?"里面的格布问。卓雅说："是我，卓雅。你要的电池，我买到了。"一阵窸窸窣窣的声音之后，门"吱嘎"一声半开，格布并不看她，将电池抓到手里，转身，"哐啷"一声把门关上。

格布屋里有女人了。这对于卓雅来说，的确是一件既让她高兴却又难以接受的事。卓雅在很久以前，就把格布看成自己的兄弟，自己的朋友，自己的情人，他与自己心心相印，他与自己生死相依。格布离开几天，她内心就会失落，格布生病，她内心就盼他快点好。在接受二娃之前的若干日子里，她曾有过把自己给格布的念头，但格布一次又一次地慢了一步，错失良机。他们之间走到这一步，和自己的决定也是分不开的。每每想到这些，卓雅会坐在火塘边，面对神圣的火，捶着自己的双膝，骂上天无眼，作弄人，骂自己无能，自己的命运自己把握不住。

但是，既然自己不能给格布，那还有什么理由让格布孤身一人？格布有了爱，有了女人，是多么好的事，是应该值得欢庆的事。此前，她曾在结婚的第二天，将二娃送给自己的金戒指偷偷藏了起来，她是想等格布有了女人订婚的时候，把它送给格布的新娘。她甚至想，以后格布生了娃，她会精心帮助，要吃奶她就给奶，要洗屎片她就抢先，需要用钱，她就去打工，挣钱来供他们使用。可是，当格布的屋里突然传来女人的声音时，她卓雅却受不了，一下子变得那样的自私，那样的心胸狭窄。

人哪，多么复杂的人！

接下来的日子里，格布表现依然如故，干活没有劲，喝酒也是随便抿点。每顿的饭菜，居然主动要求都煮上一点玛卡。"如果没有肉，白水煮也行。"格布说。卓雅明白格布的需求，格布日渐消瘦的身体让她着实担心。没有肉就买呀！她卓雅不会心疼那一点钱的。她在煮玛卡的时候，肉加得多多的，还加上一些天麻或者淫羊藿，要格布连汤喝下。这些山野里到处生长的东西，曾让一代又一代裤脚坝子人茁壮成长。

二娃一大早就打电话过来："卓雅，我要下井了，昨天夜里做了个梦，不是太好。我最近天天加班，收入比预想的多，只是身体有些吃不消，头老是昏……"卓雅说："我给你寄点玛卡过去，如果真不行就回来好了，家里正需要劳动力，格布最近有些不对劲，儿子也需要有人照顾，他从出生到现在还没有见过爹呢！"二娃说："我再坚持一年，再过一年我就回来，告诉格布，让他好好干，我们家的房子修好了，我会帮助他的。儿子呢，发张照片给我看看……另外，我对我们家的房子又有新规划了，窗户要装成隐形纱窗，屋里要安地暖，房顶要有花园，院子里也要有健身的空地……"

卓雅无心再听，她将手机放在桌上，任他说去。她煮了两个糖水荷包蛋，敲敲门，给格布递去。

卓雅对格布说："有啥事儿，不管大小，要吱一声。"

格布点点头，却不说话。

卓雅对格布说："如果找到心上人了，领来我参谋参谋。要结婚了，吱一声，我给做准备。"格布点点头，还是一言不发。

六

每天夜里，格布都早早上床睡去。卓雅装作什么也不知道，什么也没听到，她依然忙她的，洗碗抹筷，料理家务，给孩子喂奶。待格布的灯关了，她也把灯关掉，装作自己也已入睡，甚至还长长短短地扯两个呼噜，待一切都安静下来，便轻轻打开门，蹑手蹑脚地靠近格布的木门，开始听壁根。

她还给木门的转轴上抹了豆油。

事实上，卓雅每次所听到的，几乎都是同一类声音，虽然偶有细节上的不同，但那些声音或是惊雷，或是风暴，或是潺潺溪流。昨夜有过，今晚再来。某个晚上，她甚至听到了格布低哑的哭声。格布哭，卓雅的内心也不好受。格布的哭声甚至超过了野狼失了伴、丢了腿那样的悲伤，超过了耕牛无法负重、却又不断承受主人鞭笞的痛楚。卓雅听得浑身颤抖，泪眼婆娑，一不小心，伸出的腿绊到门槛，弄出了轻微的响声，她连忙捏住鼻子，学了一声猫的叫声，仓皇离开。

时间过去了好几天，那个藏在格布屋里的女人却始终没有露面，除了声音，她居然没有留下任何痕迹。卓雅注意到，格布每天吃饭的时候，并没有带走一碗饭，没有带走一个洋芋，没有带走一个苦荞粑粑。格布屋里没有生过一次火，除了几包香烟，几节电池，没有买其他食品，这倒是有些奇怪了。

谜团层层叠叠，忧伤有始无终。这天早上，卓雅给格布的糖水荷包蛋比往日的多了两个。

卓雅隔着木门槛告诉格布："格布，昨天夜里寻欢老师打电话来了。"

格布白了她一眼，并不说话，接过碗，蹲在门槛上，一口一口地吃起来。

卓雅又说："格布，他让你去镇上转一转，商量一下玛卡的事。"

格布点点头，吃完了，将空碗递给了卓雅："告诉他，我这就去。"

格布背着大半篓玛卡上路了，看着他的影子在山路上像一只蚂蚁渐渐小去时，卓雅泪水都出来了。她连忙打了个电话给寻欢老师，说格布要去找他商量玛卡销售的事："家里的玛卡都摆院子里好多天了，担心坏掉，请你帮帮忙。"她又说，"这阵子格布心情不好，你别问他啥，除了帮助他卖玛卡，一样也别问。"

卓雅要做另一件事。她快速推开格布的木门，大步跨了进去，她要看看，格布的屋里，到底藏着一个什么样的女人。可是，床上没有，床上是单身男人的那种凌乱，长时间没有整理过。卓雅仔细寻找，居然没有女人的任何一件物品，一件衣服，一条内裤，一只丝袜，一盒化妆品，或者是一根头发。她抽了抽鼻子，一股男人的腥味弥漫开来，环顾四周，四壁空空荡荡。除了一个牛肋巴木档串隔的小窗，其他一个通道也没有。怪了，人到哪去了？难道飞了不成！少有光亮的屋子让卓雅毛骨悚然，脊背发凉。卓雅呆立片刻，回屋拿来一把手电筒，她顺着墙面找了一转，墙脚放着几件农具，墙上贴着两张发黄的年画，床头挂着几件衣服，一床羊毛披毡。她将电筒射到天花板，天花板上黑乎乎的，停着几只躲过了深秋的苍蝇，似乎就再也没有啥了。她想了想，把电筒射向床下，床单将床罩得严严实实，什么也看不到。她拿起一根木棍，小心紧张地挑起床单。

下面有一只不太大的木箱，几个散落的烟蒂，再有就是满地的灰尘了。卓雅伸手抬了抬木箱，木箱不太重，也不太大。卓雅伸手比试了一下长宽，要在里面藏一个人，应该是不太可能的事。卓雅试图打开它，但铁扣上挂着一把金黄的铜锁。她回头找了一把火钳，想将扣子扭掉，手伸过去，想了想，又收回作罢。

卓雅站起来，拍了拍晕乎乎的脑袋，她犯糊涂了，夜夜在屋里叫唤的到底是谁呢？没有人，难道是鬼怪不成？是狐仙不成？老辈人的口头传说中，这种来无踪去无影的东西在裤脚坝子倒从没有少过。

据说一百年前，有两位鳏居老人，与狼为伍，不听劝告，甚至将自己的茅草房一把火点燃，随着两头母狼，进了深山不再出现。

据说八十年前，有一位教书先生，与一只母狐狸日日缠绵，还给它写诗吟词。后被一群狐狸掏心而死，至今他的坟堆还成为老辈人教育年轻人循规蹈矩的示范点。

据说五十年前，有五个找不到媳妇的中年汉子，与五只羊举行集体婚礼，被村长以伤风败俗为由，连人带羊丢进了深潭。为此，一群羊美女曾数年在村长家檐后咩咩哀叫，直到村长病死床榻……

而那以后的漫长时光里，总会有一些令人恐怖、无法解开的谜团，在裤脚坝子里传说，每个故事都是神秘的，每个故事都与爱情和死亡有关。

卓雅禁不住全身发抖。

晚上格布回来，拿出了一沓卖玛卡的钱给了卓雅，同时给孩子带回了一罐奶粉、一套衣服，还有两盒儿童退烧药。卓雅内心感叹格布的细心。卓雅无意间瞟了一眼，看到格布又买回了几对电池。吃过饭后，格布依旧不声不响回屋休息，卓雅依旧洗碗，照料孩子，然后装模作样地熄灯，然后悄无声息地来到格布的门口。

那一夜风平浪静，一点声音也没有。

是不是格布觉察到了什么？是不是谁怎么了格布？是不是那个女人离开了他？

次日见到了格布，他模样依旧，行为无异，卓雅放心下来。可是，第二天晚上，格布的房间又传来了那样的声音。那声音似乎比以往还要大声，还要浪。那女人似乎已无所顾忌，似乎要在卓雅面前充分展示，似乎在对她进行挑衅："看看，没有你，我们一样欢乐！"

卓雅受不了，她狂奔回屋，倒在床上，用被子紧紧蒙住自己，放声大哭。等她哭完后，那屋子里似乎还有动静。情绪激动的她突然冷静下来，她在想的是，格布屋里到底是谁？是什么让格布这样的大男人如此颓废？她来到格布的门前，举手要推，却又犹豫。她不敢面对眼前可能突然出现的一切，狐仙？狼怪？羊精？或者其他不可预见的妖魔鬼怪……

她们在折腾格布的身体，她们在汲取格布的精华，她们在践踏格布的精神世界……再这样下去，格布很快就会成为一堆药渣，一个废物，很快就会像传说中的那样行尸走肉，甚至尸骨全无！

无法再想象下去了！无法再忍受这种痛苦的折磨了！卓雅快速回屋，找出手机就给镇上派出所打电话，电话响了很久也没有人接，她只得把电话打到了寻欢老师那里。

作家王寻欢正坐在书桌面前，喝一口咖啡，在电脑上打几行字。他正在写一篇裤脚坝子脱贫致富的调研报告。他到这里蹲点已近两年，过几天就要收拾行李回省城了。这篇调研报告是他这两年的工作总结，是对基层工作经验的一个归纳。他希望自己能够将这篇文章写得出彩些，写得让文联，甚至分管干部的领导有所关注，那他下来这两年就没有白费。他的老婆娜娜坐在沙发上看电视，同时在微信上有一搭没一搭地和微友聊着天。就在这时，寻欢老师的电话响了。寻欢老师不想接，他正文思似泉涌，下笔如有神，他不想让某些无聊的事情打断他的思路，他看了一眼来电号码便放下了。那电话再一次响起，寻欢老师还是没有接。不是电话铃声，而是寻欢老师的不接电话引起了娜娜的注意。娜娜走过来，把手机拿到手，不无醋意地说："嘿，卓雅的电话，怎么？有我在，美女的电话就不敢接了？你不接我接！"寻欢老师连忙抢过电话："怎么就不敢接了？接！"寻欢老师一接通电话，那头的卓雅就哭了："寻欢老师，格布出事了！"寻欢老师一听就发毛："格布出啥事了？格布怎么就出事了？你好好说！"卓雅在那头呜里哇啦说了一大通，寻欢老师挂掉电话就往外跑。娜娜追出去说："等等，我跟你去！"寻欢老师跑到集镇另一头的派出所，派出所的灯还开着，值班的协警林得贵正在沙发上睡得扯呼。寻欢老师和他喝过几次酒，认得他，捏住他的鼻子把他弄醒。林得贵正要发火，见是寻欢老师，一脸的不情愿说："干吗干吗？大作家领稿费了？请我吃夜宵啊？""快跟我到裤脚坝子一趟，有急事！"寻欢老师说。林得贵说："不去，这么黑的夜。"寻欢老师说："你不去？出大事了你不去？！怕你吃不了兜着走！"林得贵笑说："如果牛被偷了，粮被盗了，房子着火了，女人给强暴了，都得有人报案。一样也没有，仅凭你寻欢老师说两句就去，是不符合规定的。"寻欢老师说："唉唉，哪有那样的倒霉事，我是让你下去，做一件事情，给你弄了十斤鲜玛卡，刚从土里刨出来的那种，药性好得很，现在格布家里，他醉酒了，送不来了……你又不是不知道，我过几天就要回省城的了！"林得贵说："那行那行，我就喜欢你这种有情有义的哥子。"寻欢老师说："带上你的警棍和手铐吧，以防万一……只是，我不能下去，我没有时间下去，我的调研报告还没有完成。你去了是啥情况及时告诉我。"林得贵说："那我得给所长报告一声，约上个伴。"

林得贵是上月刚到岗的协警，人年轻，又尚在编外，工作上还是想搏一把，好让所领导把待遇提高一点，有机会转个正什么的。来了几个月，其实也没有遇上过什么有价值的案子。业务上不懂，只有边学边做。现在决定了要下裤脚坝子去，便一下子精神抖擞。不到一个小时，他和另外一个协警已经赶到了裤脚坝子。卓雅早在屋子五十米开外等着他们，见了面才知道，寻欢老师的十斤鲜玛卡并没有想象的那样好拿。在卓雅的引领下，他们轻而易举地破开了格布的木门，两只手筒一齐打开，往格布的床上照去，只见格布全身赤裸，搂着一个同样赤裸的女人睡着。林得贵的电警棍指向格布："手抱头，坐起来！"格布不明就里，要穿衣服。林得贵说："我是警察，听清楚没有？手抱头，坐起来！"格布就手抱着头，坐了起来。可旁边那女人并没有坐起来，依然袒胸露腹，一动不动。林得贵还没有结婚，也没有如此亲近地看到过女人的身体，他脸红心跳，努力吸了一口气，让自己镇定下来。他伸出手去拉那个女人，不想女人突然呻吟起来，叫人脸红心跳的声音居然一浪高过一浪，并且伴随着轻微的蠕动。林得贵、卓雅，还有那个协警吓得退后两步。

格布低着头说："它不是人，它是充气的那种。"

林得贵从没有遇见这样的事，想放掉格布，可这又是个案子，自己辛辛苦苦跑这么远来，不可能就空手而归。想抓走格布，好像他又没有犯什么错，怎么处理好像都不妥。他打电话给所长报告了情况。所长在那头说："你笨不笨？先把人带来，一问不就出来了吗！"

七

格布在派出所里蹲了一夜，昏暗的灯光下，他将头脸紧紧捂住，羞愧的他死的心都有了。天亮时，门打开，林得贵让他出去。他还没有将蒙脸的手拿掉，就听到卓雅在大声地哭泣。卓雅说："格布……"格布将手拿开，看到了眼泪花花的卓雅。

卓雅央求格布帮助她："格布，你要帮我，只有你才能帮我了。"格布说："是娃生病了吗？"卓雅摇摇头。格布说："野猪拱了玛卡地了吗？"卓雅摇摇头。格布又说："是房子塌了吗？"卓雅这才哭出声来："不是房塌了，是二娃矿洞塌了，矿工个个都跑出来了，只有他一个人没……"这不是件小事，格布的手收了回去，说："那，人呢？人到底还在不？"卓雅摇摇头："矿山让去领骨灰了……你，你能陪我去一趟吗？"

格布想，二娃这狗日的，啥都总比我先走一步。总是将自己想要的，霸咬了一口。卓雅的身子朝他胸前倒了过来。卓雅显得有气无力："我没有主心骨了，格布。"

两个人影从镇招待所楼下走过，他们赶往车站的步履是那样的匆忙。五楼的作家王寻欢从书桌边站起来，一夜的思考和写作，让他感觉十分的疲倦。那篇文章总算收尾，不过，有些地方还得反复斟酌。比如，现在玛卡种植和食用十分普遍，引发了成人用品在裤脚坝子的大量销售，要不要发展一下，使之形成一整条的产业链？尽管这一点娜娜持否定态度，但王寻欢觉得产业的发展是大伙的事，是一个群体的事，不能把个人的好恶掺杂进去，特别是不能把从省城下来的这种没有基层工作经验的女人的意见掺杂进去。

阳光从打开的窗户里照进来，新鲜的空气也随之沁了进来。寻欢老师感觉到无比的舒畅。他深深呼吸了一口，伸伸懒腰，回头再看这篇稿子，其中最不需要修改的一段，是这样写的：

"玛卡，原产南美洲安第斯山脉四千米以上的一种十字花科植物。叶子椭圆，根茎形似小圆萝卜，营养成分丰富，有'南美人参'之誉。玛卡富含营养素，对人体有滋补强身的功用，适宜在高海拔、低纬度、高昼夜温差、微酸性砂壤、阳光充足的土地中生长；其分布于南美安第斯山脉，人工种植于秘鲁中部和南部，中国的金沙江两岸和新疆等地有较大面积的适种土地。二〇一七年底，裤脚坝子在省文联下派深入生活的作家王寻欢的倡导下，开始引入种植，成效显著……"

（原载《中国作家》2018 年 9 期）